普及类古籍整理图书专项资助项目

唐诗精品

附历代诗精品

霍松林　霍有明　主编

时代文艺出版社

图书在版编目（CIP）数据

唐诗精品：附历代诗精品 / 霍松林，霍有明主编．
—长春：时代文艺出版社，2018.7

ISBN 978-7-5387-5871-9

Ⅰ．①唐… Ⅱ．①霍… ②霍… Ⅲ．①唐诗－诗集②古典诗歌－诗集－中国 Ⅳ．①I222

中国版本图书馆CIP数据核字（2018）第117331号

出 品 人　陈　琛
产品总监　郭力家
选题策划　邓淑杰
责任编辑　郜玉乐
装帧设计　李　斌
排版制作　隋淑凤

唐诗精品　附历代诗精品

霍松林　霍有明 主编

出版发行 / 时代文艺出版社
地址 / 长春市泰来街1825号　时代文艺出版社　邮编 / 130011
总编办 / 0431-86012927　发行部 / 0431-86012957　北京开发部 / 010-63108163
官方微博 / weibo.com / tlapress　天猫旗舰店 / sdwycbsgf.tmall.com
印刷 / 三河市万龙印装有限公司
开本 / 850mm × 1168mm　1 / 32　字数 / 580千字　印张 / 21.375
版次 / 2018年7月第1版　印次 / 2018年7月第1次印刷　定价 / 68.00元

图书如有印装错误　请寄回印厂调换

导　论

霍松林

中华诗歌，更早的且不去说，只从《诗经》算起，至今已有三千多年的光辉历史。在这三千多年的历史长河中，论诗人，名家辈出，灿若群星；论诗作，名篇纷呈，争奇斗丽。其中的无数优秀篇章，具有广泛而永恒的艺术魅力，历久弥新，至今脍炙人口，成为全世界人民的精神财富。

那么，中华诗歌为什么会有广泛而永恒的艺术魅力呢？要回答这个问题，首先得探讨中华诗歌的艺术特质。早在《尚书·尧典》中，就对远古时期中华诗歌的艺术特质做出了理论概括：

> 帝曰："夔，命汝典乐，教胄子。直而温，宽而栗，刚而无虐，简而无傲；诗言志，歌永言。声依永，律和声，八音克谐，无相夺伦，神人以和。"

这段话包含了许多可贵的东西。第一，"诗言志"既抓住了诗歌的本质，又涉及文艺起源问题，当人类发展到有情志需要抒发的时候，就发而为诗。而主观的情志，总是感物而动的。《公羊传·宣十五年》何休注："男女有所怨恨，相从而歌，饥者歌其食，劳者歌其事。"《乐记》："人心之动，物使之然也。感于物而动，故形于声。"《诗·大序》进一步说："诗者，志之所之也。在心为志，发言为诗。情动于中而形于言，言之不足，故嗟叹之；嗟叹之不足，故永歌之；永歌之不足，不知手之舞之，足之蹈之也。"此后如钟嵘《诗品·序》所说的"气之动物，物之感人，故摇荡性情，形诸舞咏"；《文心雕龙·物色》所说的"春秋代序，阴阳惨舒，物色之动，心亦摇焉"，等等，都是对"诗言志"的继承和发展。

第二，从"歌永言"到"八音克谐，无相夺伦"，讲了诗歌的声调韵律问题。"言志"而能"声依永，律和声，八音克谐"，便有了更高的艺术感染力。我国古代的诗歌是合乐的，《尧典》中的这一段话，从声调韵律方面强调了诗歌的音乐性，对后代的影响极其深远。

第三，这几句话，是舜命夔典乐，用"言志"的、与音乐结合的诗歌"教胄子"时说的。关于诗、乐所抒发的"志"，特用"直而温，宽而栗，刚而无虐，简而无傲"做了规范，其本质意义是要求"诗"所"言"的"志"应该是崇高的、优美的、善良的。用今天的话说，那"志"体现了人们的"心灵美"。

朱自清在《诗言志辨·序》里曾说《尧典》中的这段话是我国历代诗歌理论和诗歌创作的"开山纲领"，说得很中肯。这里要强调的是：在这个"开山纲领"里，已经把中华诗歌之所以具有永恒魅力的主要艺术特质揭示出来了。

首先，中华诗歌之所以具有永恒的艺术魅力，在于早在遥远的古代就明确提出"诗言志"，而且强调所言的"志"应体现心灵美。有些理论家把我国古代的诗论区分为"言志"和"缘情"两派，自有根据；但《尧典》中的"诗言志"与"歌永言"对偶成句，并无排斥"情"的意思。"情"与"志"，本来是二而一的东西，血肉相连，很难分割。所以班固解释说："《书》曰：'诗言志，歌永言。'故哀乐之心感而歌咏之声发。”（《汉书·艺文志》）所谓“哀乐之心感而歌咏之声发”，不正指出了诗歌的抒情特质吗？《诗·大序》先说“诗者，志之所之也。在心为志，发言为诗”，紧接着即说“情动于中而形于言”，显然也是把“志”与“情”作为二而一的东西看待的。初唐时的孔颖达综合各家之说做过更完善的解释：

> 诗者，人志意之所之适也。虽有所适，犹未发口，蕴藏在心，谓之为志。发见于言，乃名为诗。言作诗者所以舒心志愤懑，而卒成于歌咏。故《虞书》谓之“诗言志”也。包管万虑，其名曰心；感物而动，乃呼为志。志之所适，外物感焉。言悦豫之志，则和乐兴而颂声作；（言）忧愁之志，则哀伤起而怨刺生。《艺文志》云：“哀乐之情感，歌咏之声发”。此之谓也。（《毛诗正义》）

“诗言志”是给“诗”下的定义。“感物而动，乃呼为志”是给“志”下的定义。从“志之所适”以下几句话看，他所说的“志”也就是“悦豫”“忧愁”之类的“情”；而他所说的“外物”，则是激发“悦豫”“忧愁”之“情”的自然景物和社会生活。既然如此，“诗言志”的“志”就不是纯主观的东西，而是“情”与“物”的结合，主观与客观的结合。诗人为令人“悦豫”的“外物”所“感”，就以“悦豫”的激情描绘、歌“颂”那令人“悦豫”的“外物”；诗人为使人“忧愁”的“外物”所“感”，就以“忧愁”的激情展现那使人“忧愁”的“外物”。这就不仅中肯地解释了“作诗所由”，而且把诗歌的真实性、形象性、倾向性以及通过歌颂和怨刺改造现实的社会作用，都阐发得相当清楚了。

其次，中华诗歌之所以具有永恒的艺术魅力，在于早在遥远的古代就明确提出了“声依永、律和声”的要求，强调了诗歌的音乐性，并且日益精密地体现于创作实践中。《诗经》隔句用韵，有通篇四言的“齐言诗”；也有以四言句为主，杂以二言、三言、五言、六言、七言、八言、九言等各种句式的“杂言诗”，节奏鲜明，错落有致，兼有整齐美与参差美。如《秦风·蒹葭》第一章：“蒹葭苍苍，白露为霜。所谓伊人，在水一方。溯洄从之，道阻且长。溯游从之，宛在水中央。”通过舒缓的节奏和悠扬的韵律，传达了无限企慕的深情，令人心驰神往。又如《王风·黍离》第一章：“彼黍离离，彼稷之苗。行迈靡靡，中心摇摇。知我者，谓我心忧。不知我者，谓我何求。悠悠苍天，此何人哉！”以悲凉凄怆的音韵传达了不可明言的大悲深忧，言外有无穷之感，引人深思。章节的复叠也增强了诗歌的节奏感与音韵美，于反复吟唱中强化了诗的情韵。如《周南·芣苢》，是妇女们采集野菜时唱的歌，全篇三章十二句，中间只换了六个动词，却表现了采集量逐渐增多的喜悦。如方玉润所指出：“读者试平心静气涵咏此诗，恍听田家妇女三三五五，于平原旷野、风和日丽中群歌互答，余音袅袅，若远若近，忽断忽续，不知情之何以移而神之何以旷！”（《诗经原始》）马克思曾说希腊神话“仍然能够给我们以艺术享受，而且就某方面说还是一种规范和高不可及的范本”（《政治经济学批判·导言》）。《诗经》中的优秀篇章，也是这样的。如果认为那些作品距我们太遥远，已经失去魅力，那就错了。

《楚辞》除《橘颂》《天问》诸篇仍然以四言为基本句式而外，其他各篇，特别是屈原的长篇抒情杰作《离骚》和宋玉的“悲秋”名篇《九辩》，都在《诗经》中“杂言诗”的基础上吸收先秦散文的句法，于句型长短多变中杂以偶句，单句末尾用“兮”字表现曼声，偶句用韵，形成了错落中见整齐的节奏感和韵律美，曲尽缠绵宛转之情。如《离骚》中的这几句：

汩余若将不及兮，恐年岁之不吾与。朝搴阰之木兰兮，夕揽洲之宿莽。日月忽其不淹兮，春与秋其代序。惟草木之零落兮，恐美人之迟暮。不抚壮而弃秽兮，何不改乎此度。乘骐骥以驰骋兮，来吾导夫先路！

如《九辩》中的这几句：

悲哉，秋之为气也！萧瑟兮，草木摇落而变衰。憭慄兮，若在远行，登山临水送将归。（“衰”“归”押韵）

与《诗经》中的作品相比，一眼看出这是一种新体诗，然而同样具有永恒的艺术魅力。其魅力之所在，主要在于以情动人，而适应表达特定情志的节奏、韵律，又强化了以情动人的力度。前人评诗，习惯用“情韵”“声情”之类的概念做标尺，表明美好而浓郁的情志与其相适应的声韵正是诗歌艺术魅力之所在。白居易对这个问题做过极精彩的阐发。

人之文，“六经”首之。就“六经”言，《诗》又首之。何者？圣人感人心而天下和平。感人心者，莫先乎情，莫始乎言，莫切乎声，莫深乎义；《诗》者，根情、苗言、华声、实义；上自贤圣，下至愚騃，微及豚鱼，幽及鬼神，群分而气同，形异而情一，未有声入而不应，情交而不感者。圣人知其然，因其言，经之以“六义”；缘其声，纬之以“五音”。音有韵，义有类。韵协则言顺，言顺则声易入；类举则情见，情见则感易交。于是乎孕大含深，贯微洞密。上下通而一气泰，忧乐合而百志熙。……（《与元九书》）

白居易在这里特别强调的是“声”“情”，这从“上自贤圣，下至愚骇，……未有声入而不应，情交而不感者”的表述中看得很清楚。但他又补入了“言”和“义”，给诗歌下了更严密的界说：“诗者，根情、苗言、华声、实义。”诗歌是语言艺术，而诗歌的语言必须具有声调音韵之美，“言”与“声”是统一的。诗歌的本质，是抒情的，“情”是诗的“根”本。而“情”中必有“义”，“情”与“义”也是统一的。有人认为论诗只强调抒情便是忽视思想，这其实是一种误解，在优秀的诗篇中，情感愈炽烈，思想也愈丰满、愈深刻。例如杜荀鹤的《再经胡城县》：“去岁曾经此县城，县民无口不冤声。今来县宰加朱绂，便是生灵血染成！”通篇是抒情的，但思想又何等饱满，何等深警！我们说“诗言志”的“志”包含了“情”，也可由此得到解释。

《文心雕龙·时序》云：“歌谣文理，与世推移。”南齐萧子显《南齐书》中云：“若无新变，不能代雄。”时代变了，诗歌自然也得变。一部中华诗歌发展史，是不断新变的历史。《诗经》中的“齐言诗”和“杂言诗”已孕育着此后产生多种诗体的萌芽。《楚辞》是特定历史条件下楚地文化与中原文化交融的产儿，是一种突出的新变。《诗经》《楚辞》以后，各种新诗体不断涌现，由汉魏而六朝，五言诗已相当成熟，七言诗也已形成；而在乐府民歌中，则既有通篇五言、通篇七言的“齐言体”，也有不少句式多变、错落有致的“杂言体”。唐朝是诗体大备的时代：包括五、七言律、绝、排律在内的近体诗百花齐放；五古、七古、歌行、乐府诗的创作也盛况空前，不断创新；而在宋代发展到高峰的词，在中、晚唐时期也已开出灿烂的花朵。宋词、元曲与唐诗并称，但在宋、元时代，经由唐人运用、开拓的各种诗体，仍然有佳作出现。特别是宋诗，因宋代诗人在唐诗的基础上求新求变而自具特色，堪与唐诗比美。总起来说，《诗经》《楚辞》以来随着社会的发展不断求变创新、孳乳繁衍而形成的各种诗体乃至词、曲，只要是“情韵不匮”“声情并茂”的佳作，都具有永恒的艺术魅力。读这些作品，仍可以获得艺术享受。

当然，中华诗歌之所以具有永恒的艺术魅力，与“声情并茂”并存的还有许多因素，诸如语言的精炼、生动和富有个性，赋、比、兴和象征、拟人、烘托、暗示等手法的运用，炼字、炼句与炼意的统一，章法结构的严谨与变化，情景交融的意境创造等，都有其重要作用，不可忽视。这里要特别强调指出的一点是：中华诗歌之所以具有永恒的艺术魅力和艺术生命力，在于历代杰出诗人在继承传统、踵事增华、追求声情之美的前提下不断创新、生生不已。

“写诗”，这应该是作者本人的一种谦虚说法，正规地说，便是“作诗”“吟诗”“敲诗”，或从事诗歌“创作”。要完成一首诗，实际上是一种艺术创造。既是创造，其作品应是全新的，既不与前人的任何作品雷同，又不与今人的任何作品雷同。姑以唐诗为例。唐人继承汉魏六朝乐府诗的传统，创作了大量乐府诗名篇。比如张若虚的《春江花月夜》，用的是乐府《清商曲辞·吴声歌曲》旧题。郭茂倩《乐府诗集》录隋炀帝二首，诸葛颖一首，皆格局狭小，情韵之美不足。而张若虚的同题作品，却大放异彩，声情并茂，被闻一多称为“诗中的诗，顶峰上的顶峰”，因“孤篇横绝”而“竟为大家”。今天很少有人知道早在张若虚之前就出现过《春江花月夜》诗，更不考虑这原是乐府旧题，只赞叹这是张若虚的伟大创造。又如李白的《蜀道难》，也是乐府诗旧题。《乐府诗集》卷四十《相和歌辞·琴调曲》所录梁简文帝《蜀道难》，简短单薄，缺乏艺术感染力。而李白的这一首，却在乐府杂言诗的基础上杂用《楚辞》和古文句法，又频频换韵，以参差错落、穷极变化的节奏感和韵律美抒写瑰奇的想象和浪漫主义激情。如殷璠所评：“奇之又奇，自骚人以还，鲜有此体调。”（《河岳英灵集》）更确切地说，这是源于乐府杂言诗而又比乐府杂言诗更自由、更解放的新体诗。李白的《梁甫吟》《将进酒》

《梦游天姥吟留别》等也可作如是观。唐人沿用乐府旧题而不为前人所囿，为我们创作出许多具有永恒魅力的新篇章。至于杜甫“即事名篇”的《兵车行》、“三吏”“三别”等名篇和白居易等人的“新乐府”，更是在继承前贤的基础上自觉地创新，至今脍炙人口，传诵不衰。五古、七古的情况亦复如此，这只要把高、岑、王、孟、李、杜、元、白、韩、柳等人的名篇和汉魏六朝古诗相比，便一目了然。比如把杜甫的《北征》《咏怀五百字》和汉魏六朝五古相比，那完全是新诗；把白居易的《长恨歌》《琵琶行》和前人的七古相比，也完全是新诗。

“四声”虽是南齐永明时期沈约等人提出来的，但一字一音而音有平仄，却是方块汉字固有的特点。因此，早在三千多年前的《诗经》中，不仅押韵的方式多姿多彩，而且追求声调的和谐，出现大量平仄相间的“律句”。就第一篇《关雎》看，如“参差荇菜，左右流之。窈窕淑女，寤寐求之。”如果把“窕”读为平声，则四句诗完全合律。《楚辞》也是如此，如《离骚》开头的“帝高阳之苗裔兮，朕皇考曰伯庸”，除去领字“帝”“朕”，衬字“之”“曰”和尾字“兮”所剩的“高阳”“苗裔”和“皇考”“伯庸”，恰是平仄相间的四个节，也完全合律。到了汉魏五言诗，更往往出现律句，如曹植“从军度函谷，驱马过西京”，王粲“南登灞陵岸，回首望长安”。王讚“朔风动秋草，边马有归心”，其上句基本合律，下句完全合律。仄声（上、去、入）是抑调，平声是扬调，平仄律也就是抑扬律。汉字音分平仄的这一特点极有利于创造语言的音乐美。不用说诗，就是名家的散文名篇，也追求声调的抑扬变化，一般情况是抑扬相间，而抒发抑郁悲愤的心情，则多用抑调，表现昂扬欢快的心情，则多用扬调。古代诗人利用汉语音有平仄的特点创造声情之美，在其诗篇中出现后人所谓的“律句”，原是十分自然的。当然，篇中虽有律句，但就全篇说，并无固定的声律要求，不存在“定型”的问题。

所谓“定型”，是就近体诗说的。

律绝定型于初唐，故唐人把这一套诗体叫“近体”或“今体”，而把旧有各体叫“古体”。从“永明体”肇始，经过无数诗人的创造而建立起来、完备起来的“近体诗”，是汉语优点的充分发扬，也是诗歌传统经验的总结和提高。单音节的汉字每一个字都有形有音有义。就字音说，音分平仄，从《诗经》开始，就注意调平仄以创造抑扬抗坠的音乐美。就字义说，“天”与“地”、“高”与“下”、“多”与“少”，以此类推，每一个字都可以找到一个乃至几个字同它对偶，更妙的是其平仄也往往是相对的。因此，对偶句早在《易经》《诗经》里就屡见不鲜，到了汉赋和六朝骈文，讲究对偶乃是它们的特点之一。当然，世界各种语言都可创造对偶句，但一般只能获得对称美；而合对称美、整齐美、节奏美为一，只有方块汉字才能办到。利用汉语的独特优点并吸取前人积累的丰富经验总结出平仄律和对偶律，便为近体诗的定型奠定了基础。

近体诗包括五绝、七绝、五律、七律和五、七言排律。之所以独用五言、七言，是因为五、七言诗的创作已有悠久历史，取得了丰富的成功经验。经验证明，五、七言句最适于汉语单音节、双音节的词灵活组合，也最适于体现一句之中平仄音节相间的抑扬律。而且，五、七言句既不局促，又不冗长，因字数有限而迫使作者炼字、炼句、炼意，力求做到“以少总多”“词约意丰”。绝句定型为四句，是由于四句诗恰恰可以体现章法上的起承转合，六朝以来的四言小诗已经提供了范例。近体诗的平仄律不外三点：一、本句之中平仄音节相间；二、两句之间平仄音节相对；三、两联之间平仄音节相连。而由四句两联组成的绝句，恰恰体现了这三条规律，从而构成了完整的声律单位。律诗每首八句，从声律上说，是两首绝句的叠合；从章法上说，每首四联，也适于体现起承转合、抑扬顿挫的变化；首尾两联对偶与否不限，中间两联必须对偶，体现了单行与对称的统一，听觉上的平仄协调与视觉上的对仗工丽强化了审美因素。排律又称长律，就声律说，乃是绝句的反复叠合。沈佺期、宋之问、李白、王维的排律，都不过十韵（两句一韵）。杜甫多排律长篇，《秋日夔府咏怀奉寄郑监李宾客一百韵》长达一百韵。白居易有百韵排律多篇；北宋王禹偁的《谪居感事》长达一百六十韵，是排律中规模最大的。由于除首尾两联可以不对偶而外，中间各联都必须对偶，还须讲究用典，所以写作难度既大，阅读也颇费力。即如杜甫排律长篇被誉为“雄伟神奇，如《谒先主庙》《赠哥舒》等作，阖辟驰骤，如飞龙行云”者（胡应麟《诗薮·内篇》卷四），也很少有人认真吟诵。故诗人们倘遇八句律诗难于表现的题材，一般采用古体而很少运用排律。我们今天讲近体诗，通常也指五、七言律、绝而不包括排律。

五、七言律、绝充分体现了汉语独有的优势，兼备多种审美因素，是最精美的诗体。初唐以来的杰出诗人运用这一套诗体创作了无数情韵俱美的佳什。由于篇幅简短，而且篇有定句、句有定字、字有定声及对偶、粘、对的规范，一读便能记诵，因而传播最广，影响极大。

阅读中华诗歌，有极大的现实意义。我国有“诗教”传统，“诗”可以“教”人，是由诗的特质及其社会作用决定的。《诗·大序》说：“正得失，动天地，感鬼神，莫近于诗。”孔颖达在《毛诗正义》里指出这是讲“诗之功德”的。把诗的功用称为“功德”，表现了对“诗教”的高度重视。

孔子教人，主张“兴于诗”。（《论语·泰伯》）包咸解释说：“兴，起也，言修身当先学诗。”（何晏《论语集解》引）孔子又对他的弟子说：“小子何莫学夫诗！诗，可以兴，可以观，可以群，可以怨。迩之事父，远之事君；多识于鸟兽草木之名。”（《论语·阳货》）这是早在两千五百多年以前对诗歌功用所做的相当全面的概括。

“可以观”，即可以从诗歌中“观风俗之盛衰”（郑玄注），“考见得失”（朱熹注），这指的是诗歌的认识作用。《汉书·艺文志》说：“自孝武（汉武帝）立乐府而采歌谣，于是有代、赵之讴，秦、楚之风，皆感于哀乐，缘事而发，亦可以观风俗，知厚薄云。”又强调了诗歌的认识作用。白居易《策林·采诗以补察时政》里举了许多诗歌能起认识作用的实例：

> 闻《蓼萧》之诗，则知泽及四海也；闻《华黍》之咏，则知时和岁丰也；闻《北风》之言，则知威虐及人矣；闻《硕鼠》之刺，则知重敛于下也；闻“广袖高髻”之谣，则知风俗之奢荡也；闻“谁其获者妇与姑”之言，则知征役之废业也。故国风之盛衰，由斯而见也；王政之得失，由斯而闻也；人情之哀乐，由斯而知也。

《诗经》以来的优秀诗篇一般都“感于哀乐，缘事而发”，以其浓烈的诗情和鲜明的画景反映了政教得失、人民哀乐和时代的风云变化。三千多年的中华诗歌，是三千多年的“诗史”，是中华民族的社会史、文化史和心灵史。较有系统地研读三千多年来的诗歌珍品，有助于认识中华历史、认识中华文化、认识中华民族精神，从而真正了解我们的“国情”，从事继往开来的伟大事业。

“可以兴”指诗歌可以使读者受到启发，产生联想，从而“感发兴起”，是讲诗歌的教育作用。《诗经》以来的优秀诗篇以其情景交融、言近旨远、一唱三叹的艺术境界扣人心弦，其教育作用之强烈，尽人皆知。白居易在《读张籍古乐府》诗中列举张籍的不同诗篇所起的不同教育作用：“读君《学仙诗》，可讽放佚君；读君《董公诗》，可诲贪暴臣；读君《商女诗》，可感悍妇仁；读君《勤齐诗》，可劝薄夫敦。上可裨教化，舒之济万民；下可理情性，卷之善一身。”又在《和答·诗十首序》中说他赠元稹的二十章诗可以“销忧懑”，“张直气而扶壮心”。

中华诗歌以反映社会生活广阔，题材、风格多种多样著称。不同的诗歌有不同的教育作用。举例来说，从《诗经》中的《硕鼠》开始，历朝累代都有抨击贪官污吏、同情黎民疾苦的好诗。即如南宋时期，不仅有像陆游《农家叹》和范成大《催租行》《后催租行》那样正面抒写的佳作，而且在咏物诗、禽言诗里，也有曲折的反映。如洪咨夔的《促织》二首：

一点光分草际萤，缫车未了纬车鸣。
催科知要先期办，风露饥肠织到明。

水碧衫裙透骨鲜，飘摇机杼夜凉边。
隔林恐有人闻得，报县来拘土产钱。

这样咏促织，不单纯是角度新颖的问题，更使人感动的，还在于作者不能已于言的忧民忧国的激情。读这一类诗，不仅会在加强廉政建设、减轻农民负担方面起直接作用，而且可以培养忧国忧民、爱国爱民的美好情操，提高对于国家前途、民族命运的责任感。

从屈原的伟大诗篇《离骚》开始，直到19世纪以来反帝反封建的佳作，先后出现了无数爱国诗人及其爱国诗词。陆游、文天祥等人的许多爱国诗，辛弃疾、张孝祥等人的许多爱国词，至今万口传诵，在进行爱国主义教育方面有其不可低估的重要作用。

诗歌的认识作用、教育作用必须通过审美作用才能充分实现。中华诗歌中的优秀篇章具有诸多审美因素，情景交融，声情并茂，感染力极强，能够给人以强烈的美感享受。沈德潜认为“诗之为道，可以理性情，善伦物”，乃由于诗不是抽象说教，而是“比兴互陈，反复唱叹，而中藏之欢愉惨戚，隐跃欲传”（《说诗晬语》卷上），使人于美感享受中潜移默化。黄周星论曲的美感作用，也相当中肯：“论曲之妙无他，不过三字尽之，曰‘能感人’而已。感人者，喜则欲歌、欲舞，悲则欲泣、欲诉，怒则欲杀、欲割，生趣勃勃，生气凛凛之谓也。”（《制曲枝语》）他虽然讲的是中华诗歌中的曲，但也适用于诗、词。正因为中华诗歌具有如此强烈的感染力，足以感人肺腑，移人性情，使读者于不知不觉中受到影响和教育，所以才能发挥巨大的社会作用。

我国杰出的诗人都有崇高的审美理想，概括地说，他们的优美诗歌表现了中华民族所追求的生活本身的美以及为争取美在生活中的胜利而做的英勇斗争，也表现了中华民族所反对的一切丑恶事物以及为根除这些丑恶事物而做的英勇斗争。中华诗歌具有悠久的“美”“刺”传统，“美”就是弘扬美好的事物，“刺”就是抨击丑恶事物，这二者是辩证统一的，同出于崇高的审美理想。敏锐而深刻的爱美感，是和对丑恶现象的强烈厌恶分不开的。诗歌中歌颂美好事物，固然是为了弘扬美，并且唤起读者的心灵美；诗歌中抨击丑恶现象，其目的也是使读者在厌恶丑恶事物的同时激起对于美好事物的热爱，以培养其爱美感和在生活实践中为扶美除丑而斗争的坚强意志。

继承中华诗歌传统，对于繁荣和发展当前的诗歌创作有重大意义。

中华诗史，是在继承中不断创新、不断孳乳繁衍的历史。到了唐宋时期，五古、七古、歌行、乐府、五绝、七绝、五律、七律及五、七言排律等各体齐言诗、杂言诗异彩纷呈；六言绝句尽管作者不多，但王维的《田园乐》七首、王安石的《题西太一宫壁》二首，却写得十分精彩，表明这种诗体也不容忽视。除诗体大备而外，又增加了拥有几百个词调的词。到了元代，又增加了包括小令、套数的散曲。值得特别重视的是：每一种新诗体的出现，只给诗歌的百花园里增光添彩，而不取代任何仍有生命力的原有诗体。相反，原有的各种诗体，也在适应反映新的社会生活、抒发新的思想感情、体现新的时代精神的要求，不断发展创新。

试读唐宋诸家的诗集，凡有成就的作者都是诸体并用甚至各体兼擅的。就杜甫说，当时所有的诗体他都充分运用，各有杰作，并对七律、五古、排律等多种诗体的发展、提高做出了贡献，又开“新乐府”先河。就苏轼说，不仅各体诗兼擅，各有名篇；而且是大词人，其词“一洗绮罗香泽之态，摆脱绸缪宛转之度”，为词的创作开拓新领域。杰出诗人之所以兼用各体，是因为他们明确地认识到各种诗歌体裁各有特长，也各有局限。显而易见，《北征》《述怀》《咏怀五百字》《兵车行》《丽人行》《哀江头》《洗兵马》《丹青引》《茅屋为秋风所破歌》以及“三吏”“三别”等诗所表现的题材，不论用五绝、七绝还是用五律、七律去表现，都是无法胜任的。杜甫如果不擅长五古、七古、歌行、乐府诸体而只作近体诗，中华诗史上就不会出现那许多旷世杰作。反之亦然，《月夜》《春望》《春夜喜雨》《闻官军收河南河北》《登楼》《诸将五首》《秋兴八首》《八阵图》《江南逢李龟年》等诗所抒发的思想感情如果用各种古体去表现，也很难创造出如此完美的意境，为中华诗史增添灿烂夺目的新篇章。更细微一点，适于五绝的题材最好不用七绝去表现，余可类推。

题材的广阔性、多样性要求诗歌体裁的丰富性、多样性。唐宋时期诗歌体裁的丰富、多样，是诗歌创作高度繁荣的重要标志之一。

我们今天的现实生活千汇万状，人们的精神世界丰富多彩，都非唐宋时期所能比拟，因而只有“五四”以来的新诗是不行的，仅继承近体诗和词也是不够的。

我在前面之所以用较多篇幅谈论近体诗以外的多种诗体，是因为这许多诗体为我们提供了无数具有永恒魅力的杰作，吟诵那些杰作，探究那些诗体适应社会的发展不断创新、在“声情并茂”这个最根本的艺术特质上日臻完美的轨迹，便有助于我们在此基础上继续创新以体现新的时代精神，为中华诗歌开创二代新风。

有些论述“中华诗歌的继承与革新”的文章有这样的提法：“中华诗词（包括曲）作为定型或基本定型的诗歌体裁形式，有着一整套严格的声韵格律规范。”“诗词运用古汉语，有固定的格式、句数和严谨的格律，反映现代生活不能不具有严重的局限性。”类似的提法颇多，这显然把近体诗和词、曲以外的各体齐言诗、杂言诗排除在“中华诗词”之外了。有了这种提法，跟踪而至的便是“镣铐”“束缚思想”“不能容纳多音节词”“不便反映现代生活”等等。其实，近体诗以外的各种诗体如五古、七古、乐府、歌行，从来就不存在“定型”问题，自然也没有“固定的格式”。不论是“齐言”或“杂言”，每篇句数不限；既可一韵到底，也可频频换韵，平韵、仄韵交错。如李白的《蜀道难》开头：“噫吁戏，危乎高哉！蜀道之难难于上青天。蚕丛及鱼凫，开国何茫然。尔来四万八千岁，不与秦塞通人烟。”三言、四言、五言、七言、九言句式杂用。杜甫《茅屋为秋风所破歌》结尾：“安得广厦千万间，大庇天下寒士俱欢颜，风雨不动安如山！呜呼！何时眼前突兀见此屋，吾庐独破受冻死亦足！”不但突破七言句型，而且一反偶句押韵的常规，有力地抒发了崇高理想和渴望理想实现的激情。黄遵宪《八月十五夜太平洋舟中望月作歌》中的“汪洋东海不知几万里，今夕之夕惟我与尔对饮成三人”，用九字句和十三字句。于右任作于辛亥革命十年前的《从军乐》多用长句，大气盘旋，热情喷涌。结尾“吾人当自造前程，依赖朝廷时难俟。何况列强帝国主义相逼来，风潮汹涌廿世纪。大呼四亿六千万同胞伐鼓掀金齐奋起！”末两句十一字和十六字，把“帝国主义”“四亿六千万同胞”这样的多音节词都纳入诗句而不嫌生硬。仅举以上数例，已可看出古风中的“杂言体”弹性极大。古风中的“齐言体”如五古、七古，虽然句有定字，但字无定声，篇无定句，既可押平韵，也可押仄韵，换韵自由，韵部也比较宽，与近体诗相比，弹性也大得多。

充分发挥了汉语独特优势、集中了众多审美因素的近体诗，尽管有固定的“型”，但至今仍有强大的生命力，可以充分发挥作者的创造性。试以律试为例略做说明：第一，不同的诗人运用五律或七律这种“定型”的诗体作诗，由于选材不同，各人的美感体验不同，以及所采用的角度、手法等都不同，因而创作出来的作品也各有特点。同一诗人在不同情境中作律诗，也完全能够自觉地避免雷同。第二，律诗尽管在格律方面“定型”，但句法、章法的变化却是无穷无尽的。第三，格律的约束促使诗人强化了创造意识，不得不在法度中求自由，在有限中求无限；而汉语的特点，正有利于实现这种目的。仅就语法而言，汉语同英语或其他印欧语相比，就灵活得多。既无定冠词和不定冠词的负担，也不讲时态、人称及单复数等的变化，连必要的虚词甚至实词都可省略。如果说在古体诗中由于字、句的或多或少并无限制而较多地运用表现语法关系的主语、动词和虚词等，那么在近体诗中这一切都可尽量删减，以至于只留下表现意象的名词和名词性词组。其结果，更有利于获得“以少总多”“言外见意”的艺术效果。五律对句如温庭筠的“鸡声茅店月，人迹板桥霜”，七律对句如黄庭坚的“桃李春风一杯酒，江湖夜雨十年灯”和陆游的“楼船夜雪瓜洲渡，铁马秋风大散关”，都是这方面的名句。因此，就像七律这样格律极严的诗体，在历代杰出诗人的手里都能充分发挥其独创性：王维意象超远，词语华妙；杜甫纵横变化，涵盖宇宙；白居易纡徐坦易，妙合自然。其他如刘禹锡、柳宗元、杜牧之、李商隐以及宋代的苏轼、黄庭坚、陆游，金代的元好问等，都各辟蹊径，各有独创。

内容决定形式，形式反作用于内容，形式与内容是统一的。任何一首有独创性的七律，其形式都是内容的具体化，内容是新的，形式也是新的。尽管它具备了七律格律的一切要素，但那格律并不是它的形式。有人把诗体称为“形式”，如说“七律这种形式”之类，与此相联系，把用传统格律诗体反映现代生活说成“旧瓶装新酒”。既然约定俗成，不妨仍可这么说；但不应因此妨碍对于“传统格律诗的继承和创新”的正确理解。像《长征》那样体现了创新精神的七律，从哪一方面看，都应该说是继承了优秀传统的新诗。酒是新的，瓶子也是新的。

归结起来说，中华诗歌传统中的诗体丰富多样，至今都有生命力。古风中的“杂言体”本无固定的“型”，“齐言体”与散曲也有较大弹性；五绝、七绝、五律、七律与词，才是严格意义上的格律诗，但那“严谨的格律”并不是死硬的“旧瓶”，而是根据汉语优点和无数杰出诗人的创作经验总结出来的诸多审美因素的集中，既可保证诗作的艺术质量，又可强化诗人的创造意识，创作出声情并茂的新诗。只要我们弘扬历代诗人忧国忧民、爱国爱民的优秀传统，以高度的使命感和责任感直面现实、直面人生，从“诗教”的高度和“美”“刺”的目的出发，充分吸取各体传统诗歌的创作经验并把握其声情并茂的艺术特质，根据不同诗体的不同性能表现相适应的生活侧面和生活激情，便可促进诗歌创作的繁荣与发展。诗歌园地里百花盛开、飘香吐艳的前景，是不难预期的。

中华诗歌包括诗词曲。由于这套《中国古典文学名著精品书系》中另有《宋词精品》和《元曲精品》，所以这本书只选诗。

这本《唐诗精品》附有唐代以前和唐代以后的历代诗精品，可以说是一个中等规模的、以唐诗为重点的中国历代诗选本。起自汉，止于“五四”以前。由于受字数限制，附录的历代诗，数量不足；而且未选《诗经》和《楚辞》。

这个选本力图从历代浩如烟海的诗篇中选出声情并茂的佳作，使广大读者从中获得审美享受和多方面的精神营养。这个选本也力图体现中华诗歌题材、体裁、风格、流派多样化的特点和在继承中不断创新的优秀传统，为当前的诗歌创作提供借鉴。

导论论述了中华诗歌的艺术魅力、社会作用和对于繁荣当代诗歌创作的积极意义，希望有助于读者研读中华传统诗歌，在最大程度上做到古为今用。

1995年夏写于唐音阁

目　录

唐诗精品

张 籍

王 建

韩 愈

刘禹锡

历代诗精品

李世民（599—649）

即唐太宗，李渊次子。祖籍陇西成纪（今甘肃秦安），徙居长安（今西安市）。隋末劝其父起兵反隋。唐高祖武德元年（618）为尚书令，进封秦王。九年（626）六月，发动玄武门之变，杀太子建成、齐王元吉，立为太子。八月继位，次年改元贞观。卒于贞观二十三年，谥曰文，庙号太宗。在位期间，推行均田制、租庸调法和府兵制，发展科举制度，励精图治，任贤纳谏，政治修明，国力强盛，社会经济得到恢复和发展，史称“贞观之治”。其开明的文化政策和自己提倡并从事诗歌创作，对唐诗的繁荣有积极影响。《全唐诗》存诗一卷，《帝京篇》《还陕述怀》《经破薛举战地》等是其代表作。“雪耻酬百王，除凶报千古”“昔乘匹马去，今驱万乘来”“一朝辞此去，四海遂为家”诸句，词气壮伟；“林黄疏叶下，野白曙霜明”“笑树花分色，啼枝鸟合声”“出红扶岭日，入翠贮岩烟”诸句，又构思精巧。徐献忠《唐诗品》称其“延揽英贤，流徽四座。其游幸诸作，宫徽铿然，六朝浮靡之习，一变而唐；虽绮丽鲜错，而雅道立矣。其为一代之祖，又何疑焉！”

赐房玄龄①

太液仙舟迥②，西园引上才③。
未晓征车度，鸡鸣关早开④。

【题解】

此诗意在嘉勉房玄龄为国求贤。首句从反面落墨，用一“迥”

字，表明房玄龄与“太液仙舟”距离甚远，以见其无暇游乐、无意求仙。次句从正面着笔，点明他正忙于“引上才”。三、四两句，以形象而有象征意味的笔墨写“引上才”的措施和效果。唐京长安居四关之中，如果闭关拒才，谁能进来？而如今呢？雄鸡初唱，关已早开，所以天未破晓、不远千里而来的英雄豪杰已经驱车入关，向长安进发。而贤明的宰相，正在“西园”忙于援引他们呢！四句诗，写得兴会淋漓，其求贤望治之意，溢于言表。

【注释】

①房玄龄：579—648，齐州临淄（今属山东）人。与魏徵、杜如晦等同为唐太宗重要助手。任宰相十五年，求贤若渴，量才任用，史称贤相。 ②“太液”句：汉、唐京城都有太液池，像蓬莱仙境，故称池中“舟”为“仙舟”。迥（jiǒng）：远。 ③西园：指西苑。房玄龄贞观初任中书令，中书省靠近西苑。引：《全唐诗》作“隐”，与下两句不贯，据《万首唐人绝句》改。 ④“鸡鸣”句：《史记·孟尝君列传》载函谷关鸡鸣开关放行，此句可能用此典；但“关”不限于函谷关。从泛指的、象征的意义上理解，会从更深的层次上把握全诗的意境美。

魏 徵（580—643）

字玄成，馆陶（今属河北）人。唐初著名政治家。少时家贫，好读书。隋末随李密参加瓦岗起义军，失败后降唐。辅佐李渊、李世民，拜谏议大夫，以直言敢谏著名，前后陈谏二百余事。贞观三年（629）任秘书监，主持《隋书》《群书治要》编撰；《隋书》总序及《梁书》《陈书》《齐书》总论，皆出其手，世称良史。官至太子太师，进封郑国公。卒谥文贞。新、旧《唐书》有传。《全唐诗》存诗一卷。

述 怀

中原初逐鹿①，投笔事戎轩②。
纵横计不就③，慷慨志犹存④。
杖策谒天子⑤，驱马出关门⑥。
请缨系南越⑦，凭轼下东藩⑧。
郁纡陟高岫⑨，出没望平原⑩。
古木鸣寒鸟，空山啼夜猿。
既伤千里目⑪，还惊九逝魂⑫。
岂不惮艰险⑬？深怀国士恩⑭。
季布无二诺⑮，侯嬴重一言⑯。
人生感意气，功名谁复论⑰。

【题解】

诗题一作《出关》，自请出关劝降李密旧部，作此诗以述怀抱。魏徵之诗，多为郊庙乐章及应制之作，唯此篇气势雄浑，风骨遒劲，在初唐诗中独放异彩。徐增《而庵说唐诗》云：“此唐发始一篇古诗，笔力遒劲，词采英毅，领袖一代诗人。”沈德潜《唐诗别裁集》云：“气骨高古，变从前纤靡之习。盛唐风格，发源于此。”叶羲昂《唐诗直解》云：“此已具盛唐之骨，离却陈隋滞靡，想见其人。”

【注释】

①中原：指天下。逐鹿：比喻夺取政权。这句指隋末动乱中群雄争夺天下的战争。 ②投笔：用东汉班超投笔从戎的典故。戎轩：战车，这里指战争。以上两句追述自己弃文就武的经历。 ③纵横：合纵连横，可以引申

为计谋、策略。不就：不成。这句是说，自己曾向李密献计献策，但不被采纳。 ④慷慨：指救济天下的不平凡的抱负。 ⑤策：古代赶马用的棍子。杖策，拿策赶马。谒：拜见。天子：指高祖李渊。这句写自己在戎马之中投归李渊。 ⑥关：指潼关。出关门，离开长安，出关东行。 ⑦“请缨”句：武帝时，终军自请安抚南越，临行前对武帝说：“愿请长缨（绳），必羁南越王而致之阙下。”意思是说：只要用一根绳子就能将南越王牵来归顺朝廷。终军果然说服了南越王归汉。 ⑧轼：车前的横木。凭轼，指乘车出使。下：说服。东藩：东方的属国。这句用西汉郦食其（Lì Yìjī）的典故。汉高祖时，郦食其曾自请出使齐国，说服了齐王田广，齐国终于成为汉朝在东方的属国。以上两句以终军和郦食其自比，表示这次出关定要说服李密的旧部归顺唐朝。 ⑨郁纡：指山路萦回曲折。陟（zhì）：登高。岫（xiù）：山峰。 ⑩“出没”句：由于山路高低不平，视线有时受到阻隔，俯视平原也是时出时没。 ⑪“既伤”句：《楚辞·招魂》：“目极千里兮伤春心。”这句是说，极目千里中原，看到战乱中的荒凉景象，感到痛心。 ⑫“还惊”句：《楚辞·抽思》：“惟郢路之辽远兮，魂一夕而九逝。” ⑬惮：怕。 ⑭国士恩：以国士相待之恩。国士，一国之内的英杰。魏徵曾说：“主上既以国士见待，安可不以国士报之乎？”（引自《唐书·魏徵传》） ⑮“季布”句：季布，楚、汉间人，以守信著名。《史记·季布栾布列传》引楚谚：“得黄金百斤，不如得季布一诺。” ⑯侯嬴：战国魏信陵君的门客。信陵君救赵，侯嬴年老不能随行，自言必杀身以报，果践其言。 ⑰“人生”二句：言重义气而轻功名。意气，即前面所讲的有诺必践、有恩必报的豪侠气度。

王 绩（590—644）

字无功，号东皋子，绛州龙门（今山西河津）人，大儒王通之弟。隋大业中（605—617），举孝悌廉洁科，授秘书省正字，出为六合丞。简傲嗜酒，屡被勘劾。时天下已乱，遂托病还乡。其后浪迹中原、吴、越间。唐武德五年（622），以前官待诏门下省，特判日给斗酒，时称“斗酒学士”。贞观四年（630），因其兄王凝得罪朝廷大臣，王氏兄弟皆受排抑，遂托疾归里。十一年（637），以家贫赴选，为大乐丞。未两年，又弃官归田，躬耕东皋。其后自撰墓志，忧愤而卒。其诗多写田园山水，淳朴自然，无齐梁藻丽雕琢之习，对唐诗的健康发展有一定影响。杨慎《升庵诗话》卷二云：“王无功，隋人。入唐，隐节既高，诗律又盛，盖王、杨、卢、骆之滥觞，陈、杜、沈、宋之先鞭也。”

野　望

东皋薄暮望①，徙倚欲何依②！
树树皆秋色，山山惟落晖。
牧人驱犊返，猎马带禽归。
相顾无相识，长歌怀采薇③。

【题解】

望山野秋景而生感慨，情景交融，清新淡远，此诗是王绩的代表作，“为世传诵”（《四库全书总目》）。

首联叙事兼抒情，总摄以下六句。首句给中间两联的“望”中“野”景投入薄薄的暮色；次句遥呼尾句，使全诗笼罩着淡淡的哀愁。颔联写薄暮中的秋野静景，互文见义，山山、树树、一片秋色、一抹落晖，触发诗人彷徨无依之感。颈联写秋野动景，于山山、树树、秋色、落晖的背景上展现“牧人驱犊返，猎马带禽归”的画面。用“返”“归”，其由远而近，向村庄走来的动态跃然纸上。这些牧人、猎人，如果是老相识，与他们“言笑无厌时”（陶潜《移居》），该多好！可是并非如此，这就引出尾联："相顾无相识"，只能长歌以抒苦闷。王绩追慕陶潜，但他并不像陶潜那样能够从田园生活中得到慰藉，故其田园诗时露彷徨、怅惘之情。

此诗一洗南朝雕饰华靡之习，却发展了南齐永明以来逐渐律化的新形式，已经是一首比较成熟的五律。

【注释】

①东皋：皋，水边地。王绩称他在故乡的躬耕、游息之地为东皋。薄暮：日将落之时。 ②徙倚：犹徘徊、彷徨。 ③"长歌"句：薇，羊齿类草本植物，其嫩叶可食。或以为此句诗意，乃作者联想到《诗经》中有关"采薇"的片段，长歌以抒苦闷。或以为此句诗意，即长歌《采薇歌》，怀念伯夷、叔齐。从作者心态和全诗脉络看，前解较切。

王　勃（650—675）

字子安，绛州龙门（今山西河津）人。隋末大儒王通之孙。早慧好学，高宗麟德三年（666）应幽素科举，对策高第，拜朝散郎。后为沛王府侍读，时诸王斗鸡，因戏作《檄英王鸡文》，为高宗所恶，被逐出府。总章二年（669）漫游蜀中，诗文大进。后为虢州参军，恃才傲物，为同僚所嫉。咸亨五年（674），因匿杀官奴曹达犯死罪，遇赦免职。其父王福畤官雍州司户参军，受株连贬为交趾令。上元二年（675）赴交趾省亲，经南昌时作《滕王阁序》。自交趾归，渡海溺水，惊悸而卒。善属文，杨炯称其"壮而不虚，刚而能润"（《王勃集序》）。尤擅诗歌，胡应麟称其"兴象婉然，气骨苍然，实首启盛、中妙境"（《诗薮》）。与杨炯、卢照邻、骆宾王齐名，四人被并称为"初唐四杰"。其五律、五绝及七言歌行，在"四杰"中最为杰出，对五律的建设和歌行的提高尤有贡献。有《王子安集》，《全唐诗》存诗二卷。《旧唐书》卷一九〇、《新唐书》卷二〇一均有传。

送杜少府之任蜀川[1]

城阙辅三秦[2]，风烟望五津[3]。
与君离别意，同是宦游人。
海内存知己，天涯若比邻。
无为在歧路[4]，儿女共沾巾。

【题解】

这是一首别开生面的送行诗。首联上句写送行之地，下句写被送者即将远去之处。自长安“城阙”遥望“蜀川”五津，视线为“风烟”所遮，已露伤别之意，摄下文“离别”“天涯”之魂。“与君离别意”紧承首联，写惜别之情，妙在欲吐还吞。“离别意”究竟如何，不正面明说，而改口用“同是宦游人”宽慰和鼓励对方：你和我既然同是出门做官、想干一番事业的人，那就免不了各奔前程，哪能没有分别呢？三联退开一步，奇峰突起。从构思方面说，很可能受了曹植《赠白马王彪》“丈夫志四海，万里犹比邻；恩爱苟不亏，在远分日亲”的启发；但高度概括，自铸伟词，情调又积极乐观，能给人以鼓舞力量，故千百年来传诵不衰。张九龄《送韦城李少府》中的“相知无远近，万里尚为邻”，高适《别董大》中的“莫愁前路无知己，天下谁人不识君”，都从此脱胎。

全诗一洗向来送行诗的悲凉情境，风格爽朗，意象雄阔，为此后创作送人赴任、从军、出使等等的诗开拓了新领域。

【注释】

①杜少府：名不详，少府，是当时县尉的通称。之任：赴任。蜀川：犹言蜀地。 ②城阙：指长安的城郭宫阙。三秦：项羽分秦地为雍、塞、翟三国，合称三秦。此泛指关中一带。全句意为长安以三秦为辅。 ③五津：蜀中岷江的五个渡口，即白华津、万里津、江首津、涉头津、江南津。此泛指蜀川。 ④歧路：分路。古代送行，至分路处告别。

骆宾王（627？—684？）

字观光，婺州义乌（今属浙江）人。七岁能诗。高宗显庆（656—661）时供职道王府。其后闲居齐鲁多年，入京对策中式，授奉礼郎。因事被谪，从军西域，调赴姚州平叛。奉使入蜀，与卢照邻酬唱。返京历任武功、长安主簿，迁侍御史。因上书论朝政触怒武后，谪临海丞。光宅元年（684），徐敬业起兵讨武则天，军中书檄，皆出其手。兵败被杀（一说逃亡后落发为僧）。善骈文，其《为徐敬业讨武曌檄》，历代传诵。其诗长于歌行，“《畴昔》《帝京》二作，不独富丽华藻，极揽天下之才，而开合曲折，尽神工之致。莫言中、晚，即盛唐罕有与敌”（周敬、周珽《唐诗选脉会通评林》）。五律亦有佳作。《全唐诗》存其诗三卷，诗集以清咸丰间陈熙晋《骆临海集笺注》最通行。其生平事迹见新、旧《唐书》本传。

在狱咏蝉

西陆蝉声唱①，南冠客思侵②。
那堪玄鬓影③，来对白头吟④。

露重飞难进，风多响易沉[5]。
无人信高洁，谁为表予心[6]！

【题解】

高宗仪凤三年（678），作者因上疏论朝政触怒武后，被诬以贪赃罪下御史台狱，于狱中作此诗。诗前有长序云："……秋蝉疏引，发声幽息，……声以动容，德以象贤。故洁其身也，禀君子达人之高行；蜕其皮也，有仙都羽化之灵姿；候时而来，顺阴阳之数；应节为变，审藏用之机；有目斯开，不以道昏而昧其视；有翼自薄，不以俗厚而易其真。吟乔树之微风，韵资天纵；饮高秋之坠露，清畏人知。……"说明这首咏蝉诗意在因蝉寄慨，自写遭遇及怀抱。前四句叙狱中对蝉，后四句以蝉喻己，贴切自然，是咏物诗的上乘。

【注释】

①西陆：《隋书·天文志》："日循黄道东行，一日一夜行一度，三百六十五日有奇而周天。行东陆谓之春，行南陆谓之夏，行西陆谓之秋，行北陆谓之冬。"故以西陆指秋季。 ②南冠：指囚徒。《左传·成公九年》："晋侯观于军府，见钟仪，问之曰：'南冠而系者谁也？'有司对曰：'郑人所献楚囚也。'"后遂以"南冠"为囚徒的代称。 ③玄鬓：古代妇女把两鬓发型梳得像蝉翼，叫蝉鬓。玄，黑色。这里反过来以"玄鬓"指蝉翼，以部分代全体，实指蝉。 ④白头吟：乐府《相和歌》有《白头吟》，曲调哀怨。但这里的"白头"乃作者自指，"吟"则指蝉的哀鸣。"那堪"两句是流水对，一气贯串，大意是：我这个坐牢的"白头"人，哪能禁受这寒蝉对我哀鸣呢？ ⑤"露重"两句：写秋蝉因露水太重而难飞进、因秋风凄紧而鸣声低沉，用以比喻自己身陷牢狱，有冤难伸。 ⑥"无人"两句：蝉栖高树，吸风饮露，可谓"高洁"，可是无人相信它高洁啊！由此联想到自己也很高洁，可是又有谁相信我高洁，替我鸣冤雪谤呢？

卢照邻（634？—686？）

字升之，号幽忧子，幽州范阳（今河北涿州市）人。十余岁即博学善文，二十岁时为邓王府典签，总揽书记，颇受爱重。龙朔中，调益州新都尉。秩满，留连蜀中，放旷诗酒，与王勃酬唱。后离蜀入洛阳，咸亨三年（672）染风疾。入长安，从孙思邈问医道。上元二年（675）前后，入太白山，服药中毒，遂得痼疾。永隆二年（681），转洛阳东龙门山学道服饵，与朝士名流书信往来，乞服用、药饵之资。垂拱元年（685），移居阳翟具茨山下，预为墓。终因不堪病痛折磨，自投颍水而死。工骈文、诗歌，为“初唐四杰”之一。其诗歌题材，“从宫廷走到市井”（闻一多《唐诗杂论·四杰》），扩大了创作视野。擅长歌行，与骆宾王等引进六朝辞赋的表现手法，四句或八句换韵，上下蝉联，对偶工丽，音调和谐，词采富艳，于排比铺张中见宛转流动之致，《长安古意》即其代表作。七绝亦有佳作，为李、杜所宗。有《卢照邻集》，《旧唐书》卷一九〇、《新唐书》卷二〇一有传。

长安古意①

长安大道连狭斜②，青牛白马七香车③。
玉辇纵横过主第④，金鞭络绎向侯家。
龙衔宝盖承朝日⑤，凤吐流苏带晚霞⑥。
百丈游丝争绕树⑦，一群娇鸟共啼花。
游蜂戏蝶千门侧，碧树银台万种色。

复道交窗作合欢[⑧]，双阙连甍垂凤翼[⑨]。
梁家画阁中天起[⑩]，汉帝金茎云外直[⑪]。
楼前相望不相知，陌上相逢讵相识[⑫]？
借问吹箫向紫烟[⑬]，曾经学舞度芳年。
得成比目何辞死[⑭]，愿作鸳鸯不羡仙。
比目鸳鸯真可羡，双去双来君不见？
生憎帐额绣孤鸾[⑮]，好取门帘贴双燕。
双燕双飞绕画梁，罗帏翠被郁金香[⑯]。
片片行云着蝉鬓[⑰]，纤纤初月上鸦黄[⑱]。
鸦黄粉白车中出，含娇含态情非一。
妖童宝马铁连钱[⑲]，娼妇盘龙金屈膝[⑳]。
御史府中乌夜啼[㉑]，廷尉门前雀欲栖[㉒]。
隐隐朱城临玉道，遥遥翠幰没金堤[㉓]。
挟弹飞鹰杜陵北[㉔]，探丸借客渭桥西[㉕]。
俱邀侠客芙蓉剑[㉖]，共宿娼家桃李蹊[㉗]。
娼家日暮紫罗裙，清歌一啭口氛氲[㉘]。
北堂夜夜人如月[㉙]，南陌朝朝骑似云。
南陌北堂连北里[㉚]，五剧三条控三市[㉛]。
弱柳青槐拂地垂，佳气红尘暗天起。
汉代金吾千骑来[㉜]，翡翠屠苏鹦鹉杯[㉝]。
罗襦宝带为君解[㉞]，燕歌赵舞为君开。
别有豪华称将相，转日回天不相让[㉟]。
意气由来排灌夫[㊱]，专权判不容萧相[㊲]。
专权意气本豪雄，青虬紫燕坐春风[㊳]。
自言歌舞长千载，自谓骄奢凌五公[㊴]。
节物风光不相待，桑田碧海须臾改[㊵]。
昔时金阶白玉堂，即今惟见青松在。

寂寂寥寥扬子居[41]，年年岁岁一床书。
独有南山桂花发[42]，飞来飞去袭人裾[43]。

【题解】

以“长安古意”为题，借汉都长安人物写唐都长安现实，极富批判精神。

自开篇至“娼妇盘龙金屈膝”，铺写统治集团上层人物寻欢作乐、穷奢极欲的生活情景。从“别有豪华称将相”至“即今惟有青松在”，写权臣倾轧，得意者横行一时，有“转日回天”之力，自以为荣华永在，但不久即灰飞烟灭。在长安还有与上述人物不同的另一类人物，那便是失意的知识分子。作者本人，正是这类人物的代表，于是以穷居著书的扬雄自况，结束全篇。

全诗长达六十八句，以多姿多彩的笔触勾勒出京城长安的全貌。抑扬起伏，悉谐宫商；开合转换，咸中肯綮。既体现了大唐帝国的繁荣昌盛，又暴露了长安这座繁华都市肌体中的脓疮。在同类题材的作品中，不仅左思的《咏史（济济京城内）》、唐太宗的《帝京篇》无法比拟，就是骆宾王的《帝京篇》和王勃的《临高台》，在思想性和艺术性上也略逊一筹。可说是初唐划时代的力作。胡应麟极口称赞：“七言长体，极于此矣！”（《诗薮》内编卷三）贺裳也倍加赞美：“卢之音节颇类于杨，《长安古意》一篇，则杨所无。写豪狞之态，如‘意气由来排灌夫’，尚不足奇；‘专权判不容萧相’，虽萧无此事，俨然如见霍氏凌蔑车千秋、赵广汉突入丞相府召其夫人跪庭下。至摹写游冶，‘北堂夜夜人如月，南陌朝朝骑似云’，亦为酷肖。自寄托曰：‘寂寂寥寥扬子居，年年岁岁一床书。独有南山桂花发，飞来飞去袭人裾。’不惟视《帝京篇》结语蕴藉，即高达夫‘有才不肯学干谒’，亦逊其温柔敦厚矣。”（《载酒园诗话》又编）

【注释】

①古意：谓拟古、仿古，但实际是托古咏今。 ②狭斜：小巷。 ③七香车：用多种香木制成的车。 ④玉辇：皇帝乘车名，这里泛指贵人所乘的车。主第：公主家。皇帝赐的宅有甲乙等第之分，故称宅为第。 ⑤龙衔宝盖：车上装的华贵的伞盖，用雕有龙形的柱子支撑着，好像口衔着伞盖。 ⑥凤吐流苏：车盖上装饰的立凤，嘴端挂着流苏。流苏，一种彩色的球状物，底部缀有下垂的丝缕。 ⑦游丝：虫类吐在空中飘扬的丝。 ⑧复道：架在空际用以连接楼阁的通道。交窗：花格子窗。合欢：又叫夜合花、马樱花，这里指的是窗格子上的图案花形。 ⑨"双阙"句：阙：宫门前的望楼。汉未央宫前有东阙、北阙双阙。甍（méng）：屋脊。垂凤翼：汉建章宫圆阙上有金凤。这里"双阙垂凤翼"是泛指。 ⑩梁家：东汉顺帝时，外戚梁冀在洛阳大造宅第，豪华绝伦。这里借指长安达官贵人所起的宅第。中天：极言其高。 ⑪金茎：铜柱。汉武帝刘彻在建章宫中立铜柱，上置铜盘，名仙人掌，以承天露。云外直；形容铜柱高。 ⑫讵：岂。 ⑬吹箫：传说春秋时秦穆公有女弄玉，嫁善吹箫的箫史学吹箫，后夫妻乘凤凰双双仙去。紫烟：云。向紫烟：指飞升。 ⑭比目：鱼名。《尔雅·释地》："东方有比目鱼焉，不比不行，其名谓之鲽。" ⑮生憎：最厌恶。帐额：帐檐。鸾：传说中凤一类的神鸟。 ⑯翠被：用翠鸟羽毛织成的被。郁金香：传说出于大秦国（即古罗马帝国），我国今已广为种植，为香料作物。"罗帏"句：谓以郁金香薰帐子和被褥。 ⑰行云：形容女子鬓发飞动，有如缥缈的云片。蝉鬓：将鬓发梳得形似蝉翼。 ⑱鸦黄：嫩黄色，又名额黄。六朝和唐代妇女喜在额上涂鸦黄色，以为装饰。纤纤初月：即涂作窄窄的月牙形。 ⑲妖童：指豪强人家蓄的衣着华丽的少年随从。铁连钱：有圆斑的青色马。 ⑳娼妇：指豪贵人家蓄的歌舞伎。盘龙金屈膝：饰有盘龙纹的金属阖叶，用于车门接茬处的零件。此处以部分代整体，指车。 ㉑"御史"句：指长安权贵横行，执法机关不敢干预，虚设御史府，只是乌鸦栖息的地方。御史：掌弹劾的官。乌夜啼：《汉书·朱博传》："（御史）府中列柏树，常有野乌数千栖宿其上，晨去暮来，号曰'朝

夕乌'。" ㉒"廷尉"句：与上面"御史"句对仗而意思亦同，也是形容执法机关无法履行职责，门前冷落景象。廷尉：司法官。雀欲栖：《史记·汲黯列传》："始翟公为廷尉，宾客盈门，及废，门外可设雀罗。" ㉓翠帱：车上青色的帷幔。金堤：坚固的堤。 ㉔杜陵：汉宣帝陵墓，在长安东南。 ㉕探丸：汉时长安少年有一种专门谋杀官吏的组织，事前设赤、白、黑三种丸，参加者探取，摸得赤丸的杀武官，摸得黑丸的杀文官，摸得白丸的负责为刺杀中死去的人料理丧事。借客：助人报仇。渭桥：在今西安西北渭河上。 ㉖芙蓉剑：宝剑名。春秋时，越王允常请欧冶子所铸。 ㉗桃李蹊：《史记·李将军列传》："桃李不言，下自成蹊。"蹊，小路。此指人多去的热闹场所。 ㉘氛氲（yūn）：香气四溢。 ㉙北堂：古代妇女居住的地方。此处指娼家住的地方。人如月：指娼家貌美。 ㉚北里：即平康里，亦称平康坊，唐时妓女聚居的地方。 ㉛五剧：多条道路交错。三条：三面相通的道路。控：贯通。三市：每天三次集市。一说长安有九市，道东有三市。按这里五剧、三条、三市为袭用成语，泛指北里附近有市场和许多纵横交错的街道。 ㉜金吾：即执金吾，掌管京师的治安。 ㉝屠苏：美酒名。翡翠：这里指酒泛绿色。鹦鹉杯：用鹦鹉螺制成的杯。 ㉞襦：短袄。 ㉟转日回天：形容权力之大。 ㊱灌夫：汉武帝时的将军，好使酒负气，后被丞相田蚡杀害。排：不相让。 ㊲判：绝对。萧相：指萧望之，在宣帝、元帝朝皆为显宦。后为石显等所陷害，入狱，自杀。 ㊳青虬、紫燕：皆良马名。坐春风：在春风中驰骋。 ㊴五公：指汉代张汤、杜周、萧望之、冯奉世、史丹五个权贵。凌：压倒、超过。 ㊵桑田：《神仙传》卷五："麻姑谓王方平曰：接待以来，见东海三为桑田。" ㊶扬子：指汉代扬雄，因仕宦不得意，闭门著《太玄》《法言》。人很少去他家。这里作者以扬雄自比。 ㊷南山：终南山，在长安南。 ㊸袭人裾：飘到人的衣前襟上。

杨 炯（650—693？）

华州华阴（今属陕西）人，排行七。十岁举神童，待制弘文馆。上元三年（676），应制举登科，授校书郎。永淳元年（682）任太子李显詹事司直，充崇文馆学士。垂拱元年（685），出为梓州司法参军。天授元年（690）与宋之问同直司艺馆，后为婺州盈川令，世称杨盈川。长寿二年（693）以后，卒于任所。《旧唐书》本传云："炯与王勃、卢照邻、骆宾王以文词齐名海内，称为'王、杨、卢、骆'，亦号为'四杰'。炯闻之，谓人曰：'吾愧在卢前，耻居王后'，当时议者亦以为然。"张逊业《唐八家诗·杨炯集序》云："（炯）五言律工致而得明淡之旨，沈、宋肩偕。开元诸人去其纤丽，盖启之也。"胡应麟《诗薮》内编卷四云："盈川近体，虽神俊输王，而整肃雄浑，究其体裁，实为正始。"从现在所存作品看，他长于五律，颇多对仗工稳的佳联。其总体成就，实逊于王勃、卢照邻。原有文集三十卷，已佚。明人童珮辑有《盈川集》十卷，附录一卷，有中华书局校点本。《旧唐书》卷一九〇有传，闻一多有《杨炯年谱》。

从 军 行①

烽火照西京②，心中自不平。
牙璋辞凤阙③，铁骑绕龙城④。
雪暗凋旗画⑤，风多杂鼓声。
宁为百夫长⑥，胜作一书生。

【题解】

“初唐四杰”的从军、出塞之诗，表现知识分子立功边陲的壮志豪情，慷慨雄壮，令人振奋，对盛唐边塞诗的高度繁荣与成熟，有积极影响。杨炯的这首《从军行》，是盛唐边塞诗的代表作之一。据《旧唐书·高宗纪》：永隆二年（681）突厥入侵固原、庆阳一带，裴行俭奉命出征。杨炯此诗当作于此时。以“烽火照西京”开头，起势警竦，自然引出“心中自不平”，其“从军”保卫祖国的渴望已跃然纸上。颔联写从军，“牙璋”才“辞凤阙”，“铁骑”已“绕龙城”，词采壮丽，对偶精整，又一气直贯，声势逼人。颈联反跌尾联：尽管风雪苦寒，战斗激烈，仍然“宁为百夫长”，为保卫祖国效力。首尾呼应，完美地表现了“从军”主题。清代贺裳《载酒园诗话又编》谓：“‘宁为百夫长，胜作一书生’，是愤语，激而能壮。”这是从另一角度领会的，也是诗的内涵之一。

【注释】

①从军行：乐府《相和歌·平调曲》旧题。 ②“烽火”句：化用《汉书·匈奴传》“烽火通于甘泉、长安”语意。西京，指长安。 ③牙璋：调兵的符信，分两块，合处凸凹相连，叫作“牙”，分别掌握在朝廷和主将手中，调兵时以此为凭。凤阙：指长安宫阙。《史记·封禅书》：建章宫“其东则凤阙，高二十余丈。” ④龙城：匈奴的名城，借指敌方地区。 ⑤凋：此处意为“使脱色”。旗画：军旗上的彩画。 ⑥百夫长：指下级军官。

苏味道（648—705）

赵州栾城（今属河北）人。九岁能文，弱冠登进士第，累转咸阳尉。裴行俭征突厥，奏为掌书记。历任吏部员外郎、考功郎中。延载元年（694），以凤阁舍人检校侍郎、同凤阁鸾台平章事，寻加正授。翌年贬为集州刺史，又召为天官侍郎。圣历元年（698），复以凤阁侍郎同凤阁鸾台三品。长安四年（704），贬坊州刺史，进益州长史。神龙（705—707）初，以阿附张易之贬郿州刺史，卒于贬所。前后两度为相，苟合取容，处事圆滑，人称“苏模棱”。与同乡李峤以文辞出名，合称“苏李”。又与李峤、崔融、杜审言合称“文章四友”。多应制之作，用事典雅，后遂成“馆阁体”。《新唐书·艺文志》著录其文集十五卷，已佚，《全唐诗》存诗一卷，《旧唐书》卷九四有传。

正月十五夜①

火树银花合②，星桥铁锁开③。
暗尘随马去，明月逐人来。
游伎皆秾李④，行歌尽落梅⑤。
金吾不禁夜，玉漏莫相催⑥。

【题解】

唐人写节令、民俗的诗很多，这是其中的名作之一。刘肃《大唐新语·文章》云：“神龙之际，京城正月望日，盛饰灯影之会。金吾弛禁，特许夜行。贵游戚属，及下隶工贾，无不夜游。车马骈阗，络绎不绝，人不得顾。王主之家，马上作乐以相夸竞。文士皆赋诗一章，以纪其事。作者数百人，惟中书侍郎苏味道、吏部员外郭利贞、殿中侍御史崔液三人为绝唱。”郭利贞诗云：

九陌连灯影，千门度月华。
倾城出宝骑，匝路转香车。
烂熳惟愁晓，周游不问家。

更逢清管发，处处落梅花。

崔液诗云：

今年春色胜常年，此夜风光正可怜。

鸡鹊楼前新月满，凤凰台上宝灯燃。

这三首咏唐京长安元宵节的诗，尽管同被称为绝唱，但互相比较，自以苏味道的一首为优。首联写灯火盛况如在目前；次联写游人潮涌，灯月相辉；三联写灯会演出，歌女如花，歌声婉转，尾联与“打杀长鸣鸡”异曲同工。全诗律对精切，风调清新，是初唐比较成熟的五律。宋育仁《三唐诗品》称“火树银花，时留俊赏”，是符合实际的。

【注释】

①正月十五：古称“上元”，即后来的元宵。 ②火树银花：形容灯火、焰火的绚丽。合：连成一片。 ③“星桥”句：城河桥上，灯如繁星，关锁尽开，任人通行。 ④游伎：参加灯会演出的歌女。 ⑤落梅：《梅落花》歌曲。 ⑥“金吾”二句：“金吾”即执金吾，官名，掌管京城治安。“玉漏”：古代计时仪器。“玉漏莫相催”，是切盼计时器失灵，天不再亮，好玩个痛快。京城中常年宵禁，只有正月十五夜特许狂欢达旦，所以只怕玉漏报晓。

沈佺期（656—715）

字云卿，排行三，相州内黄（今属河南）人。高宗上元二年（675）进士及第，任协律郎。圣历（698—700）中，参修《三教珠英》。大足元年（701）《三教珠英》修成，迁考功员外郎。长安二年（702）迁给事中。四年（704），因受贿入狱，不久获释。神龙元年（705），因谄附张易之，流放驩州。历两年遇赦北返。迁台州录事参军。景龙（707—710）中，以起居郎兼修文馆直学士，历中书舍人，终太子詹事，世称“沈詹事”。与宋之问齐名，合称“沈宋”，对五律的定型和七律的创建多有贡献。刘馀《隋唐嘉话》卷下云：“沈佺期以工诗著名，燕公张说尝谓之曰：‘沈三兄诗，直须还他第一。’”其在当时诗名之重，于此可见。其诗初多奉和应制之作，南贬以后，题材扩大，情感真切，诗风一变，下启张说，开盛唐先声。原有集十卷，久佚。明人王廷相辑为《沈詹事诗集》七卷，《全唐诗》存诗三卷。《新唐书》有传。

独不见[①]

卢家少妇郁金堂[②]，海燕双栖玳瑁梁[③]。
九月寒砧催木叶[④]，十年征戍忆辽阳[⑤]。
白狼河北音书断[⑥]，丹凤城南秋夜长[⑦]。
谁谓含愁独不见，更教明月照流黄[⑧]。

【题解】

《独不见》为乐府旧题，属《杂曲歌辞》。诗题一作《古意呈补阙乔知之》。乔知之于武则天万岁通天元年（696）以左补阙随武攸宜北征契丹，次年得胜回朝，因爱妾碧玉事为武承嗣所杀。此诗当是乔知之出征之时，作者以碧玉口吻代赠之作，与骆宾王《代王灵妃赠道士李荣》相类。生动地表现了少妇思念征夫的典型情绪，在客观上具有普遍意义。

此诗起、结警挺，中间两联对仗工丽，通篇色彩鲜妍，气势飞动，情景交融，声韵和谐，是七律初创阶段出现的最佳作品，有示范意义。胡应麟认为它是“初唐七律之冠”（《诗薮》内篇），何景明、薛蕙均推其为唐人七律第一（杨慎《升庵诗话》卷一），沈德潜称它“骨高，气高，情韵俱高”（《说诗晬语》），姚姬传甚至认为它“高振唐音，远包古韵，此是神到之作，当取冠一朝矣”（《五七言今体诗钞》）。

【注释】

①独不见：《才调集》题作《古意呈补阙乔知之》。 ②“卢家”句：梁武帝萧衍《河中之水歌》：“河中之水向东流，洛阳女儿名莫愁。……十五嫁为卢家妇，十六生儿字阿侯。卢家兰室桂为梁，中有郁金苏合香。”首句语意本此。郁金堂：指以郁金香涂壁的堂屋。郁金，芳香植物。 ③玳瑁梁：指以玳瑁（水产动物，其甲光滑有文采）装饰的屋梁。 ④砧（zhēn）：捣衣用的工具。 ⑤辽阳：今辽宁省一带。 ⑥白狼河：又名大凌河，在今辽宁省南部。 ⑦丹凤城：指长安帝城。因其中有凤阙，又有丹凤门，故名。 ⑧流黄：黄紫色的绢，此处指帏帐。

杂　诗

闻道黄龙戍①，频年不解兵②。
可怜闺里月，长在汉家营③。
少妇今春意，良人昨夜情④。
谁能将旗鼓⑤，一为取龙城⑥。

【题解】

《杂诗》，是汉魏以来诗人们常用的诗题，一般一题多首，甚至数十首（如杜甫《秦州杂诗二十首》），属于“组诗”性质，但各首之间并无必然的联系，与表现同一主题的“连章诗”（如《秋兴》八首）不同，因为它“杂”。沈佺期的这一首写闺中少妇与征夫彼此相思之苦而寄希望于消除边患、共享和平生活。情思凄婉，一气转折，是历代传诵的五律名篇。

【注释】

①黄龙：即黄龙冈，在今辽宁省开原市西北。戍：防守，这里指驻兵防守的要地。 ②频年：连年。解兵：罢兵。 ③“可怜”二句，是流水对，一气贯串，意谓天空的明月，本来应该照耀夫妻同在闺中过团圆美满的爱情生活，可是它却长照军营中的丈夫，夫妻只能两地望月，互相思念，多么可怜！ ④“少妇”二句：互文见意，意谓夫妻不论是“今春”还是“昨夜”，一年四季，日日夜夜，都在互相思念。良人：古代妻子对丈夫的尊称。 ⑤“将旗鼓”：挥旗击鼓。将，动词，相当于“持”“拿”。 ⑥一为：一举。龙城：原址在今蒙古人民共和国，本是匈奴祭天处，这里泛指敌方地区。

杜审言（645？—708）

字必简，原籍襄阳（今属湖北），从祖父起，迁居巩县（今属河南）。咸亨元年（670）登进士第，历任隰城尉、洛阳丞。武周圣历元年（698），贬为吉州司户参军。因与州僚不和，被诬陷下狱，将被杀。其子杜并年十八，刺杀仇家，杜并亦被杀。武后闻之，甚叹异，召见审言，授著作佐郎，继迁膳部员外郎。神龙元年（705），因谄附张易之兄弟，被中宗流放峰州。不久召还，为国子监主簿、修文馆直学士。其生平事迹，见《旧唐书》卷一九〇、《新唐书》卷二〇一及《唐才子传》卷一。青年时代与崔融、李峤、苏味道齐名，时称“文章四友”。晚年与沈佺期、宋之问唱和，对近体诗的形成颇有贡献。胡应麟《诗薮》内编卷四云：“初唐无七言律，五言亦未超然。二体之妙，杜审言实为首倡。五言则‘行止皆无地’‘独有宦游人’，排律则‘六位乾坤动’‘北地寒应苦’，七言则‘季冬除夜’‘毗陵震泽’，皆极高华雄整。”许学夷《诗源辩体》卷一三云：“五言律体实成于杜、沈、宋，而后人但言成于沈、宋，何也？审言较沈、宋复称俊逸，而体自整栗，语自雄丽，其气象风格自在，亦是律诗正宗。”审言是杜甫的祖父，杜甫曾说“吾祖诗冠古”“诗是吾家事”，其诗律、句法，深受审言影响。如胡应麟所说：“少陵继起，百代模楷，有自来矣。”今存宋本《杜审言集》一卷、《全唐诗》存诗一卷。

和晋陵陆丞早春游望

独有宦游人，偏惊物候新①。
云霞出海曙，梅柳渡江春。
淑气催黄鸟，晴光转绿蘋②。
忽闻歌古调③，归思欲沾巾④。

【题解】

晋陵，唐县名，即今江苏常州。丞，官名，从八品下。晋陵县丞陆某作了一首《早春游望》诗，审言作了这首和诗，兴象超妙，历代传诵。

【注释】

①“独有”二句：只有离家做官的人，才对节令、气候的变化特别敏感，刚有一点儿春天的气息，便感到惊异。“物候新”，扣题目中的“早春”。 ②“云霞”四句：写于晋陵游望时所见的“物候新”。晋陵距东海不远，在长江以南。望见东海升起云霞，便知红日将升，天已破晓；江南春早，

因而梅柳一过长江，便换上了春妆。“淑气”指春风，春风一吹，便催得黄莺歌唱。“晴光”指阳光，阳光照射水面，水中的蘋草便逐渐转绿。 ③“古调”，指陆丞的《早春游望》诗。陆丞离家宦游，他在诗中大概流露了思家怀归的情绪；作者也是宦游人，所以读完陆丞的诗，便唤起了怀归之情，而且几乎要流出眼泪。 ④“归思”的“思”是名词，读去声。

宋之问（656—713）

一名少连，字延清，虢州弘农（今河南灵宝）人，一说汾州西河（今山西汾阳）人。高宗上元二年（675）登进士第。武周天授元年（690）与杨炯并以学士分直习艺馆。后授洛州参军，迁上方监丞。参修《三教珠英》，迁左奉宸内供奉。神龙元年（705）中宗复辟，以谄附张易之贬泷州参军。次年春，逃归洛阳，匿张仲之家，令兄子告发仲之谋杀武三思，升鸿胪主簿，转户部员外郎，兼修文馆直学士，再转考功员外郎。三年（707），知贡举贪贿，贬越州长史。景云元年（710），以曾谄事张易之、武三思，流徙钦州，后赐死。事迹见新、旧《唐书》本传、《唐才子传》卷一。其诗以对偶精工，音韵谐调的特色与沈佺期齐名，号“沈宋体”，对初唐律体的完善颇有贡献。尤擅长五律，流贬中所作，言浅情深，真切感人。五言排律、五言绝句、七言古诗等俱有佳作。原有集十卷，其友人武平一辑，久佚。今传《四部丛刊续编》本《宋之问集》，乃后人所辑。《全唐诗》存诗三卷。

度大庾岭①

度岭方辞国②，停轺一望家③。
魂随南翥鸟④，泪尽北枝花⑤。

山雨初含霁，江云欲变霞。
但令归有日，不敢怨长沙[6]。

【题解】

武周长安五年（即神龙元年，705年），武则天病危，大臣张柬之等逼她退位，中宗李显重新执政，则天的宠臣张易之等被杀。宋之问因谄事张易之被贬为泷州（治所在今广东罗定市东）参军，途经大庾岭作此诗以抒发依恋京城、渴望生还的情怀。平仄协调、对仗工稳，情景交融，委婉深曲，标志着五言律诗的成熟。

【注释】

①大庾岭：在今江西大余县，为五岭之一，因岭上多梅花，也称梅岭。 ②国：指京城长安。 ③轺（yáo）：一种轻便的马车。 ④翥（zhù）：飞。 ⑤北枝花：古人认为大庾岭中分南北，岭南暖，梅花早开；岭北寒，梅花迟开。作者要度岭南下，故"魂随南翥鸟"；看见岭北梅花已开而北望家乡，迟迟不忍离去，故"泪尽北枝花"。 ⑥"但令"二句：《史记·屈原贾生列传》载：贾谊被贬到长沙，因地气潮湿、"寿不得长"而怨嗟。作者化用其意：只要将来能够回来，就不敢怨恨贬地卑湿。以委婉的措辞，表现了渴望生还的心情。

题大庾岭北驿[1]

阳月南飞雁，传闻至此回。
我行殊未已，何日复归来[2]。
江静潮初落，林昏瘴不开。
明朝望乡处，应见陇头梅[3]。

【题解】

《旧唐书》卷一九〇《宋之问传》云："之间再被窜谪，途经江岭，所有篇咏，传布远近。"此首与前一首，便是其中的代表作。

【注释】

①驿：驿舍、驿亭，古代官办的交通站。 ②前四句：传说大雁南飞，到了大庾岭便折回，而我到了大庾岭还得南去，行程远远没有终止，哪一天才能回来呢！四句诗一气旋转，曲尽情理。阳月：阴历十月。殊未已：远远没有终止。 ③陇头梅：沈德潜云："'陇头'疑是'岭头'。"按"陇"是"山陇"之"陇"，即指"岭"，非"秦陇"之"陇"，作"陇头"不误。作者住在岭北驿站，预想明朝登上大庾岭的顶峰北望故乡，大概可以见到那里已有梅花开放吧！或用陆凯赠范晔诗"折梅逢驿使，寄与陇头人"作解释，似不切。

渡 汉 江①

岭外音书断，经冬复历春②。
近乡情更怯，不敢问来人。

【题解】

一作李频诗，误。宋之问于神龙二年（706）由泷州贬所逃归洛阳，途经汉江时作此诗。"近乡情更怯，不敢问来人"，真切地表现了既渴望了解家中近况，又害怕听到家中近况的特殊心境，是历代传诵的名句。杜甫《述怀》"反畏消息来，寸心亦何有"，当从此化出。

【注释】

①汉江：即今汉水中游的襄河。 ②"岭外"二句：自神龙元年（705）

被贬至第二年逃归，经过了冬季和春季，与家中一直未通音信，不知家中是否受到株连，所以当“渡汉江”近家乡时，有后两句所表现的忐忑心情。

张若虚（660？—720？）

扬州（今属江苏）人。曾官兖州兵曹。中宗神龙（705—707）中，与贺知章、万齐融、邢巨、包融等以“文词俊秀”而扬名京城。又与贺知章、包融、张旭友善，俱以能诗名著当时，号“吴中四士”。其诗多散佚，《全唐诗》仅存诗二首。其一为《代答闺梦还》，写闺情，未脱齐梁诗风，无鲜明个性特色。其一为《春江花月夜》，“孤篇横绝”，“竟为大家”（王闿运《王志·论唐诗诸家源流》）。其事迹见《旧唐书》卷一九〇《贺知章传》、《新唐书》卷一四九《刘宴传》附《包佶传》及《唐诗纪事》卷十七。

春江花月夜[1]

春江潮水连海平，海上明月共潮生。
滟滟随波千万里[2]，何处春江无月明。
江流宛转绕芳甸[3]，月照花林皆似霰[4]。
空里流霜不觉飞，汀上白沙看不见[5]。
江天一色无纤尘，皎皎空中孤月轮。
江畔何人初见月？江月何年初照人？
人生代代无穷已，江月年年只相似。
不知江月待何人，但见长江送流水。
白云一片去悠悠，青枫浦上不胜愁。

谁家今夜扁舟子，何处相思明月楼？
可怜楼上月徘徊，应照离人妆镜台。
玉户帘中卷不去，捣衣砧上拂还来。
此时相望不相闻，愿逐月华流照君。
鸿雁长飞光不度，鱼龙潜跃水成文。
昨夜闲潭梦落花，可怜春半不还家。
江水流春去欲尽，江潭落月复西斜。
斜月沉沉藏海雾，碣石潇湘无限路[6]。
不知乘月几人归，落月摇情满江树。

【题解】

《春江花月夜》原为乐府旧题，现存隋炀帝二首，不过短篇写兴，即席口占。而张若虚的这一首，却扩为长歌，进行了全新的艺术创造。全诗兼写春、江、花、月、夜及其相关的各种景色，而以月光统众景，以众景含哲理、寓深情，构成朦胧、深邃、奇妙的艺术境界，令人探索不尽，玩味无穷。全诗三十六句，每四句换韵，平、上、去相间，抑扬顿挫，与内容的变化相适应，意蕴深广，情韵悠扬。

这篇诗受到明清以来诗论家的高度赞扬。胡应麟《诗薮》内编云：“张若虚《春江花月夜》流畅婉转，出刘希夷《白头翁》上。”钟惺《唐诗归》云：“将春、江、花、月、夜五字炼成一片奇光，真化工手！”陆时雍《唐诗镜》云：“微情渺思，多以悬感见奇。”毛先舒《诗辩坻》云：“张若虚‘春江潮水’篇，不着粉泽，自有腴姿，而缠绵酝藉，一意萦纡，调法出没，令人不测，殆化工之笔哉！”王尧衢《古唐诗合解》云：“情文相生，各各呈艳，光怪陆离，不可端倪，真奇制也。”闻一多《宫体诗的自赎》更誉为“诗中的诗，顶峰上的顶峰”。

【注释】

①《春江花月夜》：乐府《清商曲·吴声歌》旧题，创始于陈后主，现存歌辞，最早的有隋炀帝所作二首，乃五言二韵小诗。②滟滟：波光闪烁貌。 ③芳甸：杂花飘香的原野。④霰（xiàn）：雪珠。 ⑤汀（tīng）：河滩。 ⑥碣石：山名，在今河北昌黎。潇湘：二水名，均在今湖南。

贺知章（659—744）

字季真，排行八，越州永兴（今浙江萧山）人，早年移居山阴（今浙江绍兴）。少以文词知名，后以“清谈风流”为人倾慕。武后证圣元年（695）登进士第，因陆象先引荐，授国子四门博士，后迁太常博士。玄宗开元十年（722）因张说推荐，入丽正院书院修书，同撰《六典》和《文纂》。十三年（725）迁礼部侍郎，累迁秘书监，世称贺监。为人放达不拘礼法，自号“四明狂客”。天宝初，归隐镜湖，不久病卒。生平事迹，见新、旧《唐书》本传。其诗大多散佚，《全唐诗》仅收十九首，《全唐诗外编》《全唐诗续拾》补收诗二首，大抵清新隽永，时有新意。

咏　柳

碧玉妆成一树高①，万条垂下绿丝绦②。
不知细叶谁裁出？二月春风似剪刀。

【题解】

第一句总写，第二句写柳条；三、四两句写柳叶而别出心裁，命意措辞，皆新颖可喜。宋人梅尧臣《东城送运判马察院》“春风骋巧如剪刀，先裁杨柳后杏桃”，清人金农《柳》“千丝万缕生便好，剪刀谁说胜春风”，皆从此化出。

【注释】

①碧玉：指柳条、柳叶。 ②丝绦（tāo）：用丝编织的带子，形容低垂摇曳的柳条。

回乡偶书（二首）

一

少小离家老大回，乡音无改鬓毛衰[①]。
儿童相见不相识，笑问客从何处来。

二

离别家乡岁月多，近来人事半消磨。
惟有门前镜湖水[②]，春风不改旧时波。

【题解】

贺知章于天宝二年（743）上表求还乡里，次年正月离长安，玄宗作诗送行，一时文士皆有赠诗。还乡不久而卒，年八十六。《回乡偶书》两首，作于抵家之时，诗似信口说出，讲心中事、眼前景，而无限经历、无穷感慨，即蕴含其中，足以激发一切游子的情感共鸣。第一首，尤传诵不衰。唐汝询《唐诗解》云：“描写久客之感，最为真切。”宋宗元《网师园唐诗笺》云：“情景宛然，纯乎天籁。”

【注释】

①衰（cuī）：一作“摧”。 ②镜湖：在今浙江绍兴市南。

陈子昂（659—700）

字伯玉，梓州射洪（今属四川）人。家世富豪，少年时任侠使气，至十八岁始发愤治学，博览群书。文明元年（684）登进士第，诣阙献书，武则天召见金华殿，授麟台正字。垂拱二年（686），随左补阙乔知之北征，至张掖而返。补右卫胄曹参军。因母丧返里。服满，拜右拾遗，直言敢谏，被构陷入狱经年，免罪复官。万岁通天元年（696），随建安郡王武攸宜北征契丹，参谋军事。因意见不合，徙为军曹。军还，仍任拾遗。圣历元年（698），以其父年老解职回乡。后为县令段简陷害，死于狱中（沈亚之《上九江郑使君书》，以为段简害陈子昂，系受武三思指使）。因官终右拾遗，故世称陈拾遗。子昂首倡汉魏风骨，力矫齐梁靡丽。五古风格高峻，其《感遇》组诗三十八首，上追阮籍《咏怀》，历来为诗论家所称道。五律亦有佳作，如《白帝怀古》，可与沈佺期、宋之问五律名篇比美。杜甫称赞他“有才继骚雅”“名与日月悬”；韩愈也说“国朝盛文章，子昂始高蹈”，可见其影响之巨。其诗文集以《四部丛刊》本《陈伯玉集》最通行，以今人徐鹏校点之《陈子昂集》最完备。生平事迹见卢藏用《陈氏别传》、赵儋《故右拾遗陈公旌德碑》及新、旧《唐书》本传。近人罗庸有《陈子昂年谱》。

感　遇

圣人不利己[①]，忧济在元元[②]。
黄屋非尧意[③]，瑶台安可论[④]？
吾闻西方化[⑤]，清净道弥敦[⑥]。

奈何穷金玉，雕刻以为尊⑦？
云构山林尽⑧，瑶图珠翠烦⑨。
鬼工尚未可，人力安能存⑩？
夸愚适增累，矜智道逾昏⑪。

【题解】

《新唐书》卷一〇七《陈子昂传》云：“唐兴，文章承徐、庾余风，天下祖尚，子昂始变雅正。初为《感遇诗》三十八章，王适曰：‘是必为海内文宗。’乃请交。”可见《感遇》一脱稿即引起重视。这一首，以“圣人不利己，忧济在元元”领起，义正词严，对武则天广建佛寺、不恤民力进行了深刻的批评，极有现实意义。

【注释】

①圣人：指理想的贤君。 ②忧济：关心和救济。元元：老百姓。 ③黄屋：古代帝王的车子，车盖的里子用黄色缯缎缝制，很豪华。 ④瑶台：用美玉建造的楼台，《淮南子·本经训》载：商纣王曾筑瑶台。这两句是说：皇帝坐黄屋，已不合帝尧尚俭的本意，像纣王那样筑瑶台劳民伤财，就更不值得评论了。 ⑤西方化：指佛教教义。 ⑥清净：道家以“无为”为清净，佛家以远离一切罪恶烦恼为清净。道弥敦：道，指“清净”之道；弥，愈加；敦，厚、重。意谓“清净”之道愈来愈受到重视。 ⑦“奈何”二句：为什么要搜尽金玉，雕刻佛像，才算是对佛的尊崇呢？ ⑧云构：指高耸入云的佛寺建筑。 ⑨瑶图：指装饰精美的佛塔。这两句是说建筑佛寺、佛塔，砍光了山林、用尽了珍宝。烦：多。 ⑩“鬼工”二句：建造如此华丽、精巧的佛寺、佛塔，即使用“鬼”施工，也难胜任，人力更无法完成。 ⑪“夸愚”二句：夸耀大造佛像、佛寺、佛塔以劳民伤财的愚蠢做法，实际上违背了“清净”之理，增加了佛家所要避免的“物累”，把这样愚蠢的做法当作“智”巧来矜夸，就使得佛教的教义更加昏暗不明。武则天执政以后，指使薛怀义和僧人法

明等伪撰《大云经》，说她是弥勒佛转世，应代唐王朝君临天下，同时“敕两京诸州各置大云寺一区，藏《大云经》”。造“夹伫大像，其小指中犹容数十人”。造佛寺“日役万人，采木江岭，数年之间，所费以万亿计，府藏为之耗竭”（见《资治通鉴》卷二〇四—二〇五）。张廷珪曾上书劝谏说：“以释教论之，则宜救苦厄、灭诸相、崇无为。伏愿陛下察臣之愚，行佛之意，务以理为上。”（《旧唐书·张廷珪传》）其立论正与陈子昂的这首诗类似。

燕昭王①

南登碣石馆②，遥望黄金台③。
丘陵尽乔木，昭王安在哉？
霸图今已矣，驱马复归来④。

【题解】

这是《蓟丘览古赠卢居士藏用七首》的第二首。作者随武攸宜北征契丹，先头部队大败，驻军渔阳（今河北蓟县）的武攸宜闻讯震恐，不敢进军。作者屡提建议，并请自领万人冲锋，却不但未被采纳，反而受到降职处分。他满腔悲愤，出蓟门，登燕台，有感于燕昭王“卑身厚带以召贤者”、乐毅等“争趋燕”因而转败为胜的往事，作了这首诗。

【注释】

①燕昭王：姓姬名平，战国时燕国的中兴之主，事迹见《史记·燕召公世家》。　②碣石馆：即碣石宫。《史记·孟子荀卿列传》载：邹衍到燕国，昭王为他筑碣石宫，拜他为师。　③黄金台：燕昭王筑台置千金于其上以召贤士，后人因称此台为黄金台。　④“霸图”二句：成就霸业的雄图大略现在已经完了，还是驱马回去吧！作者以国士自命而得不到重用，吊古伤今，发此慨

叹，如沈德潜所指出："言外见无人延国士也。"（《唐诗别裁集》卷一）

登幽州台歌[1]

前不见古人，后不见来者[2]。
念天地之悠悠，独怆然而涕下！

【题解】

此诗作于《燕昭王》之后。《燕昭王》开篇即云："南登碣石馆，遥望黄金台。""幽州台"即"黄金台"，由"遥望黄金台"而登上黄金台，则《燕昭王》一诗的内涵，正是引发《登幽州台歌》的契机，但后者的雄阔境界和深远意蕴，远非前者可比。诗人立足于幽州台这个时间与空间的交汇点，眼观天地，空间无边无际，而个人何其渺小！神游古今，时间无始无终，而一生何其短暂！如何变渺小为伟大、化短暂为永恒，这正是诗人所感"念"的人生哲理。然而放眼历史长河：朝前看，包括燕昭王、乐毅等在内的一切明君贤臣、英雄豪杰已一去不返，追之不及，望而不见；向后看，像燕昭王、乐毅那样的一切明君贤臣、英雄豪杰尚未出现，盼望不及，等待不来。于是一种沉重的孤立无援、独行无友的孤独感袭上心头，不禁怆然而涕下。

《登幽州台歌》是体现陈子昂诗歌主张的代表作。它的出现，标志着齐梁浮艳诗风的影响已一扫而空，盛唐诗歌创作的新潮即将涌现。明人胡震亨以陈涉比陈子昂："大泽一呼，为众雄驱先。"（《唐音癸签》卷五）这是很有见地的。

【注释】

①幽州：郡名，唐属河北道，治蓟，故城在今北京市西南。幽州台：即蓟丘、燕台。因燕昭王置金于台延天下士，又称黄金台。故址在今北京德胜门

外。 ②者：古音诈，与“下”押韵。

送魏大从军[1]

匈奴犹未灭[2]，魏绛复从戎[3]。
怅别三河道[4]，言追六郡雄[5]。
雁山横代北[6]，狐塞接云中[7]。
勿使燕然上[8]，唯留汉将功。

【题解】

送友人从军，劝勉他为国立功，从而抒发了作者保卫祖国的豪情壮志。沈德潜云：“绛本和戎，今曰‘从戎’，此活用之法。一结雄浑。”（《唐诗别裁集》卷九）

【注释】

①魏大：生平不详，因在兄弟中排行为老大，故称魏大。 ②“匈奴”句：用霍去病“匈奴未灭，无以家为也”语意。匈奴：泛指边地入侵内地的少数民族。 ③魏绛：春秋时晋国大夫，曾向晋悼公建议联合晋国附近的少数民族，认为“和戎有五利”，悼公便“使魏绛盟诸戎”。这里以魏绛指魏大，因其姓相同，古诗中常用此法。 ④三河：指河（黄河）东、河内、河南。《史记·货殖列传》：“三河在天下之中。”即黄河中游平原地区。 ⑤“言追”句：言，语首助词；六郡：金城、陇西、天水、安定、北地、上郡。《汉书·赵充国传》载赵充国为“六郡良家子”，汉武帝“从李贰师将军击匈奴，官至后将军”。这一句是勉励魏大上追赵充国，为国立功。 ⑥雁山：指雁门山，在今山西代县西北。代：代州，即今山西代县。 ⑦狐塞：即飞狐塞，在今河北涞源县北。云中：郡名，在今山西境内。 ⑧燕（yān）然：山名，即杭爱山，在今蒙古人民共和国境内。《后汉书·窦宪传》：窦宪大破北单于，

"登燕然山，……刻石勒功，记汉威德，令班固作铭。"

张 说（667—730）

字道济，一字说之，洛阳人。武后时中贤良方正科第一，授太子校书郎。转右补阙，参修《三教珠英》，累迁太子舍人。为人刚正，因不附和张易之兄弟，触忤武后，流放钦州。中宗即位，召还，任兵部侍郎，累迁工部、兵部侍郎，兼修文馆学士。睿宗景云二年（711），任宰相，监修国史。玄宗即位，因决策诛太平公主有功，封燕国公，任中书令。因与宰相姚崇不和，出为相州、岳州刺史。开元九年（721），召为兵部侍郎，同中书门下三品，迁中书令，授右丞相、尚书左丞相。前后三度任宰相，掌文学之任三十年。其文有意矫正陈隋以来浮靡之风，讲究实用，重视风骨，刚健朗畅，与许国公苏颋齐名，时号"燕许大手笔"。朝廷重要文诰多出其手，尤长于文碑墓志。诗多应制之作，贬岳州之后，诗风一变，怀人寄言，托物写心，凄婉动人。辛文房《唐才子传》卷一称其"诗法特妙，晚谪岳阳，诗益凄婉，人谓得江山之助"。屠隆《唐诗类苑序》也说："燕公流播，其诗凄婉。"喜提拔后起之秀，张九龄、贺知章、王翰、王湾等二十余人，都受其奖掖，对盛唐文学的繁荣颇有影响。生平事迹，见张九龄所撰《燕国公赠太师张公墓志铭》、《旧唐书》卷九七、《新唐书》卷一二五本传，今人陈祖言有《张说年谱》。其《张燕公集》三十卷，有蜀刻本。《全唐诗》存诗五卷。

幽州夜饮①

凉风吹夜雨，萧瑟动寒林。

正有高堂宴，能忘迟暮心[②]？
军中宜剑舞[③]，塞上重笳音[④]。
不作边城将，谁知恩遇深？

【题解】

《新唐书》卷一二五《张说传》载：张说被贬岳州，心怀忧惧。他素与苏颋之父友善，而苏颋正在相位，因作《五君咏》献颋。其中有一首写苏颋的亡父，颋读诗呜咽，便在皇帝面前陈述张说为人忠直，且有功勋，应该重用，于是调任荆州长史。不久，又以右羽林将军检校幽州都督。这首《幽州夜饮》，即作于任幽州都督之时。首句挺拔；尾联本意是：与朝臣相比，边将生活异常艰苦，却不这样直说，而说如果不作边将，那怎么能够领会在京城做官时所受到的皇恩之深呢？讬意深婉，耐人寻思。沈德潜评云："此种结，后惟老杜有之，远臣宜作是想。"（《唐诗别裁集》卷九）

【注释】

①幽州：郡名，唐属河北道，治所在今北京市大兴区。 ②迟暮心：已到老年的感慨。屈原《离骚》云："恐美人之迟暮。" ③"军中"句：军中缺乏文娱活动，只能以舞剑为乐。《史记·项羽本纪》项庄曰："军中无以为乐，请以剑舞。" ④"塞上"句：边塞上受人重视的音乐，只有吹笳。

蜀道后期[①]

客心争日月[②]，来往预期程[③]。
秋风不相待[④]，先至洛阳城。

【题解】

新、旧《唐书》都未记载张说曾入蜀，但其集中有《过蜀道山》《蜀路》《再使蜀道》《被使在蜀》等诗，编于广州、钦州诗前，可证张说曾两度使蜀，其时间，当在武后掌权之际。这一首，写从蜀中回洛阳，预定于秋前赶到，却因旅途延误，未能如期到家，构思措语，极其精妙。黄叔灿《唐诗笺注》云："'争'字妙，是'不相待'三字之魂。下半托出'争'字意，而客心倍觉萦纡。"杨逢春《唐诗偶评》云："首二句，言已不肯后期，作反跌之势；三、四句落到后期意，却只从对面托醒，绝不使一直笔，体格奇而肌理细的是老手。"吴烶《唐诗直解》云："日月相催甚速，而客心更速，是与日月争也。"沈德潜《唐诗别裁集》云："以秋风先到，形出已之后期，巧心濬发。"

【注释】

①后期：落在预计的日期之后。　②争日月：与日月争速度。　③预期程：预定哪一天赶到，每天赶多少路程。　④不相待：不肯等待。

苏　颋（670—727）

字廷硕，京兆武功（今属陕西）人。武后朝进士，授乌程尉，累迁右台监察御史。中宗时历任给事中、修文馆学士、中书舍人。睿宗时，擢工部侍郎，袭父苏瓌爵许国公，世称苏许公。玄宗朝居宰相位四年，与宋璟共理朝政。后转礼部尚书，又出为益州大都督府长史。新、旧《唐书》有传。苏颋工文辞，朝廷制诰多出其手，与燕国公张说齐名，并称"燕许大手笔"。亦工诗，李因培称"苏公诗气味深醇，骨力高峻，想其落纸时总不使一直笔，故能字字飞动，而无伤于浑雅”（《唐诗观澜集》）。唯应制之作文浮于质，且比例甚大，故佳什流传不多。有《苏廷硕集》，《全唐诗》存诗二卷。

夜宿七盘岭

独游千里外[①]，高卧七盘西。
晓月临窗近，天河入户低[②]。
芳春平仲绿[③]，清夜子规啼[④]。
浮客空留听[⑤]，褒城闻曙鸡[⑥]。

【题解】

此诗乃南流驩州途中所作。七盘岭在今陕西褒城县北，极险要。“晓月”一联描状山岭高峻，颇有气势。

【注释】

①游：这里指流放。 ②天河：即银河。 ③平仲：木名，即银杏，俗称白果树。 ④子规：即杜鹃鸟。 ⑤浮客：作者被流放，前途迷茫，故自称浮客。浮，飘浮不定。 ⑥曙鸡：报明的鸡啼声。

汾上惊秋[①]

北风吹白云，万里渡河汾[②]。
心绪逢摇落[③]，秋声不可闻。

【题解】

此诗当是苏颋罢相后所作。北风劲吹，草木摇落，故有“秋声”。今不说北风吹草木，而说北风吹白云，既兴象超妙，又涵盖吹草木。第三句心、物兼写，言心绪已自不佳，又逢草木摇落，故闻秋声而惊秋气之已至也。沈德潜《唐诗别裁集》云：“一气流注中仍复含蓄，五言佳境。”吴昌祺《删订唐诗解》云：“急起急收，而含蕴不尽，五绝之最胜者。”

【注释】

①汾：汾水，在今山西境内。 ②河汾：指汾水流经今山西西南入黄河的一段。 ③摇落：宋玉《九辩》：“悲哉秋之为气也！萧瑟兮草木摇落而变衰。”

张九龄（678—740）

字子寿，韶州曲江（今广东韶关市）人。武周神功元年（697）登进士第，授校书郎。神龙三年（707），中材堪经邦科，始调校书郎。玄宗先天元年（712），中道侔伊吕科，授左拾遗。秩满，去官归养，奉诏开大庾岭。开元六年（718）迁左补阙。其后历礼部员外郎、司勋员外郎、中书舍人、太常少卿、洪州刺史、桂州刺史、工部侍郎、中书侍郎等职。开元二十一年（733）拜中书侍郎同中书门下平章事，明年，迁中书令，兼集贤学士知院事，修国史。二十四年（736），受李林甫排挤，改尚书右丞相。明年，贬荆州长史，二十八年（740）病卒。

张九龄是著名开元贤相，在朝直言敢谏。玄宗宠信安禄山，他指出安禄山狼子野心，其后必叛。玄宗欲任李林甫为相，他指出倘任此人为相，将来必“祸延宗社”。玄宗皆不听，果酿成大患。其诗早年有台阁习气，后来大变诗风，寄兴深婉，洗尽六朝铅华。杜甫《八哀》评其诗“诗罢地有余，篇终语清省。自成一家则，未缺只字警”，指出了主要特色。今存《张曲江先生文集》二十卷，《全唐诗》存诗三卷。其事迹见新、旧《唐书》本传及近年韶关发现的《张九龄墓志铭》。

感　遇

江南有丹橘①，经冬犹绿林。
岂伊地气暖？自有岁寒心②。
可以荐嘉客③，奈何阻重深④？
运命唯所遇，循环不可寻⑤。
徒言树桃李，此木岂无阴⑥？

【题解】

张九龄《感遇》十二首，乃谪居荆州时所作，含蓄蕴藉，寄托遥深，历来受到诗论家的重视。如高棅《唐诗品汇》云：“张曲江公《感遇》等作，雅正冲淡，体合风骚，骎骎乎盛唐矣。”贺贻孙《诗筏》云：“张曲江《感遇》，语语本色，绝无门面，而一种孤劲秀淡之致，对之令人意消。盖诗品也，而人品系之。”这里所选的第七首，以傲冬之“丹橘”不为世用比自己之遭谗罢相，以媚时之桃李备受栽培比李林甫等奸邪小人受宠得志，而又含而不露，耐人寻味。

【注释】

①丹橘：红橘。　②“岂伊”二句：橘树经冬犹绿，哪里是由于江南地气温暖，那是由于它本身具有耐寒的特性。伊：助词。岁寒心：自《论语·子罕》“岁寒然后知松柏之后凋也”化出。　③荐嘉客：奉献给嘉宾。　④阻重深：为山重水深所阻。这两句是说：丹橘本来可以奉献给嘉宾，但被重山深水所阻，有什么办法？　⑤“运命”二句：命运好坏，只看遭遇如何，而遭遇

或好或坏的原因何在，却像绕着一个圆环摸索，总摸不清楚。 ⑥“徒言”二句：《韩诗外传》载赵简子语云：“春树（栽）桃李，夏得阴其下。”作者则从赞颂丹橘着眼，反问道：人们光说栽桃李可以遮阴，难道橘树下面就没有阴凉吗?

望月怀远

海上生明月，天涯共此时①。
情人怨遥夜②，竟夕起相思③。
灭烛怜光满④，披衣觉露滋⑤。
不堪盈手赠，还寝梦佳期⑥。

【题解】

以“望月怀远”为题，每一联写望明月，每一联写怀远人，情景交融，缠绵深婉。

【注释】

①“海上”二句：明月从东海上升起，远在天涯的情人此时此刻，一定与我同时仰望明月。 ②遥夜：长夜。 ③竟夕：整夜。 ④“灭烛”句：灭掉烛光，爱惜那月光满室。 ⑤“披衣”句：披衣出户，久久地望月怀人，感到衣服被露水浸湿。 ⑥“不堪”二句：想掬一把月光遥赠远人，可是那月光掬不满手，还是回到室内就寝，也许能梦见与情人相会吧！不堪：不能够。佳期：美好的约会。

张　旭（675？—750？）

字伯高，排行九，吴（今江苏苏州）人。曾官常熟（今属江苏）尉、金吾长史，世称“张长史”。他是盛唐时代著名书法家，工草书，性嗜酒，常于醉后呼叫狂走，然后落笔作狂草，时称“张颠”，亦称“草圣”。其草书与李白诗、斐旻剑舞齐名，时号“三绝”。与贺知章、包融、张若虚合称“吴中四士”，又与高适、李颀友善，有诗赠答。生平事迹见张怀瓘《书断》卷三、僧适之《金壶记》卷中及《新唐书》本传。其诗多描写山水景物，抒发自由洒脱的思想情趣，清迥超妙，别饶神韵。明人钟惺云：“张颠诗不多见，皆细润有致。乃知颠者不是粗人，粗人颠不得也。”（《唐诗归》卷一三）。《全唐诗》存其诗六首，《全唐诗续拾》补诗四首。

清溪泛舟

旅人倚征棹①，薄暮起劳歌②。
笑揽清溪月③，清辉不厌多。

【题解】

写月夜清溪泛舟情景。“笑揽清溪月”，狂放之态可掬。而“笑揽清溪月”的原因，则在于“清辉不厌多”，寓意深微，故有韵味。

【注释】

①倚征棹（zhào）：靠着船桨。　②劳歌：船工们唱歌。　③揽：兜取。清溪月：指水中的月影。

桃 花 溪

隐隐飞桥隔野烟[1]，石矶西畔问渔船[2]。
桃花尽日随流水，洞在清溪何处边？

【题解】

《清一统志》：“常德府桃源县有桃花洞，洞北有桃花溪。”陶潜《桃花源记》：“晋太元中，武陵（郡名，辖桃源县）人捕鱼为业，缘溪行，忘路之远近，忽逢桃花林，夹岸数百步，中无杂树，芳草鲜美，落英缤纷。”张旭即以此为题材驰骋想象，成此名篇。“桃花源”本是虚构的理想境界，故诗以“隐隐”发端，而以“洞在何处”收尾，渲染出美好而又隐约飘忽的意境，强化了诱人的艺术魅力。孙洙评云：“四句抵得一篇《桃花源记》。”（《唐诗三百首》）

【注释】

①飞桥：架在高处的桥。　②矶：水边突出的岩石。

山中留客[1]

山光物态弄春晖，莫为轻阴便拟归[2]。
纵使晴明无雨色，入云深处亦沾衣[3]。

【题解】

客人来游山，因见天气转阴，怕下雨，便想回去。诗人作此诗挽留，理由是：“山光物态弄春晖”，多可爱！还没游就走掉，太亏了！如果说怕下雨的话，那么这山里林木葱郁、翠霭迷蒙，即使晴明无雨，走进去也会沾湿衣裳的啊！本写山中美景，却不正面落墨，而借“留客”来表现，构思措辞，何等灵妙！首句着一“弄”字，极写春色宜人，用以反跌下文。“纵使”二句，与王维《山中》“山路元无雨，空翠湿人衣”写景类似，而风神摇曳，更饶韵致。宋顾乐评云：“清词妙意，令人低徊不止。”（《唐人万首绝句选》评）黄生评云：“长史不以诗名，三绝（指此首及另两首）恬雅秀润，盛唐高手无以过也。”（《唐诗摘抄》）

【注释】

①山中：一作“山行”。 ②便拟归：就打算回去。 ③“入云”句：云，实际指雾气、烟霭，从上句“晴明”看，并非指真正的云。

祖 咏（699？—746？）

排行三，洛阳（今属河南）人。开元十二年（724）登进士第。曾任何官，已不可考。与王维交谊颇深，多有酬唱之作。又与卢象、储光羲、王翰、丘为等为友，互有赠答。约于开元十三年冬离京，移家汝坟（今河南汝阳、临汝间），以农耕、渔樵自给。其生平事迹见《唐诗纪事》《唐才子传》。其诗多写山水景物，属山水诗派。殷璠评其诗“剪刻省净，用思尤苦，气虽不高，调颇凌俗”（《河岳英灵集》卷下）。严羽将他与王维、韦应物等并称为“大名家”（《沧浪诗话》）。其诗文集已佚，《全唐诗》存其诗一卷。

望蓟门

燕台一望客心惊，箫鼓喧喧汉将营。
万里寒光生积雪，三边曙色动危旌①。
沙场烽火连胡月，海畔云山拥蓟城②。
少小虽非投笔吏，论功还欲请长缨③。

【题解】

蓟门，现名土城关，在今北京市德胜门外，是唐代东北边防要地。燕台，即燕昭王置黄金其上以求贤才的黄金台，在今河北易县东南。首句写从燕台遥望蓟门而客心惊，领起以下各句。二、三、四、五、六各句所写的“笳鼓喧喧”“沙场烽火”及相关景象，表明边防并不宁静，正是“客心惊”的原因。结尾欲“请缨”报国，亦即由此引出。通篇雄浑健举，高棅《唐诗品汇》卷八三列入七律“正宗”。

【注释】

①三边：汉代以幽、并、凉三州为三边。蓟门为幽州首府，是三边之一。危旌：在高竿上飘扬的军旗。　②蓟城：唐蓟州州治，在渤海西畔，即今河北蓟县。　③“少小”二句：东汉班超家贫，为官府抄书以养母，曾投笔而叹：“大丈夫无它志略，当效傅介子、张骞，立功异域以取封侯，安能久事笔砚间乎！”后果然出使西域，以功封定远侯。西汉终军为汉武帝所遣，说南越王入朝，自请曰：“愿受长缨，必羁南越王而致之阙下。”此二句意谓年少时虽未投笔从戎，但现在却怀着请缨的壮志。

终南望余雪

终南阴岭秀[1]，积雪浮云端。
林表明霁色，城中增暮寒。

【题解】

据《唐诗纪事》卷二〇记载：这是祖咏在长安应试的作品。按规定，应作成一首六韵十二句的排律，但他只“赋四句，即纳于有司。或诘之，曰：‘意尽。’”题目要求写出从长安遥望终南余雪的情景，关键要写好“余”字。首句表现终南高寒，“阴岭”更寒，故他处雪消，此处尚有余雪，因而以“积雪浮云端”作正面描写。“林表明霁色”写天已放晴，既表现“终南余雪”在阳光照射下寒光闪闪，使长安城中人望而生寒；又表现在阳光照耀下“终南阴岭”以外的雪都在融化，吸收了大量的热，出现了“下雪不冷消雪冷”的现象。写望终南余雪而以“城中增暮寒”收尾，的确把题意写“尽”了，何必死守程式，再凑八句呢！王士祯把这首诗与陶潜、王维的几句诗并列，称为咏雪的“最佳”作（见《渔洋诗话》卷上），不算过誉。

【注释】

①终南：即终南山，在长安城南三十余里。

王之涣（688—742）

字季凌，原籍晋阳（今山西太原），北魏时五世祖王隆之任绛州刺史，遂居绛州，其后世为绛州人。之涣以门荫补冀州衡水主簿，因受人诬谤，拂衣去官，优游山水，足迹遍黄河南北数千里，然后家居十余年。开元二十年（732）前后游蓟门，与诗人高适相遇，适有赠诗。晚年经亲友劝说，出任莫州文安县（今属河北）尉，清廉公正，颇受好评，天宝元年（742）二月卒于任所。之涣倜傥有才，漫游边塞，以善作边塞诗享盛名。其诗“歌从军，吟出塞，皎兮极关山明月之思，萧兮得易水寒风之声，传乎乐章，布在人口”（靳能《唐故文安郡文安县太原王府君墓志铭并序》），是唐代杰出的边塞诗人之一。曾与王昌龄、高适、崔国辅等著名诗人“联吟迭和，名动一时”，有“旗亭画壁”故事流传（见薛用弱《集异记》卷二）。生平事迹，散见于靳能所撰墓志（见《曲石精庐藏唐墓志》）及《唐诗纪事》卷二六、《唐才子传》卷三。《全唐诗》仅存绝句六首，皆历代传诵名篇。

登鹳雀楼[1]

白日依山尽，黄河入海流。
欲穷千里目，更上一层楼。

【题解】

此诗芮挺章《国秀集》、钟惺《唐诗归》皆归于朱斌名下；《文苑英华》《唐诗品汇》则认为是王之涣所作。宋人沈括《梦溪笔谈》卷十五云：“河中府鹳雀楼高三层，前瞻中条，下瞰大河，唐人留诗者甚多，唯李益、王之涣、畅当三篇能状其景。”三篇之中，王之涣的这一篇尤其脍炙人口。寥寥二十字，既写景，又抒情，情由景生，景以情显，给人以尺幅万里、意境壮阔的感受，使人于美的享受中开拓心胸，得到哲理启示，受到精神鼓舞。吴烶《唐诗直解》云：“身愈高则视愈远，‘千里’，极言其远，有海阔天空之怀，方能道此旷达之句，李益、畅当皆不及。”沈德潜《唐诗别裁集》云：“四句皆对，读去不嫌其排，骨高故也。”

【注释】

①鹳雀楼：在蒲州（今山西永济）城西南黄河中高阜处，时有鹳雀栖其上，故名。此楼后为河水冲没，因于城角楼为匾以存其迹。后人或以王之涣所咏鹳雀楼即蒲州城西南角楼，殊误。

凉州词

黄河远上白云间，一片孤城万仞山。
羌笛何须怨杨柳①，春风不度玉门关②。

【题解】

《凉州词》属于乐府《近代曲词》，其曲为开元西凉都督郭知运所进。唐人作《凉州词》多反映边塞生活，王翰的“葡萄美酒夜光杯，欲饮琵琶马上催。醉卧沙场君莫笑，古来征战几人回？”和王之涣的这一首，都是以《凉州词》为题的名作。《集异记》卷二云：“开元中，诗人王昌龄、高适、王之涣齐名，共诣旗亭贳酒。忽有伶官十数人会谯，三人因私约曰：‘我辈各擅诗名，今观诸伶讴，若诗入歌辞多者为优。’俄一伶唱‘寒雨连江夜入吴’，昌龄引手画壁曰：‘一绝句。’又一伶讴‘开箧泪沾臆’，适引手画壁曰：‘一绝句。’寻又一伶讴‘奉帚平明金殿开’，昌龄又画壁曰：‘二绝句。’之涣因指诸伎中最佳者曰：‘此子所唱如非我诗，终身不敢与争衡矣。’须臾，双鬟发声，则‘黄河远上白云间’，之涣揶揄二子曰：‘田舍奴，我岂妄哉？’因大谐笑，饮醉竟日。”之涣此诗，诗论家备极推崇，黄生《唐诗摘抄》云：“王龙标‘更吹羌笛关山月，无那金闺万里愁’，李君虞‘不知何处吹芦管，一夜征人尽望乡’，与此并同一意，然不及此作，以其含蓄深永，只用‘何须’二字略略见意故耳。”李锳《诗法易简录》云：“神韵格力，俱臻绝顶。不言君恩之不及，而托言春风之不度，立言尤为得体。”管世铭《读雪山房唐诗钞凡例》云：“摩诘、少伯、太白三家，鼎足而立，美不胜收；王之涣独以‘黄河远上’一篇当之。彼不厌其多，此不愧其少，可谓拔戟自成一队。”

【注释】

①“羌笛”句：北朝乐府《鼓角横吹曲》有《折杨柳》，歌词云：“上马不捉鞭，反折杨柳枝。下马吹长笛，愁杀行客儿。” ②玉门关：在今甘肃省敦煌市西。

孟浩然（689—740）

襄州襄阳（今属湖北）人，世称孟襄阳。早年在家乡读书，后隐居于鹿门山，又隐居于故乡田园。开元十六年（728）赴长安应举，游秘书省，与诸名士赋诗，有“微云淡河汉，疏雨滴梧桐”之句，一座赞其清绝，为之搁笔。翌年，落第还襄阳。十八年（730）漫游吴越等地，与张子容、崔国辅等诗人交游，前后三年。开元二十五年（737），张九龄被贬为荆州长史，浩然往谒，被署为从事，曾随九龄巡游各地，相与唱和。二十七年（739），因病返襄阳疗养。第二年，王昌龄游襄阳，与孟浩然共饮甚欢。当时孟浩然患疹疾将愈，因食鲜饮酒而复发，病逝于冶城南园。孟浩然当时已负盛名，李白以“红颜弃轩冕，白首卧松云”“高山安可仰，徒此揖清芬”（《赠孟浩然》）赞其人品，杜甫以“赋诗何必多，往往凌鲍谢”（《遣兴五首》之五)、“清诗句句尽堪传”(《解闷》十二首之六)赞其诗歌。王维过郢州，画浩然像于刺史亭，世称“孟亭”。他与王维同为盛唐田园山水诗派的代表诗人，世称“王孟”。其生平事迹见《旧唐书》卷一九〇、《新唐书》卷二〇三本传。死后不到十年，其诗集便两经编定，并送到“秘府”保存。今传宋蜀刻本《孟浩然诗集》三卷，明人有所增补，分为四卷。校注本有李景白《孟浩然诗集校注》。《全唐诗》存诗二卷。

望洞庭湖赠张丞相①

八月湖水平，涵虚混太清②。
气蒸云梦泽，波撼岳阳城③。
欲济无舟楫④，端居耻圣明⑤。
坐观垂钓者，徒有羡鱼情⑥。

【题解】

题中的“张丞相”指曾任宰相，后任荆州长史的张九龄。历来投赠达官的诗，多有乞求之意，甚至摇尾乞怜。此诗实有乞求，却以“望洞庭”托意，不露痕迹。前半篇写“望洞庭”；后半篇转入“赠张丞相”而“欲济”“舟楫”“垂钓”“羡鱼”，皆就洞庭湖生发，与前半篇一脉相承，比兴互陈，语意双关，含蓄地表现了不甘闲居、出仕济世的愿望。孟浩然长于五律，其主要风格是清幽、隽永，冲淡、高旷；这一首，却气象峥嵘，意境雄阔，别具一格。“气蒸云梦泽，波撼岳阳城”，尤为咏洞庭湖名句，与杜甫“吴楚东南坼，乾坤日夜浮”并传。

【注释】

①张丞相：即张九龄。 ②“八月”二句：平，指水与岸平。虚，指元气。太清，指天空。 ③“气蒸”二句：云梦本为二泽，在今湖北省安陆市、云梦县以南，湖南省华容县、岳阳县以北地区，方圆九百里。后来大部分淤成陆地，便合称云梦泽。宋人范致明《岳阳风土记》：“孟浩然洞庭诗有‘波撼岳阳城’，盖城据湖东北，湖面百里，常多西南风，夏秋水涨，涛声喧如万鼓，昼夜不息。” ④“欲济”句：想渡洞庭，却无舟楫。暗示欲出仕济世，却无人援引。 ⑤端居：独处、闲居。耻圣明：有愧于圣明之世。 ⑥“坐观”二句：垂钓者，比喻执政者，指张丞相。徒有，空有。羡鱼情，比喻希望出仕的心情。

过故人庄

故人具鸡黍①，邀我至田家。
绿树村边合，青山郭外斜。
开轩面场圃②，把酒话桑麻③。
待到重阳日④，还来就菊花⑤。

【题解】

这是一首田园诗，通体清妙。

孟浩然有济世之志而不得实现，所以虽以隐逸自高，而其孤独抑郁乃至愤激不平的情怀时露于诗章。这一首却是难得的例外，“绿树”“青山”“鸡黍”“场圃”，一派田园风光；把酒共话，不离“桑麻”，忘掉了名利，得到了欢乐，找到了心灵的归宿，因而留恋田园，皈依田家。全诗任意挥洒，浑然天成，却把宁静优美的田园风光和纯真深厚的故人情谊融为一体，诗意盎然。

【注释】

①故人：老朋友。鸡黍：泛指待客的普通饭菜。《论语·微子》：“子路从而后，遇丈人，……止子路宿，杀鸡为黍而食之。” ②轩：这里指窗。面：动词，面对。场：农家打谷、晒稻的场地。圃：菜园。 ③把酒：端着酒杯。话桑麻：谈论农事。陶潜《归园田居》：“相见无杂言，但道桑麻长。” ④重阳：阴历九月九日，是赏菊花、登高的佳节。古代民俗，这一天饮菊花酒。 ⑤就：接近。就菊花：指赏菊、饮菊花酒。

春 晓

春眠不觉晓①，处处闻啼鸟②。
夜来风雨声，花落知多少③。

【题解】

写春天破晓时的感受和心理活动，惟妙惟肖，而惜春惜花之意，见于言外。李攀龙《唐诗训解》云：“首句破题，次句即景，下联有惜春之意。昔人谓诗如参禅，如此等语，非妙悟者不能道。”吴昊山《唐诗选附注》云：“夜间风雨，不寐可知，又闻鸟声而思落花，无限摧残之感。”

【注释】

①“春眠”句：结合后两句看，前半夜因闻窗外风雨声大作、生怕盛开的百花被摧残而未能入睡，后半夜才睡着，不久便被鸟声唤醒，天已亮了。黄叔灿《唐诗笺注》认为诗人“一夜无眠，方睡达晓，故有‘夜来风雨声’之句，乃倒装句法”，讲得很中肯。 ②“处处”句：东西南北，“处处”都是鸟叫声，这是在床上“闻”到的。 ③“夜来”二句：天晓醒来之后，追想夜间风雨交加，便想知道花儿究竟落了多少。用疑问语气，生动地表现了担心花

儿落得太多，又希望落得很少的复杂心情。

宿建德江

移舟泊烟渚①，日暮客愁新。
野旷天低树②，江清月近人③。

【题解】

建德，唐县名，在今浙江建德市西。建德江，即流经建德的新安江。宿，住宿，从第一句看，作者是“宿”在“舟”上的。此诗当是漫游吴越时所作，夜泊烟渚，独宿孤舟，触景生情，满目客愁，只以二十字表现之，令人品味不尽。杨逢春《唐诗偶评》云：“首点题，二领客愁，三、四即景含情。望远极目，不觉天低于树；孤舟独宿，唯有月来依人，不言愁而愁字之神已摄。”罗大经《鹤林玉露》云：“孟浩然诗曰：‘江清月近人。’杜陵诗曰：‘江月去人只数尺。’浩然之句浑涵，子美之句精工。”

【注释】

①烟渚：暮烟笼罩的江中小洲。 ②“野旷”句：原野辽阔，遥望远方，天空反而低于树木。 ③“江清”句：江水澄清，月映水面，好像有意来和旅人亲近。王尧衢《古唐诗合解》：“江头夜泊，但见清波明月为我之伴，是‘月近人’也。即此孤寂，便是‘客愁’。”

李 颀（690？—754？）

郡望赵郡（今河北赵县）人，居颍阳（今河南登封）颍水支流东川旁，后人因称“李东川”。玄宗开元二十三年（735）进士及第，曾官新乡尉，后人因称“李新乡”。早年出入洛阳、长安，结交权贵，以求大用而未能如愿，乃闭户读书十余年。出仕后沉沦下僚，久不得调，又愤而归隐。与同时期著名诗人王昌龄、崔颢、綦毋潜、岑参、王维、高适、皇甫曾、朱放等皆有交往，诗名颇盛。殷璠评其诗“发调既清，修辞亦秀，杂歌咸善，玄理最长”（《河岳英灵集》卷上）。尤擅七古歌行与七律。七古歌行“善写边朔气象”（徐献忠《唐诗品》），“开阖转接奇横，沉郁之思，出以明秀，运少陵之坚苍，合高、岑之浑脱，高音古色，冠绝后来”（宋育仁《三唐诗品》）。七律仅存七首，皆诗格清炼，流丽婉润，《送魏万之京》一首尤佳。明七子学其七律而取貌遗神，故潘德舆评云：“李东川七律为明七子之祖，究其容貌相似，神理犹隔一黍。”（《批唐贤三昧集》）《全唐诗》存诗三卷。其生平事迹见《唐才子传》及今人谭优学《李颀行年考》（收入《唐诗人行年考》）。

古从军行

白日登山望峰火，黄昏饮马傍交河①。
行人刁斗风沙暗②，公主琵琶幽怨多③。
野云万里无城郭④，雨雪纷纷连大漠。
胡雁哀鸣夜夜飞，胡儿眼泪双双落。

闻道玉门犹被遮[5]，应将性命逐轻车[6]。
年年战骨埋荒外，空见蒲桃入汉家[7]。

【题解】

此诗约作于玄宗天宝年间。《从军行》乃乐府《相和歌·平调曲》旧题，此诗借汉武帝开边“古”事以讽今，故于《从军行》前加一“古”字。全诗篇幅极短，而大气盘旋，雄奇郁勃，前面极写边地之苦、战斗之惨，结句忽以“空见蒲桃入汉家”与“年年战骨埋荒外”作强烈之对照，而开边之有害无益，已见于言外。天宝年间，玄宗长期对吐蕃用兵，给战士和人民带来深重苦难，此诗当为此而发，可与杜甫《兵车行》共读。沈德潜云：“以人命换塞外之物，失策甚矣。为开边者垂戒，故作此诗。”（《唐诗别裁集》卷五）所见极是。

【注释】

①交河：在今新疆维吾尔自治区吐鲁番市。因河水交流城下，故名（见《汉书·西域传》）。 ②刁斗：军中巡夜报更用的铜器。形似锅，白天作炊具。 ③“公主琵琶”句：言边地荒凉，使人愁惨。《宋书·乐志》引傅玄《琵琶赋》：“汉遣乌孙公主嫁昆弥，念其行道思慕，故使工人裁筝筑，为马上之乐。欲从方俗语，故名曰琵琶，取其易传于外国也。” ④云：一作“营”。 ⑤“闻道”句：汉武帝命李广利攻大宛（西域国名），期至贰师城取良马，号之为贰师将军。作战经年，死伤过多。广利上书请班师，徐图再举。武帝大怒，发使遮玉门关，曰：“军有敢入，斩之！”（见《汉书·李广利传》）遮：拦阻。玉门关：在今甘肃敦煌市。 ⑥逐轻车：跟着将军作战。轻车，战车的一种。这里指汉武帝时的轻车将军李蔡。 ⑦“年年”二句：荒外，即边地。蒲桃，同“葡萄”。《汉书·西域传》：“宛王蝉封与汉约，岁献天马二匹，汉使采蒲陶、苜宿种归。天子以天马多，又外国使来众，益种蒲

陶苜宿离宫馆旁。”蒲陶，亦同葡萄。

送魏万之京

朝闻游子唱离歌①，昨夜微霜初渡河。
鸿雁不堪愁里听，云山况是客中过②。
关城树色催寒近，御苑砧声向晚多③。
莫见长安行乐处，空令岁月易蹉跎。

【题解】

魏万，名颢，居王屋山，肃宗上元（760—761）初登进士第，是李颀的晚辈。之京，往京城长安。天宝十三载（754），魏万往东南一带寻访李白，李白极赏识，作《送王屋山人魏万》诗赠别。可能他辞别李白之后即赴长安，途经洛阳时与李颀相会，颀作此诗送行。前四句写离别情景；五、六两句写渐行渐到长安；结尾两句勉其立身立名，勿见长安行乐之地便亦一味行乐而蹉跎岁月，可谓情深意厚、语重心长。胡应麟说此诗乃“盛唐脍炙佳作”（《诗薮》内编卷五）。方东树谓开头两句“言‘昨夜微霜’，游子今朝‘渡河’耳，却炼句入妙。”又谓“中四情景交写，而语有次第；三、四送别之情，五、六渐次至京。”（《昭昧詹言》卷一六）评析极中肯。

【注释】

①离歌：亦作“骊歌”，离别时唱的歌。 ②过（guō）：读平声，“经过”之意。 ③砧声：捣衣声。

王昌龄（698—757？）

字少伯，郡望琅玡，京兆万年（今陕西西安市）人。早年似曾到过西北边地。开元十五年（727）进士及第，补秘书省校书郎。二十二年（734）登博学宏词科，超绝群类，授汜水尉。二十七年（739）以故贬岭南，第二年北归经襄阳，与孟浩然相会。冬，改授江宁丞。天宝时，以“不护细行”贬龙标尉。安史之乱时，避乱江淮一带，为亳州刺史闾丘晓所杀。因曾为江宁丞、龙标尉，世称王江宁、王龙标。与李白、王维、李颀、王之涣、崔国辅、高适诸人交游酬唱，诗名动一时。擅长绝句，其边塞军旅、宫怨闺情及送别之作，深厚婉丽，风神摇曳，被尊为“开（元）、天（宝）圣手”“诗家天子”。黄克缵《全唐风雅》云：“唐七言绝句当以龙标为第一，以其比兴深远，得风人温柔敦厚之体，不但词语高古而已。”胡应麟《诗薮》内编云：“江宁《长信词》《西宫曲》《青楼曲》《闺怨》《从军行》皆优柔婉丽，意味无穷，风骨内含，精芒外隐，如清庙朱弦，一唱三叹。”沈德潜《唐诗别裁集》云：“龙标绝句，深情幽怨，音旨微茫，令人测之无端，玩之无尽。”原有集五卷，久佚。《全唐诗》存诗四卷。生平事迹见《旧唐书》卷一九〇、《新唐书》卷二〇三本传及《唐才子传》卷二、《唐诗纪事》卷二四。

从 军 行（二首）

一

青海长云暗雪山①，孤城遥望玉门关②。

黄沙百战穿金甲，不破楼兰终不还[3]。

二

大漠风尘日色昏，红旗半卷出辕门[4]。
前军夜战洮河北[5]，已报生擒吐谷浑[6]。

【题解】

《从军行》为乐府歌曲，属《相和歌曲·平调曲》。《乐府解题》曰："《从军行》皆军旅辛苦之辞。"王昌龄所作共七首，这里仅选两首。前一首，沈德潜《唐诗别裁集》云："作豪语看亦可，然作归期无日看，倍有意味。"后一首，刘永济《唐人绝句精华》云："但写边军战胜之事。"宋顾东《唐人万首绝句选》总评《从军行》组诗云："《从军》诸作，皆盛唐高调，极爽朗，却无一直致语。"

【注释】

①青海：即青海湖，在今青海省西宁市西，唐和吐蕃常在这一带发生战争。 ②"孤城"句：为调平仄而词序倒装，其意为：自青海回头遥望玉门关孤城，与第四句"还"字呼应。俞陛云《诗境浅说续编》云："首二句乃逆挽法，从青海回望孤城，见去国之远也。"所见极是。 ③楼兰：汉西域部族名，所居故地在今新疆维吾尔自治区鄯善县东南一带。汉武帝派使臣通西域，楼兰王与匈奴勾结，屡次击杀汉使。昭帝元凤四年（前77），大将军霍光派傅介子至楼兰，斩其王。此处借汉喻唐，指侵扰西北的敌人。 ④辕门：古代行军扎营，以车环卫，出入处以两车之辕相向竖起，对立如门，故称辕门。 ⑤洮河：在今甘肃西部。 ⑥吐谷浑（Tǔyùhún）：本辽东鲜卑族。魏晋之际，其酋吐谷浑率部西徙阴山。其子孙建国于洮河西，以吐谷浑为国名，时扰边境。初唐时被唐军击败，称臣内附。此泛指敌酋。

出　塞

秦时明月汉时关①，万里长征人未还。
但使龙城飞将在②，不教胡马度阴山③。

【题解】

《出塞》乃乐府《横吹曲辞·汉横吹曲》旧题。开元年间，受唐王朝册封的奚和契丹不时侵扰，唐王朝亦处置失当，故征战不休。王昌龄此诗，亦有为而发，用旧题以抒今情。沈德潜《说诗晬语》云：“‘秦时明月’一章，前人推重之而未言其妙，盖言劳师力竭而功不成，由将非其人之故，得飞将军备边，边烽自熄，即高常侍《燕歌行》归重‘至今人说李将军’也。”施补华《岘佣说诗》云：“‘秦时明月’一首，‘黄河远上’一首，‘天山雪后’一首，皆边塞名作，意态雄健，音节高亮，情思悱恻，令人百读不厌也。”

【注释】

①秦时明月、汉时关：互文见义，意为秦汉时的明月和雄关。②龙城：指卢龙城，在今河北省喜峰口附近一带，为汉代右北平郡所在地。《史记·李将军列传》：“（李）广居右北平，匈奴闻之，号曰汉之飞将军，避之数岁，不敢入右北平。”　③阴山：在今内蒙古自治区中部。

采 莲 曲

荷叶罗裙一色裁①，芙蓉向脸两边开。
乱入池中看不见，闻歌始觉有人来。

【题解】

《采莲曲》，属乐府旧题，《江南弄》七曲之一。此篇写采莲人罗裙与荷叶同色，容颜与荷花争艳，故“乱入池中看不见”而“闻歌始觉有人来”，表现手法极新颖。钟惺《唐诗归》云：“从‘乱’字，‘看’字、‘觉’字耳、目、心三处参错说出情来，若直以衣服、容貌相夸示，则失之远矣。”黄叔灿《唐诗笺注》云：“‘向脸’二字却妙，似花亦有情。”

【注释】

①一色裁：用同一种颜色的材料剪裁而成。“荷叶”是翠绿色，“罗裙”与“荷叶”同色。

闺 怨

闺中少妇不知愁，春日凝妆上翠楼①。
忽见陌头杨柳色，悔教夫婿觅封侯②。

【题解】

“闺”指妇女的卧室，“闺怨”是妇女不能与丈夫团聚的怨情。王昌龄善写从军、出塞，也善写从征人的家属方面写闺怨，这一首与《青楼怨》是其代表作。唐汝询《唐诗解》云：“唐人闺怨，大抵皆征妇之辞也。一见柳色而生悔心，功名之望遥、离索之情极也。”顾璘《批点唐诗正音》云：“宫情闺怨作者多矣，未有如此篇与《青楼怨》二首雍容浑含、明白简易，真有雅音，绝句中之极品也。”

【注释】

①凝妆：盛妆，着意装束，与上句“不知愁”相应。 ②觅封侯：指

从军。

芙蓉楼送辛渐

寒雨连江夜入吴，平明送客楚山孤①。
洛阳亲友如相问，一片冰心在玉壶②。

【题解】

芙蓉楼在唐润州（今江苏镇江市）城上西北角，王昌龄被贬为江宁丞时，于此楼送友人辛渐去洛阳而作此诗。前两句，以寒雨入吴、楚山孤寂烘托离愁；后两句，托辛渐告慰洛阳亲友，虽被贬谪，而品格高洁，问心无愧。俞陛云《诗境浅说续编》云："借送友人以自写胸臆，其词自潇洒可爱。"

【注释】

①"寒雨"二句：吴、楚皆指送别之地润州，其地古时先属吴，后属楚。"入吴"的主语是"寒雨"，寒雨夜入吴而平明送客。 ②"一片"句：鲍照《白头吟》"清如玉壶冰"，姚崇《冰壶诫》"内怀冰清，外涵玉润，此君子冰壶之德也。"王昌龄同时人殷璠说王昌龄"晚节不矜细行，谤议沸腾"（《河岳英灵集》卷中），"冰心玉壶"之喻，正是作者针对"谤议"向亲友自明心迹。

储光羲（706？—763）

排行十二，润州延陵（今江苏丹阳）人。玄宗开元十二年（724），与丁仙芝同为太学诸生。十四年登进士第，与綦毋潜、崔国辅同榜。释褐为冯翊县佐官，其后又历任安宜、下邽、汜水等县尉。二十一年（733）辞官还乡。开元、天宝之际，隐居于终南山。天宝六、七年间（747—748）出任太祝，世称储太祝。九载前后，迁监察御史，尝出使范阳，时安禄山兼任范阳、平卢、河东三镇节度使，蓄谋叛乱，光羲作《效古》《观范阳递俘》等诗，忧心时局，语意深切。安史叛军陷长安，光羲被俘，受伪职。后脱身还朝，贬谪南方。代宗宝应元年（762）五月遇赦，未及归，卒于贬所。其生平事迹见顾况《监察御史储公集序》及《唐诗纪事》《唐才子传》。储光羲是盛唐山水田园诗派重要诗人，与王维、孟浩然等往来酬唱。殷璠称其诗“格高调逸，趣远情深，削尽常言，挟风雅之迹、浩然之气”（《河岳英灵集》）。有《储光羲集》五卷，《全唐诗》存其诗四卷。

同王十三维《偶然作》十首（选一）

野老本贫贱，冒暑锄瓜田。
一畦未及终，树下高枕眠。
荷蓧者谁子[①]，皤皤者息肩[②]。
不复问乡墟[③]，相见但依然[④]。
腹中无一物，高话羲皇年[⑤]。
落日临层隅[⑥]，逍遥望晴川。
使妇提蚕筐，呼儿榜渔船[⑦]。
悠悠泛绿水，去摘浦中莲[⑧]。
莲花艳且美，使我不能还。

【题解】

王维作《偶然作》十首，储光羲也作了十首，这是其中的第三首。诗中描写的那位“野老”栖身田园，自得其乐，显然寄托了作者的人生理想。

【注释】

①蓧（diào）：古代除草用的农具。荷蓧者，指肩扛农具的人。 ②皤（pó）皤者：指老农。皤皤：白头的样子。息肩：休息。 ③乡墟：乡里。 ④依然：即依然如故，好像早已相识。 ⑤高话：大声谈话。羲皇：指伏羲氏。古人想象伏羲以前的人，无忧无虑，生活闲适。羲皇年，即太古时代。 ⑥层隅：水边。 ⑦榜：船桨。这里作动词用，指摇橹开船。 ⑧浦：这里指水塘。

田家杂兴

众人耻贫贱，相与尚膏腴①。
我情既浩荡，所乐在畋渔②。
山泽时晦暝③，归家暂闲居。
满园植葵藿，绕屋树桑榆。
禽雀知我闲，翔集依我庐。
所愿在优游，州县莫相呼④。
日与南山老⑤，兀然倾一壶⑥。

【题解】

这是储光羲于开元、天宝之际隐居终南山时的作品，原诗八首，这里选其第二首。《田家杂兴》组诗与《同王十三维〈偶然作〉十首》组诗，是储光羲田园诗的代表作。钟惺《唐诗归》云："储诗清骨灵心，不减王、孟，……寄兴入想，皆高一层、厚一层、远一层，《田家》诸诗皆然。"周敬、周珽《唐诗选脉会通评林》云："大抵储诗冲淡中涵深厚，幽细中见高壮，每多道气语，如《田家》与《王十三偶然作》等篇，名理悟机，跃跃在前。钟伯敬谓其极厚、极细、极和，乃从平出，此储诗之妙，亦须平气读之。不知唯平、故成其为奇；不善奇者，必不能平。平，正所以近乎陶也。”

【注释】

①尚膏腴：追求奢侈的生活享受。 ②畋渔：打猎和捕鱼。 ③“山泽”句：以山泽晦暝象征时局混乱黑暗。 ④“所愿”二句：意谓自己乐于优游林泉，并无入仕之意，州县官不要向朝廷推荐。唐代士人仕宦失意，多隐居京城以南的终南山，沽名以待朝廷征召。司马承祯曾说终南是“仕宦之捷径”。（见《新唐书·卢藏用传》）朝廷起用在野人才，多半通过州县官荐送，故以“州县莫相呼”表示无意出仕。 ⑤南山老：终南山中的隐士。⑥兀然：得意忘形貌。

钓 鱼 湾

垂钓绿湾春，春深杏花乱[1]。
潭清疑水浅，荷动知鱼散。
日暮待情人[2]，维舟绿杨岸[3]。

【题解】

这是《杂咏五首》的第四首。一、二两句写垂钓的环境及时令；河湾绿遍、杏花乱落，春色已深，未言情而无限期待之情已蕴含其中。三、四两句并未写钓鱼；看那潭水清澈澄明，便怀疑水浅无鱼；及至看见碧荷摇动，才知道荷叶下面原来有不少鱼，可现在都散开了，不知去向了。这种细致的观察和微妙的心理变化，都表明垂钓者本来不是要钓鱼，而是心有所思，意有所待。结尾两句是点睛之笔：垂钓者徘徊绿湾，日暮犹系舟绿杨岸而不肯归去，原来是等待“情人”啊！六句诗写得风神摇漾，含情无限。

【注释】

①杏花乱：杏花飘落。 ②情人：指一切有情的人，不限于女性。 ③维舟：系舟。

江南曲

日暮长江里，相邀归渡头。
落花如有意，来去逐船流①。

【题解】

《江南曲》乃乐府《相和歌辞》旧题，多写江南水乡风俗及男女爱情。储光羲作共四首，这是其中的一首。唐汝询《唐诗解》云：“日暮相邀，人既多情；花之逐船，亦觉有意。”俞陛云《诗境浅说续编》云：“此诗与崔国辅之《采莲曲》、崔颢之《长干曲》皆有盈盈一水，伊人宛在之思；但二崔之诗皆着迹象，此诗则托诸花逐船流，同赋闲情，语尤含蓄。”

【注释】

①“来去”句：船来船去，落花皆追随不舍。

王 维（701？—761）

字摩诘，排行十三。祖籍太原祁（今山西祁县），其父迁居于蒲（今山西永济），遂为河东人。开元九年（721）进士。初为太乐丞，因令人舞黄狮子坐罪，贬济州司仓参军。张九龄为相，擢为右拾遗，后转监察御史，累官至给事中。安禄山陷长安，被执，受伪职。乱平论罪，以曾作凝碧池诗思念王室，其弟缙又请削己官为他赎罪，责授太子中允。后为尚书右丞，世称王右丞。晚年隐居蓝田辋川，以禅悟诗，故有“诗佛”之称。与孟浩然并称“王孟”，乃盛唐山川田园诗派杰出代表。早岁边塞诗沉雄慷慨，意气飞动。山水田园诗或壮丽雄阔，或清幽恬澹，“诗中有画”。五绝绘景传神，超妙自然，七绝语近情遥，风神摇曳，与李白同擅胜场。其人多才多艺，诗歌而外，兼擅散文、音乐、书法、绘画相互影响，故其“诗中有画，画中有诗”，而其诗歌也富有音乐性。尤以诗、画见长，自称“宿世谬词客，前身应画师”（《偶然作》），其诗拓田园山水派疆域，其画以“破墨”山水见长，被推为“南宗”山水画之祖。如晁补之所指出：“右丞妙于诗，故画意有余；右丞精于画，故诗体转工。”（刘士璘《文致》引）对他的诗及他在唐代诗人中的地位，历代评论者甚众。如何良俊《四友斋丛说》云：“五言绝句，当以王右丞为绝唱。”许学夷《诗源辩体》云：“摩诘……五言律有一种整栗雄丽者，有一种一气浑成者，有一种澄淡精致者，有一种闲淡自在者。”“摩诘七言律亦有三种，有一种宏赡雄丽者，有一种华藻秀雅者，有一种淘洗澄净者。”“摩诘五言绝意趣幽玄，妙在文字之外。”施补华《岘佣说诗》云：“摩诘五言古，雅淡之中，别饶华气。”“摩诘七古，格整而气敛，虽纵横变化不及李、杜，然使事典雅，属对工稳，极可为后人学步。”姚鼐《惜抱轩今体诗抄序目》云：“右丞七律，能备三十二相，而意兴超远，……宜独冠盛唐诸公。”贺裳《载酒园诗话又编》云：“唐无李、杜，摩诘便应首推。”有集十卷，清赵殿成《王右丞集笺注》最通行。《全唐诗》存诗四卷。生平事迹见《旧唐书》卷一九〇、《新唐书》卷二〇二本传、《唐诗纪事》卷一六、《唐才子传》卷二及年谱多种。

渭川田家①

斜光照墟落②，穷巷牛羊归③。
野老念牧童，倚杖候荆扉④。
雉雊麦苗秀⑤，蚕眠桑叶稀⑥。
田夫荷锄至⑦，相见语依依。
即此羡闲逸，怅然吟《式微》⑧。

【题解】

《旧唐书·文苑传》云："维得宋之问蓝田别墅在辋口，辋水周于舍下，别涨竹州花坞，与道友裴迪浮舟往来，弹琴赋诗，啸咏终日。"辋水入渭水，诗题"渭川田家"，当即王维辋川别墅附近的田家。王维于开元二十九年（741）至天宝三载（744），由殿中侍御史改官左补阙。当时张九龄罢相，李林甫专权，王维进退维谷，亟思避世，故亦官亦隐，多居辋川，这首诗当是这一时期的作品。全诗以田家的"闲逸"反衬官场的惊涛骇浪，以"牛羊归"、田夫归引出自己的"胡不归"，景中含情，言外有意。如果仅认为写出了田园风俗画或指责未表现田家受剥削压迫的种种痛苦，便失之肤浅了。

【注释】

①渭川：渭水。　②斜光：夕阳的余晖。墟落：村庄。　③穷巷：深巷。　④候荆扉：在柴门外等候。　⑤雉雊（gòu）：野鸡鸣叫。麦苗秀：麦苗扬花。　⑥蚕眠：蚕蜕皮时，不食不动，状如睡眠。三眠后吐丝作茧。⑦荷（hè）：负荷，动词。　⑧《式微》：《诗经·邶风》篇名，有"式微，式微，胡（何）不归"之句。

桃源行

渔舟逐水爱山春，两岸桃花夹古津①。
坐看红树不知远②，行尽青溪忽值人③。
山口潜行始隈隩④，山开旷望旋平陆⑤。
遥看一处攒云树⑥，近入千家散花竹。
樵客初传汉姓名⑦，居人未改秦衣服⑧。
居人共住武陵源⑨，还从物外起田园⑩。
月明松下房栊静，日出云中鸡犬喧。
惊闻俗客争来集，竞引还家问都邑。
平明闾巷扫花开，薄暮渔樵乘水入。
初因避地去人间，及至成仙遂不还。
峡里谁知有人事，世中遥望空云山⑪。
不疑灵境难闻见，尘心未尽思乡县⑫。
出洞无论隔山水，辞家终拟长游衍⑬。
自谓经过旧不迷，安知峰壑今来变⑭。
当时只记入山深，青溪几度到云林。
春来遍是桃花水，不辨仙源何处寻。

【题解】

宋蜀本《王摩诘文集》此诗题下注云："时年十九。"唐宋著名诗人作桃花源诗者甚多，命意谋篇，各不同相。王维的这一篇，不仅取材于陶潜的《桃花源记》，而且顺序、层次，也与《桃花源记》相同，好像是有意把散文变成诗。唯一的不同在于：陶潜所写的桃花源，里面住的是来此"避秦"者的后代，是人；而王维所写的桃花源，里面住的都是"初因避地去人间，及至成仙遂不还"的神仙。也就是说，前者向往的是人间乐土，后者向往的是神仙境界；二者皆不可得，故前者以“迷不复得路”结尾，后者以“不辨仙源何处寻”终篇，其不满于现实则同。就艺术创造而言，这位青年诗人确有才华，他确实把陶潜的散文化为优美的诗章，而且似乎毫不费力。王士祯评云：“唐宋以来作《桃源行》最佳者，王摩诘、韩退之、王介甫三篇。观退之、介甫二诗，笔力意思甚可喜。及读摩诘诗，多少自在。二公便如努力挽强，不免面红耳热。此盛唐所以高不可及。”（《池北偶谈》卷一四）沈德潜云：“顺文叙事，不须自出意见，而夷犹容与，令人味之不尽。”（《唐诗别裁集》卷五）

【注释】

①古津：一作“去津”。津，渡口。 ②坐：因。红树：指繁花盛开的桃树。 ③忽值：一作“不见”。值：遇见。 ④隈隩（wēiào）：曲深处。 ⑤旋：忽然间、紧接着。 ⑥攒：聚集。 ⑦“樵客”句：意谓这儿的居民第一次听到樵客告诉他们的汉以下朝代的名称。樵客，这里指渔人。古时渔樵并称，可以通用。 ⑧“居人”句：当地居民还穿着当初秦朝时避乱来此的衣服。 ⑨武陵源：即桃花源。汉属武陵郡（郡治在今湖南省常德市），故称。 ⑩物外：世外。 ⑪“峡里”二句：意谓桃源和外面隔绝，哪里知道人世间事；而人世也不知有此仙境，遥遥望到的只是云山而已。 ⑫“不疑”二句：意谓渔人深知仙境是难以见到的，理应留下，无奈尘心未尽，思念家乡，还是离开了。灵境，仙境。闻见，这里是偏义复词，偏用“见”义。 ⑬“出洞”二句：意谓渔人出去之后，却又想念桃花源，于是不管山水远隔，他终于辞家来游，打算在那儿长期留下。游衍，犹言流连不去。 ⑭“自谓”二句：言自以为旧径容易寻觅，然而山水改观已无从问径。

使至塞上

单车欲问边[1]，属国过居延[2]。
征蓬出汉塞[3]，归雁入胡天[4]。
大漠孤烟直，长河落日圆。
萧关逢候骑[5]，都护在燕然[6]。

【题解】

开元二十五年（737）三月，河西节度副使崔希逸大败吐蕃于青海，王维以监察御史身份奉命出使塞上，宣慰将士，途中作此诗。诗以“欲问边”发端，继之以“过居延”“出汉塞”“入胡天”，骏快无比。第三联乃千古名句：极目大漠，不见村落，只见一线孤烟，冲霄上腾，显得格外笔直；遥望长河，不见树木，只见一轮落日在河面浮动，显得格外浑圆。点、线、面的巧妙配合，构成苍莽辽阔的画面，表现出塞上黄昏之时特有的奇景和诗人由此触发的悲壮情怀，为尾联蓄势。诗人奉命劳军，自应直赴主帅营地，然如此直写，便嫌平板。此诗在展现大漠日暮的莽苍画面之后，不写继续前进，而以路遇候骑、喜闻捷报收尾，化苍凉为豪放，把落日的光芒扩展开来，照亮了整个“大漠”，那袅袅直上的“孤烟”，也不再报警，而是报告平安。构思之奇，谋篇之巧，匪夷所思。

【注释】

①单车：轻车简骑。问边：慰问边疆将士。 ②“属国”句：过居延属国的倒装句。或谓属国乃典属国简称，代指使臣，是王维自指。 ③征蓬：随风飘动的蓬草。 ④归雁：春暖后从南方飞回的大雁。 ⑤萧关：在今宁夏回族自治区固原市原州区东南。候骑（jì）：侦察骑兵。 ⑥都护：当时边疆重

镇都护府的长官。燕（yān）然：即杭爱山，在今蒙古人民共和国境内。东汉窦宪击匈奴，大破北单于，登燕然山，刻石记功。

送梓州李使君

万壑树参天，千山响杜鹃。
山中一夜雨，树杪百重泉。
汉女输橦布①，巴人讼芋田②。
文翁翻教授，不敢倚先贤③。

【题解】

梓州，唐代属剑南道，治郪县，即今四川三台县。使君，对刺史的尊称。作者在长安送李某人赴梓州任刺史，作此诗。前两联，写想象中的梓州自然风光。首联用工对，一句写视觉形象，一句写听觉形象，神韵俊迈。颔联上句顶首联下句、下句顶首联上句，用流水对，一气贯注，神采飞扬。颈联写想象中的梓州风土民情，引出尾联，以勉励李使君从教化入手治理梓州。王渔洋赞前四句“兴来神来，天然入妙，不可凑泊”（《古夫于亭杂录》卷三），纪昀称“起四句高调摩云”（《唐宋诗举要》卷四引），都非虚誉。

【注释】

①输橦布：向官府交纳布匹。橦布，《文选》左思《蜀都赋》曰：“布有橦华。”刘渊林注曰：“橦华者，树名橦，其花柔毳可绩为布也。” ②讼芋田：因田地纠纷向官告状。芋田，种芋头的田。 ③“文翁”二句：文翁教化至今已衰，应翻新而振起之，不敢倚赖先贤治绩而无所作为。《汉书·循吏传》载：文翁任蜀郡太守，修学宫，办教育，因而教化大行。

观　猎

风劲角弓鸣①，将军猎渭城②。
草枯鹰眼疾，雪尽马蹄轻。
忽过新丰市③，还归细柳营④。
回看射雕处⑤，千里暮云平。

【题解】

这是体现盛唐气象的名篇之一。沈德潜《唐诗别裁集》称其起头"胜人处全在突兀"，结尾"亦有回身射雕手段"。全篇"章法、句法、字法俱增绝顶，盛唐诗中亦不多见"。

【注释】

①角弓鸣：指拉弓放箭声。 ②渭城：秦咸阳故城，在今西安西北渭水北岸。 ③新丰：今陕西临潼区新丰镇一带。唐代以产美酒著名。 ④细柳营：西汉名将周亚夫的驻军处，在今咸阳市西南二十里。 ⑤射雕处：指射杀猎物之处。

终　南　山

太乙近天都①，连山到海隅②。
白云回望合③，青霭入看无④。
分野中峰变⑤，阴晴众壑殊⑥。
欲投人处宿⑦，隔水问樵夫。

【题解】

终南山在唐京长安城南，西起甘肃天水，东至河南陕县，绵亘八百余里。此诗题为“终南山”，细玩诗意，不是在一个固定点上观照终南，而是出长安南行，畅游终南，从不同角度进行描写。首联写遥望终南所见的总轮廓；次联写近景，云霭变灭，移步换形，状难状之景如在目前；三联立足中峰，写纵目四望所见的全景；尾联写欲留宿山中，明日再游，而山景之美与诗人避喧好静，已意在言外。沈德潜《唐诗别裁集》云：“‘近天都’言其高，‘到海隅’言其远，‘分野’二句言其大，四十字中，无所不包，手笔不在杜陵下。”

【注释】

①太乙：终南山的主峰，也是终南山的别名，在唐京长安城南约四十里处。天都：天帝所居之处。　②“连山”句：山山相连，直到海角。　③“白云”句：注释者或说“四望出去，白云连接”，或说“四望山顶，白云聚合”，都不得要领，原因在于不懂句法。就句法看，“白云”是“望”的宾语，把宾语提前，写成“白云——回望合”，分明已藏过一层，即未“回望”之时，身边不见“白云”，它分了开来，退向两旁。而说“白云”分开，退向两旁，分明又藏过一层，即前面较远的地方，“白云”聚合，不见其他。实际情况是：诗人正在上山，朝前看，白云弥漫，仿佛再走几步，就可浮游于“白云”的海洋，然而继续前进，“白云”却继续分向两边；回头看，分向两边的“白云”又“合”在一起，汇起茫茫海洋。　④“青霭”句：上句的“白云”实际上是白茫茫的雾气，“青霭”也是雾气，不过很淡，所以不是白色而是青色。“青霭——入看无”与“白云——回望合”互文见义，互相补充。即“青霭入看无”，“白云”也“入看无”；“白云回望合”，“青霭”也“回望合”。诗人走出茫茫云海，前面又是蒙蒙青霭，仿佛继续前进，就可摸上那濛濛青霭了；然而走了进去，却不但摸不着，而且看不见；回过头去，那“青霭”又合拢来，可望而不可即。这种奇妙境界，凡有游山经验的人都并不陌

生，却很难用两句诗表现得如此真切。　⑤“分野”句：中峰南北，属于不同分野，以见终南山之绵远、辽阔。分野：古代天文家将天空十二星辰的位置与地上州郡区域相对应，称某地为某星之分野。　⑥“阴晴”句：以阳光的或有或无、或浓或淡来表现千岩万壑的千姿百态。殊：殊异、有差别。　⑦人处：人居住之处，指人家、村子。

汉江临眺①

楚塞三湘接②，荆门九派通③。
江流天地外，山色有无中④。
郡邑浮前浦，波澜动远空⑤。
襄阳好风日，留醉与山翁⑥。

【题解】

诗题一作《汉江临泛》，作于开元二十八年（740）十月，当时王维以殿中侍御史知南选，路经襄阳（今属湖北）。首联以对偶句写大景，意境壮阔。中间两联写江流浩渺无际、山色时有时无，雄俊警拔，气象万千。以“好风日”作结，通篇完美。方回评云：“右丞此诗，中间两联皆言景，而前联尤壮，足敌孟、杜《岳阳》之作。”（《瀛奎律髓》卷一）王世贞评中两联云：“是诗家极俊语，却入画三昧”。（《弇州山人四部稿》）其“山色有无中”一句，尤为诗家所喜爱，权德舆《晚渡扬子江》诗“远岫有无中，片帆烟水上”，即从此化出；欧阳修《朝中措》词“平山栏槛倚晴空，山色有无中”，则袭用其语。

【注释】

①汉江：又称汉水，源出陕西宁强县，流经襄阳，至武汉市入长

江。 ②楚塞：楚国的边关地区。战国时期湖北一带属于楚国。三湘：湖南湘水的总称，合漓湘、潇湘、蒸湘而得名。 ③荆门：山名，在湖北宜都市西北，战国时称“楚之西塞”。九派：九是多的意思，江河的支流叫派。这里指支流歧出的长江。 ④“江流”二句：极目远望，江水好像流出了天地以外，山色忽隐忽现。 ⑤“郡邑”二句：郡邑似在水边浮立，波涛在远空翻涌。 ⑥山翁：指晋代山简。山简曾任征南将军，镇守襄阳，常携酒出游，喝得大醉而归。

辋川闲居赠裴秀才迪

寒山转苍翠①，秋水日潺湲②。
倚杖柴门外，临风听暮蝉。
渡头余落日，墟里上孤烟③。
复值接舆醉④，狂歌五柳前⑤。

【题解】

王维别墅所在的辋川，在蓝田县西南，山水奇胜，有华子冈、欹湖、竹里馆、柳浪、茱萸沜（pàn）、辛夷坞等景点。王维晚年与友人裴迪游其中，“赋诗相酬为乐”，这是其中的一首，通过对辋川初秋傍晚景色的描绘，流露了诗人厌恶官场、乐于退隐的心态。方步瀛《唐宋诗举要》选此诗，评云：“随意挥写，得大自在。”

【注释】

①寒山：略带寒意的山。苍翠：暗绿色。 ②潺湲（chányuán）：水流声。 ③墟里：村落。孤烟：一缕炊烟。 ④复值：又遇上。接舆：人名，春秋时楚国的隐士，因不愿出仕而装作疯子。诗中的接舆是借指清高的裴迪。 ⑤狂歌：狂放地高歌。五柳：五柳先生，是晋代著名诗人陶渊明的自

号，诗中王维以五柳先生自喻。

山居秋暝[①]

空山新雨后，天气晚来秋。
明月松间照，清泉石上流。
竹喧归浣女[②]，莲动下渔舟[③]。
随意春芳歇，王孙自可留[④]。

【题解】

这也是王维隐居辋川时的作品。通过秋天傍晚景物的描绘，表现了安于退隐田园的心态，被赞为“写真境之神品”（清人张谦宜《絸斋诗谈》）。

【注释】

①秋暝：秋天的傍晚。暝，日落天晚。　②“竹喧”句：听见竹林中笑语喧哗，原来是溪边洗衣的姑娘们回来了。　③“莲动”句：看见湖中莲花摇动，原来是打鱼的船下水了。　④“随意”二句：反用《楚辞·招隐士》“王孙兮归来，山中兮不可久留”意，即：让春芳随意消歇吧，这里的秋色也能留人。王孙：作者自喻。春芳：春花。

奉和圣制从蓬莱向兴庆阁道中留春雨中春望之作应制

渭水自萦秦塞曲，黄山旧绕汉宫斜[①]。
銮舆迥出千门柳[②]，阁道回看上苑花[③]。
云里帝城双凤阙[④]，雨中春树万人家。

为乘阳气行时令，不是宸游玩物华⑤。

【题解】

蓬莱宫即大明宫，遗址在今西安火车站北；兴庆宫遗址，在今西市兴庆公园一带。开元二十三年（735），从大明宫经兴庆宫直至曲江，筑阁道相通（阁道架设在空中，类似现在的天桥）。唐玄宗曾率领群臣“从蓬莱向兴庆阁道中留春，雨中春望”，先作了一首诗，命群臣和作。王维的这一首，便是应制（应皇帝之命）奉和诗中的佳什。玄宗的原作（题中所谓“圣制”）《全唐诗》中未载；群臣的和作，《全唐诗》收了李憕的一首，相当平庸。

唐人“应制”诗极多，佳者寥寥。王维的这一首，却以大诗人特有的构思和大画家特有的笔法，从高空着眼，描绘出一幅宏大的、立体的、生意盎然、气象万千的春雨长安图，“云里帝城双凤阙，雨中春树万人家”一联，尤其精彩。

【注释】

①“黄山”句：汉代于黄麓山附近建有黄山宫，故址在今兴平市西。②“銮舆”句：銮舆，皇帝的车驾，因在高空阁道中，故高出“千门柳”。③上苑：泛指皇家花园。④双凤阙：汉代长安建章宫前有双阙，高二十余丈，上有铜凤凰。⑤“为乘”二句：赞颂皇帝这次登阁道雨中春望，是为了顺应春天阳和之气而推行政令，不是为了赏玩风景。

积雨辋川作

积雨空林烟火迟，蒸藜炊黍饷东菑①。
漠漠水田飞白鹭，阴阴夏木啭黄鹂②。
山中习静观朝槿③，松下清斋折露葵④。

野老与人争席罢[5]，海鸥何事更相疑[6]？

【题解】

这首诗描绘夏季久雨后辋川山庄的自然风光和诗人归隐后的闲适生活。首联以动形静，写久雨后的村景极传神。颔联是著名的佳句。“水田飞白鹭”，“夏木啭黄鹂”，碧、白、绿、黄映衬，色彩绚丽，且有黄鹂歌唱，声、色、动、静结合，构成“有声画”，已极精彩。更加上双声词“漠漠”“阴阴”点染，既与“积雨”照应，又增了画的迷蒙感与幽深感。李肇《国史补》以来，多谓此二句袭李嘉祐诗，叶梦得《石林诗话》虽极称王诗，然亦认为王诗点化李诗而成。沈德潜的说法较确当：“俗说谓‘水田飞白鹭，夏木啭黄鹂’乃李嘉祐句，右丞袭用之。不知本句之妙，全在‘漠漠’‘阴阴’，去上二字，乃死句也。况王在李前，安得云王袭李耶？”（《唐诗别裁集》卷十三）

前四句以我观物，后四句转写自我，“山中”已“静”，还要“习静”，静观槿花自开自落；“松下”已“清”，还要“清斋”（吃素），摘取带露的绿葵。写幽居之清静而自然移向尾联。自称“野老”而以“海鸥”喻村民，自已既毫无机心，村民就不应相疑了。全诗以赞颂的笔触写大自然的静美与农村生活的纯真，对都市、官场争名逐利、尔诈我虞的厌恶之情，自从言外传出。

【注释】

①藜：藿一类的野菜。黍：黄米。饷：送饭。东菑（zī）：村东的田地。 ②黄鹂：黄莺。 ③槿（jǐn）：落叶灌木，五月开花，花朝开夕落。 ④葵：古代的一种重要蔬菜。 ⑤争席：《庄子·杂篇·寓言》：阳子去见老子，旅舍的人见他骄矜，先坐者起而让位。见到老子，老子教他去掉骄矜，回来又住那家旅舍，人们见他毫无架子，就与他争席而坐。 ⑥“海鸥”

句：《列子·黄帝篇》：海上有个人喜欢鸥，每天去和鸥鸟玩，鸥鸟成群结队地向他飞来。他父亲知道此事，要他抓几只来。他第二天到海边去，鸥鸟在天空飞舞，不肯落地。海鸥相疑，典出于此。

杂诗

君自故乡来，应知故乡事。
来日绮窗前①，寒梅著花未②？

【题解】

这是一首抒发思家之情的小诗。友人自故乡来，急于了解家中情况，问这问那，一问一答，是常见的情景。初唐王绩的《在京思故园见乡人问》连发十二问而不作答，耐人寻味，不失为好诗。王维的这一首用前两句作铺垫，后两句只发一问即戛然而止，足以激发读者的无穷想象，韵味无穷。

【注释】

①来日：承首句说，指自故乡前来的日子，即离乡之时。绮窗：雕着花纹的窗子。 ②著（zhuó）：此处是“着”的本字，附着的意思。著花，开花。

相 思

红豆生南国①，春来发几枝。
劝君多采撷，此物最相思。

【题解】

以世称“相思子”的红豆起兴，先说“红豆生南国”，已令人感到相思之情随红豆而生，生生不已。继问“春来发几枝”，问而不答，然而南国温暖多雨，春风又动，则红豆之发，岂止几枝，而相思之情，亦随之浩浩无涯。王安石《壬辰寒食》“客心似杨柳，春风千万条”，或从此化出。

前两句只写红豆，后两句则合红豆、相思为一物而“劝君多采撷”。“君”者，抒情主人公“我”相思之对象也。劝“君”多采“最相思”之红豆，则“我”思“君”之脉脉深情以及对彼此相思之情的无限珍惜，已从空际传出。

相思之情，人所共有，却难于表达。此诗的妙处在于：托红豆，寄相思，象征比拟，言近旨远，风神摇曳，情思缠绵。故能引发读者的情感共鸣，具有永恒的艺术魅力。

【注释】

①红豆：生岭南，树高丈余，其叶似槐，其花似皂荚，结实如小豆，半截红色，半截黑色，可用以嵌首饰。又名相思子。

鸟鸣涧①

人闲桂花落②，夜静春山空。
月出惊山鸟，时鸣春涧中。

【题解】

心理学上有“同时反衬现象”，万籁俱寂而偶有音响做反衬，就显得更幽静。王籍《入若耶溪》中的“蝉噪林愈静，鸟鸣山更幽”，杜甫《题张氏隐居》中的“伐木丁丁山更幽”，都表现了这种意境，王维此诗亦然。花“落”、月“出”以及山鸟的“惊”“鸣”，有动有声，但其效果不是喧闹，而是有力地反衬出“人闲”“夜静”和

"山空"。在深夜里尚能觉察桂花飘落，岂不是突出地表现了"人闲""夜静"？明月乍出，有光无声，却能"惊"动"山鸟"，岂不是突出地表现了"夜静""山空"？其他一切声息都没有，只从"春涧"中偶尔传来几声鸟鸣，岂不是更令人品尝到春山月夜空旷宁静之美？胡应麟《诗薮》云："太白五言绝，自是天仙口语。右丞却入禅宗，如'人闲桂花落'云云，'木末芙蓉花'云云，读之身世两忘，万念皆寂，不谓声律之中，有此妙诠！"

【注释】

①这是《皇甫岳云溪杂题》五首中的一首。皇甫岳，乃皇甫恂之子，王维的朋友。 ②桂花：这是指三、四月开黄花的一种桂花。

鹿 柴[1]

空山不见人，但闻人语响。
返景入深林[2]，复照青苔上。

【题解】

这是王维田园组诗《辋川集》二十首的第五首。首句以"不见人"写"空山"之幽静，次句以"但闻人语响"申说"不见人"。"但闻"，只闻也。"但闻人语响"还意味着只有人语、更无他声。三、四句进一步渲染"空山"之静。深林之中，青苔之上，最为幽寂，然林外人何能看见？今以斜阳照之，为深林青苔抹上一层金光。"返景入深林"，暗示林木茂密，日光直下，则为枝叶遮蔽，只有落日的光芒才能从树干的缝隙中斜射而入。"复照青苔上"的"复"字含无限深情。林下青苔，人迹罕至，只有每日日落之时，才能受到"返景"的瞬息抚摸，如今是又一次受到阳光的抚摸啊！善于捕捉有特征性的音响、色彩、动态表现寂静、幽深的境界，是王维田园山水诗的艺术魅力所在。不是死一般的寂静，而是静中有动，寂中有喧，甚至色彩绚丽，光辉熠耀，故能给人以恬静而不枯寂的美感。李锳《诗法易简录》评此诗颇中肯："人语响，是有声也；返景照，是有色也。写空山不从无声无色处写，偏从有声有色处写，而愈见其空。严沧浪所谓'玲珑剔透'者，应推此种。"

【注释】

①柴（zhài）：一作"砦"，栅篱。 ②返景：夕阳返照的光。

竹 里 馆

独坐幽篁里①，弹琴复长啸②。
深林人不知，明月来相照。

【题解】

这是《辋川集》组诗的第十七首，以自然界的宁静优美烘托内心世界的恬淡超逸。在幽深的竹林里悄然独坐，这是静境。既"弹琴"，又"长啸"，琴声与篁韵合奏，啸声与林涛共振，这是动境。然而"幽篁"之外，又是"深林"，纵然"弹琴长啸"，也只是陶然自乐而外"人不知"，故仍是静境。"独坐"而"人不知"，知之者只有明月，幽趣更增。着一"来"字，将明月拟人化，"人不知"而"明月"知之，特"来相照"，照我"弹琴"，照我"长啸"，何等有情！"相"字反衬"独"字，"明月"与"独坐"人做伴，是偶不是"独"，故用"相"。然而"相照"者只有"明月"，故更见其"独"。"独坐幽篁"，"独"自"弹琴"，"独"自"长啸"，"独"对"明月"，环境之宁谧与内心之恬静融合无间，构成此诗空明澄净的意境，令人神往。

【注释】

①幽篁：幽深的竹林。　②复：又。

辛　夷　坞[1]

木末芙蓉花[2]，山中发红萼。
涧户寂无人[3]，纷纷开且落。

【题解】

这是《辋川集》中的第十八首。首句自《九歌·湘君》“搴芙蓉兮木末”化出，结合次句，展现辛夷花朵长满树梢、迎春盛放的一派生机；用“红”着色，更艳丽夺目。三、四句忽以“涧户寂无人”宕开，又以“纷纷开且落”拍合，完成了对山中辛夷的描状。那么，作者从中悟出了什么呢？或者说，这首诗昭示了什么呢？深山无人，辛夷花自开自落。花开，并不是为了赢得人们的赞赏；花落，也不需要人们悼惜。该开便开，该落便落，纯任自然。苏轼《罗汉赞》“空山无人，水流花开”，世称妙悟，实从此诗化出。邢孟贞《唐风定》云：“此诗每为禅宗所引，反令减价。只就本色观，自绝顶。”

【注释】

①辛夷：即木笔、玉兰。坞：四方高、中间凹下的地方。　②木末：树梢。芙蓉花：指辛夷花。辛夷花与芙蓉花相近，裴迪《辋川集》和诗有“况有辛夷花，色与芙蓉乱”可证。　③涧户：涧崖相向似门户。

少 年 行（二首）

一

新丰美酒斗十千①，咸阳游侠多少年②。
相逢意气为君饮，系马高楼垂柳边。

二

一身能擘两彫弧③，虏骑千重只似无④。
偏坐金鞍调白羽⑤，纷纷射杀五单于⑥。

【题解】

《少年行》为乐府《杂曲歌辞》旧题，多写少年轻生重义、慷慨以立功名情事。王维此题原有四首，这里选其中的两首，大约作于青年时期。黄叔灿评前一首云："少年游侠，意气相倾，绝无鄙琐龌龊之态，情景如画。"（《唐诗笺注》）后一首写少年武艺超群，勇往直前，为保卫祖国而杀敌立功，豪气英风，跃然纸上。

【注释】

①新丰：唐代以产美酒著名，故址在今陕西临潼区东。 ②咸阳：秦的都城，唐人多用以指长安。 ③擘（bāi）：用手拉弓。彫弧：雕有花纹的木弓。 ④虏骑（jì）：敌人的骑兵。 ⑤偏坐：坐在鞍上时而偏左，时而偏右。白羽：箭名。调白羽：搭箭发射。 ⑥单于（chányú）：匈奴君主的称呼。五单于：汉宣帝时，匈奴内部分裂，五单于并立。这里用以泛指敌方的众多首领。

九月九日忆山东兄弟[1]

独在异乡为异客，每逢佳节倍思亲。
遥知兄弟登高处，遍插茱萸少一人[2]。

【题解】

这是王维十七岁时的作品。九月九日是重阳佳节，按古代民俗，这一天要登高，“独在异乡”的诗人因而思念往年在家乡一同登高的兄弟们。“每逢佳节倍思亲”，这是“独在异乡”的游子们的同感，由王维第一次用这样简练明晰的语言说出，便万口传诵，至今仍被引用。三、四句由“倍思亲”引出：遥想兄弟们当此重阳佳节，必然像往年一样共同登高，当他们“遍插茱萸”的时候，必然为“少一人”而深感遗憾，从而也正思念我这个“独在异乡”的兄弟吧！首句的“独”与结句的“一人”呼应，回环往复，由自己思亲想到兄弟们思念自己，而自己思念兄弟们之深情，又进一步加倍写出，真情流露，深挚感人。如俞陛云所评：“杜少陵诗‘忆弟看云白日眠’，白乐天诗‘一夜乡心五处同’，皆寄怀群季之作。此诗尤万口流传，诗到真切动人处，一字不可移易也。”（《诗境浅说续编》）

【注释】

①山东兄弟：意为家乡兄弟。王维老家蒲州（今山西永济）在华山以东，故称“山东”。　②茱萸（zhūyú）：一种落叶小乔木，有浓烈香味，可入药。古代风俗，重阳节登高时，佩茱萸囊，或将茱萸插在头上，据说可以避邪。

送元二使安西①

渭城朝雨浥轻尘②，客舍青青柳色新。
劝君更尽一杯酒，西出阳关无故人③。

【题解】

这是送友人远赴西北边疆的诗。前两句展现出“渭城朝雨浥轻尘，客舍青青柳色新”的明丽画面，蕴含着安慰、鼓励和祝愿的深情。后两句写客舍饯行，只写出不得不分手时说出的劝酒辞。“劝君更尽一杯酒”，一个“更”字，表明酒已劝了多次、尽了多杯，惜别之情，见于言外。“西出阳关无故人”，而朋友是要到比阳关更远的安西去的。阳关已无故人，何况安西！故一再劝君更饮而依依不忍分手。

后两句表达的是任何人与至亲好友分手时共有的真情实感，但以前却无人用诗的语言说出。一经王维说出，便万口传诵，谱为乐章，被称为《渭城曲》《阳关曲》或《阳关三叠》。刘禹锡《与歌者何戡》云：“旧人惟有何戡在，更与殷勤唱渭城。”白居易《晚春欲携酒寻沈四著作》云：“最忆阳关唱，珍珠一串歌。”李商隐《赠歌妓》，亦有“断肠声里唱阳关”之句，可见传唱之广。李东阳《怀麓堂诗话》指出：“此辞一出，一时传诵不足，至为三叠歌之。后之咏别者，千言万语，殆不能出其意之外。”所谓“三叠歌之”，即将后两句反复歌唱。这首送别诗，情深味厚而略无衰飒气象，体现了盛唐诗的时代特征。

【注释】

①安西：在今新疆维吾尔自治区库车附近。　②渭城：秦时的咸阳城，后改称渭城，在今西安市西北。　③阳关：西汉置，故址在今甘肃敦煌西南古

董滩附近。

李　白（701—762）

字太白，号青莲居士，排行十二，陇西成纪（今甘肃秦安西北）人。其先代于隋末流徙西域，神龙元年（705），李白随其父移居绵州昌隆县（今四川江油）之清莲乡。其出生地颇多异说，或谓生于中亚碎叶（今吉尔吉斯共和国托克马克附近），或谓生于焉耆碎叶（今新疆焉耆回族自治县），或谓生于条支（今阿富汗加兹尼），亦有谓武后神功年间迁蜀而生于青莲乡者。曾官翰林供奉，因称李翰林、李供奉；贺知章叹为“天上谪仙人”，后世因称李谪仙。少时博览经史百家，喜纵横术。开元十二年（724），怀抱“使寰大定，海县清一”的大志，“仗剑去国”，漫游江汉、洞庭、金陵、扬州等地。娶故相许圉师的孙女为妻，因而留居湖北安陆。由于“谤言忽生”，乃西入长安求仕，贺知章见其《蜀道难》诗，赞为“谪仙人”。开元二十年（732）失意东归。二十四年（736）移居山东任城。天宝元年（742）奉诏入京，供奉翰林，因触忤权贵，三载（744）赐金放还。此后漫游梁宋、齐鲁、吴越、幽燕。天宝末，安史叛乱，李白应召入永王李璘幕，王室争权，李璘被杀，李白株连入狱，获释不久又被定罪流放夜郎。乾元二年（759）三月行至白帝城遇赦，返回江夏，重游洞庭、皖南。宝应元年卒于当涂（今安徽马鞍山）。生平事迹详见魏颢《李翰林集序》、李阳冰《草堂集序》、范传正《唐左拾遗翰林学士李公新墓碑并序》及新、旧《唐书》本传。年谱及考证生平著作甚多。诗文集以清王琦《李太白全集》最通行。《全唐诗》存诗二十五卷。

李白与杜甫同为我国古代的伟大诗人，合称“李杜”。韩愈云：“李杜文章在，光焰万丈长。”（《调张籍》）胡应麟云：“才超一代者李也，体兼一代者杜也。”李白诗题材多样，众体咸备，尤长于乐府歌行和五、七言绝句。其乐府歌行情感激越，形象俊伟，气势磅礴，词彩瑰丽，借用神话传说，杂以夸张想象，极富浪漫主义色彩，“风雨争飞，鱼龙百变”，纵横捭阖，不可端倪。其五、七言绝句，超妙俊逸，神韵天然。沈德潜云：“五言绝，右丞、供奉，七言绝，龙标、供奉，妙绝古今，别有天地。”又云：“七言绝句，以语近情遥、含吐不露为贵，只眼前景，口头语，而有弦外音，使人神远，太白有焉。”

访戴天山道士不遇①

犬吠水声中，桃花带露浓。
树深时见鹿，溪午不闻钟。
野竹分青霭，飞泉挂碧峰。
无人知所去，愁倚两三松。

【题解】

此诗作于出蜀前读书于大匡山之时。前三联，写戴天山道观周围景色，设色幽丽，首联尤脍炙人口。只留连观景，而访道士不遇已见于言外。尾联始点明不遇，而前三联所写景色，正是“愁倚两三松”时所见。构思布局之灵妙，令人叹服。吴大绶《诗筏》云：“无一字说道士，无一句说不遇，却句句是访道士不遇。”

【注释】

①戴天山：即大匡山，一名大康山，在今四川省江油市西。李白曾在大匡山大明寺读书。杜甫《不见》诗云：“匡山读书处，白头好归来。”《唐诗纪事》卷一八引《彰明逸事》云：“李太白隐居戴天大匡山”。

峨眉山月歌

峨眉山月半轮秋，影入平羌江水流[①]。
夜发清溪向三峡[②]，思君不见下渝州[③]。

【题解】

峨眉山，在四川省峨眉县西南，是蜀中著名的风景名胜地。开元十二年李白出蜀时望明月而眷恋故乡，作了这首七绝。赵翼《瓯北诗话》云："四句中用五地名，毫不见堆垛之迹，此则浩气喷薄，如神龙行空，不可捉摸，非后人所能模仿也。"

【注释】

①平羌江：即青衣江，发源于四川省芦山县，流至峨眉山东的乐山市入岷江。　②清溪：即清溪驿，在今四川省犍为县，距峨眉山不远。三峡：指四川省和湖北省交界处的瞿塘峡、巫峡、西陵峡。一说指乐山市的犁头、背峨、平羌三峡。　③君：一说指友人，一说指月。按以指月为是。黄叔灿《唐诗笺注》云："'君'，指月。月在峨眉，影入江流；因月色而发清溪，及向三峡，忽又不见月，而舟已直下渝州矣。诗自神韵清绝。"李锳《诗法易简录》云："在峨眉山下，犹见半轮月色，照入江中。自清溪入三峡，山势愈高，江水愈狭，两岸皆峭壁层峦，插天万仞，仰眺碧落，仅余一线，并此半轮之月亦不可见，此所以不能不思也。'君'字，指月也。"两人分析皆可取。渝州：今重庆市。

渡荆门送别

渡远荆门外，来从楚国游[①]。

山随平野尽，江入大荒流[②]。
月下飞天镜，云生结海楼[③]。
仍怜故乡水[④]，万里送行舟。

【题解】

荆门即荆门山，在今湖北省宜都市西北长江南岸，与北岸虎牙山隔江相对。李白出蜀游楚，于此地送别友人，作此诗。第二联是历来传诵的名句，胡应麟《诗薮》内编云：“‘山随平野尽，江入大荒流’，太白壮语也。杜（甫）‘星垂平野阔，月涌大江流’，骨力过之。”《李太白全集》王琦注引丁龙友曰：“李是昼景，杜是夜景；李是行舟暂视，杜是停舟细观，未可概论。”

【注释】

①楚国：这里指湖北省一带，春秋战国时属于楚国范围。 ②大荒：辽阔的原野。 ③“月下”两句：明月西落，像一面明镜飞过天空；乌云东起，像海上结成的海市蜃楼。 ④故乡水：指长江。

望天门山

天门中断楚江开，碧水东流至此回[①]。
两岸青山相对出，孤帆一片日边来[②]。

【题解】

天门山在今安徽省当涂县西南，东名博望山，西名梁山，夹长江对峙如门。题为《望天门山》，作者乘船沿长江东下，未至天门而先纵目瞭望，前两句所写者乃天门近景，后两句所写者乃天门以东的远景。不论是近景或远景，都写得活灵活现，令人神往。《唐宋诗醇》

云："此及'朝辞白帝'等作，俱极自然。洵属神品，足以擅场一代。"

【注释】

①"天门"两句：天门山中腰，断开一个裂口，放长江通过。楚江，流经楚地的长江。回：转弯。长江在天门山附近稍折而北，远望有"回"的趋势。 ②"两岸"两句：所写的当是朝日初升时自天门以西的江面上遥望天门以东所见的远景。俞陛云《诗境浅说续编》认为"山势中分，江流益纵，遥见一白帆痕，远在夕阳明处"，显然把方位和时间都弄颠倒了。

春夜洛城闻笛

谁家玉笛暗飞声，散入春风满洛城。
此夜曲中闻折柳①，何人不起故园情。

【题解】

开元二十三年（735）李白客居洛阳，春夜闻笛声传出《折杨柳》曲而思念故乡，作此诗。飘逸婉丽，情韵悠然。

【注释】

①曲中闻折柳：即笛中传出《折杨柳》曲。《折杨柳》，笛曲名，北朝乐府《折杨柳歌辞》云："上马不捉鞭，反折杨柳枝。蹀坐吹长笛，愁杀行客儿。"

黄鹤楼送孟浩然之广陵①

故人西辞黄鹤楼②，烟花三月下扬州。

孤帆远影碧空尽，惟见长江天际流。

【题解】

黄鹤楼乃登览胜境，扬州乃淮左名都，烟花三月，又是一年四季中最美好的时光。“故人西辞黄鹤楼，烟花三月下扬州”，当然是很愉快的事，用不着发愁，故出之以丽词俊语，第二句尤为“千古丽句”。然而好友分手，仍有惜别之情，何况江程迢递，风波难猜，不能不关心他的安全。于是目送神驰，又写出千古妙句：“孤帆远影碧空尽，惟见长江天际流。”这两句写景如绘，无须多说，值得注意的是：一个“见”字，点明这是送行者的望中景。通过望中景，可以想见送行者伫立江畔，怅望依依的神情。怅望的过程是漫长的，写“孤帆远影”，实际上已越过许多画面。船刚开动，所凝望的当然是船上的“故人”。故人的身影越来越模糊，视线仍不肯转移，而所能望见的，只是碧空映衬的一片白帆。直望到白帆越缩越小，以至于完全消失，还在望，望那一线长江向天际流去。一字未说离情别绪，而别绪如长江不尽，离情如碧空无涯。情含景中，神传象外，具有无穷的艺术魅力。

【注释】

①广陵：即扬州，是唐代著名的商业大都市。 ②黄鹤楼：在湖北武昌黄鹤山，下临长江。李白与孟浩然互相爱慕，友谊深厚。开元十六年（728）暮春，孟浩然从黄鹤楼前出发，乘舟东下，远游广陵，李白为他送行，创作了这首七绝。

经下邳圯桥怀张子房

子房未虎啸①，破产不为家。

沧海得壮士[2]，椎秦博浪沙。
报韩虽不成，天地皆振动。
潜匿游下邳，岂曰非智勇。
我来圯桥上[3]，怀古钦英风。
唯见碧流水，曾无黄石公[4]。
叹息此人去，萧条徐泗空[5]。

【题解】

《史记·留侯世家》载："张良者，其先韩人也。秦灭韩，良家僮三百人，弟死不葬，悉以家财求客刺秦王，为韩报仇。良尝学礼淮阳，东见沧海君，得力士，为铁椎重百二十斤。秦皇帝东游，良与客狙击秦皇帝博浪沙中，误中副车。秦皇帝大怒，大索天下，良乃更名流亡下邳。良尝间从容步游下邳桥上，有一老父衣褐至良所，直堕其履圯下，顾谓良曰：'孺子下取履！'良愕然欲殴之，为其老，强忍，下取履。父曰：'履我！'良业为取履，因长跪履之。父以足受，笑而去。去里所，复还，曰'孺子可教矣！后五日子明与我会此。'……良夜未半往，有顷父来，喜曰：'当如是！'出一编书曰：'读此则为王者师矣。后十年兴，十三年，孺子见我，齐北谷城山下黄石即我矣。'遂去。旦日视其书，乃太公兵法也。"李白经下邳圯桥想起这段故事，因而缅怀张良，作了这首诗，对张良为韩报仇的英雄行为给予热情的歌颂，慷慨悲壮，英风凛然。沈德潜《唐诗别裁集》云："为子房生色，'智勇'二字，可补世家赞语。"方步瀛《唐宋诗举要》云："英俊雄迈，句句挟飞腾之势。"

【注释】

①虎啸：喻英雄得志。陆机《汉高祖功臣颂》："龙兴泗滨，虎啸丰谷。" ②沧海：隐士贤者的称号。《史记·留侯世家》："东见仓海君。得

力士。” ③圯（yí）桥：在今江苏邳州市南，即沂水桥。 ④黄石公：即圯上老人，曾授张良太公兵法。 ⑤这两句说张良一去，此地更无英雄。“徐泗”，指今徐州、邳州市等地。

行 路 难

金樽清酒斗十千，玉盘珍羞直万钱①。
停杯投箸不能食，拔剑四顾心茫然②。
欲渡黄河冰塞川，将登太行雪满山③。
闲来垂钓碧溪上，忽复乘舟梦日边④。
行路难！行路难！多歧路，今安在⑤？
长风破浪会有时，直挂云帆济沧海⑥。

【题解】

《行路难》本古乐府《杂曲》旧题，写世路艰难和别离的悲伤。李白所作共三首，这是第一首。或谓是开元十八、十九年初入长安，困顿而归时的作品，或谓是天宝三年遭谗被放、将离长安时的作品。结句展望来日，豪气纵横，为体现盛唐气象之名句。《唐宋诗醇》云：“冰塞雪满，道路之难甚矣！而日边有梦，破浪济海，尚未决志于去也。”

【注释】

①“金樽”两句：樽（zūn），古代装酒的器具。斗十千，一斗酒值十千钱，极言酒很名贵。珍羞，珍贵的菜肴。羞，同“馐”，美味食品。直，同“值”，价值。 ②“停杯”两句：箸（zhù），筷子。茫然，无所适从的迷惘情态。 ③太行：山名，连绵于今之河南、河北、山西三省之间。 ④“闲来”两句：垂钓，《史记·齐太公世家》载，吕尚年老垂钓于渭水边，后遇

西伯姬昌（即周文王）而得到重用。梦日，传说伊尹在将受到成汤的征聘时，梦见乘船经过日月旁边。这两句用吕尚、伊尹的故事，暗示今虽失意，终将大用。⑤安在：在哪里。⑥“长风”两句：长风破浪，《宋书·宗悫（què）传》载：其叔问宗悫志向，宗悫说：“愿乘长风破万里浪。”后人用“乘风破浪”比喻施展政治抱负。云帆，像白云般的船帆，这里指船。济，渡。沧海，大海。

蜀道难①

噫吁嚱！危乎高哉！蜀道之难，难于上青天！蚕丛及鱼凫②，开国何茫然！尔来四万八千岁，不与秦塞通人烟。西当太白有鸟道③，可以横绝峨眉巅④。地崩山摧壮士死⑤，然后天梯石栈相钩连⑥。上有六龙回日之高标⑦，下有冲波逆折之回川⑧。黄鹤之飞尚不得过，猿猱欲度愁攀援。青泥何盘盘⑨，百步九折萦岩峦⑩。扪参历井仰胁息，以手抚膺坐长叹⑪。问君西游何时还？畏途巉岩不可攀。但见悲鸟号古木，雄飞雌从绕林间。又闻子规啼夜月⑫，愁空山。蜀道之难，难于上青天，使人听此凋朱颜。连峰去天不盈尺，枯松倒挂倚绝壁。飞湍瀑流争喧豗⑬，砯崖转石万壑雷⑭。其险也若此，嗟尔远道之人胡为乎来哉⑮？剑阁峥嵘而崔嵬⑯，一夫当关，万夫莫开。所守或匪亲⑰，化为狼与豺。朝避猛虎，夕避长蛇。磨牙吮血，杀人如麻。锦城虽云乐⑱，不如早还家。蜀道之难，难于上青天，侧身西望长咨嗟⑲。

【题解】

此诗作于开元末年。孟棨《本事诗·高逸》载：李白自蜀入京，贺知章首访之。读《蜀道难》未竟，“称叹者数四，号为谪仙”。王定保《摭言》卷七所记略同。天宝中，殷璠编《河岳英灵集》选此诗，赞为“奇之又奇，自骚人以还，鲜有此调”。

《蜀道难》乃乐府旧题，现存梁简文帝、刘孝威等人的作品，都写蜀道之难而内容单薄，艺术性不高。李白此篇，则以切身体验为基础，结合神话传说、历史故事，通过丰富的想象、大胆的夸张，雄放的语言和穷极变化的句式、韵律，创造了奇险壮丽的艺术天地，把“蜀道难”的主题表现得淋漓尽致，令人耳目一新。

开端以“噫吁嚱！危乎高哉！”的惊叹声引人注意，继以“蜀道之难，难于上青天”切入正题。接着分多种层次、用多种手法写“蜀道之难”：蜀开国四万八千岁未与秦塞往来，从历史角度烘托“蜀道之难”；太白、峨眉之巅只有“鸟道”，从地理角度夸张“蜀道之难”；五丁开山，始有人迹可至的“蜀道”，然而“天梯”“石栈”，其奇险“难”行，不言可知。以下转入对“蜀道难”的正面描写：山涧激荡，山路曲折，山峰插天，连黄鹤、猿猱，甚至太阳神的龙车，都无法通过；行人至此，手扪星辰，心惊魄悸，只有“抚膺长叹”而已。

以上波澜迭起，将“蜀道”之“难”写得无以复加。于是另辟蹊径，从游蜀者的感受与对游蜀者的安危的关怀方面落笔，既写蜀中自然环境之险，又写蜀中政治形势之险，进一步深化了“蜀道难”的主题。

全诗才思横溢，想象奇特，纵横变化，出人意表，而以“蜀道之难难于上青天”的反复惊叹形成统摄全局的主旋律，扣人心弦，引人联想。故自脱稿以来，传诵不衰。

【注释】

①《蜀道难》：六朝乐府《相和歌·瑟调曲》旧题。　②蚕丛、鱼凫（fú）：传说中古蜀国的两个国王。　③太白：山名，在今陕西眉县南，在秦都咸阳之西。　④峨眉：山名，在今四川峨眉县。　⑤壮士死：据《华阳国志·蜀志》载：秦惠文王许嫁五美女给蜀王，蜀王派五力士迎接，回到梓潼，见一巨蛇钻入山洞，五力士齐拽蛇尾，山崩，五力士与美女都被压死。而此山分为五岭，从此秦蜀相通。　⑥“然后”句：谓五丁（五力士）开道之后，梯、栈相连，秦蜀始通。　⑦六龙：古代神话，羲和驾着六条龙拉着的车子，载着太阳，在空中运行。回日：使日车回转。高标：山的最高峰。此句意谓山峰太高，连日车也过不去，与左思《蜀都赋》“羲和假道于峻岐，阳乌回翼乎高标”同义。　⑧冲波：激浪。逆折：倒流。回川：迂回曲折的河。　⑨青泥：岭名，在今陕西略阳县西北。盘盘：回旋曲折的样子。　⑩百步九折：极短路程中要转多次弯。　⑪“扪参”两句：古代天文家认为秦属参星分野，蜀属井星分野。扪参（shēn）历井，形容山高，行人手摸参星，足历井星。胁息：不敢出气。抚膺：抚摸胸口。　⑫子规：杜鹃，又名杜宇，蜀地最多，相传为古时蜀王杜宇魂魄所化，啼声哀怨，似说“不如归去”。　⑬喧豗（huī）：瀑布的喧闹声。　⑭砯（pīng）：水击岩石声。　⑮嗟（jiē）：叹词。尔：你。胡：何。　⑯剑阁：在今四川剑阁县北，有七十二峰，大剑山与小剑山之间的通道名剑门关。　⑰匪：同“非”。　⑱锦城：即锦官城，今成都市。　⑲侧身：转身。咨（zī）嗟：叹息。

丁都护歌

云阳上征去，两岸饶商贾①。
吴牛喘月时，拖船一何苦②。
水浊不可饮，壶浆半成土③。
一唱都护歌，心摧泪如雨④。

万人系盘石[5]，无由达江浒[6]。
君看石芒砀[7]，掩泪悲千古！

【题解】

《丁都护歌》为乐府旧题，属《吴声歌曲》，曲调悲怆动人。《宋书·乐志》载：刘宋高祖的女婿徐逵之被鲁轨杀害，宋高祖使府内直都护丁旿料理丧事，徐妻向丁旿询问殓送情况，“每问，辄叹息曰：‘丁都护！’其声哀切。后人因其声广其曲焉”。李白于开元、天宝之际游吴，见纤夫拖船运石，苦不堪言，因借原曲悲苦情调作此诗。《唐宋诗醇》云：“落笔沉痛，含意深远，此李诗之近杜者。”

【注释】

①“云阳”两句：云阳，唐时属润州，即今江苏省丹阳市，在长江南。开元中润州刺史齐澣开伊娄渠，自润州直达长江。上征，指从伊娄渠上行。“征”是远行的意思。饶，多。商贾（gǔ），行走贩卖的为“商”，开店售货为“贾”。这里泛指商人。②“吴牛”两句：吴牛喘月，古代成语。吴地（今江苏省南部以苏州为中心的一带地方）的水牛非常怕热，见到月亮以为是太阳，就紧张地喘起气来。事见南朝宋刘义庆《世说新语·言语》。这里用以形容吴地炎热。拖船，拉纤。一何，多么。③壶浆：壶里的饮料。半成土：一半沉淀为泥土。④心摧：心伤。摧，悲。⑤万人：形容人多。系：拖的意思。⑥江浒（hǔ）：江边。⑦芒砀（dàng）：石头又大又多的样子。当时江苏太湖出产一种文石，可作园林陈设之用，统治者便征调大量民伕为他们拖运。

子夜吴歌

长安一片月，万户捣衣声[1]。

秋风吹不尽，总是玉关情②。
何日平胡虏，良人罢远征③。

【题解】

《子夜吴歌》是乐府旧题，一作《子夜四时歌》，分咏春、夏、秋、冬。其歌本四句，李白扩为六句，共四首，这是第三首，生动地写出了闺中少妇思念边关征夫的深厚情感。王夫之《唐诗评选》云："天壤间生成好句，被太白拾得。"

【注释】

①捣衣声：捣衣时砧、杵撞击之声。捣衣是缝制衣服的一道工序，因为秋风已起，家家要做寒衣，故"万户捣衣"。 ②玉关：玉门关，这里泛指边关。 ③良人：丈夫。

塞下曲

五月天山雪①，无花只有寒。
笛中闻折柳，春色未曾看②。
晓战随金鼓③，宵眠抱玉鞍。
愿将腰下剑，直为斩楼兰④。

【题解】

汉乐府有《出塞曲》《入塞曲》，唐人《塞上曲》《塞下曲》本此。李白《塞下曲》六首，可能作于天宝二年（743）供奉翰林时，因此时对边疆战事了解较多，有所感发，形诸吟咏。前四句写边地苦寒，环境艰苦，用以反衬后四句之英勇战斗，杀敌卫国。前半流走而后半沉雄，乃五律名篇。

【注释】

①天山：在今新疆维吾尔自治区内，山上冬夏积雪不消。 ②“笛中”二句：这两句是说，只从笛声中听到《折杨柳》乐曲而联想到杨柳，实际上并看不到杨柳，因而也看不到春天的风光。折柳：即《折杨柳》，古乐曲名。 ③金鼓：钲和战鼓。古代作战时击鼓进军，鸣金收军，以金、鼓来指挥进退。 ④斩楼兰：用汉朝傅介子斩楼兰王的典故，意指消灭敌人。

月下独酌

花间一壶酒，独酌无相亲。
举杯邀明月，对影成三人。
月既不解饮，影徒随我身。
暂伴月将影①，行乐须及春。
我歌月徘徊，我舞影零乱。
醒时同交欢，醉后各分散。
永结无情游，相期邈云汉②。

【题解】

《月下独酌》共四首，这是第一首，约作于天宝三载（744）春。这时李白供奉翰林，遭受谗谤，故月下独酌以排遣忧闷。将明月拟人化而与之“交欢”，世无知者之意见于言外。“举杯邀明月，对影成三人”，乃历代传诵名句。沈德潜《唐诗别裁集》云：“脱口而出，纯乎天籁。”

【注释】

①月将影：月与影。 ②“永结”两句：无情游，指月亮与影子，不通人情，却可以和诗人结伴游乐。相期，相互期望。邈（miǎo），遥远。云

汉，天河，此处指天上仙境。这两句说：要同月亮及身影永远结成忘却世情的游伴，彼此期望到那遥天仙境去遨游。

梦游天姥吟留别

海客谈瀛洲[①]，烟涛微茫信难求。越人语天姥，云霞明灭或可睹。天姥连天向天横，势拔五岳掩赤城[②]。天台四万八千丈，对此欲倒东南倾。我欲因之梦吴越，一夜飞度镜湖月[③]。湖月照我影，送我至剡溪[④]。谢公宿处今尚在，渌水荡漾清猿啼。脚著谢公屐[⑤]，身登青云梯。半壁见海日，空中闻天鸡[⑥]。千岩万转路不定，迷花倚石忽已暝。熊咆龙吟殷岩泉[⑦]，慄深林兮惊层巅。云青青兮欲雨，水澹澹兮生烟。列缺霹雳[⑧]，丘峦崩摧。洞天石扉，訇然中开[⑨]。青冥浩荡不见底，日月照耀金银台[⑩]。霓为衣兮风为马，云之君兮纷纷而来下。虎鼓瑟兮鸾回车，仙之人兮列如麻。忽魂悸以魄动，恍惊起而长嗟。惟觉时之枕席，失向来之烟霞。世间行乐亦如此，古来万事东流水。别君去兮何时还？且放白鹿青崖间，须行即骑访名山。安能摧眉折腰事权贵，使我不得开心颜！

【题解】

天宝三载（744），李白因受权贵排挤而被放出京。两年之后，告别东鲁，南游吴越，行前作此诗，诗题一作《别东鲁诸公》。全诗驰骋想象，助以夸张，通过对梦游仙境的描绘抒发现实感慨。末段因梦而悟，归到“留别”，以“安能摧眉折腰事权贵，使我不得开心颜”作结，表现了绝意仕途、蔑视权贵，向往自由的反抗精神和高尚情操。全诗波澜迭起，夭矫离奇，不可方物。韵脚的变换与四、五、七言句式、骚体句式、散文句式的错综运用，又强化了天风海涛般的气势和自由奔放的激情。与《蜀道难》同为代表李白独特艺术风格的歌行体杰作。

【注释】

①瀛洲：传说中的海上仙山。 ②赤城：山名。在今浙江天台县北。 ③镜湖：又名鉴湖。在今浙江绍兴。 ④剡（shàn）溪：在今浙江嵊（shèng）县，即曹娥江上游。 ⑤谢公屐（jī）：南朝宋代诗人谢灵运曾制有专门登山的木屐，上山去掉前齿，下山去掉后齿。 ⑥天鸡：古代神话中的鸡。天鸡最早见到日出，它一叫，天下所有的鸡都跟着叫。 ⑦殷：本是形容词，指声音之大。这里作动词用，指发出巨响。 ⑧列缺：闪电。霹雳：迅雷。 ⑨訇（hōng）然：形容大声。 ⑩金银台：传说中神仙居住的处所。

哭晁卿衡

日本晁卿辞帝都①，征帆一片绕蓬壶②。
明月不归沉碧海③，白云愁色满苍梧④。

【题解】

晁衡，日本人，原名仲满、阿培仲麻吕。他于唐玄宗开元四年（716）来长安留学，后任唐王朝秘书监兼卫尉卿。天宝十二载（753）晁衡回国，王维等作诗送行。于乘船渡海时遇险，脱险后仍返长安，但当时误传，说他溺死大海。李白在江南，闻误传而作此诗，寄哀痛于哀景，意境深远，为挽诗别开生面。

【注释】

①晁卿：晁衡是阿培仲麻吕的汉名。卿，是中国古代对人的爱称。帝都：长安。　②“征帆”句：写晁衡乘船渡海归日本。蓬壶：蓬莱、方壶，传说中的东海仙岛。　③“明月”句：写晁衡溺死。明月：即明月珠，借指晁衡。李白《书情赠蔡舍人雄》“倒海索明月，凌山采芳荪”，亦以明月指珠。　④苍梧：山名，在今江苏连云港市东北。

秋登宣城谢朓北楼

江城如画里[①]，山晚望晴空。
两水夹明镜，双桥落彩虹[②]。
人烟寒橘柚，秋色老梧桐[③]。
谁念北楼上，临风怀谢公[④]？

【题解】

此诗作于天宝十三载（754）秋天。北楼，南齐诗人谢朓任宣城太守时所建，又称谢朓楼，故址在今安徽省宣州市陵阳山麓。首联以“江城如画”写登楼所见的全景。中间两联具体写出如画江山，对仗精切，形象明丽，沈德潜《唐诗别裁集》云：“二联俱是如画”。尾联以“怀谢公”收束，章法井然。

【注释】

①江城：指宣城。　②“两水”两句：这两句说，两条溪水像明镜般夹着江城，水上双桥如同天上落下的彩虹。两水：指宛溪、句溪，二水绕宣城合流。双桥：指宛溪上的两座桥，一名“凤凰”，一名“济川”。　③“人烟”两句：这两句的意思是：飘入空际的炊烟，使橘柚罩着寒意；寂冷的秋色，使梧桐变得衰老。寒、老，形容词作动词用。　④临风：当着风。谢公：指谢

眺。

秋 浦 歌

炉火照天地，红星乱紫烟①。
赧郎明月夜②，歌曲动寒川。

【题解】

李白于天宝十三载（754）游秋浦（今安徽贵池），作《秋浦歌》十七首，这是第十四首，描写月夜冶炼的劳动场景和劳动者的豪迈情怀。题材新颖，是为冶炼工人谱写的赞歌。

【注释】

①“炉火”二句：秋浦在唐代是银、铜产地，这首所写的是月夜冶炼银、铜的情景。红星：火星。 ②赧（nǎn）：原意是因羞愧而脸红，此指炉火照映下的矿工脸色。赧郎，指冶炼工人。

赠 汪 伦

李白乘舟将欲行，忽闻岸上踏歌声①。
桃花潭水深千尺，不及汪伦送我情。

【题解】

天宝十四载（755），李白自秋浦往泾县（今属安徽）游桃花潭，“村人汪伦酿美酒以待”（宋杨齐贤《李太白文集》注），又殷勤送行，因作此诗相赠。四句诗，似信口说出，却跌宕飞动，韵味无穷。黄叔灿《唐诗笺注》云：“相别之地，相别之情，读之觉娓娓兼至，而语出天成，不假炉炼，非太白仙才不能。‘将’字、‘忽’字，有神有致。”

【注释】

①踏歌：唐时民间歌唱，踏地为节拍，且踏且歌。

古　风（其二十四）

大车扬飞尘①，亭午暗阡陌②。
中贵多黄金③，连云开甲宅④。
路逢斗鸡者⑤，冠盖何辉赫⑥。
鼻息干虹蜺⑦，行人皆怵惕⑧。
世无洗耳翁，谁知尧与跖⑨。

【题解】

这是《古风》组诗的第二十四首，作者以洗耳翁自喻，对玄宗宠信宦官、斗鸡走狗的荒淫腐败行径给予鞭笞，是优秀的政治讽刺诗。

【注释】

①大车：指权贵们乘坐的高级车辆。　②亭午：正午。阡陌：原指田间小路，由南至北为阡，由东至西为陌，此指长安城中的街道。　③中贵：中贵人，指得到皇帝宠信有权势的太监。　④连云：形容高楼大厦，上接云霄。甲宅：上等的宅第。　⑤斗鸡：唐玄宗所喜好的游戏。斗鸡者，以斗鸡为业的人。玄宗好斗鸡，在宫中设置鸡场，建六军小儿五百人，专以斗鸡为事，供自己娱乐。这种人因此得宠，显贵无比。　⑥冠盖：当官者的冠服、车盖，此指斗鸡者出行的服饰和车马。何辉赫：多么堂皇显赫。　⑦鼻息：鼻孔出的气息。干：干犯。虹蜺：“虹霓”，天上的彩虹。这句形容显贵们气焰嚣张的神

态。　⑧怵惕（chùtì）：惊惧。　⑨“世无”二句：这两句说，世上没有像许由这样的高士，有谁能分辨圣君和大盗、好人和坏人呢！言外之意是：作者以许由自喻，自以为能分清谁是尧、谁是跖。全诗所鞭打的，都是与尧对立的行径。洗耳翁：指尧时的隐士许由。传说尧想让位给许由，他听到后认为玷污了耳朵，急忙跑到颍水边洗耳。尧，古代传说的圣君。跖（zhí）：传说是春秋战国之际人民起义的领袖，统治阶级叫他“盗跖”。

早发白帝城

朝辞白帝彩云间，千里江陵一日还①。
两岸猿声啼不住，轻舟已过万重山。

【题解】

乾元二年（759），李白因永王璘事被流放夜郎，至白帝遇赦，乘船顺流而“还”，其重获自由的喜悦感、轻快感与江流之快、归舟之“轻”水乳交融，便创作出这首千古名作，被王士禛推为“三唐压卷”。

前两句，似与《荆州记》“朝发白帝，暮到江陵”无异，实则后者只客观地写江行之“急”，前者则用一个“辞”字、一个“还”字托出抒情主人公的神采与心态。他不是经白帝西去夜郎，而是“辞”白帝东“还”江陵，已露喜悦之情。辞白帝于朝日照射的彩云之间，色彩绚丽，形象优美，又强化了喜悦之情。白帝既在“彩云间”，则高屋建瓴，江水奔泻，江陵一日可还之意已暗寓其中。“千里”极遥，“一日”极短，“千”与“一”对照，突出地表现了东“还”之快出乎意料，惊喜之情，见于言外。前两句已写完由“辞”到“还”，概括性极强而形象性不足，于是掉转笔锋，补写“一日”之间的见闻。就闻的方面说，“猿鸣三声泪沾裳”，这是行经三峡者的典型感受，诗人却以“两岸猿声”作铺垫，突现“轻舟”如飞的轻快感。就见的方面说，“千里”之间，景物繁富，一句诗如何写？诗人只用“已过”二字，而重山叠嶂、城郭村落等等扑面而来、掠舟飞退的奇景，已如在目前。

浦起龙《读杜心解》称《闻官军收河南河北》为杜甫“生平第一首快诗”。这首《早发白帝城》，也可以说是李白生平第一首快诗。

【注释】

①“千里”句：据北魏郦道元《水经注·江水》：“自三峡七百里中，两岸连山，略无阙处。……有时朝发白帝，暮到江陵，其间千二百里，虽乘奔御风，不以疾也。……每至晴初霜旦，林寒涧肃，常有高猿长啸，属引凄异，空谷传响，哀啭久绝。故渔者歌曰：‘巴东三峡巫峡长，猿鸣三声泪沾裳。’”

苏台览古①

旧苑荒台杨柳新，菱歌清唱不胜春。
只今惟有西江月②，曾照吴王宫里人。

【题解】

李白还有一首《越中览古》：“越王勾践破吴归，义士还家尽锦衣。宫女如花满春殿，只今惟有鹧鸪飞！”以前三句极写昔日之豪华，而以第四句“惟有鹧鸪飞”将前三句所写一扫而空，形成强烈的今昔对比，吊古伤今，余味无穷。《苏台览古》则以前三句写今，而以末一句写古，格局与《越中览古》正好相反，表明作者写每一首诗，都力求创新。

刘永济《唐人绝句精华》云：“两首诗皆吊古之作。前首从今月说到古宫人，后首从古宫人说到今鹧鸪，皆以见今昔盛衰不同，令人览之而生感慨，而荣华无常之戒，即寓其中。”这是说两首诗格局虽异，而意蕴相同。然而反复吟诵，便见正由于格局各异，其韵味亦不尽相同。《越中览古》以今日之凄凉反衬昔日之豪华，既吊古，又伤今。《苏台览古》则写吴苑苏台虽已荒废，而杨柳又发新绿，船娘们竞唱菱歌，春色宜人，春意盎然，除了西江明月而外，谁还记得吴宫往事？吊古而并不伤今，蕴含深广，远非“荣华无常之戒”所能概括。

【注释】

①苏台：即姑苏台，吴王夫差与西施行乐之处。故址在今江苏苏州市姑苏山。　②西江：指长江。

玉　阶　怨①

玉阶生白露，夜久侵罗袜。
却下水晶帘②，玲珑望秋月。

【题解】

全诗寥寥二十字，却活托出一位深闺少妇，其身份、举止、神情、心态及其气候节令、环境氛围，都可使人于想象中得其仿佛。

只提“罗袜”，其人之服饰可想。只提“玉阶”“水晶帘”，其人之居室可想。想见其服饰、居室，其人之身份、风致，亦不难想见。“夜久”犹立“玉阶”，可知望月非为赏月。“白露”已湿“罗袜”而犹不归寝，可知心有所思，意有所盼，盼望愈切，思念愈苦。转入室内而“却下水晶帘”，知有绝望、哀怨之情，故欲回避明月、切断思绪。既已下帘，却仍“玲珑望秋月”，知其欲罢不能，心潮起伏，彻夜不寐。而帘内之孤影，复用“秋月”照出，使悲秋与怀人叠合为一。真可谓空际传神，象外见意，“不涉理路，不落言筌”者矣。

【注释】

①玉阶怨：乐府《相和歌辞·楚调曲》旧题。　②水晶帘：用水晶串成的珠帘。

望庐山瀑布

日照香炉生紫烟[1]，遥看瀑布挂前川。
飞流直下三千尺，疑是银河落九天[2]。

【题解】

首句写高耸的香炉峰在旭日照射下腾起紫烟，与天相接，形象鲜明，并为以下各句准备了条件。香炉峰顶时生烟云，但只有朝阳斜照，烟云才呈现紫色。“生紫烟”三字，暗示作者望瀑布的时间是早晨。写《望庐山瀑布》的题目而先写香炉紫烟，表明这里是瀑布的源头。第二句的“遥看”当然统摄全诗，但首句所写，不仅是“遥看”瀑布源头所见的景色，而且是仰望瀑布源头所见的景色。这首诗，由于三、四两句极精彩，因而首句往往被忽视。但如忽视首句，以下各句的精彩之处便很难领会。

次句正面写瀑布。一个“挂”字，大家都说很生动，但未注意“挂”于何处。联系首句，便知那瀑布从香炉紫烟间直“挂”下来，落入“前川”。

第三句摄取“飞流直下三千尺”的奇景，连作者自己也既惊且疑。惊其壮美绝伦，疑其非人间所有，而“疑是银河落九天”的警句，也脱口而出。这个警句，虽想落天外，却情生目前。因为“疑是”的根据，即在首句。那仰望中的瀑布，不正是从“香炉紫烟”与天相接处喷薄而出，“飞流直下”的吗?

【注释】

①香炉：即香炉峰，在庐山西北。其峰尖圆，烟云聚散，如香炉之状。生紫烟：香炉峰上云烟缭绕，在朝日映照下冉冉升起水气，像是一片紫烟从山峰上向四处飘浮。　②九天：九重天，指高空。

王　湾（生卒年不详）

洛阳（今属河南）人，开元元年（712）登进士第，任荥阳（今属河南）主簿，五年至九年，参编《群书四部录》，书成，调洛阳尉。十七年（729）曾任朝官，后不知所终。生平事迹见《唐诗纪事》《唐才子传》。其诗多已散佚，《全唐诗》仅存十首。

次北固山下①

客路青山外，行舟绿水前。
潮平两岸阔，风正一帆悬。
海日生残夜，江春入旧年。
乡书何处达，归雁洛阳边。

【题解】

两种唐人选唐诗《国秀集》《河岳英灵集》皆选此诗而题目不同，诗句亦不尽同。此就《国秀集》迻录。《河岳英灵集》作《江南意》，诗如下："南国多新意，东行伺早天。潮平两岸失，风正一帆悬。海日生残夜，江春入旧年。从来观气象，惟向此中偏。"编者殷璠评价道："（王）湾词翰早著，为天下所称最者不过一二。游吴中，作《江南意》，诗云：'海日生残夜，江春入旧年。'诗人以来，少有此句，张燕公手题政事堂，每示能文，令为楷式。"

第三联是脍炙人口的警句。沈德潜说："江中日早，残冬立春，亦寻常意思，而王湾云：'海日生残夜，江春入旧年。'一经锤炼，便成警绝。"纪昀也说这"全是锻炼工夫"。"日""夜"不能并存，"冬""春"亦然。作者把"海日""江春"提到主语位置加以强调，并用"生"字和"入"字赋予它们以人的意志和情思，便表现了这样的意境：海日生于残夜，将驱尽黑暗，江春闯入旧年，将赶走严冬，给人以昂扬奋进的鼓舞力量。胡应麟《诗薮》内编卷四云："盛唐句如'海日生残夜，江春入旧年'，中唐句如'风兼残雪起，河带断冰流'，晚唐句如'鸡声茅店月，人迹板桥霜'，皆形容景物，妙绝千古；而盛、中、晚界限斩然。"胡氏认为另两联表现中、晚唐诗特点，而此联具盛唐气象，显然是从它的豪迈意境和壮美风格着眼的。

【注释】

①次：动词，此处作"到达""止宿"讲。北固山：在今江苏镇江市北，下临长江。

王　翰（生卒年不详）

字子羽，并州晋阳（今山西太原）人。睿宗景云元年（710）登进士第。玄宗开元八年（720），登直言极谏科，调昌乐县尉。后又登超拔群类科。张说为宰相时，被任为秘书省正字，升通事舍人，转驾部员外郎。十四年（726）张说罢相，王翰出为汝州长史、徙仙州别驾。其后因与豪侠饮乐游猎，贬道州司马，卒。新、旧《唐书》有传。其诗善写边塞生活，以《凉州词》出名。原有集十卷，已佚，《全唐诗》存诗一卷。

凉州词

葡萄美酒夜光杯①，欲饮琵琶马上催②。
醉卧沙场君莫笑，古来征战几人回？

【题解】

前两句以美酒琼杯、琵琶催饮渲染军中欢宴，意在以乐景写悲。后两句却不说悲而展现其醉卧沙场的形态及心态，一任读者驰骋想象。

【注释】

①夜光杯：《十洲记》载“周穆王时，西域献夜光常满杯，杯是白玉之精，光明照夜。”此指精美的酒杯。 ②“欲饮”句：欲饮之际，闻马上乐伎奏琵琶催饮、助兴。

崔国辅（生卒年不详）

吴郡（今江苏苏州）人。开元十四年（726）登进士第，历任山阴尉、许昌令、集贤院直学士、礼部员外郎等职。天宝十一载（752），因是王铁近亲，受其牵连贬竟陵司马。国辅工五绝，得南朝乐府民歌遗意。殷璠称其诗“婉娈清楚，深宜讽味”（《河岳英灵集》卷中）。管世铭称其“专工五言小诗，……篇篇有乐府遗意”（《读雪山房唐诗序例》）。与王昌龄、王之涣等交游唱和，为盛唐重要诗人之一。原有集，久佚，《全唐诗》存诗一卷。

小长干曲①

月暗送潮风，相寻路不通。
菱歌唱不彻①，知在此塘中。

【题解】

《小长干曲》，乐府杂曲歌辞，多写江南水上妇女生活。崔国辅的这四句诗，写闻歌相思，含蓄隽永。吴瑞荣《唐诗笺注》云：“‘唱不彻’妙。此与‘只在此山中，云深不知处’又是一般情致。”黄叔灿《唐诗笺注》云：“所谓两处牵情也。”

【注释】

①菱歌：采菱时唱的歌。不彻：不止。

常　建（生卒年不详）

《唐才子传》说他是长安（今陕西西安）人。玄宗开元十五年（727）与王昌龄同榜登进士第，曾任盱眙尉。仕途失意，放浪诗酒，往来于关中太白、紫阁诸峰间。天宝时隐居鄂渚（今湖北武昌西山），王昌龄、张偾贬龙标，常建有《鄂渚招王昌龄张偾》诗，含招与共隐之意。其生平事迹，仅《唐诗纪事》《唐才子传》等书有零星记述。常建诗名颇盛，殷璠《河岳英灵集》首刊其诗，评云：“其旨远，其兴僻，佳句辄来，惟论意表。”并对他“高才而无位”“沦为一尉”深表同情。《全唐诗》存诗一卷。

吊王将军墓

嫖姚北伐时，深入强千里①。
战余落日黄，军败鼓声死②。
尝闻汉飞将，可夺单于垒③。
今与山鬼邻，残兵哭辽水④。

【题解】

王将军生平未详。作者以此诗吊其墓，对他战死边疆的英风伟烈给予生动描写和深情歌颂。殷璠《河岳英灵集》赞其“一篇尽善”，称“战余落日黄，军败鼓声死”“今与山鬼邻，残兵哭辽水”两联“属思既苦，词亦警绝”。宋人刘辰翁则以“形容古所未至”（《唐诗品汇》卷一一引）赞全诗。

【注释】

①“嫖姚”二句：西汉霍去病“为嫖姚校尉，与轻勇骑八百斩捕首虏过当”（《汉书·霍去病传》），故称霍去病为霍嫖姚。霍去病曾六次北伐匈奴，远涉大漠，深入封狼居胥山。这里以霍去病比王将军。强千里：超过千里。　②“战余”二句：写王将军力战兵败，壮烈牺牲。落日黄：落日为之昏黄。鼓声死：击鼓进军，兵败，故鼓声不起。　③“尝闻”两句：以李广比王将军，赞其英勇善战。“汉飞将”即李广，匈奴称他为飞将。　④辽水：即辽河，在今辽宁省。

题破山寺后禅院

清晨入古寺，初日照高林。
竹径通幽处①，禅房花木深。
山光悦鸟性，潭影空人心②。
万籁此俱寂③，但余钟磬音④。

【题解】

破山寺，即兴福寺，在今江苏常熟县虞山上。范成大《吴郡志》卷三六：“兴福寺在常熟县西北九里，……即常建题诗处。”“寺”在“破山”，“院”在“寺后”，地本清幽，而所“题”者又是“禅院”，故全诗写出一种超然尘外的深曲、幽静境界，读之令人悠然神往。颈联，殷璠赞其“警策”。颔联，欧阳修尤欣赏不已，曾说“吾尝喜诵常建诗‘竹径通幽处，禅房花木深’，欲效其语作一联，久不可得，乃知造意者为难工也”（《题青州山斋》）。纪昀评全诗云：“兴象深微，笔笔超妙，此为神来之候。”（《唐宋诗举要》卷四引）这是一首五律，但读起来自然流走，不觉有对偶，或以为是“五律中之散行格”。但仔细读，便见首联、颈联对仗极精；颔联前两字对而后三字不对，因其首联已讲对仗，故颔联以散调承之，以免板滞，此所谓“偷春格”，非“散行格”也。唯“空人心”之“空”应仄而平，犹是古句法。

【注释】

①竹径：一作“曲径”。 ②空人心：因潭水澄明，中无杂物，故临潭照影，令人心境澄明，杂念俱空。沈德潜解“山光”一联云：“‘鸟性’之‘悦’以‘人心’之‘空’，‘空’因‘潭水’。”（《唐诗别裁集》卷九）

甚确当。 ③万籁：天籁、人籁等各种音响。 ④钟磬（qìng）：僧人诵经、开饭时击磬鸣钟。

三日寻李九庄

雨歇杨林东渡头，永和三日荡轻舟[1]。
故人家在桃花岸，直到门前溪水流[2]。

【题解】

李九，大约是隐逸之士，故三、四两句以桃花源比其住处，而其人之精神境界，已隐然可见。黄叔林云："从杨林东渡，荡舟寻李，桃花溪水，直到门前，读之如身入图画。此等真率语，非学步所能，兴趣笔墨，脱尽凡俗矣。"（《唐诗笺注》）

【注释】

①永和三日：三月三日为上巳节，古代风俗，于此日临水祓除不祥，称为修禊。王羲之《兰亭集序》："永和九年，岁在癸丑，暮春之初，会于会稽山阴之兰亭，修禊事也。"永和是晋穆宗年号。 ②"故人"二句：实写当时情景而又富于暗示性，使人联想到陶潜《桃花源记》"缘溪行，忘路之远近，忽逢桃花林，夹岸数百步，中无杂树"数句。

崔 颢（704—754）

汴州（今河南开封）人，少有才名。开元十一年（723）登进士第。尝游江南。开元后期，以监察御史任职河东军幕，得以"一窥塞垣"。天宝初，任太仆寺丞，后改司勋员外郎。生平事迹，见《唐诗纪事》《唐才子传》及新、旧《唐书》本传。崔颢诗名颇盛，芮挺章选其诗七首入《国秀集》；殷璠选其诗十一首入《河岳英灵集》，评云："颢年少为诗，名陷轻薄，晚节忽变常体，风骨凛然，一窥塞垣，说尽戎旅。至如'杀人辽水上，走马渔阳归。错落金锁甲，蒙茸貂鼠衣'，又'春风吹浅草，猎骑何翩翩。插羽两相顾，鸣弓上新弦'，可与鲍照并驱也。"（《河岳英灵集》卷中）纵观其诗，早岁多闺帏闲情之作，诗体浮艳；后游边塞，诗风一变，雄浑自然。其七律如《黄鹤楼》等，间出古意，不斤斤于平仄粘对，浑然天成，品外独绝。《全唐诗》存诗一卷。

行经华阴①

岧峣太华俯咸京，天外三峰削不成②。
武帝祠前云欲散，仙人掌上雨初晴③。
河山北枕秦关险，驿路西连汉畤平④。
借问路旁名利客，何如此处学长生！

【题解】

此诗乃崔颢于开元年间从河南入长安，行经华阴时所作。先写太华三峰高插天外，然后以此为视点俯览秦川，展开宏阔的画面；结尾又回到太华，劝名利客来此隐居。浑灏流转，气象峥嵘。沈德潜评曰："太华三峰如削，今反云削不成，妙。"（《唐诗别裁集》卷一三）方东树评曰："写景有兴象，故妙。"（《昭昧詹言》卷一六）

【注释】

①华阴：唐关内道华州属县（今陕西华阴东南），因位于华山之北，山

北为阴，故名。②“岧峣”二句：太华，即西岳华山，对其西少华而言。岧峣：高耸貌。咸京：秦的都城咸阳，唐人多用以代指长安。三峰：指华山的芙蓉、明星、玉女三峰。削不成：《山海经·西山经》记“太华之山，削成而四方，其高五千仞，其广十里。”此反用其意。③“武帝”二句：相传华山为巨灵所开，其手迹尚存华山东顶峰，五指俱全，因此称华山东峰为仙人掌。汉武帝曾作巨灵祠以祭之，即为武帝祠。④“河山”二句：是“北枕河山秦关险，西连驿路汉畤平”的倒文。上句谓华山北枕潼关、黄河天险。下句谓华山西则有驿道相连，越长安，延展向雍县汉五帝畤（zhì）（鄜畤、密畤、吴阳上畤、吴阳下畤、北畤）。畤，“神灵之所止”。（参见《史记·孝武本纪》“郊见五畤”注）

黄鹤楼①

昔人已乘黄鹤去，此地空余黄鹤楼。
黄鹤一去不复返，白云千载空悠悠。
晴川历历汉阳树，芳草萋萋鹦鹉洲②。
日暮乡关何处是，烟波江上使人愁。

【题解】

黄鹤楼始建于吴黄武二年（223），以楼址在黄鹤矶得名。然而费文祎登仙驾鹤于此之说既见于《图经》，仙人子安乘黄鹤过此之说又见于《齐谐志》，可见黄鹤楼因仙人乘黄鹤而得名，早已成为民间传说。崔颢于仕途失意之时来登此楼，其感受与传说拍合，触动灵感、发此浩歌。前半篇就传说生发：昔人与黄鹤俱去，空余此楼，徒有黄鹤之名而已！吊古伤今，感慨淋漓。又就“黄鹤去”腾空飞跃，突进一层：黄鹤飞去时白云悠悠，黄鹤一去不返，白云依旧悠悠，然而也只是“空”悠悠而已！四句诗一气贯注，盘旋转折。虽紧扣诗题，借鹤去楼空、白云飘忽写今昔变化，而诗人独立楼头的身影和百感茫茫的心态，亦依稀可见。后半篇写眼前景及由此引发的身世之感与思乡之情。晴川历历，芳草萋萋，烟波浩渺，暮霭迷蒙，久游思归，乡关何处？望汉阳树，望鹦鹉洲，望江上，望乡关，四顾苍茫，漂泊无依，遂以“使人愁”感慨作结。四句诗激情喷溢，顺流直下，与前半篇形成有机的统一体。

相传李白登黄鹤楼，有“眼前有景道不得，崔颢题诗在上头”之叹；其后作《鹦鹉洲》《登金陵凤凰台》诸诗，反复效法（见《唐才子传》卷一、《唐诗纪事》卷二一、《瀛奎律髓》卷一）。宋人严羽《沧浪诗话·诗评》云：“唐人七言律诗，当以崔颢《黄鹤楼》为第一。”清人沈德潜《唐诗别裁集》卷十三选此诗，评云：“意得象先，神行语外，纵笔写去，遂擅千古之奇。”

【注释】

①黄鹤楼：在今武汉市长江大桥桥头的黄鹤矶上，背依蛇山，俯瞰长江，与岳阳楼、滕王阁合称江南三大名楼。　②鹦鹉洲：在汉阳西南长江中。

长　干　行（二首）

一

君家住何处？妾住在横塘①。
停船暂借问，或恐是同乡。

二

家临九江水，来去九江侧②。
同是长干人③，生小不相识④。

【题解】

《长干行》乃南朝乐府旧题，亦作《长干曲》，多写江南水上生活及男女情爱。崔颢所作共四首，这里选的是前两首。俞陛云认为“第一首既问君家，更言妾家，情网遂凭虚而下矣。第二首承上首‘同乡’之意，言生小同住长干，惜竹马青梅，相逢恨晚”（《诗境浅说续编》）。解释极精当。两首诗一问一答。寥寥数语，却足以引起读者无限联想与想象。

【注释】

①横塘：在今南京市西南，距长干不远。 ②九江：即浔阳（今江西九江市），长江自浔阳以下分为“九派”（许多支流）。这里的“九江”泛指长江下游一带。 ③长干：即长干里，在今南京市南。 ④生小：自小。

高 适（700？—765）

字达夫，排行三十五，渤海蓨（今河北景县）人。早年随其父崇文（任韶州长史）旅居岭南，后客居梁、宋。开元七年（719）前后西游长安，求仕无成，乃远游燕赵，复客宋城（今河南商丘）。天宝八载（749）举有道科，授封丘尉，因不忍敲剥黎庶，不久去职。十二载（753）入河西节度使哥舒翰幕府，为左骁卫兵曹，掌书记。安史乱起，助哥舒翰守潼关。其后历任左拾遗、淮南节度使、太子少詹事、彭州刺史、蜀州刺史、剑南西川节度使等职。广德二年（764）入朝为刑部侍郎，转左散骑常侍，进封渤海县侯。次年正月卒于长安，赠礼部尚书，谥曰“忠”。后世称“高常侍”。生平事迹见《唐诗纪事》《唐才子传》及新、旧《唐书》本传。高適以边塞诗著称，与岑参齐名，并称“高岑”。曾几度出塞，往来幽燕、河西，熟悉边塞及军旅生活，形于吟咏，意境雄阔，殷璠称其诗“多胸臆语，兼有气骨，故朝野通赏其文。至如《燕歌行》等篇，甚有奇句”（《河岳英灵集》卷上）。于各种诗体中最擅长七古歌行；五律、七律也各有佳作。陆时雍云：“七言古盛于开元以后，高適当属名手。”（《诗镜总论》）胡应麟云：“达夫歌行、五律，极有气骨。至七言律，虽和平婉厚，然已失盛唐雄赡，渐入中唐矣。”（《诗薮》内编卷五）《全唐诗》存其诗四卷。今人刘开扬有《高適诗集编年笺注》，孙钦善有《高適集校注》。

营州歌

营州少年厌原野①，狐裘蒙茸猎城下②。
虏酒千钟不醉人③，胡儿十岁能骑马。

【题解】

唐代东北重镇营州都护府，府治在今辽宁省锦州市西，辖境约今河北省长城以北以及辽河以东一带，是汉族与契丹族杂居之地。此诗约作于开元十九年（731），时作者漫游燕赵，且在燕地从军，往来营州，故对营州少年的射猎生活与豪迈气概能够描写得如此生动逼真。野、下、马，古代同韵。

【注释】

①厌：饱，满足，这里可理解为饱经，惯于。 ②狐裘：狐狸皮做的袍子。蒙茸（róng）：皮毛蓬松、纷乱的样子。 ③虏酒：这里指契丹族人民家酿的薄酒，浓度不大，所以说千钟不醉人。钟：古代圆形的盛酒壶。“千”是夸张说法。

燕 歌 行[1]并序

开元二十六年，客有从御史大夫张公出塞而还者，作《燕歌行》以示适，感征戍之事，因而和焉[2]。

汉家烟尘在东北[3]，汉将辞家破残贼。
男儿本自重横行，天子非常赐颜色。
摐金伐鼓下榆关[4]，旌旆逶迤碣石间[5]。
校尉羽书飞瀚海[6]，单于猎火照狼山[7]。
山川萧条极边土，胡骑凭凌杂风雨[8]。
战士军前半死生，美人帐下犹歌舞。
大漠穷秋塞草腓[9]，孤城落日斗兵稀。
身当恩遇恒轻敌，力尽关山未解围。
铁衣远戍辛勤久，玉箸应啼离别后[10]。
少妇城南欲断肠[11]，征人蓟北空回首[12]。
边庭飘摇那可度[13]，绝域苍茫更何有[14]？
杀气三时作阵云[15]，寒声一夜传刁斗[16]。
相看白刃血纷纷，死节从来岂顾勋？
君不见沙场征战苦，至今犹忆李将军[17]！

【题解】

高適于开元十五年（727）、二十年（732）两次北上幽燕，对边塞实况、军中内幕多有了解，创作了《塞上》《蓟门五首》等诗。据此篇小序：开元二十六年，有从张公出塞而还者作《燕歌行》给他看，他“感征戍之事”而作此诗。张公指张守珪，他于开元二十四年、二十六年率部讨奚、契丹，两次战败。高適从那位随张守珪出塞而还者的作品和口中得悉两次战败情况，结合他以前的生活经验进行艺术概括，生动地反映了一次战役的全过程。

其主题是慨叹将非其人，因而不像一般的边塞诗那样着重写民族矛盾，而是另辟蹊径，着重写军中矛盾。与此相适应，大量运用对比手法，加强了艺术表现力。最后以怀念李广作结，也是用爱惜士卒、英勇善战的名将作标尺，对比诗中所写的将领，给予无情的鞭打。

全诗多用律句，又有不少对偶句，吸收了近体诗的优点。每四句换韵，平仄相间，蝉联而下，抑扬起伏，气势流走，又发挥了初唐歌行的特长。从反映现实的深度、广度和艺术表现的完美方面看，既是盛唐边塞诗杰作，也是盛唐歌行体名篇。

【注释】

①《燕歌行》：乐府《相和歌辞·平调曲》旧题，多咏东北边地征戍之情。 ②张公：指张守珪，开元二十二年拜辅国大将军、右羽林大将军兼御史大夫。 ③汉家：借指唐朝。烟尘：战地的烽烟和飞尘，此指战争警报。 ④摐（chuāng）金：敲锣。榆关：山海关。 ⑤逶迤（wēiyí）：曲折行进貌。碣石：山名，在今河北省昌黎县东。 ⑥校尉：武官，官阶次于将军。羽书：羽檄，紧急军情文书。瀚海：大沙漠。 ⑦单于：秦汉时匈奴君主的称号，此指敌酋。狼山：在今宁夏境内。 ⑧凭凌：凭信威力，侵凌别人。 ⑨腓（féi）：病，枯萎。 ⑩玉箸：玉筷，此借喻眼泪。刘孝威《独不见》："谁怜双玉箸，流面复流襟。" ⑪城南：长安住宅区在城南，故云。沈佺期《独不见》："丹凤城南秋夜长。" ⑫蓟（jì）北：蓟州、幽州一带，今河北省北部地区。 ⑬飘摇：指形势动荡、险恶。 ⑭绝域：极远的地方。 ⑮三时：三，指多数，三时指漫长时间。 ⑯刁斗：古代军中煮饭用的铜锅，可用来敲打巡逻。 ⑰李将军：指李广。善用兵，爱惜士卒，守右北平，匈奴畏之不敢南侵，称为飞将军。

封丘作

我本渔樵孟诸野[①]，一生自是悠悠者[②]。
乍可狂歌草泽中[③]，那堪作吏风尘下[④]？
只言小邑无所为[⑤]，公门百事皆有期[⑥]。
拜迎长官心欲碎[⑦]，鞭挞黎庶令人悲[⑧]。
归来向家问妻子，举家尽笑今如此[⑨]。
生事应须南亩田[⑩]，世情付与东流水[⑪]。
梦想旧山安在哉[⑫]？为衔君命且迟回[⑬]。
乃知梅福徒为尔[⑭]，转忆陶潜归去来[⑮]。

【题解】

高適求仕多年，直至天宝八载（749）始举有道科及第，却因奸臣弄权而仅授封丘县尉，不免大失所望。到任后又对“拜迎长官”“鞭打黎庶”的本职工作深感痛苦和厌倦，打算辞官归田。这首诗，便是这种处境和心情的写照。全诗十六句，每四句一韵，换韵换意，层层转折，气机流畅，激情喷涌，生动地抒发了封建社会中正直官吏的深沉感慨，不愧名作。

【注释】

①渔樵：捕鱼砍柴。孟诸：古泽名，在今河南商丘东北。野：山野之间。 ②悠悠者：悠然自得、自由自在的人。 ③乍可：只可。 ④风尘：指尘世纷扰的事务，这里借指县尉的差事。 ⑤只言：即言。小邑：小小的县城。无所为：没有什么事情。 ⑥公门：衙门之内。百事：各样杂事。期：期限。 ⑦拜迎长官：按封建官僚等级制度，下级官吏对上级的接送有一定礼节。 ⑧黎庶：平民。 ⑨举家：全家人。今如此：如今做官的人都是这样的

（拜迎长官，鞭挞黎庶）。 ⑩生事：生计。南亩田：即田亩。 ⑪世情：为世所用的想法。以上两句意为：为了摆脱精神上的苦闷，自己应该靠种田收入维持生计，这样，官场的种种纷扰便可避免。 ⑫旧山：故乡。安在哉：在哪里呢？ ⑬衔君命：接受了皇帝授予的官职。命，诏令。迟回：徘徊，犹疑不决。 ⑭梅福：西汉末年人，曾任南昌尉，后弃官而去。徒为尔：正是为此。这句是说，直到现在，才理解梅福为什么要弃官，原来县尉的职务实在没有意思啊。 ⑮转忆：进而想到。归去来：即归去之意。来，语气词。陶潜在彭泽令任上，因不愿为五斗米向上级官吏折腰，毅然归田，还写了《归去来兮辞》表明心志。这句是说，自己也想弃职还乡。

送李侍御赴安西

行子对飞蓬①，金鞭指铁骢②。
功名万里外，心事一杯中。
虏障燕支北③，秦城太白东④。
离魂莫惆怅，看取宝刀雄。

【题解】

此诗作于天宝十一载（752），时在长安。李侍御，名未详，侍御，殿中侍御史的简称。安西，即安西都护府，治所在今新疆维吾尔自治区库车县。作者送李侍御赴安西从军建功立业，故出语豪壮。首联写指马待发，英风凛然；颔联“功名万里外，心事一杯中”，沉雄而又含蓄；颈联“虏障燕支北”承“万里外”写李侍御将去之地，“秦城太白东”承“一杯中”写饯行之地；尾联劝其勿以离别而惆怅，只需看取宝刀，大展雄图。写五律而驾轻就熟，腾挪飞动，读之令人鼓舞。

【注释】

①行子：行客，指李侍御。飞蓬：秋天随风飞扬的蓬草。这句点明送别时间，也以飞蓬喻远赴安西的李侍御。②金鞭：装饰华贵的马鞭。铁骢（cōng）：青毛黑毛相杂的马。③虏障：边塞险要处作防御用的城堡。燕支：山名，一称胭脂山、焉支山。在甘肃省永昌县西、山丹县东南。④秦城：指唐帝国首都长安。太白：山名，即终南山的太乙峰，在长安西南。

别董大

千里黄云白日曛①，北风吹雁雪纷纷。
莫愁前路无知己，天下谁人不识君！

【题解】

当时著名琴师董庭兰亦行大，高適送别的这位董大，疑即其人。前两句写迷茫阴惨之景，而董大旅途之艰辛凄苦已见于言外；后两句忽作劝慰语，化悲凉为豪壮，为送别诗别开生面。

【注释】

①曛（xūn）：本指落日的余光，此指黄云蔽日，日光昏暗。

刘眘虚（生卒年不详）

字全乙，排行大。洪州新吴（今江西奉新）人。玄宗开元二十一年（733）登进士第。流落不偶，啸傲风尘，与王昌龄、孟浩然交游酬唱。殷璠评其诗“情幽兴远，思苦语奇。忽有所得，便惊众听”（《河岳英灵集》卷上）。《全唐诗》存诗十五首。

阙 题

道由白云尽[①]，春与青溪长[②]。
时有落花至，远随流水香。
闲门向山路[③]，深柳读书堂。
幽映每白日，清辉照衣裳。

【题解】

此诗原缺题。诗写暮春山居，景物明丽，襟怀怡悦，情与境谐，中含灵气。余成教《石园诗话》称“闲门向山路，深柳读书堂”一联，“可仿佛常建‘曲径通幽处，禅房花木深’两句”。李慈铭《越缦堂诗话》称其“时有落花至，远随流水香”一联，“亦有禅谛”。

【注释】

①“道由”句：道，路；由，从；尽，尽头。满山白云缭绕，从白云中穿过，才能走到山路的尽头。②“春与”句：春色遍野，山花夹岸，随青溪走去，青溪无尽，春色亦无尽。③闲门：环境清幽、俗客不至的门。

裴 迪（716—？）

排行十，关中（今陕西中部）人，天宝时期，与王维、崔兴宗隐居辋川，互相唱和。天宝后任蜀州刺史，与杜甫、李颀友善。《全唐诗》存诗二十九首。

木兰柴[1]

苍苍落日时，鸟声乱溪水。
缘溪路转深，幽兴何时已。

【题解】

裴迪与王维同咏辋川孟城坳等二十个景点，各成五绝二十首，这是其中的一首。宋顾乐《〈唐人万首绝句选〉评》云：“（前两句）十字画亦不到，如有清音到耳。”

【注释】

①木兰柴（zhài）：地名，柴，同“寨”。

华子冈

落日松风起，还家草露晞[1]。
云光侵履迹[2]，山翠拂人衣[3]。

【题解】

辋川二十咏之一，写清幽之景，令人神往。

【注释】

①晞（xī）：干也。 ②履迹：脚印。 ③山翠：青绿缥缈的山气。庾肩吾《春夜》诗：“水光悬荡壁，山翠下添流。”

崔九欲往南山马上口号与别

归山深浅去，须尽丘壑美。
莫学武陵人[1]，暂游桃源里。

【题解】

诗题从《全唐诗》。《万首唐人绝句》及《唐诗三百首》俱作《送崔九》。崔九，即崔兴宗，尝与王维、裴迪同居辋川，题中的南山，即辋川南边的终南山，故诗中说他“归山”。“马上口号”，即在马背上顺口吟成诗句。前两句要他归山后不论深处浅处，都不应忽略，须尽赏丘壑之美；后两句劝他别像武陵人刚入桃源便匆匆忙忙跑出来。四句诗，言浅而意深，读之可得到哲理的启迪。不论游山、治学或干任何事业，如果不广泛深入，都得不到“美”。

【注释】

①武陵人：见王维《桃源行》注。

张　巡（709—757）

蒲州河东（今山西永济）人，开元二十四年（736）登进士第。天宝中，由太子通事舍人出为清河令，有政绩。安史叛乱时任真源（今河南鹿邑）令，起兵抗敌。后入睢阳（今河南商丘），与太守许远率全城军民坚守城池达十月之久。肃宗至德二载（757）因功授金吾将军、河南节度副使，又拜御史中丞，世称张中丞。城陷被执，英勇就义。《全唐诗》存诗二首，《全唐诗外编》补收一首。

闻笛

岧峣试一临，虏骑附城阴①。
不辨风尘色，安知天地心②！
营开边月近，战苦阵云深③。
旦夕更楼上，遥闻横笛音④。

【题解】

肃宗至德二载（757）春，张巡与许远守睢阳抗击安庆绪围军，此诗当作于秋天，闻笛抒感，表现了临危不惧、坚贞不屈的献身精神。其《守睢阳作》中的“裹疮犹出阵，饮血更登陴”，可作此首“战苦阵云深”的注脚。

【注释】

①岧峣（tiáoyáo）：高峻貌。临：临望。虏骑：指安史叛军。附：紧贴。城阴：指城下。这两句是说：登高瞭望，看见敌人紧逼城下。 ②风尘色：指敌情。天地心：古代迷信，以为一切（包括战乱）都有天心安排。这两句写作者看见敌军嚣张骄横以后的悲愤心情。 ③边月近：由于睢阳已变成抗击“胡”兵的前线，所以说“边月近”。 ④更楼：平时敲鼓报更，因为是战时，所以改为吹军中乐器横笛。

杜 甫（712—770）

字子美，排行二，河南府巩县（今属河南）人。其十三世祖杜预乃京兆杜陵（今陕西西安市长安区东北）人，故杜甫自称“杜陵布衣”。十世祖杜逊于东晋时南迁襄阳，故或称襄阳杜甫。杜甫曾一度居住在长安城南少陵原畔，故又自称“少陵野老”，世称杜少陵。其祖父杜审言为初唐诗人，擅长律诗。杜甫出生于“奉儒守官”之家，又以“吾祖诗冠古”为荣，自称“诗是吾家事”。七岁已能作诗文，十四五岁已“出入翰墨场”。开元十九年（731）漫游吴越。二十三年（735）归洛阳，次年举进士落第，游齐赵。天宝三、四载间，与李白、高適同游梁宋齐鲁。五载（746）至长安。六载（747），玄宗诏天下通一艺者赴京应试，杜甫应考，奸相李林甫以“野无遗贤”为借口，无一人入选。十载（751），献《三大礼赋》，玄宗奇之，命待制集贤院。十三载（754），复进《封西岳赋》，命宰相试文章。十四载十月授河西尉，不受，旋改授右卫率府胄曹参军。安史乱起，玄宗奔蜀，长安失陷，杜甫闻肃宗即位灵武，奔赴行在，途中为安史乱军俘入长安。至德二载（757）五月脱身奔凤翔行在，拜右拾遗（后人因称杜拾遗），因上书营救房琯触怒肃宗，放还鄜州省亲。乾元元年（758）六月，贬为华州司功参军。次年七月弃官往秦州（今甘肃天水），不久又往同谷（今甘肃成县）。生计维艰，决计入蜀，于上元元年（760）春抵成都，营草堂于浣花溪，故人严武任成都尹，时有馈赠，生活稍安定。代宗宝应元年（762）严武还朝，送至绵州。徐知道叛，道阻，乃入梓州（今四川三台）、阆州（今四川阆中）。广德二年（764）重返成都，时严武任剑南节度使，聘为署中参谋，又荐为检校工部员外郎（故世称杜工部）。永泰元年（765）正月，辞幕府归草堂。四月，严武卒。五月，携家至云安。大历元年（766）至二年，居夔州（今四川奉节）。三年，自夔出峡，漂泊于岳阳、潭州一带。五年，病卒于湘水舟中。生平事迹，详见元稹《杜工部墓系铭》及新、旧《唐书》本传，年谱多种，以闻一多《少陵先生年谱会笺》较详审。

杜甫是我国历史上最伟大的爱国诗人，因其诗以爱民忧国的激情，全面而深刻地反映了安史之乱前后的广阔现实，世称“诗史”。就诗歌艺术而言，他转益多师，于广泛继承中大胆创新，兼擅各体，精益求精，形成“律切精深”“沉郁顿挫”“千汇万状”“浑涵汪洋”的艺术境界。元稹称赞其“上薄风骚，下该沈宋，言夺苏李，气吞曹刘，掩颜谢之孤高，杂徐庾之流丽，尽得古今之体势，而兼人人之所独专”（《杜工部墓系铭并序》）。对后世诗歌发展之影响至为深远。历代整理、笺注、评点、研究杜诗的著作，今存者尚不下二百种。其诗集笺注本，以钱谦益《杜诗笺注》、仇兆鳌《杜诗详注》、杨伦《杜诗镜铨》、浦起龙《读杜心解》等较通行。《全唐诗》存其诗十九卷。

望　岳

岱宗夫如何①？齐鲁青未了②。
造化钟神秀③，阴阳割昏晓。
荡胸生曾云④，决眦入归鸟⑤。
会当凌绝顶⑥，一览众山小。

【题解】

杜甫以“望岳”为题的诗共三首，分咏东岳泰山、西岳华山、南岳衡山，这一首咏东岳。乃开元二十四年（736）漫游齐、赵时作，是现存杜诗年代最早的一首，洋溢着青春朝气和旷代才华。首联自问自答，传遥望之神。“齐鲁青未了”不仅写出了泰山越境连绵、苍峰不断的雄伟气势，连诗人惊讶、激动、赞叹之情也表现无遗。刘辰翁《批点千家注杜诗》赞为“雄盖一世”，施补华《岘佣说诗》称其“囊括数千里，可谓雄阔”，都当之无愧。颔联承“青未了”写近望情景。下句写泰山峻极于天，却不用抽象的形容词，而说泰山的阴面阳面分割昏晓，即在同一时间，向太阳的一面是白天，背太阳的一面是黑夜。构想新颖，下一“割”字，尤奇险惊人。颈联写岳麓仰望，见泰山生云，自山腰至山顶，层叠弥漫，给人以心胸摇荡的感觉；而张目注视，又见倦鸟归山，投入树林。由此暗示：诗人朝泰山走来，边走边“望”，走到山麓，时已黄昏，云起鸟归，自己也得投宿。登山览胜，只好留待明天。尾联虽自《孟子·尽心上》“登泰山而小天下”及扬雄《法言》“登东岳者，然后知众山之峛崺（lǐyǐ）也”化出，然造语挺拔，既切“望岳”，又有普遍意义，表现了青年杜甫勇攀绝顶、俯视一切的雄心和气概。全诗构思新警，气骨峥嵘。如浦起龙《读杜心解》所评：“杜子心胸，于斯可观。取为压卷，屹然作镇。”

【注释】

①岱宗：五岳之首，是对泰山的尊称。夫：语气词，无实义。 ②齐鲁：春秋时两个国名。《史记·货殖列传》：“故泰山之阳则鲁，其阴则齐。” ③钟：聚集。 ④曾：同“层”。 ⑤决眦（zì）：张大眼睛。⑥会当：一定要。按：杜甫曾登上泰山绝顶，见《又上后园山脚》诗。

房兵曹胡马

胡马大宛名①，锋棱瘦骨成②。
竹批双耳峻③，风入四蹄轻④。
所向无空阔⑤，真堪托死生⑥。
骁腾有如此⑦，万里可横行。

【题解】

此诗作于开元二十八（740）、二十九（741）年间。兵曹，兵曹参军的省称，房兵曹生平未详。胡马，西北少数民族地区所产的马。杜甫诗集中咏马诗多达十一首，这是其中的传诵名篇之一。以写生笔墨，活画出骏马英姿，而作者的品德、胸襟、抱负即寓于其中。元人赵汸《杜律选注》卷下评云：“公此诗，前言胡马骨相之异，后言其骁腾无比，而词语矫健豪纵，飞行万里之势，如在目中，所谓索马于骊黄牝牡之外者。区区模写体贴以为咏物者何足语此。”明人张綖《杜工部诗通》评云：“前表其相之异，后状其用之神，四十字间，其种其相，其才其德，无所不备，而形容痛快，凡笔望一字不可得。”

【注释】

①大宛（yuān）：汉代西域国名，在大月氏东北，即今中亚的费尔干纳盆地，位于乌兹别克斯坦、塔吉克斯坦和吉尔吉斯斯坦三国的交界地区。大宛产良马，尤以汗血马最著名。 ②锋棱瘦骨：马瘦而有神，不像凡马空有肥肉。 ③竹批：即竹削，形容马耳如斜削的竹筒。古人以两耳尖锐为良马的特征。后魏贾思勰《齐民要术》卷六：“（马）耳欲得小而促，状如斩竹筒。” ④风入：形容快马奔驰时，四蹄起风。 ⑤无空阔：在此马前面，没有什么空阔地带，极言迅捷无比。 ⑥托死生：指此马能使人脱险，可以托付生命。 ⑦骁腾：骁勇腾骧。

兵 车 行

车辚辚，马萧萧①，行人弓箭各在腰②。
耶娘妻子走相送，尘埃不见咸阳桥③。
牵衣顿足拦道哭，哭声直上干云霄④。
道旁过者问行人，行人但云点行频⑤。
或从十五北防河，便至四十西营田⑥；
去时里正与裹头，归来头白还戍边⑦。

边庭流血成海水，武皇开边意未已[8]。
君不闻汉家山东二百州，千村万落生荆杞[9]。
纵有健妇把锄犁，禾生陇亩无东西[10]。
况复秦兵耐苦战[11]，被驱不异犬与鸡。
长者虽有问，役夫敢申恨[12]？
且如今年冬，未休关西卒[13]。
县官急索租，租税从何出[14]？
信知生男恶，反是生女好；
生女犹得嫁比邻，生男埋没随百草！
君不见青海头，古来白骨无人收。
新鬼烦冤旧鬼哭，天阴雨湿声啾啾[15]。

【题解】

《通鉴·唐纪三十二》载：天宝八载六月，哥舒翰击吐蕃，拔石堡，唐兵战死者数万。九载冬，关西游弈使王难得又进兵击吐蕃。师尹指出“讫唐之世，吐蕃为患者，玄宗实开其衅”。此诗当作于天宝九载（750）。当时杜甫在长安，结合耳闻目睹，托“武皇开边”以刺玄宗。首写兵士自长安出发、父母妻子送行的悲楚场景，笔势汹涌，如风涛骤至。接着设为问答，极写穷兵黩武给人民带来的苦难。结尾以“君不见”领起，由作者出面，以黩武的悲惨结局警告当政者。全诗以人哭起，以鬼哭终，具有极大的艺术震撼力。明人单复云：“此诗为明皇用兵吐蕃而作，故托汉武以讽，其辞可哀也。先言人哭，后言鬼哭，中言内郡凋敝，民不聊生，此安史之乱所由起也。”（《读杜诗愚得》卷一）

【注释】

①辚辚：车行声。萧萧：马鸣声。 ②行人：行役的人，即征

夫。 ③“耶娘”两句：踩起的尘土掩盖了咸阳桥，夸张地形容行人与送者之众。耶：同“爷”。咸阳桥：旧名便桥，在咸阳西南十里，横跨渭水，为当时由长安通往西北的必经之路。 ④干：冲犯。哭声直冲云霄，见哭者之众。 ⑤点行：按照名册顺序抽丁入伍。频：频繁。 ⑥“或从”两句：十五、四十，均指年龄。防河：在黄河以北设防。营田：即古代的屯田制，平时种田，战时作战。《新唐书·食货志三》：“唐开军府以捍要冲，因隙地置营田，天下屯总九百九十二。……有警，则以兵若夫千人助收。” ⑦“去时”两句：里正，里长。与裹头，替征丁裹扎头巾，表示征丁年幼，与上文“十五”呼应。戍边，守卫边防。 ⑧武皇：汉武帝。这里借指唐玄宗。开边：用武力开拓疆土。意未已：野心未止。 ⑨“君不闻”两句：汉家，指唐朝。山东，指华山以东之地。唐代潼关以东有七道，共二百十七州，这里约举成数说“二百州”。荆杞，荆棘、枸杞，野生灌木。 ⑩无东西：指庄稼长得杂乱不堪，分辨不出东西行列。 ⑪秦兵：关中兵。 ⑫“长者”两句：长者，征夫对杜甫的尊称。役夫，征夫自称。 ⑬“且如”两句：且如，就如。休，停止征调。关西卒，即指这次被征入伍的秦兵。 ⑭县官：指皇帝。《史记·绛侯世家》：“盗买县官器。”索隐云：“县官，谓天子也。”“租税从何出”应上文“千村万落生荆杞”。 ⑮啾啾：古人想象中鬼的呜咽声。

同诸公登慈恩寺塔

高标跨苍穹[1]，烈风无时休。
自非旷士怀，登兹翻百忧。
方知象教力，足可追冥搜[2]。
仰穿龙蛇窟，始出枝撑幽[3]。
七星在北户，河汉声西流[4]。
羲和鞭白日，少昊行清秋[5]。
秦山忽破碎[6]，泾渭不可求[7]。

俯视但一气，焉能辨皇州[8]？
回首叫虞舜，苍梧云正愁[9]。
惜哉瑶池饮，日晏昆仑丘[10]。
黄鹄去不息，哀鸣何所投？
君看随阳雁，各有稻粱谋[11]。

【题解】

天宝十一载（752）秋，高適、薛据、杜甫、岑参、储光羲五位大诗人同登长安城东南的大慈恩寺塔（即今西安大雁塔），高適、薛据首先赋诗，杜甫等三人继作。其诗除薛据一首已佚而外，其余至今尚存。这是后世诗人艳羡的盛举，清初诗坛领袖王士祯（渔洋）曾说："每思高、岑、杜辈同登慈恩塔，李、杜辈同登吹台，一时大敌旗鼓相当。恨不厕身其间，为执鞭弭之役。"（《池北偶谈》卷十八《慈恩塔诗》）诸公登塔赋诗之时，奸邪专权，安禄山谋反，国势岌岌可危，而玄宗又骄奢荒淫，不理朝政。杜甫的诗以"登兹翻百忧"领起，以象征手法，通过登塔所见景物的描写，曲折地反映了危机四伏的现实。岑、储两篇，虽风秀熨帖，却结穴于皈依佛门，逃避现实；高適之作，也只慨叹个人的失意，而未涉及忧国忧民，其艺术水准，都不能与杜诗相提并论。故仇兆鳌《杜诗详注》评云："三家结语，未免拘束，致鲜后劲。杜于末幅，另辟眼界，独辟思议，力量百倍于人。"又云："同时诸公登塔，各有题咏。……少陵则格法严整，气象峥嵘，音节悲壮，而俯仰高深之景，盱衡古今之识，感慨身世之怀，莫不曲尽篇中，真足压倒群贤，雄视千古矣！"

【注释】

①高标：一切高耸物的尖端都可称为高标，此指塔尖。跨苍穹：跨越高空。 ②"方知"两句："象教"，佛教。佛教假形象以教人。"冥搜"，

“幽寻”的同义语，指下文“仰穿……”。这两句说佛教号召力大，能聚集大量的人力、财力，产生这雄伟的建筑，值得穿窟穷幽，登塔览胜。 ③“仰穿”两句：循着塔内的磴道盘旋上升，像穿行龙蛇的窟穴。“枝撑”：梁上相交的木条。 ④“七星”两句：“七星”，指北斗。“河汉”，银河。银河也叫作星汉、银汉。银河到秋季渐渐转向西。诗人用一个“声”字，极言逼近云霄，好像听到银河里水的流声。 ⑤“羲和”两句：“羲和”，太阳的御者。古代神话说羲和每天赶着六条龙拉着的车子，载着太阳在空中运行。“鞭”，表示加快鞭，见得太阳前进得快，也就是时间过去得快。“少昊（hào）”，传说是黄帝儿子，主管秋天的神。这两句写时序已到秋天。 ⑥“秦山”句：从慈恩塔上南望终南山，锋棱沟壑交错，像忽然破碎了似的。韩愈写终南山，有“晴明出棱角，缕脉碎分绣”（《南山诗》）之句，也用了一个“碎”字。唯杜甫的这句诗，有象征时局的意味。 ⑦“泾渭”句：泾清渭浊，今从塔上遥望，则不辨清浊，也有象征朝政的意味。 ⑧“俯视”两句：皇州，即帝都，指长安京城。俯视长安而只见蒙蒙一片，看不真切，反衬塔高，亦有象征意味。 ⑨“回首”两句：虞舜，传说中的贤君，死葬苍梧之野。唐人比太宗李世民为虞舜，“回首叫虞舜”，旧注谓作者思念太宗。 ⑩“惜哉”两句：神话传说：西王母宴周穆王于昆仑之瑶池（见《穆天子传》及《列子·周穆王》）。日晏：天晚、日落。 ⑪稻粱谋：谋求稻粱。《杜诗详注》引三山老人胡氏云：“此诗讥切天宝时事也。‘秦山忽破碎’，喻人君失道也。‘泾渭不可求’，言清浊不分也。‘焉能辨皇州’，伤天下无纲纪文章，而上都亦然也。虞舜苍梧，思古圣君而不可得也。瑶池日晏，谓明皇方耽于淫乐而未已也。贤人君子多去朝廷，故以黄鹄哀鸣比之。小人贪禄恋位，故以阳雁稻粱刺之。”

后出塞

朝进东门营，暮上河阳桥①。
落日照大旗，马鸣风萧萧②。

平沙列万幕，部伍各见招[3]。
中天悬明月，令严夜寂寥。
悲笳数声动，壮士惨不骄。
借问大将谁？恐是霍嫖姚[4]。

【题解】

杜甫有《前出塞》九首、《后出塞》五首，皆名篇。《后出塞》组诗作于天宝十四载（755）四月，从各个角度反映了天宝末年东北边防战士的生活和感情，揭露了范阳、平卢、河东三镇节度使安禄山盘踞要地，位高志骄的嚣张气焰。浦起龙认为："安禄山以边功市宠，数侵掠奚、契丹，征兵东都，重赏要士，朝廷狥之，志益骄而反遂决矣，故作是诗以讽，当在禄山将叛之时。"（《读杜心解》卷一）这里所选的是第二首，写入伍和行军途中情景。《读杜心解》解云："进营，始就伍也；上桥，初登程也；落日将暮，则须列幕安营；初从军者纪律未娴，故须部伍招。此时尚觉嚣扰，入夜则寂无声矣；悲笳，静营之号也；大将，指招募统军之将，故以嫖姚比之，霍去病尝从大将军卫青出塞者。"解释较清晰。其中"落日照大旗，马鸣风萧萧"一联和"中天悬明月，令严夜寂寥"一联颇为诗评家所称赏。沈德潜《唐诗别裁集》云："写军容之盛，军令之严，如干莫出匣，寒光相向。"

【注释】

①"朝进"两句：东门营，指洛阳上东门的营地，新兵于此入伍。河阳桥，横跨黄河的浮桥，在今河南孟州市，新兵过此桥远去。　②"落日"两句：大旗，军旗。萧萧，风声。此二句从《诗经·小雅·车攻》"萧萧马鸣，悠悠旆旌"化出。　③部伍：队伍。各见招：各自召集自己的部队。　④霍嫖姚：霍去病曾为剽姚校尉，"剽姚"或写作"嫖姚"。

自京赴奉先县咏怀五百字[1]

杜陵有布衣[2]，老大意转拙[3]。
许身一何愚[4]，窃比稷与契[5]。
居然成濩落[6]，白首甘契阔[7]。
盖棺事则已[8]，此志常觊豁[9]。
穷年忧黎元[10]，叹息肠内热。
取笑同学翁，浩歌弥激烈[11]。
非无江海志[12]，潇洒送日月[13]。
生逢尧舜君[14]，不忍便永诀[15]。
当今廊庙具[16]，构厦岂云缺[17]。
葵藿倾太阳[18]，物性固莫夺[19]。
顾惟蝼蚁辈[20]，但自求其穴。
胡为慕大鲸[21]，辄拟偃溟渤[22]？
以兹悟生理[23]，独耻事干谒[24]。
兀兀遂至今[25]，忍为尘埃没？
终愧巢与由[26]，未能易其节[27]。
沉饮聊自遣[28]，放歌破愁绝[29]。
岁暮百草零，疾风高冈裂。
天衢阴峥嵘[30]，客子中夜发[31]。
霜严衣带断，指直不得结。
凌晨过骊山[32]，御榻在嵽嵲[33]。
蚩尤塞寒空[34]，蹴踏崖谷滑[35]。
瑶池气郁律[36]，羽林相摩戛[37]。
君臣留欢娱，乐动殷胶葛[38]。
赐浴皆长缨[39]，与宴非短褐[40]。

彤庭所分帛[41]，本自寒女出。
鞭挞其夫家，聚敛贡城阙[42]。
圣人筐篚恩[43]，实欲邦国活[44]。
臣如忽至理[45]，君岂弃此物？
多士盈朝廷，仁者宜战慄[46]！
况闻内金盘[47]，尽在卫霍室[48]。
中堂舞神仙[49]，烟雾蒙玉质[50]。
暖客貂鼠裘，悲管逐清瑟[51]。
劝客驼蹄羹，霜橙压香橘。
朱门酒肉臭，路有冻死骨。
荣枯咫尺异[52]，惆怅难再述。
北辕就泾渭[53]，官渡又改辙[54]。
群水从西下[55]，极目高崒兀[56]。
疑是崆峒来[57]，恐触天柱折[58]。
河梁幸未坼[59]，枝撑声窸窣[60]。
行旅相攀援[61]，川广不可越。
老妻寄异县[62]，十口隔风雪。
谁能久不顾，庶往共饥渴[63]。
入门闻号咷，幼子饥已卒。
吾宁舍一哀[64]，里巷亦呜咽[65]。
所愧为人父，无食致夭折。
岂知秋禾登，贫窭有仓卒[66]。
生常免租税，名不隶征伐[67]。
抚迹犹酸辛[68]，平人固骚屑[69]。
默思失业徒[70]，因念远戍卒[71]。
忧端齐终南[72]，澒洞不可掇[73]。

【题解】

天宝五载（746），杜甫怀抱“致君尧舜上，再使风俗淳”的崇高理想来到长安，渴望“立登要路津”。但事与愿违，屡受挫折，连生活也难于维持，“朝叩富儿门，暮随肥马尘。残杯与冷炙，到处潜悲辛。”亲身体验并广泛接触了下层人民的苦难，洞察了“朱门务倾夺，赤族迭罹殃”的社会矛盾，诗歌创作出现了空前的飞跃。天宝十四载（755）十一月赴奉先县看望寄居在那里的妻子，写出了这篇划时代的杰作。

《自京赴奉先县咏怀五百字》这个题目带有“纪行”性质，而以“咏怀”为主。作者先从“咏怀”入手，抒发了许身稷契、致君泽民的壮志竟然“取笑”于时，无法实现的愤懑和“穷年忧黎元，叹息肠内热”的火一样的激情，其爱祖国、爱人民的胸怀跃然纸上。而正因为“穷年忧黎元”，所以尽管“取笑”于时，而稷契之志仍坚持不懈，这自然就把个人的不幸、人民的苦难和统治者的腐朽、唐王朝的危机联系起来了。这种“咏怀”的特定内容决定了“纪行”的特定内容，而“纪行”的内容又扩大、深化了“咏怀”的内容。“纪行”有两个重点，一是写唐明皇及其权臣、贵戚、宠妃在华清宫的骄奢荒淫生活，二是写“路有冻死骨”及到家后幼子已被饿死的惨象。这两个重点又前后对照！广大人民饥寒交迫，有的已经冻死、饿死。而那位“尧舜君”和他的“廊庙具”却正在华清宫过着花天酒地的腐朽生活，毫不吝惜地挥霍着人民的血汗。诗人深感唐王朝岌岌可危，而又徒唤奈何，于是以“忧端齐终南，澒洞不可掇”结束全篇。作者抵奉先之时，安禄山已在范阳发动叛乱，证明了他的政治敏锐性。如王嗣奭所评：“皆道其实，故称诗吏。”（《杜臆》卷一）

这篇杰作是用传统的五言古体写成的。五古是汉魏以来盛行的早已成熟的诗体，仅就“咏怀”之作而言，杜甫之前已有阮籍的《咏怀》、左思的《咏史》、庾信的《咏怀》、陈子昂的《感遇》、张九龄的《感遇》等著名组诗。“转益多师”的杜甫当然从汉魏以来五言古诗的创作中吸收了丰富的营养。但把《自京赴奉先县咏怀五百字》和所有前人的五言古诗相比较，就立刻发现在体制的宏伟、章法的奇变、反映现实的深广和艺术力量的惊心动魄等许多方面，都开辟了新天地。正如杨伦在《杜诗镜铨》里所说：“五古，前人多以质厚清远胜，少陵出而沉郁顿挫。每多大篇。遂为诗道中另辟一门径。”

【注释】

①京：指唐朝的京城长安。奉先：今陕西蒲城。②杜陵：汉宣帝陵墓。杜甫远祖杜预是京兆杜陵人，故杜甫自称杜陵布衣。布衣：平民百姓。③拙：迂腐。④许身：私自期望。⑤窃：私自。稷与契：辅佐舜的两位贤臣。⑥居然：果然。濩（hù）落：即瓠落，语出《庄子·逍遥游》，大而无当的意思。⑦契阔：辛苦。⑧盖棺：指死。事则已：事情就算完了。⑨觊（jì）：希望。豁：达到。⑩穷年：一年到头。黎元：百姓。⑪浩歌：高歌。弥：越发。⑫江海志：隐逸的愿望。⑬潇洒：自由自在。⑭尧舜：古时两个贤君，这里指唐玄宗。⑮永诀：长别。⑯廊庙：庙堂，指朝廷。具：才具。⑰构厦：建造大房子。⑱葵：又名卫足葵，其叶向阳。藿：豆叶。曹植《求通亲亲表》：“若葵藿之倾叶，太阳虽不为之回光，然终向之者，诚也。”此处用其意。⑲夺：强使改变。⑳顾：转折词。惟：想到。蝼蚁辈：比喻目光短浅的人。㉑胡为：为什么要。大鲸：比喻有远大理想的人。㉒辄：每每。拟：想要。偃：栖息。溟渤：大海。㉓兹：此。悟生理：明白生活的真理。㉔事：从事。干谒：奔走权门，营求富贵。㉕兀（wù）兀：苦辛的样子。㉖巢与由：巢父和许由，尧时的两个隐士。㉗易其节：改变节操。㉘沉饮：喝醉酒。聊：姑且。自遣：自我排遣愁闷。㉙放歌：高歌。破：这里作排遣解。愁绝：高度的愁苦。㉚天衢（qú）：天空。峥嵘：高峻貌。这里借指寒气逼人。㉛客子：作者自指。中夜：半夜。㉜骊山：在长安东，今陕西临潼区境内。㉝御

榻：皇帝的坐榻。嵽嵲（diénià）：形容山高。这里指骊山。 ㉞蚩尤：这里借指大雾，传说蚩尤与黄帝交战，蚩尤作大雾。塞：充满。 ㉟蹴（cù）：踩。 ㊱瑶池：传说中西王母宴客的地方。这里借指骊山华清宫中的温泉。气郁律：热气蒸腾的样子。 ㊲羽林：羽林军，皇帝的卫队。摩戛（jiá）：兵器互相撞碰。 ㊳殷：声音洪大。胶葛：广大貌。这里指乐器在广大空间里震荡。 ㊴长缨：长帽带，贵人的服饰。 ㊵短褐：粗布短衣，贫贱者的衣服。 ㊶彤（tóng）庭：朝廷。彤，红色。宫殿的庭柱都用朱红色油漆，故称彤庭。帛（bó）：一种丝织品。 ㊷聚敛：搜刮。贡：献。城阙：指京城。 ㊸圣人：对皇帝的敬称。筐篚（kuāngfěi）恩：指皇帝用筐篚盛物赏赐大臣筐篚，两种竹制的器皿。 ㊹邦国：国家。活：治理好。 ㊺至理：重要的道理。 ㊻"仁者"句：谓有仁爱之心的朝臣，看到这种情况应有所震动。 ㊼内金盘：内，内府，皇帝藏财物的府库。金盘，珍贵器皿。 ㊽卫霍：卫、霍两家在汉武帝时都是贵戚，这里借指杨国忠等人。 ㊾神仙：指舞女。 ㊿烟雾：指轻而薄的纱罗衣裳。蒙：披覆。玉质：洁白的身体。 51"悲管"句：指管乐和弦乐协奏。逐：伴随。 52荣：荣华。枯：憔悴。咫（zhǐ）尺：古代八寸叫咫，这里比喻近。 53北辕：车向北行。泾渭：二水名，在临潼境内会合。 54官渡：官府设立的渡口。改辙：改了道。 55水：一作冰。 56极目：放眼望去。崒（cù）兀：高峻的样子。 57崆峒（kōngtóng）：山名。在今甘肃省岷县。 58天柱：《淮南子·天文训》："昔者共工与颛顼争为帝，怒而触不周之山，天柱折，地维绝。" 59河梁：河上的小桥。坼：冲毁。 60枝撑：桥柱。窸窣（xīsū）：桥梁摇晃的声音。 61行旅：行路人。相攀援：互相牵引援助。 62寄异县：指客居奉先县。 63庶：希望。 64宁：岂。 65里巷：邻居们。 66窭（jù）：贫穷。仓卒：发生意外。 67隶：属。 68抚迹：追忆往事。 69骚屑：不得安宁。 70失业徒：丧失了产业的人。 71远戍卒：远守边防的战士。 72忧端：愁绪。终南：山名，在西安市长安区南。 73澒（hòng）洞：广大无边。掇：收拾。

月　夜

今夜鄜州月，闺中只独看①。
遥怜小儿女，未解忆长安。
香雾云鬟湿，清辉玉臂寒。
何时倚虚幌②，双照泪痕干。

【题解】

天宝十五载（756）六月，安史叛军攻进潼关，杜甫带着家小逃到鄜州（今陕西富县），寄居羌村。七月，肃宗即位灵武（今属宁夏回族自治区），杜甫于八月间北上延州（今陕西延安），企图赶到灵武，为平叛效力。出发不久，被叛军捉住，送到沦陷后的长安，望月思家，写下了千古传诵的《月夜》。

题为“月夜”，句句从月色中照出。“鄜州”“长安”与平叛后夫妻欢聚的某一地点，“今夜”，往夕与平叛后夫妻欢聚的某一良宵，统统用“独看”“双照”相绾合，从而体现出双向多维、立体交叉、回环往复、百感纷呈的审美心态。夫妻的悲欢离合，国家的治乱兴衰，以及诗人对动乱现实的忧愤和对太平盛世的向往，都一一浮现于字里行间。如黄生所说：“五律至此，无忝诗圣矣！”

【注释】

①闺中：闺中人，指妻子。　②虚幌：轻薄透明的帷幔。

春　望

国破山河在，城春草木深。

感时花溅泪，恨别鸟惊心。
烽火连三月，家书抵万金①。
白头搔更短②，浑欲不胜簪③。

【题解】

此诗作于肃宗至德二载（757）三月。先一年六月，安史叛军攻进长安，“大索三日，民间财资尽掠之”，又纵火焚城，繁华壮丽的京都变成废墟。先一年八月，杜甫将妻子安置在鄜州羌村，于北赴灵武途中被俘，押送到沦陷后的长安，至此已逾半载。时值暮春，触景伤怀，创作了这首历代传诵的五律。

前两联写“春望”之景，因景抒情。首联“国破”而空留“山河”，“城春”而只长“草木”，其破坏之惨，人烟之少，以及由此激发的忧国情绪，都从正反相形中表现出来。颔联上下两句互文见义。身陷贼营，家寄鄜州，见“花”开而“溅泪”，闻“鸟”语而“惊心”，以乐景反衬哀情，“感时”“恨别”的复杂心态宛然可见。后两联抒“春望”之情，情中含景。颈联“烽火”句应“感时”，“家书”句应“恨别”，忧国思家之情，回环往复，感人至深，尾联以“搔首”的动作写悲痛心情，余意无穷。题为“春望”，句句传“望”字之神。望山河残破荒凉，望长安草木丛生，望花鸟反增哀思，望烽火连月不息，望家书经久不至，最后以搔首望天收尾。读全诗，抒情主人公伤时悯乱、忧国思家的神情及其望中所见，历历如在目前，从而迸发巨大的艺术感染力。

【注释】

①抵：相当，抵得上。 ②白头：指白头发。搔：抓头。短：稀少。 ③浑：简直。不胜（shēng）簪：连簪子也插不住。古代男子留长发，故须插簪束发。

羌村三首[1]

峥嵘赤云西[2]，日脚下平地[3]。
柴门鸟雀噪，归客千里至[4]。
妻孥怪我在[5]，惊定还拭泪[6]。
世乱遭飘荡，生还偶然遂[7]。
邻人满墙头[8]，感叹亦歔欷[9]。
夜阑更秉烛，相对如梦寐[10]。

晚岁迫偷生，还家少欢趣[11]。
娇儿不离膝，畏我复却去[12]。
忆昔好追凉[13]，故绕池边树[14]。
萧萧北风劲，抚事煎百虑[15]。
赖知禾黍收[16]，已觉糟床注[17]。
如今足斟酌[18]，且用慰迟暮[19]。

群鸡正乱叫，客至鸡斗争。
驱鸡上树木[20]，始闻叩柴荆[21]。
父老四五人，问我久远行[22]。
手中各有携[23]，倾榼浊复清[24]。
苦辞“酒味薄，黍地无人耕。
兵革既未息，儿童尽东征”[25]。
请为父老歌[26]，艰难愧深情[27]。
歌罢仰天叹，四座泪纵横[28]。

【题解】

天宝十四载（755）十一月，杜甫自长安赴奉先县（今陕西蒲城）探望家小。十五载（756）五月，因安史叛军逼近潼关，率领家小往白水（今属陕西）依舅氏崔少府。六月，又自白水奔赴鄜州（今陕西富县），将老婆孩子安顿在羌村居住。八月，投奔灵武行在，中途被叛军抓住，送到已经沦陷了的长安。至德二载（757）四月逃出长安，往投凤翔行在，拜左拾遗。上疏营救房琯，触怒肃宗，幸得张镐等替他求情，才免于判罪。八月，肃宗放他到鄜州探亲。沿途经历，见于稍后所写的《北征》。《羌村三首》，是刚到家时的作品，从不同角度写久别暂聚的感慨，而社会乱离的时代脉搏，亦跃动于字里行间。明人王慎中云："一字一句，镂出肺肠，令人莫之措手。而婉转周至，跃然目前，又若寻常人所欲道者。"（《杜诗五家评》卷二）清初李因笃云："遭乱生还，事出意外，仓卒情景，历历叙出，叙事之工不必言，尤妙在笔力高古，愈质愈雅。"（《杜诗集评》卷一）从本质上说，这三首诗都是抒情诗，但每一首都有场景，有人物，有情节，像一幕悲剧色彩浓郁的短剧，具有动人心魄的艺术魅力。

【注释】

①羌村：故址在今陕西富县岔口乡大申号村。此为三首相联而成的组诗。 ②峥嵘（zhēngróng）：原指山的高峻，这里用来形容云层的重叠。赤云：指被太阳照得发红的云。 ③日脚：由云缝里射出来的阳光。下：落。 ④归客：杜甫自指。 ⑤妻孥（nú）：妻子和儿女，这里似单指妻子。怪我在：惊疑我还活在人世。 ⑥拭（shì）泪，悲喜交集的神情。拭，擦。 ⑦生还：活着回来。遂：遂愿，如愿。 ⑧满墙头：邻居围着墙观看。农家院墙低矮，可以双手扶在墙头与院内人对话。 ⑨歔欷（xūxī）：抽泣之声。 ⑩"夜阑"两句：夜阑，夜深；秉烛，掌灯，拿起点燃的蜡烛；更，又一次。这两句的意思是：战乱中分别以后，由于担心和思念，往往梦见与

妻子相对，而实际上的聚会是不敢预期的。如今竟然夫妻相对，都还活着，疑梦疑真，心情久久不能平静，直到夜深，又一次点起蜡烛互相观看，真像在梦里一样。大历诗人司空曙《云阳馆与韩绅宿别》“乍见翻疑梦，相悲各问年”，北宋诗人陈师道《示三子》“了知不是梦，忽忽心未稳”，北宋词人晏几道《鹧鸪天》“今宵剩把银釭照，犹恐相逢是梦中”等名句，都从此化出。 ⑪“晚岁”两句：晚岁，晚年。时杜甫四十六岁。这两句言晚年在战乱逼迫下苟且偷生，虽久别还家，但仍无多少欢趣。 ⑫“娇儿”两句：这两句向来有两种解说：一、“复却去”的主语是“我”，即杜甫，“畏”作“恐怕”解，意谓娇儿绕膝依依，怕我还要离开他们。二、“复却去”的主语是“娇儿”，“畏”作“畏惧”解，意谓娇儿由于怕我，又悄悄溜开。前说较合原意。 ⑬追凉：乘凉。上次杜甫在家时正值夏天。 ⑭故：常常。 ⑮抚事：追抚往事。煎百虑：种种烦恼使我心如煎熬。 ⑯赖知：幸亏知道。⑰糟床：榨酒的器具。酒做好后，用袋子装着，放在竹床里压榨，酒流出来而糟留在袋里。这个竹床就叫糟床。注：流出来。 ⑱足：足够。斟酌：借指喝酒。 ⑲且用：姑且用来。迟暮：晚年。 ⑳乐府诗《鸡鸣》：“鸡鸣高树颠，狗吠深巷中。”阮籍《咏怀》：“晨鸡鸣高树，命驾来旋归。”可见古时鸡上树木是常见的。 ㉑叩：敲。柴荆：用柴枝荆条编成的门，表示住宅简陋。 ㉒问：慰问。远行：指远行归来。 ㉓携：提。 ㉔榼（kē）：古代盛酒的器具。浊复清：有的带来新酿出来未经漉过的浊酒，有的带来漉过的清酒。 ㉕“苦辞”后引号中的四句：父老们一再解释的话，说家酿的酒味道淡薄，既是谦辞，也反映出战乱时代农村生活的艰苦。黍地：指田地。兵革：兵器和盔甲。这里指战争。未息：没有停止。儿童：农村中老人对没有成年的孩子的称呼。东征：指唐朝官军在华山以东地区和叛军作战。 ㉖“请为”句：请让我为父老们歌唱一曲。 ㉗愧深情：在这艰难的年月，你们如此盛情，真叫我受之有愧。 ㉘四座：满座。

赠卫八处士[1]

人生不相见，动如参与商[2]。
今夕复何夕，共此灯烛光。
少壮能几时？鬓发各已苍！
访旧半为鬼，惊呼热中肠。
焉知二十载，重上君子堂。
昔别君未婚，儿女忽成行[3]。
怡然敬父执[4]，问我来何方？
问答乃未已，驱儿罗酒浆。
夜雨剪春韭，新炊间黄粱[5]。
主称会面难，一举累十觞[6]。
十觞亦不醉，感子故意长[7]。
明日隔山岳[8]，世事两茫茫。

【题解】

杜甫于乾元元年（758）被贬，任华州司功参军，同年暮冬赴洛阳，次年春又从洛阳返华州任所，途经老朋友卫八住地，因而往访，作此诗。乱离之际，又遇荒年，偶然与阔别二十年之久的老友重逢，受到全家人的殷勤款待，自然悲喜交集，百感丛生。全诗层次井然，情景逼真，只写重逢话旧，而“半为鬼”“世事两茫茫”等已托出乱离时代的悲怆氛围。宋人陈世崇评云：“久别倏逢，曲尽人情。想而味之，宛然在目下。”（《随隐漫录》）

【注释】

①卫八处士：名不详，“八”是排行，处士，指隐居不仕者。 ②参

（shēn）与商：参星在西方，商星在东方，当一个上升地面时，另一个已下落，互不相见。 ③成行：能排成行列，言众多。 ④父执：父亲的老朋友。 ⑤“新炊”句：刚蒸出的饭黄白米相间，即“二米饭”。黄粱：黄小米。间（jiàn）：掺杂。 ⑥累：接连。十觞：十杯。 ⑦故意：旧情。⑧山岳：指华山。

石壕吏

暮投石壕村①，有吏夜捉人。
老翁逾墙走，老妇出门看。
吏呼一何怒，妇啼一何苦！
听妇前致词，三男邺城戍②。
一男附书至③，二男新战死。
存者且偷生，死者长已矣④。
室中更无人，惟有乳下孙。
有孙母未去，出入无完裙。
老妪力虽衰，请从吏夜归。
急应河阳役⑤，犹得备晨炊⑥。
夜久语声绝，如闻泣幽咽。
天明登前途，独与老翁别。

【题解】

肃宗乾元二年（759）三月，杜甫由洛阳回华州任所，途中就其所见所闻进行艺术概括，写成了著名组诗“三吏”“三别”。《石壕吏》便是“三吏”（另两篇是《新安吏》《潼关吏》）中的一篇。前四句写官吏深夜捉人情景；中十六句写老妇哭诉全家苦况并被迫应役；末四句写老妇被捉后家中凄凉景象。仅用一百二十个字，便通过典型性很强的人物、情节和环境，反映了政治的黑暗、人民的苦难和唐王朝的危机。如仇兆鳌所指出："古者有兄弟，始遣一人从军。今驱尽壮丁，及于老弱。诗云：三男戍，二男死，孙方乳，媳无裙，翁逾墙，妇夜往。一家之中，父子、兄弟、祖孙、姑媳，惨酷至此，民不聊生极矣！当时唐祚，亦岌岌乎危哉！"（《杜诗详注》卷七）

【注释】

①石壕村：在今河南陕县东七十里。 ②邺城：即相州（今河南安阳）。乾元元年（758）冬，郭子仪等九节度使率兵二十万围攻安庆绪所占的相州，二年春全面溃败。 ③附书至：捎信回家。 ④长已矣：永远完了。 ⑤河阳：今河南孟州市。 ⑥备晨炊：做早饭。

秦州杂诗

莽莽万重山，孤城山谷间。
无风云出塞，不夜月临关。
属国归何晚，楼兰斩未还①。
烟尘一长望，衰飒正摧颜②。

【题解】

乾元二年（759）七月，杜甫辞去华州（今陕西华县）司功参军之职，携眷西行，客居秦州（今甘肃天水市）约三月之久。先住在州城内，后来在东柯谷暂住过。他游胜迹，览山川，访民情风俗，觅隐居之地，其足迹遍及州城周围近百里范围内的许多地方，其所见所闻，具有迥异于关中的陇右特色，为抒发忧国忧民的情怀找到了新的突破口，把他的诗歌创作，特别是五言律诗的创作推向新的高峰，《秦州杂诗》，便是陇右诗的代表作。这是包括二十首五律的大型组诗，题材广而命意深，对秦州的山川城郭、名胜古迹、风土物候、民情俗尚、关塞驿道、田产村落、草木鸟兽等做了生动的描绘，而时局之动荡，民生之艰苦，以及诗人伤时厌乱、爱民忧国之激情，俱洋溢于字里行间，动人心魄。句式的多变与音律的精细，也是杜甫律诗由前期转向后期的明显标志。这里所选的是第七首，首联“莽莽万重山，孤城山谷间”活画出秦州城的险要形势。颔联“无风云出塞，不夜月临关”真可谓状难状之景如在目前！“无风”，写人在“孤城”中的感受；“云出塞”则写高空景象。高空云移，表明有风；而“孤城”在“莽莽万重山”的“山谷间”，风被山阻，故城中“无风”。那条“山谷”乃东西走向，故西日初落，东月已升，“不夜（未入夜）月临关”五字，写秦州的独特风貌，何等传神。更重要的是，诗人并非单纯写景，而是以景托情。安史乱后，吐蕃乘机侵夺河西、陇右之地，秦州已接近边防前线。诗人见无风而云犹出“塞”、不夜而月已临“关”，其忧心“关塞”安危的深情即随“云出”“月临”喷涌而出，故后四句即写长望“烟尘”而慨叹“属国”未归、“楼兰”未斩。举此一首为例。已可窥见《秦州杂诗》所达到的艺术境界。

【注释】

①“属国”两句：属国：指苏武。汉武帝时，苏武出使匈奴，被扣留，十九年后方归，汉武帝封他为典属国。楼兰：汉时西域国名，因其阻拦、扣留通西域的使者，汉昭帝派傅介子用计斩兰楼王而归。这两句运用典故，言不论是派使者去和谈或者派兵抵御，都未能解除吐蕃的威胁。　②“烟尘”两句：遥望烟尘未息，诗人忧国忧民，容颜为之衰老。

天末怀李白

凉风起天末，君子意如何①？

鸿雁几时到[2]？江湖秋水多[3]！
文章憎命达，魑魅喜人过[4]。
应共冤魂语，投诗赠汨罗[5]。

【题解】

李白于至德二载（757）因入永王李璘幕府而被捕入浔阳（今江西九江）狱，乾元元年（758）流放夜郎（今贵州省桐梓县一带）。次年（759）行至白帝城遇赦。杜甫于乾元二年（759）秋流寓秦州（今甘肃天水市），不知道李白流放以后的情况，积想成梦，作《梦李白》五古二首，有“江南瘴疠地，逐客无消息”，“三夜频梦吾，情亲见君意”等句，恻恻感人。思念不已，接着又作了这首五律。作者在秦州，李白流夜郎，俱在“天末”，而凉风忽起，秋意袭人。以“凉风起天末，君子意如何”发端，已将念友之情与悲秋之意融为一体。颔联写天各一方，“传书”之鸿雁何时能到？江湖水多，风浪险恶，故人能否平安到达夜郎？颈联写李白遭遇，无限关切，无限悲愤。朱鹤龄云：“上句言文章穷而益工，反似憎命之达者；下句言小人争害君子，犹魑魅喜得人而食之。”（《杜工部诗集辑注》卷六）解释十分透辟。查慎行评此一联云：“一憎一喜，遂令文人无置身地。”（《杜诗集评》卷八）评论也符合实际。这两句诗，不仅写出了李白的遭遇，而且也写出了杜甫自己和封建时代一般杰出文人的共同遭遇，故常被后人引用或化用。尾联想象李白于流放途中与屈原的冤魂共语而投诗汨罗江以赠，千载同冤，语极沉痛。屈原热爱祖国而被放逐，自沉汨罗，虽死犹生，故“赠”诗以表同情。如黄生所说：“不曰吊而曰‘赠’，说得冤魂活现。”（《读杜诗说》）杜甫对李白怀有十分深厚的友谊，现存杜甫诗集中为李白而作的诗有数十首之多。在秦州作的《梦李白二首》和这首《天末怀李白》，最动人，也流传最广。

【注释】

①君子：指李白。 ②“鸿雁”句：用鸿雁传书的传说，意谓两人相隔遥远，音信难通。 ③“江湖”句：即《梦李白二首》诗“江湖多风波，舟楫恐失坠”之意。 ④“文章”两句：文章好，命运坏，好像文章憎恨命运亨通；魑魅是吃人的，有人过来，它便喜欢。命达，命运亨通。魑魅，比喻害人的奸邪小人。 ⑤汨罗：江名，在今湖南湘阴县东北。

月夜忆舍弟

戍鼓断人行①，边秋一雁声②。
露从今夜白③，月是故乡明。
有弟皆分散，无家问死生。
寄书长不达，况乃未休兵④。

【题解】

此诗乾元二年（759）秋作于秦州。据《通鉴·唐纪三十七》载：这年九月，史思明从范阳引兵南下，攻陷汴州、洛阳，齐、汝、郑、滑等州都在战乱之中。杜甫的三个弟弟杜颖、杜观、杜丰都散在山东、河南等地，音信杳然，诗人望月忆弟，形诸吟咏。戍鼓、雁声，白露、秋月，耳闻目睹，一片凄凉景象。“露从今夜白”，写景兼点时令，“月是故乡明”，景中寓怀念故乡之情，引出“有弟皆分散，无家问死生”一联：虽然有弟，却散在各处，不能见面；已经无家，又向何处探问家人的死生！作者的老家在洛阳，洛阳已经沦陷，故说“无家”。这两句，沉痛令人不忍卒读。尾联归到“未休兵”，与起句“戍鼓断人行”呼应，家愁、国难，浑然一体，可与“烽火连三月，家书抵万金”共读。

【注释】

①戍鼓：戍楼上的更鼓。断人行：夜静更深，路上已无行人。 ②边秋：边地的秋天。 ③“露从”句：表明这是白露节的夜晚，从今夜开始，夜露变白，将凝为寒霜。 ④况乃：何况。

蜀 相

蜀相祠堂何处寻，锦官城外柏森森[①]。
映阶碧草自春色[②]，隔叶黄鹂空好音[③]。
三顾频烦天下计[④]，两朝开济老臣心[⑤]。
出师未捷身先死[⑥]，长使英雄泪满襟。

【题解】

此诗乃杜甫于上元元年（760）春初到成都时作。蜀相即三国时蜀国丞相诸葛亮，其祠堂在成都西南二里许，即今之武侯祠。杜甫仰慕诸葛亮的人品功业，往往形诸歌咏。初到成都，即“寻”其祠。首联写祠堂所在而以“何处寻”唤起，以“柏森森”表现气象肃穆，仰慕之意，溢于言表。颔联即景抒情，仇兆鳌解释得很好：“草自春色，鸟空好音，此写祠庙荒凉，而感物思人之意，即在言外。”（《杜诗详注》卷九）颈联以十四字写尽诸葛亮的际遇、才智、功业、德操而反跌尾联，如仇兆鳌所指出：“‘天下计’，见匡时雄略；‘老臣心’，见报国苦衷。有此两句之沉挚悲壮，结作痛心酸鼻语，方有精神。”尾联以“出师未捷身先死”写诸葛亮遗恨，以“长使英雄泪满巾”吐露包括作者在内的无数志士仁人之心声，感人肺腑。南宋爱国名将宗泽因未能收复中原而忧愤成疾，临终诵此二句，大呼“过河”者三而卒。壮志难酬，千秋同憾。

【注释】

①锦官城：成都的别称。森森：树木繁茂的样子。　②映：掩映。自春色：自有春色。　③黄鹂（lí）：鸟名，就是黄莺。　④三顾：指诸葛亮隐居隆中时，刘备曾三顾茅庐向他请教。顾，访问。频烦：屡次劳烦。天下计：筹划天下人事。　⑤两朝：指蜀汉刘备（先主）、刘禅（后主）两朝。开济：开创基业，匡济危时。　⑥出师：出兵。诸葛亮上《出师表》率兵伐魏，曾六出祁山。于公元239年占领五丈原（今陕西省眉县西南），与司马懿相持百余日，八月，病死军中。

春夜喜雨

好雨知时节，当春乃发生。
随风潜入夜，润物细无声。
野径云俱黑，江船火独明①。
晓看红湿处，花重锦官城②。

【题解】

这是杜甫的五律名篇之一，上元二年（761）春作于成都草堂。

写雨以“好”字领起，摄全篇之神。雨之所以“好”，首先在于“知时节”。春意萌动，万物生长，正需要雨，雨就下起来了。其次在于她不自造声势，挟带狂风，稀里哗啦下得很暴烈，而是伴随和风，细细地下，无声地下。第三在于她选择了不妨碍人们出行、劳动的夜晚悄悄地来，只为“润物”，不求人知。第四在于她不是一下便停，敷衍了事，而是绵绵密密，彻夜不息。“润物”很彻底。

当然，在写法上并不是平铺直叙，而是富于变化。首联出“春”，颔联出“夜”，看得出首联所写的“春夜喜雨”，是人在室内，侧耳倾听出来的。由于诗人关心农事，切盼下雨，所以室外一有变化，便凝神辨析，尽管风和雨细，还是听得出来。一听出来，便衷心赞“好”，颂扬她“知时节”。从诗人感物和艺术构思的过程看，次联在先，首联在后。章法上的前后倒置，既跌宕生姿，又为读者拓宽了回环玩味的空间。

颈联所写，则是看出来的。由于那雨“润物细无声”，听不真切，生怕她停止了，便出门去看。看见雨意正浓，就情不自禁地想象天明以后的美景。尾联所写，正是想出来的：等到清晓一看，整个锦官城百花带雨，一片“红湿”，一朵朵红艳艳、沉甸甸，汇成花的海洋。那么，田野里的禾苗呢？山岭上的树林呢？一切的一切呢？以“润物”的巨大功用结尾，在更高层次上表现了春雨的“好”。

题目中的那个“喜”字在诗里没有露面，但喜悦之情洋溢于字里行间。这喜悦之情，是由“好雨”触发并且伴随着对于“好雨”的描状、赞美流露出来的。这首诗的永久的艺术魅力，就在于把“好雨”拟人化，用化工之笔描状，赞美了她的高尚品格；而这种高尚品格，又具有普遍意义，故能给读者以审美享受和思想启迪。

【注释】

①“野径”句：即“野径与云俱黑”。“江船”句：即江船唯火独明。这两句，意谓满天黑云，连小路、江面、江上的船只都看不见，只能看见江船上的点点灯火，暗示雨意正浓。②锦官城：即成都。

客至

舍南舍北皆春水①，但见群鸥日日来②。
花径不曾缘客扫③，蓬门今始为君开④。
盘飧市远无兼味⑤，樽酒家贫只旧醅⑥。
肯与邻翁相对饮⑦，隔篱呼取尽余杯⑧。

【题解】

此诗作于上元二年（761）春成都浣花草堂，原注云："喜崔明府相过"。明府，唐人对县令的尊称。首联写景中寓讽意，"但见群鸥日日来"，则门径冷落，无人来访，既讽世态炎凉，亦反衬下联。次联上下句互文见意，即："花径不曾缘客扫"，今始缘君扫；蓬门不曾为客开，今始为君开。后两联写设家宴款客，主客欢畅。黄生云："前半见空谷足音之喜，后半见村家真率之趣。"（《杜诗说》卷八）万俊云："此诗何等忘形，何等率真！见公、并见其客矣。岂世之矜延揽、相标榜者可同日语哉！"（《杜诗说肤·原情》卷一）

【注释】

①舍：庐舍，指草堂。　②群鸥日日来：传说古代海边有一个无害人伤物之心的人，与海鸥相亲相习，鸥鸟也不回避他，放心地和他接近。　③"花径"句：落花满径，不曾为迎客而洒扫。　④"蓬门"句：平日柴门常闭，今日才为您打开。　⑤盘飧（sūn）：盘中的食物，泛指菜肴。飧，晚饭，也用作食物的统称。市远：远离城市。兼味：几种食品。这句是说，村居僻远，待客菜肴简单随便，没有佳肴美味。　⑥旧醅（pēi）：未过滤的家酿陈酒。　⑦肯：能否允许。邻翁：邻居老翁。　⑧呼取：喊他。取，助词。尽余杯：共同干杯尽兴。与上句连起来，这两句的意思是：如果客人肯和我的邻人相对吃酒，我便隔篱喊他一声，请他来喝光剩余的酒。

水槛遣心

去郭轩楹敞[1]，无村眺望赊[2]。
澄江平少岸[3]，幽树晚多花。
细雨鱼儿出，微风燕子斜。
城中十万户，此地两三家[4]。

【题解】

此诗作于上元二年（761），共两首，这是第一首。诗人自上元元年（760）春定居浣花溪畔，经营草堂，至今已初具规模。诗题中的“水槛”，指水亭之槛，可以凭栏眺望，舒畅身心。面对草堂周围的绮丽风光和风土人情，诗人写了许多情景交融、赏心悦目的小诗，这即是其中的一首。颈联是传诵名句，叶梦得云：“诗语固忌用巧太过，然缘情体物，自有天然工妙，虽巧而不见刻削之痕。老杜‘细雨鱼儿出，微风燕子斜’，此十字，殆无一字虚设。雨细着水面为沤，鱼常上浮而淰，若大雨，则伏而不出矣。燕体轻弱，风猛则不能胜，惟微风乃受以为势，故又有‘轻燕受风斜’之语。”（《石林诗话》卷下）

【注释】

①去郭：远离城郭。轩楹：指草堂的建筑物。敞：开朗。 ②“无村”句：因附近无村庄遮蔽，故可远望。 ③“澄江”句：澄清的江水高与岸平，因而很少能看到江岸。 ④“城中”两句：将“城中十万户”与“此地两三家”对照，见得此地非常清幽。城中：指成都。

茅屋为秋风所破歌

八月秋高风怒号，卷我屋上三重茅。
茅飞渡江洒江郊，高者挂罥长林梢①，
下者飘转沉塘坳②。南村群童欺我老无力，
忍能对面为盗贼。公然抱茅入竹去，
唇焦口燥呼不得。归来倚杖自叹息。
俄顷风定云墨色③，秋天漠漠向昏黑④。
布衾多年冷似铁，娇儿恶卧踏里裂⑤。

床头屋漏无干处，雨脚如麻未断绝。
自经丧乱少睡眠[6]，长夜沾湿何由彻[7]？
安得广厦千万间，大庇天下寒士俱欢颜[8]，
风雨不动安如山！
呜呼！何时眼前突兀见此屋[9]，
吾庐独破受冻死亦足！

【题解】

肃宗上元元年（760），杜甫求亲告友，在成都浣花溪边盖起草堂，总算有了栖身之所。不料到了第二年八月，大风破屋，大雨又接踵而至，诗人长夜难眠，创作了《茅屋为秋风所破歌》。

全诗分四节。第一节五句，句句押韵，“号”“茅”“郊”“梢”“坳”，五个开口呼的平声韵脚传来阵阵风声。“卷”“飞”“渡”“洒”“挂罥”“飘转”，一个接一个的动态组成一幅幅图画，紧紧地牵动诗人的视线、拨动诗人的心弦。

第二节五句，是前一节的发展。诗人眼睁睁地望着狂风把屋上的茅草一层又一层地“卷”走，却无人同情和帮助，只有自“叹”自“嗟”。世风之浇薄，意在言外。

第三节八句，写屋破又遭连夜雨的苦况宛然在目，而又今中含昔、小中见大。“布衾多年冷似铁，娇儿恶卧踏里裂”两句，词约义丰，概括了长期以来的贫困生活。而这贫困，又与国家的丧乱有关。“自经丧乱少睡眠，长夜沾湿何由彻”两句，一纵一收。一纵，从眼前的处境扩展到安史之乱以来的种种痛苦经历，从风雨飘摇中的茅屋扩展到战乱频仍、残破不堪的国家；一收，又回到“长夜沾湿”、布衾似铁的现实，水到渠成地过渡到全诗的结尾。

第四节以表现理想和希望的“安得”二字领起。“安得广厦千万间，大庇天下寒士俱欢颜，风雨不动安如山”三句，前后用七

字句，中间用九字句，句句蝉联而下，而表现阔大境界的词如“广厦”“千万间”“大庇”“欢颜”“安如山”等，又声音洪亮，从而构成了铿锵有力的节奏和奔腾前进的气势，恰切地表现了诗人从“床头屋漏无干处”“长夜沾湿何由彻”的痛苦生活体验中迸发出来的奔放激情和火热希望。这种激情和希望，咏歌之不足，故嗟叹之：“呜呼！何时眼前突兀见此屋，吾庐独破受冻死亦足！”诗人的博大胸襟和崇高理想，表现得淋漓尽致。

【注释】

①罥（juàn）：缠绕。②坳（ào）：低洼积水处。③俄顷：一会儿。④漠漠：灰蒙蒙的样子。向：近。⑤恶卧：睡觉不老实。⑥丧乱：指遭安史之乱。⑦彻：到天亮。⑧庇（bì）：遮蔽。⑨突兀：高耸的样子。见：同现，出现。

闻官军收河南河北

剑外忽传收蓟北①，初闻涕泪满衣裳。
却看妻子愁何在，漫卷诗书喜欲狂。
白首放歌须纵酒②，青春作伴好还乡。
即从巴峡穿巫峡，便下襄阳向洛阳③。

【题解】

宝应元年（762）冬，唐军自陕州发起反攻，收复洛阳郑、汴等州，叛军纷纷投降。第二年即广德元年春，史朝义兵败自缢，延续八年的安史之乱始告平息。流寓梓州（今四川三台）的杜甫初闻捷报，欣喜欲狂，写下了这首脍炙人口的七律。

首句写狂喜之故，以下各句写狂喜情态。尾联包括四个地名：

“巴峡”与“巫峡”，“襄阳”与“洛阳”，既上下对偶（句内对），又前后对偶，形成工整的地名对；而用“即从”“便下”绾合，一气贯注，又是活泼的流水对。再加上“穿”“向”的动态与两“峡”两“阳”的重复，文势、音调，迅急有如闪电，生动地表现了想象的飞越。值得指出的是诗人既展示想象，又描绘实境。从“巴峡”到“巫峡”，舟行如梭，故用“穿”；出“巫峡”到“襄阳”，顺流急驶，故用“下”；从“襄阳”到“洛阳”，已换陆路，故用“向”。

此诗与李白《早发白帝城》同写舟行迅速，能给人以轻快喜悦的艺术享受，其不同处在于李诗写实而加以夸张，杜诗则直写想象的飞越，与前者异曲同工。

【注释】

①剑外：指剑阁以南，即蜀地。蓟北：今河北省北部地区，即叛军根据地范阳一带。 ②白首：一作“白日”，与下句“青春”意复，故不取。 ③向洛阳：作者自注云：“余有田园在东京”。

将赴成都草堂，途中有作，先寄严郑公①

常苦沙崩损药栏，也从江槛落风湍②。
新松恨不高千尺，恶竹应须斩万竿③。
生理只凭黄阁老，衰颜欲付紫金丹④。
三年奔走空皮骨，信有人间行路难⑤。

【题解】

广德二年（764）正月，杜甫携家由梓州赴阆州，打算出峡北归，二月，闻友人严武又被任为成都尹兼剑南节度使，便决定重返成都，于返成都途中作诗五首先寄严武，这是第四首。首联担心草堂长期无人管理，已破败不堪。颔联预计回去后大加整修，扶新松而斩恶竹，使草堂风光秀美宜人。后四句慨叹颠沛流离之苦而寄希望于严武，期待重返草堂后能够过上安定生活。“新松恨不高千尺，恶竹应须斩万竿”，蕴含哲理，体现了崇高的美学思想和政治理想，常被人引用。

【注释】

①严郑公：即严武。唐代宗广德元年（763）其被封为郑国公。 ②“常苦”两句：江槛：即草堂水亭木栏。湍（tuān），急流。这两句说：常常焦虑泥沙崩塌损坏药栏，现在一年多没有回去，恐怕药栏也随同水亭一道落进急流中去了。 ③“新松”两句：准备回到草堂后扶持新松，芟除恶竹杂木。 ④“生理”两句：生理：生计。凭：依靠。黄阁老：指严武。唐代中书省和门下省的官员以阁老相称，严武以黄门侍郎（属门下省）为成都尹，所以杜甫称他为黄阁老。衰颜：衰老。付：托。紫金丹：道家烧炼的一种丹药。这两句说：自己的生计只有依靠严武照顾，衰老的身体只有托付给益寿延年的丹药。 ⑤“三年”两句：三年：唐代宗宝应元年（762）七月，杜甫和严武分别后，避兵乱于梓州、阆州，到这时前后三年。空皮骨：连年漂泊，身体只剩下皮包骨头。行路难：古乐府曲名，这里指时局混乱，世路艰险。

绝　句

两个黄鹂鸣翠柳，一行白鹭上青天。
窗含西岭千秋雪①，门泊东吴万里船②。

【题解】

此诗作于广德二年（764）春。其时杜甫的挚友严武还镇成都，杜甫从避乱的阆中重返浣花草堂，生活比较安定，稍有闲适心情欣赏自然景色，作《绝句》四首。这是第二首，历代传诵，妇孺皆知。其艺术特点是：一、前两句对偶，后两句也对偶，对仗工稳，但流动而不板滞；二、每句一景，合起来则是高低远近分明的大景；三、四幅小景都色彩明丽，映衬谐调——前两句以“翠柳”衬“黄鹂”，以“青天”衬“白鹭”，这是显而易见的；第三句的“雪”，实际上也有色，“西岭”绝顶千年不化的白“雪”当然以“青天”为背景，映衬分明；第四句的吴船当然是“泊”在门前的一江春水上的，蜀江水“碧”，江岸上自然有“翠柳”；四、“鸣”“上”“含”“泊”，都表现动态，以动形静，整幅图景显得生意盎然，生机勃勃。综合这些特点，特别是前两个特点，看得出这首绝句与通常的绝句写法不一样，体现了作者的艺术独创性。如《唐宋诗醇》所评：“虽非正格，自是绝唱。”

【注释】

①西岭：即西山，亦称雪岭，是岷山的主峰，在成都西，山巅积雪千秋不化，故说“千秋雪”。从室内透过窗框遥望西岭雪景，故说“窗含”。 ②“门泊”句：“蜀人入吴者皆从合江亭登舟，其西则万里桥”（吴成大《吴船录》）。杜甫草堂正在万里桥西，故门外可“泊”将要入吴的船只。

绝句二首（其二）

江碧鸟逾白[①]，山青花欲然[②]。
今春看又过，何日是归年？

【题解】

前两句用对偶法写眼前景。洁白的水鸟从碧绿的江面掠过，火红的花朵在青翠的山间开放，四景四色，绚丽夺目。但四景又非平列，其侧重点在于用反衬法突出花鸟。“逾白”一词，兼含对比与递进双重作用，表现白鸟因碧江衬底而更增亮度。“欲然”一词，兼用拟人和隐喻两种技法，表现花朵因青山衬底而红光闪耀，即将燃烧起来。

寥寥十字，勾勒出一幅生机勃勃的天然图画。既是山水画，又是花鸟画。

此诗作于广德二年（764），诗人住在成都草堂。草堂一带的自然风光，一年四季都在变化。前两句所写，乃是暮春景色。看到这暮春景色，当然感到美，但更突出的感触是：又一个春天眼看就要过去！于是出人意外地写出后两句，对照先一年春天在《闻官军收河南河北》里所写的“青春作伴好还乡”，便能理解“今春看又过，何日是归年”所蕴含的情感波涛。

【注释】

①逾：更加。在碧江的反衬下，白鸟显得更白。 ②然：同“燃”。

登楼

花近高楼伤客心①，万方多难此登临②。
锦江春色来天地，玉垒浮云变古今③。
北极朝廷终不改④，西山寇盗莫相侵⑤。
可怜后主还祠庙⑥，日暮聊为梁甫吟⑦。

【题解】

此诗乃杜甫于广德二年（764）春从阆中回成都后所作。先一年十月，吐蕃侵入长安，代宗出奔陕州。郭子仪收复京师，代宗还朝。十二月，吐蕃又陷松、维、保三州，西川节度使高适不能救，于是剑南西山诸州亦被吐蕃占有。而代宗虽还朝，仍宠信宦官程元振、鱼朝恩等，朝政日益腐败。这首诗，先写登楼所见，“万方多难”，触景伤怀。颔联写景壮阔，而人世巨变亦蕴含其中。颈联就长安失而复得发挥，表现了坚强的民族自信心。尾联借蜀国后主刘禅宠信宦官黄皓导致亡国的历史教训来讽谏代宗，并希望有像诸葛亮那样的人才出现，蕴含深广。沈德潜云：“气象雄伟，笼盖宇宙，此杜诗之最上者。”（《唐诗别裁集》卷十三）施补华云：“起得沉厚突兀。若倒装一转，万方多难此登临，花近高楼伤客心，便是平调，此秘诀也。”（《岘佣说诗》）叶梦得云：“七言难于气象雄浑，句中有力而纡余，不失言外之意。自老杜‘锦江春色来天地，玉垒浮云变古今’，与‘五更鼓角声悲壮，三峡星河影动摇’之后，常恨无继者。”（《石林诗话》卷下）

【注释】

①客：杜甫自指。　②万方多难：指内忧外患，天灾人祸，举国动荡不安。　③玉垒：山名，在今四川省茂汶羌族自治县。其东南新保关，为唐代蜀中通往吐蕃的要道。　④北极：北极星。这里比喻唐王朝。终不改：借北极星在天空固定不变来比喻唐王朝的安全巩固。广德元年（761）十月，吐蕃侵入长安，郭子仪等收复，唐王朝转危为安。　⑤西山寇盗：指吐蕃攻陷松、维等州（在今四川省北部）。　⑥后主：刘禅。刘备死后，刘禅继位，昏庸无能，宠信宦官，朝政腐败，终于亡国。还：仍。祠庙：成都锦官门外有刘备庙，西为武侯祠，东即后主庙。　⑦梁甫吟：古乐府篇名。《三国志·蜀书·诸葛亮传》：“亮躬耕陇亩，好为《梁甫吟》。”这两句是以登楼所见古迹来抒写感慨。意思是说：像后主那样一个亡国之君，还有祠庙，实为可怜。自己在万方多难之时，登楼四望，触景伤怀，惜无诸葛亮那样的际遇与才能力挽危局，只能吟诵《梁甫吟》而已。

旅夜书怀

细草微风岸[1]，危樯独夜舟[2]。
星垂平野阔，月涌大江流[3]。
名岂文章著，官应老病休[4]。
飘飘何所似，天地一沙鸥。

【题解】

代宗永泰元年（765）五月，杜甫携家离开成都，乘舟东下，途中作此诗，对漂泊无依的处境抒发悲愤之情。浦起龙解云："起不入意，便写景，正尔凄绝。三、四开襟旷远，五、六揣分谦和，结再即景自况，仍带定'风岸''夜舟'，笔笔高老。"纪昀评云："通首神完气足，气象万千，可当雄浑之品。"次联"星垂平野阔，月涌大江流"，用垂、阔、涌、流四字，写星、野、月、江四景，意境壮阔，气势飞动，为著名警联。黄白山评云："太白诗'山随平野尽，江入大荒流'，句法与此略同；然彼止说得江、山，此则野阔、星垂，江流、月涌，自是四事也。"（纪、黄评俱见《唐宋诗举要》引）

【注释】

①"细草"句：微风轻拂着岸上的细草。 ②危樯：船上的桅杆。这句是说：孤独的桅杆默默地伸向夜空。 ③大江：长江。 ④"名岂"二句：杜甫因直言敢谏，触怒肃宗而罢官。这里说一生功业岂是凭借诗文成名，中途罢官只应怪自己老病交加，是心中不平之情的婉转说法。

秋 兴（选二）

一

玉露凋伤枫树林[1]，巫山巫峡气萧森[2]。
江间波浪兼天涌，塞上风云接地阴[3]。
丛菊两开他日泪[4]，孤舟一系故园心[5]。
寒衣处处催刀尺[6]，白帝城高急暮砧[7]。

二

闻道长安似弈棋[8]，百年世事不胜悲[9]。
王侯第宅皆新主，文武衣冠异昔时[10]。
直北关山金鼓震，征西车马羽书驰[11]。
鱼龙寂寞秋江冷，故国平居有所思[12]。

【题解】

《秋兴》八首，大历元年（766）寓居夔州时作。题为“秋兴”，即因秋景而感兴（xìng）、遣兴，抒发旅居夔州的漂泊之感和遥忆长安的故国之思。“凡怀乡恋阙之情，慨往伤今之意，与夫外夷乱华，小人病国，风俗之非旧，盛衰之相寻，所谓不胜其悲者，固已不出乎意言之表矣”（张綖《杜工部诗通》卷十四）。每首有相对的独立性，合起来则是有机的整体，乃杜甫最负盛名的七律组诗，历代步其原韵作诗者甚众，评论、赞扬者更不胜枚举。黄生云：“杜公七律，当以《秋兴》为裘领，乃公一生心神结聚之所作也。”（《杜诗说》卷八）陈继儒云：“云霞满空，回翔万状，天风吹海，怒涛飞涌，可喻老杜《秋兴》诸篇。”（《杜诗详注》卷十七引）郝敬云：“《秋兴》八首富丽之词，沉雄之气，力扛九鼎，勇夺三军，……真足虎视词坛，独步一世。”（同前）这里所选的是第一首和第四首。

【注释】

①玉露：白露，指霜。凋伤：秋天霜降，枫树凋谢枯黄。 ②巫山：在今四川省巫山县东，首尾一百六十里，峭壁悬岩，长江流经其中。气萧森：气象萧瑟阴森。 ③江间：指巫峡。兼：连。上句写巫峡中波涛汹涌的景象，下句联想塞上的战争风云。 ④丛菊两开：代宗永泰元年（765）五月，杜甫离开成都，到大历元年（766）秋，已经两个秋天，所以说“丛菊两开”。他日泪：前日泪。意思是，沦落异乡，北归不能，感伤流泪已非一日。 ⑤一系：永系。故园：指长安和洛阳。故园心：指思乡之情。 ⑥催刀尺：催人赶制冬衣。刀尺：剪裁的工具。 ⑦急暮砧：傍晚急促的捣衣声。 ⑧弈棋：比喻权力争夺不停，局势变化不定。 ⑨百年：指从唐朝开国到杜甫写《秋兴》时。 ⑩“王侯”两句：新贵代替了旧贵，故王侯第宅换了新主人。衣冠：指贵官。唐玄宗任用番将，唐肃宗宠信宦官，文武权臣的人品越来越杂，故说“异昔时”。 ⑪“直北”两句：直北：指长安之北。当时京城北面有回纥的威胁。征西：指抵御吐蕃。吐蕃从西来。羽书：征调军队的文书，上插鸟羽表示加急。“金鼓震”“羽书驰”，言军情紧急。 ⑫“鱼龙”两句：是说身居秋江凄冷的夔州，心怀长安旧居。鱼龙寂寞，形容秋江冷。相传龙类在秋季蛰伏水底。故国，指长安。

咏怀古迹[1]

群山万壑赴荆门[2]，生长明妃尚有村[3]。
一去紫台连朔漠[4]，独留青冢向黄昏[5]。
画图省识春风面，环佩空归月夜魂[6]。
千载琵琶作胡语，分明怨恨曲中论[7]。

【题解】

大历元年（766）夔州作，共五首，各首皆借古迹以咏怀，并非专咏古迹。第一首怀庾信，第二首怀宋玉，第三首怀王昭君，第四首怀刘备，第五首怀诸葛亮。“怀庾信、宋玉，以斯文为己任也；怀先主、武侯，叹君臣际会之难也；中间昭君一章，盖入宫见妒，与入朝见妬者千古有同感焉”。（《杜诗详注》卷十七引王嗣奭）。《咏怀古迹》五首与《诸将》五首，同为杜甫著名组诗，卢世潅云：“杜诗《诸将》五首、《咏怀古迹》五首，此乃七言律诗命脉根柢。……养气涤肠，方能领略。”（《杜诗详注》卷一七引）。这里选的是第三首。

【注释】

①咏怀古迹：借古迹以抒写怀抱。 ②荆门：在今湖北宜都西北，已见前注。 ③明妃：即王嫱（qiáng），字昭君，汉元帝时宫女。西晋时避司马昭讳而改称明妃。据《汉书·匈奴传》载，汉元帝竟陵元年（前33），匈奴呼韩邪单于请求和亲，元帝将王嫱嫁给他。汉成帝即位后，王嫱上表求归，不许，死于匈奴。村：指王嫱生长的乡村，在今湖北省秭归县境内。 ④去：离开。紫台：紫宫，皇帝所居的宫殿，这里指汉宫。朔漠：北方沙漠之地，这里指匈奴所在地。 ⑤青冢（zhǒng）：指王嫱的坟墓，在今内蒙古自治区呼和浩特市南二十里。《太平寰宇记》载，王嫱坟“其上草色常青，故曰青冢”。 ⑥“画图”两句：画图：《西京杂记》载，汉元帝命画工画宫女容貌：按图之美者召幸。于是宫女多贿赂画工，独王嫱不贿，被画得很丑而没有被召幸。后匈奴和亲，元帝便将她嫁给呼韩邪单于，临行召见，元帝见她很美，但已悔之无及。省识：察看。春风面，指妇女美丽的容貌。环佩：指妇女环镯一类的装饰物。这两句说：汉元帝只凭图画察看宫女的容貌，结果造成昭君的遗恨，空使她怀念故土，月夜魂归。 ⑦“千载”两句：是说王嫱虽死，其遗恨之音传之千载，怨恨之情在琵琶乐曲中很分明地表现出来。

又呈吴郎

堂前扑枣任西邻①，无食无儿一妇人。
不为困穷宁有此②？只缘恐惧转须亲③。
即防远客虽多事④，便插疏篱却甚真⑤。
已诉征求贫到骨⑥，正思戎马泪沾巾⑦。

【题解】

大历元年（766）春，杜甫由云安至夔州，寓西阁。第二年三月，迁居瀼西，西邻有一位贫苦寡妇常来堂前打枣，杜甫对她很同情。这年秋天，杜甫移住东屯，把原来的瀼西草堂借给刚由忠州搬来的吴姓亲戚。这家亲戚一住进去，就在草堂周围插上篱笆，防止别人打枣。杜甫不同意这种做法，便作此诗婉言相劝。由于他先写过一首《简吴郎司法》，所以这首诗便题为《又呈吴郎》。杜甫比吴郎年长，前一首诗用"简"，这一首也该用"简"，却改用"呈"，为了替寡妇求情，不惜降低自己的身份。诗的前四句以自己对寡妇的体贴感发吴郎；五、六两句劝吴郎取消篱笆；结尾两句由寡妇哭诉诛求之苦而联想到战乱未息，民不堪命，不禁泪湿衣襟。八句诗情真意切，催人泪下。五、六两句措辞十分委婉。"即防远客虽多事，便插疏篱却甚真"，译为现代汉语，那便是：那位寡妇提防您阻止她打枣，那是她多事，您当然不会阻止她的；可是，即便您稀稀拉拉地插了几条竹棍儿，算不得什么正经的篱笆，但这已经足以造成这么一种印象，仿佛你真的要阻止人家打枣呢！这就难怪那位寡妇多疑了。这样充满同情，体贴入微的好诗，不仅能够打动吴郎，而且足以感发千秋万代一切善良人们的仁心。朱瀚云："通篇借妇人发明诛求之惨，大旨全在结联，与'哀哀寡妇诛求尽'参看。"（《杜律七言律解意》卷四）

仇兆鳌云："此诗，是直写真情至性，唐人无此格调。然语淡而意厚，蔼然仁者痌瘝一体之心，真得三百篇神理者。"（《杜诗详注》卷二〇）

【注释】

①堂：指夔州瀼西草堂。扑枣：打枣子。任：任凭、听任。 ②为：因为。宁：岂，难道。此：指代扑枣的事。 ③缘：因为。转须：反倒须要。 ④远客：指吴郎。多事：多此一举。这句大意是说：妇人见你一来就防着你，这虽然是多心。 ⑤"便插"句：你一来就插上疏篱却也未免太认真。 ⑥诉：诉说。征求：指统治阶级的各种赋税。贫到骨：贫穷到极点。 ⑦戎马：指战事。

登　高

风急天高猿啸哀，渚清沙白鸟飞回①。
无边落木萧萧下②，不尽长江滚滚来。
万里悲秋常作客③，百年多病独登台④。
艰难苦恨繁霜鬓⑤，潦倒新停浊酒杯。

【题解】

此诗大历二年（766）作于夔州，前两联写登高所见之景，后两联写登高触发之情。四联皆对偶，却大气盘旋，飞扬振动，略无堆砌、板滞之病。首联每句含三个短语，共写六景。颈联则如罗大经所说："万里，地辽远也；秋，时惨悽也；作客，羁旅也；常作客，久旅也；百年，暮齿也；多病，衰疾也；台，高迥处也；独登台，无亲朋也。十四字之间，含有八意。"（《杜诗详注》卷二十引）全诗容量之大，由此可见。胡应麟评云："此章五十六字，如海底珊瑚，瘦劲难移，沉深莫测，而精光万丈，力量万钧。通章章法、句法、字法，前无昔人，后无来者。此当为古今七言律第一，不当为唐人七言律第一也。”（《诗薮》内编卷五）

【注释】

①渚（zhǔ）：水中小洲。渚清，指渚边的江水清澈。 ②落木：落叶。萧萧：风吹飘落叶发出的声响。 ③万里：指远离故乡。常作客：指长久客居异乡。 ④百年：犹言老来。独登台：独自登高眺望。 ⑤苦恨：极恨。繁霜鬓：两鬓白发繁多。

登岳阳楼

昔闻洞庭水，今上岳阳楼。
吴楚东南坼①，乾坤日夜浮②。
亲朋无一字，老病有孤舟。
戎马关山北③，凭轩涕泗流④。

【题解】

大历三年（768）冬，杜甫漂泊湖湘一带，登岳阳楼而作此诗。时年五十七岁，患肺病及风痹症，左臂偏枯，右耳已聋。

“吴楚东南坼，乾坤日夜浮”一联，雄伟壮阔，与孟浩然“气蒸云梦泽，波撼岳阳城”同为咏洞庭湖名句。然孟诗后半篇稍弱，杜诗则通体完美，“气压百代，为五言雄浑之绝”（刘辰翁《批点千家注杜诗》卷一五）。

【注释】

①吴楚：指春秋战国时的吴、楚两国之地，在我国东南一带。大致说

来，吴在洞庭湖东，楚在洞庭湖西。坼（chè）：裂。此句是说洞庭湖把东南之地裂为吴、楚。②乾坤：指日月。《水经注·湘水》："湖广圆五百余里，日月若出没其中。" ③"戎马"句：指吐蕃入侵，长安戒严。④轩：指楼上窗户。

江南逢李龟年[1]

岐王宅里寻常见[2]，崔九堂前几度闻[3]。
正是江南好风景[4]，落花时节又逢君。

【题解】

杜甫于大历五年（770）漂泊湖湘，在潭州（今湖南长沙）遇李龟年，作此诗。从表面看，四句诗写得很轻松，只说过去在什么地方见过，如今又在什么地方、什么季节重逢，如此而已。然而岐王、崔九，乃是开元时代的名流，提到曾在"岐王宅里""崔九堂前"相遇，便会勾起对于开元盛世和青春年华的美好回忆，而"寻常见"与"几度闻"的有意重复，又拉长了回忆的时间，流露了无限眷恋之情。由回忆回到现实，看眼前的自然风光，"正是……好风景"，与当年相见时没有两样。然而地点则在"江南"，而不是京都。人呢？都老了！"君"不再是出入显贵之家的音乐大师，而是流落民间的白头艺人；自己呢，更是贫病交加，孤舟漂流。以"落花时节又逢君"收尾，什么都没说，而往事今情，都从"又"字中逗出。"落花时节"，当然是以"落花"点时令，而青春凋谢、国运飘摇之类的象征意味，也是显而易见的。绝句到了李白、王昌龄手中，已完全成熟，形成了含蓄蕴藉、风神摇曳、婉曲唱叹、情韵悠扬等艺术特色。杜甫另辟蹊径，力求创新，形式上多用偶句、拗体，喜发议论，不避俗语，内容上扩展表现领域，形成了质直厚重的个人风格。在现存一百三十八首绝句中，这一类作品占大多数，历来褒贬不一，目为“别调”。但风神俊朗、情味渊永的佳作也不少，本篇即其中之一。黄生《杜工部诗说》称赞说：“今昔盛衰之感，言外黯然欲绝。见风韵于行间，寓感慨于字里。即使龙标（王昌龄）、供奉（李白）操笔，亦无以过。”

【注释】

①李龟年：开元、天宝年间的著名歌唱家，起大宅于东都，豪华逾公侯。安史之乱后流落江南，每遇良辰美景，为人歌数阕，闻者无不掩泣。　②岐王：李范，睿宗第四子，好学工书，雅爱文士，无贵贱皆尽礼接待。此处岐王，当指其子李珍。　③崔九：名涤，玄宗用为秘书监，多辩智，善谐谑。此处崔九堂当指崔氏旧堂。　④江南：指江湘一带。

岑　参（715？—770）

排行二十七，荆州江陵（今属湖北）人。唐初宰相岑文本之后。少孤贫，从兄读书。玄宗天宝三载（746）登进士第，授右内率府兵曹参军。八载，任高仙芝安西节度使府掌书记。十三载，充封常清安西、北庭节度判官。安史之乱后，入朝为右补阙。历太子中允、殿中侍御史、关西节度判官等职。代宗广德元年（763），入为祠部员外郎，改考功员外郎，转虞部、库部郎中。永泰元年（765），出为嘉州刺史。世称岑嘉州。岑参曾两度出塞，“累佐戎幕，往来鞍马烽尘间十余载，极征行离别之情。城障塞堡，无不经行”（《唐才子传》），故其诗善写边塞题材，风格雄浑，想象新奇，色彩瑰丽，为盛唐边塞诗派代表诗人，与高适齐名，并称“高岑”。殷璠称其诗“语奇体峻，意亦造奇”（《河岳英灵集》卷中），可概括岑参诗歌特别是边塞诗的主要风格。沈德潜云："参诗能作奇语，尤长于边塞。"（《唐诗别裁集》）翁方纲云："嘉州之奇峭，入唐以来所未有。又加以边塞之作，奇气益出。"（《石洲诗话》卷一）施补华云："岑嘉州七古劲骨奇翼，如霜天一鹗，故施之边塞最宜。"（《岘佣说诗》）都着眼于一个"奇"字。其寄情山水之作，亦清峻奇逸，不同凡响。其生平事迹见杜确《岑嘉州诗集序》《唐才子传》《唐诗纪事》及闻一多《岑嘉州系年考证》。《全唐诗》存其诗四卷。其诗集以《四部丛刊》本《岑嘉州诗》较通行，今人陈铁民、侯忠义有《岑参集校注》。

走马川行奉送封大夫出师西征

君不见走马川，雪海边[①]，
平沙莽莽黄入天[②]。轮台九月风夜吼，
一川碎石大如斗[③]，随风满地石乱走。
匈奴草黄马正肥[④]，金山西见烟尘飞[⑤]，
汉家大将西出师[⑥]。将军金甲夜不脱，
半夜军行戈相拨[⑦]，风头如刀面如割。
马毛带雪汗气蒸[⑧]，五花连钱旋作冰[⑨]，
幕中草檄砚水凝[⑩]。虏骑闻之应胆慑[⑪]，
料知短兵不敢接[⑫]，车师西门伫献捷[⑬]。

【题解】

此诗乃天宝十三载（754）于轮台军营为欢送北庭都护、伊西节度、瀚海军使封常清西征播仙（今新疆且末县）而作。走马川，在北庭（今新疆吉木萨尔）、轮台（今新疆米县）附近，是介于崇山大漠之间的平川（非河川），可以走马，故名。行，歌行体诗歌。封常清

于是年奉朝命摄御史大夫，故称封大夫。这首送封常清西征平叛的《走马川行》，是盛唐边塞诗名篇，方东树评为“奇才奇气，风发泉涌”（《昭昧詹言》卷一二）。句句用韵，每三句换韵，跳跃动荡，节奏急促，恰切地表现了军情之紧张与行军之急骤。“平沙莽莽黄入天”“一川碎石大如斗，随风满地石乱走”“风头如刀面如割”诸句，语奇、意奇，充分体现了岑参诗以“奇”为主要特征的艺术风貌。

【注释】

①雪海：指天山之北古尔班通古特沙漠。 ②平沙：大沙漠。莽莽：广阔苍茫。 ③斗：古代酒器。 ④匈奴：泛指西域一带的少数民族。 ⑤金山：即阿尔泰山，在今中、俄、蒙三国边境。这里泛指西域一带山川。烟尘：战争的烽烟。 ⑥汉家大将：指封常清。 ⑦戈：兵器。拨：指紧急行军时队列中武器互相碰撞的声音。 ⑧蒸：蒸发。 ⑨五花：马名。连钱：马毛显现出来的斑纹。旋：立即。 ⑩幕：军幕。草檄：起草紧急军事文书。 ⑪胆慑：恐惧。 ⑫短兵：指刀、剑一类短武器。接：迎战。 ⑬车师：汉西域国名，有前车师和后车师。此处指后车师，在今新疆吉木萨尔。伫献捷：等候捷报。

白雪歌送武判官归京

北风卷地白草折，胡天八月即飞雪。
忽如一夜春风来，千树万树梨花开。
散入珠帘湿罗幕，狐裘不暖锦衾薄。
将军角弓不得控①，都护铁衣冷难着②。
瀚海阑干百丈冰③，愁云惨淡万里凝。
中军置酒饮归客④，胡琴琵琶与羌笛。

纷纷暮雪下辕门⑤，风掣红旗冻不翻⑥。
轮台东门送君去⑦，去时雪满天山路⑧。
山回路转不见君，雪上空留马行处。

【题解】

此诗是岑参任安西、北庭节度判官时送人回京之作。紧扣诗题，以奇丽雪景烘托送行。北风卷地，大雪纷飞，寒冰百丈，愁云万里，然而写大雪，则说“忽如一夜春风来，千树万树梨花开”，写苦寒，则说“纷纷暮雪下辕门，风掣红旗冻不翻”，视北风如春风，视雪景如春景，以冰天雪地的弥望银白反衬军旗的无比鲜红，生动地表现了诗人对边塞风光和军旅生活的热爱，体现了戍边将士不畏艰苦、昂扬勇毅的精神风貌。

翁方纲《石洲诗话》称岑参诗风“奇峭”，而其“边塞之作，奇气益出”。方苞评此诗，谓“‘忽如’六句，奇才，奇气，奇情逸发，令人心神一快”（高步瀛《唐宋诗举要》卷二引）。都深中肯綮。

此诗发挥了歌行体特长，两句、四句换韵，平仄相间，跌宕生姿，随着迅速的换韵迅速地转换画面，令人眼花缭乱。句尾多用仄仄仄、平平平、仄平仄，有意避开律句，也不用对偶句，增强了音调的奇峭感，与景色的奇丽、气候的奇寒、人物的奇情水乳交融，相得益彰。

【注释】

①角弓：以牛角装饰的弓。不得控：拉不开。 ②都护：镇守边疆的长官。唐时置六都护府，各设大都护一员。着：穿。 ③阑干：纵横貌。 ④中军：主帅亲自统率的部队，此指主帅营帐。归客：指即将归京的武判官。 ⑤辕门：军营门。 ⑥掣（chè）：牵。 ⑦轮台：在今新疆维吾尔自治区库车县之东，唐时属北庭都护府，封常清曾驻兵于此。 ⑧天山：横亘新疆东西，唐代时长六千余里。

送李副使赴碛西官军

火山六月应更热[①]，赤亭道口行人绝[②]。
知君惯度祁连城[③]，岂能愁见轮台月[④]？
脱鞍暂入酒家垆[⑤]，送君万里西击胡。
功名只向马上取[⑥]，真是英雄一丈夫！

【题解】

此诗作于凉州，送友人赴碛西（指安西节度幕府）从军，勉其取功名于马上。字里行间，洋溢着豪情壮志。

【注释】

①火山：又名火焰山，在新疆吐鲁番盆地中北部。山为红砂岩所构成，以其地气候干热，山体呈现红色，故名。 ②赤亭：在今新疆吐鲁番附近。 ③祁连城：在今甘肃张掖县西南。 ④轮台：汉轮台，在今新疆轮台县南。 ⑤垆：酒店安置酒瓮的土墩子，这里作为酒店的代称。 ⑥马上：指从军出塞的戎马生涯。

行军九日思长安故园

强欲登高去[①]，无人送酒来[②]。
遥怜故园菊，应傍战场开。

【题解】

此诗篇末原注云：“时未收长安”。长安于玄宗天宝十五载（756）六月被安禄山叛军攻陷，至肃宗至德二载（757）九月始收复。肃宗于至德元载（756）九月从灵武进驻彭原，岑参随军，重阳节作此诗。刘永济《唐人绝句精华》云："此诗因欲登高而感于无人送酒，又因送酒无人而联想及故园之菊，复因菊而远思故园在乱中。所谓弹丸脱手，于此诗见之矣。"

【注释】

①登高：古代于重阳节登高，插茱萸，饮菊花酒。　②送酒：用陶潜故事。《南史·隐逸传》载："（陶潜）尝九月九日无酒，出宅边丛菊中坐久之。逢（王）弘送酒至，即便就酌，醉而后归。"

逢入京使

故园东望路漫漫①，双袖龙钟泪不干②。
马上相逢无纸笔，凭君传语报平安。

【题解】

天宝八载（749）作于赴安西途中。作者西去，"入京使"东来，途中相遇而激起思家之情，成此佳作。钟惺云："人人有此事，从来不曾说出，后人蹈袭不得，所以可久。"（《唐诗归》）

【注释】

①故园：指长安别业。　②龙钟：形容泪湿衣袖的情状。

碛　中　作

走马西来欲到天，辞家见月两回圆①。
今夜未知何处宿，平沙万里绝人烟②。

【题解】

碛中，即沙漠中。此诗当是天宝十三载（754）赴北庭任封常清节度判官途中作。辞家两月，西行“欲到天”边，而距目的地尚远；放眼四望，平沙万里，渺无人烟，今夜该宿于何处呢？寓苍凉于壮阔，自是盛唐气象。

【注释】

①“辞家”句：见天际月圆而知辞家已逾两月，写景点时，而思家之情已见言外。 ②平沙：大沙漠。

无名氏

哥 舒 歌

北斗七星高①，哥舒夜带刀。
至今窥牧马，不敢过临洮②。

【题解】

此诗旧题“西鄙人作”，当是西部民歌。哥舒，指陇右节度使哥舒翰。《通鉴》卷二一五：天宝六载（747），哥舒翰“累功至陇右节度使。每岁积石军麦熟，吐蕃则来获之，无能御者，边人谓之‘吐蕃麦庄’。翰先伏兵于其侧，虏至，断其后，夹击之，无一人返者，至是不敢复来”。这首民歌，即为歌颂哥舒翰的战功而作。

【注释】

①北斗：星宿名，即大熊星座，七星聚于北方，形似斗，故名北斗。“北斗七星高”一句，既写“哥舒夜带刀”之时的景色，又含赞颂哥舒翰名高北斗之意。 ②“至今”二句：窥牧马：窥探虚实，越境偷牧马。贾谊《过秦论》：“胡人不敢南下而牧马”。唐无名氏《胡笳曲》：“汉家自失李将军，单于公然来牧马。”胡人南下牧马，即入侵、掠夺的意思。临洮（táo）：在今甘肃岷县。

元　结（719—772）

字次山，自号元子，猗玗子、浪士、漫郎、漫叟、聱叟。世居太原，后移居鲁山（今属河南）。十七岁始折节读书，从宗兄元德秀学。玄宗天宝十三载（754）登进士第。安史乱起，举家南下避难。肃宗乾元二年（759）上《时议》三篇，擢右金吾兵曹参军。冬，以监察御史充山南东道节度使参谋，招募唐、邓、汝、蔡一带义军征讨史思明，以功迁水部员外郎。后历任著作佐郎、道州刺史、容州刺史，加授容州都督，充本管经略守捉使，卓有政绩。大历七年（772）奉召回长安，病卒，赠礼部侍郎。世称“元道州”。其生平事迹见颜真卿《元君表墓碑铭》《新唐书》本传及今人孙望《元次山年谱》。元结诗、文兼擅。主张诗歌要能“上感于上，下化于下”（《系乐府序》），“极帝王理乱之道，系古人规讽之说”（《二风诗论》），并选沈千运、孟云卿等七人诗为《箧中集》以体现诗学宗旨。其反映民间疾苦之《悯农诗》《系乐府十二首》《舂陵行》《贼退示官吏》等诗，开中唐元、白诗风。其散文笔力雄健，意气超拔，亦为韩、柳古文运动之先导。其诗文集以今人孙望校订之《元次山集》最完善。《全唐诗》存诗二卷。

春陵行[1]并序

癸卯岁[2]，漫叟授道州刺史[3]。道州旧四万余户，经贼已来[4]，不满四千，大半不胜赋税。到官未五十日，承诸使征求符牒二百余封[5]，皆曰："失其限者，罪至贬削[6]。"於戏[7]，若悉应其命，则州县破乱，刺史欲焉逃罪；若不应命，又即获罪戾，必不免也。吾将守官，静以安人，待罪而已。此州是春陵故地，故作《春陵行》以达下情。

军国多所需，切责在有司[8]。
有司临郡县，刑法竟欲施[9]。
供给岂不忧[10]，征敛又可悲[11]。
州小经乱亡[12]，遗人实困疲[13]。
大乡无十家，大族命单羸[14]。
朝餐是草根，暮食仍木皮。
出言气欲绝，意速行步迟[15]。
追呼尚不忍，况乃鞭扑之。
邮亭传急符[16]，来往迹相追[17]。
更无宽大恩，但有迫促期。
欲令鬻儿女[18]，言发恐乱随。
悉使索其家，而又无生资[19]。
听彼道路言，怨伤谁复知。
去冬山贼来，杀夺几无遗。
所愿见王官，抚养以惠慈[20]。
奈何重驱逐，不使存活为[21]！

安人天子命，符节我所持[22]。
州县忽乱亡，得罪复是谁！
逋缓违诏令，蒙责固其宜[23]。
前贤重守分，恶以祸福移[24]。
亦云贵守官，不爱能适时[25]。
顾惟孱弱者，正直当不亏[26]。
何人采国风[27]，吾欲献此辞。

【题解】

此诗作于代宗广德元年（763）任道州刺史时，创作动机，序中已叙明。这首诗和《贼退示官吏》是元结的代表作，杜甫读到后给予崇高的评价，并且作了一首《同元使君〈春陵行〉》，序中说“览道州元使君《春陵行》兼《贼退后示官吏作》二首，……知民疾苦，得结辈十数公，落落然参错天下为邦伯，万物吐气，天下少安可待矣！不意复见比兴体制、微婉顿挫之词，感而有诗，增诸卷轴。”在诗中又评赞说：“道州忧黎庶，词气浩纵横。两章对秋月，一字偕华星。”作为封建时代的地方长官而能“知民疾苦”，并且如实反映，的确难能可贵。翁方纲嫌其“朴质处过甚”（《石洲诗话》卷一），施补华则说：“诗忌拙直，然如元次山《春陵行》《贼退示官吏》诸诗，愈拙直愈可爱，盖以仁心结为真气，发为忧愤，字字悲痛，《小雅》之哀音也。”（《岘佣说诗》）

【注释】

①春陵：汉零陵郡泠道有春陵乡，故址在今湖南省宁远县附近。 ②癸卯：唐代宗广德元年（763）。 ③道州：州治在今湖南省道县。春陵在道州境内。 ④贼：指当时一个被称为“西原蛮”的少数民族（在今广西），广德元年冬，占领道州一个多月。 ⑤符：古代朝廷传达命令或征调兵将时使

用的凭证。牒：官府文书的一种。 ⑥这两句说：如果不能按期完成任务，就给以贬官或削职等处分。 ⑦於戏：同“呜呼”。 ⑧有司：有所管辖司理者，古代用以称呼官吏，此处指地方长官。 ⑨这两句是说：地方上的官长因受“切责”，只能用严刑峻法来压榨他所管辖的人民。 ⑩供给：供政府的需要。 ⑪征敛：对人民搜刮、剥削。 ⑫乱亡：乱离逃亡。 ⑬遗人：指战乱后遗留下来的人民。唐太宗名世民，唐人讳说“民”字，便以“人”代“民”。 ⑭这句是说即使是大宗族，遗留下的人也不多，而且孱弱。羸（léi）：弱。 ⑮意速：想走快。迟：慢。 ⑯邮亭：古代在沿途设置供送文书的人和旅客歇宿的馆舍。急符：紧急文书。 ⑰迹相追：形容人不断的样子。迹，脚印。 ⑱鬻（yù）：卖。 ⑲生资：维持生活的资料。 ⑳以上两句说：百姓愿意见到朝廷命官的原因，是希望能用仁慈的态度来抚养他们。王官，朝廷派出的官吏。 ㉑重（chóng）：又。为：句末助词，与上一句的“奈何”相应，表示疑问。 ㉒符节：朝廷委派地方官或使者的凭证。这一句是说，自己是受朝廷委派来担任刺史的。 ㉓逋（bū）：拖欠。缓：缓交。“逋”“缓”都指赋税而言。这两句是说：我容许百姓拖欠、缓交赋税，受朝廷责罚本来是应该的。 ㉔分（fèn）：本分。恶（wù）：厌恶。这两句是说：前贤以恪守本分为重，而厌恶为了趋福避祸，不守本分。 ㉕适时：适合时宜。指随波逐流，像一般官吏那样去欺压老百姓。 ㉖顾惟：顾念。孱弱者：指处于无权地位的穷苦百姓。亏：缺损。以上两句是说：想到那些孱弱的百姓，自己就应当无亏于正直，即应当坚持正直的为官之道。 ㉗采国风：据说周朝政府为了了解民情，改善政治，曾派人到各地采集民歌。《诗经》中的《国风》，就是这样采集到的。

贼退示官吏并序

癸卯岁，西原贼入道州，焚烧杀掠，几尽而去。明年，贼又攻永破邵[①]，不犯此州边鄙而退[②]。岂力能制敌欤？盖蒙其伤怜而已。诸使何为忍苦征敛？故作诗一篇以示官吏。

昔岁逢太平，山林二十年。
泉源在庭户，洞壑当门前。
井税有常期[3]，日晏犹得眠。
忽然遭世变，数岁亲戎旃[4]。
今来典斯郡[5]，山夷又纷然[6]。
城小贼不屠，人贫伤可怜。
是以陷邻境，此州独见全。
使臣将王命，岂不如贼焉[7]？
今被征敛者，迫之如火煎。
谁能绝人命，以作时世贤[8]！
思欲委符节，引竿自刺船[9]。
将家就鱼麦[10]，归老江湖边。

【题解】

此诗作于代宗广德二年（744）。据《新唐书·南蛮传》记载："西原蛮"于广德二年"复围道州，刺史元结固守，不能下。进攻永州，陷邵州，留数月而去"。这首诗的《序》却说不是他"力能制敌"，而是"蒙其伤怜"故"不犯此州边鄙而退"。意思是：道州百姓饥寒交迫，连"贼"都"伤怜"而"退"，官吏们如果横征暴敛，那就连"贼"都不如。诗的最动人处，正是阐发这个意思。余成教《石园诗话》云："元公所至，民乐其教。读《春陵行》及《贼退示官吏》诗，真仁人之言也。"

【注释】

①攻永破邵：永指永州（今湖南零陵）、邵指邵州（今湖南邵阳），二州与道州相邻。 ②此州：指道州。边鄙：边境。 ③井税：田税。有常期：有规定的正常收税时间，不乱来。这一句说的是唐代前期实行的按户口征收定额赋税的租庸调法。 ④亲戎旃（zhān）：亲自参加军事活动。元结于安史之乱后曾招募义兵对安史叛军作战。戎旃，军帐。 ⑤典斯郡：指任道州刺史。典，管理。 ⑥"山夷"句：指"西原蛮"侵扰。 ⑦"使臣"二句：奉皇帝命令来收赋税的使臣难道还不如贼寇吗？ ⑧"谁能"二句：谁忍心迫使百姓陷于绝境而做时人所谓的"能吏"呢？正面的意思是：我不能做。时世贤：指不顾百姓死活而超额完成征敛任务的官吏，即前面所说的"征敛者"。 ⑨"思欲"二句：想丢下官印，去用篙撑船。 ⑩将家：携带家眷。就鱼麦：捕鱼种田。

欸　乃　曲（选二）

一

湘江二月春水平，满月和风宜夜行。
唱桡欲过平阳戍，守吏相呼问姓名①。

二

千里枫林烟雨蒙，无朝无暮有猿吟。
停桡静听曲中意，好是云山韶濩音②。

【题解】

诗前小序云："大历丁未中，漫叟结为道州刺史，以军事诣都使。还州，逢春水，舟行不进，作《欸乃》五首，令舟子唱之，盖以取适于道路云。"这里选两首。欸乃曲乃船夫打桨时所唱，即诗中所谓“桡唱”。这几首诗，不拘声病，纯任自然，元好问《论诗三十首》评云：“切响浮声发巧深，研摩虽苦果何心？浪翁水乐无宫徵，自是云山韶濩音。”

【注释】

①“唱桡”二句：唱桡，打桨唱歌。平阳戍，故址在今湖南耒阳县西南。守吏，守卫平阳戍的官吏。俞陛云《诗境浅说续编》云：“后两句，言榜人摇橹作歌，将过平阳之戍，津吏以宵行宜诘，呼问姓名，乃启关放客。此水程恒有之事，作者独能写出之。” ②“停桡”二句：停桡静听舟人唱歌，那好像太古时代的音乐。韶，帝舜音乐名；濩（hù），商汤音乐名。

刘长卿（？—790？）

字文房，排行八，宣州（今安徽宣城）人，其家久寓长安。少读书嵩山，屡试不第，入国子监为诸生。约于天宝后期登进士第。安史乱起，避难江东。至德二载（757）任长洲尉，继摄海盐令。广德元年（763）至大历初（766），入朝任殿中侍御史。大历四年（769）以检校祠部员外郎出任转运使判官，知淮西、鄂岳转运留后。十四年（779）迁随州刺史。建中三年（782）以后闲居扬州江阳县茱萸村，约卒于贞元六年（790），世称“刘随州”。长卿于肃宗、代宗时期颇有诗名，与钱起、郎士元、李嘉祐并称“钱郎刘李”。其诗七律亦有佳者，尤善五律，权德舆谓为“五言长城”（晁公武《郡斋读书志》卷一七）。范晞文以为“李、杜之后，五言当推刘长卿、郎士元；下此则十才子”（《对床夜语》卷一）。有《刘随州诗集》。《全唐诗》存诗五卷。

送李中丞归汉阳别业[1]

流落征南将，曾驱十万师。
罢归无旧业，老去恋明时[2]。
独立三边静，轻生一剑知[3]。
茫茫江汉上，日暮欲何之！

【题解】

这是一首饯行诗，但意境深厚，真情流露，并非一般的应酬之作。首联叙李中丞“征南”（当指平安史之乱）的战功，“曾驱十万师”，何等气概！然而这是“曾”，如今呢？“流落”了！今、昔对比而落脚于今日之“流落”，故次联以“罢归”承接。罢官了，流落了，只好归田，自然拍合题目中的“送”字。“罢归无旧业”，应该“怨”，却继之以“老去恋明时”，极含蓄、极深厚。三联又回到过去，写其战功，赞其忠勇，而其不该“罢归”、不该“流落”之意，已蕴含其中，耐人寻味。尾联就题中的“归汉阳”及诗中的“罢归无旧业”抒发感慨，而“流落”者的形象亦宛然在目。

【注释】

①李中丞：名不详。中丞是御史中丞的简称，唐代的边将往往加御史中丞一类的官衔。 ②明时：犹言盛世，古人常以明时指自己所处的时世。③轻生：为国献身，不惜性命。一剑知：不自我宣传，其奋勇杀敌，不惜性命，只有手中的宝剑了解得最清楚。

逢雪宿芙蓉山主人

日暮苍山远，天寒白屋贫[1]。

柴门闻犬吠②，风雪夜归人。

【题解】

首句写日暮山远，该找个人家投宿。次句写投宿的人家。后两句，写风雪交加，犬吠人归的情景如在目前。乔亿《大历诗略》云："宜入宋人团扇小景。"

【注释】

①白屋贫：贫民的房院一派萧条景象。白屋，贫民所居。　②柴门：篱笆门。

顾　况（727？—816？）

字逋翁，号华阳山人，又号悲翁，排行十二，苏州（今属江苏）人。肃宗至德二载（757）登进士第，历杭州新亭监盐官。代宗大历五年（770）游湖州，与皎然等唱和。十年（775）曾至江西，与李泌、柳浑交往，吟咏自适。自后历任大理司直、校书郎、著作郎等职。德宗贞元四年（788）任著作郎期间，于长安宣平里住宅邀柳浑、刘太真等聚会赋六言诗，次日朝臣皆和，编为《诸朝彦过顾况宅赋诗》一卷。五年因作《海鸥咏》讥刺权贵，被贬为饶州司户参军，沿途与韦应物等酬唱。九年（793）去官返苏州，隐居茅山，出游湖州、宣州、扬州、温州等地。约卒于宪宗元和中。顾况视诗歌为"理乱之所经，王化之所兴"，重内容而不以文采取胜。其《上古之什补亡训传十三章》中的《囝》对不人道的社会风俗进行控诉，《上古》《采蜡》诸章，或悯农，或怨奢，皆着眼于针砭时弊，救济人病，开白居易新乐府先声。有《顾况诗集》，《全唐诗》存诗四卷。

过山农家

板桥人渡泉声①，茅檐日午鸡鸣。
莫嗔焙茶烟暗②，却喜晒谷天晴。

【题解】

写山村农家风物极生物，是六言绝句中的佳作。

【注释】

①“板桥”句：人过板桥，泉声入耳。 ②焙（bèi）茶：烘炒茶叶。山村产茶，此时家家烘茶，茶烟弥漫。

临海所居二首①

一

此是昔年征战处，曾经永日绝人行。
千家寂寂对流水，惟有汀洲春草生。

二

此去临溪不是遥②，楼中望见赤城标③。
不知叠嶂重霞里，更有何人度石桥④？

【题解】

代宗宝应元年（762），两浙遭受旱、潦、瘟疫，道殣相望，而统治者又搜括粟帛，激起以袁晁为首的农民起义，攻克台、越、衢诸州，建元宝胜。李光弼派兵镇压，破起义军于天台县东的石垒寨。顾况的这两首诗写起义军被镇压后台州一带的荒凉景象，言外有无穷感慨。

【注释】

①临海：今浙江临海市，唐时为台州治所。　②临溪：天台山附近的溪水，即楢溪。孙绰《游天台山赋》：“济楢溪而直进，落五界而迅征。”③赤城标：赤城即赤城山，往天台山所必经。孙绰《游天台山赋》：“赤城霞起而建标。”　④石桥：在天台县北五十里。

张　继（？—779？）

字懿孙，排行二十，襄州（今湖北襄阳）人。天宝十二载（753）进士。曾佐戎幕，又为盐铁判官。大历末，为检校祠部员外郎，分掌财赋于洪州，卒于任。曾与诗僧灵一为方外友，又与诗人刘长卿、皇甫冉交游酬唱。工诗，高仲武评云：“员外累代词伯，积习弓裘，其于为文，不自雕饰。及尔登第，秀发当时。诗体清迥，有道者风。如‘女停襄邑杼，农废汶阳耕’，可谓事理双切。又‘火燎原犹热，风摇海未平’，比兴深矣。”（《中兴间气集》）《全唐诗》存其诗一卷。

枫桥夜泊①

月落乌啼霜满天，江枫渔火对愁眠。
姑苏城外寒山寺②，夜半钟声到客船。

【题解】

这是传诵海内外的名作。深秋之夜，诗人泊舟枫桥，满腹旅“愁”，虽“眠”而未能入睡，一切有特征性的江南水乡夜景，都通过“愁眠”者的感受反映出来。目送“月落”，耳闻“乌啼”，身感霜华降落；而与“愁眠”者始终相“对”、做伴的，只是几树“江枫”、数点“渔火”。这一切，自然更添旅“愁”。好容易熬过前半夜，刚有睡意，而寒山寺的钟声，又飘进船舱。

第四句写闻钟而用第三句写钟声来自何处，并非浪费笔墨。“姑苏”，这是留有吴、越兴亡史迹的文化名城；“寒山寺”，这是南朝古刹，寒山、拾得两位著名诗僧曾住于此。“姑苏城外寒山寺”的钟声于万籁俱寂的子夜飘到“客船”，荡漾着历史的回音，洋溢着诗情禅韵，怎能不引人遐思？此诗不仅在国内传诵，而且远播日本，妇孺皆知，寒山寺也因而名扬海外，游人纷至沓来。其艺术魅力如何，就无须多说了。

欧阳修《六一诗话》谓此诗后两句“句则佳矣，其如三更不是打钟时”。后人纷纷辩论，遂成诗坛公案。其实六朝以来，佛寺多于夜半鸣钟，自张继此诗流传以后，寒山寺夜半钟声，尤为人们所神往。孙仲益《过枫桥寺》诗云：“白首重来一梦中，青山不改旧时容。乌啼月落桥边寺，欹枕犹闻半夜钟。”

【注释】

①枫桥：在今江苏省苏州市西郊。泊：靠岸停船。 ②姑苏：苏州的别称。寒山寺：因唐初诗僧寒山曾住此，故名。寺在枫桥西一里处，始建于梁代。

阊门即事

耕夫召募逐楼船①，春草青青万顷田。
试上吴门窥郡郭，清明几处有新烟②？

【题解】

阊门，苏州西门。此诗当作于上元二年（761）。据《通鉴》卷二二一记载：上元元年淮西监军宦官邢延恩谋去节度副使刘展，刘展起兵反抗，攻陷昇州（今南京市）、润州、常州、苏州等地，即是此诗写作背景。首句写耕夫被“召募”去随战船打内仗。以下则写万顷良田长满青草，满城人家不起炊烟，可见“召募”的实质是逢丁便抓，可以下田耕作的劳力全被抓去。四句诗，内容深广，感慨深沉。

【注释】

①楼船：指战船。长江流经昇、润、常、苏等州，故可用楼船作战。 ②新烟：唐代民俗，寒食节禁火三日，到了清明节始重新举火，故称炊烟曰“新烟”。

钱 起（710？—782？）

字仲文，排行大，吴兴（今浙江湖州）人。天宝十载（751）登进士第，授秘书省校书郎。安史之乱后任蓝田尉，与退隐辋川的王维唱和。大历中历祠部员外郎、司勋员外郎。官终考功郎中。世称“钱员外”“钱考功”。与司空曙、李端、韩翃、吉中孚、苗发、崔峒、耿沣、夏侯审、卢纶并称“大历十才子”。又与郎士元齐名，并称“钱、郎”。长于饯别之作，公卿出京，以有钱起诗饯行为荣，诗名盛一时。高仲武《中兴间气集》列为首选，评云：“体格新奇，理致清赡。越从登第，挺冠词林。文宗右丞，许以高格。右丞没后，员外为雄。芟齐宋之浮游，削梁陈之靡嫚，迥然独立，莫之与群。……士林语曰：‘前有沈、宋，后有钱、郎’。”纵观全集，擅长五律，七绝、五古亦有佳者，但题材狭窄，风格清秀而不浑厚，存诗质量亦颇悬殊。钟惺尝谓“钱诗精出处虽盛唐妙手不能过之，亦有秀于文房者。泛览全集，冗易难读处实多，以此知诗之贵选也”（《唐诗归》)。其省试诗《湘灵鼓瑟》乃应试诗之佳制，结句“曲终人不见，江上数峰青”至今为诗家所称道。生平事迹见《唐诗纪事》《唐才子传》及《旧唐书》卷一六八《钱徽传》《新唐书》卷二〇三《卢纶传》。有《钱考功集》十卷，《全唐诗》存诗四卷，混入他人诗不少，如《江行一百首》等，为其曾孙钱珝所作。

省试湘灵鼓瑟

善鼓云和瑟①，常闻帝子灵②。
冯夷空自舞③，楚客不堪听④。
苦调凄金石⑤，清音入杳冥⑥。
苍梧来怨慕⑦，白芷动芳馨⑧。
流水传潇浦⑨，悲风过洞庭⑩。
曲终人不见，江上数峰青。

【题解】

唐代进士考试，由朝廷统一在京师尚书省进行，叫省试。天宝十载（751），省试诗赋各一。诗题《湘灵鼓瑟》，取自《楚辞·远游》中的“使湘灵鼓瑟兮”一句。湘灵，即神话传说中的湘夫人。她原是帝舜的妃子，舜南巡死于苍梧之野，她寻至南方，投湘江而死，化为湘水之神。钱起的这首诗不写如何鼓瑟，而是通过对瑟的苦调清音所产生的客观效果的铺写，创造了如怨如慕的艺术境界，令人悠然神往。结尾两句，既以“曲终人不见”表明鼓瑟者是神，又以“江上数峰青”暗示那袅袅瑟音仍缭绕于碧水青峰之间，动人神魄。

【注释】

①鼓：弹奏。云和瑟：相传用云和山的桐木做成的琴瑟，声音最为清

亮。 ②帝子：皇帝的儿女。这里指湘灵。因舜的妃子是帝尧的女儿。《九歌·湘夫人》："帝子降兮北渚。" ③冯（píng）夷：传说中的水神名。空：白白地。这一句是反衬，说明湘灵鼓瑟是如此引人入胜，以至冯夷之舞相形见绌，无人欣赏。《远游》有"令海若兮舞冯夷"，是此句所本。 ④楚客：指屈原。屈原被放逐后，自沉于汨罗江，江与湘水相通。不堪：不能。这一句是说：瑟音是如此悲苦，以至楚客不忍卒听。 ⑤金石：指钟磬之类乐器。这一句是说：瑟音的调子比钟磬声更为凄苦。 ⑥杳冥（yǎomíng）：指极高远的地方。 ⑦苍梧：即九疑山，在今湖南省宁远县南。相传舜葬于此。这里以"苍梧"指代舜。因鼓瑟的湘灵原是他的妃子，所以这里由湘灵而及舜。这一句是说：舜闻声而来，听着湘灵鼓瑟，心中不免生出愁怨和思慕的感情。 ⑧白芷（zhǐ）：一种香草。馨（xīn）：传得很远的香气。这一句是说：瑟音也感动了无知的花草，听了湘灵鼓瑟，白芷释放出馥郁的芳香。⑨潇：水名，在湖南省南部，北流入湘江。一作"湘"。浦：水口。 ⑩洞庭：潇、湘水注入洞庭湖。以上两句写瑟音如潺潺流水声从潇湘传来，似飒飒悲风声从洞庭掠过。

谷口书斋寄杨补阙

泉壑带茅茨[①]，云霞生薜帷[②]。
竹怜新雨后[③]，山爱夕阳时。
闲鹭栖常早，秋花落更迟。
家僮扫萝径[④]，昨与故人期[⑤]。

【题解】

前三联，极写"谷口书斋"清静幽雅，似与"寄杨补阙"无涉，及读至尾联，始知写书斋泉壑、云霞、竹、山、鹭、花种种景物之可爱，正是希望杨补阙速践来游之约，"寄"意甚明。萝径本来是不扫的，如今特命家僮打扫以待故人来访，难道故人还能违约吗？这首诗精切清秀，体现了钱起五律的基本风格。

【注释】

①茅茨（cí）：茅屋。 ②薜帷：以薜荔为帷。《楚辞·九歌·湘夫人》："罔薜荔兮为帷，擗蕙櫋兮既张。" ③怜：爱。 ④家僮：小仆人。扫径：表示迎客。 ⑤"昨与"句：意谓前些天已与杨补阙约好来访的日期。昨：泛指过去。期：约会。

归 雁

潇湘何事等闲回[1]，水碧沙明两岸苔[2]。
二十五弦弹夜月[3]，不胜哀怨却归来[4]。

【题解】

诗咏"归雁"，雁是候鸟，深秋飞到南方过冬，春暖又飞回北方。古人认为鸿雁南飞不过衡阳，衡阳以北，正是潇湘一带。诗人抓住这一点，却又撇开春暖北归的候鸟习性，仿佛要探究深层原因，一开头便突发奇问：潇湘下游，水碧沙明，风景秀丽，食物丰美，你为什么随便离开这么好的地方，回到北方来呢？

诗人问得奇，鸿雁答得更奇：潇湘一带风景秀丽，食物丰美，本来是可以常住下去的。可是，湘灵在月夜鼓瑟，从那二十五弦上弹出的音调，实在太凄清、太哀怨了！我的感情，简直承受不住，只好飞回北方。

钱起考进士，诗题是《湘灵鼓瑟》，他作的一首诗流传到现在，算是应试诗中的佳作。中间写湘灵（传说是帝舜的妃子）因思念帝舜而鼓瑟，苦调清音，如怨如慕，结尾"曲终人不见，江上数峰青"尤有余韵。这首七绝，则把“湘灵鼓瑟”说成鸿雁北归的原因。构思新奇，想象丰富，笔法灵动，抒情婉转，以雁拟人，相与问答，言外有意，耐人寻味，为咏物诗开无限法门。

【注释】

①潇湘：二水名，在今湖南境内。等闲：轻易、随便。 ②水碧沙明：《太平御览》卷六引《湘中记》：“湘水清，……白沙如雪。”苔：鸟类的食物，雁尤喜食。 ③二十五弦：指瑟。《楚辞·远游》：“使湘灵鼓瑟兮，令海若无冯夷。” ④胜（shēng）：承受。

郎士元（？—780？）

字君胄，排行四，中山（今河北定县）人。玄宗天宝十五载（756）登进士第。安史之乱后，避乱江南。代宗宝应元年（762）授渭南尉，大历元年（766）前后擢为拾遗，继迁员外郎，复转郎中。德宗建中初（780）出为郢州刺史，并持节治军，卒于官。生平事迹见《唐诗纪事》《唐才子传》《新唐书·艺文志》等。工诗，擅长五律，善写饯别应酬诗，与钱起齐名，并称“钱、郎”。“自丞相已下，更出作牧，二公无诗祖饯，时论鄙之。两君体调，大抵欲同，就中郎公稍更闲雅，近于康乐”。（高仲武《中兴间气集》卷下）。徐献忠《唐诗品》称其诗“天然秀颖，复谐音节，大率以兴致为先，而济以流美。虽篇章错杂，应酬层出，而语多闲雅，不落俗韵，其取重时流，不徒然尔。惜无大作以齐曩代高手，将非尺寸短长之恨耶”。有《郎士元集》二卷。《全唐诗》存诗一卷。

送李将军

双旌汉飞将[1]，万里独横戈。
春色临关尽，黄云出塞多[2]。
鼓鼙悲绝漠，烽戍隔长河[3]。
想到天山北，天骄已请和。

【题解】

题中的李将军，名不详。这也是祖饯应酬之作，却把那位李将军出镇边塞写得有声有色，声威到处，敌人已经请和。命意措辞，皆不落俗套。

【注释】

①“双旌”句：被送的将军姓李，故开头以李广为喻。旌：军中大旗。《新唐书·百官志》：“（节度使）辞日，赐双旌双节。”汉飞将：指李广。 ②“春色”二句：与王维《送平澹然判官》的“黄云断春色”句同意。纪昀曰：“（王诗）以苍莽取神，此诗衍为二句，又以对照见意，繁简各有其妙。”沈德潜也称此二句为“极警拔语”。 ③“鼓鼙”二句：承前“万里横戈”，言扬威塞外。鼙（pí）：军中所用小鼓。悲：形容鼓声紧急，悲壮激越。绝漠：遥远的沙漠之地。

送麴司直

曙雪苍苍兼曙云，朔风燕雁不堪闻[1]。
贫交此别无他赠，惟有青山远送君。

【题解】

被送的是一位交情很深的朋友，诗也写得真情流露。以“无他赠”唤起“惟有青山远送君”，构想新奇，别饶韵味。

【注释】

①燕（yān）雁：燕地的雁。燕，古国名，今河北一带。

柏林寺南望

溪上遥闻精舍钟①，泊舟微径度深松。
青山霁后云犹在，画出东南四五峰。

【题解】

先写到寺，后写寺中南望，俞陛云的解释极透辟：“诗仅平写寺中所见，而吐属蕴藉，写景能得其全神。首二句言闻钟声而寻精舍，泊舟山下，循小径前行，松林度尽，方到寺中。在寺中登眺，霁色初开，湿云未敛，西南数峰，已从云隙参差而出，苍润欲滴。读此诗，如展秋山晚霁图，所谓‘欲霁山如新染画’也。”（《诗境浅说续编》）

【注释】

①精舍：僧人清修之所，此指柏林寺。

司空曙（720？—790？）

字文明，一作文初，排行十四，广平（今河北永年）人，卢纶表兄。安史之乱中，避难江南。大历初登进士第，授洛阳主簿。后入朝为左拾遗，与钱起、卢纶等唱和。大历末，贬长林丞。贞元初为剑南西川节度从事、检校水部郎中。官终虞部郎中。后世称“司空虞部”。工诗，辛文房称其诗“属调幽闲，终篇调畅，如新花笑日，不容熏染”（《唐才子传》卷四）。胡震亨称其诗“婉雅闲淡，语近性情，抗衡仲文不足，平视茂政兄弟有余”（《唐音癸签》卷七）。《全唐诗》存其诗一卷。

云阳馆与韩绅宿别[①]

故人江海别，几度隔山川。
乍见翻疑梦[②]，相悲各问年。
孤灯寒照雨，深竹暗浮烟。
更有明朝恨，离杯惜共传[③]。

【题解】

安史之乱后，杜甫诗中屡写乍逢倏别情景。大历诗人受此影响，其反映行旅聚散之诗，虽不如杜诗兼写社会乱离，然亦曲尽情理，真挚动人。司空曙的这首五律，便是其中的代表作。

首联写与故人在飘零江海的过程中“几度”重逢，才逢又别，为山川阻隔，不通音讯。在章法上，反跌颔联的“乍见”，遥呼尾联的“更有”。在“几度隔山川”与“更有明朝恨”的夹缝中，偶然而又短暂的相逢，形成了似梦似幻的感觉。“乍见”之后的谈话只写了一句：“相悲各问年”。老朋友的年龄，应该是彼此清楚的，明知故问，由“相悲”引起。彼此形容俱变，各显老态，与前度相逢时判若两人，故“相悲”而各问年龄，其阔别之长久、经历之辛酸，俱蕴含其中。这一联，与郎士元《长安逢故人》“马上相逢久，人中欲认难”、李端《喜见外弟又言别》“问姓惊初见，称名忆旧容”同为大历名句。后两联写驿馆黯然相对、共传离杯的情景，“离杯惜共传”的那个“惜”字，含无限深情。“大历十才子”多擅长五律，其佳作的共同优点是脉理深细，声律精严。司空曙的这一首亦然，不仅有“乍见”一联警句而已。

【注释】

①云阳：唐县名，在今陕西三原县境内。馆：驿馆，旅客中途休息之处。诗题的意思是：诗人与故人韩绅在云阳县馆偶然相遇，同宿一夜，明晨即相互告别，各奔前程。 ②翻：反而。 ③惜：珍惜。

喜外弟卢纶见宿

静夜四无邻，荒居旧业贫。
雨中黄叶树，灯下白头人。
以我独沉久，愧君相见频①。
平生自有分，况是蔡家亲②。

【题解】

外弟，即表弟。见宿，来访同宿。此诗将家贫人老、表兄弟皆沉沦不偶、相濡以沫的情景写得恻恻动人。颔联尽管吸取了王维《秋夜独坐》“雨中山果落，灯下草虫鸣”的句法，而意境不同，颇为同时及后代诗人所赏识。韦应物《淮上遇洛阳李主簿》“窗里人将老，门前树已秋”，白居易《途中感秋》“树初黄叶日，人欲白头时”，皆从此脱化。

【注释】

①“以我”二句：这是流水对，须一气读。意谓我沉沦了这么久，世人

都瞧不起，而表弟却一次又一次地来看我，令我既感激又惭愧。②“平生”二句：就“相见频”发挥，意谓我们俩情分相投，何况是表亲呢？蔡家亲：即表亲。羊祜是蔡邕的外孙，见《晋书·羊祜传》。

江村即事

钓罢归来不系船[①]，江村月落正堪眠。
纵然一夜风吹去，只在芦花浅水边。

【题解】

钓罢归来，江村已经月落，主人公便在船上安眠，却“不系船”。三、四两句，即从“不系船”生发，说明“不系”的理由，而江村之宁静、主人公之自由自在，皆宛然在目。

【注释】

①系船：把船用缆绳拴在岸边。

皎　然（720？—800？）

字清昼，俗姓谢，湖州长城（今浙江长兴）人，谢灵运十世孙。早年出入儒、墨、道三家，安史之乱后在杭州灵隐寺受戒为僧。曾游历桐庐、苏州、荆门、襄阳等地，与颜真卿、梁肃、刘长卿、韦应物、顾况等交游。生平事迹见唐释福琳《皎然传》。皎然通佛典，又博览群经诸子，文章清丽，诗学盛唐诸家，出入大历诸子，后期以南宗禅意入诗，渐趋清放。严羽《沧浪诗话·诗评》称“释皎然之诗，在唐诸僧之上”。胡震亨《唐音癸签》卷八谓“皎然《杼山集》清机逸响，闲淡自如，读之觉别有异味，在咀嚼之表”。有《诗式》及《杼山集》，《全唐诗》存诗七卷。

寻陆鸿渐不遇

移家虽带郭，野径入桑麻①。
近种篱边菊②，秋来未著花。
扣门无犬吠，欲去问西家③，
报道“山中去④，归时每日斜”。

【题解】

陆羽（733—？），字鸿渐，肃宗至德（756—758）中避安史之乱至湖州，与皎然为“缁素忘年之交”。其《自传》云：“往往独行野中，……夷犹徘徊，自曙达暮，至日黑，兴尽号泣而归。”以著《茶经》出名，亦工诗。皎然此诗，只写其居处幽寂和游山未归，而一位超然物外的隐士形象已浮现纸上。从平仄谐调方面看，这是一首五律，却四联散行，不讲对仗。沈德潜《唐诗别裁集》五律部分收此诗，并加说明云：“通首散语，存此以识标格。”其实这种散行五律前人已有，如李白《夜泊牛渚怀古》平仄谐调而不用对偶，一气旋折，当为皎然所取法。值得肯定的是他用这种句句散行、自由卷舒的形式恰切地表现了主人公无拘无束的行踪和心境，达到了形式与内容的完美契合。一般地说，既作五律，还须讲对仗。

【注释】

①“移家”二句：陆的新居虽然靠近城郭，却有一条野径通向农村，还是很幽静。郭：外城。 ②近种：新栽的。 ③“欲去”句：因叩门无人，便问邻居：“人到哪里去了？” ④报道：回答说。以下是答词。

李 端（生卒年不详）

字正已，排行二，赵郡（治所在今河北赵县）人。大历五年（770）登进士第，历任秘书省校书郎、杭州司马等职。诗名颇著，为“大历十才子”之一。《旧唐书》本传云：“大历中，（端）与韩翃、钱起、卢纶等文咏唱和，驰名都下，号‘大历十才子’。时郭尚父（郭子仪）少子暧尚代宗女昇平公主，贤明有才思，尤喜诗人，而端等十人多在暧之门下。每宴集赋诗，公主坐视帘中，诗之美者赏百缣。暧因拜官，会十子曰：‘诗先成者赏。’时端先献，警句云：‘熏香荀令偏怜小，傅粉何郎不解愁。’立即以百缣赏之。钱起曰：‘李校书诚有才，此篇宿构也，愿赋一韵正之，请以起姓为韵。’端即襞笺而献曰：“方塘似镜草芊芊……’暧曰：‘此愈工也。’起始服。”其才思敏捷，于此可见。《全唐诗》存诗二卷。

听 筝

鸣筝金粟柱①，素手玉房前②。
欲得周郎顾③，时时误拂弦④。

【题解】

题为“听筝”，诗却写的是“看弹筝人”或“看人弹筝”。俞陛云《诗境浅说续编》云：“此诗能曲写女儿心事：银筝、玉手，相映生辉，尚恐未当周郎之意，乃误拂冰弦以期一顾。希宠取怜，大率类此。”

【注释】

①筝：我国古代的一种弦乐器，木制长形，有弦十三根（现代筝已发展到二十五根弦）。金粟柱：有装饰的弦柱。 ②素手：白嫩的手。玉房：指高雅的住房。 ③周郎：三国时东吴周瑜少年得志，吴人称他为“周郎”。这里指弹筝女的意中人。顾：回头看。 ④误拂弦：《三国志·吴书·周瑜》：“瑜少精意于音乐，虽三爵（三杯酒）之后，其有阙误，瑜必知之，知之必顾，故时人谣曰：‘曲有误，周郎顾。’”

严 维（生卒年不详）

字正文，越州山阴（今浙江绍兴）人。至德二载（757）进士，又中辞藻宏丽科，授诸暨尉。后历官河南节度府幕僚、河南尉、秘书郎等职。与钱起、耿沣、崔峒、皇甫冉、丘为等交游。其诗多饯别酬唱之作。《全唐诗》存其诗一卷。

酬刘员外见寄

苏耽佐郡时[1]，近出白云司。
药补清羸疾，窗吟绝妙词。
柳塘春水漫，花坞夕阳迟。
欲识怀君意，明朝访楫师。

【题解】

颈联为传诵名句。欧阳修问梅尧臣：“状难状之景，含不尽之意，何诗为然？”梅尧臣对曰：“若严维‘柳塘春水漫，花坞夕阳迟’，则天容物态，融和骀荡，岂不如在目前乎？”（《六一诗

话》）

【注释】

①苏耽：传说中的仙人，曾化为白鹤停在郡城东北楼上。见《神仙传·苏仙公》及《水经注·耒水》。

丹阳送韦参军

丹阳郭里送行舟①，一别心知两地秋。
日晚江南望江北，寒鸦飞尽水悠悠。

【题解】

丹阳，即今江苏镇江。作者于此地送友人渡江而作此诗。“两地秋”“日晚”，已寓离愁；又以“望”字引出“寒鸦飞尽水悠悠”，更觉景中涵情，悠悠无尽。俞陛云《诗境浅说续编》云：“临水寄怀，不落边际，自有渺渺予怀之感。”

【注释】

①郭：外城。

张　潮（生卒年不详）

张潮，一作张朝，曲阿（今江苏丹阳）人。《唐诗纪事》《全唐诗》都说他是大历（766—779）中处士。闻一多《唐诗大系》将他排于常建之后、张巡之前。《全唐诗》仅存其诗五首，而《长干行》一首，亦作李白、李益诗。

采 莲 词

朝出沙头日正红[1]，晚来云起半江中。
赖逢邻女曾相识，并着莲舟不畏风。

【题解】

《采莲词》，六朝乐府旧题，多写江南水乡男女恋情。此诗前两句写天气忽晴忽阴、变化无常，晚来云起，眼看就要刮风下雨，从而引出后两句：幸亏碰上了已经相识的邻家女子，两只莲舟相并，就不怕风吹雨打了。构思新颖，寄兴遥深。

【注释】

①沙头：指江边。

戴叔伦（732—789）

字幼公，润州金坛（今属江苏）人。少从萧颖士学，有才名。历参湖南、江西幕府，任抚州刺史、容州刺史、容管经略史兼御史中丞，后人称为戴容州。德宗时诗名极盛，其题材、风格、手法，均体现出唐诗由盛转向中晚的脉络。乐府诗上承杜甫，下启元白。五律意达词畅，绝句清隽深婉。其以农村生活为题材的不少诗，如《女耕田行》《屯田词》等，能反映当时的社会矛盾，有较强的现实性。他认为“诗家之景，如蓝田日暖，良玉生烟，可望而不可置于眉睫之前”，对于后代的韵味、兴趣、神韵诸说，都有影响。原集早佚，明人辑有《戴叔伦集》。《全唐诗》存诗三卷。

女耕田行

乳燕入巢笋成竹[1]，谁家二女种新谷？
无人无牛不及犁[2]，持刀斫地翻作泥[3]。
自言家贫母年老，长兄从军未娶嫂。
去年灾疫牛囤空[4]，截绢买刀都市中[5]。
头巾掩面畏人识，以刀代牛谁与同[6]？
姊妹相携心正苦[7]，不见路人惟见土[8]。
疏通畦垄防乱苗[9]，整顿沟塍待时雨[10]。
日正南冈下饷归[11]，可怜朝雉扰惊飞[12]。
东邻西舍花发尽，共惜余芳泪满衣[13]。

【题解】

这首“即事名篇”的乐府诗，以同情的笔调描绘了姐妹俩为生活所迫而代牛耕田的情景及其心理活动，反映了战乱与灾荒给农民带来的苦难和不幸。上承杜甫，下启元、白。

【注释】

①乳燕：小燕子。这一句写景，点明已到春耕时节。 ②不及犁：不能犁地。 ③斫（zhuó）：砍。这一句写刀耕，把土地翻松。 ④牛囤（dùn）：牛栏。 ⑤这一句说：截下一段绢去买耕地用的刀。 ⑥谁与同：有谁同二女一起耕种呢。意谓无人相帮。 ⑦相携：互相提携帮助。 ⑧这句写二女埋头耕种。 ⑨畦（qí）：田地上分成的小区。垄：种植作物的土埂。 ⑩塍（chéng）：用于分界的土埂。 ⑪下饷（xiǎng）：收工吃饭。 ⑫可怜：可惜。朝雉（zhāozhì）：早上鸣叫求偶的雄山鸡。《诗经·小雅·小弁》：“雉之朝雊（gòu，山鸡鸣叫），尚求其雌。”这一句以

朝雉受惊扰飞走寄写自伤孤独的情怀。 ⑬共惜余芳：姐妹俩惋惜青春虚度。

除夜宿石头驿

旅馆谁相问①？寒灯独可亲。
一年将尽夜，万里未归人。
寥落悲前事，支离笑此身②。
愁颜与衰鬓，明日又逢春。

【题解】

作者奔赴金坛老家，而除夕已届，离家尚远，夜宿石头驿（在今江西新建）而作此诗。“一年将尽夜，万里未归人”一联虽从梁萧衍《子夜冬歌》“一年漏将尽，万里人未归”化出，而意境、气象，俱青出于蓝。吴汝纶评云：“此诗真所谓情景交融者，其意态兀傲处不减杜公。首尾浩然，一气舒卷，亦大家魄力。”（《唐宋诗举要》卷四引）

【注释】

①问：存问、安慰。 ②支离：分散，此指漂泊无定。

苏 溪 亭

苏溪亭上草漫漫，谁倚东风十二阑①？
燕子不归春事晚，一汀烟雨杏花寒②。

【题解】

作者于苏溪亭上见芳草漫漫、绿遍天涯而思念远人。以下三句皆出于想象：于“燕子不归春事晚”之时，“谁倚东风十二阑”而独对“一汀烟雨杏花寒”呢？所有情景既出于想象，又不实说所怀念之人而用一“谁”字，极迷离缥缈之致。作者主张“诗家之景如蓝田日暖，良玉生烟，可望而不可置于眉睫之前”，这首诗便是生动的体现。

【注释】

①十二阑：即阑干十二曲。乐府古辞《西洲曲》：“楼高望不见，尽日阑干头。阑干十二曲，垂手明如玉。” ②汀（tīng）：水岸平地。

韦应物（737—792？）

排行十九，京兆万年（今陕西西安）人。出身关中望族，负气任侠。天宝十三载（751），以门资恩荫入宫为三卫郎。十五载六月，安史叛军进长安，失职流落。肃宗乾元元年（758）入太学，折节读书，与阎防、薛据等酬唱。广德元年（763）冬为洛阳丞。代宗永泰二年（766），因为政刚直，惩治不法军士被讼，弃官闲居洛阳。大历初返长安，九年（774）任京兆府功曹，摄高陵宰，转鄠县令。十四年（779）转栎阳令，却因疾辞归，居长安西郊沣水北岸善福寺，歌咏田园山水，编成《沣上西斋吟稿》。德宗建中二年（781）任尚书比部员外郎。四年出为滁州刺史，旋罢任，闲居滁州西涧。贞元元年（785）调江州刺史，三年入为左司郎中。四年重阳，参与德宗君臣唱和；冬，出任苏州刺史。七年罢职，闲居苏州永定寺，未几卒。世称“韦左司”“韦江州”“韦苏州”。生平事迹见王钦若《宋嘉祐校定韦苏州集序》、沈作喆《补韦刺史传》及今人孙望《韦应物事迹考略》。韦应物品格高洁，忧民爱物，其诗题材广泛，各体皆工，而以田园诗最著名，后人比之陶潜，并称“陶韦”；又与柳宗元并称“韦柳”，与王维、孟浩然、柳宗元并称“王孟韦柳”。李肇称“其为诗驰骤建安以还，各得其风韵”（《国史补》）。白居易称其歌行“才丽之外，颇近兴讽”，称其五言诗“高雅闲淡，自成一家之体”（《与元九书》）。严羽《沧浪诗话·诗体》称其诗为“韦苏州体”。有《韦苏州集》传世。《全唐诗》存诗十卷。

寄全椒山中道士

今朝郡斋冷，忽念山中客：
涧底束荆薪，归来煮白石①。
欲持一瓢酒，远慰风雨夕；
落叶满空山，何处寻行迹②？

【题解】

此诗作于任滁州刺史时。全椒属滁州，有神山颇幽深，即“道士”所居（见《舆地纪胜》卷四二）。全诗由“今朝郡斋冷，忽念山中客”发端，以下所写，皆由“忽念”引起，纯用虚笔，空灵超妙。沈德潜云：“化工笔。与渊明‘采菊东篱下，悠然见南山’同，妙处不关语言意思。”（《唐诗别裁集》卷三）施补华云：“《寄全椒山中道士》一作，东坡刻意学之，而终不似。盖东坡用力，韦公不用力；东坡尚意，韦公不尚意，微妙之诣也。”（《岘佣说诗》）

【注释】

①“涧底”二句：从山涧下砍了柴，背回来煮白石头。《神仙传》载：“白石先生者，中黄丈人弟子也。尝煮白石为粮。”这里以白石先生比全椒山道士。　②“落叶”二句：写道士如闲云野鹤，想寻访他，却只见落叶满山

而不知其行迹所在。《许彦周诗话》载："韦苏州诗'落叶满空山，何处寻行迹'，东坡用其韵曰：'寄语庵中人，飞空本无迹'。此非才不逮，盖绝唱不当和也。"

淮上喜会梁州故人

江汉曾为客，相逢每醉还。
浮云一别后，流水十年间。
欢笑情如旧，萧疏鬓已斑[①]。
何因不归去？淮上有秋山。

【题解】

此诗约作于大历八、九（773—774）年间，当时韦应物有淮海之行，在淮上（今江苏淮阴一带）遇见以前在梁州（今陕西南郑）结交的一位朋友，今昔之感，形诸吟咏。首联追叙梁州聚会之乐；颔联写梁州一别，转瞬十年；颈联写久别重逢，欢笑如旧，而人已衰老；尾联写二人同有羁旅之苦，何不归去而漂泊于淮上？通篇一气回旋，兴象超妙。颔联用流水对，以"浮云"比喻行踪无定，以"流水"象征岁月流逝，而"一别后""十年间"既表现阔别之久，又蕴含重逢之乐，别后十年间两人的经历，当然又是重逢话旧的内容。可谓天然佳句，至今犹能引起久别重逢者的情感共鸣，故传诵不衰。

【注释】

①"萧疏"句：谓两鬓头发稀疏、斑白。

寄李儋元锡[1]

去年花里逢君别，今日花开又一年。
世事茫茫难自料，春愁黯黯独成眠[2]。
身多疾病思田里[3]，邑有流亡愧俸钱[4]。
闻道欲来相问讯，西楼望月几回圆[5]。

【题解】

此诗当作于苏州刺史任上。首联以两度花开表现与友人分别已经一年，追忆之情，思念之意，已溢于墨楮，却留待尾联申说，而以中间两联写“一年”来的时事感受和思想矛盾，向朋友倾吐满腹心事。安史乱后，政局动荡，民生凋敝，连苏州这样的富饶地区，也有饥民流亡。作为一个清廉正直、爱民忧国的地方官，常以无法改变这种局面而深感苦闷。中间两联所倾吐的，正是这种情怀，但不是平铺直叙，而是以第二联的“世事茫茫”“春愁黯黯”烘托“难自料”“独成眠”的心态，为第三联做好有力铺垫；第三联又跌宕摇曳，唱叹有情。从颔联的铺垫看，颈联上句的“思田里”——想弃官回家，乃是“难自料”“独成眠”时的心理活动，其原因，当然与“世事茫茫”“春愁黯黯”有关；却偏把这原因归结为“身多疾病”。不难看出，这“疾病”其实是身心交瘁。颈联下句“邑有流亡”正与颔联“世事”“春愁”相应。“邑有流亡”而一筹莫展，深感有“愧俸钱”，自然“思田里”。在语序上将“思田里”置于上句，合起来便是：身多疾病，已思田里；更何况邑有流亡，愧拿俸钱呢？无限感慨，从文情动宕中传出，遂成一篇之警策。范仲淹叹为“仁者之言”，朱熹称赞“贤矣”，黄彻《碧溪诗话》卷二更说“余谓有官君子当切切作此语，彼有一意供租，专事土木，而视民如雠者，得无愧此诗乎？”

尾联回应首联，归到“寄友”。听说友人要来相访，向他们面叙衷曲，该多好！可是总盼不来，以“西楼望月几回圆”收尾，余味无穷。

【注释】

①李儋：字幼遐，曾官殿中侍御史。元锡：字君贶，历任福州、苏州刺史。 ②黯黯：此处形容心情黯淡。 ③田里：田园，家乡。 ④邑：居民点，此指苏州。俸钱：薪金。 ⑤西楼：一名观风楼，在苏州。

滁州西涧[1]

独怜幽草涧边生，上有黄鹂深树鸣。
春潮带雨晚来急，野渡无人舟自横。

【题解】

韦应物于德宗建中四年（783）出任滁州刺史，旋即罢任，闲居滁州西涧。此诗即作于此时。全诗写西涧春景，前半写晴景，后半写雨景。写晴景明丽如绘，而以黄鹂偶鸣烘托静境，画不能到。写雨景亦用以动形静手法：暮雨忽来，春潮骤涨，着一“急”字，如见汹涌之势，如闻澎湃之声。而野渡无人，孤舟自横，又于动中显静，喧中见寂。后两句历代传诵，且被化用。北宋寇准《春日登楼怀归》“野水无人渡，孤舟尽日横”，苏舜钦《淮中晚泊犊头》“晚泊孤舟古祠下，满川风雨看潮生”，南宋史达祖《绮罗香·咏春雨》“还被春潮晚急，难寻官渡”，均由此化出。

【注释】

①滁州：今安徽滁州市。西涧：在滁州城西。

卢 纶（748—800？）

字允言，河中蒲（今山西永济）人。安史乱起，避难鄱阳。大历初，数举进士不第，经宰相王缙、元载举荐，授阌乡尉，改密县令。历官集贤学士、秘书省校书郎、陕州府户曹、昭应令、奉天行营判官，终户部郎中。《新唐书》有传。卢纶被誉为“大历十才子”之一，诗名颇著。元和时令狐楚选《御览诗》，纶诗入选者居全书十分之一。《旧唐书·卢简求传》称：“大历中，诗人李端、钱起、韩翃辈能为五言诗，而辞情捷丽，纶作尤工。”辛文房谓：“纶与吉中孚……号‘大历十才子’，唐之文风，至此一变矣。纶所作特胜，不减盛时，如三河少年，风流自赏。”（《唐才子传》卷四）其诗工于叙事写景，兼擅各体，五七律精严浑厚，犹有盛唐余音。有《卢户部集》，《全唐诗》存诗五卷。

晚次鄂州

云开远见汉阳城，犹是孤帆一日程。
估客昼眠知浪静①，舟人夜语觉潮生②。
三湘衰鬓逢秋色，万里归心对月明。
旧业已随征战尽，更堪江上鼓鼙声③？

【题解】

题下原注：“至德中作。”肃宗至德（756—758）中，卢纶避安史之乱南下，此诗当作于南下抵鄂州（今湖北武汉）时。先以望见鄂州发端，中间两联写江上行舟情景。颔联尤精彩，沈德潜评云：“读

三、四语，如身在江舟间矣，诗不贵景象耶？”（《唐诗别裁集》卷一四）方东树《昭昧詹言》评全诗云：“起句点题，次句缩转，用笔转折有势。三、四兴在象外，卓然名句。收切鄂州，有远想。”

【注释】

①估客：指同船的商人。 ②舟人：船家。 ③更堪：哪里更经得起。江上鼓鼙声：言鄂州一带也不平静。

塞下曲六首①（选二）

一

林暗草惊风，将军夜引弓②。
平明寻白羽，没在石棱中③。

【题解】

安史之乱以后，回纥、吐蕃多次入侵，浑瑊在郭子仪麾下累立战功。德宗兴元元年（784），浑瑊以军功封咸宁郡王，镇守河中。《旧唐书·浑瑊传》载：“贞元三年（787），吐蕃入寇，至凤翔，欲长驱犯京师，而畏瑊。……”卢纶长期居浑瑊幕府，任元帅判官，对浑瑊英勇拒敌、力振国威的多次战斗，都亲自参与，故能发为高唱，作此组诗，在以厌战思归为主旋律的中唐边塞诗中卓然特立，大放异彩，评论家认为“有盛唐之音”，可与岑参边塞诗抗手。

组诗共六首，这是第二首。借射虎表现将军英武，戒备森严。首句“林暗”已含次句“夜”字，夜黑林暗，风动草惊，写猛虎出林景象极逼真、生动。着一“惊”字，由“草惊风”引起人惊虎，用“风从虎”语意不露痕迹。次句紧承首句，一见草惊即拉弓猛射，则将军的高度警惕性已不言可知。前两句只写将军夜射而不言结果，故留悬念。可以想见，一射之后，即风停草静。因为夜黑林暗，故未入林察看现场。后两句所写，乃时隔一夜之后的情景。先用“平明寻白羽”一宕，又引起读者悬念，急于一探究竟。“寻白羽”有一个过程，略去不写，只写惊人的发现：“没在石棱中”。而将军之神勇、射术之超群，俱见于言外。

【注释】

①塞下曲：唐代乐府题，出于汉《出塞》《入塞》等曲。此题一作《和张仆射塞下曲》。张仆射指张延赏。 ②引弓：拉弓。 ③“平明”两句：据李广故事而加创新。《史记·李将军列传》：“广出猎，见草中石，以为虎而射之，中石没镞，视之，石也。”白羽：指白羽箭。

二

月黑雁飞高，单于夜遁逃①。
欲将轻骑逐②，大雪满弓刀。

【题解】

前两句极富暗示性。“月黑”与以下“夜”“雪”互补，暗示敌人可能趁机出动。月黑雪猛，非雁飞之时，却见大雁高飞，暗示已有敌情。将军一见雁飞，迅即做出“单于夜遁逃”的判断，暗示敌人被围已久，已无力夜袭。当然，将军极富作战经验，于雪夜严密注视敌情，也同时得到暗示。

后两句不正面描写轻骑远追及其辉煌战果，却用“大雪满弓刀”烘托跃跃欲追的场景，所谓“将军欲以巧伏人，盘马弯弓惜不发”，扣人心弦，引人联想，言有尽而意无穷。

【注释】

①单于：匈奴君长的称呼。 ②轻骑（jì）：轻装的骑兵。逐：追击。

李 益（748—829）

字君虞，排行十，凉州姑臧（今甘肃武威）人。代宗广德二年（764）凉州陷于吐蕃前，随家迁离故土，定居洛阳。大历四年（769）登进士第，授华州郑县尉，迁郑县主簿。九年入渭北节度使臧希让幕，随军北征备边。德宗建中二年（781）转入朔方节度使李怀光幕，曾巡行朔野。四年以书判登拔萃科，授侍御史。贞元元年（785）入天德节度使杜希全幕。四年为邠宁节度从事，十二年府罢。十三年（797）为幽州节度从事，进营田副使。至十六年（800）方离军府。宪宗元和元年（806）前后，入朝为都官郎中，三年以本官充考制策官。其后进中书舍人，改河南少尹。七年（812）任秘书少监兼集贤学士。八年前后，因作“感恩知有地，不上望京楼”诗，降居散职。旋复任秘书监。累历太子右庶子、秘书监、太子宾客、集贤学士判院事。十五年（820）任右散骑常侍。文宗大和元年（827）加礼部尚书致仕。其生平事迹见新、旧《唐书》本传及今人卞孝萱《李益年谱稿》。李益诗名振当代。元和十二年令狐楚选《御览诗》，李益诗入选最多。李肇著《国史补》，称“李益诗名早著”，其诗“好事者画为图障”，“唱为乐曲”。早期诗风类“十才子”，以五律见长，《喜见外弟又言别》是其代表作。中期处军旅中达二十六年之久，多写边塞题材，艺术成就臻于巅峰。自称“五在兵间，故为文多军旅之思。或军中酒酣，塞上兵寝，拔剑秉笔，散怀于斯文，皆出乎慷慨意气”（《从军诗序》）。辛文房称其“从军十年，运筹决胜，尤其所长。往往鞍马间为文，横槊赋诗，故多抑扬激励悲离之作，高适、岑参之流也”（《唐才子传》卷四）。各体皆工，尤以七绝名世。有《李益集》，《全唐诗》存诗二卷。

喜见外弟又言别

十年离乱后，长大一相逢。
问姓惊初见，称名忆旧容。
别来沧海事①，语罢暮天钟。
明日巴陵道②，秋山又几重。

【题解】

这首五律，写战乱年代久别乍逢的欢愉与乍逢又别的惆怅跃然纸上，语浅情深，感人肺腑。“问姓惊初见，称名忆旧容”尤为传诵名句，沈德潜评云：“与‘乍见翻疑梦，相悲各问年’抚衷述愫，同一情至。”（《唐诗别裁集》卷一一）贺裳评云：“情尤深，语尤怆，读之者几于泪不能收。”（《载酒园诗话》又编）全篇亦如沈德潜所评：“一气旋折，中唐诗中仅见者。”

【注释】

①沧海事：是说世事变化很大，如同沧海变成桑田，桑田变为沧海。葛洪《神仙传·麻姑》：“麻姑自说云，接待以来，已见东海三为桑田。”这一句与首句呼应，因为十年离乱，所以世事沧桑，变化极大。 ②巴陵：唐代郡名，治所在今湖南岳阳，是外弟将要去的地方。

夜上受降城闻笛①

回乐烽前沙似雪②，受降城外月如霜。

不知何处吹芦管[3]，一夜征人尽望乡。

【题解】

贞元元年（785）起，李益佐灵州大都督杜希全幕，约四五年之久，诗当作于此时。

前两句写“夜上受降城”所见。远望，白沙莽莽，恍如终年不化的积雪；近看，月色茫茫，恍如秋宵普降的寒霜。仅“沙似雪”“月如霜”已足以触发征人怀乡思归之情，更何况“沙似雪”“月如霜”的地点是“回乐烽前”“受降城外”！这一联用对偶句，连两个地名也字字相对，铢两悉称。“受降城”“回乐烽”如果名实相符，那么吐蕃归降，征人便可享“回”乡之“乐”，可如今这里是防御吐蕃的前沿阵地啊！作者另有《暮过回乐烽》诗：“烽火高飞百尺台，黄昏遥自碛南来。昔时征战回应乐，今日从军乐未回。”“乐未回”是故作慷慨之词，其实是正话反说。这两个对偶句正是巧用地名与实际的尖锐矛盾及其寂寥、凄冷的眼前景引发征人的思“回”之情，为第四句蓄势。

后两句写“闻笛”之感。王昌龄《从军行》云：“更吹羌笛关山月，无那（奈）金闺万里愁。”今于“回乐烽前”“受降城外”忽传羌笛之声，征人闻此，更动乡愁。然而直言乡愁，则流于抽象。诗人的高明之处，在于巧运回旋跌宕之笔，写“吹芦管”，而以“不知何处”领起，自然引出结句：“一夜征人尽望乡。”“尽”字笼括所有征人，“望”字照应“不知何处”。征人原已思乡，今闻悠扬哀怨的笛声从家乡那边飘来，便无不回头“望乡”。前三句蕴含的思乡之情，都汇聚于“尽望乡”的神态之中，形成震撼人心的艺术魅力。诗中未用久戍、思归之类的字眼，一、二句绘色，第三句传声。第四句状形，而情含其中，情景两绝。宋景元《辋师园唐诗笺》评云：“蕴藉宛转，乐府绝唱。”王世贞《艺苑卮言》评云：“绝句李益为胜，‘回乐烽前’一章，何必王龙标、李供奉？”

【注释】

①受降城：唐高宗神龙三年张仁愿所筑，以防突厥，共有中、东、西三城。中城在今内蒙古包头市西；东城在今内蒙古托克托西；西城在今内蒙古杭锦后旗乌加河北岸。历来注家注此诗，都注受降城为张仁愿所筑东、中、西三城中的某一城。其实此诗中受降城乃灵州（今宁夏回族自治区灵武县西南）州治所在地回乐县。贞观二十年，唐太宗曾亲临灵州接受突厥一部的投降，故称灵州城为“受降城”。　②回乐烽：烽火台名，当在回乐县境内。　③芦管：即指题中之“笛”。

边　思

腰悬锦带佩吴钩①，走马曾防玉塞秋②。
莫笑关西将家子③，只将诗思入凉州④。

【题解】

这首诗是李益的自我写照，当作于中年以后。

前两句用一“曾（曾经）”字，追叙往日的战斗经历。李益生于凉州，出身望族，以“身承汉飞将”（《赵郊宁留别》）自豪。但八岁时安史之乱爆发，十七岁时吐蕃侵占河西陇右之地，家乡沦陷，移家洛阳。这给他留下了痛苦的回忆，自称“西州遗民”，誓复失地。他“从军十年”，主要是抵御吐蕃入侵，当时的特定说法叫作“防秋”。首句“腰悬锦带佩吴钩”，活画出“关西将家子”的英武形象，次句用“走马”“防秋”概括了十年战斗生涯。“防秋”乃至收复河西、陇右失地，这是他的本愿，可是他的这种愿望一直未能实现，却以边塞诗蜚声当时，因而以三、四句抒发感慨。

后两句以“莫笑”领起，言外之意是：作为“关西将家子”而“只将诗思入凉州”，这是可“笑”的，而且已经有人“笑”他。当然，别人不会“笑”，这只是一种假设，便于自我解嘲：别笑我只知作诗，我还干过“关西将家子”的本行，“腰悬锦带佩吴钩，走马曾防玉塞秋”呢！

“诗思（sì）”，指诗情诗意。“入凉州”，语意双关。《旧唐书·李益传》说李益擅长七绝，“每作一篇，为教坊乐人以赂求取，唱为供奉歌辞。其《征人歌》《早行篇》，好事者画为屏障。‘回乐烽前沙似雪，受降城外月如霜’之句，天下以为歌辞”。《乐府诗集》引《乐苑》云：“《凉州》，宫调曲，开元中凉州府都督郭知运进。”据此，“诗思入凉州”指其诗“入乐”，被谱为歌曲，天下传唱。《凉州》，借指乐曲。他是凉州人，自幼熟习《凉州曲》，其诗入乐，亦以谱入《凉州曲》为宜。然而只要注意李益生长凉州，青年时期家乡沦陷，他常思收复，形于吟咏的事实，便不难探究“只将诗思入凉州”的深层意蕴：虽曾十载从军，却一直未能收复失地，因而只能将“诗思”谱“入凉州”，而他自己及其家属，却依然漂泊他乡，未能“入凉州”回故里啊！他的《从军诗》自序云：“五在兵间，故为文多军旅之思。或因军中酒酣，或自塞上兵寝，投剑秉笔，散怀于斯文，率皆出乎慷慨意气，武毅果厉。本其凉国，则世将之后，乃西州之遗民欤！亦其坎坷当世，发愤之所志也。”（见《唐诗纪事》卷三十）读读这篇序，再读“故国关山无限路，风沙满眼堪断魂”（《六州胡儿歌》）一类诗句，便更能领会这首《边思》诗所抒发的作为“西州遗民”的深沉感慨。

【注释】

①吴钩：春秋时吴王阖闾所造的一种弯形宝刀，见《吴越春秋》。鲍照《代结客少年场行》有“锦带佩吴钩”句。　②玉塞：玉门关。　③关西将家子：《后汉书·虞翻传》：“谚曰：‘关西出将，关东出相。’”李益为陇西人，汉名将李广之后，其父也做过武官，故自称关西将家子。　④凉州：地

名，亦乐曲名。

从军北征

天山雪后海风寒[①]，横笛偏吹行路难[②]。
碛里征人三十万[③]，一时回首月中看。

【题解】

此诗作于德宗贞元元年（785）至四年（788）间在杜希全幕中之时。写征人怀乡之情而气象雄阔，苍凉悲壮。胡应麟云："七言绝，开元之下，便当以李益为第一。如《夜上西城》《从军北征》《受降》《春夜闻笛》诸篇，皆可与太白、龙标竞爽，非中唐所得有也。"（《诗薮》内编卷六）

【注释】

①天山：在今新疆中部。海：塞外湖泊，古代亦称海。 ②行路难：乐府《杂曲》。 ③碛：沙漠。黄生《唐诗摘抄》："闻笛思乡，诗中常事，硬说三十万人一时回看，便使常意变新。"

塞 下 曲

伏波惟愿裹尸还[①]，定远何须生入关[②]？
莫遣只轮归海窟[③]，仍留一箭定天山[④]。

【题解】

只写马援、班超、薛仁贵为国立功的英雄事迹，而激励后人之意，即蕴涵其中。纯用对偶句，又句句用典，而大气盘旋，神采飞扬，极沉雄豪迈之致。

【注释】

①伏波：东汉马援屡立战功，被封为伏波将军。他曾说，男儿要有战死边疆、以马革裹尸还葬的决心。②定远：东汉班超投笔从军，平定西域一些少数民族贵族统治者的叛乱，封定远侯，居西域三十一年。最后因衰老上书皇帝，请求调回，有“但愿生入玉门关”句。③海窟：本指海中动物聚居的洞穴，这里借指敌人聚居的地方。④一箭定天山：引《旧唐书·薛仁贵传》说：唐高宗时，薛仁贵领兵在天山迎击九姓突厥十余万军队，发三矢射杀他们派来挑战的少数部队中的三人，其余都下马请降。薛仁贵率兵乘胜前进，凯旋时，军中歌唱道：“将军三箭定天山，战士长歌入汉关。”

江　南　曲

嫁得瞿塘贾[①]，朝朝误妾期[②]。
早知潮有信[③]，嫁与弄潮儿[④]。

【题解】

《江南曲》，乐府《相和歌》旧题，多述江南水乡风俗及男女爱情。此诗先通过商人妇的口吻，埋怨商人重利，久客不归，杳无音信；接着即从“信”字生发，写出千古妙句。黄叔灿《唐诗笺注》云：“不知如何落想，得此急切情至语。乃知《郑风》‘子不我思，岂无他人’是怨怅之极词也。”

【注释】

①瞿塘：长江三峡之一，属夔州。夔州当时为商业中心，故“瞿塘饶贾客”（李白《江上寄巴东故人》）。②期：约定的归期。③潮有信：潮涨

潮落有定时。　④弄潮儿：能在潮涨时戏水的青年。

孟　郊（751—814）

字东野，排行十二，湖州武康（今浙江德清）人。贞元十二年（796）进士，十六年授溧阳尉，抑郁不得志，遂辞归。元和初，郑余庆为河南尹，奏为水陆转运判官。九年（814），郑余庆出镇兴元，辟为参谋，病卒于途。早年隐居嵩山，家境贫困，屡试不第，曾浪迹江西、湖北、湖南等地以寻求出路，而终无所获。入仕以后，因生性孤直，不谐世媚俗，亦贫困潦倒，死后竟无钱下葬。友人张籍等私谥为贞曜先生。其生平事迹见韩愈《贞曜先生墓志铭》及新、旧《唐书》本传。近人夏敬观、今人华忱之各有《孟郊年谱》，后者较完备。孟郊与韩愈酬唱，世称韩孟，为韩孟诗派开派人物。其诗五古多硬语盘空，自诉穷困和愤世嫉俗之作；绝句质朴简练，有古乐府风神。韩愈评其诗“横空盘硬语，妥帖力排奡”（《荐士》）。“刿目𫓧心，刃迎缕解，钩章棘句，掐擢胃肾”（《贞曜先生墓志铭》）。因其处境困窘，心胸亦窄，故诗风清奇、瘦硬、苦涩，张为《诗人主客图》列为“清奇僻苦主”。当时诗名极盛，李观、韩愈、张籍、白居易、贾岛等皆极推崇。李肇《国史补》谓“元和以后，……学矫激于孟郊”，足见其影响。有《孟东野诗集》，《全唐诗》存其诗十卷。

寒地百姓吟

无火炙地眠[1]，半夜皆立号[2]。
冷箭何处来[3]，棘针风骚骚[4]。

霜吹破四壁⑤，苦痛不可逃。
高堂捶钟饮⑥，到晓闻烹炮⑦。
寒者愿为蛾，烧死彼华膏⑧。
华膏隔仙罗⑨，虚绕千万遭。
到头落地死，踏地为游遨⑩。
游遨者是谁⑪？君子为郁陶⑫。

【题解】

此诗作于宪宗元和元年（806），当时作者任河南水陆转运判官，居洛阳。诗中将百姓之饥寒与豪绅之宴饮取乐作对比，表现了对前者的同情、对后者的抨击。以“冷箭”“棘针”“破四壁”写寒风，以“寒者愿为蛾，烧死彼华膏”写百姓希望得到一丝温暖，都体现了孟郊“刿目𫓧心”的艺术特点。

【注释】

①炙（zhì）：烤。　②号（háo）：叫喊。以上两句是说：穷苦百姓家里没有取暖的炉火，只好将地面烤热后睡下，到半夜时地面变冷，冻得人站起来号叫。　③冷箭：与下句中的“棘针”都是指从缝隙中吹进来的刺骨冷风。　④骚骚：风声。一作“骚劳”。　⑤霜吹：霜风。这一句是说：冷风从四面墙壁缝隙中钻进来，所以下句说无法逃避寒冷的痛苦。　⑥捶（chuí）：敲击。钟：古代的一种打击乐器。这一句是写富贵人家在高堂大屋中一边喝酒，一边欣赏音乐。　⑦烹（pēng）、炮（bāo）：两种烹饪的方法，烹是用热油略炒，炮是用猛火急炒。这一句是说：厨房里忙个不停，直到早上仍能听到烹炮的声音，闻到佳肴的香气。　⑧膏：油。这里指油灯。以上两句是说，受冻的百姓情愿化成飞蛾，扑向华美的油灯被烧死。　⑨仙罗：指油灯上的丝绸灯罩。　⑩游遨：游玩。这里指“高堂捶钟饮”的富贵者。以上两句是说：飞蛾最终落地而死，又被日夜游乐的富贵者践踏。　⑪这一句用疑问的语气表

示对游乐者的轻蔑：这些游乐者都是些什么样的人啊！　⑫君子：这里指正直的人，其中也包括了诗人自己。郁陶（yáo）：满腔悲愤。

游终南山

南山塞天地[1]，日月石上生。
高峰夜留景[2]，深谷昼未明。
山中人自正，路险心亦平[3]。
长风驱松柏，声拂万壑清[4]。
即此悔读书，朝朝近浮名。

【题解】

题为“游终南山”，解诗应注意“游”字。前六句写终南山，句句奇出意表，险语惊人。然而这是写“游”山时的所见所感，与写遥望终南自然不同。人在山中，仰望则山与天接，环顾则视线为千岩万壑所遮，压根儿看不见山外还有什么空间。用“南山塞天地”概括这种独特感受，虽“险”而不怪，虽夸而非诞。“日月”当然不是“石上生”的，更不会同时从“石上生”出。“日月石上生”一句，真“奇”“险”绝伦。然而这也是写他“游”终南的感受。“日”“月”并提，表明他入山以来，既见日升，又看月出，已经度过几个昼夜；终南之大，作者游兴之浓，也由此曲曲传出。身在终南深处，朝望日，夕望月，都从高峰顶端初露半轮，然后冉冉升起，不就像从“石上生”出来一样吗？三、四句乍读也“险”得出“奇”。在同一地方，“夜”与“景”（日光）互不相容，“昼”与“未明”也无法并存，但作者硬把它们统一起来，怎能不给人以“奇”“险”的感觉！但细玩诗意，“高峰夜留景”不过是说在其他地方全被夜幕笼罩之后，终南“高峰”还留有落日的余晖，极言其“高”；“深谷昼未明”不过是说在其他地方已经洒满阳光之时，终南“深谷”依然一片幽暗，极言其“深”。一“高”一“深”，悬殊若此，也给人以“奇”“险”感。然而通过这一“高”一“深”，正足以表现千岩万壑的千形万态，足以见终南山高深广远，无所不包。究其实，略同于王维的“阴晴众壑殊”，不过风格各异而已。

终南山人简直在林海里居住，下两句写林海而选择了极好的角度：“长风”。“长风驱松柏”的“驱”字下得“险”。但终南松柏成林，一望无际，“长风”过处，枝枝叶叶都向一边倾斜、摇摆，形成后浪推前浪的奇观，只有“驱”字才能表现得形神毕肖。“声拂万壑清”的“拂”字下得“奇”。“声”无形无色，谁能看见它拂？然而此句紧承上句，那“声”来自“长风驱松柏”，“长风”过处，千松万柏枝枝叶叶都在飘“拂”，也都在发“声”。不说枝拂而说“声拂”，就把视觉形象和听觉形象融合为一，使读者于看见万顷松涛之际，又听见万顷松风。

硬语盘空，险语惊人，奇出意表，孟郊诗的这些独特风格，在这首诗里得到了突出表现；但仍有一定的含蓄美值得品味。赞美终南的万壑清风，意味着厌恶长安的十丈红尘；赞美山里的“人正”“心平”，意味着厌恶山外的人邪心险。以“即此悔读书，朝朝近浮名”收束全诗，这种言外之意就表现得相当明显了。

【注释】

①塞：充满。这句并下句极言终南山的高大，它充塞在天地之间，太阳月亮仿佛从山里升起。 ②高峰：指太白峰。景：日光。此句原注：“太白峰西，黄昏后见余日。” ③以上两句说，山野之人心地纯正，尽管山路险仄，内心仍然平和。 ④壑（hè）：山沟。

游　子　吟

慈母手中线，游子身上衣。
临行密密缝，意恐迟迟归。
谁言寸草心①，报得三春晖②？

【题解】

题下作者自注云："迎母溧上作。"作时当为贞元十六年（800）。孟郊出身贫寒，其父孟庭玢早卒，母亲裴氏历尽千难万苦，抚养三个儿子成人。孟郊多次辞家，奔走衣食，直到五十岁才被授予溧阳（今属江苏）县尉的小官。当他迎养老母时，以往辞家别母的情景浮现眼前，情不自禁地写出这篇《游子吟》。

"慈母手中线，游子身上衣"，由于中间省掉"缝"字而留给第三句补出，便成为两个词组，从而使二者的关系更其紧密，恰切地表现了母子相依为命的骨肉之情。第三句"临行"上承"游子"，"缝"上承"线"与"衣"，"密密缝"三字，将慈母手眼相应、行针引线的神态及其对儿子的爱抚、担忧、祝愿和希冀，和盘托出，扣人心弦，催人泪下。这"密密缝"的情景是"游子""临行"之际亲眼看见的，他从那细针密线中体会出慈母的心意：她切盼儿子早早归来；又生怕儿子迟迟不归，衣服破了，拿什么换？所以才"密密缝"。"意恐迟迟归"的那个"意"，即出于儿子的意想，这正是慈母的真意，慈母的爱心与儿子的孝心交融互感，给"迟迟归"倾注了无声的情感波涛：母亲生怕儿子"迟迟归"，当然有复杂的心理活动；儿子体贴母亲，下决心要早早归，然而世路难行，谋生不易，万一"迟迟归"呢？……

后两句突用比喻作结，出人意表。然而仔细玩味，实由"意"

字引发。如果儿子毫无孝心，便不会把慈母缝衣放在眼里，甚至嫌弃那衣服土气。诗里写的这个儿子则不然：慈母为他缝衣，他在一旁静观默想；当他体会出老母心意之时，便被那博大、深厚、温馨的母爱所打动，心潮汹涌，终于化为“谁言寸草心，报得三春晖”的心声。“寸草心”，极微小；“三春晖”，博大而温暖。二者的关系是：没有“春晖”普照，“寸草”不能成长；而“寸草”之“心”，又无以报答“春晖”的恩情。这两句，用通俗而形象的比喻，赞颂了春晖般普博温厚的母爱，寄托了区区小草般的儿女欲报母爱于万一的炽热深情；用反诘语气，更强化了感人的力量。因而成为万口传诵的名句，并被浓缩为“春晖寸草”的成语，感发普天下人子的孝心。

苏轼《读孟郊诗》云：“诗从肺腑出，出辄愁肺腑。”这一首，真是从肺腑中流出的。写的是最普通的慈母缝衣场景，选的是最常见的阳光照耀小草的比喻，用的是朴实无华、通俗如话的语言，歌颂的是人人都感受过的母爱，但由于这是从一个渴望报答母爱于万一的好儿子的肺腑中流出的，所以感人肺腑。

这首诗，与孟郊的《游终南山》一类诗的风格截然不同。真诚地赞颂母爱，用不着硬语盘空，险语惊人。

【注释】

①寸草心：小草茎中抽出的嫩芽。 ②三春晖：三春，指孟春、仲春、季春。即阴历正月、二月、三月。晖，阳光。

张 籍（766？—830？）

字文昌，原籍苏州，移居和州乌江（今安徽和县乌江镇）。贞元十五年（799）进士。历任太常太祝、国子助教、国子博士、水部员外郎、主客郎中、国子司业等职，世称张太祝、张水部、张司业。又因家境贫困，患严重眼疾，故被孟郊称为“穷瞎张太祝”（《寄张籍》）。曾从韩愈问学，得其奖掖，世称韩门弟子。与同时诗人白居易、王建、孟郊、贾岛、于鹄等交游，互有赠答。其诗歌理论与创作倾向接近白居易，白居易称其“尤工乐府诗，举代少其伦”（《读张籍古乐府》）。其乐府诗多写民间疾苦，明白畅达而又简练警拔，王安石赞其“看似寻常最奇崛，成如容易却艰辛”（《题张司业诗》）。与王建乐府诗齐名，并称“张王乐府”。亦工近体，五律体清韵远，七绝婉转流畅，清新秀朗。其生平事迹见新、旧《唐书》本传及今人卞孝萱《张籍简谱》。有《张司业集》，《全唐诗》存诗五卷。

野　老　歌①

老翁家贫在山住，耕种山田三四亩。
苗疏税多不得食，输入官仓化为土。
岁暮锄犁倚空室，呼儿登山收橡实②。
西江贾客珠百斛③，船中养犬长食肉。

【题解】

前六句写“山农”，后两句，从远在“西江”的商船上拍了一个镜头，来与山农作对比：“贾客珠百斛”，与山农“锄犁傍空室”的对比何等强烈！山农吃橡实，与贾客“船中养犬长食肉”的对比又何等强烈！

作者不写郊区农民而写“山农”，也极有深意。连“耕种山田三四亩”的山农都压榨得颗粒无存，那么郊区农民的命运，也就可想而知。读读白居易的《重赋》《杜陵叟》一类的作品，便可证明。

语言质朴自然，简直像随口说话，却精警凝练，极富表现力。如“苗疏税多不得食，输入官仓化为土”仅用十四个字，便把“苗疏”与“税多”“不得食”与“化为土”相互对比，产生了多么大的震撼力；而吏胥催税、百般勒索之类的细节，亦蕴含其中，不难想象。王安石评张籍的诗“看似寻常最奇崛，成如容易却艰辛”（《题张司业诗》），可谓深中肯綮。

【注释】

①野老歌：一作《山农词》。 ②橡实：橡树的果实。荒年可充饥。 ③西江：指江西九江市一带，是当时商业繁盛地区。唐时属江南西道，故称西江。贾（gǔ）客：商人。斛（hú）：十斗。

牧 童 词

远牧牛，逵村四面禾黍稠①。
陂中饥乌啄牛背②，令我不得戏垄头③。
半陂草多牛散行，白犊时向芦中鸣④。
隔堤吹叶应同伴，还鼓长鞭三四声⑤。
牛群食草莫相触，官家截尔头上角⑥。

【题解】

前八句，写牧牛场景、牛群动态，特别是牧童驱饥乌、吹口哨、打响鞭的动作宛然在目，是一幅生动的牧牛图。结尾两句，却写牧童警告群牛：“老老实实地吃草，别相斗！一斗，官家就要截掉你们头上的角！”徐献忠《唐诗品》云“水部长于乐府古辞，能以冷语发其含意，一唱三叹，使人不忍释手。”这首诗的结尾，的确“能以冷语发其含意”，使人联想到官府的暴虐。

【注释】

①稠（chóu）：密。 ②陂（bēi）：水边地。 ③垄（lǒng）：田地分界的埂子。 ④犊（dú）：小牛。 ⑤鼓长鞭：即打响鞭。 ⑥官家截尔头上角：借用北魏万州刺史拓跋晖横行霸道，叫他的随从人员强行截取农家牛角的故事，以揭露当时官吏的残暴。

凉州词二首

一

边城暮雨雁飞低，芦笋初生渐欲齐[①]。
无数铃声遥过碛[②]，应驮白练到安西[③]。

二

凤林关里水东流[④]，白草黄榆六十秋[⑤]。
边将皆承主恩泽，无人解道取凉州。

【题解】

自代宗广德元年（763）以来，西北数十州陷于吐蕃。张籍《凉州词》即为此而作。前一首，写大量丝绸被掠。后一首，抒发对朝廷无意收复失地的愤慨。

【注释】

①芦笋：芦芽。 ②碛：沙漠。 ③安西：唐安西都护府，当时为吐蕃所占据。 ④凤林关：今甘肃临夏县西，唐时为凤林县地。 ⑤白草黄榆：指凉州等地沦陷六十年来田园荒芜，一片荒凉。

秋　思

洛阳城里见秋风，欲作家书意万重。
复恐匆匆说不尽，行人临发又开封[①]。

【题解】

这首诗的最精彩处在三、四句。但无第二句，三、四句便无从引发；无第一句，第二句也不能凭空写出。第一句只有七个字，怎样写，看来难度很大，而作者似乎写得很轻松。然而仔细想来，只有如此写，才能领得起。作者的故乡在和州，“洛阳城里见秋风”，说明离家作客，已到秋天，自然引起“秋思”，这是第一层。“秋风”不能“见”，偏用“见”字，表明所“见”者乃是“草木摇落”的萧条景象，对于稍有文学修养的人来说，宋玉《九辩》中“悲哉秋之为气也，……廓落兮羁旅而无友生，惆怅兮而私自怜”那一段，便叩击心扉，引起共鸣，加重“秋思”，这是第二层。更重要的，还有人所共知的一段故事：西晋名士张翰从江南故乡来到洛阳做官，“见秋风起，乃思吴中菰菜莼羹鲈鱼脍，曰：‘人生贵得适志，何能羁宦数千里以要名爵乎？’遂命驾而归。”（《晋书》卷九二《张翰传》）很清楚，第一句从字面到内涵，都由此感发，其题目《秋思》的主旨，正是思家、思归。思归而不能归，第二句“欲寄家书意万重”即随之喷薄而出。

作的是七绝，如今只剩两句十四字，又怎表现那“万重”之“意”呢？作者的高明之处在于压根儿不去罗列那“万重”之“意”，而是通过极富典型性的动作展现“欲寄家书意万重”的心态：“复恐匆匆说不尽，行人临发又开封。”把封好的信又打开来，也许会补写几条。但不管开了又封，封了又开，反复多少次，唯恐说不尽的心态依然未改。这就是通常所说的“话长纸短，言不尽意”，凡寄过家书的人大约都有这种心理体验。把这种人所共有的心理体验精确地外化为直觉造型，便能引发读者的心灵共振，传诵不衰。林昌彝《射鹰楼诗话》评此诗为“七绝之绝境，盛唐人到此者亦罕”，不算过誉。

【注释】

①临发：即将出发。开封：打开信封。

酬朱庆馀

越女新妆出镜心①，自知明艳更沉吟②。
齐纨未是人间贵，一曲菱歌敌万金③。

【题解】

《全唐诗话》载：“庆馀遇水部郎中张籍，知音，索庆馀新篇二十六章，置之怀袖而推赞之。时人以籍重名，皆缮录讽咏，遂登科。庆馀作《闺意》一篇以献，籍酬之云云，由是朱之诗名流于海内矣。”朱庆馀《闺意献张水部》（一作《近试上张水部》）诗云：

洞房昨夜停红烛，待晓堂前拜舅姑。
妆罢低声问夫婿，画眉深浅入时无？

纯用比体，风神摇曳。张籍酬诗亦妙手比拟，其前两句就朱诗后两句写其风致心态，其后两句，则夸其画眉入时，菱歌价重，高度评价了朱庆馀的诗歌。不独辞章绮丽，其奖掖新秀之意，尤足感人。

【注释】

①“越女”句：朱庆馀乃越州人，家乡有镜湖，故比之为越女，说她出

自镜湖之心。 ②沉吟：反复忖度，未能自作判断。 ③“齐纨”二句，谓菱歌价重，非齐纨可酬。唐代歌伎演奏毕，宾客以绫、绢相酬，称为“缠头”。齐纨，齐地所产细绢，颇贵重。菱歌：比拟朱庆馀的诗。

王 建（766？—832？）

字仲初，排行六，关辅（今陕西）人，郡望颍川（今河南许昌）。早年与张籍同学友善。德宗贞元中历佐淄青、幽州、岭南节度幕。宪宗元和初佐荆南、魏博幕。八年（813）前后任昭应丞，转渭南尉。与宦官王守澄联宗，得悉宫中诸事，作《宫词》百首，传诵一时。迁太府丞，穆宗长庆二年（822）前后任秘书郎。文宗大和二年（828）自太常丞出为陕州司马。晚年退居咸阳原上，家境贫困。生平事迹见《唐诗纪事》《唐才子传》及今人谭优学《王建行年考》。王建擅长乐府，与张籍齐名。平生奔走南北，了解民间疾苦，故其乐府诗多取材于农夫、蚕妇、织女、水夫以针砭时弊。绝句婉转流畅，清新有致，《宫词》百绝，尤“天下传播，效此体者虽有数家，而建为之祖”（蔡正孙《诗林广记》前集卷六引）。有《王建诗集》，《全唐诗》存诗六卷。

田 家 行

男声欣欣女颜悦，人家不怨言语别①。
五月虽热麦风清②，檐头索索缫车鸣③。
野蚕作茧人不取，叶间扑扑秋蛾生④。
麦收上场绢在轴⑤，的知输得官家足⑥。

不望入口复上身，且免向城卖黄犊[7]。
田家衣食无厚薄[8]，不见县门身即乐[9]。

【题解】

这首写田家的新乐府诗角度很新，不像常见的同类作品那样写农民因交不够赋税而挨打、坐牢，却以前八句写丰收的喜悦而归结于有粮有绢，预计交够赋税没问题。后四句才说明自己缺吃少穿不要紧，只要不抓进县门，那就是“乐”！诗人写的尽管是田家乐而不是田家苦，但读到结尾，却令人恻然下泪。

【注释】

①“人家”句：因为太高兴，说话的声调都变了，谁也不怨谁说话和往常不一样。 ②麦风：即麦信风，麦熟时起的风。 ③檐头：屋檐下。索索缫（sāo）车：缫车即缫丝用的车，形似纺车。把蚕茧浸在热水中抽出丝来叫缫丝。索索，缫车转动的声音。 ④秋蛾：蚕结茧后，在茧内渐渐变为褐色的蛹，接着又变为蛾。这两句是说，家蚕丰收，野蚕茧没有人要，于是在树上变成秋蛾。 ⑤轴：纺织用具，用以卷织成的绢。 ⑥的：确实。输：缴纳赋税。这句说，确实知道麦和绢够交官税了。 ⑦犊（dú）：小牛。 ⑧无厚薄：谈不到好坏。 ⑨县门：即县衙门。

羽　林　行[1]

长安恶少出名字[2]，楼下劫商楼上醉。
天明下直明光宫[3]，散入五陵松柏中[4]。
百回杀人身合死[5]，赦书尚有收城功。
九衢一日消息定[6]，乡吏籍中重改姓[7]。
出来依旧属羽林，立在殿前射飞禽。

【题解】

这是一首写羽林军的诗。

开头第一句即揭示羽林军的出身是“长安恶少”，这样的人当了羽林军，如果军纪严明，也许会改邪归正，但事实恰恰相反，且看作者的描写：“楼下劫商”，即转身上楼，大吃大喝，直至喝得酩酊大醉，才去皇宫值班；天明下班，即分散在林木深处，伺机杀人劫财。只用三句诗写出这些行径，不再罗列，也不发议论，但已经足够说明一切。在京城中如此猖狂作恶，肆无忌惮，与其说他们胆大，不如说他们势大。这时候，羽林军改称神策军，其头领由皇帝的亲信宦官担任，纵容部下欺压人民，无恶不作。第五句承上启下。“百回杀人”，表明前面不过略举数例。“身合死”，暗示控告者层出不穷，主管者不得不承认这些羽林恶少“百回杀人”，论罪该死。按照常情常理，下句自然是写如何处死，但出人意料的是用皮里阳秋的手法一笔宕开：“赦书尚有收城功”哩！一个“尚有”（还有），表明以前已用各种理由赦免过，这一次，“尚有”一条十分过硬的赦免理由，那就是“收城功”！可作者在前面已明白写出，这些罪犯在参加羽林军之前是“长安恶少”而非戍边士卒，在参加羽林军之后只在京城一带“百回杀人”，未曾出征，哪来的“收城功”！古代将领多夸大战果，叙录战功时常把未曾参战而有来头的人的姓名开列进去，冒功邀赏。中唐时期，每用宦官统兵、监军，羽林恶少以行贿等手段假冒军功，以求将“功”折罪，原是轻而易举的事。以下几句进一步揭露羽林军的罪恶。对这样十恶不赦的家伙公开包庇，借故赦免，又许其改名换姓，重新入伍，其继续作恶，自在意料之中。

张、王乐府每将不合理的社会现象浓缩于简短的篇幅之中，并在结尾处突起奇峰，大放异彩。这一篇亦复如此。赦死复出，即“立在殿前射飞禽”，其长恶不悛、恃宠骄纵的神态，令人发指。而皇帝的昏庸，朝政的紊乱，诗人的愤懑，俱见于言外。

【注释】

①羽林行：乐府旧题，属《杂曲歌》。从汉杂曲《羽林郎》变化而来。羽林：汉、唐时代皇帝的禁卫军。唐置左、右羽林军，多吸收市井无赖，仗势行凶，无恶不作。　②出名字：在官府簿籍上登记名字，指参加羽林军。③下直（同“值”）：下班。明光宫：汉宫名，此借指唐宫。　④五陵：汉朝五个皇帝的陵墓，此泛指长安附近陵墓多松柏处。　⑤合死：该当处死。⑥衢：大街。“九”，言其多。　⑦“乡吏”句：意谓这个罪犯因军功获赦以后改名换姓，入了吏籍，又当了羽林军。

新嫁娘词

三日入厨下①，洗手作羹汤②。
未谙姑食性③，先遣小姑尝④。

【题解】

写旧时代新嫁娘的心态活灵活现。

【注释】

①三日：指新媳妇过门三朝。古代习俗，三朝后要到厨房做菜，表示从此要操持家务，侍奉公婆。本诗前两句即反映这一习俗。　②羹（gēng）汤：带汤的菜肴。　③谙（ān）：熟悉。姑：婆婆。食性：口味。　④遣：让。小姑：丈夫的妹妹。

赠李愬仆射①

和雪翻营一夜行②，神旗冻定马无声。
遥看火号连营赤③，知是先锋已上城。

【题解】

吴元济叛乱，官军讨伐，屡遭失利，以致元和十二年正月任李愬为将时，“军中承丧败之余，士卒皆惮战”（《通鉴·唐纪》）。李愬攻下蔡州，生擒吴元济，对唐王朝削平藩镇割据，维护国家统一起过积极作用，值得称赞。这首七绝以二十八字包举平蔡战役，写得有声有色，堪称佳作。

李愬率兵九千，以三千精兵为先锋，冒风雪急驰六十里，夜袭军事要地张柴村，然后取道人迹罕至的险路夜行七十里，以迅雷不及掩耳之势攻克蔡州。此诗前两句着重描写雪夜急行军。“和雪”“翻营”“一夜行”，一句诗含三层意思、三个短语、三个音节、节奏急促，气氛紧张。“一夜行”三字似嫌抽象，但特用“一夜”点明“行”军的时限，意在突出行军之急，因为时限只一夜，而行程则是一百三十里！第二句“神旗冻定”“马无声”，乃是对“一夜行”的具体描写。合第一句看，诗人有意突出三个要点：和雪、夜行、神旗冻定，这一系列自然条件使敌人麻痹大意，疏于防范；“马无声”，人更无声，军纪严明，使敌人不易察觉；夜黑、雪大、天气严寒，极不利于行军，却“一夜”急驰，恍如“神”兵自天而降。两句诗表现了这样一些内容，暗示雪夜奇袭必获全胜。

后两句不写先锋部队如何攻城，却从后续部队的“遥看”中展现“火号连营赤”的壮丽画面，并且迅即做出判断：“知是先锋已上城”。而胜利的喜悦以及对这次奇袭的指挥者李愬的赞颂之情，即从这“遥看”和判断中倾泻而出，洋溢纸上。

【注释】

①李愬：字元直，成纪（今甘肃秦安）人，善骑射，有谋略。元和九年（814），彰义节度使吴少阳死，其子吴元济据淮西（今河南汝阳一带）叛乱。元和十二年十月，李愬以唐、邓州节度使率精兵乘大风雪夜袭，攻入蔡州，

生擒吴元济。此诗即咏其事。平淮蔡后，李愬晋升检校尚书兼仆射。　②和（huò）雪：人跟雪搅和在一起。翻营：倾营出动。　③火号：举火为信号。

韩　愈（768—824）

字退之，排行十八，河阳（今河南孟州市）人。郡望昌黎，故世称韩昌黎。德宗贞元八年（792）登进士第，同榜多才俊，故称“龙虎榜”。十二年七月受董晋辟，任宣武军节度使观察推官。十五年（799）秋，依武宁军节度使张建封。十八年为四门博士。次年迁监察御史，因陈述关中旱灾，言论切直而触怒权臣，贬阳山令。宪宗即位，迁江陵府法曹参军。宪宗元和元年（806），召拜国子博士，分司东都。四年改都官员外郎，次年改河南令。六年（811）秋至京师，任职方员外郎。七年，坐事降为太学博士，作《进学解》。此后历任比部郎中、史馆修撰、考功郎中、知制诰、中书舍人等职。十二年（817）从裴度讨淮西藩镇吴元济，任行军司马。淮西平，以功授刑部侍郎。十四年，上表谏迎佛骨，贬为潮州刺史。量移袁州刺史。次年穆宗即位，召为国子祭酒。穆宗长庆元年（821）七月，转兵部侍郎。次年二月，以奉诏赴镇州宣谕王廷凑军有功，转吏部侍郎。三年拜京兆尹，兼御史大夫。十月复为兵部侍郎，旋改吏部侍郎。四年（824）十二月二日卒于长安，谥“文”，世称“韩吏部”“韩文公”。其生平事迹见李翱《赠礼部尚书韩公行状》《唐诗纪事》《唐才子传》及新、旧《唐书》本传。韩愈以继承儒家道统、弘扬仁义、排斥佛老为己任，是著名的思想家；他与柳宗元提倡古文，为文汪洋恣肆，是杰出的散文家，苏轼称其“文起八代之衰，而道济天下之溺”（《潮州韩文公庙碑》）。文与柳宗元齐名，世称“韩柳”；诗与孟郊齐名，世称“韩孟”。其诗得力于李白、杜甫而别开生面，自成一家，或雄伟壮阔，或奇险惊人，五、七古大篇多有此种风格，司空图称其“驱驾气势，若掀雷抉电，奔腾于天地之间”（《题柳柳州集后序》）。其论诗持“不平则鸣”说，故多反映现实之作。又主张“文从字顺”“词必己出”“惟陈言之务去”，往往吸取古文句式、章法及铺陈、议论手法以入诗，故有“以文为诗”的特点。后人或褒或贬，多着眼于此。贬之者讥为“押韵之文”，终不是诗”，褒之者则目为新变。金人赵秉文认为“韩愈又以古文之浑浩溢而为诗，然后古今之变尽矣”（《与李天英书》）。清代杰出诗论家叶燮指出“韩愈为唐诗之一大变。其力大，其思雄，崛起特为鼻祖。宋之苏、梅、欧、苏、王、黄，皆愈为之发其端”（《原诗·内篇》）。这都是比较持平、比较符合实际的评论。韩诗极大地影响了宋诗，也影响了晚清的宋诗派。《韩愈集》四十卷，为门人李汉所编，传本较多，以宋人廖莹中《世彩堂昌黎先生集注》较完善。今人钱仲联有《韩昌黎诗系年集释》，较通行。《全唐诗》存诗十卷。

雉 带 箭

原头火烧静兀兀[①]，野雉畏鹰出复没。
将军欲以巧伏人[②]，盘马弯弓惜不发[③]！
地形渐窄观者多[④]，雉惊弓满劲箭加[⑤]。
冲人决起百余尺，红翎白镞随倾斜[⑥]。
将军仰笑军吏贺，五色离披马前堕[⑦]。

【题解】

德宗贞元十五年（799），韩愈在徐州佐武宁节度使张建封幕，从猎作此诗。仅用十句，写射猎场景、将军神射，观者情态、伤雉惨状，一一浮现纸上。如汪琬所评：“短幅中有龙跳虎卧之观。”（钱仲联《韩昌黎诗系年集释》引，下同）“将军欲以巧伏人，盘马弯弓惜不发”尤为传诵名句，顾嗣立云：“二句无限神情，无限顿挫。公盖示人以运笔作文之法也。”程学恂云：“二句写射之妙处，全在未射时，是能于空处得神。即古今作诗文之妙，亦只在空处著笔，此可作口诀读。”

【注释】

①“原头”句：烈火燎原，猎者凝神地在寻找目标，故“静”。下句的“野雉”即从“静”字引出。钟惺曰：“此处乃着一‘静’字，妙甚。”（见《唐诗归》）兀兀：不动貌。 ②将军：指张建封。张好骑射，以武艺自矜。 ③“盘马弯弓”句：做欲射击状，但不真的发箭。不发是为了不虚发，一发必中，即上句说的“欲以巧伏人”。惜：谓珍惜射艺，含有忍耐、矜持的意思。盘马：盘旋不进。 ④“地形”句：野雉畏鹰，没入险窄的山沟里，人们簇拥着将军渐渐向前逼近。 ⑤“雉惊”句：雉见人，故“惊”，但还没有来得及飞走，便被射中。弓拉得满，故发箭强劲而有力。 ⑥“冲人”二句：中箭的雉，把全部生命力投入最后的挣扎，故“冲人决起”。但飞到一定的高度，气力不加，躯体随即倾斜。决起，疾速地飞起。《庄子·逍遥游》：“我决起而飞。”红翎白镞：射在雉身的箭。这里以箭的倾斜写雉的倾斜，是从观者的注视之点着笔的。翎，箭杆上的羽毛。镞，箭头。 ⑦“将军仰笑”二句：关合上文的“以巧伏人”。笑：写将军得意。贺：写军吏钦伏。离披：散乱貌。雉力尽堕地，躯体松弛，故彩羽离披。

山　石

山石荦确行径微①，黄昏到寺蝙蝠飞。
升堂坐阶新雨足，芭蕉叶大支子肥②。
僧言古壁佛画好，以火来照所见稀。

铺床拂席置羹饭，疏粝亦足饱我饥[3]。
夜深静卧百虫绝，清月出岭光入扉[4]。
天明独去无道路，出入高下穷烟霏[5]。
山红涧碧纷烂漫[6]，时见松枥皆十围[7]。
当流赤足蹋涧石[8]，水声激激风生衣。
人生如此自可乐，岂必局束为人鞿[9]？
嗟哉吾党二三子[10]，安得至老不更归？

【题解】

此诗取首句头两字“山石”为题，并非歌咏山石，而是叙写游踪。他所游的是洛阳北面的惠林寺，同游者是李景兴、侯喜、尉迟汾，时间是贞元十七年七月二十二日，即公元801年9月3日。

韩愈作为杰出的诗人兼散文家，在这篇诗里汲取了游记的写法，按照行程顺序，叙写从攀登山路、“黄昏到寺”“夜深静卧”到“天明独去”的所见所闻和所感，但无记流水账的缺点，读之诗意盎然。这因为虽按顺序叙写，却经过筛选和提炼。从“黄昏到寺”到就寝之前，所写者只有“蝙蝠飞”“芭蕉叶大支子肥”、寺僧陪看壁画和“铺床拂席置羹饭”等殷勤款待的情景，因为这体现了山中的自然美和人情美，跟“为人鞿”的幕僚生活对照，突出了结尾“归”隐的主题。关于夜宿和早行，入选的也只是最能体现山野自然美和自由生活的若干镜头，同样是结尾“归”隐念头形成的根据。这篇诗极受后人重视，影响深远。

苏轼游南溪，曾和此诗原韵，作诗抒怀。至于元好问“拈出退之《山石》句”来对比秦观的“女郎诗”，更为人所熟知。

【注释】

①荦确（luòquè）：险峻不平。微：窄狭。 ②支子：即栀子，常绿灌

木，花大色白，极香。 ③疏粝（lì）：粗糙的饭食。疏，不细密。粝，糙米。 ④扉：门。 ⑤穷烟霏：在云雾中走遍了。 ⑥纷烂漫：光辉互相照耀。 ⑦枥：同“栎”，高大的落叶乔木。围：两手合抱为一围。 ⑧蹋：同“踏”。 ⑨局束：拘束。为人鞿（jī）：受人控制。鞿，牲口含在口中的嚼子。 ⑩吾党：志同道合的朋友。

八月十五夜赠张功曹

纤云四卷天无河①，清风吹空月舒波②。
沙平水息声影绝，一杯相属君当歌③。
君歌声酸辞且苦，不能听终泪如雨。
洞庭连天九疑高④，蛟龙出没猩鼯号⑤。
十生九死到官所，幽居默默如藏逃⑥。
下床畏蛇食畏药⑦，海气湿蛰熏腥臊⑧。
昨者州前槌大鼓，嗣皇继圣登夔皋⑨。
赦书一日行万里⑩，罪从大辟皆除死⑪。
迁者追回流者还⑫，涤瑕荡垢清朝班⑬。
州家申名使家抑⑭，坎坷只得移荆蛮⑮。
判司卑官不堪说⑯，未免捶楚尘埃间⑰。
同时辈流多上道⑱，天路幽险难追攀⑲。
君歌且休听我歌，我歌今与君殊科⑳。
一年明月今宵多，人生由命非由他㉑。
有酒不饮奈明何？

【题解】

这篇七古，永贞元年（805）中秋写于郴州，题中的张功曹名署。贞元十九年（803）冬，韩愈与张署同任监察御史，因关中旱饥，上疏直谏宽免租税，得罪权臣，远贬南方。韩愈被贬为连州阳山（今属广东）令，张署被贬为郴州临武（今属湖南）令。永贞元年春，顺宗即位，例行大赦。韩、张二人被召到郴州（今湖南郴州市）待命，很有回京复职的希望。却因湖南观察使杨凭作梗，赦令迟迟未下，直等到八月宪宗上台，才量移江陵，韩为法曹参军，张为功曹参军，冤屈未伸，作此诗以抒悲愤。唐代行政组织，县的上级为州，州的长官叫刺史，俗称“州家”。几个州归一个朝廷派出的大臣管辖，叫节度使或观察使，俗称“使家”。韩、张的宽赦由“州家”申报“使家”，而为“使家”所抑，故诗中有“州家申名使家抑，坎坷只得移荆蛮”的控诉。

这首诗写得很别致，一是有人物：作者与张署同时登场。二是有场面：两人在中秋之夜的月下饮酒。三是有情节：两人对歌。全诗可分三段，六换韵。第一段四句，“河”“波”“歌”押韵（属平声歌韵）。作者以第一人称出面，赞美中秋之夜月白风清的美景，归到“一杯相属君当歌”，引出张署的歌唱。第二段是全诗的主体，根据韵脚的变换，可分为四章。第一章两句，“苦”“雨”押韵（属上声雨韵），写作者听张署唱歌的感受。本应置于张署唱歌之后，如今有意提前，为张署唱歌渲染气氛。第二章八句，“高”“号”“逃”“臊”“皋”押韵（属平声豪韵），写张署唱歌，叙述被贬南迁所经受的种种苦难，落到“嗣皇继圣”，起用贤能，露出一线希望。第三章“里”“死”押韵（属上声纸韵），仍是张署的歌辞，夸张地叙述赦书传送极快，大赦的幅度极宽。第四章八句，“还”“班”“蛮”“间”“攀”押韵（属上平刚韵），前两句承上歌唱大赦的结果是以前被贬谪的都召回朝廷，然后用强烈的对比唱出自己又一次受到不公正待遇，移官荆蛮，摆脱不了遭受捶楚的命运。张署的歌唱至此结束，三次换韵，平仄相间，波澜起伏。这篇歌辞，当然是作者代拟的，叙述的是张署的坎坷遭遇，同时也是作者自己的坎坷遭遇。巧妙之处在于不自己出面倾吐，却借张署唱歌表达。巧妙之处还在于不等张署唱毕再表述自己的感受，却提前写出“君歌声酸辞且苦，不能听终泪如雨”，从而留出地步，用打断张署唱歌的办法接上自己的歌唱。第三段五句，句句押韵（与开头四句同韵）。前两句是作者对张署说的话：“君歌且休听我歌”——你别唱下去了，还是听我给你唱支歌吧！这与前面的“不能听终泪如雨”相应。“我歌今与君殊科”——我唱的歌儿可跟你唱的不一样。言外之意是：我比你豁达，什么都能想开。下面三句，便是作者唱的歌：“一年明月今宵多”，照应首段及题目中的“八月十五夜”。“人生由命非由他”，貌似旷达，暗寓难言的痛苦。“有酒不饮奈明何！”——这么美好的中秋之夜，有酒不喝，光唱那酸楚的歌，天明了又怎么办？天明了，大概就要起身赶路，到江陵做那“未免捶楚尘埃间”的“判司卑官”去了！

全诗以中秋饮酒赏月，请“君”唱歌开头，以劝“君”饮酒赏月，莫辜负良宵的歌声结束。首尾拍合，情景交融，加强了意境的悲凉感。中间一段，抑扬顿挫，声情激越，是全诗的主旨所在，却避实就虚，借张署之口唱出。而作者自己，则先以听歌者的身份表达了内心的共鸣，后用自己的歌唱对张署进行宽解。从而化实为虚，化直为曲，化单线为复线。作者的歌辞，又似淡实浓，欲说还休，虽然声明“我歌今与君殊科”，实际是正话反说，扩大和加深了张署歌辞的内涵。韵脚的平仄变换，音节的抑扬顿挫，章法的开阖转折，恰当地表现了情感的发展变化。

【注释】

①纤云：微云。河：银河。　②月舒波：月光四射。　③属（zhǔ）：劝酒。　④洞庭：洞庭湖。九疑：又名苍梧山，在今湖南宁远县境。　⑤猩：猩猩。鼯（wú）：鼠类的一种。　⑥如藏逃：有如躲藏的逃犯。　⑦药：指

蛊毒。南方人喜将多种毒虫放在一起饲养，使之互相吞噬，叫作蛊，制成药后可杀人。 ⑧海气：卑湿的空气。蛰：潜伏。 ⑨嗣皇：接着做皇帝的人，指宪宗。登：进用。夔、皋：舜时的两位贤臣。 ⑩赦书：皇帝发布的大赦令。 ⑪大辟：死刑。除死：免去死刑。 ⑫迁者：贬谪的官吏。流者：流放在外的人。 ⑬瑕：玉石的杂质。班：臣子上朝时排的行列。 ⑭州家：刺史。申名：上报名字。使家：观察使。抑：压制。 ⑮坎坷：这里指命运不好。荆蛮：今湖北江陵。 ⑯判司：唐时对州郡诸曹参军的总称。 ⑰捶楚尘埃间：趴在地下受鞭打之刑。 ⑱上道：上路回京。 ⑲“天路”句：喻自己不能跟着他们一块儿升迁。 ⑳殊科：不同类。 ㉑他（tuó）：其他。

调 张 籍

李杜文章在①，光焰万丈长。
不知群儿愚，那用故谤伤②！
蚍蜉撼大树③，可笑不自量。
伊我生其后④，举颈遥相望。
夜梦多见之，昼思反微茫⑤。
徒观斧凿痕，不瞩治水航⑥。
想当施手时⑦，巨刃摩天扬⑧。
垠崖划崩豁⑨，乾坤摆雷硠⑩。
惟此两夫子，家居率荒凉⑪。
帝欲长吟哦，故遣起且僵⑫。
剪翎送笼中⑬，使看百鸟翔。
平生千万篇，金薤垂琳琅⑭。
仙官敕六丁⑮，雷电下取将⑯。
流落人间者，太山一毫芒⑰。
我愿生两翅，捕逐出八荒⑱。

精诚忽交通，百怪入我肠[19]。
刺手拔鲸牙[20]，举瓢酌天浆[21]。
腾身跨汗漫[22]，不着织女襄[23]。
顾语地上友[24]：经营无太忙[25]。
乞君飞霞佩[26]，与我高颉颃[27]。

【题解】

调，调侃，戏谑。“调张籍”，意即“戏赠张籍”。此诗针对否定李白、杜甫的议论，以作者的切身体会，对李、杜做出了正确评价。这是一首论诗诗，而驰骋想象，善用譬喻，形象鲜明，语言瑰奇，形容“李杜文章”数句，尤极奇妙，虽以议论为诗而无概念化的缺失，至今犹值得作诗者借鉴。

【注释】

①李杜文章：指李白、杜甫的诗歌。　②那用：哪用，何用。　③蚍蜉（pífú）：大蚂蚁。　④伊：发语词，无义。　⑤微茫：渺茫。以上两句，以夜梦常见表示对李、杜的向往，以昼思渺茫说明李、杜诗作的高远深邃与不易把握。　⑥瞩（zhǔ）：看见。航：航线。以上两句以治水比创作，徒然见到疏通水道时留下的斧凿痕迹，而看不到治水时所经历的路线，意即只看到李、杜作品的某些表面现象，未能得其精髓。　⑦施手：动手。　⑧巨刃：指治水用的巨斧。摩（mó）天：碰着天。　⑨垠（yín）：岸。崖（yá）：山边。划：劈开。崩：崩塌。豁：豁开。　⑩雷硠（láng）：崩裂的声音。以上两句形象地描绘出用巨斧治水的情况：河岸与山脚劈裂、倒塌，露出豁口，天地间震响着崩裂的声音。　⑪家居：指日常生活。率：都。荒凉：冷落。⑫起：站立起来。比喻处境顺利。僵（jiāng）：跌倒。比喻处境不顺利。以上两句说：天帝想要叫他们不断作诗，所以有意让他们的生活动荡不定。心中有所郁结，然后才会发为歌吟。　⑬“剪翎（líng）”二句：借用祢衡《鹦

鹉赋》“闭以雕笼，剪其翅羽”写李、杜处境困厄，只能看别人飞黄腾达。⑭金薤（xiè）：金错书和薤叶书（又叫倒薤书），是古代篆隶书法中的两种。琳：玉的一种。琅（láng）：似珠的美石。以上两句是说：李、杜的诗篇，如同金石文字一样，是永远不朽的。 ⑮仙官：天官。敕（chì）：帝王的命令。这里作动词用。六丁：神名。 ⑯取将：取，拿。以上两句是说，天官传达天帝的命令，让六丁在雷鸣闪电中到下界去取回李、杜的诗篇献给天帝。 ⑰太山：即泰山。毫芒：极言细小。以上两句是说：李、杜作品大部分已经散佚，留存下来的，如毫芒之于泰山，只是极少的一部分。 ⑱捕逐：意思是要追踪李、杜。八荒：指极远的地方。 ⑲以上两句是说：自己与李、杜的精神忽然沟通，于是各种奇特的文思接踵而至。 ⑳剌（là）手：转手，反手。 ㉑酌：斟取。天浆：天帝的酒浆。 ㉒汗漫：无边无际的空间。 ㉓不着（zhuó）：不用。织女襄：《诗经·小雅·大东》：“跂彼织女，终日七襄；虽则七襄，不成报章。”襄，驾，指织女星的移动。白天共七个时辰，每个时辰移动一次，因称“终日七襄”。这一句承上，意思是自己在创作上已经能够自由腾跃，不落入他人窠臼。 ㉔地上友：指张籍等。 ㉕经营：指写诗。 ㉖乞：给人东西。君：指张籍。飞霞佩：飞霞做的佩带，指代神仙的衣服。 ㉗颉颃（xiéháng）：飞上飞下。以上四句，希望张籍与自己共同继承李、杜传统，在诗歌创作上勇攀高峰。

听颖师弹琴[1]

昵昵儿女语，恩怨相尔汝[2]。
划然变轩昂，勇士赴敌场。
浮云柳絮无根蒂，天地阔远随飞扬。
喧啾百鸟群，忽见孤凤凰。
跻攀分寸不可上，失势一落千丈强。
嗟余有两耳，未省听丝篁[3]。

自闻颖师弹，起坐在一旁。
推手遽止之，湿衣泪滂滂。
颖乎尔诚能，无以冰炭置我肠④。

【题解】

一开头即紧扣“听弹琴”展现音乐境界。前十句，连用贴切生动的比喻，把飘忽多变的乐声转化为绘声绘色的视觉形象，并且准确地表现了乐曲蕴含的情境。诗人在运用不同比喻时还善于配合相适应的语音，更强化了摹声传情的效果。例如前两句除“相”字外，没有开口呼，语音轻柔细碎，与儿女私语的情境契合。三、四句以开口呼“划”字领起，用洪声韵“昂”“扬”做韵脚，中间也多用高亢的语音，恰切地传达出勇士赴敌的昂扬情境。

以下八句写自己听琴的感受，既对复杂多变的琴声起侧面烘托作用，又含蓄地传达了自己的某种情感共鸣，加强了全诗的抒情性。听琴而“起坐在一旁”——忽而站起忽而坐下，又忽而站起，……顾不得对“一旁”的弹琴者有无干扰。仅五个字，便以形传神，通过听琴者情感波涛的剧烈变化，烘托了琴声的波澜迭起、变态百出。写琴声由高滑低而用“跻攀分寸不可上，失势一落千丈强”的比喻，并且“推手遽止之”，不让颖师再弹下去，而他的反应是“湿衣泪滂滂”，表明正是这种情境触发了诗人的身世之感。此诗作于元和十一年（816）因受谗言被降为右庶子以后。仕途“跻攀”，“分寸”之升，已极艰辛，而一旦“失势”，即“一落千丈”。由琴声而联想到自己的遭遇，原是很自然的。

此诗与白居易的《琵琶行》、李贺的《李凭箜篌引》各有独创性而异曲同工，都是摹声传情的杰作。

【注释】

①颖师：名颖，师是僧的通称。来自天竺，元和间在长安，以弹琴著名。李贺有《听颖师弹琴歌》记其事。 ②相尔汝：关系亲密，互称尔汝。 ③未省（xǐng）：不懂。丝篁：丝、竹，即弦乐器和管乐器，这里泛指音乐。 ④冰炭置我肠：冰极冷，炭（火）极热，指两种相反的情感冲突。

左迁至蓝关示侄孙湘①

一封朝奏九重天②，夕贬潮阳路八千。
欲为圣明除弊事，肯将衰朽惜残年？
云横秦岭家何在？雪拥蓝关马不前。
知汝远来应有意，好收吾骨瘴江边③。

【题解】

韩愈《论佛骨表》是一篇正气凛然的名文。这首诗和这篇文珠联璧合，相得益彰，具有深刻的社会意义。

前两联写“左迁”，一气贯注，浑灏流转，其刚正不屈的风骨宛然如见。“朝奏”与“夕贬”、“九重天”与“路八千”、“圣明”与“衰朽”、“欲……除弊事”与“肯……惜残年”，强烈对比，高度概括，扩大和加深了诗的内涵。

后两联扣题目中的“至蓝关示侄孙湘”。“云横秦岭”，遮天蔽日，回顾长安，不知“家何在”？“雪拥蓝关”，前路艰险，严令限期赶到贬所，怎奈“马不前”！“云横”“雪拥”，既是实景，又不无象征意义。这一联，景阔情悲，蕴涵深广，遂成千古名句。作者原是抱着必死的决心上表言事的，如今自料此去必死，故对韩湘安排后事，以“好收吾骨”作结。在章法上，又照应颔联，故语虽悲酸，却悲中有壮，表现了“为除弊事”而“不惜残年”的坚强意志。

全诗沉郁顿挫，苍凉悲壮，得杜甫七律之神而又有新创。前两联大气盘旋，“以文为诗”而诗情浓郁，开宋诗法门，影响深远。因韩湘被附会为“八仙”中的“韩湘子”，故此诗或绘为图画，或演为戏曲小说，流传更广。

【注释】

①左迁：降职。蓝关：在蓝田县南。湘：字北渚，韩愈之侄韩老成的长子，长庆三年（823）进士，任大理丞。　②一封：指一封奏章，即《论佛骨表》。九重天：古称天有九层，第九层最高，此指朝廷、皇帝。元和十四年（819）正月，凤翔法门寺护国真身塔内藏有释迦文佛指骨一节，宪宗派宦官迎入宫供奉，韩愈上《论佛骨表》谏阻，结果由刑部侍郎贬为潮州刺史。潮州州治潮阳（今属广州）距长安八千里。　③瘴江：指岭南瘴气弥漫的江流。

早春呈水部张十八员外①

天街小雨润如酥②，草色遥看近却无。
最是一年春好处，绝胜烟柳满皇都③。

【题解】

诗人透过蒙蒙细雨遥望原头，发现已浮现嫩绿的草色，便预感到“早春”来临，无限欣喜，认为这是一年中最好的春景，比“烟柳满皇都”之时要好得多。然而对于一般人，近看连草色都没有，怎会认为这是“一年春好处”而加以百倍珍惜呢？四句诗，不仅一、二句体物工细，而且蕴含哲理。与韩愈同时的杨巨源有一首《城东早春》诗：“诗家清景在新春，绿柳才黄半未匀。若待上林花似锦，出门俱是看花人。”与此诗意境略同，可以并读。

【注释】

①水部张十八员外：即张籍，任水部员外郎，排行十八。 ②天街：京城的街道。酥：酥油。 ③绝胜：大大超过。皇都：指长安。

同水部张员外曲江春游寄白二十二舍人[1]

漠漠轻阴晚自开，青天白日映楼台。
曲江水满花千树，有底忙时不肯来[2]？

【题解】

作者与张籍同赏曲江春景，为白居易未来同游而感到遗憾，因而作此诗寄白。如此题目，要用一首七绝表达，而且要表达得有诗味，看来相当难。而作者却以前三句写曲江春景，明丽如画；于结尾用一问句，便与前三句拍合，韵味盎然。

【注释】

①水部张员外：张籍，时任水部员外郎。白二十二舍人：白居易，排行二十二，时为中书舍人。 ②有底：有甚。时：语气词，同“啊”。

晚　春

草树知春不久归[1]，百般红紫斗芳菲。
杨花榆荚无才思[2]，惟解漫天作雪飞[3]。

【题解】

这是《游城南十六首》中的一首，作于元和十一年（816）。“城南”，指长安城南韦曲、杜曲一带。题为“晚春”，用两种景物来表现：一是千红万紫、繁花似锦；二是柳絮榆钱，漫天飞舞。看到这两种景物，人们便感到已是“晚春”了。朱宝莹《诗式》云：“四句分两层写，而‘晚春’二字，跃然纸上。”大概就是从这一角度称赞这首诗的。但这首诗的妙处远非如此。诗人把他所写的景物统统拟人化，能“知”，能“斗”，能“解”，还有有才思与“无才思”之分。这就不仅把景物写得形神兼备，活灵活现；还能触发读者的联想，言近旨远，耐人寻味。

作者作此诗时，年近半百，见晚春景物而别有会心，形诸吟咏，比兴并用，寄托遥深，虽不宜讲得太死，但反复吟诵，确有催人奋进的精神力量。

【注释】

①草树：花草树木。　②杨花：柳絮。榆荚：榆钱。才思（sì）：才情、文思。　③惟解：只知。

过　鸿　沟[①]

龙疲虎困割川原[②]，亿万苍生性命存[③]。
谁劝君王回马首[④]，真成一掷赌乾坤[⑤]。

【题解】

元和九年（814），淮西节度使吴元济叛乱，宪宗派兵征讨，久未平息。朝臣或主战，或主和，莫衷一是。宰相裴度力主进讨，宪宗从之，于元和十二年命裴度督战。韩愈以右庶子任行军司马，随裴度讨平吴元济，归途经鸿沟而作此诗。韩愈力主削平藩镇割据，实现国家统一。此诗借古喻今，曲折地表现了这种进步主张。

【注释】

①鸿沟：在今郑州荥阳市广武乡。秦末项羽、刘邦争战于此，后约以鸿沟为界中分天下，西为汉，东为楚。 ②龙疲虎困：比喻刘邦、项羽双方争斗困苦不堪。割川原：分割天下。 ③苍生：百姓。 ④“谁劝”句：《史记》卷八《高祖本纪》载：刘邦、项羽约以鸿沟中分天下，项羽率军东归，刘邦也应西去。途中用张良、陈平计，回马追杀项羽，趁项羽不备，与韩信、彭越合军击之，大败项羽，遂亡楚而建汉。此句以张良、陈平比裴度，宪宗比刘邦。 ⑤乾坤：本指天地，此指江山社稷。李白诗：“天地赌一掷，未能忘战争。”

次潼关先寄张十二阁老使君①

荆山已去华山来②，日出潼关四扇开③。
刺史莫辞迎候远④，相公亲破蔡州回⑤。

【题解】

此诗作于元和十二年（817）平淮西回师途中，歌颂裴度的平叛之功，表现了胜利的喜悦。查慎行《十二种诗评》：“气象开阔，所谓卷波澜入小诗者。”沈德潜《唐诗别裁集》卷二〇：“没石饮羽之技，不必以寻常绝句法求之。”

【注释】

①次：到达停宿。潼关：在今陕西省潼关县。张十二：张贾。阁老：唐人对中书舍人、给事中的尊称。张贾曾任门下省给事中。使君：张贾时任华州（今陕西华阴）刺史。唐刺史与汉太守官阶同，汉呼太守为使君，此借称。 ②荆山：在今河南省灵宝市。华山：在华阴市南。 ③四扇：潼关东西二门，门各二扇。开：谓大开关门，以示迎接。 ④刺史：指张贾。 ⑤相

公：指裴度，唐称宰相为相公。蔡州：今河南汝南县，吴元济的巢穴所在。

刘禹锡（772—842）

字梦得，排行二十八，洛阳（今属河南）人。生于江南，幼年从诗僧皎然、灵澈学诗。德宗贞元九年（793）登进士第，又登博学宏词科。十一年，授太子校书。十六年，为徐泗濠节度掌书记，随杜佑出师讨伐徐州叛军。不久，改任淮南节度掌书记。十八年，调任渭南县主簿。十九年（803），入为监察御史。二十一年正月，顺宗即位，重用王叔文、王伾等实行政治革新，刘禹锡任屯田员外郎，协助整顿财政，为革新之核心人物，被称为“二王（叔文、伾）刘柳（宗元）”。顺宗被迫让位宪宗，革新失败，刘禹锡先贬连州刺史，未及赴任，加贬朗州司马。宪宗元和十年（815）召回京师，因赋玄都观看桃花诗得罪执政，贬连州刺史。穆宗长庆元年（821）冬，为夔州刺史。四年，调任和州刺史。敬宗宝历二年（826）罢归洛阳。此后历主客郎中、集贤殿学士、礼部郎中及苏、汝、同三州刺史。文宗开成元年（836）改任太子宾客、分司东都；后加秘书监、检校礼部尚书衔。武宗会昌二年秋卒于洛阳，世称刘宾客、刘尚书。刘禹锡晚年有“诗豪”之誉，与白居易齐名，并称“刘白”。其论诗名言，如“境生于象外”“片言可以明百意，坐驰可以役万景”等，对诗歌创作的特殊规律体认极深。存诗八百余首，无体不备，各体均不乏名篇佳作。《竹枝词》《金陵五题》《杨柳枝词》《浪淘沙词》《踏歌词》《西塞山怀古》等诗及“莫道桑榆晚，为霞尚满天”“沉舟侧畔千帆过，病树前头万木春”诸句，尤脍炙人口。刘克庄谓“刘梦得五言，……皆雄浑老苍，沉着痛快，小家数不能及。绝句尤工”（《后村诗话》前集卷一）。方回谓“刘梦得诗格高，在元、白之上，长庆以后诗人皆不能及”（《瀛奎律髓》卷四七）。杨慎更认为“元和以后，诗人之全集可观者数家，当以刘禹锡为第一”（《丹铅总录》卷二一）。其生平事迹见其临终前所撰《子刘子自传》，新、旧《唐书》本传，及今人卞孝萱《刘禹锡年谱》。其诗文合集，以《四部丛刊》本《刘梦得文集》《四部备要》本《刘宾客文集》较通行，中华书局《刘禹锡集》较完备。

西塞山怀古[①]

王濬楼船下益州[②]，金陵王气黯然收[③]。
千寻铁锁沉江底，一片降幡出石头[④]。
人世几回伤往事，山形依旧枕寒流。
今逢四海为家日[⑤]，故垒萧萧芦荻秋。

【题解】

《唐诗纪事》卷三九云：“长庆中，元微之、刘梦得、韦楚客同会白乐天舍，论南朝兴废，各赋《金陵怀古诗》。刘满引一杯，饮已即成，曰：‘王濬楼船下益州，……’白公览诗曰：‘四人探龙，子先得珠，所余鳞爪何用耶？’于是罢唱。”按此诗当是刘禹锡于长庆四年（824）由夔州刺史调任和州刺史，沿江东下经西塞山时所作；但白居易的赞扬，则是可信的。

诗人因西塞“故垒”触发吟兴，将六代兴亡与现实思考融入苍茫宏阔的景象之中，腾挪旋转，构成沉雄悲壮的意境。前两联写孙吴恃险设防，企图维护割据，而“楼船”东“下”，“铁锁”即“沉”，“王气”顿“收”，“降幡”继“出”。用“下”“收”“沉”“出”四个动词概括决定晋兴吴亡的战役，给人以弹指之间即出现全国统一局面的欢快感。第五句“人世”反挑第六句“山形”，落到“西塞山”。“几回伤往事”，既包含前四句所写的吴晋兴亡，又总括东晋、宋、齐、梁、陈的政权更迭。“人世”的沧桑变化如此频繁，令人感伤，而作为攻守要塞的西塞山，则“依旧枕寒流”，与六代兴亡形成强烈的对照。地险不足恃，割据不能久，“怀古”之意，即从对照中传出。尾联紧承颈联，遥应前两联。前两联写西晋统一，颈联写六代分裂，都涉及“西塞山”，都是“怀古”。尾联“今逢四海为家日”从“古”回到“今”，表达了歌颂统一的深情和维护统一的愿望；“故垒萧萧芦荻秋”既是眼前景，与“今”字拍合，又用“故垒”点“西塞山”，绾合六代兴亡，以“萧萧芦荻秋”的荒凉景象为恃险割据者垂戒。

中唐以来，藩镇割据形势日趋严重。宪宗元和时期，曾在削平藩镇割据势力方面取得了一些胜利，但不多久，河北三镇又故态复萌，危及统一。此诗托古讽今，有深刻的现实意义。就艺术成就而言，通篇一气呵成，纵横变化，不可方物，而终不脱题。诚如清人薛雪《一瓢诗话》所评：“似议非议，有论无论，笔着纸上，神来天际，气魄法律，无不精到，洵是此老一生杰作。”

【注释】

①西塞山：在今湖北大冶东长江边，为长江中游要塞，三国时吴国以此为江防前线。 ②“王濬（jùn）”句：王濬于晋武帝时任益州（今四川成都）刺史。武帝太康元年（280）伐吴，命王濬领楼船沿江而下。 ③“金陵”句：《太平御览》卷一七○引《金陵图》云：“昔楚威王见此有王气，因埋金以镇之，故曰金陵。”金陵：今南京市，三国时称建业，是吴国都城。王气收：指吴国灭亡。 ④“千寻”二句：八尺为寻，“千寻”极言其长。降幡（fān）：表示投降的旗。石头：指石头城，即金陵。 ⑤四海为家：指全国统一。

酬乐天扬州初逢席上见赠

巴山楚水凄凉地①，二十三年弃置身②。
怀旧空吟闻笛赋③，到乡翻似烂柯人④。
沉舟侧畔千帆过，病树前头万木春⑤。
今日听君歌一曲，暂凭杯酒长精神。

【题解】

敬宗宝历二年（826），刘禹锡离和州刺史任北归洛阳，途经扬州遇白居易。白作《醉赠刘二十八使君》诗，刘作此诗酬答。诗中抒发了屡遭政敌打击、朋友凋谢、人事变迁的深沉感慨。第三联被今人赋予新意，传诵一时。

【注释】

①巴：今四川东部。楚：今湖北、湖南等地。刘禹锡于永贞元年（805）被贬出京，先后任朗州司马、夔州刺史。朗州，今湖南常德一带，古属楚地；夔州，今四川奉节一带，古属巴国。这句举“巴山”“楚水”以概括贬官时到过的地方。 ②二十三年：刘禹锡从顺宗永贞元年九月被贬，至敬宗宝历二年（826）冬应召，前后将近二十三年。弃置：指遭到贬谪。 ③怀旧：怀念永贞革新失败后死去的王伾、王叔文等旧友。向秀在友人嵇康、吕安被害后经过山阳（今河南焦作）嵇康旧居，听到邻人嘹亮的笛声，想起当年和嵇、吕在一起的游宴生活，作了一篇《思旧赋》。 ④翻似：反似，倒好像。烂柯人：指王质。晋人王质入山砍柴，看两个小孩儿下完一盘棋，手中的斧柄（“柯”）已烂。回到家里，时间已过了一百年，同时的人都已死去。这里作者自比王质，写被贬二十余年，已人事全非。 ⑤“沉舟”两句：以“沉舟”“病树”自喻，以“千帆过”“万木春”比喻在仕途上春风得意的人，含自叹自伤、愤

世嫉俗之意。

望洞庭

湖光秋月两相和①，潭面无风镜未磨②。
遥望洞庭山水色③，白银盘里一青螺。

【题解】

此诗作于贬朗州时期。先写望洞庭湖面，次写望湖中君山，写景如画。后两句与晚唐雍陶《望君山》“应是水仙梳洗处，一螺青黛镜中心”，北宋黄庭坚《雨中登岳阳楼望君山》“可惜不当湖水面，银山堆里看青山”同为传诵名句。

【注释】

①两相和：指湖光山色两相辉映。 ②潭面：湖面。 ③山：指洞庭湖中的君山。

秋 词

自古逢秋悲寂寥①，我言秋日胜春朝②。
晴空一鹤排云上③，便引诗情到碧霄④。

【题解】

自宋玉悲秋以来，历代骚人墨客几乎逢秋便悲。此诗作于朗州贬所，却以一鹤排云、直上晴空赞颂了爽朗明丽的秋天，寄托了诗人高旷、豪迈的胸怀，可与杜牧“霜叶红于二月花”并读。

【注释】

①寂寥：寂寞、凄凉。　②胜：超过。春朝（zhāo）：春天。　③排：推开、冲破。　④碧霄：碧蓝的天空。

竹枝词二首（其一）

杨柳青青江水平，闻郎江上唱歌声①。
东边日出西边雨，道是无晴还有晴②。

【题解】

首句写景。江岸绿柳含烟，江面波平似镜。在这样宁静、明媚的环境里，如果谈恋爱，该多好！然而即使谈恋爱，也不一定有诗意。诗人在这充满诗意的环境里，让两位小青年为我们演出了饶有诗意的恋爱小歌剧。

后面的三句诗，都是从女方“闻歌”落墨的，但从“闻歌”的反应中，又可窥见唱歌者的神态、情思以及男女之间的微妙关系。“闻郎江上唱歌声”，表明男青年首先在不太遥远的地方发现了他的意中人，便唱起歌来。女青年在闻歌的同时发现了歌手，原来正是她的意中人，只是他至今还没有明确地表示爱情，因而全神贯注，听他究竟在唱什么。第三句，可能只是为了引出下句，也可能是写实景。如果是写实景，就更妙。正当姑娘乍疑乍喜、听出那捉摸不定的歌声终于传递了爱情信息的时候，忽然出现了“东边日出西边雨”的景象，于是触景生情，谐音双关，做出了“道是无晴还有晴”的判断。那么，下一步的情节将如何发展呢？这毕竟不是写戏，而是作诗，而且是作绝句，所以作者只是最大限度地开拓驰骋想象的空间，而把驰骋想象的权利留给读者。

【注释】

①唱歌：一作“踏歌”，即一边唱，一边踏脚为节拍。 ②晴：谐“情”声。谐声双关，是民歌中常用的表现手法。

竹枝词九首（其二）

山桃红花满上头①，蜀江春水拍山流。
花红易衰似郎意，水流无限似侬愁②。

【题解】

竹枝词是巴、渝等地民歌中的一种，歌咏当地风物和男女相恋之情。顾况、白居易都有拟作。刘禹锡《竹枝词》九首，前有序云：“四方之歌，异音而同乐。岁正月，余来建平，里中儿联歌竹枝，吹短笛，击鼓以赴节，歌者扬袂睢舞，以曲多为贤。聆其音，中黄钟之羽。其卒章激讦如吴声，虽伧不可分，而含思宛转，有《淇澳》之艳。昔屈原居沅湘间，其民迎神词多鄙陋，乃作为《九歌》，到于今，荆楚鼓舞之。故余亦作《竹枝》九篇，俾善歌者扬之，附于末。后之聆巴歈，知变风之自焉。”建平，古郡名，故治在今四川巫山县，这里指夔州。诗中多提蜀地山川，当是刘禹锡任夔州刺史时（821—824）所作，这里选的是第二首。

这首歌，是由一位自称“侬”的山村姑娘唱出的。从全诗看，她与那个“郎”有过一段热恋的欢乐，如今却面临失恋的忧愁，因而被眼前景触发，就唱起来了。前两句托物起兴，兴中有比。“山桃红花”，开“满”山头，着一“满”字，给人以满山红焰，像烈火燃烧的炽烈感。这是眼前景，也是“兴”。但姑娘同时联想到“郎”对她的爱情之火，也曾经燃烧得这般红艳、这般热烈。这又是“比”。山头红桃盛开，山下春水奔流。山水相依相恋，构成多么明丽的美景。

水依山流，特意用了一个“拍”字，用拟人化手法把水对山的爱抚之情表现得淋漓尽致。这是眼前景，是“兴”，同时也是“比”。在前两句中，“比”的意味比较隐微，后两句则由隐而显，连用两个“似”字，使“比”义紧扣“兴”义，吐露了姑娘的隐衷：山头的桃花好似“郎意”，盛开之时多么令人陶醉，可是又多么容易“衰”落！山下的春水日夜东流，好似“侬”失恋后的“愁”绪，日夜萦心，永无尽期。

全诗设色明艳，写景如绘，以比兴兼用的手法融情入景，表现了女主人公由热恋到失恋的复杂心态，充分发挥了《竹枝》民歌“含思宛转”的特点。前两句与后两句各成对偶，而以第三句承第一句，以第四句承第二句，交叉回环，别成一格。

【注释】

①上头：山上头。 ②侬：女子自称。

浪 淘 沙①

日照澄洲江雾开②，淘金女伴满江隈③。
美人首饰侯王印，尽是沙中浪底来。

【题解】

前两句以日照澄江、驱散江雾的动景托出“淘金女伴满江隈”的壮丽画面，赞颂之情，溢于言表。黄金为人所重，由来已久，但用如此优美的诗句描写淘金妇女，以前还不曾有过。第二句只写“淘金女伴满江隈”，按照通常的思路，接下去应写如何淘金。但诗人却跨越常轨，另辟蹊径，从黄金的用途方面设想，提炼出出人意想的警句：“美人首饰侯王印，尽是沙中浪底来。”王侯金印，是“贵”的集中表现；美人金钗，是“富”的集中表现。这二者，更为世人所重，由来已久。但把它们的来历追溯到妇女淘金，以前也未曾有过。从章法上看，第二句之后不接写如何淘金，却用“美人首饰侯王印”大幅度宕开，精警绝伦。然而如果始终不写如何淘金，则泛而不切。作者的高明之处在于第四句既揭示金印、金钗的来历，又与第二句拍合，用“沙中浪底”补写了“女伴”淘金的艰辛劳动。放中有收，控纵自如，表现了卓绝的识力和精湛的技艺。

竭贫女之辛劳，成豪家之富贵，全诗所展示的，便是这种社会现象。如何看待，引人深思。

【注释】

①浪淘沙：本唐代民间曲调，后入教坊曲。 ②澄：明净。洲：水中陆地。 ③江隈（wēi）：江边。

石　头　城①

山围故国周遭在，潮打空城寂寞回。
淮水东边旧时月②，夜深还过女墙来③。

【题解】

刘禹锡任和州刺史时（824—826）作《金陵五题》，以联章方式，歌咏五处古迹，总结历史教训。《石头城》是这组诗的第一首。

以偶句发端，笔势浑厚。“山围”“潮打”，仅四个字便标出石头城的位置，而地形之险见于言外。“故国”义同“故都”，与“空城”同指“石头城”。用“故”用“空”，使空间与时间结合，唤起苍茫怅惘的吊古意识。“山围故国周遭在”，反衬六代豪华早已消歇，见得人事不修，则地形之险实不足恃。“潮打空城寂寞回”，赋予江“潮”以人的情思，因感知所拍打的是一座“空城”而“寂寞”地退回，则昔日此城车水马龙、金迷纸醉之时，它自然并不感到“寂寞”，江潮犹有今昔盛衰的感慨，何况人呢？三、四两句请出万古不磨灭的明月作为古今治乱兴亡的见证人，抒发更为深沉的感喟。“石头城”上，“女墙”仍在，却不仅无人戍守，而且也没有任何人来此凭吊；只有曾照“旧时”繁华的明“月”，在“夜深”人静之时，从“淮水东边”升起，经过“女墙”，“还”来相照。吊古之情，从“山围故国”“潮打空城”涌出，波澜迭起，至月照“女墙”而推向高潮，诗亦戛然而止，令读者咏叹想象于无穷。

《金陵五题》自序云：“他日友人白乐天掉头苦吟，叹赏良久，且曰：《石头》诗云：‘潮打空城寂寞回’，吾知后之诗人，不复措辞矣！”从全篇看，景中寓情，言外见意，凭吊前朝，垂戒后世，确是怀古诗中的杰作。

【注释】

①石头城：在今南京市西清凉山上，三国时孙吴就石壁筑城戍守，称石头城。后人也每以石头城指建业。 ②淮水：指秦淮河。 ③女墙：城上的矮墙。

乌 衣 巷①

朱雀桥边野草花②，乌衣巷口夕阳斜。
旧时王谢堂前燕，飞入寻常百姓家。

【题解】

这是《金陵五题》的第二首。诗人从“金陵”城中选取两个极有代表性的地名“朱雀桥”与“乌衣巷”领起一、二两句，对偶天成，色彩斑斓，既能标识金陵的地理环境，更能激发关于六代繁华的联想。然后将“野草花”“夕阳斜”两种荒凉的景象和这两个显赫地名联结起来，于强烈反衬中蕴涵异常丰富的暗示，引人深思。前两句写静景，“静”得凄凉。后两句，于“野草花”“夕阳斜”的静景中添入燕子飞来的动景，以动形静，更见凄凉。燕子不仅是候鸟，还有“喜居故巢”的习性。诗人抓住这一点，与一、二两句关合，写出了两个警句：“旧时王谢堂前燕，飞入寻常百姓家。”如唐汝询《唐诗解》所说：“不言王谢堂为百姓家，而借言于燕，正诗人托兴玄妙处。”

全诗不正面落墨，只选两个地名，用野草、斜阳、旧燕渲染，而王朝兴替、人世变迁的深沉慨叹，已见于言外。辛弃疾《沁园春》云：“朱雀桥边，何人会道，野草斜阳春燕飞。”抓住此诗的主要特点推此诗为绝唱，确有见地。

【注释】

①乌衣巷：故址在今南京秦淮河南朱雀桥边，本孙吴卫戍部队营房所在，兵士穿乌衣（黑色制服），故名。东晋初，大臣王导等住此，遂成为王、谢豪门大族的住宅区。 ②朱雀桥：又名朱雀航，是秦淮河上的浮桥，面对正南门朱雀门，故名。东晋太宁二年（324）以后，以船舶连接而成，长九十步，宽六丈，是京城内交通要道。

杨柳枝词

塞北梅花羌笛吹①，淮南桂树小山词②。
请君莫奏前朝曲③，听唱新翻杨柳枝④。

【题解】

《杨柳枝》，乐府《近代曲辞》。旧有《折杨柳》曲，白居易晚年与刘禹锡翻为新声，互相唱和。白诗“古歌旧曲君休唱，听取新翻杨柳枝”，刘诗“请君莫奏前朝曲，听唱新翻杨柳枝”，都表现了可贵的创新精神。

【注释】

①塞北：指我国北方边塞地区。梅花：指汉乐府民歌横吹曲的《梅花落》，到了唐代已经陈旧。羌笛：我国古代羌族的一种乐器。 ②淮南小山：旧说为西汉时淮南王刘安的门客。桂树：指《楚辞·招隐士》，其第一句为“桂树丛生兮山之幽”。塞北用羌笛吹奏的《梅花落》和淮南小山的《招隐士》都是下句所说的“前朝曲”。 ③前朝曲：指《梅花落》和小山词。④新翻：指改作、创作的新曲。

白居易（772—846）

字乐天，晚号香山居士、醉吟先生，排行二十二。下邽（今陕西渭南）人，祖籍太原（今属山西），出生于郑州新郑县（今属河南）。幼聪慧，九岁解声韵。德宗贞元十六年（800）登进士第，十八年中书判拔萃科，次年授秘书省校书郎。宪宗元和元年（806）中“才识兼茂、明于体用”科，授盩厔（今陕西周至）尉。二年（807）十一月任翰林学士。后历左拾遗、京兆府户曹参军等职，仍兼翰林学士。六年（811）丁母忧去职。元和初期的数年，他以谏官身份，多次上书要求革除弊政，并写了很多揭露时弊的讽喻诗，为宦官及旧官僚集团所嫉恨。十年（815）六月，以越职评议时政，自太子左赞善大夫贬为江州（今江西九江）司马。十三年（818）冬，转忠州刺史。十五年夏，召为尚书司门员外郎，十二月改授主客郎中、知制诰。穆宗长庆元年（821）迁中书舍人，二年请求外任，除杭州刺史，修钱塘湖堤，蓄水溉田。四年（824）五月，除太子左庶子分司东都。敬宗宝历元年（825）出为苏州刺史，恤贫安民，有善政。次年九月因病罢官归洛阳。文宗大和元年（827）召任秘书监，二年除刑部侍郎。三年（829），以太子宾客分司东都，从此定居洛阳，历河南尹、太子宾客、太子少傅等职，与裴度、刘禹锡等唱和，并作“香山九老”之游。武宗会昌二年（842）以刑部尚书致仕。六年（846）八月卒，谥“文”，世称“白傅”“白文公”。其生平事迹见李商隐《白公墓碑铭并序》《唐诗纪事》《唐才子传》及新、旧《唐书》本传等。年谱多种，以今人朱金诚《白居易年谱》较精详。博学多能，兼擅文、词、书法，而尤以诗著称。早年与元稹齐名，并称“元白”，晚年与刘禹锡齐名，并称“刘白”。提倡“文章合为时而著，歌诗合为事而作”，有助于“补察时政”“泄导人情”，“张正气而扶壮心”。继承乐府诗传统，并受杜甫《兵车行》等“即事名篇”的启发，创为“新乐府”。早年自编诗集，分为讽喻、闲适、感伤、杂律四类。讽喻诗以《新乐府》五十首、《秦中吟》十首为代表作，广泛而深刻地反映并批判现实，至今仍有认识价值和炯戒意义。感伤诗以《长恨歌》《琵琶行》为代表作，至今脍炙人口。其写景抒情的五七言律诗、绝句，也多有佳作。其诗歌语言追求浅易明畅，论者或以“俗浅”贬其诗。白居易流传到现在的诗将近三千首，其中质量不高者为数不少；但其佳作亦大量存在。就其佳作而言，诚如王若虚所指出：“乐天之诗，情致曲尽，入人肝脾，随物赋形，所在充满，殆与元气相侔。至长韵大篇，动数百千言，而顺适惬当，句句如一，无争张牵强之态。此岂捻断吟须、悲鸣口吻者之所能至哉！而世或以‘浅易’轻之，盖不足与言矣。”（《滹南诗话》卷一）赵翼也认为其诗“看是平易，其实精纯”（《瓯北诗话》）。薛雪进而指出其诗“言浅而思深，意微而词显”（《一瓢诗话》）。张为《诗人主客图》称他为“广大教化主”。其诗因有突出的时代特色而被称为“元和体”（顾陶《唐诗类选后序》）和“长庆体”（林昌彝《射鹰楼诗话》），当时及后世，在国内外有极广泛的影响。《全唐诗》存诗三十九卷，现存《白氏长庆集》（又称《白氏文集》《白香山集》）七十一卷，今人朱金城有《白居易集笺校》。

赋得古原草送别

离离原上草[①]，一岁一枯荣。
野火烧不尽，春风吹又生。
远芳侵古道，晴翠接荒城。
又送王孙去[②]，萋萋满别情[③]。

【题解】

《唐摭言》卷七云：“白乐天初举，名未振，以歌诗谒顾况。况谑之曰：‘长安百物贵，居大不易。’及读至《赋得原上草送友人》诗曰：‘野火烧不尽，春风吹又生’，况叹之曰：‘有句如此，居天下有甚难？老夫前言戏之耳。’”《幽闲鼓吹》《唐语林》《北梦琐言》《能改斋漫录》《全唐诗话》等都有类似记载，从而扩大了这首诗的影响。“赋得”，是“赋”诗“得”题的意思。“得”什么题，由人限定。除进士科考试命题外，常见的“赋得”诗有两类：一类是取成句为题，如骆宾王的《赋得“白云抱幽石”》；另一类是咏物兼送别，如刘孝孙《赋得春莺送友人》。白居易的这一首，属于后一类。

前六句，以“原上草”为主语，一气盘旋，脉络分明。后两句以“又送”转入“送别”，又以“萋萋”照应首句的“离离”，回到“原上草”。章法谨严，通体完美。中间的“野火烧不尽，春风吹又生”一联，对仗工整而气势流走，充分发挥了“流水对”的优点。它歌颂野草而又具有普遍意义，给人以乐观向上的鼓舞力量。蔑视“野火”而赞美“春风”，又含有深刻寓意。它在当时就受到前辈诗人称赞，直到现在还被人引用，并非偶然。

【注释】

①离离：形容野草很多。 ②王孙：贵族的后代，这里泛指远游者。 ③萋萋：草色。《楚辞·招隐士》：“王孙游兮不归，春草生兮萋萋。”

邯郸冬至夜思家[①]

邯郸驿里逢冬至，抱膝灯前影伴身。
想得家中深夜坐，还应说着远行人。

【题解】

第一句纪实，而驿店逢佳节，已露想家之情。第二句“抱膝灯前影伴身”写如何在驿店过节：双手抱膝，枯坐油灯前，暗淡的灯光照出了自己的影子；这影子，就是自己唯一的伴侣！其凄凉、孤寂之感，已洋溢于字里行间。凄凉孤寂，就不免想家；而“抱膝灯前”，正是沉思的表情、想家的神态。那么，他坐了多久？想了多久？一字未提，第三句却做了暗示：“想得家中夜深坐”，不是说明他自己也已“坐”到深夜了吗？“抱膝灯前影伴身”一句，于形象的描绘和环境的烘托中展现思家心态，已摄三、四句之魂。三、四两句正面写想家，其深刻之处在于：不是直接写自己如何想念家里人，而是透过一层，写家里人如何想念自己，与王建“家中见月望我归，正是道上思家时”异曲同工。

【注释】

①邯郸：唐县名，即今河北邯郸市。冬至：二十四节气之一，约在阳历十二月二十二或二十三日。在古代，冬至是一个重要节日。民间互馈酒食，贺节，类似过春节。

长 恨 歌[1]

汉皇重色思倾国[2]，御宇多年求不得[3]。
杨家有女初长成，养在深闺人未识。
天生丽质难自弃，一朝选在君王侧[4]。
回眸一笑百媚生，六宫粉黛无颜色[5]。
春寒赐浴华清池[6]，温泉水滑洗凝脂[7]。
侍儿扶起娇无力，始是新承恩泽时。
云鬓花颜金步摇[8]，芙蓉帐暖度春宵。
春宵苦短日高起，从此君王不早朝。
承欢侍宴无闲暇，春从春游夜专夜。
后宫佳丽三千人，三千宠爱在一身。
金屋妆成娇侍夜，玉楼宴罢醉和春。
姊妹兄弟皆列土[9]，可怜光彩生门户。
遂令天下父母心，不重生男重生女[10]。
骊宫高处入青云，仙乐风飘处处闻。
缓歌曼舞凝丝竹[11]，尽日君王看不足。
渔阳鼙鼓动地来[12]，惊破霓裳羽衣曲[13]。
九重城阙烟尘生[14]，千乘万骑西南行[15]。
翠华摇摇行复止[16]，西出都门百余里。
六军不发无奈何，宛转蛾眉马前死[17]。
花钿委地无人收，翠翘金雀玉搔头[18]。

君王掩面救不得，回看血泪相和流。
黄埃散漫风萧索，云栈萦纡登剑阁[19]。
峨嵋山下少人行[20]，旌旗无光日色薄。
蜀江水碧蜀山青，圣主朝朝暮暮情。
行宫见月伤心色[21]，夜雨闻铃肠断声[22]。
天旋日转回龙驭[23]，到此踌躕不能去。
马嵬坡下泥土中[24]，不见玉颜空死处。
君臣相看尽沾衣，东望都门信马归[25]。
归来池苑皆依旧，太液芙蓉未央柳[26]。
芙蓉如面柳如眉，对此如何不泪垂？
春风桃李花开日，秋雨梧桐叶落时。
西宫南内多秋草[27]，落叶满阶红不扫。
梨园弟子白发新[28]，椒房阿监青娥老[29]。
夕殿萤飞思悄然，孤灯挑尽未成眠。
迟迟钟鼓初长夜，耿耿星河欲曙天[30]。
鸳鸯瓦冷霜华重，翡翠衾寒谁与共？
悠悠生死别经年，魂魄不曾来入梦。
临邛道士鸿都客[31]，能以精诚致魂魄。
为感君王辗转思，遂教方士殷勤觅。
排空驭气奔如电，升天入地求之遍。
上穷碧落下黄泉[32]，两处茫茫皆不见。
忽闻海上有仙山，山在虚无缥缈间。
楼阁玲珑五云起，其中绰约多仙子。
中有一人字太真，雪肤花貌参差是。
金阙西厢叩玉扃[33]，转教小玉报双成[34]。
闻道汉家天子使，九华帐里梦魂惊。
揽衣推枕起徘徊，珠箔银屏迤逦开[35]。

云髻半偏新睡觉，花冠不整下堂来。
风吹仙袂飘飘举，犹似霓裳羽衣舞。
玉容寂寞泪阑干[36]，梨花一枝春带雨。
含情凝睇谢君王："一别音容两渺茫！
昭阳殿里恩爱绝，蓬莱宫中日月长[37]。
回头下望人寰处，不见长安见尘雾。
惟将旧物表深情[38]，钿合金钗寄将去。
钗留一股合一扇，钗擘黄金合分钿。
但教心似金钿坚，天上人间会相见！"
临别殷勤重寄词，词中有誓两心知。
七月七日长生殿，夜半无人私语时。
在天愿作比翼鸟，在地愿为连理枝。
天长地久有时尽，此恨绵绵无绝期！

【题解】

白居易在任盩厔县尉时，于元和元年（806）十二月和陈鸿、王质夫同游仙游寺，谈论唐玄宗和杨贵妃的故事，作《长恨歌》，陈鸿跟着作了《长恨歌传》。一篇叙事诗，一篇传奇小说，都是文学珍品，前者尤历代传诵，脍炙人口。

《长恨歌》是根据历史事实、民间传说并通过艺术想象和虚构创作的长篇叙事诗。全诗八百四十字，涉及时间跨度近二十年，空间跨度则由长安到蜀中，由人间到仙境。人物性格鲜明，故事情节曲折离奇，又将近体诗的音律融入乐府歌行，语言流畅优美，音韵和谐悠扬，诗情浓郁，沁人心脾，从而将我国叙事诗的创作推向新的境界。

全诗以"惊破霓裳羽衣曲"为界，分为前后两大部分。前一部分写致"恨"之因，这是讽喻主题说的根据；后一部分写"长恨"本身，这是爱情主题说的根据。作者从当时流行的"说话"和传奇小说中吸取了创作方法和表现技巧，因而这篇叙事诗有不少新的艺术特点。例如：一、善于结合人物性格的发展而发展情节，结构作品，突出主题。一开头即揭示唐玄宗的主要性格特征——“重色”，然后从各个侧面进行刻画，情节也随之发展：“思倾国”、选妃子、华清赐浴、兄弟列土、骊宫歌舞、安史乱起、马嵬兵变、逃难蜀中，这是“重色”的表现和后果；从入蜀到回京的思念妃子以及命方士“致魂魄”，则是“重色”性格在悲剧情境中的延展和深化。因为主线分明，所以剪裁得当，体制宏丽，既波澜迭起，又层次井然。写到杨贵妃对方士讲了“在天愿作比翼鸟，在地愿为连理枝”之后，即以“天长地久有时尽，此恨绵绵无绝期”点明“长恨”而结束全诗，因为人物性格至此已无可发展，无须再费笔墨。二、善于通过人物对事件、环境的感受和反应来表现人物情感，因而常常把叙事、写景和抒情熔于一炉。如“六军不发无奈何，宛转蛾眉马前死”，只两句就概括了马嵬兵变，是最精炼的叙事，但杨妃“宛转”求救的神态，玄宗“无奈何”的心情，也和盘托出。至于写唐玄宗触景念旧、见物怀人的那些诗句，这个特点表现得更突出。三、善用比拟、烘托等手法，往往只一两句诗就展现一种感人的情境。如用“玉容寂寞泪阑干”写听到天子派来使者时的杨玉环，已极形象，再用“梨花一枝春带雨”加以比拟而神情毕现。又如“思悄然”和“未成眠”已能表现李隆基彷徨念旧的心情，再用“夕殿萤飞”“孤灯挑尽”来渲染环境、勾勒肖像，将他处于幽禁状态的凄凉晚景烘托出来。

对《长恨歌》的主题，历来有不同理解。从作者的创作意图看，大约意在讽喻当时和以后的统治者应以李隆基为戒，不要因“重色”而荒淫误国，造成“长恨”。但在后一部分，作者把失掉政权后的李隆基写得那么感伤凄苦、一心思念妃子；把幻境中的杨妃对明皇的感情写得那么纯洁专一、坚贞不渝；而那些情景交融、音韵悠扬的诗句又那么缠绵悱恻，富于艺术感染力；就客观效果说，自然引起读者对李、杨生死相思的同情。《长恨歌》的影响不仅表现在诗歌创作方面，也不局限于国内。元代大戏曲家白朴根据它写了《梧桐雨》，清代大戏曲家洪昇根据它写了《长生殿》；在日本，也经过改编被搬上舞台。

【注释】

①长恨歌：载《白氏长庆集》卷十二，前有陈鸿《长恨歌传》，没有录。 ②汉皇：借汉武帝指唐明皇。倾国：指美女。李延年想将其妹进给汉武帝，在汉武帝面前唱歌道："北方有佳人，绝世而独立，一顾倾人城，再顾倾人国。宁不知倾城与倾国，佳人难再得。"后因用"倾城""倾国"形容女子的美貌。 ③御宇：皇帝的权力所统治的地方，即他的领土。 ④"杨家"四句：杨贵妃小名玉环，早孤，养在叔父杨玄珪家。开元二十三年册封为寿王（玄宗的儿子李瑁）妃。二十八年，玄宗欲纳之，先度为女道士，住太真宫，号太真。天宝四年，立为贵妃，时年二十七岁。其事迹见新、旧《唐书·后妃传》。白居易说她"养在深闺人未识""一朝选在君王侧"，是有意避讳的说法。 ⑤粉黛：粉，白色，涂脸用；黛，青色，画眉用。这里作妇女的代称。 ⑥华清池：骊山华清宫的温泉。 ⑦凝脂：形容皮肤细腻白净像凝固的脂肪。 ⑧金步摇：首饰名，上有垂珠，行步便摇。 ⑨列土：封给一定的地盘。杨玉环册封为贵妃以后，其兄铦拜为殿中少监，锜为驸马都尉，再从兄钊（即杨国忠）为右丞相。三个姊妹都封国夫人：大姨嫁崔家，封韩国夫人；三姨嫁裴家，封虢国夫人；八姨嫁柳家，封秦国夫人。 ⑩"不重"句：陈鸿《长恨歌传》："当时谣咏有云：'生女勿悲酸，生男勿喜欢。'又曰：'男不封侯女作妃，生女却为门上楣。'其为人羡慕如此。" ⑪丝竹：管弦乐。 ⑫渔阳：唐郡名，在今河北蓟县、平谷一带。鼙鼓：骑鼓。天宝十四年冬，安禄山反于范阳（安禄山是平卢、范阳、河东三镇的节度使），附和他的有六郡，渔阳是其中之一。渔阳鼙鼓，又含有《渔阳参挝》的意思。《渔阳参挝》（鼓曲），其声悲壮，正与《霓裳羽衣曲》形成鲜明的对比。 ⑬霓裳羽衣曲：舞曲名，共十二遍，出自印度，开元时传入中国。 ⑭九重：九，阳

数之极，所以天子所居的城阙有九重门。骆宾王诗：“山河千里国，城阙九重门。” ⑮“千乘”句：《资治通鉴》卷二一八：“既夕，命龙武大将军陈玄礼整比六军，厚赐钱帛，选闲厩马九百余匹，外人皆莫之知……黎明，上（明皇）独与贵妃姊妹、皇子、妃、主、皇孙、杨国忠、韦见素、魏方进、陈玄礼及亲近宦官、宫人出延秋门，妃、主、皇孙之在外者，皆委之而去。” ⑯翠华：以翠羽为饰，是天子的旗。 ⑰“宛转”句：《资治通鉴》卷二一八：“至马嵬驿，将士饥疲，皆愤怒。陈玄礼以祸由杨国忠，欲诛之，……国忠走至四门内，军士杀之。……上（明皇）闻喧哗，问外何事，左右以国忠反对。上杖屦出驿门，慰劳军士，令收队，军士不应。上使高力士问之。玄礼对曰：‘国忠谋反，贵妃不宜供奉，愿陛下割恩正法。’上曰：‘朕当自处之。’入门，倚杖倾首而立。久之，乃命力士引贵妃于佛堂，缢杀之。” ⑱“花钿”两句：花钿、翠翘、金雀、玉搔头等首饰，都丢在地上，没有人收拾。 ⑲云栈：高跨云端的栈道。萦纡：萦回曲折。剑阁：在四川剑阁县北，其山峭壁中断，两崖相对，如剑之植，如门之辟。又叫剑门山。 ⑳峨嵋山：明皇幸蜀，没有经过这里。又按利州（今四川广元市）古蜀道旁有小峨嵋山。 ㉑行宫：指天子出行临时驻扎的地方。 ㉒“夜雨”句：《杨太真外传》卷下：“至斜谷口，属淋雨涉旬，于栈道雨中闻铃声，隔山相应。上（明皇）即悼念贵妃，因采其声为《雨淋铃曲》，以寄恨焉。” ㉓龙驭：皇帝的坐骑，因亦指皇帝。 ㉔马嵬坡：在今陕西兴平市西。 ㉕信马：由着马。 ㉖太液：池名，在大明宫内。未央：宫名。 ㉗西宫南内：天子的宫殿之内叫作大内，简称内。唐以兴庆宫为南内，以太极宫为西内。明皇从蜀回，居南内，到上元元年（760）宦官李辅国假借肃宗的名义，强逼明皇迁于西内。见《资治通鉴》卷二二一。 ㉘梨园弟子：李隆基曾选坐部伎三百人教于梨园，号皇帝梨园弟子；宫女数百人，也叫梨园弟子。 ㉙椒房：以椒和泥涂壁，是后妃居住的地方。阿监：指宫中的女监。 ㉚耿耿：光明貌。 ㉛临邛：今四川的邛崃市。鸿都：即长安鸿都门，这里代指长安。《杨太真外传》卷下：“有道士杨通幽自蜀来，知上皇念贵妃，自云有‘李少君之术’。上皇大喜，命致其神。” ㉜碧落：天上；黄泉：地下。 ㉝扃（jiōng）：门扇上的环钮。也指门户。 ㉞小玉：吴王夫差的女儿；双成，即董双成，相传是王母的侍女。这里的双成指太真，小玉指使女。 ㉟珠箔：珠帘。 ㊱阑干：纵横交错的样子。 ㊲蓬莱宫：蓬莱是传说中的东海三神山之一，据说山上有仙人宫室，都用金玉做成。 ㊳旧物：据《长恨歌传》，唐明皇与杨玉环“定情之夕，授金钗钿盒以固之”，所以这里把“金钗钿盒”叫旧物。

观刈麦[①]

田家少闲月，五月人倍忙。
夜来南风起，小麦覆陇黄[②]。
妇姑荷箪食[③]，童稚携壶浆[④]；
相随饷田去[⑤]，丁壮在南冈。
足蒸暑土气，背灼炎天光，
力尽不知热，但惜夏日长[⑥]。
复有贫妇人，抱子在其旁，
右手秉遗穗[⑦]，左臂悬敝筐。
听其相顾言，闻者为悲伤：
家田输税尽[⑧]，拾此充饥肠。
今我何功德，曾不事农桑；
吏禄三百石[⑨]，岁晏有余粮[⑩]。
念此私自愧，尽日不能忘！

【题解】

此诗作于元和元年（806）任盩厔（今陕西周至）县尉时。全诗展现了一幅封建社会的田家夏收图。“复有贫妇人”以下八句，通过带有普遍性的事实，反映了农民将全部田产交纳租税、不得不拾麦穗充饥的悲惨情景，对残酷的封建剥削进行了控诉。结尾六句，抒发了诗人因自己不事农桑、坐享俸禄却没有做出任何有利于人民的好事而感到内疚的崇高感情。早于白居易的韦应物，在《寄李儋元锡》诗里用“身多疾病思田里，邑有流亡愧俸钱”的诗句表现过这种感情；北宋初年继承白居易现实主义诗歌传统的诗人王禹偁，在《对雪》等不少诗篇里，反复地表现过这种感情。

【注释】

①刈（yì）：割。 ②陇：田埂。 ③妇：已婚的女子。姑：未婚的女子。箪（dān）：古代盛饭用的圆形竹器。食（sì）：饭和菜。 ④壶浆：用壶盛的汤水。 ⑤饷（xiǎng）田：给在田里劳动的人送饮食。 ⑥但：只。 ⑦秉：拿。遗穗：掉在田里的麦穗。 ⑧输税：纳税。 ⑨吏禄：做官得到的薪水。按唐朝的制度，从九品，禄粟每月三十石。白居易做盩厔县尉时，官阶是将仕郎，从九品下。诗中的“吏禄三百石”，是就一年的总数约略说的。 ⑩岁晏：年底。晏，晚。

宿紫阁山北村[①]

晨游紫阁峰，暮宿山下村。
村老见余喜，为余开一樽。
举杯未及饮，暴卒来入门。
紫衣挟刀斧，草草十余人。
夺我席上酒，掣我盘中飧[②]。
主人退后立，敛手反如宾[③]。
中庭有奇树，种来三十春。
主人惜不得，持斧断其根。
口称“采造家[④]，身属神策军[⑤]。”

主人慎勿语，中尉正承恩[⑥]。

【题解】

这就是作者在《与元九书》中所说的使“握军要者切齿”的那首诗，约作于元和四年（809）前后任左拾遗时，可与王建《羽林行》参看。开头四句和结尾两句，表现了诗人和“村老”之间的亲切关系，中间十四句，画出一幅“暴卒”抢劫图；诗人自己，也是被抢劫对象之一。这些“暴卒”公开抢劫，连身为左拾遗的官都不放在眼里，不禁使人产生疑问：“他们凭什么这样‘暴’？”直写到“主人”因“中庭奇树”被砍而忍无可忍时，才让“暴卒”自己亮出他们的黑旗，“自称”：“我们负有为皇帝采伐木料的使命。本是那赫赫有名的神策军人。”

一听“暴卒”的“自称”，就把“我”吓坏了，连忙悄声劝告“村老”：“主人啊！你千万不要作声，神策军的头领，是皇帝的红人！”

讽刺矛头透过“暴卒”刺向“暴卒”的后台“中尉”，又透过“中尉”刺向“中尉”的后台皇帝！画龙点睛，全龙飞动，把全诗的思想意义提到了惊人的高度！

【注释】

①紫阁山：终南山的一个有名山峰，在长安西南。 ②飧（sūn）：熟食。 ③敛手：交叉双手拱于胸前，表示恭敬。 ④采造家：掌管采伐木料、建造宫殿的人。 ⑤神策军：中唐时期皇帝的禁卫军。 ⑥中尉：即神策军头领护军中尉，由宦官担任。此诗所指的“中尉”即最有权势的宦官吐突承璀。作者另有《论承璀职名状》，反对他兼充“诸军行营招讨处置使”（各路军统帅）。

杜陵叟[1]

杜陵叟，杜陵居，岁种薄田一顷余。
三月无雨旱风起，麦苗不秀多黄死[2]。
九月降霜秋早寒，禾穗未熟皆青干。
长吏明知不申破[3]，急敛暴征求考课[4]。
典桑卖地纳官租，明年衣食将何如？
剥我身上帛，夺我口中粟。
虐人害物即豺狼，何必钩爪锯牙食人肉[5]！
不知何人奏皇帝，帝心恻隐知人弊[6]。
白麻纸上书德音[7]，京畿尽放今年税[8]。
昨日里胥方到门[9]，手持敕牒榜乡村[10]。
十家租税九家毕，虚受吾皇蠲免恩[11]。

【题解】

元和三年（808）冬至四年春，长安周围及江南广大地区遭受严重旱灾，白居易上疏请求“减收租税”，以“实惠及人”。唐宪宗准其奏请，并下罪己诏，但不过是搞了个笼络人心的骗局。白居易为此写了两首诗，那就是《秦中吟》中的《轻肥》和《新乐府》中的这首《杜陵叟》。

《轻肥》和《杜陵叟》写的是同一旱灾，但表现方法不同。前者在“是岁江南旱，衢州人食人”的背景上勾出了一幅“内臣”军中欢宴图，后者则在禾穗青干、麦苗黄死、赤地千里的背景上展现出两个颇有戏剧性的场面：一个是，贪官污吏如狼似虎，逼迫灾民们“典桑卖地纳官租”；接着的一个是，在“十家租税九家毕”之后，里胥才宣布免租的“德音”，让灾民们感谢皇帝的恩德。诗人说他这首诗是

“伤农民之困”的。看来他对农民“典桑卖地纳官租，明年衣食将何如”的困境的确感同身受，所以用农民的口气，痛斥了那些为了自己升官发财而不顾农民死活的“长吏”：“剥我身上帛，夺我口中粟。虐人害物即豺狼，何必钩爪锯牙食人肉！”这时候，诗人正做着唐王朝的官，却敢于如此激烈地为人民鸣不平，不能不使我们佩服他的勇气。“昨日里胥方到门”一句中的那个“方”字值得玩味。“方”是“才”的意思。“长吏”们明知灾情严重，却不但不向上级报告，反而“急敛暴征”；及至皇帝降下免租的“德音”，又不及时宣布，硬是要等到“十家租税九家毕”之后才让里胥“手持敕牒榜乡村”。这不是有意欺骗人民吗？作者这样写，是把揭露的矛头指向“长吏”，而替皇帝回护的。但“长吏”与皇帝之间实际上有着血肉联系，诗人也没有忽视这种联系。他不是一针见血地指出“长吏”之所以“急敛暴征”，是为了“求考课”吗？同时，既然“帝心恻隐知人弊”，难道应该对“长吏”们搞的那个骗局不闻不问吗？

【注释】

①杜陵叟：这是白居易著名组诗《新乐府》五十首之一，作于元和四年任左拾遗时。杜陵，在今西安市东南。 ②不秀：没有扬花。 ③长吏：指县令等地方官。 ④考课：按一定标准分别等级、考核官吏以定升降。唐代由吏部考功司掌管。 ⑤“虐人”两句：虐人害物的就是豺狼（指官吏），不光是钩爪锯牙食人肉的才算豺狼。 ⑥恻隐：同情、不忍。 ⑦“白麻”句：用白麻纸写了恩诏。唐代诏书，凡重要的都用白麻纸写，一般的用黄麻纸写。德音：诏书的一种，多半是免租、赦罪等有关施“恩”的事，犹如后代的“恩诏”。 ⑧京畿：靠近京城的地方。唐代设京畿采访使，管长安周围四十多县。放：免。 ⑨里胥：里正。唐代一百户为里，设里正。方：才。 ⑩敕牒（chìdié）：皇帝下的命令。此处指免租的命令。榜：作动词用，张贴，张挂。 ⑪蠲（juān）：免除。

卖炭翁

卖炭翁，卖炭翁，伐薪烧炭南山中。
满面烟尘烟火色，两鬓苍苍十指黑[1]。
卖炭得钱何所营[2]？身上衣裳口中食。
可怜身上衣正单，心忧炭贱愿天寒。
夜来城外一尺雪，晓驾炭车辗冰辙。
牛困人饥日已高，市南门外泥中歇。
翩翩两骑来是谁？黄衣使者白衫儿[3]。
手把文书口称敕，回车叱牛牵向北[4]。
一车炭，千余斤，宫使驱将惜不得。
半匹红纱一丈绫，系向牛头充炭直[5]。

【题解】

作者说他写这首诗，是“苦宫市也”。“宫”指皇宫，“市”是“买”“采购”的意思。所谓“宫市”，指皇宫所需物品，派宦官到市场上去购买，实际上是掠夺。关于“宫市”害民的实况，史书多有记载。但千百年后仍然普遍为人们所了解，却主要由于读了白居易的《卖炭翁》。

开头四句，用明白如话的语言塑造出艰难困苦的劳动者形象及其“伐薪”“烧炭”的复杂工序，为下文“宫使”掠夺木炭的罪行做好了铺垫。“南山”即王维所写的“欲投人处宿，隔水问樵夫”的终南山，山深林密，人迹罕到。以“南山中”为“伐薪”“烧炭”的场所，既烘托其艰苦性，又暗示距“市南门外”极遥远，为“晓驾炭车辗冰辙”“牛困人饥日已高”留下伏线。“卖炭得钱何所营？”“身上衣裳口中食。”设为问答，不仅化板为活，使文情跌宕，而且扩展了反映民间疾苦的深度与广度，使人们看到卖炭翁别无衣食来源，“身上衣裳口中食”，全指望千辛万苦烧成的“千余斤”木炭能卖个好价钱。这就为后面写“宫使”掠夺木炭的罪行进一步做好了有力的铺垫。“可怜身上衣正单，心忧炭贱愿天寒”，这是扣人心弦的名句。“衣正单”，当然希望天暖；然而这个卖炭翁是把解决衣食问题的全部希望寄托在“卖炭得钱”上的。所以在冻得发抖的时候，一心盼望天气更冷。诗人如此深刻地理解卖炭翁的悲惨处境和内心活动，只用十四个字就表现得如此真切，便产生了激动人心的艺术力量。“心忧炭贱愿天寒”，实际上是等待下雪。“夜来城外一尺雪”，这场雪总算盼到了！当卖炭翁“晓驾炭车辗冰辙”的时候，占据他的全部心灵的，不是埋怨下面是冰、上面是“一尺雪”的道路多么难走，而是盘算着那“一车炭”能卖多少钱、能换来多少衣食，……然而结果又怎样呢？结果是：他遇上了“手把文书口称敕”的“宫使”。在皇宫的“使者”面前，在皇帝的文书和敕令面前，卖炭翁在从“伐薪”“烧炭”“愿天寒”“驾炭车”，直到“泥中歇”的漫长过程中所盘算的一切，所希望的一切，全都化为泡影！那么他往后的日子怎样过法呢？读诗至此，谁能不同情卖炭翁的遭遇？谁能不憎恨统治者的罪恶？而诗人“苦宫市”的创作意图，也就收到了预期的效果。

这首诗层次多，跳跃性大，因而频频换韵。读的时候，要注意韵脚。“翁”“中”一韵，平声；“色”“黑”“食”一韵，入声；“单”“寒”一韵，平声；“雪”“辙”“歇”一韵，入声；“谁”“儿”一韵，平声；“敕”“北”“得”“直”一韵，入声。

【注释】

①苍苍：黑白相间的颜色。 ②何所营：做什么用。 ③“黄衣”句：唐代宦官品级较高的穿黄衣，无品级的穿白衣。自称是皇帝派来的，故称“使者”或“宫使”。 ④“回车”句：唐代长安城中的“东市”位于皇城东南，

“西市”位于皇宫西南，牵牛向北，即牵牛向皇宫。 ⑤炭直：炭价。直，同“值”。

轻　肥[1]

意气骄满路，鞍马光照尘。
借问何为者，人称是内臣[2]。
朱绂皆大夫[3]，紫绶悉将军[4]。
夸赴军中宴，走马去如云。
樽罍溢九酝[5]，水陆罗八珍。
果擘洞庭橘，鲙切天池鳞[6]。
食饱心自若[7]，酒酣气益振。
是岁江南旱，衢州人食人[8]！

【题解】

这是著名组诗《秦中吟》十首的第七首，《秦中吟·序》云：“贞元、元和之际，余在长安，闻见之间，有足悲者。因直歌其事，命为《秦中吟》。”《伤唐衢》诗云：“忆昨元和初，忝备谏官位。是时兵革后，生民正憔悴。但伤民病痛，不识时忌讳。遂作《秦中吟》，一吟悲一事。”这表明《秦中吟》的主要特点是：一、题材来自感动过作者的社会生活；二、以“但伤民病痛”的激情“直歌其事”，无所“忌讳”；三、“一吟悲一事”，写得很集中。

《轻肥》一名《江南旱》，以十四句写“轻肥”，而以两句写“江南旱”结尾，形成一“乐”一“悲”的鲜明对照。开头先描写，后点明，突兀跌宕，绘声绘色。“意气”之“骄”，竟可“满路”，“鞍马”之“光”，竟能“照尘”，不能不使人发出“何为者”的惊问，从而引出“是内臣”的回答。“内臣”者，宦者也，皇帝的家奴也，凭什么这样“骄”？下两句做了说明：“朱绂皆大夫”，是掌握政权的；“紫绶悉将军”，是掌握军权的。宦官竟掌握了政权、军权，怎能不“骄”？“夸赴军中宴，走马去如云”两句与“意气骄满路，鞍马光照尘”两句前后呼应，互相补充，写得很形象。“军中宴”的“军”不是一般的军队，而是保卫皇帝的“神策军”。作者写此诗时，神策军由宦官管领。宦官们之所以为所欲为，就由于他们掌握军权，进而把持朝政。作者通过宦官们“夸赴军中宴”的场面揭示其“意气”之“骄”，具有高度典型概括意义。前八句写赴宴，突出一个“骄”字。后六句写宴会，突出一个“奢”字。在交通不便的古代，身居长安而吃“洞庭橘”“天池鳞”，“九酝”“八珍”，水、陆毕集，不知要挥霍掉多少人民血汗！

白居易的有些讽喻诗，喜用“卒章显其志”的办法，在结尾部分以抽象语言说明题旨，往往削弱了艺术感染力。但此诗不然，当写到宦官们“食饱心自若，酒酣气益振”时，忽用长焦镜摄取了“衢州人食人”的悲惨画面，与宦官们从赴宴到宴会的一组画面相对照，即戛然而止，而将异常深广的内涵留给读者去探索、思考，从而产生了惊人的“震撼效应”。

【注释】

①轻肥：是“乘肥马，衣轻裘”的缩语。此题《才调集》作《江南旱》。　②内臣：宦官。　③朱绂：朱色的系印丝绳。　④紫绶：紫色的系印丝绳。朱紫二色，高级官员才能用。悉：皆。　⑤樽罍（léi）：盛酒器。九酝：美酒名。　⑥鲙：细切的鱼肉。鳞：鱼。　⑦自若：坦然自得。　⑧衢州：唐代州名，其治所即今浙江西部的衢州市衢江区。

放言（选二）并序

元九在江陵时，有《放言》长句诗五首[1]，韵高而体律，意古而词新，予每咏之，甚觉有味。虽前辈深于诗者，未有此作；惟李颀有云："济水自清河自浊，周公大圣接舆狂。"[2]斯句近之矣。予出佐浔阳[3]，未届所任[4]，舟中多暇，江上独吟，因缀五篇[5]，以续其意耳。

一

朝真暮伪何人辨，古往今来底事无[6]？
但爱臧生能诈圣[7]，可知宁子解佯愚[8]！
草萤有耀终非火，荷露虽团岂是珠！
不取燔柴兼照乘[9]，可怜光彩亦何殊！

二

赠君一法决狐疑[10]，不用钻龟与祝蓍[11]：
试玉要烧三日满[12]，辨材须待七年期[13]。
周公恐惧流言日[14]，王莽谦恭未篡时[15]；
向使当时身先死[16]，一生真伪有谁知？

【题解】

元和十年（815），宰相武元衡遇刺，白居易首先上疏请严捕刺客，以越职言事被贬为江州司马。此诗作于赴江州途中，共五首，这里选第一、第三两首。这两首诗，就如何识别真伪问题阐明了人们普遍关心的一些生活真理，引人深思，发人深省。

【注释】

①元九：即元稹。他于元和五年被贬为江陵士曹参军。他的《放言》五首，见《元氏长庆集》卷一八。长句诗：指七言诗（五言为短句）。 ②李颀：盛唐著名诗人，他的《杂兴》诗中有“青青兰艾本殊香，察见泉鱼固不祥。济水自清河自浊，周公大圣接舆狂”之句。 ③出佐浔阳：指去江州作司马。司马是郡守的佐理官吏。 ④未届所任：还未到职。届，到。 ⑤缀：指连缀辞句。 ⑥底事：何事。 ⑦臧生：名纥，字武仲，春秋时鲁国人，曾任司寇。诈圣：伪装成圣人。《左传·襄公二十二年》杜氏注：“武仲多知，时人谓之圣。”《论语·宪问》里说他曾经要挟鲁君。 ⑧宁子：名俞，字武子，卫国人。《论语·公冶长》：“宁武子，邦有道，则智；邦无道，则愚。其智可及也，其愚不可及也。”荀悦《汉纪·王商论》：“宁武子佯愚。”解佯愚：懂得装傻。 ⑨燔柴：烧柴（生火）。照乘（shèng）：指“照乘珠”。四匹马拉的车叫乘，照乘珠，据说珠光可以照亮四匹马拉的车。 ⑩狐疑：狐狸生性多疑，所以把犹豫不决叫狐疑。 ⑪钻龟、祝蓍（shī）：古代占卜的两种办法。钻龟，指钻龟壳后看它的裂纹以卜吉凶；祝蓍，指用蓍草的茎来占卜。其实都是迷信。 ⑫“试玉”句：作者原注：“真玉烧三日不热。” ⑬“辨材”句：作者原注：“豫章木生七年而后知。”豫、章（也作樟）是两种树。古人说这两种树长满七年，才能分别清楚。 ⑭周公：周武王弟，周成王的叔父。武王死，成王年幼，周公摄政，勤劳忠诚；而管叔等却制造谣言，说周公要篡位。周公恐惧，避居于东，不问政事。后来成王悔悟，迎他回来，平叛治国，大见成效。 ⑮王莽：字巨君，汉元帝皇后之侄，以外戚掌握政权，后来篡位称帝，改国号为“新”。王莽在争夺政权的过程中，伪装谦恭，颇得人望。 ⑯向使：假使。

琵 琶 行[①]并序

元和十年，予左迁九江郡司马[②]。明年秋，送客湓浦口[③]，闻舟中夜弹琵琶者，听其音，铮铮然有京都声。问其人，本长安倡女，尝学琵琶于穆、曹二善才[4]。年长色衰，委身为贾人妇[5]。遂命酒[6]，使快弹数曲[7]，曲罢悯默[8]。自叙少小时欢乐事，今漂沦憔悴，转徙于江湖间。予出官二年[9]，恬然自安[10]。感斯人言，是夕始觉有迁谪意[11]。因为长句[12]，歌以赠之，凡六百一十二言，命曰《琵琶行》。

浔阳江头夜送客，枫叶荻花秋瑟瑟[13]。
主人下马客在船，举酒欲饮无管弦。
醉不成欢惨将别，别时茫茫江浸月。
忽闻水上琵琶声，主人忘归客不发。
寻声暗问弹者谁，琵琶声停欲语迟。
移船相近邀相见，添酒回灯重开宴[14]。
千呼万唤始出来，犹抱琵琶半遮面。
转轴拨弦三两声，未成曲调先有情。
弦弦掩抑声声思[15]，似诉平生不得志。
低眉信手续续弹，说尽心中无限事。
轻拢慢捻抹复挑[16]，初为霓裳后六幺[17]。
大弦嘈嘈如急雨，小弦切切如私语。
嘈嘈切切错杂弹，大珠小珠落玉盘。
间关莺语花底滑[18]，幽咽泉流冰下难[19]。
冰泉冷涩弦凝绝，凝绝不通声暂歇。
别有幽愁暗恨生，此时无声胜有声。
银瓶乍破水浆迸，铁骑突出刀枪鸣。
曲终收拨当心画[20]，四弦一声如裂帛。
东船西舫悄无言，惟见江心秋月白。
沉吟放拨插弦中[21]，整顿衣裳起敛容[22]。
自言本是京城女，家在虾蟆陵下住。

十三学得琵琶成，名属教坊第一部[23]。
曲罢曾教善才服，妆成每被秋娘妒[24]。
五陵年少争缠头[25]，一曲红绡不知数。
钿头银篦击节碎[26]，血色罗裙翻酒污。
今年欢笑复明年，秋月春风等闲度[27]。
弟走从军阿姨死，暮去朝来颜色故。
门前冷落鞍马稀，老大嫁作商人妇。
商人重利轻别离，前月浮梁买茶去[28]。
去来江口守空船，绕船月明江水寒。
夜深忽梦少年事，梦啼妆泪红阑干[29]。
我闻琵琶已叹息，又闻此语重唧唧[30]。
同是天涯沦落人，相逢何必曾相识？
我从去年辞帝京，谪居卧病浔阳城。
浔阳地僻无音乐，终岁不闻丝竹声。
住近湓江地低湿，黄芦苦竹绕宅生。
其间旦暮闻何物？杜鹃啼血猿哀鸣[31]。
春江花朝秋月夜，往往取酒还独倾。
岂无山歌与村笛，呕哑嘲哳难为听[32]。
今夜闻君琵琶语，如听仙乐耳暂明。
莫辞更坐弹一曲，为君翻作琵琶行。
感我此言良久立，却坐促弦弦转急。
凄凄不似向前声，满座重闻皆掩泣。
座中泣下谁最多，江州司马青衫湿[33]。

【题解】

《琵琶行》和《长恨歌》同是千古名作。在作者生前，已经是“童子解吟《长恨》曲，胡儿能唱《琵琶》篇”。元代大戏曲家马致远曾根据它写成《青衫泪》，清代大戏曲家蒋士铨又根据它写成《四弦秋》；在日本，也经过改编，被搬上舞台。

诗中对由长安漂泊到九江的琵琶女形象塑造得异常生动真实，具有典型性。通过这个典型形象，深刻地表现了封建社会中被侮辱、被损害的歌妓们、艺人们的不幸遭遇。诗中的“我”是作者自己，但也有典型意义。作者因欲救济民病、革除弊政而受打击，从长安贬到九江，心情忧闷。当琵琶女第一次弹出哀怨的乐曲，就已经拨动了他的心弦，发出叹息声。当琵琶女自诉身世，直说到“夜深忽梦少年事，梦啼妆泪红阑干”之时，就更激起他的情感共鸣：“同是天涯沦落人，相逢何必曾相识。”同病相怜，忍不住倾吐了自己的遭遇和心情。“我”的诉说，反转来又拨动了琵琶女的心弦，当又一次弹琵琶的时候，那曲调就更加凄苦感人，因而反转来激起“我”的情感狂澜，以至热泪横流，湿透青衫。把处于封建社会下层的琵琶女的遭遇和被压抑的正直的知识分子的遭遇相提并论，做如此细致、生动的描写，并寄予无限同情，这在白居易以前的诗歌中是未曾出现的。

《琵琶行》最突出的艺术特点是：以极富音乐性的语言叙事、写景、特别是摹写音乐形象，用以抒发人物情感。全诗八十八句，或两句一韵，或四句一韵，或十数句一韵，或押平声，或押仄声，抑扬顿挫，错综变化，恰切地表现了人物的内心活动。摹写音乐的那些诗句，往往音义兼顾，情韵互谐，而在借助语言音韵摹写乐声的时候，又常用各种比喻以加强其形象性。例如“大弦嘈嘈如急雨”，既用“嘈嘈”这个叠韵词来摹声，又用“如急雨”使之形象化。“小弦切切如私语”亦然。这还不够，“嘈嘈切切错杂弹”，已经再现了“如急雨”“如私语”两种旋律的交错出现，又用“大珠小珠落玉盘”一比，视觉形象与听觉形象就同时显露出来，令人眼花缭乱、耳不暇接。旋律继续变化，出现了“滑”“涩”二境。“间关”之声，轻快流利，而比之为“莺语花底”，视觉形象的优美强化了听觉形象的优美。“幽咽”之声，悲抑哽塞，而比之为“泉流冰下”，视觉形象的冷涩强化了听觉形象的冷涩。由“冷涩”到“凝绝”，是一个“声暂歇”的过程。诗人用“别有幽愁暗恨生，此时无声胜有声”的佳句描绘了余音袅袅、余意无穷的境界。弹奏至此，满以为已经结束了。谁知那“幽愁暗恨”在“声暂歇”的过程中积聚了巨大潜力，无法压抑，终于如“银瓶乍破水浆迸，铁骑突出刀枪鸣”，把“凝绝”的暗流突然推向高潮。才到高潮，即收拨一画，戛然而止。一曲虽终，而回肠荡气、惊心动魄的艺术魅力，却并未随之消失。如此绘声绘色地再现千变万化的音乐形象，从而展现弹奏者起伏回荡的心潮，怎能不使我们敬佩作者的艺术才华。

【注释】

①琵琶行：行，一种诗体。徐师曾《文体明辨》：“放情长言，杂而无方者曰‘歌’。步骤驰骋，疏而不滞者曰‘行’。兼之曰‘歌行’。” ②左迁：降职。九江郡：隋郡名，唐肃宗时改为江州，州治在今江西九江市。司马：刺史（州的长官）的属官。 ③湓（pén）浦口：在今九江西，是湓水入长江处，又叫湓口。 ④善才：曲师。 ⑤委身：托身。贾（gǔ）人：商人。 ⑥命酒：叫手下人摆酒。 ⑦快弹：畅快地弹。 ⑧悯（mǐn）默：神色悲愁，不作声。 ⑨出官：由京官贬为外官。 ⑩恬然：心平气和。 ⑪迁谪（zhé）：降职外调。 ⑫长句：七言诗。 ⑬瑟瑟：风吹草木声。 ⑭回灯：把熄了的灯重新点起来。 ⑮掩抑：沉郁。思（sì）：包括思想感情。 ⑯“轻拢”句：“拢”“捻”“抹”“挑（tiǎo）”都是叩弦的指法。 ⑰霓裳：曲名。六幺：或作绿腰，曲名。 ⑱间关：鸟声。滑：流利。 ⑲“幽咽”句：冰下难，汪本、《全唐诗》都作“水下滩”，在“水”字下注明“一作冰”，“滩”字下注明“一作难”。段玉裁《与阮芸台书》云：“昔年曾谓当作‘泉流冰下难’，故下文接以‘冰泉冷涩’，‘难’与‘涩’对，难者，滑之反也。‘莺语花底’，‘泉流冰下’，形容滑、涩二

境，可谓工绝。” ⑳拨：拨弦用的拨子。 ㉑沉吟：迟疑不决的表情。《六书故》：“喜为歌吟，疑为沉吟。” ㉒敛容：收敛其散漫弛惰的状态，表现出肃敬的神情。 ㉓教坊：唐代置左、右教坊，掌管优伶杂伎。 ㉔秋娘：当时长安极负盛名的歌女，元稹、白居易的诗有好几处提到她。 ㉕五陵：汉代帝王的五个陵墓，即长陵、安陵、阳陵、茂陵、平陵。汉代经营帝王陵墓，使富豪人家迁住其地，所以五陵多豪华少年。缠头：古代舞女在歌舞时用罗锦缠头，因而观者常赠蜀锦作为彩礼，叫作“缠头”，后来多以钱物代之。 ㉖“钿头”句：节，又叫拊，是打拍子用的乐器。击节，就是打拍子。晋朝人王敦欣赏曹操的诗句：“老骥伏枥，志在千里。烈士暮年，壮心不已。”酒后诵读，用如意（如意是搔痒的东西）击唾壶为节，壶边尽缺。因而“击节”一词又含有赞赏的意思。钿头银篦，是上端镶着金花的银钗。这句诗是说歌女唱曲的时候，五陵少年用钿头银篦给她打拍子，由于很卖力，把钿头银篦都打碎了。 ㉗等闲：随随便便。 ㉘浮梁：唐代属饶州鄱阳郡，故城在今江西省浮梁县东北。 ㉙阑干：纵横。 ㉚唧唧：叹息声。 ㉛杜鹃：本名鹃，形体像鹰。相传是古蜀帝杜宇的魂所化，故叫杜鹃或杜宇；子规、子鹃则是它别名。春天鸣叫，鸣声凄厉，能打动旅客思家的心情，故又称思归、催归，古代诗人常用“啼血”形容它凄切的鸣声，如“子规半夜犹啼血”之类。 ㉜呕哑嘲哳（ōuyāzhāozhā）：形容声音杂乱。 ㉝“江州”句：唐代五品以下的官穿青衫，江州司马，即作者自己。

大林寺桃花

人间四月芳菲尽①，山寺桃花始盛开②。
长恨春归无觅处，不知转入此中来。

【题解】

此诗乃白氏于元和十二年（817）游庐山大林寺时所作。庐山大林寺有三处。《清统志·九江府二》："上大林寺在庐山西大林峰南，晋建。……又中大林寺在庐山锦涧桥北，下大林寺在桥西。"据查慎行《庐山记游》："上大林寺，乐天先生曾游此，于四月见桃花，集中有诗序，今犹称白司马花径。"花径，现已辟为花径公园，石碣上刻"花径"二字，相传为白居易所书。诗写大林寺桃花晚开，却以人间芳菲尽唤起三、四句，构思极新颖。

【注释】

①芳菲：形容花卉美盛芬芳，这里指花。 ②"山寺"句：白氏《游大林寺序》云："大林穷远，人迹罕到，环寺多清流苍石、短松瘦竹。寺中惟板屋木器，其僧皆海东人。山高地深，时节绝晚。于时孟夏月，如正二月天，梨、桃始华，涧草犹短，人物风候与平地聚落不同。初到恍然，若别造一世界者。因口号绝句云……"所谓绝句，即指此诗。

问刘十九①

绿蚁新醅酒②，红泥小火炉。
晚来天欲雪，能饮一杯无③？

【题解】

忙了一天，天晚的时候，眼看要下雪，很想找个朋友来围炉聊天，喝几杯酒。于是提笔写了这首小诗，问那个朋友能不能来。四句诗明白如话，却具有诗情画意，表现了一种健康的生活情趣。

【注释】

①刘十九：白居易的朋友，白有《刘十九同宿》诗："惟共嵩阳刘处士，围棋赌酒到天明。" ②绿蚁：新酿的米酒，酒面上有淡绿色的浮渣，叫绿

蚁。醅（pēi）：没有过滤的酒。 ③无：疑问词，用法与“否”“吗”相同。

钱塘湖春行

孤山寺北贾亭西[1]，水面初平云脚低[2]。
几处早莺争暖树，谁家新燕啄春泥。
乱花渐欲迷人眼，浅草才能没马蹄。
最爱湖东行不足，绿杨阴里白沙堤[3]。

【题解】

此诗作于任杭州刺史时。钱塘湖即西湖。题为“钱塘湖春行”，以一“行”字贯串全诗，写出了行进中所见的不断变换的春景，而“春行”者的美感即饱和于自然美景之中，给读者以美感享受。方东树《昭昧詹言》云：“佳处在象中有兴，有人在，不比死句。”又云：“句句回旋曲折顿挫，皆从意匠经营而出。”

【注释】

①孤山寺：在西湖后湖与外湖之间。贾亭：在西湖中，为贾全于贞元（785—804）年间任杭州刺史时所建。这一句写“春行”起点。 ②水面初平：指春水注入，湖与岸平。云脚低：指云气接近湖面。这一句写放眼全湖。 ③白沙堤：即白堤。

柳宗元（773—819）

字子厚，行八，河东（今山西永济西）人，世称柳河东。长于长安，幼敏悟，“以童子有奇名于贞元初”（刘禹锡《柳君文集序》）。德宗贞元九年（793）登进士第。十二年任秘书省校书郎。十四年登博学宏词科，授集贤殿正字。三年后调蓝田尉。十九年（803）升任监察御史里行，与韩愈、刘禹锡同官。二十一年正月，顺宗即位，重用王叔文、王伾等人实行政治革新，柳宗元被任命为礼部员外郎，与刘禹锡同为王叔文集团中坚人物。同年八月，顺宗内禅，宪宗即位，“二王”被贬，“永贞革新”失败。柳宗元被贬为邵州刺史；未及到任，又加贬为永州司马。在永州九年，著述甚富。宪宗元和十年（815）正月，召赴京师；三月，又出为柳州刺史。在柳州期间，因俗施教，善政惠民。十四年（819）卒于贬所，人称柳柳州，民为立祀。其生平事迹见韩愈《柳子厚墓志铭》及新、旧《唐书》本传。年谱多种，以宋人文安礼《柳先生年谱》为最早，也较完善。柳宗元“以生人为己任”，主张“文以明道”，为文当“有益于世”，是著名的思想家和散文家。与韩愈共倡古文运动，世称“韩柳”。亦工诗，今存一百六十三首，多贬官后作，各体皆自具面目。苏轼称其诗“发纤秾于简古，寄至味于澹泊”（《书黄子思诗集后》）。方回称“柳柳州诗精绝工致，古体尤高。世言‘韦柳’，韦诗淡而缓，柳诗峭而劲。此五律诗，比老杜尤工矣！杜诗哀而壮烈，柳诗哀而酸楚，亦同而异也”（《瀛奎律髓》卷四）。论者每与韦应物相提并论，合称“韦柳”。沈德潜曾谓“柳州诗长于哀怨，得《骚》之余意。东坡谓在韦苏州上，而王阮亭谓不及苏州，各自成家，两存其说可也”（《唐诗别裁集》卷四）。《全唐诗》存诗四卷，今人吴文治等校点本《柳宗元集》四五卷，诗文合编，较通行。

溪居

久为簪组累，幸此南夷谪①。
闲依农圃邻，偶似山林客②。

晓耕翻露草，夜榜响溪石③。
来往不逢人，长歌楚天碧。

【题解】

《溪居》的“溪”指“愚溪”。刘禹锡《伤愚溪》诗前小序曰：“故人柳子厚之谪永州，得胜地，结茅树蔬，为沼沚、为台榭，目曰愚溪。”这首诗寥寥八句，写他溪居的日常生活和心态，简淡高洁，体现了柳宗元五言古体诗的基本风格。沈德潜云：“愚溪诸咏，处连蹇困厄之境，发清夷澹泊之音，不怨而怨，怨而不怨，行间言外，时或遇之。”（《唐诗别裁集》卷四）

【注释】

①“久为”二句：长时间受官职束缚，幸而被贬到南夷，才松散些。组，即缨，帽带。古人戴冠，用簪将头发固定在冠上，用组将冠系在颏下，因而以簪组代冠。冠代表官职，因而以冠代官。南夷，指永州一带。 ②“闲依”二句：农圃，指菜农；山林客：指隐士。 ③夜榜：夜航。

渔　翁

渔翁夜傍西岩宿，晓汲清湘燃楚竹。
烟销日出不见人，欸乃一声山水绿①。
回看天际下中流，岩上无心云相逐。

【题解】

这是作者被贬为永州（今湖南零陵）司马时的作品，以“渔翁”领起，通篇写渔翁。“夜傍西岩宿”着一“傍”字而境界全出：渔翁以舟为家，傍青山，靠绿水，何等清高绝俗，自在逍遥！第二句写做早饭，“晓”字上承“夜”字。只用取水烧柴指代做饭的全过程，已极简练含蓄。何况不说取水而说“汲清湘”，不说烧柴而说“燃楚竹”，不仅表现出地方特色，而且用烘托手法，进一步表现了渔翁的高洁洒脱。第三句“烟销日出不见人”，最明显的意思是：吃过早饭，渔翁已荡舟去远了。但“烟销日出”又分明暗示：“烟销”之前，烟雾弥漫，连“日”也“出”不来。就是说：渔翁汲湘燃竹，全隐没于“晓”雾之中。及至“日出”，始能看见，可是他已离开这儿了。“不见人”，意在突出其孤高出尘。然而“不见人”还得表现出确有其“人”。这就有了最精彩的一句：“欸乃一声山水绿”。

从语法看，“山水绿”是“欸乃一声”的结果。这当然不是说“欸乃”一声能使山水变绿，而是当你忽然听见悠扬的《欸乃曲》，寻声辨向，想看见那位歌手时，忽然发现那歌声飘荡之处，山青水绿，简直是与尘世隔绝的另一个世界。诗写“渔翁”，从渔翁的角度看，他放舟中流，一声“欸乃”，其悠闲自得的神态跃然纸上；而放眼一看，山青水绿，悦目怡神，心物交感，融合无间，达到了《始得西山宴游记》所说的“与万化冥合”的境界。结尾两句，即由此引申。近看眼前，山青水绿；回看天际，岩上白云毫无机心，自由舒卷，自在飘浮，与自己的心灵和谐一致。

通篇诗，并不是对现实生活中的渔翁的真实写照，而是借渔翁以抒怀抱，表现在政治上遭受严重打击之后厌恶官场、寄情山水的高洁情怀。取《永州八记》与此诗同读，必能相互印证，加深领悟。

结尾两句，苏轼《读柳诗》认为“虽不必亦可”。严羽、胡应麟、王士禛、沈德潜等都表示赞同；刘辰翁、李东阳、王世贞等则认为不须删。这种争论，直延续到现在。但如结合作者的处境和心境及《永州八记》等读这篇诗而领悟到诗中的渔翁在很大程度上乃是作者逃避龌龊现实，追求心灵净土的心境外化，便知结尾两句多么重要。全诗所写的渔翁几乎全在人境之外，他不曾和任何人打交道，别人也不曾看见他，除了“欸乃一声”之外，便只有“无心出岫”、随意飘浮的白云是他的化身。

【注释】

①欸乃（ǎinǎi）：渔家号子声，唐时湘中棹歌有《欸乃曲》（见元结《欸乃曲序》）。

登柳州城楼寄漳汀封连四州刺史

城上高楼接大荒，海天愁思正茫茫。
惊风乱飐芙蓉水①，密雨斜侵薜荔墙②。
岭树重遮千里目，江流曲似九回肠。
共来百粤文身地③，犹自音书滞一乡。

【题解】

唐德宗死，太子李诵（顺宗）即位，改元永贞（805），重用王叔文等实行改革，仅五个月即遭受残酷的镇压。王叔文、王伾被贬往外地；革新派主要成员柳宗元、刘禹锡、韩泰、韩晔、陈谏、凌准、程异、韦执谊分别贬为远州司马。第二年又杀害王叔文，逼死王伾；对八司马的迫害也有增无已，凌准、韦执谊都死于任所。整整过了十年，即宪宗元和十年（815）初，柳宗元与韩泰、韩晔、陈谏、刘禹锡五人（程异先被起用）才奉诏进京。不料又被贬往更荒凉的边远州郡：韩泰为漳州（治所在今福建漳州市）刺史，韩晔为汀州（治所在今福建长汀县）刺史，陈谏为封州（治所在今广东封川县）刺史，刘禹锡为连州（治所在今广东连州市）刺史，柳宗元为柳州刺史（治所在今广西壮族自治区马平县）刺史。这首七律，是柳宗元初到柳州时写寄四位难友、即诗题中所说的“漳、汀、封、连四州刺史”的。唐人作诗很讲究“制题”，读这个题，已有伤高怀远之意。

首联以深广的情景、辽阔的意境统摄诗题，为以下的逐层抒写展开了宏大的画面。

颔联写近景。见得真切，故写得细致。就细致地描绘风急雨骤的景象而言，这是“赋”。但仔细品味，“赋”中又兼有“比”“兴”。“风”而曰“惊”，“雨”而曰“密”，“风”而曰“乱”，“侵”而曰“斜”，客观事物已投射诗人感受。“芙蓉”出水，何碍于“风”，而“惊风”仍要“乱飐”，“薜荔”覆“墙”，“雨”本难“侵”，而“密雨”偏来“斜侵”。这怎能不使诗人俯仰身世，产生联想，“愁思”弥漫于茫茫海天?

颈联写远景。上下句同写遥望，却一仰一俯，视野各异。仰观则重岭密林，遮断千里之目，俯察则江流曲折，有似九回之肠，景中寓情，“愁思”无限。

尾联自然归结到“音书滞一乡”。但如此收束，则文情较浅，文气较直，故先用“共来百粤文身地”一垫，再用“犹自”一转，才转到“音书滞一乡”，便收到沉郁顿挫的艺术效果。而“共来”一句，既与首句“大荒”照应，又统摄题中的“漳、汀、封、连四州”及作者所在的柳州。一同被贬于“大荒”“文身”之地，已够痛心，还彼此隔离。连音书都留滞于各自的贬地而无法寄达。读诗至此，余韵袅袅，余味无穷。而题中的“寄”字之神，也于此曲曲传出。

【注释】

①飐（zhǎn）：吹动。芙蓉：荷花。 ②薜荔（bìlì）：一种常绿的蔓生植物。 ③百粤：泛指岭南少数民族。文身：身上刺各种花纹。

江　雪

千山鸟飞绝，万径人踪灭。
孤舟蓑笠翁[①]，独钓寒江雪。

【题解】

写雪景而前三句不见“雪”字，纯用空中烘托之笔、一片空灵。待结句出“雪”而回视前三句，便知“千山”“万径”，“孤舟”“渔翁”，已全覆盖于深雪之中，而那雪还在纷纷扬扬，飞洒不休。要不然，“千山”何故“鸟飞绝”？“万径”何故“人踪灭”？“孤舟”渔翁，又何故披“蓑”戴“笠”？

用“千山”“万径”反衬“寒江”“孤舟”，用“鸟飞绝”“人踪灭”反衬“蓑笠翁”寒江“独钓”，从而在广阔、寂寥、清冷的画面上突出了“孤舟”“独钓”的“蓑笠翁”形象。

全诗句句写景，合起来是一幅图画，所以正如黄周星《唐诗快》所说：“只为此二十字，至今遂图绘不休，将来竟与天地相终始矣。”

这首《江雪》与前面所选的《渔翁》，都以渔翁“自寓”，反映了柳宗元在长期流放过程中交替出现的两种心境。他有时不甘屈服，力图有所作为；有时又悲观愤懑，寻求精神上的解脱。《渔翁》中的渔翁，超尘绝俗，悠然自得，正是后一种心境的外化。《江雪》中的渔翁，特立独行，凌寒傲雪，独钓于众人不钓之时，正是前一种心境的写照。

【注释】

①蓑笠翁：穿蓑衣、戴笠帽的渔翁。

酬曹侍御过象县见寄[1]

破额山前碧玉流，骚人遥驻木兰舟。
春风无限潇湘意，欲采蘋花不自由。

【题解】

前两句切题中的“曹侍御过象县见寄”，即曹侍御经过象县之时，作诗寄作者；后两句切题中的“酬”，即作者读到曹侍御寄来的诗，作此诗酬答。今人多据诗中有“潇湘”二字而确定此诗作于永州，但永州、象县相距遥远，书简往还不易，与诗意不合。“潇湘”别有意义，不专作地名，姑定为柳州作品。

“骚人”本指《离骚》的作者屈原，后来泛指情操高洁的文人。“玉”“木兰”，都是屈原喜用的词，象征坚贞、芬芳的品质。作者称曹侍御为“骚人”，并用“碧玉流”“木兰舟”这样美好的环境来烘托他，就会使读者把他和屈原及其作品联系起来，产生许多联想。“骚人”本可看山看水，愉快地赶他的路，如今却“遥驻木兰舟”于“碧玉流”之上，究竟为什么，这又会使读者产生许多联想。“遥”作为“驻”的状语，所表现的是“骚人”与作者之间的距离。象县距柳州六十多里，距柳宗元的贬所不算太“遥”，何况眼前的“碧玉流”正是从柳州流来的，为什么不乘“木兰舟”到柳州去看看他的朋友？这又引人深思。曹侍御的处境如何，虽然不知其详，但从“骚人”的称呼中也可得到一些暗示。至于柳宗元，分明过着“万死投荒”的流放生活。所以政治上的间隔，比地理上的距离更显得“遥”。因此，尽管思友心切，路也不太远，却只能“驻舟”兴叹，寄诗抒怀。

“春风无限潇湘意”一句，结合下句“欲采蘋花”看，显然汲取了南朝诗人柳恽《江南曲》的诗意。《江南曲》是一篇名作，全文如下：

江洲示白蘋，日 暖江南春。

洞庭有归客，潇湘逢故人。

故人何不返，春花复应晚。

不道新知乐，只言行路远。

由此可见，“春风无限潇湘意”，就是怀念故人之意。此句作为全诗的第三句，妙在似承似转，亦承亦转。就是说：它主要表现作者怀念“骚人”之情，但也兼包“骚人”寄诗中所表达的怀念作者之意。“春风”和暖，芳草如茵，蘋花盛开，朋友们倘能相见，该多好！“无限”相思而不能相见，就想到“采蘋花”以赠故人。然而呢？不要说相见没有自由，就是“欲采蘋花”相赠，也“不自由”啊！

全诗不仅写景如画，而且比兴并用，虚实相生，能够唤起读者许多联想。结句“欲采蘋花”尚“不自由”，还能有什么自由！词气委婉而内涵悲愤。结合作者被贬谪的原因、经过和被贬后继续遭受诽谤、打击、动辄得咎的处境，不是可以想到更多东西吗？

【注释】

①侍御：官名，侍御史的简称。曹侍御：名未详，当是作者在京城时的故友。象县：柳州属县，在州治东北六十五里。

与浩初上人同看山寄京华亲故①

海畔尖山似剑铓②，秋来处处割愁肠；

若为化得身千亿③，散上峰头望故乡④。

【题解】

此诗作于任柳州刺史时期。望海畔无数尖山有如剑铓而感到愁肠如割，又欲化身千亿，分立于千亿山尖遥望故乡，构思新颖而含情悽惋。陆游《梅花绝句》“何方可化身千亿，一树梅花一放翁”，命意不同，而遣词造句，或由此诗后两句脱化。

【注释】

①浩初上人：潭州（今湖南长沙）人，龙安海禅师弟子。上人，对和尚的敬称。京华：京城长安。亲故：亲戚故旧。 ②剑铓：剑锋。苏轼《东坡题跋》：“仆自东武适文登，并海行数日，道旁诸峰，真若剑铓。诵柳子原诗，知海山多尔耶。” ③若为：怎能。 ④故乡：指长安。柳宗元祖籍河东，但在长安出生并长大。

元　稹（779—831）

字微之，排行九，洛阳（今属河南）人。北魏鲜卑族后裔，世居京兆万年（今陕西西安）。八岁丧父，随生母郑氏赴凤翔依舅族。德宗贞元九年（793），年方十五，即以明两经擢第。十九年（803）登书判拔萃科。宪宗元和元年（806），登“才识兼茂、明于体用”科，授左拾遗。上书论政，触怒宰臣，出为河南县尉。四年，受知于宰相裴垍，任监察御史，出使剑南东川，劾奏官吏奸贪，得罪宦官权贵、贬为江陵府士曹参军。历通州司马、虢州长史。裴垍去世，转而依附宦官崔潭峻，元和十四年（819）入京任膳部员外郎。翌年，擢祠部郎中、知制诰，迁中书舍人，充翰林学士承旨。穆宗长庆二年（822），以工部侍郎同平章事。在相位仅三月，为李逢吉所倾，出为同州刺史。三年，为越州刺史、浙东观察使。文宗大和三年（829），入为尚书左丞。四年，出为武昌军节度使。五年七月卒于任所。生平事迹见白居易《元稹墓志铭》及新、旧《唐书》本传。年谱多种，以今人卞孝萱《元稹年谱》较完备。元稹兼擅散文、传奇、书法，而以诗著称。其诗与白居易齐名，并称“元白”。与白居易、李绅等创作新乐府，在促进当时诗歌创作贴近现实方面有积极意义。其他诗作，传诵最广者为《连昌宫词》、悼亡诗和艳情诗。清代诗论家赵翼认为：“中唐诗以韩、孟、元、白为最。韩、孟尚奇警，务言人所不敢言；元、白尚坦易，务言人所共欲言。”（《瓯北诗话》卷四）评论较中肯。元稹诗文合集《元氏长庆集》，宋以后传本六十卷，《四部丛刊》本较通行。中华书局《元稹集》于六十卷外，复收外集八卷，较完备。《全唐诗》编其诗二十八卷。

连昌宫词

连昌宫中满宫竹，岁久无人森似束。
又有墙头千叶桃[①]，风动落花红蔌蔌[②]。
宫边老人为余泣：“小年进食曾因入。
上皇正在望仙楼[③]，太真同凭栏干立[④]。
楼上楼前尽珠翠[⑤]，炫转荧煌照天地[⑥]。
归来如梦复如痴，何暇备言宫里事。
初届寒食一百六[⑦]，店舍无烟宫树绿。
夜半月高弦索鸣，贺老琵琶定场屋[⑧]。
力士传呼觅念奴[⑨]，念奴潜伴诸郎宿[⑩]。
须臾觅得又连催，特敕街中许燃烛[⑪]。
春娇满眼睡红绡[⑫]，掠削云鬟旋装束[⑬]。
飞上九天歌一声[⑭]，二十五郎吹管笛[⑮]。
逡巡大遍凉州彻[⑯]，色色龟兹轰录续[⑰]。

李謩擪笛傍宫墙[18]，偷得新翻数般曲。
平明大驾发行宫[19]，万人歌舞途路中。
百官队仗避岐薛[20]，杨氏诸姨车斗风[21]。
明年十月东都破，御路犹存禄山过。
驱令供顿不敢藏[22]，万姓无声泪潜堕。
两京定后六七年[23]，却寻家舍行宫前。
庄园烧尽有枯井，行宫门闭树宛然。
尔后相传六皇帝，不到离宫门久闭[24]。
往来年少说长安，玄武楼成花萼废。
去年敕使因斫竹[25]，偶随门开暂相逐。
荆榛栉比塞池塘，狐兔娇痴缘树木。
舞榭欹倾基尚在，文窗窈窕纱犹绿。
尘埋粉壁旧花钿[26]，乌啄风筝碎珠玉[27]。
上皇偏爱临砌花，依然御榻临阶斜[28]。
蛇出燕巢盘斗拱，菌生香案正当衙。
寝殿相连端正楼，太真梳洗楼上头。
晨光未出帘影动，至今反挂珊瑚钩。
指似旁人因恸哭，却出宫门泪相续。
自从此后还闭门，夜夜狐狸上门屋。”
我闻此语心骨悲，“太平谁致乱者谁？”
翁言“野父何分别，耳闻眼见为君说：
姚崇宋璟作相公[29]，劝谏上皇言语切。
燮理阴阳禾黍丰[30]，调和中外无兵戎。
长官清平太守好，拣选皆言由至公。
开元之末姚宋死，朝庭渐渐由妃子。
禄山宫里养作儿，虢国门前闹如市[31]。
弄权宰相不记名，依稀忆得杨与李[32]。

庙谟颠倒四海摇[33]，五十年来作疮痏。
今皇神圣丞相明[34]，诏书才下吴蜀平[35]。
官军又取淮西贼[36]，此贼亦除天下宁。
年年耕种宫前道，今年不遣子孙耕。”
老翁此意深望幸[37]，努力庙谟休用兵。

【题解】

连昌宫，唐行宫之一，高宗显庆三年（658）建，在河南府寿安县（今河南宜阳）西九十里处。此诗作于元和十三年（818）春平吴元济叛乱之后，意在通过连昌宫的兴废反映安史之乱前后的治乱兴衰，为统治者昭炯戒。

这首长篇叙事诗从昭炯戒的明确目的出发选取历史题材，通过集中、虚拟和艺术想象，创造人物，敷衍情节，渲染场景，突现主题。不完全符合历史事实，却在较高程度上反映了历史真实。从叙事诗的发展脉络看，这首诗和白居易的《长恨歌》都因借鉴“说话”和传奇小说的创作经验而有新开拓。

前四句写宫苑荒凉之景，引出“宫边老翁为余泣”，泣诉了连昌宫昔盛今衰的历史变迁，落到“夜夜狐狸上门屋”，与前四句拍合，构成全诗的第一段落。“宫边老翁”是一个虚拟人物，他住在“宫边”数十年，两次进宫，最了解连昌宫的沧桑巨变，由他执行“叙述人”的任务，就比作者自己出面叙述强得多。“余”或“我”即是作者，也是叙事诗中的人物。“我闻此语心骨悲”，于是提出一个问题：“太平谁致乱者谁？”这就引出“老翁”的又一次叙述。“老翁”由于“老”，所以能够根据“耳闻眼见”说明问题：致太平的是开元贤相姚崇、宋璟，他们“劝谏上皇”“燮理阴阳”“调和中外”，以“至公”之心拣选清官良吏；乱天下者是杨妃及其兄弟姊妹和“弄权宰相”杨国忠、李林甫，弄得“庙谟颠倒四海摇，五十年来作疮痏”。这当然是作者的看法和许多同时代人的共同看法，但借“耳闻眼见”者之口说出，便有抒情意味。“老翁”最后就削平藩镇“天下宁”歌颂“今皇神圣丞相明”，作者即以“努力庙谟休用兵”结束全诗，体现了他的创作意图。

元稹与白居易友好，互相学习，《连昌宫词》的创作受《长恨歌》影响，自无疑问。但其艺术成就，正可与《长恨歌》比美。如宋人洪迈所评：“元微之、白乐天在唐元和、长庆间齐名，其赋咏天宝时事《连昌宫词》《长恨歌》皆脍炙人口，使读之者情性荡摇，如身生其时，亲见其事，殆未易以优劣论也。”（《容斋随笔》卷一五）元稹由于写出这样的好诗，被当时人称为“元才子”。

【注释】

①千叶桃：碧桃。　②簌簌（sù）：纷纷落下的样子。　③上皇：指唐玄宗李隆基，安史之乱他传位于肃宗李亨后，成为太上皇。　④太真：杨贵妃做女道士时的名字。　⑤珠翠：这里借指宫女。　⑥炫转荧煌：形容光辉闪耀。　⑦寒食：寒食节。古代冬至后一百零五天为寒食节。第二天叫小寒食。唐代按照旧风俗，大小寒食在全国禁止生火，所以下文有店舍无烟的描写。　⑧贺老：指贺怀智，唐玄宗时的艺人，善弹琵琶。定场屋：等于说压场，即最好的意思。　⑨力士：高力士，李隆基所最宠信的宦官。念奴：天宝年间著名歌女。　⑩诸郎：指年轻的贵族。　⑪敕（chì）：帝王的诏书、命令。　⑫红绡：这里指红色的纱帐。　⑬掠削云鬟：用手轻拢头发。旋装束：不久就装扮好了。　⑭九天：借指皇宫。　⑮二十五郎：邠王李承宁，排行二十五。　⑯逡巡：本指进行缓慢的样子，这里指歌唱时的节拍舒缓。大遍：古代音乐术语，指成套的乐曲。凉州：唐代风行的乐曲之一。彻：完，指演奏完结。　⑰色色：各种各样。龟兹（Qiūcí）：我国汉至唐初西北一个少数民族政权的名称。故址在今新疆库车、沙雅县一带。这里指龟兹地区的音乐。录续：陆续。轮换着演奏。　⑱李謩：长安城中著名的吹笛少年。擫（yán）：

吹笛时手指的动作。据作者自注：李隆基曾于正月十四深夜，在上阳宫奏新制乐曲，被李謩偷听，第二天夜里便在酒楼上吹奏。 ⑲大驾：指封建皇帝的车马。 ⑳队仗：即仪仗队伍。岐、薛：指岐王李珍、薛王李琄，都是李隆基的侄儿。 ㉑杨氏诸姨：指杨贵妃的姐姐韩国夫人、虢国夫人、秦国夫人等。 ㉒供顿：供给食宿。顿，食宿的地方。 ㉓两京：长安和洛阳。 ㉔离宫：即行宫，封建皇帝出巡时的住处。 ㉕敕使：皇帝的使者。 ㉖花钿：镶嵌珠宝的首饰。 ㉗风筝：指屋檐边挂的铃铎。 ㉘御榻：皇帝的床。 ㉙姚崇、宋璟：唐玄宗开元年间两个贤明的宰相。 ㉚燮理阴阳：使天地间阴阳协调，农产物丰收。 ㉛虢国：虢国夫人，宅第在长安宣义里，趋炎附势者往来不绝。 ㉜杨与李：杨国忠与李林甫，臭名昭著的宰相。 ㉝庙谟：庙，宗庙，代指朝廷；谟：谋划。 ㉞今皇：指唐宪宗李纯，他曾经任用裴度等平定藩镇的叛乱。丞相，指裴度。 ㉟吴蜀平：吴，指浙西镇海节度使李锜；蜀，指西川节度副使知节度事刘辟。刘辟于元和元年正月叛乱，同年九月被讨平。李锜于元和二十年十月叛乱，不久被平定。 ㊱淮西贼：指盘踞淮西、自称彰义军留后的吴元济。 ㊲望幸：希望皇帝来临，封建时代称皇帝到来叫“幸”。

遣 悲 怀（三首）①

一

谢公最小偏怜女，自嫁黔娄百事乖②。
顾我无衣搜荩箧③，泥他沽酒拔金钗④。
野蔬充膳甘长藿⑤，落叶添薪仰古槐。
今日俸钱过十万，与君营奠复营斋⑥。

【题解】

元稹《遣悲怀》三首，是“悼亡”诗中的杰作。贤妻早逝，悲感萦怀，作诗排遣，只写真情，故能感人肺腑。第一首首联写结婚，比妻子为东晋著名宰相谢安最喜爱的侄女谢道韫，而自比为春秋时代的寒士黔娄，言外有“谢多娇错爱”的意思。以高门之女嫁寒士，故“自嫁”之后，“百事”皆“乖”，没过上好日子，从而领起中间两联。中间两联，追忆四种情景：她看见我没有合身的衣服，就翻箱倒箧，想找点儿衣料缝制；我来了朋友，想买酒，就软缠她拔下了头上的金钗；用野菜充膳，很难吃，可她把那长长的豆叶塞进口里，吃得很香；做饭没柴烧，她就去扫古槐的落叶，一筐一筐地提回来。婚后生活的艰辛，妻子对自己的体贴，自己对妻子的怜惜与负疚之情，都从对往事的叙述中曲曲传出，凄怆动人。尾联从追忆回到现实：“今日俸钱过十万”，本来可让你过上好日子，可你在贫困生活的煎熬中舍我而去了！我只能为你做点营斋营奠的事，安慰你的亡灵！

全诗都用陈述语气，语调平缓而悲凉。前面称妻子为“他”，仿佛面对别人；可是讲着讲着，妻子的音容就不断闪现，因而又改口称“君”，仿佛与妻子对话。

【注释】

①遣悲怀：是元稹追悼妻子韦丛的诗。韦丛比元稹小四岁，二十岁结婚，死于元和四年（809），年二十七岁。 ②“谢公”二句：东晋宰相谢安喜欢侄女谢道韫，怜，义同爱，韦丛的父亲韦夏卿官至太子少保，死后追赠左仆射，韦丛是他的幼女，故以谢道韫作比。黔娄，齐国的贫士，元稹自指。元稹出身寒微，婚后，曾一出为河南县尉。 ③荩箧（jìnqiè）：一种草制的衣箱。 ④泥（nì）：柔言索物，即口语的“软缠”。 ⑤甘：吃得很香。藿：豆叶。 ⑥奠：祭品。斋：延请僧道超度灵魂。

二

昔日戏言身后意，今朝皆到眼前来。

衣裳已施行看尽[1]，针线犹存未忍开。
尚想旧情怜婢仆，也曾因梦送钱财。
诚知此恨人人有，贫贱夫妻百事哀。

【题解】

首联忆昔抚今：你从前开玩笑，说你一旦死去，就如何如何；没想到你说的那些“身后意”，今天都摆在我面前。颔联紧承首联，大约韦丛曾说她万一早死，便把衣裳、针线等遗物统统送人，免得睹物念旧。所以颔联写道：你穿过的衣裳，已经按你的意见陆续送人，即将送尽；可是你常用的针线盒，我还保存着，不忍心打开。颈联又讲两件事：时常想起你往日的深情，因而对你使唤过的婢仆也特别怜惜；你活着的时候，我苦于没有钱交给你维持家庭生活，现在有了钱，可你不在了，送钱给你的情景，有时便在梦中出现。尾联先宕开一笔，然后绾合：丧妻之痛，人所难免，这一点，我当然懂得。既然懂得，就不必过分悲哀了。可是，我们是“贫贱夫妻”啊！因为是“贫贱夫妻”，你才会留下针线盒这样的遗物，一看见它就想起你灯下缝衣的身影；我才会在做梦时还忘不了从前的苦日子，想给你送几个钱；……真是“百事哀”啊！

第一首以“自嫁黔娄百事乖”领起，写生前；第二首以“贫贱夫妻百事哀”收尾，写身后。互相映衬，弥见沉痛。

【注释】

①施（shì）：施舍。行看：即将。

三

闲坐悲君亦自悲，百年都是几多时！
邓攸无子寻知命[1]，潘岳悼亡犹费词[2]。

同穴窅冥何所望[3]？他生缘会更难期！
惟将终夜长开眼，报答平生未展眉。

【题解】

第一句“悲君”总括上文，“自悲”开启下文：人生不过“百年”，妻子才活二十七岁便离开人世，固然可悲，自己就算活到百岁，也没多少时间，同样可悲；眼看快到“知命”之年，还像邓攸那样没有儿子；虽效潘岳赋《悼亡》以寄深情，但也无法充分表达对妻子的无限思念，不过浪费言辞；古人有“死则同穴”的说法，两个人在一起，当然好了，可是墓穴幽暗，人死无知，合葬又有什么意义？世人还有再世姻缘的说法，如果来生再做夫妻，便可补偿今生的遗憾，可这太虚无缥缈，更难指望啊！尾联为一篇之警策，也是三首诗的结穴。妻子生前“未展眉”，而作者所做的一切，如“营奠”“营斋”“怜婢仆”“送钱财”、赋“悼亡”、盼“他生”等，意在报答妻子，又自知无补实际，因而以“惟将终夜长开眼，报答平生未展眉”作结，情真意切，余意无穷。

韦丛早逝，元稹悼念她的诗，现在能看到的还有三十三首之多（见《元氏长庆集》卷九）。其中《六年春遣怀八首》和《遣悲怀三首》都哀婉动人，后者尤脍炙人口。孙洙《唐诗三百首》选《遣悲怀》，评论道：“古今悼亡诗充栋，终无能出此三首范围者，勿以浅近忽之。”“浅近”，并不是这三首诗的缺点，言浅意深，语近情遥，把人人心中所有而未能形诸语言的动人情景用浅显明畅的诗句充分表达出来，正是这三首诗的艺术魅力所在。

【注释】

①“邓攸”句：邓攸，字伯道，西晋末为河东太守，在兵乱中因救侄儿而丢弃了自己的儿子，终身遂无子嗣，时人有“天道无知，使伯道无儿”之

语。寻知命：即将到知命之年。《论语·为政》："五十而知天命。"按元稹五十岁时，后妻裴氏始生一子，名道护。　②潘岳：西晋诗人，妻子死，作《悼亡诗》三首，为世传颂。　③同穴：指夫妻合葬。《诗经·王风·大车》："死则同穴。"窅（yǎo）冥：深暗貌。何所望：意谓死后无知，即使同穴，也是徒然。

行　宫①

寥落古行宫，宫花寂寞红。
白头宫女在，闲坐说玄宗。

【题解】

既是"行宫"，自然曾有皇帝"临幸"，异样繁华。前三句连用"宫"字以突出"行宫"，而古宫寥落、宫花寂寞、宫女白头，与昔日繁华形成强烈对比，今昔盛衰之感，已跃然纸上。

寥落行宫，唯白发与红花相对，更见寥落。宫花尚且寂寞红，宫女白头，能不寂寞！

"白头宫女在"，用一"在"字，涵盖无穷。偌大行宫，唯白头宫女"在"，则曾来游幸的皇帝久已不"在"，与此相关的一切也统统不"在"。但这一切，由青春到白头度过漫长岁月的宫女都见过听过，于闲坐寂寞时便要"说"，不厌重复地"说"，用以消磨时间，慰藉寂寞。"闲坐说玄宗"，仅五个字，便令人想起从开元治世到天宝乱离的全部历史。沈德潜《唐诗别裁》云："只四语，已抵一篇《长恨歌》矣。"潘德舆《养一斋诗话》云："二十字足赅《连昌宫词》六百余字，尤为妙境。"称赞《行宫》含巨大历史内容，当然不错，但不能说它可以取代《长恨歌》或《连昌宫词》。清人舒位《又题元白长庆集后》云："白头宫女闲能说，何必《连昌》又一篇？"

意思是：写了《行宫》，就不必再写《连昌宫词》。这是错误的。《行宫》是五言绝句，含蓄蕴藉，情思绵绵，耐人吟味。《连昌宫词》是七言歌行体长篇叙事诗，铺陈史事，塑造人物，情景逼真，引人入胜。二者各有特点和优点，不能偏废。

【注释】

①此诗见于《元氏长庆集》，宋人皆以为元稹诗。明人高棅《唐诗品汇》卷四三作王建诗，一作元稹。当以元稹作为是。诗作于元和四年（809），当时元稹在东都洛阳为监察御史，所咏者当是洛阳西南的上阳宫。

菊　花

秋丛绕舍似陶家[1]，遍绕篱边日渐斜。
不是花中偏爱菊，此花开尽更无花。

【题解】

此是元稹青年时代的作品，后两句说明他爱菊的原因，未经人道，清新有味。

【注释】

①秋丛：指菊丛。陶家：陶潜的家。“采菊东篱下，悠然见南山”，是陶诗名句。

闻乐天授江州司马

残灯无焰影幢幢[1]，此夕闻君谪九江[2]。
垂死病中惊坐起，暗风吹雨入寒窗。

【题解】

元和十年（815），宰相武元衡被暗杀，白居易上疏要求追捕凶手，被贬为江州司马。元稹时任通州司马，闻讯作此诗。黄叔灿《唐诗笺注》云：“当此残灯影暗，忽惊良友之迁谪，兼感自己之多病，此时此际，殊难为情。末句另将风雨作结，读之味愈深。”

【注释】

①幢幢（chuáng）：昏暗、摇曳的样子。　②谪：贬官。九江：隋代郡名，即唐代的江州。

智度师

三陷思明三突围①，铁衣抛尽衲禅衣②。
天津桥上无人识③，独倚栏干望落晖。

【题解】

首句写智度师曾在平定安史叛乱中三次陷入重围又三次突围而出，何等忠勇！次句写铁衣抛尽而缝补僧衣（从战将沦为禅师），功高不赏之意见于言外。后两句以“无人识”做侧面烘托，迟暮之感，失路之悲，俱从“独倚栏干望落晖”的神态中传出，极感慨苍凉之致。

【注释】

①思明：安史之乱的首领之一史思明。　②铁衣：铁甲。衲：缝补。禅衣：僧衣。　③天津桥：故址在洛阳城南洛水上。

贾 岛（779—843）

字浪仙，一作阆仙，自称碣石山人、苦吟客。早年为僧，名无本。范阳（今北京附近）人。还俗后屡应举而终身未第，愤世嫉俗，作诗嘲讽权贵，被列入举场“十恶”，穆宗长庆二年（822）被逐出关。文宗开成二年（837），坐飞谤责授遂州长江（今四川省蓬溪县西）主簿，世称贾长江。三年任满，迁普州司仓参军。武宗会昌三年（843）卒于任所。生平事迹见苏绛《贾司仓墓志铭》《新唐书》本传及今人李嘉言《贾岛年谱》。贾岛以苦吟著名，自称“两句三年得，一吟双泪流”（《题诗后》）。前期致力于五古，师法韩愈、孟郊，风格生新瘦硬。元和后专攻五律，题材狭窄，喜写暗僻事物，力矫平易浮滑之失，冥思苦搜，清峭幽僻，自成一家。虽时有警句，而通篇完美者不多。韩愈评其诗“狂词肆滂葩，低昂见舒惨。奸穷怪变得，往往造平淡”（《送无本师归范阳》）。与孟郊齐名并称“郊岛”；又与姚合齐名，并称“姚贾”。其五律对晚唐李洞、马戴、方干、唐求等诗人及南宋“永嘉四灵”等颇有影响。有《长江集》，《全唐诗》存诗四卷。

题李凝幽居

闲居少邻并，草径入荒园。
鸟宿池边树，僧敲月下门。
过桥分野色，移石动云根①。
暂去还来此，幽期不负言②。

【题解】

此诗以“推”“敲”一联著名，至于全诗，因为题中用一“题”字，加上诗意原不甚显，故解者往往不得要领，讥其“意脉零乱”。我们且不管那个“题”字，先读尾联，便知作者来访李凝，游览了他的“幽居”，告别时说：我很喜欢这里，暂时离去，以后还要来的，绝不负约。由此可见，认为作者访李凝未遇而“题”诗门上便回，是不符合诗意的。先读懂尾联，倒回去读全篇，便觉不甚僻涩，意脉也前后贯通，不算有句无篇。

诗人来访“幽居”，由外而内，故首联先写邻居极少，人迹罕至，通向“幽居”的小路野草丛生。这一切，都突出一个“幽”字。“荒园”与“幽居”是一回事。“草径入荒园”，意味着诗人已来到“幽居”门外。颔联写诗人月夜来访，到门之时，池边树上的鸟儿已入梦乡。自称“僧”而于万籁俱寂之时来“敲”月下之门，剥啄之声惊动“宿鸟”，以喧衬寂，以动形静，更显寂静。而“幽居”之“幽”，也得到进一步表现。颈联曾被解释为“写归途所见”，大谬。果如此，将与尾联如何衔接？敲门之后未写开门、进门，而用诗中常见的跳跃法直写游园。“桥”字承上“池”字，“野”字、“云”字承上“荒”字。“荒园”内一片“野色”，月下“过桥”，将“野色”“分”向两边。“荒园”内有石山，月光下浮起蒙蒙夜雾。“移”步登山，触“动”了石根云气。“移石”对“过桥”，自然不应作“移开石头”解，而是“踏石”之类的意思，用“移”字，实显晦涩。这一联，较典型地体现了贾岛琢字炼句、力避平易、务求奇僻刻深的诗风。而用“分野色”“动云根”表现了“幽居”之“幽”，还是成功的。特别是“过桥分野色”，构思新奇，写景如画，堪称警句。

《唐诗纪事》卷四十云：“（贾）岛赴举至京，骑驴赋诗，得‘僧推月下门’之句，欲改‘推’作‘敲’，引手作推、敲之势，未决，不觉冲大尹韩愈。乃具言。愈曰：‘敲字佳矣’。遂并辔论诗之久。”“推敲”一词，即由此而来。这段记载不一定完全符合事实，却能体现贾岛“行坐寝食，苦吟不辍”的特点。

【注释】

①云根：古人认为“云触石而生”，故称石为云根。这里指石根云气。 ②幽期：再访幽居的期约。言：指期约。

忆江上吴处士

闽国扬帆去①，蟾蜍亏复圆②。
秋风生渭水，落叶满长安。
此地聚会夕，当时雷雨寒。
兰桡殊未返③，消息海云端④。

【题解】

吴处士离京赴闽，估计此时还在江（长江）上，作此诗以抒怀念之情。首联写吴处士扬帆赴闽，分别已经一月。颔联以景托情，其忆念之殷，俱见景中，为传诵名句。颈联追忆与吴处士在长安的聚会。尾联盼望从海边传来吴处士的消息。如纪昀所评：“天骨开张而行以灏气，浪仙有数之作。”（《唐宋诗举要》卷四引）

《摭言》卷十一载：“元和中，元、白尚轻浅。岛独变格入僻，以矫浮艳，虽行坐寝食，吟咏不辍。尝跨驴张盖，横截天衢，时秋风正厉、黄叶可扫，岛忽吟曰：‘落叶满长安’志重其冲口直致，求之一联，杳不可得，不知身之所从也，因之唐突大京兆刘栖楚，被系，一夕而释之。”这个在长安大街上只顾吟诗而冲撞刘栖楚的故事，与为“推”“敲”而冲撞韩愈的故事同样有名。

【注释】

①闽国：指今福建地方。　②蟾蜍：月亮的代称，据古代民间传说月中有蟾蜍。亏：缺，形容弯月。由月亏到月圆，已满一月。　③兰桡（ráo）：木兰舟。桡，船桨。　④海云端：海边。

寄韩潮州

此心曾与木兰舟，直到天南潮水头。
隔岭篇章来华岳①，出关书信过泷流②。
峰悬驿路残云断③，海浸城根老树秋④。
一夕瘴烟风卷尽，月明初上浪西楼⑤。

【题解】。

韩愈于元和十四年（819）因上书谏迎佛骨，由刑部侍郎贬为潮州刺史，贾岛寄此诗以抒怀念之情。首联写神驰潮州，一气直贯，笔力奇横；颔联写相互寄诗，颈联想象驿路及潮州景象，尾联写登高相望，皆“意境宏阔，音节高朗”而无衰飒之气，与韩愈倔强、豪迈的个性相一致。确是“长江七律内有数之作”（《唐宋诗举要》卷五引纪昀评语）。

【注释】

①“隔岭”句：岭，指五岭。篇章，指诗篇。华岳，即华山，在长安附近，故用以代长安。　②“出关”句：关，指蓝关，即峣关，在长安附近的蓝田县南，是南下潮州必经之路。泷（shuāng）流，即泷水，一条从湖南流到广东的河流。　③“峰悬”句：想象南迁路途之危险，驿路好似悬挂在山峰之上，不时被云片遮断。驿路，沿途设有供应来往官吏食宿的驿站的道路。　④“海浸”句：想象潮州风物之荒凉。　⑤浪西楼：未详。从上句“瘴

烟”看，当在潮州。尾联写韩愈遥望长安，正与首联写自己心驰潮州照应。

剑 客

十年磨一剑，霜刃未曾试[1]。
今日把似君[2]，谁为不平事[3]？

【题解】

磨剑赠剑客，欲为社会铲除不平之意见于言外。李锳《诗法易简录》云：“豪爽之气，溢于行间。第二句一顿，第三句陡转有力，末句措语含蓄，便不犯尽。”

【注释】

①霜刃：寒光闪闪的剑刃。 ②把似君：持剑赠你。君，指剑客。 ③“谁为”句：意谓谁干不平之事便杀掉谁。“为”一作“有”。冯默《〈才调集〉评》：“本集‘有’作‘为’，‘为’更胜。”若作“谁有不平事”，便只是代人报仇而已。

寻隐者不遇[1]

松下问童子，言师采药去。
只在此山中，云深不知处。

【题解】

这是一首名作，评者甚众。蒋一葵《唐诗选汇解》：“首句问，下三句答，直中有婉，婉中有直。”李锳《诗法易简录》：“一句问，下三句答，写出隐者高致。”王文濡《唐诗评注读本》：“此诗一问一答，四句开合变化，令人莫测。”

全诗只二十字，又是抒情诗，却有环境，有人物，有情节，内容极丰富，其奥秘在于独出心裁地运用问答体。不是一问，而是藏问于答，几问几答。第一句省略了主语“我”。“我”来到“松下”问“童子”，见得“松下”是“隐者”的住处，而“隐者”外出。“寻隐者不遇”的题目已经交代清楚。“隐者”外出而问其“童子”，省掉问话而写出“童子”的答语：“师采药去。”那么问话必然是：“你的师父干什么去了？”“我”专程来“寻隐者”，“隐者”“采药去”了，自然很想把他找回来，因又问童子：“他上哪儿采药去了？”这一问，诗人也没有明写，而是从“只在此山中”的回答里暗示出来的。听到这一答，不难想见“我”转忧为喜的神态。既然“只在此山中”，不就可以把他找回来吗？因而迫不及待地问：“他在哪一处？”不料童子却做了这样的回答：“云深不知处。”问话也没有明写，可是如果没有那样的问，又怎么会有这样的答呢？

四句诗，通过问答形式写出了“我”“童子”“隐者”三个人及其相互关系，又通过环境烘托，使人物形象更加鲜明。

“隐者”隐于“此山中”，则“寻隐者”的“我”必然住在“此山”外。封建社会的知识分子一般都热衷于“争利于市，争名于朝”，“我”当然是个知识分子，却离开繁华的都市跑到这超尘绝俗的青松白云之间来“寻隐者”，究竟为了什么？当他伫立“松下”四望满山白云，无法寻见“隐者”之时，又是什么心情？这一切，都耐人寻味，引人遐想。

【注释】

①一作孙革诗，题为《访羊尊师》，无根据。

刘 皂（生卒年不详）

德宗贞元间诗人。从《旅次朔方》诗看，当是咸阳人（今属陕西）或长安（唐人往往以咸阳指长安）人，事迹不详。《全唐诗》存其诗五首。

旅次朔方[①]

客舍并州已十霜[②]，归心日夜忆咸阳。
无端更渡桑乾水[③]，却望并州是故乡。

【题解】

此首一作贾岛诗，题为《渡桑乾》。贾岛乃范阳人，未去朔方，事迹与诗意不合。与贾岛有交往的令狐楚编《御览诗》，将此诗归于刘皂，自属可信。此诗抒写羁愁旅思，既忆咸阳，又望并州，解之者遂有分歧。谢枋得《唐诗绝句注解》云："旅寓十年，交游欢爱，与故乡无殊，一旦别去，岂能无依依眷恋之怀！渡桑乾而望并州，反以为故乡，此亦人之至情也。"王世懋《艺圃撷馀》云："余谓此岛思乡作，何曾与并州有情？其意恨久客并州，远隔故乡，今非惟不能归，反北渡桑乾，还望并州，又是故乡矣。并州且不得住，何况得归咸阳？此岛意也。"从全诗看，忆咸阳与望并州有主次之分。"归心日夜忆咸阳"是主，诗人一心想回故乡，不愿久客并州，更不愿远去朔方。但如今又不得不远去朔方，则回望客居十年之并州，亦自有恋恋不舍之情。望并州犹有深情，况咸阳乎？以次托主，忆咸阳之情更加倍突出。黄叔灿《唐诗笺注》云："谢看得浅，王看得深，诗内数虚字自见。然两层意俱有。”所见极是。

【注释】

①朔方：唐夏州为隋朔方郡，在今宁夏灵武一带。　②舍：居住。名词作动词用。并州：今山西省太原市。十霜：十年。　③桑乾水：河水名，源出山西马邑县桑乾山，东经河北入海。又渡桑乾水，指离并州，更西向朔方。

薛　涛（763？—832）

字洪度，长安（今陕西西安）人。父薛郧因仕宦携家入蜀。父卒，遂流寓蜀中。幼聪慧，能赋诗，精音律，名振西川。德宗贞元元年（785）韦皋镇蜀，召涛侑酒赋诗，遂入乐籍。五年（789）坐事罚赴松州，献诗获归，遂脱乐籍，居成都浣花溪。宪宗元和二年（807）武元衡镇蜀，奏为校书郎。虽未实授，而时人仍呼为女校书。与名诗人元稹、白居易、王建、刘禹锡、杜牧等唱和。王建《寄蜀中薛涛校书》云：“万里桥边女校书，枇杷花下闭门居。扫眉才子知多少，管领春风总不如。”张为《诗人主客图》列她为清奇雅正主李益之升堂者。又工书法，《宣和书谱》谓“作字无女子气，笔力峻激。其行书妙处，颇得王羲之法”。又创制深红色笺纸，号“薛涛笺”，后人仿造，流传不衰。原有《锦江集》五卷，今存《薛涛诗》一卷，有近人张蓬舟笺注本。《全唐诗》存诗一卷。其生平事迹散见《唐诗纪事》卷九、《郡斋读书志》卷四、《直斋书录解题》卷一九、《唐才子传》卷六。近人傅润华有《薛涛年谱》。

罚赴边有怀上韦令公

闻说边城苦，而今到始知。
羞将筵上曲[①]，唱与陇头儿[②]。

【题解】

贞元五年（789），薛涛被罚赴松州（今四川松潘），因献此诗获释。韦令公，指成都尹兼剑南西川节度使韦皋。韦兼中书令，故称令公。唐代官府宴会时乐伎应召到筵前歌唱侑酒，薛涛在韦皋幕中所干的正是这种差使；她即由此生发，巧妙地将戍边战士的艰苦与官府的享乐做鲜明对比，而措辞却委婉含蓄。如杨慎《升庵诗话》所评：“有讽喻而不露，得诗人之妙。”

【注释】

①筵上曲：指在韦皋的宴会上侑酒时所唱的歌曲。 ②陇头儿：泛指边地战士。

送 友 人

水国蒹葭夜有霜[①]，月寒山色共苍苍[②]。
谁言千里自今夕，离梦杳如关塞长。

【题解】

这是传诵一时的佳作。前两句写凄清萧瑟之景以烘托离愁。第三句用“谁言”宕开，第四句用“离梦”绾合，摇曳生姿。大意是：谁说自今夕分手，便相隔千里呢？我的梦将一直伴随着你同赴边塞，边塞有多长，梦便有多长。

【注释】

①“水国”句：水国，多水之地。蒹，荻。葭，芦苇。《诗经·秦风·蒹葭》：“蒹葭苍苍，白露为霜。”　②月寒：指寒冷的月光。

筹　边　楼

平临云鸟八窗秋①，壮压西川四十州②。
诸将莫贪羌族马③，最高层处见边头。

【题解】

文宗太和四年（830），李德裕任剑南西川节度使，在成都府治之西建筹边楼，“按南道山川险要与蛮相入者图之左，西道与吐蕃接者图之右。其部落众寡，馈军远迩，曲折咸具。乃召习边事者与之指画商订，凡虏之情伪尽知之”（《新唐书》卷一八〇《李德裕传》）。薛涛于是年秋作此诗。李德裕建筹边楼，绘山川险要等于楼壁，意在如何巩固边防。薛涛则洞见边患的根源在于边将肆意掠夺，以致挑起边衅，故在诗中劝告“诸将莫贪羌族马”，可谓识高见远，语重心长。锺惺评云：“教戒诸将，何等心眼！洪度岂直女子哉！固一代之雄也。”（《名媛诗归》卷一三）纪昀评云：“（薛）涛《送友人》及《题竹郎庙》诗，向来传诵。然如《筹边楼》诗云云，其托意深远，有‘鲁嫠不恤纬，漆室女坐啸’之思，非寻常裙屐所及，宜其名重一时。”（《四库全书总目》卷一八六《薛涛李冶诗集》）

【注释】

①“平临”句：凭窗外望，浮云飞鸟，高与窗平，极言楼高。八窗，

《周礼·考工记》“夏后氏之世，每室四户八窗”。②“壮压”句：言筹边楼壮丽为四川之冠。《新唐书·地理志》：剑南道“为府一，都护府一，州三十八。” ③“诸将”句：《资治通鉴·唐纪》：“边帅利其羊马，或妄诛戮，党项不胜愤怒，故反。”唐时党项羌散居陇右西川一带。羌族，指党项羌。

李　绅（772—846）

字公垂，排行二十，无锡（今属江苏）人。宪宗元和元年（806）进士及第。历官国子助教、山南西道观察判官、右拾遗、翰林学士。与李德裕、元稹齐名，人称“元和三俊”。长庆元年（821）三月加司勋员外郎知制诰。历户部侍郎、滁州刺史、寿州刺史、浙东观察使、宣武军节度使等职，武宗会昌二年（842）拜相。其生平事迹见沈亚之《李绅传》及新、旧《唐书》本传。今人卞孝萱有《李绅年谱》。李绅早岁以歌行自负，作《新题乐府》二十首，元稹、白居易广而和之，惜已失传。《全唐诗》存《追昔游诗》三卷、《杂诗》一卷。《追昔游诗》编于开成三年（838），自序云：“盖叹逝感时，发于凄恨而作也。”喜以诗自夸政绩，炫耀荣宠，胡震亨评云：“李公垂《追昔游诗》，大是宦梦难醒。然其揽笔写兴，曲备一生穷泰之感，亦令披卷者代为怃然。”

悯农二首

一

春种一粒粟，秋收万颗子①。
四海无闲田，农夫犹饿死。

【题解】

农夫春种、秋收，种一粒粟，收万颗子，夸张地表现了收成的丰硕，也歌颂了农夫的辛勤劳动。前三句层层铺垫，第四句突然反跌："农夫犹饿死！"那么，农夫提供的那么多粮食到哪里去了？

【注释】

①子：指粮食颗粒。

二

锄禾日当午，汗滴禾下土。
谁知盘中飧[1]，粒粒皆辛苦？

【题解】

这两首诗一作《古风二首》。《唐诗纪事》卷三九载李绅曾以此诗谒吕温，温读之，预言必为卿相。据此推测，此诗当作于早年。李锳《诗法易简录》称"此种诗纯以意，不在言语之工"。此诗不仅命意高卓，而且笔力简劲，构思新颖，表现有力。第一首用前三句渲染广种、丰收，满眼富足景象，第四句突然反跌，令人惊心动魄。第二首以"盘中"，映照田间，以粒粒饭映照滴滴汗，"谁知"一问，悲愤欲绝。用寥寥四十字概括了封建社会的主要矛盾，而形象鲜明，激情喷涌，因而千百年来，传诵不衰。

【注释】

①飧（sūn）：熟食的通称。飧，一作餐。

宿 扬 州

江横渡阔烟波晚，潮过金陵落叶秋。
嘹唳塞鸿经楚泽①，浅深红树见扬州。
夜桥灯火连星汉②，水郭帆樯近斗牛③。
今日市朝风俗变④，不须开口问迷楼⑤。

【题解】

“夜桥灯火连星汉，水郭帆樯近斗牛”一联写扬州都市繁华极壮丽；“浅深红树见扬州”也可与清人王渔洋名句“绿杨城郭是扬州”媲美。

【注释】

①嘹唳（liáolì）：雁叫声。楚泽：楚国包括湘、鄂、皖、江、浙等地，扬州附近的沼泽，可称“楚泽”。 ②星汉：指银河。 ③水郭：城郭外的河水。樯：船上挂帆的桅杆。斗牛：二十八宿中的斗星、牛星，这里泛指星斗。 ④市朝：都市、朝廷，这里指扬州。扬州当时是繁华的商业都市，与隋炀帝游幸的江都不同，故说“风俗变”。 ⑤迷楼：隋炀帝在扬州兴建的宫室，选宫女数千住其中，千门万户，误入者终日不能出，穷极奢华，有《迷楼记》记其概况。

李 涉（生卒年不详）

自号清谿子，洛阳人。早年隐居于庐山、终南山。宪宗时为太子通事舍人，谪陕州司仓参军。文宗大和（827—835）年间，为太学博士，继而流放康州（治所在今广东德庆）。李涉颇负诗名，七言歌行有李颀、崔颢遗意，七绝清新自然。《全唐诗》存诗一卷。

竹　里[1]

竹里编茅倚石根[2]，竹茎疏处见前村。
闲眠尽日无人到，自有春风为扫门。

【题解】

此诗写隐居生活，景物清幽，门无俗客。以“自有春风为扫门”收尾，宁静而生意盎然。

【注释】

①竹里：竹林中。　②“竹里”句：在竹林中倚靠石块就势编筑茅屋。

井栏砂宿遇夜客

暮雨潇潇江上村[1]，绿林豪客夜知闻[2]。
他时不用逃名姓[3]，世上如今半是君。

【题解】

夜客，指强盗。《唐诗纪事》载：“（李）涉尝过九江，至皖口遇盗，问何人，从者曰：‘李博士也。’其豪首曰：‘若是李涉博士，不用剽夺，久闻诗名，愿题一绝足矣。’涉赠一绝云云。”这首《井栏砂宿遇夜客》，便是李涉赠强盗的七绝。井栏砂，在今安徽怀宁县皖口（皖水入长江处）附近。

【注释】

①潇潇：象声词，形容雨声。　②绿林豪客：指旧社会无法生活、聚集一起进行劫富济贫的人。他们常住在山林中，所以称为绿林豪客。夜知闻：夜间相逢，知道作者是有名的诗人。　③逃名姓：隐姓埋名。

再宿武关

远别秦城万里游[1]，乱山高下出商州[2]。
关门不锁寒溪水，一夜潺湲送客愁。

【题解】

武关在今陕西商县东，是著名的险关。作者曾由太学博士流放康州（治所在今广东德庆），此诗或作于赴贬所途中，故以“远别秦城万里游”开头，以“一夜潺湲送客愁”结尾。沈德潜《唐诗别裁集》卷二〇云：“一夜不寐意，写来偏曲。”

【注释】

①秦城：指长安。　②商州：今陕西商县。

竹　枝　词

石壁千重树万重，白云斜掩碧芙蓉[1]。
昭君溪上年年月[2]，偏照婵娟色最浓[3]。

【题解】

原诗四首，这是第三首，写巫山巫峡月夜景色秀美迷人。三、四两句写月下溪水浓绿，却足以唤起关于昭君的联想。

【注释】

①碧芙蓉：指巫山十二峰。 ②昭君溪：昭君村附近的溪流。昭君的故乡在兴山县（今湖北省县名），世称昭君村，其地与巫峡相连。（见《太平寰宇记》） ③“偏照”句：婵娟，美好的容态。此指昭君溪。

姚 合（约775—约846）

吴兴（今浙江湖州）人，宰相姚崇之曾侄孙。早年随父宦游，寄家邺城（今河南安阳）。元和十一年（816）登进士第。历官魏博从事，武功主簿，监察御史，金、杭二州刺史，刑、户二部郎中，谏议大夫，给事中，陕虢观察使，秘书少监，秘书监等职，卒谥懿，世称姚武功、姚少监。事迹见《唐才子传》《旧唐书》本传。以诗著称，与贾岛齐名，并称“姚贾”。胡震亨评其诗：“洗濯既净，挺拔欲高。得趣于浪仙之僻，而运以爽亮；取材于籍、建之浅，而媚以清芬。殆兼同时数子而巧撮其长者”（《唐音癸签》卷七）。其诗以五律见长，代表作《武功县中作》三十首，摹写山县荒凉、官况萧条，圆稳清润，朴茂幽折，为世所称，号“武功体”。对晚唐诗人李频等、宋代“永嘉四灵”及明代竟陵派颇有影响。有《姚少监诗集》，《全唐诗》存诗七卷。

庄居野行

客行田野间，比邻皆闭户①。
借问屋中人，尽去作商贾②。
官家不税商，税农服作苦③。

居人尽东西，道路侵垄亩[4]。
采玉上山巅，探珠入水府[5]。
边兵索衣食[6]，此物同泥土[7]。
古来一人耕，三人食犹饥。
如今千万家，无一把锄犁。
我仓常空虚，我田生蒺藜[8]。
上天不雨粟[9]，何由活蒸黎[10]！

【题解】

通过村庄田野所见，反映农民疾苦，并对重商轻农有所批判，结句尤警悚。

【注释】

①比邻：近邻。 ②商贾（gǔ）：商人。 ③“官家”两句：官家不向商人征税，却向劳动很辛苦的农民征税。 ④居人尽东西：村中人都四出经商。垄亩：田地。 ⑤水府：指水的深处。 ⑥索：需要的意思。 ⑦此物：指珠玉之类的商品。 ⑧我仓、我田：这里两个我字，都作第一人称复数所有格用，即我们的。蒺藜：野草名，果实有刺。 ⑨雨粟：天上下粮食。雨，名词作动词用。 ⑩蒸黎：老百姓。

秋夜月中登天坛[1]

秋蟾流异彩[2]，斋洁上坛行[3]。
天近星辰大，山深世界清[4]。
仙飙石上起，海日夜中明[5]。
何计长来此，闲眠过一生[6]？

【题解】

方回《瀛奎律髓》卷十评姚合诗云：“予谓诗家有大判断，有小结裹。姚之诗专在小结裹，故四灵学之，五言八句皆得其趣，七言律及古体则衰落下振，又所用料不过花、竹、鹤、僧、琴、药、茶、酒，于此几物，一步不可离，而气象小矣。”而这首五律，则气象开阔，中间两联，尤能于清峭中见宏大。

【注释】

①天坛：天坛山。在河南济源市，即王屋山顶峰，相传为轩辕黄帝祈天之所。 ②“秋蟾”句：谓秋月流光，分外空明，似有神异之感。 ③斋洁：佛道修行的一种程式，素食沐浴，清心寡欲，以示虔敬。 ④“天近”二句：从心理感受写出山之高迥。山高近天，故显得星辰“大”，山深远隔尘俗，故感到世界“清”。 ⑤“仙飙”二句：写坛上远眺所见。仙飙，指夜间风起。 ⑥“何计”二句：谓渴望来此山中隐居。“何计”，有什么办法。

项 斯（生卒年不详）

字子迁，台州（今浙江临海）人。结茅于朝阳峰前，与僧人交游，隐居三十余年。宝历、开成间有诗名，杨敬之赠诗云：“几度见诗诗总好，及观标格过于诗。平生不解藏人善，到处逢人说项斯。”会昌四年（844）登进士第，授丹徒县尉，卒于任所。张洎评其诗“词清妙而句美丽奇绝”（《项斯诗集序》）。张为《诗人主客图》称赞其“佳人背江坐，眉际列烟树”等句，列为“清奇雅正主”之升堂者。《全唐诗》存诗一卷。

山　行

青枥林深亦有人①，一渠流水数家分。
山当日午移峰影，草带泥痕过鹿群。
蒸茗气从茅舍出，缫丝声隔竹篱闻②。
行逢卖药归来客，不惜相随入岛云③。

【题解】

全诗写山行见闻感受，首句“林深亦有人”引出以下情景：一渠流水，几家人分享；以正午为界，山峰的影子东西移动；草地上有泥痕，那是鹿过时留下的；蒸茶的香气，从茅舍里飘出；缫丝的声音，从竹篱那边传来；路遇卖药归来的山客，他那双麻鞋伴随他走入云雾深处。仿佛只记流水账，未加任何评论，却令人感到在那生灵涂炭、动荡不安的社会里，这里是难得的乐土。

【注释】

①青枥：栎树。　②缫（sāo）丝：煮蚕茧抽丝。　③不惜：草鞋、麻鞋的别名。岛云：形状似岛的云。

李　贺（790—816）

字长吉，河南福昌（今河南宜阳）人。郡望陇西，家居福昌之昌谷，世称李昌谷。元和二年（807）移居洛阳，曾以歌诗谒韩愈，深受韩愈器重。五年（810）应河南府试，获解。入京应进士试。与贺争名者谓贺父名晋肃，“晋”“进”同音，子应避父讳，不得举进士。韩愈作《讳辩》以解之，然终未登第。仅任奉礼郎小官，愤懑不得志，不久即辞官归昌谷。其生平事迹见李商隐《李长吉小传》及新、旧《唐书》本传。朱自清有《李贺年谱》，钱仲联有《李长吉年谱会笺》。李贺早慧，七岁能辞章，贞元（785—805）末即蜚声诗坛，与前辈诗人李益齐名，并称“二李”。“恒从小奚奴，骑距驴，背一古破锦囊，遇有所得，即书投囊中。及暮归，太夫人使婢受囊出之，见所书多，辄曰：‘是儿要当呕出心乃已尔！’上灯，与食，长吉从婢取书，研墨叠纸足成之，投他囊中”（李商隐《李长吉小传》）。其冥搜苦索之状，于此可见。杜牧《李贺集序》用多种比喻状其诗：“云烟绵联，不足为其态也；水之迢迢，不足为其情也；春之盎盎，不足为其和也；秋之明洁，不足为其格也；风樯阵马，不足为其勇也；瓦棺篆鼎，不足为其古也；时花美女，不足为其色也；荒国陊殿、梗莽邱垄，不足为其怨恨悲愁也；鲸吸鳌掷、牛鬼蛇神，不足为其虚荒诞幻也。盖《骚》之苗裔，理虽不足，辞或过之。”其诗无七律而多乐府歌行，务求新奇诡异，不落窠臼，杜牧所描状，大抵符合实际。故其人以“奇才”（韦庄语）、“鬼才”（宋祁、钱易语）著称诗坛，其诗被称为“鬼仙之词”或“李长吉体”（严羽《沧浪诗话》），历来毁誉不一。然其佳者想象新奇，词采瑰丽，或雄深俊伟，或幽峭冷艳，极富浪漫色彩，于中华诗史上独树一帜，不容贬抑。绝句多抒写不平之感，笔意超纵而无险涩之病，与其乐府风格迥异。《全唐诗》存诗五卷。其诗集注本颇多，以清人王琦《李长吉歌诗汇解》最通行。

李凭箜篌引[①]

吴丝蜀桐张高秋[②]，空山凝云颓不流[③]。
湘娥啼竹素女愁[④]，李凭中国弹箜篌[⑤]。

昆山玉碎凤凰叫[6]，芙蓉泣露香兰笑[7]。
十二门前融冷光[8]，二十三弦动紫皇[9]。
女娲炼石补天处[10]，石破天惊逗秋雨[11]。
梦入神山教神妪[12]，老鱼跳波瘦蛟舞[13]。
吴质不眠倚桂树[14]，露脚斜飞湿寒兔[15]。

【题解】

此诗约作于元和五、六年（810—811）间在长安任奉礼郎时。李凭为宫廷乐师，善弹箜篌。箜篌是类似琵琶的弹拨乐器，东晋时由西域传入。在唐十部乐中，西凉、高丽、龟兹、安国、疏勒、高昌等伎乐，皆用二十三弦的竖箜篌。此诗赞美李凭弹奏箜篌的高超技艺，用多种比喻、多种手法描状乐声的艺术效果与音乐形象所引起的一系列优美动人的联想，构思新奇，想象特异，体现了李贺诗歌的基本风格。例如以巨石破裂之声、秋雨骤至之声摹写乐声，本不新奇，而在神话基础上驰骋想象，写出“女娲炼石补天处，石破天惊逗秋雨”，便奇幻惊人。方世举云：“白香山江上琵琶，韩退之颖师琴，李长吉李凭箜篌，皆摹写声音至文。韩足以惊天，李足以泣鬼，白足以移人。”（《李长吉诗集批注》）将此诗与白居易《琵琶行》韩愈《听颖师弹琴》并列，认为三者风格、韵味各异，却同为不朽之作，相当中肯。

【注释】

①箜篌引：咏箜篌的诗歌。引：诗体名。 ②吴丝：吴地（今江浙一带）产的蚕丝，指箜篌的弦。蜀桐：蜀地（今四川）的桐木，指箜篌的器身。这一句以“吴丝蜀桐”表示箜篌的精美。张：上弦，这里是演奏的意思。高秋：暮秋（夏历九月）天高气清，故叫高秋。 ③“空山”句：乐声动人，连山中的行云也被吸引，凝滞不动，颓然不流。 ④湘娥：一作“江娥”。指

舜的妃子娥皇、女英。传说舜南巡，死于苍梧之野。二妃追赶不及而痛哭，眼泪洒在洞庭、湘江一带的竹子上，从此就有了湘妃竹（斑竹）。素女：神话中善于鼓瑟的女神。《史记·封禅书》："太帝使素女鼓五十弦瑟，悲，帝禁不止，故破其瑟为二十五弦。"　⑤中国：国中，指当时京城长安。　⑥昆山：即昆仑山，相传是产玉的地方。　⑦芙蓉：荷花。以上两句描摹箜篌不同的声情：时而清脆，如同玉石碎裂；时而舒徐，仿佛凤凰和鸣；忽而幽咽，恰似晨荷泣露；忽而欢乐，正像香兰轻笑。　⑧十二门：长安城四面共有十二个城门。冷光：指从云隙透出的清冷月光。　⑨二十三弦：指李凭所弹的箜篌。紫皇：道教所尊奉的天帝。以上两句写乐声传向四方，使清冷的月色变得暖和；飘向天空，使紫皇受到感动。　⑩女娲（wā）炼石补天：古代神话，共工与颛顼（Zhuānxū）争做首领，共工发了脾气，用头去撞不周山，以致西北面的天被撞坏，女娲修炼出五色石把天补好。　⑪逗：引。以上两句写暴雨骤下，既写出当时实景，同时也用以描摹乐声惊天动地的力量。　⑫神妪（yù）：神女。妪，传说在西晋怀帝永嘉年间，兖州出了一个名叫成夫人的神女，爱好音乐、舞蹈，善弹箜篌。事见《搜神记》。　⑬蛟：没有角的龙。《列子》记载，音乐家瓠（hù）巴弹瑟的时候鸟舞鱼跃。本句暗用这一典故。以上两句写在天惊石破急雨似的高潮过去以后，弹奏者沉浸在自己所创造的音乐境界之中，仿佛正在神山教神女弹奏，并看到了鱼跳蛟舞的景象。　⑭吴质：即吴刚。姚文燮《昌谷集注》引《余冬序录》："吴刚字质。"古代神话说，吴刚学仙犯了错误，被罚在月宫中砍伐桂树。树身的刀口随时愈合，吴刚砍树也就永无止息。这一句实写雨后月出，也用以形容箜篌声的动人——吴刚靠着桂树听得出了神，忘了去睡觉。　⑮露脚：指正在落下的露水。寒兔：古代神话，月宫中有捣药的玉兔。这一句承上，进一步说吴刚听了很久，直到露水打湿月兔，同时点明演奏结束时已是降露的后半夜了。

梦 天

老兔寒蟾泣天色①，云楼半开壁斜白②。
玉轮轧露湿团光③，鸾珮相逢桂香陌④。
黄尘清水三山下⑤，更变千年如走马。
遥望齐州九点烟⑥，一泓海水杯中泻⑦。

【题解】

李商隐《李长吉小传》记李贺将死，见绯衣人召他上天作《白玉楼记》，并说："天上差乐不苦也。"这当然纯属虚构，但作如此虚构，却与李贺厌苦人世，梦想天上之乐有关。《梦天》《天上谣》等诗，便都是厌苦人世、梦想上天的艺术反映。

《梦夫》只八句，前四句写梦入月宫所见；后四句写俯瞰人世情景。从天上下视，就时间言，千年有如走马，弹指即过；就空间言，九州像九点浮烟，大海像一杯清水。言外之意是，人世不过如此！从艺术构思看，可能受到郭璞"四渎流如泪，五岳罗若垤"，韩愈"下视禹九州，一尘集毫端"的启发，然而想象新奇，词采秾丽，境界寥廓，显示出李贺独特的艺术风貌。

【注释】

①兔：月兔。蟾（chán）：蟾蜍（chú），通称癞蛤蟆。古代神话说，后羿的妻子偷吃了丈夫从西王母处请得的不死药，飞入月宫，化为蟾蜍。泣天色：指月色阴冷不明。全句说，月色凄冷，如同老兔寒蟾在哭泣。 ②"云楼"句：月宫中的高楼有一半被云遮掩着，另一半墙壁映照在斜射的月光中。以上两句写初入月宫时所见的情景。 ③玉轮：指圆月。轧（yà）：辗。团光：即圆光，指圆月的光亮。这一句写后半夜的情景：明月高照，露水渐生。

诗人想象，月亮像车轮一样滚动着，月轮表面被露水打湿了。　④鸾珮：刻有鸾凤的玉珮。这里指系着鸾珮的月中仙女。桂香陌：传说月宫中有桂树，因以“桂香陌”称月宫中的道路。这一句说，在桂子飘香的道路上，遇到了系着鸾珮的月中仙女。　⑤黄尘：指陆地。清水：指海洋。三山：神话中的海上三神山——蓬莱、方丈、瀛洲。本句中以“三山下”指尘世。这一句和下一句连说，意思是：在三神山下，上千年来，陆地和海洋不断变来变去，但在天上看来，只不过像跑马一样一瞬即逝。　⑥齐州：即中州，指中国。远古时中国分为九州，以为全世界只有这一片陆地，周围都是海洋。九点烟：指月中俯视所见的九州。　⑦一泓（hóng）：一片，一汪。

金铜仙人辞汉歌并序

魏明帝青龙元年八月①，诏宫官牵车西取汉孝武捧露盘仙人，欲立置前殿②。宫官既拆盘，仙人临载，乃潸然泪下③。唐诸王孙李长吉遂作《金铜仙人辞汉歌》④。

茂陵刘郎秋风客⑤，夜闻马嘶晓无迹⑥。
画栏桂树悬秋香⑦，三十六宫土花碧⑧。
魏官牵车指千里，东关酸风射眸子⑨。
空将汉月出宫门，忆君清泪如铅水⑩。
衰兰送客咸阳道⑪，天若有情天亦老⑫。
携盘独出月荒凉，渭城已远波声小⑬。

【题解】

此诗借魏明帝西取汉宫铜人一事抒写兴亡之感。汉武魂游，其马夜嘶；铜人辞汉，泪如铅水；衰兰送客，月色荒凉；又用“天若有情天亦老”从反面铺垫，极写亡国之恨。想象奇谲，造语新异。呼汉武帝为“秋风客”、为“茂陵刘郎”，亦出人意料。其“天若有情天亦老”一句，世称“奇绝无对”。北宋石曼卿以“月如无恨月常圆”对之，可谓铢两悉称（见《温公续诗话》）。

【注释】

①青龙元年：魏明帝拆迁铜人，在景初元年。元年，一作“九年”，亦误（青龙五年即改为景初元年）。　②前殿：指魏国都城洛阳宫殿的前殿。　③潸（shān）然：流泪的样子。　④诸王孙：李贺是唐宗室郑王的后代。　⑤茂陵刘郎：指汉武帝刘彻。他的陵墓叫茂陵，在今陕西省兴平市。秋风客：也指汉武帝。虽然他生前追求长生不老，但并没有因此而延年益寿。他的一生不过如秋风中的过客那样暂忽。一说因武帝曾作《秋风辞》，所以称他为秋风客。这一句点明拆迁铜人的时间，当时汉武帝早已成为古人。　⑥这一句承上，写汉武帝的幽灵常常在夜间乘马出宫巡行。　⑦秋香：指桂花。⑧三十六宫：汉代在长安有离宫别馆三十六所。土花：苔藓。以上两句写汉宫的荒凉景象：画栏旁桂花开放，寂寞地散发出幽香；离宫别馆的台阶上长满了碧绿的苔藓。　⑨东关：东城门。酸风：刺眼的冷风。眸（móu）子：瞳仁。以上两句写魏明帝派来的宫官装载着铜人驱车上路，目的地是千里外的洛阳。出长安东城继续前进，冷风吹得铜人眼酸。　⑩将：与。君：指汉武帝。铅水：比喻流泪时感情的极度伤痛与沉重。以上两句写铜人被移出汉宫时的情景：只身离开汉宫，只有旧时的明月伴随自己同行，忆念起汉武帝，思昔抚今，不免感情伤痛，清泪直泻。　⑪客：指铜人。咸阳道：指长安城外道路。咸阳，秦代都城，故城在长安西北，汉置渭城县。这里的咸阳与下文的渭城都是借指长安。　⑫“天若”句：从长安通向洛阳的道路上，为金铜仙人送行的只有行将凋落的兰花。上天如果通灵性有感情，也会对此因悲伤而变得衰老。　⑬“携盘”两句：写铜人捧着承露盘孤独地离开汉宫，在冷月幽光中前行，身后长安城渐去渐远，渭水的波涛声变得愈来愈小了。

老夫采玉歌

采玉采玉须水碧，琢作步摇徒好色①。
老夫饥寒龙为愁，蓝溪水气无清白②。
夜雨冈头食蓁子③，杜鹃口血老夫泪④。
蓝溪之水厌生人，身死千年恨溪水⑤。
斜山柏风雨如啸，泉脚挂绳青袅袅⑥。
村寒白屋念娇婴，古台石磴悬肠草⑦。

【题解】

地处长安东南不远的蓝田出美玉，唐统治者征丁开采，采玉者不堪其苦。韦应物的《采玉行》和李贺的这篇《老夫采玉歌》，都是反映这一题材的名篇。

【注释】

①水碧：碧玉名。步摇：妇女用的首饰。这两句说当时役夫采玉为的是官家需要水碧，水碧的用处不过是雕琢做妇人的首饰，把美女打扮得更美一些罢了。好色，这里是美容的意思。　②蓝溪：在今陕西省蓝田县蓝田山下，产碧玉，名蓝田碧。　③蓁：同“榛”。榛树的子像小栗，可食。韦应物《采玉行》有句云：“绝岭夜无人，深榛雨中宿。”　④杜鹃：鸟名，相传它叫得很苦，吻上有血。这里说老夫哭出的眼泪带着血。　⑤“蓝溪”二句：溪水和人互相厌恨，人搅浑了溪水，溪水夺去了人命。王琦“汇解”：“夫不恨官吏而恨溪水，微词也。”　⑥泉脚：指风雨中崖石上流下的一道道的水。这句是说在泉脚之间还有挂着采玉人的绳子（采玉者身系绳索，从山上悬挂下缒到溪中），两者都在风中“袅袅”（摇摆）不定。　⑦白屋：指穷人所住的简陋房屋。石磴：指山上有石级的道路。悬肠草：蔓生植物，有“思子蔓”“离别

草”等别名。结尾两句写老汉见着古台石磴边的悬肠草，触物生感，惦念起家里娇弱的幼儿。

雁门太守行[1]

黑云压城城欲摧，甲光向日金鳞开。
角声满天秋色里，塞上胭脂凝夜紫。
半卷红旗临易水[2]，霜重鼓寒声不起。
报君黄金台上意，提携玉龙为君死[3]。

【题解】

意象新奇，设色鲜明，造型新颖，想象丰富而奇特，这是李贺诗歌的突出特点。在《雁门太守行》里，这些特点得到了全面而充分的体现。仅以后两句为例，看看他如何注意设色和造型。这两句写主将为报君主的知遇之恩，誓死决战，却不用概念化语言，而通过造型、设色，突出主将的外在形象和内心活动。战国时燕昭王曾筑台置千金于其上以延揽人才，因称此台为“黄金台”。“玉龙”，唐人用以称剑。黄金、白玉，其质地和色泽，都为世人所重。“龙”，是古代传说中的高贵动物，“黄金台”，是求贤若渴的象征。诗人选用“玉龙”和“黄金台”造型设色，创造出“报君黄金台上意，提携玉龙为君死”的诗句，一位神采奕奕的主将形象便宛然在目。其不惜为国捐躯的崇高精神，以及君主重用贤才的美德，都给读者以强烈而美好的感受。

【注释】

①雁门太守行：乐府《相和歌·瑟调曲》旧题。古雁门郡，占有今山西西北部之地。 ②易水：在今河北易县。 ③玉龙：指剑。

南园十三首[1]（其五）

男儿何不带吴钩，收取关山五十州[2]？
请君暂上凌烟阁[3]，若个书生万户侯？

【题解】

前两句用反问语气，“何不”直贯下句，从语法结构看，两个诗句连接起来是一个完整句子：男儿何不佩带吴钩去收取关山五十州呢？问而不答，留一悬念。后两句又用反问语气，“请君”直贯下句，必须一口气读到底：请君到凌烟阁上去看看那些功臣中封过万户侯的有哪一个是书生呢？问而不答，留一悬念。

结合两问，看起来这位“书生”不再想当书生，而是想投笔从戎，谋求以“收取关山五十州”的军功封万户侯了。这里面，当然有削平藩镇、实现统一的责任感。但对做“书生”没有出路的愤激之情，也表现得很强烈。在那山河破碎、战乱频仍的岁月里，一般地说，拿笔杆子不如“带吴钩”。何况李贺这位书生连考进士的资格都因父亲的名字中有个“晋”字而差点儿被剥夺了呢？然而要立军功也并不容易。他反问道：“何不带吴钩？”那么，究竟“何不带吴钩”呢？以两问成诗，声情激越，为七绝创作别开生面。

【注释】

①南园：昌谷南园为李贺读书处。其《南园》组诗十三首，写当地景物和杂感，此为第五首。 ②关山五十州：指当时藩镇割据、中央不能掌管的地区。《通鉴·唐纪》载唐宪宗李绛云：“今法令所不能制者，河南北五十余州。” ③凌烟阁：在长安。唐太宗贞观十七年（643），画开国功臣二十四人像于凌烟阁。

许 浑（791—858）

字用晦，一字仲晦，排行七，润州丹阳（今属江苏）人。所居近丁卯桥，后又自名其集为《丁卯集》，故世称许丁卯。宰相许圉师之后。少家贫苦学，尝北游边塞，南寓湖湘。文宗大和六年（832）登进士第。仕文宗、武宗、宣宗三朝，历官当涂、太平县令，虞部员外郎，监察御史，润州司马，郢、睦二州刺史等职。与同时诗人杜牧、李频、李远等交游酬唱。工律诗，以登临怀古之作见长。《咸阳城东楼》《金陵怀古》《故洛城》《秋日赴阙题潼关驿楼》等名篇俯仰今古，感慨苍凉，为人传诵。律句喜用拗救法，于整密中见峭拔，人称“许丁卯句法”。韦庄《题许浑诗卷》，有“江南才子许浑诗，字字清新句句奇”之誉。《全唐诗》存诗十一卷，其《丁卯集》有清人许培荣笺注本。

秋日赴阙题潼关驿楼①

红叶晚萧萧，长亭酒一瓢。
残云归太华②，疏雨过中条③。
树色随山迥④，河声入海遥。
帝乡明日到⑤，犹自梦渔樵⑥。

【题解】

宪宗元和三年（808）前后，许浑首次赴长安应举，经潼关作此诗。高华雄浑，被视为许浑压卷之作。

【注释】

①题一作《行次潼关逢魏扶东归》。阙：代指当时的首都长安。 ②太华（huà）：华山。 ③中条：中条山，在今山西省永济市。地当太行山和华山之间，故名中条。 ④迥：远。 ⑤帝乡：指京城长安。上句即题中“赴阙”之意。 ⑥梦渔樵：梦想回故乡去过渔樵生活。

咸阳城东楼[①]

一上高城万里愁，蒹葭杨柳似汀洲。
溪云初起日沉阁[②]，山雨欲来风满楼。
鸟下绿芜秦苑夕，蝉鸣黄叶汉宫秋。
行人莫问当年事[③]，故国东来渭水流。

【题解】

此诗作于宣宗大中三年（849）任监察御史时。一上咸阳城楼，首先看见“蒹葭杨柳”，有“似”故乡的“汀洲”，因而触动“万里”乡“愁”；继又凭眺“秦苑”“汉宫”的遗迹，只见“鸟下绿芜”“蝉鸣黄叶”，一派荒凉景象，因而又发出“当年事”唯余渭水东流的慨叹。此诗以“溪云初起日沉阁，山雨欲来风满楼”一联出名。寥寥十四字，用溪云乍起、红日忽沉、狂风满楼烘托“山雨欲来”，形势逼人。既状难状之景如在目前，又含象征意义，故历代传诵，至今犹被引用。

【注释】

①咸阳：今属陕西。此题一作《咸阳西门城楼晚眺》。 ②作者自注：“南近磻溪，西对慈福寺阁。” ③当年：一作“前朝”。

途经秦始皇墓[①]

龙盘虎踞树层层[②]，势入浮云亦是崩[③]。
一种青山秋草里[④]，路人唯拜汉文陵。

【题解】

写秦始皇厚葬虐民而以汉文帝薄葬恤民做反衬，曲折深婉，意味悠长。谢枋得《唐诗绝句注解》云：“汉文霸陵与秦始皇墓相近，始皇墓极其机巧，汉文陵极其朴略，千载之后，衰草颓垣，无异也。然行路之人拜汉文陵而不拜秦皇墓，为君仁不仁之异，至是有定论矣。”

【注释】

①秦始皇墓，在陕西临潼城东五公里处，为夯土筑。据记载，周长五里多，高五十余丈。经实测，周长一千四百一十米，高四十七米。汉文帝陵墓叫霸陵，在西安市东北。据记载，在文帝生前修建时，都用瓦器，不用金银铜锡修饰；依山埋葬，不起高坟。 ②龙盘虎踞：形容秦始皇墓地雄壮险要，如龙盘屈，似虎蹲伏。 ③这一句明说墓丘再高也会崩塌，暗说声势再煊赫也难免要垮台。 ④一种：同样。

谢亭送别

劳歌一曲解行舟[①]，红叶青山水急流。
日暮酒醒人已远[②]，满天风雨下西楼。

【题解】

谢亭，即谢公亭，故址在今安徽宣城市，南齐诗人谢朓送别范云于此，故后人以谢名亭。此诗题为送别，却未写送别实景而写别后怅望之情。敖英《唐诗绝句类选》云："后二句可与'阳关'竞美，盖'西出阳关'写行者不堪之情，'酒醒人远'写送者不堪之情。大抵送别诗妙在写情。"黄生《唐诗摘抄》云："此诗全写别后之情，首二句正从倚楼送目中见出，却倒找'下西楼'三字，情景笔意俱绝。"

【注释】

①劳歌：离歌。　②"日暮"句：送者酒醒，行者已乘舟远去。

杜　牧（803—853）

字牧之，排行十三，京兆万年（今陕西西安）人。杜佑之孙。祖居长安樊川（今陕西西安市长安区东南），世称杜樊川。文宗大和二年（828）登进士第，又登贤良方正直言极谏科，授弘文馆校书郎。同年，应江西观察使沈传师之辟，为江西团练巡官。七年（833），牛僧儒辟为淮南节度推官、监察御史里行，转掌书记。九年，入京任监察御史，分司东都。开成二年（837）为宣州团练判官。次年冬，迁左补阙、史馆修撰，后转膳部、比部员外郎，皆兼史职。武宗会昌二年（842）出为黄州刺史，后迁池州、睦州。宣宗大中二年（848）擢司勋员外郎、史馆修撰，后转吏部员外郎。四年秋，出为湖州刺史。五年，入为考功郎中、知制诰。六年，迁中书舍人，十二月病卒。世称"杜司勋"、"杜紫微"（开元中曾称中书省为紫微省、称中书舍人为紫微舍人）。为区别于杜甫，称"小杜"。其生平事迹，见其临终《自撰墓志铭》，新、旧《唐书》本传及今人缪钺《杜牧年谱》《杜牧传》。

杜牧好读书，善论兵，关心国事，力主削平藩镇，收复河湟，维护国家统一。惜未得重用，未能大有作为。兼擅诗、赋、古文、书、画；尤雄于诗，为晚唐大家，与李商隐齐名，世称“小李杜”。自称“苦心为诗，惟求高绝，不务奇丽，不涉习俗，不今不古，处于中间”（《献诗启》）。杨慎认为“律诗至晚唐，李义山而下，惟杜牧之为最。宋人评其诗豪而艳，宕而丽，于律诗中特寓拗峭以矫时弊，信然”（《升庵诗话》卷五）。贺裳认为“杜紫微诗，惟绝句最多风调，味永趣长，有明月孤映，高霞独举之象”（《载酒园诗话》又编）。翁方纲评价尤高：“樊川真色真韵，殆欲吞吐中晚唐千万篇。……小杜之才，自王右丞以后，未见其比。其笔力回斡处，亦与王龙标、李东川相视而笑。”（《石洲诗话》卷二）其律诗、绝句的主要艺术风格是俊爽中寓委婉，流丽中见拗峭，于盛唐、中唐诸大家后别开生面，自成一家。其诗集以清人冯集梧《樊川诗集注》较通行，今人缪钺有《杜牧诗选》。

题扬州禅智寺

雨过一蝉噪，飘萧松桂秋[①]。
青苔满阶砌，白鸟故迟留。
暮霭生深树，斜阳下小楼。
谁知竹西路，歌吹是扬州[②]。

【题解】

文宗开成二年（837），杜牧的弟弟杜颛患眼疾，寄住扬州禅智寺，杜牧从洛阳带医生来探视，此诗当作于此时。颈联从多方面写寺之清静幽寂，尾联复以“歌吹”做反衬，与首句以“蝉噪”做反衬相呼应，而人迹罕至的萧条景象便不难想见。高步瀛云：“结笔写寺之

幽静，尤为得神。”（《唐宋诗举要》卷四）

【注释】

①“飘萧”句：松、桂飘摇萧瑟，一派秋天景象。　②“谁知”二句：承前三联所写发问：禅智寺所在的竹西路如此幽静，谁知“竹西路”外就是“歌吹沸天”的扬州呢！歌，歌唱。吹，奏乐。竹西路在扬州北门外五里，有亭，以杜牧诗句命名为竹西亭，后又改名歌吹亭，北宋欧阳修、梅尧臣皆有诗。

题宣州开元寺水阁[①]

六朝文物草连空[②]，天淡云闲今古同。
鸟去鸟来山色里，人歌人哭水声中[③]。
深秋帘幕千家雨，落日楼台一笛风。
惆怅无因见范蠡[④]，参差烟树五湖东[⑤]。

【题解】

此诗作于文宗开成三年（838），其时杜牧任宣州（今安徽宣城）团练判官。宣州在六朝时乃京都（金陵）近辅，人文荟萃；而杜牧来此之时，已荒凉冷落。前三联抒今昔盛衰之感，融情入景，极凄迷窅远之致。尾联拓开一步，放眼五湖，烟波浩渺，烟树迷茫，而追慕范蠡之情，亦弥漫无际。薛雪《一瓢诗话》云：“杜牧之晚唐翘楚，名作颇多，……如《题宣州开元寺水阁》，直造老杜门墙，岂特人称小杜已哉！”

【注释】

①诗题据《才调集》卷四，题下自注：“阁下宛陵，夹溪居人。”《樊

川诗集》并各种选本，诗题均作《题宣州开元寺水阁，阁下宛溪，夹溪居人》。疑系将原注误作题目所致。宣州州治在今安徽省宣城市。开元寺，在城北，建于东晋时，原名永安寺，唐开元中改称开元寺。自注中的“宛陵”，即宣州，似当作“宛溪”。宛溪，即东溪，发源于县城东南的峄山，经城东，至县东北一里左右与句溪汇合。夹溪居人：在宛溪两岸居住着人家。　②六朝：先后建都于建康（今南京）的吴、东晋、宋、齐、梁、陈六个朝代的合称。文物：指礼乐、典章制度。这一句连同下句是说，六代繁华已一去不返，自然景象却依然如故。诗人因开元寺是东晋时的遗迹，连类而及对六朝的灭亡发出感慨。　③人歌人哭：人们有时因高兴而歌唱，有时因悲哀而哭泣。这一句语本《礼记·檀弓下》：“歌于斯，哭于斯，聚国族于斯。”意思是两岸人家世代在这里居住。　④无因：没有因缘。范蠡（lǐ）：春秋时越国的大夫。他在辅助越王勾践灭吴后，乘扁舟泛五湖而去。　⑤参差（cēncī）：高低不齐。五湖：太湖，在今江苏境内，以上两句借怀念范蠡抒发自己不能功成名就抽身隐退的苦闷。

早　雁

金河秋半虏弦开①，云外惊飞四散哀。
仙掌月明孤影过②，长门灯暗数声来③。
须知胡骑纷纷在，岂逐春风一一回？
莫厌潇湘少人处④，水多菰米岸莓苔。

【题解】

唐武宗会昌二年（842）八月，回鹘乌介可汗率众南犯，突入大同，劫掠河东一带，难民纷纷南逃。杜牧托物寄慨，写了这首七律。首联紧扣“早雁”落墨。“秋半”是阴历八月，北雁南飞，为时尚“早”；而“金河”一带，“虏弦”乍开，箭如飞蝗，遂被迫出现了

“云外惊飞四散哀”的惨象。“虏弦开”明指射雁，暗喻回鹘侵扰。首句写因，次句写果。次句紧承首句“虏弦开”而以大雁受“惊”为契机，写高飞“云外”、写失群“四散”、写鸣声“哀”伤，从不同角度写尽大雁受难南逃之苦，而以雁喻人之意灼然可见。

第二联写大雁南飞情景。时间，特选在月明之夜；地点，特选在帝都长安；“孤影”掠过之处，特选在为皇帝承接“仙露”的“仙掌”；“数声”传入之处，特选在失宠者独眠无寐的冷宫。或反面对比，或正面烘托，在为孤雁写哀、为流民写哀的同时暗寓无穷深意，耐人寻味。三、四两联通过对大雁的劝告表现了解除边患的殷切希望。南国春暖，大雁便急于北归。可是“胡骑”猖獗，岂能骤回！“潇湘”一带虽然“人少”荒凉，却不乏“菰米”“莓苔”之类的食料，还是暂且住下，等待战乱平息。“须知”“岂逐”“莫厌”，反复叮嘱，情深意切，表现了对流亡者的无限关怀，而对朝廷驱逐“胡骑”的渴望也蕴含其中，洋溢纸上。

前四句写鸿雁未至深秋而提“早”南飞，因为“秋半虏弦开”；后四句劝告鸿雁切莫逢春便回，因为“胡骑纷纷在”。全诗从鸿雁的习性生发，融入时事，不露痕迹，为咏物诗别开生面。

【注释】

①金河：河名，在今内蒙古自治区呼和浩特市南。虏：指回纥。　②仙掌：西汉长安建章宫有铜铸仙人舒掌托承露盘，见前卢照邻《长安古意》注。　③长门：西汉长安宫名，汉武帝陈皇后失宠后被幽闭于此。　④潇湘：泛指湘江流域。

九日齐山登高①

江涵秋影雁初飞②，与客携壶上翠微③。

尘世难逢开口笑[4]，菊花须插满头归。
但将酩酊酬佳节，不用登临叹落晖[5]。
古往今来只如此[6]，牛山何必独沾衣[7]？

【题解】

杜牧与诗人张祜同登齐山，杜牧作此诗，虽出以旷达之笔，而壮志难酬之感见于言外。张祜即步韵作《和杜牧之齐山登高》。后人登齐山多有和作。明释祖浩等将杜牧此诗与他人继作编为《齐山诗集》七卷。宋吴仲复《齐山》诗云："却自牧之赋诗后，每逢秋至菊含情。"明喻璧《游齐山》诗云："江涵秋影携壶处，千载人犹说牧之。"至于檃括其诗句入诗入词者，更屡见不鲜。

【注释】

①九日：即九月九日重阳节。齐山：在今安徽省池州市贵池区东南。贵池唐时名秋浦，是池州的州治。杜牧于会昌四年（844）任池州刺史。诗当作于翌年重九。 ②江涵：空中一切景色都映入秋天澄清的江水里，故曰"涵"。 ③翠微：山坡远远望去，呈现一片缥青色，称之为"翠微"。微，隐约的意思。"翠微"是形容词作名词用，即山坡的代称。杜甫《秋兴》："日日江楼望翠微。"齐山上有翠微亭，为贵池区风景名胜区，是杜牧在池州时所建。 ④"尘世"二句：谓人生多愁，正须及时行乐。《庄子·盗跖》："人上寿百岁，中寿八十，下寿六十，除病瘦死丧忧患，其中开口而笑者，一月之中不过四五日而已矣。"上句用其意。《续神仙传》："许碏插花满头，把花作舞，上酒家楼醉歌。"下句用此意。按：古人重九有插菊之俗，《辇下岁时记》："九日宫掖间争插菊花，民俗尤甚。" ⑤落晖：傍晚的太阳，用以象征迟暮的人生。 ⑥古往今来：犹言从古到今。如此，像下面所说的生死常理。 ⑦"牛山"句：春秋时，齐景公登牛山（在齐国首都临淄之南，今山东省临淄市），北望齐国说："美哉国乎！使古而无死者，则寡人将去此而何

之？”于是感伤不已，泪下沾衣。

赤 壁[1]

折戟沉沙铁未销，自将磨洗认前朝。
东风不与周郎便[2]，铜雀春深锁二乔[3]。

【题解】

此诗作于武宗会昌四年（844），杜牧正在黄州做刺史。黄州有赤壁，但不是三国鏖兵之处，诗人不过借此抒发历史感慨。诗借残戟起兴，重点在后两句。但前两句也写得很有情致：从沙中发现一支折断了的铁戟，拿起来自磨自洗，认出那是赤壁之战的遗物。“折戟”是小，却能引起联想，神游于“前朝”战场。当时曹操拥有二十余万雄兵，号称八十万；而孙、刘联军不过三万，力量对比悬殊，而战争结局却是周瑜用火攻取胜，曹操惨败而回。史家评论，诗人歌咏，都赞扬孙、刘胜利，杜牧却从可能失败的角度落墨，写出了“东风不与周郎便，铜雀春深锁二乔”的名句。对于这两句诗，历来有针锋相对的争论。许顗《彦周诗话》云：“孙氏霸业系此一战，社稷存亡、生灵涂炭都不问，只恐捉了二乔，可见措大不识好恶。”贺贻孙《诗筏》云：“牧之此诗，盖嘲赤壁之功出于侥幸，若非天与东风之便，则国破家亡。惟借‘铜雀春深锁二乔’说来，便觉风华蕴藉，增人百感，此正风人巧于立言处。”贺贻孙的见解很中肯；至于许顗的指摘，则正如冯集梧《樊川诗集注》所批评：“此直村学究读史见识，岂足与语诗人言近旨远之致乎？”

杜牧深谙兵法，独具史识，故咏史诗多作翻案文章，如此诗后两句及《题乌江亭》“江东子弟多才俊，卷土重来未可知”，皆发前人所未发。虽以议论入诗，而风华蕴藉，言近旨远，自饶情韵。

【注释】

①赤壁：在今湖北蒲圻县西北，周瑜大破曹操水师处。 ②“东风”句：建安十三年（208）曹操大举攻吴，周瑜做好以火攻焚烧曹操战舰的准备，恰遇东南风起，遂纵火大破曹军。诸葛亮“借东风”，乃小说中的艺术虚构，远非事实。 ③铜雀：台名，故址在今河北临漳县西，曹操建此以居姬妾歌妓，乃晚年行乐之处。二乔：即大乔、小乔，皆国色。大乔为孙策妻，小乔为周瑜妻。此句是说：若无东风之助，则曹操灭吴，夺二乔入铜雀台矣。

寄扬州韩绰判官

青山隐隐水迢迢①，秋尽江南草未凋。
二十四桥明月夜，玉人何处教吹箫②？

【题解】

杜牧于文宗大和七年（833）至九年在扬州牛僧孺淮南节度使府掌书记，后来流传的风流韵事，多发生于此时。韩绰是杜牧在扬州的同僚，此诗作于离开扬州之后，借寄昔日同僚抒发对扬州的忆念之情。黄叔灿《唐诗笺注》云：“‘十年一觉扬州梦’，牧之于扬州绻恋久矣。‘二十四桥’二句，有神往之致，借韩以发之。”宋顾乐《〈唐人万首绝句选〉评》云：“深情高调，晚唐中绝作，可以媲美盛唐名家。”

【注释】

①迢迢：远貌。 ②“二十四桥”二句：询问韩别后的赏心乐事，表示深切向往之情。沈括《梦溪笔谈》卷三：“扬州在唐时最为富盛，旧城南北十五里一百一十步，东西七里三十步，可纪者有二十四桥：最西浊河茶园桥，次东大明桥，入西水门有九曲桥，次东正当帅牙南门有下马桥，又东作坊桥，

桥东河转向南有洗马桥，次南桥，又南阿师桥、周家桥、小市桥、广济桥、新桥、开明桥、顾家桥、通泗桥、太平桥、利国桥，出南水门有万岁桥、青园桥，自驿桥北河流东出，有参佐桥，次东水门东出有山光桥。又自牙门下马桥直南有北三桥、中三桥、南三桥，号九桥，不通船，不在二十四桥之数，皆在今州城西门之外。”玉人：指韩绰。晋裴楷、卫玠俱有“玉人”之称，杜牧《寄珉笛与宇文舍人》“寄与玉人天上去，桓将军见不教吹”，亦称友人为“玉人”。吹箫：《扬州府志》载吹箫事或属附会，然天宝时人包何《同诸公寻李方直不遇》诗已有“闻说到扬州，吹箫忆旧游”之句，则吹箫为扬州故实无疑。此诗用此故实而与韩绰牵合，问他于何处教歌女们吹箫。

江　南　春

千里莺啼绿映红，水村山郭酒旗风。
南朝四百八十寺[①]，多少楼台烟雨中。

【题解】

题为“江南春”，江南地域辽阔，春景繁富，一首七绝如何描写？作者独出心裁，逐层烘染：“千里”之内，处处杂花生树，红绿相映，黄莺歌唱；“千里”之内，水村山郭处处酒旗飘扬；“千里”之内，“南朝四百八十寺”点缀于山水佳胜之处，金碧庄严，楼台隐现。经过这三层烘染，巨幅江南春景图已展现眼前。但作者还追加了一层烘染，那就是“烟雨”。“多少楼台烟雨中”承“南朝四百八十寺”，然而寺院“楼台”既在“烟雨”中，则啼莺、红花、绿树、水村、山郭、酒旗，无一不在“烟雨”中。霏霏细雨，淡淡轻烟，使无边春色在烟雨空蒙中更显出迷人的风韵，这正是“江南春”的典型特色。突出这一特色，就把“江南春”写活了。

【注释】

①“南朝”句：南朝帝王及贵族多信佛，故其都城建业（今南京市）佛寺尤多。

山　行

远上寒山石径斜，白云生处有人家。
停车坐爱枫林晚①，霜叶红于二月花。

【题解】

这首诗，看来是从长途旅行图中截取的“山行”片断。第三句的“晚”字透露出诗人已经赶了一天路，该找个“人家”休息了。如今“远上寒山”，在倾斜的石径上行进。顺着石径向高处远远望去，忽见“白云生处有人家”，不仅风光很美，而且赶到那里，就可以歇脚了。第二句将“停车”提前，产生了引人入胜的效应。天色已“晚”，“人家”尚远，为什么突然“停车”？原来他发现路边有一片“枫林”，由于“爱”那片夕阳斜照下的“枫林”，因而“停车”观赏。“停车”突出“爱”字，“爱”字引出结句。

黄叔灿《唐诗笺注》云：“‘霜叶红于二月花’，真名句。”俞陛云《诗境浅说续编》云：“诗人之咏及红叶者多矣，如‘林间暖酒烧红叶’，‘红树青山好放船’等句，尤脍炙诗坛，播诸图画。惟杜牧诗专赏其色之艳，谓胜于春花。当风劲霜严之际，独绚秋光，红黄绀紫，诸色咸备，笼山络野，春花无此大观，宜司勋特赏于艳李秾桃外也。”不错，笼山络野的枫林红叶的确美艳绝伦，但被“悲秋意识”牢笼的封建文人却很难产生美感。用一个大书特书的“爱”字领起，满心欢喜地赞美枫叶“红于二月花”，不仅写景如画，而且表现了诗人豪爽乐观的精神风貌。

【注释】

①“停车”句：因爱枫林晚景而停车观赏。坐，因。晚，天晚。

过华清宫绝句三首[1]（其一）

长安回望绣成堆，山顶千门次第开。
一骑红尘妃子笑，无人知是荔枝来。

【题解】

杜牧写华清宫诗有五排《华清宫三十韵》一首、七绝《华清宫》一首、《过华清宫绝句》三首。这一首流传最广。关于唐明皇与杨贵妃荒淫误国，杜甫以来的不少诗人已做过充分反映。此诗也表现这一主题，却选取了新鲜角度，收到了独特效果。杨贵妃喜吃鲜荔枝，唐明皇命蜀中、南海并献。驿骑传送，六七日间飞驰数千里，送到长安，色味未变。此诗即从此处切入，以“一骑红尘”与“妃子笑”之间的戏剧性冲突为中心组织全诗，构思、布局之妙，令人叹服。

读前三句，压根儿不知道为什么要从长安回望骊山，不知道“山顶千门”为什么要一重接一重地打开，更不知道“一骑红尘”是干什么的、“妃子”为什么要“笑”，给读者留下了一连串悬念。最后一句应该是解释悬念了，可又出人意外地用了一个否定句：“无人知是荔枝来。”的确，卷风扬尘，“一骑”急驰，华清宫千门，从山下到山顶一重重为他敞开，谁都会认为那是飞送关于军国大事的紧急情报，怎能设想那是为贵妃送荔枝！“无人知”三字画龙点睛，蕴含深广，把全诗的思想境界提升到惊人的高度。

【注释】

①华清宫：故址在今陕西临潼西安市区骊山，是唐明皇与杨贵妃游乐之地。

清 明[1]

清明时节雨纷纷，路上行人欲断魂。
借问酒家何处有[2]，牧童遥指杏花村。

【题解】

此诗虽不见于杜牧诗集，然从宋祁《锦缠道》词“问牧童遥指孤村，道杏花深处，那里人家有”数句可知，此诗早在北宋前期已传诵颇广。南宋谢枋得编《千家诗》收此诗，署名杜牧，自属可信。杏花村在池州（今安徽贵池），此诗当是杜牧于武宗会昌六年（846）任池州刺史时所作，层层布景，处处设色，以人物问答为中心，展现出一幅江南杏花春雨图。

【注释】

①清明：我国农历的二十四节气之一，在公历四月上旬。

秋 夕

红烛秋光冷画屏[1]，轻罗小扇扑流萤[2]。
天阶夜色凉如水[3]，坐看牵牛织女星[4]。

【题解】

此乃宫怨诗，一句一景，以景托情。“冷”“凉”既写“秋夕”实况，又是女主人公内心感受的写照。以“坐看”牵牛、织女双星相会作结，而孤独感、凉冷感与默默怨情，已见于言外。孙洙《唐诗三百首》云：“层层布景，是一幅着色人物画，只‘坐看’二字逗出情思，便通身灵动。”

【注释】

①红烛：一作“银烛”。 ②轻罗小扇：轻薄的丝质团扇。 ③天阶：一作“瑶阶”。指宫殿的台阶。 ④坐：一作“卧”。神话传说牛郎（牵牛星）与织女（织女星）于每年七夕渡过银河相会一次。

将赴吴兴登乐游原一绝①

清时有味是无能，闲爱孤云静爱僧。
欲把一麾江海去②，乐游原上望昭陵③。

【题解】

宣宗大中四年（850），杜牧自吏部员外郎调任湖州刺史，离京前登乐游原，作此诗。前两句说：作为清明时代的无能者很有味，可以爱孤云之“闲”、爱老僧之“静”，得闲静之适。这当然是反话，是愤语。后两句写“将赴吴兴登乐游原”，而他之所以要登乐游原，乃在于立足高处，遥望昭陵。马永卿《懒真子》云：“其意深矣。盖乐游原者，汉宣帝之寝庙在焉。昭陵，即唐太宗之陵也。牧之之意，盖自伤不遇宣帝、太宗之时，而远为郡守也。”高士奇《〈三体唐诗〉辑注》云：“望昭陵者，不得于时而思明君之世，盖怨也。首言‘清时’，反辞也。”

【注释】

①吴兴：三国吴所置郡名，隋废，改置湖州，治所在今浙江省吴兴县。乐游原：长安东南郊的游览胜地，地势较高。 ②把：用手握住。麾（huī）：旌旗。此句以“把一麾”指出任湖州刺史。江海去：指到吴兴

去。　③昭陵：唐太宗的陵墓，在今陕西省礼泉县。

读韩杜集

杜诗韩笔愁来读[①]，似倩麻姑痒处搔[②]。
天外凤凰谁得髓？无人解合续弦膏[③]。

【题解】

杜牧认真学习李、杜、韩、柳的诗文创作，其《冬至日寄小侄阿宜》诗云："李杜泛浩浩，韩柳摩苍苍，近者四君子，与古争强梁。"这首诗，便是杜甫、韩愈诗文的读后感。

【注释】

①韩笔：韩愈的古文。陆游《老学庵笔记》载："南朝词人，谓文为笔，故《沈约传》云'谢玄晖善为诗，任彦升工于笔，约兼而有之。'……杜牧之'杜诗韩笔愁来读'，亦袭南朝语尔。"　②"似倩"句：倩，请人代自己做事。连上句，谓愁闷时读杜诗韩文，就像背上发痒时请麻姑来搔背那样舒服。麻姑，仙女名，《太平广记》引《神仙传》："麻姑鸟爪（指甲尖长如鸟爪），蔡经见之，心中念言，背大痒时，得此爪以爬背，当佳。"　③"天外"二句：感叹杜韩诗文的高度成就没有人能继承下来。"续弦膏"，《海内十洲记》：凤麟洲在西海中，洲上有凤凰麒麟数万，以凤嘴麟角合制成胶，可以接续断裂的弓弦。

赠　别

多情却似总无情，惟觉罇前笑不成[①]。
蜡烛有心还惜别，替人垂泪到天明。

【题解】

情藏内心深处，故从表面看，总像“无情”；而当吃酒话别之时，见她想笑而“笑不成”，便知实是“多情”。两句诗写出了一位年轻女性真诚、质朴的美好品质，与轻佻、浮薄者迥然有异。既如此，那藏于内心的“多情”又如何表现呢？作者以生花妙笔，用象征手法写出了“蜡烛有心还惜别，替人垂泪到天明”，遂成千古名句，传诵不衰。晏几道《蝶恋花》词“红烛自怜无好计，夜寒空替人垂泪”即从此化出。

黄叔灿《唐诗笺注》云：“曰‘却似’，曰‘惟觉’，形容妙矣！下却借蜡烛托寄，曰‘有心’，曰‘替人’，更妙。宋人评牧之诗‘豪而艳，宕而丽’，其绝句于晚唐中尤为出色。”

【注释】

①罇（zūn）：同樽，盛酒器，犹现在之酒杯。

泊 秦 淮①

烟笼寒水月笼沙，夜泊秦淮近酒家。
商女不知亡国恨，隔江犹唱后庭花②。

【题解】

这是脍炙人口的名篇，沈德潜《唐诗别裁集》卷二〇赞为“绝唱”。“首句写秦淮夜景，次句点明夜泊，而以‘近酒家’三字引起后二句。‘不知’二字，感慨最深，寄托甚微。通首音节、神韵无不入妙”（李锳《诗法易简录》）。晚唐国运日衰，时风淫靡，作者非责“商女”，特借商女“犹唱后庭花”以激发朝野危亡之感耳。

【注释】

①秦淮：河名。发源于江苏溧水县东北，西流经金陵城（今南京市）入长江。河道为秦时所开，凿钟山以疏淮水，故名秦淮。 ②“商女”二句：商女，指以歌唱为生的乐妓。江，指秦淮河。长江以南，无论水的大小，口语都称为江。（见孔颖达《尚书正义·禹贡》“九江孔殷”条注）秦淮河横贯金陵城，沿河两岸酒家林立。乐妓在酒店替客人唱歌侑觞，从船中听去，故云“隔江”。后庭花《玉树后庭花》的简称。陈后主在金陵时，荒于声色，作《玉树后庭花》舞曲。终朝与狎客、妃嫔们饮酒作乐，不理政事，终至亡国。《隋书·五行志》：“祯明（587—589）初，后主作新歌，词甚哀怨，令后宫美人习而歌之。其词曰：‘玉树后庭花，花开不复久。’时人以为歌谶。此其不久兆也。”引《旧唐书·音乐志一》：“前代兴亡，实由于乐。陈将亡也，为《玉树后庭花》，……行路闻之，莫不悲切，所谓亡国之音也。”

雍 陶（805—？）

字国钧，夔州云安（今四川云阳）人，寓居成都。文宗大和八年（834）登进士第。历任侍御史、国子毛诗博士。宣宗大中八年（854）出任简州（今四川简阳）刺史。后辞官归隐庐山。与姚合、贾岛、张籍、王建等交游酬唱。足迹半中国，多旅游诗。诗风清丽委婉，工于律、绝。《全唐诗》存诗一卷。

塞路初晴

晚虹斜日塞天昏，一半山川带雨痕。
新水乱侵青草路，残烟犹傍绿杨村。
胡人羊马休南牧①，汉将旌旗在北门②。

行子喜闻无战伐，闲看游骑猎秋原。

【题解】

雍陶曾游塞北，此诗写塞北旅途中所见雨过天晴时景象，和平宁静，生意盎然，表现了对于“无征伐”的喜悦之情，为边塞诗别开生面。

【注释】

①南牧：侵犯南方。贾谊《过秦论》：“胡人不敢南下而牧马”。　②北门：国之北门，指北方边防前线。

城西访友人别墅

澧水桥西小路斜[1]，日高犹未到君家。
村园门巷多相似，处处春风枳壳花[2]。

【题解】

于澧城西郊访友人别墅，第二句以“日高犹未到”一垫，三、四句写出“犹未到”的原因，风神摇曳，特饶韵致。

【注释】

①“澧水”，又叫兰江、佩浦。湖南四大河流之一。流经澧县、安乡后注入洞庭湖。　②“枳壳花”，枳树花。枳树似橘树而小，叶与橙叶相似，枝多刺。农村常常种在篱旁。枳树在春天开白花，气味清香。

题　君　山[1]

烟波不动影沉沉，碧色全无翠色深[2]。

疑是水仙梳洗处[3]，一螺青黛镜中心[4]。

【题解】

刘禹锡《望洞庭》以“白银盘里一青螺”写君山，已极生动。此诗后两句则写湖波似镜，君山如镜中青螺，而以“水仙梳洗”领起，将湖光山色与湘妃神话融合无间，想象新奇，色彩明丽，极空灵缥缈之致。黄庭坚《雨中登岳阳楼望君山》“绾结湘娥丨二鬟”，即从此化出。

【注释】

①君山：又叫湘山、洞庭山。在湖南省洞庭湖中。古代神话传说：这山是舜妃湘君姊妹居住和游玩的地方，所以叫君山（见《水经注》）。 ②沉沉：形容君山倒影颜色很深。碧色：湖水的颜色。翠色：山色。这两句写风平浪静、薄雾笼罩的洞庭湖上湖光山色两相映衬，山色浓于湖色。 ③水仙：水中女神，即湘君姊妹。 ④一螺青黛：古代一种制成螺形的黛墨，做绘画用，女子也用来画眉。这里用以比君山。

赵 嘏（806？—852？）

字承祐，排行二十二。楚州山阳（今江苏淮安）人。武宗会昌四年（844）登进士第。宣宗大中六年（852）左右任渭南尉，世称赵渭南。其七律清圆流丽，时有佳句，如“杨柳风多潮未落，蒹葭霜冷雁初飞”“吟辞宿处烟霞古，心负秋来水石闲”等，皆清新幽远，耐人吟味。有《渭南集》，《全唐诗》存诗二卷。

长安秋望

云物凄清拂曙流[1]，汉家宫阙动高秋。
残星数点雁横塞，长笛一声人倚楼。
紫艳半开篱菊静[2]，红衣落尽渚莲愁[3]。
鲈鱼正美不归去[4]，空戴南冠学楚囚[5]。

【题解】

此诗一题《长安秋夕》，一题《长安晚秋》，大约作于文宗大和七年（833）省试落第，留滞长安之时。

此诗构思精巧之处，在于以“人倚楼”为中心，挽合前后，统摄全篇。诗中所写，皆“倚楼”人所见、所感、所想；既层次分明，又融合无迹。首联写楼头仰望中景色：各种形态的寒云在曙光中变幻、浮游，而高耸入云的“汉家宫阙”，仿佛在浮游的寒云中晃“动”。两句诗，写景如画，又同时以“拂曙”点时间，以“高秋”点季节，以“宫阙”点京城，以“凄清”写主体感受。景中含情，言外见意。次联续写楼头闻见。“残星数点”，“旅雁横塞”，于“凄清”中更添旅愁。此时忽闻“长笛一声”，秋意、乡思，便一齐涌上心头，使“倚楼”人何以为怀！第三联即通过楼前近景表现秋意、乡思，引出尾联，以思归而不得归的慨叹收束全篇。长安秋景，满目萧瑟，既是落第后悲凉怅惘心情的自然流露，也是大唐帝国衰微没落景象的曲折反映。

发端警挺，颔联以“雁横塞”及“残星数点”“长笛一声”烘托“人倚楼”，从心物交感中展现其复杂心态。其声调为“平平仄仄仄平仄，平仄仄平平仄平”（与许浑“溪云初起日沉阁，山雨欲来风满楼”略同），于拗折中见波峭，使诗句增添特殊韵味。无怪杜牧“吟味不已”，称赵嘏为“赵倚楼”（《唐诗纪事》卷五六）。

【注释】

①云物：云形变化，形成种种物象，如“白衣”“苍狗”之类，故称云物。 ②紫艳：指“篱菊”的花朵。 ③红衣：指“渚莲”的花瓣。 ④“鲈鱼”句：写乡思。《晋书·张翰传》：“翰因见秋风起，乃思吴中菰菜、莼根、鲈鱼脍，曰；‘人生贵得适志，何能羁宦数千里以要名爵乎？遂命驾而归。” ⑤南冠：《左传·成公九年》：“晋侯观于军府，见钟仪，问之曰：‘南冠而系者谁也？’有司对曰：‘郑人所献囚也。’”楚囚称“南冠”，表示不忘乡土。思乡而不得归，故说“空戴南冠”。

江楼感怀

独上江楼思渺然①，月光如水水如天。
同来玩月人何在，风景依稀似去年。

【题解】

登某楼而想起往年与某人同登此楼的情景，这几乎是人所共有的经历。妙在先写眼前景，继以“同来玩月人何在”忽发一问，然后以“风景依稀似去年”与前两句拍合，恰是人人意中所有，却由此诗第一次写出，所以可贵。俞陛云《诗境浅说续编》云：“唐人绝句，有刻意经营者，有天然成章者。此诗水到渠成，二十八字，一气写出。月明此夜，风景当年，后人之抚今追昔者不能外此。在词家中，惟有‘月到旧时明处，与谁同倚栏杆’句，与此诗意境相似。”

【注释】

①思渺然：情思怅惘。

李群玉（808？—862）

字文山，排行四，澧州（今湖南澧县）人。少好吹笙，善书翰，苦心为诗。宣宗大中八年（854）徒步至长安，上表献诗三百首，经宰相裴休推荐，授弘文馆校书郎。与杜牧、姚合、方干、李频、段成式等交游酬唱。四年后蒙冤还乡，忧愤而卒。其诗五言警拔，七言流丽，佳句流传人口。《全唐诗》存诗三卷。今人羊春秋辑注《李群玉诗集》，资料详备，校勘精审。

黄 陵 庙

小姑洲北浦云边，二女啼妆自俨然①。
野庙向江春寂寂②，古碑无字草芊芊③。
风回日暮吹芳芷④，月落山深哭杜鹃⑤。
犹似含颦望巡狩，九疑如黛隔湘川⑥。

【题解】

宣宗大中三年（859）暮春，诗人蒙冤离京南归，途经黄陵庙，心绪悲凉，故触景生情，写湘灵之怨而倍增伤感。黄陵庙在洞庭湖边，为纪念舜之二妃娥皇、女英而建，又名二妃庙。诗就神话传说创造意境，似幻似真，缠绵悱恻。“野庙向江春寂寂，古碑无字草芊芊”一联尤凄婉工丽，《云溪友议》卷中、《青琐高议》前集卷六等均有评论，是李群玉的代表作。

【注释】

①"小姑"二句：小姑洲，黄陵庙南的一座洲。浦云，水边的云。小水进入大水的口子叫作浦，这里指湘水注入洞庭湖的水口。二女，指娥皇、女英。啼妆，悲泣的形象。俨（yǎn）然，宛然，栩栩如生的样子。这是写庙址和神像。 ②江：指湘江。 ③"古碑"句：庙碑所刻文字，由于风雨剥蚀，已不可见，形容年代久远。芊（qiān）芊，草茂盛貌。 ④芷：白芷，香草。《离骚》以它做美好的象征。 ⑤杜鹃：杜甫《杜鹃行》云，"四月五月偏号呼，其声哀痛口流血。"以上四句具体写黄陵庙周围环境凄清寂寞。 ⑥"犹似"二句：含颦，愁眉不展。巡狩，皇帝出外巡行。九疑，九疑山，亦名苍梧山，在湖南省蓝山县西南。黛，青黑色的颜料，古代女子用它来画眉。在洞庭湖畔是望不见九疑山的，但诗人在黄陵庙前远眺时，古代神话传说让他想象出远隔潇湘江水，九疑山突然像紧锁的眉头那样。

引 水 行

一条寒玉走秋泉①，引出深萝洞口烟②。
十里暗流声不断，行人头上过潺湲③。

【题解】

写山区用竹筒引水的情景宛然在目，题材新颖，构思奇巧。

【注释】

①寒玉：指竹筒。走：跑。这句说，泉水在竹筒中飞快地奔流。 ②深萝：茂密的藤萝。烟：水气。这句说，出水的洞口，藤萝密布，水气弥漫。 ③潺湲（chányuán）：水流声。

温庭筠（812—870）

本名岐，字飞卿，排行十六，太原祁（今山西岐县）人。好讥讽当时权贵，因此屡举不第，仅任方城尉、隋县尉、国子监助教等职。才思敏捷，八叉手而成八韵，人称“温八叉”。以词著称，与韦庄齐名，并称“温韦”。诗与李商隐齐名，并称“温李”。唯题材较狭，多数篇章以绮错婉媚见长，其成就远逊于李。其怀古七律气韵清拔，多含讽喻。绝句中亦不乏清灵疏秀的佳作。有《温飞卿诗集》，《全唐诗》存诗九卷。

商山早行[1]

晨起动征铎[2]，客行悲故乡。
鸡声茅店月，人迹板桥霜。
槲叶落山路[3]，枳花明驿墙[4]。
因思杜陵梦[5]，凫雁满回塘。

【题解】

唐宋诗人写“早行”的诗很多，这一首较出色。首句以“动征铎”表现一起床即上马赶路，铃铎声声，其辛苦匆忙之状宛然在目，故继之以“客行悲故乡”。赶路时还在“悲故乡”——为离开故乡而悲伤，那么在“茅店”过夜时，不用说也是想家的。这一点，在尾联做了照应和补充。三、四两句，历来脍炙人口。梅尧臣认为最好的诗应该“状难状之景如在目前，含不尽之意见于言外”，欧阳修请他举例，他便举出这两句，反问道：“道路辛苦，羁愁旅思，岂不见于言外乎？”（见欧阳修《六一诗话》）李东阳还从另一个角度指出这两句诗“人但知其能道羁愁野况于言意之表，不知二句中不用一二闲字，止提掇出紧关物色字样，而音韵铿锵，意象具足，始为难得”（《怀麓堂诗话》）。李东阳的论述，涉及充分利用汉语语法特点塑造意象的重要问题。汉语语法相当灵活，特别在诗歌语言中，主语、动词和一切表示语法联系的虚词都可以省略，纯用名词或名词片语构成诗句，有利于塑造意象，唤起读者的联想。把这两句诗分解为最小的构成单位，便是代表十种景物的十个名词：鸡、声、茅、店、月，人、迹、板、桥、霜。当然，“鸡声”“茅店”“人迹”“板桥”，都是以“定语加中心词”的“偏正词组”形式出现的，但由于作定语的都是名词，仍然保留了名词的具体感。例如在“鸡声”中，作了“声”的定语的“鸡”，不是仍可以唤起引颈长鸣的联想吗？这两句诗，正是筛选紧关“早行”的最富特征性的景物名词塑造意象，从而收到了“状难状之景如在目前，含不尽之意见于言外”的效果。五、六句写离店过桥，刚踏上山路的情景。朝前走，槲叶纷纷飘落；回头看，因还未天亮，“茅店”看不分明，只有驿墙旁边的枳花白得显眼。由此引出结句：昨夜在“茅店”中梦见杜陵，凫雁成群，在池塘里嬉游，自得其乐。与首联呼应、补充，使梦中的故乡春景与旅途苦况形成强烈的对照，强化了全诗的艺术感染力。

【注释】

①商山：在今陕西商县东南。 ②铎（duó）：指车马的铃声。 ③槲（hú）：落叶乔木，叶片冬天虽枯，仍留枝上，早春树枝发芽时始脱落。 ④枳：灌木或小乔木，春季开白花。 ⑤杜陵：在长安南郊，作者曾寓居于此，有《鄠（hù）杜郊居》等诗。大中末年离杜陵外出宦游，作此诗，故诗中以杜陵为故乡。

过分水岭

溪水无情似有情，入山三日得同行。
岭头便是分头处，惜别潺湲一夜声[1]。

【题解】

全国有多处分水岭，作者所写的是何处的分水岭，很难确指。诗以“同行”“惜别”表现溪水“有情”，已颇有韵味；而更重要的还在于以只有溪水“同行”“惜别”反衬旅途之孤独与思家之深切；闻溪水彻夜潺湲，则彻夜未眠之状便不难想见。

【注释】

①潺湲：水流声。

瑶瑟怨

冰簟银床梦不成[1]，碧天如水夜云轻。
雁声远过潇湘去，十二楼中月自明[2]。

【题解】

刘禹锡《潇湘神》词：“楚客欲听瑶瑟怨，潇湘深夜月明时。”当为此题所本。诗写怀人之情，却句句布景，只“梦不成”三字略作暗示，浑涵婉丽，洵是佳作。宋顾乐《〈唐人万首绝句选〉评》云：“清音渺思，直可追中盛名家。”

【注释】

①冰簟（diàn）：凉席。银床：华丽的床。　②“雁声”二句：雁声和瑟声相应，雁声远去，更显出瑟声清怨。温庭筠《菩萨蛮》：“满宫明月梨花白，故人万里关山隔。金雁一双飞，泪痕沾绣衣。”意境相似。潇湘，湘南境内的湘水，在零陵县西会潇水，称潇湘，传为雁南飞的栖宿地。十二楼，《汉书·郊祀志》应劭注：“昆仑、玄圃五城十二楼，仙人之所常居。”此指高楼。

李商隐（813？—858）

字义山，排行十六。号玉溪生，又号樊南生。祖籍怀州河内（今河南沁阳），自祖父起迁居郑州（今属河南）。郡望陇西成纪（今甘肃秦安）。年十六，著《才论》《圣论》。弱冠，以文谒令狐楚于洛阳，受知赏，亲授骈体章奏法。旋随楚至郓州，为天平军节度使巡官。文宗大和六年（832），令狐楚转河东节度使，商隐从至太原。开成二年（837），因令狐楚之子令狐绹之荐，登进士第。三年春应博学宏辞试不第，入泾原节度使王茂元幕为掌书记，茂元赏其才，以其女妻之。四年过吏部试，授秘书省校书郎，调弘农县尉。武宗会昌二年（842）以书判拔萃任秘书省正字。旋丁忧家居。五年冬，服阕入京，仍任秘书省正字。宣宗大中元年（847），随桂管观察使郑亚赴桂林，任支使兼掌书记。后历周至县尉、京兆尹掾曹。三年十月，卢弘止表为武宁军节度判官，后任太学博士、东川节度判官。九年归长安，十年（856）任盐铁推官。十二年回郑州闲居，病卒。其生平事迹，见《唐诗纪事》《唐才子传》及新、旧《唐书》本传，年谱以冯浩《玉溪生年谱》、张采田《玉溪生年谱会笺》较精审。

李商隐与温庭筠、段成式俱擅长骈体文，因三人皆排行十六，故时号“三十六体”。诗与杜牧齐名，并称“小李杜”。其诗古体以《韩碑》一篇最负盛名，田雯称其“音声节奏之妙，令人含咀无尽”，足以“媲杜凌韩”（《古欢堂杂著》）。七律善学杜甫而能自运机杼，佳者精密华丽，沉着顿挫，其缺失在于用典太多，或流于隐僻。姚鼐称其“七律佳者几欲远追拾遗，其次犹足近掩刘、白。第以矫敝滑易，用思太过，而僻晦之敝又生。要不可不谓之诗中豪杰之士矣”（《惜抱轩今体诗抄序目》），评价可谓公允。七绝亦多佳什，诗论家赞颂无异词，如叶燮云：“李商隐七绝，寄托深而措辞婉，实可空百代无其匹也。”（《原诗》外篇下）施补华云：“义山七绝以议论驱驾书卷，而神韵不乏，卓然有以自立。”（《岘佣说诗》）《全唐诗》收其诗三卷。其诗文合集以清人冯浩《李义山诗文集详注》最通行。今人刘学锴、余恕诚有《李商隐诗歌集解》。

晚　晴

深居俯夹城①，春去夏犹清②。
天意怜幽草，人间重晚晴。
并添高阁迥③，微注小窗明④。
越鸟巢干后⑤，归飞体更轻。

【题解】

宣宗大中元年（847）初夏任桂管观察使郑亚幕僚时作。初居桂林，雨后傍晚放晴，心情舒畅，故此诗写晚晴之景清新明丽，连归鸟亦身轻体快，所谓情与境偕，融化无迹。颔联以天意犹怜幽草使之欣欣向荣，兴起人间应重晚晴，岂能让韶光虚度，体现了一种积极向上的人生态度，至今犹被引用。

【注释】

①深居：指自己僻静的住所。夹城：两重城墙，中打通道。 ②“春去”句：与谢灵运《游赤石进泛海》“首夏犹清和”同意。 ③“并添”句：更增添了高阁的高迥，意谓雨后天晴，立于高阁，比平常看得更远。 ④“微注”句：夕阳的余晖注入小窗，增添了窗内的亮度。 ⑤越鸟：南方的鸟。巢干：本来被雨水淋湿的鸟巢现在已经干了，补足“晚晴”之意。

安定城楼[1]

迢递高城百尺楼[2]，绿杨枝外尽汀洲。
贾生年少虚唾涕[3]，王粲春来更远游[4]。
永忆江湖归白发，欲回天地入扁舟。
不知腐鼠成滋味，猜意鹓雏竟未休[5]。

【题解】

李商隐于开成二年（837）中进士，当时以李德裕为首的李党和以牛僧孺为首的牛党互相倾轧。李商隐原来依附的令狐楚是牛党。令狐楚死后，李商隐在泾原节度使王茂元幕府为掌书记，并做了他的女婿，而王茂元被认为是李党。因此，李商隐在参加博学宏词科考试时，受到牛党的排斥，不幸落选，于开成三年春回到泾州，作此诗。这时他二十六岁。

此诗以登高望远、略写春景发端，接着借两位古人抒发怀抱。贾谊少年时上《治安策》，指出可为“痛哭”“流涕”的种种政治缺失，并提出巩固中央政权的建议，却未被采纳，其涕泪等于白流。李商隐自己也渴望济人匡国，而应试落选，无由进入仕途，忧时之泪也同样白流。王粲少年时远游荆州，依附刘表，春日登当阳城楼作《登楼赋》，发出“虽信美而非吾土”的慨叹。自己落第远游，寄人篱下，只能做一名幕僚，春日登安定城楼，也有满腹积郁正待倾吐。两句诗用典精当，只述前贤遭遇，而自己的处境和心情已和盘托出。

五、六两句为全篇警策。“永忆江湖”，是说他并不贪图利禄，而是始终向往江湖，希望过洒脱飘逸的生活。但这有个前提，那就是“欲回天地”，即希望大显身手，使国家由混乱转安定，由衰弱转强盛。等到这一愿望实现的“白发”之年，便“入扁舟”而“归”江湖。这里暗用了春秋时代越国大夫范蠡功成身退、泛舟五湖的典故，而句法回旋综错，境界阔大高远，恰切地表现了宏伟抱负和高尚情操。难怪王安石最喜吟诵，认为“虽老杜无以过”（《苕溪渔隐丛话》卷二二引《蔡宽夫诗话》）。在章法上，又水到渠成地引出尾联，用《庄子》寓言，对那些抓住腐鼠便吃得蛮有滋味、压根儿不知鹓雏之志而横加猜忌的小人给予辛辣的讽刺。

前两联忧念国事，感慨身世，哀婉中见愤激。后两联自抒伟抱，抨击腐恶，振拔处见雄放。全诗赋比交替，虚实相生，文情跌宕，气势磅礴，学杜甫七律而独得精髓，是李商隐早期律诗中的代表作。

【注释】

①安定：郡名，即泾州唐泾原节度使治所，故址在今甘肃泾川县北。 ②迢递：高峻貌。 ③“贾生”句：贾谊年少时上书汉文帝论当时政治，有“可为痛哭者一，可为流涕者二，可为长太息者六”等语。 ④王粲：建安七子之一，东汉末从长安避难到荆州依靠荆州刺史刘表。 ⑤“不知”二句：《庄子·秋水篇》云：“惠子相梁，庄子往见之，或谓惠子曰：‘庄子来，欲代子相。’于是惠子恐，搜于国中，三日三夜。庄子往见之，曰：‘南方有鸟，其名为鹓雏，子知之乎？夫鹓雏发于南海，而飞于北海，非梧桐不止，非练实不食，非醴泉不饮。于是鸱得腐鼠，鹓雏过之，仰而视之曰：吓！今子欲以梁国而吓我耶？’”

隋宫①

紫泉宫殿锁烟霞②，欲取芜城作帝家③。
玉玺不缘归日角④，锦帆应是到天涯。
于今腐草无萤火，终古垂杨有暮鸦。
地下若逢陈后主，岂宜重问《后庭花》。

【题解】

首句以“紫泉”代长安，选有色彩的字面与“烟霞”映衬，烘托长安宫殿的巍峨壮丽，为次句突出隋炀帝杨广荒淫无度，迷恋扬州行宫做铺垫。按照思维逻辑，继“欲取芜城作帝家”，应直写去“芜城”游乐。诗人并没有违背这一逻辑，却不做铺叙，而用虚拟推想的语气说：“玉玺不缘归日角，锦帆应是到天涯。”这就既包括了“取”芜城作帝家，又超越了“取”芜城作帝家。更重要的是：还表现出杨广的穷奢极欲导致了亡国的后果，而他还至死不悟。其用笔之灵妙，命意之深婉，令人赞叹。颈联涉及杨广游乐的两个故实，一是放萤：杨广在洛阳景华宫搜求萤火虫数斛，“夜出游放之，光遍岩谷”；在扬州放萤取乐，还修了“放萤院”。二是栽柳：白居易在《隋堤柳》中写道：“大业年中炀天子，种柳成行夹流水。西至黄河东至淮，绿影一千三百里。大业末年春暮月，柳色如烟絮如雪。南幸江都恣佚游，应将此树映龙舟。”这两个故实自成对偶，正好可以构成律诗中的一联。但作者却不屑于做机械的排比，而是把“萤火”跟“腐草”“垂杨”跟“暮鸦”联系起来，于一“有”一“无”的鲜明对比中感慨今昔，深寓荒淫亡国的历史教训。“兴在象外，活极妙极，可谓绝作”（方东树《昭昧詹言》）。尾联活用杨广与陈叔宝梦中相遇的故实，以假设、反诘语气，把揭露荒淫亡国的主题表现得感慨淋漓。陈叔宝与杨广同以荒淫著称。隋文帝开皇九年（589）灭陈，陈叔宝投降，与隋太子杨广很相熟。杨广当了天子，乘龙舟游扬州时，梦中与死去的陈叔宝及其宠妃张丽华等相遇，请丽华舞了一曲《后庭花》（见《隋遗录》卷上）。《后庭花》是陈叔宝所制的反映宫廷淫靡生活的舞曲，被后人斥为“亡国之音”。诗人在这里特意提到它，其用意是：杨广是目睹了陈叔宝荒淫亡国的事实的，却不吸取教训，既纵情龙舟之游，又迷恋亡国之音，终于重蹈陈叔宝的覆辙，身死国灭，为天下笑。“地下若逢陈后主，岂宜重问《后庭花》。”问而不答，余味无穷。

【注释】

①隋宫：指隋炀帝在扬州所建江都、显福、临江等宫。 ②紫泉：长安北部的河流。“泉”本作“渊”，避李渊讳改。司马相如《上林赋》写长安有“紫渊径其北”语，故此以“紫泉”代长安。 ③芜城：指扬州。 ④日角：指人的额角满如日，古代相法认为是帝王之相，此指李渊。

马　嵬[1]

海外徒闻更九州[2]，他生未卜此生休[3]。
空闻虎旅鸣宵柝[4]，无复鸡人报晓筹[5]。
此日六军同驻马，当时七夕笑牵牛。
如何四纪为天子[6]，不及卢家有莫愁[7]。

【题解】

一开头夹叙夹议，先用“海外”“更九州”的故实概括方士在海外寻见杨妃的传说，而用“徒闻”加以否定。“徒闻”者，徒然听说也。意思是：玄宗听方士说杨妃在仙山上还记着“愿世世为夫妇”的誓言，“十分震悼”，但这有什么用？“他生”为夫妇的事渺茫“未卜”；“此生”的夫妇关系，却已分明结束了。怎样结束的，自然引起下文。

颔联用宫廷中的“鸡人报晓筹”反衬马嵬驿的“虎旅传宵柝”，而昔乐今苦、昔安今危的不同处境和心情已跃然纸上。

颈联的“此日”指杨妃的死日。“六军同驻马”与白居易《长恨歌》“六军不发无奈何”同意，其精警之处在于先写“此日”即倒转笔锋追述“当时”。“当时”与“此日”对照、补充，笔致跳脱，蕴含丰富，这叫“逆挽法”。玄宗“当时”七夕与杨妃“密相誓心”，讥笑牵牛、织女一年只能相见一次，而他们两人则要“世世为夫妇”，永远不分离，可在遇上“六军不发”的时候，结果又如何？两相映衬，杨妃“赐死”的结局就不难于言外得之，而玄宗虚伪、自私的精神面貌也暴露无遗。同时，“七夕笑牵牛”是对玄宗迷恋女色、荒废政事的典型概括，用来对照“六军同驻马”，就表现了二者的因果关系。没有“当时”的荒淫，哪有“此日”的离散？而玄宗沉溺声色之“当时”，又何曾虑及“赐死”宠妃之“此日”！行文至此，尾联的一问已如箭在弦。

尾联也包含强烈的对比。一方面是当了四十多年皇帝的唐玄宗保不住宠妃，另一方面是作为普通百姓的卢家能保住既善“织绮”、又能“采桑”的妻子莫愁。诗人由此发出冷峻的诘问：为什么当了四十多年皇帝的唐玄宗还不如普通百姓能保住自己的妻子呢？前六句诗，其批判的锋芒都是指向唐玄宗的。用需要做许多探索才能做出全面回答的一问作结，更丰富了批判的内容。

【注释】

①马嵬：即马嵬坡，杨贵妃遇难处，详见白居易《长恨歌》注。 ②“海外”句：古代中国包括九州，战国邹衍创“大九州”之说，指出中国名赤县神

州，中国境外如赤县神州者还有九个。此句“海外更（还有）九州”，指白居易《长恨歌》及陈鸿《长恨歌传》所说的海外仙山。 ③他生未卜：指“世世为夫妇”的誓约能否实现，不可预知。 ④虎旅：指唐玄宗入蜀的警卫部队。宵柝（tuò）：夜间巡逻的刁斗声。 ⑤鸡人：宫中报时的卫士。筹：漏壶中的浮标，计时器。 ⑥四纪：十二年为一纪，唐玄宗在位四十五年，将近四纪。 ⑦莫愁：古洛阳女儿，嫁为卢家妇，见南朝乐府歌辞《河东之水歌》。

锦 瑟

锦瑟无端五十弦①，一弦一柱思华年。
庄生晓梦迷蝴蝶②，望帝春心托杜鹃③。
沧海月明珠有泪④，蓝田日暖玉生烟⑤。
此情可待成追忆⑥？只是当时已惘然⑦。

【题解】

此诗当作于晚年，张采田系于宣宗大中十二年（858），近似。其内蕴众说纷纭，举其要者，约有咏瑟（苏轼）、悼亡（朱鹤龄）、自伤身世（元好问、何焯）、自序其诗（程湘衡），等等。首联以锦瑟弦、柱所发之悲声引发“思华年”，尾联以“成追忆”“已惘然”照应首联，其晚年追忆往事、自伤身世之意甚明。中间两联展现四幅象征性图景，可以触发多种联想，不同理解即由此而来。但理解为“身世遭逢如梦似幻，伤春忧世似杜鹃泣血，才而见弃如沧海遗珠，追求向往终归缥缈虚幻”（刘学锴、余恕诚《李商隐诗选》），却可涵盖多种解释，不违诗意。此诗工于隶事，精于属对，词采秾丽，声韵凄婉，意境朦胧，极富象征意味，体现了李商隐七律的独特风格。

【注释】

①锦瑟：雕饰精美的瑟。古瑟五十弦，后改为二十五弦。无端：或谓即“无心”之意，瑟五十弦，本属无心，而作者却由此联想起已逝的华年。 ②庄生：庄子。《庄子·齐物论》：庄子在梦里发现自己化成了蝴蝶，醒来时又发现化成了庄子。因而他感到迷惑：不知道是自己在梦里变为蝴蝶呢，还是蝴蝶做梦变成了庄子。 ③望帝：传说古代蜀国君主名杜宇，因为德薄，失去了帝位，死后化为鸣声凄哀的杜鹃。春心：春天的情思。 ④沧海月明：大海上明月朗照。珠有泪：相传南海外有鲛人，哭泣时流下的眼泪化为珍珠。事见《博物志》卷九。 ⑤蓝田：指蓝田山，在今陕西省蓝田县，产良玉。唐司空图《与极浦书》引戴叔伦语：“诗家之景，如蓝田日暖，良玉生烟，可望而不可置于眉睫之前也。” ⑥此情：总括以上所写的怅恨痛惜之情。 ⑦惘（wǎng）然：惆怅的神态。

无　题

相见时难别亦难，东风无力百花残。
春蚕到死丝方尽，蜡炬成灰泪始干①。
晓镜但愁云鬓改，夜吟应觉月光寒②。
蓬山此去无多路，青鸟殷勤为探看③。

【题解】

诗人不愿标明主题，故以“无题”为题。时当暮春，伤别念远。从颈联看，所思念者是一位女性，当为爱情诗；而许多注家则认为所反映的是作者陷入牛李党争中的遭遇与困惑。男女关系与君臣、朋友关系可以相通，故爱情诗亦不排除某种寄托。“春蚕到死丝方尽，蜡炬成灰泪始干”所体现的执着追求精神，实具有极大的普遍意义。

【注释】

①“春蚕”二句：丝，与“思”谐音双关。泪，指蜡烛燃烧时流下的蜡油，古人称它为“蜡泪”。杜牧《赠别》诗：“蜡烛有心还惜别，替人垂泪到天明。” ②“晓镜”二句：想象所思念的女子，当清晨对镜梳妆之时，也许为发现镜中容颜衰谢而发愁；当夜间对月吟诗之时，也许会感到月光如水，心绪悲凉。 ③“蓬山”二句：蓬山，神话传说中的海上仙山，此指所思念的女子居住之处。无多路，没多少路程，并不遥远。青鸟，神话传说中为西王母传递信息的仙鸟，古代诗文中用以指送信的使者。这两句自作宽解，对方与自己距离不远，希望有人代为殷勤致意，帮助成全。何焯云：“末路不作绝望语，愈悲。”

无　题

昨夜星辰昨夜风，画楼西畔桂堂东①。
身无彩凤双飞翼②，心有灵犀一点通③。
隔座送钩春酒暖④，分曹射覆蜡灯红⑤。
嗟余听鼓应官去⑥，走马兰台类转蓬⑦。

【题解】

此诗作于任职秘书省期间。首联写乍见伊人之时、地；颔联以“身无彩凤双飞翼”反衬“心有灵犀一点通”，词丽情浓，为抒写心灵感通之名句；颈联写宴会中情景，虽“隔座”“分曹”，而送钩酒暖、射覆灯红，亦极堪留恋；尾联则写更鼓相催，不得不赴秘书省上班。时间、地点、人物、情节、场景如此具体，足证此诗实写艳情；寓意、寄托诸说，俱嫌牵强。

【注释】

①画楼：彩画雕饰的楼。桂堂：用香木构筑的堂屋。 ②彩凤：彩色羽毛的凤凰。 ③灵犀：灵异的犀牛。一点通：指犀角中心上下贯通的白色髓质。 ④送钩：又叫藏钩，古代的一种游戏，数人藏一小钩，让猜究竟在谁手中。 ⑤分曹：分成摊子。射覆：猜器皿覆盖着的东西。射，猜。 ⑥余：我。鼓：更鼓。应官：到官署上班。 ⑦兰台：秘书省。转蓬：飞转的蓬草。

乐 游 原①

向晚意不适②，驱车登古原③。
夕阳无限好，只是近黄昏。

【题解】

诗人身处晚唐，国运日衰，怀才不遇，岁月流逝，故有“向晚意不适”之感。此诗以“向晚意不适”倒装而入，以“夕阳无限好”之极赞反跌“只是近黄昏”之浩叹，又与起句拍合，一唱三叹，国势陵夷之忧，身世沉沦之痛，触绪纷来，悲凉无限。管世铭《读雪山房唐诗钞凡例》云：“李义山《乐游原》诗消息甚大，为五绝中所未有。”

【注释】

①乐游原：在长安东南，地势较高，可以眺望长安全城。 ②向晚：傍晚。意不适：心情不舒畅。 ③古原：指乐游原。

贾 生①

宣室求贤访逐臣②，贾生才调更无伦。

可怜夜半虚前席[3]，不问苍生问鬼神[4]。

【题解】

前两句为后两句做铺垫。汉文帝“求贤”而召回“逐臣”，可谓重视人才。而召回来的贾谊，又才调绝伦，可谓君臣遇合，必将在政治上大有作为。两层铺垫之后，突用“可怜”一转：听贾谊回答问题，直听到“夜半”，多次“前席”，听得何等入神！然而也只是徒然“前席”，因为他“不问苍生”而只“问鬼神”，贾谊也只能在回答关于鬼神的问题上施展“才调”而已！“逐臣”被“访”，尚不能真正发挥作用；压根儿不被“访”，又将如何？就重视人才、发挥人才作用的重大问题抒发说论，而以唱叹出之，充满激情，故有艺术魅力，与抽象说教者有别。

【注释】

①贾生：贾谊。 ②宣室：汉未央宫正殿。逐臣：放逐之臣，指贾谊。贾谊于汉文帝时为大中大夫，为大臣所谗，贬往长沙。后来召见，文帝坐宣室，问鬼神之事，“贾生因具道所以然之状。至夜半，文帝前席”（《史记·贾生列传》）。 ③前席：古人席地而坐，对方讲话，听得入神，便不自觉地向前移动。虚：白白地、徒然。 ④苍生：百姓。

隋　　宫

乘兴南游不戒严，九重谁省谏书函[1]？
春风举国裁宫锦[2]，半作障泥半作帆[3]。

【题解】

隋炀帝在他当政的十四年内，把绝大部分时间用于佚游享乐，挥霍民脂民膏。此诗举“南游”以概其余，收到了以少总多的艺术效果。

第一句单刀直入，点明“南游”。而以“乘兴”作状语，已将杨广贪图享乐、不惜民力、骄横任性、为所欲为的独夫行径暴露无遗。“不戒严”正是“乘兴”的一种表现形式，凭着自己的高兴，想南游就南游，谁敢反对？有反对的，杀掉就是了。用不着“戒严”。一、二两句前呼后应，相互补充。既然“乘兴南游”，就只准助“兴”，不准扫“兴”。对于那些扫“兴”的“谏书”，连“函”套都不肯看上一眼。寥寥数字，活画出独夫形象。看《通鉴·隋纪》，便知大业十二年（616）杨广第三次南游，建节尉任宗上书极谏，被杖杀；奉信郎崔民象上表谏阻，亦被杀；行至汜水，奉信郎王爱仁谏阻，斩之而行。“九重谁省谏书函”，一方面揭露其一意孤行，另一面指斥其不得人心。“忠臣”冒死谏阻，则民不堪命，怨声载道，已不言可知。

从作者的艺术构思看，在写了“乘兴”“拒谏”之后，将通过写“南游”本身暴露其耗竭天下的民力以供一己享乐的罪恶。然而只剩两句诗，又如何写？杨广南游，水陆并进：水路“舳舻相继，连接千里，自大梁至淮口，连绵不绝。锦帆过处，香闻百里”；陆路“骑兵翼两岸而行，旌旗蔽野”。从哪一角度切入，才能水陆兼顾？

诗人只选“宫锦”而舍弃一切又带动一切。“春风”一词，与“乘兴”呼应，为荒淫天子助“南游”之兴；又从反面揭示“举国”之人于农事倍增之时被迫废弃生产，忙于为天子“南游”而“裁”自己经过无数工序织出的锦缎！“裁宫锦”干什么？第四句做了回答：“半作障泥半作帆。”这真是石破天惊的警句，既表现了对于人民血汗的痛惜，又从水陆两方面打开了读者的思路。只要联系首句的“乘兴南游”驰骋想象，则舳舻破浪，骑兵夹岸，锦帆锦鞯，照耀千里的景象，就历历浮现目前。而给人民造成什么灾难和给自己带来什么后果，俱见于言外。写杨广“南游”而于千汇万状中筛选“乘兴”“拒谏”特别是“举国裁宫锦”而略作点化，一气贯注，又层层深入。每一层次，都具有深刻的社会意义，可以唤起读者的联想，从而收到言有尽而意无穷的审美效果。

【注释】

①省（xǐng）：省察。②宫锦：皇宫使用的高级锦缎。③障泥：马鞯两旁的下垂部分，用以遮挡尘、泥。

夜雨寄北①

君问归期未有期，巴山夜雨涨秋池②。
何当共剪西窗烛，却话巴山夜雨时。

【题解】

这是巴山夜雨之时写寄北方妻子的一首诗。第一句“君问归期未有期”，一问一答，先停顿，后转折，跌宕有致，极富表现力。翻译一下，那就是：“你问我回家的日期，唉，回家的日期嘛，还没个准儿啊！”其羁旅之愁与不得归之苦，已跃然纸上。接下去，写了此时的眼前景“巴山夜雨涨秋池”，那已经跃然纸上的羁旅之愁与不得归之苦，便与夜雨交织，绵绵密密，淅淅沥沥，涨满秋池，弥漫于巴山的夜空。然而此愁此苦，只是借眼前景而自然显现；作者并没有说什么愁，诉什么苦，却从这眼前景生发开去，驰骋想象，另辟新境，表达了“何当共剪西窗烛，却话巴山夜雨时”的愿望。其构想之奇，真有点出人意料。而设身处地，又觉得情真意切，字字如从肺腑中流出。“何当”（何时能够）这个表示愿望的词儿，是从“君问归期未有期”的现实中迸发出来的；“共剪”“却话”，乃是由当前的苦况激发的对于未来欢乐的憧憬。盼望归后“共剪西窗烛”，则此时思归之切，不言可知；盼望与妻子团聚，“却话巴山夜雨时”，则此时独听“巴山夜语”而无人共语，也不言可知。独剪残烛，夜深不寐，在淅沥的巴山秋雨声中阅读妻子询问归期的信，而归期无准，其心境之郁闷、孤寂，是不难想见的。作者却跨越了这一切去写未来，盼望在重聚的欢乐中追话今夜的一切。于是，未来的乐，自然反衬出今夜的苦；而今夜的苦，又成了未来剪烛夜话的材料，增添了重聚时的乐。四句诗，明白如话，却何等曲折，何等深婉，何等含蓄隽永，余味无穷！

艺术构思的独创性又体现于章法结构的独创性。“期”字两见，而一为妻问，一为己答；妻问促其早归，已答叹其归期无准。“巴山夜雨”重出，而一为客中实景，紧承已答；一为归后谈助，遥应妻问。而以“何当”介乎其间，承前启后，化实为虚，开拓出一片想象境界，使时间与空间的回环对照融合无间。近体诗，一般是要避免字面重复的，这首诗却有意打破常规，“期”字的两见，特别是“巴山夜雨”的重出，正好构成了音调与章法的回环往复之妙，恰切地表现了时间与空间回环往复的意境之美，达到了内容与形式的完美结合。王安石《与宝觉宿龙华院》云：“与公京口水云间，问月‘何时照我还？’邂逅我还（回还之还）还问月，‘何时照我宿钟山’？”杨万里《听雨》云：“归舟昔岁宿严陵，雨打疏篷听到明。昨夜茅檐疏雨作，梦中唤作打篷声。”这两首诗俊爽明快，各有新意，但在构思谋篇方面受《夜雨寄北》的启发，也是灼然可见的。

【注释】

①寄北：一作“寄内”，“内”，指妻子。 ②巴山：泛指巴蜀地区。

嫦　娥

云母屏风烛影深①，长河渐落晓星沉②。

嫦娥应悔偷灵药③，碧海青天夜夜心。

【题解】

题为嫦娥，而所咏者并非嫦娥。前两句由室内写到天上，表明室中人独对残烛，长夜难眠，目望遥天，心有所思，从而引出后两句，用以烘托室中人之心理活动。至于室中人为谁，何以有此心理活动，则可从不同角度做各种解释。

【注释】

①云母屏风：云母片装饰的屏风。 ②长河：银河。 ③“嫦娥”句：传说中的月中仙子。《淮南子·览冥训》高诱注：“姮娥，羿妻。羿请不死之药于西王母，未及服之，姮娥盗食之，得仙，奔入月中，为月精。”姮娥，即嫦娥。

瑶　　池①

瑶池阿母绮窗开②，黄竹歌声动地哀③。
八骏日行三万里④，穆王何事不重来⑤？

【题解】

历代帝王求仙而不恤百姓者极多，晚唐更有武宗几个皇帝因服仙丹而送命。此诗就周穆王与西王母会于瑶池的传说生发，以帝王求仙而不恤百姓痛加讥刺。结句问而不答，余意无穷。

【注释】

①瑶池：《穆天子传》上说，周穆王西游至昆仑山，遇西王母。西王母宴穆王于瑶池。临别，西王母作歌：“白云在天，山陵自出。道里悠远，

山川间之。将（希望）子毋死，尚能复来。”穆王作歌回答，约定三年后重来。 ②阿母：西王母又称玄都阿母（见《汉武帝内传》）。绮（qǐ）窗：雕刻如绮纹的窗。句意谓西王母敞开窗户，等待穆王重来。 ③黄竹歌：《穆天子传》上说，周穆王在到黄竹的路上，遇“北风雨雪，有冻人”，曾作《黄竹歌》三章。此谓穆王纵游求仙之日，正是百姓啼饥号寒之时。 ④八骏：传说中穆王所乘的八匹骏马。 ⑤“穆王”句：穆王曾与西王母约会，三年后重来，西王母长期等他不来，故有此问。何事不来，回答是：“死了！”

马 戴（生卒年不详）

字虞臣，华州（今陕西华县）人。武宗会昌四年（844），与项斯、赵嘏为同榜进士。宣宗大中（847—860）初年，在太原幕中任掌书记，因直言被贬为龙阳尉。懿宗咸通（860—874）末，参佐大同军幕。官终太学博士。其诗除《关山曲》《塞下曲》《征妇叹》等以乐府古体写征战题材者而外多以五律写日常生活，体物细腻，抒情委婉，时有警句。《全唐诗》存诗二卷，今人杨军有《马戴诗注》。

落日怅望

孤云与归鸟，千里片时间。
念我何留滞，辞家久未还？
微阳下乔木，远烧入秋山①。
临水不敢照，恐惊平昔颜②。

【题解】

这是晚唐五律名篇。首联以孤云、归鸟之迅疾反衬次联作者之留滞，突然而起，超迈绝伦。朱庭珍《筱园诗话》评为“高格响调，起句之极有力、最得势者。可为后学法式”。颈联以下句形上句，展现一幅秋山晚照图。

【注释】

①“微阳”二句：夕阳从西山的树林中落下去，霞光染红对面的秋山。烧（shào）：野火。此指晚霞。 ②平昔：昔日。结尾两句谓：自知面容憔悴，今非昔比，故不敢临水自照，免使自己吃惊。

楚江怀古

露气寒光集，微阳下楚丘①。
猿啼洞庭岸，人在木兰舟②。
广泽生明月③，苍山夹乱流。
云中君不见④，竟夕自悲秋。

【题解】

写洞庭秋景，而无限秋思即寓于秋景之中。第二联风格高逸，为诗评家所称道。杨慎云：“马戴《蓟门怀古》雅有古调，至如‘猿啼洞庭树，人在木兰舟’，虽柳吴兴无以过也。晚唐有此，亦希声乎！”（《升庵诗话》卷一〇）

【注释】

①楚丘：犹言楚山，泛指洞庭湖周围的山。 ②木兰舟：以木兰为舟，取其美丽芬芳之义。（参前柳宗元《酬曹侍御过象县见寄》注） ③“广泽”句：湖泽广无边际，远望月亮似从波中涌出。 ④“云中君”句：云中君是《楚辞》中的神名，即云神。《九歌》有《云中君》篇，结尾二句云：“思夫

君（指云中君）兮太息，极劳心兮忡忡。”

罗 隐（833—910）

本名横，字昭谏，排行十五，新城（今浙江富阳）人。少英敏，善属文，诗名甚著，尤长于咏史，多讥刺，为时所忌。举进士，十上不第，因改名为隐。光启三年（887），投奔杭州刺史钱镠，表奏为钱塘县令，历秘书省著作郎。后梁开平二年，钱镠表授吴越国给事中，世称罗给事。其杂文集《谗书》中颇有现实性较强的作品。诗以近体较多，七绝、七律咏物抒怀，感慨时事，往往真切动人。有《罗昭谏集》，《全唐诗》存诗一一卷。

绵谷回寄蔡氏昆仲①

一年两度锦江游②，前值东风后值秋③。
芳草有情皆碍马，好云无处不遮楼。
山牵别恨和肠断，水带离声入梦流。
今日因君试回首，澹烟乔木隔绵州④。

【题解】

罗隐曾游蜀，此诗第二联以拟人化手法写蜀中景物，而无限眷恋之情见于言外。高步瀛云：“三、四写景极佳，而意极沉郁，是谓神行。若但以佳句取之，则皮相矣。”（《唐宋诗举要》卷五）

【注释】

①绵谷：今四川省广元市。昆仲：兄弟。 ②锦江：在今四川省成都平

原。 ③值：遇。 ④澹（dàn）：通“淡”。乔木：高树。绵州：州治在今四川省绵阳市。

雪

尽道丰年瑞[1]，丰年事若何[2]？
长安有贫者，为瑞不宜多。

【题解】

雪兆丰年，故称瑞雪。罗隐此诗，则先对“瑞”打了折扣：现在下了雪，但是否会迎来丰年，还很难说。又从“贫者”无法御寒的角度提出要求：下雪就算是“瑞”吧，“瑞”也不宜太多；如果大雪连日，那可受不了。如此咏雪，前所未有。

【注释】

①瑞：吉兆。 ②若何：怎么样？

蜂

不论平地与山尖，无限风光尽被占[1]。
采得百花成蜜后，为谁辛苦为谁甜[2]？

【题解】

首二句带贬义。或谓替农民鸣不平，殊误。尽占风光，肆意聚敛，到头来不能自享而尽为他人所有，类似的社会现象屡见不鲜。此诗所讽，实不必确指也。

【注释】

①占：占有，此读平声。 ②为谁辛苦：一作不知辛苦。

皮日休（838？—883？）

字逸少，后改袭美，襄阳竟陵（今湖北天门）人。出身贫寒，隐于鹿门山，自号鹿门子，嗜酒癖诗，又自号醉吟先生、醉士。咸通八年（867）登进士第。翌年游苏州，旋任苏州刺史崔璞军事判官，与陆龟蒙唱和。后入京为著作郎，迁太常博士。僖宗乾符二年（875）出为毗陵副使。不久，被黄巢“劫以从军”。黄巢称帝，署为翰林学士。皮日休为晚唐著名诗人和散文家，与陆龟蒙齐名，并称“皮陆”。主张“诗之美（歌颂）也，闻之足以劝乎功；诗之刺（讽刺）也，闻之足以戒乎政”。其诗多抨击时弊，关心民瘼之作。其《正乐府》十篇与《三羞诗》等，上承白居易《新乐府》，尤著名。有《皮子文薮》《松陵唱和集》，《全唐诗》存诗九卷。

橡媪叹

秋深橡子熟[①]，散落榛芜冈[②]。
伛偻黄发媪[③]，拾之践晨霜。
移时始盈掬[④]，尽日方满筐。
几曝复几蒸[⑤]，用作三冬粮[⑥]。
山前有熟稻，紫穗袭人香[⑦]。
细获又精舂，粒粒如玉珰[⑧]。
持之纳于官，私室无仓箱[⑨]。

如何一石余[⑩]，只作五斗量？
狡吏不畏刑，贪官不避赃。
农时作私债[⑪]，农毕归官仓。
自冬及于春，橡实诳饥肠[⑫]。
吾闻田成子[⑬]，诈仁犹自王[⑭]。
吁嗟逢橡媪，不觉泪沾裳[⑮]。

【题解】

这是《正乐府》十首的第三首。《正乐府·序》云："诗之美也，闻之足以劝乎功；诗之刺也，闻之足以戒乎政。"说明他是自觉继承白居易"美刺比兴"传统的。《正乐府》收入他早年自编的《皮子文薮》，作于唐末农民大起义前夕。这首诗用质朴的语言，叹息的声调，写实的手法，通过"橡媪"的悲惨生活，反映了唐末吏治的极端腐败和对广大农民敲骨吸髓的剥削，令人感到农民大起义的风暴即将来临。

【注释】

①橡子：橡树（又名栎树）的果实，果仁苦涩，可勉强充饥。②榛（zhēn）芜冈：草木杂生的山冈。③伛偻（yǔlǚ）：弯腰驼背。黄发：老年人的头发。媪（ǎo）：老年妇女。④移时：过了一个时辰。盈掬（jū）：拾满一捧。⑤曝（pù）：晒。⑥三冬：冬季三个月。⑦袭人香：香气扑鼻。⑧玉珰：玉耳环。这里形容米粒的饱满有光泽。⑨私室：农民家里。仓箱：装米的器具。大者称仓，小者称箱。⑩石（dàn）：容量单位，一石是十斗。量（liáng）：计量。⑪作私债：放私债，指官家趁农民耕种需种子时，把官仓的粮食作高利贷借给农民，等农民收获了，再还入官仓。这是用官家的公粮作私人资本放高利贷。⑫诳（kuáng）饥肠：意即用橡子作粮食来充饥，把肚子混饱。诳，欺骗，蒙混。⑬田成子：战国时齐国的一个宰

相。他为了收买人心，以大斗出贷，以小斗收入，受到齐人的歌颂。后来他杀掉齐简公，他的子孙更篡夺了齐国的王位。 ⑭诈仁：伪装仁义，假仁假义。 ⑮吁嗟（xūjiē）：古汉语中的感叹词。沾裳：淋湿衣襟。

汴河怀古

尽道隋亡为此河，至今千里赖通波①。
若无水殿龙舟事②，共禹论功不较多③。

【题解】

汴河，指从汴州（今河南开封）到淮安（今属江苏）的一段运河。隋炀帝调发百万民工开凿运河，乘龙舟去江都（今江苏扬州）游乐，是导致隋朝覆亡的重要原因。白居易的《汴堤柳》、李商隐的《隋宫》，皆就此发挥。皮日休的这首诗，则既斥其荒淫劳民，又从交通运输方面赞扬了运河贯通南北的功用，见解精辟，议论通达，为咏史诗别开生面。

【注释】

①赖：依靠。通波：通航。 ②水殿龙舟：炀帝乘坐的龙舟高四层，分正殿、内殿等。另有三层的浮景船九艘，都是炀帝的水上宫殿。 ③禹：相传大禹治水八年，疏导黄河入海，造福百姓。不较多：不相上下。

题 包 山

一片烟村胜画图，四边波浪送清虚①。
此中人若无租税，直是蓬瀛也不如②。

【题解】

包山，在太湖中，四面环湖，景物优美。此诗以一、二句写美景，以第四句赞其远胜蓬莱，直是人间仙境，却用第三句提出作为蓬莱的先决条件：“无租税”。诗旨与杜荀鹤《山中寡妇》“任是深山最深处，也应无计避征徭”略同，而构思、谋篇，何等新警！

【注释】

①清虚：清风。 ②蓬瀛：蓬莱、瀛洲，神仙传说中的海上仙境。

陆龟蒙（？—881？）

字鲁望，吴郡（今江苏苏州）人，举进士不第，隐居松江甫里，自号江湖散人，又号天随子、甫里先生。懿宗咸通十年（869），以所作诗文谒苏州刺史崔璞，得识皮日休，相与唱和，其唱和诗编为《松陵唱和集》。咸通后期至僖宗乾符（874—879）中期，曾任湖州、苏州刺史张抟幕僚。乾符六年（879）春卧病笠泽（松江别名），编其诗文为《笠泽丛书》。自评其诗“穿穴险固，囚锁怪异”而“卒造平淡”（《甫里先生传》），实则律诗学温、李，古体诗学韩、孟，险怪僻涩的特点比较明显，并未完全达到由奇险、绚烂归于平淡的境界。七绝清新秀逸，饶有佳什。有《甫里先生文集》，《全唐诗》存诗一四卷。

雁

南北路何长！中间万弋张①。

不知烟雾里，几只到衡阳②？

【题解】

刘永济《唐人绝句精华》云："此非咏雁，借雁言世乱多危机也。"

【注释】

①弋：以绳系箭而射，射中猎物，即收绳而取。 ②到衡阳：相传北雁南飞，到衡阳而止。

和袭美钓侣

雨后沙虚古岸崩，鱼梁移入乱云层①。
归时月堕汀洲暗，认得妻儿结网灯②。

【题解】

这是与皮日休（字袭美）唱和之作。皮作《钓侣》以"严陵滩势似云崩"开头，此和其韵。三、四句情景逼真，别饶画意。

【注释】

①鱼梁：渔家在河流中编竹取鱼的横箭。皮日休《鱼梁》诗："波际插翠筠，离离似清籞。游鳞到溪口，入此无逃所。"乱云层：指波涛。 ②"归时"二句：移鱼梁归来，月已西落，汀洲隐入夜幕。渔人以舟为家，在黑夜中认出妻儿正在编织渔网的那点灯光，便朝着灯光回"家"来了。

和袭美春夕酒醒

几年无事傍江湖[①]，醉倒黄公旧酒垆[②]。
觉后不知明月上，满身花影倩人扶。

【题解】

其精彩处在后两句，然其根则在首句。正因为“无事傍江湖”，才有此懒散生活。

【注释】

①傍江湖：指过隐居生活。 ②黄公酒垆：是王戎与嵇康、阮籍酣饮的地方，见《世说新语·伤逝》。这里作者以竹林七贤自比。

新　沙[①]

渤澥声中涨小堤[②]，官家知后海鸥知。
蓬莱有路教人到，应亦年年税紫芝[③]。

【题解】

这首小诗从一个崭新角度揭露官府横征暴敛，无所不至。前两句是写实，后两句是推想。前两句写实，却写得含蓄。海涛声中涨出了一条小小的沙堤，这就是题中所说的“新沙”，因为“新”，就连常在海边飞来飞去的沙鸥，也是过了一些时间才知道的；可是“官家”却早在海鸥知道之前就已经知道了。至于“官家”知道后干些什么，没有说，所以称得上含蓄。但当你读到结句“税紫芝”，你的想象力就立刻活跃起来，诗人前面没有说的许多情景同时就在你眼前闪现：海边一出现“新沙”，逃亡的农民就赶来开荒，“官家”就赶来收税。后两句，是以前两句所写的事实为根据做出的推想：既然海边的“新沙”也来征税，那么海中的蓬莱如果有一条路能够让人走到的话，大约神仙们种的紫芝，也免不了年年纳税吧！揭露苛敛，入木三分。这与诗人的艺术独创有关，也与晚唐的政治背景有关，其特殊的时代烙印是显而易见的。

【注释】

①新沙：海边新淤积出的一块沙洲。 ②渤澥（xiè）：渤海的古称。 ③“蓬莱”二句：蓬莱、方丈，相传是海中仙山。紫芝：灵芝的一种，据说吃了它可以长生不老。《十洲记》载：“方丈洲在东海中心，群仙不谷升天者，皆往来此洲。仙家数十万，耕田种芝草。”

韦　庄（836？—910）

字端己，京兆杜陵（今陕西西安市长安区东南）人。韦应物四世孙。少孤贫力学，才思敏捷，疏放旷达。长期流落洛阳、越中、江西、湖南、湖北各地。多次应试，昭宗乾宁元年（894）始中进士。授校书郎、迁左补阙。天复元年（901）入蜀，为西川节度使王建掌书记。前蜀建国，王建称帝，官至宰相。生平事迹见《十国春秋》本传、《蜀梼杌》《唐诗纪事》《唐才子传》及夏承焘《韦庄年谱》。韦庄为晚唐五代重要词人与诗人，与温庭筠齐名，并称“温韦”。其诗多怀古感旧、悯乱伤时之作，缘情而发，凄婉哀怨。其《秦妇吟》为现存唐诗中最长的叙事诗，反映了当时的广阔现实。擅长七律、七绝，七绝造诣尤高，《台城》等至今脍炙人口。《全唐诗》存诗六卷。今人向迪琮校订之《韦庄集》较完备。

长安清明

早是伤春梦雨天，可堪芳草正芊芊！
内官初赐清明火[①]，上相闲分白打钱[②]。
紫陌乱嘶红叱拨[③]，绿杨高映画秋千。
游人记得升平事，暗喜风光似昔年。

【题解】

此诗作于乾宁元年（894）登进士第前后。在此之前，黄巢军攻陷长安，李克用又曾进入，长安遭到严重破坏，满目凄凉。这首诗在艺术构思方面的新颖之处，在于不像作者的另一些诗篇和同时诗人的多数诗篇那样从正面描写京城的残破景象，而是用游人的“暗喜”来反衬自己的“伤春”。其反衬的方式，也匠心独运，破尽前人窠臼。首联写自己“伤春”。已是寒食、清明时节，繁花即将凋谢。如果遇上风雨，便立刻出现“花落知多少”的惨象。“梦雨”一词，蕴涵诗人生怕风雨袭来的殷忧。“芳草正芊芊”写京城中的野草茂密，与杜甫《春望》“城春草木深”同一含义，前加“可堪”益增感伤。从季节上说，芳草芊芊，意味着春天即将消逝；万一风雨袭来，仅剩的一点儿春天就全被葬送。当时唐王朝虽在长安恢复了政权，但正处于风雨飘摇之中。两句诗，赋比兴并用，把“伤”季节之“春”与“伤”政治之“春”融合无间，令人萌发无限联想。尾联写游人“暗喜”。“喜”什么？“喜”眼前“风光”有“似”昔年“升平”时代的“风光”。写到这里，便戛然而止。

粗读一遍，会以为游人记忆中的“升平”风光究竟是什么，诗人全未描写。细读几遍，便知诗人不仅写了，而且写得很具体、很热闹；与此同时，不禁赞佩章法结构之巧。原来尾联是中间两联的引申。看中间两联，便知清明时节：内官赐火；宫女白打；上相分钱；达官显宦们上朝下朝，车骑络绎，紫陌上红马“乱嘶”，一片欢腾；绿杨掩映，美女们踩动秋千，荡来荡去，荡得很高。在偌大京城里，就只有这么一点儿“风光似昔年”，使“记得升平事”的游人为之“暗喜”。把这种“暗喜”和首联的“伤春”联系起来，便立刻把全诗的思想境界提升到新的高度，引人深思。

【注释】

①“内官”句：寒食节禁举烟火，第三天即清明节，钻榆柳之火以赐近臣。见《唐辇下岁时记》。②上相：宰相的尊称。白打：古代的足球游戏。唐时宫女于寒食节举行白打，可得奖金。③紫陌：宫城大道的美称。红叱拨：良马。天宝中大宛国贡红叱拨。这句写贵臣们朝见皇帝后乘车回府。

送日本国僧敬龙归

扶桑已在渺茫中①，家在扶桑东更东。
此去与师谁共到②？一船明月一帆风。

【题解】

前两句极写归程渺茫遥远，第三句以一问振起，结句以“一船明月一帆风”作答，极清婉空灵之致。明月清风，既表现僧人襟怀，而前途光明、一帆风顺的祝愿亦寓其中，以景托情，含蓄不尽。

【注释】

①扶桑：神话传说之神木，因指神木所生之国土。《梁书·扶桑国传》：“扶桑在大汉国东二万余里，其上多扶桑木，故以为名。”后世或以扶桑指日本，此诗则说日本在扶桑之东，王维《送晁监》“乡国扶桑外，主人孤

岛中”亦然。②师：指敬龙。

古离别[1]

晴烟漠漠柳毵毵[2]，不那离情酒半酣[3]。
更把玉鞭云外指[4]，断肠春色在江南。

【题解】

首句写阳春烟景如在目前，但非单纯写景。读次句，便知首句所写，乃饯别筵席上所见，景中已寓“离情”。当酒已半酣，人将上马之时，以情观景，则“晴烟漠漠”，“离情”已随之“漠漠”无际；“柳”丝“毵毵”，“离情”已随之“毵毵”缭乱。第三句以“更”字领起，推进一步，写已经上马的行人手持“玉鞭”，遥指“云外”——行人要去的地方，“杂花生树，群莺乱飞”的江南“春色”，便在想象中浮现。饯别之地的“春色”已令人“不那”，江南“春色”更浓更艳，能不令人“断肠”吗?

全诗以丽景衬离情。虚实相生，情景交融，辞采秾艳，笔致空灵。首句以“晴烟漠漠柳毵毵”实写饯别之地的“春色”；结句以“断肠”虚写行人要去的江南“春色”。中间用“玉鞭”绾合前后。“玉鞭”一“指”，行人与饯行者即从此分手，而两地“春色”，则在眼前与想象中连成一片。“春色”无边，“离情”无尽。

【注释】

①古离别：乐府《杂曲歌辞》。②毵（sān）毵：细长貌。③不那（bùnà）：无奈。④云外指：“指云外”的倒置。

台　城

江雨霏霏江草齐①，六朝如梦鸟空啼。
无情最是台城柳，依旧烟笼十里堤。

【题解】

台城，六朝首都建业城旧址，在今南京城内鸡鸣山北麓，玄武湖南侧。此诗就台城抒写古今兴亡之感。吴烶《唐诗直解》云："雨霏草齐，暮春时矣。对景兴怀，六朝灭亡如梦，而台城之柳依旧烟笼，即'豪华一去风流尽，惟有青山似洛中'意也。"杨逢春《唐诗偶评》云："本是台城荒废，却言堤柳无情，托笔最为曲折。"李慈铭《〈唐人万首绝句选〉批》云："二十八字中有古往今来万语千言不尽之意。"

【注释】

①霏霏：雨细密貌。

聂夷中（837—884？）

字坦之，河南中都（今河南沁阳）人。出身贫苦。懿宗咸通十二年（871）登进士第，补华阴县尉。工诗，尤擅长五言古体，多关心民生与讽喻时事之作，古朴无华，言近旨远。辛文房谓"古乐府尤得体，皆警省之辞，裨补政治，乐而不淫，哀而不伤，正《国风》之义也"（《唐才子传》卷九）。《全唐诗》存诗一卷。

伤 田 家

二月卖新丝，五月粜新谷①。
医得眼前疮②，剜却心头肉③。
我愿君王心，化作光明烛。
不照绮罗筵④，只照逃亡屋⑤。

【题解】

田家的劳动果实可以变钱的，只有“丝”和“谷”。二月，蚕丝还未缫成，五月，稻谷还未上市，却已经全部为高利贷者所占有。诗人以“医得眼前疮，剜却心头肉”的贴切比喻表述了这种惨象，读之动人心魄。田家为什么要低价预卖丝谷，前面没有明说，但后四句希望“君王”之心化为明烛“只照逃亡屋”，就明确地告诉人们：田家之所以忍痛“剜却心头肉”，是由于不得不用“心头肉”去“补”苛捐杂税的千疮百孔。到那千疮百孔无法补足的时候，就被迫逃亡。诗人以“绮罗筵”反衬“逃亡屋”，渴望引起最高统治者的注意。但那“君王”之“心”，又怎能“化作光明烛”呢？《唐诗别裁》卷四评云：“唐时尚有采诗之役，故诗家每陈下民苦情，如柳州《捕蛇者说》，亦其一也。此诗言简意足，可匹柳文。”

【注释】

①粜（tiào）：出卖粮食。 ②眼前疮：指眼前的痛苦生活。 ③剜（wān）却：用刀挖掉。心头肉：指一年辛勤劳动的果实。 ④绮（qǐ）罗筵：指衣着华贵者参与的豪奢筵席。绮罗，绫罗绸缎。 ⑤逃亡屋：指农民破产逃亡后留下的茅屋。

田 家

父耕原上田[1]，子斸山下荒[2]。
六月禾未秀[3]，官家已修仓。

【题解】

田家忙于耕田斸荒，官家忙于修仓。寥寥二十字，内涵何其深广！

【注释】

①原：高而平坦宽广的土地。 ②斸（zhǔ）：锄头之类的农具。这里用作动词，开垦的意思。 ③秀：庄稼抽穗扬花。

司空图（837—908）

字表圣，自号知非子、耐辱居士，河中虞乡（今山西永济）人。咸通十年（869）登进士第，历任光禄寺主簿、礼部员外郎、礼部郎中。广明元年（880）冬，黄巢入长安，图退居河中。光启元年（885）拜知制诰，迁中书舍人。不久，僖宗出幸宝鸡，图遂归隐中条山王官谷。此后几经迁移，终未出仕。朱全忠称帝，以礼部尚书召，不赴。后梁开平二年（908），闻唐哀帝被害，不食而卒。生平事迹见新、旧《唐书》本传。司空图论诗，强调“近而不浮，远而不尽”，须有“韵外之致”，“味外之旨”，认为“辨于味而后可以言诗”（见其《与李生论诗书》）。对此后严羽的“妙悟”说、王士禛的“神韵”说均有影响。又标举雄浑、冲淡等二十四种风格，著为《诗品》，对此后的风格论亦有影响。其诗多近体，绝句数量尤多。从总体看，其造诣远未达到所悬标准，但也有不少佳作。《全唐诗》存诗三卷，有《司空表圣诗集》。

塞 上

万里隋城在①，三边虏气衰②。
沙填孤障角③，烧断故关碑④。
马色经寒惨，雕声带晚悲。
将军正闲暇，留客换歌辞。

【题解】

唐末藩镇割据，连年混战，而边境相对安定，无重大战争，此诗正反映了这种情况。司空图在《与李生论诗书》中列举了他自认为有“韵外之致”“味外之旨”的许多诗句，此诗“马色经寒惨，雕声带晚悲”一联即在其中。

【注释】

①隋（duò）城：堕坏的长城。隋，通“堕”。 ②三边：泛指边地。虏气：指边境少数民族的势力。 ③孤障：孤单独立的城堡。句意说城墙角已被流沙填满。 ④烧（shào）：野火。故关：关名，在今山西省平定县东九十里与河北省井陉县接界处的太行山间，有秦始皇所立碑石。这里泛指已废弃的边关。

退 栖

宦游萧索为无能①，移住中条最上层。

得剑乍如添健仆，亡书久似失良朋。
燕昭不是空怜马[2]，支遁何妨亦爱鹰[3]？
自此致身绳检外，肯教世路日兢兢[4]！

【题解】

这是退隐中条山后的作品，表现了虽退隐而仍怀壮志的复杂心态。中间两联，作者在《与李生论诗书》中列入自摘警句，诗评家如贺贻孙（《诗筏》）、叶矫然（《龙性堂诗话》续集）、余成教（《石园诗话》卷二）等亦赞为佳句。

【注释】

①“宦游”句：仕途不得意，是因为自己无能。 ②燕昭怜马：战国时燕昭王要访求贤士，郭隗对燕昭王说：古代有涓人以五百金为国君买已死的千里马之骨，天下人因此知道那个国君肯出高价买千里马，不到一年便得到三匹活的千里马。现在您如果真想罗致天下的贤士，那就请先用我。我这样的人都得到了您的尊重，人家就相信比我贤明的人一定更能得到您的尊重了。昭王听后便重用郭隗，尊他为师（《见战国策·燕策一》）。这句是申说“宦游萧索”，言燕昭王爱重贤士，而今无其人。 ③支遁，字道林，是东晋有名的在山林隐修的和尚，他好养鹰和马而不放不骑。有人问他，他说“爱其神骏”（见唐许嵩《建康实录》）。 ④“自此”二句：绳检：指礼法的约束。肯：哪肯。兢兢，谨小慎微貌。这两句的大意是：从今以后，我将置身于礼法约束之外，哪肯像从前那样每天在仕途上谨小慎微、不能任性自适呢！

独　望

绿树连村暗，黄花入麦稀[1]。
远陂春旱渗[2]，犹有水禽飞。

【题解】

前两句，作者在《与李生论诗书》中列入自摘警句，后人也极赞赏。苏轼云：“司空图表圣自论其诗，以为得味外意。如‘绿树连村暗，黄花入麦稀’，此句最善。”（《王直方诗话》）许觊云：“司空图，唐末竟能全节自守。其诗有‘绿树连村暗，黄花入麦稀’，诚可贵重。”（《彦周诗话》）

【注释】

①“黄花”句：黄花：指油菜花。入麦稀：指油菜与小麦间种，而以小麦为主，一望碧绿中间以黄花。 ②“远陂（bēi）”句：因春旱而陂塘之水渗漏变浅。

杜荀鹤（846—904）

字彦之，排行十五，池州石埭（今安徽石台）人。早年读书于九华山，刻苦为诗，然屡试不第，自叹“空有篇章传海内，更无亲族在朝中”（《投从叔补阙》）。僖宗乾符（874—879）末，黄巢进军河南，荀鹤自长安归隐九华山达十五年之久，自号九华山人。昭宗大顺二年（891）始登进士第，时危世乱，复还旧山。田頵镇宣州，辟为从事。天复三年（903），为頵赴大梁通好朱温，为温所喜，被留，表授翰林学士、主客员外郎，遇疾，旬日而卒。生平事迹见《唐诗纪事》《唐才子传》及《旧五代史》本传。杜荀鹤为晚唐著名诗人，自言“诗旨未能忘救物”（《自叙》），“言论关时事，篇章见国风”（《秋日山中》）。上承杜甫、元、白关心民瘼、敷陈时事的优良传统，以短小精悍之律绝，明白晓畅之语言，反映民间疾苦，抨击黑暗现实，自成一家，后人称为“杜荀鹤体”（严羽《沧浪诗话·诗体》)。有《唐风集》(《杜荀鹤文集》),《全唐诗》存诗三卷。

春 宫 怨

早被婵娟误①,欲妆临镜慵②。
承恩不在貌,教妾若为容③?
风暖鸟声碎,日高花影重④。
年年越溪女,相忆采芙蓉⑤。

【题解】

这是杜荀鹤《唐风集》用以冠首的一篇五律,风格与反映民间疾苦的诗不类,颇受前人重视。“风暖鸟声碎,日高花影重”一联更被推崇,至有“杜诗三百首,惟在一联中”的谚语(见毕仲询《幕府燕闲录》)。“承恩不在貌,教妾若为容”一联,立论尤新警,且有普遍意义。贺裳云:“《春宫怨》不惟杜集冠首,即在全唐亦属佳篇。‘承恩不在貌,教妾若为容’,此千古透论。卫硕人不见答,非貌寝也;张良娣擅权,非色胜也。陈鸿《长恨歌传》曰:‘非徒殊艳尤态独能致是,盖才智明慧,善巧便佞,先意希旨,有不可形容者焉。’即此诗转语。读此,觉义山之‘未央宫里三千女,但保红颜莫保恩’,尚非至论。”(《载酒园诗话》又编)

【注释】

①“早被”句:婵娟(chánjuān):姿容美丽。因貌美而被选入宫,却得不到皇帝的宠爱,反而误了终身。 ②慵:懒。本来想装扮,但对镜发愁,又懒得动手。 ③“承恩”两句:能否得到恩宠,与是否貌美无关,叫我怎样打扮呢?貌美不得宠与才高不见用颇类似,古代诗人作“宫怨”诗往往有自况之意。这两句诗,言外之意十分丰富。 ④“风暖”二句:碎:细碎。重

（chóng）：重叠。这两句以听鸟叫、看花影表现女主人公的寂寞。 ⑤“年年”二句：王维《西施咏》写西施“朝为越溪女，暮作吴王妃”，而这位美女却入宫被弃，又不能回家，只能经常回忆入宫前在故乡采芙蓉的美好生活。

山中寡妇

夫因兵死守蓬茅①，麻苎衣衫鬓发焦②。
桑柘废来犹纳税③，田园荒后尚征苗④。
时挑野菜和根煮⑤，旋斫生柴带叶烧⑥。
任是深山更深处⑦，也应无计避征徭⑧。

【题解】

唐末军阀割据混战，封建剥削更加残酷，人民苦难更加深重。此诗只用白描手法描写了“山中寡妇”的悲惨遭遇，却具有以个别见一般的典型意义。军阀割据、混战危及唐王朝的统治，因而要征兵打仗、修筑栅寨。诗人在《乱后逢村叟》中写道：“因供寨木无桑柘，为点乡兵绝子孙。”又在《题所居村舍》中写道：“蚕无夏织桑充寨，田废春耕犊劳军。”这一类诗句，都可作《山中寡妇》的注脚。首句“夫因兵死”，说明诗中女主人公因丈夫被“点”为“乡兵”作战牺牲，沦为“寡妇”，独自在死亡线上挣扎。“桑柘废”，不外是被砍去“供寨木”，但仍然要纳税；“田园荒”，当然由于缺种子，无劳力，但仍然要交租。因此，她只能挑些野菜，连菜根一起煮了吃；砍些树枝，来不及晒干，连树叶一起烧。住的是茅草房，穿的是麻苎衣。丈夫既然能被抓去当兵，可见他还年轻，但她的形容，却是“鬓发焦”，被煎熬得不像人样了。尾联就题目中的“山中”落墨，从个别扩展到一般。写出了千古传诵的名句。“任是深山更深处，也应无计避征徭”，与陆龟蒙的“蓬莱有路教人到，亦应年年税紫芝”，可谓异曲同工，但陆龟蒙只讲“税”，这里既讲“税”又讲“徭”。“徭”通常指劳役，然从首句的“夫因兵死”看，诗人所用的“徭”还包括兵役。“无计避征徭”，精确地概括了唐末人民苦难的时代特征。

【注释】

①蓬茅：茅屋。 ②麻苎（zhù）衣衫：麻布缝制的粗陋衣衫。苎，即苎麻，可织布。焦：枯黄。 ③柘（zhè）：树名，叶可养蚕。废：废弃，毁坏。纳税：指丝税。 ④尚：还要。征苗：征收田赋。 ⑤时：时时，经常。 ⑥旋（xuàn）：随即。斫（zhuó）：砍。带叶烧：指柴也是随砍随烧，没有储存的干柴。 ⑦任：任凭。 ⑧应（yīng）：该。征徭：赋税和劳役。

小　松

自小刺头深草里[1]，而今渐觉出蓬蒿。
时人不识凌云木[2]，直待凌云始道高。

【题解】

一、二两句写小松的生长趋势：它出土不久，便从深草里崭露头角；如今呢，它已从蓬蒿中冒出树尖。作者由此判断，它将来必然是一株凌云大树；而时人却认识不到这一点，直要等到它已经长成凌云大树，才说：“嗬！这棵树好高！”写的是小松，阐发的却是具有普遍意义的大道理，可谓词约而义丰，言近而旨远。

【注释】

①刺头：探头。②凌云木：高插云霄的大树。

蚕　妇

粉色全无饥色加[1]，岂知人世有荣华。
年年道我蚕辛苦，底事浑身着苎麻[2]？

【题解】

北宋张俞的《蚕妇》诗“昨日入城市，归来泪满巾。遍身罗绮者，不是养蚕人”当然写得更深婉，但其命意，实受此诗启发。

【注释】

①粉色：脂粉之色。饥色：饿饭之色。　②底事：何事、为什么。

再经胡城县[1]

去岁曾经此县城，县民无口不冤声。
今来县宰加朱绂[2]，便是生灵血染成[3]。

【题解】

这首诗对于典型现象的高度概括，是通过对于“初经”与“再经”的巧妙安排完成的。写“初经”时的所见所闻，只从“县民”方面落墨；是谁使得“县民无口不冤声”？没有写。写“再经”时的所见所闻，只从“县宰”方面着笔，他凭什么“加朱绂？”也没有说。在摆出这两种典型现象之后，紧接着用“便是”作判断，而以“生灵血染成”作为判断的结果。“县宰”的“朱绂”既是“生灵血染成”，那么“县民无口不冤声”正是“县宰”一手造成的。而“县宰”之所以“加朱绂”，就是因屠杀了无数冤民。在唐代，“朱绂”

（指深绯）是四品官的官服，“县宰”而“加朱绂”，表明他加官受赏。诗人不说他加官受赏，而说“加朱绂”，并把“县宰”的“朱绂”和人民的鲜“血”这两种颜色相同而性质相反的事物联系起来，用“血染成”揭示二者的因果关系，就无比深刻地暴露了封建统治者与民为敌的反动本质。结句引满而发，不留余地，但仍然有余味。“县宰”未“加朱绂”之时，权势还不够大，腰杆还不够硬，却已经逼得“县民无口不冤声”；如今因屠杀冤民而立功，加了“朱绂”，尝到甜头，权势更大，腰杆更硬，他又将干些什么呢？试读诗人在《题所居村舍》里所说的“杀民将尽更邀勋”，便知这首诗的言外之意了。

【注释】

①胡城县：故城在今安徽阜阳县北。 ②县宰：县令。朱绂（fú）：系官印的红色丝带，然唐诗中多用以指绯衣。唐制五品服浅绯，四晶服深绯。 ③生灵：生民。

郑 谷（851？—910？）

字守愚，袁州宜春（今属江西）人。幼颖悟，七岁能诗。及冠，屡应进士举不第。广明元年（880）黄巢入长安，谷避乱入蜀。光启三年（887）登进士第。景福二年（893）授鄠县尉，摄京兆参军，迁右拾遗、右补阙。乾宁三年（896）昭宗幸华州，谷奔行在，转都官郎中，寓居华山云台道观，自编歌诗三卷，名《云台编》。天复三年（903）前后归宜春，与诗僧齐己唱和。齐己《早梅诗》有“前村深雪里，昨夜数枝开”之句，谷曰：“‘数枝’，非早也，未若‘一枝’佳。”齐己拜服，称为“一字师”。其诗擅长五七言律绝，多为咏物写景之作，清婉明畅，尤以《鹧鸪》诗出名，时称“郑鹧鸪”。《全唐诗》存诗四卷。自编《云台编》今存，今人傅义有《郑谷诗集编年校注》。

旅寓洛南村舍

村落清明近，秋千稚女夸①。
春阴妨柳絮，月黑见梨花。
白鸟窥鱼网②，青帘认酒家③。
幽栖虽自适，交友在京华④。

【题解】

洛南，指洛阳以南之地。此诗写清明节前洛南农村风景民俗，极真切生动；第二联尤体物精细，为人称道。春阴欲雨，空气湿润，柳絮便不能尽情飞跑，“春阴妨柳絮”的“妨”字下得好；白为全体反射之复色光，亮度特强，“梨花”乃纯白色，故“月黑”之夜，犹可看见，“月黑见梨花”的“见”字下得妙。周紫芝《竹坡诗话》云：“谷诗亦不可谓无好语。如‘春阴妨柳絮，月黑见梨花’，风味固似不浅。”李怀民《重订中晚唐诗主客图》云：“‘妨’字‘见’字皆造微，景与情并到”。从白色光强的角度写李花的名句有韩愈的“白花倒烛天夜明”、李商隐的“自明无月夜”等；郑谷的“月黑见梨花”，可与此并传。

【注释】

①“秋千”句：女子在清明节打秋千为戏是当时的习俗，杜甫《清明》诗所谓“万里秋千习俗同”即是。　②白鸟：指鹭鸶。鹭鸶吃鱼，所以窥伺渔网。　③青帘：青布幌子，是酒铺的市招。　④“幽栖”二句：住在农村里

虽然幽静闲适，可是许多朋友都在京城，很想念他们。

鹧 鸪

暖戏烟芜锦翼齐①，品流应得近山鸡②。
雨昏青草湖边过③，花落黄陵庙里啼④。
游子乍闻征袖湿⑤，佳人才唱翠眉低⑥。
相呼相应湘江阔⑦，苦竹丛深春日西⑧。

【题解】

当是落第南归时所作，情绪低沉，格调亦不高，然在当时却颇负盛名。《唐才子传》卷九《郑谷》条云："又尝赋《鹧鸪》，警绝，复称'郑鹧鸪'云。"颔联为传诵名句，范晞文《对床夜语》卷五云："郑谷鹧鸪诗云：'雨昏青草湖边过，花落黄陵庙里啼'，不用钩辀格磔等字，而鹧鸪之意自见，善咏物者也。"沈德潜《唐诗别裁集》卷一六云："咏物诗刻露不如神韵，三、四语胜于钩辀格磔也。诗家称'郑鹧鸪'以此。"

【注释】

①烟芜：浓绿如烟之野草。 ②山鸡：野鸡。 ③青草湖：古代五湖之一，南接湘水，北通洞庭，今统称洞庭湖。 ④黄陵庙：在湘潭县北四十里黄陵山上。 ⑤"游子"句：鹧鸪啼声，仿佛是"行不得也哥哥"，故游子闻声落泪。 ⑥"佳人"句：古有《山鹧鸪曲》，效鹧鸪之声，音调凄凉，故佳人唱此曲而低眉含愁。 ⑦相呼相应：《太平御览》卷九二四《鹧鸪》条："《岭表录异》曰：'多对啼。'"因鹧鸪双双相对而啼，故云"相呼相应"。 ⑧苦竹：笋之味苦者。李白《山鹧鸪》词："苦竹岭头秋月辉，苦竹南枝鹧鸪飞。"

雪中偶题

乱飘僧舍茶烟湿①，密洒歌楼酒力微②。
江上晚来堪画处，渔人披得一蓑归。

【题解】

宋人郭若虚《图画见闻志》卷五《雪诗图》引郑谷此诗全文，下云："时人多传诵之。段赞善善画，因采其诗意图写之。"郑谷《予尝有雪景一绝，为人所讽吟。段赞善小笔精微，忽为图画，以诗谢之》尾联云："爱予风雪句，幽绝写渔蓑。"可见此诗在当时传诵颇广，且有诗意画流传。柳永《望远行》词"乱飘僧舍，密洒歌楼，迤逦渐迷鸳瓦。好是渔人，披得一蓑归去，江上晚来堪画"；苏轼《谢人和前篇》"渔蓑句好真堪画"；可见此诗至北宋犹传诵不衰。

【注释】

①茶烟湿：茶烟遇雪而湿。　②酒力微：下雪天冷，吃酒亦难御寒。

淮上与友人别

扬子江头杨柳春①，杨花愁杀渡江人。
数声风笛离亭晚②，君向潇湘我向秦。

【题解】

从《诗经·小雅·采薇》以来，"杨柳"越来越成为诗歌中借以抒写离情别绪的典型景物。此诗通篇不离杨柳，别饶韵味。首句中的"扬子江头"点离别之地，"杨柳"是眼前景。"春"字既点离别之时，又为“杨柳”传神绘色。只提“杨柳”而不作具体描写，形象似乎不够鲜明；但把它和“扬子江头”联系起来和“春”联系起来，就会通过读者的生活经验唤起丰富的想象：千万缕嫩绿的柳丝随风摇曳，或拖在岸上，或漂在水里；千万朵雪白的杨花随风飘扬，或扑落江面，或飞向远方；而江南江北的阳春烟景，也会在你面前展现出迷人的图画。第二句的“渡江人”扣题目中的“与友人别”，“杨花”则紧承“杨柳春”而来。“杨柳春”三字兼包柳丝与杨花。诗人单拈“杨花”，只说它“愁杀渡江人”，就既可使读者想象到杨花之蒙蒙、漫漫，又可使读者联想到柳丝之依依、袅袅。要不然，怎么会“愁杀渡江人”呢？“愁”本是个抽象的概念，但在这里，“渡江人”的“愁”是被离别之时所见所感的客观景物引起的，所以它并不抽象。不是吗？两位亲密的朋友即将分手，依依的柳丝牵系着惜别的情感，四散的杨花撩乱着伤离的意绪。在这种场合用“愁杀”二字概括“渡江人”的心理活动，只会提高情景交融的艺术境界，而不会产生概念化的缺点。三、四两句撇开了“杨柳”，怎样和一、二两句联系起来呢？其实，那只是字面上撇开了“杨柳”，而在“数声风笛”里却再现了“杨柳”。古代有一种《折杨柳曲》，是用笛子吹奏的。北朝乐府民歌《折杨柳歌辞》云：“上马不捉鞭，反折杨柳枝；蹀坐吹长笛，愁杀行客儿。”可以使我们了解这种笛曲的情调。这种笛曲，唐代仍然普遍流行。李白《春夜洛城闻笛》所写的“谁家玉笛暗飞声，散入春风满洛城。此夜曲中闻折柳，何人不起故园情？”使我们对这种笛曲的情调有了更多的了解。和一、二两句联系起来看，第三句“数声风笛”所传来的，正就是撩动“故园情”“愁杀行客儿”的《折杨柳曲》。当两位朋友于柳丝依依、杨花蒙蒙中话别的时候，又飘来“数声风笛”，唤起了柳丝依依、杨花蒙蒙的听觉形象，与晃动在眼前的视觉形象融合为一，又会引起什么感触呢？

“离亭晚”中的“晚”字很重要。它既充分表现了惜别之情，又为下一句补景设色。两位朋友在“离亭”话别而不愿分别，直留连到天“晚”，终于不得不在暮霭沉沉、暮色苍茫中分手上路，各奔前程了。“君向潇湘我向秦”，茫茫别意，都从两个“向”字传出，令人黯然销魂。明清诗评家多认为此诗有盛唐风韵。沈德潜把它和被几个诗评家分别推为唐人七绝“压卷”的“秦时明月”“渭城朝雨”“黄河远上”“朝辞白帝”等并列（《说诗晬语》卷上），是当之无愧的。

【注释】

①扬子江：长江的一段。此处指长江。　②离亭：即长亭、短亭，古代驿站。

韩　偓（842—923？）

字致尧，一作致光，小名冬郎，自号玉山樵人，京兆万年（今陕西西安）人。十岁即能赋诗，其姨父李商隐《韩冬郎即席为诗相送，一座皆惊》诗称其“雏凤清于老凤声”。昭宗龙纪元年（889）进士及第。历任左拾遗、左谏议大夫、翰林学士、中书舍人、兵部侍郎等职。尝与宰相崔胤等定策诛宦官刘季述，深受昭宗信赖，屡欲拜相，固辞不就。天复三年（903），因不肯阿附朱温，被贬为濮州司马，再贬荣懿尉，徙邓州司马。天祐二年（905），复召为翰林学士，惧不赴任。翌年，举家入闽依王审知。后寓居南安而卒。生平事迹见《十国春秋》本传、《新唐书》本传、《唐诗纪事》《唐才子传》及近人震钧《韩承旨年谱》。韩偓生逢乱世，多忧国感事之诗，清人评其《韩内翰别集》云：“此集忠愤之气溢于句外，激昂慷慨，有变风变雅之遗。”（《四库全书简明目录》）其七律师法杜甫、李商隐而能得其神味。绝句轻妍婉约，托兴深远。另有《香奁集》，多写艳情，词致婉丽，后人遂称艳情诗为“香奁体”。有《玉山樵人集》（内附《香奁集》），《全唐诗》存诗四卷。

乱后春日途经野塘

世乱他乡见落梅，野塘晴暖独徘徊。
船冲水鸟飞还住，袖拂杨花去却来。
季重旧游多丧逝①，子山新赋极悲哀②。
眼看朝市成陵谷③，始信昆明是劫灰④。

【题解】

昭宗乾宁二年（895），邠宁节度使王行瑜、凤翔节度使李茂贞等引兵入京师，杀宰相韦昭度、李溪，长安大乱。昭宗逃入南山，转石门镇；士民数十万人逃出城，多中暑而死。韩偓亦逃出长安，次年春日作此诗。“眼看朝市成陵谷”，伤心惨目，语极沉痛。方回云：“引庾子山赋事，可谓极悲哀矣。”（《瀛奎律髓》卷三二）

【注释】

①“季重”句：吴质字季重，与魏太子曹丕及徐干、陈琳、应玚、刘桢等交厚。《三国志·魏书·王粲传》注引《魏略》云，“太子与质书曰：昔年疾疫，亲故多罹其灾，徐、陈、应、刘一时俱逝，痛何可言耶？追思昔游，犹在心目，而此诸子化为粪壤，可复道哉！”　②“子山”句：庾信字子山，出使西魏被扣留，作《哀江南赋》抒写国破家亡之悲，其《序》云：“不无危苦之辞，唯以悲哀为主。”　③“眼看”句：朝：朝廷。市：街市。陵：山。谷：沟。《诗经·小雅·十月之交》有“高岸为谷，深谷为陵”之句，后世因以“陵谷”喻世事变迁。　④“始信”句：《搜神记》卷一三云，“汉武帝

凿昆明池，极深，悉是灰墨，无复土，举朝不解，以问东方朔。朔曰：‘臣愚不足以知之，试问西域人。’至后汉明帝时，西域道人来洛阳，时有忆朔言者，乃试以武帝时灰墨问之，道人云：‘经云，天地将尽则劫烧，此劫烧之余也。”劫，梵语“劫波”的省称。佛家认为天地经过一段时间，便有劫火燃烧，万物悉化为灰，然后再从头开始，谓之“一劫”。

自沙县抵龙溪，值泉州军过后，村落皆空，因有一绝①

水自潺湲日自斜，尽无鸡犬有鸣鸦。
千村万落如寒食②，不见人烟空见花。

【题解】

此诗作于后梁开平四年（910）。首句用两个“自”字，慨叹只有“水”之“潺湲”、“日”之西“斜”能够“自”主，不受人事巨变的影响，反衬“村落皆空”。次句以“有”衬“无”。“鸡犬”乃人家所饲养，连“鸡犬”都被杀光，老百姓哪能幸存？乌“鸦”乃野禽，能在高空飞翔，因而尚有存者；但也由于觅食维艰，哀哀鸣叫。第三句以“千村万落”表现洗劫范围之广，以“如寒食”表现洗劫程度之惨。结句以“见”衬“不见”。“不见人烟”，与“无鸡犬”拍合；“空见花”，与“有鸣鸦”及“潺湲”之“水”、西“斜”之“日”拍合。合拢来，便是这样一幅图画：从人事方面看，“千村万落”，“无鸡犬”，“不见人烟”；从自然方面看，斜日西驰，流水潺湲，饥鸦哀鸣，残花寂寞。以自然衬人事，倍感荒凉，令人触目惊心，不忍卒读。从残唐军阀混战至五代纷争，杀戮之惨，世所罕见。这首诗以寥寥二十八字勾画出一幅缩影，具有深刻的认识意义。

【注释】

①沙县、龙溪、泉州：俱在今福建省境内。泉州军：指割据福建中部的藩镇武装。　②如寒食：像寒食节禁烟火那样不见炊烟。

项 籍（前232—前202）

字羽，一字子羽，下相（今江苏宿迁西南）人。秦末农民起义军领袖。秦二世元年（前209），从叔父项梁在吴（今江苏苏州）起义反秦，在巨鹿（今河北平乡县）一战中击溃秦军主力，扭转了起义局势，建立了卓越功勋。秦亡后，自立为西楚霸王，并大封诸侯王。在以后的五年中，他与汉刘邦争天下，刘邦屡为所败，但最后在垓下（在今安徽灵璧县东南）一战中全军覆灭，突围走乌江（今安徽和县东北），自杀。

垓 下 歌[①]

力拔山兮气盖世。时不利兮骓不逝[②]，
骓不逝兮可奈何？虞兮虞兮奈若何[③]！

【题解】

这是“霸王别姬”时唱的歌。《史记·项羽本纪》载：“项王军壁垓下，兵少食尽，汉军及诸侯兵围之数重。夜间汉军四面皆楚歌，项王乃大惊曰：‘汉皆已得楚乎？是何楚人之多也！’项王则夜起，饮帐中。有美人名虞，常幸从，骏马名骓，常骑之。于是项王乃悲歌慷慨，自为诗曰：……歌数阕，美人和之。项王泣数行下，左右皆泣，莫能仰视。”短短四句诗，既表现了以往所向无敌的战功与盖世的英雄气概，又表现了英雄末路的悲哀与不忍诀别虞姬的深情。情真意切，十分感人。沈德潜评云：“‘可奈何’‘奈若何’，呜咽缠

绵，从古英雄，必非无情者。”（《古诗源》）

【注释】

①垓下歌：见《史记·项羽本纪》和《汉书·项籍传》，《乐府诗集》收入《琴曲歌辞》，题为《力拔山操》。 ②骓：青白杂毛的马，为项籍所乘。逝：行走。不逝：此处言困在重围，不能突围出去。 ③虞：项籍宠姬名。若：你。奈若何：把你怎样安排。

刘 邦（前256或前247—前195）

即汉高祖，字季，沛县丰邑（今江苏丰县）人。与项羽共击秦，并约定“先入关者王之”。公元前206年，邦先破咸阳灭秦，项羽因之立为汉王。后复与项羽展开战争，于公元前202年垓下一战灭项羽，统一中国。开国后，在政治、经济上采取了许多进步的措施，建立了中央集权的国家，推动了历史向前发展。有《大风歌》和《鸿鹄歌》传世。

大 风 歌①

大风起兮云飞扬②，威加海内兮归故乡③，安得猛士兮守四方④！

【题解】

公元前176年秋，淮南王黥布叛，刘邦亲自率军东征，十月，黥布败绩，刘邦令别将追击，自己先返长安。路出家乡沛丰，置酒沛宫，邀集故人、父老、子弟宴饮，酒酣击筑作此歌，“慷慨伤怀，泣数行下”（《史记·高祖本纪》）。

第一句以“风”喻己、以“云”喻从臣，用比兴手法渲染，描状刘邦及其从臣乘时崛起、所向披靡的磅礴气势，第二句继之以“威加海内”，有水到渠成之妙。刘邦作此诗时，帮他打天下的韩信、彭越等功臣已被他诛杀，在破项羽于垓下的战斗中立下赫赫战功的黥布因韩、彭被诛而惧祸及己，举兵反叛，他在平叛中身中流矢，带着疮伤回到故乡。这时他已六十二岁，太子（后来的惠帝）懦弱无能，想反叛的功臣还大有人在。他因而“慷慨伤怀”，发出了“安得猛士兮守四方”的感叹。

这首诗，后人评价很高。朱熹云：“千载以来，人主之词，亦未有若是壮丽奇伟者也。呜呼，雄哉！”（《楚辞后语》）陈岩肖云：“不事华藻，而气概远大，真英主也。”（《庚溪诗话》）锺惺云：“妙在杂霸习气一毫不讳，便是真帝王、真英雄。”（《古诗归》）

【注释】

①大风歌：见《史记·高帝本纪》和《汉书·高帝纪》，汉人称为《三侯之章》，《艺文类聚》始称《大风歌》，《乐府诗集》收入《琴曲歌辞》，题为《大风起》。 ②兮：语助词，无实义，犹今口语中之“啊”字。 ③加：凌驾。海内：四海之内，犹言天下。古人以天下为一大块陆地，四面环海。 ④安得：怎样得到。

刘　彻（前156—前87）

即西汉武帝。景帝中子，在位五十四年。他继承景帝的政策，对内在政治上、经济上实行一些重要的改革措施，完成了真正的国家统一；对外则北击匈奴，西通西域，南服滇、黔、粤、桂，声威远播，使汉朝的文治武功都达到了前所未有的高度，是一位有雄才大略的君主。他设立乐府，使之掌管宫廷音乐，并仿效古代的采诗制度，采集民间歌谣和乐曲加以演唱，这对乐府诗的发展起了一定的推动作用。能诗，有《瓠子歌》二首，《秋风辞》《西极天马歌》《李夫人歌》《落叶哀蝉曲》《柏梁诗》各一首。亦能赋，有《悼李夫人赋》。

秋 风 辞①

秋风起兮白云飞，草木黄落兮雁南归。
兰有秀兮菊有芳②，怀佳人兮不能忘③。
泛楼船兮济汾河④，横中流兮扬素波⑤。
箫鼓鸣兮发棹歌⑥，欢乐极兮哀情多⑦。
少壮几时兮奈老何！

【题解】

据《汉武帝故事》载：汉武帝巡幸河东，祭祀后土（土神），横渡汾河，在舟中与群臣宴饮，顾视帝京，欣然而作此诗。首二句写秋景如画，三、四句以兰、菊起兴，融悲秋与怀人为一。以下各句写舟中宴饮，乐极生哀，而以人生易老的慨叹作结。全诗比兴并用、情景交融，是我国文学史上“悲秋”的名作。胡应麟评为“帝王诗歌之美者，非当时臣下所及”（《诗薮·外编》卷一）。鲁迅也有“缠绵流丽，虽词人不能过也”的评论（《汉文学史纲要》）。

【注释】

①秋风辞：载《汉武帝故事》。 ②秀：植物开的花，这里比佳人颜色。芳：香气，比佳人香气。“兰有秀”与“菊有芳”，互文见义，意为兰和菊均有秀、有芳。 ③佳人：这里指想求得的贤才。 ④泛：浮。楼船：有楼的大船。泛楼船：即乘楼船。济：横渡。汾河：源出山西省宁武县管涔山，

西南流纵贯全省于河津市流入黄河。 ⑤中流：中央。扬素波：激起白色浪花。 ⑥棹（zhào）歌：划船时唱的歌。棹，船桨。 ⑦极：顶点。

张 衡（78—139）

字平子，南阳西鄂（今河南省南阳市北）人，历任南阳主簿、太史令、侍中、河间王相，后征拜尚书，卒年六十二。他是伟大的科学家，创造世界上最早的用水力推动的浑天仪和测定地震方位的候风地动仪。著有《灵宪》和《浑天仪注》，是天文学的重要文献。他也是文学家，大赋《二京赋》，是模仿班固《两京赋》之作；小赋《归田赋》，对后世抒情骈赋的发展较有影响。诗歌传者有四言诗《怨篇》、五言诗《同声歌》和七言诗《四愁诗》。原有集，已佚，明人辑有《张河间集》。

四 愁 诗

我所思兮在太山[①]，欲往从之梁父艰[②]，
侧身东望涕沾翰[③]。美人赠我金错刀[④]，
何以报之英琼瑶[⑤]。路远莫致倚逍遥[⑥]，
何为怀忧心烦劳？

我所思兮在桂林[⑦]，欲往从之湘水深[⑧]，
侧身南望涕沾襟。美人赠我琴琅玕[⑨]，
何以报之双玉盘。路远莫致倚惆怅，
何为怀忧心烦伤？

我所思兮在汉阳[⑩]，欲往从之陇阪长[⑪]，
侧身西望涕沾裳。美人赠我貂襜褕[⑫]，
何以报之明月珠。路远莫致倚踟蹰[⑬]，
何为怀忧心烦纡[⑭]？

我所思兮在雁门[⑮]，欲往从之雪纷纷，
侧身北望涕沾巾。美人赠我锦绣段[⑯]，
何以报之青玉案[⑰]。路远莫致倚增叹[⑱]，
何为怀忧心烦惋[⑲]？

【题解】

本诗初见于《文选》，分四章，写怀人的愁思。前有短序，大意是说张衡做河间王相时，感到天下渐弊，郁郁不得志，于是，效屈原以美人为君子，以珍宝为仁义，以水深雪雰为小人。“思以道术相报，贻于时君，而惧谗邪不得通”。但据近人考订，《四愁诗》序文是后人编辑张衡诗文集时增损有关史料写成的，非其亲作，所以分析本诗时只可作为参考。全诗借抒写怀人的愁思，用比兴的手法，以寄托伤时忧世之情，显然受了屈原《离骚》的影响；用重章叠句、反复咏叹的格调以突出主题，加强抒情气氛，又显然受到《诗经》民歌的启发。各章采用上四下三的七字句式，尽管有些句子中加“兮”字，但仍可视为七言诗雏形，对我国七言诗的形成有重要作用。

【注释】

①太山：即泰山，在今山东省泰安县北。 ②从之：跟随他。梁父：又作梁甫，泰山南面的一座小山。 ③翰：衣襟。 ④错：镀金。金错刀，用黄金镀过刀环或刀把的佩刀。 ⑤英：瑛的假借字，指玉的光辉。琼瑶：琼和瑶，皆美玉。 ⑥莫致：无法送达。倚：通“猗”，犹今“啊”字，语助

词，无意义。下仿此。逍遥：彷徨不安。 ⑦桂林：秦代郡名，治所在今广西桂平市西南。 ⑧湘水：源出广西灵川县东海洋山，东北流入湖南省境，至岳阳市入洞庭湖。 ⑨琴琅玕：琴上用琅玕装饰。琅歼，似玉的美石。 ⑩汉阳：东汉明帝时改天水郡为汉阳郡，治所在冀县，在今甘肃甘谷县南。 ⑪陇阪：即陇山，在今陕西陇县西北。 ⑫襜褕（chānyú）：直襟，代指直襟的衣服。 ⑬踟蹰：徘徊不进。 ⑭烦纡：烦闷。 ⑮雁门：在今山西代县西北。 ⑯锦绣段：成段的锦绣。 ⑰青玉案：放食器的小几，有如今日有小脚的托盘。一说，案，古“椀（碗）”字。 ⑱增叹：一再叹息。 ⑲惋：惆怅。

赵 壹（生卒年不详）

字元叔，汉阳西县（今甘肃天水市西南）人。灵帝光和元年（178）为郡吏，上计洛阳，司徒袁逢、河南尹羊陟为之延誉，名动京师。旋西归，公府十征皆不就。恃才傲物，曾几度遭诬陷濒于死，赖友人拯救得免，因作《刺世疾邪赋》。此外尚有《穷鸟赋》《疾邪诗》等。原有集二卷，已佚。

疾邪诗二首

一

河清不可俟，人命不可延①。
顺风激靡草，富贵者称贤②。
文籍虽满腹③，不如一囊钱④。
伊优北堂上⑤，抗脏依门边⑥。

二

势家多所宜，欬唾自成珠⑦。
被褐怀金玉，兰蕙化为刍⑧。
贤者虽独悟，所困在群愚⑨。
且各守尔分⑩，勿复空驰驱⑪。
哀哉复哀哉，此是命矣夫！

【题解】

赵壹《刺世疾邪赋》揭露了东汉政治黑暗的许多方面，诸如门阀擅权，外戚、宦官当政，贿赂公行，谄媚成风，卖官鬻爵，用人唯亲，贤人受压等，具有高度的真实性。这两首诗是赋的结尾部分，前一首托为秦客“为诗”，后一首托为鲁生“作歌”，意在概括全赋主旨，相当于前此辞赋结尾的“乱曰”“讯曰”。此后的许多赋，如鲍照的《芜城赋》、江淹的《恨赋》等，都仿效《刺世疾邪赋》的形式，以诗结尾。庾信的《春赋》，更在赋中杂以五七言诗句，使赋体趋于诗化。

【注释】

①河：黄河。河清：语出《左传·襄公八年》：“俟河之清，人寿几何？”古人认为黄河一千年清一次，是将出现清明政治的征兆。俟：等待。首二句谓人的寿命短暂，无法等到乱世澄清之日。 ②激：猛吹。靡草：柔弱的草。二句谓顺风猛吹柔弱的草，它便随风朝一边倒下，富贵的人，便被众人抬举为贤良的人。 ③文籍：文章书籍。 ④囊：袋。 ⑤伊优：卑躬屈节的样子，此指逢迎谄媚的人。北堂：官厅。 ⑥抗脏：高亢刚直的样子。二句谓谄媚的人被人亲近，刚直的人受到排斥。 ⑦势家：有权势的人家。多所宜：无所不宜。二句说有权势的人家干什么都有理，连咳嗽的唾沫都被视为珍

珠。 ⑧被：披。褐：粗布衣，指穷人。兰蕙：两种香草。刍：饲草。二句说穷人虽有美好的才德，亦不被人重视，就像兰蕙被视为刍草。 ⑨独悟：犹独醒。《楚辞·渔父》："众人皆醉我独醒"。二句谓贤者虽有远见卓识，但被愚昧的人群包围，仍不得不受困。 ⑩尔分：你的本分。尔：你，指贤者。 ⑪空驰驱：白白奔走。

蔡 琰（生卒年不详）

字文姬，又字昭姬，陈留圉（今河南杞县西南）人。汉末女诗人，著名学者蔡邕之女。博学多才，通音律。初嫁卫仲道，夫亡，归母家。董卓之乱，蔡琰为卓部下所掳，辗转流入南匈奴，适南匈奴左贤王。居十二年，生二子。曹操与蔡邕交谊甚厚，以金璧赎归，再嫁董祀。今传《悲愤诗》五言、骚体各一首。另有《胡笳十八拍》一篇，多数研究者疑为后人伪托。

悲 愤 诗

汉季失权柄①，董卓乱天常②。
志欲图篡弑③，先害诸贤良④。
逼迫迁旧邦⑤，拥主以自强。
海内兴义师⑥，欲共讨不祥⑦。
卓众来东下，金甲耀日光。
平土人脆弱⑧，来兵皆胡羌⑨。
猎野围城邑⑩，所向悉破亡。
斩截无孑遗⑪，尸骸相撑拒⑫。

马边悬男头，马后载妇女。
长驱西入关[13]，迥路险且阻[14]。
还顾邈冥冥，肝脾为烂腐。
所略有万计[15]，不得令屯聚[16]。
或有骨肉俱，欲言不敢语。
失意几微间[17]，辄言“毙降虏。
要当以亭刃[18]，我曹不活汝[19]”。
岂敢惜性命，不堪其詈骂。
或便加棰杖，毒痛参并下[20]。
旦则号泣行，夜则悲吟坐，
欲死不能得，欲生无一可。
彼苍者何辜[21]？乃遭此厄祸！
边荒与华异[22]，人俗少义理。
处所多霜雪，胡风春夏起。
翩翩吹我衣，肃肃入我耳[23]。
感时念父母，哀叹无穷已。
有客从外来，闻之常欢喜。
迎问其消息，辄复非乡里。
邂逅徼时愿[24]，骨肉来迎己。
己得自解免，当复弃儿子。
天属缀人心[25]，念别无会期。
存亡永乖隔[26]，不忍与之辞。
儿前抱我颈，问母“欲何之？
人言母当去，岂复有还时！
阿母常仁恻[27]，今何更不慈？
我尚未成人，奈何不顾思！”
见此崩五内[28]，恍惚生狂痴。

号泣手抚摩，当发复回疑[29]。
兼有同时辈[30]，相送告离别。
慕我独得归，哀叫声摧裂。
马为立踟蹰，车为不转辙。
观者皆歔欷，行路亦呜咽。
去去割情恋，遄征日遐迈[31]。
悠悠三千里，何时复交会？
念我出腹子，胸臆为摧败。
既至家人尽，又复无中外[32]。
城郭为山林，庭宇生荆艾。
白骨不知谁，纵横莫覆盖[33]。
出门无人声，豺狼号且吠。
茕茕对孤景[34]，怛咤糜肝肺[35]。
登高远眺望，魂神忽飞逝。
奄若寿命尽[36]，旁人相宽大[37]，
为复强视息[38]，虽生何聊赖[39]？
托命于新人[40]，竭心自勖厉[41]。
流离成鄙贱，常恐复捐废[42]。
人生几何时，怀忧终年岁[43]。

【题解】

这首《悲愤诗》，载于《后汉书·董祀妻传》，是我国诗史上第一首文人创作的自传体长篇叙事诗。共108句，540字。真实、沉痛地自叙十多年的悲惨遭遇，也写出了被掠者的血泪，是汉末社会动乱和人民苦难的实录，具有史诗规模和悲剧色彩。中间写母别子的惨痛场景以及回乡后怀念弃子，“登高远眺望，魂神忽飞逝”的情态，尤令人不忍卒读。由于其事甚惨，而出于切身经历，故自叙其事，字字带

血，句句含泪，既是真实感极强的叙事诗，又是动人心魄的抒情诗。之所以能动人心魄，“由情真，亦由情深也”（沈德潜《古诗源》）。

《悲愤诗》上承《十五从军征》《孤儿行》等汉乐府叙事诗，下启杜甫的《北征》及《咏怀五百字》，与《焦仲卿妻》堪称建安时期叙事诗的双璧。

【注释】

①汉季：汉末。失权柄：指皇帝失去统治力量。　②董卓：大军阀。灵帝时，皇权被外戚、宦官争相把持。宦官杀何进。董卓领兵入京杀宦官，废少帝，旋杀之，毒死何太后，立献帝。袁绍等起兵讨卓，卓遂烧洛阳，挟持献帝西迁长安。天常：天之常理。此指正常的封建关系。　③图篡弑：计划夺位杀君。臣杀君曰弑。　④诸贤良：指反对董卓挟持献帝西迁长安而被杀害的周珌、伍琼等。　⑤旧邦：长安是西汉首都，所以说旧邦。　⑥兴义师：指以袁绍为盟主起来讨董卓的各路兵马。　⑦不祥：不善。指董卓。　⑧平土：平原。　⑨胡羌：指董卓部队中杂有胡、羌等少数民族。　⑩猎野：指在郊外杀戮掠夺。　⑪孑（jié）：独。无孑遗：一个也不留。　⑫相撑拒：互相支撑着。　⑬关：指函谷关。　⑭迥路：遥远的路。　⑮略：掳掠。　⑯令屯聚：使聚集在一块儿。　⑰失意几微间：谓做事稍稍不合他们的心意。⑱亭：通“停”。亭刃：刀加在身上，即杀害之意。　⑲我曹：我们。匪军自指。不活汝：不叫你活。汝，指俘虏的老百姓。　⑳参：兼。参并下：交并下，一齐到来。　㉑苍：苍天。彼苍者：呼天。辜：罪。　㉒边荒：边远地区。这里指蔡琰在南匈奴所居的地方。华：中华。　㉓肃肃：风声。㉔邂逅：不期而遇，意外地。徼时愿：侥幸实现平时的愿望。　㉕天属：天然的亲属。这里指母子关系。缀：联系。　㉖乖隔：分隔。　㉗仁恻：仁爱慈悲。　㉘五内：五脏。　㉙复回疑：又迟疑不决。　㉚同时辈：谓同时被掳去的人。　㉛遄（chuán）征：疾行。日遐迈：一天一天地离得远了。　㉜中外：“中”指舅父的子女。“外”是姑母的子女，统称中表亲戚。　㉝莫覆

盖：没有掩埋。㉞茕茕：孤独。景：即“影”。㉟怛咤（dázhà）：悲痛地惊叫。糜：烂。㊱奄若：忽然的样子。㊲相宽大：相与劝解。㊳强视息：勉强睁开眼喘出气来。㊴何聊赖：有什么乐趣。㊵托命新人：指再嫁董祀。㊶勖（xù）厉：勉励。㊷复捐废：再被遗弃。㊸终年岁：直到死亡。

汉乐府

上　邪

上邪①！我欲与君相知，
长命无绝衰②。山无棱，
江水为竭，冬雷震震，
夏雨雪，天地合，乃敢与君绝！③

【题解】

《上邪》以呼喊老天爷开始，全是女子对情人表示坚贞不渝的爱情誓言。先正面表明心迹，然后列举根本不可能出现的五件事，从反面说明根本不可能“与君绝”。清人张玉谷云：“首三正说，言意已尽；后五反面竭力申说，如此然后敢绝，是终不可绝也。迭用五事，两就地维说，两就天时说，直说到天地混合，一气赶落，不见堆垛，局奇笔横。”（《古诗赏析》卷五）解释得很中肯。

【注释】

①上：天。邪：同“耶”。上邪：犹言“天哪”。②“我欲”二句：

谓我愿与你相爱，永远使我们的爱情不断绝和衰退。相知：相爱。命：令，使。 ③“山无”六句：谓除非高山变平地，江水流干，冬天雷声震震，夏天下雪，天地合并，不可能有的事都发生了，我才会和你断绝。棱：山峰。竭：干涸。震震：雷鸣声。雨（yù）：降。天地合：天地合并为一。乃敢：才敢。

江　南

江南可采莲，莲叶何田田[1]。鱼戏莲叶间。
鱼戏莲叶东，鱼戏莲叶西，鱼戏莲叶南，鱼戏莲叶北。

【题解】

《江南》，这首民歌最早见于《宋书·乐志》，《乐府诗集》收入《相和歌辞·相和曲》。《乐府解题》云：“《江南》，古辞，盖美芳晨丽景，嬉游得时也”。是一首描写江南劳动人民采莲时欢乐心情的民歌。这种心情，是通过描绘水上生意盎然的莲叶和水下自由嬉游的鱼儿透露出来的。这首歌，分“唱”“和”两个部分。前三句，是采莲人“唱”的；后四句，紧接“唱”，群起而“和”之，一派欢乐景象。

【注释】

①何：何等，多么。田田：莲叶浮水，片片碧绿。

陌　上　桑

日出东南隅[1]，照我秦氏楼。秦氏有好女[2]，
自名为罗敷[3]。罗敷喜蚕桑[4]，采桑城南隅。青丝

为笼系[5]，桂枝为笼钩[6]。头上倭堕髻[7]，耳中明月珠[8]。缃绮为下群[9]，紫绮为上襦[10]。行者见罗敷，下担捋髭须[11]。少年见罗敷，脱帽著帩头[12]。耕者忘其犁，锄者忘其锄，来归相怨怒，但坐观罗敷[13]。使君从南来[14]，五马立踟蹰[15]。使君遣吏往，问是谁家姝[16]？“秦氏有好女，自名为罗敷。”“罗敷年几何？”“二十尚不足，十五颇有余。”使君谢罗敷[17]，“宁可共载不[18]？”罗敷前置辞[19]：“使君一何愚[20]！使君自有妇，罗敷自有夫。东方千余骑，夫婿居上头[21]。何用识夫婿[22]？白马从骊驹[23]，青丝系马尾，黄金络马头[24]；腰中鹿卢剑[25]，可值千万余。十五府小吏，二十朝大夫，三十侍中郎，四十专城居[26]。为人洁白皙[27]，鬑鬑有须[28]。盈盈公府步，冉冉府中趋[29]。坐中数千人，皆言夫婿殊[30]。”

【题解】

《陌上桑》，一名《艳歌罗敷行》，最早见于《宋书·乐志》，属汉乐府《相和歌》古辞。共分三解。“解”是乐府诗的段落，相当于“章”。第一解先从日照秦楼的美好环境引出“好女”罗敷，然后从她所携劳动工具的华美，从她首饰、服装的高贵等方面渲染罗敷的美丽。以下各句，是著名的善用侧面烘托的例子：“行者”“少年”“耕者”“锄者”都被罗敷的美貌惊得忘乎所以，那么，罗敷多美，便可以想见了。第二解写罗敷与“使君”的斗争，表现了“使君”的卑污、愚蠢，赞美了罗敷的高尚品德。第三解十八句写罗敷夸婿，面对“使君”，先夸夫婿之贵，次夸官职之高，三夸容貌之美，最后以众人争夸作结。夸夫君便是羞“使君”。“使君”不等听完，大约已败兴而返了。第一解用侧面烘托手法赞罗敷，第三解用夸张、虚构手法夸夫婿，都写得异常幽默而生动，而罗敷美丽、纯洁、聪明、机智的形象也浮现于读者面前，与使君的愚蠢、丑恶形成鲜明的对照。

【注释】

①隅：方。春天日出稍偏南，即东南方。 ②好女：美女。 ③自名：本名。一说“自道姓名”。 ④蚕桑：名词动用，是养蚕采桑的意思。 ⑤“青丝”句：谓用青丝绳做篮子的提绳。笼：篮子。 ⑥笼钩：篮子上的提柄。 ⑦倭堕髻：即堕马髻。其髻偏于一侧，作欲堕之状，故名。东汉时流行的一种发式。 ⑧明月珠：《后汉书·西域传》说，大秦国（古罗马）产明月珠。 ⑨缃绮：浅黄色的丝织品。群：同“裙”。 ⑩襦（rú）：短袄。 ⑪捋（lǚ）：用手顺着抚摩。髭：口上面的胡子。须：颊颔下面的胡子。 ⑫著：显露。帩（qiào）头：同“绡头”，古人束发用的纱巾。这句连上句谓：少年们看见美丽的罗敷，忘了形，将帽子脱下拿在手中，头上露出绡头。 ⑬来归：回家。但：只是。坐：由于，因为。以上四句说：耕者、锄者忘了时间和工作，回家后彼此抱怨，只是由于贪看罗敷的缘故。 ⑭使君：东汉人对太守、刺史的称呼。 ⑮五马：闻人倓《古诗笺》说，汉制“太守驷马而已，其有加秩中二千石，乃右骖（即右边再加一骖马）。故以‘五马’为太守美称。”踟蹰：徘徊不前貌。 ⑯姝：美女。 ⑰谢：问。 ⑱宁可：犹言“情愿”。《说文》徐锴注云：“今人言宁可如此，是愿如此也。” ⑲前：上前。置辞，同“致辞”，即“答话”。 ⑳一何：多么、何等。一，语助词。 ㉑上头：行列的前面。 ㉒何用：凭什么。 ㉓“白马”句：谓骑白马的便是我的丈夫，后面跟随着一些骑小黑马的随从。从：跟随。骊：深黑色的马。驹：两岁的马。 ㉔“黄金”句：谓用金丝绳结为羁辔套在马头上。络：以绳相套。 ㉕鹿卢：同“辘轳”，乃缠井绳的绞盘。古人将剑柄端作辘轳形，镶嵌以玉，称辘轳宝剑。 ㉖“十五”四句：是罗敷夸其夫官运亨通，步

步高升。府小吏：太守府中卑微的小官吏。朝大夫：任朝廷大夫。侍中郎：出入宫廷的侍卫官。专城居：专主一城的大员，如太守之类。专，独占。 ㉗为人：长相。洁白皙：皮肤白净。 ㉘鬑（lián）鬑：胡须稀疏而长。 ㉙“盈盈”二句：谓（丈夫）在官府中不管是慢步还是快步都显出从容不迫的气派。盈盈、冉冉，都形容行动从容不迫。步：慢步。趋：快步。 ㉚殊：人才出众。

饮马长城窟行

青青河边草，绵绵思远道①。
远道不可思②，宿昔梦见之③。
梦见在我傍，忽觉在他乡④。
他乡各异县⑤，展转不可见⑥。
枯桑知天风，海水知天寒⑦。
入门各自媚，谁肯相为言⑧！
客从远方来，遗我双鲤鱼⑨。
呼儿烹鲤鱼，中有尺素书，
长跪读素书⑩，书中竟何如⑪？
上言加餐饭，下言长相忆⑫。

【题解】

《饮马长城窟行》又名《饮马行》，乃汉乐府古辞。前段写一位闺妇因丈夫久出不归而无限思念，形诸梦寐。后段写丈夫忽然来信，但信中只有劝慰之辞，并未说明他何时归来，其始而欢喜、继而惆怅的心情，不难想象。沈德潜评云：“缠绵宛转，篇法极妙。前面一路换韵，联折而下，节拍甚急。‘枯桑’二句，忽用排偶承接，急者缓之，最是古人神妙处。”（《古诗源》）

【注释】

①“青青”二句：以歌咏河边青草起兴，引发出怀念远方亲人的情思。绵绵：连绵不断之意，这里语义双关，既指芳草绵延天涯不断，兼指怀念远方亲人的情思不断。远道：远方。 ②不可思：是无可奈何的反语。意谓想也是白想，反正亲人他在远方。 ③宿昔：同“夙昔”，昨夜。《广雅》：“昔，夜也。” ④忽觉：忽然醒来。 ⑤各异县：各自一方，互相远离。异县，异地。 ⑥展转：同“辗转”。这里形容思妇醒后，在床上翻来覆去，难以入睡的情景。 ⑦“枯桑”二句：是犹枯桑，尚知天在刮风，海水不结冰，还会感到天寒。 ⑧“入门”二句：谓别人回到家里，都只顾与自己家里人相亲相爱，有谁肯来安慰我呢？媚：爱。言：问讯。 ⑨双鲤鱼：指信。古人将信用两块木板夹着，木板上刻有双鲤鱼图案，故称信为双鲤鱼。 ⑩长跪：古人常是席地而坐，两膝着地，臀部落在脚跟上。“长跪”就是臀部离开脚跟而将腰身挺直，以表示敬重。 ⑪竟何如：究竟说什么。 ⑫“上言”二句：上下，指前后。谓前边劝妻子多吃些饭，后面说他自己长久地想念妻子。

十五从军征

十五从军征，八十始得归。
道逢乡里人①：“家中有阿谁②？”
“遥看是君家，松柏冢累累③。”
兔从狗窦入④，雉从梁上飞⑤，
中庭生旅谷⑥，井上生旅葵⑦。
舂谷持作饭⑧，采葵持作羹⑨。
羹饭一时熟，不知贻阿谁⑩。
出门东向看，泪落沾我衣。

【题解】

自述遭遇，极凄凉，极惨痛，是对不合理的兵役制度的血泪控诉。

【注释】

①乡里人：家乡人。 ②阿谁：谁。“阿”，发语词，无义。 ③冢：高坟。累累：一个接一个。 ④狗窦：狗出入的洞。 ⑤雉：野鸡。梁：屋脊。 ⑥中庭：院子。旅谷：野生的谷。 ⑦葵：一名“冬葵菜”，其嫩叶可吃。 ⑧舂：用石臼捣米。 ⑨羹：汤。 ⑩贻：送给。

古诗十九首（选五）

行行重行行

行行重行行①，与君生别离②。
相去万余里，各在天一涯③。
道路阻且长④，会面安可知？
胡马依北风，越鸟巢南枝⑤。
相去日已远⑥，衣带日已缓⑦。
浮云蔽白日，游子不顾返。
思君令人老，岁月忽已晚。
弃捐勿复道⑧，努力加餐饭⑨。

【题解】

梁朝萧统《文选》卷二九杂诗类所收最早的五言古诗，总题为《古诗十九首》。这十九首诗，都是文人的作品，大约作于东汉末年，是建安诗的前驱。其作者、题目，俱已失传，今以每首第一句为题。

《行行重行行》是乱离时代的恨别伤离之歌。全诗以淳朴清新的语言、复沓咏叹的形式，形象恰切的比喻，抒写女主人公对于离家远行的丈夫的刻骨相思，“情真、景真、事真、意真”（陈绎《诗谱》），真可谓“惊心动魄”“一字千金”（锺嵘《诗品》卷上）。

【注释】

①行行：犹说“走啊，走啊”。重：又。 ②生别离：活生生的分别。 ③一涯：一方。 ④阻：艰险。 ⑤“胡马”二句：是当时常用的比喻，意谓鸟兽尚知恋故乡，何况人。胡马：北方所产的马。越鸟：南方所产的鸟。 ⑥日已远：一天比一天远。 ⑦“衣带”句：谓因相思而变得一天比一天消瘦，致使衣带宽松。 ⑧弃捐：犹“抛弃”。 ⑨“努力”句：只希望你在外努力加餐，以保重身体。

青青河畔草

青青河畔草，郁郁园中柳①。
盈盈楼上女②，皎皎当窗牖③。
娥娥红粉妆④，纤纤出素手⑤。
昔为倡家女⑥，今为荡子妇⑦。
荡子行不归，空床难独守。

【题解】

前六句连用六个叠词，由春光的明丽写到思妇的美艳，反跌结尾的“空床难独守”。汉代的“倡家女”是以歌唱为职业的艺人，即歌伎。诗中的女主人公曾以歌舞娱人消磨了青春，嫁人是为了能过正常人的美好生活，不料又嫁了“荡子”！“昔为倡家女，今为荡子妇”的不幸遭遇及其生动的艺术表现，构成了这首诗的永恒魅力，至今读之，犹动人心魄。

【注释】

①郁郁：浓密茂盛貌。 ②盈盈：仪态娇美貌。 ③皎皎：白皙洁净。牖（yǒu）：窗。 ④娥娥：美好。 ⑤纤纤：细。素手：白嫩的手。 ⑥倡：以歌舞为职业的女演员。 ⑦荡子：指在外长期漫游、不思归家的人，与不务正业的浪荡子弟不同。

涉江采笑蓉

涉江采芙蓉①，兰泽多芳草②。
采之欲遗谁？所思在远道③。
还顾望旧乡④，长路漫浩浩⑤。
同心而离居⑥，忧伤以终老。

【题解】

比兴并用，步步深入，写“同心而离居”的“忧伤”，真切感人。

【注释】

①芙蓉：即荷花。 ②兰泽：长有兰草的沼泽。 ③远道：远方。 ④还顾：回头看。旧乡：故乡。 ⑤漫浩浩：漫，犹“漫漫”。漫漫浩浩，形容归路的遥远和无尽头。 ⑥同心：指夫妇之间情投意合。

迢迢牵牛星

迢迢牵牛星①，皎皎河汉女②。
纤纤擢素手③，札札弄机杼④。

终日不成章[⑤]，泣涕零如雨[⑥]。
河汉清且浅，相去复几许[⑦]？
盈盈一水间[⑧]，脉脉不得语[⑨]。

【题解】

“相去万余里，各在天一涯”，固可悲；“盈盈一水间，脉脉不得语”尤可哀。通篇写牛、女分居之苦；而仰视碧天，注目银汉的怨女形象，亦浮现纸上。叠字的运用，与《青青河畔草》争胜。清人张庚《古诗十九首解》云：“‘青青’章双叠字六句，连用在前；此章双叠字亦六句，却有二句在结处，遂彼此各成一奇局。”

【注释】

①迢迢：远貌。牵牛星：在银河南，是天鹰星座的主星，俗称“牛郎星”。 ②河汉：银河。河汉女：指织女星，在银河北，是天琴座主星。它和牛郎星相对。 ③擢（zhuó）：伸出。 ④札札：织布机声。杼（zhù）：梭子。 ⑤章：指布帛的经纬纹理。不成章：指织女无心织布。 ⑥零：落。 ⑦相去：犹言“相距”。几许：犹言“几何”。 ⑧盈盈：形容水清。 ⑨脉脉：同“眽眽”，含情相视貌。

明月何皎皎

明月何皎皎，照我罗床帏[①]。
忧愁不能寐[②]，揽衣起徘徊[③]。
客行虽云乐，不如早旋归[④]。
出户独彷徨，愁思当告谁？
引领还入房[⑤]，泪下沾裳衣[⑥]。

【题解】

此诗所写，历来有游子思归与闺中望夫两说，细玩诗意，当以前说为是。全诗重心，在“客行虽云乐，不如早旋归”两句。饶学斌《月午楼古诗十九首详解》云：“‘客行’二句，妙在用‘虽’字着力一翻，谓客行即使甚乐，尚不如早旋归，而况我之不乐实甚乎？”全篇诗，都围绕不乐、思归层层叙写，如清人张庚《古诗十九首解》所说：“因‘忧愁’而‘不寐’，因‘不寐’而‘起’，因‘起’而‘徘徊’，因‘徘徊’而‘出户’，因‘出户’而‘彷徨’，因‘彷徨’无告而仍‘入房’，十句中层次井井，而一节紧一节，直有千回百折之势，百读不厌。”

【注释】

①罗床帏：用绫罗做的床帐。 ②寐：入睡。 ③揽衣：披衣。 ④旋归：回归。旋，转。 ⑤引领：伸长颈项。这里是“抬头仰望”的意思。 ⑥裳衣：一作“衣裳”。

曹 操（155—220）

即魏武帝，字孟德，小名阿瞒，沛国谯州（今安徽亳州）人。东汉末年举孝廉，任洛阳北部尉、顿丘令，后拜骑都尉。献帝初，起兵讨董卓。初平三年（192），参加镇压黄巾起义军，建立了“青州兵”。建安元年（196），迎献帝都许（今河南许昌东），“挟天子以令诸侯”，由是坐大，打败了其他地方割据势力，统一北方，与蜀、吴三国相鼎立。他崇尚刑名，用人唯才，抑制豪强、兴修水利、发展农业生产，对当时中原的经济发展起了促进作用。诗现存二十余首，继承汉代乐府民歌传统，反映当时社会动乱，慷慨悲壮，开创了建安诗坛新局面。文章也一变东汉以来的典雅繁缛，出之以“清峻通侻”。被鲁迅誉为“改造文章的祖师”。有辑本《曹操集》和黄节的《魏武帝诗注》。

步出夏门行（选二章）①

观 沧 海

东临碣石②，以观沧海。
水何澹澹③，山岛竦峙④。
树木丛生，百草丰茂。
秋风萧瑟⑤，洪波涌起。
日月之行，若出其中；
星汉灿烂⑥，若出其里。
幸甚至哉，歌以咏志⑦。

【题解】

《步出夏门行》，属汉乐府《相和歌·瑟调曲》。曹操用旧题写新诗，共四章，前有“艳”（序歌），《观沧海》是第一章。建安十二年（207）曹操出征乌桓，七月出卢龙塞，八月大破乌桓于柳城（今辽宁省兴城县西南）。九月胜利回师，途中东临碣石，作此诗。诗以“以观沧海”领起，写海岛景物及大海气势极壮阔。“日月之行，若出其中；星汉灿烂，若出其里”数句，融入作者的想象和夸张，有“吞吐宇宙气象”（沈德潜《古诗源》）。

【注释】

①《步出夏门行》，一名《陇西行》。 ②临：登临。碣石：指今河北

省昌黎县的碣石山。 ③澹澹：水波摇荡貌。 ④竦：同“耸”。竦峙：高耸挺拔。 ⑤萧瑟：秋风声。 ⑥星汉：银河。灿烂：光泽耀眼。 ⑦幸：幸运。至：极。志：思想感情。二句是乐工合乐时加上去的，非作者所写。

龟虽寿

神龟虽寿①，犹有竟时②。
腾蛇乘雾③，终为土灰。
老骥伏枥④，志在千里；
烈士暮年⑤，壮心不已。
盈缩之期⑥，不但在天；
养怡之福，可得永年⑦。
幸甚至哉，歌以咏志。

【题解】

《龟虽寿》是《步出夏门行》的第四章，以长寿的神龟、腾蛇做铺垫，宣扬了自强不息、老当益壮、养怡延年的积极进取的人生观。“老骥伏枥”四句，千百年来广为传诵。

【注释】

①神龟：是通灵的龟，活的寿命最长。 ②竟：终了。指死。 ③腾蛇：同“螣蛇”，传说中的神物，类龙，能兴云驾雾。 ④骥：良马。枥：马槽。 ⑤烈士：有志建功立业的人。暮年：晚年。 ⑥盈：满，长。缩：短。盈缩之期，指人的寿命长短。 ⑦“养怡”二句：谓对身心修养得法，也可以延年益寿。

短 歌 行

对酒当歌，人生几何？
譬如朝露，去日苦多①。
慨当以慷②，忧思难忘。
何以解忧？唯有杜康③。
青青子衿④，悠悠我心⑤。
但为君故，沉吟至今⑥。
呦呦鹿鸣，食野之苹。
我有嘉宾，鼓瑟吹笙⑦。
明明如月，何时可掇？
忧从中来，不可断绝⑧。
越陌度阡⑨，枉用相存⑩。
契阔谈讌⑪，心念旧恩⑫。
月明星稀，乌鹊南飞。
绕树三匝，何枝可依⑬？
山不厌高，海不厌深⑭。
周公吐哺⑮，天下归心。

【题解】

《短歌行》属汉乐府《相和歌·平调曲》，曹操借旧题写新诗，成功地运用四言形式，或四句换韵，或八句换韵，统写景、叙事、说理于抒情，从慨叹时光易逝开始，继写借酒解忧、怀念朋友、感伤乱离，而归结为广揽贤才，共图大业。看似凌乱，实则统一。“言当及时为乐”（吴兢《乐府古题要解》卷上）之类的理解都不确切，而“此叹流光易逝，欲得贤才以早建王业之诗”（张玉谷《古诗赏析》）的阐释是符合诗意的。

【注释】

①“对酒”四句：谓面对喝酒时就应当伴以歌唱，因为人生太短暂。我们就像早晨的露水，日出就干，逝去的日子已经太多。去日：已逝去的日子。苦多：恨多。　②慨当以慷：以，同“而”。全句谓当慷慨高歌。③杜康：相传是酿酒技术的创始人，这里代指酒。　④青衿：是周代学子的服装，这里指“贤才”。子：你。衿：衣领。　⑤“悠悠”句：谓心中长久的思慕贤才。　⑥沉吟：低吟，表示对贤才思念之深切。　⑦“呦呦”四句：语出《诗经·小雅·鹿鸣》。这里借《诗经》的成句表示自己礼遇贤才。呦呦：鹿鸣声。苹：艾蒿。鼓：弹奏。瑟、笙：两种乐器名。　⑧“明明”四句：用月亮不可能停止运行，来比拟求贤未得的忧思不能断绝。　⑨越陌度阡：古谚，“越陌度阡，更为客主”。这里引用这句成语，是说贤士远道来访。　⑩枉用相存：谓“贤士们屈尊来光顾我”。枉：枉驾，屈尊。存：问候。　⑪契阔谈讌：谓朋友别后复聚在一起谈心宴饮。契：聚、合。阔：散、离。　⑫旧恩：往日的友谊。　⑬“乌鹊”三句：以乌鹊喻贤士，谓乌鹊留在中原尚有栖身之处，若南飞便绕树无枝可依了。曹操此语，针对当时有些贤士南下依托刘表、孙权而发。匝：圈。⑭“山不”二句：喻执政者能容纳各种人才，语出《管子·形势解》：“海不辞水，故能成其大；山不辞土石，故能成其高；明主不厌人，故能成其众。”　⑮吐哺：吐出口里正吃的东西。据说周公“一沐三握发，一饭三吐哺，犹恐失天下之士”（《韩诗外传》）。

曹　丕（187—226）

字子桓，沛国谯县（今安徽亳州）人。曹操次子。操死，袭位为魏王。维护豪族利益，行九品中正制。不久代汉称帝，成为“三国”

时魏国之建立者，都洛阳。喜爱文学，是建安时期文学方面的积极创作者和提倡者。诗内容多悲婉凄清，形式颇受民歌影响。其《燕歌行》是现存最早的文人七言诗。另有《典论·论文》，是我国文学批评史上最早的专篇著作。有《魏文帝集》，诗歌注本有黄节《魏文帝诗注》。

燕 歌 行

秋风萧瑟天气凉①，草木摇落露为霜。
群燕辞归鹄南翔②，念君客游多思肠③。
慊慊思归恋故乡④，何为淹留寄他方⑤？
贱妾茕茕守空房⑥，忧来思君不敢忘，
不觉泪下沾衣裳。援琴鸣弦发清商⑦，
短歌微吟不能长。明月皎皎照我床，
星汉西流夜未央⑧。牵牛织女遥相望，
尔独何辜限河梁⑨。

【题解】

《燕歌行》属《相和歌·平调曲》，曹丕所作共两首，这是第一首，写女子在深秋之夜思念在远方作客的丈夫，语言清丽，音韵和谐，情思缠绵，凄婉动人。王夫之赞为“倾情、倾度、倾色、倾声，古今无两”（《船山古诗评选》）。胡应麟更说：“子桓《燕歌》二首，开千古妙境。”（《诗薮·内编》卷三）

【注释】

①萧瑟：风声。 ②鹄（hú）：天鹅。一作“雁”。 ③多思肠：一作“思断肠”。 ④慊慊（qiàn）：恨，不平的样子。此为其妻想象其夫在外的情感。 ⑤何为：一作“君何”。 ⑥贱妾：古时女子自称的谦辞。茕茕

（qióng）：孤独。 ⑦援：取。清商：乐曲名。其音悲惋。 ⑧星汉：天河。西流：西转。未央：未尽。 ⑨“牵牛”二句：谓牵牛织女隔河相望，你们到底犯有什么罪过，竟将你们隔在河的两边呢？牵牛织女：二星名。何辜：有何罪过。

曹 植（192—232）

世称“陈思王”。字子建，沛国谯县（今安徽亳州）人。曹操第三子，早年曾以才学见重于操，几度欲立为世子，终以“任性而行，饮酒不节”而罢。及曹丕与其子曹叡相继为帝，遂对植进行迫害，致令郁郁而死。诗以曹丕称帝划分前后期，前期多写自己政治上的雄心壮志和对建功立业的渴望，后期大都抒发受迫害的愤懑和得到解脱的希求。《诗品》评其诗“骨气奇高，词采华茂，情兼雅怨，体被文质”。亦为最早注意诗的声律的人。沈德潜称“子建诗五色相宣，八音朗畅”。对五言诗的发展起了极大的推动作用。现存诗八十多首。亦善赋，《洛神赋》较著名。宋人辑有《曹子建集》。近人黄节《曹子建诗注》较详备。

白 马 篇

白马饰金羁①，连翩西北驰②。
借问谁家子，幽并游侠儿③。
少小去乡邑，扬声沙漠垂④。
宿昔秉良弓⑤，楛矢何参差⑥。
控弦破左的⑦，右发摧月支⑧。
仰手接飞猱⑨，俯身散马蹄⑩。

狡捷过猴猿，勇剽若豹螭[11]。
边城多警急，虏骑数迁移。
羽檄从北来，厉马登高隄[12]。
长驱蹈匈奴[13]，左顾凌鲜卑[14]。
弃身锋刃端，性命安可怀？
父母且不顾，何言子与妻？
名编壮士籍[15]，不得中顾私[16]。
捐躯赴国难，视死忽如归。

【题解】

《白马篇》一名《游侠篇》，词采赡丽，音韵铿锵，塑造了一位武艺精熟、为国献身、视死如归的侠士形象，寄托了作者建功立业的壮志豪情。清人朱乾云："此寓意于幽并游侠，实自况也。……篇中所云'捐躯赴难，视死如归'，亦子建素志，非泛述矣。"（《乐府正义》卷一二）

【注释】

①金羁（jī）：黄金饰的马笼头。 ②连翩：轻捷矫健貌。 ③幽并：古代二州名。幽州相当于今河北北部和北京市一带地方。并州相当于今山西中部、北部一带地方。 ④垂：同"陲"。边地。 ⑤宿昔：向来。秉：持、拿。 ⑥楛（hù）矢：用楛木做箭杆的箭。参差：本指长短不齐，这里形容箭之多。 ⑦控弦：拉弓。的：箭靶。 ⑧月支：一种箭靶的名字。 ⑨接：《文选》李善注，"凡物飞，迎前射之曰接"。猱：猿类体矮小，善攀缘树木，轻捷如飞。 ⑩散：打烂。马蹄：一种箭靶的名字。 ⑪剽（piào）：轻疾。螭（chī）：传说中的一种龙属动物。 ⑫厉马：策马，摧马。 ⑬蹈：践踏。匈奴：古代活动于我国北方的少数民族名。 ⑭凌：冲击。鲜卑：古代活动于我国东北的少数民族名。 ⑮籍：名册。 ⑯顾私：考虑个人或家庭的事。

赠白马王彪并序

序曰：黄初四年五月[①]，白马王、任城王与余俱朝京师[②]，会节气[③]，到洛阳，任城王薨[④]。至七月，与白马王还国，后有司以二王归藩[⑤]，道路宜异宿止[⑥]，意毒恨之。盖以大别在数日[⑦]，是用自剖[⑧]，与王辞焉。愤而成篇。

谒帝承明庐[⑨]，逝将归旧疆[⑩]。
清晨发皇邑[⑪]，日夕过首阳[⑫]。
伊洛广且深[⑬]，欲济川无梁。
泛舟越洪涛，怨彼东路长[⑭]。
顾瞻恋城阙，引领情内伤[⑮]。
太谷何寥廓[⑯]，山树郁苍苍。
霖雨泥我涂，流潦浩纵横[⑰]。
中逵绝无轨[⑱]，改辙登高冈。
修坂造云日[⑲]，我马玄以黄[⑳]。
玄黄犹能进，我思郁以纡。
郁纡将何念，亲爱在离居[㉑]。
本图相与偕，中更不克俱。
鸱枭鸣衡轭[㉒]，豺狼当路衢。
苍蝇间白黑[㉓]，谗巧令亲疏。
欲还绝无蹊[㉔]，揽辔止踟蹰。
踟蹰亦何留？相思无终极。
秋风发微凉，寒蝉鸣我侧。
原野何萧条，白日忽西匿。
归鸟赴乔林，翩翩厉羽翼[㉕]。

孤兽走索群，衔草不遑食[26]。
感物伤我怀，抚心长太息。
太息将何为？天命与我违。
奈何念同生[27]，一往形不归[28]。
孤魂翔故域[29]，灵柩寄京师。
存者忽复过，亡没身自衰[30]。
人生处一世，去若朝露晞[31]。
年在桑榆间[32]，影响不能追[33]。
自顾非金石，咄唶令心悲[34]。
心悲动我神，弃置莫复陈。
丈夫志四海，万里犹比邻[35]。
恩爱苟不亏，在远分日亲。
何必同衾帱，然后展殷勤？
忧思成疾疢[36]，无乃儿女仁。
仓卒骨肉情，能不怀苦辛？
苦辛何虑思？天命信可疑[37]。
虚无求列仙，松子久吾欺[38]。
变故在斯须[39]，百年谁能持[40]。
离别永无会，执手将何时？
王其爱玉体，俱享黄发期[41]。
收泪即长路[42]，援笔从此辞[48]。

【题解】

曹丕即位，命兄弟诸王各回封国，并派“监国使者”监督。黄初四年（223）五月，曹植与诸王进京参加“迎节气”的例会。在京期间，曹植同母兄任城王曹彰被曹丕毒死。七月，曹植与异母弟白马王曹彪结伴返国，而曹丕的爪牙灌均竟强迫他们分道而行，曹植悲愤不已而作此诗。诗共七章，采取首尾蝉联的形式，抒写悲痛与愤激交织的复杂情绪。或“比兴”寓托，或即景抒情，或悲泣哽咽，或激烈控诉，读之动人心魄。如方东树所评：“此诗气体高峻雄浑，直书见事，直书目前，直书胸臆，沉郁顿挫，淋漓悲壮。”（《昭昧詹言》卷二）

【注释】

①黄初：魏文帝曹丕的年号，黄初四年，即公元223年。 ②白马王：指曹彪，曹植的异母弟。白马在今河南滑县东。任城王：指曹彰，曹植的同母兄。任城在今山东济宁市。时曹植为鄄城王，鄄城在今山东濮县东。京师：指洛阳。 ③会节气：魏制，每年立春、立夏、立秋、立冬四个节气之前，诸侯藩王都须来京师行迎节气之礼，名曰会节气。这年立秋为六月二十四日，依制要在立秋十八天前“迎气”，故曹植等必须于五月即来京。 ④薨（hōng）：诸侯死。据《世说新语》载：任城王曹彰是吃了曹丕放毒的枣子暴死的，因曹丕忌曹彰骁壮。 ⑤有司：指监国使者灌均。归藩：即还国，指回到自己的封地。 ⑥异宿止：不得结伴同行。 ⑦大别：永别。 ⑧自剖：表白心迹。 ⑨谒：朝见。承明庐：汉宫殿名，这里代指魏国宫殿。 ⑩逝：发语词，无义。旧疆：指曹植的封地鄄城。 ⑪皇邑：指洛阳。 ⑫首阳：山名，在洛阳东北。 ⑬伊洛：二水名。伊水源出河南熊耳山，洛水源出陕西冢岭山，到河南巩义市入黄河。 ⑭东路：曹植从洛阳回鄄城的路。 ⑮引领：伸长脖子。 ⑯太谷：山名，在洛阳城东五十里。寥廓：空虚宽广貌。 ⑰潦（lǎo）：路上积水。 ⑱逵（kúi）：九达之道。这里指路。 ⑲修板：长的斜坡。造：至。 ⑳玄以黄：马病。《诗经·周南·卷耳》“我马玄黄”郑玄注：“玄马病则黄。” ⑳亲爱在离居：谓与白马王即将分手。 ㉒鸱枭（chīxiāo）：猫头鹰。衡：车辕前的横木。轭：衡两边下面扼马颈的曲木。乘舆衡上本系有鸾铃作响，现在却代之以鸱枭恶鸟之声。此句的鸱枭和下句的“豺狼”都是用以比喻小人的。 ㉓“苍蝇”句：《诗经·青蝇》：“营营

青蝇，止于樊。”郑玄注：“蝇之为虫，汙白使黑，汙黑使白。”这里谓小人像苍蝇般颠倒黑白，故下句说：用谗言巧语挑拨得兄弟都变疏远了。 ㉔还：指再来京师。蹊：道路。 ㉕厉：振奋。 ㉖不遑：无暇，没有工夫。 ㉗同生：这里指同胞兄弟。曹丕、曹彰、曹植皆卞太后所生。 ㉘一往：指去洛阳。 ㉙故城：指曹彰的封地任城。 ㉚自衰：自行腐烂毁灭。 ㉛晞：干。 ㉜桑榆：二星名，在西方。太阳行至桑榆之间，就将天黑，故古人用“桑榆”比喻人的晚年。 ㉝影：日影。响：声音。不能追：无法追赶。 ㉞咄唶（duōjié）：叹息声。 ㉟比邻：近邻。比：古五家为比，也叫邻。 ㊱疢（chèn）：热病。 ㊲信：确实。 ㊳松子：赤松子，传说中的古代神仙。 ㊴斯须：片刻之间。 ㊵持：把握。 ㊶黄发期：指高寿。人老发黄，故称老龄人为黄发。 ㊷即长路：登上远行的路。 ㊸援笔：指拿起笔作诗。从此辞：从此告别。

王　粲（177—217）

字仲宣，山阳高平（今山东邹城西南）人。祖畅，官司空。父谦，为长史。董卓之乱，粲以刘表曾受学祖父王畅，故南下荆州依刘表。表败后归曹操，历丞相掾、军谋祭酒、侍中等职。粲遭世乱离，故其诗赋多情调悲凉，能较深刻地反映当时社会动乱和人民疾苦。《七哀诗》与《登楼赋》最有名。刘勰《文心雕龙·才略》称之为建安“七子之冠冕”。有辑本《王侍中集》行世。

七　哀

西京乱无象[①]，豺虎方遘患[②]。
复弃中国去[③]，委身适荆蛮[④]。

亲戚对我悲，朋友相追攀[⑤]。
出门无所见，白骨蔽平原。
路有饥妇人，抱子弃草间。
顾闻号泣声，挥涕独不还。
“未知身死处，何能两相完[⑥]？”
驱马弃之去，不忍听此言。
南登霸陵岸[⑦]，回首望长安。
悟彼下泉人[⑧]，喟然伤心肝[⑨]。

【题解】

《七哀》共三首，这是第一首。初平三年（192）六月，董卓部将李傕、郭汜在长安一带作乱，“放兵劫略，攻剽城邑，人民饥困，相啖食略尽”（《三国志·董卓传》）。王粲当时十六岁，赴荆州避难。此诗写初离长安时的见闻和感受，形象地反映了军阀混战所造成的悲惨景象，对人民苦难深表同情，悲凉沉痛，真切动人。吴淇云：“‘出门’以下，正云‘乱无象’。兵乱之后，其可哀之事，写不胜写，但用‘无所见’三字括之，则城郭人民之萧条，却已写尽。复于中单举妇人弃子而言之者，盖人当乱离之际，一切皆轻，最难割者骨肉，而慈母于幼子尤甚，写其重者，他可知矣。”（《六朝选诗定论》卷六）张玉谷云：“‘出门’十句，叙在途饥荒之景，然胪陈不尽，独就妇人弃子一事，备极形容，而其他之各不相顾，塞路死亡，不言自显。……末曰‘南登’‘回首’，兜应首段。‘伤心’‘下泉’，缴醒中段，收束完密，全篇振动。”（《古诗赏析》卷九）这首诗，历来评价极高，方东树评为“冠古独步”（《昭昧詹言》卷二）。

【注释】

①西京：指长安。乱无象：社会紊乱无秩序。　②豺虎：指董卓部将李

傕、郭汜。遘：同“构”。患：祸患。　③中国：中原地区。　④委身：托身。适：往。荆蛮；古人称南方民族为蛮，荆州在南方，故曰荆蛮。荆州刺史刘表曾从王粲的祖父王畅受学，所以王粲去投靠他。　⑤追攀：送别时依依不舍情景。　⑥完：全。谓母子两相保全。这是妇人对诗人诉说听到孩子啼叫，仍挥涕不顾的痛苦心情。　⑦霸陵：汉文帝刘恒的墓葬。在西安市长安区。岸：高地。　⑧下泉：《诗经·曹风》中的篇名。毛《序》说：“《下泉》，思治也，曹人……思明王贤伯也。”　⑨喟（kuī）然：伤心的样子。

阮　籍（210—263）

字嗣宗，陈留尉氏（今河南尉氏县）人。父瑀为“建安七子”之一。与嵇康、山涛等七人为“竹林七贤”。因曾为步兵校尉，世称阮步兵。对“礼俗之士”，常作白眼。本有济世之志，但处魏、晋易代之际，“天下多故，名士少有全者，籍由是不与世事，遂酣饮为常。”每驾车出游，不循径而行，途穷便恸哭而返。文章代表作有《大人先生传》《达庄论》等。诗歌主要为五言，有《咏怀》诗八十二首。有辑本《阮步兵集》。近人黄节《阮步兵咏怀诗注》较详备。

咏　怀

一

夜中不能寐，起坐弹鸣琴。
薄帷鉴明月①，清风吹我襟。
孤鸿号外野②，翔鸟鸣北林③。
徘徊将何见，忧思独伤心。

【题解】

《咏怀》是阮籍生平诗作的总题，五言八十二首，并非一时所作。因处魏晋易代之际，政治黑暗，“身仕乱朝，常恐罹谤遇祸，因兹发咏，故每有忧生之嗟。虽志在刺讥，而文多隐避，百代之下，难以情测”（《文选》卷二三《咏怀》李善注）。所以只能“粗明大意”，而“略其幽旨”。清代学者往往征引史实以作详解，只可作为参考。沈德潜的见解较可取，他说：“阮公咏怀，反复零乱，兴寄无端，和愉哀怨，杂集于中，令读者莫求归趣，此其为阮公之诗也。必求时事以实之，则凿矣。”（《古诗源》卷六）

“夜中不能寐”一首原列第一，清人方东树云：“此是八十一首发端，不过总言所以咏怀不能已于言之故。”

【注释】

①薄帷鉴明月：谓明月照在薄帷上。鉴，照。 ②孤鸿：失群的大雁。外野：即野外。 ③翔鸟：盘旋的鸟。

二

嘉树下成蹊①，东园桃与李。
秋风吹飞藿②，零落从此始。
繁华有憔悴，堂上生荆杞③。
驱马舍之去，去上西山趾④。
一身不自保，何况恋妻子⑤。
凝霜被野草⑥，岁暮亦云已⑦。

【题解】

此首原列第三，当作于司马氏骄横残暴、曹魏将亡之时，从秋风劲吹，桃李零落写到“繁华有憔悴，堂上生荆杞”，人世剧变，令人触目惊心。于是感物兴怀，转入如何自处的思考，情词危迫，远祸唯恐不速。

【注释】

①嘉树：指桃李。蹊：路。《史记·李将军列传第四十九》："桃李不言，下自成蹊。"谓桃李花开，引得游人前来欣赏，桃李树下自然踏出一条小路。 ②藿：豆叶。 ③荆杞：两种灌木名。 ④西山：指首阳山，相传是伯夷、叔齐隐居处。趾：山脚下。 ⑤何况：何能。 ⑥凝霜：严霜。被：覆盖。 ⑦已：止。李善注："繁霜已凝，岁已暮止，野草残悴，身亦当然。"

嵇 康（223—262，或224—263）

字叔夜，谯郡（今安徽宿县西）人。曾为中散大夫，世称嵇中散。与阮籍、刘伶等为友，人称"竹林七贤"。为人刚直简傲，蔑视礼法，"非汤武而薄周孔"，崇尚老庄，好言服食养生之事。"言论放荡，非毁典谟"，被司马氏杀害。精通音乐，以善奏《广陵散》著称，有《声无哀乐论》等论著，文以《与山巨源绝交书》《难自然好学论》为代表作。诗长于四言，风格清俊，《赠兄秀才从军》《幽愤诗》较有名。有《嵇中散集》。戴名扬《嵇康集校注》较详备。

赠秀才入军（选二）[①]

一

良马既闲[②]，丽服有晖[③]。
左揽繁弱[④]，右接忘归[⑤]。
风驰电逝，蹑景追飞[⑥]。

凌厉中原⑦，顾盼生姿⑧。

【题解】

《赠秀才入军》是嵇康送他哥哥嵇喜从军的组诗，四言十八首，五言一首，共十九首。此首原列第九，写跃马弯弓、驰骋中原的豪气英风，出于想象，意在对其兄起鼓舞作用。

【注释】

①秀才：指嵇喜，字公穆，曾举秀才，他是嵇康的哥哥。　②闲：熟习。训练得很好。　③丽服：美丽的衣服。晖：光彩。　④繁弱：古代良弓名。　⑤接：搭上。忘归：箭名。　⑥蹑（niè）景追飞：谓可以追上掠过的影子和飞过的鸟。蹑，追。景，同“影”。　⑦凌厉：奋勇直前。中原：原野。　⑧盼：看。姿：英姿。生姿：英姿焕发。

二

息徒兰圃①，秣马华山②。
流磻平皋③，垂纶长川④。
目送归鸿，手挥五弦⑤。
俯仰自得⑥，游心太玄⑦。
嘉彼钓叟⑧，得鱼忘筌⑨。
郢人逝矣⑩，谁与尽言。

【题解】

此首原列第十四，写嵇喜行军各地，休息时领略山水情趣的自得情景，亦出于想象。“目送归鸿，手挥五弦”，是传诵名句。

【注释】

①息：休息。徒：步兵。兰圃：长满香草的野地。 ②秣马：喂马。华山：长满鲜花的山。 ③磻（bō）：用系生丝绳的箭射鸟，为防止鸟带走箭和绳，在绳的另一端系一石块，这块石叫磻。流磻：射箭。皋：水边地。 ④垂纶：钓鱼。纶，钓丝。 ⑤五弦：指琴。 ⑥俯仰：意谓随时随地。 ⑦游心太玄：神游于大道之中。 ⑧嘉：赞美。 ⑨得鱼忘筌：《庄子·外物》："筌者所以在鱼，得鱼而忘筌。……言者所以在意，得意而忘言。"这里借钓叟"得鱼忘筌"事例，以喻嵇喜不为形迹束缚，与自然契合，神游于天地大道之中。筌，捕鱼的竹器。 ⑩郢：春秋楚国都城名。《庄子·徐无鬼》谓郢人鼻上沾了点儿白灰，薄得像苍蝇的翅膀，叫匠石用斧，替他削掉。匠石挥斧成风，把白灰削干净了。郢人的鼻子没有受伤，站在那里脸不改色。郢人死，匠石再无法表演这种技艺，因已找不到像郢人那样的配合者。这里嵇康引用"郢人"事，慨叹嵇喜走后，他再也找不到可与谈话的人。

左　思（250？—305？）

字太冲，齐国临淄（今山东临淄市）人。妹左芬，以才名被选入宫，于是举家迁入洛阳。官秘书郎。思貌寝口讷，不好交游，在严酷的门阀制度排斥下，仕进很不得意。能文章，曾以十年写成《三都赋》，"豪贵之家，竞相传写，洛阳为之纸贵"。其诗除反映居下位的寒门知识分子和门阀士族之间的矛盾外，同时也表达出自己想建功立业的愿望。笔力雄健、情调高亢。《咏史》为其代表作。《娇女》亦有名。原有集，已佚，后人辑有《左太冲集》。

咏　史

一

弱冠弄柔翰[①]，卓荦观群书[②]。
著论准过秦，作赋拟子虚[③]。
边城苦鸣镝，羽檄飞京都[④]。
虽非甲胄士[⑤]，畴昔览穰苴[⑥]。
长啸激清风[⑦]，志若无东吴[⑧]。
铅刀贵一割[⑨]，梦想骋良图。
左眄澄江湘[⑩]，右盼定羌胡[⑪]。
功成不受爵[⑫]，长揖归田庐[⑬]。

【题解】

《咏史》共八首，除第一首外，其他各首多借古人古事以抒怀抱。胡应麟《诗薮》云：“‘咏史’之名，起自孟坚（班固），但指一事。魏杜挚赠毋丘俭，叠入古人名，堆垛寡变。太冲题实因班，体亦本杜，而造语奇伟，创格新特，错综震荡，逸气干云，遂为古今绝唱。”“弱冠弄柔翰”是组诗的第一首，未入古人古事而直吐胸臆。前半自叙才能、怀抱，后半抒写建功立业的雄心和不慕荣利、功成身退的志趣。可视为组诗的序诗。

【注释】

①弱冠：古时男子二十岁行冠礼，表示成人，但身体尚未壮实，故称“弱冠”。弄柔翰：指写文章。柔翰，毛笔。　②卓荦：特异。这里指才能出众。观群书：博览群书。　③过秦：即汉贾谊所作的《过秦论》。子虚：即汉司马相如所作的《子虚赋》。“准”和“拟”：以此为法则。　④鸣镝：

响箭，古代发射它作为战斗的信号。羽檄：见曹植《白马篇》注。二句说：边疆发生战争，飞向京师报告。 ⑤甲胄士：武士。甲胄，铠甲和头盔。 ⑥畴昔：往时、过去。穰苴：春秋时齐国人，姓田氏，官大司马，善治兵。后齐威王整理古司马兵法，把穰苴的兵法附在书中，称为《司马穰苴兵法》。这里“穰苴”代兵书。 ⑦啸：撮口呼叫。 ⑧无东吴：不把东吴放在眼里。东吴，三国时吴国。 ⑨铅刀一割：后汉班超上疏有“臣秉圣汉神威，冀效铅刀一割之用”语。铅刀：钝刀，一割之后，再难使用。这里诗人以为铅刀如有一割的机会，就很可贵，表现了自己欲为国效力、求试才能的愿望。 ⑩眄（miǎn）看。澄：澄清。江湘：指长江中下游地区和湘水流域。 ⑪羌胡：指羌族。 ⑫不受爵：不要封赏。爵，爵位。 ⑬长揖：行拱手礼。归田庐：回家。指归隐。

二

皓天舒白日①，灵景耀神州②。
列宅紫宫里③，飞宇若云浮④。
峨峨高门内⑤，蔼蔼皆王侯⑥。
自非攀龙客⑦，何为欻来游⑧？
被褐出阊阖⑨，高步追许由⑩。
振衣千仞冈⑪，濯足万里流⑫。

【题解】

此首原列第五。前半写京城宫室的壮丽；后半自明素志：摒弃荣华富贵，追慕隐居高蹈，通篇气势豪迈，情感激扬。“振衣千仞冈，濯足万里流”，尤为传诵佳句。前半所写的宫殿林立，飞宇云浮、高门峨峨，悉为结尾的自画像所压倒，真可“俯视千古”（沈德潜《古诗源》卷七）。

【注释】

①皓天：明亮的天。舒：展现。　②灵景：日光。神州：指中国。　③紫宫：即紫微星，这里指皇城。　④飞宇：房屋的飞檐。　⑤峨峨：高貌。　⑥蔼蔼：众多貌。　⑦攀龙客：追随皇帝以求取富贵的人。　⑧何为：为什么。欻（xū）：忽。　⑨被褐：穿着粗布衣。闾阖：宫门。　⑩高步：高蹈。喻隐居。许由：古代高士。传说尧让帝位给他，他不接受，逃去箕山下隐居躬耕。　⑪仞：度名，古七尺为一仞。　⑫濯足：洗脚。

陆　机（261—303）

字士衡，吴郡华亭（今上海市松江）人。祖逊，为吴丞相。父抗，为吴大司马。机少时任吴牙门将。吴亡，家居勤学。太康末，与弟云入洛阳，文章为当时士大夫所推重，时称“二陆”。辟为祭酒，累迁太子洗马等职。惠帝太安初，成都王颖与河间王颙起兵讨长沙王乂，以机为后将军、河北大都督。兵败遭陷，为颖所杀。善骈文，《辩亡论》《吊魏武帝文》等较有名。所作《文赋》，为重要的文学理论著述。诗现存一〇四首，重藻绘和排偶，且多拟古之作，实开宋、齐以来形式主义诗风。后人辑有《陆士衡集》。近人郝立权有《陆士衡诗注》。

赴洛道中作

远游越山川，山川修且广①。
振策陟崇丘②，案辔遵平莽③。
夕息抱影寐④，朝徂衔思往⑤。

顿辔倚嵩岩⑥，侧听悲风响。
清露坠素辉⑦，明月一何朗！
抚枕不能寐，振衣独长想⑧。

【题解】

原诗两首，这是第二首，作于入洛途中，写旅途情景及感触，后数句较流畅、生动。

【注释】

①修：长。 ②策：马鞭。振策：挥鞭。陟（zhì）：登上。崇丘：高山。 ③案：同“按”。辔：马嚼子和马缰绳。案辔：手按缰绳，任马缓慢行走。遵：循。平莽：草原。 ④夕息：夜晚休息。抱影寐：和自己的影子入睡，极言孤独。 ⑤徂：往。朝徂：早晨出发。衔思：含悲。 ⑥顿：止。顿辔：驻马。嵩：高。 ⑦素辉：皎洁的光辉。 ⑧振衣：抖一抖衣服，这里指穿衣。结尾两句是说：离家入洛，思绪纷乱，一夜睡不好觉，便穿衣而起，独自思量许多问题。

刘 琨（271—318）

字越石，中山魏昌（今河北无极）人。晋惠帝时，封广武侯。怀帝时任并州刺史。愍帝初，任大将军，都督并州诸军事。曾遣长史温峤至建康，向元帝劝进，迁侍中太尉。多次与刘聪、石勒作战，因孤悬河北，终为石勒所败。遂与幽州刺史鲜卑人段匹磾联合共讨石勒，后为段匹磾所杀。其诗现仅存《扶风歌》《答卢谌》《重赠卢谌》三首，皆抒写壮志未酬的感慨，格调悲壮。原有集，已佚，明人辑有《刘越石集》。

扶　风　歌[1]

朝发广莫门[2]，暮宿丹水山[3]。
左手弯繁弱[4]，右手挥龙渊[5]。
顾瞻望宫阙，俯仰御飞轩[6]。
据鞍长叹息，泪下如流泉。
系马长松下，废鞍高岳头[7]。
烈烈悲风起[8]，泠泠涧水流[9]。
挥手长相谢[10]，哽咽不能言[11]。
浮云为我结[12]，归鸟为我旋。
去家日已远，安知存与亡？
慷慨穷林中，抱膝独摧藏[13]。
麋鹿游我前，猿猴戏我侧。
资粮既乏尽，薇蕨安可食[14]？
揽辔命徒侣[15]，吟啸绝岩中[16]。
君子道微矣，夫子固有穷[17]。
惟昔李骞期，寄在匈奴庭。
忠信反获罪，汉武不见明[18]。
我欲竟此曲[19]，此曲悲且长。
弃置勿重陈[20]，重陈令心伤。

【题解】

刘琨于晋怀帝永嘉元年（307）被任命为并州刺史，九月末自京城洛阳前往并州治所晋阳（今山西太原），途中作此诗。当时黄河以北，已成为匈奴、羯等少数民族争夺的战场，刘琨“冒险而进，顿伏艰危，辛苦备尝”（《晋书·刘琨传》）。诗中充分表现了旅途的艰辛和报国的忠愤，苍凉悲壮，风骨凛然。

【注释】

①扶风：郡名，郡治在今陕西泾阳县。　②广莫门：晋都洛阳城北门。　③丹水山：即丹朱岭，丹水发源处，在今山西高平市北。丹水由此东南流经晋城，入河南沁阳市，南注沁河。时琨为并州刺史，赴任，丹水为必经之地。　④弯：拉弓。繁弱：古良弓名。　⑤龙渊：古宝剑名。　⑥御飞轩：驾着飞奔的车子。　⑦废鞍：卸下马鞍。　⑧烈烈：风声。　⑨泠泠：水声。　⑩谢：辞别。　⑪哽咽：悲伤到气憋咽塞。　⑫结：凝聚。　⑬摧藏：即"悽怆"一声之转，为感叹伤心的样子。　⑭薇蕨：一种野菜，嫩时可吃。　⑮揽辔：牵住马缰绳。徒侣：指随从。　⑯吟啸：吟诗高歌。绝岩：断岩绝壁。　⑰微：衰落。夫子：指孔子。《论语·卫灵公》载：孔子在陈国断了粮食，子路问："君子亦有穷乎？"孔子说："君子固穷，小人穷斯滥矣！""君子"二句说：君子之道衰微，像孔子这样的人也有穷困的时候。这里用以比喻自己困难的处境。　⑱"惟昔"四句：李：指李陵。骞期：愆期，行军错过约定日期。骞，通"愆"。《史记·李将军列传》载：李陵于汉武帝天汉二年（前99）率步兵五千人出塞，和匈奴主力八万人遭遇，战败降敌，武帝诛其母、妻、子。又司马迁《报任安书》：以为，李陵"身虽陷败，彼观其意，且欲得其当而报于汉"。这几句说：李陵征匈奴虽过期未能回来，心还是忠于汉的，汉武帝不明察，断了他的归路。　⑲竟：结束。此曲：指扶风歌。　⑳弃置：丢在一边。陈：述说。

郭　璞（276—324）

字景纯，河东闻喜（今属山西）人。随晋室南渡。东晋初任著作佐郎，后王敦辟为记室参军。敦欲谋反，命其卜筮，璞谓其必败，因为敦所杀。王敦平，追赠弘农太守。博学有高才，好经术，通古文字，又喜五行天文卜筮之术。曾注《尔雅》《方言》《穆天子传》《山海经》《楚辞》等书。辞赋为东晋之冠，《江赋》较有名。诗今存二十二首，以《游仙诗》最有名。《诗品》谓“词多慷慨，乖远玄宗……乃是坎壈咏怀，非列仙之趣也。”明人辑有《郭弘农集》。

游　仙　诗

京华游侠窟①，山林隐遁栖②。
朱门何足荣③，未若托蓬莱④。
临源挹清波⑤，陵冈掇丹荑⑥。
灵溪可潜盘⑦，安事登云梯⑧？
漆园有傲吏⑨，莱氏有逸妻⑩。
进则保龙见⑪，退为触藩羝⑫。
高蹈风尘外⑬，长揖谢夷齐⑭。

【题解】

《游仙诗》共十四首，这是第一首。以游仙之高超否定“朱门”之荣华，而诗中所写之游仙，其实是归隐山林。陈祚明云：“景纯本以仙姿游于方内，其超越恒情，乃在造语奇杰。非关命意。《游仙》之作，明属寄托之词，如以‘列仙之趣’求之，非其本旨矣。”（《采菽堂古诗选》卷二〇）

【注释】

①京华：京师。游侠窟：游侠出没的地方。　②隐遁：隐居避世的人。栖：居住。　③朱门：指豪贵之家。　④莱：应是“藜”之误。藜与荑、栖、梯、齐等为韵，古音属脂韵。这句是说：不如隐居草野。　⑤源：指水。

挹：舀。　⑥陵冈：登上山冈。掇：采拾。丹荑：初生的赤芝草。　⑦灵溪：水名。庾仲雍《荆州记》载："大城西九里有灵谿水。"潜盘：隐居盘桓。　⑧安事：何必从事。登云梯：指登仙。云梯，仙人升天因云而上。所以叫云梯。　⑨漆园傲吏：指庄周。《史记·老庄申韩列传》，"庄子尝为漆园吏，楚威王闻庄周贤，使使厚币迎之，许以为相，周笑谓楚使者曰：'子亟去，无污我。'"　⑩莱氏：指老莱子。《列女传》载老莱子逃世，耕于蒙山之阳。有人告诉楚王，楚王遂驾至老莱子之门，请其出仕，老莱许诺。"妻曰：'……今先生食人酒肉，受人官禄，为人所制也。能免于患乎？妾不能为人所制。'投其畚而去。老莱乃随而隐。"　⑪进：指避世更远。保：保有。《周易·乾》："九二，见龙在田"。《文言》："子曰：'龙德而中正者也。'"谓像老莱子妻进一步退隐可以保持中正的美德。　⑫退：退出，即不隐逸。触藩羝：角撞到藩篱上不能自拔的公羊。《周易·大壮》："上六，羝羊触藩，不能退，不能遂"。　⑬高蹈：远去、远行。风尘：人间、凡尘。　⑭长揖：深深地拱手作揖。谢：辞。夷齐：伯夷、叔齐，商朝孤竹君的二子，曾互相推让王位。又义不食周粟，逃到首阳山，采薇而食，结果饿死在山上。"长揖"句：是说自己的隐逸，比伯夷、叔齐更超脱更远离风尘人世。

陶渊明（365或372或376—427）

一名潜，字元亮，私谥靖节，后世称靖节先生。浔阳柴桑（今江西九江市西南）人。曾任江州祭酒、镇军参军、彭泽令等职。因不满当时政治黑暗，不愿同流合污，在任彭泽令仅八十余日即弃官归隐，终身不仕。诗、文、辞赋俱为晋代大家。赋以《归去来兮》《闲情赋》，文以《五柳先生传》《桃花源记》最有名。诗现存百二十余首，多描绘自然景色及田园生活，被后人尊为"田园诗"之祖。但对世事也并未完全遗忘和冷淡，亦有金刚怒目之作，如《读山海经·精卫衔微木》《咏荆轲》《咏三良》等即是。诗风平淡自然，语言简洁含蓄，浑厚而富意境，备受唐、宋诗人推重。有《陶渊明集》。

归园田居（选二）

一

少无适俗韵[①]，性本爱丘山。
误落尘网中[②]，一去三十年[③]。
羁鸟恋旧林，池鱼思故渊[④]。
开荒南野际[⑤]，守拙归园田[⑥]。
方宅十余亩[⑦]，草屋八九间。
榆柳荫后檐，桃李罗堂前。
暧暧远人村[⑧]，依依墟里烟[⑨]。
狗吠深巷中，鸡鸣桑树颠。
户庭无尘杂[⑩]，虚室有余闲[⑪]。
久在樊笼里[⑫]，复得返自然[⑬]。

【题解】

《归园田居》共五首，这是第一首，叙述归田的原因和归田后的愉快生活。张戒云："诗者志之所之也，情动于中而形于言，岂专意于咏物者。……渊明'狗吠深巷中，鸡鸣桑树颠'，本以言郊居闲适之趣，非以咏田园，而后人咏田园之句，虽极工巧，终莫能及。"（《岁寒堂诗话》卷上）都穆云，"如《归园田居》云：'暧暧远人村，依依墟里烟。狗吠深巷中，鸡鸣桑树颠。'东坡谓如大匠运斤，无斧凿痕。"（《南濠诗话》）

【注释】

①适俗：适应世俗。韵：气质、情调。 ②尘网：指尘世。言官场生活污浊而又拘束，有如网罗。 ③三十年：当作十三年。陶渊明自太元十八年（393）为江州祭酒，至义熙元年（405）归隐的次年写此诗，刚好是十三年。 ④羁鸟：笼中之鸟。池鱼：池塘之鱼。鸟恋旧林，鱼思故渊，借喻自己思恋旧居，不乐在外做官。 ⑤南野：一作“南亩”。际：间。 ⑥拙：指不善于逢迎取巧。 ⑦方：傍。这句谓傍宅有十多亩地。 ⑧暧暧：昏暗貌。 ⑨依依：轻柔貌。墟里：村庄。 ⑩尘杂：指尘世杂事。 ⑪虚室：静室。余闲：空闲。 ⑫樊笼：关鸟的笼子。比喻官场。 ⑬返自然：指归耕田园。

二

野外罕人事①，穷巷寡轮鞅②。
白日掩荆扉③，虚室绝尘想④。
时复墟曲中⑤，披草共来往⑥。
相见无杂言，但道桑麻长。
桑麻日已长，我土日已广⑦。
常恐霜霰至⑧，零落同草莽⑨。

【题解】

此首写归田后没有世俗的交往与杂念，与农民往来，只谈论庄稼的长势如何。冲淡淳朴，得田园之乐。

【注释】

①罕：少。人事：少人际交往之事。 ②穷巷：僻巷。寡：少。鞅：驾车用的皮带。轮鞅：代指车马。少轮鞅：少有客人乘车来往。 ③白日：白天。荆扉：柴门。 ④尘想：世俗的欲念。 ⑤墟曲：乡野。 ⑥披草：拨

开野草。共来往：和村里人来往。 ⑦我土日广：指垦荒种植的田地日渐增多。 ⑧恐：担心。霰（xiàn）：小雪粒。 ⑨零落：指所种桑麻凋零枯落。草莽：野草。

读山海经

精卫衔微木[①]，将以填沧海[②]。
刑天舞干戚[③]，猛志故常在[④]。
同物既无虑[⑤]，化去不复悔[⑥]。
徒设在昔心[⑦]，良辰讵可待[⑧]！

【题解】

《读山海经》共十三首，这是第十首，歌颂了精卫与刑天的顽强斗志，寄托了诗人慷慨不平的情怀。

【注释】

①精卫：鸟名。《山海经·北山经》载：炎帝少女，名女娃，游于东海，溺死后化为鸟，名精卫。常衔西山木石以填东海。微木：细木。 ②沧海：大海。 ③刑天：《山海经·海外西经》载，有兽名刑天，与帝争神，帝断其首，乃以乳为目，以脐为口，操干戚以舞。干：盾。戚：大斧。 ④猛志：勇猛的斗志。 ⑤同物：言由一有生命之物，幻化成另一物，物物同类。既无虑：言无所顾虑。 ⑥化去不复悔：这种幻化，当然更不会引起后悔。 ⑦“徒设”句：谓徒然具备昔日的雄心，指填沧海，舞干戚。 ⑧“良辰”句：指实现雄心壮志的时候，怎能等到？讵：岂。

谢灵运（385—433）

幼时寄养于外，族人因呼为客儿，世称谢客。谢玄之孙。晋时袭封康乐公，故又称谢康乐。陈郡阳夏（今河南太康县）人，移籍会稽。入宋，降公爵为侯，历永嘉太守、侍中、临川内史等职。以恣游废政，为吏所劾。被杀。其诗大抵刻画山水名胜，造句往往工妙，扭转了东晋以来的玄言诗风，开文学史上山水诗一派。明人焦竑辑有《谢康乐集》。近人黄节有《谢康乐诗注》。

登池上楼

潜虬媚幽姿①，飞鸿响远音②。
薄霄愧云浮③，栖川怍渊沉④。
进德智所拙⑤，退耕力不任⑥。
徇禄及穷海⑦，卧疴对空林⑧。
衾枕昧节候⑨，褰开暂窥临⑩。
倾耳聆波澜⑪，举目眺岖嵚⑫。
初景革绪风⑬，新阳改故阴⑭。
池塘生春草，园柳变鸣禽⑮。
祁祁伤豳歌⑯，萋萋感楚吟⑰。
索居易永久⑱，离群难处心⑲。
持操岂独古⑳，无闷征在今㉑。

【题解】

池上楼，在永嘉郡（今浙江温州）西北三里积谷山之东，后称谢公楼。谢灵运于永初三年（422）秋至景平元年（423）秋任永嘉太守，此诗当作于景平元年春。诗的前半部分抒发官场失意的感慨，中间写登楼“窥临”，满目春光，然后以触景伤情，决意归隐作结。这是谢灵运的佳作之一，“池塘生春草”一句，由于作者曾说是梦见其弟惠连后脱口吟成，“有神助，非吾语也”，故引起后人重视，或说甚佳，或说“反复求之，终不见此句之佳”，争论不休（见王若虚《滹南诗话》卷一）。胡应麟云：“‘池塘生春草’不必苦谓佳，亦不必谓不佳。灵运诸佳句，多出深思苦索，如‘清晖能娱人’之类，虽非锻炼而成，要皆真积所致。此却率然信口，故自谓奇。”（《诗薮·外编》）评论较中肯。

【注释】

①潜虬（qiú）：即潜龙。虬，长角的小龙。媚：自我欣赏。幽姿：深潜水中的美丽姿态。 ②鸿：大雁。响远音：鸣声在高空中传得很远。 ③薄：通“泊”，止。愧：惭愧。云浮：云在天际飘浮。 ④栖川：栖息在水中。 ⑤进德：提高道德修养。智所拙：智力达不到。拙，愚笨。 ⑥退耕：退隐从事耕种。力不任：力量不能胜任。 ⑦循禄：追求俸禄。及穷海：到边远的海滨。这里指出守永嘉。 ⑧疴（ē）：病。空林：干枯的树林。 ⑨昧节候：不知道季节的变化。昧，不明白。 ⑩褰（qiān）开：揭开。暂窥临：暂且看一下楼外景色。 ⑪倾耳：侧耳。聆（líng）：听。 ⑫岖嵚（qūqīn）：山高貌。 ⑬初景：初春的阳光。革：清除。绪风：余风，指冬天剩下的寒风。 ⑭新阳：春天。故阴：去冬的余寒。 ⑮“园柳”句：谓园中柳树上各种鸟轮番地啼叫。 ⑯祁祁：众多的样子。豳歌：指《诗经·豳风·七月》中的“春日迟迟，采蘩祁祁。女心伤悲，殆及公子同归。”伤豳歌：因见春草想到豳歌，引起思归情绪，使内心感到悲伤。 ⑰萋萋：草茂盛的样子。楚吟：指《楚辞·招隐士》：“王孙游兮不归，春草生兮萋萋。”本句与上句意同。 ⑱索居：独居。易永久：容易感到日子过得太久。 ⑲难处心：

难于安心自处。 ⑳持操：坚持操守。岂独古：难道只有古人才行。 ㉑无闷：《易·乾卦》："遁世无闷"。谓隐逸之人，避世无闷。征在今：今天在我这里已得到证验。征，验。全句谓，今天我已证验，只有隐居避世，才可以无烦闷。

鲍 照（约414—466）

字明远，东海（今江苏连云港市东）人。出身寒微，献诗临川王刘义庆，甚受赏识，擢为国侍郎。后迁秣陵令，入为中书舍人。临海王刘子项镇荆州，任照为前军参军，世称鲍参军。子项作乱，照为乱兵所杀。他是我国文学史上的杰出诗人之一，与谢灵运、颜延之同以诗著称，合称"元嘉三大家"，其成就高于颜、谢。长于乐府歌行，富于浪漫主义激情，沈德潜谓"如五丁凿山，开人世所未有"（《古诗源》）。对唐代李白等诗人颇有影响。有《鲍参军集》，近人黄节《鲍参军诗注》较详备。

拟行路难

对案不能食①，拔剑击柱长叹息。
丈夫生世会几时②，安能蹀躞垂羽翼③？
弃置罢官去，还家自休息。
朝出与亲辞，暮还在亲侧。
弄儿床前戏④，看妇机中织。
自古圣贤尽贫贱，何况我辈孤且直⑤！

【题解】

《行路难》属乐府《杂曲歌辞》，多述世路艰难及离别悲伤之意。鲍照《拟行路难》共十八首，多针对封建士族社会的不合理现象抒发愤激之情。这是第六首，为倍受压抑、有志难展的寒士鸣不平，俊逸豪迈，体现了鲍照乐府歌行的本色。

【注释】

①案：放食器的小几。又通“盌”（碗）。 ②会：能。 ③蹀躞（diéxiè）：小步走路的样子。垂羽翼：下垂翅膀，不能展翅高飞。 ④弄儿：逗小孩儿玩。 ⑤孤且直：孤高而且耿直。

谢　朓（464—499）

字玄晖，陈郡阳夏（今河南太康）人。出身贵族，母为宋长城公主。入齐，曾任竟陵王萧子良幕下功曹，以文学见赏，为“竟陵八友”之一。又因曾任宣城太守，世称谢宣城。永元（499—501）初，被始安王萧遥光诬陷，下狱死。诗与沈约、王融等人之作均注重声律，时称“新体诗”，因形成于南齐永明（483—493）时，亦称“永明体”。多山水诗，诗风秀逸。原有集，已佚，明人辑有《谢宣城集》。

暂使下都夜发新林至京邑赠西府同僚①

大江流日夜②，客心悲未央③。
徒念关山近，终知返路长④。
秋河曙耿耿⑤，寒渚夜苍苍⑥。
引领见京室⑦，宫雉正相望⑧。
金波丽鳷鹊⑨，玉绳低建章⑩。

驱车鼎门外[11][10]，思见昭丘阳[12]。
驰晖不可接，何况隔两乡[13]？
风云有鸟路，江汉限无梁[14]。
常恐鹰隼击，时菊委严霜[15]。
寄言罻罗者，寥廓已高翔[16]。

【题解】

《南齐书·谢朓传》载：谢朓为随王萧子隆文学，子隆好诗赋，朓以文才尤被赏爱，“流连晤对，不舍日夕”，引起长史王秀之的嫉妒，向齐武帝进谗，于是齐武帝令朓还都。朓于还京途中作此诗寄西府同僚。西府，即荆州随王府。诗中通过景物描写，展现离荆州、返建康的复杂心态，“大江流日夜，客心悲未央”是传诵名句，也是谢朓“工于发端”的范例。

【注释】

①暂使：指奉命出朝短暂任藩国的僚属。下都：指荆州。时荆州是随王萧子隆藩国的都城，故称下都。新林：在今南京市西南。京邑：指齐都城建康（今南京市）。 ②大江：长江。 ③客：作者自指。未央：未尽、不止。 ④“徒念”二句：指到京城已是很近，但返回荆州却遥远。关山：这里指建康附近的关隘。 ⑤河：天上的银河。耿耿：天微明的样子。 ⑥渚：水中沙洲。苍苍：深青色。 ⑦引领：伸长脖子。京室：京城宫室。 ⑧宫雉：宫墙。雉，雉堞，即城上的矮墙。 ⑨金波：月光。丽：作动词用，意为“照在”。鳷（zhī）鹊：汉代观名，这里借指齐宫观。 ⑩玉绳：星名。低：低回，徘徊。建章：汉宫名，这里借指齐宫殿。 ⑪鼎门：指建康的南门。《文选》李善注引《帝王世纪》：“成王定鼎于郏鄏，其南门名定鼎门。”后世遂以“鼎门”称“南门”。 ⑫昭丘：楚庄王墓，在荆州当阳郊外。这里以昭丘代荆州。阳：《方言》：“冢大者为丘，丘南为阳。”此句连上句说：驱车

到了都门，心中想念的仍是荆州。 ⑬驰晖：指太阳。接：近。两乡：两地。这里指荆州和建康。二句谓：眼见运行的太阳，尚且不能接近，何况阻隔在两乡的人呢？ ⑭“风云”二句：谓天空风云变幻，仍有鸟道可以通行；长江和汉水，限于没有桥梁，便没法通过。这里指自己难于再回荆州。 ⑮隼（sún）：比鹰稍小。鹰隼：两种猛禽，常以弱小的鸟为食。这里用以比喻谗邪恶人。委：委弃。二句谓：自己常怕谗邪中伤，如小鸟怕鹰隼击杀，如秋菊怕严霜摧残。 ⑯罻（wèi）罗：两种捕鸟的网。寥廓：空阔。二句谓：告诉你们这些设计害人的人（指王秀之），我已远走高飞，你们休想再害我。

之宣城郡出新林浦向板桥①

江路西南永，归流东北骛②。
天际识归舟③，云中辨江树④。
旅思倦摇摇⑤，孤游昔已屡⑥。
既欢怀禄情，复协沧洲趣⑦。
嚣尘自兹隔⑧，赏心于此遇。
虽无玄豹姿，终隐南山雾⑨。

【题解】

此诗作于任宣城太守途中，先写江行所见之景；后写出仕外郡，既可得俸禄，又可远隔尘嚣，远害全身。“天际识归舟，云中辨江树”是传诵名句。胡应麟云：“六朝句于唐人，调不同而语相似者；‘余霞散成绮，澄江净如练’，初唐也；‘金波丽鳷鹊，玉绳低建章’，盛唐也；‘天际识归舟，云中辨江树’，中唐也；‘鱼戏新荷动，鸟散余花落’，晚唐也。俱谢玄晖诗也。”（《诗薮·外编》）王夫之云：“‘天际识归舟，云中辨江树’，隐然一含情凝睇之人，呼之欲出。如此写景，乃为活景。”（《古诗选评》卷五）

【注释】

①宣城郡：治所在今安徽宣城市。新林：注见前。板桥：即板桥浦，在新林浦南。水上南北结浮桥渡水，故称板桥浦。 ②江：长江。永：长。归流：江以流向大海为归。骛：奔驰。作者从建康去宣城，为西南逆流上行，故觉水路长。江水向东北奔驰入海，则很快。 ③归舟：指驶回京城建康的船。 ④“云中”句：言透过江上云雾，还依稀能辨认出江边的树。⑤摇摇：心神恍惚貌。 ⑥“孤游昔已屡”：孤身旅行，已有多次。屡，多次。 ⑦怀禄：想得官禄。协：适合。沧洲：滨水幽僻的地方，为隐者所居。二句谓既得官禄，又适合自己幽隐的情趣。 ⑧嚣尘：嘈杂喧扰的尘世。兹：此。 ⑨“虽无”二句：《列女传·贤明》，“陶答子治陶三年，名誉不兴，家富三倍。其妻独抱儿而泣。姑怒，以为不祥。妻曰：‘妾闻南山有玄豹，隐雾而七日不食，欲以泽其衣毛而成文章，故藏而远害”。二句谓自己虽无玄豹的丰姿，但也可以像玄豹那样，栖隐在南山雾中，避祸而远害。

晚登三山还望京邑[①]

灞涘望长安[②]，河阳视京县[③]。
白日丽飞甍[④]，参差皆可见[⑤]。
余霞散成绮[⑥]，澄江静如练[⑦]。
喧鸟覆春洲[⑧]，杂英满芳甸[⑨]。
去矣方滞淫[⑩]，怀哉罢欢宴[⑪]。
佳期怅何许[⑫]，泪下如流霰[⑬]，
有情知望乡，谁能鬒不变[⑭]？

【题解】

前段写“望京邑”所见春景，后段即景抒情，缅怀故乡。景中含情，情因景发，造语精丽，风华映人。“余霞散成绮，澄江静如练”

两句，写景如画，脍炙人口。李白《金陵城西楼月下吟》云：“解道‘澄江静如练’，令人长忆谢玄晖。”

【注释】

①三山：在今南京市西南长江南岸，上有三峰，南北相连。京邑：指建康（今南京市）。 ②灞涘（sì）：灞水的河岸上。涘，河岸边。灞水流经长安。 ③河阳：县名，故址在今河南孟州市西。京县：指洛阳。这里以灞涘、河阳代三山、长安。京县，借指建康。 ④丽飞甍（méng）：照耀在飞耸的屋檐。 ⑤参差：高低不齐。 ⑥绮：锦缎。 ⑦练：白色绸子。 ⑧覆：盖。 ⑨杂英：杂花。芳甸：芳草遍布的郊野。 ⑩方：将。滞淫：久留。 ⑪怀哉：怀念。罢欢宴：罢去欢宴。 ⑫佳期：指还乡之日期。怅：惆怅。何许：何时。 ⑬霰（xiàn）：雪珠。 ⑭鬒（zhěn）：黑发。变：指变白。

沈　约（441—513）

字休文，吴兴武康（今浙江德清县）人。历仕南朝宋、齐、梁三代。在齐以文学游竟陵王萧子良门下，为“竟陵八友”之一。后助梁武帝萧衍即帝位，封建昌县侯。终尚书令兼太子少傅，卒谥隐。世称沈隐侯。幼孤贫，笃志好学，博览群书，为齐、梁文坛领袖，创“四声八病”之说，和谢朓、王融等人创作新体诗，时号“永明体”。对五言诗向近体诗发展起了一定的促进作用。著作多散佚，今唯存《宋书》一百卷。明人辑有《沈隐侯集》。

别范安成①

生平少年日，分手易前期②。

及尔同衰暮，非复别离时[3]。
勿言一樽酒，明日难重持[4]。
梦中不识路，何以慰相思[5]？

【题解】

前四句写少年离别之“易”，后四句写老年离别之“难”，俱入情入理，概括了所有人的共同体验。在章法上，又以“易”衬“难”，突出了眼前的离别之苦，读之令人酸鼻。

【注释】

①范安成：名岫，字茂宾，仕齐为安成内史，故称范安成。　②前期：离别时预定的重见之期。二句说：我和范岫年轻时离别，那时都把重逢看得很容易。　③“衰暮”二句：谓现在和你都已衰老，不再是可以随便别离的时候了。非复：不再。　④“勿言”二句：不要以为眼前一杯酒微不足道，以后恐怕难得在一起把杯共饮了。　⑤“梦中”二句：谓梦中想寻你，又会迷路找不着你，那将用什么来安慰我对你的思念之情呢？《韩非子》载：战国时张敏与高惠友善，敏思念高惠，于梦中往寻，中途迷路而回。“梦中”二句本此。

阴　铿（生卒年不详）

字子坚，武威姑臧（今甘肃武威）人。梁时任湘东王萧绎法曹法军。入陈，为始兴王府录事参军。历官晋陵太守、员外散骑常侍。善为五言诗，炼字造句极意精工，风格俊逸清丽，颇似何逊，故“阴何”并称。杜甫自谓“颇学阴何苦用心”，又赞李白“李侯有佳句，往往似阴铿”，可见其成就之高。讲究声律，不少诗已接近唐代律诗，开初唐沈宋先河。原有集，已佚，明人辑有《阴常侍集》。

江津送刘光禄不及①

依然临江渚②，长望倚河津③。
鼓声随听绝④，帆势与云邻⑤。
泊处空余鸟，离亭已散人⑥。
林寒正下叶，钓晚欲收纶⑦。
如何相背远，江汉与城闉⑧。

【题解】

首二句写赶到渡头，友人所坐的船早已远去，于是临河“长望”。中间六句，写“长望”所见的情景：开船的鼓声已绝，孤帆已远在云际，原来泊船的地方只有几只鸟，离亭上饯行的亲友早已散尽，岸边的树林飘落黄叶，钓鱼的人正收拾他的钓鱼工具。这一切，都只写景，而送友“不及”的怅惘之情，俱从景中溢出，于是以“相背远”的慨叹收束全诗。陈祚明称其“声调既亮，无齐梁晦涩之习；而琢句抽思，务极新隽，寻常景物，亦必摇曳出之，务使穷态极妍，不肯直率”（《采菽堂古诗选》卷二九），并非虚誉。

【注释】

①江津：长江渡口。光禄：官名，即光禄大夫。刘光禄：其人不详。不及：送行没有赶上。 ②依然：依恋的样子。渚：水中小洲。 ③长望：遥望。 ④鼓声：古时开船，打鼓为号。 ⑤“帆势”句：言船去渐远，船帆高与天接与云为邻了。 ⑥离亭：供人送行用的亭子。 ⑦纶：钓丝。 ⑧城闉（yīn）：即城门。闉，古代瓮城的门。二句谓：为什么君去江汉，我回城里，各向相背的方向走，越来越远呢？

庾 信（513—581）

字子山，南阳新野（今属河南）人。幼聪慧，博览群书。年十五，任梁昭明太子萧统东宫讲读。梁元帝时，奉命出使西魏，被留长安。不久梁亡，从此流寓北方。西魏亡，仕北周，官至骠骑大将军、开府仪同三司，世称庾开府。在南朝时，与徐陵同为宫廷文学代表作家，善诗赋、骈文，风格绮丽。其后流寓北朝，怀乡念土，风格一变，杜甫称扬“庾信文章老更成”“暮年诗赋动江关”。原有集，已佚。后人辑有《庾子山集》。

拟咏怀

榆关断音信，汉使绝经过①。
胡笳落泪曲，羌笛断肠歌②。
纤腰减束素，别泪损横波③。
恨心终不歇，红颜无复多。
枯木期填海，青山望断河④。

【题解】

庾信《拟咏怀》共二十七首，虽角度不同，取材有异，但其基本内容，都是抒写羁留北方，不得南归的苦闷，辞旨与《哀江南赋》略同。这是第七首。

【注释】

①“榆关”二句：榆关：犹“榆塞”，泛指北方边塞。汉使：汉朝的使

臣。二句为诗人伤自己流寓北方，与南朝家国音书断绝。 ②胡笳、羌笛：二者为西北少数民族的乐器。 ③纤腰：细腰。减束素：腰部渐渐瘦细。横波：指眼睛。二句谓身体削减，眼睛哭坏。 ④“枯木”二句：意谓自己期望回到南朝，就像精卫期望用枯木填海、青山期望断河那样难于实现。填海：见前陶渊明《读山海经》注。断河：《水经注》卷四《河水注》谓华、岳二山本来是一座山，河神巨灵手荡脚踢，开而为二，黄河才从中间通过。“青山望断河”的意思是：期望填断黄河，使两山仍合为一。

南朝乐府民歌

读 曲 歌

打杀长鸣鸡，弹去乌臼鸟①。
愿得连冥不复曙，一年都一晓②。

【题解】

《乐府诗集》收《读曲歌》八十九首，这里选其中的一首。男女相会，希望夜长而生怕天亮，自是常情；而诗中主人公却把天亮归咎于长鸣鸡和乌臼鸟，竟要打杀、弹去，满以为鸡不叫、鸟不啼，天就永远不亮了！愈痴心妄想，愈见情真、情深。

【注释】

①弹：指用弹丸射击。乌臼：即鹗鸠，又名鸦舅，比鸡还叫得早。吴融《富春诗》：“五更鸦舅最先啼。” ②冥：黑暗。都：总共。曙：晓，指天亮。

子 夜 歌

始欲识郎时，两心望如一[①]。
理丝入残机[②]，何悟不成匹[③]！

【题解】

《子夜歌》，相传为晋代女子名子夜者所作，《乐府诗集》归入《清商曲·吴声歌曲》，共收四十二首，皆为男女恋歌，这里选一首。谐音、双关，民歌中惯用的手法，这首歌都用上了。织布是女子的日常工作，故从织布生发，以“丝”谐“思”，以丝织品匹段之“匹”双关男女匹配之“匹”，委婉含蓄地表现了女主人公的情思。

【注释】

①两心如一：喻爱情的专一和坚贞。　②丝：谐情思的“思”。残机：残破的织布机。　③何悟：怎么料到。匹：布匹。

子夜四时歌

春林花多媚[①]，春鸟意多哀[②]。
春风复多情，吹我罗裳开。

【题解】

《乐府诗集》收《子夜四时歌》晋、宋、齐辞七十五首，其中春歌二十首，夏歌二十首，秋歌十八首，冬歌十七首。这里选春歌一首。这首歌表现一位女子的春思，第三句“春风复多情”，用一“复”字，则一、二句的“春花”“春鸟”对女主人公来说，也是“多情”的。那么，“春花”“春鸟”“春风”的“多情”，使她产生什么感触呢？含而不露，引人寻思。

【注释】

①多媚：十分艳丽，惹人喜爱。 ②“春鸟”句：春鸟求偶未得，鸣声悲切。

那呵滩

闻欢下扬州①，相送江津弯②。
愿得篙橹折③，交郎到头还④。

【题解】

《乐府诗集》引《古今乐录》云：“《那呵滩》，旧舞十六人，梁八人。其和云：‘郎去何当还！’多叙江陵及扬州事。那呵，盖滩名也。”这里所选的一首是女方送行之诗。听说心爱的人要到扬州去，便赶到江津弯来送行。想留留不住，就希望船开不久，篙橹断折，她心爱的人掉头回来。这便是所谓“痴情”，愈“痴”愈真挚。

【注释】

①欢：民歌中对心爱的人的称呼。 ②江津：在今湖北江陵县。 ③篙：竹篙，撑船用。橹：桨，划船用。 ④交：同“教”。到：同“倒”，掉头，回头。

北朝乐府民歌

折杨柳歌辞

一

上马不捉鞭，反折杨柳枝。
蹀坐吹长笛①，愁杀行客儿。

二

腹中愁不乐，愿作郎马鞭。
出入擐郎臂②，蹀坐郎膝边。

【题解】

《乐府诗集》收《折杨柳歌辞》五首，这里选两首。前一首，乃行者之诗。已经上马，却不挥鞭出发，反而折柳以赠送者。“柳”谐“留”，恋恋不忍去之意已从折柳的动作中表现出来。《折杨柳》属汉乐府《横吹曲》，用笛子吹奏。这时候行者、送者都吹起《折杨柳》曲，更令行客愁杀。

后一首乃送者之诗。郎要走，留不住，便想变成郎的马鞭子，出、入、行、坐，都和郎在一起。这也表达了一种“痴情”，愈痴愈纯真。

【注释】

①蹀（dié）：行。 ②擐（huàn）：套、穿。

木兰诗

唧唧复唧唧[1]，木兰当户织[2]。不闻机杼声[3]，唯闻女叹息。问女何所思，问女何所忆，女亦无所思，女亦无所忆。昨夜见军帖[4]，可汗大点兵[5]。军书十二卷[6]，卷卷有爷名[7]。阿爷无大儿，木兰无长兄。愿为市鞍马[8]，从此替爷征。

东市买骏马，西市买鞍鞯[9]，南市买辔头[10]，北市买长鞭。旦辞爷娘去，暮宿黄河边。不闻爷娘唤女声，但闻黄河流水鸣溅溅[11]。旦辞黄河去，暮至黑山头[12]。不闻爷娘唤女声，但闻燕山胡骑鸣啾啾[13]。

万里赴戎机[14]，关山度若飞。朔气传金柝[15]，寒光照铁衣[16]。将军百战死，壮士十年归。

归来见天子，天子坐明堂[17]。策勋十二转[18]，赏赐百千强[19]。可汗问所欲，“木兰不用尚书郎[20]。愿驰明驼千里足[21]，送儿还故乡[22]”。

爷娘闻女来，出郭相扶将[23]。阿姊闻妹来，当户理红妆[24]。小弟闻姊来，磨刀霍霍向猪羊[25]。开我东阁门，坐我西阁床。脱我战时袍，著我旧时裳。当窗理云鬓，对镜帖花黄[26]。出门看伙伴，伙伴皆惊忙[27]。同行十二年，不知木兰是女郎。

雄兔脚扑朔[28]，雌兔眼迷离[29]，双兔傍地走[30]，安能辨我是雄雌？

【题解】

《木兰诗》最早著录于陈释智匠《古今乐录》，可证其产生之时代不晚于陈。诗称天子为“可汗”，征战地在“黑山”“燕山”，可证此诗为北朝民歌，所反映的是北魏与柔然之间的战争。柔然是北方游牧族大国，立国159年（394—552），曾与北魏、东魏、北齐发生过多次战争，其主要战场，正在黑山（即杀虎山，在今内蒙古呼和浩特市东南）、燕山（指燕然山，即今蒙古人民共和国杭爱山）一带。

《木兰诗》是北朝民歌之绝唱，诗中塑造的替父从军的女英雄形象，兼有女性特点与英雄品格。对父母、对祖国的热爱与献身精神，使这位女英雄形象闪耀永恒的光辉，至今仍是人们学习的榜样。全诗充分发挥了民歌的特长。设问、比喻、排比、对偶、复叠、象声、悬念等表现手法的突出运用，对于渲染气氛、塑造人物收到了极佳的效果。这篇叙事诗在长期流传过程中经过许多人的加工，包括文人的加工，因而在艺术上更趋完美，又留下一些矛盾，如“壮士十年归”与“同行十二年”的时间不一致等，但都是枝节问题，无损女英雄的感人形象，无损全诗的高度艺术成就。

【注释】

①唧唧：叹息声。 ②当户：对着窗户。 ③机杼声：织布时织布机和梭子发出的声音。杼，梭子。 ④军帖：征兵的文书、名册。 ⑤可汗（kèhán）：古代西北地区各少数民族对君主的称呼。大点兵：大规模征兵。 ⑥军书：即前面的军帖。十二卷：极言其多，非实指。 ⑦爷：父亲。 ⑧市：购买。 ⑨鞯（jiān）：马鞍下的垫子。 ⑩辔（pèi）头：马嚼子、马笼头和缰绳。 ⑪溅溅（jiān）：激浪声。 ⑫黑山：即杀虎山，蒙古语为阿巴汉喀喇山，在今呼和浩特市东南百里。 ⑬燕山：指燕然山，即今蒙古人民共和国境内的杭爱山。胡骑（jì）：胡人的战马。鸣：一作“声”。啾啾：马叫声。 ⑭赴戎机：指奔赴战场参加军事机要行动。 ⑮朔气：北方的

寒风冷气。朔，北方。金柝（tuò）：刁斗。一种军用的铜器皿，白天当锅烧饭，晚上当梆子打更。 ⑯铁衣：战士穿的铁甲战袍。 ⑰明堂：皇帝祭祀、听政、选士的地方。 ⑱策勋：记功。军功每加一等，官爵随升一级，叫作一转。十二转：极言官爵之高。 ⑲强：有余。 ⑳尚书郎，官名。汉以后尚书台（省）下分设若干曹（部），任曹务者谓之尚书郎。 ㉑愿驰：一作“愿借”。明驼：《酉阳杂俎》，“驼卧，腹不帖地，屈足漏明，则行千里。”但据内蒙古民间传说，是一种用于喜庆佳节的精壮的骆驼。 ㉒儿：木兰自指。 ㉓郭：外城。将：也是扶的意思。 ㉔理红妆：梳妆打扮。 ㉕霍霍：磨刀声。 ㉖贴花黄：古代女子在额上贴上或涂上黄色的山、月、花、鸟等形状的妆饰物。 ㉗忙：一作“惶”。 ㉘脚扑朔：脚乱蹦乱跳。 ㉙眼迷离：眼神游移不定。 ㉚傍地走：在地上跑。

敕勒歌

敕勒川[1]，阴山下[2]。
天似穹庐[3]，笼盖四野[4]。
天苍苍，野茫茫，风吹草低见牛羊[5]。

【题解】

这是敕勒族的民歌，《乐府诗集》收入《杂歌谣辞》，并引录《乐府广题》中关于斛律金唱《敕勒歌》的记载，说明此歌原用鲜卑语，斛律金歌唱时译为齐语，“故其句长短不齐”。

此歌表现辽阔的草原及其独特景色：天，像一个巨大的蒙古包笼盖整个大草原，天地苍茫无际，长风吹过，草原茂密、碧绿，一望无边的牧草随风倾斜，原来湮没于草中的羊群、牛群，这才显露出来，一片雪白，一片金黄。寥寥数语，写景何等传神，意境何等雄阔！

【注释】

①敕勒川：因敕勒部族居住其地而得名。敕勒，为匈奴族的一部，初号狄历，又名高车、丁零，隋唐时叫铁勒。北齐时居住于朔州（今山西北部和内蒙古交界地区）一带。川，平原。 ②阴山：起于河套西北，绵亘于今蒙古南部。 ③穹（qiǒng）庐：毡帐、蒙古包。 ④笼盖：笼罩。 ⑤见：同“现”，露出、出现之意。

王禹偁（954—1001）

字元之，济州巨野（今属山东）人。家世务农。太平兴国八年（983）进士，历右拾遗、左司谏、知制诰等职。真宗时，预修《太宗实录》，遇事敢言，曾上《端拱箴》《御戎十策》《应诏言事疏》等，提出了重农耕、节财用、任贤能、抑豪强、谨边防等许多有关政治改革的建议。终因触犯权贵，三黜以死（有《三黜赋》）。文学韩愈，诗先学白居易，后学杜甫。其政治主张，开范仲淹等“庆历变法”先声；其文学主张和诗文创作实践，开欧阳修等诗文革新先河。有《小畜集》《小畜外集》《五代史阙文》传世。《宋史》卷二九三有传。

村 行

马穿山径菊初黄①，信马悠悠野兴长②。
万壑有声含晚籁③，数峰无语立斜阳。
棠梨叶落胭脂色④，荞麦花开白雪香。
何事吟余忽惆怅？村桥原树似吾乡。

【题解】

这首七律作于任商州团练副使时期。首联以“马穿山径”点“村行”，以“菊初黄”点时令，以“野兴长”引起中间两联。中间两联通过视觉、听觉、嗅觉写出山村秋景：宁静、明丽、芳香，表现了诗人离开贬所、信马村行之时获得的精神解脱和心灵慰藉。尾联以一问突转、以一答拍合，跌宕生姿。因见此乡景物恰“似吾乡”而忽感惆怅，则弃官归去之念油然而生，其对贬谪生涯的厌恶和对朝政时局的失望，俱见于言外。

【注释】

①山径：山间小路。 ②信马：任马行走。悠悠：形容心情安闲。野兴长：野外游兴很浓厚。 ③万壑：众多的山沟。籁（lài）：指山沟发出的音响。 ④棠梨：又名杜梨，一种野生梨树。

林 逋（967—1029）

字君复，钱塘（今浙江杭州）人。早岁漫游江淮间，后归隐杭州孤山，养梅饲鹤，终身不娶，人称“梅妻鹤子”。真宗礼遇之，赐粟帛。卒谥和靖先生。诗多写隐逸生活及自然风光，淡雅闲远。有《林和靖诗集》四卷。

山园小梅

众芳摇落独暄妍①，占尽风情向小园。

疏影横斜水清浅，暗香浮动月黄昏②。

霜禽欲下先偷眼[3]，粉蝶如知合断魂[4]。
幸有微吟可相狎[5]，不须檀板共金樽[6]。

【题解】

林逋“吟魂长恨负芳时，为见梅花辄入诗”，以善咏梅出名。其“雪后园林才半树，水边篱落忽横枝”（《咏梅》）一联，传诵一时；这首七律，更倍受赞赏，使前此无数咏梅之作都黯然失色。“疏影”一联，被认为是咏梅的千古绝唱。欧阳修说：“评诗者谓前世咏梅者多矣，未有此句也。”司马光称其“曲尽梅之体态”。苏轼称此联“决非桃李诗”，写出了梅花的个性。陈与义《和张矩臣水墨梅》云：“自读西湖处士诗，年年临水看幽姿。晴窗画出横斜影，绝胜前村夜雪时。”是说林逋的“暗香”“疏影”一联比唐人齐已《早梅》名句“前村深雪里，昨夜一枝开”更好。王十朋更说：“暗香和月入佳句，尽压千古无诗才。”辛弃疾奉劝诗人，“未须草草赋梅花，……总被西湖林处士，不肯分留风月”。至于姜夔咏梅自度曲特以《暗香》《疏影》命名，更成为此后词人咏梅常用的词牌。

【注释】

①众芳摇落：百花凋谢。暄妍：鲜艳，指梅花。 ②暗香：幽香。 ③霜禽：经霜的鸟。偷眼：偷看。 ④合断魂：准会销魂。 ⑤相狎（xiá）：相亲相近。 ⑥檀板：用檀木制成的响板，歌唱时用来打拍子。金樽：贵重的酒杯。

范仲淹（989—1052）

字希文，苏州吴县（今属江苏）人。少孤贫，力学。大中祥符八年（1015）进士。宝元三年（1040）任陕西招讨副使，兼知延州，抗御西夏。庆历三年（1043），任枢密副使、参知政事，推行新政，力图改革，遭保守派反对而罢政，出知邠州，兼陕西四路宣抚使。卒谥文正。工诗文，晚年所作《岳阳楼记》至今脍炙人口。有《范文正公集》。

江上渔者[①]

江上往来人，但爱鲈鱼美[②]。
君看一叶舟，出没风波里。

【题解】

只知鲈鱼味美而贪爱品尝，却不知渔者多么辛苦，这是很普遍的社会现象。后两句只展示捕鱼的惊险场景，让人“看”而不作解释，含义深广，极耐寻绎。

【注释】

①渔者：捕鱼的人。 ②鲈（lú）鱼：一种肉嫩味美的鱼，苏州一带多有。

曾公亮（999—1078）

字明仲，泉州晋江（今福建泉州）人。仁宗天圣二年（1024）进士，历官翰林学士、枢密使、同中书门下平章事。曾与丁度编《武经总要》。

宿甘露僧舍[①]

枕中云气千峰近，床底松声万壑哀。
要看银山拍天浪[②]，开窗放入大江来。

【题解】

作者住宿在甘露寺僧舍中。首联用对偶句，上句以枕中有千峰云气写僧舍之高，下句以床底有万壑松声写僧舍之幽。用夸张的手法加强艺术表现力，极有气势。三、四句不直写俯瞰大江，而说如果要看像银山那样的拍天巨浪，那就打开窗户，放入大江。用虚拟的语气加强艺术表现力，尤有气势。

【注释】

①甘露：即甘露寺，在镇江北固山上，下临长江。 ②银山：指江中巨浪。

梅尧臣（1002—1060）

字圣俞，宣城（今属安徽）人。宣城汉代名宛陵，故世称“宛陵先生”。早年应试不第，以恩荫补官。仁宗皇祐三年，因大臣推荐面试，赐同进士出身，授国子监直讲。官至尚书都官员外郎，世因此亦称“梅都官”。曾预修《新唐书》。与欧阳修同为北宋前期诗文革新运动领袖，并称“欧梅”。又与苏舜钦齐名，并称“苏梅”。诗风简古，着重反映现实，力克西昆浮靡之弊。有《宛陵集》。

陶　者[1]

陶尽门前土，屋上无片瓦。
十指不沾泥，鳞鳞居大厦[2]。

【题解】

制瓦者屋上无瓦，住大厦者十指不沾泥，与张俞“遍身罗绮者，不是养蚕人”同一意蕴；而第三句与第一句对比，第四句与第二句对比，无一语判断，让读者自作结论，又独具特色。

【注释】

①陶者：用陶土烧制砖瓦的人。　②鳞鳞：屋上瓦排列得整整齐齐，有如鱼鳞一般。

东　溪

行到东溪看水时，坐临孤屿发船迟[1]。
野凫眠岸有闲意[2]，老树着花无丑枝。
短短蒲茸齐似剪[3]，平平沙石净于筛[4]。
情虽不厌住不得，薄暮归来车马疲。

【题解】

东溪即宛溪，在作者的故乡宣城市。首句“行到东溪”，为的是“看水”，为全诗表现闲适之趣定下了基调。次联写岸边景，方回赞为“当世名句，众所脍炙”（《瀛奎律髓》，纪昀赞其“名下无虚”（《瀛奎律髓评》），陈衍也说“的是名句”（《宋诗精华录》）。

“野凫眠岸”，乃水乡常见的景象，作者移情入景，说它“有闲意”，正表现他自己爱“闲”、羡“闲”，厌恶争名夺利。“老树着花”，也是人们经常看见，不以为奇的景象，作者却称赞它“无丑枝”。树“老”便“丑”，但枝枝繁花盛开，便不“丑”。欧阳修说梅尧臣“文词愈清新，心意难老大。有如妖娆女，老自有余态”（《水谷夜行寄圣俞子美》），他自己的这句“老树着花无丑枝”，正表现了他人虽老而“心意”并不老的精神境界。

【注释】

①屿（yǔ）：小岛。 ②野凫（fú）：野鸭子。 ③蒲茸：蒲草的花，成茸状，夏季开。 ④净于筛（shāi）：比用筛子筛过的还干净。

欧阳修（1007—1072）

字永叔，号醉翁，又号六一居士，庐陵（今江西吉安）人。仁宗天圣八年（1030）进士，官至枢密副使，参知政事。曾赞助范仲淹的“庆历新政”。晚年因与王安石政见不合，退居颍州。喜培养后进，苏洵父子、曾巩、王安石，皆出其门下。卒谥文忠。北宋诗文革新运动的领袖，文为唐宋八大家之一；诗学韩愈、李白，古体高秀，近体妍雅；词婉丽。与宋祁合修《新唐书》，独撰《新五代史》。有《欧阳文忠公集》《六一词》《六一诗话》等。

戏答元珍①

春风疑不到天涯，二月山城未见花②。
残雪压枝犹有橘，冻雷惊笋欲抽芽。

夜闻归雁生乡思③，病入新年感物华④。
曾是洛阳花下客⑤，野芳虽晚不须嗟⑥。

【题解】

首联疑春风不到，叹二月无花，心目中将夷陵与洛阳对比，流露出被贬以后的寂寞怅惘心情。颔联忽然振起，以赞美的笔触描状金橘不畏雪压，新笋冒寒抽芽，寄托了不怕挫折、昂扬奋进的情怀。颈联又回到被贬谪的现实，思乡、叹病，感慨于时光流逝，景物变迁。尾联自宽自解，以“不须嗟”收束全诗，虽含愁闷而不显低沉。欧阳修因支持范仲淹改革朝政而被贬官。到达贬所，名其室为“至喜堂”，作《夷陵县至喜堂记》，坚信经受挫折能够得到磨炼，事实也正是这样。所以后人评论道：“庐陵事业起夷陵，眼界原从阅历增。”（《随园诗话》卷一）这首《戏答元珍》诗，正表现了他善处逆境的思想感情。其语言的平易流畅，章法的跌宕变化，写景抒情的虚实相生，也一扫西昆诗风，实现了他的革新主张，形成了他自己的独特风格。

【注释】

①元珍：丁宝臣的字，当时任峡州（宜昌）军事判官，常与欧阳修往来。 ②天涯、山城：均指峡州夷陵（今湖北宜昌市），时欧阳修谪夷陵令。 ③乡思（sì）：思乡之情。思，名词。 ④物华：景物。 ⑤洛阳花下客：洛阳，在今河南省，北宋时称西京，盛产牡丹。欧阳修曾任西京留守钱惟演幕下推官，写有《洛阳牡丹记》；丁宝臣也曾在洛阳居住过。 ⑥野芳：野花。嗟：叹息。

画 眉 鸟①

百啭千声随意移②，山花红紫树高低。

始知锁向金笼听，不及林间自在啼。

【题解】

以议论入诗。这是宋诗的特点之一。抽象议论而无情韵，便淡乎寡味。这首诗的后两句虽涉议论，但议论的根子，既萌生于前两句所展现的鲜明形象之中；所阐发的哲理，又从“锁向金笼听”与“林间自在啼”的形象对比中自然流露出来，因而不仅情韵盎然，风神摇曳，还能引发无限联想，给人以思想启迪。

后两句诗，既切合画眉鸟，又有普遍意义，通过一个小题目唱出赞颂自由、追求自由的高歌，对于古代诗人来说，这是难能可贵的。

【注释】

①画眉鸟：一名百舌，善鸣。②啭（zhuàn）：叫声婉转。

苏舜钦（1008—1049）

字子美，原籍梓州铜山（今四川中江），出生于开封。仁宗景祐元年（1034）进士，曾任大理评事、集贤校理等职。以支持范仲淹改革而被保守派攻击落职，退居苏州，筑沧浪亭，寄情山水以自娱。后复起为苏州长史，未赴任而卒。与欧阳修等从事诗文革新。诗与梅尧臣齐名，风格奔放雄健。善草书。有《苏学士文集》。

和淮上遇便风[1]

浩荡清淮天共流[2]，长风万里送归舟[3]。
应愁晚泊喧卑地[4]，吹入沧溟始自由[5]。

【题解】

前两句写水天共流，长风万里，归舟顺风急驶，视野开阔而心情畅适；然径直写去，则一泻无余，无动宕回旋之妙。此诗妙在第三句忽用“应愁”逆转，以“晚泊喧卑地”与前两句展现的开阔视野、畅适心情做强烈对照，顿起波澜，为第四句开拓新境界做好铺垫。抒情主人公本来是要“归”家的，如今却由于厌恶“晚泊”之地的“喧卑”而忽发奇想，希望万里长风将他的船“吹入沧溟”，因为在那里才能“自由”。其不自由的现实与追求自由的理想，俱见于言外。

【注释】

①和：酬和人家的诗。淮上：淮河上。便风：顺风。 ②浩荡清淮：指澄碧的淮水波涛汹涌。天共流：从远处看去，水天相接处，天水一色，仿佛天随水流。 ③长风：远风。 ④泊：停船。喧卑地：喧闹低洼之地。 ⑤沧溟：大海。

淮中晚泊犊头①

春阴垂野草青青②，时有幽花一树明③。
晚泊孤舟古祠下，满川风雨看潮生④。

【题解】

此诗以“晚泊孤舟”划界，写景抒情，极富变化。前两句，写舟行水上之时所见的动景。因“春阴垂野”而衬出野草之“青”与“幽花”之“明”，不无愉悦之感；也因“春阴垂野”而担心风雨将至，给愉悦心情蒙上一层阴影。后两句，写风雨交加，景物骤变，而作者于泊舟之后不去躲避风雨，却立在岸边，“满川风雨看潮生”，意境壮阔，蕴含丰富。第四句景中见情，作者的心潮随春潮起伏，这是可以肯定的。但作者是喜爱风急雨骤、涛翻浪涌的壮观，因而“看”它呢，还是另有感触，联想到他经历过的人世波涛、宦海风险，因而独立沉思呢？则有“言外之意”“弦外之音”。

【注释】

①犊头：地名，淮河边上的一个小镇。 ②垂野：笼罩四野。 ③时有：有时有。 ④满川：整个淮河一带。

李 觏（1009—1059）

字泰伯，南城（今属江西）人，南城在盱（xū）江边，人称盱江先生。仁宗时，以范仲淹荐，任太学助教，后升任直讲。北宋前期著名思想家。文章亦知名，诗受韩愈影响，命意遣词，力求新奇。有《直讲李先生文集》。

乡 思

人言落日是天涯[①]，望极天涯不见家[②]。
已恨碧山相阻隔，碧山还被暮云遮！

【题解】

前两句为后两句做铺垫。后两句从李商隐《无题》“刘郎已恨蓬山远，更隔蓬山一万重”化出，而不说“山万重”，却说家被山隔、山被云遮，更增渺茫无际之感。

【注释】

①天涯：天边。 ②极：尽。

王安石（1021—1086）

字介甫，晚号半山，抚州临川（今江西抚州）人。庆历二年（1042）进士。嘉祐三年（1058）上万言书，提出变法主张。神宗熙宁二年（1069）任参知政事，行新法。由于保守派的竭力反对，以及新法在推行过程中产生的一些流弊，加之变法派内部出现矛盾，只好辞去宰相职务。晚年退居金陵（今南京市）的钟山半山园。元封三年（1080）封荆国公。文学成就极高，散文为“唐宋八大家”之一。诗遒劲清新，讲究使事、用典和翻新。亦能词。与其子雱及吕惠卿等注释《诗经》《尚书》《周官》，成《三经新义》。又著《字说》《钟山日录》等。诗文集有《王文公文集》和《临川先生文集》两种版本。

梅　花

墙角数枝梅，凌寒独自开①。
遥知不是雪②，为有暗香来③。

【题解】

首句写“梅”只有“数枝”，又在“墙角”，极言孤寂冷落，引不起人们的重视。次句用一“独”字，暗示别的花儿都慑于寒威，早已飘零殆尽，只有梅花凌寒独放，突出其不畏严寒、特立独行的高节劲操。三、四句是观梅者从远距离做出的判断，含两个层次：遥望梅梢，只见白雪点点；继而暗香飘来，沁人心脾，才恍然大悟，原来那不是雪，而是梅花冒寒开放了。虽在“墙角”，人所不到；但它不仅有高节劲操，还有幽香，是埋没不了的。

就逻辑顺序看，三、四句应在前，一、二句应在后。前后倒装，显得跌宕有致，摇曳生姿。

【注释】

①凌寒：冒着严寒。 ②遥知：远处便感到。 ③暗香：幽香。

泊船瓜洲[①]

京口瓜洲一水间[②]，钟山只隔数重山[③]。
春风又绿江南岸，明月何时照我还？

【题解】

王安石于景祐四年（1037）随父王益定居江宁（今江苏南京）。第一次罢相，又退居江宁钟山，悠游啸咏。熙宁八年（1075）二月，他第二次拜相，奉诏进京，于“泊船瓜洲”时作此诗，表达了留恋钟山，渴望再回钟山的深情。

洪迈《容斋续笔》卷八记载：吴中士人家藏有这首诗的草稿，其第三句，“初云‘又到江南岸’。圈去‘到’字，注曰‘不好’。改为‘过’，复圈去而改为‘入’，旋改为‘满’。凡如此十许字，始定为‘绿’”。从十多个字中选出的这个“绿”字，的确很精彩。“春风”是抽象的。人在江北而眼望江南，不论用“到”、用“过”、用“入”、用“满”，都不能使“春风”视而可见。而从“春风”的功效着想，用一“绿”字，就立刻出现了视觉形象，使作者触景生情，留恋江南的无边春色，“明月何时照我还”的激情，也就不可阻遏，随之喷薄而出。

王安石变法，曾受到猛烈攻击，阻力极大，因而罢相。二次拜相，在离开钟山北赴京师的路上心潮起伏，疑虑重重。这首诗，便是这种心态的外化。最后选用“绿”字，也许是想起了王维的诗句：“芳草年年绿，王孙归不归？”有的鉴赏家并未读懂这首诗，因而也并未看出这个“绿”字在全诗中有何妙用，却东拉西扯，把它的“妙处”谈了一大堆，其实全未搔着痒处。

【注释】

①泊：停。瓜洲：在江苏扬州市南江边。 ②京口：在今江苏镇江市，同长江北岸的瓜洲隔江相望。 ③钟山：在今南京市东。即紫金山。

书湖阴先生壁[①]

茅檐长扫静无苔，花木成畦手自栽[②]。
一水护田将绿绕，两山排闼送青来[③]。

【题解】

王安石《示德逢》诗云：“先生贫敝古人风，……勤劳禾黍信周公。”《招杨德逢》诗云：“山林投老倦纷纷，独卧看云却忆君。云尚无心能出岫，不应君更懒于云。”看来住在钟山脚下、玄武湖边，距作者半山园不远的这位湖阴先生，是一位自食其力的高人，作者对他很崇敬、有感情。这首题在他墙上的诗，通过对他的庭院田园的描写，赞美了他的人品。

【注释】

①湖阴先生：杨德逢号，是王安石退居钟山半山园时的邻人。书壁：写在

墙上。 ②畦（qí）：田园中划分的小区。 ③排闼（tà）：硬推开门。

王 令（1032—1059）

字逢原，广陵（今江苏扬州）人。不谋仕进，以教书为生。后因王安石援引，蜚声诗坛。诗歌堂庑阔大，豪迈雄奇，富有浪漫主义色彩。不幸短命。有《广陵先生文集》。

暑旱苦热

清风无力屠得热，落日着翅飞上山。
人固已惧江海竭[①]，天岂不惜河汉干[②]？
昆仑之高有积雪，蓬莱之远常遗寒[③]；
不能手提天下往，何忍身去游其间！

【题解】

“屠得热”的“屠”字下得极奇险，但接着把“热”和“日”联系起来，说“日”长着翅膀能够飞，那就当然可以“屠”。烈日晒了一整天，最后又飞上山巅不肯落，继续施展它的炎威，真恨不得杀死它。可是“清风无力”，人又有什么办法！三、四两句用跌宕句法表现酷热行将造成的严重灾难，语带夸张；但抒发“暑旱苦热”的焦灼情感，却是真实的。后四句忽发奇想，想跑到昆仑、蓬莱那种清凉世界里去逃避暑热，可又转念深思：没有力量提携天下人一同脱离火坑，又怎忍心一个人去那儿独享清福呢？

全诗想象新奇，意境雄阔，又表现了这位青年诗人兼善天下的崇高理想，是宋诗中别开生面的作品。

【注释】

①固：本来。 ②河汉：银河。 ③遗寒：遗留一些寒气。

苏　轼（1037—1101）

字子瞻，号东坡居士，眉州眉山（今属四川）人。嘉祐二年（1057）进士，初任凤翔通判。还朝后因与王安石政见不合，出任杭、密、徐、湖等州地方官，有惠政。因作诗，被诬陷下狱（即“乌台诗案”），获释后贬黄州。元祐初废新法，入为起居舍人、翰林学士。复因政争出知杭、颍、扬、定四州。哲宗斥逐旧党，贬惠州，再贬儋州（今海南岛）。遇赦北还，病卒于常州，追谥文忠。苏轼兼善古文、诗、词、书、画，为一代文宗。与其父洵、弟辙合称“三苏”。尤雄于诗，诗风雄浑豪迈，题材广泛，想象丰富，善用比喻。与黄庭坚并称“苏黄”。有《东坡七集》《东坡乐府》等。

六月二十七日望湖楼醉书五绝（录一）①

黑云翻墨未遮山，白雨跳珠乱入船。
卷地风来忽吹散，望湖楼下水如天。

【题解】

这首诗，乃熙宁五年（1072）苏轼任杭州通判时所作。四句诗，把片刻之间出现的云翻、雨泻、风吹、云散、天晴的急遽变化写得何等活灵活现，有声有色！于暴风雨后出现“望湖楼下水如天”的美景，景中含情，尤宜玩味。

【注释】

①望湖楼：在杭州西湖边，为五代时吴越王钱俶（chù）所建。

饮湖上初晴后雨

水光潋滟晴方好①，山色空蒙雨亦奇②。
欲把西湖比西子③，淡妆浓抹总相宜。

【题解】

南宋陈善《扪虱新话》曾说此诗“已道尽西湖好处”。要识西子，但看西湖；“要识西湖，但看此诗”。诗人将西子的神韵赋予西湖，反转来又通过西湖体现西子的神韵，西湖与西子遂合二而一，密不可分。从此诗传诵以来，人们便把西湖称为“西子湖”，一提起“西子湖”，便联想起“淡妆浓抹总相宜”的西子，山容水态，传神流韵，栩栩欲活。

【注释】

①潋滟（liànyàn）：波光闪耀貌。 ②空蒙：形容雨中山色。 ③西子：即西施，春秋时越国的美女。

题西林壁①

横看成岭侧成峰，远近高低各不同。
不识庐山真面目，只缘身在此山中。

【题解】

元丰七年（1084），作者由黄州改迁汝州（治所在今河南临汝）

团练副使，途中游庐山，作此诗。

前两句写遍游庐山的观感：横看成岭，侧看成峰，远看、近看、高看、低看，又各不相同。后两句，是就这种观感做出的总结：因为只在山中转来转去，所以不论从哪一角度看，看到的都是某一局部、某一侧面，而不能从总体上识透“庐山真面目”。

这首诗，当然属于山水诗的范畴，却蕴含生活哲理，能给人以思想启迪，因而广泛传诵，并被引来讽喻某种社会现象，具有强大的艺术生命力。

【注释】

①西林：即西林寺，又名乾明寺，在庐山七岭之西。

惠崇《春江晚景》二首（录一）[1]

竹外桃花三两枝，春江水暖鸭先知。
蒌蒿满地芦芽短[2]，正是河豚欲上时[3]。

【题解】

《图画宝鉴》称惠崇“工画鹅、鸭、鹭鸶”。《图画见闻志》称他“尤工小景，为寒汀远渚、潇洒虚旷之象，人所难到”。他画的《春江晚景》已经失传，而苏轼的这首题画诗，至今仍脍炙人口。

【注释】

①惠崇：建阳人，宋初著名诗僧，亦善画。　②蒌（lóu）蒿：草名，花淡黄色，茎可食用。芦芽：即芦笋。　③河豚：鱼名。产于海，春江水发，溯江水上游产卵繁殖。肉味极鲜美，唯内脏有剧毒。

赠刘景文[1]

荷尽已无擎雨盖，菊残犹有傲霜枝。
一年好景君须记，最是橙黄橘绿时。

【题解】

这首诗，在萧条冷落的初冬季节推出“橙黄橘绿”，赞为“一年好景”，不仅诗情洋溢，给人以美感享受，还寓有人生哲理，引人深思，发人深省。

【注释】

①刘景文：名季孙，开封祥符（今河南开封市）人。将门之后，博学能诗，曾受王安石赏识、提拔；苏轼也推许、表荐，称他为“慷慨奇士”。这首《赠刘景文》，作于元祐五年（1090）任杭州太守时。当时刘景文任两浙兵马都监，也在杭州，两人诗酒往还，交谊颇深。

黄庭坚（1045—1105）

字鲁直，号山谷道人，晚号涪翁，洪州分宁（今江西修水）人。英宗治平四年（1067）进士。政治遭遇随新旧党争的变化而升沉。哲宗时召为校书郎，预修《神宗实录》，迁著作佐郎。后被指控修史“多诬”，贬为涪州别驾。徽宗即位，赦还，领太平州事，旋以“幸灾谤国”除名，流放宜州（今广西宜山）卒。与张耒、晁补之、秦观并称“苏门四学士”。诗与苏轼齐名，并称“苏黄”。论诗以杜甫为宗，兼法韩愈，有“夺胎换骨、点铁成金”之论。诗风奇崛拗峭，清新瘦硬，被尊为江西诗派之祖，影响颇大。能词善书，书法为“宋四家”之一。有《豫章黄先生文集》《山谷琴趣外篇》《山谷刀笔》。

登快阁[①]

痴儿了却公家事[②]，快阁东西倚晚晴。
落木千山天远大，澄江一道月分明。
朱弦已为佳人绝[③]，青眼聊因美酒横[④]。
万里归船弄长笛，此心吾与白鸥盟[⑤]。

【题解】

律诗由于受格律的限制，很容易写得板滞窘促，奄奄无生气。此诗则在讲究平仄、对偶、韵律的同时运单行之气，像李白歌行那样纵横驰骋，舒卷自如，达到了既“运古入律”，又饶有情韵的艺术境界。元人韦居安《梅硐诗话》记载：“快阁”经黄庭坚作此诗品题而“名重天下”。前后和此诗者，“无虑数万篇”，都未能赶上原作。

【注释】

①快阁：在太和县（今属江西）城东澄江上。 ②痴儿：作者自指。 ③“朱弦”句：用钟子期死，俞伯牙以为世无知音，便“破琴绝弦”典，见《吕氏春秋·本味》。 ④青眼：表示有好感。《晋书·阮籍传》说阮籍能作青白眼，对有恶感的人作白眼，对有好感的人作青眼。 ⑤与白鸥盟：表示要退隐田园。古人常把鸥、鹭看成隐逸之士的伴侣。

寄黄几复[①]

我居北海君南海[②]，寄雁传书谢不能[③]。

桃李春风一杯酒，江湖夜雨十年灯。
持家但有四立壁[4]，治病不蕲三折肱[5]。
想见读书头已白，隔溪猿哭瘴溪藤。

【题解】

这首诗情真味厚，格韵高绝；而在好用书卷、以故为新、运古入律、拗折波峭等方面，又都表现出黄诗的特色，可视为山谷七律的代表作。

【注释】

①黄几复：即黄介，字几复，南昌人，作者少年时代的好友。②“我居”句：《左传·僖公四年》：“君处北海，寡人处南海，唯是风马牛不相及也。”此时作者监德州（今属山东），黄几复知四会县（今属广东），皆滨海。③寄雁传书：借鸿雁传递书信，见《汉书·苏武传》。谢不能：因办不到而谢绝。《汉书·陈胜项籍传》：“东阳少年杀其令，相聚数千人，欲立长，无适用，乃请陈婴，婴谢不能。”④持家：治家。但有：只有。“四立壁”：家里空空荡荡，只有四堵墙立在那里，极言贫困。《史记·司马相如列传》：“家居徒四壁立。”⑤蕲（qí）：同“祈”。肱（gōng）：手臂的下半部。《左传·定公十三年》：“齐高疆曰：‘三折肱知为良医。”

雨中登岳阳楼望君山（二首）[1]

投荒万死鬓毛斑[2]，生出瞿塘滟滪关[3]。
未到江南先一笑，岳阳楼上对君山。

满川风雨独凭栏，绾结湘娥十二鬟[4]。
可惜不当湖水面，银山堆里看青山。

【题解】

作者于绍圣二年（1095）因修国史被政敌诬陷，编管黔州（今四川彭水），其后又移戎州（今四川宜宾）。徽宗即位，始赦还。崇宁元年（1102）正月由荆州至巴陵，二月初登岳阳楼，作了这两首脍炙人口的七绝。

【注释】

①岳阳楼：在湖南岳阳城西，面临洞庭湖。君山：在洞庭湖中。 ②投荒：被贬谪到荒远的地方。万死：指九死一生。鬓毛斑：耳边的头发都已花白。 ③瞿塘：长江三峡之一。滟滪关：即滟滪堆，为峡口最危险处。 ④绾（wǎn）：盘结。湘娥：传说中的女神娥皇、女英。鬟（huán）：妇女头上的发髻，这里指君山的山峰。十二：古汉语常用的一个成数。

秦 观（1049—1100）

字太虚，后改字少游，号邗沟居士、淮海居士，扬州高邮（今属江苏）人。神宗元丰八年（1085）进士。历任宣德郎、大学博士、秘书省正字兼国史院编修。坐元祐党，累遭贬谪。与黄庭坚、晁补之、张耒为“苏门四学士”。为北宋著名词人，词以清新婉丽见长。诗亦风格隽秀，但略嫌纤弱。有《淮海集》四十卷，后集六卷。

秋日三首（录一）

霜落邗沟积水清①，寒星无数傍船明。
菰蒲深处疑无地②，忽有人家笑语声。

【题解】

首句特写霜落水清，突出“清”字，与第二句突出“明”字关合。“寒星无数傍船明”，乃是“清”水中映现的“寒星”，有人解释成“无数寒星在天幕上闪烁”，大谬。三、四两句以“疑无”“忽有”呼应，极动宕、摇曳之妙。

【注释】

①邗（hán）沟：指今江苏扬州市至淮安县一段运河，通淮河。 ②菰蒲：菰，茭白。蒲，蒲草。

春日五首（录一）

一夕轻雷落万丝[①]，霁光浮瓦碧参差[②]。
有情芍药含春泪，无力蔷薇卧晓枝。

【题解】

元好问《论诗三十首》第二十四云：“有情芍药含春泪，无力蔷薇卧晚（应作‘晓’）枝。拈出退之《山石》句，始知渠是女郎诗。”元氏论诗，重骨力气格，故以韩愈《山石》“芭蕉叶大栀子肥”对比，称秦观此诗为女郎诗。秦观写春雨后的芍药、蔷薇，神情毕肖，自是佳句。题材不同，不能一概而论。瞿佑《归田诗话》、薛雪《一瓢诗话》、袁枚《随园诗话》等以为杜甫有“香雾云鬟湿，清辉玉臂寒”之句，韩愈有“银烛未销窗送曙，金钗欲醉坐添香”之句，“诗贵相题而作，不可拘以一律”，都很有见地。

【注释】

①一夕：一夜。万丝：形容细雨。 ②霁光：初晴的阳光。碧：琉璃瓦

的颜色。参差（cēncī）：错落不整齐的样子。

陈师道（1053—1102）

字无己，一字履常，号后山居士，彭城（今江苏徐州市）人。因苏轼、孙觉举荐，为徐州教授。徽宗即位，任太学博士，秘书省正字等职。师道幼笃学能文，曾师事曾巩，在散文创作上有一定成就。其诗远宗杜甫，近师黄庭坚，清劲简古。与黄庭坚、陈与义被尊为江西诗派“三宗”。有《后山集》。

九日寄秦觏[①]

疾风回雨水明霞[②]，沙步丛祠欲暮鸦[③]。
九日清尊欺白发[④]，十年为客负黄花[⑤]。
登高怀远心如在[⑥]，向老逢辰意有加[⑦]。
淮海少年天下士[⑧]，独能无地落乌纱[⑨]？

【题解】

前三联写自己过重阳节，旅况萧条，心绪悲凉，不禁怀念秦觏。尾联用虚拟语气，点题目中的“寄秦觏”：秦觏乃天下英才，正当少年，岂能没有地方让他登高作赋，施展才能吗？前后对照，虚实相生，沉郁顿挫，意味深长。

【注释】

①九日：指农历九月初九，又称重九节、重阳节。传东汉时桓景听仙人费长房说，这天他家将遭灾，若令家人臂系红袋，内放茱萸，登高饮菊花

酒，便可免祸。秦觏（gòu）：字少章，秦观弟。 ②疾风回雨：急风将雨吹散了。 ③沙步：水边可以系船供人上下的地方。丛祠：草木丛生处的庙宇。 ④尊：酒杯。欺白发：年老易醉。 ⑤黄花：这里指菊花。 ⑥怀远：指想念秦觏。心如在：心留在秦觏身边。 ⑦“向老”句：走向老境，遇到佳节，更多感慨。 ⑧淮海少年：指秦觏，籍隶高邮，位于淮河东海之间。⑨乌纱：代指帽。晋孟嘉为大将军桓温参军，重九节，随桓温登高，风吹帽落，温令孙盛作文相嘲，嘉亦作文回敬。文章都写得很好。“独能”句：巧用这个典故，是说像秦觏这样少年英豪，逢此佳节，岂能不结伴登高，写出优秀作品来？

绝句四首（录一）

书当快意读易尽，客有可人期不来①。
世事相违每如此②，好怀百岁几回开③？

【题解】

好书读易尽，可人期不来，这是一般人都有的感受，但无人说出；一旦被作者说出，便引起读者的共鸣，感到很亲切。

【注释】

①可人：中意、可意的人。期：期望、等待。 ②相违：与主观愿望相违。 ③好怀：愉快的情怀。杜甫《秋尽》诗：“怀抱何时得好开。”

晁说之（1059—1129）

字以道，号景迂生，济州巨野（今属山东）人。晁补之的从弟，神宗元丰五年（1082）进士。历官著作郎、中书舍人、徽猷阁待制等职。钦宗时，因主张抗金而被免官。北宋灭亡后流寓南方，建炎三年（1129）死于漂泊途中。博学能文，善画山水。忧民忧国，指斥奸邪，反对投降，形诸吟咏，为南宋爱国诗的先声。有《景迂生集》。

明皇打球图①

宫殿千门白昼开，三郎沉醉打球回②。
九龄已老韩休死，明日应无谏疏来③。

【题解】

面前是一幅《明皇打球图》，要题诗，可以从不同角度发挥。作者眼里见的、心里忧的，都是当朝天子宋徽宗荒淫误国的情景：宠信阿谀逢迎的小人，排斥直言敢谏的贤臣，淫乐无度，荒废政事；他也喜欢蹴球，陪他蹴球的都青云直上。这就激发了作者的创作灵感，写出了这首千古传诵的好诗。

【注释】

①明皇：即唐玄宗李隆基。打球：又称打马球，是从波斯传入的一种体育游戏活动。其法为骑马用球杖逐球，设有球门。两方对垒以分胜负，类似现在的曲棍球。唐章怀太子墓壁绘有彩色打马球图。 ②三郎：唐明皇排行第三，在与伶人戏耍时叫人家呼他为“三郎”。 ③“九龄”两句：张九龄、韩休，都是唐明皇开元时的贤相。九龄曾谏明皇杀掉安禄山，后来反被奸臣李林甫谗害罢相；韩休为人忠直，明皇有过失，常问左右：“韩休知道不？”紧接着，韩休的谏书便送来了。明皇的侍从们说：“自从韩休当宰相，陛下比过去瘦多了。”谏疏（shū）：劝谏皇帝的奏章。

徐 俯（1075—1141）

字师川，洪州分宁（今属江西）人，是黄庭坚的外甥，被列入江西诗派。有《东湖居士诗集》，已佚，存诗见《宋诗纪事》。

春日游湖上

双飞燕子几时回？夹岸桃花蘸水开①。
春雨断桥人不度，小舟撑出柳阴来②。

【题解】

南宋赵鼎臣《和默奄喜雨述怀》云：“解道春江断桥句，旧时闻说徐师川。”可见此诗传诵之广。张炎咏春水的《南浦》词，被推为“古今绝唱”，其中的名句“荒桥断浦，柳阴撑出扁舟小”，即从此诗化出。

【注释】

①蘸（zhàn）：浸入、沾染。 ②撑（chēng）：这里指用篙行船。

李 纲（1083—1140）

字伯纪，邵武（今属福建）人。政和二年（1112）进士。靖康时，任兵部侍郎，金兵围城，坚决主战，阻止钦宗迁都，并击退金兵。旋被贬。南宋高宗时曾召任宰相，受黄潜善等投降派排挤，仅七十五日而罢。后屡上疏主战，终不得行，忧郁而死。有《梁溪集》

《靖康传信录》等。

病　　牛[①]

耕犁千亩实千箱[②]，力尽筋疲谁复伤[③]？
但得众生皆得饱，不辞羸病卧残阳[④]。

【题解】

以“病牛”自况，表示了为国为民、鞠躬尽瘁的高尚品德。

【注释】

①病牛：作者罢相后，任湖广宣抚使时作。　②实：指粮食。箱：指粮仓。　③伤：怜悯，同情。　④羸（léi）病：瘦弱多病。残阳：隐喻晚年。

吕本中（1084—1145）

字居仁，学者称为东莱先生，寿州（今安徽寿县）人。少以荫补承务郎。绍兴六年（1136）赐进士出身。官至中书舍人兼侍讲，权直学士院，因反对秦桧投降论调而被罢官。早年曾作《江西诗社宗派图》。论诗主“活法”，尚自然。诗歌深受黄庭坚、陈师道的影响。有《东莱先生诗集》等。

兵乱后杂诗[①]（录二）

一

晚逢戎马际[②]，处处聚兵时。

后死翻为累[3]，偷生未有期[4]。
积忧全少睡，经劫抱长饥[5]。
欲逐范仔辈[6]，同盟起义师[7]。

二

万事多翻复[8]，萧兰不辨真[9]，
汝为误国贼[10]，我作破家人。
求饱羹无糁[11]，浇愁爵有尘[12]。
往来堂上燕，相顾却相亲。

【题解】

《兵乱后杂诗》五首，见方回《瀛奎律髓》卷三二。据方回说：原诗二十九首，多已残缺，完整的仅五首。这里选其一、其二。

靖康元年（1126）冬，金兵侵入汴京，作者出城避难。次年四月金兵掳徽、钦二帝北去，作者回到京城旧居，触目伤情而作此诗。斥奸臣误国，叹生民破家，抱饥积忧，长夜无寐；二帝被掳，官兵四散，因而寄希望于人民义军，想和他们一起抗击金兵，收复河山。全诗风格，类似杜甫《春望》《伤春》《有感》诸作，苍凉沉痛，感人至深。

【注释】

①兵乱：指金兵攻破汴京。 ②戎马际：战乱之时。 ③翻：反。 ④“偷生”句：谓苟且偷生的日子没有尽头。 ⑤抱长饥：即长抱饥，经常挨饿。 ⑥逐：跟随。范仔辈：作者自注，“近闻河北布衣范仔起义师。” ⑦“同盟”句：联合义师，起兵抗金。 ⑧翻复：反复。 ⑨萧：象征坏人；兰：象征好人。语出屈原《离骚》。 ⑩误国贼：指蔡京、童贯等。 ⑪羹：粥。糁（sǎn）：煮熟的米粒。 ⑫爵有尘：酒杯被灰尘沾满了。

李清照（1084？—1151？）

号易安居士，济南（今属山东）人。父李格非为北宋著名学者，夫赵明诚为金石学家。早年生活优裕，南渡后，明诚死，境遇孤苦。善诗文书画，词的成就最高，是文学史上最杰出的女词人。存诗不多，然诗风清刚且能反映社会重大问题。后人辑有《漱玉词》。今人有《李清照集校注》。

乌　江[1]

生当作人杰，死亦为鬼雄。
至今思项羽[2]，不肯过江东[3]。

【题解】

李清照以词名世，但在当时也很有诗名。朱弁《风月堂诗话》称她“善属文，于诗尤工”。王灼《碧鸡漫志》称她“自少年便有诗名”。惜其诗多已散失，今仅存十八首和一些残句，风格刚健豪放，与其婉约词风不同。《乌江》歌颂项羽羞过乌江死得壮烈。前两句，“人杰”“鬼雄”并举，表现了一种昂扬奋进、自强不息的生死观。英风激荡，豪气纵横，出于女词人笔下，真可“压倒须眉”。后两句，把这种生死观落实到项羽身上。项羽“身经七十余战，所当者破，所击者服”，遂灭暴秦而自立为西楚霸王。他生前是“人杰”，这是不必说的；何况题目是“乌江”，所以略去“生”而咏他的“死”，赞颂他“不肯过江东”，死后也是“鬼雄”。

【注释】

①诗题一作《夏日绝句》。乌江：指乌江浦，在今安徽和县东北四十里长江北岸。 ②项羽：秦末起义军领袖。秦王朝被推翻后，他与刘邦争夺天下，兵败，自称无面目见江东父老，不肯渡江，在乌江边自刎。 ③江东：指今长江下游以南的地带。

曾 幾（1084—1166）

字吉甫，号茶山居士，原籍赣州（今江西赣州），徙居河南（今河南洛阳市）。徽宗时，任校书郎。南宋初，历任江西、浙西提刑。主张抗金，为秦桧排斥。桧死起复，官至敷文阁待制，以左通议大夫致仕。陆游曾师事之。论诗与吕本中相类，诗学黄庭坚，风格清俊。有《茶山集》。

三衢道中①

梅子黄时日日晴，小溪泛尽却山行②。
绿阴不减来时路，添得黄鹂四五声。

【题解】

出游的一般情况是乘兴而往，及至踏上归途，便力疲兴减。此诗用层折、回旋、递进手法，把一次平凡的出游写得妙趣横生，归时景物比来时更美，归时游兴比来时更浓，具有引人入胜的艺术魅力。

【注释】

①三衢：山名，在衢州（今浙江巨县）城北二十五里。 ②泛：泛舟。

陈与义（1090—1139）

字去非，号简斋，洛阳（今属河南）人。政和三年（1113）登上舍甲科。任太学博士等职。因所作《水墨梅》诗为徽宗所激赏，由是以诗名于世。南渡后，官至参知政事。曾与张元幹、吕本中等人交游。早期作品受黄庭坚、陈师道影响较深，故被列入江西诗派。元人方回倡江西诗派“一祖三宗”说，以杜有为“一祖”，黄庭坚、陈师道、陈与义为“三宗”。但与义后经靖康之变，身历亡国艰险，感时抚事，诗风转为悲壮苍凉，实不囿于江西诗派。有《简斋集》三〇卷、词一卷。《宋史》卷四四五有传。

襄邑道中[①]

飞花两岸照船红，百里榆堤半日风。
卧看满天云不动，不知云与我俱东。

【题解】

诗人坐小船赶路，最关心的是风向、风速。这首小诗，通篇都贯串一个“风”字。全诗以“花飞”领起，一开头便写“风”。试想，如果没有“风”，“花”怎会“飞”？次句出“风”字，写既是顺风，风速又大。三、四两句，通过仰卧看云表现闲适心情，妙在通过看云的感受在第二句描写的基础上进一步验证了既遇顺风、风速又大，而诗人的闲适之情，也得到了进一步的表现。应该看到，三、四两句也写“风”，如果不是既遇顺风、风速又大，那么天上的云怎么会与我同步前进，跑得那么快呢？以“卧看满天云不动”的错觉反衬

“云与我俱东”的实际，获得了出人意料的艺术效果。

【注释】

①襄邑：今河南睢县，在开封东南。

登岳阳楼二首[①]（录一）

洞庭之东江水西[②]，帘旌不动夕阳迟[③]。
登临吴蜀横分地[④]，徙倚湖山欲暮时[⑤]。
万里来游还望远，三年多难更凭危[⑥]。
白头吊古风霜里，老木苍波无限悲。

【题解】

北宋诗人黄庭坚等学杜诗，主要从艺术技巧方面着眼。靖康之难以后，北中国沦陷，诗人们南渡逃难，颠沛流离，与杜甫有类似的切身经历，才对杜诗，特别是安史之乱以后的杜诗有深刻理解，诗风也随之发生了明显的变化。陈与义在这方面最有代表性。这首《登岳阳楼》七律，登高望远，吊古伤今，苍凉悲壮，沉郁顿挫，显然在意境、风格方面接近杜律，可与杜甫《登高》并读。

【注释】

①岳阳楼：在今湖南岳阳城西。背靠长江，面对洞庭湖。 ②洞庭：即洞庭湖。江：即长江。 ③帘旌：楼上悬挂的帷幔。迟：晚。 ④吴蜀横分地：吴、蜀是三国时孙权和刘备建立的两个国家。当时吴、蜀为争夺荆州，吴将鲁肃曾率兵驻守岳阳。横分地，以此为分界处。 ⑤徙倚：时而倚栏站立，时而徘徊走动。 ⑥三年：此诗作于建炎二年（1128）秋，从靖康元年（1126）春开始逃难，至此时已有三年。

春日二首（录一）

朝来庭树有鸣禽，红绿扶春上远林。
忽有好诗生眼底[①]，安排句法已难寻[②]。

【题解】

头两句写景极生动。第三句不继续写景，而说从眼前佳景中生出好诗。第四句说：急忙安排句法，想把那好诗写出来，可它已经溜掉了。

这实际上是一首论诗诗，说明诗意来自客观世界，需要妙手去捕捉。北宋诗人史尧弼的《湖上》诗，可与此诗相映证："浪汹涛翻忽渺漫，须臾风定见平宽。此间有句无人得，赤手长蛇试捕看。"（《莲峰集》卷二）尽管第三句取自苏轼的"此间有句无人识，送与襄阳孟浩然"（郭熙《秋山平远》），但全诗很有气魄，意思也很好。

【注释】

①眼底：眼前。 ②安排：组织、剪裁。

岳 飞（1103—1142）

字鹏举，相州汤阴（今属河南）人。北宋末从军，任秉义郎。南宋建炎三年（1129），金兀术渡江进犯，率军拒之，屡立战功，历少保、河南北诸路招讨使、枢密副使，以反对与金议和，终为奸相秦桧以"莫须有"之罪名杀害。孝宗追谥武穆，宁宗封鄂王，理宗改谥忠武。有《岳忠武王文集》。

池州翠微亭[1]

经年尘土满征衣[2]，特特寻芳上翠微[3]。
好水好山看不足，马蹄催趁月明归。

【题解】

岳飞是著名的抗金名将，主要精力用于抗金斗争，为奸臣杀害，年仅三十九岁，而诗、词、文、书法都有相当造诣。

这首七绝，乃屯兵池州，偶游齐山时所作。首句反衬后三句，跌宕有致。首句与第三句又内在联系：正因为热爱祖国的“好山好水”，才不辞艰苦，为“还我河山”而战斗不息，“经年尘土满征衣”。第三句与尾句呼应，“月明归”的原因是“好山好水看不足”，表明作者登山必在白天，在翠微亭上欣赏山水，流连忘返。如此构思，才把热爱山水的情怀表现得淋漓尽致。有人说此诗乃作者“夜游齐山时所作”，忽略了“看不足”的含意，遂使诗味大减，也辜负了作者言外见意的苦心。

【注释】

①池州：今安徽贵池区。翠微亭：在池州城东南的齐山上，唐杜牧任刺史时所建。杜牧的名作《九日齐山登高》即有“江涵秋影雁初飞，与客携壶上翠微”之句。 ②经年：多年，谓经过若干年头。 ③特特：特地、特意。欧阳修《和人三桥》诗：“为爱斜阳好，回舟特特过。”寻芳：探胜。

萧德藻（生卒年不详）

字东夫，号千岩老人，闽清（今属福建）人。绍兴二十一年（1151）进士，曾官乌程（今浙江湖兴）令。杨万里称其诗“工致”。原有《千岩择稿》，今佚。厉鹗《宋诗纪事》、光聪谐《有不为斋随笔》皆辑有其诗。

登岳阳楼[1]

不作苍茫去[2]，真成浪荡游[3]。
三年夜郎客，一舵洞庭秋[4]。
得句鹭飞处，看山天尽头。
犹嫌未奇绝，更上岳阳楼。

【题解】

萧德藻曾从曾畿学诗，又是姜夔的老师和岳父。杨万里很推崇他的诗，把他与尤袤、范成大、陆游并列，称为“近代风骚四诗将”。因诗集久佚，存诗不多，故逐渐被人遗忘。

在洞庭、夜郎一带长期漂泊，本来是并不得意的事，作者却写得兴会淋漓，豪情满怀。全诗造句新颖，属对精工，一气旋转，灵动洒脱。以“荡浪游”启下，以“犹嫌未奇绝”上包二、三联内容，又引出结句“更上岳阳楼”。这真是“浪荡游”，真是“奇绝”、更“奇绝”的“浪荡游”！读此诗至结尾，不禁联想起苏轼《六月二十日夜渡海》的尾联“九死南荒吾不恨，兹游奇绝冠下生”。

【注释】

①岳阳楼；在今湖南岳阳市城西。 ②苍茫：旷远无边貌。 ③浪荡：放浪游荡。 ④舵：这里代指船。

陆　游（1125—1210）

字务观，号放翁，越州山阴（今浙江绍兴）人。绍兴二十三年（1153）应礼部试，被主考官录为第一，而秦桧孙埙为第二，桧怒，被黜落。孝宗初，赐进士出身，历任镇江、隆兴、夔州通判。乾道八年（1172）入四川宣抚使王炎幕府，投身军旅生活。后官至宝谟阁待制。力主抗金而为投降派所阻，报国无门，其爱国忧民之激情一发于诗，雄放豪迈，前无古人。其抒写日常生活之作则清新圆润，别饶韵味，今存诗九千余首。亦工词，散文、书法成就皆高，尤长于史学。有《剑南诗稿》《渭南文集》《放翁词》《南唐书》《老学庵笔记》等。

游山西村①

莫笑农家腊酒浑②，丰年留客足鸡豚③。
山重水复疑无路，柳暗花明又一村。
箫鼓追随春社近④，衣冠简朴古风存。
从今若许闲乘月⑤，拄杖无时夜叩门⑥。

【题解】

乾道二年（1166），作者在隆兴通判任，因支持张浚北伐，被投降派以“交结台谏，鼓唱是非，力说张浚用兵”的罪名弹劾，免官回到故乡山阴，卜居于镜湖附近的三山。这首《游山西村》，作于第二年春天。山西村，即三山西边的村子。

从顺序看，首联所写的农家留客情景，应该是出现在三联展现的场景之后的，因而以“从今若许闲乘月，拄杖无时夜叩门”收束全诗。“门”，就是留他吃饭的那个“农家”的“门”。诗人从应试到罢官归里，受尽了上层统治者的打击迫害，真有“山重水复疑无路”的感觉，可是一到上层统治者当牛马看待的农民家里，受到热情款待，便感到无限温暖，顿觉“柳暗花明”。因而以“莫笑”领起，先赞赏淳朴的“农家”，结尾又说从今以后，不要说白天，就是月明之夜，也要“叩门”来访的。读完全诗，令人感到作者游山西村，发现了一片淳朴可爱的新天地。如果用记流水账的办法写，就很难收到这样的艺术效果。

【注释】

①山西村：是作者故里山阴的一个小村。 ②腊酒：腊月（阴历十二月）酿的酒。 ③豚（tún）：小猪，这里泛指猪。 ④春社：古时把立春后第五个戊日叫春社日，于这日祭土地神，祈求丰年。 ⑤闲乘月：趁月明之时出外闲游。 ⑥无时：随时。

长 歌 行

人生不作安期生①，醉入东海骑长鲸；
犹当出作李西平②，手枭逆贼清旧京③。
金印煌煌未入手，白发种种来无情④。
成都古寺卧秋晚，落日偏傍僧窗明。
岂其马上破贼手，哦诗长作寒螿鸣⑤？
兴来买尽市桥酒，大车磊落堆长瓶⑥；

哀丝豪竹助剧饮[7]，如钜野受黄河倾[8]。
平时一滴不入口，意气顿使个人惊。
国仇未报壮士老[9]，匣中宝剑夜有声。
何当凯旋宴将士[10]，三更雪压飞狐城[11]？

【题解】

此诗起势雄迈俊伟，中间沉郁顿挫，曲折变化，波澜迭起，结尾兴会淋漓，豪气纵横。方东树推为陆游诗的“压卷”（《昭昧詹言》卷一二），确非无的放矢。

【注释】

①安期生：传说中的古代仙人。 ②李西平：唐德宗时平息朱泚之乱，收复长安的名将李晟，因功封为西平郡王。 ③枭（xiāo）：斩首高挂于木杆。逆贼：指朱泚，这里代指金酋。旧京：指长安，这里代指汴梁。 ④种种：短貌。白发种种：头发变得白而短的样子。 ⑤哦：吟咏。螿（jiāng）：蝉。 ⑥磊（lěi）落：错落不齐的样子。 ⑦“哀丝”句：丝是弦乐器，如二胡、琵琶；竹是管乐器，如箫、笛。全句意谓：用悲壮慷慨的音乐助兴痛饮。剧饮：痛饮。 ⑧钜野：在今山东省巨野县境内，为黄河的吞吐湖。 ⑨壮士：作者自指。 ⑩“何当”句：何时军队打了胜仗，奏着胜利的音乐回来，并宴请将士吃饭。何当：何时、何日。 ⑪飞狐城：亦称飞狐口，在今河北省涞源县北。这里泛指边境要塞。

秋夜将晓出篱门迎凉有感二首

一

迢迢天汉西南落[1]，喔喔邻鸡一再鸣。
壮志病来消欲尽，出门搔首怆平生[2]。

二

三万里河东入海[3]，五千仞岳上摩天[4]。
遗民泪尽胡尘里[5]，南望王师又一年[6]。

【题解】

这两首七绝作于绍熙三年（1192）秋，作者从淳熙十六年（1189）自朝议大夫（正六品）礼部郎中任罢官归里已有三年，当时已六十八岁。

两首诗，情景交融，境界阔大，感慨深沉。两诗之间又有内在联系，读完第二首，便能领会“出门搔首怆平生”一句具有多么深广的内涵。

【注释】

①迢迢（tiáo）：遥远貌。天汉：银河。　②搔首：用手挠头，心绪烦乱或思考问题时的动作。　③河：黄河。　④仞：古八尺为一仞。岳：这里指西岳华山。　⑤遗民：指金人占领区的北宋人民。胡尘：金人兵马扬起的灰尘。　⑥南望王师：盼望南宋的军队来解救他们。

沈园二首[1]

一

城上斜阳画角哀[2]，沈园非复旧池台。
伤心桥下春波绿，曾是惊鸿照影来[3]。

二

梦断香消四十年，沈园柳老不吹绵[4]。
此身行作稽山土[5]，犹吊遗踪一泫然[6]。

【题解】

这是陆游悼念前妻唐氏之作，庆元五年（1199）写于山阴。

陆游的爱情悲剧，宋人刘克庄《后村诗话》续集卷二、周密《齐东野语》卷一、陈鹄《耆旧续闻》卷十均有记载，略有出入。基本情况是：陆游与姑表妹唐氏结婚，伉俪情深，但陆游的母亲却厌恶唐氏，迫其离婚，唐氏改嫁赵士程，陆游另娶王氏。后数年春天，陆游游沈氏园，赵士程和唐氏也恰在园中，不期而遇，触景生情，在花园墙上题了一首《钗头凤》词，诉说内心的痛苦。唐氏读后十分感伤，不久即抑郁而死。按唐氏本无名字流传，说她名琬或蕙仙，以及说她和了一首《钗头凤》词，都不大可靠。

就在这一年，陆游还作了同一题材的一首七律，题目是：《禹迹寺南，有沈氏小园。四十年前，曾题小词一阕壁间。偶复一到，而园已三易主，读之怅然》。诗云：

枫叶初丹槲叶黄，河阳愁鬓怯新霜。林亭感旧空回首，泉路凭谁说断肠。坏壁醉题尘漠漠，断云幽梦事茫茫。年来妄念消除尽，回向禅龛一炷香。

陈衍《宋诗精华录》卷三评此诗及《沈园二首》云：“古今断肠之作，无如此前后三首者。”“无此绝等伤心之事，亦无此绝等伤心之诗。就百年论，谁愿有此事？就千秋论，不可无此诗。”

【注释】

①沈园：故址在今浙江绍兴市禹迹寺南，今已修复。 ②画角：一种吹奏乐器。 ③惊鸿：曹植《洛神赋》，“翩若惊鸿”。形容女子体态轻盈娇美。 ④柳老不吹绵：柳树枯老，不再生柳絮。 ⑤行作：将成。稽山：即绍兴会稽山。 ⑥泫（xuàn）然：泪水暗流的样子。

示 儿

死去元知万事空①，但悲不见九州同②。
王师北定中原日③，家祭无忘告乃翁④。

【题解】

这是陆游的绝笔，是他一生政治抱负和爱国思想的总结。陆游卒于嘉定二年十二月二十九日，即公元1210年1月26日，时年八十五岁，此诗作于临终。

想趁活着的时候能够澄清中原，统一祖国，乃是陆游一生的心愿，也是他一生的奋斗目标。正因为这样，他最担心的是未及看到中原澄清、祖国一统，而人已死去。他从五十三岁以后，时常在诗歌中表现这种愿望和担心。例如《登剑南西川门感怀》云："诸公勉画平戎策，投老深思看太平。"《感兴》云："常恐先狗马，不及清中原。"《太息》云："砥柱河流仙掌日，死前恨不见中原。"《北望》云："宁知墓木拱，不见塞尘清。"《夜闻落叶》云："死至人所同，此理何待评！但有一可恨，不见复两京。"直到八十五岁奄奄一息、即将告别人世的时候，又以"遗嘱"的形式，对儿子倾吐了他未完的心愿和无穷的希望。爱国之诚，万劫不灭；悲壮之音，千秋永播。直到今天，这首《示儿》诗仍然万口传诵，家喻户晓，发挥着振奋爱国精神的巨大作用。

【注释】

①元：同"原"。本来。 ②九州同：相传大禹将中国分为九州。九州同，指统一全国。 ③王师：王者之师，这里指南宋军队。 ④家祭：在家祭祖宗。乃翁：题为《示儿》，故作者对儿子自称"乃翁"——你父亲。

范成大（1126—1193）

字致能，号石湖居士，平江（今江苏苏州市）人。绍兴二十四年（1154）进士。历任枢密院编修、处州知府、知静江府兼广南西道安抚使、四川制置使、参知政事等职。乾道六年（1170），奉命使金，坚贞不屈，几被杀，终不辱使命，由是名震中外。晚年退居故乡石湖。其诗广益多师，题材丰富：或抒发爱国激情，或记述山川风物，或描写田园生活，皆甚擅场。与尤袤、杨万里、陆游并称“南宋四大家”。有《石湖居士诗集》《石湖词》《桂海虞衡志》《吴船录》等。

催 租 行

输租得钞官更催①，踉跄里正敲门来②。
手持文书杂嗔喜③：“我亦来营醉归耳④！”
床头悭囊大如拳⑤，扑破正有三百钱：
“不堪与君成一醉，聊复偿君草鞋费⑥！”

【题解】

这篇《催租行》只八句五十六字，却有情节、有人物，展现了一个颇有戏剧性的场面，使人既感到可笑，又感到可恨、可悲。

八句诗四换韵：“催”“来”押平声韵，“喜”“耳”押上声韵，“拳”“钱”押平声韵，“醉”“费”押去声韵。韵脚忽抑忽扬的急遽转换，也正好与内容上的跳跃相适应。

【注释】

①钞：指“户钞”。宋代农民交完田租，官府发给户钞作为收据。但贪官污吏不承认农民手中的户钞，催逼老百姓再次交纳田租。②踉跄（liàngqiàng）：走路跌跌撞撞的样子。里正：为一里之长。里是宋时基层行政单位。③手持文书：里正看到农户缴完税的户、钞。一说里正手中拿着公文。杂嗔喜：面部表情既似责怪，又似高兴。④亦：不过，只是。营：谋求。耳：“而已”的合音，有“罢了”的意思。⑤悭囊：大肚小口，可纳铜钱，古代人用以储钱，满则砸破取钱，故叫“扑满”。⑥聊复：权当。偿：报答。草鞋费：给吏胥付“小费”时专用的婉辞，元剧中常见，晚近旧社会犹沿用。

雷万春墓[①]

九陨元身不陨名[②]，言言千载气如生[③]。
欲知忠信行蛮貊[④]，过墓胡儿下马行。

【题解】

乾道六年（1170），范成大出使金国，经过北宋故土，写日记《揽辔录》一卷；七言绝句七十二首，这首《雷万春墓》和后面的《宜春苑》《州桥》《翠楼》，是其中的四首。

前两句写雷万春身死名留，虽时隔千载，而他的高大形象在人们心目中仍然凛凛如生。后两句就经过雷万春墓时的所见发表评论：由于雷万春忠于祖国，其道通行于蛮貊，所以他尽管与胡兵作战而死，而胡人经过他的坟墓，也下马步行，表示对他的敬重。那么，如果不忠于祖国，在侵略者面前屈膝求和，连胡人也会耻笑的。这首诗，显然意在借古讽今，歌颂雷万春，实质上是鼓舞抗金义士而批判一味妥协投降的南宋君臣。

【注释】

①作者自注云：“在南京（今河南商丘）城南，环以小墙，榜曰‘忠勇雷公之墓’。”雷万春：唐张巡偏将。安禄山叛，其将令狐潮围攻雍丘，万春上城答话，敌伏弩忽发，六箭中万春面，万春不动，令狐潮疑为木刻假人。及知真是万春，大惊。后竟死于难。②陨（yǔn）：借为“殒”，死。③言言：形容高大。④蛮貊（mò）：古时称外族，这里指金人。《论语·卫灵公》：“言忠信，行笃敬，虽蛮貊之邦，行矣。”

州 桥[①]

州桥南北是天街[②]，父老年年等驾回[③]。
忍泪失声询使者：“几时真有六军来[④]？

【题解】

“州桥南北是天街”，表明那是当年北宋皇帝的车驾经行的御路；如今呢，当然满街是金人横冲直撞。次句的“驾”与首句的“天街”呼应。“父老”不堪金人的压迫，“年年”在“天街”“等驾回”，盼望何等殷切！可是“年年”盼望，“年年”失望！如今见到南宋的使者，不禁“忍泪失声”地询问：“几时真有六军来？”“年年”“真有”，交织着沦陷区人民几十年来的盼望、失望和盼望。正如潘德舆《养一斋诗话》所评：“沉痛不可多读。此则七绝至高之境，超大苏（苏轼）而配老杜（杜甫）者矣。”

【注释】

①作者自注云：“南望朱雀门，北望宣德楼，皆旧御路也。”州桥：即“天汉桥”，宋称汴京为“州”，故俗称“州桥”。它南对汴京正南门朱雀门，北对宫城的正门楼“宣德楼”。②天街：即御街、御路，由宣德

楼南去，经州桥，直通朱雀门。 ③驾：皇帝的车驾。 ④六军：古制，一万二千五百人为一军，王者有六军。这里六军指南宋的军队。

春日田园杂兴十二绝（录三）①

土膏欲动雨频催②，万草千花一饷开③。
舍后荒畦犹绿秀，邻家鞭笋过墙来④。

高田二麦接山青⑤，傍水低田绿未耕⑥。
桃杏满村春似锦，踏歌椎鼓过清明⑦。

骑吹东采里巷喧⑧，行春车马闹如烟⑨。
系牛莫碍门前路，移系门西碌碡边⑩。

【题解】

范成大的《四时田园杂兴十二绝》组诗，以他对江南农村的仔细观察和亲切感受，用轻灵的笔触、明畅的语言，描绘了一年四季的景物变化和农民们的生活、劳动和风习，被誉为十二世纪中国江南农村的风俗画、中国古代田园诗的集大成和新发展。

【注释】

①淳熙十三年，范成大退居家乡石湖养病，作《四时田园杂兴六十首（并引）》，分春日、晚春、夏日、秋日、冬日五组，每组各十二首七言绝句。 ②土膏：指滋润的土壤，称“膏”，极言土地肥沃如膏油。欲动：指暖气上升。 ③一饷（xiǎng）：同“一晌”，顷刻。 ④“邻家”句：邻家的竹根从我家的墙下穿过来，冒出新笋。鞭笋：竹的茎根，有竹节而中实似鞭。 ⑤二麦：大麦、小麦。 ⑥绿未耕：南方稻田，冬天休耕，种植草籽，

春耕时壅入土中，作为绿肥。绿，是说草籽长得很茂密，犁入田中，丰收有了保障。 ⑦踏歌：手拉着手，两脚踏地打拍子，边唱歌，边舞蹈。椎鼓：用小木椎击鼓。 ⑧“骑吹”句：写地方官来了，随从们骑马奏乐，村民们喧哗看热闹。 ⑨行春：古代地方官于春耕之时下乡“劝农”耕种，叫作“行春”。 ⑩“系牛”两句：写村民们为了给“行春”的队伍让路，把原来系在路边的耕牛移系在碾谷场里的碌碡（liù · zhou）旁边。

杨万里（1127—1206）

字廷秀，号诚斋，吉州吉水（今属江西）人。绍兴二十四年（1154）进士。任永州零陵丞。孝宗朝，历太常博士、太子侍读、秘书少监等职。光宗朝，任秘书监、江东转运副使。主张抗金，尊师张浚，秉性刚直，敢于谏诤，因反对韩侂胄，归居故里，忧愤成疾以卒。其诗初学江西诗派，后又学王安石、晚唐体。最后“忽若有悟”，师法自然，讲求奇趣、活法，终形成自己风格，时称“杨诚斋体”。诗风洒脱明丽，构思新巧。有《诚斋集》。

插 秧 歌

田夫抛秧田妇接，小儿拔秧大儿插。
笠是兜鍪蓑是甲①，雨从头上湿到胛②。
唤渠朝餐歇半霎③，低头折腰只不答④。
秧根未牢莳未匝⑤，照管鹅儿与雏鸭。

【题解】

作者于淳熙六年（1179）由常州卸任返里，当四月初路经衢州的时候，看见农民插秧的情景，写了这首诗。全诗只写插秧者的辛苦，未加评论，而同情、赞美之意见于言外。

【注释】

①笠：斗笠。兜鍪（dōumóu）：古代兵士戴的头盔。蓑：蓑衣，用棕毛编织而成。甲：铠甲。古代兵士用以保护身体，不被敌方射杀伤。 ②胛（jiǎ）：肩胛，躯干与胳臂相连处。 ③渠：他们。歇半霎：休息一会儿。 ④折腰：弯腰。 ⑤莳（shì）：插秧。匝（zā）：周遍。这里指秧还没插完。

晓出净慈寺送林子方①

毕竟西湖六月中，风光不与四时同②。
接天莲叶无穷碧③，映日荷花别样红。

【题解】

淳熙十四年（1187），作者在南宋都城杭州任尚书省左司郎中，六月的一天，“晓出”西湖西南边的净慈寺，送友人林枅（子方）到福建去做转运判官，看见西湖的十里荷花，触景生情，写出了这首万口传诵的七绝。

历来的咏荷诗，尽管各有特色，但其风格多属于清新、婉丽一类。杨万里的这一首，则华美中见壮阔，明快中见豪放，至今脍炙人口，并不是偶然的。

【注释】

①净慈寺：在浙江杭州南屏山下，西湖西南边。 ②四时：春、夏、秋、冬。 ③无穷：无边无际。

初入淮河四绝句①

船离洪泽岸头沙②，人到淮河意不佳。
何必桑乾方是远③，中流以北即天涯④！

刘岳张韩宣国威⑤，赵张二相筑皇基⑥。
长淮咫尺分南北⑦，泪湿秋风欲怨谁⑧？

两岸舟船各背驰⑨，波痕交涉亦难为⑩。
只余鸥鹭无拘管⑪，北去南来自在飞。

中原父老莫空谈，逢着王人诉不堪⑫。
却是归鸿不能语⑬，一年一度到江南。

【题解】

这四首七绝，是作者北上迎接金国使臣、渡过长江、初入淮河时所作。第一首中的“人到淮河意不佳”，为整个组诗定下了基调，以下从各个角度展示“意不佳”的原因。桑乾河以北，本来都是北宋领土，后来金兵不断南侵，桑乾一带沦陷，成了“天涯”。如今呢，宋、金以淮河“中流”分界，“何必桑乾方是远，中流以北即天涯”！追昔抚今，语意沉痛感人。

【注释】

①淮河：高宗绍兴时订立宋金和议，两国以淮河为界，南属宋，北属金。 ②洪泽：湖名，在江苏西部，盱眙县北。北宋时开水道以通淮河。沙：泛指水中、岸边沙地。 ③桑乾：河名。清代称永定河，发源于山西朔

县，流经北京、天津入海。　④天涯：天边。这里指越过淮水中分线北面一步便为敌国领土，以其隔绝难通，有若天涯。　⑤刘岳张韩：刘锜、岳飞、张俊、韩世忠，皆为南宋初期著名抗金将领。　⑥赵张：指赵鼎、张浚，是南宋初力主抗战的两位宰相。　⑦咫（zhǐ）尺：距离很近的意思。咫，周尺八寸。　⑧“泪湿”句：谓淮河两岸人民，只能怨南宋统治者和卖国贼。　⑨各背驰：言两国船只在河的两侧各走各的。　⑩“波痕”句：言两岸边船行激起的浪花，也要截然分开，不准相犯。　⑪无拘管：不受约束管制。　⑫王人：春秋时对天子使臣的称谓，这里指南宋派往金国的使臣。诉不堪：诉说不堪忍受的痛苦。　⑬归鸿：从北方飞回南方的大雁。

尤　袤（1127—1194）

字延之，号遂初居士，无锡（今属江苏）人。绍兴十八年（1148）进士。曾任泰兴令、历知州、太常少卿，官至礼部尚书兼侍读。好藏书，在家起藏书楼，名遂初堂，编有《遂初堂书目》行世。其诗与杨万里、范成大、陆游齐名，称“南宋四大家”。惜诗作大都失传，后人辑有《梁溪遗稿》。

题米元晖潇湘图二首

一

万里江天杳霭[①]，一村烟树微茫[②]。
只欠孤篷听雨[③]，恍如身在潇湘。

二

淡淡晓山横雾，茫茫远水平沙。

安得绿蓑青笠④，往来泛宅浮家⑤。

【题解】

这是两首题画诗。画家米友仁（1086—1165），字元晖，是宋代杰出书画家米芾的儿子，画史上与其父并称“二米”或“大米、小米”。“二米”擅长山水画，称“米家山水”。此诗所题的“元晖潇湘图”，即小米的代表作《潇湘奇观图卷》，现藏上海博物馆，长丈余，卷后有洪适、洪迈、朱敦儒、朱熹等十几位南宋名家的题跋；尤袤有跋有诗，诗后署“淳熙辛丑仲春十八日梁溪尤袤观于秋浦”。淳熙辛丑，即宋孝宗淳熙八年（1181），这时尤袤五十五岁，正提举江东常平。

【注释】

①杳霭：云气幽暗貌。 ②微茫：迷蒙的样子。 ③篷：船篷，这里指船。 ④蓑：蓑衣。笠：斗笠。 ⑤泛宅浮家：以船为家，往来于江湖之间。

朱 熹（1130—1200）

字元晦，一字仲晦，号晦庵，又号晦翁，别称紫阳，徽州婺源（今属江西）人，生于南剑州尤溪（今属福建），后徙居建阳（今属福建）考亭。绍兴十八年进士。历泉州同安县主簿、秘阁修撰、焕章阁待制等职，卒谥“文”。论学主居敬穷理，集北宋以来理学之大成。通经史、文学、乐律，对自然科学亦有所贡献。诗亦富意趣。有《四书章句集注》《周易本义》《诗集传》《楚辞集注》《晦庵先生朱文公文集》《朱子语类》等。

观书有感二首[1]

一

半亩方塘一鉴开[2]，天光云影共徘徊[3]。
问渠那得清如许[4]？为有源头活水来[5]。

二

昨夜江边春水生，蒙冲巨舰一毛轻[6]。
向来枉费推移力，此日中流自在行[7]。

【题解】

从题目看，这两首诗是谈他“观书”的体会的，意在讲道理、发议论；弄不好，很可能写成“语录讲义之押韵者”。但他写的却是诗，因为他没有抽象地讲道理、发议论，而是从自然界和社会生活中捕捉了形象，让形象本身来说话。

前一首，至今为人们所传诵、所引用，是公认的好诗。后一首，似乎久已被人们遗忘了，但它同样是好诗，能给人以哲理的启迪，别做在干岸上推船的蠢事，而应为“蒙冲巨舰”的自在航行输送一江春水。

【注释】

①观书有感：写看书后的心得和体会。　②鉴：镜子。这里把翻开的书比喻成方塘，进而又将方塘比喻成镜子。　③徘徊：来回移动。　④渠：它，指方塘。　⑤活水：经常流动的水。　⑥蒙冲：古代战船。黄公绍《韵会》：“战船狭而长者曰蒙冲，以冲突敌船。”　⑦中流：江心。

林 昇（生卒年不详）

字梦屏，温州平阳（今属浙江）人。活动于孝宗淳熙（1174—1189）时期。

题临安邸[1]

山外青山楼外楼，西湖歌舞几时休？
暖风熏得游人醉，直把杭州作汴州[2]。

【题解】

首句从空间着眼，写华丽的楼台鳞次栉比，从近处的青山延伸到山外的青山，一望无际。次句将空间与时间叠合，写围绕西湖的所有楼台都轻歌曼舞，无尽无休，不知几时才能休止。第三句“暖风熏得游人醉”，用一“醉”字，展现了君臣上下文恬武嬉、醉生梦死的群体形象。连写三句，突然以“直把杭州作汴州”收尾，为前三句所写的景象注入思想感情的新血液，句句皆活而蕴含深广，极耐寻绎。

【注释】

①这首诗始见载于明田汝成的《西湖游览志馀》卷二上。据说这首诗是题于旅店墙壁上的。临安：今浙江杭州市，南宋首都。邸（dǐ）：旅店。
②汴州：北宋都城汴梁。

叶绍翁（生卒年不详）

字嗣宗，号靖逸，本姓李，过继叶姓。建安（今属福建）人。约活动于宁宗、理宗时代，曾在朝任职，与真德秀友善。诗属江湖派。有《四朝闻见录》《靖逸小集》等。

游园不值①

应怜屐齿印苍苔②，小扣柴扉久不开③。
春色满园关不住，一枝红杏出墙来。

【题解】

这首诗不仅景中含情，而且景中寓理，能够引起许多联想，从而给人以哲理的启示和精神的鼓舞。“春色”一旦“满园”，那“一枝红杏”就要“出墙来”，向人们宣告春天的来临。一切美好的、向上的、生气勃勃的事物，都具有顽强的生命力，难道是墙能围得住、门能关得住的吗？

【注释】

①不值：没有遇上主人。值，遇。 ②怜：惜。屐（jī）：木鞋，鞋的底部装有齿，可在泥地上行走。苍苔：青苔。 ③柴扉：柴门。简陋的门。

文天祥（1236—1283）

字履善，一字宋瑞，号文山，吉州庐陵（今江西吉安）人。理宗宝祐四年（1256）进士第一。历湖南提刑、赣州知州等职。恭帝德祐元年（1275），元军东下，在赣州组建义军入卫临安。次年为右丞相，出使元军，不屈被拘，历尽艰险逃脱。端宗景炎二年（1277），进兵江西，收复州县多处。旋败退广东，不久被俘。拒绝元军诱降，于次年监送大都（今北京）囚禁三年，誓死不屈，编《指南录》，作《正气歌》，正气凛然，终在柴市被害。文天祥不仅为我国历史上伟大的民族英雄，也是伟大的爱国诗人。有《文山先生全集》。

过零丁洋①

辛苦遭逢起一经②，干戈寥落四周星③。
山河破碎风飘絮④，身世浮沉雨打萍⑤。
惶恐滩头说惶恐⑥，零丁洋里叹零丁⑦。
人生自古谁无死，留取丹心照汗青⑧。

【题解】

这首诗，是文天祥的爱国心灵和爱国行动的具体体现，诗品与人品浑然如一。“人生自古谁无死，留取丹心照汗青”的生死观，便成为激励后世无数志士仁人杀身成仁、舍生取义的精神力量，在祖国历史上谱写了一曲又一曲壮歌。

【注释】

①零丁洋：在广东珠江口的崖山外，现改伶仃洋。　②“辛苦”句：作者是理宗宝祐四年（1256）状元，当时宋室已是战祸频仍，面临危亡，他出仕后，尽力支撑残局，非常辛苦。遭逢：遇合，这里指皇帝对他的信任。起一经：由读经书中科举而起家。　③干戈寥落：据《宋史》记载，朝廷征天下兵，但像文天祥高举义旗愿为国捐躯者寥寥无几。一说“寥落”应作“落落”，众多貌。干戈落落，是指作者频繁的战斗生涯。四周星：地球约十二个月绕太阳一周，古人用它来纪年，四周即是四年。作者从德祐元年（1275）起兵勤王到祥兴元年（1278）不幸被俘，恰是四年。　④风飘絮：谓宋室江山已如风中柳絮，摇摇欲坠。　⑤萍：一种水生植物，无根柢。这里作者自比有如无根的浮萍漂泊水上，无所依附，更兼雨打，那凄惨就更进一层了。　⑥惶恐滩：也叫皇恐滩，在江西省万安县境内的赣江中，作者起兵勤王，后被蒙古军打败，经由皇恐滩一带，退往汀州（今福建长汀）。惶恐：有惶惑和恐惧意，引申也有惭愧意。这句是对当时感到惶恐的回忆。　⑦“零丁”句：前一零丁为海域名，后一零丁作者自指孤身被擒。　⑧丹心：红心、忠心。汗青：古人用竹简写字，先将青竹简烤出“汗”（水分）以防虫蛀，叫“汗青”，故称史册为“汗青”或“青史”。

周　昂（？—1211）

字德卿，真定（今河北正定）人。金代诗人。二十一岁中进士，历官监察御史，六部员外郎等职。元兵南下，死战乱中。昂论文以为“文章以意为主，以字语为役；主强而役弱，则无令不从”。元好问称其“学术醇正，文笔高雅”。《中州集》选录其诗多达百首。其诗较注意反映现实，诗风沉郁、浑成。有《常山集》。

边 俗

返阖看平野[1]，斜垣逐慢坡[2]。
马牛虽异域[3]，鸡犬皆同窠。
木杵舂晨急，糠灯照夜多[4]。
淳风今已破[5]，征敛为兵戈[6]。

【题解】

写边地民俗而慨叹淳朴之风已被“征敛”破坏，而“征敛”之频繁急迫，则由于元军入侵，兵连祸接。从细微处落笔，反映了重大主题。“木杵舂晨急，糠灯照夜多”一联互文见义，写民不堪命景象如在目前。

【注释】

①返阖：人站在门外，将门关闭上。 ②斜垣（yuán）：倾斜的墙壁。逐慢坡：斜立在斜坡之上。 ③马牛异域：用“风马牛不相及”的典。 ④糠灯：一种罩有纸罩、夜间筛粮食时专门用的灯。 ⑤淳风：醇正的风俗。 ⑥征敛：征收聚敛。兵戈：战争。

山 家

秋日山田熟，山家趣转奇[1]。
垄苞银粟缀[2]，墙蔓绿云垂[3]。
野饭留佳客[4]，青钱付小儿[5]。
主人愁丧乱，数数问边陲[6]。

【题解】

首联写山家因“田熟”而“趣转奇”，领起颔联和颈联。二联垄缀银花、墙覆绿蔓，从自然风物方面写“趣转奇”。颈联“饭留佳客”“钱付小儿”，从日常生活方面写“趣转奇”。平时没有而“田熟”后才有，故称“奇趣”，一个“奇”字，细味令人酸鼻。然而就这样的贫困生活，能维持下去也不错；可是，元军正在入侵，这一切行将化为乌有！于是，当山家留作者这位“佳客”吃“野饭”的时候，便不厌重复地询问边境战事如何。这首五律从布局到琢句，从写景到抒情，都达到了相当完美的艺术境界。

【注释】

①山家：山村农家。趣转奇：逐渐有些新鲜的生趣。此句领起以下四句。 ②垄：田埂。苞：花苞。此句谓：田埂上各种野花含苞待放，看上去像是连缀起来的一串串银栗。 ③“墙蔓”句：句法与上句相同，大意是：农家院墙为藤蔓所覆盖，看上去，像是绿云下垂。 ④“野饭”句：谓秋熟之后，有佳客来，饭虽粗糙，却可留佳客享用。 ⑤“青钱”句：秋熟后可用粮食等卖点钱，所以给几文钱给小儿，让他零花。穷人也是爱孩子的。 ⑥数（shuò）数：一次又一次地、频繁地。问边陲：问边疆战事如何。

赵秉文（1159—1232）

字周臣，晚年自号闲闲老人，磁州滏阳（今河北磁县）人。金世宗大定二十五年（1185）进士，官至翰林学士、礼部尚书。工诗文，擅书画，为当时文坛领袖。有《闲闲老人滏水文集》。

庐州城下

月晕晓围城①，风高夜斫营②。
角声寒水动③，弓势断鸿惊④。
利镞穿吴甲⑤，长戈断楚缨⑥。
回看经战处⑦，惨淡暮寒生⑧。

【题解】

金宣宗兴定六年（1222）四月，金兵南下，与宋军大战于庐州（今安徽合肥），破城。宋援军及时驰救，夺城斩将，金兵大败而去。这首七律，前六句写金兵围城，而将败逃浑涵于尾联的“回看”之中，构思、布局，煞费经营，须仔细领取。

【注释】

①月晕：环绕在月亮周围的发光气体。晓：拂晓。这句说：金兵在月色朦胧的拂晓时分，包围了庐州城。 ②斫（zhuó）：砍，这里指进攻。 ③角：号角。 ④“弓势”句：谓金兵拉弓放箭，其射击之猛使天上飞的大雁也感到惊恐。 ⑤镞（zú）：箭头。吴甲：南方士兵的盔甲。今苏、杭一带古称吴。 ⑥楚缨：指南宋兵所戴的头盔。 ⑦经战处：发生战斗的地方。 ⑧惨淡：景象极其凄凉。

春　　游

无数飞花送小舟，蜻蜓款立钓丝头①。
一溪春水关何事，皱作风前万叠愁②。

【题解】

首句写乘小舟春游，次句是一个特写镜头，乃舟中人所见。三、四句虽从前人词句化出，却饶有情韵。

【注释】

①款立：款款而立，即小心翼翼地站着。钓丝头：钓丝和钓鱼竿交结处。 ②皱：皱褶。从冯延巳《谒金门》“风乍起，吹皱一池春水”句化出，又将皱起的水喻作万叠愁，有新意。

元好问（1190—1257）

字裕之，号遗山。太原秀容（今山西忻州）人，出身于封建士大夫家庭。金宁宗兴定五年（1221）登进士第，历任镇平、内乡、南阳等县县令，官至行尚书省左司员外郎等职。金末，入翰林知制诰。金亡后，隐居不仕，致力于金代史料的搜集，并编纂有《中州集》，使金源（金国的别称）一代的许多诗歌得以保存。元好问具有多方面的创造才能，工诗、词、散文，尤以诗的成就为高，是金代最优秀的诗人，也是我国诗史上的杰出诗人。其继承杜甫传统，在诗歌创作中广泛而真实地反映金、元之际复杂的社会矛盾。古近体兼擅，而以七律见长，悯乱抒愤，悲壮苍凉。作于金亡前后的“丧乱诗”，尤沉挚哀切，血泪交迸。有《元遗山全集》，清人施国祁《元遗山诗集笺注》较完备。

论诗二首

慷慨歌谣绝不传，穹庐一曲本天然①。

中州万古英雄气②，也到阴山敕勒川③。

眼处心生句自神④，暗中摸索总非真⑤。
画图临出秦川景⑥，亲到长安有几人。

【题解】

元好问《论诗》绝句三十首作于金宣宗兴定元年（1217）。这组诗受杜甫《戏为六绝句》启发，以绝句的形式论诗，评论了自汉魏至唐宋的重要诗人和诗歌流派，提出了自己的诗学见解，是他的诗歌创作纲领。他推崇建安以来的刚健质朴诗风，贬抑绮丽纤弱的齐梁诗风、西昆体和江西派。主张独创，反对因袭；主张写真情实感，反对矫揉造作。这里选两首。前一首，赞赏以《敕勒歌》为代表的北朝民歌的刚健质朴、清新自然，感慨像这样慷慨的民歌却很少流传下来。后一首，强调诗歌创作应该抒写来自现实生活的真情实感，不能无病呻吟，向壁虚构。

【注释】

①穹庐：圆顶的毡帐，即今蒙古包。穹庐一曲，指北朝民歌《敕勒歌》："敕勒川，阴山下，天似穹庐，笼盖四野。天苍苍，野茫茫，风吹草低见牛羊。" ②中州：即中原，指黄河中、下游地区汉族主要聚居区，以别于少数民族居住的边疆地区而言。 ③阴山：阴山山脉起于河套西北，绵亘于今内蒙古自治区南部一带，和内兴安岭相连。敕勒川：敕勒部落居住的平原地带。敕勒是古匈奴族的后裔，北齐时居住在朔州（今山西北部）一带。 ④"眼处"句：谓眼睛所触到的实境，激发起内心的诗情，自然能写出入神的诗句。查慎行《十二种诗评》："见得真，方道得出。"宗廷辅注，"景物兴会，无端凑泊，取之即是，自然入妙。" ⑤"暗中"句：是说没有现实生活的感受，只是凭空想象，暗中虚拟，不是真实之境。 ⑥"画图"

句：这一句是称颂杜诗有真情实感。杜甫从三十五岁到四十四岁，生活在长安，其诗把长安地区的美丽景色描绘得非常真实、生动。施国祁说：“少陵自天宝五载至十四年以前，皆在长安，见诸题咏，如《玄都坛》之子规山竹，王母云旗；《慈思塔》之河汉西流，七星北户；《曲江三章》之素沙白石，杜曲桑麻；《丽人行》之三月气新，水边多丽；《乐游图》之碧草烟绵，芙蓉波浪；《渼陂行》之棹讴间发，水面蓝关；《西南台》之错翠南山，倒影白阁；《汤东灵湫》之阴火玉泉，楼空浴日。凡兹景物，并近秦川一带，登临俯仰，独立冥搜，分明十幅画图，都在把酌浩歌、旷怀游目中，一一写照也。”秦川，指今陕西一带之地。

岐　阳

百二关河草不横①，十年戎马暗秦京②。
岐阳西望无来信，陇水东流闻哭声③。
野蔓有情萦战骨④，残阳何意照空城！
从谁细向苍苍问⑤，争遣蚩尤作五兵⑥？

【题解】

岐阳（今陕西凤翔），又名岐州，隋文帝在州城内建岐阳宫，故名。金哀宗正大八年（宋绍定四年，1231）正月，蒙古军围岐阳，二月城破，四月，元好问赴南阳任县令，听到岐阳陷落的消息，作七律《岐阳》三首。这里所选的是第二首，以高度典型性的艺术形象概括了元军入侵所造成的巨大灾难，也暗寓了金朝军政的腐败，沉郁顿挫，悲壮激切，是元好问“丧乱诗”中的代表作。

【注释】

①“百二”句：险固的秦地（凤翔古属秦地）关河挡不住蒙古兵的进

攻，以致秦地被破坏得寸草不生。百二关河：《史记·高祖本纪》："秦形势之国，带河山之险，悬绝千里，持戟百万，秦得百二焉。"裴骃的《集解》引苏林的话说："秦地险固，二万人当诸侯百万人也。" ②十年：自金宣宗兴定五年（1221）蒙古兵进攻陕北起，至金哀宗正大八年（1231），时间正好是十年。戎马：指战争。秦京：咸阳。这里泛指秦地。 ③"陇水"句：《陇头歌》，"陇头流水，鸣声幽咽。"这里化用其意，写秦地难民东迁以避战火的悲哀。《续资治通鉴》卷一百六十五载宋理宗绍定四年（即金哀宗正大八年）四月："蒙古取金凤翔，完颜哈达、伊喇布哈迁京兆民于河南。"《中州集·雷琯诗序》："客有自关辅来，言秦民之东徙者，余数十万口，携持负载，络绎山谷间。昼飡无糗糒，夕休无室庐，饥羸暴露，濒死无几。" ④"野蔓"句：江淹《恨赋》："试望平原，蔓草萦骨。"这里加"有情"二字，将诗人对战死者的深情贯注其中。 ⑤苍苍：天色青苍，所以用苍苍指代天。杨巨源诗："若为问得苍苍意，造化无言自是功。" ⑥"争遣"句：指造化当初怎教蚩尤制造杀人的武器，使人间争战不休！蚩尤：传说是东方九黎族的首领，始作兵器，与黄帝战于涿鹿之野，兵败被杀（见《史记·五帝本纪》及《太平御览》卷二百七十引《死本》）。五兵：《荀子·儒效》："偃五兵。"杨倞注："五兵，矛、戟、钺、楯、弓矢。"或以五兵作"戈、殳、戟、酋矛、夷矛"（见《周礼·夏宫·司兵》郑玄注引。）

虞 集（1272—1348）

字伯生，号道园，又号邵庵，祖籍仁寿（今属四川），移居崇仁（今属江西）。元成宗大德初（1297），入大都（今北京市）任国子助教，历官翰林直学士兼国子祭酒、奎章阁侍书学士等职。与赵世延等编修《经世大典》。诗文并负盛名。诗风端严整饬，人比之为"汉廷老吏"。与杨载、范梈、揭傒斯齐名，并称"虞杨范揭"，为"元诗四大家”。沈德潜称虞集为四大家之冠。有《道园学古录》《道园遗稿》等。

舟次湖口

江沙如雪水无声，舟倚蒹葭雁不惊①。
霜气隔篷才数尺②，斗杓插地已三更③。
抛书枕畔怜儿子，看剑灯前慨友生④。
尚有乘桴无限意⑤，催人摇橹转江城⑥。

【题解】

湖口在今江西省境内。作者携带妻小行船至湖口，时已三更，秋意萧瑟，有感而作此诗。前四句写船外秋夜景色，后四句转写船内：看见小儿抛书枕畔，已入梦乡，便感到自己孤舟漂泊，还连累儿子没有安定的环境读书，顿起怜惜之情；灯前看剑，又感到书剑飘零，壮志未酬，愧对当年互相勉励的朋友；只剩下“道不行，乘桴浮于海”的想法还想变为现实，于是“催人摇橹”，继续向江城前进。以“倚舟蒹葭”起，又归结于“催人摇橹”，中间就舟外、舟内写景抒情，始终关联《舟次湖口》，层次井然，结构谨严，笔致跳脱，对仗精工，而壮志未遂的感慨流溢于字里行间，非无病呻吟之作可比。

【注释】

①蒹葭（jiānjiā）：蒹是没有长穗的芦苇，葭是初生的芦苇。蒹葭统称为芦苇。 ②篷：船篷。 ③斗杓（biāo）：北斗星。 ④友生：朋友，旧时对晚辈的称呼。 ⑤桴（fú）：木筏。借用孔子的话：“道不行，乘桴浮于海。”自己的抱负不能实现，就乘木筏到海外去。 ⑥橹（lǔ）：划船工具。

揭傒斯（1274—1344）

字曼硕，龙兴富州（今江西丰城）人。元仁宗延祐初（1374），荐授翰林国史院编修，累官至翰林侍讲学士，总修辽、金、宋三史。与虞集等齐名，为“元诗四大家”之一。诗风清婉。有《揭文安公全集》。

梦 武 昌

黄鹤楼前鹦鹉洲①，梦中浑似昔时游②。
苍山斜入三湘路③，落日平铺七泽流④。
鼓角沉雄遥动地⑤，帆樯高下乱维舟⑥。
故人虽在多分散，独向南池看白鸥⑦。

【题解】

作者早年曾漫游湘汉，结交了一批文人学者，并受到湖南、湖北道的执政赵淇、程钜夫、卢挚等人的赏识，后来即由程钜夫、卢挚推荐，入翰林院任编修。因此，他对武昌旧游十分怀念。此诗以“梦武昌”为题，全诗所写皆梦中情景，亦即“昔时游”情景。尾联慨叹“故人虽在多分散”，因而“独向南池看白鸥”，也归于梦境，写法很新颖。

【注释】

①黄鹤楼：三国时吴国所建的楼名，历代屡有兴毁。故址在今湖北武汉市蛇山的黄鹄矶头。黄鹤，即黄鹄。鹦鹉洲：在今武汉市西南长江中。但

今鹦鹉洲已非宋以前故地。　②浑似：全似。昔时游：揭傒斯曾在大德四年（1300）前后从江西北上湘汉间游历，时年二十多岁。　③三湘：湘水从发源至与漓水合流后称漓湘，中游与潇水合流后称潇湘，下游与蒸水合流后称蒸湘，总名三湘。这里代指今湖南一带地。　④七泽：泛指鄂、湘各地的湖泊。司马相如《子虚赋》："臣闻楚有七泽，尝见其一，未睹其余也。"　⑤"鼓角"句：谓军队的战鼓声、号角声雄壮深沉，传得很远，震撼楚国大地。　⑥乱：交错。维舟：系船。　⑦看白鸥：辛弃疾《水调歌头·壬子三山被召》："富贵非吾事，归与白鸥盟。"谓将与鸥鸟订盟同住水云之乡。这里用看白鸥表示羡慕鸥鸟的自由飞翔，向往归隐林下。

王　冕（1287—1359）

字元章，别号煮石山农、饭牛翁、梅花屋主、会稽外史等，诸暨（今属浙江）人。出身农家，白天牧牛，晚上就寺中长明灯下读书，后从韩性学，遂成通儒。屡试不第，又拒绝荐举，遂以布衣终老。他工画墨梅，亦擅竹石，兼能刻印。其诗多描写隐逸生活，抒写耿介自守、蔑视利禄的志趣。部分作品也能反映人民的疾苦，风格朴素刚健。有《竹斋集》。

村　居

一

辟世忘时势[1]，茅庐傍小溪。
灌畦晴抱瓮[2]，接树湿封泥[3]。
乳鹿依花卧[4]，幽禽过竹啼。
新诗随处得，不用别求题。

二

英雄在何处？气概属山家[5]。
蚁布出入阵[6]，蜂排早晚衙[7]。
野花团部伍[8]，溪树拥旗牙[9]。
抱膝长吟罢[10]，天边日又斜。

【题解】

此组诗写村居生活，共四首，这里选其中两首。前一首写“避世”隐居，悠然自得，表现了对元朝统治的不满。后一首写他虽隐居农村，却很有点“英雄气概”，于自我调侃中暗寓英雄无用武之地的悲哀。构思琢句，极新颖有风趣。

【注释】

①辟世：避世。辟，通“避”。时势：当时的情况趋向。 ②“灌畦”句：晴天抱着盛水的瓮在畦上浇灌。《庄子·天地》：“子贡南游于楚，反于晋，过汉阴，见一丈人方将为圃畦，凿隧而入井，抱瓮而灌……”。 ③“接树”句：嫁接果树，要用湿泥封固。 ④乳鹿：幼鹿。 ⑤气概：气派。山家：山居的人家。 ⑥这句说：蚂蚁成队出入，像军队布阵。 ⑦这句说：蜜蜂成群飞舞，像官府早晚排衙。封建时代长官坐堂，兵卫仪仗排列两侧，僚属参见后分列左右，叫排衙。 ⑧这句说：野花簇聚在一起，像队伍集合。⑨溪边的树木高高耸立，像大将的牙旗。牙旗，大将所建，以象牙为饰的大旗。 ⑩抱膝：手抱膝而坐，若有所思貌。

墨　梅

我家洗砚池头树，个个花开淡墨痕[1]。

不要人夸颜色好，只留清气满乾坤。

【题解】

墨梅，用水墨画的梅花，不用其他颜料着色。此诗用象征手法，借咏墨梅表现了只留清气、不以颜色媚世的高尚情操。

【注释】

①“我家”二句：《明史·文苑传》载：王冕“携妻孥隐九里山，树梅千株”。这两句的大意是：画墨梅后，常在池中洗砚，池水饱含墨汁，以致洗砚池边的梅树也“个个花开淡墨痕”。

杨维桢（1296—1370）

字廉夫，号铁崖，又号东维子、铁笛道人，浙江会稽（今浙江绍兴）人。元泰定帝泰定四年（1327）进士，历任天台尹、江西等处儒学提举。晚年居松江，张士诚据浙西，屡召不赴。明太祖洪武二年（1369），召纂修礼、乐志，作《老客妇谣》一首以明不仕两朝之意，待所修书叙例略定，即请归，至家而卒。工诗，古乐府尤所擅长，诗风古朴雄浑。亦写宫词、竹枝词和艳体诗，文字过于藻饰，有“文妖”之讥。亦能文，善行、草书。有《东维子文集》《铁崖先生古乐府》《复古诗集》。

题苏武牧羊图

未入麒麟阁①，时时望帝乡。
寄书元有雁②，食雪不离羊③。

旄尽风霜节[4]，心悬日月光。
李陵何以别？涕泪满河梁[5]。

【题解】

这是一首题画诗，借题苏武牧羊图表彰了苏武的民族气节和爱国精神。

【注释】

①麒麟阁：汉宣帝甘露三年（前51年），画功臣十一人像于麒麟阁，以表彰他们的功绩。苏武列在第十一。 ②“寄书”句：《汉书·苏武传》载，“昭帝即位，数年，匈奴与汉和亲，汉求武等，匈奴诡言武死。后，汉使复至匈奴，常惠请其守者与俱。得夜见汉使，具自陈道。教使者谓单于言：‘天子射上林中，得雁，足有系帛书，言武等在某泽中。’使者大喜，如惠语以让单于。单于视左右而惊，谢汉使曰：‘武等实在。’”元：通“原”。 ③“食雪”句：《汉书·苏武传》载，“（卫）律知武终不可胁，白单于。单于愈益欲降之。乃幽武，置大窖中，绝不饮食。天雨雪，武卧齧雪与旃毛并咽之，数日不死。匈奴以为神。乃徙武北海上无人处，使牧羝，羝乳乃得归。”按：羝是公羊，乳是产子。 ④旄尽：《汉书·苏武传》，“武既至海上，廪食不至，掘野鼠去草实而食之。杖汉节牧羊，卧起操持，节旄尽落。” ⑤“李陵”两句意思说：李陵投降匈奴，曾奉命以老友身份，现身设法劝苏武投降匈奴，遭武严拒。今见苏武被匈奴所拘禁而坚贞不屈，秉持汉节而归，试问是什么心情？李陵于汉武帝天汉二年（前99）投降匈奴。汉昭帝时，匈奴与汉和亲，苏武得归汉，临行前，李陵曾置酒送别。

萨都剌（1308？—1355？）

字天锡，号直斋，本答失蛮氏，蒙古族人，或曰回族。其祖父因功留镇云、代二州，遂居雁门（今山西代县）。元泰定帝泰定四年（1327）进士，累官至河北道肃政廉访司经历（廉访使手下主管出纳文书的官）。晚年寓居武林（今杭州），常游历山水，据说曾入方国珍部下充幕僚。其诗多写自然景物，也有反映民间疾苦之作，技巧精湛，表现手法多样，其风格或清丽俊逸，或豪迈奔放。亦工词，当时颇有影响，后人推为“有元一代词人之冠”。有《雁门集》等。

越台怀古

越王故国四围山①，云气犹屯虎豹关②。
铜兽暗随秋露泣③，海鸦多背夕阳还。
一时人物风尘外④，千古英雄草莽间⑤。
日暮鹧鸪啼更急⑥，荒台丛竹雨斑斑⑦。

【题解】

越台，指越王台，故址在今福建福州以南的南台山上，俯瞰闽江。据传汉武帝时闽越王馀善在此钓得一条白龙，因在垂钓处筑坛名为钓龙台。后人称为越王台。元统三年（1335）冬，作者因弹劾权贵，被贬为闽海道廉访知事，次年四月到任。这首七律，乃到任后所作，通过吊古伤今，抒发了遭谗被贬的感慨。全诗寓情于景，意境雄阔，悲中有壮。“一时人物风尘外，千古英雄草莽间”一联，尤深挚沉雄，耐人寻味。

【注释】

①越王：指西汉时建都于东冶（今福建福州）的闽越王无诸、郢、馀善等。自汉高祖刘邦封无诸为闽越王起，至汉武帝灭闽越，前后八九十年。②虎豹关：形容关隘的高峻险要。 ③铜兽：指铜驼，用《晋书·索靖传》中“铜驼荆棘”的典故，表现闽越亡国后的荒凉景象。 ④“一时”句：一时人物：指闽越王及其周围人物。这些人物，俱在眼前的风尘之外，离作者已很遥远。 ⑤“千古”句：草莽：犹言草野、民间。《孟子·万章》：“在野曰草莽之臣。”作者登越王台，故此句可理解为闽越王等出自草莽；亦可理解为不少英雄还埋没于草莽之间，兼含吊古、伤今、自伤之意。 ⑥鹧鸪（zhègū）：一种雉科小鸟，分布于南方，常相对而啼。俗传其啼声如“行不得也哥哥”。 ⑦“丛竹”句：传说舜南巡死于苍梧，其二妃娥皇、女英痛哭不止，泪洒竹上斑斑成纹。这里借斑竹的故事寄托吊古伤今之情。

上京即事

一

牛羊散漫落日下，野草生香乳酪甜。
卷地朔风沙似雪，家家行帐下毡帘①。

二

紫塞风高弓力强②，王孙走马猎沙场。
呼鹰腰箭归来晚，马上倒悬双白狼。

【题解】

此组诗作于元顺帝元统元年（1333），共五首，这里选其中两首。上京，即上都，故址在今内蒙古自治区正蓝旗东约二十公里处的闪电河北岸。终元一代，上都与大都（今北京）并称两都。这两首七绝，前一首写郊野晚景，后一首写王孙打猎，静景、动景相映衬，色调、香味相融合，展现了草原风光和少数民族丰富多彩的生活。语言明快，笔致活泼，颇有民歌风味。

【注释】

①行帐：帐幕，因经常迁行，故名。　②紫塞：指长城。晋崔豹《古今注·都邑》："秦筑长城，土色皆紫，汉塞亦然，故称紫塞焉。"

刘　基（1311—1375）

字伯温，处州青田（今属浙江）人。元至顺四年（1333）进士，曾任江西高安县丞等职。后应朱元璋邀，定计破陈友谅、张士诚，北上攻克大都，统一中国。明初任御史中丞兼太史令，封诚意伯。后被胡惟庸毒杀。其散文意蕴深远。诗歌佳什，多作于元末，沉郁雄浑，追宗杜韩，有较强现实性。后期多酬酢之作。有《诚意伯刘先生文集》。

田　家

田家无所求，所求在衣食。
丈夫事耕稼，妇女攻纺绩。
侵晨荷锄出①，暮夜不遑息②。
饱暖匪天降③，赖尔筋与力④。
租税所从来，官府宜爱惜⑤。
如何恣刻剥⑥，渗漉尽涓滴⑦。
怪当休明时⑧，狼藉多盗贼⑨。

岂无仁义矛[10]，可以弭锋镝[11]。
安得廉循吏[12]，与国共欣感[13]。
清心罢苞苴[14]，养民瘳国脉[15]。

【题解】

此诗先写农民靠昼夜不息的辛勤劳动才有所收获，交纳租税；官府要收到租税，就应爱惜农民。中间写官府恣意剥削压榨，涓滴不留，因而虽说是什么“休明”之世，却“盗贼”纷起。结尾劝告统治者用“仁义”之矛消除战乱，官吏要廉洁自律，勿受贿赂，只有“养民”，才能息患。元末政治腐败，恣意剥削、奴役人民，以致江南地区，农民纷纷暴动。此诗当为此而发。

【注释】

①侵晨：破晓。荷：扛。 ②不遑：无暇。 ③匪：同“非”，不是。 ④尔：你、你们，此指农民。 ⑤宜：应该。 ⑥恣刻剥：肆意剥削。 ⑦渗漉：过滤。涓滴：极小量的水。 ⑧怪：难怪。休明：政治清明。 ⑨狼藉：纵横散乱。 ⑩仁义矛：指以仁义为武器。 ⑪弭锋镝：消除战争隐患。 ⑫廉循吏：廉洁奉公守法之官吏。 ⑬感：同“戚”，忧患。 ⑭罢苞苴：不收受贿赂。苞苴，本指馈赠的礼品，引申为贿赂。 ⑮瘳（chōu）国脉：使国家得到治理，太平安定。瘳，病愈。

高　启（1336—1374）

字季迪，长洲（今江苏州市）人。元末隐居吴淞江之青邱，因号青邱子。洪武初，召修元史，授翰林院国史编修，擢户部右侍郎，不受。知府魏观移其家于郡中，过往甚密。魏观因改修府治获罪，抄检其家，发现启为观所作上梁文，太祖大怒，认为有意讽刺，将启腰斩于市。启少有才名，博学工诗，与杨基、张羽、徐贲齐名，人比之初唐四杰。其诗清新俊逸，卓具灵性。惜早亡未能充分发挥。有《高太史大全集》。

登金陵雨花台望大江[①]

大江来从万山中，山势尽与江流东[②]。
钟山如龙独西上[③]，欲破巨浪乘长风[④]。
江山相雄不相让[⑤]，形势争夸天下壮。
秦皇空此瘗黄金[⑥]，佳气葱葱至今王[⑦]。
我怀郁塞何由开[⑧]？ 酒酣走上城南台[⑨]。
坐觉苍茫万古意[⑩]，远自荒烟落日之中来。
石头城下涛声怒[⑪]，武骑千群谁敢渡。
黄旗入洛竟何祥[⑫]？ 铁锁横江未为固[⑬]。
前三国[⑭]，后六朝[⑮]，草生宫阙何萧萧[⑯]！
英雄时来务割据[⑰]，几度战血流寒潮。
我今幸逢圣人起南国[⑱]，祸乱初平事休息[⑲]。
从今四海永为家，不用长江限南北[⑳]。

【题解】

全诗描绘金陵江山形胜兼叙历代兴亡史事，而归结为“英雄时来务割据，几度战血流寒潮”，由此转向结尾的歌颂统一。气势豪迈，意境雄阔，是高启歌行体名篇。

【注释】

①金陵：今江苏南京。雨花台：在南京中华门外，又称聚宝山。相传梁

武帝时云光法师在此讲经，落花如雨，故名雨花台。其最高处可远眺钟山，俯瞰长江和南京市区。 ②这句意为：长江两岸的山势与东流的长江一样绵延向东。 ③钟山：即紫金山，在南京东北，山势由东向西，蜿蜒如龙。 ④这句意为：钟山的形势正与东流的长江相反，似欲乘风破浪而上行。 ⑤江山相雄：指长江和钟山相互争雄。 ⑥秦皇：秦始皇。瘗（yì）：埋藏。相传秦始皇曾在钟山埋下黄金宝玉以镇压金陵的“王气”。这句意为：当年秦始皇为镇压金陵的“王气”在此埋下黄金完全是徒劳的。 ⑦佳气：指山川灵秀之气。葱葱：旺盛的样子。王（wàng）：同“旺”，盛的意思。 ⑧郁塞：郁抑。 ⑨城南台：指南京城南的雨花台。 ⑩苍茫：遥远迷茫的样子。万古意：追怀古事之情。 ⑪石头城：故址在今南京清凉山上。本战国时楚国所建的金陵城，三国时吴国孙权重筑，改称石头城。 ⑫黄旗入洛：三国时，丹阳人刁玄谎称东南地区出现“黄旗紫盖”（指“王气”），是预兆吴国的君主将统一天下的祥瑞。吴主孙皓信以为真，便带领母、妻及后宫千人北上欲去洛阳：（当时西晋都城）称帝。途中遇大雪；士卒寒冻不堪，几乎叛变，孙皓只得中途南回。后数年，吴被晋灭，孙皓被俘往洛阳。事见《三国志·吴书·孙皓传》注引《江表传》。 ⑬铁锁横江：晋武帝太康元年（280），派王濬从益州（今四川成都）领水军顺江东下伐吴，吴国在长江险要处用铁锁链横断江面，企图阻止晋军战船东下。王濬用木筏载大火炬烧断铁链，兵抵石头城下，终于灭吴。事见《晋书·王濬传》。 ⑭三国：魏、蜀、吴。三国中只有吴国建都金陵，这里的三国仅指吴国。 ⑮六朝：吴、东晋、宋、齐、梁、陈六个朝代均建都在金陵。 ⑯萧萧：凄凉冷落的样子。 ⑰时来：时机来到。务割据：专力于割据称雄。 ⑱圣人：指明太祖朱元璋。起南国：朱元璋从郭子兴起兵于南方的濠州（今安徽凤阳一带）。 ⑲事休息：言朱元璋统一全国后实行与民休息、发展生产的政策。 ⑳“从今”二句：谓从今起全国永远统一，不再以长江为限，形成南北割据局面。

牧　牛　词

尔牛角弯环[①]，我牛尾秃速[②]。
共拈短笛与长鞭，南陇东冈去相逐。
日斜草远牛行迟，牛劳牛饥惟我知。
牛上唱歌牛下坐，夜归还向牛边卧。
长年牧牛百不忧，但恐输租卖我牛[③]。

【题解】

全诗共十句，前八句写牧童们对话、吹笛、扬鞭、唱歌，天真活泼，十分快乐。直到第九句，还说“长年牧牛百不忧”。不料结句突然转了一百八十度，写出笼罩牧童心头的阴影：“但恐输租卖我牛！”读诗至此，始知前九句都是为这个惊人的结句做铺垫。垫得愈高，抨击租税繁苛的效果愈突出。

【注释】

①弯环：弯曲。　②秃速：稀疏貌，牛尾细而毛少，故云。　③但恐：只怕。

于　谦（1398—1457）

字廷益，号节庵，浙江钱塘（今杭州市）人。永乐十九年（1421）进士，官至兵部右侍郎，巡抚梁晋。正统十四年（1449），蒙古瓦剌部族军侵扰大同，英宗领兵亲征，在土木堡（今河北怀来东）战败被俘。瓦剌军在消灭明军五十万后进逼北京。于谦拥立英宗之弟朱祁钰为景帝，调集重兵，于北京城外击退瓦剌军。次年，瓦剌放回英宗。七年后，英宗乘景帝病，夺回帝位，于谦被诬以谋反罪被杀。后平反，追谥忠肃。其诗风格遒上，兴象深远。有《于忠肃集》。

咏煤炭

凿开混沌见乌金①，藏蓄阳和意最深②。
爝火燃回春浩浩③，洪炉照破夜沉沉④。
鼎彝元赖生成力⑤，铁石犹存死后心⑥。
但愿苍生俱饱暖，不辞辛苦出山林⑦。

【题解】

全诗歌颂煤炭，讲了煤炭的许多好处，都切合煤炭，算是咏物诗。但那样多好处，更是人民希望出现的理想人物所应具备的好处，因而读此诗，必然会联想到理想人物。这首诗也就不是单纯咏物，而是通过咏煤炭呼唤理想人物、歌颂理想人物。诗人自己，也以煤炭自喻，争取发热发光，造福人类。

【注释】

①混沌：本指天地未开辟时，混沌不清的样子，这里指大地。乌金：煤炭。全句谓凿开大地挖取有价值的煤炭。 ②阳和：暖和的阳光。 ③爝（jué）火：火把。浩浩：广大貌。全句谓煤炭燃烧送来温暖，仿佛春阳回归，普照大地。 ④“洪炉”句：谓火炉燃烧，照亮夜空。 ⑤鼎：古代烹煮食物的器具。彝（yí）：古代盛酒器。元：通“原”。全句谓烧饭、煮酒全靠煤炭的力量。 ⑥铁石：古人传说煤是铁石变化而成的。死后心：言死了犹为人类造福。 ⑦“但愿”句：煤炭谓只要人民因它得到饱暖，它便不辞辛苦走

出山林来为人民谋福利。

石 灰 吟

千锤万击出深山，烈火焚烧若等闲①。
粉骨碎身全不怕，要留清白在人间②。

【题解】

《石灰吟》与前面的《咏煤炭》都以物喻人，就作者的写作动机说，是以他所歌颂的煤炭、石灰自喻、自勉，而且他都做到了；但就作品本身说，则有普遍意义和永恒意义，任何读者都可从中获得教益、吸取力量。

【注释】

①若等闲：好像很平常。 ②清白：表面指石灰的颜色，实指清白的节操。

李梦阳（1473—1530）

字献吉，号空同子，庆阳（今属甘肃）人，后徙居河南开封。孝宗弘治七年（1494）进士，官至江西提学副使。曾因反对权贵和宦官刘瑾而几次下狱。与何景明、徐祯卿、边贡、康海、王九思、王廷相号“前七子”。当时文坛，“台阁体”风行，梦阳力主“文必秦汉，诗必盛唐”，与何景明等相呼应，起过一定积极作用。唯部分作品拟古过甚，产生消极影响。其诗乐府、歌行讲究结构、章法，有一定成就。七律气象阔大，“善用顿挫倒插”，尤为人推崇。有《空同集》。

石将军战场歌[1]

清风店南逢父老[2]，告我已巳年间事[3]。
店北犹存古战场，遗镞尚带勤王字[4]。
忆昔蒙尘实惨怛[5]，反覆势如风雨至[6]。
紫荆关头昼吹角[7]，杀气军声满幽朔[8]。
胡儿饮马彰义门[9]，烽火夜照燕山云[10]。
内有于尚书[11]，外有石将军。
石家官军若雷电，天清野旷来酣战。
朝廷既失紫荆关，吾民岂保清风店[12]！
牵爷负子无处逃，哭声震天风怒号。
儿女床头伏鼓角[13]，野人屋上看旌旄[14]。
将军此时挺戈出，杀敌不异草与蒿[15]。
追北归来血洗刀[16]，白日不动苍天高。
万里烟尘一剑扫，父子英雄古来少[17]。
单于痛哭倒马关[18]，羯奴半死飞狐道[19]。
处处欢声噪鼓旗，家家牛酒犒王师。
应追汉室嫖姚将[20]，还忆唐家郭子仪[21]。
沉吟此事六十春，此地经过泪满巾。
黄云落日古骨白，砂砾惨淡愁行人。
行人来折战场柳，下马坐望居庸口[22]。
却忆千官迎驾初[23]，千乘万骑下皇都。
乾坤得见中兴主，杀伐重开载造图[24]。
姓名应勒云台上[25]，如此战功天下无！
呜呼战功今已无，安得再生此辈西备胡[26]！

【题解】

此诗作于正德四年（1509），上距英宗被俘，石亨从于谦击退瓦剌军已六十年；上距石亨恃功骄纵，致遭杀身之祸，也已四十九年。全诗追忆石亨击退瓦剌军的前后经过，夹叙、夹写、夹议，形象生动，声调激昂，纵横变化，悲壮雄浑，是李梦阳歌行的代表作。钱谦益在其《列朝诗集》中指责此诗原作有重复之失，沈德潜因作修改，收入《明诗别裁》卷四，评云："'追北归来'二语，扪之字字俱起窪棱。"又云："石亨跋扈伏法，臣节有亏；要之战功不可埋没，此特表其战功也。上皇（指英宗）返国，实由尚书（指于谦）之守，将军之战，作者特为表出。中云'还忆唐家郭子仪'，以不失臣节愧之也，此作者微意。"

【注释】

①《石将军战场歌》：从《明诗别裁》选出。石将军指石亨，陕西渭南人，出身将门。正统十四年（1449），以功进都督同知，瓦剌进扰时战败逃归。后随于谦守卫京师（今北京），击退瓦剌军，封镇朔大将军。后恃功骄横，其部属亲友有四千多人靠他的关系而做官，权势过高，为英宗所忌，天顺四年（1460）以图谋不轨的罪名将他逮捕，死于狱中。 ②清风店：在今河北定县北三十里。正统十四年，石亨在清风店击溃从北京败退的瓦剌军。 ③己巳：正统十四年。 ④遗镞：留下的箭头。勤王：朝廷危急的时候，各地派兵保护救援王室叫勤王。瓦剌进逼北京时，兵部尚书于谦建议命山东、河南等地派兵进京勤王。 ⑤蒙尘：旧称帝王逃亡在外，蒙受风尘。这里指英宗于正统十四年在土木堡被瓦剌军俘虏。惨怛（dá）：伤痛。 ⑥这句意为：局势剧变，瓦剌军乘胜入侵，势如疾风骤雨。 ⑦紫荆关：在今河北易县西北八十里的紫荆岭上。正统十四年十月，瓦剌军挟着被俘的英宗攻破紫荆关，向北京进兵。角：军中吹奏以指挥军队的号角。 ⑧幽朔：幽州和朔州，泛指今河北北部和山西北部。 ⑨彰义门：当时北京的西城门之一，瓦剌军曾攻

彰义门，被明军击退。 ⑩燕山：在河北平原北部。 ⑪于尚书：指兵部尚书于谦。 ⑫岂保：怎能保。 ⑬这句意为：孩子们被战鼓和号角声吓得伏在床头不敢动。 ⑭野人：指乡下人。旌旄：军中旗帜。 ⑮蒿：草名，有青蒿、白蒿等多种。 ⑯追北：追逐败逃的敌人。北，败走。 ⑰父子英雄：父指石亨。子指侄石彪。石彪身材魁梧，骁勇善战，追击败退的瓦剌兵，因功封定远侯。 ⑱单于（chányú）：本为匈奴最高首领的称号，这里借指瓦剌首领。倒马关：在今河北唐县西北一百里。明代与居庸关、紫荆关合称内三关。石亨曾追击瓦剌首领也先的弟弟伯颜帖木耳于此。 ⑲羯奴：羯本是古代西北地区少数民族之一。奴是蔑称。这里借指瓦剌军。飞狐道：即飞狐口，在今河北涞源与蔚县之间，两旁峭壁耸立，一线微通，蜿蜒百余里。 ⑳嫖姚将：霍去病在汉武帝时为骠姚校尉，前后六次击败匈奴，官拜骠骑将军，封冠军侯。㉑郭子仪：唐代大将，平定安史之乱有功，封汾阳郡王。这两句指石亨的战功可比霍去病、郭子仪。 ㉒居庸口：即居庸关，在今北京市昌平西北，为长城重要关口。 ㉓迎驾：指瓦剌同意放回英宗，明朝派人迎英宗还京。㉔载造：同“再造”，指国家被破坏之后，重新缔造。图：点出下面的功臣图。 ㉕勒：刻石。云台：东汉明帝为追念前代功臣，画邓禹等二十八将于云台之上。 ㉖安得：怎得。胡：指明代中期常侵扰陕、甘一带的鞑靼部族。

读直道陈公祚遗事①

上主能容直②，当言敢顾身③？
累朝传谏疏④，万死作归人⑤。
古庙秾花晚⑥，孤坟劲草春。
从来淹没士⑦，特笔在词臣⑧。

【题解】

陈祚，字永锡，吴县人。明成祖永乐年间进士，曾任河南布政司参议、巡按御史、福建按察使佥事等职，直言敢谏，几次触怒皇帝而被贬官、下狱。后归里，病卒。有《直道陈公祚遗事》纪其言行。“直道”，这里作定语，意为守正直之道的陈公祚。这首五律写《直道陈公祚遗事》的读后感：先以“当言敢顾身？”作总评价，引起下文。次联概括了历成祖、宣宗、英宗三朝累次冒死直谏，以致贬谪、下狱直至放还乡里的全过程，而其“谏疏”流播人口、公道自在人心之意亦涵盖其中。三联写其死后：其“庙”已“古”，而“秾花”照夜；其“坟”虽“孤”，而“劲草”含春。凭吊其坟其庙，凛然如见其人。尾联照应题目，表扬《陈公祚遗事》的作者用“特笔”记载了陈祚当谏便谏、万死不辞的事迹，遂使其人其事流芳千载，未被湮没。言外之意：从来正直之士因其事迹无“词臣”记载而湮没不彰者多矣！可为浩叹。此诗一气旋转，句句精辟，全篇浑成，确是佳作。五律非李梦阳所长，然亦不应一概忽视，举此首以见一斑。沈德潜云：“空同五言古宗法陈思（指曹植）、康乐（指谢灵运），然过于雕刻，未极自然。七言古雄浑悲壮，纵横变化。七言近体开阖动荡，不拘故方，准之杜陵（指杜甫），几于具体，故当雄视一代，邈焉寡俦。而钱受之（指钱谦益）诋其模拟剽贼，等于婴儿学语，至谓读书种子从此断绝，吾不知为何心也。”（《明诗别裁》卷四）今人评李梦阳，多从钱说，今录沈评以备参考。

【注释】

①直道：正直之道。陈祚：字永锡，吴县人。明成祖永乐年间进士，曾官河南布政司参议、巡按御史、福建按察使佥事等职，直言敢谏，几次触怒皇帝而被贬官下狱。后病死。 ②上主：英明的君主。直：正直敢讲话的臣子。 ③当言：应该说话的时候。敢：岂敢，怎敢。 ④累朝：陈祚在成祖、宣宗、英宗三朝都曾几次上书劝谏皇帝、弹劾大臣。 ⑤万死：多次冒死的意思。归人：陈祚任福建按察使佥事时，因病回乡。 ⑥秾花：繁盛的花。

⑦淹没士：指生平事迹湮没无闻的人士。 ⑧词臣：掌管撰述朝廷制诰诏令等文字工作的官员，类似古代的史官。两句意为：从古以来生平事迹湮没不彰的人，全靠词臣把他们的事记载下来，此指《陈公祚遗事》。

何景明（1483—1521）

字仲默，号大复山人，信阳（今属河南）人。孝宗弘治十五年（1502）进士，授中书舍人。正德初，宦官刘瑾专权，乃辞官家居。刘瑾既诛，因李东阳推荐，又出任中书舍人。居官清廉，敢议朝政，官至陕西提学副使。与李梦阳同为“前七子”领袖，并称“李何”。虽倡“文必秦汉，诗必盛唐”之说以矫正台阁体卑靡文风，但仍反对做“古人影子”，力求“自创一堂室、一户牖，成一家言”。其诗与李梦阳俱取法杜甫而各具面目，李以雄浑取胜，何以秀朗见长。有《大复集》等。

答望之[①]

念汝书难达[②]，登楼望欲迷[③]。
天寒一雁至[④]，日暮万行啼[⑤]。
饥馑饶群盗[⑥]，征求及寡妻[⑦]。
江湖更摇落[⑧]，何处可安栖[⑨]！

【题解】

望之来信，作此诗回答。首联写盼望来信，颔联写信到及读信的感受。来信中可能讲到家乡情况，因而颈联和尾联概括信中的主要内容：连年灾荒；租税烦苛，连“寡妻”都不能幸免；饥民被迫，群起为“盗”；社会已变成这种样子，我们将在何处安身呢？望之是作者的外弟，休戚相关，信中所谈，是关系两家身家性命的大事，故这首答诗写得真情流露，凄切感人。

【注释】

①望之：姓孟名洋，字望之。作者的外弟。信阳人。弘治十八年（1505）进士，官至南京大理寺卿。亦能诗。有《有涯集》。 ②汝：你。书难达：信不易寄到。 ③望欲迷：一眼望去，远处一片凄迷。 ④一雁至：古人传说，认为雁能传书。此处既指雁，也指望之的来信。 ⑤“日暮”句：日暮读来信，为之悲啼下泪。“万行”，极言下泪之多。元稹《赠吴渠州》诗：“泪因生别兼怀旧，回首江山欲万行。” ⑥饥馑：《尔雅·释天》：“谷不熟为饥，蔬不熟为馑”。饶：多。 ⑦“征求”句：聚敛搜刮到孤寡老人。 ⑧摇落：破败凋零。 ⑨安栖：安身栖息。

岁晏行

旧岁已晏新岁逼①，山城雪飞北风烈。
徭夫河边行且哭②，沙寒水冰冻伤骨。
长官叫号吏驰突③，府贴连催筑河卒④。
一年征求不少蠲⑤，贫家卖男富卖田。
白金纵有非地产，一两已值千铜钱⑥。
往时人家有储粟⑦，今岁人家饭不足。
饥鹤翻飞不畏人⑧，老鸦鸣噪日近屋。
生男长成娶比邻⑨，生女落地思嫁人。
官家私家各有务⑩，百岁岂止疗一身⑪。
近闻狐兔亦征及，列网持矰遍山域⑫。
野人知田不知猎⑬，蓬矢桑弓射不得。

嗟吁今昔岂异情？昔时新年歌满城。
明朝亦是新年到，北舍东邻闻哭声。

【题解】

从岁暮筑堤的徭役写到租税繁重、白银价贵，以及官府索取狐兔之类的猎物，弄得民不聊生。当新年来临之际，不是“歌满城”而是“北舍东邻闻哭声”，反映民间疾苦，揭露官吏残暴，有一定的深度和广度。

【注释】

①晏：晚。逼：逼近。 ②徭夫：服徭役的民夫。 ③叫号：号召、征召。吏驰突：差役骑马四处传达命令。 ④府贴：官府的公文。卒：民工，即徭夫。 ⑤蠲（juān）：减免。指免去租税徭役。 ⑥白金：指银。明英宗时起，田赋改征白银，米麦一石，折收银二钱五分。白银不是地里能产出的，贫家必须以铜钱兑换白银才能缴税，实际上又多受一层剥削，白银升值，一两值千铜钱。 ⑦储粟：余粮。 ⑧翻飞：飞翔。 ⑨比邻：近邻。 ⑩务：事务，即要办的事情。 ⑪疗：救、养活。 ⑫矰（zēng）：古代系生丝以射鸟的箭。山域：山地。 ⑬野人：田野之人，即农民。

李攀龙（1514—1570）

字于鳞，号沧溟，历城（今山东济南市）人。嘉靖二十三年（1544）进士，官至河南按察使。与王世贞同为“后七子”领袖。文学崇尚复古，主张“文自西京，诗自天宝而下俱无足观”。诗文拟古太甚，个别篇章，只改易古人作品数字，有类抄袭。唯七律七绝较优。有《沧溟先生集》。

挽王中丞[1]

一

司马台前列柏高[2]，风云犹自夹旌旄[3]。
属镂不是君王意[4]，莫作胥山万里涛[5]。

二

幕府高临碣石开，蓟门丹旐重徘徊[6]。
沙场入夜多风雨，人见亲提铁骑来。

【题解】

第一首三、四句写王忬被害，非皇帝本意而责在严嵩，作为封建士大夫，这算“立言得体”，大致也符合事实。一、二句以墓前“列柏高”象征其凛然节操，以风云护旌旄表现其英风犹在、军威远播，极生动传神。

第二首尤构思新颖，词采飞扬。王忬曾任蓟辽总督，故就前一首“莫作胥山万里涛”生发，写其死后仍不忘卫国：其幕府仍像生前一样高临碣石而开，其丹旐又在蓟门一带往来飘扬；而且，在他当年纵横驰骋的战场，入夜以后，风雨交加，有人看见他亲自率领铁骑，向敌兵追杀。四句诗，真把冤死的英雄写活了。

【注释】

①挽：哀悼死者。王中丞：王忬，苏州太仓（今属江苏）人。嘉靖三十一年赴浙闽提督军务，屡破倭寇。不久改任蓟辽总督，进右都御史、兵部侍郎。嘉靖三十八年二月，边防失利，严嵩父子素与王忬不合，乘机对王构陷，致使王于次年冤死。穆宗时，王忬之子世贞、世懋讼冤，才得以追复

官爵。中丞，东汉光武帝时改称御史府为御史台，以御史中丞为事实上的台长，成为国家监察机关。历代多相沿不改。王忬曾任右都御史，故称中丞。②司马台：指王忬的墓地。司马，兵部侍郎（兵部副长官）别称少司马，王忬曾任兵部侍郎，故以司马称之。列柏高：指所植柏树长得很高。古时也称御史台为柏台或柏府。 ③风云：指壮烈之气。旌旄（jīngmáo）：这里指军旗。旌，旗。旄，旗杆顶上装饰的犛牛尾。这句用李商隐《筹笔驿》的“风云常为护储胥”句意。这句意为：他死后仍将他那英勇壮烈的风云之气萦绕着军中旌旗。 ④属镂（zhǔlòu）：古剑名。春秋时，吴王夫差听信了太宰嚭的谗言，拒绝曾经帮助他建立霸业的伍子胥的进谏，并派使者把属镂剑赐给子胥，令他自刎。 ⑤胥山：吴山（在杭州西湖东南）。吴山上建有伍子胥的祠庙。万里涛：世称“胥涛”。传说伍子胥死后，被投尸于江，子胥把无穷遗恨，化作了汹涌的钱塘江潮。这两句借伍子胥故事，来强调说明杀害王忬的是奸臣严嵩，并非出于世宗本意。 ⑥“幕府”二句：古代将军的府署，后也以“幕府”称运筹帷幕的大将。碣石：海畔山名，在今河北昌黎北。蓟门：蓟丘，在今北京附近。丹旐（zhào）：丧礼中用的魂旛。

王世贞（1526—1590）

字元美，号凤州，又号弇州山人，太仓（今属江苏）人。嘉靖二十六年（1547）进士，官至南京刑部尚书。与李攀龙同为“后七子”领袖，但与李一味主张摹古者有别，其论点俱见其所著《艺苑卮言》中。晚年文学观更有革新，不甚薄唐、宋。对戏曲研究亦有创见。其诗取材博赡，七绝尤有特色，意到笔随，自然宛转。有《弇州山人四部稿》等。

登太白楼[1]

昔闻李供奉[2]，长啸独登楼。
此地一垂顾，高名百代留。
白云海色曙，明月天门秋。
欲觅重来者，潺湲济水流[3]。

【题解】

登太白楼而缅怀太白，前两联以“昔闻”领起，蝉联而下，归到太白楼因太白登临而名扬百代。颈联寓怀人于写景，意境阔远。尾联写济水长流而重来者不复有太白其人。一气旋折，清新明畅。沈德潜评云：“天空海阔，有此眼界、笔力，才许作太白楼诗。”

【注释】

①太白楼：同名者甚多，此处指济宁州（今山东省济宁市）的太白楼。 ②李供奉：《新唐书·文艺传中·李白》，“（贺）知章见其文，叹曰：‘子谪仙人也。’言于玄宗，召见金銮殿，论当世事，奏颂一篇。帝赐食，亲为调羹。有诏供奉翰林。”后世因称李白为李供奉。 ③“欲觅”两句：但见济水日夜流淌，名楼高耸，而像李白那样的人物是再也见不到了。潺湲：水缓缓流动的样子。

戚将军赠宝剑歌[1]

毋嫌身价抵千金，一寸纯钩一寸心[2]。
欲识命轻恩重处，霸陵风雨夜来深[3]。

【题解】

原诗二首，这是第一首。戚继光是明代抗倭名将，他亲自训练的“戚家军”先后在浙江、福建、广东等地大破倭寇，屡立战功。晚年不被重用，谢病家居。此诗前两句写戚将军赠作者以宝剑，只说“一寸纯钩一寸心”。是何心意？含而不露，引人深思’。结句由第三句唤起：以“风雨夜来深”写孤寂凄寒之景，而冠以“霸陵”，令人想见李广落职后为醉尉所欺、滞留霸陵亭过夜的遭遇，从而与戚将军的晚年处境相联系，这才意识到这就是所谓皇帝“恩重”而戚将军“命轻”的下场！全诗极含蓄、极深厚、极耐人寻味。

【注释】

①戚将军：指戚继光。 ②纯钩：古利剑名，这里指戚将军所赠的宝剑。两句意为，我之所以不嫌宝剑价值千金过于贵重而收了下来，是因为这把剑中包含着戚将军的深情厚谊啊！ ③霸陵：汉文帝的坟，在今陕西西安东。这里用汉代名将李广故事。《史记·李广传》载，汉景帝时，李广因军事失利而被革职，归居蓝田南山。有一天，他打猎夜归，过霸陵亭，霸陵县尉拦住李广，李广的随从解释说：他是“故李将军”。县尉说：“今将军尚不得夜行，何乃故也！”乃令李广在霸陵亭过夜。两句意为：要想知道臣命轻微皇恩深重在什么地方，不妨看看在霸陵亭过夜的李将军所遭受的风风雨雨。

汤显祖（1550—1616）

字义仍，号海若，又号若士、清远道人，临川（今江西抚州）人。万历十一年（1583）进士。历官南京太常寺博士、礼部主事、遂昌县令等职。明代杰出戏曲家，所著《紫箫记》、“临川四梦”，特别是其中的《牡丹亭》，蜚声戏剧界，明清以后戏曲家摹其风格进行创作者称“临川派”。诗文有《红泉逸草》《问棘邮草》《玉茗堂集》等。

题东光驿壁是刘侍御台绝命处①

哀刘泣玉太淋漓②，棋后何须更说棋。
闻道辽阳生窜日③，无人敢作送行诗。

【题解】

据钱谦益《列朝诗集》载：“过客题诗哀刘侍御者遍满驿壁，义仍书此诗，后人遂绝笔。”此诗首句即指哀刘诗题满驿壁，“太淋漓”含讽意。为何要讥讽？次句做了说明：棋后说棋，有何必要？三、四句进一步讥讽：听说刘台远戍之时，“无人敢作送行诗”；等到他的冤狱得到昭雪，却有这么多哀刘诗出现，“太淋漓”了！人情世态，大抵如此，此诗作深刻揭露，有普遍意义。

【注释】

①东光：在今河北省东南部、南运河东岸。驿：驿站，古时供传递公文的人或来往官员途中歇宿、换马的处所。刘台：字子畏，安福（今属江西）人。曾上疏弹劾辅臣张居正专恣，不久，被捕至京师，诏下狱。后张居正表面上具疏救之，暗中令御史于应昌巡按辽东，又令王宗载巡抚江西，访查刘台在辽东和家乡的作为。于、王送上子迎合张居正的文书，于是刘台被远戍广西，至浔州，饮于戍主官舍，归而暴卒。卒后第二年，御史江东之讼其冤，并劾王宗载、于应昌。乃诏复原官，后又追谥“毅思”。 ②泣玉：春秋时楚人卞和，曾献玉璞与楚王，却被认为欺诈而截去双足，后楚文王即位，卞和抱玉璞哭于荆山下，楚文王使人剖璞加工，果为宝玉，称为和氏璧。这里以喻刘台之受冤屈。 ③辽阳：指刘台。刘为侍御史时曾巡按辽东。生窜日：生前被放逐的时候。

袁宏道（1568—1610）

字中郎，号石公，公安（今属湖北）人。万历二十年（1592）进士，官至吏部郎中。与兄宗道、弟中道并称“三袁”。宏道成就较高，为公安派创始者。反对前后七子复古、摹拟之风，提出“独抒性灵，不拘格套”的主张。其诗较真率自然，语言亦浅近晓畅。有《袁中郎全集》。

听朱生说《水浒传》[1]

少年工谐谑[2]，颇溺滑稽传[3]。
后来读水浒，文字益奇变[4]。
六经非至文[5]，马迁失组练[6]。
一雨快西风，听君酣舌战[7]。

【题解】

《水浒传》早在民间流传，而正统文人却瞧不起。此诗从“文字奇变”的角度将《水浒传》与《史记》、“六经”相提并论，并提到儒家的经典“六经”以上，乃是公安派个性解放思想的生动表现。

【注释】

①朱生：姓朱的说书先生，又称朱叟。说水浒传：明万历以前，《水浒》故事曾以弹唱形式在民间流传。后来，由于《水浒传》的流行，许多说书艺人便开讲水浒传评话。朱生所说的即为水浒传评话。 ②少年：年轻时。工：善于。谐谑：说话富于风趣，与下句“滑稽”义近。 ③溺（nì）：喜爱

的加重说法。滑（gǔ）稽传：指《史记》中的《滑稽列传》。记载淳于髡、优旃等滑稽多智，谲谏、讽喻的故事，因为他们虽处于统治者身旁，但社会地位低，只好用笑话之类旁敲侧击，设为譬喻，以小见大，向统治者提出意见或建议。 ④益：更。 ⑤六经：指儒家的经典《诗》《书》《礼》《乐》《易》《春秋》。至文：最完美的文章。 ⑥马迁：《史记》作者司马迁的略称。失：抵不上。组练：原指精锐的军队，这里指文笔的精锐。 ⑦君：指朱生。这两句形容朱生说书时口若悬河，绘声绘色，流利酣畅。

陈子龙（1608—1647）

字人中、卧子，号大樽，松江华亭（今上海松江）人。崇祯十年（1637）进士。曾与夏允彝等结“几社”，与“复社”相呼应，冀挽救明亡危机。南明弘光朝任兵科给事中。清军陷南京，南明灭亡，子龙起兵松江，与夏允彝相呼应。事败，又结太湖兵抗清，事泄被捕，乘隙投水而死。其诗早期有复古倾向，清军南下后，感时伤事，悲愤苍凉，风格一变，人目为明末诗坛殿军。亦能词。有《陈忠裕公全集》。

渡　易　水①

并刀昨夜匣中鸣②，燕赵悲歌最不平③。
易水潺湲云草碧④，可怜无处送荆卿⑤！

【题解】

崇祯十三年（1640），诗人于入京途中北渡易水，作此诗。

【注释】

①易水：源出今河北易县西。战国时，易水是燕国南部的一条大河。 ②并刀：并州（今山西太原一带）产的刀剑，以锋利著名。 ③燕赵悲歌：燕和赵，是战国时两个诸侯国，多出义侠士。韩愈《送董邵南序》："燕赵古称多感慨悲歌之士"。 ④潺湲（chányuán）：水缓缓流动貌。 ⑤荆卿：荆轲。战国时，燕国太子丹派他去刺秦王嬴政，临行，太子丹及宾客皆穿戴白衣冠至易水上送行。

钱谦益（1582—1664）

字受之，号牧斋，晚号东涧遗老、蒙叟，江苏常熟人。明万历进士，官吏部侍郎，因事免职。南明福王（弘光帝）朝召为礼部尚书。南京破，降清，授礼部右侍郎。他极力排击前后七子诗的模拟因袭和钟惺、谭元春诗的纤仄诡僻，转移了当时诗歌的风气。文章纵横开阖。诗宗杜甫、中晚唐及南北宋诸大家，参稽博综，以典丽宏深见长。成为明末清初诗坛盟主。与吴伟业、龚鼎孳合称"江左三大家"。他在政治上丧失了民族气节；而降清之后，又写了不少追念明朝的诗，所以乾隆时他的作品曾禁止流传。有《初学集》《有学集》《投笔集》等。编选《列朝诗集》，收入明代约二千家诗人之作，每位诗人都有小传，为研究明诗者所重视。

后秋兴之十三

海角崖山一线斜，从今也不属中华①。
更无鱼腹捐躯地，况有龙涎泛海槎②？
望断关河非汉帜，吹残日月是胡笳③。

嫦娥老大无归处，独倚银轮哭桂花④。

【题解】

杜甫晚年所作的七律组诗《秋兴八首》历来脍炙人口，钱谦益十三次步韵成诗，共一百零四首，题为《后秋兴》，收入《投笔集》。因写明末清初史事，追念明朝，故乾隆时列为禁书。这里所选的，是十三叠《秋兴八首》原韵中的一首。作者自注云："自壬寅七月至癸卯五月，讹言繁兴，鼠忧泣血，感恸而作，犹冀其言之或诬也。"壬寅即清康熙元年（1662），其前一年辛丑（1661），明永历帝朱由榔被杀于缅甸，南明灭亡，本诗即咏此事，悲壮苍凉，感人至深。

【注释】

①"海角"二句：借宋朝亡国事喻永历帝之亡。崖山：一称崖门山，在广东省新会县大海中。南宋末，张世杰奉帝昺退守于此，后为元兵追击，陆秀夫负帝昺沉于海，南宋亡。 ②"更无"二句：是说清王朝不仅已统治全国，且有力控制海外。鱼腹：《楚辞·渔父》："宁赴湘流，葬于江鱼腹中。"龙涎（xián）：香名，传说产于海中岛屿。槎（chá）：木筏，这里泛指船。 ③"望断"二句：谓明王朝从此灭亡。日月，合成"明"字，指明朝。胡笳：军队中吹的一种乐器。古代称北方民族为胡，这里即指满族。④嫦娥：月中女神，作者在此用以自比。银轮：指月。桂花：传说月中有桂树，这里暗指永历帝朱由榔，他原封桂王。

吴伟业（1609—1672）

字骏公，号梅村，江苏太仓人。早年从张溥游，参加复社，明崇祯四年（1631）进士，官左庶子。南明弘光朝任少詹事。入清后官国子监祭酒，后因母丧乞归。雄于诗，为清初诗坛一大家。《四库总目提要》称其诗“格律本乎四杰，而情韵为深；叙述类乎香山，而风华为胜。”其诗多寓身世之感，亦不乏反映民生疾苦、暴露政治黑暗之作。早期诗作绮丽风华，后经乱离，多愤慨苍凉之音。各体皆工，尤擅七言歌行，学“长庆体”而自具特色，文辞清丽，委婉爽洁，后人称之为“梅村体”。所作七绝含蓄蕴藉，工于用典。有《梅村家藏稿》等。

梅 村

枳篱茅舍掩苍苔[①]，乞竹分花手自栽。
不好诣人贪客过，惯迟作答爱书来[②]。
闲窗听雨摊诗卷，独树看云上啸台[③]。
桑落酒香卢桔美[④]，钓船斜系草堂开。

【题解】

《镇阳县志》载：“梅村，在太仓卫东，旧为明吏部郎王士祺别墅，名费园。祭酒吴伟业拓而新之，易今名。”此诗作于崇祯十七年（1644）明亡前夕，时作者因父死居家守制，诗中表现居家的闲适生活。“不好诣人贪客过，惯迟作答爱书来”一联，概括了不少文人的生活情态，颇受好评。

【注释】

①枳（zhǐ）篱刺：用枳围作篱笆。枳，一种多刺灌木。 ②“不好”二句：不喜欢拜访人，却喜欢客人来访；懒得即时写回信，却喜欢人家有信来。 ③啸台：晋阮籍常登台长啸。 ④桑落：美酒名。卢桔：枇杷。

临清大雪

白头风雪上长安①，裋褐疲驴帽带宽②。
辜负故园梅树好，南枝开放北枝寒③。

【题解】

此诗乃清廷征召，勉强北上途中所作。三、四两句，极深婉有致。临清，在山东西北，邻近河北。

【注释】

①长安：指代北京。 ②裋褐（shùhè）：古代贫贱者所穿的粗陋衣服。疲驴：指骑着疲弱的驴子。 ③“南枝”句：语本“大庾（岭）多梅，南枝既落，北枝始开”，见《白氏六帖》。

黄宗羲（1610—1695）

字太冲，号南雷，学者称梨洲先生，浙江余姚人。明末领导“复社”成员坚持反阉党斗争，几遭残杀。清兵南下时，纠合同志，招募义兵，设“世忠营”，走四明山结寨防守，被鲁王任为左副都御史。明亡后隐居著书讲学，清廷屡召不就。与孙奇逢、李颙并称三大儒。学问广博，为明清之际重要思想家和史学家。所著《明儒学案》为我国第一部学术史著作。工诗文，反对明七子复古摹拟之风，强调“性情”，注重反映现实。其诗不事雕琢，直抒真情实感。著有《宋元学案》《明儒学案》《明夷待访录》《南雷文案》等。

山居杂咏

锋镝牢囚取次过①，依然不废我弦歌②。
死犹未肯输心去，贫亦其能奈我何③？
廿两棉花装破被，三根松木煮空锅。
一冬也是堂堂地，岂信人间胜著多④。

【题解】

此诗表现了坚贞不屈的民族气节，洋溢着战胜贫穷、饥饿和一切迫害的乐观精神。

【注释】

①锋镝（dí）：锋，刀刃；镝，箭头，合起来指刀箭之类，这里借指屠杀。取次：随便。　②弦歌：弦谓琴瑟，歌谓依琴瑟之节以咏诗。这里作弦诵解，指弦歌与诵读，即读书教学之事。　③“死犹”两句：输心，即输诚、献纳诚心，投降屈服为输诚。其，这里相当于岂，用在反诘句中，表示加重反问语气。两句大意是：死亡尚且不能使我屈服，贫穷又能把我怎么样。　④“一冬”两句：堂堂，形容丰足盛大。胜著，胜算、好办法。这两句是说：我一冬也过得很不错，不相信别人比我强。

顾炎武（1613—1682）

初名绛，字宁人，号亭林，尝自署蒋山傭，江苏昆山人。少时参加“复社”反宦官权贵。清兵南下，嗣母王氏绝食殉国，遗命勿事二姓。鲁王时与归庄等在昆山等地参加抗清斗争，兵败后不忘复兴故国，十谒明陵，遍游华北。清廷屡召不就，晚岁卜居华阴，卒于曲沃。学问广博，著述宏富，为明清之际重要思想家。诗学杜甫，多伤时感事之作，有强烈的爱国思想，风格沉郁苍凉。沈德潜称其“词必己出，事必精当，风霜之气，松柏之质，两者兼有。就诗品论，亦不肯作第二流人”。实为中肯之论。有《日知录》《天下郡国利病书》《顾亭林诗文集》《音学五书》等。

海　上（选一）

日入空山海气侵，秋光千里自登临。
十年天地干戈老，四海苍生痛哭深①。
水涌神山来白鸟，云浮仙阙见黄金②。
此中何处无人世，只恐难酬烈士心③。

【题解】

《海上》共四首，作于顺治三年（1646）秋间，反映本年和先一年的东南大事。顺治二年六月，南明福王（弘光帝）、潞王相继降清，鲁王朱以海在浙江绍兴监国，而黄道周等拥立唐王为帝，改元隆武，遥授作者兵部职方司之职。顺治三年春，将赴闽中，以母丧未葬，不果行。六月，清兵渡钱塘江，鲁王弃绍兴，由江门入海，其时唐王犹驻延平（今福建南平）。入秋，作者乡居，登山望海，有感而作此组诗，忧国忧民，沉郁顿挫，前人认为可比杜甫《秋兴八首》。这里选的是第一首，针对鲁王遁海而作。

【注释】

①“十年”两句：自清兵入关以来干戈不息，人民受难。天地为之衰老，极言战乱时间之长、程度之惨。②“水涌”两句：写望海时的想象。神

山、仙阙，借喻海上抗清根据地。《史记·封禅书》谓海上神山“禽兽尽白，黄金银为宫阙”。诗中白鸟、黄金据此。 ③“此中”句：疑指海上弹丸之地，难实现遗民的恢复愿望。烈士：忠烈之士，指明遗民。

叶 燮（1627—1703）

字星期，号已畦，人称横山先生，吴江（今属江苏）人。康熙九年（1670）进士，康熙十四年任宝应县令，未二年，即因触忤长官被参落职。于是纵游海内名山，隐于横山，教授生徒。沈德潜、薛雪俱从游学诗。其《原诗》乃我国古代最系统、最有价值的论诗专著，主张以自我之才、识、胆、力表现客观世界之理、事、情，强调创新。其创作成就未能充分体现其理论要求。有些绝句颇有韵味。有《已畦文集》《已畦诗集》等。

客发苕溪①

客心如水水如愁，容易归帆趁疾流②。
忽讶船窗送吴语③，故山月已挂船头④。

【题解】

作者久客吴兴，今乘舟沿苕溪回吴江横山，作此诗写途中感受。首句接连设譬，就眼前溪水表现厌倦作客、渴望回家的心情。第二句写水解人意，以“疾流”，送“归帆”。三、四句紧承“疾流”，从听觉、视觉两方面捕捉两岸的声音变化和景物变化，用以托烘诗人的心理变化。“忽讶”二字，写惊喜之情跃然纸上。由惯闻浙语而忽闻吴语，惊疑是否已到乡，于是凭窗外望，果然一轮皓月，已挂“故山”！一声吴侬软语，一轮故乡明月，一抹月下家山，听觉形象与视觉形象的迅速叠合，把久客还乡的喜悦心情和盘托出，可谓神来之笔。沈德潜云：“初归家时，实有此景。比‘忽惊乡树出，渐觉熟人多’更妙。”（《清诗别裁集》卷十）

【注释】

①客：作者自指。苕（tiáo）：水名，在今浙江省北部，流经湖州（今浙江吴兴）入太湖。 ②容易：指船趁着疾速的顺水飞驰。 ③讶（yà）：惊讶。吴语：吴地方言，这里指乡音。 ④故山：指故乡。

梅花开到九分

亚枝低拂碧窗纱①，镂月烘霞日日加②。
祝汝一分留作伴，可怜处士已无家。

【题解】

梅花开到九分，很好看。再开一分，即开到十分，当然更好看。作者却怕她开到十分，因为开到十分，随之而来的便是逐渐飘零，没有什么可与他做伴了。无家之痛，却借咏梅托出，极新颖。沈德潜云：“从‘九分’着意，不忍卒读。”（《清诗别裁集》卷十）

【注释】

①亚枝：低枝。 ②镂月烘霞：形容白色的、红色的梅花开得很繁茂。日日加：一天胜似一天。这一句写“梅花开到九分”。 ③“祝汝”句：祝愿梅花留一分别再开放，为让那开到九分的梅花永远与无家的处士做伴。

陈恭尹（1631—1700）

字元孝，号半峰，晚号独漉山人，又自号罗浮布衣，广东顺德（今佛山市顺德区）人。其父陈邦彦抗清殉国，以父荫，明桂王授为锦衣卫指挥佥事。桂王败，隐迹避祸。其诗多歌颂抗清义士之作，常借怀古之情抒写亡国之痛，清迥拔俗，味厚韵长。与屈大均、梁佩兰并称“岭南三大家”。有《独漉堂集》。

读秦纪

谤声易弭怨难除[①]，秦法虽严亦甚疏。
夜半桥边呼孺子，人间犹有未烧书[②]。

【题解】

由读《史记·秦始皇本纪》生发，成此佳什，蕴含极深广。

【注释】

①弭（mǐ）：止、息。 ②“夜半”二句：汉张良秦末在下邳（今江苏邳州市）桥上，见一老人掉下鞋，要张良拾取，并给他穿上，张良都照做了。老人说：“孺子（小伙子）可教矣！”约张良在桥上再见，老人给他一本《太公兵法》，说：“读此则为王者师（做帝王的老师）矣。”见《史记·留侯世家》。

王士禛（1634—1711）

字贻上，一字子真，号阮亭，别号渔洋山人。山东新城（今桓台）人。顺治十五年（1658）进士，官至刑部尚书。为清初诗坛盟主之一。论诗推崇盛唐，不宗李、杜而尊王、孟，创“神韵”说。标举司空图所谓“不着一字，尽得风流”和“羚羊挂角，无迹可求”的意境。其诗多抒写个人情怀，早年诗作清丽澄淡，中年以后转为苍劲。七绝尤所擅长，最见神韵。亦工词，风格婉丽。有《带经堂全集》。

真州绝句

江干多是钓人居①，柳陌菱塘一带疏②。
好是日斜风定后③，半江红树卖鲈鱼④。

【题解】

真州，今江苏仪征。《真州绝句六首》，作于康熙元年（1662）作者任扬州推官时，传诵颇广。这里选的一首以轻灵的笔触活画出一幅渔村风俗画。三、四两句极饶神韵，脍炙人口，“江淮间多写为画图”（《见渔洋诗话》）。

【注释】

①江干：江边。钓人：渔人。 ②柳陌：柳树成荫的小路。 ③好是：最好的是。 ④红树：枫树。枫叶秋天经霜变成红色。鲈鱼：长江下游一带的特产之一。

秦淮杂诗[1]（选一）

新歌细字写冰纨[2]，小部君王带笑看[3]。
千载秦淮呜咽水，不应仍恨孔都官[4]。

【题解】

《秦淮杂诗》十四首，这里选一首。此诗作于顺治十八年（1661），咏南明史事而将阮大铖与孔都官联系起来，足以引发人们对反复出现的奸佞误国现象进行思考。

【注释】

①秦淮：即秦淮河，发源于江苏溧水县，向西北流贯金陵（今南京），入长江。明时，城内河畔舞榭歌楼甚多。 ②新歌：指明末阮大铖所作的传奇《燕子笺》《春灯谜》等。冰纨（wán）：洁白的细绢。明末，福王在南京建立南明小朝廷。阮大铖用吴绫作朱丝阑，命王铎以楷书将《燕子笺》等剧本缮写其上，进奉宫中。 ③小部：梨园小部。唐玄宗时梨园法部所设置的乐队，共三十人，年龄都在十五岁以下。这里借指南明宫中的戏班。全句写福王沉溺于声色之乐。 ④孔都官：孔范，南朝陈后主时任都官尚书，与陈后主的宠妃孔贵人结为兄妹。陈后主荒淫无度，对孔范言听计从，陈终亡于隋。这里是将孔范比作阮大铖。后两句是说：千载以来，秦淮流水呜咽悲愤，痛恨孔都官误国；现在又出了个误国的阮大铖，就不该再恨孔都官了。

查慎行（1650—1727）

初名嗣琏，字夏重；后改名慎行，字悔余，号他山，又号初白。浙江海宁人。康熙四十二年（1703）以举人赐进士出身，授翰林院编修。曾受经史于黄宗羲，受诗法于诗人钱澄之。其论诗以“空灵”创新为尚，宗法苏轼、陆游。其诗善纪行旅见闻、追怀吊古，长于白描，注重字句锤炼，风格清新刻露。他效法宋诗，工力纯熟，为清代诗坛一大家。诗作不下万首，有《敬业堂诗集》《补注东坡编年诗》等。

秦邮道中即目①

不知淫潦啮城根②，但看泥沙记水痕③。
去郭几家犹傍柳④，边淮一带已无村⑤。
长堤冻裂功难就⑥，浊浪横浸势易奔。
贱买河鱼还废箸⑦，此中多少未招魂⑧。

【题解】

此诗反映水灾造成的悲惨景象，极真切感人。“长堤冻裂”而不预先修缮，大水溃堤，人为鱼鳖。“此中多少未招魂”，皆冤魂也，言外之意可想。沈德潜云：“借河鱼以形漂没之多，笔下疑有冤魂屯聚。”

【注释】

①秦邮：即今江苏高邮。因秦时筑台设立邮亭，故亦称秦邮。此诗作于

康熙三十五年（1696）冬十月，作者路经秦邮时。 ②淫潦：淫雨积水为灾。啮（niè）：咬。 ③但看：只见。两句意为：大水淹城的情景虽未亲见，城墙下却还残留着泥沙浸漫的痕迹。 ④去郭：指城外。郭，外城。 ⑤两句意为：城外尚有几户人家，淮河边的村落已被冲没。 ⑥长堤：高邮旧时有东堤、中堤、西堤，前两堤已湮没。西堤为明洪武时所筑，也称老堤，万历时重修。这句指老堤冻裂，已不起作用。 ⑦废箸：放下筷子。不忍心吃下去。 ⑧未招魂：指被洪水淹死的居民。

舟夜书所见①

月黑见渔灯，孤光一点萤②。
微微风簇浪③，散作满河星。

【题解】

以大景衬小景，以暗景衬亮景，以一点化万点，展现深邃、宁静而富于变化的艺术境界，令人神往。

【注释】

①书所见：写看见的景象。 ②萤：萤火虫。 ③簇：推动。

沈德潜（1673—1769）

字确士，号归愚，长洲（今江苏苏州）人。乾隆四年（1739）进士，任内阁学士兼礼部侍郎。受诗法于叶燮。论诗主“格调”，古体宗汉魏，近体宗盛唐，崇尚“温柔敦厚”的诗教。其诗拟古多而创新少，亦间有反映民生疾苦之作。所著《说诗晬语》和所选《古诗源》

《唐诗别裁集》《国朝诗别裁集》等书，于后世影响颇大。有《沈归愚诗文全集》。

过 许 州

到处陂塘决决流①，垂杨百里罨平畴②。
行人便觉须眉绿③，一路蝉声过许州。

【题解】

许州，治所在今河南许昌市。此诗前两句写景，全为后面推出“绿”字蓄力。陂塘、流水、垂杨、平畴，逐层铺垫、渲染，已觉满眼浓绿，再以“行人便觉须眉绿”点醒，便异样新警。

【注释】

①陂（bēi）塘：池塘。决（jué）决：流水的声音。 ②罨（yǎn）：遮掩。平畴：平整的田野。 ③行人：出行的人，指作者自己。

袁 枚（1716—1798）

字子才，号简斋，晚岁人称随园老人，浙江钱塘（今杭州）人。乾隆四年（1739）进士，授翰林院庶吉士，后改放外任，为江宁等地知县。辞官后寓居江宁（今南京），筑随园于小仓山，自号仓山居士。论诗主抒写性情，创“性灵说”，反对拟古倾向与儒家“诗教”。其诗学杨诚斋而参以白居易，追求真率自然、清新灵巧的艺术风格。诗作丰富，现存四千余首。其中佳作多为即景抒情的行旅诗与叹古讽今的咏史诗。绝句以七绝见长，形象鲜明，常出新意。有些作品流于浮滑、纤佻。有《小仓山房集》《随园诗话》等。

咏 钱

人生薪水寻常事，动辄烦君我亦愁[①]。
解用何尝非俊物，不谈未必定清流[②]。
空劳姹女千回数，屡见铜山一夕休[③]。
拟把婆心向天奏[④]，九州添设富民侯[⑤]。

【题解】

原诗六首，这里选其中一首。全诗阐明了作者对钱的看法：一味聚敛钱财当然会招灾惹祸；但生活中实在离不开钱，钱只要使用得当，那便是好东西，可以发挥积极作用；那些口不言钱的人自以为清高，其实未必真清高。因此作者大声呼吁：全国各地，都应设些使人民脱贫致富的官，让大家都富裕起来。在作者所处的时代，这是新的观念。

【注释】

①“人生”二句：即使人们生活中的薪（柴）水小事，也离不开钱。君，指钱。 ②“解用”二句：钱如用得适宜，未尝不是好东西；而表面上瞧不起钱的，也未必是君子。俊物，指钱。《世说新语·箴规》记西晋王衍“常嫉（厌恶）其妇贪浊，口未尝言钱字。妇欲试之，令婢以钱绕床，不得行。夷甫（王衍）晨起，见钱阂（阻隔）行，呼婢曰：‘举却阿堵物（拿开堵路的东西）。’”而其人专权无能，被石勒俘虏后劝石勒称帝以求苟活。 ③“空劳”二句：积聚钱财无餍，适足以自害。东汉灵帝刘宏母永乐太后好敛财，京城有童谣说：“车班班，入河间，河间姹（chà）女工数钱。”见《后汉书·五行志》。姹女：指灵帝母后。数（shǔ）：计算。汉文帝曾赐宠臣邓通

铜山（在今四川荣县北），让他自铸钱。景帝时，通家财被抄没，穷饿而死。见《史记·佞幸列传》。 ④婆心：仁慈的心肠。 ⑤九州：指中国。《尚书·禹贡》分中国为九州。富民侯：封爵名，见《汉书·车千秋传》。

马 嵬 驿

莫唱当年长恨歌，人间亦自有银河①。
石壕村里夫妻别②，泪比长生殿上多③。

【题解】

此诗作于乾隆十七年（1752），时作者在陕西候补任官。安史之乱，使唐明皇于马嵬驿赐死贵妃，夫妻分离，其经过见白居易《长恨歌》。安史之乱使民间无数夫妻生离死别，其典型事例，见杜甫《石壕吏》。而安史之乱，则是由唐明皇荒淫误国引起的。作者将《长恨歌》与《石壕吏》联系起来而同情人民，便写出这首在无数咏马嵬诗中别开生面的好诗。

【注释】

①银河：即天河。俗传农历七月七日夜，牛郎、织女二星一年一度渡银河相会。全句借指民间夫妻被隔离两地的多得很。 ②石壕村：见前杜甫《石壕吏》。 ③长生殿：见前《长歌恨》注。

赵 翼（1727—1814）

字云崧，一字耘松，号瓯北。江苏阳湖（今常州）人。乾隆二十六年（1761）进士，官至贵西兵备道。后辞官主讲扬州安定书院。长于史学、考据。论诗主张独创，反对摹拟。诗作和诗论都近袁枚。与袁枚、蒋士铨合称“江左三大家”。所作五、七言古诗中不乏嘲讽理学、愤世嫉俗之作。张维屏谓其诗“七古才气奔腾，时见剽滑；五七律多工巧奇警之句，然力求工巧，可称能品，却非诗家第一义也”（《国朝诗人征略》）。有《瓯北诗钞》《瓯北诗话》等。

论 诗

李杜诗篇万口传①，至今已觉不新鲜。
江山代有才人出②，各领风骚数百年③。

只眼须凭自主张④，纷纷艺苑漫雌黄⑤。
矮人看戏何所见，都是随人说短长⑥。

【题解】

《论诗》组诗共五首，这里选其中两首。前一首流传颇广，其精神实质是：新的时代呼唤新的诗人，诗歌创作必须反映当前现实，体现时代精神，不应陈陈相因，脱离时代。至于李白杜甫的名篇佳作，由于反映了当时的现实而具有永恒意义。后一首强调作诗论诗，要独具慧眼，自作主张，不应毫无主见，随波逐流。

【注释】

①李杜：李白和杜甫。 ②才人：才子。这里指有文学才能的人。 ③风：《国风》；骚：《离骚》。两者都是先秦著名的文学作品，被奉为辞章之祖。后来就以风骚作为文学的代称。 ④只眼：谓眼光不同于众。“别具只眼”“独具只眼”均作具有独特见解解。 ⑤艺苑：犹今谓文学艺术园地。雌黄：矿石名，即鸡冠石，色黄赤，可作颜料。古时写字用黄纸，写错了就用雌

黄涂抹再写。后以不问事实，随意讥评为“信口雌黄”。 ⑥“矮人”两句：形容没有主见或创见，随声附和。朱熹《朱子语类》：“如矮子看戏相似，见人道好，他也道好。”

黄景仁（1749—1783）

字汉镛，一字仲则，号鹿菲子，江苏武进人（今常州）。少孤家贫，奔走四方以谋生计。曾应高宗东巡召试，列二等，后纳资为县丞，未补官而卒。一生坎坷，性豪迈伉爽，且多愁善感。诗学盛唐，尤重太白、李商隐，多抒发穷愁不遇、寂寞凄怆的情怀，风格哀怨婉丽。尤以七言见长。所作多为世人称誉。洪亮吉称其诗“如咽露秋虫，舞风病鹤”。有《两当轩集》等。

都门秋思

五剧车声隐若雷①，北邙惟见冢千堆②。
夕阳劝客登楼去，山色将秋绕郭来③。
寒甚更无修竹倚④，愁多思买白杨栽④。
全家都在风声里，九月衣裳未剪裁⑥。

【题解】

此诗作于乾隆四十二年（1777），当时作者任武英殿书签官，将母亲、妻子接进北京。诗写其贫困生活和愁烦心绪，容易引起类似处境的知识分子的情感共鸣，故“一时传遍京华”。

【注释】

①“五剧”句：大街上车声隐隐好像雷响。五剧：指京城里四通八达的街道，详见前卢照邻《长安古意》注。 ②北邙（máng）：山名，在今河南洛阳北，东汉及北魏的王侯公卿多葬于此，后常用以泛指墓地。冢（zhǒng）：坟墓。这两句写城内与郊外风光迥异。 ③将：带。郭：外城。 ④这句化用杜甫《佳人》“天寒翠袖薄，日暮倚修竹”句意，描写清寒已极的景况。 ⑤白杨：落叶乔木。《古诗十九首》：“白杨多悲风，萧萧愁煞人。” ⑥这句反用《诗经·豳风·七月》“九月授衣”句意。

癸巳除夕偶成

千家笑语漏迟迟，忧患潜从物外知①。
悄立市桥人不识，一星如月看多时。

年年此夕费吟呻，儿女灯前窃笑频②。
汝辈何知吾自悔，枉抛心力作诗人③。

【题解】

此诗作于乾隆三十八年（癸巳1773）除夕，时作者从安徽回到故里。

【注释】

①“千家”两句：千家笑语，欢度除夕，时间慢慢流逝；从时间流逝、外物潜变中感受到忧患。漏：更漏，计时器，注屡见前。 ②“年年”句：年年除夕，都要哼哼唧唧地作诗，儿女看见，便在灯前窃笑：“爸爸又在作诗哩！” ③“汝辈”两句：你们别笑，我也自悔不该作诗，枉费心力做个诗人有什么用，能顶饭吃吗？

张维屏（1780—1859）

字子树，号南山，又号松心，广东番禺（今广州）人。道光二年（1822）进士；官至南康府知府。曾与林则徐、龚自珍、魏源、黄爵滋等在北京结宣南诗社。其早期诗作多抒写个人情怀。晚期不少作品反映鸦片战争中人民抗英斗争，格调高昂，富于爱国精神。诗风清新朴实，不事雕饰。与黄培芳、谭敬昭并称为“粤东三子”。有《张南山全集》《国朝诗人征略》。

三　元　里[①]

三元里前声若雷，千众万众同时来。
因义生愤愤生勇，乡民合力强徒摧[②]。
家家田庐须保卫，不待鼓声群作气[③]。
妇女齐心亦健儿，犁锄在手皆兵器。
乡分远近旗斑斓[④]，什队百队沿溪山。
众夷相视忽变色，黑旗死仗难生还[⑤]。
夷兵所恃唯枪炮，人心合处天心到。
晴空骤雨忽倾盆，凶夷无所施其暴[⑥]。
岂特火器无所施，夷足不惯行滑泥。
下者田塍苦踯躅[⑦]，高者冈阜愁颠挤[⑧]。
中有夷酋貌尤丑[⑨]，象皮作甲裹身厚。
一戈已揕长狄喉，十日犹悬郅支首[⑩]。
纷然欲遁无双翅，歼厥渠魁真易事[⑪]。

不解何由巨网开，枯鱼竟得悠然逝⑫。
魏绛和戎且解忧⑬，风人慷慨赋同仇⑭。
如何全盛金瓯日⑮，却类金缯岁币谋⑯。

【题解】

1841年（道光二十一年）5月，英国侵略军占我四方炮台，炮击广州，当时在广州主持军事的靖逆将军奕山派广州知府余保纯向英方求和，缴“赎城费”六百万元，赔英商馆损失费三十万元，订立《广州和约》，激起了人民的抗英义愤。这月29日，广州北郊的三元里遭小股英军骚扰，韦绍光等奋起击毙英军十余人。次日，三元里附近一百零三个乡的人民聚集，树起了“平英团”大旗，诱敌至牛栏冈，围歼二百余人，生俘二十余人。英军司令卧乌古率大队来攻，又被击败于连山高地。少校毕霞等多人被杀伤，败回四方炮台。31日，义军增至数万，团团围住四方炮台。英军恐慌，求救于广州官府，奕山急命余保纯出城，用欺骗、威胁等手段解散义军，英军仓皇逃出重围。后英军往寇福建、浙江、江苏，终于使清王朝签订了丧权辱国的《南京条约》。“一日纵敌，数世之患”。三元里人民的这次抗英行动，是我国近代史上第一次光辉的大规模的反侵略斗争。张维屏的这首诗以叙事为主，辅以评论，而抒情渗透于二者之中，真实地反映、热情地讴歌了这次震动中外的反侵略斗争，爱憎分明，堪称诗史。

【注释】

①三元里：原属广东省番禺县，现划入广州市，附近有三元庙，故名。 ②强徒摧：强徒被摧。 ③作气：振作士气。 ④旗斑斓：参加三元里战斗的民众都高举“义兵”“义民”的大旗，各乡都有乡旗，后又以三元庙的北帝七星旗为指挥旗。见《近代史料》1954年第一期《三元里平英团史实调查会记录》。 ⑤“黑旗”句：作者自注：“夷打死仗者则用黑旗。适有执

神庙七星旗者，夷惊曰：‘打死仗者至矣！’”当时群众相约，以三元古庙中黑色的七星旗作为指挥“令旗”，故而英军悲叹恐难生还。 ⑥据林福祥《三元里打仗日记》：“时天色晴明，忽而阴云四起，午刻迅雷烈风，大雨如注，日夜不息。未刻后，逆夷之鸟枪火炮，俱被雨水湿透，施放不响。”⑦田塍（chéng）：田埂。踯躅（zhízhú）：徘徊不进的样子。 ⑧阜：土山。颠挤：即“颠隮”，坠落。以上四句可参阅上引同书：“且夷兵俱穿皮鞋，三元里四面皆田，雨后泥泞土滑，夷兵寸步难行，水勇及乡民，遂分头截杀。” ⑨夷酋（qiú）：指英军军官伯麦、毕霞等。貌尤丑：梁廷枏《夷氛闻记》：“伯麦身肥体健，首大如斗。” ⑩“一戈”两句：指英侵略军军官伯麦、毕霞等被击毙事。摏（chōng）：捣。长狄：古族名，春秋时狄人的一支，这里借指英侵略军。《左传·文公十一年》：“获长狄侨如，富父终甥摏其喉以戈，杀之。”郅（zhì）支：古时匈奴的一个部族首领。这里借指“夷酋”。《汉书·陈汤传》载，汉元帝时副校尉陈汤等围郅支单于于康居，击杀郅支，割下他的头，悬于蛮夷邸门。 ⑪歼：消灭。厥：其、那个。渠魁：巨魁，大头目。当时英侵略军头子义律也被围。 ⑫“不解”两句：指广州知府余保纯等出城为英侵略军解围并保护他们逃跑一事。枯鱼：干鱼。语出《庄子·外物》。喻指被围的垂死英军。 ⑬“魏绛”句：《左传·襄公四年》载，晋悼公时，山戎（部族名）无终子请和，晋大夫魏绛力主和戎。此处借指奕山等向英人屈膝求和。且解忧：暂且解除目前之忧。 ⑭风人：诗人。这里是作者自指。同仇：共同的仇敌。这里是齐心御敌的意思。《诗经·秦风·无衣》：“王于兴师，修我戈矛，与子同仇。” ⑮金瓯（ōu）：比喻疆土完整巩固。《南史·朱异传》：“我国家犹若金瓯，无一伤缺。”也指国土。瓯：小盆。 ⑯类：像。金缯（zēng）岁币谋：指以输绢纳银求和的屈辱政策。缯，古代对丝织品的总称。币，钱。谋，这里指国策、方略。宋皇朝对辽、金等的骚扰入侵，采取忍辱退让政策，每年输送大量绢、银以换取暂时的安定，苟延残喘。此处指1841年5月，奕山与英侵略军订立卖国投降的休战条约，答应给英方赎城费六百万元。

林则徐（1785—1850）

字少穆，一字元抚，晚号俟村老人。福建侯官（今福州）人。嘉庆十六年（1811）进士，历任江苏巡抚、湖广总督、两广总督。曾受命为钦差大臣，赴广东查禁鸦片，指挥“虎门销烟”。鸦片战争中为主战派首要人物。受主降派诬陷，遭革职远戍新疆伊犁。后复起用，于1850年任钦差大臣赴广西督理军务，病死于赴广东湖州途中。早期诗作多为官场酬唱及题图咏画之作。鸦片战争后，所作多抒发爱国激情，感情深沉，气势磅礴，格律严整。有《林文忠公政书》《云左山房文抄》《云左山房诗抄》等。

出嘉峪关感赋

严关百尺界天西，万里征人驻马蹄。
飞阁遥连秦树直，缭垣斜压陇云低[①]。
天山巉峭摩肩立，瀚海苍茫入望迷[②]。
谁道崤函千古险，回头只见一丸泥[③]。

【题解】

此诗作于道光二十二年（1842）十月赴伊犁途中。嘉峪关，在今甘肃酒泉西约二十六公里的嘉峪山西麓，依山而筑，居高凭险，当时为西北交通咽喉、防守要塞。诗以“严关百尺界天西”领起，中间两联极写其险要，尾联复以崤函反衬，其言外之意在于引起当权者对如此险关的百倍重视，从而加强防守。题为《出嘉峪关感赋》，盖有感而发。

【注释】

①“飞阁”二句：飞阁：指关上建筑物；秦：指今陕西一带，用杜甫“两行秦树直”句意；陇：指今甘肃一带。 ②瀚海：指戈壁大沙漠。 ③崤函：即函谷关，故址在今河南灵宝市西南。古有“以一丸泥封函谷关”语，见《后汉书·隗嚣传》。

龚自珍（1792—1841）

一名巩祚，字璱人，号定庵，浙江仁和（今杭州）人。出身官僚文人家庭。道光九年（1829）进士，历官内阁中书、宗人府主事、礼部主事等。后辞官南归，五十岁暴卒于江苏丹阳云阳书院。学通经史，为今文学派主要人物。主张改革内政，抵御外侮。为中国封建社会转折时期的启蒙思想家。曾与林则徐、魏源等结宣南诗社。其诗大胆抨击封建衰世的黑暗与腐朽，表现追求变革的思想感情，有深刻的社会现实内容。气势磅礴，文辞瑰丽，想象丰富，能突破格律的束缚，富有浪漫主义气息。诗作以古体为主，近体则以七绝擅场，代表作有道光十九年（1839）作的《己亥杂诗》三百一十五首。有《定庵文集》。

咏　史

金粉东南十五州①，万重恩怨属名流。
牢盆狎客操全算②，团扇才人踞上游③。
避席畏闻文字狱④，著书都为稻粱谋。
田横五百人安在，难道归来尽列侯⑤？

【题解】

题为咏史，实则讽今。首联写绮丽繁华的东南地区，“名流”们只为追名逐利而导致纠缠不清的恩恩怨怨。次联写盐官的门客和腐化放荡、不懂政事的人乘时得势，操纵政局。三联写有学识的人害怕招致文字狱而不敢直抒己见，著书只不过是以此作为谋生的手段。尾联用反诘语气，慨叹士大夫毫无气节，只求升官，难道连素以气节著称的田横五百人也都跑来求官吗？此诗作于道光五年（1826）十二月，时作者客居昆山，目睹腐朽现实，而借“咏史”进行揭露，可谓切中时弊。

【注释】

①金粉：古时妇女化妆用的铅粉。这里借以形容繁华奢侈。东南十五州，泛指我国江、浙一带繁华富庶地区。 ②牢盆：汉代称煮盐的器具为牢盆，这里指把持盐政的官僚。狎客：善于奉承拍马、甚得主子信任的门客。操全算：指操纵政局。 ③团扇才人：东晋时，不学无术的王珉任中书令（掌管政府机密的官），生活腐化放荡，不懂得政事，喜欢手执白团扇。此句意谓像王珉这样的人占据着官府的高位。 ④“避席”二句：避席：离座避开。因写文章而遭受统治者的杀害或被囚禁，谓之文字狱。清朝为了钳制言论，曾大兴文字狱。 ⑤“田横”二句：田横，秦末汉初人。楚汉相争时，曾自立为齐王。刘邦灭楚称帝后，田横带着五百部下逃入海岛。刘邦几次劝降，说：“田横来，大者王，小者乃侯耳！不来，且举兵加诛焉。”田横耻事刘邦，自杀；所部五百人也自杀。（见《史记·田儋列传》）。这件事一直被誉为守节不辱的美德。作者在诗中借用这个历史故事来和当时毫无廉耻、奉承巴结的人物做对照。列侯：汉代制度，群臣异姓中有功而封侯的，称为列侯。

己亥杂诗（选二）

一

浩荡离愁白日斜，吟鞭东指即天涯[①]。
落红不是无情物，化作春泥更护花。

二

九州生气恃风雷，万马齐瘖究可哀[②]！
我劝天公重抖擞，不拘一格降人材[③]。

（自注云："过镇江，见赛玉皇及风神雷神者，祷祠万数，道士乞撰青词[④]。"）

【题解】

己亥，即道光十九年（1839），作者四十八岁。这年春天，他离开北京回杭州，又北上接回家眷，于冬天抵江苏昆山。在这八九个月的旅程中，或纪沿途见闻，或评论时政，或杂书所感，成七言绝句三百一十五首，题为《己亥杂诗》。这里选两首。

【注释】

①吟鞭：诗人手中的马鞭。吟鞭东指，指向东南进发。 ②瘖（yīn）：哑。 ③不拘一格：打破常规。 ④青词：道教祭神，以青藤纸写祭文，故称道家的祭文为青词。

魏 源（1794—1857）

字默深，湖南邵阳人。道光二十四年（1844）进士，曾任知县、知州。与龚自珍齐名，世称“龚魏”。讲求学术“经世致用”，主张改革内政，反对外来侵略。是近代著名思想家和改良运动的先驱者之一。诗歌风格雄浑、气势奔放，多反映社会现实之作。歌颂抗英斗争，揭露昏暗政局，尤富于爱国精神。有《古微堂集》《古微堂诗集》《海国图志》《圣武记》等，又编有《皇朝经世文编》。

寰海十章（选一）

城上旌旗城下盟，怒潮已作落潮声①。
阴疑阳战玄黄血，电挟雷攻水火并②。
鼓角岂真天上降？琛珠合向海王倾③。
全凭宝气销兵气，此夕蛟宫万丈明④。

【题解】

《寰海十章》作于道光二十年（1840）及二十一年，以鸦片战争为题材，谴责英国的侵略暴行，抨击清政府的投降行径，爱国激情，洋溢于字里行间。这里选的是第九首。

【注释】

①“城上”二句：城下盟，在敌人兵临城下时订立的和约。历来人们都把城下之盟看作奇耻大辱。杜预在注解《左传》时就指出：“城下盟，诸侯所深耻。”这里指1841年5月，清政府和英军所签订的《广州和约》。这两句的

意思是：城头上还飘扬着战旗就和敌人签订丧权辱国的条约，汹涌澎湃的抗英怒潮声变成了落潮声。 ②阴疑阳战：《周易正义·坤上六·文言》："阴疑于阳必战。"意谓阴和阳是对立的双方，其矛盾发展到不可调和的程度，必发生公开的冲突。孔颖达《周易正义》正云："阴盛为阳所疑，阳乃发动，欲除去此阴，阴既强盛不肯退避，故必战也。"玄黄血：见《周易正义·坤上六》。意谓阴阳发生冲突而相伤。玄黄，杂色。这两句的意思是：英国的侵略逼得中国人民奋起自卫，浴血奋战，用水战火攻，战斗像电挟雷攻那样猛烈。 ③"鼓角"二句：鼓角，古代作战时的战鼓和号角。这里指英军。天上降：从天而降。汉景帝时，吴楚七国诸侯王叛乱，周亚夫前往征讨时，选择了一条正确的行军路线，突然出现在敌人前面，"直入武库，击鸣鼓，诸侯闻之，以为将军从天而下也"（见《汉书·周勃传》）。琛珠：珠宝。海王：海龙王。这里指英国。这两句的意思是：难道敌人真的是神通广大、从天而降而取得胜利的吗？然而我们的珠宝还是理所当然似的倾倒给英国海王。 ④"全凭"二句：蛟宫万丈明，喻指英国从清投降派的屈辱投降中掠夺的珠宝发出光芒照亮了万丈海空。杜光庭《录异记》："海龙王宅在苏州东，入海五六日程，小岛之前，阔百余里……夜中远望，见此水上红光如日，上与天连，船人相传龙王宫在其下矣。"这两句的意思是，清朝投降派全凭赔款来消除战祸，以致英国宫殿堆满了珠宝，发射出明亮的珠光宝气。

黄遵宪（1848—1905）

字公度，别号人境庐主人。广东嘉应（今梅州市）人。光绪二年（1876）中举后，历任驻日本使馆参赞、美国旧金山总领事、英国使馆参赞、新加坡总领事等职。回国后任江南洋务局总办，长宝盐法道，署理湖南按察使。参与戊戌变法活动，办《时务报》。奉命出使日本，未成行而政变起，罢归。黄遵宪是"诗界革命"的一面旗帜。

论诗主张“我手写吾口”，以“旧风格含新意境”，表现“古人未有之物，未辟之境”。其诗多反映中国近代的重大历史事件，也有不少描写海外风物的诗篇。长于古体，形式多变，语言通俗，五古本为出色。七绝则较为逊色。存诗一千余首。诗集《人境庐诗草》有今人笺注本。

杂 感

大块凿混沌①，浑浑旋大圜②。
隶首不能算③，知有几万年。
羲轩造书契④，今始岁五千。
以我视后人⑤，若居三代先⑥。
俗儒好尊古，日日故纸研。
六经字所无⑦，不敢入诗篇。
古人弃糟粕，见之口流涎。
沿习甘剽盗⑧，妄造丛罪愆⑨。
黄土同抟人⑩，今古何愚贤？
即今忽已古，断自何代前⑪？
明窗敞流离⑫，高炉爇香烟⑬。
左陈端溪砚⑭，右列薛涛笺⑮。
我手写吾口，古岂能拘牵？
即今流俗语，我若登简编⑯。
五千年后人，惊为古斓斑⑰。

【题解】

这是一首论诗诗，抨击了“尊古”之风，提出了“我手写吾口”的主张，在“诗界革命”运动中产生过一定的影响。

【注释】

①大块：大自然，大地。混沌：天地未分时浑然一体的样子。 ②浑浑：广大无边。大圜（yuán）：天。圜，同“圆”。古代有“天圆地方”之说，又认为天在不停地旋转，故曰“旋大圜”。两句意为：自从天地开辟以来。 ③隶首：传说中黄帝时的史官，发明数字和算术。 ④羲轩：伏羲和轩辕（即黄帝）。二人都是传说中的上古帝王。书契：文字。 ⑤视：比。⑥三代：夏、商、周。两句意为：以我们与后代人相比，我们就像生活在三代以前一样。 ⑦六经：儒家的六部经典，即《诗》《书》《礼》《易》《乐》《春秋》。 ⑧剽（piāo）盗：偷窃，抄袭。 ⑨丛：聚集。愆（qiān）：过失。两句意为，俗儒只知因循旧习，甘心抄袭；谁要是不信古而创新，他们就指责为“妄造”，加上许多罪名。 ⑩黄土抟（tuán）人：古代神话说，女娲用黄土揉捏做人（《太平御览》卷七十八引《风俗通》）。抟，捏聚。⑪两句意为：即以今天而言，也很快会成为过去，那么古代又到底该从什么时候算起呢？ ⑫流离：即琉璃。这里借指玻璃。 ⑬爇（ruò）：燃烧。⑭端溪砚：端溪在今广东高要东南，溪中产石，可制良砚，世称端砚。 ⑮薛涛笺：唐代女诗人薛涛，自制深红色小彩笺，写诗其上，时人称为薛涛笺。明窗四句：谓打开玻璃窗，点起一炉香，揭开端砚，展开稿子准备写诗。 ⑯简编：书。古人著作写于竹简上，编次成册。 ⑰古斓斑：辞采古雅绚丽。以上四句意为，我们如果把今天流行的俗语写入诗章，到几千年以后，也会被惊叹为古雅绚丽的作品。

哀旅顺

海水一泓烟九点[①]，壮哉此地实天险。
炮台屹立如虎阚[②]，红衣大将威望俨[③]。
下有深池列巨舰[④]，晴天雷轰夜电闪。
最高峰头纵远览，龙旗百丈迎风飐[⑤]。

长城万里此为堑[6]，鲸鹏相摩图一啖[7]。
昂头侧睨视眈眈[8]，伸手欲攫终不敢[9]。
谓海可填山易撼，万鬼聚谋无此胆[10]。
一朝瓦解成劫灰，闻道敌军蹈背来[11]。

【题解】

辽东半岛南端的旅顺，是清末北洋舰队的重要基地，地势险要，且有三十余营重兵驻守。重野安绎著《日本维新史》称旅顺险要，东洋无双，并引法国提督孤拔的话说：率一万吨以上铁甲舰二十艘、水雷艇三十艘攻之，非费半年时间，不能攻陷。但在中日甲午战争中，竟陷于日军之手。作者哀其陷敌而作此诗。前十四句，从自然形势的险固和防守力量的雄厚等方面反复描状，极言旅顺坚不可摧，列强屡欲伸手攫取而始终不敢轻举妄动。最后两句，突然哀其"一朝瓦解"，而以"敌军蹈背"收束全诗，笔锋陡转与形势陡转相一致，使读者为突如其来的大哀剧痛所震撼，不知所措。及至惊魂已定，仔细思索，便知"敌军蹈背"而能得逞，正由于守军主帅无谋、无能，平日恃险骄纵，不考虑万全之策，顾前不顾后，居安不思危，变起仓促而无力应变，遂使旷世天险，顷刻化为劫灰，哀哉！诗虽戛然而止，却引人深思，发人深省。

【注释】

①一泓：一片。烟九点：指九州，即中国。李贺《梦天》："遥望齐州九点烟，一泓海水杯中泻。" ②阚（hǎn）：虎怒貌。 ③红衣大将：指大炮。清太宗天聪五年（1632），红衣大炮造成，赐名"天祐助威大将军"。俨：庄严的样子。 ④深池：指大船坞。筑于光绪十一年（1885）。 ⑤龙旗：清朝国旗，旗上绣龙。飐（zhǎn）：颤动。 ⑥堑（qiàn）：护城河，壕沟。这句意为：旅顺港犹如万里长城的护城河。 ⑦鲸鹏：比喻帝国主义列

强。相摩：争相进迫。啖（dàn）：吞食。 ⑧睨（nì）：斜视。眈眈：垂目注视的样子，即“虎视眈眈”之意。 ⑨攫（jué）：抓取。 ⑩万鬼聚谋：指列强勾结，狼狈为奸。两句意为：凭借着旅顺口的天险之势与森严壁垒，真使人相信，即使海可填平、山可撼动，列强也不敢斗胆谋取旅顺。 ⑪这两句写旅顺被陷经过。当时旅顺共设炮台二十二座，大炮七八十尊，大连设炮台六座，大炮二十四尊，两处均有重兵驻守。日军从旅顺背后花园港口登陆，清军纷纷溃逃，日军遂先后占领了大连、旅顺。

夜 起

千声檐铁百淋铃①，雨暴风狂暂一停。
正望鸡鸣天下白，又惊鹅击海东青②。
沉阴曀曀何多日，残月晖晖尚几星③。
斗室苍茫吾独立，万家酣梦几人醒④！

【题解】

戊戌变法失败，作者被革职，回梅县家居，但仍关心国事，夜深不寝。诗的内容，已从诗题《夜起》中暗示出来。首联写环境变化，引起下文。颔联上句承“暂一停”，希望鸡鸣后天气放晴，亦即希望天下澄清，从而反跌下句。下句写八国联军入侵北京而用谐音、比拟手法，用一“惊”字，倍见沉痛。颈联上句承“雨暴风狂”，下句承“暂一停”，仍就室外天气落墨，而比意甚明。尾联扣“夜起”抒发“万家酣梦”之时自己独立斗室的无限感慨。通首就“夜起”的感受写客观环境、写天象变化，而赋中含比，兴中含比，反映了风雨飘摇、外患频仍的时局，表现了诗人强烈的历史责任感和赤诚的爱国之心，艺术表现的高度完美，更加强了全诗的感染力。

【注释】

①檐铁：悬挂在屋檐下的檐马，用金属薄片制成，风吹相击而发声。淋铃：相传唐玄宗避难入蜀时，在夜雨中听见风铃声而作《雨淋铃曲》，悲凉哀绝。②“正望”二句：鸡鸣天下白，语本李贺《致酒行》：“雄鸡一唱天下白”。这里指希望局势好转，不再受帝国主义的侵略蹂躏。鹅：天鹅，这里借其谐音，指帝俄等帝国主义列强。海东青：鸟名，产于辽东。据《本草纲止·禽部》载：“雕出辽东，最俊者谓之海东青。”这里用来喻指中国。全句喻指帝俄等八国联军对我国的侵略。③“沉阴”二句：用《诗经·邶风·终风》“曀曀其阴”和《旄丘》“何多日也”，比喻当时局势像久阴的天气，偶然露出残月和几颗星星。曀（yì）曀：天气阴晦。晖晖：明亮。④“斗室”二句：将自己夜起独立与“万家酣梦”相对照，暗喻变法失败，先驱者或被杀害，或革职不用，国家危亡，迫在眉睫，而酣梦者多，清醒者少。独立苍茫而听“千声檐铁”与“万家酣梦”，何胜悲痛！

康有为（1858—1927）

原名祖诒，字广厦，号长素，又号更生。广东南海丹灶（今属佛山市南海区）人，人称南海先生。光绪二十一年（1895）进士，授工部主事，未赴任。早年从学朱次琦，深究今文经学。接触西方资本主义文明，并遍读译本西书，察知香港、上海工商秩序，从而形成改良主义思想。1888年起先后七次上书光绪皇帝，建议变法图强。甲午战争次年，发起赴京会试千余举子“公车上书”，要求拒签和约，维新变法，遂成为“戊戌变法”领导者。变法失败后，逃亡海外，组织保皇会，反对民主革命，主张君主立宪。辛亥革命后参加张勋复辟，日趋反动。其前期诗作多反映重大事变，发抒愤郁之情，形象瑰丽，造语自然，并在运用传统诗歌形式上多有独创。后期诗作常流露对清王朝的哀悼之情。梁启超称其诗“元气淋漓，卓然称大家”。有《康南海先生诗集》。

登万里长城

汉时关塞重卢龙①，立马长城第一峰②。
日暮长河盘大漠③，天晴外部数疆封④。
清时堡堠传烽静⑤，出塞山川作势雄⑥。
百万控弦嗟往事⑦，一鞭冷月踏居庸⑧。

【题解】

光绪十四年（1888）作者入京应试不第，登居庸关，游八达岭，作此诗。首句“汉时边塞重卢龙”用一“重”字，七句“百万控弦嗟往事”用一“嗟”字，将以重兵守卫雄关的“往事”与当前“堡堠传烽静”的疏于防守做鲜明对比，则“清时”意含讽刺，不言可知。全诗写登万里长城的所见所感，意境雄阔，气象峥嵘，忧国之情，溢于言外。

【注释】

①卢龙：即卢龙塞，在今河北喜峰口附近。古有塞道，形势险要，为汉代以来边防重地。 ②长城第一峰：指八达岭，在今北京西北。 ③长河：指黄河。盘大漠：作者想象黄河流经西北大沙漠地带时的景象。 ④数疆封：数，动词，计算。封漏，疆界。此句意为：天气晴朗，立于“长城第一峰”，可以历历看清长城以北的疆界。 ⑤清时：承平之时。堡堠（hòu）：瞭望敌情的土堡。传烽静：指战事平息。传烽，古代在边境设烽火台，敌军入侵时用以报警。一台烟举，台台相递，称为传烽。 ⑥出塞（sài）山川：指长城脚下跨越边塞的山川。 ⑦百万控弦：指大队兵马。控弦，开弓。 ⑧居庸：居

庸关，在今北京市昌平西北，长城著名关口之一。

出都留别诸公

天龙作骑万灵从，独立飞来缥缈峰①。
怀抱芳馨兰广握，纵横宙合雾千重②。
眼中战国成争鹿，海内人才孰卧龙③。
抚剑长号归去也，千山风雨啸青锋④。

【题解】

光绪十四年（1888）夏，作者邀集入京应试的举子实行“公车上书”，在他写的五千余言的上皇帝书中提出了一系列变法维新的政治主张，却遭到顽固派的阻挠和诽谤。次年九月，他离开北京，作《出都留别诸公》五首，这里选的是第二首。作者自注云：“吾以诸生上书请变法，开国未有，群疑交集，乃行。”

《出都留别诸公》组诗是康有为的名作，这里所选的一首吸取屈原《离骚》中的许多意象，熔想象、现实、理想于一炉，塑造了极富浪漫主义激情的抒情主人公形象，以表现其怀抱芳馨的情操和纵横宇宙、变革现实的壮志，具有极强的艺术感染力。

【注释】

①“天龙”二句：骑（jì）：名词，指所乘之坐骑。万灵：众神。缥缈（piāomiǎo）：形容极高极远，隐隐约约，若有若无。这两句的意思是：我仿佛从天外飞来，天龙做我坐骑，众神做我随从，傲然独立于“缥缈峰”顶。 ②“怀抱”二句：怀抱馨香的兰花，指自己的道德、胸怀高洁美好。纵横于宇宙间的千里云雾之中，喻指清末的黑暗现实。 ③“眼中”二句：齐、楚、燕、韩、赵、魏、秦七国不断征战，史称战国。这里喻指帝国主义列强。

争鹿：即逐鹿。《史记·淮阴侯列传》："秦失其鹿，天下共逐之。"这里指帝国主义企图瓜分中国，互相竞争。卧龙：诸葛亮的别号。 ④啸：剑鸣声。青锋：剑。

丘逢甲（1864—1912）

字仙根，号仲阏，别号南武山人、仓海君。福建彰化（今属台湾）人。光绪十五年（1889）进士，官工部主事。甲午战败，清廷割弃台湾，丘与台湾士民奋起抗日保台。血战二十余昼夜，因弹尽援绝，率军离台内渡，寄寓广东创办学校，推行新学。辛亥革命时，赴南京任孙中山临时政府参议员。其诗学杜甫、陆游，所作近万首，多抒发爱国情怀，表现牺牲精神，慷慨悲壮，英气奋发，深得"诗界革命"倡导者梁启超、黄遵宪赞赏。有《岭云海日楼诗钞》等。

往　事

往事何堪说，征衫血泪斑[①]。
龙归天外雨，鳌没海中山[②]。
银烛鏖诗罢，牙旗校猎还[③]。
不知成异域，夜夜梦台湾[④]。

【题解】

丧权辱国的《马关条约》规定割让台湾给日本，丘逢甲组织义军抗日保台，失败后内渡大陆，定居粤东蕉岭，以雪耻复土为己任。此诗作于光绪二十二年（1896），回忆抗日保台的往事，沉郁悲壮，深挚感人。

【注释】

①“往事”二句：回忆抗日保台的血战。 ②“龙归”二句：写抗日失败，台湾沦陷。“龙”指清朝国旗黄龙旗。“龙”从天外飞来的腥风血雨中归去，指台湾主权丧失。“鳌没”用《列子·汤问》典：据传东海中有岱舆、员峤等五座山，由十五巨鳌负载。后被龙伯国人钓走六鳌，于是岱舆、员峤两山便沉没于大海。此指台湾陷于日本。 ③“银烛”二句：写回忆中的台湾往事。鏖（áo）诗：与诗友分韵赋诗或联句，互争胜负。校猎：检阅、训练部队。④“不知”二句：梦中不知台湾已沦为异域，夜夜梦见在台湾的许多往事。

羊城中秋

故乡风景想依然，月满东南半壁天。
海外阴晴终有定，人间圆缺古难全①。
重完破碎山河影，与结光明世界缘②。
甲帐珠襦寻常梦，不知今夕是何年③！

【题解】

羊城，广州市别名。作者客居广州，中秋月圆，神驰故乡，不能自已，因作此诗以抒怀抱。“重完破碎山河影，与结光明世界缘”，壮志豪情，令人振奋。

【注释】

①“海外”二句：化用苏轼中秋词《水调歌头》“人有悲欢离合，月有阴晴圆缺，此事古难全”词语。“海外阴晴终有定”，喻指台湾形势，终有定局，即台湾必将收复。“人间圆缺古难全”，指亲友离散，从古以来就很难避免。下句就当前说，上句则展望未来。 ②“重完”二句：古人认为月中有物，为大地山河之影。诗人就此发挥：如今山河破碎，月中之物也是“破碎山

河影”，因而决心使祖国山河统一，创造光明世界。③甲帐：甲等的帐幕。汉武帝造帐幕，以甲、乙分等级。珠襦：用珠缀串而成的短衣。二句谓昔日美好的生活时常入梦，不知这中秋之夜台湾是何情景。

春　　愁

春愁难遣强看山，往事惊心泪欲潸[①]。
四百万人同一哭[②]，去年今日割台湾[③]。

【题解】

此诗为纪念台湾割让一周年而作，悲痛忧愤，可与谭嗣同《有感一章》并读。

【注释】

①潸（shān）：流泪的样子。　②四百万人：指当时台湾的总人口。作者自注：“台湾人口合闽粤籍约四百万人也。”　③去年今日：光绪二十一年（1895）三月二十三日这天中日《马关条约》签订，也即清政府将台湾割让给日本之日。

谭嗣同（1865—1898）

字复生，号壮飞，湖南浏阳人。湖北巡抚谭继洵之子。十一岁起，随其父遍游西北、东南各地。怀救国之志，擅文字，好任侠。曾在湖南创办时务学堂、南学会和《湘报》，鼓吹变法图强，抨击封建名教，成为维新运动中激进派领袖。光绪二十四年（1898）入京，任四品卿衔军机章京，参与领导变法。戊戌变法失败，慷慨赴死，为“戊戌六君子”之一。其诗充满爱国激情，情词激越，境界阔大，风格遒劲。尤擅长写景抒情，将咏物与言志融为一体。有《谭嗣同全集》。

夜 成

苦月霜林微有阴①，灯寒欲雪夜钟深。
此时危坐管宁榻②，抱膝乃为梁父吟③。
斗酒纵横天下事④，名山风雨百年心⑤。
摊书兀兀了无睡⑥，起听五更孤角沉⑦。

【题解】

此诗作于光绪九年（1883）之后，时在甘肃兰州读书。全诗以种种凄清夜景烘托深宵苦读的艰辛和纵横天下的远大抱负，情景交融，格高韵远。

【注释】

①苦月：冷月。②危坐：端坐。管宁：三国时魏国人，以好学著称。《三国志·管宁传》注引《高士传》云管宁："常坐一木榻，积五十余年未尝箕股（伸开大腿），其榻上当膝处皆穿。"这句写彻夜苦读的情景。 ③抱膝：双手抱膝而坐，沉思的样子。《三国志·诸葛亮传》裴松之注引《魏略》，说诸葛亮胸有大志，"每晨夜从容，常抱膝长啸"。梁父吟：一作"梁甫吟"，乐府古调曲名。《三国志·诸葛亮传》："亮躬耕陇亩，好为梁父吟，身长八尺，每自比于管仲、乐毅。"这句借用诸葛亮事，抒写心中的抱负。 ④斗酒纵横：形容豪饮的样子。斗，古代酒器。 ⑤名山：即名山事业，指著书立说。《史记·太史公自序》："藏之名山，副在京师"。风雨：飘摇意。与上句"纵横"相对。这句意为：自己的著述事业还不知飘摇何处，这是我毕生的心愿。 ⑥兀兀（wù）劳苦的样子。了无睡：毫无睡意。了，

全。 ⑦角：号角，古代军中乐器，用以报昏晓。沉：角声低落，即天将亮时。

有感一章

世间无物抵春愁[1]，合向苍冥一哭休[2]。
四万万人齐下泪[3]，天涯何处是神州[4]！

【题解】

此诗作于光绪二十二年（1896）春。先一年三月二十三日，清政府因甲午战败而与日本签订了丧权辱国的《马关条约》。这对谭嗣同刺激极大。他在《兴算学议》中说："经此创巨痛深，乃始屏弃一切，……当馈而忘食，既寝而屡兴，绕屋傍徨，未知所出。"因此，当又一个春天来临之际，又激起了万斛"春愁"，作了这首《有感》。前两句，写"春愁"难抑，欲痛哭问天，已极悲痛。后两句，更从个人的角度扩展到全民族的角度："四万万人齐下泪"！为何下泪？就因为走遍"天涯"，已经看不到完整的"神州"！国破家亡，谁能在签订卖国条约的春天不发愁，不下泪呢！《马关条约》的签订距今整整一百多年，读此诗，犹催人泪下。

【注释】

①"世间"句：世间无物可以抵挡春愁的袭击。 ②合：应。苍冥：苍天。 ③四万万人：当时全中国的总人口。 ④神州：中国，详见前注。

狱中题壁

望门投止思张俭[1]，忍死须臾待杜根[2]。

我自横刀向天笑，去留肝胆两昆仑③。

【题解】

谭嗣同是变法运动中最坚定、最激进的人物。戊戌变法失败，有人劝他出京避难，他说："各国变法无不以流血而成，今日中国未闻有因变法而流血者，此国之所以不昌也。有之，请自嗣同始。"他又劝梁启超尽快出走而让自己留下，理由是："不有行者，无以图将来；不有死者，无以召后来。"

光绪二十四年（1898）九月，戊戌变法失败，谭嗣同被捕入狱。这是他在狱中写的就义诗，慷慨悲壮，表现了一位爱国者自觉地以流血牺牲来抗议封建专制、激励民众斗志的大无畏精神。

这年中秋节前二日，谭嗣同被绑赴北京菜市口刑场，当钢刀举起之际，他昂首高呼："有心杀贼，无力回天，死得其所，快哉快哉！"这也是壮丽的诗篇，可与"我自横刀向天笑"并读。

【注释】

①张俭：字元节，东汉末高平人，在任东部督邮时，弹劾残害百姓的中常侍侯览，侯览指使爪牙以"部党"即结党叛乱的罪名上书陷害他，逼得他只好逃亡。因为他"清心忌恶，终陷党议"，因此人们都冒着危险接纳他，"望门投止，莫不重其名行，破家相容"（《后汉书·张俭传》）。这里以张俭陷党锢遭逼害受到人们的保护事喻指维新派的遭遇。 ②杜根：字伯坚，东汉末定陵人，安帝初举考廉，为郎中。当时邓太后临朝摄政，外戚弄权，他上书要求太后归政于安帝。太后大怒，令人把他装在布袋里在殿上摔死。执法人因知他的名望，施刑不加力，后又载出城外，待其苏醒。太后使人检视，他装死三日，目中生蛆，因得逃窜，隐身酒店当酒保。邓太后被诛后，他复职为侍御史（见《后汉书·杜根传》）。这里以杜根与太后、外戚斗争身陷狱中事喻指维新派的遭遇。 ③两昆仑：指康有为和作者自己。变法失败，康有为潜逃

出京，以图东山再起，而作者则拒绝奔逃，准备牺牲。一“去”一“留”，其“肝胆”都光明磊落。一说两昆仑指康有为和侠客大刀王五（见梁启超《饮冰室诗话》）。

梁启超（1873—1929）

字卓如，号任公，别署饮冰室主人，广东新会人（今江门市新会区）。光绪举人，康有为弟子，维新变法运动首倡者之一，与康有为并称“康梁”。为改良主义重要思想家。戊戌变法失败后，逃亡日本，宣扬君主立宪。民国初年曾一度从政。晚年致力学术，著述宏富。他是晚清重要文学家，曾力倡“诗界革命”“小说界革命”，创作了大量戏曲、小说、诗歌、散文。以散文成就为最大，自成新体，与康有为的文章合称“康梁体”。其诗早期学龚自珍，后期学宋人，学杜甫，以旧风格写新现实，被誉为“一代诗史”。绝大部分诗歌作于流亡国外期间，充满忧患意识，表现理想精神，热情奔放，直抒胸臆，语言明白晓畅。有《饮冰室合集》。

读陆放翁集①

诗界千年靡靡风，兵魂销尽国魂空。
集中什九从军乐②，亘古男儿一放翁③。

【题解】

此诗光绪二十五年（1899）作于日本。于陆游诗中独推从军御侮的爱国诗，又将诗风、国魂与兵魂联系起来，既具卓识，又抒发了他重振诗风、重振兵魂与国魂的雄心壮志。

【注释】

①陆放翁集：即陆游的诗集《剑南诗稿》。②“集中”句：集：指陆游诗集。什九：十分之九。 ③亘（gèn）古：从古以来。作者自注：“中国诗家无不言从军苦者，惟放翁则慕为国殇（为国牺牲），至老不衰。”

太平洋遇雨

一雨纵横亘二洲[①]，浪淘天地入东流。
却余人物淘难尽[②]，又挟风雷作远游[③]。

【题解】

戊戌政变失败后，作者先避难日本，旋又往游美洲。此诗即作于赴美途中，借写太平洋雨景而自抒襟抱：虽倍受打击，身处逆境，而雄心勃发，力拓未来，寥寥二十八字，境界阔大，情怀高远，激情洋溢，读之令人振奋。

【注释】

①亘二洲：绵延亚、美二洲。 ②“却余”句：承上句“浪淘天地入东流”而用“却余”陡转，以“人物淘难尽”表现戊戌政变虽失败，而“人物”犹有存者，自己便是。苏轼《赤壁怀古》有“大江东去，浪淘尽，千古风流人物”之句，此则反其意而用之。 ③挟风雷：扣题目中的“遇雨”而语意双关。风雷大作，则大地震荡，故诗中用“挟风雷”喻指胸怀大志，将大有作为。

章炳麟（1869—1936）

一名绛，字枚叔，号太炎，浙江余杭（今杭州市余杭区）人。为近代民主革命家，曾编撰《时务报》，参与维新而被通缉；后鼓吹革命，因“苏报案”而入狱。在狱时参与光复会，出狱后前往日本参加同盟会，主编《民报》数年。辛亥革命后主编《大共和日报》，并任孙中山总统府枢密顾问。曾因反对袁世凯被幽禁，袁氏失败后始恢复自由，任护法军政府秘书长，参加护法运动。1924年脱离孙中山改组的国民党，在苏州设章氏国学讲习会，从此以讲学为业，思想亦渐趋保守。学术成就颇巨，精通经史、小学、佛学诸门。作诗不多，主要是五言诗，多表现民族革命思想，风格浑厚苍劲，但文辞古奥难读。早期少数近体诗较为平易。有《章氏丛书》《章氏丛书续编》等。

狱中赠邹容

邹容吾小弟①，被发下瀛洲②。
快剪刀除辫③，干牛肉作糇④。
英雄一入狱，天地亦悲秋。
临命须掺手，乾坤只两头⑤。

【题解】

邹容（1885—1905），字蔚丹（一作威丹），四川巴县（今重庆）人，辛亥革命时期激进的青年革命宣传家。光绪二十八年（1902）赴日本留学，大力宣传民族革命思想。次年回上海，撰写并印行《革命军》一书，章炳麟为作序。此序发表于上海《苏报》，影响很大，清政府遂逮捕章炳麟与邹容入狱。此诗作于狱中，邹容有答诗云：“我兄章枚叔，忧国心如焚。并世无知己，吾生苦不文。一朝沦地狱，何日扫妖氛？昨夜梦和尔，同兴革命军。”赠答诗并读，可以感受到生死与共、力挽危局的凛然正气。

【注释】

①小弟：两人被捕时，章三十六岁，邹仅十九岁。 ②被发：同“披发”，即尚未束发。古代男子一般二十岁行束发礼，表示已成人。下瀛洲：指东渡日本留学。 ③除辫：剪去辫子。清朝统治者入关以后，强迫各族人民学习满族人留辫子。邹容剪去辫子，是一种革命行动。 ④糇（hǒu）：干粮。 ⑤临命：临死。掺手：同“搀手”。乾坤：天地。二句意谓：愿与邹容挽起手来，同赴刑场。

秋 瑾（1875—1907）

字璿卿，号竞雄，别署鉴湖女侠，浙江山阴（今绍兴）人。年轻时蔑视封建礼法，能文章，好剑侠。出嫁后居北京，目睹庚子事变，痛恨清廷腐败，遂于1904年东渡日本留学，次年参加孙中山领导的同盟会。归国后，创办《中国女报》，提倡男女平权，鼓吹民主革命。并在绍兴主持大通学堂，同徐锡麟筹建“光复军”，策划皖浙两省反清起义。事泄被捕，1907年就义于绍兴，年仅三十三岁。工于诗文，其诗豪迈奔放，慷慨悲歌，抒写革命激情，倾吐救国之志。有《秋瑾集》。

日人石井君索和即用原韵

漫云女子不英雄[1]，万里乘风独向东[2]。
诗思一帆海空阔，梦魂三岛月玲珑[3]。
铜驼已陷悲回首[4]，汗马终惭未有功[5]。
如许伤心家国恨，那堪客里度春风。

【题解】

1904年夏，作者东渡留学，同船的日本人石井先作了一首诗，请她赓和，她即步原韵作此诗。诗中以“英雄”自许，表现了欲挽祖国危亡的一片赤子之心，洋溢着感人肺腑的爱国深情。

【注释】

①漫云：不要说。　②万里乘风：用宗悫“乘长风破万里浪”语意，兼指乘船东渡。　③三岛：指日本。　④“铜驼”句：回看祖国濒于危亡，感到悲痛。铜驼已陷：用晋朝索靖预见洛阳宫门的铜驼将没于荆棘之中的典故，详见前注。　⑤“汗马”句：惭愧尚未为祖国立下汗马功劳。汗马：指战马急驰疆场而流汗，比喻立下战功，亦泛指立功。

黄海舟中日人索句并见日俄战争地图

万里乘风去复来，只身东海挟春雷①。
忍看图画移颜色②，肯使江山付劫灰③！
浊酒不销忧国泪④，救时应仗出群才⑤。
拚将十万头颅血⑥，须把乾坤力挽回。

【题解】

秋瑾于1904年夏第一次赴日，1905年春回国，同年夏第二次东渡，于黄海舟中作此诗。“日人索句”，指其日本友人银澜使者请她作诗。“见日俄战争地图”，乃是触发诗情的契机。1904至1905年间，日俄为争夺朝鲜和我国东北，在我国旅顺、沈阳等地进行了一场帝国主义战争，清政府竟宣称“彼此均系友邦”，自守“局外中立”，听其蹂躏我国领土。俄国战败，竟将大连、旅顺的租借权转让给日本。作者看见祖国的地图变了颜色、无限悲愤，发而为诗，表现了组织英才、力挽危亡的宏图大愿。

【注释】

①只身：孤身一人。挟（xié，又读xiá）：怀藏。春雷：比喻救国壮志和力量。 ②忍看：不忍看、怎忍看。图画：地图。移颜色：改变颜色，指我国领土被敌人侵占。 ③肯使：岂肯使。付：变成。劫灰：劫火之后所余的灰烬。此指战争破坏后的残迹。劫火是佛家语，《仁王经》：“劫火洞然，大干俱坏。” ④浊酒：酒有清酒、浊酒之分。浊酒是质量较次的酒，这里泛指酒。杜甫《登高》诗：“艰难苦恨繁霜鬓，潦倒新停浊酒杯。”销：同“消”。 ⑤救时：拯救时局。仗：依靠。 ⑥拚：不顾惜。作者《赠蒋鹿珊先生言志且为他日成功之鸿爪也》诗中也有“好将十万头颅血，一洗腥膻祖国尘”之句。

普及类古籍整理图书专项资助项目

宋词精品

附历代词精品

吴熊和 主编 肖瑞峰 沈松勤 副主编

时代文艺出版社

图书在版编目（CIP）数据

宋词精品：附历代词精品 / 吴熊和主编．—长春：时代文艺出版社，2018.7

ISBN 978-7-5387-5810-8

Ⅰ．①宋… Ⅱ．①吴… Ⅲ．①宋词－选集②词（文学）－作品集－中国 Ⅳ．①I222.8

中国版本图书馆CIP数据核字（2018）第117336号

出品人　陈　琛
产品总监　郭力家
选题策划　邓淑杰
责任编辑　李贺来
装帧设计　李　斌
排版制作　隋淑凤

宋词精品　附历代词精品

吴熊和 主编　肖瑞峰　沈松勤 副主编

出版发行 / 时代文艺出版社
地址 / 长春市泰来街1825号　时代文艺出版社　邮编 / 130011
总编办 / 0431-86012927　发行部 / 0431-86012957　北京开发部 / 010-63108163
官方微博 / weibo.com / tlapress　天猫旗舰店 / sdwycbsgf.tmall.com
印刷 / 三河市万龙印装有限公司
开本 / 850mm × 1168mm　1 / 32　字数 / 621千字　印张 / 20.375
版次 / 2018年7月第1版　印次 / 2018年7月第1次印刷　定价 / 68.00元

导　论

吴熊和

一

词在唐代兴起以后，走上了与诗（包括五、七言古近体诗）并行发展的道路，一跃而为中国诗歌的两种主要体式之一。词与诗互济互补，共存共荣，各擅胜场。中国诗歌也就由此分为词与诗两大支，两者齐镳并进，但又保持彼此不同的体制和特色，形成各自独立的传统和发展轨迹。词在中国有着千余年的历史。唐五代为词的初盛时期，宋代为词的极盛时期，元、明两代绵延不绝，到了清代则词又复盛，余波嗣响，至今未歇。宋词尤独擅一代之胜，与唐诗、元曲鼎足而立，代表了宋代文学的主要成就。宋诗、宋文与之相比，固然也并无愧色，但仍不能不推宋词为一代绝诣。

从本质上说，词与诗同属于抒情诗体。但历来论者不是强调诗词相同的一面，而是强调诗词相异的一面，突出两者在体制、题材、风格、语言，尤其是内在质性上的差别，把诗词各自的艺术领域分得相当清楚。

词在唐五代时称为“曲子”或“曲子词”，依照乐曲的曲拍而采用长短句，主要用于应歌，本是随同隋唐燕乐的流行而兴起的一种音乐文艺，兼有入乐歌辞与新型抒情诗体的两重性质。词以词调为载体。唐宋两代所用的词调，总数在八百至一千之间。这近千个词调，各有不同的句式、韵律，以及风度声响，绝不相侔。作词需要“按谱填词”。作词所用的谱，有曲谱与词谱之分。曲谱是歌曲谱，是乐曲的音乐形式；词谱则是声调谱，是乐曲的文字形式。凡是“按谱填词”的，当时大都可以入乐歌唱。演唱者多为乐工伶人，主要是公私宴集上擅长歌舞以佐清欢的歌妓，通常以琵琶、笛子、笙箫、筚篥、拍板、小鼓等乐器（以其中一至二种乐器为主）伴奏。这些入乐的词，或“声重于词”，或“词重于声”，其艺术作用是多重性的，并不限于单一。除了它们本身的文学功能，演唱时还具有音乐功能，娱乐功能，甚至社交功能。不过，唐宋词人的创作，并非概以入乐备唱为目的。就唐宋词的多数作品而言，它们是仅有词调而没有音乐的乐章；音乐消失了，然而留下各种文字韵律的词调作为音乐的印记。在唐宋时代原有的乐谱、歌法一概失传之后，情况就更为如此。

合乐与否，固然是“词之所以为词”的一个突出标志，然而却不是惟一的标志。宋词愈到后来，它的音乐性就消失愈多。词同诗一样，具有独立的文学生命与文学价值。词与音乐做伴同行，但词绝不是依附于音乐而存在。从根本上说，唐宋词与燕乐之间的某种亲缘关系，对于词体的形成是重要的；但词所拥有的独特的表现领域、艺术手段、美学规范和审美价值，对于词的文学生命来说，则是更为重要的。词的这种质性，不是出于音乐的赐予，而是由中国诗歌的发展规律所决定的，也是词在长期演进中依靠自身经验与艺术积累不断地丰实完善的。它们才是唐宋词迭经变更而又历久常新的艺术基础和珍贵传统。历代作家对于诗、词两体，往往工拙不齐，独善者多，同能者少，这当然与作家本人的气质才性有关，但更与诗词异体及作家对它们的不同体认有关。

由于词是中国的一种特殊诗体，外语中还没有恰当的传译。英文或译为Ci与Ci、poety（词、诗），或译为Song（歌曲），或译为Lyric Meters（抒情韵律），或译为Length meters（长短韵律），似乎都取其一端，未能包容圆赅。

二

宋代三百余年中，词的发展经历了几个重要阶段。

宋代建国于960年。开头的半个多世纪，中原词坛一直相当沉寂。宋太祖灭西蜀（965），平南唐（975），江南国主李煜，花间词人欧阳炯、孙光宪等相继归宋。从时间上说，李煜后期的词，都已作于入宋之初。不过这类降国群臣之作，仍是五代词的余波，并不是宋词的新声。

宋词的兴盛，始于宋仁宗时期。柳永、张先、晏殊、欧阳修等先后自南入北，开创了以汴京为中心的宋词新局面。柳永浮沉下僚，张先历仕州郡，晏殊、欧阳修则是名公巨卿，他们不但政治地位不同，词风也彼此各异。然而宋词的兴盛，正是各种不同层次的文化群体合力共振的结果。众妙齐奏，汇为巨响。

词作为一种音乐文艺，有别于诗文之类的书面读物。它需要通过声乐传播，尤其需要得到社会各阶层包括中下层的热烈回应，方能传之遐迩，风靡一时。在北宋“急、慢曲子几千数”的乐曲条件和士大夫耽于歌舞宴饮的生活环境中，柳永的词“骫骳从俗，天下咏之”[①]。上自宫廷，下至里巷，传唱殆遍，而且声播域外，远传至西夏、契丹与高丽。柳永词现存二百一十首左右，用了一百二十多个词调，多数是新兴的长调慢曲，开辟了由唐五代小令进入慢词的新阶段。张先亦善于变旧曲为新声，“以歌词闻于天下”[②]。张先词一百六十余首，用了九十八个词调。苏轼就特别推许他“细琢歌词稳称声”的本领[③]，宋本柳永《乐章集》和张先《张子野词》，都按照宫调编排，当时就是作为唱本，因乐曲众多，乐调美听而传开的。晏殊身居显要，好宴宾客，席上每令歌妓“缓板香檀，唱彻伊家新制”[④]。欧阳修“闲居汝阴时，一妓甚韵文，公歌词尽记之”[⑤]，至和二年（1055）出使契丹归朝，路过大名，还听到一次为他演出的“所歌皆其词”的专场[⑥]。宋词的这种盛况，恐怕同时的诗文都难以达到。柳永“为文甚多，皆不传于世，独以乐章脍炙天下”[⑦]。苏轼谓张先“诗笔老妙，歌词乃其余技耳”[⑧]。但张先诗集《安陆集》南宋时即已亡佚。晏殊“末年编集者乃过万篇，唐人以来所未有”[⑨]，然晏殊的多种诗文集久佚不传，清人辑本仅文六篇，诗七首而已。除欧阳修外，柳、张、晏三家诗文俱为词名所掩，这与词的传播特点当不无关系。

柳永的词，有雅、俗两类。应乐工歌妓之请作词，词中主体并非词人本身，往往以女性（多数是歌妓）的身份、口吻抒写闺中情思，自然不免俚俗。柳永羁旅行役诸作，则自抒怀抱，感慨身世，就近乎雅奏。词自唐代初起，本来有着歌词化与诗化两种倾向。北宋时，这两种倾向一直并行不废。柳永的雅、俗两本，无非就是这两种倾向的不同表现。应歌而作，每求谐俗，后来苏轼、周邦彦词亦都如此。但苏轼也赞许柳永有些作品脱俗入雅，“不减唐人高处”[⑩]。北宋词中这雅、俗两类，合乎词体的正常发展，同属于词家正体之一。柳永的词法，宋人称为“屯田蹊径”[⑪]，其特色正是“雅不避俗，俗不伤雅”[⑫]。张先早期小令，亦清隽，亦浓丽。晚年多作长调，则由妍炼转为疏放。张先期颐高寿。他举进士时，晏殊为座主，欧阳修为同年，三人以词相契。七十岁致仕后，则在杭州与初濡词笔的苏轼相唱酬，成为连接北宋前期与中期两代词人与词风嬗变的纽带。晏殊、欧阳修皆取法南唐，专作小令，被称为词中的“西江派”[13]。晏殊的词具有富贵气象，并以真率、温和的心境面对悲欢离合的人生枨触，情既纯至，理亦澄澈，情理圆融，深婉不迫。欧阳修是“一代儒宗，风流自命，词章窈眇，世所矜式”[14]，他的词集《平山集》早已亡佚。现传见于本集的“近体乐府”三卷和闽中坊刻《醉翁琴趣外篇》六卷，前者经罗泌校订，谨于鉴别；后者真赝杂出，且多艳曲。南宋时曾慥、陈振孙对其侧艳之词都曾为之辩白[15]。但宋人诗文笔端庄重，以见道德文章；偶作词曲，则每涉帷幕宴私，别具风情，两者本不相妨，实在无须为之隐讳。北宋不少名臣，如寇准、范仲淹、王安石、司马光等，都以宰执之重，兼擅小词，善于言情，在当时率先起了带动风气的作用。

近人论诗，有“诗莫盛于三元”[16]之说，上元为盛唐的开元（唐玄宗年号），是李白、杜甫的时代；中元为中唐的元和（唐宪宗年号），是韩愈、白居易的时代；下元为北宋的元祐（宋哲宗年号），是苏轼、黄庭坚的时代。所谓“元祐文学”，实际包括了自神宗熙宁（1068—1077）、元丰（1078—1085）至哲宗元祐（1085—1093）这近半个世纪，是北宋文学最为绚烂的时期。诗、文、词三方面作者林立，彩丽竞繁，流派纷呈。苏轼无疑是骚坛盟主。重要的词人，如秦观、黄庭坚、陈师道、晁补之、李之仪、王诜、赵令畤等，几乎都出入于苏门。他们不但互为声党，还彼此慕习，开启了评词论词之风[17]。

苏轼的词，经历了一个渐变渐进的过程。熙宁间通判杭州，裙屐声华，多为小令。北上改知密州、徐州，迈往之气拂拂指端，绮罗香泽为之一洗。“乌台诗案”后贬居黄州，意到笔随，境界独辟，纵横所至，无所不可。苏轼独有的词风，终于臻于自然高妙、不可凑泊的化境。苏词名作，即以作于黄州者居多。《后山诗话》谓“退之以文为诗，子瞻以诗为词，如教坊雷大使（万庆）之舞，虽极天下之工，要非本色”[18]。苏轼提高词品，扩大词境，改变词风，推进词律，“指出向上一路，新天下耳目”[19]。这是从更高层次上对花间以来绮靡词风勇于革新的积极成果，为发轫未久的宋词拓展了新的前景。对于苏轼的“以诗为词”，需要有个正确的了解与评判。“以诗为词”不等于混同诗词。苏轼一方面“以诗为词”，正其本源；一方面又“以词还词”，完其本色。改革的结果不是取消、抹煞了词的特质，而是充实、完善了词的内涵。这就是苏轼“以诗为词”的实质和真正含义。苏诗和苏词，两者体性风貌，自多不同，既不相掩，亦不相让，因而各臻其妙。宋词正是由于不断获得开拓革新，最终形成了多元化和多样化的格局。

“苏门四学士”中，黄庭坚、秦观成就最高，因而有“当代词手，惟秦七黄九”之称。黄庭坚与苏轼并称“苏黄”，宋诗中的“元祐体”，即指苏、黄诗体。黄庭坚的词，高情旷怀，俱见怡心养气之功。然亦颇染时习，除了“当堕泥犁地狱”（宋陈善《扪虱新话》上集卷三：“黄鲁直初作艳歌小词，道人法秀谓其以笔墨诲淫，于我法中当堕泥犁地狱，鲁直自是不复作。”）的艳曲，集中还有不少饮席所用的茶词和汤词（宋时习俗，客至进茶，客散进汤，见朱彧《萍洲可谈》卷一）。秦观的词“专主情致”[20]，情文相生，语工入律，历来奉为婉约词的正宗。明张綖《诗余图谱》提出词有婉约、豪放两体，分别作为婉约、豪放两种词体的典型。秦观少时豪隽，强志盛气。《淮海集》中的许多策论，慷慨论天下事，笔无藏锋。尤好读兵书。论兵之作，亦论说辩伟。黄庭坚故誉为“国士无双”[21]。因此，对于秦观不能只看他风流妩媚的一面，似乎秦观所作，都是“小石调”与“女郎诗”[22]。清姚莹《论诗绝句六十首》有一首论杜牧曰：

“谁从绛蜡银筝底，别识谈兵杜牧之。”这个看法用在秦观身上，亦正适合。

李清照《词论》力主词“别是一家”之说。认为宋初以来众多词人中，真正懂得这一点的，只有晚近的黄庭坚、秦观、晏几道、贺铸四人。晏几道、贺铸的年辈稍后于黄、秦。晏几道是晏殊的第七子，门第清华而仕宦连蹇，尚气磊落而耽于痴情。他的词多写高堂华屋、酒阑人散的伤感，是北宋中后期小令中的上品。黄庭坚为他的《小山集》作序，称其词“清壮顿挫，能动摇人心”。贺铸初为武官，任侠豪纵，后改文职，家富藏书。徽宗时厉行党禁，但他仍与苏门人物多有往来。贺铸长于度曲，“大抵倚声而为之词，皆可歌也”[23]。盛丽、妖冶、幽洁、悲壮，众体皆备。王灼《碧鸡漫志》论及北宋后期的词，推他与周邦彦并能“卓然自立”。

由“熙宁变法”引发的新旧党争，历时半个多世纪，直至北宋灭亡。新旧两党更迭执政，每以“文字讪谤朝政”的名义打击政敌。哲宗绍圣（1095—1097）以后倡导“绍述”，对参与“元祐更化”的臣僚尽行贬谪，投荒万里。苏轼远窜海南，黄庭坚、秦观并死于流放之中。徽宗崇宁元年（1102），立“元祐党人碑”，苏轼及苏门人士，一律定为“奸党”，诏毁三苏、黄庭坚、秦观文集，尽毁苏轼所撰碑刻，收藏元祐党人信札乃至片纸只字，都要受到株连。党祸连结，大狱屡兴。本来蓬勃兴盛的北宋学术文化受到严重摧残，成为中国文化史的重大的厄难之一。

北宋后期的学术文化虽然衰落，但词作为“政（和）、宣（和）风流”的标志之一，继续得到发展。这个时期独步词坛的，则是周邦彦。周邦彦在政治分野上，与苏轼等人不同。早年作《汴都赋》歌颂熙宁、元丰的新政。元祐时期出京为地方官吏，徽宗时回朝，在崇宁、大观制礼作乐的气氛中，任仪礼局检讨详定礼制，又提举大晟府审定乐制，卒时离靖康之变不过五个年头了。周邦彦“负一代词名”[24]。他善于创调，严于持律。《清真集》所用八十余调，新创的凡四十调。清真词调，声情谐婉，律切精严，多为南宋姜夔、吴文英等词家所承袭。其次，博采众长，熔铸得法，融化唐诗而别创词境，是周邦彦词的又一个突出特点。清真词富艳精工，明丽秀洁，用语典雅，字面雕润，“下字运意，皆有法度”[25]。南宋后期词人，就多师承清真，精研词法。作为北宋词的殿军，周邦彦起着“结北开南”的作用，是南北宋之间词脉传递交替的关键人物。由于周邦彦流风可仰，沾溉多方，历来被推为词中“集大成者”（秦观《韩愈论》以韩愈为文中集大成者，杜甫为诗中集大成者，周济《宋四家词选序》则以周邦彦为词中集大成者）。王国维《清真先生遗事》称周邦彦为“词中老杜”，亦承此而来，或许失之过誉。

崇宁四年（1105），宋徽宗采用魏汉津乐律之议，铸鼎定乐，设大晟府作为朝廷音乐机构，大晟府制定的乐律、乐舞是属于雅乐系统的复古模式，与宋代流行的俗乐趣尚不同。大晟府所撰乐曲，仅有数曲用作词调，此后无人继作。后人每以大晟府与唐玄宗所立教坊相提并论，并以周邦彦所用词调出于大晟曲，这是不了解大晟曲性质所导致的误解，周邦彦词大都作于他六十二岁提举大晟府之前。《清真集》中，几乎没有一首词可定为大晟曲的。供职于大晟府的，另有徐伸、田为、姚公立、晁冲之、江汉、万俟咏、晁端礼等数人，被称为“大晟词人”。万俟咏的《大声集》由周邦彦作序，集中词分应制、风月脂粉、雪月风花、脂粉才情、杂类等五体。这种分类内容正反映了北宋末年的词坛风尚。

1126年的靖康之变，划分了南北宋两个时代。身丁其运的词人中，涌现了不少背负着时代苦难的杰出歌手。他们的词从汴京旧唱转为楚奏吴歌，反映了辇下承平到中原沦陷又到南渡乱离的沧桑变故，前后词风明显更化。向子諲词集《酒边词》，就分为“江南新词”与

“江北旧词”两个部分，体现了南北宋之际的词风交替。张元幹为向子諲之甥。他作于北宋末年的词，肩随秦观，清丽婉转；南渡后一变而为慷慨悲凉，抑塞不平。《芦川词》二卷，以赠胡寅、李纲的二首《贺新郎》压卷。垂暮之年不惜获罪除名以抗击秦桧的投降政策，代表了爱国者的正义之声。朱敦儒的词集原名《太平樵唱》，然而回荡着凄怆的乱世之音。朱敦儒一面放浪江湖，笑傲尘世，颇有潇洒出尘之姿；一面又以“一双新泪眼，千里旧关山”的故国之思，在词中构筑他的“东京梦华录”。南宋后期的江湖派词人，就没有类似的心情，远不及朱敦儒的沉博厚重。把朱敦儒看作超然世外的隐逸词人，显然对他的内心悲苦缺少了解。陈与义南渡后官至参知政事，卒谥文正。方回《瀛奎律髓》以他追配黄庭坚、陈师道，列为江西诗派祖述杜甫的三宗之一。但是经过了战火的洗礼，陈与义的《无往词》中，就找不到昔日黄、陈乐府那种柳亸莺娇的影子，清婉之思出之以苍劲之笔，透露出对旧京词坛的一种反省。

李清照的词同样说明了时代剧变所留下的深刻烙印。由于门第家世和闺阁身份，李清照早年优游于浓郁的学术和艺术气氛中，她的词具有优雅的林下风范。接着经受国破家亡的浩劫，为金人铁骑所驱赶，飘泊东南，流离失所，最后竟莫知所终。她所遭遇的巨大灾难和精神打击，在这之前是难以想象的。李清照才华出众，诗、文、词三者俱工。残存的若干诗篇与引起争议的《词论》，都表现出过人的胆识和锋芒。可惜晁公武《郡斋读书志》著录的《李易安集》十二卷，未见传世。据后人所辑的四十余首词来看，李清照固然不屑于以词作长短不葺之诗，也没有横放排奡、违反自己的论词宗旨，她的词始终保持着传统的婉约风格。然而这种传统的婉约风格，在李清照手里也得到了新的提高和深化。李清照的前期词以空灵飞动的笔触自写闺阁情怀，洗尽铅华，自然高雅，本与小晏秦郎的笔致不同；她的后期词虽然仍以个人不幸为主，但这种个人不幸是和时代不幸紧紧融合在一起的，因而格外地深沉厚实，艺术上也更有动人的力量。词所应有的时代特色，和李清照个人独创的艺术特色，得到了完美的统一。这是李清照对推进和充实传统词风所做的贡献。

反映南渡初期词风变化的，还有李纲、赵鼎、李光、岳飞等一些名相名将的词。李纲在北宋末南宋初两度为相，是名望很高的抗战派旗帜。赵鼎、李光在宋高宗时担任过正、副丞相，都因反对秦桧和议而被罢黜放逐。岳飞为“中兴四大将”之一，屡立奇功，终因遭高宗、秦桧之忌，被害于大理寺风波亭。这几个人的词数量不多，他们也不以词名家，然而或凛凛生气，或忧愤深广，同是在民族存亡的历史背景下，词中出现的新的因素，使南宋词有个光辉的开端。

词至北宋而始极其工，至南宋而始极其变。南宋词是北宋词的继续。在北宋词已经盛极难继的情况下，“不有新变，何以代雄?”南宋词的再盛，就不是单一的，而是多向的；不是因袭的，而是多变的。南宋一个半世纪中，词人众多，名家辈出。嘉定间长沙刘氏书坊刻《百家词》，北宋二十三家，南宋六十六家。淳祐九年（1249）黄昇编集《唐宋诸贤绝妙词选》《中兴以来绝妙词选》各十卷。其《中兴以来绝妙词选序》云：“中兴以来，作者继出。及乎近世，人各有词，词各有体。知之而未见，见之而未尽者，不胜算也。暇日裒集，得数百家。”东坡词一变而为稼轩词，清真词一变而为白石词，再变而为梦窗词，同样是南宋词多向而多变的证明。后世不断有作词须宗北宋还是须宗南宋之争，说明南宋词的成就足以向北宋词挑战。

南宋词的再盛，大体集中在两个时期。周密《武林旧事自序》认为：“乾道、淳熙间，三朝授受，两宫奉亲，古昔所无。一时声名文物之盛，号‘小元祐’，丰亨豫大，至宝祐、景定，则几乎政、宣矣。”乾道（1165—1173）、淳熙（1174—1189）是宋孝宗的年号。宋孝宗是南宋较有作为的君主，即位后起用抗战派而为岳飞平反，一度支持张浚北伐，政局一新。陆游、韩元吉、范成大、杨万里、张孝祥、辛弃疾、姜夔等相继而起，士气峥嵘，创作旺盛。这个时期的文学成就，确实可以和北宋的元祐文学分庭抗礼。称之为“小元祐”，还说明了他们之间的渊源关系。宝祐（1253—1258）、景定（1260—1264）是宋理宗的年号，下距南宋之亡不过十余年。然而文期酒会，红字香词，依然是歌舞升平的景象。这个时期的主要词人，有刘克庄、吴潜、吴文英、杨缵、周密等人。他们的词，在风流俊赏之余，也隐约透露了南宋末年的时局危机与忧患心情，与北宋政和、宣和间的风尚已经有所不同。此外，宋亡以后的遗民词为数众多，也有其重要地位。张炎、王沂孙、刘辰翁、汪元量等都由宋入元。这些词人处于宋元之际，所作已多在元初。但他们的词历来被作为宋词的一部分，是南宋词最后的光焰与尾声。

辛弃疾在南宋是领袖一代的大家。南宋的爱国词派，由辛弃疾执其牛耳，张孝祥、陆游、陈亮为其羽翼，刘过、黄机、刘克庄以及宋末的文天祥、刘辰翁等为之后继，阵营壮大，相承不绝，成为南宋词的主流。

辛弃疾不是传统意义上的文人。他是以恢复中原自任、气节功名自许的“一世之豪”。从他的《美芹十论》以及治军、治狱、办理荒政等出处大节中，都可以看出他的英雄才略。王士祯《倚声初集序》把唐宋词人分为四类，“有诗人之词，唐、蜀、五代诸人是也；有文人之词，欧、秦、李诸君子是也；有词人之词，柳永、周美成、康与之之属是也；有英雄之词，苏、陆、辛、刘是也。”在中国文学史上，辛弃疾像曹操一样能文能武，胆略过人，他的词确实称得上“英雄之词”。刘过《沁园春》“寄辛稼轩”：“中原事，纵匈奴未灭，毕竟男儿。”谢枋得《祭辛稼轩先生墓记》：“公有英雄之才，忠义之心，刚大之气。”这些都是读稼轩词首先令人强烈地感受到的。陈亮《辛稼轩画像赞》致慨于“真虎不用，真鼠枉用”的朝廷政局，则是辛弃疾壮志未酬的莫大悲哀。

王国维《人间词话》谓“东坡之词旷，稼轩之词豪”。词中的苏、辛派，既维护词的本体，又致力于词的改革。辛弃疾以炽烈的爱国热情和饱满的斗争精神倾注于词，把国家民族的命运这样重大的主题带进了词，词的艺术容量和抒情功能达到了一个新的高度。

辛弃疾南归四十余年中，有二十年投闲置散。即使流转于各地任上，亦用非所长，有违本志。因此辛弃疾的词，有的英声壮慨，喑呜沉雄；有的摧刚为柔，缠绵悱恻；有的英气内敛，郁怒清扬；卷舒自如，不主故常。像《摸鱼儿》（更能消几番风雨）这类的词，肝肠似火，色笑如花，含刚吐茹，侠骨柔肠，艺术上臻于上乘，更是后来词家所难造之境。

姜夔词的创作年代，与辛弃疾相若，但两家词趋尚不同。姜夔于稼轩词酣畅淋漓之外，另立一宗，向风慕义者一时蜂起，形成了南宋后期左右词坛的又一重要词派，其影响一直下及于清初的浙派词。朱彝尊《黑蝶斋诗余序》曾述姜夔一派的大略：“词莫善于姜夔，宗之者张辑，卢祖皋，史达祖，吴文英，蒋捷，王沂孙，张炎，周密，陈允平，张翥，杨基，皆具夔之一体。”

张炎《词源》指出姜夔词的特点，“不惟清空，又且骚雅，读之使人神观飞越。”南宋词人鉴于北宋词尤多俗艳，倡导“复雅”，不少词集遂以“雅词”为名。姜夔的骚雅正是南宋许多词人追求的一个目标。清初的浙派词，即因姜夔“句琢字炼，归于醇雅”而奉为宗师。姜夔的词，韵度胜绝，意趣高远，为宋词带来了新的意境和格调。《白石道人歌曲》中，还有十七首词旁注音谱，是宋代流传至今惟一完整的词乐文献，经过不少学者的努力，已经可以解读而仍无法演唱。

吴文英的词重在研练。“词家之有吴文英，如诗家之有李商隐”[26]。沈义父《乐府指迷》记载吴文英讲论作词之法，认为“词之作难于诗”，词须协于音律，用字典雅，还要有“深长之味”与“柔婉之意”。姜夔的清空，吴文英的密丽，同前此的婉约、豪放诸体一样，都是宋词中重要的风格流派。密指其立意深远，用笔幽邃；丽指其隽句艳字，芳悱铿丽，沉思翰藻，瑰丽奇谲。其实梦窗词除了密丽的一面，还有疏快空灵的一面。自清周济《宋四家词选》推选吴文英为“领袖一代”的四家之一后，晚清以来崇尚梦窗词的风气愈来愈盛。朱孝臧《宋词三百首》选梦窗词二十五首，超过柳、周、苏、辛，所选密丽为多；郑文焯《宋十二家词选》则特选其空灵诸作，二家着眼点各有不同。

宋元之际的词，主要有两派。文天祥、刘辰翁发扬苏、辛词风，周密、王沂孙、张炎谨持周、姜衣钵。文天祥的词，如同他的《正气歌》，风骨甚高，亦有境界。刘辰翁于宋亡后，隐居庐陵山中。他的词胎息苏、辛，间有轻灵婉丽之作，下开元词。周密的《蘋洲渔笛谱》，都作于宋亡之前，入元后的词，保存不多。他所选的《绝妙好词》七卷，则是南宋词的一个有名的选本，选录了不少宋元之际的词人词作。张炎卒时，离宋亡已四十余年。姜夔一派通过张炎影响及于元初的陆文圭、张翥等人。清代的浙派则以姜、张并称，出现过“家白石而户玉田”的盛况。张炎还著有《词源》一书，以为词出于乐，指示了研究南宋词乐的门径。王沂孙以咏物词著名，借物言志，重在寄托。辑周密、王沂孙十四人所作的《乐府补题》一卷，则是遗民们的一部咏物专集。咏物词北宋不多，南宋姜夔以后创作遂盛，宋末则大畅其风，反映了当时的词风趋向。借助咏物用以表达遗民心情，不失为抒情词的一种辅助手段。

三

选录宋词，自宋人始。北宋已有《兰畹》《聚兰》诸集。南宋编集的《乐府雅词》《草堂诗余》《花庵词选》《绝妙好词》等选本，各有其文献价值。然而大都门庭未广，不足以观通变。清代的著名词选，朱彝尊《词综》备而不精，张惠言《词选》精而不备。按照现代观点精选一个宋词读本，就很必要。新中国成立以来，有关唐宋词的选本，不下数十种，大都取精用宏，具有通识。本书从二万多首宋词中选录四百余首，历代传诵与诸家所选的名作，尽可能囊括在内。入选的名家名作，不但出类拔萃，艺术精湛，还可借此看出词在两宋各个阶段的发展脉络，附录部分，上起于唐，下迄于清，以便从中了解千年词史的大致轮廓和总体面貌。其中金词与南宋词，一行于北，一行于南，本是属于同一历史时代的作品。南宋有些选本已将宋金词合选，是个可取的做法。清词超轶元明，直逼两宋，号称词的“复兴”。叶恭绰《全清词钞》所收，已达三千余家。目录正在编纂的《全清词》，涉及词人则已逾万。清词的一些大家名家，艺术成就并不逊于宋人。对于清词的研究，现正日渐开展。本书选录清词较多，希望引起读者的重视和研究兴趣。

又，研究生傅明善君曾参与本书的撰写工作，特此说明。

一九九五年三月于杭州大学

注释：

①陈师道《后山诗话》。

②苏轼《书游垂虹亭》。

③苏轼《和致仕张郎中春昼》。

④张先《碧牡丹》词。

⑤赵令畤《侯鲭录》卷一。

⑥陈师道《后山谈丛》卷三。

⑦周辉《清波杂志》卷八。

⑧苏轼《书张子野诗集后》。

⑨宋祁《宋景文笔记》卷上。

⑩赵令畤《侯鲭录》卷七。

⑪况周颐《蕙风词话》卷三："柳屯田《乐章集》为词家正体之一，又为金元已还乐语所自出。"

⑫杨湜《古今词话》。

⑬冯煦《宋六十家词选例言》。

⑭曾慥《乐府雅词序》。

⑮曾慥《乐府雅词序》："当时小人或作艳曲，缪为公词，今悉为删除。"陈振孙《直斋书录解题》卷二一："亦有鄙亵之语一二厕其中，当是仇人无名子所为也。"

⑯陈衍《石遗室诗话》卷一。

⑰如黄庭坚《小山词序》，张耒《东山词序》，晁补之《评本朝乐章》，李之仪《跋吴思道小词》。

⑱《后山诗话》原题陈师道作，郭绍虞《宋诗话考》疑为依托。《四库全书总目提要》就以这一条为例说："谓苏轼词如教坊雷大使舞，极天下之工而终非本色。案蔡絛《铁围山丛谈》称雷万庆宣和中（1119—1125）以善舞隶教坊，轼卒于建中靖国元年（1101）六月，师道亦卒于是年十一月，安能预知宣和中有雷大使借为譬况。"

⑲王灼《碧鸡漫志》卷二。

⑳李清照《词论》。

㉑黄庭坚《送少章从翰林苏公余杭》："东南淮海惟扬州，国士无双秦少游。欲攀天关守九虎，但有笔力回万牛。"

㉒胡仔《苕溪渔隐丛话》前集卷五十一引《王直方诗话》，秦观《西城宴集》诗有“帘幕千家锦绣垂”句，王仲至曰：“此语又待入小石调也。”元好问《论诗绝句》论秦观诗：“拈出退之山石句，始知渠是女郎诗。”

㉓张耒《东山词序》。

㉔张炎《词源》卷下。

㉕沈义父《乐府指迷》。

㉖《四库总目·梦窗词提要》。

目　　录

宋词精品

柳 永

张 先

晏 殊

李 冠

宋 祁

欧阳修

历代词精品

·宋词精品·

王禹偁（954—1001）

字元之，巨野（今属山东）人。家世清寒。宋太宗太平兴国八年（983）进士，官至翰林学士知制诰。因直言敢谏，三度被贬外任，而仍刚正不阿。晚年知黄州，故人称王黄州。诗文俱独步于宋初。作文崇韩、柳，简古晓畅；为诗崇李、杜，而效法白居易者尤多，诗风淡雅平易。为宋初倡导诗文革新的先驱者之一。有《小畜集》三十卷、《小畜外集》二十卷。存词一首，见《唐宋诸贤绝妙词选》卷一。

点 绛 唇

感 兴

雨恨云愁[1]，江南依旧称佳丽[2]。水村渔市，一缕孤烟细。　　天际征鸿，遥认行如缀[3]。平生事，此时凝睇[4]，谁会凭栏意。

【题解】

宋初作家大多属意于诗文，于“小道”之词不过偶尔着力。王禹偁亦是如此。但他仅存的这首小词，却以秀淡自然的风格，显示了迥异于《花间词》的艺术趣尚，而这正是对宋初文坛“秉笔多艳冶”的风气的一种反拨。词题曰“感兴”，表明这是一首即景抒怀之作。起笔谓苦雨愁云，无损于江南佳丽的天然秀色。但接下来作者并未以浓墨重彩多方渲染其繁华与“佳丽”，而是别具匠心地聚焦于最富地方色彩的水村渔市，着力凸现其恬淡与宁馨，借以烘托游子的客愁乡思。然后再将视野拓展至天际，将缀连成行、奋飞不已的大雁攫入笔端，并由此触发出渴望建功立业的平生心事。结以“此时凝睇”二句则见出心事无人解会的憾恨。全词情景交炼，而略无浮艳气息。

【注释】

①雨恨云愁：谓江南一带烟雨迷蒙，容易使人感到愁闷。　②佳丽：谓景色秀美。南齐谢朓《入朝曲》有“江南佳丽地，金陵帝王州”句。　③行（háng）如缀：指群雁在空中排列成行，连接不断。　④凝睇（dì）：凝视。

寇　准（961—1023）

字平仲，华州下邽（今陕西渭南）人。太平兴国五年（980）进士，除巴东令。淳化五年（994），擢为参知政事。真宗朝，累官同中书门下平章事、尚书右仆射、集贤殿大学士，封莱国令。因澶渊之盟时力促真宗御驾亲征，为王钦若所谮而罢相。乾兴元年（1022），复为丁谓所构，贬雷州司户，徙衡州司马，卒于贬所。追谥忠愍。有《寇莱公集》七卷。《全宋词》存其词四首。

踏　莎　行

春色将阑①，莺声渐老②。红英落尽青梅小③。画堂人静雨濛濛，屏山半掩余香袅④。　密约沉沉，离情杳杳⑤。菱花尘满慵将照⑥。倚楼无语欲销魂⑦，长空黯淡连芳草。

【题解】

这是一首以伤时惜别为主旨的闺怨词。上片先描绘暮春残景，通过物候的变化，传达出一种衰残、迟暮之感。然后移笔室内，渲染空闺之寂寥，折射出女主人公的落寞心态。“画堂人静”“屏山半掩”，景象已极幽独，而作者复将其笼罩在蒙蒙细雨和袅袅余香中，则又平添了几许凄迷、几许悲凉。下片切入“离情”，逼出一篇之正意。檀郎一去，鱼沉雁杳，“密约”虽在，渺无践期。这怎能不使女主人公终日恹恹，慵于梳妆？歇拍二句以景结情。“倚楼无语”的造型已揭示出女主人公的断肠情怀，芳草连天的画面更是对女主人公的离愁别恨的一种生动写照。全词情思缠绵，绰有晚唐之致。

【注释】

①阑：晚，尽。 ②莺声渐老：谓黄莺啼声渐渐老涩，无复清脆圆润。 ③红英：红花。 ④屏山：屏风。 ⑤杳（yǎo）杳：幽远。 ⑥菱花：指背面铸有菱形图案的铜镜。 ⑦销魂：暗用江淹《别赋》“黯然销魂者，唯别而已矣”句意，形容悲伤愁苦情状。

钱惟演（962—1034）

字希圣，临安（今浙江杭州）人，吴越王钱俶之子。少补牙门将，后随父归附宋朝，为右屯卫将军。真宗时，为太仆少卿。景德间，与杨亿、刘筠等相酬唱，编成《西昆酬唱集》，为宋初西昆体的代表作家之一。仁宗时，拜枢密使，罢为镇国军节度观察留后，改保大军节度使，知河阳。入朝加同中书门下平章事，坐事落职。官终崇信军节度使，谥曰思。有《家王故事》一卷、《金坡遗事》一卷。《全宋词》录其词二首。

木　兰　花

城上风光莺语乱，城下烟波春拍岸。绿杨芳草几时休？泪眼愁肠先已断。　情怀渐觉成衰晚，鸾镜朱颜惊暗换①。昔年多病厌芳尊②，今日芳尊惟恐浅。

【题解】

黄昇《花庵词选》认为此词乃钱氏“暮年之作”，故而“词极凄惋。”所见甚是。作者晚居被贬落职，壮志成空，这是他面对明媚春光而自伤迟暮的主要缘由。黄莺巧啭，碧水轻漾，垂杨沁绿，芳草扬芬。作者绘就的春光图不可不谓清新秀丽，但它所撩拨起的却不是作者的心旷神怡、宠辱偕忘之感，而是“渐觉成衰晚”“朱颜惊暗换”的悲恸情怀。这种笔法，即王夫之《姜斋诗话》所谓“以乐景写哀”。篇末谓昔日不近酒杯，今日唯恐杯浅，暗示其愁闷已极，非凭借酒力难以消释。看似旷放，而实颓唐。李攀龙评曰：“妙处俱在末结语传神。”（见《草堂诗余隽》）沈际飞则以为：“芳尊恐浅，正断肠处，情尤真笃！”（见《草堂诗余正集》）

【注释】

①鸾镜：镜的美称。古代铜镜常饰有鸾鸟图案。朱颜：红颜。　②芳尊：酒杯。

潘　阆（？—1009）

字逍遥，大名（今属河北）人。宋太宗至道元年（995）以诗名被荐举，赐进士及第，授四门国子博士。后获罪去官，飘泊多年。真宗时任滁州（今安徽滁州）参军。晚年寓居杭州，今杭州尚有潘阆巷。与寇准、王禹偁、林逋等为文字之交。有《潘逍遥诗》三卷、《逍遥词》一卷。今仅存《酒泉子》十首。

酒泉子

长忆西湖，尽日凭栏楼上望。三三两两钓鱼舟，岛屿正清秋①。　笛声依约芦花里②，白鸟成行忽惊起。别来闲整钓鱼竿，思入水云寒。

【题解】

潘阆为宋初名士，素负狂放不羁之名。寓居杭州时，终日吟啸于西湖山水之间，颇得隐逸之趣。离开杭州后，他对湖山胜景犹自魂牵梦萦，因赋《酒泉子》词十首回忆旧游。此词为其中之一，总写西湖风光。首云“长忆西湖”，说明时间的流逝始终未能冲淡作者对西湖风光的深情忆念，而这又正可见出西湖风光的引人入胜。作者选取凭栏远眺的角度，将西湖风光一一驱遣入词。渔舟，笛声，芦花，飞鸟，构成极具隐逸色彩的环境氛围，召唤着作者翩然归去。于是逗出歇拍“别来”二句，暗示作者有意退隐湖上，做一钓叟。显然，作者在描绘西湖风光时，采用的是隐逸者的观赏目光，而着力凸现了其深契己意的某一侧面。全词托意高妙，写景如画。杨湜《古今词话》记云："石曼卿见此词，使画工彩绘之，作小景图。"当是鉴于此词所深蕴的诗情画意。

【注释】

①岛屿（yǔ）：指湖中小洲。　②依约：隐约。

酒　泉　子

长忆观潮，满郭人争江上望。来疑沧海尽成空，万面鼓声中①。　弄潮儿向涛头立②，手把红旗旗不湿。别来几向梦中看③，梦觉尚心寒。

【题解】

此词追忆钱江观潮之所见所感，而突出观潮场景之盛、潮水声势之壮和弄潮儿之既勇且能，景象雄阔，笔力劲健。其中，上片三四句分别从视觉与听觉入手，为钱江潮传神写照："来疑"句示潮势之大，"万面"句状涛声之雄，形神兼备，声容俱壮。过片后"弄潮"二句，转写令人目眩神迷的弄潮场面：弄潮儿都是生长于江边的游泳能手，他们各持红旗，竞逞技艺，踏浪而上，随波起伏。观者但见白浪如山，红旗出没，蔚为又一奇伟景观。这一奇伟景观同样给作者留下了无法磨灭的印象。"别来"二句说明作者离杭后不仅多少回情不自禁地在梦中重温那惊心动魄的一幕，甚至梦醒之后仍不免心寒胆颤，而这又恰好反照出弄潮儿笑傲惊涛骇浪的奇肝异胆和英风豪气。

【注释】

①鼓声：喻潮声。　②弄潮儿：宋时杭州风俗，钱江大潮来时，善泅者数百，手持彩旗，浮游江中，以旗不沾湿为能。　③别来：别后。

林　逋（967—1028）

字君复，钱塘（今浙江杭州）人。早岁放游江、淮间，后归杭州，隐居西湖孤山二十年，种梅养鹤，终身不娶，世称其“梅妻鹤子”。卒谥和靖先生。诗宗晚唐，以咏梅著称，名句“疏影横斜水清浅，暗香浮动月黄昏”，曲尽梅花神态风致，号为绝唱。有《和靖集》。《全宋词》录其词三首。

相　思　令

吴山青①，越山青②。两岸青山相送迎，谁知离别情？　　君泪盈，妾泪盈。罗带同心结未成③，江头潮已平。

【题解】

此词托为女子声口，描写江上送别场面，即景生情，含思宛转。词以“吴山青，越山青”对举而起，濡染出钱塘江两岸郁郁葱葱的自然风光，而女主人公就在这青山绿水的怀抱里与其心上人款款惜别。这是起兴，意在引发抒情主人公的离愁别恨。“两岸青山”句顺势而下，将夹水而立的青山人格化：它们多少回送往迎来，得睹生离死别的人间惨剧。但“谁知离别情”句却又一笔捩转，感叹青山未能察知其内心诀别情侣的痛苦。下片“君泪盈”二句改用赋法，正面刻画女主人公及其情侣伤离怨别的凄婉情态。“罗带同心”句则揭示了这对情侣分袂之际悲痛欲绝的深层原因：结缡无望，将一别永诀。末句“江头潮已平”，暗示启航在即、分袂在即。那么，船行之后，女主人公又该如何江岸久伫，目送征棹，感伤无已？对此，作者概不涉及，而只拓出一片空茫的境界来诱发读者的想象力。

【注释】

①吴山：泛指钱塘江北岸的山。因其地古时属吴国，故称之为吴山。 ②越山：泛指钱塘江以南、绍兴市以北的山。因其地古时属越国，故称之为越山。 ③“罗带”句：古时男女定情，常以罗带打成心结，赠送对方作为信物，以示彼此“同心”，至死不渝。

范仲淹（989—1052）

字希文，吴县（今属江苏）人。宋真宗大中祥符八年（1015）进士，官至枢密副使、参知政事。卒谥文正。曾主持庆历改革，因守旧派阻挠而未果。次年罢政，自请外任，出为陕西四路宣抚使，徙邓州、荆州、杭州、青州。经略疆防，守边有功。他不仅是北宋著名的政治家、军事家，文学成就亦粲然可观。晚年作《岳阳楼记》，有“先天下之忧而忧，后天下之乐而乐”之语，为千古名句。词则能突破唐末五代词的绮靡风习。有《范文正公集》二十卷、辑本《范文正公诗余》一卷。

苏幕遮

碧云天，黄叶地，秋色连波，波上寒烟翠。山映斜阳天接水，芳草无情，更在斜阳外。 黯乡魂[①]，追旅思[②]，夜夜除非，好梦留人睡。明月楼高休独倚。酒入愁肠，化作相思泪。

【题解】

此词抒写乡思旅愁，以铁石心肠人作黯然销魂语，尤见深挚。上片写景。“碧云天”二句一高一低，一俯一仰，展现了际天极地的苍莽秋景，为元代王实甫《西厢记》“长亭送别”一折所本。“秋色”二句落笔于高天厚地之间的浓郁秋色和绵邈秋波，以碧云、黄叶及绿波、翠烟构成一幅色彩斑斓的画面。“山映”句，复将青山摄入画面，使天、地、山、水融为一体，交相辉映。“芳草”二句由眼中实景转为意中虚景，而离情别绪则隐寓其中。下片抒情。“夜夜”二句是说只有在美好的梦境中才能暂时泯却乡愁，但天涯孤旅，“好梦”难得，乡愁也就无计可消了。“明月”句顺承上文：登楼远眺，本为排遣愁思，但明月团团，反使他倍感孤独与惆怅，于是发出“休独倚”之叹。歇拍二句写作者试图借饮酒来消释胸中块垒，但这一遣愁的努力也归于失败。全词低回婉转，而又不失沉雄清刚之气，是真情流溢、大笔振迅之作。

【注释】

①黯（àn）：形容心情忧郁。 ②追：追随，可引申为纠缠。旅思（sì）：羁旅之思。

渔家傲

塞下秋来风景异①，衡阳雁去无留意②。四面边声连角起③。千嶂里④，长烟落日孤城闭。 浊酒一杯家万里，燕然未勒归无计⑤。羌管悠悠霜满地⑥。人不寐，将军白发征夫泪。

【题解】

1038年西夏元昊称帝后，连年侵宋。由于积贫积弱，边防空虚，宋军屡战屡败。1040年。范仲淹自越州改任陕西经略副使兼知延州（今陕西延安）。延州当西夏出入要冲，战后城寨焚掠殆尽，戍兵皆无壁垒，散处城中。此词可能即作于知延州时。原有数阙，皆以“塞下秋来”为首句，欧阳修尝称为“穷塞主之词”（宋魏泰《东轩笔录》第十一）。但流传至今的却只有此词。词的上片着重写景，而景中有情；下片着重抒情，而情中有景。这恰与前词相仿佛。但它的题材与风格却有别于前词。作者着力表现边地的荒寒与将士的劳苦，流露出师老无功、乡关万里的怅恨心声，其情调与唐人建功异域、追亡逐北的边塞诗迥不相同。但作者到延州后，选将练卒，招抚流亡，增设城堡，联络诸羌，深为西夏畏惮，称“小范老子腹中有数万甲兵”。此词慷慨悲凉，同样表现了他抵御外侮、报国立功的壮烈情怀。而更值得重视的则是，范仲淹以其守边的实际经历首创边塞词，一扫花间派柔靡无骨的词风，为苏辛豪放词导夫先路。

【注释】

①塞下：边地。风景异：指景物与江南一带不同。　②衡阳雁去：“雁去衡阳”的倒文。湖南衡阳有回雁峰，相传雁至此不再南飞。　③边声：马嘶风号之类的边地荒寒肃杀之声。角：军中的号角。　④嶂：像屏障一样并列的山峰。　⑤燕然：山名，即今蒙古境内之杭爱山。勒：刻石记功。东汉窦宪追击北匈奴，出塞三千余里，至燕然山刻石记功而还。燕然未勒：指边患未平、功业未成。　⑥羌管：羌笛。

御 街 行

纷纷坠叶飘香砌①。夜寂静，寒声碎②。真珠帘卷玉楼空③，天淡银河垂地。年年今夜，月华如练④，长是人千里。　愁肠已断无由醉。酒未到，先成泪。残灯明灭枕头攲⑤，谙尽孤眠滋味⑥。都来此事⑦，眉间心上，无计相回避。

【题解】

此词抒写秋夜怀人之情思，一本题作“秋日怀旧”。其笔法仍是以景物相烘染：上片先从听觉着笔，刻画坠叶飘砌之秋声；再就视觉落墨，描绘月华如练之秋色，突出环境之寂静、清冷与空旷，从中抽绎出凄寒入骨的秋思与秋愁，而“玉楼空”“人千里”则前后照应，不仅揭示了其秋思与秋愁生成的原因，而且点明其秋思即离思、秋愁即离愁也。下片逐层深入地表现其离思与离愁，既写出其离思之深，离愁之长，又点出其离思离愁之无所不在、无时不存。“酒未到，先成泪”，较之《苏幕遮》中的“酒入愁肠，化作相思泪”，更见愁思深重，用笔亦益加深曲。“都来此事”三句则将抽象的离思离愁具象化，虚实相生，饶有情致。李清照《一剪梅》词中的“此情无计可消除，才下眉头，却上心头”，即脱胎于此。李攀龙评曰：“月光如昼，泪深于酒，情景俱到。”（见《草堂诗余隽》）洵为知言。

【注释】

①香砌：飘有落花的台阶。　②寒声碎：秋风吹动落叶，发出细碎的声响。　③真珠：即珍珠。　④练：素白色的丝绸。　⑤攲（qī）：倾斜的样子。　⑥谙（ān）：熟悉。　⑦都来：算来。王闿运《湘绮楼词选》：

"'都来'即'算来'也。因此处宜平，故用'都'字。"

柳　永（987？—1055？）

字耆卿。初名三变，字景庄。因排行第七，世称柳七。祖籍河东（今属山西），后移居崇安（今属福建）。宋仁宗景祐元年（1034）进士，官至屯田员外郎，因又称柳屯田。卒于润州（今江苏镇江）。由于仕途坎坷，生活潦倒，他由追求功名转而厌倦官场，沉溺于旖旎繁华的都市生活，在"倚红偎翠""浅斟低唱"中寻找寄托。作为北宋第一个专力作词的词人，他不仅开拓了题材领域，而且制作了大量的慢词，发展了铺叙和白描手法，促进了词的通俗化、口语化，在词史上产生了较大的影响，《避暑录话》称"凡有井水处，即能歌柳词"。有《乐章集》三卷。

曲玉管

陇首云飞①，江边日晚，烟波满目凭阑久②。一望关河萧索，千里清秋，忍凝眸③？　杳杳神京，盈盈仙子，别来锦字终难偶④。断雁无凭，冉冉飞下汀洲，思悠悠。　暗想当初，有多少幽欢佳会，岂知聚散难期，翻成雨恨云愁。阻追游，每登山临水，惹起平生心事，一场消黯⑤，永日无言⑥，却下层楼。

【题解】

柳永"工于羁旅行役"，这首慢词所致力表现的正是羁旅之愁与离别之恨，而以情景的错综交织、结构的首尾圆合独擅胜场。全词共三片。上片写登高望远，但见烟波满目，不禁触发起天涯孤旅之感。“忍凝眸”，极言景物萧瑟，不堪久望。中片由“悲秋”转入“伤别”。“别来锦字终难偶”，点出在传统的悲秋之情中，还融合着铭心刻骨的离愁别恨。“断雁无凭”三句，用笔若虚若实，暗示不惟与心上人遇合无期，而且天各一方，锦书难寄。下片以今昔相比照，看似平铺直叙，实则颇具跌宕之致：昔日聚会之乐，正衬出今日别离之悲。作者抚今思昔，益难为怀，于是黯然无语而又悄焉含情地“却下层楼”。刘熙载《艺概·词概》谓柳词“细密而妥溜，明白而家常，善于叙事，有过前人。”此词乃其显例。

【注释】

①陇首：犹言山头。　②凭阑：即凭栏。　③凝眸（móu）：目不转睛。李商隐《闻歌》：“敛笑凝眸意欲歌，高云不动碧嵯峨。”　④锦字：用窦滔、苏蕙故事。苻秦时，窦滔获罪徙流沙，其妻苏蕙作回文诗，织于锦上以寄。难偶：难遇。“偶”作“遇”解。　⑤消黯：黯然消魂。　⑥永日：终日。

雨霖铃

寒蝉凄切，对长亭晚①，骤雨初歇②。都门帐饮无绪③。留恋处④，兰舟催发⑤。执手相看泪眼，竟无语凝噎⑥。念去去、千里烟波⑦，暮霭沉沉楚天阔⑧。　　多情自古伤离别，更那堪冷落清秋节。今宵酒醒何处？杨柳岸、晓风残月。此去经年⑨，应是良辰好景虚设。便纵有千种风情⑩，更与何人说。

【题解】

此词表现作者离京南下时长亭送别的情景。上片纪别，从日暮雨歇，送别都门，设帐饯行，至兰舟催发，泪眼相对，执手告别，依次层层描述离别的场面和双方惜别的情态。这与同样表现离情别绪但出之以比兴的唐五代小令是迥异其趣的。柳词盛行于市井巷陌，同他这种明白晓畅、情事俱显的词风不无关系。下片述怀，承“念”字而来，设想别后情景。刘熙载《艺概·词概》评曰：“词有点有染……上二句点出离别冷落，‘今宵’二句，乃就上二句意染之。”确实，“今宵”二句之所以被推为名句，不仅在于虚中有实，虚景实写，更因为以景“染”情，融情入景，创造出一个凄清冷落的怀人境界。“此去”以下放笔直写，不嫌重拙，由“今宵”想到“经年”，由“千里烟波”想到“千种风情”，由“无语凝噎”想到“更与何人说”，回环往复而又一气贯注地抒写了“相见时难别亦难”的不尽愁思。

【注释】

①长亭：供行人休歇的亭舍。秦汉时十里置亭，谓之长亭；五里置亭，谓之短亭。　②骤雨：阵雨。　③都门帐饮：在京都郊外搭起帐幕设宴饯行。无绪：没有情绪，无精打采。　④留恋处：一作“方留恋处”。　⑤兰舟：据《述异记》载，鲁班曾刻木兰树为舟。后用作船的美称。　⑥凝噎：悲痛气塞，说不出话来。一作“凝咽”。　⑦去去：重复言之，表示行程之远。⑧暮霭（ǎi）：傍晚的云气。沉沉：深厚的样子。楚天：南方的天空。古时长江中下游地区属楚国，故称。　⑨经年：一年又一年。　⑩风情：男女恋情。

蝶 恋 花

伫倚危楼风细细[1]，望极春愁，黯黯生天际[2]。草色烟光残照里，无言谁会凭栏意。　　拟把疏狂图一醉[3]，对酒当歌[4]，强乐还无味[5]。衣带渐宽终不悔[6]，为伊消得人憔悴。

【题解】

这也是一首怀人词。“伫倚危楼”，见出主人公凭栏之久与怀想之深。但“伫倚”的结果却是“望极春愁，黯黯生天际”。不说“春愁”滋潜暗长于心田，反说它从遥远的天际生出，一方面是力避庸常，试图化无形为有形，增加画面的形象性与流动感。另一方面也是因为其“春愁”是由天际的风光景物所触发。结尾“衣带渐宽”二句以健笔写柔情，自誓甘愿为思念伊人而日渐憔悴，表现了主人公的坚毅性格与执着态度，词境也因此而得以升华。贺裳《皱水轩词筌》认为韦庄《思帝乡》中的“陌上谁家年少足风流，妾拟将身嫁与一生休。纵被无情弃，不能羞”诸句，是“作决绝语而妙”者；而此词的末二句乃本乎韦词，不过“气加婉”矣。其实，冯延巳《鹊踏枝》中的“日日花前常病酒，镜里不辞朱颜瘦”，虽然语较颓唐，亦属其类。后来，王国维在《人间词话》中谈到“古今之成大事业、大学问者，必经过三种之境界”，被他借用来形容“第二境”的便是“衣带渐宽终不悔，为伊消得人憔悴”。这大概正是因为柳永的这两句词概括了一种锲而不舍的坚毅性格和执着态度。

【注释】

①危楼：高楼。②黯黯：迷蒙不明。③拟把：打算。疏狂：粗疏

狂放，不合时宜。 ④对酒当歌：语出曹操《短歌行》。当，与“对”意同。 ⑤强（qiǎng）乐：强颜欢笑。强，勉强。 ⑥衣带渐宽：指人逐渐消瘦。语本《古诗十九首·其一》：“相去日已远，衣带日已缓。”

二 郎 神

炎光谢[1]，过暮雨、芳尘轻洒。乍露冷风清庭户，爽天如水[2]，玉钩遥挂[3]。应是星娥嗟久阻[4]，叙旧约、飙轮欲驾[5]。极目处、微云暗度[6]，耿耿银河高泻。 闲雅，须知此景，古今无价。运巧思。穿针楼上女，抬粉面、云鬟相亚。钿合金钗私语处[7]，算谁在、回廊影下？愿天上人间，占得欢娱，年年今夜。

【题解】

借牛郎织女的故事，以超人间的方式表现人间的悲欢离合，古已有之，如《古诗十九首》中的“迢迢牵牛星”、曹丕的《燕歌行》、李商隐的《辛未七夕》等等。宋代的欧阳修、张先、苏轼等人也曾吟咏这一题材，虽然遣词造句各异，却都因袭了“欢娱苦短”的传统主题。柳永此词亦然。若就思想意蕴而言，它远不及秦观的《鹊桥仙》发语新警、立意高远。但在艺术上却颇有可称道处：全用白描手法，不敷粉，不着色，而自有情景辗转相生之妙；“占得欢娱，年年今夜”等语浅近俚俗，近于秦楼楚馆之曲，但“钿合金钗私语处”却又巧妙点化白居易《长恨歌》句意，何等雅致，因而堪称俗不伤雅、雅不避俗。不仅如此，作者还别出心裁地将“天上”“人间”贯为一脉，既着笔于天上“嗟久阻”的织女，也落墨于人间“运巧思”的少妇，表现她们所共有的不得与心上人长相厮守的憾恨，从而增加了作品的容量与张力。

【注释】

①炎光：阳光。 ②爽天：高爽的天宇。 ③玉钩：形容弯月。 ④星娥：指织女。 ⑤飙轮：御风以行的车驾。 ⑥极目：纵目远眺。 ⑦“钿合”句：语本白居易《长恨歌》中的“钿合金钗寄将去”“夜半无人私语时”。

采　莲　令

月华收[①]，云淡霜天曙。西征客、此时情苦[②]。翠娥执手送临岐[③]，轧轧开朱户[④]。千娇面、盈盈伫立，无言有泪，断肠争忍回顾[⑤]？　一叶兰舟，便恁急桨凌波去[⑥]。贪行色，岂知离绪。万般方寸，但饮恨、脉脉同谁语[⑦]？更回首、重城不见[⑧]，寒江天外，隐隐两三烟树。

【题解】

此词亦将羁旅之愁与离别之恨融为一体，显示了柳词逐层铺叙、细密尽情而又曲折婉转的特色。开篇描写晓行时的凄寒景色，引逗出一篇之眼：“此时情苦。”接着表现美人执手相送、伤心欲绝的情状，由“轧轧开朱户”的声响起笔，逐一绘示其千娇百媚的面容，“盈盈伫立”的身影和“无言有泪”的神态，极为自然地迸发出“争忍回顾”的断肠心声，用笔灵动而又真切。然后写船行如飞，全不理会离人不忍遽去之意绪，从反面再作烘托。篇末写回头远望，毋论美人倩影，连她所在的京城也已渺不可见，只有浩茫江天与三两烟树落入视网。作者此时心境若何，不言自明。全词以景语起结，而情融其中，含蕴无穷。

【注释】

①月华收：指月光沉没，天色将晓。 ②西征客：西行的游子。 ③翠娥：指作者所深恋的美人。临歧：岔路口。 ④轧（yà）轧：开门声。 ⑤争忍：怎忍，岂忍。 ⑥便恁（nèn）：就这样。 ⑦方寸：指心。饮恨：抱恨。脉脉：含情欲吐。 ⑧重城：形容城郭重叠。

少　年　游

长安古道马迟迟，高柳乱蝉嘶[①]。夕阳鸟外[②]，秋风原上，目断四天垂[③]。　　归云一去无踪迹，何处是前期？狎兴生疏[④]，酒徒萧索[⑤]，不似去年时。

【题解】

“春女善怀”“秋士易感”，这是唐宋词的两条主要抒情线索，此词无疑致力于后者。作者以一位落魄游子的眼光来观察与再现长安道上的风光景物。“高柳”“乱蝉”“秋风”“夕阳”，无不昭示着其荒芜、衰飒与空旷，而染有作者的感情色彩。这种意境，与元人马致远的《天净沙·秋思》极为相似，无妨认为，柳词已为马曲开启思路。置身在如此情境中，“行道迟迟，载饥载渴”（《诗经·采薇》）的作者怎能不萌生天涯孤旅、归期难卜之感，并进而触发岁月蹉跎、功名无望之恨！全词风格苍凉，气象老成，与香软秾艳的恋情词趣尚迥异。

【注释】

①乱蝉：谓蝉声缭乱。　②夕阳鸟外：谓夕阳隐没在飞鸟之外。“鸟外”，一作“岛外”。　③目断四天垂：谓纵目四望，皆为低垂的苍天。④狎兴：狎玩、冶游之意兴。　⑤酒徒萧索：谓当年一起歌酒流连的“狂朋怪侣”已零落四散。

望海潮

东南形胜[①]，三吴都会[②]，钱塘自古繁华[③]。烟柳画桥，风帘翠幕[④]，参差十万人家[⑤]。云树绕堤沙[⑥]，怒涛卷霜雪[⑦]，天堑无涯[⑧]。市列珠玑，户盈罗绮，竞豪奢。　重湖叠巘清嘉[⑨]，有三秋桂子，十里荷花。羌管弄晴，菱歌泛夜，嬉嬉钓叟莲娃。千骑拥高牙[⑩]，乘醉听箫鼓，吟赏烟霞。异日图将好景[⑪]，归去凤池夸[⑫]。

【题解】

此词描写杭州的繁盛和西湖的佳丽，体现了柳永以赋法为词的优长，可以说是用词体写成的杭州赋。首起三句叙形势之胜；“烟柳”三句状都市之盛；“云树”“怒涛”，言钱江壮阔；“珠玑”“罗绮”，言士民殷富。下片前半段专咏西湖，从湖山全景、四时风光、昼夜笙歌、湖中人物四方面写西湖美景。在慢词兴起之前，若用小令表现同样的内容，像白居易的《忆江南》那样一首一事，必须连赋数首。而使用长调，则可以这样先总后分、经纬严密地组合在同一首词中。就中“有三秋桂子，十里荷花”二句，一写桂子飘香之久，一写荷花种植之广，二者都是西湖的代表性景物，而彼此参错交织，极见匠心。据罗大经《鹤林玉露》卷十三载，“此词流播，金主亮闻歌，欣然有慕于‘三秋桂子，十里荷花’，遂起投鞭渡江之志。”1161年金主完颜亮南侵，当然不仅仅是为了玩赏西湖，但此词在一个多世纪以后还能保持这样广泛的吸引力，倒是值得注意的。

【注释】

①形胜：形势冲要、交通便利、湖山优美的地方。　②三吴：旧以吴兴、吴郡、会稽为三吴，即长江下游地区。　③钱塘：即杭州。　④风帘翠幕：挡风的帘子和翠色的帷幕。　⑤参差（cēncī）：大约，将近。一说形容楼房殿阁高下不齐。　⑥云树：高树。　⑦霜雪：形容浪花。　⑧天堑（qiàn）：天然的壕沟、险阻。旧称长江为天堑。此处指钱塘江。　⑨重湖：西湖分外湖、里湖，故称重湖。叠巘（yǎn）：重叠的山峰。清嘉：秀丽。　⑩千骑（jì）：形容护卫随从之多。高牙：军前大旗。此处指州郡长官出行时的仪仗旗帜。　⑪图将：描绘出来。　⑫凤池：即凤凰池。本是皇帝禁苑中的池沼，后用作中书省代称。此处泛指朝廷。

倾　杯

鹜落霜洲①，雁横烟渚，分明画出秋色。暮雨乍歇，小楫夜泊②，宿苇村山驿③。何人月下临风处，起一声羌笛④。离愁万绪，闻岸草、切切蛩吟如织⑤。　为忆芳容别后，水遥山远，何计凭鳞翼⑥。想绣阁深沉，争知憔悴损、天涯行客。楚峡云归⑦，高阳人散⑧，寂寞狂踪迹。望京国，空目断、远峰凝碧。

【题解】

羁旅愁与离别恨，是柳词最乐于、同时也最善于表现的主题。但同一主题，在不同的作品中，却各有独到的展衍方式，因而读来并无雷同之感。此词所采用的仍是独在天涯的“断肠人”的视角，所摄取的也仍然是极易惹人愁思的萧瑟秋景，但较之《雨霖铃》《少年游》等词，点缀于其间的意象多已嬗替：“骤雨”易为“暮雨”，“蝉嘶”易为“蛩吟”，“今宵酒醒何处？杨柳岸、晓风残月”的虚拟之景也演变成“小楫夜泊，宿苇村山驿”的实历之境，而“鹜落霜洲，雁横烟渚”，更是未见于他词的全新构图与造型。在表现手法上，同样是即景生情，融情于景，但写景时视觉听觉错用、远景近景间见，移步换形，起落无迹；抒情时或直摅一己愁绪，或悬想对方幽思，腾挪多变，不专一格，这又属于独出机杼了。

【注释】

①鹜：水鸭。　②楫：船桨。此处代船。　③驿：驿馆，古代供外出官员途中歇息的处所。　④羌笛：又名头发管，一种管乐器，相传为羌人（古代西北少数民族）所制。　⑤蛩（qióng）吟：蟋蟀的叫声。　⑥鳞翼：指鲤鱼与鸿雁。相传鲤鱼、鸿雁可以为人传书。　⑦楚峡：巫山的代称。宋玉《高唐赋》载：楚王游高唐，梦中得与神女欢会，神女临别有云：“妾在巫山之阳，高丘之阻。旦为朝云，暮为行雨。朝朝暮暮，阳台之下。”云归：即指佳人已去。　⑧高阳人：指高阳酒徒。《史记·郦生陆贾列传》载：郦生求见汉高祖时自称：“吾高阳酒徒也，非儒人也。”高阳人散，即《少年游》中“酒徒萧索”之意，谓当年一起喝酒的朋友都离散了。

安　公　子

远岸收残雨，雨残稍觉江天暮。拾翠汀洲人寂静①，立双双鸥鹭②。望几点、渔灯隐映蒹葭浦③。停画桡④，两两舟人语。道去程今夜，遥指前村烟树。 游宦成羁旅，短樯吟倚闲凝伫[5]。万水千山迷远近，想乡关何处。自别后、风亭月榭孤欢聚。刚断肠、惹得离情苦。听杜宇声声[6]，劝人不如归去。

【题解】

柳词常以萧瑟秋景作为离情别绪的触媒，但春景也并未与其相疏离，只不过因长年浪迹江湖，坎廪失意，作者笔下的春景，难得显露出其固有的烂漫与绚丽，而多被涂抹上一层黯淡、迷离的色彩，以致在本质上与秋景极为近似。此词即其一例：首句既以“残雨”煞尾，次句复以“雨残”领起，绝不仅仅是出于修辞的需要，更是为了渲染眼前景色的衰残与萧索，以映现自己春暮怀归，忧伤无已的心绪。值得注意的是，柳词中的“羁旅行役”之作，习用“雨”这一意象来烘托其湿漉漉的情思——或“骤雨”，或“暮雨”，或“残雨”，每每重见迭出。这又颇近于“千首湿”的晚唐诗人许浑了。

【注释】

①拾翠：意本杜甫《秋兴》诗：“佳人拾翠春相间”。 ②双双鸥鹭：借以反衬自己之块然独处。 ③蒹葭（jiānjiā）：芦苇。 ④画桡（ráo）：船桨的美称。 ⑤短樯：船桅。指代小船。 ⑥杜宇：古蜀帝名，化为杜鹃。后人因称杜鹃为杜宇。

八声甘州

对潇潇暮雨洒江天[1]，一番洗清秋。渐霜风凄紧，关河冷落，残照当楼。是处红衰翠减[2]，苒苒物华休[3]。惟有长江水，无语东流。 不忍登高临远，望故乡渺邈[4]，归思难收。叹年来踪迹，何事苦淹留[5]？想佳人、妆楼颙望[6]，误几回、天际识归舟[7]。争知我[8]，倚阑干处，正恁凝愁[9]。

【题解】

这是一首望乡词，通篇贯串一个“望”字。作者的羁旅之愁、飘泊之恨，尽从“望”中透出。上片是望中所见。无论风光、景物、气氛，都笼罩着悲凉的秋意，触动着抒情主人公的归思。“渐霜风凄紧”三句，在深秋萧瑟寥廓的景象中表现游子的客中情怀，连鄙薄柳词的苏轼也以为“此语于诗句不减唐人高处”（宋赵令畤《侯鲭录》引。《能改斋漫录》作晁补之语）。下片是望中所思，从自己的望乡想到意中人的望归。如此着笔，便把本来的独望变成了双方关山远隔的千里相望，见出两地同心，俱为情苦。结句申诉自己欲归未得、思念不已之情，似乎在遥遥相望中互通款曲，进行心与心的交流，从而暗示读者：其人未归而其心已归。这就更见出归思之切。

【注释】

①潇潇：形容雨声急骤。 ②是处：到处，处处。红衰翠减：红花绿叶凋残零落。李商隐《赠荷花》：“翠减红衰愁煞人。” ③苒苒（rǎn）：茂盛的样子。一说同“冉冉”，犹言“渐渐”。物华：美好的景物。 ④渺邈（miǎo）：遥远。 ⑤淹留：久留。 ⑥颙（yóng）望：凝望。 ⑦天际识归舟：语出谢朓《之宣城郡出新林浦向板桥》诗：“天际识归舟，云中辨江树。” ⑧争：怎。 ⑨恁（nèn）：如此，这般。凝愁：凝结不解的深愁。

鹤 冲 天

黄金榜上①，偶失龙头望②。明代暂遗贤③，如何向？未遂风云便④，争不恣狂荡，何须论得丧。才子词人，自是白衣卿相⑤。 烟花巷陌⑥，依约丹青屏障。幸有意中人，堪相访。且恁偎红倚翠，风流事、平生畅，青春都一饷⑦。忍把浮名，换了浅斟低唱。

【题解】

此词本事，吴曾《能改斋漫录》卷十六有记："仁宗留意儒雅，务本向道，深斥浮艳虚华之文。初，进士柳三变，好为淫冶讴歌之曲，传播四方。尝有《鹤冲天》词云：'忍把浮名，换了浅斟低唱。'及临轩放榜，特落之，曰：'且去浅斟低唱，何要浮名？'"另据胡仔《苕溪渔隐丛话》引《艺苑雌黄》，柳永"由是不得志，日与儇子纵游娼馆酒楼间，无复检约，自称云'奉圣旨填词柳三变'。"可知此词曾使作者的仕宦生涯平添波折，而这又正为我们提供了寻绎其思想轨迹的线索。词中既有偎红倚翠的颓唐自放之念，更有蹭蹬科场的愤激不平之意。"未遂风云便，争不恣狂荡"，于自我慰藉中深蕴怀才不遇的憾恨和曲折抗争的呐喊。而"忍把浮名，换了浅斟低唱"，又有多少无奈，多少不甘？词的情感脉络回环往复，具有撼人心魄的艺术力量。

【注释】

①黄金榜：揭示进士取录的名单。 ②龙头：宋时称状元为"龙头"。王禹偁《寄状元孙学士何》诗："惟爱君家棣华榜，登科记上并龙头。"

③明代：清明盛世。 ④遂：成功，实现。风云便：指平步青云，建功立业。 ⑤白衣卿相：唐代极重进士，宰相多由进士出身，故将进士称作“白衣卿相”，意谓其身为白衣之士，而有卿相之资。 ⑥烟花巷陌：指风尘女子聚居处。亦为作者冶游之地。 ⑦一饷（xiǎng）：短暂的时间。饷，意同“晌”。韩愈《刘生》诗：“暂然一饷成十秋，昔须未生今白头。”

玉 蝴 蝶

望处雨收云断，凭阑悄悄，目送秋光。晚景萧疏，堪动宋玉悲凉[①]。水风轻、蘋花渐老，月露冷、梧叶飘黄。遣情伤，故人何在？烟水茫茫。 难忘，文期酒会[②]，几辜风月[③]，屡变星霜[④]。海阔天遥，未知何处是潇湘[⑤]。念双燕、难凭远信，指暮天、空识归航。黯相望，断鸿声里[⑥]，立尽斜阳。

【题解】

许昂霄《词综偶评》谓此词“与《雪梅香》《八声甘州》数首，蹊径仿佛。”这大概是指它们都通过描绘萧疏、索漠的秋景来抒写客中怀远之情。但此词亦有“新变”之处：不仅重新熔铸与组合意象，而且所怀念者也已由心息相通的恋人易为志趣相投的故人，当然，怀念的内容也由温馨、浪漫的闺中风光易为骋才竞艺、兴会淋漓的“文期酒会”。词的上片仍由凭栏远望起笔，用“蘋花渐老”“梧叶飘黄”的秋景烘托自己的悲凉心境。然后顺势一跃，即由悲秋转为怀远。“故人何在？烟水茫茫”二句承上启下，统摄全篇。过片后，以今昔比照之笔，追忆昔日的赏心乐事，感叹今日的独处天涯，将其嘤鸣之情渲染得更为浓烈。结穴“黯相望”三句，以“断鸿”与“斜阳”相映衬，为伫立怅望的抒情主人公传神写照，意境与李白《黄鹤楼送孟浩然之广陵》中的“孤帆远影碧空尽，惟见长江天际流”相似，而更见哀婉忧伤。

【注释】

①宋玉：战国时楚人，著名辞赋家。其《九辩》有句：“悲哉秋之为气也！萧瑟兮草木摇草落而变衰，憭慄兮若在远行，登山临水兮送将归”。被视为“千古言秋之祖”。　②文期：文友间约定日期吟诗作文。　③辜：辜负。　④星霜：年岁。星一年一周转，霜每年因时而降，故以星霜指年岁。⑤潇湘：潇水与湘水的合称。此处借指故人栖身处所。　⑥断鸿：孤雁。

夜　半　乐

冻云黯淡天气[①]，扁舟一叶[②]，乘兴离江渚。度万壑千岩，越溪深处[③]。怒涛渐息，樵风乍起[④]，更闻商旅相呼。片帆高举，泛画鹢、翩翩过南浦[⑤]。　望中酒旆闪闪[⑥]，一簇烟村，数行霜树。残日下，渔人鸣榔归去[⑦]。败荷零落，衰杨掩映。岸边两两三三，浣纱游女，避行客、含羞笑相语。　到此因念，绣阁轻抛，浪萍难驻[⑧]。叹后约、丁宁竟何据[⑨]？惨离怀、空恨岁晚归期阻。凝泪眼，杳杳神京路[⑩]。断鸿声远长天暮。

【题解】

此词为三叠长调，所抒发的仍是羁旅愁思，而笔势尤见开合跳荡。一叠描写棹发江渚及舟泛江中的情景。“冻云”“怒涛”“樵风”“片帆”，无不暗示着景色的黯淡、旅途的艰辛和客况的孤寂；置身于其间的主人公虽说是“乘兴”而行，却并未表现出些许豪情逸兴。二叠展现途经渔村时的所见所闻。“烟村”“霜树”“败荷”“衰杨”，景色同样令人不堪；但接着推出的浣纱女含羞笑语的画面却又那般温馨、旖旎——惟其如此，才引发主人公对一样娇羞、一样明艳的意中人的忆念。三叠即直诉其“绣阁轻抛，浪萍难驻”的哀婉心声，将去国怀乡之情与伤春恨别之意交织在一起。歇拍仍以景语作结，用笔与前词相若。全词在结构上缓急相宜，疏密有致，颇见章法之妙。

【注释】

①冻云：谓寒云似已冻结。 ②扁（piān）舟：小船。 ③越溪：春秋时越国美女西施浣纱的若耶溪，位于今浙江绍兴。此处泛指江浙一带的河流。 ④樵风：山林中刮起的风。 ⑤画鹢（yì）：指航船。鹢，水鸟名。古时常画鹢鸟于船头，以畏江神，故名。 ⑥酒旆（pèi）：悬挂于酒店门前以招徕顾客的旗子。 ⑦鸣榔（láng）：用木榔敲击船舷。榔，木制工具，渔人用以叩舷惊鱼。 ⑧浪萍：形容自己浪迹天涯，犹如浮萍随波飘转。 ⑨丁宁：同“叮咛”。 ⑩神京：指北宋都城汴京（今河南开封）。

佳 人 醉

暮景萧萧雨霁[1]，云淡天高风细。正月华如水，金波银汉[2]，潋滟无际[3]。冷浸书帷梦断，却披衣重起，临轩砌[4]。 素光遥指。因念翠蛾[5]，杳隔音尘何处？相望同千里。尽凝睇，厌厌无寐，渐晓雕阑独倚[6]。

【题解】

这是一首月夜怀人之作。雨霁晴展，天高云淡，更兼月华如水，波光潋滟，作者笔下的景色不可不谓宜人。但主人公独自客游他乡，不能与心上人长相依偎，纵有良辰美景，也形同“虚设”。“冷浸”三句写月光穿帘入户，照见无眠，而以一“冷”字领起，正揭示了抒情主人公此时的凄凉心境。“因念翠蛾，杳隔音尘何处”，点出他与心上人天各一方，音信难通，以致不知对方萍踪。这使他益增感伤。“相望同千里”，即张九龄《望月怀远》中的“天涯共此时”、苏轼《水调歌头》中的“千里共婵娟”之意，写主人公对月骋情，希望借月光互通款曲，并想象对方此时也在望月怀远，幽怨无限。结句“渐晓雕阑独倚”，暗示主人公倚栏达旦，通宵未寐，见出其情难抑、其思无已。全词用笔举重若轻，卷舒自如，甚见艺术功力。

【注释】

①霁（jì）：雨止。 ②金波：形容月光。银汉：即银河。 ③潋滟：水波动荡的样子。 ④轩：堂之前沿，周以栏杆。砌：台阶。 ⑤翠蛾：美女的眉毛。因其修长如蛾，以黛点色，故称。此处指代美女。 ⑥雕阑：雕花的栏杆。

戚 氏

晚秋天，一霎微雨洒庭轩[①]。槛菊萧疏，井梧零乱，惹残烟。凄然，望江关，飞云黯然夕阳间。当时宋玉悲感，向此临水与登山[②]。远道迢递[③]，行人凄楚，倦听陇水潺湲[④]。正蝉吟败叶，蛩响衰草[⑤]，相应喧喧。 孤馆，度日如年，风露渐变，悄悄至更阑[⑥]。长天净，绛河清浅[⑦]，皓月婵娟[8]。思绵绵。夜永对景，那堪屈指，暗想从前。未名未禄，绮陌红楼，往往经岁迁延。　　帝里风光好[9]，当年少日，暮宴朝欢。况有狂朋怪侣，怪当歌对酒竞流连。别来迅景如梭，旧游似梦，烟水程何限！念利名、憔悴长萦绊，追往事、空惨愁颜。漏箭移、稍觉轻寒[10]。渐呜咽、画角数声残。对闲窗畔，停灯向晓，抱影无眠。

【题解】

这是柳词中的"长篇巨制"之一。虽然用笔淋漓恣肆，脉络却极为清晰。李攀龙谓其"首叙悲秋情绪，次叙永夜幽思，末勘破名利关头更透"（见《草堂诗余隽》）。堪称搔着痒处。词的上片由晚秋景物起笔。萧疏的"槛菊"，零乱的"井梧"，迷蒙的"残烟"，黯淡的"夕阳"，构成一幅极易触动"宋玉悲感"的萧瑟画面，而"蝉吟""蛩响"流水"潺湲"，则是作者给它配上的杂乱而又凄楚的画外音。抒情主人公踽踽独行于其间，纵不言羁旅愁思，羁旅愁思亦昭然可见。中片写主人公独宿孤馆，夜长不寐，忆及"未名未禄"之前的人生旅程。"那堪屈指，暗想从前"，点出往事不堪回首，这或许主要是指困顿场屋与蹭蹬仕途。下片先追记年少时与"狂朋怪侣"一同度过的流连歌酒的欢娱生活，然后以之比照今日的天涯孤旅，从中见出名缰利索对自己的束缚与折磨。通篇对景感怀，枨触百端；纵笔游走，一气旋折，显示了作者驾驭慢词的精深功力与娴熟技巧。

【注释】

①一霎（shà）：一阵，暂时。孟郊《春后雨》"昨夜一霎雨"。　②临水与登山：语本宋玉《九辩》："登山临水兮送将归。"　③迢递：遥远的样

子。 ④陇水潺湲：语本汉乐府《陇头歌》："陇头流水，流离山下，念吾一身，飘然旷野。"潺湲（chányuán），形容流水的声响。 ⑤蛩（qióng）：蟋蟀。 ⑥更阑：更深夜尽。 ⑦绛河：即银河。 ⑧婵娟：形容月色美好。 ⑨帝里：京城。 ⑩漏箭移：指时间推移至深夜。漏箭，古代计时器漏壶的部件，上面刻有节文，随水浮沉以计时。亦用以泛指时间。

卜算子慢

江枫渐老，汀蕙半凋①，满目败红衰翠②。楚客登临③，正是暮秋天气。引疏砧、断续残阳里④。对晚景、伤怀念远，新愁旧恨相继。 脉脉人千里。念两处风情，万重烟水。雨歇天高，望断翠峰十二⑤。尽无言、谁会凭高意？纵写得、离肠万种，奈归云谁寄？

【题解】

长年的飘泊流离，使柳永对"羁旅行役"这一题材情有独钟，不避重复。此词又是抒写其羁旅之感与离别之情。但题材的不断重复，并没有带来构思、布景及造语的雷同，因为作者虽然一生坎廪，艺术创造力却并不匮乏。词的上片以"楚客登临"为中心铺展笔墨。"江枫"三句为楚客登临所见，"引疏砧"二句为楚客登临所闻，"对晚景"二句则为楚客登临所感——这位"伤怀念远"的楚客无疑就是作者自己。下片就"伤怀念远"四字加以衍化，既揭示其内在涵茹，复展现其外在形态，而中间又穿插以烘染其"新愁旧恨"的景物描写。结句"奈归云谁寄"，仍是感叹音信不通，款曲难诉。全词细针密线，丝丝入扣。即以过片后"脉脉人千里。念两处风情，万重烟水"三句而言，"两处风情"承"脉脉"而来，"万重烟水"承"人千里”而来，词意宛转相生，连翩而下，非名家弄翰，不能为之。

【注释】

①汀蕙（tīnghuì）：植于水边平地的蕙草。 ②败红：指“渐老”的“江枫”。衰翠：指“半凋”的“汀蕙”。 ③楚客：本指宋玉。此处乃作者自谓。 ④疏砧（zhēn）：疏落的捣衣声。砧，捣衣石。 ⑤翠峰十二：作者把意中人喻为“旦为朝云，暮为行雨”的巫山神女，而巫山有十二峰，故云“望断翠峰十二”。

张　先 (990—1078)

字子野，吴兴（今浙江湖州）人。宋仁宗天圣八年（1030）进士。曾任吴江令。晏殊知永兴军时，聘为通判。后又知渝州、安州等地，以都官郎中致仕。晚年优游乡里，与苏轼有交。本以诗名，故苏轼称“子野诗笔老，歌词妙乃其余事”（《子野词跋》）。他作词由小令入手，与晏、欧并称；后来多取时调新声作慢词，又与柳永齐名。晁补之认为：“子野与耆卿齐名，而时以子野不及耆卿。然子野韵高，是耆卿所乏处。”（《能改斋漫录》卷十六）他善于锻炼字句，尤工于刻画“影”之动态，人称“张三影”。有《张子野词》二卷，补遗二卷。

一丛花令

伤高怀远几时穷？无物似情浓。离愁正引千丝乱，更东陌、飞絮濛濛[①]。嘶骑渐遥[②]，征尘不断[3]，何处认郎踪？　　双鸳池沼水溶溶，南北小桡通[4]。梯横画阁黄昏后，又还是、斜月帘栊。沉恨细思，不如桃杏，犹解嫁东风[5]。

【题解】

登高怀远，并非柳永所独擅与专骛的寄情方式，张先等人亦精于此道。此词即为明证。其本事，杨湜《古今词话》有记：张先与一女尼相恋；夜深人静时，该女尼每每潜下阁楼，与张先幽会；临别，张先“不胜惓惓，作《一丛花》词以遣其怀”。如果其说无讹，则此词乃作者代恋人道其心曲。上片抒写别后愁怀。虽然一遵“登高怀远”的传统模式，但以柳丝写照愁绪，却有情景相生、虚实互幻之妙。下片追忆当年情事。“双鸳池沼”以下数句写月夜幽会，用笔含蓄而情思缱绻。非亲历其境者，不能刻画得如此真切。歇拍“沉恨细思”三句，羡慕桃杏解嫁东风，实则是倾诉女主人公无法自由择偶成婚的怨愤，发想新奇，无理而妙。据范公偁《过庭录》载，此三句“一时盛传”，欧阳修“尤爱之，恨未识其人”。一日，张先前来拜谒，欧阳修闻报后“倒屣迎之，曰：此乃‘桃杏嫁东风’郎中”。这从侧面说明此词是何等脍炙人口。

【注释】

①濛濛：细雨。此处形容柳絮漫天飞舞。　②嘶骑（jì）：嘶叫着的马匹。骑，此处作名词用。　③征尘：旅途风尘。　④桡（ráo）：船桨。此处指船。　⑤解：懂得。

千　秋　岁

鶗鴂数声[1]，又报芳菲歇[2]。惜春更把残红折。雨轻风色暴，梅子青时节。永丰柳[3]，无人尽日飞花雪。　　莫把幺絃拨[4]，怨极弦能说。天不老，情难绝。心似双丝网[5]，中有千千结。夜过也，东窗未白凝残月。

【题解】

此词亦以伤春怀人为主旨，情浓意密，笔酣墨饱。上片描绘春景，借以烘染伤春、惜春情怀。首二句由听觉起笔，写数声，报告了春归花谢的消息。“惜春”句直抒胸臆，见出作者情难自抑。“雨轻”二句感叹时令不佳、风雨无情，自己纵然百般呵护，残花也终将被摧折殆尽。下片追怀昔日情事，将“又报芳菲歇”的无奈喟叹化为“天不老，情难绝”的铿锵盟誓。“莫把”二句劝说自己休将哀怨已极的心声诉之幺絃。“天不老”二句指天为誓，宣称此情至死不渝，终老无悔，语气之果决，略同于汉乐府中的《上邪》与敦煌曲子辞中的《菩萨蛮》（枕前发尽千般愿）。“心似”二句以新奇而又贴切的比喻极言心底有千万个无法解开的情结。结尾“夜过也”二句融情于景，用笔空灵：东方未白，残月在天，景色何其凄清！而心境相若的作者当又是长夜无眠，相思达旦。全词就此歇拍，自可造成悠长的余韵。

【注释】

①鶗鴂（tíjué）：鸟名。屈原《离骚》：“恐鶗鴂之先鸣兮，使夫百草为之不芳。”　②歇：衰歇，凋谢。　③永丰柳：泛指杨柳。白居易《杨柳枝词》：“永丰坊里东南角，尽日无人属阿谁。”　④幺（yāo）絃：琵琶的第四根弦。因其最细，故称。　⑤双丝网：用两根丝织成的网。

天　仙　子

时为嘉禾小倅[①]，以病眼，不赴府会。

水调数声持酒听[②]，午醉醒来愁未醒。送春春去几时回？临晚镜，伤流景[③]，往事后期空记省[④]。　沙上并禽池上暝[⑤]，云破月来花弄影。重重帘幕密遮灯，风不定，人初静，明日落红应满径。

【题解】

这是一首刻意伤春之作。但作者的“春恨”绝不同于少男少女们的那种虽也怅惘，终究轻淡的怀春之情，它糅合了一个年届老暮的失意者的种种人生怅触，而显得分外凝重与深沉。上片突出一个“愁”字：因听《水调歌》而触动愁怀，于是借酒浇愁，但“午醉醒来”，愁怀却依然如故。之所以如此，“送春”句透露了一二消息：原来他担心春天一去不回。然而，作者又绝不仅仅是为“春去”而愁，更使他怅恨的还是自己有限的生命也在随之而消逝。“临晚镜”二句表明，只有步入老境，来日无多的人才会有如此浓不可解的伤时惜逝之感。下片专写晚景。“池上并禽”句意在以鸟之双栖对照自己的块然独处。“云破月来”句深为王国维《人间词话》所称赏：“著一‘弄’字，而境界全出矣。”其实，“破”字也下得十分贴切、灵动。“重重帘幕”以下四句写帘密灯昏，风势不定，引起作者明日落红满径的忧虑，再度揭出伤春之旨，情韵亦极浓郁。

【注释】

①嘉禾：秀州别称，治所在今浙江嘉兴。倅（cuì）：副职。张先当时任秀州判官，为知州佐理文书。　②水调：歌曲名。　③流景：如流水般消逝的时光。　④后期：后约。省（xǐng）：悟，明白。　⑤并禽：双栖的鸟，指鸳鸯。暝：同“眠”。

木　兰　花

乙卯吴兴寒食[1]

龙头舴艋吴儿竞[2]，笋柱秋千游女并[3]。芳洲拾翠暮忘归[4]，秀野踏青来不定[5]。　　行云去后遥山暝[6]，已放笙歌池院静[7]。中庭月色正清明，无数杨花过无影。

【题解】

此词描写江南寒食风俗，为张先八十五岁高龄时所作。上片着笔于白昼的动景，既展示了“吴儿”赛龙舟、“游女”荡秋千的场面，又摄下了“芳洲拾翠”“秀野踏青”等一个个郊游镜头，构成一幅全景式的寒食春游图。下片落墨于入夜的静景。游女散尽，笙歌已歇，庭院中但见月色清明，柳絮轻飞。这种恬静的氛围，正好映照出作者澄澈、淡泊的心境。就中“中庭月色”二句遗貌取神，精当地传写出柳絮的神韵，朱彝尊《静志居诗话》尝叹其工绝。李调元《雨村词话》亦指出：“张三影已胜称人口矣，尚有一词云‘无数杨花过无影’，合之应名‘四影’。”统观全词，一昼一夜，一动一静，物景的转换极为自然。同时，词中既有风景画的描绘，也有风俗画的示观，含蕴丰饶，耐人寻味。

【注释】

①乙卯：宋神宗熙宁八年（1075）。吴兴：今浙江湖州。寒食：节令名。冬至后一百零五天，清明前两天禁火三日，故称寒食。旧有踏青扫墓的风习。 ②龙头舴艋（zéměng）：状如蚱蜢的轻便龙船。宋朝寒食节、清明节有龙舟竞渡的风俗。吴儿：泛指江南的青年男子。 ③笋柱秋千：用青竹竿做成的秋千架。游女并：指荡秋千的少女双双飞起飞落。 ④芳洲：长有芳草的水中小洲。此处泛指水边草地。拾翠：拾取翠鸟落在草间的羽毛，用以点缀首饰。此处泛指采集百草千花。 ⑤踏青：旧时称春日郊游为踏青。来不定：人来人往，络绎不绝。 ⑥行云：浮云。暗喻游女。 ⑦放：停止。

浣 溪 沙

楼倚春江百尺高，烟中还未见归桡[①]，几时期信似江潮[②]？ 花片片飞风弄蝶，柳阴阴下水平桥，日长才过又今宵。

【题解】

这是一首闺怨词，写思妇望江怀远，不胜依依。结构上虽无大起大落，情韵却极为隽永。起拍“楼倚”二句写思妇独倚高楼，凝眸春江而不见归舟，取意与温庭筠《望江南》（梳洗罢）相近，看似平直，实多婉曲：“春江”之辽阔，恰可反衬思妇处境之孤单；“烟中”之迷蒙，差可写照思妇心境之怅惘；而“百尺高”与“还未见”，则于呼应之间，点染出思妇登高骋望的急切神情与望而不见的忧伤意态。“几时”句既是即景取喻，又暗用李益《江南曲》“早知潮有信，嫁与弄潮儿”诗意，进一步传写出思妇难以抑制的怨望憾恨。下片转写花飞蝶舞、柳翠水碧的春日景象，从另一角度触发女主人公的伤春情怀。结句“日长才过又今宵”，是发自思妇内心的深长叹息，令人想见其度日如年，且长夜难眠的无尽苦恼。全词在平易晓畅的语言中蕴有浓烈而又哀婉的情思及丰腴而又深永的韵致。

【注释】

①归棹（ráo）：指女主人公心上人乘坐的归舟。 ②期信似江潮：谓心上人像江潮一样信守期约，按时归来。此乃希望之辞，语本李益《江南曲》。

醉 垂 鞭

双蝶绣罗裙，东池宴，初相见。朱粉不深匀，闲花淡淡春[1]。 细看诸处好，人人道，柳腰身[2]。昨日乱山昏，来时衣上云[3]。

【题解】

此词属筵前赠妓之作，多少带有游戏笔墨的倾向，本无浓情深意可言，但周济《宋四家词选》却以“横绝”二字评之，这当是因为它用笔优雅和婉，既不入俚俗，更不涉狎邪。上片先描绘女主人之服饰：罗裙上绣有双蝶。着意强调“双蝶”，既暗示了其内心欲觅佳偶、比翼齐飞的愿望，又令人想见她如彩蝶般翩然起舞的倩丽姿影。“东池”二句在叙写相见之地、相见之因的同时，点明她“侍宴”“侑酒”的身份。接着展示她的不同凡响处：不着浓妆，淡扫蛾眉，犹如明媚春光中风韵天成的闲花一朵，显得那样超尘拔俗。过片“细看”三句谓其诸般皆好，略无缺憾，而尤令人称赏的则是她的杨柳细腰。篇末“昨日”二句复移笔于其衣着，而暗用宋玉《高唐赋》中巫山神女“旦为朝云”的典故，将其隐喻为一往情深的巫山神女，笔端似真似幻，摇曳生情。

【注释】

①春：双关春色与美女。唐人每以春色喻美女，如元稹即称越州妓刘采春为“鉴湖春色”。　②柳腰身：谓腰身如杨柳般纤细婀娜。　③乱山昏、衣上云：谓女主人公衣服上所绣的云彩，似从昏暗的乱山中徐徐飘出。

满　江　红

飘尽寒梅[1]，笑粉蝶、游蜂未觉。渐迤逦、水明山秀[2]，暖生帘幕。过雨小桃红未透，舞烟新柳青犹弱。记画桥、深处水边亭，曾偷约。　多少恨，今犹昨；愁和闷，都忘却。拚从前烂醉[3]，被花迷着。晴鸽试铃风力软，雏莺弄舌春寒薄[4]。但只愁、锦绣闹妆时[5]，东风恶。

【题解】

张先在北宋词史上居于承先启后、继往开来的地位。这突出表现在形式创新方面：他不仅擅长唐五代以来流行的小令，而且和柳永一同率先创制慢词，促进了词体的演进。此词即为其慢词代表作之一，颇能显示作者在实践过程中所积累的经验和技巧。词的结构方式是新颖而又独到的：在描绘爱情生活的发展历程时，它既没有完全采用顺时叙写的方式，也没有完全采用逆时追忆的方式，而独出机杼地将这两种方式交替运用、错综安排，使今日与昨日、实境与幻境浑然一脉，惝恍难分，全词也就因此既具有浓厚的抒情色彩，又带有一定的叙事意味。与此同时，作者对即景生情和融情于景等手法的运用也堪称娴熟自如，惟其如此，随处可寻绎到情中景或景中情。读罢掩卷，主人公对爱情的执着缠绵，尽在余音袅袅之中。

【注释】

①寒梅：腊梅。 ②迤逦（yǐlǐ）：曲折连绵。 ③拚（pàn）：不惜，甘愿。 ④“晴鸽”二句：谓心上人的歌声美妙动听，犹如晴空中飞翔的鸽子，通过微风传来阵阵悦耳的铃声；又好似调舌的幼莺，透过春寒送来声声宛转娇啼。 ⑤锦绣闹妆：形容明媚、秀丽的春光。

晏 殊 (991—1055)

字同叔，临川（今属江西）人。七岁能文，十四岁以神童召试，赐同进士出身，累迁知制诰、翰林学士。宋仁宗时官至同中书门下平章事兼枢密使。后出知外州，以疾归京。卒谥元献。以文章得时誉，喜延揽宾客，奖掖人才，范仲淹、韩琦、欧阳修等名臣皆出其门下。一生富贵优游，雅爱歌筵酬唱，所作长短句多吟成于舞榭歌台、花前月下，而笔调闲婉，理致深蕴，音律谐适，词语雅丽，为当时词坛耆宿，与欧阳修并称“晏欧”。有《珠玉词》一卷。

浣 溪 沙

一曲新词酒一杯，去年天气旧亭台[1]，夕阳西下几时回？ 无可奈何花落去，似曾相识燕归来，小园香径独徘徊[2]。

【题解】

这是晏殊词中最为脍炙人口的篇章。词的上片通过对眼前景物的咏叹，将怀旧之感、伤今之情与惜时之意交织、融合在一起。“去年天气”句点出眼前的阳春烟景既与去年无异，而作者所置身的亭台也恰好是昔日饮酒听歌的场所。这就不免触发景物依旧而人事全非的怀旧之感。“夕阳西下”句不仅是惋惜时光的匆匆流逝，同时也是慨叹昔日与伊人同乐的情景已一去不返。下片仍以融情于景的笔法申发前意。“无可奈何”二句属对工切，声韵和谐，寓意深婉，一向称为名对，因此作者既用于此词，又用于《示张寺丞王校勘》一诗。上句对春光的流逝示惋惜之情，下句对巢燕的归来兴怀旧之感。人间生死，同花开花落一样不由自主，所以说“无可奈何”。旧地重游，前尘影事，若幻若真，所以说“似曾相识”。渗透在句中的是一种混杂着眷恋与怅惘，既似深婉又似冲淡的人生栎触。因此，此词不但以词境胜，还兼以理趣胜。后来苏轼的词，就大畅此风了。

【注释】

①“去年”句：语本郑谷《和知己秋日伤怀》诗：“流水歌声共不回，去年天气旧池台。” ②香径：花园中的小路。

浣 溪 沙

一向年光有限身①，等闲离别易消魂②，酒筵歌席莫辞频。 满目山河空念远，落花风雨更伤春，不如怜取眼前人③。

【题解】

此词以“酒筵歌席”为基点，将笔墨拓展开去，阐发了岁月有限、人生长恨，故当把握当前、及时行乐的题旨，体现了在思考中渐趋成熟、却不免消沉的生命意识。词一开篇即呼出“一向年光有限身”的憾恨心声。既然生命的有限，已使作者深感苦闷与忧患，那么，在有限的生命中，再经受别离的痛苦，当然会使他倍感“消魂”。从某种意义上说，作者对别离的感伤，实际上也是对生命中的缺憾的感伤。过片后又由“满目山河”及“落花风雨”起兴，托出“伤春”“念远”之情，境界空阔而音韵凄婉。最后以“不如怜取眼前人”强自宽慰，以求解脱。虽为小令，却充满深远哲思。

【注释】

①一向：即一晌、一霎，形容时光短暂。　②等闲：平常。　③怜取眼前人：元稹《莺莺传》载崔莺莺诗：“还将旧来意，怜取眼前人。”

踏莎行

小径红稀①，芳郊绿遍②，高台树色阴阴见③。春风不解禁杨花，濛濛乱扑行人面。　　翠叶藏莺，朱帘隔燕，炉香静逐游丝转④。一场愁梦酒醒时，斜阳却照深深院。

【题解】

此词描写晚春景象所触发的淡淡哀愁，《花庵词选》题作“春思”，颇切。《蓼园词选》则以为词中咏及的花、叶、高台、炉香等皆有所寄托，通篇乃表现身居高位的作者的忧谗畏讥之感。其实，细味全词，比兴寄托之意并不明显，还是把它视为伤春之作更为允当。词的主要笔墨都用于写景，直至篇末才揭出一个“愁”字，这本是词家以景传情、移情入景的惯伎。难得的是，其用笔灵动多变：上片描绘郊外景色时，由近而远，由低而高；下片刻画院内景色时，则由外而内，由远而近，颇具匠心。同时，对“杨花”“炉香”“游丝”等物象的摹写也极为准确、细腻，见出作者体物入微的观察力与表现力。歇拍二句点出主人公梦醒酒消、愁思萦怀时，正值斜阳残照之际，则其愁思益加难以排遣。不言而喻，这种愁思实际上是对春光流逝的无可奈何之情。

【注释】

①红稀：红花稀少。 ②绿遍：绿草茂盛。 ③阴阴见（xiàn）：暗暗地显露。 ④游丝：飘浮在空中的蛛丝。

蝶 恋 花

槛菊愁烟兰泣露①，罗幕轻寒②，燕子双飞去。明月不谙离恨苦，斜光到晓穿朱户③。 昨夜西风凋碧树，独上高楼，望尽天涯路。欲寄彩笺兼尺素④，山长水阔知何处！

【题解】

此词以疏淡的笔墨、温婉的格调，传达出作者的暮秋怀人之情。开篇推出“槛菊愁烟兰泣露”这一亦真亦幻、幽极凄绝的特写镜头，意在写照主人公悲凉、迷离而又孤寂的心态。“燕子双飞去”，不仅是带有鲜明的季节特征的景物，而且燕之“双飞”更衬出人之“孤栖”。“明月”二句又引来明月作进一步的烘托与映衬。前人往往视明月为寄托相思怀抱的多情之物，而作者却嗔怪“明月不谙离恨苦”，当是从另一角度加以生发——月已圆而人未圆，作者对那皓洁的月光羡极生妒，略致微词，亦属情理中事。后来，苏轼在《水调歌头》中的怅问：“不应有恨，何事长向别时圆”，正是从同一方向去发掘明月这一意象的丰饶而又复杂的内蕴。下片写登楼望远。“独上高楼”，正面点出“独”字，与上片的“双飞”遥相照应。“望尽天涯路”，既表明其眺望之远，也见出其凝眸之久，从时空两方面拓展了词境。“山长水阔知何处”，以无可奈何的怅问作结，给人情也悠悠、恨也悠悠之感。

【注释】

①槛：栏杆。 ②罗幕：丝罗的帷幕，富贵人家所用。 ③朱户：犹言朱门，指大户人家。 ④彩笺、尺素：皆为书信之代称。古人写信用素绢，通常长约一尺，故称尺素。彩笺、尺素二词重叠使用，一则是表示寄书意愿之殷切，二则是表示欲书内容之繁复。

破 阵 子

燕子来时新社①，梨花落后清明②。池上碧苔三四点，叶底黄鹂一两声③，日长飞絮轻④。 巧笑东邻女伴，采桑径里逢迎⑤。疑怪昨宵春梦好⑥，元是今朝斗草赢⑦，笑从双脸生。

【题解】

此词画面明媚，情调欢快，风格质朴，或可视为晏殊词中的别调。上片写景，刻画出一幅秀丽的春景图。“燕子”“梨花”，形态一动一静，色彩一黑一白，以之对举开篇，有相映成趣之妙。同时，用“燕子”“梨花”带出“新社”和“清明”，又为下片中少女的登台亮相埋下了伏笔。下片写人，勾勒出一幅美丽的仕女图。“巧笑”二句写女主人公与她的女伴在采摘花草的小路上欣然相逢，逗出下文所描写的斗草游戏。但作者既不对斗草场面稍加展示，也不对斗草规则略作交待，而聚焦于主人公斗草过程中的心理活动，这同样别具匠心。“笑从双脸生”，尤为传神写照之笔：只有涉世未深、全无心机的纯情少女才会因为如此细小的缘由而笑得这般自然、这般天真。

【注释】

①新社：即春社，指立春后第五个戊日，是祭祀土神的日子。张籍《吴楚歌词》："今朝社日停针线"，可知每逢社日，古代女子可以暂辍女工，外出游玩。　②清明：农历二十四节气之一。旧称为三月节，在阳历的四月五日或六日。旧有踏青扫墓的习俗，也是古代女子结伴出门的日子。　③黄鹂：即黄莺，古名仓庚。　④日：白昼。　⑤逢迎：相遇。　⑥疑怪：难怪，怪得。　⑦元：同"原"。斗草：又称斗百草，是一种以采草多少来比赛胜负的游戏。

清　平　乐

红笺小字，说尽平生意。鸿雁在云鱼在水①，惆怅此情难寄。　　斜阳独倚西楼，遥山恰对帘钩。人面不知何处，绿波依旧东流②。

【题解】

此词写思念伊人而款曲难通的惆怅。上片直抒胸臆。"红笺"二句见出主人公对伊人爱恋至深，思念至切：那书写于红笺上的密密麻麻的小字，字字流自心泉，诉说着他的无限情意。但锦书虽成，鱼雁无凭。"鸿雁"二句所倾吐的正是书成难与、心音莫通的忧伤，其意略同于作者《蝶恋花》词中的"欲寄彩笺兼尺素，山长水阔知何处"。及《无题》诗中的"鱼书欲寄何由达，山远水长处处同"，而措辞有异，更见不堪。下片借景传情：主人公倚楼骋望，但见夕阳西沉、绿波东流。其情之愁苦，不言自明。就中"人面"二句虽由唐人诗句化来，却与全篇契合无间，而化用的功效则是既丰富了作品的情感内涵，又拓展了读者的想象空间。

【注释】

①“鸿雁”句：旧说鸿雁及鲤鱼能充任信使，代人传书。此句谓“鸿雁在云鱼在水”，意即雁杳鱼沉，锦书难托。　②“人面”二句：化用崔护《题都城南庄》诗：“人面不知何处去，桃花依旧笑春风。”

木　兰　花

燕鸿过后莺归去，细算浮生千万绪。长于春梦几多时？散似秋云无觅处[①]。　　闻琴解佩神仙侣[②]，挽断罗衣留不住。劝君莫作独醒人，烂醉花间应有数。

【题解】

燕过莺归，说明春将逝去，这不免使作者感到怅惘。但词的上片并没有滞着于伤春惜时，而是由此扩展为对整个人生的思考与感伤，使感性与理性相互融合。作者以“春梦”喻人生之短，以“秋云”喻人生之幻，显然已品味出人生的苦涩，痛感其难以自主、不可捉摸。比喻本身也生动、精切，容易触发读者的联想。过片后将司马相如与卓文君、郑交甫与江汉神女相知相慕的故事拈来笔底，引出旧日情事。“挽断罗衣留不住”，点明伊人飘然远去。可知他伤春惜时之外，又复怨离恨别。这就难怪他会觉得人生有太多的缺憾，并不像他的词境那样珠圆玉润了。歇拍二句以“烂醉花间”作结，看似旷放，实则哀彻中肠。

【注释】

①“长于”二句：化用白居易《花非花》诗：“来如春梦不多时，去似朝云无觅处。”　②闻琴：用司马相如与卓文君相恋事。卓文君新寡，司马相

如以琴心挑之。文君闻琴而生爱慕之情，遂偕相如私奔。解佩：用郑交甫与江汉神女相恋事。据《列仙传》载，郑交甫游江汉时，见神女“丽服华装，佩两明珠，大如鸡卵”。交甫“悦之”，而神女亦解佩相赠。

山　亭　柳

赠　歌　者

家住西秦[①]，赌薄艺随身[②]。花柳上[③]，斗尖新[④]。偶学念奴声调[⑤]，有时高遏行云[⑥]。蜀锦缠头无数[⑦]，不负辛勤。　　数年来往咸京道[⑧]，残杯冷炙谩消魂[⑨]。衷肠事，托何人？若有知音见采，不辞遍唱阳春[⑩]。一曲当筵落泪，重掩罗巾。

【题解】

此词为晏殊《珠玉集》中的别开生面之作。这不仅表现在叙事成分占有较大比重，有别于专主情致的令词，而且情感愤切，声韵激越，不同于其素有的婉曲、温润风格。此外，词中所采用的“借他人酒杯，浇胸中块垒”的抒情方式，也是鲜见于晏殊的其他词作的。词以自述口吻，展示了歌女色艺双绝、红极一时的盛年和色衰见弃、沦落天涯的晚年，并从前后映照中，传达出盛衰无定、知音难求的悲慨。作者此前为李宸妃撰写墓志时，因牵涉宫闱秘闻而被贬外放，所以，在他对歌女的一掬同情之泪外，应当寄寓着某种身世之感。“同是天涯沦落人，相逢何必曾相识。”白居易《琵琶行》所揭示的这一题旨，同样适合于此词。

【注释】

①西秦：秦亡后，项羽三分关中之地，称为三秦。其中西秦在咸阳以西，今陕西中部。曹植《侍太子坐》诗："歌者出西秦。" ②赌薄艺随身：谓身负多种艺能，可与人一试高低。 ③花柳：代指歌舞艺术。 ④斗：竞赛。尖新：新颖别致。 ⑤念奴：唐玄宗时娼女，以善歌著名。 ⑥高遏行云：形容歌声嘹亮，高入云霄。《列子·汤问》称秦青善讴，尝"抚节悲歌，声震林木，响遏行云"。 ⑦蜀锦：蜀地出产的绸缎。缠头：赠给歌伎的锦帛。白居易《琵琶行》："五陵年少争缠头，一曲红绡不知数。" ⑧咸京：指咸阳（今属陕西）。秦建都咸阳，故称咸京。 ⑨残杯冷炙：他人吃剩的酒肉。杜甫《奉赠韦左丞丈二十二韵》："残杯与冷炙，到处潜悲辛。"谩：徒然。 ⑩阳春：难为俗人见赏的高级乐曲，见《文选·宋玉对楚王问》。

采桑子

樱花谢了梨花发[①]，红白相催，燕子归来，几处风帘绣户开。　　人生乐事知多少？且酌金杯，管咽弦哀，慢引萧娘舞袖回[②]。

【题解】

这是一首情思宛转而声调流利的春词。上片刻画春景。花事的迭兴与燕子的归来，传达了春到人间、万象更新的消息。（就着色而言，以"红白相催"描绘花事，有浓淡相映之妙。）而那微微敞开的几处"风帘绣户"，不仅点明此时尚属初春，更重要的是披露了世人渴望沐浴春风与拥抱春光的情怀，从而自然过渡到下片。下片抒发春情。由珍惜春光进而珍重人生，期盼与人生乐事相始终。"人生乐事知多少？且酌金杯"，分明是以及时行乐自相期勉。但"管咽弦哀"，却又表明宴饮之欢与丝竹之乐非但未能使其陶醉，反倒拨动了他那敏感而又忧伤的心弦——丝竹本身未必哀咽，盖伤心人别具耳目也。原先幽幽窅窅的春思至此终于演化为弥弥漾漾的春愁。全词似平而实奇，似直而实曲，似浅而实深，颇堪寻味。

【注释】

①樱花：指樱桃花。李商隐《无题》："何处哀筝随急管，樱花永巷垂杨岸。" ②萧娘：代指美女。杨巨源《崔娘》："风流才子多春思，肠断萧娘一纸书。"

李　冠（生卒年不详）

字世英，历城（今山东济南）人。生于北宋初年，以文学称，与王樵、贾同齐名，作品为王安石、陈师道等人所赞许。曾官乾宁（今河北青县）主簿。有《东皋集》，不传。《全宋词》从《唐宋诸贤绝妙词选》《花草粹编》诸书，录存其词五首。

蝶　恋　花

春　暮

遥夜亭皋闲信步①，才过清明，渐觉伤春暮。数点雨声风约住②，朦胧淡月云来去。　　桃杏依稀香暗度，谁在秋千，笑里轻轻语？一寸相思千万绪，人间没个安排处。

【题解】

此词为春夜即景之作。清明已过，春意阑珊，作者夜间信步亭皋，伤春之情油然而兴。这是上片描写的内容，似乎并无新意，但“数点”二句写其耳闻目见之景，却以状物生动、炼字精切而深为后人所爱赏。就中，“风约住”“云去来”，尤为不可移易的神来之语。过片“桃杏”句由听觉、视觉的显现转为嗅觉的描摹，谓空中浮动着桃花杏花的幽约芳香。“香”字双关“伊人”。由此引出“谁在”二句，复就听觉着笔，谓轻风送来荡秋千的女子的欢声笑语，触发了他的相思之情。苏轼同调之作有云：“墙里秋千墙外道，墙外行人，墙里佳人笑。笑渐不闻声渐悄，多情却被无情恼。”似由此脱胎而来。结篇“一寸”二句，极言相思之苦，揭示出伤春的原因，语痴情笃，委婉动人。

【注释】

①遥夜：长夜。亭皋：水边平地。信步：随意行走。　②约：约束，制止。

宋　祁（998—1061）

字子京，安陆（今属湖北）人，后徙居开封雍丘（今河南杞县）。宋仁宗天圣二年（1024），与兄庠同举进士，时号大小宋。累迁知制诰、工部尚书、翰林学士承旨、龙图阁学士。卒谥景文。曾与欧阳修合修《新唐书》。词多流连光景之作，以善炼字句、意切境新见长，李之仪《姑溪题跋》谓其“风流闲雅，超出意表”。有清人辑本《宋景文集》六十二卷，近代杨万里辑本《宋景公长短句》一卷。

浪淘沙近

少年不管，流光如箭，因循不觉韶光换[①]。至如今，始惜月满、花满、酒满。 扁舟欲解垂杨岸，尚同欢宴。日斜歌阕将分散[②]，倚兰桡[③]，望水远、天远、人远。

【题解】

此词通过对时间与空间的交替描写，抒发了作者的惜时伤别之情。上片惜时，侧重于时间描写，而以今昔相比照，先说当年的轻忽光阴、等闲度日，再说今朝的珍惜岁月、珍重生活。这一变化过程，反映了作者的渐趋成熟。下片伤别，侧重于空间描写，而以情景相交融，由饯饮话别、酒尽歌阑写到解缆远逝、回望依依，通过空间的转换，传达出作者浓不可解的离情别绪。结句“水远、天远、人远”，与上片歇拍“月满、花满、酒满”遥相映衬，不仅点出人生企求圆满却终难避免缺憾，而且启示人们要把握当前，使人生变得更加美好。

【注释】

①因循：指循时而动。韶光：谓美好时光。 ②歌阕（què）：歌声终止。 ③兰桡：船的美称。

玉 楼 春

东城渐觉春光好，縠皱波纹迎客棹[①]。绿杨烟外晓寒轻，红杏枝头春意闹。 浮生长恨欢娱少[②]，肯爱千金轻一笑[③]。为君持酒劝斜阳，且向花间留晚照。

【题解】

此词上片描绘明媚、秀丽的春光，下片抒写作者希望春光常在、欢乐常在的情愫，是情景妙合无垠的传世名篇。首句“东城渐觉春光好”，一笔概尽春游的总体印象。“縠皱波纹”三句对风光之“好”进行形象化的演绎。就中“红杏枝头”句，不仅在当时为作者赢得了“红杏枝头春意闹尚书”的雅号（见《遁斋闲览》《苕溪渔隐丛话》等），而且与张先的“云破月来”句一同被王国维《人间词话》标榜为“境界全出”的实例，堪称卓绝千古。其关键在一“闹”字，正是这个俗而不滥的“闹”字，化静为动，化虚为实，将蓬勃的春意、烂漫的春光以及杏花所蕴蓄的无限生机与活力渲染得淋漓尽致。而通观整幅画面，碧波、绿杨、红杏相互映衬，色彩何其明丽！不仅如此，“晓寒轻”“春意闹”，还都巧妙地运用了“通感”的手法，足以启发读者的艺术思维。过片后转为对景抒怀，既为人生如寄、欢娱难得而叹惋，又慨然披露了珍惜春光、及时行乐的真实心声。所谓“欢娱少”，虽然义非一端，但把玩前后语意，似乎主要是指美景不长、良辰无多。歇拍二句恳求斜阳在花间多作逗留，所表达的正是珍惜春光、渴望长与良辰美景相伴的意愿。

【注释】

①縠（hú）皱波纹：谓水面的波纹好似起皱的纱。縠，绉纱一类的丝织品。客棹（zhào）：游船。 ②浮生：即人生。《庄子·刻意》：“其生若浮。”意谓人生在世，虚浮无定。 ③肯：怎肯。爱：吝惜。按：此句极易为人们理解为“千金买笑”，而想象作者乃携妓出游、狎昵为欢。其实，何妨从宽泛的意义上解释为：对此良辰美景，作者深感在虚浮不定、欢娱苦少的一生中，倘得一笑之乐，何必吝惜“千金”！

欧阳修（1007—1072）

字永叔，号醉翁，晚年又号六一居士，庐陵（今江西吉安）人。宋仁宗天圣八年（1030）进士，累擢知制诰、翰林学士。英宗时官至枢密副使、参知政事。神宗朝迁兵部尚书，以太子少师致仕。卒谥文忠。在政治与文学方面都主张革新，既是范仲淹庆历新政的支持者，也是北宋诗文革新运动的领导者。创作实绩亦灿然可观，诗文俱世所矜式，歌词亦擅盛名。冯煦《宋六十一家词选例言》谓其词“疏隽开子瞻，深婉开少游”。又喜奖掖后进，苏轼父子及曾巩、王安石皆出其门下。有《欧阳文忠公集》五十卷，词有《近体乐府》三卷、《醉翁琴趣外编》六卷。

采桑子

轻舟短棹西湖好[1]，绿水逶迤。芳草长堤。隐隐笙歌处处随。　无风水面琉璃滑，不觉船移。微动涟漪。惊起沙禽掠岸飞[2]。

【题解】

欧阳修任颍州（今安徽阜阳）太守时，常泛舟西湖。晚年退居颍州后，作《采桑子》十首，歌咏西湖的春夏景色。每首都以“西湖好”为起句，一首一景，无一重复。此词是其中的第一首，写春日泛舟西湖。首句提示一篇旨意，为总摄之笔。“绿水”二句描写舟中所见，通过对绿水、芳草、长堤的散点透视，展现了西湖景色之秀丽。这是从视觉着笔。“隐隐”句描写舟中所闻，以隐隐约约的歌吹之声，为西湖美景增添了流动的旋律。这是从听觉落墨。过片后收拢笔墨，专绘泛舟湖中之情景：风平浪静，碧水如琉璃般明洁平滑，令人浑然不觉船之移动；惟有船边漾起一脉波纹，惊动了沙洲上的水鸟。画面静中有动，富于神韵，而抒情主人公的闲雅安适意态亦宛然若见。

【注释】

①西湖：此处指颍州西湖，在今安徽阜阳，当颍水与诸水汇流处，长十里，广三里，宋时为颍州的名胜。 ②掠岸：翅膀拂过堤岸。

采桑子

群芳过后西湖好，狼藉残红[1]。飞絮濛濛。垂柳阑干尽日风[2]。 笙歌散尽游人去，始觉春空。垂下帘栊[3]。双燕归来细雨中[4]。

【题解】

本篇在组词中原列第四，表现西湖的清静。上片与百花争艳、蝶乱蜂喧的春日相比，写群芳谢后的春末的清静；下片与绿盖红幢、笙歌追逐的白昼相比，写游人散后的傍晚的清静。两句结句都是优美的境界：湖面微风，杨柳飘拂；帘外细雨，双燕飞来，在一番热闹喧哗之后，显得特别清幽安谧。吟咏暮春残景的词作，往往情辞哀婉，甚或溺于感伤。此词虽也隐隐流露出一缕惜春情绪，但基调却是明朗的、恬淡的。凭栏观赏西湖风光的作者，深深地陶醉于“群芳”谢尽，“游人”散尽后那种极为难得的空寂、静谧与安闲，似乎从中获取了一份过去无缘消受的乐趣。当他“垂下帘栊”，准备结束这兴味盎然的观赏时，心境一片澄明，连方才“始觉春空”的那一丝轻柔的惋惜也已化为乌有。篇末那“双燕归来细雨中”的剪影，正映现出作者悠悠自得、恬然自适的情怀。

【注释】

①狼藉：散乱的样子。 ②阑干：即栏杆。 ③帘栊：窗帘。 ④“双燕”句：陆龟蒙《病中秋怀寄袭美》“双燕归来始下帘”，冯延巳《采桑子》“日暮疏钟，双燕归栖画阁中”或为此句所本。

诉衷情

清晨帘幕卷轻霜，呵手试梅妆①。都缘自有离恨②，故画作、远山长。　思往事，惜流芳③，易成伤。拟歌先敛，欲笑还颦④，最断人肠。

【题解】

此词表现一位歌女的惜别情怀和伤心意绪，而由其晨妆画眉、触动离愁起笔，黄昇《唐宋诸贤绝妙词选》题之为“眉意”，差可得其仿佛。上片起二句点出时属暮秋，寒霜已降，以致女主人公梳妆时必须呵气暖手。“梅妆”，见其美貌入时。“都缘”二句谓其将眉毛画得像远山一样细长，以寄托离愁别恨。古人常以远山形容女子眉毛。《飞燕外传》既云：“女弟合德入宫，为薄眉，号远山黛”；《西京杂记》亦云：“文君姣好，眉色如望远山”。这是此词所本。但以远山眉写照与映现离恨，却是作者的灵光独运之笔。换头“思往事”三句写女主人公追忆旧情，自伤韶华易逝。“拟歌”三句再度聚焦于其眉间：身处华宴之中，欲待歌唱，却敛容颦眉，难成笑颜。这令人肠断的情态，折射出她的辛酸身世和痛苦心境。全词巧以“眉意”传情，用笔婉曲而意蕴深厚。

【注释】

①呵手：呵气暖手。梅妆：即梅花妆。据《太平御览》引《杂五行书》，南朝宋武帝之女寿阳公主，一日卧于含章殿檐下，有梅花落于额上，宫女争相仿效，遂名为梅花妆。 ②都缘：全因。 ③流芳：即流光。 ④颦（pín）：皱眉。

朝 中 措

送刘仲原甫出守维扬

平山阑槛倚晴空[1]，山色有无中[2]。手种堂前垂柳[3]，别来几度春风。 文章太守，挥毫万字，一饮千钟。行乐直须年少，尊前看取衰翁[4]。

【题解】

此词作于宋仁宗嘉祐元年（1056）。是年，友人刘敞（字原甫）离京出守扬州，作者因赋此词赠别兼抒怀。前此八年，作者亦曾由滁州移守扬州，与维扬山水结下不解之缘。因此，词从昔日的游乐胜地起笔，用不胜眷恋的回忆勾起友人的向往。“平山”二句刻画殿阁凌空而起、倚天耸立的气势，同时托出自己当年凭栏极目、四望旷远的感受，一开始即将友人引入胜境。“手种”二句借探询手植垂柳别后的变化，表达了对维扬故地及故人的深情怀念与关切。换头三句转为称善友人之才华、气度，亦属题中应有之义。据《宋史·刘敞传》，刘氏才高学富，下笔不休，“欧阳修每于书有疑”，皆叩于刘氏。因而称其“文章太守”，并非溢美。“一饮千钟”，则极言其气度豪迈，襟怀旷逸。结尾二句现身说法，劝勉友人及时行乐，其中当寓有今昔之慨。全篇颇具摇曳跌宕之致，虽有一二苍凉勃郁之气潜转于其中，总体风格仍可以“清疏隽朗”概之。

【注释】

①平山：即平山堂，欧阳修出守扬州时修建，后成为扬州名胜。叶梦得《避暑录话》卷一：“欧阳文忠公在扬州作平山堂，壮丽为淮南第一。上据蜀冈，下临江南数百里，真、润、金陵三州，隐隐若可见。公每暑时，辄凌晨携客往游。” ②“山色”句：王维《江汉临泛》：“江流天地外，山色有无中。”此处借用其句。 ③“手种”句：张邦基《墨庄漫录》卷二：“扬州蜀冈上大明寺平山堂前，欧阳文忠公手植柳一株，谓之‘欧公柳’。” ④衰翁：作者自谓。

踏 莎 行

候馆梅残①，溪桥柳细，草薰风暖摇征辔②。离愁渐远渐无穷，迢迢不断如春水。 寸寸柔肠，盈盈粉泪，楼高莫近危栏倚③。平芜尽处是春山④，行人更在春山外。

【题解】

这是欧阳修词中吟咏离愁的名篇佳作。上下片分别就游子与思妇着笔，展开两条互相交汇的情感线索。写游子时，除了用残梅、细柳、薰草、暖风渲染春景之美好，以反衬其情绪之黯淡外，着重通过“春水”这一意象对其离愁进行形象化的写照。离愁之绵绵不绝，恰如春水之迢迢不断。作者便由这一相似点驰骋想象和铺洒笔墨，生动地表现了游子离思之深、离情之浓及离愁之长。写思妇时，则先致力于情态描摹和心理刻画，谓其独倚危栏，因不见游子踪影而柔肠寸断、粉泪双流；然后借景抒情，以“春山”烘托相距空间之远：“平芜尽处是春山，行人更在春山外。”上句为目中之景，下句为意中之景。二者的融合，不仅拓展了作品的艺术空间，而且曲折有致地传写出思妇对游子的寄意之殷与系念之切，使两条情感线索得以交汇。卓人月《词统》认为此二句“不厌百回读”。王世贞《艺苑卮言》则评之为“淡语之有情者”。李攀龙更统全篇而赞曰：“春水写愁，春山骋望，极切极婉。”（见《草堂诗余隽》）

【注释】

①候馆：迎候、接待旅客的馆舍。 ②草薰风暖：语本江淹《别赋》：“闺中风暖，陌上草薰。”征辔（pèi）：代指游子的坐骑。辔，缰绳。③危栏：高楼上的栏杆。 ④平芜：平坦辽阔的草地。

蝶 恋 花①

庭院深深深几许②？杨柳堆烟③，帘幕无重数。玉勒雕鞍游冶处④，楼高不见章台路⑤。 雨横风狂三月暮，门掩黄昏，无计留春住。泪眼问花花不语⑥，乱红飞过秋千去⑦。

【题解】

此词写暮春闺怨，一起一结颇受推赏。“庭院”深深，“帘幕”重重，更兼“杨柳堆烟”，既浓且密——生活在这种内外隔绝的阴森、幽邃环境中，女主人公身心两方面都受到压抑与禁锢。叠用三个“深”字，写出其如遭封锁、形同囚居之苦，不但暗示了女主人公的孤身独处，而且有心事深沉、怨恨莫诉之感。因此，李清照称赏不已，曾拟其语作“庭院深深”数阕。显然，女主人公的物质生活是优裕的，但她精神上的极度空虚与苦闷，也是不言自明的。“玉勒雕鞍”以下诸句，逐层深入地展示了现实的凄风苦雨对其芳心的无情蹂躏：情人薄幸，冶游不归；春光将逝，年华如水。篇末“泪眼问花”，实即含泪自问。花不语，也非回避答案，“乱红飞过秋千去”，不是比语言更清楚地昭示了她面临的命运吗？在泪光莹莹之中，花如人，人如花，最后花、人莫辨，同样难以避免被抛掷遗弃而沦落的命运。这种完全用环境来暗示和烘托人物思绪的笔法，深婉不迫，曲折有致，真切地表现了生活在幽闭状态下的贵族少妇难以明言的内心隐痛。

【注释】

①此词亦见于冯延巳集。李清照同调词序指为欧阳修作，当无误。 ②几许：多少。 ③堆烟：形容杨柳浓密。 ④玉勒：玉制的马衔。雕鞍：雕花的马鞍，代指华美的车骑。游冶处：指歌楼妓院。游冶：即冶游。原指郊游，后多指嫖妓。 ⑤章台：汉长安街名。《汉书·张敞传》有“走马章台街”语。唐许尧佐《章台柳传》，记妓女柳氏事。后因以章台为歌妓聚居之地。 ⑥“泪眼”句：温庭筠《惜春词》“百舌问花花不语”，严恽《落花》“尽日问花花不语”或为此句所本。 ⑦乱红：落花。

玉 楼 春

别后不知君远近，触目凄凉多少闷。渐行渐远渐无书，水阔鱼沉何处问？　夜深风竹敲秋韵[①]，万叶千声皆是恨。故敧单枕梦中寻[②]，梦又不成灯又烬[③]。

【题解】

起拍二句直抒别后愁怀，然后逐层深入地烘染离别之恨和相思之苦。“渐行”二句感叹情郎行程日远而音信渐无，欲待寄书传情，却又“水阔鱼沉”，故而只能徒自怅问连连。“夜深”二句写女主人公夜深静卧，但见风摇竹影，不惟“触目凄凉”，而且入耳亦皆含恨之声。“故攲”二句进而写其于百般无奈之中，思入梦境追寻情郎，偏偏连梦也难成。这就不免十分愁苦，又添十分。最后结以“灯又烬”三字，极富于暗示与象征意味。

【注释】

①秋韵：秋声。 ②攲（yǐ）：通“倚”，斜靠。 ③灯又烬：灯芯烧成灰烬。

玉 楼 春

尊前拟把归期说①，欲语春容先惨咽②。人生自是有情痴，此恨不关风与月。　　离歌且莫翻新阕③，一曲能教肠寸结。直须看尽洛城花④，始共春风容易别。

【题解】

此词对离愁别恨的抒写颇为深刻、别致。即以发端二句而言：“尊前”，本是欢乐的场合；“春容”，原是美丽的形象。但“尊前”所要陈说的却是别离后苦苦期盼的“归期”，欢乐便烟消云散，美丽也无复意义，取而代之的是动容复伤心的“惨咽”。“拟把”“欲语”，两句连言，有多少不忍道出的婉转的深情？“人生”句以下由眼前情事一笔宕开，引发出对人生离别的诸般反思与慨叹。

虽以议论为主，却深蕴缱绻之情，语语沉着而又挚切。歇拍二句故作豪宕之语，试图以放怀遣兴解脱悲慨，而悲慨仍渗透于字里行间。王国维《人间词话》评曰："于豪放之中，有沉着之致，所以尤高。"

【注释】

①尊：同"樽"，酒杯。 ②春容：形容女子容颜之艳丽。 ③翻新阕：指依旧曲，谱新词。 ④洛城：指洛阳。洛阳盛产牡丹，为赏花胜地。欧阳修有《洛阳牡丹记》。

浣 溪 沙

堤上游人逐画船，拍堤春水四垂天[1]，绿杨楼外出秋千。 白发戴花君莫笑，六幺催拍盏频传[2]，人生何处似尊前？

【题解】

此词表现春日泛舟的闲情雅兴。上片为舟中所见。随着视点的转移，依次推出堤上欢快的"游人"，湖中澄澈的"春水"，以及绿杨红楼掩映处隐隐闪动的"秋千"，并使其契合为一组互相映发、情趣盎然的连环画面，而"逐""拍""垂""出"等动词点缀其间，则使画面平添了生机与活力。就中，"出"字曾为晁补之所激赏："只一'出'字，自是后人道不到处。"（见《能改斋漫录》卷十九）王国维《人间词话》则认为"出秋千"句本于冯延巳《上行杯》中的"柳外秋千出画墙"，但较冯句"尤工"。下片为舟中所感。急管繁弦声中，作者白发簪花，举杯痛饮，风情一似少年，这本不无欢欣。但以"人生何处似尊前"的怅问作结，则又感慨顿生，隐然有借酒消释胸中块垒之意。词情也就因此而波澜起伏，更见跌宕之趣。

【注释】

①四垂天：谓湖水拍岸，四周若与天宇相接。 ②六幺：即绿腰，唐代琵琶曲名。催拍：急促的节拍。

生 查 子

去年元夜时[1]，花市灯如昼。月上柳梢头，人约黄昏后。 今年元夜时，月与灯依旧。不见去年人，泪湿春衫袖。

【题解】

此词亦见朱淑真集，南宋曾慥《乐府雅词》指为欧阳修作。其独到之处在于：今与昔、悲与欢在词中互相交织、前后映照，巧妙地传写出作者的物是人非之感。上片追忆去年元夜的欢会。“花市灯如昼”，极写元宵灯火之辉煌。自唐代起，就有元夜张灯、观灯的习俗，至宋而其风益盛（见孟元老《东京梦华录》卷六）。但描写灯市只是为了展示欢会的时空背景，因而一笔带过，不多着力。“月上”二句舍“宾”就“主”，再现欢会情景。值得称道的是，作者没有正面涉笔于相会前的心驰神往、见面后的欢声笑语以及分手时的意乱情迷，而仅用一句“人约黄昏后”加以提示，深得艺术三昧。下片抒写今年元夜重临故地、不见伊人的感伤。同样月光普照，华灯齐放，但风景无殊，人事全异。“不见”二句情绪一落千丈：去年莺俦燕侣，对诉衷肠，今年孤身只影，徒忆前盟。全词的艺术构思近似于唐人崔护的《题都城南庄》诗，却较崔诗更见语言的回环错综之美，也更具民歌风味。

【注释】

①元夜：农历正月十五夜，即元宵节，也称上元节。

苏舜钦（1008—1049）

字子美，绵州盐泉（今四川绵阳）人。宋仁宗景祐元年（1034）进士。曾任大理评事、集贤校理、监进奏院。因力主新政，为人倾陷，罢居苏州，筑沧浪亭以自适。诗与梅尧臣齐名，并称“苏梅”。有《苏学士集》十六卷。《唐宋诸贤绝妙词选》录存其词一首。

水调歌头

沧浪亭

潇洒太湖岸[①]，淡伫洞庭山[②]。鱼龙隐处，烟雾深锁渺弥间。方念陶朱张翰[③]，忽有扁舟急桨，撇浪载鲈还。落日暴风雨，归路绕汀湾。　丈夫志，当景盛，耻疏闲。壮年何事憔悴，华发改朱颜？拟借寒潭垂钓，又恐鸥鸟相猜[④]，不肯傍青纶[⑤]。刺棹穿芦荻[⑥]，无语看波澜。

【题解】

宋仁宗庆历四年（1044），苏舜钦因“数上疏论朝廷大事，敢道人之所难言”（欧阳修《湖州长史苏君墓志铭》），故忤怒朝中权贵，被诬以“监主自盗”的莫须有罪名，斥逐出京。于是他便退居苏州，放浪林泉，而“时发其愤懑于歌诗”（同上）。此词即为罢官次年赋写的抒愤寄慨之作。上片对景骋情。岸渚潇洒，山峦雅淡，鱼龙潜隐，烟雾渺弥。落入作者视网的景物无不染有一层隐逸色彩。于是他不禁念及曾经归隐于此间的范蠡、张翰，萌生出息影江湖之意。但自己此番乃被迫退隐，有别于范、张的主动归栖，故思之终觉愤慨难平。换头处一改笔调，直抒投闲置散、壮志难酬的悒郁之情。“壮年”二句故作不解之问，益见愁思深重。篇末遥应发端，以游湖收束。“无语看波澜”云云，寓意近似于作者《淮中晚泊犊头》诗的结句“满川风雨看潮生”，令人想见其心潮激荡，情不能已。刘克庄《后村诗话》谓苏舜钦诗“轩昂不羁，如其为人”。其实，苏舜钦词亦复如此。

【注释】

①太湖：湖名。古称震泽、具区，又称五湖、笠泽，跨江苏、浙江二省。　②淡伫：安静地伫立。洞庭山：指洞庭西山，为太湖中最大岛屿。③陶朱：春秋时，范蠡辅佐越王勾践灭吴后，偕西施一同乘扁舟隐于太湖，变名易姓，弃官从商，人称陶朱公。见《史记·货殖列传》。张翰：晋代吴郡人，字季鹰。在洛阳做官时，因思念家乡的菰菜、莼羹和鲈鱼鲙，弃官而归。见《世说新语·识鉴篇》。　④鸥鸟相猜：谓鸥鸟疑人藏有机心而不敢相近。典出《列子·黄帝》。　⑤青纶（lún）：青丝织成的印绶，代指从政为官。　⑥刺棹（zhào）：撑船。

韩　缜（1019—1097）

字玉汝，雍丘（今河南杞县）人。宋仁宗庆历二年（1042）进士。英宗时历任淮南转运使。神宗时累知枢密院事。哲宗时拜尚书右仆射，兼中书侍郎。后出知颍昌府、太原府，以太子太保致仕。卒赠司空、崇国公，谥庄敏。《全宋词》录其词一首。

凤　箫　吟[1]

锁离愁、连绵无际，来时陌上初熏[2]。绣帏人念远[3]，暗垂珠泪，泣送征轮。长亭长在眼，更重重、远水孤云。但望极楼高，尽日目断王孙[4]。　　消魂，池塘别后，曾行处、绿妒轻裙。恁时携素手[5]，乱花飞絮里，缓步香茵[6]。朱颜空自改[7]，向年年、芳意长新。遍绿野，嬉游醉眠，莫负青春。

【题解】

此词不仅通篇写草，而且始终把草当作离恨的象征而进行多侧面的刻画，因而被公认为是咏草的典范。作品一开始便揭出别离主题：连绵无际的春草锁住了无际的离愁。接着引出不堪离愁折磨的闺中少妇。“暗垂”二句笔意双关，既是摹写闺中少妇伤别的情态，也是对春草进行艺术造型。然后又用“远水孤云”渲染草天一色的凄迷景色，而以闺中少妇的登楼望远之态收束上片，点出那连绵不绝的春草及其眼中所见。这就难怪它会深染离愁了。过片“消魂”二字承上启下，是通篇精神所在。“池塘”以下数句暗用谢灵运名句“池塘生春草”，仍由春草加以生发：当年，别后重逢，携手漫步于芳径，惹得嫩绿的春草微萌妒意。“朱颜”三句通过“朱颜”衰与“芳意”盛的对比，托出昔欢今哀之感。篇末“遍绿野”三字再度落笔于草。尽管抒情主人公以解脱之语强作宽慰，但绵绵此草，作为离愁的象征却只会无止境地引起她的感伤。通篇“以我观物，故物皆著我之色彩”（王国维《人间词话》），深得意象熔铸之要领。

【注释】

①叶梦得《石林诗话》记此词本事云："元丰初，夏人来议地界，韩丞相玉汝出分画。将行，与爱妾刘氏剧饮通夕，且作词留别。翌日，忽中批步军司遣兵为搬家追送之，初莫测所由，久之方知自乐府发也。" ②熏：即"薰"，指草香。 ③绣帏人：指闺中少妇。 ④王孙：指代游子。暗用《楚辞·招隐士》："王孙游兮不归，春草生兮萋萋。" ⑤恁（nèn）时：那时。 ⑥香茵：草地。 ⑦朱颜：红颜。

王安石（1021—1086）

字介甫，晚号半山，临川（今江西抚州）人。宋仁宗庆历二年（1042）进士。神宗熙宁年间两任同平章事，实施新法，力图改变积贫积弱局面，为宋代著名政治改革家。后罢相退居金陵，封荆国公，世称荆公。卒谥文。崇宁年间追封舒王。曾著《三经新义》颁于学官。诗文俱为北宋大家。词虽不多，却一扫五代绮靡旧习，亦足名世。王灼《碧鸡漫志》赏其"雍容奇特"，刘熙载《艺概》则赞其"瘦削雅素"。有《临川先生文集》一百卷、《临川先生歌曲》一卷。

桂枝香

登临送目，正故国晚秋[①]，天气初肃[②]。千里澄江似练[③]，翠峰如簇[④]。征帆去棹残阳里[⑤]，背西风、酒旗斜矗[⑥]。彩舟云淡[⑦]，星河鹭起[⑧]，画图难足。 念往昔、繁华竞逐。叹门外楼头[⑨]，悲恨相续。千古凭高对此，漫嗟荣辱[10]。六朝旧事随流水，但寒烟衰草凝绿。至今商女，时时犹唱，后庭遗曲[11]。

【题解】

此词是王安石晚年退居金陵后所作。据传同时用《桂枝香》调作金陵怀古词的有三十余家，独此词为绝唱，苏轼见后不胜叹服。（《历代诗余》卷一一四引《古今词话》）上片描写长江秋景，视野开阔，景象壮伟，显示出作者立足之高和胸次之广。其中，“千里”二句，一鸟瞰澄澈江流，一遥望葱茏山峦，极写“虎踞龙盘帝王州”的江天胜概。“彩舟”二句刻画江天相连处更为引人入胜的远景，虚实相生，浓淡相映，美不胜收。下片怀古寄慨。“念往昔”三句追叙六朝帝王穷奢极欲而导致亡国的历史往事。“六朝”二句感叹六朝繁华已逝，如今但见烟笼寒水，芳草凝绿。一笔勾通历史与现实，由怀古折至伤今。结穴二句即用杜牧诗意表达伤今之旨，感慨时人尚未从六朝覆亡中吸取教训。统观全词，上片雄健，下片冷峭，在意趣和识度上表现出高人之处。

【注释】

①故国：金陵为东吴、东晋及宋、齐、梁、陈六朝故都，故称故国。黄昇《唐宋诸贤绝妙词选》将此词题作《金陵怀古》，或乃据词意所增。 ②肃：肃杀。形容秋气。 ③澄江似练：语本谢朓《晚登三山还望京邑》“澄江静如练”。练：白绸。 ④簇（cù）：簇聚。 ⑤征帆去棹（zhào）：来往船只。 ⑥矗（chù）：竖起。斜矗：斜插。 ⑦彩舟；犹言锦帆、兰舟，船的美称。 ⑧星河：银河。此处借指长江。星河鹭起：江中小洲上的白鹭纷纷起舞。金陵西南长江中有白鹭洲，以白鹭多聚于此而得名。 ⑨门外楼头：用杜牧《台城曲》“门外韩擒虎，楼头张丽华”。韩擒虎为隋朝大将，率军伐

陈。兵临城下之际，陈后主仍同贵妃张丽华等在结绮阁上饮酒赋诗。 ⑩漫嗟（jiē）荣辱：徒然感叹历朝的兴亡。荣辱，犹兴亡。 ⑪“至今”三句：用杜牧《泊秦淮》“商女不知亡国恨，隔江犹唱后庭花。”商女：酒楼茶坊的歌女。后庭遗曲：指陈后主所作的艳曲《玉树后庭花》。后人视之为亡国之音。

千秋岁引

别馆寒砧，孤城画角，一派秋声入寥廓。东归燕从海上去，南来雁向沙头落。楚台风①，庾楼月②，宛如昨。　无奈被些名利缚，无奈被它情担搁。可惜风流总闲却。当初漫留华表语③，而今误我秦楼约④。梦阑时，酒醒后，思量着。

【题解】

此词所获得的赞誉并不亚于前篇。李攀龙《草堂诗余隽》既云：“不着一愁语，而寂寂景色，隐隐在目，洵一幅秋光图，最堪把玩。”黄蓼园《蓼园词选》复云：“意致清迥，翛然有出尘之致。”杨慎《词品》、先著《词洁》亦有所称许。词虽以描写秋景秋声起拍，却没有落入“悲秋”的传统窠臼，而是从中生发出具有哲理意蕴的人生感慨。上片“东归”以下数句已于景物绘示中暗寓世事循环而风月永恒之意，见出作者对人生哲理的思考与沉吟。下片更迭用两“无奈”、一“可惜”，托出作者从自己风风雨雨的人生履历中参悟出的理性认识：名利如同缰索，“情缘”总是难结。王安石平素不好女色，亦不喜艳词，曾指责晏殊“为宰相而作小词”（见《东轩笔录》）。因此，词中“秦楼约”云云，似当别有寄托，而非实指艳情。细予品味，词中隐隐流露出看穿人生、窥破功名、厌倦世俗的意念，而这正是一直置身于政治斗争漩涡中的作者思想深处的真实反映。

【注释】

①楚台风：宋玉《风赋》记楚襄王游于兰台之宫，“有风飒然而至，王乃披襟而当之，曰‘快哉此风’。”此处泛指令人快意之风。 ②庾楼月：《世说新语·容止篇》记庾亮在武昌时与友人“乘夜月共上南楼，据胡床咏谑”。此处指昔日与友朋一同赏月之举。 ③华表语：辽东人丁令威学仙得道，化鹤归来，落于城门华表，歌曰：“有鸟有鸟丁令威，去家千日今归来。城郭如故人民非，何不学仙冢累累。”见《搜神后记》。华表：古代立于宫殿、城垣、陵墓前的石柱。因柱身雕有花纹，故称华表。 ④秦楼：此处泛指思妇居所。

王安国（1030—1076）

字平甫，临川（今江西抚州）人，王安石之弟。宋神宗熙宁元年（1068），赐进士及第，除西京国子教授。官终秘阁校理。曾多次谏阻安石变法。有《王校理集》，已佚。《全宋词》录其词三首。

清平乐

留春不住，费尽莺儿语。满地残红宫锦污[①]，昨夜南园风雨。　　小怜初上琵琶[②]，晓来思绕天涯。不肯画堂朱户[③]，春风自在杨花。

【题解】

此词抒写伤春惜花之情。起拍二句是留春不住的无奈喟叹，妙在用拟人化的手法，寄意于莺语，颇见构思新巧。“满地”二句以倒装句式展现风雨过后、落花遍地的衰残景象，将“留春不住”的叹惋演绎为令人伤心惨目的画面。换头二句笔法又变，借歌女小怜的琵琶声声，把伤春惜花之情再度传出。“小怜初上琵琶”，脱化自李贺《冯小怜》诗“湾头见小怜，请上琵琶弦”，本亦无奇，但续以“晓来思绕天涯”，极言琵琶声声将其春思引向海角天涯，却不失新创。歇拍二句转写杨花不肯附丽于画堂朱户，但求自在飞舞，分明是寓托自己的高洁品性，从而使全词于哀婉中深蕴气骨。

【注释】

①宫锦：宫中锦绣。此处喻花。 ②小怜：北朝冯淑妃名小怜。此处泛指歌女。 ③画堂朱户：指代富贵人家。

晏几道（1030？—1106？）

字叔原，号小山，临川（今江西抚州）人。晏殊第七子。父子并工词，人称大小晏。虽出身官门，却不愿趋炎附势，随俗俯仰，固守孤傲耿介之本性，因而仕途偃蹇。熙宁七年（1074），因郑侠上书请罢新法，牵连入狱。元丰五年（1082），监颍昌许田镇。崇宁四年（1105），为开封府推官。后退职家居。词擅小令，多写人生聚散与爱情离合之悲欢，情韵凄婉，文辞清丽。有《小山词》一卷。

临　江　仙

梦后楼台高锁，酒醒帘幕低垂。去年春恨却来时[①]，落花人独立，微雨燕双飞。　记得小蘋初见[②]，两重心字罗衣[③]。琵琶弦上说相思。当时明月在，曾照彩云归[④]。

【题解】

此词抒写怀念歌女小蘋的缱绻深情。“楼台高锁”“帘幕低垂”，见出环境极度封闭，置身其间，必感寂寥凄清，作者因何而“醉”、所“梦”为何也就不言自明。“去年春恨”句承上启下。“春恨”的内容同样不予说破，而仅仅渲染以景语：“落花”与“微雨”相互烘托，巧藏一个“春”字，景色何其幽美；“人独立”与“燕双飞”相互映照，暗寓一个“恨”字，情感何其凄苦。过片后追忆昔日情事，托出怀人之旨。“记得”以下三句展示当年初见小蘋时的情景。“两重”句明写其服饰之美，暗示其容颜之秀。同时，“两重心字”，似又寓有心心相印之意。因此，用笔仍不失婉曲。“琵琶”句则化婉曲为率直，写小用琵琶倾诉自己的思慕之情与钟爱之意，可知当时二人心音已通。但心音虽通，良缘难结。“当时”二句写小蘋终于如彩云般飘然而去，不可追寻，如今，只有当时照见那别离惨剧的明月依然高悬中天。不言怀人，而对月怀人之情自可于景中觅得。

【注释】

①却来：又来，再来。　②小蘋：据《小山词》自序，小蘋乃作者友人所蓄之歌女。作者另词屡及“小蘋”，如《玉楼春》“小颦微笑尽妖娆”，

《木兰花》“小颦若解愁春暮”，当与“小蘋”为一人。 ③两重心字罗衣：指罗衣的曲领上绣有重叠的心字形图案。 ④彩云：喻指小蘋。李白《宫中行乐词》：“只愁歌舞散，化作彩云飞。”

蝶 恋 花

梦入江南烟水路，行尽江南，不与离人遇[①]。睡里消魂无说处，觉来惆怅消魂误。 欲尽此情书尺素[②]，浮雁沉鱼，终了无凭据。却倚缓弦歌别绪，断肠移破秦筝柱[③]。

【题解】

黄庭坚曾对小晏词着以“清壮顿挫，能动摇人心”（《小山词序》）的评语。验之此词，颇中肯綮。词所表现的是相思之情，可析为入梦、梦醒、寄书、弹筝四层，每层皆可见其转折之妙与顿挫之致。先写盼归未得，只好在梦中追寻“离人”踪迹，但行尽江南，犹未能与之相遇。这是一层顿挫，已见惆怅。接着写梦中固然劳瘁不堪，苦情难诉，梦后同样暌隔如前，黯然魂消。这是二层顿挫，益增惆怅。然后写将一腔情愫寄托于书信之中，欲倩鱼雁传送，但雁浮鱼沉，无由寄达。这是三层顿挫，惆怅更甚。最后写百般无奈，惟有倚弦弹筝，聊遣愁情，岂料弦紧音急，竟将筝柱移破。这是四层顿挫，惆怅至极。如此千回百折，层层翻转，自可波澜迭起，“动摇人心”。

【注释】

①“梦入”三句：自岑参《春梦》诗“枕上片时春梦中，行尽江南数千里”化来。 ②尺素：指书简。 ③移破秦筝柱：古筝有弦、柱各十三根。

柱可左右移动，以调节音高。此指弦急音高，筝柱几乎已移到使弦绷断的位置上。一说，“移破”即移尽、移遍之意。

鹧 鸪 天

醉拍春衫惜旧香，天将离恨恼疏狂[①]。年年陌上生秋草，日日楼中到夕阳。　　云渺渺，水茫茫，征人归路许多长。相思本是无凭语，莫向花笺费泪行[②]。

【题解】

本篇为忆旧怀人之作。“春衫”为伊人旧物。“醉拍春衫”，暗示主人公曾因不堪相思之苦而痛饮一醉，但醉中非但未能忘却前情，反倒更加思绪遄飞，情难自抑。“旧香”则点出其所怀者为芳香袭人之佳丽。词由此切入题旨。“天将”句把离恨归因于造化弄人，为无奈之辞。“年年”二句以秋草年年生、夕阳日日到为喻，极言离恨纠扰，无计可避。“云渺渺”三句复以云遥水远形容归途漫长，归期难卜。皆有情景交融、虚实相生之妙。歇拍更借自我劝谏语，传导出泪湿笺行而相思难寄的憾恨，使情韵更为悠长。

【注释】

①疏狂：行为萧疏狂放。作者自谓。　②花笺：精致华美的信笺。

鹧 鸪 天

彩袖殷勤捧玉钟[①]，当年拚却醉颜红[②]。舞低杨柳楼心月，歌罢桃花扇底风。　　从别后，忆相逢[3]，几回魂梦与君同。今宵剩把银钉照，犹恐相逢是梦中[4]。

【题解】

此词所表现的是一对恋人的“爱情”三部曲：初盟，别离，重逢。其中“舞低杨柳”二句描写歌舞场面，渲染欢乐气氛，是对初识、亦即初盟时的情境的精当勾画。不径言伊人舞姿曼妙、歌声婉转，而借时间的推移，从侧面映照出其尽态极妍，是作者的独出机杼之处。这种竟夜歌舞、通宵欢宴的情景，无疑从一个侧面反映出宋代文人阶层的生活情趣。但作者之所以对它历久难忘，却不仅仅是出于对昔日歌舞生涯的眷念，更因为那是他与伊人相识相恋的契机。二句造语精丽，发想新奇，于纤秾绮华中别见韶秀之美，因而深为后代词论家所推赏。下片写别离与重逢，亦极曲折深婉。陈廷焯《白雨斋词话》评曰：“自有艳词，更不得不让伊独步。”

【注释】

①彩袖：指代身穿彩色舞衣的歌女。玉钟：酒杯的美称。 ②拚（pàn）却：不惜，甘愿。此句谓作者开怀畅饮，不惜一醉，以报答对方于己独钟的深情。 ③相逢：词中“相逢”凡二见，前一指初逢，后一指重逢，其意有别。 ④“今宵”二句：由杜甫《羌村》“夜阑更秉烛，相对如梦寐”化出。剩：只管，尽情，再三。釭（gāng）：灯。

木兰花

东风又作无情计，艳粉娇红吹满地[1]。碧楼帘影不遮愁，还似去年今日意。 谁知错管春残事，到处登临曾费泪。此时金盏直须深[2]，看尽落花能几醉？

【题解】

花落春残，总是让小晏触目感兴、情不能堪。此词题旨不外乎“伤春惜花”四字，本无新警之处。但其感情深婉沉挚，笔法摇曳顿挫，却又别饶艺术魅力。上片以“又作”“还似”相勾连，点出东风无情，年年如是，而自己亦复岁岁伤春，永无休歇。措语较大晏《浣溪沙》中的“去年天气旧亭台”更见凄婉。“碧楼帘影”句谓碧楼高远，帘影幽深，仍难遮隐春残花落之景和伤春惜花之情，语虽发露而情实哀迫。下片复以“谁知”“直须”相搭配，生动而又曲折地传写出作者的伤春意绪和惜花情怀。“谁知”二句为自悔自责语，用反笔将其愁情又向深处推进一层。“此时”二句则是自慰自勉语，试图以饮美酒、赏落花来排遣愁怀，看似旷远，实则更见沉痛。

【注释】

①艳粉娇红：喻花。 ②金盏：酒杯的美称。直须：就要。

清　平　乐

留人不住，醉解兰舟去。一棹碧涛春水路，过尽晓莺啼处。　渡头杨柳青青，枝枝叶叶离情。此后锦书休寄①，画楼云雨无凭②。

【题解】

这首惜别之作实际上是对欧阳修《玉楼春》中“人生自是有情痴”一句的形象化演绎。作者怀着难以割舍的痴情，对心上人苦苦相留。但痛饮一醉后她却还是解缆而去，作者只能不胜眷恋而又不无沮丧地目送一叶小舟在“碧涛春水”中悠悠飘荡，直到它消失在“晓莺啼处”。人已去，情未了。别后作者又久久地徘徊于渡头。“渡头杨柳青青，枝枝叶叶离情。”究竟是每一条柳枝、每一片柳叶都为作者的离情所浸润，还是柳枝、柳叶自含离情无限，已经无法分清，也无须分清。此情此恨，当然与“风”“月”无关。篇末作决绝之辞，乃所谓爱极生怨，益见情痴。周济《宋四家词选》评曰：“结语殊怨，然不忍割”，正搔着其痒处。

【注释】

①锦书：即情书。用前秦窦滔、苏蕙夫妇故事。 ②云雨：喻心上人。用宋玉《高唐赋》所记巫山神女“旦为朝云，暮为行雨”事。

阮郎归

旧香残粉似当初，人情恨不如。一春犹有数行书，秋来书更疏[1]。 衾凤冷[2]，枕鸳孤[3]，愁肠待酒舒。梦魂纵有也成虚，那堪和梦无。

【题解】

上片怨彼之情薄，下片叹己之愁深。由怨而叹，由彼而我，由昔而今，转折跌宕之间，映现出主人公萦肠绕肚的相思苦和刻骨铭心的苦相思。因而，要其旨归，乃“相思”二字。起拍二句睹物思人，怅恨人不如物——旧物犹存，而人情已变。“一春”二句由抽象概述转为具体描写，谓对方别后书信日疏，将其薄情落到实处。换头三句直叙处境孤冷，愁怀难解，惟求醉梦中与其相见。“梦魂”二句再作跌宕，慨叹梦境本属虚幻，而今却连梦境也无缘得入，则情更难堪、愁益深重。宋徽宗《宴山亭》词有“和梦也新来不做”句，或即由此化出。

【注释】

①疏：稀少。　②衾凤：即凤衾。绣有凤凰的被子。　③枕鸳：即鸳枕。绣有鸳鸯的枕头。

阮　郎　归

天边金掌露成霜[①]，云随雁字长[②]。绿杯红袖趁重阳[③]，人情似故乡。　兰佩紫，菊簪黄，殷勤理旧狂。欲将沉醉换悲凉，清歌莫断肠。

【题解】

此词为重阳抒怀之作。霜寒露重，北雁南飞。词一开篇即勾勒出清秋冷落景象，以烘托“独在异乡为异客”的羁旅愁思。“绿杯”二句由景物切入人事，写饮酒听歌之际，深觉此地人情之美一似故乡，惟其如此，才更引发起他对故乡情事的深切忆念。这实际上是从另一角度渲染其乡思旅愁。换头三句移笔于自己重阳日的装束与情状。佩紫兰、簪黄菊，既为切合重阳风俗，也为表现自己的狂放。“殷勤理旧狂”，曲曲道出内心深衷，微见傲物睥世之情。况周颐《蕙风词话》以为：“狂者，所谓一肚皮不合时宜，发见于外者也。”歇拍二句情感转为沉痛悲凉，而沉沦下僚的身世之慨与飘泊他乡的羁旅之愁益趋轩露。

【注释】

①金掌：即仙人掌。汉武帝刘彻曾在长安建章宫前造金铜仙人，手托承露盘以承露水。露成霜：《诗经·秦风·蒹葭》：“蒹葭苍苍，白露为

霜。” ②雁字：指雁群飞行时排列成一字、人字等形状。 ③绿杯：指酒杯。红袖：指歌女。趁：陈匪石《宋词举》释云：“本不萦情于‘绿杯红袖’，而姑趁重阳令节，一作欢娱，满腔幽怨，无可奈何，一‘趁’字尽之。”

虞美人

曲阑干外天如水[①]，昨夜还曾倚。初将明月比佳期，长向月圆时候、望人归。 罗衣著破前香在，旧意谁教改？一春离恨懒调弦，犹有两行闲泪、宝筝前。

【题解】

此词为春日怀人之作。上片望月盼归，下片借筝寄恨。月华皎洁，天宇澄澈，但独倚栏杆的女主人公，心境却非一片空明，而是满盈着离情别绪。“昨夜还曾倚”，点出她夜夜凭栏独眺，可知其怀想之深、盼归之切。“长向月圆时候、望人归”，“长向”二字分明是暗示其以月圆为佳期而又失其所望者，亦已多次。由其希望之殷，正可反照其失望之甚。惟因失望之甚，方逗出下片的哀怨之辞。“罗衣”二句既是自喻痴情未改，也隐然有疑怪对方负心之意。结穴句谓欲待弹筝寄恨，却又意绪慵懒，惟将盈盈珠泪抛洒于筝前。情调哀怨已极，但怨而不怒，仍未失婉曲之致与敦厚之旨。

【注释】

①阑干：即栏杆。天如水：形容夜空澄澈。

生 查 子

金鞭美少年，去跃青骢马[①]。牵系玉楼人，绣被春寒夜。　　消息未归来，寒食梨花谢。无处说相思，背面秋千下[②]。

【题解】

本篇亦写闺中念远，但不以意念刻画取胜，而以情态点染见长。上片分叙游子与思妇，而以思妇为中心。“金鞭”“青骢”，衬出游子的英俊豪逸，可知思妇所怀之人非同凡俗。“玉楼”“绣被”除交代思妇身份外，还烘托出闺房氛围。“绣被”后缀以“春寒夜”三字，则意在暗示思妇孤衾独卧，倍感寒沁心脾，长夜耿耿。下片专就思妇着笔。“消息”二句感叹年光悄然流逝，而游子消息杳然。歇拍二句融化唐诗以传写思妇情态，为一篇精神所在。“秋千下”，当是思妇与游子定情之地，而今，思妇背面痴立于此，则其万千心事、无穷怨望，尽在不言之中。

【注释】

①青骢（cōng）马：毛色青白混杂的骏马。②“背面”句：李商隐《无题》：“十五泣春风，背面秋千下。”

王　观（生卒年不详）

字通叟，如皋（今属江苏）人。宋仁宗朝进士，历任大理寺丞、江都知县等职。神宗时官至翰林学士，因所赋《清平乐》词忤怒太后而被罢职。有《冠柳集》，序者谓其高于柳永，故名。原书已佚，今有辑本一卷。

卜　算　子

送鲍浩然之浙东①

水是眼波横②，山是眉峰聚③。欲问行人去那边，眉眼盈盈处④。　　才始送春归，又送君归去。若到江南赶上春，千万和春住。

【题解】

此词以新巧的构思和轻快的笔调，在送别之作中别具一格。开篇二句匠心独运：前人惯以“眉如春山”“眼如秋水”之类的譬喻来形容女子容颜之美，而作者此处则反用其意，说水是眼波横流、山是眉峰攒聚，其妙处不仅在于推陈出新，发想奇绝，而且在于运用移情手法，化无情为有情，使原本不预人事的山水也介入别离场面，为友人的离去而动容。“欲问”二句仍就“眉眼”加以生发。“眉眼盈盈处”，既是喻指友人故乡的秀丽山水，又令人想见友人妻妾倚栏盼归之际美目传恨、秀眉凝愁的情态。妙语双关，熔铸非易。过片后“才始”二句抒写离情别绪：方才“送春”，已是十分怅恨；今又“送君”，更添怅恨十分。旦夕之间，两谙别苦，情何以堪？“若到”二句再发奇想，叮嘱友人如能赶上江南春光，务必与春光同住。惜春之情既溢于言表，对友人的祝愿之意亦寓于句中。

【注释】

①鲍浩然：生平不详。浙东：今浙江东南部。宋时属浙江东路，简称浙

东。 ②眼波横：形容眼神闪动，状如水波横流。 ③眉峰聚：形容双眉蹙皱，状如二峰并峙。 ④眉眼盈盈处：喻指山水秀丽的地方。盈盈，美好的样子。

张舜民（生卒年不详）

字芸叟，号浮丘居士，邠州（今陕西邠县）人。宋英宗治平二年（1065）进士。元祐初，除监察御史。徽宗时，为吏部侍郎，以龙图阁待制知同州。坐元祐党，贬商州。善画，亦能诗文。有《画墁集》八卷、《画墁词》一卷。

卖 花 声

题岳阳楼[①]

木叶下君山[②]，空水漫漫。十分斟酒敛芳颜[③]。不是渭城西去客，休唱阳关[④]。 醉袖抚危栏，天淡云闲。何人此路得生还？回首夕阳红尽处，应是长安[⑤]。

【题解】

唐宋时期，朝官受黜，多远窜南荒。岳阳“北通巫峡，南极潇湘”，地处南北水陆交通要冲，为南窜官员必经之地。宋神宗元丰六年（1083），张舜民因赋诗讥议边事，为人弹劾，谪监郴州（今湖南郴县）酒税，亦经岳阳南行。而岳阳楼自唐代张说兴建、宋初滕子京重修、范仲淹题记后，即成为骚人墨客登临吟咏、骋怀寄慨的一大名胜。此词当为张舜民行经岳阳，登楼览胜时所作。词以刻画萧瑟秋景起兴，引出迁谪沦落之感。“不是”二句自称并非“西去客”，要歌女“休唱阳关”，乃是因为他满怀惆怅，不堪听断肠之声。曲笔传恨，语淡情浓。“何人此路得生还”，则更道出他无辜被贬，或将老死遐荒的一腔怨愤。结尾二句回望“长安”，见出其思恋京阙、不胜拳拳之意，情感益趋深沉厚重。全篇于哀婉中时见峭拔之气，曲折盘旋而又意脉不断。

【注释】

①岳阳楼：在湖南岳阳城西门，下临洞庭湖，唐代张说所建。 ②君山：在洞庭湖中，正对岳阳楼。 ③“十分”句：谓歌女敛容上前，把酒杯斟满。 ④“不是”二句：反用王维《送元二使安西》诗意。原诗云：“渭城朝雨浥轻尘，客舍青青柳色新。劝君更尽一杯酒，西出阳关无故人。” ⑤“回首”二句：自白居易《题岳阳楼》“夕阳红处是长安”化出。长安：此处借指北宋都城汴京（今河南开封）。

魏夫人（生卒年不详）

名玩，字汝玉，襄阳（今属湖北）人。魏泰之姊，曾布之妻，封鲁国夫人。工诗词。朱熹称其与李清照并为“本朝妇人能文者”。陆游《老学庵笔记》亦及其名。有辑本《鲁国夫人词》一卷。

江 城 子

别郎容易见郎难，几何般，懒临鸾[1]。憔悴容仪，陡觉缕衣宽。门外红梅将谢也，谁信道、不曾看。 晓妆楼上望长安，怯轻寒，莫凭阑。嫌怕东风，吹恨上眉端。为报归期须及早，休误妾、一春闲。

【题解】

这首闺中怀人之作，因出自女性词人笔下，尤重心绪描写。起首云“别郎容易”，乃是与“见郎难”相较而言。“别郎”时本亦难免依依不舍，但别后欲谋再见，却难于登天，以致反觉当初“别郎”为易了。这正是思妇盼归既久、失望既深之后的特殊心绪。以下谓懒于揽镜自照，谓自觉容颜憔悴，也都是以深婉之笔表现其百无聊赖而又不无幽怨的心绪。“门外红梅将谢也”，则是借花喻人，暗示自己红颜已老、韶华将逝，更见其心绪纷乱易感。过片后写想要登楼远眺，又怕东风吹恨，故不敢独自凭栏。仍是致力于把握其心绪。歇拍吁请情郎及早告知归期，勿误自己青春时光，对其幽深心绪的抽绎尤为精确、切当。

【注释】

①鸾：指鸾镜，即背面刻有鸾鸟图形的铜镜。

王 诜（生卒年不详）

字晋卿，开封（今属河南）人。熙宁二年（1069）娶英宗女蜀国长公主，拜左卫将军、驸马都尉。元丰二年（1079），以党争坐贬。元祐初，复登州刺史、驸马都尉。卒赠昭化军节度使，谥荣安。能诗善画，与苏门交游甚密。词亦清丽幽远。有辑本《王晋卿词》一卷。

忆故人

烛影摇红向夜阑，乍酒醒、心情懒。尊前谁为唱阳关①，离恨天涯远。　　无奈云沉雨散，凭阑干、东风泪眼。海棠开后，燕子来时，黄昏庭院。

【题解】

此词为作者自度曲。据吴曾《能改斋漫录》载，宋徽宗“喜其词意，犹以不丰容宛转为恨”，遂令周邦彦增损之，演为慢词，“而以首句为名，谓之《烛影摇红》。”可知此词在当时即以意深语新而为人们所爱赏。调名“忆故人”，正可概括一篇旨意。“烛影摇红”，意象凄丽而情味深浓，以之烘托主人公夜阑酒醒、抱衾独眠时的怅惘心境，极为切当。接着，用一“懒”字形容其情态，也十分传神。“尊前”二句是回忆饯别伊人时的情景，说明那黯然销魂的一幕至今仍映现在他的脑海中，将其离恨牵引至海角天涯。过片后先写泪眼凭栏，只能徒吁无奈。然后移情入景，以景结情。“海棠”三句是对“东风泪眼”的形象化笺释，堪称旨冥言中而情余言外，令人玩味不尽。

【注释】

①阳关：指代送别曲。王维《送元二使安西》诗被谱为送别曲，末句“西出阳关无故人”反复诵唱，谓之“阳关三叠”。

苏　轼（1036—1101）

字子瞻，号东坡居士，眉山（今属四川）人。宋仁宗嘉祐二年（1057）进士。神宗时，因与王安石政见不合，自请外任，历杭州通判，知密、徐、湖三州。以作诗讽刺新法，贬置黄州。哲宗元祐间，任翰林学士、礼部尚书，出知杭、颍、扬、定四州。后又以为文讥斥朝廷，贬居惠州、儋州。一生历尽仕途坎坷，而能旷达自适。卒谥文忠。与父洵、弟辙合称“三苏”。中国文化至北宋极为绚烂成熟，苏轼是其最合适的代表作家，诗、文、词与书法皆独步一时。其词雄奇超旷，横放杰出，于传统的花间词风外别立一宗。又以诗入词，开拓词境，推尊词体，对北宋词坛多所革新。胡寅《酒边词序》谓苏词“一洗绮罗香泽之态，摆脱绸缪婉转之度，使人登高望远，举首高歌，而逸怀浩气，超乎尘垢之外，于是花间为皂隶，而耆卿为舆台矣。”有《东坡全集》一百五十卷、《东坡乐府》三卷。

江　城　子

乙卯正月二十日夜记梦[①]

十年生死两茫茫。不思量，自难忘。千里孤坟，无处话凄凉。纵使相逢应不识，尘满面，鬓如霜。　　夜来幽梦忽还乡。小轩窗，正梳妆。相顾无言，惟有泪千行。料得年年肠断处，明月夜，短松冈[②]。

【题解】

苏轼十九岁与同郡王弗结婚，嗣后出蜀入仕，夫妻琴瑟调和，甘苦与共。十年后王弗亡故，归葬于家乡的祖茔。此词是苏轼在密州一次梦见王弗后写的，距王弗之卒又是十年了。生者与死者虽然幽明永隔，感情的纽带却结而不解，始终存在。“不思量，自难忘”两句，看似平常，却出自肺腑，十分诚挚。读惯了词中常见的那种“一日不思量，也攒眉千度”（柳永）的爱情浓烈的词句，再来读苏轼此词，可以感受到它们写出不同人生阶段的情感类型。前者是青年时代的恋情，热烈浪漫，然而容易消退。后者是进入中年后一起担受着人生忧患的正常的夫妻感情，它像日常生活一样平淡无奇，但却淡而弥永，久而弥笃。苏轼本来欣赏“外枯而中膏，似淡而实美”的艺术风格，此词所表达的感情即是如此。

【注释】

①乙卯：熙宁八年（1075）。　②“料得”三句：孟棨《本事诗·征异》载张姓妻孔氏赠夫诗：“欲知肠断处，明月照孤坟。”

江　城　子

密州出猎[①]

老夫聊发少年狂。左牵黄，右擎苍[②]。锦帽貂裘[③]，千骑卷平冈。为报倾城随太守[④]，亲射虎，看孙郎[⑤]。　　酒酣胸胆尚开张。鬓微霜，又何妨。持节云中，何日遣冯唐[⑥]？会挽雕弓如满月[⑦]，西北望，射天狼[⑧]。

【题解】

出猎，对于苏轼这样的文人来说，或许是偶然的一时豪兴，但他平素报国立功的信念却因这次小试身手而得到鼓舞，以致信心十足地要求奔赴西北疆场弯弓杀敌了。苏轼任密州知州刚四十岁。他是四年前因与王安石政见不合而自愿请求外任，由杭州来到这北方边郡的。当时西北边事紧张。熙宁三年（1070），西夏大举进攻环、庆二州。四年，陷抚宁诸城。“会挽雕弓如满月，西北望，射天狼”，就是指宋与西夏的战事。全词上片出猎，下片请战。不但场面热烈，音节浏亮，而且情豪志壮，顾盼自雄。同苏轼其他豪放词相比，它是一首豪而能壮的壮词，把词中历来软媚无骨的儿女情换成了有胆有识、孔武刚健的英雄气。

【注释】

①密州：今山东诸城。 ②黄：黄犬。苍：苍鹰。围猎时用以追捕猎物。 ③锦帽貂裘：汉羽林军戴锦蒙帽，穿貂鼠裘。此处指代作者的随从。 ④报：告、语。倾城：指全城观猎的士民。 ⑤孙郎：东吴国主孙权。孙权曾亲自射虎于庱亭。此处借以自指。 ⑥“持节”二句：汉时冯唐曾奉文帝之命持节复用魏尚为云中太守。此处以冯唐自比，有不服老迈与甘赴边地两层意思。节：符节。云中：汉代郡名，在今内蒙古境内。 ⑦会：当。满月：弓本为半月形，将其弦拉足则成为满月形。 ⑧天狼：星名。古时以天狼星主侵掠。此处以天狼喻西夏。

水调歌头

丙辰中秋[①]，欢饮达旦，大醉，作此篇，兼怀子由[②]。

明月几时有？把酒问青天[③]。不知天上宫阙，今夕是何年[④]。我欲乘风归去，又恐琼楼玉宇，高处不胜寒。起舞弄清影，何似在人间。　　转朱阁，低绮户，照无眠。不应有恨，何事长向别时圆[⑤]。人有悲欢离合，月有阴晴圆缺，此事古难全。但愿人长久，千里共婵娟[⑥]。

【题解】

上片望月，既怀逸兴壮思，高接混茫，而又脚踏实地，自具雅量高致。开篇四句接连问月问年，一似屈原《天问》，起得奇逸。唐人称李白为“谪仙”，黄庭坚则称苏轼与李白为“两谪仙”，苏轼自己也设想前生是月中人，因而起“乘风归去”之想。但天上和人间，幻想和现实，出世和入世，两方面同时吸引着他。相形之下，他还是立足现实，热恋人世，觉得有兄弟亲朋之爱的人间生活来得温暖亲切。月下起舞、光影清绝的人生境界胜似月地云阶、广寒清虚的天上宫阙。虽在尘凡而胸次超旷，一片光明。下片怀人。人生并非没有憾事，悲欢离合即为其一。但苏轼认为，人有悲欢离合同月有阴晴圆缺一样，两者都是自然常理，无须伤感。终于以理遣情，从共同赏月中互致慰藉。上片执着人生，下片善处人生，表现了苏轼热爱生活、情怀旷达的一面。词中境界高洁，说理通达，情味深厚，并出之以潇洒之笔，一片神行，不假雕琢，卷舒自如，因此千百年来传诵不衰。

【注释】

①丙辰：熙宁九年（1076）。　②子由：苏辙，字子由。苏轼兄弟情谊甚笃。二人自熙宁四年分手于颍州后，已有六年未见。苏轼原任杭州通判，因苏辙在济南掌书记，特地请求北徙。但至密州后，仍无缘相会。　③“明月”二句：李白《把酒问天》：“青天有月来几时？我今停杯一问之。”　④今夕是何年：牛僧孺《周秦行纪》：“共道人间惆怅事，不知今夕是何

年。” ⑤“不应”二句：司马光《温公诗话》记石曼卿诗：“月如无恨月长圆。” ⑥婵娟：月光美好的样子。

卜 算 子

黄州定慧院寓居作①

缺月挂疏桐，漏断人初静②。谁见幽人独往来③？缥缈孤鸿影。　　惊起却回头，有恨无人省。拣尽寒枝不肯栖，寂寞沙洲冷。

【题解】

“乌台诗案”是北宋著名的文字狱。苏轼因诗受祸，系狱一百三十天。事后谪居黄州，罪废之余，灰心杜口，谢绝交往。此词记苏轼月夜漫步沙际，与徘徊不定、未遑栖息的断鸿零雁相值，人伤谪宦，雁悲离群，于是咏物见怀，把孤鸿失群与幽人失志联系起来。词中的幽人有着孤鸿的情态，孤鸿有着幽人的心志。幽人的独往独来与孤鸿的缥缈身影，以及“有恨”情怀与“寂寞”意绪，都可以看作是人、鸿所共同的，两相关合，彼此沟通。不禁令人想起“不知蝴蝶之为庄周，庄周之为蝴蝶”的艺术化境。这样感物吟志，极其自然。不言寄托，人们也会感受到其中的应有寓意。《卜算子》是词中的短调，全词仅八句。此词除开头两句写夜景、第三句提到幽人外，以下就专咏孤鸿。它以上片结句引出下片，写法上别具一格。但上下片并非意不相属，而是断而复续，回环相生。

【注释】

①黄州：今湖北黄冈。定慧院在黄州东南。 ②漏断：夜深。 ③幽：

此处有幽囚与幽居两重意思，切合谪居身份。

定风波

三月七日沙湖道中遇雨[1]，雨具先去[2]，同行皆狼狈，余独不觉。已而遂晴，故作此。

莫听穿林打叶声，何妨吟啸且徐行。竹杖芒鞋轻胜马[3]，谁怕？一蓑烟雨任平生。　料峭春风吹酒醒[4]，微冷，山头斜照却相迎。回首向来萧瑟处[5]，归去，也无风雨也无晴。

【题解】

行路时遇到一阵云头过雨，其他人狼狈不堪，苏轼独不改乎其度，反而觉得雨中竹杖芒鞋，吟啸徐行，别有其趣。这是借眼前经历抒写胸臆怀抱，而笔致轻松诙谐，表现了苏轼一贯持有的豪放通达的人生态度。人生境遇有顺有逆，这是无论谁都难免的。小至阴晴不定的暮春风雨，大至政治风浪中的升沉荣辱，苏轼已经经历了许多。此时他正谪居黄州，政治上极度沉沦。然而，他不让外界环境的变化扰乱自己的心境，改变向来乐观的人生信念。苏轼的政敌也往往由此惊叹“此老倔强犹昔”。词的内容从生活实感出发，它所包含的哲理和生活本身化合无痕，与理学家邵雍“风雨寻常事，人心胡不安”那种由理念推衍而出的诗全然不同。故郑文焯评曰：“此足征是翁坦荡之怀，任天而动。琢句亦瘦逸，能道眼前景。以曲笔直写胸臆，倚声能事尽之矣。”（《手批东坡乐府》）

【注释】

①三月七日：指元丰五年（1082）三月七日。沙湖：在黄冈东南三十里，又名螺师店。　②雨具：指拿雨具的仆人。　③芒鞋：草鞋。　④料峭：形容风寒。　⑤萧瑟处：指刚才遭遇风雨时树木萧瑟作响的地方。

念　奴　娇

赤壁怀古①

大江东去，浪淘尽、千古风流人物。故垒西边，人道是，三国周郎赤壁②。乱石穿空，惊涛拍岸，卷起千堆雪③。江山如画，一时多少豪杰。　　遥想公瑾当年，小乔初嫁了④，雄姿英发。羽扇纶巾，谈笑间、樯橹灰飞烟灭⑤。故国神游⑥，多情应笑我，早生华发⑦。人生如梦，一樽还酹江月⑧。

【题解】

此词作于元丰五年（1082）七月苏轼谪居黄州时。上片咏赤壁，下片怀周瑜，最后以自身感慨作结。起笔高唱入云，气势足与“黄河之水天上来”相侔。江山、历史、人物一齐涌出，以万古心胸引出怀古思绪。接着借“人道是”疑似之言，把江边故垒和周郎赤壁联系起来。“乱石”三句把眼前景色写得雄奇险峻，渲染出古战场的气氛和声势。对于周瑜，苏轼特别激赏他的少年功名，英气勃勃，故特意插入“小乔初嫁”一句。写战争一点不渲染士马金鼓的战争气氛，只着笔于周瑜的从容潇洒、指挥若定，意在突出其风采与才能。苏轼这一年四十七岁，不但功业未成，反而待罪黄州，同三十左右即功成名就的周瑜相比，不禁深自感愧。故由怀古归到伤己，自叹“人生如梦”，举杯同江上清风、山间明月一醉销愁了。词兼有感奋和感伤两重色彩，但篇末的感伤色彩掩盖不了全词的豪迈气派。词中写江山形胜和英雄伟业，在苏轼之前从未成功地出现过。因此历来将此词视为苏轼豪放词的代表作。不但词的气象境界凌厉无前，而且大声鞺鞳，需要铜琵琶、铁绰板来伴唱。对于原来只宜红牙拍板、女儿歌喉的传统词坛来说，确实是个重大突破。

【注释】

①赤壁：周瑜破曹操的赤壁在今湖北蒲圻市，苏轼所游为黄州赤壁，一名赤鼻矶。 ②周郎：周瑜字公瑾，二十四岁为东吴中郎将，人称周郎。③千堆雪：浪花千叠。李煜《渔父》：“浪花有意千重雪。” ④小乔初嫁：东吴乔玄有二女，长名大乔，次名小乔，分别嫁与孙策、周瑜。时在建安三年，为赤壁之战十年前事。 ⑤樯橹（qiánglǔ）：这里指曹操的水军。樯，挂帆的桅杆。橹，一种摇船的桨。 ⑥故国：指赤壁古战场。 ⑦“多情”二句：“应笑我多情早生华发”的倒装。 ⑧酹（lèi）：以酒洒地，用以敬月。

临 江 仙

夜归临皋①

夜饮东坡醒复醉②，归来仿佛三更。家童鼻息已雷鸣，敲门都不应，倚杖听江声。 长恨此身非我有③，何时忘却营营④！夜阑风静縠纹平⑤。小舟从此逝，江海寄余生。

【题解】

苏轼在黄州寓居临皋亭。元丰五年（1082），又在东坡筑屋数间，取名雪堂。此词是该年九月从东坡雪堂夜饮后归临皋作，也是借眼前境遇以寄托人生感触。夜静更深，人间酣梦，谛听江声，大醉顿醒。在荒山大江的自然怀抱中，感到了宇宙的无边安详宁静。白天的忧愁烦恼，平生的得失荣辱，刹那间被一齐摆脱了。苏轼希望自己的“余生”不再为口腹所役、名利所驱，追求一种精神自由的、合乎自然的人生。最末两句并非意在遁世，而是要收拾精神，自作主宰，超尘脱俗。苏轼善于从普通的日常事物中，发掘生活本身的诗意。同时，还善于从寓有诗意的生活中，提炼出某种富于启示的人生哲理。此词及前词都体现了这一特点。

【注释】

①临皋：指临皋亭。本为江驿，在黄州城南长江边。苏轼贬黄州时初寓定慧院，后迁居临皋亭。 ②东坡：元丰四年（1081），苏轼在黄州因“乏食”，求得故营地之东数十亩荒地开垦，名之曰东坡，并自号东坡居士。 ③“长恨”句：指为外物牵累，不能自主，丧失精神自由。 ④营营：纷扰的样子。指为世俗名利奔忙。 ⑤縠（hú）纹：形容波纹之细。縠，纱。

八声甘州

寄参寥子[①]，时在巽亭[②]

有情风万里卷潮来，无情送潮归。问钱塘江上，西兴浦口[③]，几度斜晖？不用思量今古，俯仰昔人非[④]。谁似东坡老，白首忘机。 记取西湖西畔，正春山好处，空翠烟霏。算诗人相得，如我与君稀。约它年东还海道，愿谢公雅志莫相违[5]。西州路，不应回首，为我沾衣[6]。

【题解】

与时、空二者均为无穷无尽的宇宙相比，人生只不过“俯仰之间，已成陈迹”（王羲之《兰亭集序》）。苏轼晚年对这种宇宙人生之理，已有彻悟，所以说“白首忘机”。对人世的存亡祸福、穷通得失以及自己的进退去留，都抱着超然的态度。然而“白首忘机”并不是忘怀一切。词中言及“诗人相得”与“谢公雅志”，就余恋尚在，情深意厚，蔼然可亲。苏轼与参寥子为方外交，二人交契甚深。此词是元祐六年（1091）三月苏轼在杭州奉召赴京与参寥子留别之作。统观全词，上片就望中的潮生潮落、日出日没纵笔谈论宇宙人生，意态极为超旷。下片则对平生素志和故旧交谊，反复申述拳拳之念，感情诚挚沉厚。这两方面在词中熔铸为一，令人感到进入晚年的苏轼，胸次超然而不失温馨，心情苍老而每多眷恋。苏轼后期作品中常见的出乎其外观照人生、入乎其内执着人生的因素，在此词中得到很好的体现。

【注释】

①参寥子：诗僧道潜，字参寥子，与苏轼初识于徐州。后又从二千里外远访苏轼于黄州，追随经年。 ②巽（xùn）亭：在杭州凤凰山上，可眺望江潮。 ③西兴：钱塘江南岸的渡口。 ④“俯仰”句：王羲之《兰亭集序》：“向之所欣，俯仰之间，已为陈迹。” ⑤“约它”二句：东晋谢安自东山入朝，雅志归隐，欲经略粗定，自海道东还。 ⑥“西州”三句：谢安病危时自西州门入京，因本志未遂，深自慨失。卒后其外甥羊昙过西州门怀念谢安，恸哭而去。

蝶恋花

花褪残红青杏小。燕子飞时，绿水人家绕。枝上柳绵吹又少，天涯何处无芳草①。　墙里秋千墙外道。墙外行人，墙里佳人笑。笑渐不闻声渐悄，多情却被无情恼②。

【题解】

此词写初夏时节发生于一墙之隔的一次极为平常的遭遇，在略表惆怅与嘲讽之余，却引出妙理，发人深省。上片为时令背景。尽管柳绵将尽，春事无多，但燕子低昂，绿水环绕，芳草丛生，却透露出夏日初临的大自然的生机。下片是在如此明丽的环境中一个“多情却被无情恼”的小小插曲。墙里墙外的两种人本不相涉。但一方无情，一方多情，导致了一场感情风波。《诗人玉屑》卷二一引《古今词话》谓此词“极有理趣”，这大概是因为作者借以表达了某种人生哲理：行人与佳人的遭遇因属偶然，“多情却被无情恼”却有其普遍性与必然性，在人与物、主观与客观的两者关系中是经常发生的。由于不了解“物自无情人自多情”，许多烦恼由是而起。全词写景、记事、说理均极自然，佳人行人的插曲如同信手拈来，但一经慧光所照，寓庄于谐，就顿成妙解，发掘出其间的哲理内涵。这真是苏轼作诗词的一大本领。

【注释】

①“天涯”句：屈原《离骚》：“何处所独无芳草兮，尔何怀乎故宇。”②多情：指行人。无情：指佳人。

蝶　恋　花

密州上元[1]

灯火钱塘三五夜[2]，明月如霜，照见人如画。帐底吹笙香吐麝[3]，此般风味应无价。　寂寞山城人老也，击鼓吹箫，乍入农桑社。火冷灯稀霜露下，昏昏雪意云垂野。

【题解】

此词为元夜抒怀之作。从中可以看出苏轼虽然胸次高旷，善于以理遣情，却终究不能对人生的升沉荣辱完全无动于衷，在特定的时间与场合，强抑于内心的憾恨之情仍不免为外物所触发。上片追忆杭州元夜的清华景象：不仅华灯如星，明月如霜，丽人如画，更有笙歌盈耳，馨香扑鼻，置身其间，能不兴酣神怡，流连忘返！一句“此般风味应无价”，见出作者的极度赞美与神往。下片描写密州元夜的清冷景象：虽有农家“击鼓吹箫”，但“火冷灯稀”、野旷云垂，加上“雪意”昏昏、“霜露”重重，因此整个山城仍然显得十分寂寞。在这种环境氛围中，“人老也”，应当不只是一种生理感觉，更是一种心理感觉。全篇立足于现实中的密州元夜，而寄情于记忆中的杭州元夜，通过今昔比照，不动声色地寄托了昔盛今衰、谪居山城的身世之慨。

【注释】

①上元：农历正月十五日为上元节。十五夜称元夜、元宵。　②钱塘：指杭州。三五：三五相乘为十五。指农历十五日。　③麝（shè）：兽名，似

鹿而小，腹部能分泌香气。此处为麝香的简称。

水 龙 吟

次韵章质夫杨花词[①]

似花还似非花，也无人惜从教坠[②]。抛家傍路，思量却是，无情有思[③]。萦损柔肠[④]，困酣娇眼，欲开还闭[⑤]。梦随风万里，寻郎去处，又还被、莺呼起[⑥]。　　不恨此花飞尽，恨西园、落红难缀。晓来雨过，遗踪何在？一池萍碎[⑦]。春色三分，二分尘土，一分流水[⑧]。细看来、不是杨花，点点是离人泪[⑨]。

【题解】

苏轼词以豪放著称，但亦不废婉约。此词即为明证。谭莹《论词绝句》评曰：“海雨天风极壮观，教坊本色复谁看？杨花点点离人泪，却恐周秦下笔难。”以为此词深得婉约之致，连周邦彦、秦观都难以后继。王国维《人间词话》更推崇道：“咏物之作，自以东坡《水龙吟》为最工。”其实，它不仅是一首咏物之作，同时还是一首次韵之作。而次韵之作，局限甚多，很难变化生新，何况章氏原作对物象的刻画颇见传神。但苏轼却以出神入化的艺术创造力，使此词臻于“化工神品”之境，较章氏原作更胜一筹。个中原因便在于：咏杨花时不粘不脱，不即不离，赋予它更多的生命意识和感情色彩，通过一系列奇思妙想，将章氏原作的“以形写神”发展到“离形得似”的地步。首句“似花还似非花”，奠定一篇意脉，作者即从“似”与“非”两个角度加以生发，使杨花与思妇的形象时分时合，思妇的娇态愁容及缠绵情思通过杨花的形象得以曲折映现，从而达到了写花而兼写人、咏物而兼抒情的双重目的，无怪前人推尊之至。

【注释】

①次韵：依原作之韵，并按其先后次序来和作。章质夫：章楶（jié），字质夫，浦城（今属福建）人，官至枢密院事。为苏轼好友。其“杨花词”原作为：“燕忙莺懒芳残，正堤上柳花飘坠。轻飞乱舞，点画青林，全无才思。闲趁游丝，静临深院，日长门闭。傍珠帘散漫，垂垂欲下，依前被、风扶起。　兰帐玉人睡觉，怪春衣、雪沾琼缀。绣床渐满，香毬无数，才圆却碎。时见蜂儿，仰粘轻粉，鱼吞池水。望章台路杳，金鞍游荡，有盈盈泪。”　②从教坠：任凭杨花飘坠。　③“抛家”三句：韩愈《晚春》诗：“杨花榆荚无才思，惟解漫天作雪飞。”此处反用其意，谓杨花从树上飘落路旁，看似无情，而实有愁思。思：作名词用，读去声。　④萦损柔肠：意谓愁思萦回，使柔肠为之损伤。形容柳枝。　⑤“困酣”二句：意谓困倦之意使眼睛睁开又闭合。形容柳叶。　⑥“梦随风”三句：暗用金昌绪《春怨》诗意：“打起黄莺儿，莫教枝上啼。啼时惊妾梦，不得到辽西。”形容杨花随风飘荡、时起时落，犹如思妇梦中追寻情郎。　⑦一池萍碎：苏轼自注：“杨花落水为浮萍，验之信然。”　⑧“春色”三句：意谓杨花二分落地化为尘土，一分落水漂流而去，三分春色也就随之消逝。　⑨“细看”三句：意谓杨花点点，都是离人的眼泪幻化而成。

西　江　月

春夜蕲水中过酒家饮①。酒醉，乘月至一溪桥上，解鞍曲肱少休②。及觉，已晓。乱山葱茏③，不谓尘世也。书此词桥柱。

照野浰浰浅浪[4]，横空隐隐层霄[5]。障泥未解玉骢骄[6]，我欲醉眠芳草。 可惜一溪明月，莫教踏破琼瑶[7]。解鞍攲枕绿杨桥，杜宇一声春晓[8]。

【题解】

此词作于元丰五年（1082）苏轼贬居黄州期间。是年二月，苏轼建雪堂于东坡；三月，又买田于蕲水，作终老之计。此词写作者由蕲水夜归的见闻感受，情趣、笔调都与《临江仙》（夜饮东坡醒复醉）、《定风波》（莫听穿林打叶声）十分相似，而更见含蓄、婉转之致。在结构上，前后片顺势直下，一气贯穿，略去了常见的转折、过渡，亦属“新变”。春夜酣饮，醉不得归，人马露宿于郊野外、寒风中，本是极为狼狈之事，何况作者此时又待罪黄州。但在苏轼笔下，不仅景物清新，境界高旷，而且绝无愁苦之态、伤感之色。郊野遍布“芳草”，月光美如“琼瑶”，马为“玉骢”，桥名“绿杨”，无不赏心悦目，一似仙境。这正是作者“一蓑烟雨任平生”、委运乘化、随遇而安的人生态度的艺术显影。此词与《临江仙》《定风波》同作于黄州，而都有人生哲理的深刻内涵，不以仕途坎坷为意，这恰好说明黄州五年是苏轼思想与创作的转型期。

【注释】

①蕲（qí）水：水名，发源于湖北蕲春县。 ②曲肱（gōng）：指弯起胳膊当枕头。 ③葱茏：形容树木茂盛，一片郁郁葱葱。 ④浰浰：水满潮涨的样子。 ⑤层霄：层云。 ⑥障泥：即马鞯，垫于鞍下垂至马腹，以挡尘土。玉骢（cōng）：马的美称。 ⑦琼瑶：本指美玉。此处借喻月光水色。 ⑧杜宇：即杜鹃鸟。

贺新郎

乳燕飞华屋[1]。悄无人、桐阴转午[2]，晚凉新浴。手弄生绡白团扇[3]，扇手一时似玉。渐困倚、孤眠清熟。帘外谁来推绣户？枉教人、梦断瑶台曲[4]。又却是、风敲竹[5]。　　石榴半吐红巾蹙[6]。待浮花浪蕊都尽[7]，伴君幽独。秾艳一枝细看取，芳意千重似束。又恐被、西风惊绿[8]。若待得君来向此，花前对酒不忍触。共粉泪，两簌簌[9]。

【题解】

此词本事，历来众说纷纭。杨湜《古今词话》以为是苏轼知杭州时为开脱官妓秀兰“浴后迟到”之罪，于宴席间即兴吟成；曾季狸《艇斋诗话》以为是作者在杭州游万顷寺，见一歌女昼寝于石榴树下，乃作此词；陈鹄《耆旧续闻》则称此词乃苏轼为其爱妾榴花而作。凡此种种，多不足征信，仅可从中推知此词采用了托物寄兴的表现手法，其旨意含蓄蕴藉，非反复寻绎，不能得其仿佛。词的上片精心刻画了一位冰清玉洁、风华绝代而又不胜孤寂的佳人形象。下片从表面上看似已撇开佳人而集中吟咏榴花，实际上是借吟咏榴花，进一步为佳人传神写照。作者赋予榴花的不求荣宠、自甘幽独的品性和芳意重重、若有隐忧的情态，分明也是属于佳人的。歇拍三句谓秋风起时，佳人再来花前把盏，其粉泪将与花瓣一同簌簌下落。这就巧妙点破佳人与榴花都无可避免的悲剧性结局。惟因咏榴花咏佳人始终熔于一炉，《蓼园词选》认为此词“是花是人，婉曲缠绵，令人寻味不尽”。毋庸置疑，在佳人的形象中，又多少寄托了作者自命清高、自伤不遇的志士情怀。

【注释】

①乳燕：幼燕。 ②桐阴转午：意谓随着桐树的阴影的转移，时光悄然流逝，转眼便是午后。 ③生绡（xiāo）：生丝织成的薄绸。 ④枉教人：白白地让人。梦断：梦醒。瑶台曲：瑶台幽深处，指仙境。 ⑤风敲竹：李益《竹窗闻风寄苗发司空曙》：“开门复动竹，疑是故人来。” ⑥“石榴”句：意谓石榴花半开，好似紧束着的有皱纹的红巾。白居易《题孤山寺山石榴花示诸僧众》诗：“山榴花似结红巾。” ⑦浮花浪蕊：指轻浮孟浪，一味斗妍的花卉。韩愈《杏花》诗：“浮花浪蕊镇才有，才开还落瘴雾中。” ⑧西风惊绿：意谓秋风吹落榴花，只剩下满枝绿叶。 ⑨簌簌：纷纷下落的样子。

洞 仙 歌

余七岁时，见眉州老尼，姓朱，忘其名，年九十余。自言尝随其师入蜀主孟昶宫中①。一日大热，蜀主与花蕊夫人夜纳凉摩诃池上②，作一词③，朱具能记之。今四十年，朱已死久矣。人无知此词者，但记其首两句。暇日寻味，岂《洞仙歌令》乎？乃为足之云。

冰肌玉骨，自清凉无汗。水殿风来暗香满④。绣帘开、一点明月窥人，人未寝，攲枕钗横鬓乱。 起来携素手，庭户无声，时见疏星渡河汉⑤。试问夜如何？夜已三更，金波淡、玉绳低转⑥。但屈指、西风几时来，又不道、流年暗中偷换⑦。

【题解】

词有小序，自苏轼始。此词小序旨在叙述缘由和提示词意，可与词作本身互为补充，相得益彰。词所咏为后蜀宫中轶事，从题材看，实未出“宫体”范围。但它不仅脱去了宫体诗词的浮艳气息和庸俗色素，而且在其中寄寓了作者的人生感慨，体现出迥异于传统的宫体诗词的精神境界。上片描绘花蕊夫人的姿容及情态，而着意渲染她的“冰肌玉骨”，突出她的冷艳与清幽，诱导读者进而推想其高雅拔俗的品性。下片以精心构置的景物，烘托与揭示花蕊夫人的复杂心态。在作者笔下，她固然希望长得君王宠幸，故而与孟昶夜半携手，对天私语。但同时她又不无“流年暗中偷换”的忧患与恐惧，担心年华似水，人事无常。这就既显示了她不同凡俗的心理气质，又表现了作者对现实人生的思考与感叹。

【注释】

①孟昶（chǎng）：五代时后蜀国主，在位三十一年（935—965）。知音律，能填词。　②花蕊夫人：孟昶的妃子，姓徐，别号花蕊夫人，以美艳聪慧称。摩诃池：在后蜀宫苑中，初建于隋代。　③作一词：指孟昶所作词，今已不传。　④水殿：建于摩诃池上的殿阁。　⑤河汉：银河。　⑥金波：月光。玉绳：星名，在北斗第五星玉衡之北。　⑦不道：不知不觉。

永遇乐

彭城夜宿燕子楼[①]，梦盼盼，因作此词。

明月如霜，好风如水，清景无限。曲港跳鱼，圆荷泻露，寂寞无人见。紞如三鼓[②]，铿然一叶[③]，黯黯梦云惊断[④]。夜茫茫，重寻无处，觉来小园行遍。　　天涯倦客，山中归路，望断故园心眼。燕子楼空，佳人何在？空锁楼中燕。古今如梦，何曾梦觉，但有旧欢新怨。异时对、黄楼夜景⑤，为余浩叹。

【题解】

此词为元丰元年（1078）十月苏轼知徐州时所作，通过抒发怀古幽思，托出了“古今如梦”的人生感喟，让读者透见沧桑世事给其心灵之窗抹上的灰色。全词以“梦”为中心线索，衍化为入梦、惊梦、寻梦、解梦、叹梦等层次。开篇描写小园夜景，既以泼墨烘染，复以工笔刻画，创造出极易触发怀古之情的环境氛围，作为入梦的诱因。入梦及惊梦的过程，虽只一笔带过，却以精微的语言为读者拓开广阔的想象空间。梦断夜深，“重寻无处”，作者惟有徒自怅问：“燕子楼空，佳人何在？”并进而由此引出“古今如梦，何曾梦觉”的更为深沉的哲理感悟。这中间显然融入了他的乡国之思、身世之感及今昔之慨。歇拍由今日凭吊古人，设想后人凭吊自己，为忧患人生作一浩叹，益见心事浩茫、哲思幽邃。全词于空灵中含玄远之趣、隽永之旨，极为耐人寻绎。

【注释】

①彭城：今江苏徐州。燕子楼：在徐州郡舍后。白居易《燕子楼诗序》：“徐州故尚书张建封有爱妾曰盼盼，善歌舞，雅多风态。尚书既殁，彭城有旧第，第中有小楼名燕子，盼盼念旧爱而不嫁，居是楼十余年。”据考证，此说有误，盼盼实为张建封之子张愔之侍妾。　②紞（dǎn）如：击鼓声。　③铿然：金石声。此处形容落叶声。　④黯黯：暗淡的样子。形容梦境迷茫。　⑤黄楼：楼名，在彭城东门，苏轼知徐州时所建。

浣 溪 沙

簌簌衣巾落枣花①，村南村北响缫车②，牛衣古柳卖黄瓜③。　酒困路长惟欲睡，日高人渴漫思茶④，敲门试问野人家。

【题解】

宋神宗熙宁十年（1077），苏轼调任徐州知州。次年（即元丰元年），春旱严重，苏轼遂至城东石潭为百姓祈雨。嗣后，旱情得解，苏轼复至石潭谢雨，顺道访察村风民俗。途中即兴吟成《浣溪沙》词五首，从不同角度记录其郊行见闻。这是宋代词史上最早的一组集中描绘农村生活画面的作品。原有小序云："徐门石潭谢雨，道上作五首。潭在城东二十里，常与泗水增减清浊相应。"本篇为组词的第四首。上片对农村景象作散点透视。首句显现生态环境，次句展示生产氛围，三句扫描生活场景，写来历历如绘，而又充满乡土气息。下片为夏日村行感受。"敲门试问野人家"的细节，不仅情趣盎然，同时也暗示作者乃是以普通过路人的身份乞茶于百姓，态度谦和，蔼然可亲，而这与全词清新朴实的风格恰好是一致的。

【注释】

①"簌簌"句：意谓枣花簌簌地掉落在衣巾上。倒装句式。簌簌：此处形容落花声。②缫（sāo）车：即缫丝车，用于抽取蚕丝的车。③牛衣：泛指粗布衣。此处指代穿粗布衣的卖瓜人。④漫：不经意。

浣 溪 沙

软草平莎过雨新[1]，轻沙走马路无尘，何时收拾耦耕身[2]？ 日暖桑麻光似泼，风来蒿艾气如薰，使君元是此中人[3]。

【题解】

本篇为组词的第五首，写作者欣然有慕于农村风光的美好和风俗的淳厚而萌发归耕之意。在结构上，上下片都是两句状景，一句抒情，景为情设，情因景显，二者互相生发，互相烘染，形成令人神往的艺术境界。新雨过后，满眼青翠，陌无纤尘，兼有和风吹薰，丽日送暖，夙具高情远怀的作者策马经行其间，能不顿兴“归去来兮”之思？上片结句自问“何时收拾耦耕身”，下片结句自称“使君元是此中人”，绝非应景文字，而是其真实心音。作者读陶渊明诗“平畴交远风，良苗亦怀新”时，曾深有体会：“非古人偶（耦）耕植杖者，不能道此语；非余之世农，亦不能识此词之妙也”（《题渊明诗》）。可知躬耕陇亩，既是其素志，也是其家风。全篇风格清新，笔调流利，语言质朴，较之陶渊明的田园诗，有异曲同工之妙。

【注释】

①莎：莎草，长于原野沙地。 ②耦耕：两人并耕。《论语·微子》：“长沮、桀溺，耦而耕。” ③使君：作者自称。元是：即原是、本是。

浣　溪　沙

游蕲水清泉寺[1]。寺临兰溪[2]，溪水西流。

山下兰芽短浸溪，松间沙路净无泥[3]，萧萧暮雨子规啼。　谁道人生无再少，门前流水尚能西，休将白发唱黄鸡[4]。

【题解】

此词作于元丰五年（1082）苏轼谪居黄州期间。其写作背景，《东坡志林》卷一有记：苏轼买田于黄州东南三十里的沙湖，前往“相田”的过程中不幸染恙，“闻麻桥人庞安常善医耳聋，遂往求疗。”治愈后，二人同游清泉寺。即景兴感，遂有此作。上片以“兰溪”为中心，描绘暮春雨后景色。前二句物象清奇，色调明净。后一句写暮雨萧萧、子规声声，则稍见凄凉与哀婉。这多少映射出作者当时的矛盾心态。下片抒写作者从眼前景物中感悟出的人生哲理，精神顿作，境界陡变。在作者看来，溪水尚能西流，人生岂无再少？因此又何必自伤白发、自叹老暮！这充满乐观信念和自强意识的吟唱，使词的情调由抑而扬，成为一曲振奋人心的浩歌。

【注释】

①清泉寺：在蕲（qí）水城外二里许，有王羲之洗笔泉等胜迹。　②兰溪：源出箬竹山，其侧多兰，故名。　③“松间”句：自白居易《三月三日祓禊洛滨》诗“沙路润无泥”化出。　④“休将”句：白居易《醉歌示妓人商玲珑》诗中有“谁道使君不解歌，听唱黄鸡与白日。黄鸡催晓丑时鸣，白日催年酉时没”等句，意谓时光易逝，红颜易老。苏轼此处反用其意，借以自勉。

青 玉 案

和贺方回韵[①]，送伯固归吴中[②]

三年枕上吴中路，遣黄耳、随君去[③]。若到松江呼小渡，莫惊鸳鹭，四桥尽是[④]，老子经行处[⑤]。　辋川图上看春暮[⑥]，常记高人右丞句[⑦]。作个归期天定许，春衫犹是，小蛮针线[⑧]，曾湿西湖雨。

【题解】

此词为送别而作，却了无一字道及离愁别恨，仅在篇末略致宦游他乡之叹。起笔先悬想伯固思念吴中之情：三年来跟从自己宦居杭州，而故乡吴中夜夜伴其衾枕、牵其梦魂。“遣黄耳”二句则借用黄犬传书的典故，希望伯固归吴中后时通音信，见出作者对其情谊之笃。“若到”四句转以叮咛语言，点出伯固即将返回的吴中，乃是自己昔曾游历及终拟归隐之地。这就既称美了江南水乡风光，又烘托了同道相求之感。过片后“辋川”二句复以王维隐居的辋川拟写吴中风光之美、王维吟咏的佳句喻示伯固诗才之高，将称美其地与赞誉其人绾合为一。歇拍四句谓自己亦已作归乡之计，且以“春衫”犹是旧缝为叹。这就又将送友归乡之情与自身欲归之意融合为一，颇见运思超妙，用笔灵动。

【注释】

①贺方回：贺铸，字方回，为北宋著名词人，与苏轼有交，其《青玉案》（凌波不过横塘路）一词在当时广为传唱。苏轼此词为和其韵之作。

②伯固：苏坚字伯固，吴中人，与苏轼有同姓之谊。此时已在杭州从宦三年。 ③黄耳：西晋陆机有犬名黄耳。陆机在洛阳时曾系书信于犬颈，令其送达松江家中。 ④四桥：姑苏有四桥。此处泛指姑苏松江一带。 ⑤老子：苏轼自称。 ⑥辋川图：唐代诗人王维曾隐逸于辋川（今陕西蓝田境内），并绘有《辋川图》，再现辋川一带的优美景色。 ⑦右丞：指王维。王维曾官尚书右丞，故称。 ⑧小蛮：白居易侍妾。《本事诗》载有白居易诗句“樱桃樊素口，杨柳小蛮腰。”此处以小蛮指代家人。

李之仪（1038—1117）

字端叔，号姑溪居士，沧州无棣（今属山东）人。宋神宗朝进士，曾从苏轼于定州幕府，后迁枢密院编修官。徽宗初年，以文章获罪，编管太平州。官终朝议大夫，年八十余卒。词以小令见长。有《姑溪居士全集》五十卷、《姑溪词》一卷。

卜 算 子

我住长江头[1]，君住长江尾[2]。日日思君不见君，共饮长江水。　　此水何时休？此恨何时已？只愿君心似我心，定不负相思意[3]。

【题解】

此词的抒情主人公是一位深于情、专于情的女子。其芳心早有所属，但心上人却与她天各一方，别多会少。“我住”二句便揭示了她们之间的地理距离，言外颇有憾恨之意。接着，“日日”句则将这种憾恨之意和盘托出，令人想见女主人公徒自伫立江头、翘首企盼的怨望情态。“共饮”句复作自我慰藉：两地情思，一水相牵；既然同饮长江之水，自必心息相通。跌宕之间，深情毕见。“此水”二句仍旧寄情江水，却又推进一层，以江水之永无竭时，比喻离恨之永无绝期。这是反用《汉乐府·上邪》中的“江水为竭”之意。“只愿”二句是女主人公对心上人的期望——期望他像自己一样心无旁属，守情不移。虽属直抒胸臆之笔，却亦有不尽之意见于言外。全词托为女子声口，发为民歌风调，以滔滔江流写照绵绵情思，不敷粉，不着色，而自成高致。毛晋《姑溪词跋》推许作者“长于淡语、景语、情语”，并称赞此词“真是古乐府俊语矣”，不为无见。

【注释】

①长江头：指长江上游。 ②长江尾：指长江下游。 ③“只愿”二句：用顾夐（xiòng）《诉衷情》“换我心，为你心，始知相忆深”词意。定：词中的衬字。在词调规定的字数外适当增添一二个不太关键的字词，以更好地表情达意，谓之衬字，亦称“添声”。

舒 亶（1041—1103）

字信道，号懒堂，明州慈溪（今属浙江）人。宋英宗治平二年（1065）进士，试礼部第一。元丰中，权监察御史里行，与李定同劾苏轼以诗文讥讪新法。后以罪废罢。徽宗时，起知南康军，累官至龙图阁待制。有辑本《舒懒堂诗文存》三卷、《信道词》一卷。

菩萨蛮

画船捶鼓催君去，高楼把酒留君住。去住若

为情[①]？西江潮欲平。　　江潮容易得，只是人南北。今日此尊空，知君何日同[②]？

【题解】

此词虽为送别短章，写来却曲折层深，摇曳多姿。起拍二句，一着笔于催客去的船上鼓声，一落墨于留客住的楼头宴饮，即柳永《雨霖铃》中“都门帐饮无绪，方留恋处，兰舟催发”之意。但以一“催”一“留”相呼应，更能突出欲去未忍、欲留未能的矛盾心理。“去住”二句巧借江潮这一意象，就行者一方再作波澜开合：尽管去留两难，情有不堪，然而江潮已欲平岸，征掉出发在即，除了挥泪而去以外，已经别无选择。“江潮”二句再就送者一方将笔意拓进一层：江潮虽去，犹有来时；离人一去，重逢难必。由将别而料想别后，足见惜别之深。歇拍二句复将笔墨折回眼前情景，写送者举杯劝饮，并将惜别之情与盼归之意寄托在杯中。“知君何日同？”以怅问作结，尤觉情韵深长。

【注释】

①若为情：即何以为情。　②同：指重逢同饮。

黄庭坚（1045—1105）

字鲁直，自号山谷道人，又号涪翁，洪州分宁（今江西修水）人。宋英宗治平四年（1067）进士。曾任国子监助教、国史编修官等职。绍圣初，新党诬其修史失实，贬涪州别驾，安置黔州等地。徽宗初，羁管宜州。卒于贬所。诗与苏轼齐名，世称苏黄。所作宗法杜甫，却又自成面目，为江西诗派创始人。以余事作词，亦擅时名，与秦观并称秦黄。有《山谷集》六十四卷、《山谷词》一卷、《山谷琴趣外编》三卷。

水调歌头

游　览

瑶草一何碧[1]。春入武陵源[2]。溪上桃花无数，花上有黄鹂。我欲穿花寻路，直入白云深处，浩气展虹霓[3]。只恐花深里，红露湿人衣[4]。　坐玉石，攲玉枕，拂金徽[5]。谪仙何处[6]？无人伴我白螺杯[7]。我为灵芝仙草[8]，不为朱唇丹脸[9]，长啸亦何为？[10]醉舞下山去，明月逐人归[11]。

【题解】

此词为春行纪游之作。上片描绘桃源的旖旎风光。“春入武陵源”，除了点明时、境外，还说明了瑶草何以一“碧”至此的原因。就中，“入”字下得精当而又生动——不说“春到”，而说“春入”，是为了避熟就生、避常就奇。“我欲”三句，主人公翩然登场，作流连忘返之态和凭空凌虚之想。“只恐”二句转又担心花深处露水湿衣。这与苏轼《水调歌头》中的“我欲乘风归去，又恐琼楼玉宇，高处不胜寒”，从笔法到意趣都相仿佛。可知作者当时同苏轼一样在仕途受挫后始终无法解决思想深处厌倦现实与执着人生的矛盾，而词中情景交融的描写，正是这种矛盾的艺术反映。下片“不为”二句点出，此行乃求觅遍植灵芝仙草的世外净土，而非出于寻访仙女之绮念。但接云“长啸亦何为”，又表示无意学孙登遗世独居、长啸山中，再次托出“出世”与“入世”的深刻矛盾。全词在大笔健举、一气回旋中极尽开合跌宕、腾挪翻转之能事，体现了作者高华超逸的审美风范。

【注释】

①瑶草：仙草。一何：何其，多么。 ②武陵溪：指桃源仙境。见陶渊明《桃花源记》。武陵：在今湖南常德一带。 ③虹霓：相传虹有雄雌之别，色鲜盛者为雄，色暗淡者为雌；雄曰虹，雌曰霓，亦作“蜺”。此句谓从虹霓中展现出浩然正气。 ④红露：花上的露水。 ⑤金徽：即琴徽，用以定琴声高低。 ⑥谪仙：指李白。李白《对酒忆贺监诗序》：“太子宾客贺公（知章）于长安紫极宫一见余，呼余为谪仙人，因解金龟换酒为乐。” ⑦白螺杯：用白螺壳制成的酒杯。 ⑧灵芝：亦称“木灵芝”或“灵草”。古人以为服之可得长生。 ⑨朱唇丹脸：指美丽的仙女。按：此词记春游桃源，而桃源的典故在后代诗词中往往与刘义庆《幽明录》所记刘晨、阮肇入山得遇仙女的传说混杂在一起。因此，此处的“朱唇丹脸”暗用刘、阮遇仙女事。一说“朱唇丹脸”指热衷名利、随俗媚世的小人。 ⑩长啸：用孙登故事。孙登，三国时魏人，隐居山中，好弹琴，善长啸，曾劝嵇康避世。嵇康死前有“今愧孙登”语（见《幽愤诗》）。此句谓“长啸亦何为”，似无意效法孙登。 ⑪“醉舞”二句：李白《下终南山遇斛斯山人宿置酒》：“暮从碧山下，山月随人归。……我醉君复乐，陶然共忘机。”此处化用其意，传写作者的醉归之态。

定风波

万里黔中一漏天[1]，屋居终日似乘船。及至重阳天也霁[2]，催醉，鬼门关外蜀江前[3]。 莫笑老翁犹气岸[4]，君看，几人黄菊上华颠[5]？戏马台南追两谢[6]，驰射，风流犹拍古人肩[7]。

【题解】

此词写于作者贬居黔州期间。上片刻画环境，下片抒写襟怀，于清健疏隽的笔调中深蕴气骨。“万里”二句含蓄地点出谪地之荒远、气候之恶劣、环境之湫隘、居所之破陋。情形如此不堪，却仍能发语平和，正表现了一种“不以物喜，不以己悲”，善于圆融人生、消释痛苦的与世态度。“似乘船”，意态安闲，口吻轻淡，令人浑然不觉其中渗透着风雨侵袭、飘摇不定之感。“鬼门”句将人见人厌的“鬼门关”与人见人喜的“蜀江”对举，意在暗示其处境之凶险与心境之恬适，而由处境与心境的背反，又见出作者以理遣情、超然物外的固有立场。“莫笑”三句表现作者的醉态与豪兴，大有“老夫聊发少年狂”之概。“戏马”三句身在黔州，心驰彭城，想象自己跃马张弓于历史胜地，风流堪与古人比肩。豪情胜概，溢于言表。读罢掩卷，不为名场得失、宦海浮沉所动、穷且益坚、老当益壮的抒情主人公形象宛然在目。

【注释】

①黔中：古郡名，辖地甚广。治所黔州，在今四川彭水县。黄庭坚哲宗年间曾贬为黔州安置。一漏天：谓雨水滂沱，犹如天漏了一般。 ②重阳：农历九月九日。古代以九为阳数，故称重阳。旧有佩茱萸登高、饮菊花酒等习俗。霁（jì）：雨止。 ③鬼门关：古关名，在今广西北流、玉林之间。古代为通往交趾等国的咽喉要道，有两石对峙，其阔三十步，俗号鬼门关。多用以泛指凶险之地。 ④气岸：意气傲岸。 ⑤华颠：白头。 ⑥戏马台：在今江苏徐州，相传项羽曾戏马于此。两谢：指南朝诗人谢瞻、谢灵运。宋武帝刘裕北征彭城时，曾在重阳节宴群僚于戏马台，谢瞻、谢灵运均有《九日从宋公戏马台集送孔令诗》记其盛。 ⑦“风流”句：意本郭璞《游仙诗》“左挹浮丘袖，右拍洪崖肩。”“浮丘”“洪崖”皆为古仙人名。

清 平 乐

春归何处？寂寞无行路。若有人知春去处，唤取归来同住。　　春来踪迹谁知？除非问取黄鹂①。百啭无人能解，因风飞过蔷薇②。

【题解】

黄庭坚词不专一格，有旷达飘逸者，有俚俗鄙野者，有典雅优美者。这首惜春之作当属于典雅优美者。之所以这样说，不仅是因为词中的意象大多具有静穆而柔和的美感，而且因为其用笔委婉曲折，发语含蓄蕴藉。词一开篇便将“春”拟人化，以一声怅问，曲曲传出作者寻春与留春的热切心愿。“寂寞无行路”，点出春行无迹，只有徒感寂寞。“若有”二句凌空一跃，忽发奇想，希望有人唤春归来。以“无理而妙”的痴语，将恋春、惜春之情烘染得更为浓烈。下片承前再作推宕：既然无人能膺寻春之任，那就只有向当初与春同来的黄鹂询问春之去踪了；但黄鹂虽解人意，人却不晓其语，最终仍无答案。用笔若虚若实，时开时合，回环曲折而又淋漓尽致地抒写了作者的恋春、惜春之情。结句写黄鹂“因风飞过蔷薇”，与欧阳修《蝶恋花》中的“乱红飞过秋千去”，同具韵外之旨与象外之致，洵为神来之笔。

【注释】

①问取：问。　②因风：随风，凭风，乘风。

晁端礼（1046—1113）

字次膺，其先澶州清丰（今属河南）人，徙家彭门（今江苏徐州）。宋神宗熙宁六年（1073）进士。两为县令，因忤上落职。擅长慢词，政和年间，除大晟府协律郎，未及就职即去世。有《闲斋琴趣外篇》六卷。

绿头鸭

咏月

晚云收，淡天一片琉璃。烂银盘、来从海底[1]，皓色千里澄辉。莹无尘、素娥淡伫[2]，静可数、丹桂参差。玉露初零，金风未凛[3]，一年无似此佳时。露坐久、疏萤时度，乌鹊正南飞[4]。瑶台冷[5]，栏干凭暖，欲下迟迟。 念佳人、音尘别后，对此应解相思。最关情、漏声正永，暗断肠、花阴偷移。料得来宵，清光未减，阴晴天气又争知？共凝恋、如今别后，还是隔年期。人强健，清尊素影，长愿相随[6]。

【题解】

自从南朝诗人谢庄在《月赋》中吟出“美人迈兮音尘阙，隔千里兮共明月”的佳句后，月便成为别离主题赖以生发的意象之一。在宋代借月咏别的词作中，自以苏轼《水调歌头》（明月几时有）最为脍炙人口。但晁端礼此词虽不堪与之相匹，却足以望其项背。胡仔《苕溪渔隐丛话》后集即称："中秋词，自东坡《水调歌头》一出，余词尽废。然其后岂无佳词？如晁次膺《鸭头绿》一词，殊清婉。"确实，较之苏词的旷远，此词以"清婉"另标一格。上片描绘中秋月色。由月出海底写到月升中天，不仅再现了那"千里澄辉"的清丽景象，而且展示了作者望月、赏月之际飞驰的神思。下片抒发对月怀人之情，笔调由"暖"转"寒"，由"晴"转"阴。"其中"最关情"二句搜取"漏声""花影"等意象，通过视听、动静、声色的渲染，曲折有致地传写出作者为中秋月色所触发的离愁别恨。另外，词中多处融化前人诗句，却浑然无迹，宛若己出，亦是其优长。

【注释】

①烂银盘：形容月亮像银盘般灿烂。本于卢仝《月蚀》诗："烂银盘从海底出。"　②素娥：月中嫦娥。　③金风：秋风。　④"露坐"二句：脱化于曹操《短歌行》"月明星稀，乌鹊南飞"。　⑤瑶台：传说中的仙人居所。此处为台榭的美称。　⑥"人强健"三句：兼融李白《月下独酌》："举杯邀明月，对影成三人"及苏轼《水调歌头》"但愿人长久，千里共婵娟"之意。

朱　服（1048—？）

字行中，乌程（今浙江湖州）人。宋神宗熙宁六年（1073）进士。历知润、泉、婺、宁、庐、寿诸州。哲宗朝，迁中书舍人、礼部侍郎。徽宗时，加集贤殿修撰。后黜袁、蕲等州。《全宋词》录其词一首。

渔 家 傲

小雨纤纤风细细，万家杨柳青烟里。恋树湿花飞不起，愁无际，和春付与东流水。 九十光阴能有几？金龟解尽留无计①。寄语东阳沽酒市②，拚一醉③，而今乐事他年泪。

【题解】

此词以惜春伤逝为主旨。上片描绘暮春景色，而将惜春伤逝之情融入其中。“恋树湿花”一句，用拟人化的笔法，将落花沾雨、偎树不起的无心状态想象成有情举动，从而巧妙地折射出自己对春光的不胜依恋，较之“愁无际，和春付与东流水”二句更见婉曲，也更具神韵。下片先为时光易逝、留春无计而喟然长叹，然后开怀畅饮，试图一醉解愁。但即使在酒酣耳热之际，作者也清醒地意识到“而今乐事他年泪”，即今日短暂的欢乐，必须用他日无尽的泪水作为代价来偿还。这就点出作者虽欲及时行乐，惜春伤逝的痛苦却始终如影随形，挥之不去。以此结篇，看似旷放，实则沉郁。况周颐《蕙风词话》有云：“白石词‘少年情事老来悲’，宋朱服句‘而今乐事他年泪’，二语合参，可悟一意化两之法。”可知此词结句深为后代词论家所推赏。

【注释】

①金龟解尽：唐代诗人贺知章在长安一见李白，即呼为“谪仙人”。因解下随身所佩金龟，换得美酒与之痛饮。此处取其金龟换酒之意。 ②东阳：今属浙江。 ③拚：不惜，甘愿。

秦 观（1049—1100）

字少游，又字太虚，号淮海居士，扬州高邮（今属江苏）人。宋神宗元丰八年（1085）进士。哲宗时，历任太学博士、秘书省正字、国史院编修官。坐元祐党籍，出为杭州通判，旋又远徙郴州（今湖南郴县）、雷州（今广东海康）等地。徽宗立，诏许放还，卒于道中。少谒苏轼于徐州，苏轼以为有屈、宋才，遂得列门墙，与黄庭坚、张耒、晁补之合称为“苏门四学士”。诗、文、词俱工，而词名尤著。其词淡雅轻柔，情韵兼胜，被誉为婉约之宗。沈雄《古今词话》引蔡伯世语云：“子瞻辞胜乎情，耆卿情胜乎词；辞情相称者，惟少游一人而已。”有《淮海集》四十卷、后集六卷、《淮海居士长短句》三卷。

鹊 桥 仙

纤云弄巧①，飞星传恨②，银汉迢迢暗度③。金风玉露一相逢④，便胜却人间无数。　　柔情似水，佳期如梦，忍顾鹊桥归路⑤。两情若是久长时，又岂在朝朝暮暮⑥。

【题解】

在描写牛郎织女故事的作品中，此词堪称独出机杼，立意高远。上片写聚会。“金风”二句借精湛的议论表达了作者的爱情理想：他们虽然难得见面，却心心相印、息息相通，而一旦得以聚会，在那清凉的秋风白露中，他们对诉衷肠，互吐心音，是那样富有诗情画意！

这岂不是远远胜过尘世间那些长相厮守却貌合神离的夫妻？下片写离别。歇拍二句对依依不舍的牛郎织女致以深情的慰勉：只要两情至死不渝，又何必贪求卿卿我我的朝欢暮乐？这一惊世骇俗、振聋发聩之笔，使全词升华到新的思想高度。显然，作者否定的是朝欢暮乐的庸俗生活，歌颂的是天长地久的忠贞爱情。在他的精心提炼和巧妙构思下，古老的题材化为闪光的笔墨，迸发出耀眼的思想火花，从而使所有平庸的言情之作黯然失色。

【注释】

①纤云：纤薄的云彩。弄巧：指云彩在空中幻化成各种巧妙的花样。 ②飞星：流星。一说指牵牛、织女二星。 ③银汉：银河。迢迢：遥远的样子。暗度：悄悄渡过。 ④金风玉露：指秋风白露。李商隐《辛未七夕》："由来碧落银河畔，可要金风玉露时。" ⑤忍顾：怎忍回视。 ⑥朝朝暮暮：指朝夕相聚。语出宋玉《高唐赋》。

满　庭　芳

山抹微云，天粘衰草，画角声断谯门①。暂停征棹②，聊共引离尊③。多少蓬莱旧事④，空回首、暮霭纷纷。斜阳外，寒鸦万点，流水绕孤村。　　销魂⑤，当此际，香囊暗解⑥，罗带轻分⑦。谩赢得、青楼薄幸名存⑧。此去何时见也？襟袖上、空惹啼痕⑨。伤情处，高城望断，灯火已黄昏。

【题解】

周济《宋四家词选》认为此词"将身世之感，打并入艳情，又是一法。”这是很有见地的。哲宗绍圣元年（1094），作者于新党得势之际，被外调为杭州通判，不得不满怀忧伤地与他所深情眷恋的心上人挥泪作别。此词即写于其时。因而，词中所抒写的离情别绪实际上是与仕宦失意的身世之感交织、融合在一起的。惟其如此，全词显得婉约而又凝重，绵邈而又深沉。在艺术上，此词则充分体现了淮海词造语工巧和以景传情的特点。如“山抹”二句：从抒情的角度看，浮云缭绕在山顶，枯草蔓延至天边，这一凄迷的景色正象征着作者惘然若有所失的心境，它定下了全词悲怆的基调。从造语的角度看，着一“抹”字，仿佛微云变成了某种流质，可以抹在山上，从而暗示了云、山相依的情景；着一“粘”字，似乎衰草具有了某种黏性，可以粘住天体，从而暗示了草、天相接的情景。难怪这两句一经吟成，便为时人所激赏（见叶梦得《避暑录话》、蔡絛《铁围山丛谈》等）。

【注释】

①画角：彩绘的军中号角。谯（qiáo）门：指城门。　②征棹（zhào）：远行的船。　③引离尊：指饯别时连续不断地举杯劝饮。　④蓬莱：传说中的海外三仙山之一。东汉时以之喻指位于东都洛阳的国家图书馆东观。而秦观曾在宋代的国家图书馆秘阁担任黄本校勘的职务。因此，“蓬莱”实喻指秘阁。　⑤销魂：用江淹《别赋》“黯然销魂者，惟别而已矣”，暗示离别之际心绪已乱，不能自制。　⑥香囊暗解：暗暗解下贴身佩戴的香囊送给对方以作留念。　⑦罗带轻分：轻轻撩起罗带，用它打成同心结，以示此情不移。⑧谩：空，徒然。青楼薄幸名：语本杜牧《遣怀》“十年一觉扬州梦，赢得青楼薄幸名。”青楼，妓院。薄幸，薄情。　⑨啼痕：泪痕。

千　秋　岁[①]

水边沙外，城郭春寒退[②]。花影乱，莺声碎[③]。

飘零疏酒盏[4]，离别宽衣带[5]。人不见，碧云暮合空相对[6]。 忆昔西池会[7]，鹓鹭同飞盖[8]。携手处，今谁在？日边清梦断[9]，镜里朱颜改。春去也，飞红万点愁如海。

【题解】

此词通过今昔不同处境的鲜明对比，表现了对昔日“鹓鹭同飞盖”的京城生活的无比眷恋和今日“飘零疏酒盏”的贬居生活的不胜厌弃。“花影乱，莺声碎”，不说情乱心碎，而借描摹花影莺声加以暗示，可见其用笔之曲折含蓄。“人不见”“空相对”，感叹同辈师友各个飘零他乡，不复能联镳出游，以致自己只能在蓝天碧云下徒自怅望。“忆昔西池会”，本意虽是为了抚慰孤寂痛苦的心灵，但想到盛会之不可复得，又只能倍感痛苦孤寂。“日边清梦断”，暗用伊尹故事，可知作者理想未泯。但现实若此，理想毕竟已是无法实现了。这样，作者又怎能不将一腔怨愤化为“飞红万点愁如海”的极度伤心语？以海喻愁，足见其愁之深广，无怪时人目之为“挽词”（见曾季狸《艇斋诗话》）。

【注释】

①此词汲古阁本题作“谪虔州日作”，当是编者所妄增。一般认为此词作于处州（今浙江丽水）。 ②春寒退：指初春的寒意全消。 ③“花影”二句：由杜荀鹤《春宫怨》“风暖鸟声碎，日高花影重”化来。 ④飘零：指遭受贬谪而四处飘泊。疏酒盏：久未饮酒。 ⑤宽衣带：指人渐消瘦。《古诗》：“相去日已远，衣带日以缓。”柳永《蝶恋花》：“衣带渐宽终不悔，为伊消得人憔悴。” ⑥“碧云”句：化用江淹《休上人怨别》“日暮碧云合，佳人殊未来。” ⑦西池：晋明帝曾筑西池于丹阳，此则指汴京西郊的金明池。西池会：据《西城宴集诗序》，“元祐七年三月上巳，诏赐馆阁官花

酒，以中浣日游金明池、琼林苑，又会于国夫人园。”又，作者《上巳游金明池》诗亦记其事。此次盛会，参加者三十六人，皆为文坛俊彦。 ⑧鹓鹭：二鸟名。因其飞行有序，常用以喻指班行有序的朝官。此处则指昔日同赴西池盛会的师友同僚。飞盖：车行如飞。盖，车篷，借以指车。 ⑨日边：古人以“日”喻君主、“日边”喻帝都。此指汴京。按此句疑用伊尹故事：伊尹见汤以前，曾梦见自己乘舟过日月之边。

踏 莎 行

雾失楼台，月迷津渡①，桃源望断无寻处②。可堪孤馆闭春寒③，杜鹃声里斜阳暮④。 驿寄梅花⑤，鱼传尺素⑥，砌成此恨无重数。郴江幸自绕郴山⑦，为谁流下潇湘去⑧？

【题解】

此词写于郴州贬所。雾气弥漫，月色凄迷。这不能不使登楼远眺的作者产生归路茫茫之感。他想遁离这忧患不已的人世，然而，哪里有他所殷殷向往和孜孜以求的世外桃源？“望断”二字，写出了作者对世外桃源的锲而不舍的寻觅、追求以及这种寻觅、追求之徒劳。“可堪孤馆”二句，益见不堪。曰“孤馆”，其孤苦、寂寞之情已见，而“孤馆”为“春寒”所锁，则又添了几多幽冷、几多凄凉！不仅如此，更有那杜鹃啼归，其声哀切；斜阳西沉，其色惨淡。词境若此，难怪王国维会觉得“凄婉”犹难尽其概，而要目之为“凄厉”了（见《人间词话》）。结尾两句于极度愁闷之中忽发奇想，埋怨江水无情，不为愁人而留，稍慰寂寞，沉痛已极。据说苏轼绝爱这两句，尝自书于扇云：“少游已矣，虽万人何赎”（《诗人玉屑》引《冷斋夜话》）。

【注释】

①津：渡口。　②桃源：指陶渊明《桃花源记》中所描写的理想境界。望断：望尽。无寻处：即无处寻求。　③可堪：那堪。　④杜鹃：鸟名。暮春啼叫，其声哀切。　⑤驿寄梅花：南朝陆凯自江南寄梅花给范晔，并赠诗云："折梅逢驿使，寄与陇头人。江南无所有，聊赠一枝春。"此处指远方朋友寄来了礼品与书信。驿，驿站。　⑥鱼传尺素：语出《古诗》"客从远方来，遗我双鲤鱼。呼儿烹鲤鱼，中有尺素书。"　⑦郴（chēn）江：在郴州，北流至郴口，与乘水会合后注入湘江。幸自：本自。　⑧为谁：为何，为甚。潇湘：潇水与湘水的合称。

望　海　潮

梅英疏淡[①]，冰澌溶泄[②]，东风暗换年华。金谷俊游[③]，铜驼巷陌[④]，新晴细履平沙。长记误随车[⑤]，正絮翻蝶舞，芳思交加[⑥]。柳下桃蹊，乱飞春色到人家。　西园夜饮鸣笳[⑦]，有华灯碍月，飞盖妨花。兰苑未空[⑧]，行人渐老[⑨]，重来是事堪嗟[⑩]。烟暝酒旗斜。但倚楼极目，时见栖鸦。无奈归心，暗随流水到天涯。

【题解】

此词为怀旧而作，因而"暗换年华"是一篇主旨之所在，深蕴物是人非的今昔之感。词的主体部分是追忆旧游。从"金谷俊游"至"飞盖妨花"，极写京华春光之美、夜宴冠盖之盛，使人如闻歌吹沸天之声和华灯映空之色。但"兰苑"以下笔锋一转，由回忆跌入现实，写其倚楼怅望之际但见昏鸦绕树、暮色苍茫，不禁发出无奈喟叹。从结构上看，此词乃由抚今而思昔，因思昔而伤今，用今——

昔——今的错综形式来进行今昔对照。虽不从过片处换意，脉络却一目了然。除写景抒情皆“两两相形，以整见劲”（周济《宋四家词选》）外，上下片收束处各以一“到”字作眼，形成连环回转之势。全词一气贯注，“旋断仍连”，显得空灵荡漾而又摇曳多姿。

【注释】

①梅英疏淡：谓梅花已经稀疏而褪色。 ②冰澌（sī）溶泄：谓冰块已化，随水漂流。冰澌，冰块，流水。 ③金谷：指金谷园，在洛阳城西，晋代石崇所建的别墅。俊游：胜侣良伴。 ④铜驼：汉代洛阳宫门前道口，有二铜驼夹道相对，后称铜驼街。唐人咏洛阳，多以金谷、铜驼对举。 ⑤误随车：错跟上别人家女眷的车子。韩愈《嘲少年》：“只知闲信马，不觉误随车。” ⑥芳思（sì）：春思。 ⑦西园：原为建安时代曹丕、曹植等人的游宴处所。曹植《公宴》“清夜游西园，飞盖相追随。”此处指作者昔日与友人聚会的风景优美的园林。鸣笳：奏乐。 ⑧兰苑：园林，指西园。 ⑨行人：作者自指。 ⑩是事：犹事事。

八 六 子

倚危亭。恨如芳草，萋萋刬尽还生①。念柳外青骢别后②，水边红袂分时③，怆然暗惊。　无端天与娉婷④，夜月一帘幽梦，春风十里柔情。怎奈向、欢娱渐随流水⑤，素弦声断⑥，翠绡香减⑦，那堪片片飞花弄晚，濛濛残雨笼晴。正销凝⑧，黄鹂又啼数声。

【题解】

张炎《词源》曾经称赞此词：“离情当如此作，全在情景交炼，得言外意。”作者先写自己登临送目，触景生情，深觉离愁别恨恰似视野中的萋萋芳草一样易生而难灭。接着追忆旧日情事，以“夜月”“春风”渲染环境，衬出人情之欢娱。意象幽美，用笔含蓄。然后再转入现实，感叹欢娱已随流水东逝，尽管素琴在目，翠巾随身，但其声不复可闻，其香渐已消失，眼下与自己相伴的只有晚风中的落花纷纷和乍晴后的残雨蒙蒙，这已令人黯然魂销，而此时黄鹂又偏在耳边悲啼不已，使其一腔离愁别恨益加难以断绝。全词以情语起，以景语结，而有情中景，景中情，确乎做到了“情融乎内而深且长，景耀乎外而远且大”（谢榛《四溟诗话》）。

【注释】

①“恨如”二句：语本白居易《赋得古原草送别》“离离原上草，一岁一枯荣。野火烧不尽，春风吹又生”，及李煜《清平乐》“离恨恰如春草，更行更远还生”。萋萋：草盛的样子。刬（chǎn）尽：芟除干净。②青骢（cōng）：指代骑青马的男子。③红袂（mèi）：指代穿红衣的女子。④无端：无缘无故。娉婷：指美女。⑤怎奈向：怎奈，无奈，奈何。向，语助词。⑥素弦：指琴弦。⑦翠绡（xiāo）：翠绿色的丝巾。⑧销凝：因伤感而凝神。

减字木兰花

天涯旧恨，独自凄凉人不问。欲见回肠，断尽金炉小篆香[①]。　黛蛾长敛[②]，任是春风吹不展。困倚危楼，过尽飞鸿字字愁[③]。

【题解】

此词满纸愁云，通篇恨雾，词境之“凄厉”一如《踏莎行》《千秋岁》等篇。尤其是上下片结句，皆伤极怨极之语。因而有理由认为它作于秦观被贬南迁的晚年。作者采用“为美人以怨王孙”的笔法，以女主人公的被遗弃，隐喻自己的被贬斥，曲折有致地抒发了沦落天涯的身世之恨。词以“天涯旧恨”起拍，既是为全词张本，也是试图从时空两方面点出其恨之既长且久，既深且广。接着用凝练而又沉重的笔墨逐层深入地观照其处境和心境。“独自凄凉”，写其处境的孤危；“黛蛾长敛”，写其心境的落寞；“困倚危楼，过尽飞鸿字字愁”，则在进一步展示其处境和心境的同时，托出其盼望诏许放还而不可得的无尽愁闷。笔调如泣如诉，哀婉欲绝，而音韵亦平仄交错，抑扬有致。

【注释】

①“欲见”二句：意谓想要知道我的愁肠是如何回环曲折，只要看看铜香炉里燃着的篆香的形状就可以了。回肠：回环曲折的愁肠。篆（zhuàn）香：香烟缭绕，形若篆文。 ②黛蛾：用黛色描画的蛾眉。 ③“过尽”句：意谓大雁排成人字或一字飞过，使人倍感愁苦。

浣　溪　沙

漠漠轻寒上小楼①，晓阴无赖似穷秋②，淡烟流水画屏幽③。　　自在飞花轻似梦，无边丝雨细如愁，宝帘闲挂小银钩④。

【题解】

这是秦观早期的作品，致力于抒写闺中少妇的离情别绪，用笔细腻委婉，风格淡雅轻柔。“漠漠轻寒”，既是早春的自然症候，也是女主人公的心理感受，以之起拍，有一石二鸟之功用。次句中的“无赖”亦有兼示天气与心情之意，见出女主人公的百无聊赖。而形容“画屏”时着一“幽”字，自也与女主人公此时的心态极为相惬。过片以“飞花”喻梦，“丝雨”喻愁，虚实相生，情景相融，更是妙手偶得之佳句。梁启超既许之为“奇语”（见《艺蘅馆词选》），卓人月亦以为“自在二语，夺南唐席”（《词统》）。当然，词中虽有愁苦之音，却并非铭心刻骨的深哀剧痛，“轻似梦”“细如愁”云云，表明其愁并没有浓到不可消释的地步，因而情调较秦观晚年的作品更见婉丽。

【注释】

①漠漠：弥漫的样子。　②无赖：此处犹无聊、无奈、无可如何。　③淡烟流水：指画屏上描绘的景致。　④“宝帘”句：即李煜《浣溪沙》“手卷珠帘上玉钩”之意。

阮郎归

湘天风雨破寒初①，深沉庭院虚。丽谯吹罢小单于②，迢迢清夜徂③。　乡梦断，旅魂孤，峥嵘岁又除④。衡阳犹有雁传书，郴阳和雁无⑤。

【题解】

此词抒写羁旅迁谪之愁。从表面看，无一字道及愁；就实质言，无一字不含愁；风雨敲窗，一重愁；庭院空虚，二重愁；闻曲兴感，三重愁；乡梦又断，四重愁；客中除岁，五重愁；无雁传书，六重愁。包裹在这么多的愁里，不求解脱，也无法解脱，作者真可以算得上是“天涯断肠人”了。诚然，淮海词中颇多言愁之作，其愁未必都是仕途的坎坷带来的。但仕途上的坎坷无疑强化了作者愁的烈度，也加快了作者愁的频率。贬谪前的言愁之作，如“自在飞花轻似梦，无边丝雨细如愁”等等，词境还是凄婉的。随着贬谪生涯的开始，作者的愁便渐渐由“细如雨”变成“深如海”，词境也渐渐由“凄婉”一变而为“凄厉”。此词亦属其例。

【注释】

①湘天：指郴州（今湖南郴县）的天气。郴州在湖南，而湖南简称湘，故曰“湘天”。 ②丽谯（qiáo）：绘有彩纹的城楼。小单（chán）于：唐乐曲名。李益《听晓角》：“秋风卷入小单于。” ③迢迢：长久的样子。清夜徂（cú）：清寂的长夜正在逝去。杜甫《倦夜》：“空悲清夜徂。” ④峥嵘：此处形容寒气凛冽。岁又除：又到年终。 ⑤和雁无：连雁也没有。相传衡阳有回雁峰，北雁南飞，至此栖息。而郴阳更在衡阳之南，故有“和雁无”之语。

如 梦 令

遥夜沉沉如水①，风紧驿亭深闭②。梦破鼠窥灯③，霜送晓寒侵被。无寐④，无寐，门外马嘶人起。

【题解】

自四十六岁贬谪处州，至五十二岁病逝于放还途中，秦观流徙南荒六年之久。这使得他晚年的作品多以羁旅行役为题材。由于他既不能像前代的刘禹锡那样以自强不息的气概来蔑视挫折，又不能像当代的苏轼那样以旷达不羁的胸襟来自我解脱，这就不免在作品中流露出彷徨失路、人间何世的悲哀。这首小令写驿亭夜宿的情景，似乎仅仅是在作客观写照，但行役人客况的凄凉和心境的愁苦却于词中深深自见。作者以所见（“鼠窥灯”）表现驿亭的荒凉和破败，所感（“寒侵被”）表现节令的肃杀和严酷，所闻（“马嘶人起”）表现行役的匆迫和忙乱，而其中一以贯之的则是作者辗转流徙的无限怨恨和惆怅。这类作品，之所以特别感人，原因不仅仅在于作者技巧高明，更在于他的羁旅之愁是从身世之恨和沦落之感中派生出来的，因而具有深刻的内涵。

【注释】

①遥夜：长夜。 ②驿亭：旅舍。 ③梦破：梦醒。 ④无寐：难以入眠。

江城子

西城杨柳弄春柔①，动离忧，泪难收。犹记多情，曾为系归舟。碧野朱桥当日事，人不见，水空流。 韶华不为少年留②，恨悠悠，几时休？飞絮落花时候、一登楼。便做春江都是泪，流不尽，许多愁。

【题解】

在唐宋词中，柳往往不仅是送别时约定俗成的赠物，而且是渲染离情别绪的主要意象之一。“柳”者，留也。这一字音上的联系，已足以使它获得唐宋词人的青睐，更何况它那长条依依的体形活脱就是一种款款惜别的天然姿态。这首伤离怨别之作亦以咏柳起兴：那“弄春柔”“系归舟”的丝丝杨柳，勾起作者当年与意中人相会于“碧野朱桥”的温馨回忆。可是，往事已矣！如今，只有碧水空流，再无“惊鸿照影”，于是杨柳丝丝又牵引出作者的一腔愁绪，使他终因

“不见去年人”而“泪湿春衫袖”。歇拍三句以春江写愁，反用李煜“一江春水向东流”之意，而翻进一层，更见构思之奇，夸张之妙。

【注释】

①西城：当年离别之地。弄春柔：春风微拂，柳丝轻袅。 ②韶华：美好的青春。

水 龙 吟

小楼连苑横空①，下窥绣毂雕鞍骤②。朱帘半卷，单衣初试，清明时候。破暖轻风，弄晴微雨，欲无还有。卖花声过尽，斜阳院落，红成阵，飞鸳甃③。 玉佩丁东别后④，怅佳期参差难又⑤。名缰利锁⑥，天还知道，和天也瘦⑦。花下重门，柳边深巷，不堪回首。念多情但有，当时明月，向人依旧⑧。

【题解】

这首荡气回肠的相思曲系元祐初年作于蔡州（治所在今河南汝南）。曾慥《高斋诗话》云“秦少游在蔡州，与营妓娄琬字东玉者甚密，赠之词云‘小楼连苑横空’。”词的上片在细致入微的景物气候描写中暗寓主人公乍暖还寒、怅惘莫名的心境。首二句曾受到苏轼的善意讥诮，以为“十三个字，只说得一个人骑马楼前过。”（见《高斋诗话》）其实，细加把玩，作者如是措辞，自有其艺术匠心。“小楼”句写作者所在的楼房紧傍园林横空而立，唯因“连苑”，才能将“红成阵，飞鸳甃”的伤心惨目之景一览无余，生发出佳期难再的断肠情怀。这就不仅点明了相思的处所，而且巧妙照应了下文，草蛇灰线，有迹可循。不仅如此，《艇斋诗话》还以为“小楼连苑横空”六字中暗藏“娄琬”之名。至于“下窥”句则写作者闲倚栏杆，俯视通衢，情随车发，思逐马驰，颇欲绝空而去，与心上人重续欢会，却又苦于身不由己。因而此句已暗逗下文“名缰利锁”的感叹，亦无一字虚设。下片过渡到对离情别绪的直接抒发。“名缰”三句揭示佳期错失、欢会难再的原因，并声言自己痛苦之深，足以感天动地。“念多情”三句以明月为传媒，托出物是人非之感，收束全篇，亦极工巧。

【注释】

①“小楼”句：脱化于张籍《节妇吟》“妾家高楼连苑起”。 ②绣毂雕鞍：指代华美的车马。骤：疾驰。 ③“红成阵”二句：形容落花犹如阵雨一般飘落在井台上。 ④玉：指衣带上所系玉饰。丁东：摹拟玉佩相击之声。作者此处运用嵌字法，在“玉佩丁东”中织入了娄琬小字“东玉”。 ⑤参差：此处指错失。薛能《下第后春日长安寓居》：“隔年空仰望，临日又参差。” ⑥名缰利锁：意谓自己身在官场，为名利所束缚，不能随心所欲，恣意而行。 ⑦“天还”二句：意本李贺《金铜仙人辞汉歌》“天若有情天亦老。” ⑧“念多情”三句：由张泌《寄人》“多情只有春庭月，犹为离人照落花”化来。

贺 铸（1052—1125）

字方回，号庆湖遗老。祖籍江阴（今浙江绍兴），生于卫州（今河南卫辉）。初任武职。元祐六年（1091）以苏轼等荐，改入文资。为人豪侠尚气，不阿权贵，因而一生屈居下僚。致仕后退居苏州，郁郁以终。其词内容与辞藻并重，兼有婉约、豪放二派之长，风格多所变化。因《青玉案》词结句“梅子黄时雨”为时所赏，有“贺梅子”之雅称。

张耒《东山词序》谓其词“妙绝一世，盛丽如游金、张之堂，妖冶如揽嫱、施之祛，幽索如屈、宋，悲壮如苏、李。”亦工诗文。有《庆湖遗老诗集》九卷、《东山词》二卷、《贺方回词》二卷。

鹧 鸪 天

重过阊门万事非[①]，同来何事不同归？梧桐半死清霜后[②]，头白鸳鸯失伴飞。　原上草，露初晞[③]，旧栖新垄两依依[④]。空床卧听南窗雨，谁复挑灯夜补衣。

【题解】

这首悼亡词寄情之深、用笔之妙，庶可接肩于苏轼的《江城子·乙卯三十日夜记梦》。起笔直陈故地重临后油然而生的哀痛之感。“万事非”，是说非但人事全异，连景物也已无复故貌。这比“物是人非”的说法更能透见作者因爱妻已逝而万念俱灰的心态。“同来”句以痴语写痴情，多少哀毁、憾恨，尽在其中。“头白鸳鸯”，妙语双关，点出自己已届老境，生意索然。“失伴飞”，孑然蹒跚之状如在目前。换头“原上草”二句复以草上露水易干为喻，痛悼亡妻辞世过速。“空床”二句将抚今思昔、睹物怀人之情推向高潮：夜雨敲窗、空床辗转之际，作者不禁忆起亡妻当年“挑灯夜补衣”的情景。“挑灯夜补衣”，既点出亡妻生前的勤俭持家、夙夜操劳，又暗示他们是相濡以沫、情逾金石的贫贱夫妻。“谁复”云云，是声泪俱下的怅问，也是低回欲绝的叹息。以此作结，余味曲包，哀感顽艳。

【注释】

①阊（chāng）门：苏州的西城门。作者五十八岁致仕后退居苏州。此

前，则曾携眷在苏州暂住，赵氏夫人即卒于其时。 ②梧桐半死：比喻自己丧偶。枚乘《七发》："龙门之桐……其根半死半生。"白居易《为薛台悼亡》："半死梧桐老病身。" ③"原上草"二句：本于古乐府《薤露歌》"薤上露，何易晞！露晞明朝更复落，人死一去何时归。"晞（xī）：干。 ④旧栖：指过去同居的寓所。新垄：指亡妻的新坟。

青 玉 案

凌波不过横塘路[①]，但目送、芳尘去[②]。锦瑟华年谁与度[③]？月桥花院，琐窗朱户[④]，只有春知处。　碧云冉冉蘅皋暮[⑤]，彩笔新题断肠句[⑥]。试问闲情都几许[⑦]？一川烟草[⑧]，满城风絮[⑨]，梅子黄时雨[⑩]。

【题解】

此词问世后即被誉为"绝唱"，作者且因此获得了"贺梅子"的雅号。这与张先、宋祁分别因"云破月来"和"红杏枝头"句而获誉一样，是当时广为传播的佳话。词所抒写的是"望美人兮不来"的"闲愁"。开篇三句以似真似幻的笔触写作者所倾心的美人凌波而来，却又中道折回，踏尘而去，直如镜中之花、水中之月，令人可望而不可即。"锦瑟"句是作者对美人的无限关切的询问，其中或许寓有自叹盛年不偶之意。"月桥"三句渲染美人住所之幽美、居室之富丽，但旋又点明只有春神才知其去处。这就益增扑朔迷离之感。过片"碧云"句描写眼前景色，而将两情暌隔的怅惘渗透进其中。"试问"以下四句以提问呼起，然后叠用三个精警、新奇、又稍带夸张的复合式比喻，极写"闲愁"之充塞天地、既多且广、不可消释，是化虚为实、灵光独运之笔，宜乎前人赞赏备至。

【注释】

①凌波：形容美人步履轻盈。曹植《洛神赋》：“凌波微步，罗袜生尘。”横塘：地名，在苏州西南。 ②芳尘：美人经过时扬起的尘土。借指美人。 ③锦瑟华年：美好的青春岁月。语出李商隐《锦瑟》“锦瑟无端五十弦，一弦一柱思华年。”谁与度：即“与谁度”。 ④琐窗：刻有连琐形花纹的窗子。 ⑤冉冉：流动的样子。蘅皋：长有香草的水边高地。蘅，杜蘅，香草名。 ⑥“彩笔”句：意谓因不见伊人，昔日之生花妙笔只能写出断肠诗句。彩笔：南朝江淹晚年曾梦见自己将五色彩笔取还郭璞，“尔后为诗，绝无美句。”见《南史·江淹传》。 ⑦都几许：共有多少。 ⑧一川：遍地。 ⑨风絮：随风飘扬的柳絮。 ⑩梅子黄时雨：江南一带初夏梅子黄熟之时阴雨连绵，俗称“梅雨”。

六州歌头

少年侠气，交结五都雄①。肝胆洞②，毛发耸。立谈中，死生同，一诺千金重③。推翘勇④，矜豪纵⑤，轻盖拥⑥，联飞鞚⑦，斗城东⑧。轰饮酒垆⑨，春色浮寒瓮⑩，吸海垂虹⑪。闲呼鹰嗾犬⑫，白羽摘雕弓⑬，狡穴俄空⑭。乐匆匆。　似黄粱梦⑮，辞丹凤⑯，明月共，漾孤篷。官冗从⑰，怀倥偬⑱，落尘笼⑲，簿书丛⑳。鹖弁如云众㉑，供粗用，忽奇功。笳鼓动，渔阳弄㉒，思悲翁㉓。不请长缨㉔，系取天骄种㉕，剑吼西风。恨登山临水，手寄七弦桐㉖，目送归鸿㉗。

【题解】

此词写作者少时的豪纵任侠、勇武过人与后来的侘傺（chàchì）

失意、报国无门，既有雄姿壮采，又有悲歌长啸，在北宋词中别开生面。词的上片所集中刻画的那个放浪不羁的“游侠少年”的形象，无疑就是作者自己的化身。尽管这一形象已在唐诗中多次亮相，因而给人似曾相识之感，但在宋词中却是难得一见，因而弥足珍贵。起拍“少年侠气，交结五都雄”二句总领上片，以下便就“侠”“雄”加以濡染，字里行间回荡着豪情侠气，有仗义轻生、犁庭扫穴之概。这当是作者十七岁至二十四岁寄迹京华期间的生活实录。但离京后作者却一直沉沦下僚。下片便抒写作者追求奇功、不甘寂寞的情怀和南北羁宦、壮志难酬的遭际。全词不仅笔力雄健警拔，语言浑灏（hào）流转，而且注意声情的密切配合，以繁音促节、亢爽激昂之声，写其豪纵奔放的壮怀侠气，因而同那些婉转缠绵的词就情味迥异了。

【注释】

①五都：汉时以洛阳、邯郸、临淄、宛、成都为五都。唐代以长安、洛阳、凤翔、江陵、太原为五都。此处泛指名都。　②肝胆洞：肝胆相见。洞，洞开。　③一诺千金：指说话很有信用。《史记·季布列传》：“得黄金百斤，不如得季布一诺。”　④推翘勇：被推为特出的勇士。　⑤矜豪纵：以豪放不羁傲视于人。　⑥轻盖拥：轻车相从。　⑦联飞鞚：并马飞驰。鞚（kòng），有嚼口的马络头。　⑧斗城：汉惠帝时更筑长安城，城南为南斗形，北为北斗形，人称斗城。此处借指宋都汴京。　⑨轰饮：狂饮。　⑩瓮：酒坛。　⑪吸海垂虹：形容豪饮。程俱《贺方回诗序》：“方回少时，侠气盖一座，驰马走狗，饮酒如长鲸。”　⑫嗾（sǒu）：使唤狗的声音。　⑬白羽：箭名。　⑭狡穴：狡兔的巢穴。　⑮黄粱梦：难以实现的美梦。典出唐沈既济《枕中记》。　⑯丹凤：唐长安城有丹凤门。此处指京城。　⑰冗从：侍卫官名。作者二十四岁前为右班殿直，监军器库门。⑱倥偬（kǒngzǒng）：形容事情迫促、匆忙。　⑲尘笼：意同“尘网”，指仕途。　⑳丛：堆集。　㉑鹖弁（hébiàn）：武官的帽子。此处指内廷侍

从。　㉒渔阳：郡名，今河北蓟县。唐安禄山任平卢、范阳节度使，渔阳为其所属八郡之一。弄：弄兵，发动战争。此处借指边地有警。　㉓思悲翁：自伤衰老。汉乐府有《思悲翁》曲，此处借用其字面。　㉔长缨：长绳。西汉终军出使南越，向汉武帝请长缨，称“必羁南越王而致之阙下”。　㉕天骄：汉时匈奴自称天之骄子。此处是指入侵的外族。　㉖七弦桐：桐木制的七弦琴。　㉗目送归鸿：嵇康《赠秀才入军》：“目送归鸿，手挥五弦。”

好　女　儿

车马匆匆，会国门东[①]。信人间、自古销魂处[②]，指红尘北道，碧波南浦[③]，黄叶西风。　　堠馆娟娟新月[④]，从今夜、与谁同？想深闺、独守空床思，但频占鹊镜[⑤]，悔分钗燕[⑥]，长望书鸿。

【题解】

作为“狭深文体”和“心绪文学”，词境比诗境更加精微窈（yǎo）深，也更多地聚焦于离情别绪。有宋一代，从开宗立派的词坛巨擘，到独运灵光的词苑名家，无不“刻意伤春复伤别”。而越是如此，便越难变化生新，后出转精。如果说也有因难见巧者，那么，此词当属其一。词中不仅深刻地抒发了作者的惜别之情，而且别致地表现了作者的悔别之意，仅由上片末三句，也不难窥得其匠心：三句循例作鼎足对。“红”“碧”“黄”为颜色，“北”“南”“西”为方位，都属工对；而“北道”“南浦”“西风”，除相互为对外，又与上文“门东”遥相照应。不仅如此，“碧波南浦”既与冠之于前的“红尘北道”相关合，分别指代水路送别和陆路送别，又与缀之于后的“黄叶西风”相比并，分别指代春日送别和秋日送别。因此，陈廷焯《词则·别调集》称赞此三句及下片末三句“俱有三层意义，不似后人叠床架屋，其病百出也。”

【注释】

①国门：即都门。 ②销魂处：即离别处。 ③碧波南浦：江淹《别赋》：“春草碧色，春水绿波，送君南浦，伤如之何。” ④堠（hòu）馆：旅舍。 ⑤鹊镜：古代铜镜背面多铸飞鹊，故称鹊镜。思妇常用它占卜心上人回归与否及回归日期。 ⑥钗燕：即燕钗，指将玉钗雕作燕形。古代情侣分别时，女方常掰钗为两股，一股自留，一股赠予男方为信物。悔分钗燕，即追悔轻别之意。

踏莎行

杨柳回塘①，鸳鸯别浦②，绿萍涨断莲舟路。断无蜂蝶慕幽香，红衣脱尽芳心苦③。 返照迎潮，行云带雨，依依似与骚人语④。当年不肯嫁春风⑤，无端却被秋风误。

【题解】

此词咏荷花，不惟情景交融，而且别有寄托。陈廷焯《〈云韶集〉评》认为：“此词必有所指，特借荷寓言耳。通首如怨如慕，如泣如诉，有多惋惜，有多慨叹！淋漓顿挫，一唱三叹，真能压倒古今。”推赏一至于此。词中那孤高幽洁的荷花，即便不能简单地视之为作者的象征，至少可以说作者将自己一生怀才不遇、坎壈（lǎn）失意的愤慨融入了荷花寂寞独开、无人欣赏的遭际。起拍三句展示荷花的生存环境，而着意强调其地僻静，莲舟难至，游人绝迹。“断无”二句承前再作推宕，写荷花之幽香不为蜂蝶所慕，只能徒自芬芳，笔端充满爱怜之意。过片后“返照”二句渲染夕阳返照之际的荷塘景色，意象幽约迷蒙，富于联想与暗示。结尾三句正面摹写荷花的神态与心声，生动而又深刻地表现了其自尊与自怜，而作者因不阿权贵而抑郁失志的情怀则寓托于其中。

【注释】

①回塘：曲折的池塘。 ②别浦：支流汇入主流之处。郑谷《题杭州梓亭诗》：“潮平无别浦。” ③红衣：荷花。 ④骚人：作者自指。 ⑤“当年”句：化用李贺《南园》：“嫁与春风不用媒。”韩偓《寄恨》：“莲花不肯嫁春风。”张先《一丛花令》：“沉恨细思，不如桃杏，犹解嫁东风。”

减字浣溪沙

闲把琵琶旧谱寻①，四弦声怨却沉吟，燕飞人静画堂深。 倚枕有时成雨梦②，隔帘无处说春心，一从灯夜到如今③。

【题解】

这是一首深情缱绻的闺怨词。开篇二句写女主人公于百无聊赖之际，抱持琵琶弹奏旧曲，试图在熟悉的旋律中重温昔日的温馨，不料弦声却凄怨苦涩，与前迥异。这实际上是暗示：昔日人在一处，琴瑟和谐，故弦音欢快；今日天各一方，劳燕分飞，故弦音哀沉。“燕飞”句用笔亦极婉曲：“燕”因不忍听此哀弦而飞去，“人”亦一曲未终即归于沉寂。个中有多少弦外之音？“倚枕”二句以“雨梦”作进一步渲染，既表现了女主人公春情之热烈，又揭示了其春心之孤寂。作者另词有句：“只凭双燕话春心”（《浣溪沙》），而此词谓“隔帘无处话春心”，更见孤苦无告。结句点明其相思之苦由来已久，从时间的角度使情感得以强化、题旨得以凸现。陈廷焯《白雨斋词话》认为此词“妙处全在结句，开后人无数章法”。

【注释】

①“闲把”句：化用韦庄《谒金门》“闲抱琵琶寻旧曲”。 ②雨梦：指梦中终得如“旦为朝云，暮为行雨”的巫山神女般，飞到心上人身边。③灯夜：即元宵夜。

薄 幸

淡妆多态，更的的频回眄睐[1]。便认得、琴心先许[2]，欲绾合欢双带[3]。记画堂、风月逢迎，轻颦浅笑娇无奈。向睡鸭炉边，翔鸳屏里，羞把香罗暗解。 自过了、烧灯后[4]，都不见、踏青挑菜[5]。几回凭双燕，丁宁意深，往来却恨重帘碍。约何时再？正春浓酒困，人闲昼永无聊赖。厌厌睡起，犹有花梢日在。

【题解】

此词上片追记昔日之艳遇，下片抒写今日之离思。追记艳遇时，主要着笔于伊人。从一见倾心到以身相许，依次加以绘示，用笔细腻，风致嫣然。就中，“频回眄睐”“轻颦浅笑”云云，尤见其温柔可人和妩媚多情。而“画堂”“鸭炉”“鸳屏”云云，则属缘情布景，衬垫出幽会时两情之缱绻缠绵。抒写离思时，主要落墨于自身。伊人一去，芳踪无觅；作者几回凭燕寄语，皆为重帘所阻，以致离思莫诉、心音难通；时下唯有借酒浇愁，终日恹恹。可知其对伊人怀想之深、眷念之切。“春浓酒困”“人闲昼永”云云，重在刻画心理，语虽平淡，而情实浓烈。全词在今昔比照中，托出前欢成空、后会难期的感慨。李攀龙谓其“淡而不厌，哀而不伤”，（见《草堂诗余隽》）洵为知言。

【注释】

①“更的的”句：意谓伊人用明亮的眼波频频回望。的的：明亮的样子。眄（miǎn）：斜视。 ②琴心：指爱慕之心。用司马相如琴挑文君故事。 ③“欲绾”句：意谓欲结同心之好。绾（wǎn）：系、结。 ④烧灯：指元宵灯会。 ⑤踏青挑菜：指春日郊游。宋代有踏青节、挑菜节。

天门谣

登采石蛾眉亭①

牛渚天门险，限南北、七雄豪占②。清雾敛，与闲人登览。 待月上潮平波滟滟，塞管清吹新阿滥③。风满槛，历历数、西州更点④。

【题解】

这首登临怀古之作虽是小令短章，却不仅寄寓了深沉的历史兴亡之感，而且发唱警挺，笔力健举，有尺幅千里之概。开篇二句在时空的交错中道尽采石地形之险要与地位之重要，笔下若有历史风云翻腾激荡。“清雾”二句转写雾气散尽，引出“登览”之逸兴，从而化端凝为舒缓，使行文一张一弛，跌宕有致。下片故意将“登览”二字一笔撇开，不言眼前耳畔的江声山色，而想象月上潮平、笛吹风起时细数西州更点的情景。章法奇妙，不落俗套。“月上”云云，虽为虚拟之辞，却形神毕肖，情景俱真，极具美感。不仅如此，“历历数、西州更点”还有其言外之意：“西州”为“七雄豪占”之地，而今唯余暮鼓晨钟供人细数，这不分明是在凭吊六朝兴亡而启发今人引以为鉴？骚人之思，何其深微！

【注释】

①采石：在今安徽马鞍山市，位于长江南岸。其地有牛渚矶，绝壁嵌空，突出江中。矶西南有两山夹江耸立，即天山。其上岚浮翠拂，状若蛾眉。熙宁年间，郡守张环筑亭于牛渚矶，以观赏天门奇景，名其曰蛾眉亭。②七雄：指东吴、东晋、宋、齐、梁、陈六朝及五代的南唐。此句谓建都金陵的“七雄”皆凭恃上游的牛渚、天门之险，遏止强敌来犯。　③塞管：指笛。阿滥：笛曲名，即“阿滥堆”。相传骊山有鸩雀，俗名“阿滥堆”，唐玄宗曾采其鸣声谱为笛曲，流播遐迩。　④西州：东晋、刘宋间扬州刺史治所，地在金陵之西，故名。此处代指金陵。更点：古代分一夜为五更，又分一更为五点，皆以钟鼓报时。

陌　上　郎

西津海鹘舟[1]，径度沧江雨。双艘本无情[2]，
鸦轧如人语[3]。　　挥金陌上郎[4]，化石山头妇[5]。
何物系君心，三岁扶床女。

【题解】

此词通过对民间传说的融合、古代轶闻的化用及自然景物的点染，抒写了一位思妇的哀怨心声，表现了“痴心女子负心汉”的传统主题。上片描绘江边送别的情景。不着笔于女主人公的嘤嘤叮咛之状，而落墨于“双艘”，由不为人间别离所动的无情物，听出依依惜别的有情语，这既反映了女主人公的深于情、专于情，也见出她此时

的意乱神迷。下片写女主人公别后的幽怨，叠用秋胡戏妻的古代轶闻和望夫化石的民间传说，在鲜明的比照中，突出游子之薄幸与思妇之坚贞。篇末以家有“扶床女”相讽劝，试图用骨肉亲情打动游子，使其早作归计。情辞宛转，感人至深。

【注释】

①津：渡口。海鹘（hú）舟：一种快船。海鹘，鸟名，即海东青。雕之一种。古人常在船上刻鹘作为装饰。　②双艣：即双橹。　③鸦轧：摇橹声。　④“挥金”句：刘向《列女传》卷五载：鲁人秋胡新婚未久即外出游宦。五年后挟金归省，路遇采桑女子，见色起意，以金钱诱惑之，而遭痛斥。抵家后，秋胡始得知该女子即其结发妻。此句用其事。　⑤“化石”句：刘义庆《幽明录》：“武昌阳新县北山上有望夫石，状如人立。相传昔有贞妇，其夫从役，远赴国难。妇携幼子，饯送此山，立望夫而化为立石，因以为名焉。”

仲　殊（生卒年不详）

俗姓张，名挥，字师利，安州（今湖北安陆）人。曾应进士试，后弃家为僧，居杭州吴山宝月寺。崇宁中自缢卒。能文善词。有辑本《宝月集》一卷。

柳梢青

吴　中①

岸草平沙，吴王故苑②，柳袅烟斜。雨后寒轻，风前香软，春在梨花。　行人一棹天涯，酒醒处，残阳乱鸦。门外秋千，墙头红粉[3]，深院谁家。

【题解】

此词描写吴中春景，通过一位浪迹天涯的“行人”的眼目，映射出江南景物及人物的独特韵致。起拍二句便将自然景观与人文景观融为一体。如果说岸草、平沙、垂柳、斜烟所构成的画面显现了吴中景物之优美的话，那么，“吴王故苑”则昭示了吴中历史之悠久，使读者得到多重审美感受。“雨后”三句进一步点染吴中初春风光，以细雨微香等营造出江南水乡所特有的一种缠绵温馨的氛围。换头三句写“行人”乘舟来到吴中时，恰值梦断酒醒。“残阳乱鸦”，为景不无衰飒，却正好能烘托游子的羁旅飘泊之感。歇拍三句复以纤柔之笔，将吴中人物牵引出场。门外秋千，墙头佳人，使原本情绪黯淡的行人眼前为之一亮。“深院谁家”，这一悄然自问，透露了他对佳人顿生爱慕之意的消息。以此结篇，自是余音袅袅。

【注释】

①吴中：今江苏苏州一带。 ②吴王故苑：苏州为春秋时吴国故地，存有吴王阖闾的宫苑。 ③红粉：指佳人。

晁补之（1053—1110）

字无咎，晚号归来子，济州钜野（今山东巨野）人。宋神宗元丰二年（1079）进士。曾任太学正、秘书省正字、著作佐郎等职。绍圣末，坐党籍，贬监处州、信州酒税。徽宗时，历知湖州、密州、果州、泗州。以文章受知于苏轼，为“苏门四学士”之一。词风受苏轼影响，不作绮艳语、娇娆态。有《鸡肋集》七十卷、《晁氏琴趣外篇》六卷。

摸 鱼 儿

东皋寓居[1]

买陂塘、旋栽杨柳[2]，依稀淮岸湘浦[3]。东皋嘉雨新涨痕，沙嘴鹭来鸥聚[4]。堪爱处，最好是、一川夜月光流渚。无人独舞。任翠幄张天[5]，柔茵藉地[6]，酒尽未能去。　青绫被[7]，莫忆金闺故步[8]。儒冠曾把身误[9]。弓刀千骑成何事[10]？荒了邵平瓜圃[11]。君试觑[12]，满青镜、星星鬓影今如许[13]！功名浪语[14]，便似得班超[15]，封侯万里，归计恐迟暮。

【题解】

此词写作者因仕途受挫而归隐东皋后的生活情趣，表现了对功名的鄙弃、对早年“误入尘网”的追悔，以及对清新、明媚的自然风光的心契神会。上片“无人独舞”以下四句，写作者面对纯净而又迷人的东皋风光，顿觉身心一快，而情不自禁地翩然独舞于柳荫下、草坪中，欢饮已毕而犹流连忘返。这种狂放任兴行为，既反映了作者固有的恢宏气度、高旷胸襟，也是挣脱名缰利锁后对蓄积已久的压抑感的一种自由宣泄。词由此转入抒情寄慨。下片“青绫被”以下五句全是后悔当年追逐功名之语。“儒冠曾把身误”，是痛定思痛时得出的清醒认识。“功名浪语”以下四句又以班超为例，对功名仕途做了彻底否定，借以昭示自己退居田园、以隐逸终老的决心。全词于慷慨之辞中寓傲兀跌宕之气，似旷达而实愤激，与苏轼词同中有异。刘熙载《艺概·词概》称辛弃疾《摸鱼儿》（更能消几番风雨）为此词之“波澜”，或有言过其实之处，却表明此词在词论家心目中占有不可忽视的地位。

【注释】

①东皋：指作者故乡的东山。作者曾在东山修建“归去来园”，作为游息之所。　②陂（bēi）：池塘。旋：顷刻，不久。　③依稀：仿佛。淮：淮河。湘：湘江。　④沙嘴：指突出在水中的沙洲。　⑤翠幄：绿色的帐幕。　⑥柔茵：软草。　⑦青绫被：汉代制度，尚书郎“入直台中”时，官供新青缣白绫被或锦被。此处指代仕宦时的物质享受。　⑧金闺：即金马门。汉武帝时学士们于此草拟文稿。作者曾任著作佐郎，故云。　⑨儒冠：指读书人。杜甫《奉赠韦左丞丈二十二韵》：“纨绔不饿死，儒冠多误身。”⑩弓刀千骑：指地方官手下佩带武器的卫队。此句慨叹自己做地方官时一无所成。　⑪邵平：秦时人，封东陵侯。秦亡后，隐居长安城东种瓜。瓜有五色，味极甘美，世称东陵瓜。此句为后悔自己过去因出仕而使田园荒芜。⑫觑（qù）：看，注视。　⑬青镜：青铜镜。星星：形容鬓发花白。　⑭浪语：虚语，废话。　⑮班超：东汉名臣。曾投笔从戎，出使西域，因功封定远侯，居西域三十余年，回到京城时已七十一岁。所以后句叹曰“归计恐迟暮”。

洞 仙 歌

泗州中秋作①

青烟幂处②，碧海飞金镜③。永夜闲阶卧桂影。露凉时，零乱多少寒螀④，神京远⑤，惟有蓝桥路近⑥。　　水晶帘不下，云母屏开⑦，冷浸佳人淡脂粉。待都将许多明，付与金尊，投晓共、流霞倾尽⑧。更携取胡床上南楼⑨，看玉做人间，素秋千顷。

【题解】

此词赋写于宋徽宗大观四年（1110）作者知泗州时，毛晋《琴趣外编跋》以为它是晁氏的绝笔之作。通篇咏月：上片写月升碧海，下片写月满中天；上片为室外望月，下片为楼内赏月。既有时间的推移，又有空间的转换；首尾呼应，层次井然。故而胡仔、毛晋、李攀龙、黄蓼园等众口一词，备加赞赏。但此词的佳处又不仅仅在于章法之巧和刻画之工，还在于作者借吟咏月色，寄托了其孤寂的志士情怀和高旷的骚人兴会。上片以凉露、寒螀等意象渲染秋气秋声，使月夜的氛围趋于清凉幽寂，以兴发“神京”杳远，心志难酬之叹。下片举杯邀月，开怀畅饮，复又携床登楼，观赏那琉璃乾坤，则表现了其豪情逸兴。惟其如此，从中可以触摸到作者的丰富的情感世界。《蓼园词选》称此词“冰魂玉魄，气象万千”，殆非过誉。

【注释】

①泗州：治所在今江苏泗洪县东南。清康熙时，州城陷于洪泽湖

中。 ②幂（mì）：笼罩、覆盖。 ③金镜：指月亮。李贺《七夕》：“天上飞金镜，人间望玉钩。” ④寒螿（jiāng）：寒蝉。 ⑤神京：指北宋都城汴京。 ⑥蓝桥：在今陕西蓝田县东南。唐人裴航曾在此处得遇仙女云英，并一同仙去。 ⑦云母：一种透明的矿石。云母屏：用云母制成的屏风。李商隐《嫦娥》：“云母屏风烛影深。” ⑧流霞：指仙酒。据王充《论衡·道虚》载，项曼都离家求仙，被仙人带到月边，饮以流霞仙酒一杯，得数月不饥。 ⑨胡床：由西域传入的一种可以折叠的软便坐具。又称“交椅”“绳床”。东晋庾亮曾在南楼踞胡床赏月。见《世说新语·容止》。

陈师道（1053—1102）

字履常，一字无己，号后山居士，彭城（今江苏徐州）人。元祐二年（1087），苏轼荐为徐州教授。后罢归。元符三年（1100），召为秘书省正字，逾年病卒。诗与黄庭坚并称“黄陈”，同为江西诗派开创者。有《后山居士文集》二十卷、《后山词》一卷。

菩 萨 蛮

七 夕

行云过尽星河烂①，炉烟未断蛛丝满。想得两眉颦，停针忆远人。 河桥知有路②，不解留郎住。天上隔年期，人间长别离！

【题解】

这是一首颇为别致的七夕词。它主要落笔于人间的思妇，而以天上的织女作为陪衬，通过刻画思妇七夕的心理活动，表现了离别相思的传统主题。这也就意味着它基本上撇开了对“牛郎织女”故事的正面吟咏。开篇二句描摹景物。“行云”句为室外之景，暗点七夕；“炉烟”句为室内之景，巧引思妇。炉烟袅袅，蛛丝满室，这正象征着思妇心境的迷惘与杂乱。“想得”二句写思妇的神态与动作。“两眉颦”，见出其若有隐忧；“停针”，见出其心神不宁；“忆远人”，点明其正为相思所苦。下片展示思妇的心理活动。“河桥”二句批评织女“不解留郎”，是无理而妙的痴情语。“天上”二句再作顿挫：织女毕竟每年皆可与牛郎欢会一夕，岂似自己与情郎一别多年，渺无会期？用笔平中见奇，余韵无穷。

【注释】

①烂：灿烂。 ②河桥：指银河上的鹊桥。

张 耒(1054—1114)

字文潜，号柯山，楚州淮阴（今属江苏）人。宋神宗熙宁六年（1073）进士，授临淮主簿。元祐间，仕至起居舍人，以直龙图阁知润州。绍圣中，坐党籍，谪监黄州酒税。徽宗初，召为太常少卿。后复坐元祐党，贬房州别驾，黄州安置。工诗赋散文，为“苏门四学士”之一。有《张右史文集》六十卷、《柯山诗余》一卷。

风 流 子

木叶亭皋下①，重阳近，又是捣衣秋②。奈愁入庾肠③，老侵潘鬓④，谩簪黄菊，花也应羞。

楚天晚，白蘋烟尽处，红蓼水边头[5]。芳草有情，夕阳无语，雁横南浦，人倚西楼。　玉容知安否[6]？香笺共锦字[7]，两处悠悠。空恨碧云离合[8]，青鸟沉浮[9]。向风前懊恼，芳心一点，寸眉两叶，禁甚闲愁？情到不堪言处，分付东流。

【题解】

此词抒写游子思妇的离情别绪。开篇三句借景传情。以“木叶亭皋下”点出时属深秋，景物萧瑟；以“重阳近”点出佳节又至，离思倍增；以“捣衣秋”，点出抒情主人公是为思妇所系念的游子。“奈愁入”三句以“庾肠”“潘鬓”为喻，托出游子飘泊他乡、未老先衰、愁肠百结的无奈喟叹。“楚天晚”以下六句复移情入景，通过“白蘋”“红寥”“芳草”“夕阳”“南浦”等物象的点染，将游子的离别相思之情曲曲传出。“人倚”句补叙游子登眺之处，从而点明“楚云”云云，乃其登眺所见，“奈愁入”云云，则为其登眺所感。这又见出谋篇布局之工巧。换头五句正面表现游子对闺中人的关切与忆念，使上片寓托在景物中的情感趋于明朗。碧云已合，而人未团圆；青鸟已去，而信犹迟滞。“空恨”，毕见游子一腔惆怅。“向风前”四句转以悬想之笔，描写闺中人思念游子时的愁苦情态，揭破“一种相思，两处闲愁”之旨意。歇拍二句以质语绾合全篇，尤觉用笔老到浑成。

【注释】

①“木叶”句：屈原《九歌·湘夫人》：“袅袅兮秋风，洞庭波兮木叶下。”后世常以“木叶下”拟况秋景，兼寄离思。　②捣衣：唐宋诗词常以捣衣喻指闺中人对游子的忆念。李白《子夜吴歌》：“长安一片月，万户捣衣声。”　③庾肠：庾信原为梁臣，后出使西魏，值西魏灭梁，遂羁留北地，

屈仕西魏、北周。暮年所作《哀江南赋》等。多抒写乡关之思。后人因以“庾愁”喻指思乡之情。“庾肠”，即思乡之愁肠。 ④潘鬓：西晋文学家潘岳三十二岁时鬓发初白。后因以“潘鬓”喻指壮年鬓发变白。 ⑤红蓼：水草名，古称辛菜。 ⑥玉容：指代思妇。 ⑦香笺锦字：皆指代书信。 ⑧碧云离合：语本江淹《休上人怨别》“日暮碧云合，佳人殊未来。” ⑨青鸟：传说中为西王母送信的神鸟。此处指代信使。

周邦彦（1056—1121）

字美成，号清真居士，钱塘（今浙江杭州）人。少时落魄不羁。元丰年间，献《汴都赋》，为神宗所赏识，得由太学生擢为太学正。元祐时，出为庐州教授、溧水县令。绍圣初，历仕国子主簿、校书郎。徽宗时，召授大晟府提举。旋又出知顺昌府，晚居明州。精于审音，工于格律，长于创调，集中多自度曲。又善于谋思布局和锻字琢句，每能穷勾勒之致，极顿挫之妙。风格浑厚典雅，富艳精工，被推为北宋婉约词人中的集大成者。陈廷焯《白雨斋词话》称“词至美成，乃有大宗，前收苏、秦之终，后开姜、史之始。自有词人以来，不得不推为巨擘，后之为词者，亦难出其范围。然其妙处，亦不外沉郁、顿挫，顿挫则有姿态，沉郁则极深厚；既有姿态，又极深厚，词中三昧，亦尽于此矣。”有《清真词》二卷、《详注周美成片玉集》十卷。

兰 陵 王

柳

柳阴直①，烟里丝丝弄碧②。隋堤上、曾见

几番[3]，拂水飘绵送行色[4]。登临望故国，谁识京华倦客[5]。长亭路[6]，年去岁来，应折柔条过千尺[7]。　闲寻旧踪迹，又酒趁哀弦[8]，灯照离席。梨花榆火催寒食[9]。愁一箭风快[10]，半篙波暖[11]，回头迢递便数驿。望人在天北。　凄恻，恨堆积。渐别浦萦回[12]，津堠岑寂[13]。斜阳冉冉春无极[14]。念月榭携手，露桥闻笛[15]。沉思前事，似梦里，泪暗滴。

【题解】

此词以柳为题，主旨却是抒写离愁别恨。一叠借柳发端，兴起京华倦旅之叹。“烟里丝丝弄碧”，着一“弄”字，似乎是说柳色弄人，自己漫不经意，却使多少人触目伤情，难以为怀。接以“隋堤上”三句，正为申足此意。二叠切入眼前辞别友人（或情侣）的情景。“愁一箭”以下四句，写船行如飞，转瞬之间，便驶过若干驿站；回望友人，已遥在天边。以“愁”字领起，传写出作者此时有悖于一般旅客的特殊心理：惟恐船行过速，使他不能长时间地与友人以目寄意。而这又正映射出依依难舍之情。三叠转写别后的凄凉感受以及对往事的不胜忧伤的回忆。统观全词，不惟布局井然有序，章法错综多变，而且感情沉挚，声调谐美，笔力奇崛。此外，了无痕迹的时空转换技巧亦堪称道。据宋人毛幵（qiān）《樵隐笔录》载，“绍兴初，都下盛行周清真咏柳《兰陵王慢》，西楼南瓦皆歌之，谓之‘渭城三叠’。”可见其影响之一斑。

【注释】

①柳阴直：谓远望中柳荫连缀成直线。　②弄碧：谓柳丝飞舞，闪弄其娇嫩的碧色。　③隋堤：隋代开通济渠，沿渠筑堤植柳，后称隋堤。此处借指

汴京附近的汴堤。 ④飘绵：指柳絮飘飞。 ⑤京华倦客：作者自谓。因久居京城，有厌倦之意，故云。 ⑥长亭路：指代送别地点。古人多于长亭送别。 ⑦折柔条：即折柳条。古人送别，多折柳相赠。 ⑧趁：追随，伴和。哀弦：哀怨的乐声。 ⑨榆火：寒食日禁火禁烟，节后另取新火。唐宋时朝廷在清明日取榆柳之火以赐百官，故有“榆火”之说。寒食：节令名，清明前一日（或二日）。 ⑩一箭风快：顺风行船，其疾如箭。 ⑪半篙波暖：竹篙没入水中，因时近暮春，水波已暖。 ⑫别浦萦回：送别的水滨，水波还在回旋。 ⑬津堠：码头上瞭望和歇宿的处所。岑寂：寂静。 ⑭无极：无边，无际。 ⑮月榭、露桥：泛指两人昔日夜游的幽美场所。

少年游

并刀如水①，吴盐胜雪②，纤手破新橙③。锦幄初温④，兽香不断⑤，相对坐调笙。 低声问：向谁行宿⑥？城上已三更。马滑霜浓，不如休去，直是少人行。

【题解】

此词以纤笔淡语，表现闺闱中的密意浓情。起拍三句描绘主人公破橙待客的情景，由细微入手写出她的温存体贴。“如水”“胜雪”，固然是形容并刀之快与吴盐之白，但同时也造成一种纯净得近乎透明、柔和得近乎融化的氛围。于是，“纤手破新橙”这一特写，就不仅充满生活气息，而且脱略了世俗的应接成分，显得“柔情似水”，备极温馨了。“锦幄”三句由特写推为全景。默然对坐的男女主人公此时既无语言，也无动作，双双陶醉在悠远的笙曲中，让它说尽一腔深情。这正见出他们相知已深。而女主人公的端庄高雅，也从侧面得到了揭示。下片转写女主人公软语留人，“颠倒重复，层折入妙”（陈廷焯《词则》），益见其情意缠绵、心地纯真。“向谁”二句已有留客之意，却闪烁其词，羞于言明。“马滑”句渲染室外路滑霜寒的景象，意在提醒对方不宜夜归，并勾起他对室内的温香暖玉的留恋。几经转折，歇拍二句终于情溢言表，将挽留之意和盘托出，但仍作商量口吻，极尽柔婉之致。

【注释】

①并刀：并州出产的快刀。此处用以剖切新橙。　②吴盐：吴地出产的细盐。此处用作中和橙酸的佐料。李白《梁园吟》：“吴盐如花皎如雪。”　③破：剖开。　④锦幄：华美的帐帷。　⑤兽香：兽形铜香炉中升起的香烟。　⑥谁行（háng）：谁那里、谁那边。

苏幕遮

燎沉香[①]，消溽暑[②]。鸟雀呼晴[③]，侵晓窥檐语[④]。叶上初阳干宿雨[⑤]，水面清圆，一一风荷举。　故乡遥，何日去？家住吴门[⑥]，久作长安旅[⑦]。五月渔郎相忆否？小楫轻舟[⑧]，梦入芙蓉浦[⑨]。

【题解】

这是一首颇为别致的怀乡词。上片所展示的是京城五月的秀丽晨景，而以“叶上”三句最为传神。它们不但表现了荷花的神清骨秀、摇曳生姿，而且还烘染出一个明洁恬静的境界。王国维《人间词话》称许它们“真能得荷花之神理”。前两句犹如静物写生，第三句着一“举”字，把亭亭出水的荷叶随风低昂俯仰的状态，写得形神兼备，整个画面也随之活动起来。同时，初阳微煦，池水轻寒，晨风徐来，令人但觉荷香扑面而全然忘却了周围的“溽暑”。下片抒写赏荷之际油然而生的乡思。唐宋时杭州荷花之盛，远过于汴京。这在白居易《余杭形胜》诗和柳永《望海潮》词中都有所反映。南宋诗人杨万里旅杭时，亦曾吟出“接天莲叶无穷碧，映日荷花别样红”的名句。这种它处难觅的风光，是宦游在外的作者常萦于梦思的。“故乡”四句透露出久客京华、留滞不归的怅恨，表明其乡思早已不可遏止。“小楫”二句便将乡思转化为归梦，梦中的作者已同早年的朋侣，乘舟穿行在碧波绿盖的芰荷深处了。

【注释】

①燎（liáo）：小火烧炙。沉香：香料名。 ②溽（rù）：潮湿的暑气。 ③呼晴：唤晴，旧有鸟鸣可占卜晴雨之说。 ④侵晓：破晓。 ⑤宿雨：隔夜的雨。 ⑥吴门：苏州旧为吴郡治所，称吴门。作者家在钱塘，旧属吴郡。此处乃以吴门借指钱塘。 ⑦长安：汉唐故都。此处借指宋都汴京。 ⑧楫：桨。 ⑨芙蓉：即荷花。

满 庭 芳

夏日溧水无想山作[1]

风老莺雏[2]，雨肥梅子[3]，午阴嘉树清圆[4]。地卑山近，衣润费炉烟。人静乌鸢自乐[5]，小桥外，新绿溅溅[6]。凭栏久，黄芦苦竹[7]，拟泛九江船[8]。　　年年，如社燕[9]，飘流瀚海[10]，来寄修椽[11]。且莫思身外[12]，长近尊前。憔悴江南倦客[13]，不堪听、急管繁弦。歌筵畔，先安簟枕[14]，容我醉时眠。

【题解】

这是一首刻画入微、形容尽致的即景抒情之作。上片以细密的笔法描绘江南初夏景色。起拍"风老"二句各有所本，但既经作者点化，则不仅比原句更见工巧奇崛，而且平添了画面的动感和景物的活力。仅此二句，初夏光景已直逼眼前。但景色虽极美好，环境实甚恶劣。"地卑"二句转写溧水的地理环境。"费炉烟"，不仅是因为"衣润"的缘故，还与"地卑""山近"、雨多紧相关联。因而，一个"费"字，实有上下勾连、前后照应之功。下片转写迁谪沦落之恨。"年年"四句以"社燕"自喻，极写天涯飘泊、寄人篱下之苦。"且莫"忽作达观之想，劝说自己敝屣（xǐ）功名富贵，且尽杯中之欢。但"憔悴"二句却又声称，那侑酒的乐曲自己消受不得。这表明他内心愁苦郁结已深，非酒力所能化解——说到底，他还是不能忘情世事、超然物外。其纡曲心态尽见于波澜开合中。歇拍三句复又一笔折回，重作借酒浇愁之努力，看似欢娱词，实亦悲颓语。陈廷焯《白雨斋词话》称此词"沉郁顿挫中，别饶蕴藉"，确是如此。

【注释】

①此词是作者三十九岁任溧（lì）水（今属江苏）县令时作。无想山在溧水县南十八里，山上无想寺中有韩熙载读书堂。 ②风老莺雏：幼莺在暖风里长大了。杜牧《赴京初入汴口胜景即事》："风蒲莺雏老。" ③雨肥梅子：梅子在雨水的滋润下肥大起来。杜甫《游何将军山林十首》其五："红绽雨肥梅。" ④午阴嘉树清圆：正午时，阳光下的树影既清晰，又圆正。刘禹锡《昼居池上亭独吟》："日午树阴正。" ⑤乌鸢（yuān）：乌鸦。 ⑥溅溅：流水声。 ⑦黄芦苦竹：白居易《琵琶行》："住近盆江地低湿，黄芦苦竹绕宅生。" ⑧九江：即江州。白居易曾贬为江州司马。此句以白氏贬谪江州时的情境自比。 ⑨社燕：燕子于春社时节北飞，秋社时节南下，故称社燕。 ⑩瀚海：沙漠。此处泛指遥远、荒僻地区。 ⑪修椽（chuán）：即

长椽。安在梁上支架屋面和瓦片的长木条。句中为燕子筑巢之所。 ⑫莫思身外：杜甫《绝句漫兴九首》其四："莫思身外无穷事，且尽生前有限杯。"身外：指身外的功名利禄。 ⑬江南倦客：作者自称。 ⑭簟（diàn）：竹席。

夜 飞 鹊

河桥送人处，凉夜何其①？斜月远堕余辉。铜盘烛泪已流尽②，霏霏凉露沾衣。相将散离会③，探风前津鼓④，树杪参旗⑤。华骢会意，纵扬鞭、亦自行迟。 迢递路回清野，人语渐无闻，空带愁归。何意重经前地，遗钿不见⑥，斜径都迷。兔葵燕麦⑦，向斜阳、欲与人齐。但徘徊班草⑧，欷歔酹酒⑨，极望天西。

【题解】

此词为作者自度曲，故而能因声宛转，随意驰骋。词咏别情，其主体部分由昔日送别和今日忆别两种场景构成。但作者并没有径直落墨于始终萦绕着自己的离愁别恨，而更多地借助景物描写加以烘染。上片再现送别场景时，着力渲染"凉夜""斜月"及"铜盘烛泪"，意在造成一种凄凉、衰飒的氛围，以引发作者的凄然伤别之情。而"花骢"二句更以拟人化手法，写坐骑不忍登程，曲折传导出自己的惜别情怀。下片中的"兔葵燕麦，向残阳、欲与人齐"，亦是情寓景中的佳句，梁启超曾将它与柳永《雨霖铃》中的"今宵酒醒何处？杨柳岸、晓风残月"相比并，誉为"送别词中双绝"（见《艺蘅馆词选》）。全词采用逆入平出的结构方式，"自将行至远送，又自去后写怀望之情，层次井井而意致绵密，词采秾深，时出浑厚之句，耐人咀嚼"（《蓼园词选》）。

【注释】

①凉夜何其：即凉夜未央。《诗经·小雅·庭燎》："夜如何其？夜未央。" ②烛泪：杜牧《惜别》："蜡烛有心还惜别，替人垂泪到天明。" ③相将：相随。离会：饯别的宴会。 ④探：注意，了解，探听。津鼓：开船的信号。 ⑤树杪（miǎo）参（shēn）旗：悬挂在树梢上的参旗星。树杪，树梢。参旗：星宿名。 ⑥遗钿：女子遗落的首饰。 ⑦兔葵燕麦：路边的野葵、野麦。刘禹锡《再游玄都观诗序》："惟兔葵燕麦，动摇于春风耳。" ⑧班草：铺开野草，藉地而坐。 ⑨欷歔（xīxū）：悲叹声。

六　丑

落　花

正单衣试酒，怅客里、光阴虚掷。愿春暂留，春归如过翼[①]，一去无迹。为问花何在？夜来风雨，葬楚宫倾国[②]。钗钿堕处遗香泽[③]，乱点桃蹊，轻翻柳陌。多情为谁追惜？但蜂媒蝶使[④]，时叩窗槅[⑤]。　　东园岑寂[⑥]，渐蒙笼暗碧[⑦]。静绕珍丛底[⑧]，成叹息。长条故牵行客，似牵衣待话，别情无极[⑨]。残英小、强簪巾帻[⑩]。终不似一朵，钗头颤袅，向人欹侧。漂流处、莫趁潮汐。恐断红、尚有相思字[⑪]，何由见得？

【题解】

此词一题"蔷薇谢后作"，亦为作者自度曲。据周密《浩然斋雅谈》载，宋徽宗曾问"六丑"之义，在座诸臣莫能对之。因召周邦彦以询，对曰："此犯六调，皆声之美者，然绝难歌。"可知此词声调既美，协律亦难，非熟精音律者不能为之。词借吟咏落花，抒写了作者的惜花伤春之情；在这种惜花伤春之情中，又融入了他沦落不遇的身世之感。起笔便托出作客他乡、年华虚度的慨叹，暗示一篇之真实旨意。然后切入花落春残的悲凉景象。“愿春”三句被周济《宋四家词选》评为“千回百折，千锤百炼”，这是因为它们不仅造语工巧，而且字里行间渗透着留春不得的忧郁与感伤。上片中另有两个精心设计的问句，以之领起下文，极见思致灵动，寓托丰厚：“为问”句反衬客子无家可归，“多情”句暗喻客子无人见怜，都是惜花兼以自叹。下片转从落花着笔，想象花亦含思恋人，“别情无极”，用笔婉转曲折，神余言外。歇拍又结以问句，既与上片遥相照应，又将题旨向深处拓进一层。

【注释】

①“春归”句：意谓春归之速，犹如鸟翼掠过。杜甫《夜二首》：“村墟过翼稀。” ②楚宫倾国：楚王宫里的美人。喻指落花。 ③钗钿：首饰。喻指飘落于地的花瓣。 ④蜂媒蝶使：蜂、蝶常飞舞于花丛，故称。 ⑤窗槅：即窗棂。窗户上雕花的格子。 ⑥岑寂：静寂。 ⑦蒙笼暗碧：绿叶茂密，好似笼罩一层幽暗的轻雾。 ⑧珍丛：指花丛。 ⑨“长条”三句：谓花枝勾住行人衣服，似欲倾诉其惜别之情。 ⑩强簪巾帻（zé）：勉强把残花插在帽子上。巾帻，头巾、帽子。 ⑪“恐断红”句：用唐人红叶题诗故事。据范摅《云溪友议》载，唐代诗人卢渥至长安应试，偶由御沟中拾得红叶一片，上有宫女题诗云：“流水何太急？深宫竟日闲。殷勤谢红叶，好去到人间。”后二人巧成婚配。

蝶 恋 花

月皎惊乌栖不定①，更漏将残②，辘轳牵金井③。

唤起两眸清炯炯[4]，泪花落枕红绵冷[5]。 执手霜风吹鬓影，去意徊徨[6]，别语愁难听。楼上阑干横斗柄[7]，露寒人远鸡相应。

【题解】

这是清真词中抒写离情别绪的佳作之一。它依循别前、别时、别后的时间线索，将离情别绪渐次导向高潮。景物的构置完全顺应人物情绪的变化，堪称景因情设，情随景迁。开篇即以“惊乌”的栖息无定，暗示了离人的心神不宁、梦魂难安。接着又以辘汲水声再作渲染，点出离人入睡未熟、闻声即醒。“唤起”二句着笔于闺中人的凄苦情态，不言离愁，而离愁自见。结尾二句写离人分袂独去，仍是借景传情：闺中人伫立怅望，但觉星横斗移、霜寒露重，更有晨鸡悲鸣，此起彼应。其情若何，自可于言外得之。戈载《宋七家词选》评此词“其意淡远，其气浑厚，其音节又复清妍和雅”，不为无见。

【注释】

①“月皎”句：意谓月色皎洁明亮，使乌鸦误以为天晓而栖息不定。 ②更漏：古时以铜壶滴漏来计时报更，称更漏。阑：尽。 ③辘轳（lìlú）：井上的滑车，用来转动水桶上的绳子。金井：井的美称。吴均《行路难》：“玉栏金井牵辘轳。” ④炯炯：形容目光明亮。 ⑤红绵：用作枕芯的丝绵或木棉。 ⑥徊徨：彷徨。 ⑦阑干：横斜的样子。此处指北斗星的斗柄已经低移。

过 秦 楼

水浴清蟾[1]，叶喧凉吹[2]，巷陌马声初断。闲依露井[3]，笑扑流萤，惹破画罗轻扇[4]。人静夜久凭阑，愁不归眠，立残更箭⑤。叹年华一瞬，人今千里，梦沉书远。　　空见说、鬓怯琼梳⑥，容消金镜，渐懒趁时匀染⑦。梅风地溽，虹雨苔滋⑧，一架舞红都变⑨。谁信无聊，为伊才减江淹⑩，情伤荀倩⑪。但明河影下，还看稀星数点。

【题解】

如果给此词酌加词题的话，“静夜思”也许可以得其仿佛。上片中的“人静”三句及下片歇拍二句，都点明此词所表现的是作者夜深人静时的所见所闻与所思。而其所思者，乃是天各一方、欢会难期的恋人。“叹年华一瞬，人今千里”云云，揭示了作者“夜久凭阑，愁不归眠”的真实原因。而“谁信无聊，为伊才减江淹，情伤荀倩”云云，则踵事增华，将作者因思念伊人而痛苦不堪的情状渲染到极致。词中仅有的这两处直接抒发感慨的笔墨，不仅都有点睛的妙用，而且真情流溢，感人至深。词中另有两处笔墨为恋人传神写照，亦独具匠心：“闲依露井”三句是追忆她昔日的俏丽姿影，“空见说”三句是想象她如今的憔悴容颜。二者遥相映衬，既见出作者对其怀念、关切之深，又寄寓了今昔之慨。至于词中描写景物的文字，则无论是上片的“水浴清蟾”三句，还是下片的“梅风地溽”三句，都能绘示出秋夜独有的色彩，恰到好处地烘托作者的静夜怀人之思，殆无一语虚设。

【注释】

①清蟾：在神话传说中，嫦娥奔月后化为蟾蜍。故后世以清蟾指代明月。　②凉吹：即凉风。　③露井：没有井亭覆盖的井。　④“笑扑”二句：化用杜牧《秋夕》“银烛秋光冷画屏，轻罗小扇扑流萤。”　⑤更箭：古代计时器铜壶上的指针。　⑥鬓怯琼梳：鬓发日渐稀疏，以致怕用琼玉做

的梳子。 ⑦趁时匀染：入时的梳妆打扮。匀染，指敷粉施朱，亦即梳妆打扮。 ⑧“梅风”二句：意谓时值黄梅天气，地上湿溽生苔，天上则一会儿下雨，一会儿出现彩虹。 ⑨“一架”句：意谓一架红花随风乱舞，终于变色、凋谢了。 ⑩才减江淹：据《南史》本传载，江淹少时得五色彩笔，文思敏捷。后梦见郭璞讨还此笔，才思锐减。时人称为“江郎才尽”。 ⑪情伤荀倩：据《世说新语·惑溺篇》载，荀奉倩妻曹氏美艳绝伦。曹氏病死后，荀因伤情过度，不久亦辞世。

尉迟杯

隋堤路[①]，渐日晚、密霭生烟树[②]。阴阴。淡月笼沙，还宿河桥深处。无情画舸[③]，都不管、烟波隔南浦。等行人、醉拥重衾，载将离恨归去。　　因思旧客京华，长偎傍、疏林小槛欢聚。冶叶倡条俱相识[④]，仍惯见、珠歌翠舞。如今向、渔村水驿，夜如岁、焚香独自语。有何人、念我无聊，梦魂凝想鸳侣[⑤]。

【题解】

此词一题“离恨”。陈洵《海绡说词》评曰：“‘隋堤’，一境，‘京华’，一境，‘渔村水驿’，一境，总入‘焚香独自语’一句中。”这就是说，作者是在夜宿水驿、梦香独坐时展开对别离情景的追忆的。虽是追忆中事，却运以实写之笔，一如即目直寻所得，读来亦宛然若见。这正是清真之绝技。同时，从词中还见出清真另一绝技，那就是善于融化前人诗句。如上片“阴阴淡月”一句乃融化杜牧《泊秦淮》“烟笼寒水月笼沙”诗意；“无情画舸”以下数句乃融化郑文宝《柳枝词》“亭亭一舸系寒潭，直待行人酒半酣。不管烟波与风雨，载将离恨过江南”诗意；下片“冶叶倡条”一句乃融化李商隐《燕台》“冶叶倡条遍相识”诗意。但情景俱真，悉如新构。功力之深，令人叹服。

【注释】

①隋堤：隋炀帝时所筑汴河之堤。宋人由水路离京时以其为出发点。 ②密霭：浓重的暮霭。 ③画舸：船的美称。 ④冶叶倡条：喻指歌妓。 ⑤鸳侣：情侣。

瑞龙吟

章台路[1]，还见褪粉梅梢[2]，试花桃树。愔愔坊陌人家[3]，定巢燕子，归来旧处。　黯凝伫，因念个人痴小[4]，乍窥门户[5]。侵晨浅约宫黄[6]，障风映袖[7]，盈盈笑语。　前度刘郎重到[8]，访邻寻里，同时歌舞，惟有旧家秋娘[9]，声价如故。吟笺赋笔，犹记燕台句[10]。知谁伴、名园露饮[11]，东城闲步？事与孤鸿去[12]。探春尽是，伤离意绪。官柳低金缕。归骑晚，纤纤池塘飞雨。断肠院落，一帘风絮。

【题解】

这是清真词中最负盛名的篇章之一，自沈义父《乐府指迷》以来，好评如潮。其内容为“章台感旧”，实未出“侧艳”范围，故而周济《宋四家词选》以为“不过桃花人面，旧曲翻新耳”。但它不仅比一般的艳词更见语言精工富赡、声律和谐流美，而且以腾挪自如、回环往复的笔法穷勾勒之致、极顿挫之妙，显示出精深的艺术功力。

一叠写作者春日重游章台旧地，睹物思人，兴慨无穷。二叠追忆旧日恋人，而落笔于见面之初的印象，轻勾浅勒，看似浑不着力，却使其天真、淡雅而又不无娇羞的音容笑貌活现于纸上。三叠折回现实，表现邻里虽在而伊人远去、不得重续前缘的无限怅恨。“知谁伴”云云，见出其孤独寂寞已甚，几欲仰天长吁。“伤离意绪”云云，亦属直抒心声，为一篇主旨之所在。“归骑晚”句以下铺叙归途中的凄迷景色，使其“伤离意绪”绵延于更为迴远的时空，沈义父《乐府指迷》视之为以景烘情的范例。

【注释】

①章台：代指妓女聚居之处。见前欧阳修《蝶恋花》（庭院深深深几许）注⑤。 ②褪粉梅梢：指枝头梅花快要凋落，故粉色褪减。 ③愔（yīn）愔：寂静的样子。 ④个人：那人，伊人。 ⑤乍窥门户：初次从门缝中向外窥看。 ⑥浅约宫黄：即轻施宫黄。宫黄，宫女用来涂眉的黄粉。 ⑦障风映袖：以扇挡风，以袖掩面。 ⑧前度刘郎：刘禹锡自贬地召回长安，作《再游玄都观绝句》讽刺昔日权贵云：“种桃道士知何处？前度刘郎今又来。”此处用其事，说明自己乃旧地重游。 ⑨秋娘：唐代名妓，屡见于唐人歌咏。此处代指与作者恋人同时的某位歌女。 ⑩燕台句：唐代洛阳少女柳枝，闻人吟李商隐《燕台》诗，遂生爱慕之情。此处用其事。 ⑪露饮：饮酒时脱帽露顶，不拘形迹。一说指露天饮酒。 ⑫“事与”句：形容往事成空。杜牧《题安州浮云寺楼寄湖州张郎中》：“恨如春草多，事与孤鸿去。”

西 河

金陵怀古

佳丽地[①]，南朝盛事谁记？山围故国绕清江，髻鬟对起。怒涛寂寞打孤城[2]，风樯遥度天际[3]。　断崖树，犹倒倚，莫愁艇子曾系[4]？空余旧迹郁苍苍，雾沉半垒[5]。夜深月过女墙来[6]，伤心东望淮水[7]。　酒旗戏鼓甚处市[8]？想依稀、王谢邻里。燕子不知何世，向寻常巷陌、人家相对[9]。如说兴亡斜阳里。

【题解】

金陵怀古词，此前已有王安石的《桂枝香》被推为“绝唱”。周邦彦此词如不独出机杼，殆难别开生面，与之相埒。就题旨而言，此词抒写六朝兴废之感慨，略同于王安石所作。但王词主要以秋景相烘托，此词则主要以春光相映衬。这已属另辟蹊径。然而此词更突出的特色还在于，大量隐括前人诗句，却浑然天成，一如己出。词的主干部分乃由刘禹锡《金陵五题》中的《石头城》和《乌衣巷》脱胎而来，但不仅字字锻炼，另铸为参差新句，堪称化合无痕，而且在其中融入了自己的独特思考与感悟。张炎《词源》认为：“美成词只当看他浑成处，于软媚中有气魄，采唐诗融化如己出者。”此词是其明证。全词风格苍劲老成，差可视为清真词中的别调而媲美于王安石的同题之作。

【注释】

①佳丽地：指金陵（今江苏南京）。谢朓《入朝曲》：“江南佳丽地，金陵帝王州。”　②“山围”三句：刘禹锡《金陵五题·石头城》：“山围故国周遭在，潮打空城寂寞回。”髻鬟对起：形容长江两岸山峰对峙。　③“风樯”句：谢朓《之宣城郡出新林浦向板桥》：“天际识归舟，云中辨江树。”风樯：帆船。　④莫愁艇子：古乐府《莫愁乐》：“莫愁在何处？莫愁石城西。艇子打两桨，催送莫愁来。”莫愁，南朝少女名。金陵有莫愁湖。　⑤雾

沉半垒：意谓夜雾深沉，旧日营垒半掩其中。 ⑥“夜深”句：刘禹锡《金陵五题·石头城》：“淮水东边旧时月，夜深还过女墙来。”女墙：城头上的垛口。 ⑦淮水：指秦淮河。 ⑧甚处市：这是什么街市。 ⑨“想依稀”四句：刘禹锡《金陵五题·乌衣巷》：“朱雀桥边野草花，乌衣巷口夕阳斜。旧时王谢堂前燕，飞入寻常百姓家。”王谢：指东晋时王、谢两大望族。

瑞 鹤 仙

悄郊原带郭[①]。行路永、客去车尘漠漠[②]。斜阳映山落，敛余红[③]，犹恋孤城栏角[④]。凌波步弱[⑤]，过短亭、何用素约[⑥]？有流莺劝我[⑦]，重解雕鞍，缓引春酌[⑧]。　　不记归时早暮，上马谁扶，醒眠朱阁。惊飙动幕[⑨]。扶残醉，绕红药。叹西园、已是花深无地，东风何事又恶？任流光过却，犹喜洞天自乐[⑩]。

【题解】

周邦彦友人王铚之子王明清以为此词是作者梦中所赋，且据以演绎出一段不无附会与夸张的传奇故事（见《玉照新志》），似未足征信。从词意看，作者所咏为送客后的所遇所感，其中或许别有寄托，却很难坐实。起拍二句点明送客之地和客去之状，映带出伫立怅望的情态。接着以“斜阳”犹恋“孤城栏角”，进一步烘托出依依难舍的惜别情怀。“凌波”句以下转入邂逅“流莺”的场景。黯然神伤之际，得与佳人不期而遇，自可稍慰愁怀，加以流莺殷勤劝饮，作者遂至酩酊大醉。换头四句写作者从梦中醒来，回想昨夜归途之事，已觉惘然。“醒眠朱阁”为点睛之语，见出此前的笔墨皆为醒后之追叙。“惊飙”句以下又兴波澜，极言东风肆虐，花事堪虑，怆然作惜花伤春之叹。结穴二句化忧为喜，以求解脱，用笔更见深曲。全篇结构时开时合，顿挫生姿；情感倏起倏落，转换无迹，故而颇堪寻绎。

【注释】

①悄郊原带郭：意谓郊野与外城相连，静悄悄的一片。 ②永：长。 ③余红：余辉。 ④孤墙栏角：孤城的一角栏杆。 ⑤凌波步弱：形容女子步履轻盈而又略显娇弱。语本曹植《洛神赋》：“凌波微步，罗袜生尘。” ⑥素约：预先约定。 ⑦流莺：歌女名。 ⑧春酌：美酒。 ⑨惊飙（biāo）：暴风。 ⑩洞天：本指传说中的仙家福地。此处借指可使作者怡然自乐的去处。

玉 楼 春

桃溪不作从容住①，秋藕绝来无续处②。当时相候赤栏桥③，今日独寻黄叶路。 烟中列岫青无数④，雁背夕阳红欲暮。人如风后入江云，情似雨余粘地絮。

【题解】

此词以刘晨、阮肇天台遇仙的传说起兴，引出对旧日恋情的追忆以及故地重游、不见伊人的无限怅惘。意象优美，语言精工，情致深婉。开篇二句追悔当年未曾“从容”居留于“桃溪”，以致今日伊人远去，前缘难续。“桃溪”“秋藕”，对比鲜明：一为春光，暗示昔日之繁华；一为秋色，暗示今日之萧条。“当时”二句仍为今昔比照之辞：一写昔日相会之欢娱，一写今日独寻之忧伤。“烟中”二句为独寻所见。举头四顾，唯见青山似障、残阳如血。一字不及孤独，而其孤独情状已宛然在目。歇拍二句以比喻作结，亦极工巧：不仅比喻本身形神两似，而且二句还构成彼此之间的比照，益见笔法丰富多变。陈廷焯《白雨斋词话》析曰：“上言人不能留，下言情不能已。呆作两譬，别饶姿态，却不病其板，不病其纤，此中消息难言。”

【注释】

①桃溪：据刘义庆《幽明录》载，浙江剡县人刘晨、阮肇同入天台山采药，遥见桃溪边有二女子，姿质绝妙，接谈甚欢，遂留居半年。及还乡，子孙已历七世。　②“秋藕”句：反用孟郊《去妇诗》“妾心藕中丝，虽断犹牵连”之意，谓情缘如同秋藕，一旦折断便无法接续。　③赤栏桥：温庭筠《杨柳枝》：“一渠春水赤栏桥”。　④“烟中”句：由谢朓《郡内高斋闲望答吕法曹》“窗中列远岫”化出。

解　连　环

怨怀无托，嗟情人断绝，音信辽邈[1]。纵妙手、能解连环[2]，似风散雨收，雾轻云薄。燕子楼空[3]，暗尘锁、一床弦索[4]。想移根换叶，尽是旧时，手种红药。　　汀洲渐生杜若[5]。料舟依岸曲，人在天角。谩记得、当日音书，把闲语闲言，待总烧却。水驿春回，望寄我、江南梅萼[6]。拚今生、对花对酒，为伊泪落。

【题解】

起句“怨怀无托”为一篇眼目。“叹情人”二句揭示“怨怀无托”的缘由，即伊人一去，音书断绝。这意味着此词所表现的不是两地同心、俱为情苦的“相思”主题，而是一方痴情，一方薄情的“负心”主题。但它又没有袭用“痴心女子负心汉”的传统模式，而有意造成双方的“错位”，让读者领略一幕“负心女子痴心汉”的爱情悲剧。“纵妙手”句以下逐层深入地描写男主人公无所寄托而又难以排遣的愁怀：纵有妙手解开这连环似的单相思情结，内心仍将不胜怅惘，就像风散雨收之后，还会有轻雾薄云绵延天际；尽管人去楼空，但朱弦犹在，令人触目伤怀；而移步院内，伊人当年手植的芍药花又跃入眼帘，撩起他的怅触百端。下片因思切、怨深而转作决绝之辞：当年的彩笺锦字、海誓山盟，不过是“闲情闲言”而已，应当将其付之一炬。但随即又化刚为柔，软语恳求对方寄赠梅花，以慰其思。可知他终究不能泯却前情。歇拍进一步剖白心迹：甘愿为伊人洒泪终生。这就跌宕往复、一波三折地表现了男主人公情之痴顽、意之缠绵及心之哀苦。

【注释】

①辽邈：遥远。　②解连环：据《战国策·齐策》载，秦始皇遣人给齐国王后送去一枚玉连环，且谓“齐人聪明，能否将其解开”？群臣均无能为力。王后遂用铁椎将该环击破，对使者曰：“谨以解矣。”此处喻指解开情结。　③燕子楼：见前苏轼《永遇乐》（明月如霜）注①。　④弦索：指乐器。　⑤杜若：香草名。《九歌·湘君》：“采芳洲兮杜若，将以遗兮下女。”　⑥“水驿”二句：希望得到对方的讯息与关怀。南朝乐府《西洲曲》：“忆梅下西洲，折梅寄江北。”又据《荆州记》载，陆凯曾从江南寄梅予范晔，且赠诗云：“折梅逢驿使，寄与陇头人。江南无所有，聊赠一枝春。”这是此二句所本。

李　廌（1059—1109）

字方叔，华州（今陕西华县）人。一说阳翟（今河南禹州）人。

苏轼赞赏其文，力荐于朝，未果。后绝意仕进，定居颍昌。有《济南集》八卷、《德隅斋画品》一卷。《全宋词》录其词四首。

虞美人

玉阑干外清江浦①，渺渺天涯雨。好风如扇雨如帘，时见岸花汀草、涨痕添。　青林枕上关山路②，卧想乘鸾处③。碧芜千里信悠悠④，惟有霎时凉梦、到南州。

【题解】

李廌（zhì）为“苏门六君子”之一，与苏氏兄弟及苏门弟子交谊甚笃。绍圣年间，苏氏兄弟及苏门弟子相继贬窜南荒：苏轼于绍圣元年（1094）贬惠州，黄庭坚于同年贬黔州，秦观于绍圣三年（1096）贬郴州，苏辙于绍圣四年（1097）贬雷州。此词即抒写对远贬南荒的苏门师友的怀念之情。结句“惟有霎时凉梦、到南州”，透露了这一消息。关山阻隔，鸿雁不至，生死茫茫，作者思念至极，惟有形诸梦寐，在梦中向自己挚爱的师友一诉款曲了。用笔深情缱绻而又极为含蓄。所忆之人，所念之事，概不言明，点到为止，引人遐想。故而况周颐《蕙风词话》称其“尤极淡远清疏之致”。从结构上看，上片写景，而景中有情；下片抒情，而情中有景。上片为白昼凭栏所见，下片为夜晚卧枕所思。凭栏，是为眺望师友所在之天涯海角；眺望不得，只好转由梦中寻觅。这是一篇意脉。难得的是，上片写景亦多有新创之处。况周颐《蕙风词话》便认为：“‘好风’句绝新，似乎未经人道。”

【注释】

①玉阑干：石栏杆之美称。　②青林枕：即竹枕。　③乘鸾：指仙游。

据《集仙录》载："天使降时，鸾鹤千万，众仙毕至，高者乘鸾，次者乘麒麟，次乘龙。" ④碧芜：绿草。

赵令畤（1061—1134）

字德麟，自号聊复翁，宋宗室。元祐六年（1091），以苏轼荐，签判颍州公事。后受苏轼牵连，被废十年。绍兴初，袭封安定郡王。有《侯鲭录》八卷、辑本《聊复集》一卷。

蝶 恋 花

欲减罗衣寒未去，不卷珠帘，人在深深处。红杏枝头花几许？啼痕止恨清明雨[①]。 尽日沉烟香一缕[②]，宿酒醒迟[③]，恼破春情绪。飞燕又将归信误，小屏风上西江路。

【题解】

此词抒写闺中少妇的伤春念远之情，用笔婉曲有致，含茹有度。开篇三句揭示女主人公心境的幽独。春寒料峭，罗衣难减，珠帘未卷，而女主人公正在那帘幕深处。无一字直述其心境，而笼罩着其心境的幽独气息，却沉潜于字里行间，稍加体会，即可感触。此时，她在对镜自怜抑或倚枕独伤，作者亦不明言，以留给读者更大的想象余地。"红杏"二句怅问花开几许，恼恨春雨连绵，伤春之意已见端倪。过片三句写女主人公不仅终日独对香炉凝思默想，而且常因饮酒而倦卧晚起，点出其精神之空虚和意绪之慵懒。而这无疑是伤春念远所致。一篇题旨至此已呼之欲出。歇拍二句巧借"飞燕""屏风"将题旨揭破。“小屏风上西江路”，看似与前文了无干涉，实则是暗示其心上人当年乃由“西江路”离去，故而不失为点睛之笔。沈际飞《草堂诗余正集》评曰：“末路情景，若远若近，低徊不能去。”惟其如此，才显得情韵悠远。

【注释】

①止恨：只恨。 ②沉烟香：即沉香，香粉名。 ③宿酒：隔夜喝的酒。

蝶 恋 花

卷絮风头寒欲尽，坠粉飘红，日日香成阵。新酒又添残酒困，今春不减前春恨。 蝶去莺飞无处问，隔水高楼，望断双鱼信①。恼乱横波横一坠②，斜阳只与黄昏近。

【题解】

这也是一首春日怀人之作，改名前词的“姊妹”篇。起笔描绘晚春景象。风劲寒轻，絮卷粉坠，为景尚不甚可叹。但续以“红成阵”，则衰残之感顿见。而作者于“红成阵”前又修饰以“日日”二字，就更加令人触目伤怀。“新酒又添残酒困”，如果饮酒只为浇愁，那么，这实际上是说旧愁未去，新愁又到。“今春不减前春恨”，即晏几道《临江仙》中“去年春恨却来时”之意，暗示她别离已久，故而年年伤春。过片“蝶去莺飞”，既是刻画眼前景物，又有象征与所爱分袂之意，可谓寄兴玄妙。“望断双鱼信”，正面点出怀人之旨，使一篇意脉得以贯通，情韵亦极悠长。李攀龙赞曰：“妙在写情语，语不在多而情更无穷”（见《草堂诗余隽》）。

【注释】

①双鱼：指代信使。 ②横波：形容眼神流动。

晁冲之（生卒年不详）

字叔用，一字用道，钜野（今山东巨野）人。晁补之从弟，宋代藏书家晁公武之父。举进士不第，授承务郎。绍圣时卜居新郑，隐于具茨山下。有辑本《晁叔用词》一卷。

临 江 仙

忆昔西池池上饮[1]，年年多少欢娱。别来不寄一行书。寻常相见了，犹道不如初。 安稳锦衾今夜梦，月明好渡江湖。相思休问定何如[2]。情知春去后[3]，管得落花无？

【题解】

此词怀念汴京旧游。作者及其从兄冲之、咏之，皆与苏门有交，元祐年间，多次在汴京联镳出游。起句中的“西池”，是他们经常履足的胜地。秦观《千秋岁》词中的“忆昔西池会，鹓鹭同飞盖”两句，亦是追记西池盛会。“年年多少欢娱”，赞叹中深见神往之情。“别来”句由温馨的回忆跌入冷酷的现实：一别多年，音讯难通。“寻常”二句设想日后纵有机会重逢，况味亦必与前大不相同。过片转写自身目下境况：闲居自适，夜间尚能安然入梦。这是故作达观之语，以慰友人。“月明好渡江湖”，即李白《梦游天姥吟留别》中“一夜飞渡镜湖月”之意，暗示梦中常越过山水阻隔去与友人相会。“相思”句见出彼此心心相印，无须用语言诉说思念之情。结穴二句以比兴手法感叹昔日同游的友人如同“落花”般纷纷凋零，语虽平淡，情实凄恻。许昂霄《词综偶评》评此词曰：“淡语有深致，咀之无穷。”

【注释】

①西池：指汴京的金明池。 ②休问定何如：吴曾《能改斋漫录》：“今世书问往还，必曰：‘不审比来起居何如？’” ③春：喻指元祐年间的政治局面。

毛 滂（1064—？）

字泽民，衢州（今属浙江）人。初任杭州法曹，受知于苏轼。元符二年（1099），知武康县。崇宁初，除删定官。政和中，守嘉禾。有《东堂臬》十卷、《东堂词》一卷。

惜 分 飞

富阳僧舍作别语赠妓琼芳①

泪湿阑干花着露②，愁到眉峰碧聚。此恨平分取，更无言语空相觑③。 断雨残云无意绪，寂寞朝朝暮暮。今夜山深处，断魂分付潮回去。

【题解】

这是一首伤离怨别之作。据黄昇《唐宋诸贤绝妙词选》载，毛滂乃以此词受知于苏轼。这虽属附会，却为此词平添了一段佳话，同时也说明其魅力非凡。起拍二句描绘女方凄然伤别的情态：泪流满面，犹如鲜花沾露、双眉紧锁，好似远山耸翠。“此恨”将镜头由女方的脸部特写拉开，摄下男女双方默然对视的场面，借助其深情的目光，达到感情的双向交流，较之呼天抢地、捶胸顿足，更能传递出双方内心深处的悲凉与无奈，故而沈际飞评曰：“一笔描来，不可思议”（《草堂诗余正集》）。过片二句由此时的哀怨心绪推想别后的孤寂落寞。“断雨残云”，既是暗用宋玉《高唐赋》中“旦为朝云，暮为行雨”句意，隐喻欢期难再，也是以眼前的衰残之景，来进一步烘染离情别绪。歇拍二句运笔入虚，想象今夜独宿深山，这孤独痛苦的离魂将在梦中随江潮回到恋人身边。思奇情苦，令人称绝。周辉《清波杂志》评曰：“语尽而意不尽，意尽而情不尽，何酷似秦少游也。”

【注释】

①富阳：今属浙江杭州，富春江流经其地。琼芳：歌妓名。身世不详。 ②“泪湿”句：白居易《长恨歌》：“玉容寂寞泪阑干，梨花一枝春带雨。”阑干：泪水纵横的样子。 ③相觑：相视。

叶梦得（1077—1148）

字少蕴，号石林居士，吴县（今属江苏）人。宋哲宗绍圣四年（1097）进士，累官中书舍人、翰林学士，帅颍昌府。南渡后，为江东安抚使兼知建康府，徙知福州兼福建安抚使。晚居吴兴弁山。有《建康集》八卷、《石林词》一卷。

水调歌头

九月望日[①]，与客习射西园，余偶病不能射。

霜降碧天静，秋事促西风。寒声隐地初听，中夜入梧桐。起瞰高城回望[②]，寥落关河千里，一醉与君同。叠鼓闹清晓[③]，飞骑引雕弓。 岁将晚，客争笑，问衰翁[④]：平生豪气安在？走马为谁雄？何似当筵虎士[⑤]，挥手弦声响处，双雁落遥空。老矣真堪愧，回首望云中[⑥]。

【题解】

叶梦得前期词“甚婉丽，绰有温、李之风”；后期词则“落其华而实之，能于简淡时出雄杰，合处不减东坡”（关注《题石林词》）。本篇为后期作品，大约作于绍兴八年（1138）知建康府期间。此时南宋王朝与金人隔江而治，建康已成为扼江御敌的战略要地。因而，“习射西园”，自非取以为乐，而是借此较量武艺，待机报国，但作者此番却因染恙在身，不能一试身手。比照部将之骁勇，不禁自伤衰老。上片描写西园夜饮的情景。就中，“起瞰高城”三句分明融入了国土沦丧、金瓯破碎的怅恨之情。报国有心，请缨无路，作者只有借酒浇愁，与客同醉。下片描写西园习射的情景。作者当年走马驰射，争雄侪类，情豪志壮；而今却垂垂老矣，不复能像部将那样百步穿杨、矢无虚发。“问衰翁”以下六句以怅问出之，感慨极为深沉。歇拍二句因年老力衰而自愧，却仍回望云中，希望为国建功。可知他身虽老迈而志节未衰。全词于沉郁悲凉中寓雄杰苍健之气，不失为叶梦得后期代表作之一。

【注释】

①望日：十五日。 ②瞰：居高俯视。 ③叠鼓：指鼓点紧而密。 ④衰翁：作者自称。 ⑤当筵虎士：指部将岳德。曾慥《乐府雅同》录此词，小题中有“将领岳德，弓强二石五斗，连发三中的，观者尽惊，因作此词示坐客”云云。 ⑥云中：指云中郡，为汉代北方边防重镇。魏尚、李广等汉将曾在此抗击匈奴，为国建功。

贺 新 郎

睡起流莺语。掩青苔、房栊向晚[1]，乱红无数。吹尽残花无人见，惟有垂杨自舞。渐暖霭、初回轻暑。宝扇重寻明月影[2]，暗尘侵、上有乘鸾女[3]。惊旧恨，遽如许[4]。 江南梦断横江渚。浪粘天，葡萄涨绿[5]，半空烟雨。无限楼前沧波意，谁采蘋花寄取？但怅望、兰舟容与[6]。万里云帆何时到？送孤鸿、目断千山阻。谁为我，唱金缕[7]？

【题解】

此词抒写怀人之思。上片先着笔于午睡醒来后的见闻，通过“流莺”“苍苔”“乱红”“残花”等意象的点染。暗示春尽夏来、轻暑初回，从而自然引出对故物“宝扇”的“重寻”。然后落墨于作者重又寻得宝扇后的情绪变化：因宝扇上绘有乘鸾仙女，顿时触发了他的怀人遐思，勾引起他一直强自压抑的“旧恨”。“惊旧恨，遽如许”二句，语感强烈，足见其内心正波翻浪卷。下片便由“旧恨”二字加以生发，追忆昔日之恋情，感叹今日之暌离。值得注意的是，作者在抒情写意时，始终借助恢阔江景来进行烘染。洲渚横江，象征着两地阻隔；江浪拍天，象征着情潮激荡；而那迷迷蒙蒙阿鹏哥的江雨江烟，则分明可以写照作者心境的怅惘。云帆不到，蘋花难寄，作者唯有目送孤鸿，望断千山。全词风调婉丽，绰有温（庭筠）、李（商隐）之风，当为叶梦得早期的作品。刘昌诗《芦浦笔记》谓其作于叶氏十八岁时，则恐未确。

【注释】

①房栊：窗户。栊：窗上棂木。　②宝扇：团扇。明月影：指团扇的影子如同明月。汉乐府《怨歌行》：“裁为合欢扇，团团似明月。”　③乘鸾女：据《龙城录》载，唐明皇曾游月宫，见仙女千余人皆着白衣而乘白鸾。此处指团扇上所绘之仙女图像。　④遽（jù）：骤然。如许：如此。　⑤葡萄涨绿：谓江水上涨，碧如葡萄。李白《襄阳歌》：“遥看汉水鸭头绿，恰似葡萄初发醅。”　⑥容与：舒闲的样子。　⑦金缕：即《金缕曲》，为《贺新郎》之别名。一说指唐代杜秋娘所唱的《金缕衣》：“劝君莫惜金缕衣，劝君惜取少年时。”

汪　藻（1079—1154）

字彦章，饶州德兴（今属江西）人。宋徽宗崇宁二年（1103）进士。高宗时，累官中书舍人、翰林学士，知徽州、宣州。后夺职，居永州。有《浮溪集》三十二卷、《浮溪词》一卷。

点　绛　唇

新月娟娟[1]，夜寒江静山衔斗[2]。起来搔首，
梅影横窗瘦。　　好个霜天，闲却传杯手[3]。君

知否？乱鸦啼后，归兴浓如酒。

【题解】

此词上片描绘冬夜景色，而将思归之情寄寓于其中。开篇即着笔于“新月”，正好引发读者“举头望明月，低头思故乡”的诗意联想。夜深江静，北斗西移，作者本当沉酣于梦境；而今却“起来搔首”，见出其心有所思，夜长无寐。无限欲言而又难言之情，皆从“搔首”这一细微动作中曲曲传出。而那横映于窗纸的清瘦的梅影，仿佛就是作者形象的写照。下片先写作者因天气寒冷而停杯罢饮；接着用自问自答的形式，将上片未曾明言的思归之情一吐为快。“归兴浓如酒”，遥接“闲却”一句，谓其思归之情远远浓于饮酒之兴，发语幽默、风趣，而真情毕见。全篇意境由新月、北斗、梅影、霜天、鸦声等染有作者感情色彩的物象构成，略近于唐人张继的《枫桥夜泊》。

【注释】

①娟娟：明媚美好的样子。 ②山衔斗：北斗西沉，似被远山衔在口中。 ③闲却传杯手：谓作者停杯罢饮，酒兴索然。

万俟咏（生卒年不详）

字雅言，自号大梁词隐。徽宗朝充大晟府制撰，与周邦彦、晁次膺等按月律进词。绍兴五年（1120），补下州文学。有辑本《大声集》一卷。

诉衷情

一鞭清晓喜还家，宿醉困流霞[1]。夜来小雨新霁，双燕舞风斜。 山不尽，水无涯，望中赊[2]。送春滋味，念远情怀，分付杨花。

【题解】

黄昇《花庵词选》于词调下题有“送春”二字。但细绎词意，却并非抒写送春情怀，而是表现久客得归的游子的欢乐心境。起拍写游子“清晓”即扬鞭登程，足见其归心似箭。“喜还家”，为一篇精神贯注之处。通篇皆围绕“喜”字着笔。“宿酒困流霞”，暗示昨夜因归家在即而纵饮一醉，令人想见其举杯时的欣喜若压之态。“夜来”二句为归途中所见景色。夜雨新霁，双燕蹁跹，正可烘托作者的喜悦情绪。换头“山不尽”三句回望归程山水，以反照当年离家宦游时跋涉其间的辛苦劳顿。但往日的羁旅愁思如今已荡然无存。“送春”三句意谓：我在客中送春的凄凉滋味，以及家人思念我这远方游子的哀伤情怀，尽可付与那漫天飞舞的杨花。杨花蒙蒙，当是眼前实景，作者由此触发奇思妙想，将久客将归之“喜”渲染得更加浓烈。

【注释】

①流霞：指酒。 ②赊（shē）：遥远。李白《扶风豪士歌》：“浮云四塞道路赊。”

陈 克（1081—？）

字子高，自号赤城居士，临海（今属浙江）人。侨寓金陵。有辑本《赤城词》一卷。

谒金门

愁脉脉，目断江南江北。烟树重重芳信隔，小楼山几尺。　　细草孤云斜日，一向弄晴天色。帘外落花飞不得，东风无气力①。

【题解】

陈廷焯《白雨斋词话》评陈克词云："婉雅闲丽，暗合温、韦之旨。"验之此词，信然。词抒写暮春怀人之思，起笔即麾出一个"愁"字。"愁脉脉"者，盖因怀念远人所致也。思见远人而不得，故独登小楼，眺望远人之所在。但结果却是"目断江南江北"。"目断"二字，漾出多少伤心失望之意？换头二句转写"弄晴天色"，而以"细草""孤云""斜日"等意象相烘染，构成含蕴丰富的画面。结穴二句运用移情手法，将"落花"与"东风"人格化。"落花飞不得""东风无气力"，这既是渲染暮春残景，同时也是对作者此时的芳菲情思和衰飒心态的一种巧妙写照。全词虽由"愁"入手，却并不溺于感伤，饶有"婉雅闲丽"之致。

【注释】

①东风无气力：李商隐《无题》："相见时难别亦难，东风无力百花残。"

朱敦儒（1081—1159）

字希真，号岩壑老人，洛阳（今属河南）人。早年以布衣负时望，屡辞征召。宋高宗绍兴年间赐进士出身，历官秘书省正字、兵部郎中、两浙提点刑狱。后被劾罢官，寓居嘉禾（今浙江嘉兴）。晚年出为鸿胪少卿。其词多反映遁世隐逸生活，间亦感时伤世，于北宋南宋间自立一宗。有《樵歌》三卷。

鹧 鸪 天

西 都 作[①]

我是清都山水郎[②]，天教懒慢带疏狂[③]。曾批给露支风敕[④]，累奏留云借月章[⑤]。　诗万首，酒千觞[⑥]，几曾着眼看侯王？玉楼金阙慵归去[⑦]，且插梅花醉洛阳。

【题解】

此词袒示了作者放浪山水、傲视王侯的情怀。开篇即以“清都山水郎”自命，表明自己爱好山水乃是出于天性，而并非趋奉儒家“仁者乐山，智者乐水”说的矫情之举。接着，“天教”句又进而声称自己的懒散的生活方式和狂放的性格特征亦属天赋，因而无法改变。放笔直陈中，不惟胸臆毕见，而且豪气四溢，直摩东坡壁垒。“曾批”二句仍然假托天意以抒怀抱：既然天帝钦准我管理露、风、云、月，我岂能不与之长相亲和？言外颇见避世远俗、栖心自然之意。换头三句遥接上片中的“疏狂”二字，对之进行形象化的图解。“几曾着眼看侯王”，不仅表现了对功名富贵的鄙夷，而且显露出傲视王侯的铮铮傲骨。较之李白的“安能摧眉折腰事权贵”，愤慨程度有所不及，却更见冷峻与轻蔑。结尾二句重申不愿返回朝廷、争逐名利，只愿诗酒狂放、隐逸终老的心志，其中“慵归去”又与上片中的“懒慢”二字相照应，章法虽具变化，却不失严密。

【注释】

①西都：指洛阳。宋时称洛阳为西京。 ②清都：传说中天帝的居处。山水郎：为天帝管理山水的郎官。 ③疏狂：狂放不羁。 ④敕（chì）：指天帝的诏令。 ⑤累（lěi）：再三。章：指上呈天帝的奏章。 ⑥觞（shāng）：古时盛酒的容器。 ⑦玉楼金阙：指汴京的宫殿。

临 江 仙

直自凤凰城破后①，擘钗破镜分飞②。天涯海角信音稀。梦回辽海北③，魂断玉关西④。　月解团圆星解聚，如何不见人归？今春还听杜鹃啼。年年看塞雁⑤，一十四番回。

【题解】

此词抒写铭心刻骨的家国之恨，情调低回掩抑，迥异于前词之超旷出尘。这表明靖康之变使力图避世隐逸的作者无法对国破家亡的惨痛现实熟视无睹，他不得不调整自己的音色，唱出感时恨别的哀歌，并让它汇入时代的旋律。起拍二句叙写汴京沦陷后家庭破碎、夫妻离散的悲剧性遭遇。“擘钗破镜”，借典言情，既富于历史的积淀，又颇具意象的张力。“辽海北”“玉关西”，泛指北方沦陷区，而作者的亲人正流落、呻唤于彼地。字面上不点出思念的对象，而仅借代以地名，可知作者对北方失地亦是魂牵梦萦。过片后表现作者对重逢的向往与期待，同样情辞凄苦。“月解团圆”二句以空中传恨之笔，写尽作者盼团圆而不得的失望与怨尤。“今春还听杜鹃啼”，着一“还”字，把无望的期待化为一种岁岁如此的历史延续；而在杜鹃啼血这一意象中，则分明可以觅见作者自身的潜影。歇拍二句绾合上文，以貌似平淡的语言，写出作者在别后的十四年中是如何苦苦期盼亲人的消息。而这在当时极具典型性。

【注释】

①直自：自从。凤凰城破：指宋钦宗靖康二年（1127）汴京沦陷事。凤凰城，指汴京。　②擘（bò）钗：分钗。古代情侣离别时常分钗以作纪念。白居易《长恨歌》：“钗留一股合一扇，钗擘黄金合分钿。”破镜：指南朝陈后主妹乐昌公主在陈亡后打破妆镜，各执其半，分头逃难事。其经过极为曲折。见孟棨《本事诗》。　③辽海北：泛指东北地区。　④玉关：玉门关。玉关西：泛指西北地区。　⑤塞雁：由边塞飞回的鸿雁。

念 奴 娇

插天翠柳，被何人、推上一轮明月？照我藤床凉似水，飞入瑶台琼阙①。雾冷笙箫，风轻环佩②，玉锁无人掣③。闲云收尽，海光天影相接。　谁信有药长生，素娥新炼就、飞霜凝雪④。打碎珊瑚，争似看、仙桂扶疏横绝⑤。洗尽凡心，满身清露，冷浸萧萧发。明朝尘世，记取休向人说⑥。

【题解】

此词咏月。开篇四句展示作者踞床望月的情景。不说月悬中天，而由“月上柳梢头”的既有意象加以推衍，设想不知何人推月上柳，故作一问，不惟运思奇巧，而且造成词情波澜，入手即见不凡。月下纳凉，藤床似水，作者不禁神思飞驰，浮想联翩。“雾冷笙箫”以下便纵笔描述其神游月宫的所见所闻与所感。笙箫齐奏，仙乐风飘；霓裳起舞，玉佩叮当，广宇澄静，海天一碧，仙桂扶疏，光影清绝；此外，更有炼就霜雪的素娥活动于其间。在作者笔下，清丽的月夜景色与优美的神话传说互相融合，从而映现出月下广宇的清凉、恬静、雅洁之美。就中，“打碎”二句且将观赏月夜美景的精神愉悦与世俗的物质享乐相比照，托出自己超尘拔俗的志趣。全篇意象优美，境界清朗，情怀高旷，是咏月词中的佳作之一。

【注释】

①瑶台琼阙：指代月宫。 ②风轻环佩：谓仙女在风中起舞，玉佩叮当作响。 ③玉锁无人掣（chè）：谓无人叩关打扰。 ④“谁信”三句：意谓月宫并没有长生不死之药，有的只是嫦娥炼就的霜雪。素娥：即嫦娥。传说后羿得不死之药，其妻嫦娥窃而奔月。又，古有月中玉兔捣药的传说。 ⑤“打碎”二句：意谓夸豪斗富取乐，何如观赏月中仙桂高雅有趣？打碎珊瑚：据《世说新语·汰侈篇》载，晋武帝赐王恺二尺余高的珊瑚树，“枝柯扶疏，世罕其比”。王恺遂夸示于石崇。石崇看完，“以铁如意击之，应手而碎”，随即令人取出三四尺高的珊瑚树六七株。王恺自愧不如。此处用其事。 ⑥休向人说：意谓不足与俗人道。

好 事 近

渔 父 词

摇首出红尘[①]，醒醉更无时节。活计绿蓑青笠[②]，惯披霜冲雪。　　晚来风定钓丝闲，上下是新月。千里水天一色，看孤鸿明灭。

【题解】

朱敦儒晚年退隐嘉禾鸳鸯湖（今嘉兴南湖），以湖山自适、渔歌自遣，并作《渔父词》六首自明心志。陈廷焯对这组作品备极赞赏，既云：“清绝，高绝！真乃看破红尘烟波钓徒之流亚也”（《云韶集》评）；复云：“自是高境，虽偶杂微尘，而清气自在，烟波钓徒流亚也”（《词则·大雅集》评）。本篇是组词的第一首，风调闲雅而又旷远，境界澄静而又空灵。开篇二句极写渔父傲然出世、睥睨尘俗的神情和放任自适、摆去拘束的生活。“活计”二句在动静相映中刻画烟波垂钓的渔父形象，而着力突出其纯真、洒脱的天性。下片四句是一幅精心绘就的月下垂钓图。在霁月光风、水天一色的空阔背景下，渔父闲看那“孤鸿明灭”，心境已悠远到极处。神余言外，此之谓也。

【注释】

①红尘：尘世。　②绿蓑青笠：语本张志和《渔父词》“青箬笠，绿蓑衣，斜风细雨不须归。”

赵　佶（1082—1135）

即宋徽宗。元符三年（1100）即位，在位二十六年。宣和七年（1125），金兵南下，传位赵桓（即宋钦宗），自称太上皇。靖康二年，汴京失陷，为金人掳去，囚死于五国城（今黑龙江依兰）。擅书法，工花鸟，能诗词。有辑本《宋徽宗词》一卷。

燕　山　亭

北行见杏花

裁剪冰绡，轻叠数重，淡著脂粉匀注[①]。新样靓妆，艳溢香融，羞杀蕊珠宫女[②]。易得凋零，更多少、无情风雨。愁苦。问院落凄凉，几番春暮？　　凭寄离恨重重，这双燕，何曾会人言语？天遥地远，万水千山，知他故宫何处。怎不思量，除梦里、有时曾去。无据，和梦也、新来不做[③]。

【题解】

此词作于赵佶被掳北行途中。国破家亡，身系囹圄，乃赵佶本人荒淫失政所致。这一惨痛经历，使他在途中得见杏花时枨触百端，发为歌吟。词借杏花之凋落，伤神州之陆沉。后人称其“哀情哽咽，仿佛南唐后主，令人不忍多听”（徐釚《词苑丛谈》）。上片描绘杏花盛开时的娇妍秀美，既以浓墨重彩作正面渲染，又引来蕊珠宫女作侧面烘托，从而全方位地展示了它色艳香浓的绝代风姿。“易得凋零”以下笔势陡转，情境顿变。风雨无情，转瞬便会将杏花摧折殆尽。这是作者内心深处的忧思，其中当融入了“流水落花春去也”的家国之痛。下片由花及人，直抒离恨：尽管被掳北行，心之所系却始终是“千山万水”之外的汴京故宫；想托双燕寄意，双燕却不解人语；转而求之梦境，偏偏梦亦不成。如此层层翻转，步步推进，将一位亡国之君日暮途穷时的伤心绝望之情表现得波澜起伏而又淋漓尽致。

【注释】

①“裁剪”三句：形容杏花秀美，像白绸经过裁剪后，折叠成重重花瓣，又匀称地涂上淡淡的胭脂。冰绡：白绸。　②“新样”三句：形容杏花如装扮入时的美人，色艳香浓，连天上的仙女也自愧不如。靓（jìng）妆：以粉黛妆饰。蕊珠：道家称天上宫阙为蕊珠。　③和：连。

周紫芝（1082—1155）

字少隐，自号竹坡居士，宣城（今属安徽）人。绍兴十七年（1147），任敕令所删定官、枢密院编修官。后知兴国军。有《太仓稊米集》七十卷、《竹坡诗话》三卷、《竹坡词》三卷。

踏 莎 行

情似游丝，人如飞絮，泪珠阁定空相觑①。一溪烟柳万丝垂，无因系得兰舟住。　雁过斜阳，草迷烟渚，如今已是愁无数。明朝且做莫思量，如何过得今宵去？

【题解】

此词抒写别情。上片为别时情状，下片为别后情状。两片皆“情景交炼，得言外意”。但上片先情后景，下片先景后情，故意错综其序，以求变化。起笔连用两个比喻，形容情之缱绻缠绵和人之飘泊无定。遣词及造境略同于周邦彦《玉楼春》词中的“人如风后入江云，情似雨余粘地絮”。“泪珠”句聚焦于双方泪水盈眶、默然相视的惜别情态，用笔又与柳永《雨霖铃》词中的“执手相看泪眼，竟无语凝噎”有异曲同工之妙。“一溪”二句借柳寄情，极写客舟难系之无奈，使送者彷徨凄黯的伤别情绪流溢而出。过片专就送者着笔。“雁过”二句不径言其凄恻心意，而先宕开一笔，描绘夕阳苍茫、鸿雁独飞、草色迷离的黄昏景象，借以写照其情怀之迷惘，并引逗出“如今已是愁无数”的慨叹。较之直说，颇见曲折含蓄。结尾二句挺进一层，吐出更加哀婉愁苦的情语：明朝的事且莫去思量；如何挨过今夜，已令人愁绝肝肠！语真情切，饶有余韵。

【注释】

①阁定：噙住。

李　纲（1083—1140）

字伯纪，邵武（今属福建）人。其祖移居无锡（今属江苏）。宋徽宗政和二年（1112）进士。靖康初，授兵部侍郎、尚书左丞，力主抗金。宋高宗建炎元年（1127），拜尚书右仆射兼中书侍郎，受主和派谗间而罢职。绍兴后，历湖广宣抚使、江西安抚使，屡上疏论时事。卒谥忠定。有《梁溪先生文集》一百八十卷、《梁溪词》一卷。

江 城 子

池阳泛舟作[1]

春来江上打头风，吼层空，卷飞蓬。多少云涛，雪浪暮江中。早是客情多感慨，烟漠漠，雨濛濛。　梁溪只在太湖东[2]，长儿童，学庞翁[3]。谁信家书，三月不曾通[4]。见说浙河金鼓震，何日到，羡归鸿。

【题解】

此词抒发作者的身世之感和家国之思。上片写泛舟春江，兴慨无穷。起拍三句展示“江上打头风”的骇人威势：摧枯拉朽，声震长空。“多少”二句以惊叹口吻，引出汹涌于江中的云涛雪浪。环境若此，泛舟其中，自属不易，稍有差池，便将樯倾楫摧。这既是实写眼前景色，也未尝不是借以隐喻自己风波迭起、险遭不测的仕宦道路。“早是”三句不仅将一腔感慨径直托出，而且以“烟漠漠，雨濛濛”，进一步烘染了其心境的迷茫与怅惘。如果说上片主要寄寓身世之感的话，那么下片则着重表现家国之思。“梁溪”三句遥想故园情事，信手拈来，涉笔成趣。“谁信”二句感叹烽火绵延，音书难通，见出思家情切、念亲意深。“见说”三句转以抗击金兵的“浙河金鼓”勾起对战事的向往，自恨不能如“归鸿”般飞赴前线。这又反映了他的爱国之心和报国之志。

【注释】

①池阳：古县名，故城在今陕西泾阳县西北。汉建池阳宫于此，故名。

此处或指池河，为淮河支流之一。②梁溪：水名，流经江苏无锡市。源出惠山，流入太湖。作者曾以“梁溪”名集。③庞翁：老翁。古时以“庞眉皓发”形容老翁。“庞眉”，谓眉毛花白。④“谁信”二句：杜甫《春望》：“烽火连三月，家书抵万金。”

李清照（1084？—1155？）

自号易安居士，历城（今山东济南）人。幼有才藻，十八岁适金石家赵明诚，夫妇感情甚笃。南渡后，明诚病卒，辗转流离于杭、越、婺诸州，在孤寂中度过晚年。工诗能文，尤擅长短句。前期词多写闺情相思，后期词融入家国之恨与身世之感，风格顿变。李调元《雨村词话》称“易安在宋诸媛中，自卓然一家，不在秦七、黄九之下，词无一首不工，其炼处可夺梦窗之席，其丽处直参片玉之班，盖不徒俯视巾帼，直欲压倒须眉。”有辑本《李清照集》三卷、《漱玉词》一卷。

如梦令

常记溪亭日暮①，沉醉不知归路。兴尽晚回舟，误入藕花深处②。争渡③，争渡，惊起一滩鸥鹭。

【题解】

一位天真烂漫的少女，酒后泛舟，兴尽归来，误入荷花丛中，于是用力摇桨，惊动了滩头栖宿的鸥鹭。这一始终镌刻在作者记忆中的生活片断，既经攫入笔底，便化为词中那色调明丽、情趣盎然的画面。而给读者留下最深印象的，则是少女棹舟误入荷花丛中的瞬间动作。之所以“误”，是酒意未消，还是游兴未尽？是暮色迷眼，还是回归心切？抑或这一切兼而有之？不予说破，反而更增添了作品的艺术魅力，令人回味无穷。全篇无一处正面描绘少女的音容笑貌，但读罢掩卷，其天真活泼的神情和清纯中略带野味的形象却宛然在目。

【注释】

①常记：即尝记。溪亭：近水的亭台。 ②藕花：即荷花。 ③争渡：怎渡。一说，竞渡。

如 梦 令

昨夜雨疏风骤，浓睡不消残酒。试问卷帘人①，却道海棠依旧。知否？知否？应是绿肥红瘦②。

【题解】

此词表现了作者对花事和春光的爱惜以及女性特有的关切和敏感。浓睡醒来，宿醉未消，就担心地询问经过一宵风雨，窗前的海棠花怎样了。卷帘人不免粗心，告慰说：幸好，无恙。但凭着敏感的心灵，她已感到经雨之后必然绿叶丰润而红花憔悴了。全词仅三十三个字，却巧妙地设置了同卷帘人的问答；问者情多，答者意淡，因而逼出“知否，知否”二句，写得灵活而多情致。词中造语工巧，“雨疏”“风骤”“浓睡”“残酒”，都是当句对；“绿肥红瘦”句中，以绿代叶，以红代花，虽为过去诗词中所常见（如唐僧齐己诗“红残绿满海棠枝”），但把“红”同“瘦”联系在一起，以“瘦”字状海棠的由繁丽而憔悴零落，显得凄婉，在修辞上亦有所创新。唐韩偓

《懒起》诗云："昨夜三更雨，临明一阵寒。海棠花在否？侧卧卷帘看。"此词或许胎息于韩诗，但结句以对话出之，委曲精工，更胜韩作。

【注释】

①卷帘人：指正在卷帘的侍女。 ②绿肥红瘦：指绿叶繁茂，红花凋零。

醉 花 阴

薄雾浓云愁永昼①，瑞脑消金兽②。佳节又重阳，玉枕纱厨③，半夜凉初透。　　东篱把酒黄昏后④，有暗香盈袖⑤。莫道不消魂，帘卷西风⑥，人比黄花瘦⑦。

【题解】

这首重阳怀人词是李清照寄给她丈夫赵明诚的。元伊世珍《瑯嬛记》卷中引《外传》云："易安以重阳《醉花阴》词函致明诚。明诚叹赏，自愧弗逮，务欲胜之。一切谢客，忘食忘寝者三日夜，得五十阕。杂易安作，以示友人陆德夫。夫玩之再三，曰：'只三句绝佳'，明诚诘之，答曰：'莫道不消魂，帘卷西风，人比黄花瘦'。政（正）易安作也。"这则轶闻说明此词歇拍三句极为脍炙人口。它采取自我反观的笔法，用西风吹卷帘幕，露现出比黄花更为憔悴的少妇面容，形象地抒写了相思之苦。其意实同于柳永的"衣带渐宽终不悔，为伊消得人憔悴"。但表达时摒绝浮花浪蕊，而选择不求秾丽、自甘素淡的菊花加以自比，从而衬托出自己不同凡俗的高标逸韵。全词以含蓄蕴藉见长，"莫道"三句固然最为工妙，但其余各句亦堪玩味，如“薄雾浓云愁永昼”，“永昼”多用以形容夏日，而时下已是昼短夜长的深秋季节，可知“永昼”当是一种对时间的心理错觉，作者借此点出她独守空闺时的度日如年之感。凡此，都有玩赏不尽的底蕴。

【注释】

①永昼：悠长的白天。 ②瑞脑：即龙脑，香料名。金兽：兽形的铜香炉。 ③玉枕：瓷枕的美称。纱厨：纱帐，一称碧纱帐。 ④东篱：陶渊明《饮酒》其五：“采菊东篱下，悠然见南山。”后即以东篱指代赏菊之处。 ⑤暗香：幽香。此处指菊花的香气。 ⑥帘卷西风：“西风卷帘”的倒文。 ⑦黄花：指菊花。

凤凰台上忆吹箫

香冷金猊①，被翻红浪②，起来慵自梳头。任宝奁尘满③，日上帘钩。生怕离怀别苦④，多少事、欲说还休。新来瘦，非关病酒⑤，不是悲秋。 休休⑥！这回去也，千万遍阳关⑦，也则难留。念武陵人远⑧，烟锁秦楼⑨。惟有楼前流水，应念我、终日凝眸。凝眸处，从今又添，一段新愁。

【题解】

此词亦抒写离愁别恨。开篇说自己慵于梳妆，似乎与离愁无关。其实，这正是因耽于离愁而百事无心的缘故，其意略同于《诗经·卫风·伯兮》所谓“自伯之东，首如飞蓬。岂无膏沐，谁适为容？”如果不是沉溺于离愁别恨而难以自拔，又如何忍心让“宝奁”积满灰尘呢？虽然作者自道“欲说还休”，但实际上却还是忍不住说出了许多，只不过说得较为含蓄而已。譬如“新来瘦”三句：既然新近消瘦得厉害，却又不是因为“病酒”和“悲秋”，这岂不是暗示她正经受着离愁别恨的折磨吗？它与《醉花阴》的歇拍三句有异曲同工之妙。“凝眸处，从今又添，一段新愁。”词以一个直抒胸臆的“愁”字煞尾，使情感形成由“苦”到“悲”，再由“悲”到“愁”的回环，而词的旋律便在这种回环中变得愈益低沉和哀婉。

【注释】

①金猊（ní）：狮形的铜香炉。 ②被翻红浪：被子乱摊在床上，好像红浪翻卷。 ③宝奁（lián）：华贵的镜匣。 ④生怕：最怕。 ⑤非关：不关。病酒：醉酒、中酒。 ⑥休休：罢了，罢了。 ⑦阳关：指送别曲。王维《送元二使安西》：“劝君更尽一杯酒，西出阳关无故人。”后人将其谱入乐府，反复诵唱，谓之“阳关三叠”。 ⑧武陵人远：指丈夫离家远去。后人常将陶渊明《桃花源记》所载武陵人入桃花源事与刘义庆《幽明录》所载刘晨、阮肇天台遇仙事相牵合，称仙境为桃源，称遇仙的刘、阮为武陵人。此处以武陵人喻指赵明诚。 ⑨秦楼：借指作者居所。相传秦穆公小女弄玉与萧史成婚后，住在凤台，即秦楼。

玉 楼 春

红酥肯放琼苞碎，探著南枝开遍未①？不知酝藉几多香②，但见包藏无限意。 道人憔悴春窗底③，闷损阑干愁不倚④。要来小酌便来休⑤，未必明朝风不起。

【题解】

此词以新颖、别致的艺术构思，传达出梅花的神韵和作者惜花的情怀。上片以拟人化的笔墨渲染梅花不同凡俗的外形和内质。“红酥肯放琼苞碎”，状之以“红酥”，已见其秀美；喻之以“琼苞”，更增其清丽；而“肯放”二字，又包孕几多心曲？“探著南枝开遍未”，一个“探”字，惟妙惟肖地表现了梅花执着而又小心翼翼地将奇葩缀上枝头，将春色带给人间的情态。“不知”二句转从审美主体的角度着笔，既托出作者观梅、赏梅的感受，又点出梅花的卓异品性：其香几多，虽难测定；其意无限，却易感知。过片二句由梅及己，点出愁思，情感由赏梅的热烈转为自怜的幽怨。“憔悴”，乃愁思所致。何以遣愁？暂且凭栏。但凭栏远望，又会油然生出新的惆怅，终于连栏杆也不敢凭依。歇拍二句折回梅花，借亲切的晤谈，将怜梅之意与自怜之情糅为一体。“未必明朝风不起”，既是举杯邀饮的劝语，也袒露了作者对梅花及自己未来命运的担心。而作者之所以视梅花为知己，不言而喻，正因为高洁的梅魂与她超尘拔俗的情操两相契合。

【注释】

①南枝：梅树的代称。见朱翌《猗觉寮杂记》卷上。 ②酝藉：此处作“含蓄”解。 ③道人：得道之人，学道之人。此处为作者自称。 ④闷损：犹“闷煞”。 ⑤便来休：犹“快来呵”。休，语气助词。

渔 家 傲

天接云涛连晓雾，星河欲转千帆舞①。仿佛梦魂归帝所②，闻天语，殷勤问我归何处。 我报路长嗟日暮③，学诗谩有惊人句④。

九万里风鹏正举⑤。风休住，蓬舟吹取三山去⑥。

【题解】

雄阔的意境，矫健的笔力，恢宏的气度，豪迈的襟怀，使这首记梦词成为李清照前期作品中引人瞩目的“别调”。黄蓼园以为“无一毫钗粉气，自是北宋风格”（《蓼园词选》）；梁启超亦以为“此绝似苏辛派，不类《漱玉集》中语”。词以想落天外之笔，描绘了一个神奇的梦境：作者在梦中腾云驾雾，飞驶到了天帝的居处，天帝殷勤地问她欲归何处。“我报”以下是作者的回答：她由倾诉现实生活中徒负诗才的不平，进而陈述对理想王国的憧憬与追求，表示要乘长风高飞远举，直发仙山蓬岛。全词不仅具有浓烈的浪漫气息，表现出瑰丽奇幻的特异风格，而且打破上片写景、下片抒情或情景交错的惯常格局，以人神对话为主体，浇铸成带有叙事性的艺术结构，显示了作者的丰富的创造力。

【注释】

①星河：银河，天河。 ②帝所：天帝的居处。 ③报：回答。 ④谩有：空有，徒有。惊人句：杜甫《江上值水如海势聊短述》：“为人性僻耽佳句，语不惊人死不休。” ⑤“九万”句：《庄子·逍遥游》：“鹏之徙于南冥也，水击三千里，抟扶摇而上者九万里。” ⑥三山：传说海外有蓬莱、方丈、瀛洲三座仙山。

一 剪 梅

红藕香残玉簟秋①。轻解罗裳，独上兰舟。云中谁寄锦书来②？雁字回时③，月满西楼。　花自飘零水自流。一种相思，两处闲愁。此情无计可消除，才下眉头，却上心头。

【题解】

这是李清照前期代表作之一。《瑯嬛记》卷中引《外传》云：“易安结褵（lí，结褵即结婚）未久，明诚即负笈远游，易安殊不忍别，觅锦帕书《一剪梅》送之。”词表现的是铭心刻骨的相思之情，用笔真率、大胆，构思新颖、别致。起拍三句写作者独自泛舟湖上。一个“独”字，已揭示出其心境的孤寂，而红藕香残、玉簟透凉，又暗示时值萧瑟易感的清秋季节，构成烘托其离思的特定氛围。“云中”三句转写月夜登楼，仰望长空，雁字成行，不禁渴盼心上人能寄书相慰。倒装句法与诘问语气的采用，使词意骀（dài）荡神骏而又曲折回环。过片三句即景取喻，感叹年华易逝，引出不假雕饰的内心独白。“一种”“两处”，兼写自己与对方，见出两情相牵，融洽无间。歇拍三句由范仲淹《御街行》“都来此事，眉间心上，无计相回避”脱化而来，但不仅对偶工整，发语流利，而且“眉头”“心头”，内外贯通；“才下”“却上”，前后勾连，以独特而又深入的体察，将无计消除的相思之情表现得极为真切、灵动，在艺术上较范词又有所创新。

【注释】

①玉簟（diàn）：光滑如玉的竹席。 ②锦书：书信的美称。 ③雁字：雁群飞行时排列成“一”或“人”字形，称雁字。

念 奴 娇

萧条庭院，又斜风细雨，重门须闭。宠柳娇花寒食近，种种恼人天气。险韵诗成①，扶头酒醒[2]，别是闲滋味。征鸿过尽，万千心事难寄。　　楼上几日春寒，帘垂四面，玉栏杆慵倚。被冷香消新梦觉，不许愁人不起。清露晨流，新桐初引[3]，多少游春意。日高烟敛，更看今日晴未？

【题解】

此词抒写春闺怀人之情，而以寒食节前的“恼人天气”相烘托，使其情感的起伏与天气的变化在作者精心构置的艺术时空中同步进行，造成情景相生的艺术效果。上片先着笔于萧条的庭院、封闭的重门以及“斜风细雨”“宠柳娇花”等足以映现作者心境的物象，将天气之“恼人”点到实处。然后转写作者试图吟诗遣兴、饮酒浇愁，但酒醒后益感寂寞无聊。由此引出“万千心事难寄”的相思情结。下片承前写作者独居小楼而慵倚栏杆，活画出其既闲极复愁极、既无聊复无奈的心态。其中，“春寒”回应“萧条”，“帘垂”绾合“门闭”，“新梦”遥接“心事”，细针密线，颇觉工致。篇末宕开一笔，拓出新境：帘外“清露晨流，新桐初引”，勾起她的游春之意；但随即又担心究竟能否云散天晴。用笔忽远忽近，时开时合，曲尽人物乍悲乍喜、倏阴倏晴的心理变化。《蓼园词选》指出：“只写心绪落寞，近寒食更难遣耳。陡然而起，便尔深邃。至前段云：‘重门须闭’，后段云：‘不许不起’，一开一合，情各戛戛生新。起处雨，结处晴，局法浑成。”堪称的评。

【注释】

①险韵诗：用冷僻难押的字做韵脚的诗。　②扶头酒：易醉的酒。贺铸《南乡子》：“易醉扶头酒，难逢敌手棋。”　③“清露”二句：形容春日的早晨露珠晶莹欲滴，桐树初展嫩芽。语本《世说新语·赏誉》：“于时清露晨

流，新桐初引。”初引：刚刚抽芽。

永 遇 乐

落日熔金[①]，暮云合璧[②]，人在何处[③]？染柳烟浓，吹梅笛怨[④]，春意知几许？元宵佳节，融和天气，次第岂无风雨[⑤]？来相召，香车宝马[⑥]，谢他酒朋诗侣[⑦]。　　中州盛日[⑧]，闺门多暇，记得偏重三五[⑨]。铺翠冠儿[⑩]，撚金雪柳[⑪]，簇带争济楚[⑫]。如今憔悴，风鬟霜鬓[⑬]，怕见夜间出去[⑭]。不如向、帘儿底下，听人笑语。

【题解】

此词抒写国破家亡的落寞心绪，其中既糅有深沉的故国之思，也融有哀婉的华年之忆。作者巧妙地运用艺术辩证法，在时空的交织中，凸现景之美与情之苦、人之欢与我之悲、昔之盛与今之衰的反差，从而事半功倍地表现了自己独度元宵时的凄凉心境。开篇“落日”二句写晚霞灿烂、暮云纯净，暗示天气晴明。但接以“人在何处”的怅问，却见出其情怀与眼前的美景良辰并不相洽。“元宵”二句，似稍有欢庆之意。然而再度续以“次第岂无风雨”的反诘，则又表明在她多愁善感的词心中满贮着无可名状的忧虑，而造成这种心态的正是国破、家亡、夫死的巨大生活变故。“中州”以下六句抚今思昔，追记当年欢度元宵的情形，而着意描述自己与女伴如何盛妆出游，各存媲美斗艳之心。以“中州盛日”领起，说明作者所深切怀念的不只是早已逝去的一己的幸福生活，而且包括整个北宋承平时代。作品主题的深刻性，正体现在这里。“如今”以下五句转回眼前情景，而侧重展示自己的憔悴容颜和散乱鬓发。今昔盛衰之感，人我悲欢之别，尽皆包蕴于其中。

【注释】

①熔金：形容落日的颜色像熔解的金子一样灿烂夺目。 ②合璧：形容暮云弥漫，犹如璧玉相合。 ③人：作者自指。全句感叹自己飘泊他乡。一说，“人”指亲人，即已故的丈夫赵明诚。 ④吹梅笛怨：笛子吹出《梅花落》的哀怨曲调。 ⑤次第：转眼。 ⑥香车宝马：华美的车马。 ⑦谢：辞谢。 ⑧中州：河南为古豫州，居九州之中，故称中州。此处指北宋都城汴京。盛日：繁荣、兴盛时期。 ⑨三五：农历每月十五日。此处指正月十五元宵节。 ⑩铺翠冠儿：镶有翡翠羽毛的帽子，为宋代妇女元宵出游时的装饰品。 ⑪撚（niǎn）金雪柳：加上金线撚制成的绢花或纸花，亦属妇女装饰物。撚金，金线撚丝。雪柳，绢花或纸花。 ⑫簇带：宋时俗语，插戴满头之意。济楚：整齐、漂亮。 ⑬风鬟霜鬓：头发散乱，且已变白。 ⑭怕见：怕得，懒得。

武 陵 春

风住尘香花已尽，日晚倦梳头。物是人非事事休，欲语泪先流。 闻说双溪春尚好[1]，也拟泛轻舟[2]。只恐双溪舴艋舟[3]，载不动、许多愁。

【题解】

此词写于作者晚年避难金华期间，词情极为悲苦。首句用笔细腻蕴藉：其意不过是说风吹花落，却不从正面着笔，而落墨于“风住”“尘香”“花已尽”的结局。尘土因花落而香，说明落花遍地，而这又反照出风之狂暴。一句中有三层曲折，确是匠心独运。次句写日色已高，而犹“倦”于梳头，从侧面揭示情怀之苦、心绪之乱，笔法略同于早期词作《凤凰台上忆吹箫》中的“起来慵自梳头”，但一为生离之愁，一为死别之恨，巨细深浅均有所不同，作者在遣词上易“慵”为“倦”，正显示了两者之间的差别。三、四句是漱玉词中并不多见的直抒胸臆之笔，说明汹涌澎湃的感情潮水已漫出心堤、无法遏制。过片后“闻说”二句宕开一笔，写自己有意泛舟双溪，观赏春光，精神似稍振起。但“只恐”二句复又折回，跌衬出更趋深重的愁情。“愁”本无形，难以触摸，而今船载不动，则其重可知，其态可想。这是其构思新颖处。此外，下片中“闻说”“也拟”“只恐”六字前后勾连，也是揭示作者内心活动的传神笔墨。

【注释】

①双溪：水名，在今浙江金华城南。 ②拟：准备。 ③舴艋（zéměng）舟：小船。

声声慢

寻寻觅觅，冷冷清清，凄凄惨惨戚戚。乍暖还寒时候①，最难将息②。三杯两盏淡酒，怎敌他、晚来风急？雁过也，正伤心，却是旧时相识。　满地黄花堆积。憔悴损，如今有谁堪摘③？守着窗儿，独自怎生得黑④？梧桐更兼细雨，到黄昏、点点滴滴。这次第⑤，怎一个愁字了得⑥？

【题解】

此词亦于篇末托出一个“愁”字，这种“愁”远非李清照前期词中那种轻淡的春愁、离愁可比，它融合了亡国之痛、孀居之悲、沦落之苦，而显得格外深广与厚重。开头连用十四个叠字，细致地描绘了她痛定思痛时“忧从中来，不可断绝”的心理过程。“寻寻觅觅”，包括寻思失坠的记忆，追念如烟的往事。这种寻觅，只能使她更感到现实景况的孤苦。于是，“冷冷清清”，先感于外；“凄凄惨惨戚戚”，后感于内，如此陷入愁境而不得解脱。但全词除结句一语道破外，都没有直接说愁，而是以刻画冷清萧索的环境来烘托凄惨悲切的心境。无论忽寒忽暖容易致病的天气，淡薄的酒味，入夜猛起的秋风，天上的过雁，满地的黄花，窗外的梧桐和黄昏的细雨，无一不是生愁、助愁、牵愁的，简直是触处成愁，成了愁的世界了。在艺术上，此词颇多独到之处。前人一致赞赏作者运用了这么多的叠字，犹如“大珠小珠落玉盘”。后来有不少词曲仿照这种写法，都不如她用得出奇制胜而又生动自然。

【注释】

①乍暖还寒：时而暖和，时而寒冷。　②将息：养息，保养。　③谁：何。承上文指花。有谁堪摘：犹言无甚可摘。一说，有谁堪与共摘。　④怎生得黑：怎样才能挨到天黑。　⑤这次第：这光景，这情形。　⑥怎一个愁字了得：一个愁字怎么包含得了。

吕本中（1084—1145）

字居仁，号紫薇，人称东莱先生。寿州（今安徽寿县）人。绍兴六年（1136）赐进士出身，官至中书舍人兼侍讲，权直学士院，因忤秦桧而罢官。诗学黄庭坚，曾作《江西诗社宗派图》。亦能词，时人曾季貍《艇斋诗话》评其词“浑然天成，不减《花间》之作”。有《东莱诗集》二十卷，《紫薇诗话》一卷。赵万里辑其词为《紫薇词》一卷。

采桑子

恨君不似江楼月，南北东西，南北东西，只有相随无别离。 恨君却似江楼月，暂满还亏，暂满还亏，待得团圆是几时？

【题解】

这首小词借月设喻，以抒写思妇之离情，上下片均以“恨”字开头，既“恨君”不似江楼月之相随无别，又“恨君”却似江楼月之暂满还亏。抒情主人公眼前的这一轮明月，本是离别诗词中常见的意象之一，但词作者却能“用常得奇”，巧妙地利用这一喻体内蕴的丰富性，准确地抓取其中月圆与月明这两个特性，使之既相互对立，又和谐地统一在同一艺术整体之中，以主体情感的“恨”一线贯穿。既恨夫君不似明月之多情，常相随，少别离；又恨夫君太似明月之寡情，团圆时短，亏缺时多。构思十分巧妙，设喻极为贴切，发想奇绝，无理而妙。作者借比喻之多边，正反设喻，从不同角度揭示出了抒情主人公对心上人思极生恨的特殊心态。另外，作者利用《采桑子》词调复叠的特点，辅之以对比手法的运用，使词更富有浓厚的民歌风味。

踏莎行

雪似梅花，梅花似雪。似和不似都奇绝。恼人风味阿谁知，请君问取南楼月。 记得旧时，探梅时节。老来旧事无人说。为谁醉倒为谁醒，到今犹恨轻离别。

【题解】

据曾季貍《艇斋诗话》记载，吕本中平日喜诵小山词，“以为有思致”。与晏几道十分相近，吕本中也是一位深于情的词人。若将这首《踏莎行》与《浪淘沙》（“柳色过疏篱”）、《采桑子》（“乱红夭绿风吹尽”）等词合读，则分明可以看出吕本中亦属“古之伤心人”。此词以雪中梅花的奇绝之景发端，引出今昔赏梅的不同“风味”的对比：往昔联袂同赏时叹为“奇绝”之景，如今却只觉“恼人”而已。过片仍以对比手法加以营构，而题旨更为显豁。人虽老而“旧事”难忘，千种风情无人可说，惟有一醉以解千愁。“犹恨”二字更突现了主人公痛悔当年“轻离别”的伤感之情。所有这些无不体现出他那“情痴”本色。此词在艺术手法上也是丰富多样的，如开头两句采用蝉联取势法，而歇拍则用同字回互法，以此形成意义上的相承连环，节奏上的一波三折，呈现出民歌所特有的活泼晓畅、生动流走的风味。

赵　鼎（1085—1147）

字元镇，解州闻喜（今属山西）人。自号得全居士。宋徽宗崇宁五年（1106）进士，官开封府士曹。高宗朝，官至尚书左仆射，同中书门下平章事，兼枢密使。以力辟和议，忤秦桧，出知泉州、漳州（皆在今福建），移置潮州（今广东潮安）。再移吉阳军（今广东崖县）。知秦桧欲加害，绝食而死。孝宗时，谥忠简。与宗泽、李纲同为中兴名臣。有《忠正德文集》十卷，《得全居士词》一卷。

满 江 红

丁未九月南渡，泊舟仪真江口作①

惨结愁阴，西风送、霏霏雨湿。凄望眼、征鸿几字，暮投沙碛②。试问乡关何处是？水云浩荡迷南北。但一抹、寒青有无中，遥山色③。　天涯路，江上客。肠欲断，头应白。空搔首兴叹，暮年离拆。须信道消忧除是酒，奈酒行有尽情无极，便挽取、长江入尊罍④，浇胸臆。

【题解】

丁未年即宋钦宗靖康二年（1127），是年春，徽、钦二帝被掳，北宋灭亡。夏五月，高宗在南京（今河南商丘）即位，改元建炎。九月，赵鼎自中原南渡，泊舟仪真江口而作此词。全词以描写南方客地的凄迷景物，来抒发怀念北方沦陷中的河山的沉痛心情，是南宋初年一篇出色的豪放词作。上片写泊舟仪真所见。以“惨结”两句总写阴寒凝结的愁惨氛围，亦景亦情，笼括全篇。以下分三层逐层描述。先写雁字成行，投宿有处，反衬第二层所述之飘零无依，乡关难觅。以境之开阔，托现愁之“浩荡”。写景则水云实而乡关虚，言情则水云虚而乡关实，虚实相生。第三层写远山，以似有似无的山色喻示思乡而远不可及的悲痛。下片直接抒情，以四个三字句领起，顿挫有力，使情调转向激扬。篇末突发奇想，欲以长江水入“尊罍”，来浇灭这胸中之愁，足见愁情之无极。

【注释】

①仪真：即仪征，在江苏，位于长江北岸。 ②沙碛（qì）：沙石积成的浅滩。 ③“但一抹”两句：从王维《汉江临眺》诗“山色有无中”，秦观《泗州东城晚望》“林梢一抹青如画，应是淮流转处山”化来。 ④尊罍（léi）：皆为古代酒器。尊，又作“樽”或“罇”，即酒杯。罍，形似壶也似坛。

向子諲（1085—1146）

字伯恭，号芗林居士，临江（今江西清江）人。钦宗靖康元年（1126）任潭州（今长沙）知州。高宗建炎三年（1129）冬，金兵自江西攻入湖南，他“率军民死守”“督兵巷战”。绍兴初年任徽猷阁直学士，户部侍郎，为政清廉。兼知平江（今苏州）府时，金使议和入境，不拜金诏，忤秦桧意，因而免官。卜居清江五柳坊。有《酒边词》一卷，以南渡为界分为“江北旧词”与“江南新词”两部分，前者清丽，后者悲慨。

秦　楼　月

芳菲歇，故园目断伤心切[①]。伤心切。无边烟水，无穷山色。　　可堪更近乾龙节[②]，眼中泪尽空啼血。空啼血。子规声外，晓风残月。

【题解】

这是一首抒写家国之恨的小令，与一般的羁旅思乡之作迥不相犹。山河破碎，故园难归，空自遥望而伤悲。词一开头就给全篇笼上了苍凉的氛围。几经风雨摧残，百花已自凋零，更兼金人铁蹄蹂躏，故园不知已成何等面目。“伤心切”的复叠，更加深了伤心悲切的程度。紧接以“无边烟水”两句，则使抽象的感情转为可感之形象，似乎那远方的山山水水都在悲极而泣。上阕抒望乡之情，只于其间传神写照，下阕进一步深化，发国破之悲。换头两句以一“更”字承上而递进，抒写更为深广的痛苦。钦宗诞辰将近，而他却正被金人禁闭在五国城的土牢中。家园沦丧的悲痛已使人恸哭而泪尽，帝君被掳的国耻更令人泪尽而啼血！这中间着一“空”字，意味深长。小朝廷昏庸无能，不思收复，忠君爱国的臣民们即使“泪尽”“啼血”亦终是枉然，其中包含了无穷的哀怨。歇拍处作者以悲凉的景语作结。杜鹃悲鸣，晓风阵阵，境界十分寂寥而又凄冷。语有尽而意无穷，不乏清空之致。

【注释】

①故园：作者在《西江月》之四小序中曾说：“政和间，余卜筑宛丘，手植众芗（xiāng），自号芗林居士。建炎初，解六路漕事，中原俶（chù）扰，故庐不得返，卜居清江之五柳坊。”可见他虽属清江人，但在中原亦有“故庐”。　②乾龙节：即四月十三日宋钦宗诞辰纪念日。《东京梦华录》有载。

阮　郎　归

绍兴乙卯大雪行鄱阳道中

江南江北雪漫漫，遥知易水寒。同云深处望三关[①]，断肠山又山。　天可老，海能翻，消除此恨难。频闻遣使问平安[②]，几时鸾辂还[③]？

【题解】

这是一首怀念故国、伤悼旧君之作，写于绍兴五年（1135）。词人艰难地行进在风雪弥漫的鄱阳道上，联想到被囚禁在漠北苦寒之地的徽、钦二帝，一定更难忍受天气的寒冷。这里特点明“易水”，一则说明北方国土的沦陷，二则取荆轲所歌“风萧萧兮易水寒”的句意，强调悲愤之感。作者深情遥望北方，但见阴云密布，关山阻隔，不禁肝肠寸断。下阕换头转写不可抑制的亡国之恨，用“天可老，海能翻”这两件其实根本不可能的事来反衬此恨的难解难消。作者继承汉乐府《上邪》的表现手法，虽似无理，但读来不觉其虚，弥觉其妙，可谓痛入骨髓。最后以盼望徽、钦二帝早日归还之希望作结，而又以问句振起，更能表达含蓄不尽之意。全词篇幅虽小，但写得章法起伏，感情沉挚，纵横捭阖，气势恢宏。

【注释】

①三关：指北方的三个重要关口：宋金交界处信阳军一带的平靖关、武胜关与黄岘（xiàn）关，是北伐必经之隘口。 ②“频闻”句：高宗赵构为了掩人耳目，压制抗金呼声，曾三次派出金国通问使，频繁地向徽、钦二帝问候。 ③鸾辂（luánlù）：天子之车驾。

蒋氏女（生卒年不详）

亡其名，宜兴（今属江苏）人，能诗词。其父蒋兴祖于钦宗靖康年间任阳武令，城破殉国。女被掳北去，题词于雄州（今河北雄县）驿。见韦居安《梅磵诗话》卷下。

减字木兰花

题雄州驿

朝云横度，辘辘车声如水去。白草黄沙，月照孤村三两家。 飞鸿过也，百结愁肠无昼夜。渐近燕山，回首乡关归路难。

【题解】

这首词借被掳北去途中的所见所闻，表现了对故土的深切眷念。上片概写从早到晚一天的行程，句句都蕴藏着凄恻悲苦之情。开篇两句一写所见，一写所闻，借此渲染了战乱的气氛，表现了作者被掳北上时内心之沉恸。三、四句进一步去写北地风沙弥漫、白草飞卷的荒凉景象，以及月光笼罩下三两家孤村凄清冷寂之景，凸现出一片国破家亡之惨象。下片以大雁的自由南飞反衬自己的身不由己、被掳北去，相形之下，悲苦更甚。深曲之“愁肠”而冠以“百结”，已见愁之难以解除，又加之以“无昼夜”三字，极言此愁苦之无止无休，真可谓一波三折，愈转愈深。直至歇拍写到“渐近”金人之地时，宣告了“归路”的彻底断绝，只能以无可奈何的心情发出绝望的嗟叹。况周颐《蕙风词话》说此词“寥寥数十字，写出了步步留恋，步步凄恻”。确为的评。

韩世忠（1089—1151）

字良臣，晚号清凉居士，延安人。南渡初名将，历太保、封英国公、兼河北诸路招讨使。秦桧收三大将兵权，拜枢密使。孝宗时，封蕲王，谥忠武。《全宋词》录其词二首。

临 江 仙

冬看山林萧疏净，春来地润花浓。少年衰老与山同。世间争名利，富贵与贫穷。　　荣贵非干长生药，清闲不是死门风。劝君识取主人公。单方只一味，尽在不言中。

【题解】

绍兴十一年（1141）春，金兀术以铁骑十余万渡淮南下，攻城略地，直逼长江，宋将刘锜等部大败金兵于柘皋（今安徽巢县西北）。韩世忠与岳飞又及时来援，驱赶金兵渡淮北去。这时，宋高宗、秦桧等人却准备签订和约，恐将帅反对，借口柘皋之捷，密诏韩世忠、张俊、岳飞三大将入朝“论功行赏”。任韩世忠、张俊为枢密使，岳飞为副使。明升官职，实夺兵权。不久，岳飞父子被诬下狱。年底“绍兴和议”成，岳飞父子亦以“莫须有”罪名惨遭杀害。韩世忠竭力反对和议，但迫于时势，也只能消极地杜门谢客，从此绝口不言兵，常纵游西湖以自娱。这首《临江仙》词当作于此一时期。词以自然界的春秋代序，尤其是万物生长的春与万物归寂的冬这两极，来比况人生之盛衰，别具兴味。其中“萧疏净”三字包含了两个方面的意思：面对“萧疏”，未免感慨系之，但萧疏而能无所求，则达到“净”，也即“人到无求品自高”。这一层意义贯下四、五两句，对世间争名利、求富贵给予了否定。换头承上点出“清闲不是死门风”，并进一步劝人们在“荣贵”与“清闲”之间做出正确抉择。最后以“不言”作结，发人深思，饶有余味。

李重元（生卒年不详）

宋徽宗宣和年间（1122前后）人，工词。黄昇《唐宋诸贤绝妙词选》卷七录其《忆王孙》词四首，词题分别为《春词》《夏词》《秋词》《冬词》。

忆 王 孙

春 词

萋萋芳草忆王孙[①]，柳外楼高空断魂，杜宇声声不忍闻[②]。欲黄昏，雨打梨花深闭门。

【题解】

在四首《忆王孙》中，这首《春词》影响最大。词的首句化用《楚辞·招隐士》句意，借王孙以代游子。春草繁生，春色撩人，而心上人却远游未归，“便纵有千种风情，更与何人说”。于是，她登楼伫望，希望心上人能突然来到。然而，烟柳外的高楼却无情地挡住了她的视线，令她又徒然地失望一回。偏偏这时又传来杜鹃鸟那凄厉的叫声，似乎也在向着远方呼唤：“行不得也，哥哥！”可是，她心爱的哥哥还是迟迟不归。不觉已近黄昏，暮春时节的雨敲打着日渐憔悴的梨花，就像打在思妇的心头一般，顿生一种美人迟暮之感。“杜宇声声不忍闻”，“雨打梨花”不忍看，只好“闭门”深居，以免暮春的景象时时地牵动她的愁绪。然而“闭门”推不开深深的寂寞与惆怅。全词写得蕴藉深沉，凄迷之景与哀怨之情水乳交融，极具感人的力量。

【注释】

①《楚辞·招隐士》："王孙游兮不归，春草生兮萋萋。"此句化用其意。 ②杜宇：即杜鹃鸟，鸣声凄厉。

聂胜琼（生卒年不详）

汴京歌妓。质性聪慧，雅善填词，与礼部属官李之问倾心相爱，后终成眷属。《全宋词》录其词一首。

鹧鸪天

寄李之问[1]

玉惨花愁出凤城[2]，莲花楼下柳青青。尊前一唱阳关后，别个人人第五程[3]。　寻好梦，梦难成，有谁知我此时情。枕前泪共帘前雨，隔个窗儿滴到明[4]。

【题解】

此词上片着重表现送别时的离异之痛。起句以"玉""花"自喻其芳洁的品貌，以"惨""愁"自道其哀婉的心绪。四字错互而出，使一位因离别在即而不免玉颜憔悴、花容失色的佳人形象跃然纸上。次句中的"莲花楼"当是饯别之所，"柳青青"则是送别之景，以"柳"谐"留"，暗寓惜别情怀。"尊前"二句进一步渲染离情别绪。饯别之际唱起了流行的送别曲《阳关三叠》，令人不禁离怀缭乱，思绪飞扬。下片着重抒写离别后的思念之苦。一别多日，相见无由。希望能在梦中相见，一叙离怀，但竟连梦也难成，就是这么一点起码的安慰也无法得到，其沉痛之情可知。而作者却以诘问语气出之，发为痛苦的内心独白，感情更显真挚强烈。结尾两句作者慧心独运，化用温庭筠《更漏子》词意而又深翻一层，让泪水与雨水互映，哭声与雨声共鸣，从而将自己的主体感受与夜雨的客观环境融合为一，情景相生，妙合无垠。

【注释】

①李之问赴京师改秩期间与歌妓聂胜琼两情甚笃。李将行，聂为之饯别，歌一词末句曰“无计留君住，奈何无计随君去。”李复留经月始去，别不旬日，聂作一词寄之。李在中路得之，藏于箧间，至家为其妻所得，因问之，具以实告。妻喜其语句清健，遂出妆奁资募，往京师娶归，以礼相待，大和悦焉。详见《宋词纪事》引《古今词话》。 ②凤城：指汴京。相传秦穆公之女弄玉，吹箫引凤凰降于京城，后因称京城为“凤城”或“凤凰城”。 ③别个人人：犹言离此人儿。 ④“枕前”二句：温庭筠《更漏子》有“梧桐树，三更雨，不道离情正苦。一叶叶，一声声，空阶滴到明。”此二句翻用其意。

李弥逊（1089—1153）

字似之，号筠溪翁，连江（今属福建）人，居于吴县（今属江苏）。大观三年（1109）进士。曾任校书郎、起居郎、户部侍郎等职。主张抗金，反对与金议和，忤秦桧意，乞归，遂以徽猷阁直学士知漳州。绍兴十二年（1142）落职。晚岁隐居连江之西山。有《筠溪集》二十四卷、《筠溪词》一卷。

菩 萨 蛮

江城烽火连三月，不堪对酒长亭别。休作断肠声，老来无泪倾。　　风高帆影疾，目送舟痕碧。锦字几时来，薰风无雁回①。

【题解】

这首词写的是战乱年代夫妻伤别的情景。作者以铺叙和白描相结合的手法，描述了送别妻子的全过程。首句采用杜甫《春望》诗的成句入词，点出离别的特定环境。由于金兵大举南下，直逼长江，为情势所迫，夫妻不得不作暂时的生离。而在战争时期这生离几乎就等于死别，因此才说“不堪对酒长亭别。”三、四句是劝慰妻子的话，反照出其妻涕泪交流、哽咽难言的情状，同时也折射出词人自己不堪其悲的难言之痛。换头二句着意铺染目送归舟情景。风高帆疾，船行如飞，他想再仔细地看看自己的爱妻也竟不可再得，只能凝望着船尾翻起的碧浪，一任感情的潮水在胸中汹涌。末二句用“雁足传书”和“织锦回文”的典故，表现词人对妻子深深的牵念与前程未卜的隐忧。这里“无雁回”既是初夏时节特征的实写，也寓托了对战乱年代音讯难通的担忧，实际上是承首句“烽火连三月”而来的“家书抵万金”的感喟。首尾一意贯通，充满了浓郁的悲剧氛围。

【注释】

①薰风：即初夏时节的南风。

陈与义（1090—1138）

字去非，号简斋，洛阳（今属河南）人。政和三年（1113）上舍甲科，任太学博士、符宝郎，后谪监陈留酒税。南渡初，避兵襄、邓间，由湘入桂，辗转至临安，任吏部侍郎，绍兴七年（1137），拜参知政事。为江西诗派后期重要诗人。有《简斋诗集》三十卷、《无住词》一卷。

临江仙

高咏楚词酬午日[①]，天涯节序匆匆。榴花不似舞裙红。无人知此意，歌罢满帘风。 万事一身伤老矣！戎葵凝笑墙东[②]。酒杯深浅去年同。试浇桥下水[③]，今夕到湘东[④]。

【题解】

此词作于词人流落湖湘时期的一个端午节。词以凭吊屈原发端，从“节序匆匆”的感时到“万事一身”的伤老，抒发了怀旧之思与爱国之情。在端午节里，他感怀屈原的高洁品格。因此吟咏楚辞来度过节日。但是当时词人避乱湖湘，远离亲人与故乡，因而自然产生“天涯节序匆匆”之感。“榴花”一句，亦景亦情。榴花触动了他对往日春风得意的生活的怀念，但有谁能理解他此刻的心情呢？长歌之后，满帘生风。在伤时念旧之中，心情激荡。换头之后，感慨愈转深沉。在一声伤老的长叹中已包涵了国家残破，个人不幸的无限怆恨。接着又借蜀葵向日的属性比喻自己始终如一的爱国忠君思想。最后三句，谓酒杯深浅虽与往年一样，但这一杯酒浇于湘江之中，今夜定会流到屈原英灵所在的汨罗江。强烈的爱国感情，在高歌楚辞和酹酒江水的虔诚动作中得到了充分映现。细味此词，在疏放俊拔之语中，深蕴着沉挚悲怆的情思。以此词与苏轼同调之作“夜饮东坡醒复醉”相比，能明显地看到东坡词风的影响。花庵所谓“语意超绝，可摩坡公之垒。”当指此类作品。

【注释】

①午日：即端午节。民俗于此日吃粽子、赛龙舟以纪念屈原。 ②戎葵：指葵花，因其性喜阳光，能随日移而转动，故又名向日葵。 ③“试浇”句：意谓以酒洒于江水中表示祭奠。 ④湘东：这里指屈原当年自沉的所在，即汨罗江。

临 江 仙

夜登小阁忆洛中旧游

忆昔午桥桥上饮①，坐中多是豪英。长沟流月去无声。杏花疏影里，吹笛到天明。　　二十余年如一梦，此身虽在堪惊。闲登小阁看新晴②。古今多少事，渔唱起三更③。

【题解】

此词约作于绍兴五年（1135）前后，词人经过南渡的颠沛流离，此时寓居浙江湖州的青墩镇。本词上片以“忆昔”领起，追忆当年在洛阳时高朋聚饮的豪情逸兴。画面的中心视点是欢饮于午桥之上，指点江山、激扬文字的一群“豪英”；作为欢会背景的则是

“长沟流月”“杏花疏影”这样静谧而幽美的环境。背景与主体相烘托，使桥中豪英与桥下长沟、桥畔杏花、桥上明月构成一幅动静制宜、形神兼备的高人雅士夜饮图，而彻夜竞吹的笛声更平添了几分悠扬缥缈的神韵。“杏花”二句，清婉绮丽而又自然雅正，历来为人所称颂。下片折回现实，以“二十余年如一梦”承上转下，对靖康之变造成的旧游零落、盛会难再深致慨叹，其中更有国土沦丧、时局危殆的忧愤。抚今追昔，恍如一梦，此身虽在，余悸犹存。“闲登小阁”句又以新晴的月色绾合今昔，月色依然而欢会难逢，大有今古兴亡之感。结句写多少兴亡之事尽付之渔唱樵歌，托出超越时空的历史感慨，形成苍凉的氛围和深远的意境。因此，陈廷焯评为“笔意超旷，逼近大苏”。

【注释】

①午桥：在洛阳城南，唐朝裴度曾建别墅于午桥，号绿野堂，用作宴饮吟唱之所，后遂为文人雅士游赏胜地。 ②新晴：指雨后初晴时的月色。③渔唱：指渔歌樵唱。

张元幹（1091—1170？）

字仲宗，号芦川老隐，长乐（今属福建）人。徽宗宣和七年（1125）任陈留县丞。靖康元年（1126），为李纲幕府僚属，协助抗金。后李纲被罢，亦因而获罪。绍兴元年（1131），以将作监丞致仕，闲居二十多年。其间因作《贺新郎》送李纲、胡铨，遭秦桧迫害。晚年漫游江南，客死异乡。有《芦川归来集》十卷、《芦川词》二卷。

贺新郎

寄李伯纪丞相[①]

曳杖危楼去。斗垂天、沧波万顷，月流烟渚。扫尽浮云风不定，未放扁舟夜渡。宿雁落、寒芦深处。怅望关河空吊影，正人间、鼻息鸣鼍鼓[②]。谁伴我，醉中舞[③]？　十年一梦扬州路[④]。倚高寒、愁生故国，气吞骄虏。要斩楼兰三尺剑[⑤]，遗恨琵琶旧语[⑥]。漫暗涩、铜华尘土[⑦]。唤取谪仙平章看[⑧]，过苕溪、尚许垂纶否？风浩荡，欲飞举。

【题解】

此词为张元幹的代表作之一，写得慷慨悲凉，风格沉郁。词的开头以曳杖登楼领起，铺叙登楼所见的苍茫夜景，境界阔大，笼罩全篇。接写月光下的水中小洲，大风中的无人渡口，还有芦苇丛里露宿的大雁，组合成一幅凄冷、寂寥的荒郊秋夜图。面对此景，缅思时局，不禁怅恨久之。“怅望”以下四句寄寓了“众人皆醉我独醒”的感慨，并以“闻鸡起舞”一典，抒发了坚持抗金的同调者太少的怅惘孤寂之情。换头之后，化用杜牧《遣怀》诗句，进一步抒发爱国壮志受到压抑的悲愤。作者倚高楼望明月，想起十多年来中原失地未能恢复，而主战派却屡遭迫害，满腔悲愤喷薄而出。接着连用汉代傅介子和王昭君两个典故，借以表示坚定的抗金志向和对小朝廷屈辱求和、抗战派弃置不用的遗恨。最后以一设问煞尾，热忱希望李纲放弃归隐之念，为抗金事业再创功勋。爱憎分明，感情浓烈。

【注释】

①李伯纪：即李纲，南宋主战派主要代表，遭秦桧排挤。 ②鼍（tuó）：水中动物，俗称猪婆龙。《诗·大雅·灵台》句“鼍鼓逢逢。” ③醉中舞：用晋朝祖逖与刘琨夜半同起舞剑的故事。 ④“十年”句：化用杜牧《遣怀》“十年一觉扬州梦”句意。 ⑤“要斩”句：用汉代傅介子出使西域斩楼兰王，以功封侯事。 ⑥“遗恨”句：用昭君出塞和蕃事，这里写宋向金屈辱求和的遗恨。 ⑦铜华尘土：宝剑弃置不用，生了锈蒙上了灰尘，使之失去了应有的光泽。 ⑧谪仙：这里指被贬官谪居的李纲。平章：即评议、筹商。

贺 新 郎[①]

送胡邦衡谪新州

梦绕神州路[②]。怅秋风、连营画角，故宫离黍[③]。底事昆仑倾砥柱[④]，九地黄流乱注[⑤]！聚万落千村狐兔[⑥]。天意从来高难问，况人情、老易悲难诉[⑦]。更南浦[⑧]，送君去！ 凉生岸柳销残暑。耿斜河、疏星淡月[⑨]，断云微度。万里江山知何处？回首对床夜语。雁不到、书成谁与[⑩]？目尽青天怀今古，肯儿曹恩怨相尔汝[⑪]？举大白[⑫]，听《金缕》。

【题解】

这是张元幹《芦川词》的压卷之作。枢密院编修胡铨因反对秦桧与金议和，被除名编管新州。词人不顾个人安危，作此词相送并与之饯别。词开篇不言离情别绪，却宕开一笔，写梦游中原，盖因收复中原是他们共同的魂牵梦绕的愿望。“怅秋风”三句具体展示梦游中原的所见所闻所感。“底事”三句是作者怅恨之际发出的叱问，各具深层意蕴，且使梦境与现实得以沟通，自然过渡到下文对满腔悲愤的直接抒发。昏君反复无常，居心叵测，为一层悲愤；庸臣未老先衰，尸居余气，为二层悲愤；战友无辜见逐，孤身远去，为三层悲愤。词由此转入对离情别绪的抒写和对胡邦衡的慰勉。过片后“凉生”以下八句即景骋情，稍稍流露出惜别的感伤。但“目尽”二句奋力一跃，便又使词境升华到新的更高的境界：古往今来，有多少爱国者报国无门，却心志不灰；我们既然怀着生死不渝的报国之心，又岂肯像一般的小女子那样计较个人的恩怨得失呢？全词以共吐心音起，以互致慰勉结，情景交融，一气旋折，情辞慷慨，掷地有声，令人在“数百年后，尚想其抑塞磊落之气”（《四库全书总目提要》）。

【注释】

①此调始见苏轼词，原名《贺新凉》，又名《金缕曲》等，本词末句所言即此调。 ②神州：古称中国为“赤县神州”。此指金人占据的中原地区。 ③故宫离黍：周平王东迁后，周大夫经过西周故都，只见“宗室宫庙，尽为禾黍”，遂赋《黍离》诗以志哀。后世即用“黍离”表示亡国之痛。④底事：何事。昆仑：山名。传说昆仑山有铜柱，用以撑天。砥柱：亦山名，在黄河中。 ⑤九地：九州。黄流乱注：黄河水泛滥成灾。 ⑥狐兔：喻金兵。 ⑦“天意”二句：语本杜甫《暮春江陵道马大卿公恩命追赴阙下》“天意高难问，人情老易悲。” ⑧南浦：泛指送别之地。江淹《别赋》：“送君南浦，伤如之何！” ⑨斜河：银河斜转，表示夜深。 ⑩雁不到：新州远在岭南，秋雁到衡阳回雁峰而止，无法托带书信。 ⑪肯：意谓岂肯。相尔汝：语本韩愈《听颖师弹琴》“昵昵儿女语，恩怨相尔汝。” ⑫大白：酒杯。左思《吴都赋》“飞觞举白。”刘良注：“大白，杯名。”

石 州 慢

己酉秋吴兴舟中

雨急云飞，惊散暮鸦，微弄凉月。谁家疏柳低迷，几点流萤明灭。夜帆风驶，满湖烟水苍茫，菰蒲零乱秋声咽①。梦断酒醒时，倚危樯清绝②。　　心折③。长庚光怒④，群盗纵横，逆胡猖獗，欲挽天河⑤，一洗中原膏血。两宫何处⑥？塞垣只隔长江⑦，唾壶空击悲歌缺⑧。万里想龙沙⑨，泣孤臣吴越⑩。

【题解】

此词作于宋高宗建炎三年（1129）。这年，金兵又大举攻宋，国事危急，而高宗只顾南逃。先至绍兴，又至宁波。此时，张元幹正在吴兴避难，他满怀忧国悲愤写下了这首动人的词章。上片渲染秋夜行舟的特定环境。前三句即推出秋雨驰骤、乌云翻卷这样动荡不安的景象，接着“谁家疏柳”以下五句进一步描写岸边、湖上那衰飒、凄迷的景物。疏柳间几点明灭不定的萤火，更增添了阴森可怕的气氛。而杂乱的菰蒲在秋风中凄切的声响，不禁令人想起沦陷区人民痛苦的呻吟。下片直抒胸臆。“心折”以下四句揭示忧愁之因：内有叛乱，外敌入侵，太白金星又兆示了不祥，壮怀忧国的词人怎能不为之“心折”！接着以“欲挽”二句大声疾呼，直接抒发了自己的报国壮志。然而，现实是报国有心，请缨无路。因此，情绪又由激昂复归于悲抑。非但徽、钦二帝依然远囚塞外，而且宋金边界也只是一江之隔。词人虽有“一战灭胡尘”的壮志，但也只能是空击唾壶，徒自悲歌，泣下沾襟罢了。全词时而慷慨激昂，时而沉郁悲壮，令人感奋不已。

【注释】

①菰（gū）：俗称茭白。蒲：蒲柳，即水杨。 ②危樯：船上高耸的桅杆。 ③心折：喻伤心至极。江淹《别赋》有“心折骨惊”句，较之所谓“心惊骨折”更见奇巧，后人多本之。 ④长庚：即金星，又名太白星。据《汉书·天文志》，若金星出入反常，则天下将有兵祸。 ⑤天河：即银河。杜甫《洗兵马》：“安得壮士挽天河，尽洗甲兵长不用。” ⑥两宫：指宋徽宗和宋钦宗。靖康元年（1126），金兵攻陷汴京，次年掳徽、钦二帝北去。 ⑦塞垣（yuán）：指边界。当时宋、金之间以长江为界，故云“塞垣只隔长江”。 ⑧“唾壶”句：语本《世说新语·豪爽篇》，晋人王敦每当酒后，辄咏曹操《龟虽寿》中“老骥伏枥，志在千里；烈士暮年，壮心未已”诸句，并以铁如意击打唾壶，使壶口尽缺。 ⑨龙沙：泛指塞外。这里指代徽、钦二帝被囚禁的地方。 ⑩孤臣：作者自称。吴越：古代国名，在今江苏、浙江一带。作者身在吴兴，而吴兴正属吴越之地。

满 江 红

自豫章阻风吴城山作①

春水迷天，桃花浪、几番风恶②。云乍起、远山遮尽，晚风还作。绿卷芳洲生杜若，数帆带雨烟中落。傍向来、沙嘴共停桡③，伤飘泊。 寒犹在，衾偏薄。肠欲断，愁难著。倚篷窗无寐，引杯孤酌。寒食清明都过却④，最怜轻负年时约⑤。想小楼、终日望归舟，不如削。

【题解】

《满江红》这一词调，一般较宜于抒写豪放激越的声情，而张元幹的这一首却写得婉约情深，别具一格。上片侧重写景，由景入情。头二句紧扣题意，点明时令气候。着一“恶”字，在阔大景象描述中已带上了鲜明的感情色彩。接着“云乍起”三句，写令人生厌的狂风暴雨又一次遮天盖地而来。着一“还”字，既表明风雨时间之久，又交待了不得已而靠岸停留的原因。再以“绿卷”四句描述行舟受阻靠岸时所见凄迷之景，烘托出自伤飘泊的凄然之情。换头直言愁苦之由。“寒食”二句宕开一笔，由眼下境况勾起“年时约”的记忆，自悔不该失信于佳人之约。最后，进一步驰骋想象，以极为深婉的笔力，化虚为实，从对方落笔，既写出了佳人凝望归舟而瘦损的痴情，又表达了词人思归怀人的一片深情。

【注释】

①此词在各选本中或题作“旅思”，或题作“离恨”，或题作“春晚”。　②桃花浪：指旧历三月，春暖冰消，江水上涨，此时正值桃花盛开。杜甫《春水》诗“三月桃花浪，江流复旧痕。”后人多本之。　③向来：此处犹言适来。　④“寒食”句：说明春天游赏的美好时节都已过去。　⑤最怜：犹言最可惜。

曹　勋（1098—1174）

字功显，阳翟（今河南禹州市）人。曹组子。宣和五年（1123），赐同进士出身。靖康初，从徽宗北迁，遁归。后拜昭信军节度使，加太尉。有《松隐文集》四十卷、《松隐乐府》三卷。

饮　马　歌

边头春未到。雪满交河道。暮沙明残照。塞烽云间小。断鸿悲，陇月低，泪湿征衣悄。岁华老。

【题解】

此腔乃自虏中传至边地，饮牛马时即横笛吹之，不鼓不拍，声甚凄断。作者在与徽、钦二帝一同被囚禁期间，受塞北民风谣谚陶染，习得此腔，遂将内心世界里深沉的家国之恨融入其中，产生了这首苍茫空阔、凄恻悲凉的作品。作者借一金军老兵之口，抒发了对女真贵族穷兵黩武、涂炭生灵的行径的深切痛恨。全词虽仅三十四字，但境界极其阔大，风格雄浑苍凉。开头两句既交待了季节时令，又描写了千里冰封、万里雪飘的北国奇寒之景。“暮沙”二句极写塞北荒漠之浩瀚无边。作者巧妙地采用了映衬、烘托手法，使夕阳与黄沙相映，使本来高耸入云的烽火台缩小以烘托荒漠之广大。接着又以渐渐远去的飞鸿之声，渐渐低沉的明月之色来渲染凄冷的气氛。就在这悲凉的氛围中，终老军营的士兵们只能在这更深夜阑之际悄悄地流下辛酸的泪水。正是这末句的描述，使前面所写之景染上了浓重的感情色彩。

岳　飞（1103—1141）

字鹏举，相州汤阴（今属河南）人。南宋抗金名将，累立奇功。历少保、河南北路招讨使，进枢密副使，封武昌郡开国公。以反对和议为秦桧所陷，殒大理寺狱。淳熙六年（1179），赐谥武穆。嘉定四年（1211），追封鄂王。淳祐六年（1246），改谥忠武。后人编有《岳武穆遗文》一卷。《全宋词》录其词三首。

小重山

昨夜寒蛩不住鸣[1]。惊回千里梦，已三更。起来独自绕阶行。人悄悄，帘外月胧明[2]。　白首为功名。旧山松竹老，阻归程。欲将心事付瑶琴，知音少，弦断有谁听[3]？

【题解】

绍兴八年（1138），宋高宗任用秦桧为相，决意求和，岳飞及其他主战派大臣，纷纷上书反对和议。然而，高宗还是接受了称臣纳贡的和议条件，派秦桧代表自己跪受金朝诏书。面对这一切，岳飞抑制不住内心的忧愤，写下了这首《小重山》词。词的上片寓情于景，写作者思念中原、忧虑国事。更深夜阑之际，他正做着收复中原的好梦，却被凄凉的蟋蟀声惊醒，于是怀着无比惆怅的心情，独自徘徊于冷月下的庭院之中。下片写收复失地受阻、心事无人理解的苦闷。词人慨叹岁月如流，家园长期沦陷，欲归不得。“还我河山”的伟大抱负尚未实现，却已“白了少年头”。更令人伤心的是自己处境孤危，知音难觅，深感寂寞。表现了对投降派屈辱求和、阻挠抗金斗争的深切不满和谴责。全词以委婉低沉之笔来抒写爱国情志，情调极为沉郁凄怆，具有很强的艺术感染力。

【注释】

①蛩（qióng）：蟋蟀。　②月胧明：月色明亮。胧明，明亮貌。　③“欲将”三句：用俞伯牙与钟子期的典故，说明主战派受排挤，朝廷上主和派占了

上风。据《吕氏春秋·本味》，春秋时俞伯牙善鼓琴，惟有钟子期能从琴声中体会他的心事，后“钟子期死，伯牙破琴绝弦，终身不复鼓琴”。

满 江 红

写 怀

怒发冲冠[①]，凭栏处、潇潇雨歇。抬望眼、仰天长啸，壮怀激烈。三十功名尘与土[②]，八千里路云和月[③]。莫等闲[④]，白了少年头，空悲切。　　靖康耻[⑤]，犹未雪[⑥]。臣子恨，何时灭？驾长车踏破、贺兰山缺[⑦]。壮志饥餐胡虏肉，笑谈渴饮匈奴血。待从头、收拾旧山河，朝天阙[⑧]。

【题解】

绍兴三年（1133），岳飞负责从江州到江陵的沿江防务，其时金兵及伪齐占领了襄阳六郡，切断了南宋通向川陕的交通。在参知政事赵鼎的支持下，岳飞于次年由鄂州（今湖北武昌）出师，统兵北上，收复了襄阳六郡。这是南宋政权建立以来第一次收复大片失地的胜仗，朝野振奋。岳飞也因功擢升为清远军节度使，置身于中兴名将之列，时年仅三十二岁。这首气壮山河、传颂千古的名篇大约就作于此时。词的上片抒写作者渴望为国杀敌、匡复中原而不辞辛劳，不求功名的高尚情怀。开头四句破空而来，一气贯注。词人独登高楼，遥念中原沦陷，二帝被掳，不禁“怒发冲冠”“仰天长啸”“壮怀激烈”。接着四句激励自己珍惜年华、早成恢复大业。下片抒写雪耻复仇、重整乾坤的豪情壮志，以及大无畏的英雄气概。全词直抒胸臆，情辞慷慨，激昂悲壮，是一篇掷地有声的爱国名篇。陈廷焯《白雨斋词话》评此词“千载读之，凛凛有生气焉”。

【注释】

①怒发冲冠：《史记·廉颇蔺相如列传》：“相如因持璧却立，倚柱，怒发上冲冠。”此用以形容满腔悲愤的情状。 ②尘与土：谓功名犹如尘土，报国壮志未能实现，已有的功名不值一提。 ③“八千”句：谓南北转战几千里，日夜奔驰，不辞辛劳。 ④等闲：即轻易、随便。 ⑤靖康：宋钦宗赵桓年号。靖康元年（1126），金兵攻陷汴京。掳徽、钦二帝北去，北宋灭亡。“靖康耻”即指此。 ⑥雪：刷。常言雪耻，即洗刷耻辱。 ⑦贺兰山：在今宁夏西，当时为西夏统治区。此借指金人所在地。缺：指险要的关口。 ⑧朝天阙：指回京献捷。天阙，宫门。

高　登（生卒年不详）

字彦先，漳浦（今福建漳州）人。绍兴二年（1132）进士。历古田令、潮州试官。曾上万言书痛骂秦桧，桧怒，削其官，徙容州（今广西容县），以教书终其身，人称东溪先生。有《东溪集》二卷，《东溪词》一卷。

好　事　近

富贵本无心，何事故乡轻别？空惹猿惊鹤怨①，误松萝风月②。　囊锥刚强出头来③，不道甚时节？欲命巾车归去④，恐豺狼当辙⑤！

【题解】

这首词《宋名臣言行录》《挥麈（zhǔ）后录》皆以为胡铨作，但胡铨《澹庵词》未收，而见于《东溪集》，故可定为高登之作。词主要抒写正直士人在权奸当道时的苦闷心情。上片言归隐之志。一开头就自申心志：无心于富贵，但究竟为何要无端轻易地离乡外出而求仕呢？语意充满自责，似乎大有“觉今是而昨非”之感。接着又以家乡的猿、鹤、松萝、秋月等风物的徒然期盼之态，来回映自己的遗憾之意。笔调深婉，不失风人之旨。换头承上，化用毛遂自荐、脱颖而出的典故，说自己总想崭露头角，为国家干一番事业，也不看看这是什么时候！大有不识时务的悔恨之感。末尾两句一转，复又自我激励：豺狼当道，国事危殆，自己又怎能归隐，弃国家社稷于不顾呢？全词在顿挫深婉之中，体现了一个怀才不遇志士的矛盾复杂的心态。

【注释】

①猿惊鹤怨：词人离乡，徒然使猿鹤也为之惊异不满。 ②误松萝风月：意谓耽误了山水风情。 ③“囊锥”句：《史记·平原君虞卿列传》载，战国时，秦围赵都邯郸，平原君欲赴楚求救，门客毛遂自荐同往。平原君说，有才之士如锥在囊中，早该颖露而出。毛遂说：“使遂早得处囊中，乃颖脱而出，非特其末见而已。”这里意谓怀才不遇之士想要崭露头角。 ④巾车：有帷幕的车子。 ⑤豺狼当辙：据《后汉书·张纲传》：东汉顺帝委任宦官，张纲上书切谏，顺帝不听。后奉使调查各地风俗，张纲把车轮埋在土里，不肯起身，说“豺狼当路，安问狐狸！”并上书奏劾大将军梁冀有十五罪状。

康与之（生卒年不详）

字伯可，号顺庵，滑州（今河南省滑县）人。谄事秦桧，为秦门下十客之一，官军器监丞。桧死后，编管钦州。绍兴二十八年（1158），移雷州，复送新州牢城。有《顺庵乐府》五卷，今不传。《全宋词》据赵万里辑本录其词三十八首。

长 相 思

游 西 湖

南高峰，北高峰①，一片湖光烟霭中。春来愁煞侬②。　　郎意浓，妾意浓，油壁车轻郎马骢③。相逢九里松④。

【题解】

康与之作为“以文词待诏金马门”的御用文人，当其谄事秦桧而受宠之时，生活圈子十分狭小，不免陷于颂圣谀功而不能自拔。因而今所见三十八首词作中歌功颂德、奉迎权贵之作几占半数。然而，其中也不乏感念时事，悲慨国家残败之作。如《菩萨蛮令》（“龙盘虎踞”）之借怀古以伤今。也有借咏杜鹃以描写游子思乡怀人的凄清哀切之作，如《满江红》（“杜鹃”）。而这首《长相思》“游西湖”则又表现出另一种特殊的风味。词采用南朝民歌的表现手法，描写一个怀春女子面对春天里的西湖美景，触发了满腔的春愁。正当她沉湎于强烈的爱的向往而又没有确定的爱的对象时，她的油壁轻车与迎面而来的青骢白马在九里松边不期而遇了。两颗炽热的心相撞，通过心灵的窗户相互倾吐出浓浓的情意。词于此戛然而止，给读者留下广阔的想象空间。

【注释】

①南高峰、北高峰：皆为西湖附近的旅游名胜。 ②侬：即我，吴方言。 ③骢：青白色的马。 ④九里松：杭州地名。

黄公度（1109—1156）

字师宪，莆田（今属福建）人。绍兴八年（1138）进士第一，签书平海军节度判官。秦桧诬以事，罢归。桧死，复起，仕至尚书考功员外郎。有《知稼翁集》一卷。《全宋词》录其词十五首。

青 玉 案

邻鸡不管离怀苦，又还是、催人去。回首高城音信阻。霜桥月馆①，小村烟市，总是思君处。 裛残别袖燕支雨②，谩留得、愁千缕③。欲倩归鸿分付与④。鸿飞不住，倚栏无语，独立长天暮。

【题解】

此词表面是写男女别愁，而实则寓意深远。上片写别时情态与别后相思。“邻鸡”二句写依依惜别之际对晨鸡啼鸣、催人早行的厌恶。鸡本无情，而词人却要求它能通情。这一写法。于理为荒谬，于情则更为深挚。“回首”以下四句，说离别高城之后，便将音讯隔绝；但不管走到哪里，时时处处都思念着对方。下片写音信难达之悲。“裛残”三句意谓：伤别的泪痕犹在，空留下千缕愁绪缠绕心间。最后四句写她欲托鸿雁传书而它却不予理睬。只好独自倚栏，眼见着天边暮色自远而近，怎能不令人顿生迟暮之感呢！其中隐隐透露了弃官归隐之志，同时也巧妙地传达了“思君”、忠君之情。

【注释】

①霜桥月馆：化用晚唐温庭筠《商山早行》中“鸡声茅店月，人迹板桥霜”诗句，以述途中早行情景。 ②裛（yì）：通“浥”，沾湿。燕支雨：即胭脂雨。整句意谓：分别时爱人的泪水沾湿了他的衣袖，如今也只剩一些痕迹了。 ③谩：空。 ④倩：请。分付：交付，委托。

韩元吉（1118—1187）

字无咎，号南涧，许昌（今属河南）人。徙信州上饶（今属江西）。初为信州幕僚、南剑州主簿。再知建安县，江东转运判官。历中书舍人、守大理寺少卿，除龙图阁学士、吏部侍郎，官至吏部尚书，致仕。有《南涧甲乙稿》二十二卷，《南涧诗余》一卷。

六州歌头

桃　花

东风着意[1]，先上小桃枝。红粉腻，娇如醉，倚朱扉。记年时，隐映新妆面。临水岸，春将半，云日暖。斜桥转，夹城西。草软莎平[2]，跋马垂杨渡[3]，玉勒争嘶[4]。认蛾眉凝笑，脸薄拂燕支。绣户曾窥，恨依依。　共携手处，香如雾，红随步，怨春迟。消瘦损，凭谁问，只花知，泪空垂。旧日堂前燕，和烟雨，又双飞。人自老，春长好，梦佳期。前度刘郎⑤，几许风流地，花也应悲。但茫茫暮霭，目断武陵溪⑥。往事难追。

【题解】

这是一首咏物怀人之作。作者以拟人化手法写花，又以花喻人，使桃花与美人相互辉映，亦花亦人，浑然一体，确实达到了“人面桃花相映红”的艺术效果。词开头两句谓东风有意，最先安排春光上了这小小的桃枝。发想新奇，将春意写得活灵活现。“记年时”以下十句渲染气氛，为伊人形象提供典型环境。“认蛾眉”五句托出题意，人面与桃花，参互为喻。下片从回忆中跌回现实。那曾经携手共游之地，如今春光依旧而佳人已去，令人悲怨而瘦损。词从开头“先上小桃枝”的初春，写到“春将半”的仲春，再到“怨春迟”的暮春，随着时间的推移，词人的回忆也不断变化。最后，以翘首企盼伊人而竟失望而归告结，使词染上了浓重的伤感色彩。

【注释】

①着意：有意。 ②莎（suō）：莎草，即香附子草，多年生草本植物，大片连生时，软而平。 ③跋马：驰马。 ④玉勒：华贵的马笼头。此借代宝马。 ⑤前度刘郎：唐刘禹锡有《再游玄都观》咏桃花诗“种桃道士归何处？前度刘郎今又来。” ⑥武陵溪：陶渊明《桃花源记》所述武陵溪，为桃花源之出口。

好　事　近

汴京赐宴，闻教坊乐有感

凝碧旧池头，一听管弦凄切①。多少梨园声在②，总不堪华发。　　杏花无处避春愁，也傍野烟发气③。惟有御沟声断④，似知人呜咽。

【题解】

此词作于宋孝宗乾道九年（1173）三月，当时作者出使金国，路经沦陷已久的汴京，被留住赐宴，席上闻北宋宫廷音乐，百感交集，怆然有怀，写下了这首词篇。词的开头两句用王维故事，借凝碧池旧事以抒怀，极写他来到已沦陷四十六年的赵宋旧都听奏宫廷乐曲时那种深切的哀痛。三、四句承上而生发，言宫廷音乐尚在，而听惯此乐的徽、钦二帝却已北去不得回归。其间凄恻哀痛之情溢于言表。换头两句暗用王维"万户伤心生野烟"诗意，借植根于故都的杏花无所避愁，以言在金人铁蹄之下的中原人民"万户伤心"（王维《菩提寺禁裴迪来相看，说逆贼等凝碧池上作音乐，供奉人等举声，便一时泪下，私成口号诵示裴迪》），千村寥落。结句则以御沟流水的默然无声，烘托词人呜咽难通的悲痛之情。物是人非，睹物伤情，作意略同杜甫《春望》"感时花溅泪"。

【注释】

①"凝碧"两句：据计有功《唐诗纪事》载，天宝末，安禄山陷长安，玄宗奔蜀。王维为贼所获，拘于菩提寺，与左丞裴迪密相往来，裴说贼会蕃汉伪官，大宴于凝碧池，令梨园弟子作乐。王维听后大为喟叹，口吟七绝一首

云："万户伤心生野烟，百官何日再朝天。秋槐叶落深宫里，凝碧池头奏管弦。"韩元吉此时身在故都留宴听乐，处境与心情都与王维相似。 ②梨园：据《新唐书·礼乐志》，唐玄宗曾选乐工三百人，宫女数百人，教授乐曲于梨园，亲自订正声误，号"皇帝梨园子弟"。作者用此典以寓对徽、钦二帝被掳这一国耻的纪念。 ③野烟：用上举王维诗"万户伤心生野烟"句意。 ④御沟：流经皇宫的河道。

朱淑真（生卒年不详）

自号幽栖居士，钱塘（今浙江杭州）人，一说海宁（今安徽休宁）人。从其作品内容看，当为南宋初人。出生于仕宦家庭，幼而警慧，善诗词，工绘画，晓音律，为声名仅次于李清照的宋代女作家。由父母主婚，与一俗吏结合，曾随其夫宦游吴、越、荆楚间，终因情趣不投，愤然离去。后独居母家，抑郁寡欢，抱恨而终。有《断肠诗集》十卷、后集八卷、《断肠词》一卷。

谒 金 门

春 半

春已半，触目此情无限。十二阑干闲倚遍[1]，
愁来天不管。　　好是风和日暖，输与莺莺燕燕[2]。
满院落花帘不卷，断肠芳草远。

【题解】

此词是一首伤春之作，其中既有对今日凄凉境况的怨尤，也有

对昔日美好恋情的追怀。起拍“春已半”二句，用笔近似于李煜《清平乐》词中的“别来春半，触目愁肠断”，而稍见含蓄。作者似乎无暇对春光稍加描述，一入手便迫不及待地披露其由春光触发起的怀旧念远之情。这正见出她已情难自抑。“十二阑干”极写阑干之曲折，而作者的心态亦曲折如是。“闲倚遍”点明其凭阑之久。凭阑本为排遣闲愁，但结果却是旧愁未灭，新愁又生，以致她紧接着便从心底迸出“愁来天不管”的痛苦而又无奈的呼号。“好是”二句感叹春天虽好，自己却不能像“莺莺燕燕”那样与心上人比翼齐飞，自由来往。结句“断肠芳草远”，揭破一篇之旨。以“芳草”隐喻离人。“芳草远”，说明其所思远游于他乡，而这正是她始而泣诉“触目此情无限”、继而哀号“愁来天不管”，终而悲鸣“断肠”的原因。着此一笔，犹如画龙点睛，使之通体皆活。全词情调凄婉而吐属清华，是《断肠词》中耐人讽咏的佳作之一。

【注释】

①十二：极言阑干之曲折。其《元夜遇雨》诗云：“危楼十二阑干曲，一曲阑干一曲愁。”可见“十二阑干”，即“十二曲阑干”。　②输与：比不上，还不如。

菩　萨　蛮

山亭水榭秋方半，凤帏寂寞无人伴。愁闷一番新，双蛾只旧颦。　　起来临绣户，时有疏萤度。多谢月相怜，今宵不忍圆。

【题解】

这首小令描摹自己独守闺房的孤独冷寂情貌。起句点明时令。仲秋时节，在那“山亭水榭”间徜徉，自可领略一番清新绝俗的山容水态。然而，孤苦无伴之人却不敢面对大自然，只能将自己深深地锁进凤帏闺阁之中。下接“愁闷”二句，似乎是对这一行为的阐释和自我表白：伤春的眉结尚未舒展，悲秋的新愁又上眉头。其间凄苦已不言而喻。换头“起来”两句更以不时飞过“绣户”的几点“疏萤”来渲染那极度凄清冷寂的氛围。歇拍二句说惟有那高悬于秋空的冷月，似乎尚有一点怜惜之意，不忍在词人孤苦无伴之夜以团圆之象示人。仅此一点纯属词人意设的安慰，也已令她感动不已了。全词境界凄冷，绵渺婉约。

江 城 子

赏 春

斜风细雨作春寒。对尊前，忆前欢。曾把梨花，寂寞泪阑干。芳草断烟南浦路[①]，和别泪，看青山。　　昨宵结得梦因缘。水云间，悄无言。争奈醒来[②]，愁恨又依然。展转衾裯空懊恼，天易见，见伊难！

【题解】

此词题为“赏春”，实则“怨春”。词人以极其深沉的笔调，写出了她对恋人刻骨铭心的思念。上片着重写忆旧伤别。起拍先以“斜风细雨”的气候特征来渲染缠绵的忆旧气氛。在春寒料峭时节，借着一尊清酒，回想起当时初恋及分袂的往事，不禁涕泪纵横。“曾把”二句化用白居易《长恨歌》“玉容寂寞泪阑干，梨花一枝春带雨”诗意，来描述抒情主人公悲伤痛哭的情态，颇为传神。下片写梦幻成空的悲愁。欢情难再，只能于梦中相续。然而，梦醒之后却又倍增凄凉，只能在绣衾之中辗转反侧，凄苦悲鸣。全词写得沉痛深挚，哀怨凄婉，令人不忍卒读。

【注释】

①“芳草”句：江淹《别赋》：“春草碧色，春水渌波，送君南浦，伤如之何。”后即以“南浦”或“别浦”表示分别之地。 ②争奈：即怎奈，无奈。争，怎。

姚　宽（？—1162）

字令威，号西溪，嵊（今浙江嵊州市）人。以荫补官，权尚书户部员外郎，枢密院编修官。除“博洽工文”外，兼擅书法及工技等。有《西溪丛语》传于世。《全宋词》录其词五首。

生　查　子

郎如陌上尘，妾似堤边絮。相见两悠扬，踪迹无寻处。　　酒面扑春风，泪眼零秋雨。过了别离时，还解相思否？

【题解】

这是一首代言体的闺情词。词人以一个闺中女子的口吻叙述了对自己心爱的男子的思恋之情。词开篇连用两个比喻，谓男子用情不专，行为卑下，犹如漫天飞扬的尘土；而女子自己由于爱情的不幸，失去了感情上的依托，恰似飘荡无着的柳絮。这就为全词奠定了怨恨的感情基调。三、四句接写这位女子想要与男子相见，但两相隔绝，路途遥远，连他的踪迹都无法探寻。这就自然引发了下片中悲愁的泪水和痴情的悬想。过片处，作者先以两个精心构筑的对句来表现她的愁情。在这两句里作者为了突出强调解忧之酒和伤悲之泪，故意使主宾倒装，造成了类似于杜甫《秋兴八首》“香稻啄余鹦鹉粒，碧梧栖老凤凰枝”式的奇警语势，“语反而意宽”（沈存中语），更能渲染出女主人公愁情之深广，“春风”“秋雨”，长年悲愁俱在言内。歇拍二句写她愁极之后，不免作痴情的悬想。情辞哀切而又流丽，把女主人公内心里爱恨交加，既渴望又失望的复杂心理，表达得淋漓尽致，而又不失委婉工巧。

袁去华（生卒年不详）

字宣卿，豫章奉新（今属江西）人。绍兴十五年（1145）进士。曾任善化（今湖南长沙）知县等职。有《适斋类稿》八卷，《宣卿词》一卷。

瑞鹤仙

郊原初过雨。见败叶零乱，风定犹舞。斜阳挂深树，映浓愁浅黛，遥山眉妩。来时旧路，尚岩花、娇黄半吐。到而今，唯有溪边流水，见人如故。　　无语。邮亭深静[①]，下马还寻，旧曾题处。无聊倦旅，伤离恨，最愁苦。纵收香藏镜[②]，他年重到，人面桃花在否[③]？念沉沉、小阁幽窗，有时梦去。

【题解】

这是一首抒写离恨的词篇。词人与相恋的女子久别之后，旧地重寻而未见，因而惹起一番深切的思念之情。词的上片可分两层，“郊原”以下六句写景，为下文抒情创造气氛。其间秋风、秋雨、飞零的黄叶等动景，与斜阳、深树、远山等静景相互配合，共同渲染出一段“浓愁”的氛围。而“来时旧路”以下五句则在今昔不同情景的对比中，刻画他那深重的失落与惆怅之情。当日两人见面时，岩前的黄花含娇半吐，恰如伊人脉脉含情，欲托芳心。借花写人，正可见其楚楚动人情貌。“到而今”三句折回眼前，人面黄花皆不见，只有那一溪流水如故，一似自己那悠悠的思念。过片处以“无语”二字加以承转，既是承上片流水之无语东流，又是启发下片深沉的思考与感慨。“邮亭深静”三句写他一往情深地探寻当日题赠的旧踪迹。但寻寻觅觅，得到的只是一片空虚。“纵收香”进一步设想，即使能信守前约，他年重访，也未必就有好合之望。篇末寄希望于梦中欢会，以慰此一片痴情。全词写得清新流畅，而又含思委婉。

【注释】

①邮亭：古时设在沿途、供传送文书的人和旅客歇宿的馆舍。 ②收香、藏镜：此句暗用两则典故。前者用晋代韩寿故事：韩寿年少貌美，为贾充之女所爱，暗将御赐西域奇香送他。后贾充觉之，然亦无奈，只得许其嫁之。后者用陈朝徐德言和乐昌公主故事：徐德言娶了陈后主之妹乐昌公主。在陈亡之前，他们把镜子破成两半，各执其一以为信物。陈亡之后，他们终因破镜相合而得以重圆。 ③“人面”句：唐崔护《题都城南庄》“人面不知何处去，桃花依旧笑春风。”

陆　游（1125—1210）

字务观，号放翁，山阴（今浙江绍兴）人。以荫补登仕郎。绍兴中应礼部试，为秦桧所黜。孝宗即位，赐进士出身。一生志在恢复中原，是南宋杰出的爱国诗人。生平诗作逾万首。四十六岁入蜀任夔州（今四川奉节）通判，其后为四川宣抚使幕僚，远至南郑（今属陕西）前线，从此诗风为之一变。晚知严州，诏同修国史兼秘书监，以宝章阁待制致仕。退居山阴，仍始终保持昂扬的爱国热情，临终仍念念不忘祖国统一。其诗以豪迈雄放为主导风格。词则纤丽处似秦观，雄慨处似东坡，兼具婉约、豪放之长。有《放翁词》二卷。

卜　算　子

咏　梅

驿外断桥边，寂寞开无主。已是黄昏独自愁，更著风和雨①。　无意苦争春，一任群芳妒②。零落成泥碾作尘③，只有香如故。

【题解】

此词咏梅，实际上是借梅花的品格自明心迹，自抒怀抱。上片感遇。“驿外”二句，说梅花流离沦落，所居非地；“已是”二句，说梅花备受风雨摧残，所遇非时，以此突出梅花遭遇的不幸。下片咏志。“无意”二句，表明梅花本性高洁，不为争春而来；“零落”二句，赞赏梅花历尽磨难，留得芳香而去。从中不难看到作者身世与人格的投影。陆游早年因主战言论触犯秦桧被黜，后来又因“力说张浚用兵”免职。他在南宋苟且偷安的环境中，一直颇受时忌，但爱国壮志始终不衰，甚至老而弥笃。此词是他晚年所作，借咏梅以表达其坚定不移的爱国立场和政治节操。虽然不免有自悼自伤的消极成分和孤芳自赏的意味，但主要精神是积极的。他在词中对周围恶浊的环境、“群芳”嫉妒的卑劣行径以及自身遭受的种种迫害，所表现出的高度蔑视，也是令人感佩的。咏物诗词贵在“不离不即”“不粘不脱”，做到托物寄意，物我相融。此词不雕镂梅花形貌，而着重摄取其神韵，借以自我写照，是咏梅的上乘之作。

【注释】

①著：值，遇。　②一任：完全听凭。　③碾：轧碎。

诉衷情

当年万里觅封侯[①]，匹马戍梁州[②]。关河梦断何处[③]？尘暗旧貂裘[④]。　胡未灭，鬓先秋，泪空流。此生谁料，心在天山[⑤]，身老沧洲[⑥]！

【题解】

此词抒发国仇未报、壮志未酬的深切悲愤。虽然这本是作者在许多优秀诗篇里反复抒写过的主题，很难有所翻新，但由于作者注意运用和发挥词体自身的特点，所以在表现上与诗作颇不相同。此词上片基本是五七言句式，尽管在时空的交错中，腾挪自如地比照了当年的情豪气雄和今日的落魄潦倒，却未能显出诗词之大别。下片则句式尽变，表现了长短句的某些特长。“胡未灭”说国仇未报；“鬓先秋”叹此身已老；“泪空流”诉壮志难伸。三个短句“一吟悲一事”，并以对句形式组成一韵，九个字说尽了一生心事。篇末两个四言对句，浑无着力痕迹地概括了同样的意思，使理想与现实，报国立功的热望与投闲置散的冷遇，处于尖锐的对立之中，从而揭示了作者悲愤的根由和实质。"心在天山"又与开头的"当年万里觅封侯"相呼应，表明报国初衷始终不渝。"身老沧洲"，并非意在叹老，而是愤恨权臣误国，致使自己请缨无路，白首无成。像这样的进行今昔对比的词作，在结构上，一般都是上片思昔，下片抚今，此词却打破习俗，以更有利于感情的跌宕回旋：上片两句思昔，两句抚今；下片句句抚今，而又句句与思昔相关合。这充分体现了作者的创新精神。

【注释】

①万里觅封侯：东汉班超说过，大丈夫当"立功异域，以取封侯"。后来，他出使西域，使葱岭以东五十国归附汉朝，因功封为定远侯。这里借指立功报国。　②匹马戍梁州：指乾道八年（1172），陆游四十八岁时在汉中任四川宣抚使王炎的幕僚。梁州，即汉中。汉中有梁山，故名。　③关河：泛指边地险要的战守之处。关，关塞。河，河防。　④"尘暗"句：据传苏秦十次游说秦王无成，回家时，"黑貂之裘敝"。这里则是以貂裘积满灰尘，陈旧变色，暗示自己长期闲置而功业未成。　⑤天山：在新疆境内，汉唐时为西北边陲。心在天山：即犹有万里从军之志。　⑥沧洲：水边。陆游晚年退居山阴镜湖边的三山村。

夜　游　宫

记梦，寄师伯浑[①]

雪晓清笳乱起[②]。梦游处、不知何地。铁骑无声望似水。想关河，雁门西[③]，青海际[④]。　睡觉寒灯里[5]，漏声断、月斜窗纸[6]。自许封侯在万里。有谁知，鬓虽残，心未死。

【题解】

记梦，虽非陆游所独擅，但较之其他诗人，陆游对记梦似乎更为热衷，而其所记又多为铁马冰河的征战情景。个中原因自不难推究：梦是思想的折光，陆游把扫荡强虏、重整金瓯当作自己的理想，但在现实中却无实现的可能，诗人只有把它托之于梦境，借助梦幻的形式，使久遭压抑的情志得到自由驰骋。本词上片写梦中的见闻。“想关河”三句以测度之词揭出此番梦游的地点：作者梦中所游是当时的抗金前线，岂不正说明抗金救国的意念时时萦绕在他的心间，成为其梦魂之所牵？下片写梦后的感慨。“睡觉”二句由梦境跌回现实，情绪陡变：漏声已断，则更见寂寞；冷月映窗，则倍增凄凉。“自许”句暗用班超故事，于高度自信中见出失志之痛。“有谁知”三句再作跌宕。在无人可通心志的感慨和不得用世的忧愤中，渗透着作者固有的奋发精神和昂扬气概。作者不仅精心构置梦境与实景，而且着力凸现二者间的强烈反差：一边是笳鸣雪映，铁骑似水；一边则是灯残漏尽，月斜窗纸。以此来表琛理想与现实的矛盾，在矛盾的回旋中抒写自己不可稍屈的抗金意志。

【注释】

①师伯浑：四川眉山人，志在隐逸，曾谢绝范成大的征辟之意。陆游对其道德文章十分称羡。陆游初识师伯浑为乾道九年（1173），而淳熙四年（1177），师伯浑已去世。可知此词当作于乾道九年至淳熙四年之间。 ②雪晓：雪日的早晨。清笳：清亮的胡笳声。乱起：形容胡笳声此起彼伏。 ③雁门西：指雁门关（在今山西省境内）以西地区。 ④青海际：即青海边，举以指代辽阔的西北边陲。 ⑤睡觉：即睡醒。 ⑥漏声断：用以计时的漏壶滴水

声已经停止，暗示一夜将尽。

鹧　鸪　天

家住苍烟落照间，丝毫尘事不相关。斟完玉瀣行穿竹[①]，卷罢黄庭卧看山[②]。　　贪啸傲，任衰残，不妨随处一开颜。元知造物心肠别[③]，老却英雄似等闲[④]！

【题解】

此词当为作者退居山阴时所作。以表面的任情适性、啸傲湖山来表现深层的怀才不遇、惆怅失意之情。词的开头两句以烟水苍茫、夕照生辉的柔媚宜人之景来夸赞家居的美好。在这样的自然环境中，自可荡涤尘心，忘怀世事。“斟完”二句是其闲逸生活的写照。饮酒、穿竹、读经、看山，四个动作递相连续，给人以悠闲自得、散漫不羁之感。过片三句承上启下。歇拍二句词情陡变：作者以“造物”喻指最高统治集团，以“心肠别”暗示其不恤国计，居心叵测，使自已投闲置散，无所用其才地。前面一路写来，似乎那样宁静平和，而至过片承转处已成潜流回旋之势，至此则已怒潮翻腾，回卷全篇而主旨立显。着此歇拍二句，方知前面“丝毫尘事不相关”云云，盖皆愤激无奈之言。而“穿竹”“看山”亦非等闲之笔了——竹的高标劲节，山的岿然故我，正是词人的人格象征。

【注释】

①玉瀣（xiè）：即玉露，玉液，古代美酒名。　②黄庭：指黄庭经，道教主要经典之一，此泛指道书。　③造物：旧时以为万物是天造的，故称天为造物。此以代指最高统治者。　④等闲：即等闲视之，不重视，不顾惜。

钗头凤[1]

红酥手[2]，黄縢酒[3]，满城春色宫墙柳[4]。东风恶，欢情薄，一怀愁绪，几年离索[5]。错，错，错！　　春如旧，人空瘦，泪痕红浥鲛绡透[6]。桃花落，闲池阁。山盟虽在，锦书难托。莫，莫，莫！

【题解】

一般认为这首词大约写于词人三十岁左右，记录了他与唐婉被迫离异的爱情悲剧，以及不久后沈园相会时的伤感情怀。入笔三句写重逢情景。“红酥手”，写人之美；“黄縢酒”，写酒之美。但美人、美酒都已属他人，正如春意盎然的嫩柳，被一带高墙所围，词人可望而不可即。和暖的东风能孕育万物，疾风迅雨则又能摧残百花。“东风”而言“恶”显属后者，也即诗人多次提到的“姑恶”。结果致使一对恩爱夫妻无端拆散，欢情苦少，离愁恨多。紧逼出三个“错”字，似乎命运安排的一切全错位了。过片承上接写唐婉悲伤的神情。春色依旧，而伊人却因离愁而枉自瘦损了红颜。如今相见，纵有千言万语也只能相顾凝咽，惟有泪千行。“桃花落”以下转写词人自身的心态。大有风去楼空，人世飘零之感。当日的山盟海誓依然铭记在心，但即使近在咫尺也是音讯难通，怎不令人伤心至极。全词写得凄婉哀怨，悲切动人，其感情真挚而又深厚，令人不能卒读。

【注释】

①此词本事陈鹄《耆旧续闻》、周密《齐东野语》等有载：陆游初娶表妹唐婉，夫妇和美。但陆母不悦，以至听信谗言，逼令休弃。后陆游再娶，唐

氏改嫁。几年后的一个春日，陆游郁郁独行至沈园游览，偶遇偕后夫同游的唐婉。唐氏遣人送酒肴致意，陆游悲情难抑，遂挥毫在园壁上题下这首《钗头凤》。也有部分学者对此持否定意见，吴熊和《陆游〈钗头凤〉词本事质疑》一文就认为，此词作于乾道九年至淳熙五年（1173—1178），陆游寓居成都期间，与这时期的《真珠帘》《风流子》等词性质相近。似亦为客中偶兴的冶游之作，实与唐氏无涉。其根据有三：其一，陈鹄、周密两家之说多抵牾处；其二，词意及词中时地同唐氏不合；其三，《钗头凤》词流行于蜀中，陆游是承蜀中词体而作的。（详见《唐宋词通论》"附录"，浙江古籍出版社1989年3月第二版）　②酥：软。　③黄縢（téng）酒：即黄封酒，宋代官家酿造的酒，以黄纸或黄罗绢封瓶口，故名。　④宫墙：南宋以山阴为陪都，故有宫墙。此借指沈园的高墙。一说指作者在成都时经常宴游的故蜀燕王宫。⑤离索：离群索居。此指分手后的孤单寂寞。　⑥浥（yì）：湿润，沾湿。鲛绡（jiāoxiāo）：古代神话中鲛人所织的绢，一名龙纱。见梁任昉《述异记》。

秋　波　媚

七月十六日晚登高兴亭望长安南山①

秋到边城角声哀②，烽火照高台③。悲歌击筑④，凭高酹酒⑤，此兴悠哉⑥！　　多情谁似南山月，特地暮云开。灞桥烟柳⑦，曲江池馆⑧，应待人来。

【题解】

陆游一生以收复中原、抗金救国为己任，他那饱满的爱国热情贯彻一生始终，而大多发之于诗，这首《秋波媚》则是在词中表现这种主题的一篇杰作，雄豪爽朗，不亚于其诗。词的开头两句先写角声烽火，渲染边城的战争气氛。接写词人之豪情逸兴，他面向关中大地，洒酒誓祝，和着击筑声高唱起悲壮的军歌，激发起高昂的兴致。这几句暗点题中“高兴亭”，同时又为下片承转过渡。过片进一步拓展“高兴”境界，去写那照临南山的月，词人赋予它以陆游式的“多情”，它与词人热爱祖国河山之情息息相通，特地拨开云层，在皎洁的月色之下，让词人把他热爱的山河看个够。于是，词人似乎已看到了他早已心驰神往的“灞桥烟柳，曲江池馆”等西京名胜了。并进一步设想：它们肯定也正多情地等待着收复关中的王师的到来吧。全词充满了抗金救国成功在望的乐观气氛和必胜信念，词风雄豪悲壮，足可想见当日南郑时期的放翁风采。

【注释】

①高兴亭：在陕西南郑县。作者《重九无菊有感》诗自注：“高兴亭在南郑子城西北，正对南山。”此南山指中梁山，作者眼望中梁山而意望长安终南山。 ②边城：此指南郑，兴元府所在地，四川宣抚使王炎幕府所在地。 ③烽火：此指西北前线的平安烽火。作者《辛丑正月三日雪》诗自注：“予从戎日，尝大雪中登兴元城上高兴亭，待平安火至。” ④筑：古代的一种乐器，用竹尺击弦。 ⑤酹（lèi）：以酒洒地祭奠或祝誓。 ⑥悠哉：此形容当时兴致很高。 ⑦灞桥：即霸桥，在西安市东。 ⑧曲江：故址在今西安市南门外。

鹊桥仙

夜闻杜鹃

茅檐人静，蓬窗灯暗，春晚连江风雨。林莺

巢燕总无声[①]，但月夜、常啼杜宇[②]。　　催成清泪，惊残孤梦，又拣深枝飞去。故山犹自不堪听，况半世、飘然羁旅！

【题解】

古代诗词作品中描写杜鹃悲鸣，大多用以抒发羁旅漂泊之感，它那凄厉的鸣叫声被人们模拟成了人类语言的“不如归去”，使本已深感漂泊无依的行人，更感思乡之切。何况杜鹃啼鸣，时在暮春，思家之念再加迟暮之感，使人尤觉不堪。陆游这首词也正是植根于这样一种文化背景上而加以生发。词的上阕写夜闻杜鹃，下阕写闻后感慨。词中以“人静”“灯暗”“春晚”“林莺”“巢燕”，以及月下悲啼之“杜宇”，层层烘托，渲染浓重的悲凉气氛。过片前三句以写杜鹃折射人的情感世界。其中一个“残”字下得深沉，内蕴丰富。旅人凄苦，“孤梦”难成，而梦犹未惬，又被鹃扰，醒后苦况更何以堪！最后又深翻一层：就是在故乡听了这悲凉的杜鹃声也已够让人难受的了，更何况是在外漂泊了半辈子的人呢？一“犹”一“况”，前后关联，将鹃声凄惨之气氛归结到羁旅愁深之感慨，犹如龙睛一点，全篇便自灵动夭矫。

【注释】

①林莺：野外的黄莺。巢燕：室内梁上的燕子，此处两相对举以概百鸟。　②杜宇：即杜鹃，又名子规，蜀中所产较多。相传为古代蜀国望帝杜宇魂魄所化。杜鹃鸟春末出现，啼声哀怨动人，听来似说“不如归去”。

谢池春

壮岁从戎，曾是气吞残虏[①]。阵云高、狼烽夜举②。朱颜青鬓③，拥雕戈西戍。笑儒冠、自来多误④。　　功名梦断，却泛扁舟吴楚。漫悲歌、伤怀吊古⑤。烟波无际，望秦关何处。叹流年、又成虚度。

【题解】

陆游四十八岁入王炎幕府，怀着立功报国的雄心壮志来到西北前线。然而，由于朝廷的主和政策，“流年虚度”，一无所成，而人已渐老，发为慨叹，铸成此词。开头两句写当时的壮年气盛，而以“曾是”二字远射下片词意。曾经有过的壮怀激烈，与今日的“梦断”“伤怀”，形成鲜明对照。接着以“阵云”句渲染当时紧张激烈的战争气氛。“朱颜”句呼应首句，描述“壮岁从戎”的豪举。“笑儒冠”句化用杜甫诗句，巧妙安排，金针暗度，引起下片自己的“多误”。在全篇结构上则是以过片“功名梦断”一句承转，“功名”承上，“梦断”启下。“却泛扁舟吴楚”正是梦断后今日的现实情形，与上片生活恰成对照。西望秦关，不可再得，最后只能悲叹年复一年地虚度光阴。本词最鲜明的特色，即在于成功地在今昔对比中抒发了自己的忧愤。其间承转过渡，前后照应，针线十分细密。

【注释】

①残虏：凶猛残忍的敌人。　②阵云：即战云，战场上飞扬的烟尘。狼烽：即狼烟，意为烽火。古代边疆烧狼粪以报警，故名。段成式《酉阳杂俎·广动植》：“狼粪烟直上，烽火用之。”　③朱颜青鬓：形容正值盛年，身强力壮。青，乌黑。　④笑儒冠、自来多误：杜甫《奉赠韦左丞丈二十二韵》有“纨袴不饿死，儒冠多误身”句，此处陆游化用其意。　⑤漫：空、徒然。

好 事 近

秋晓上莲峰，高蹑倚天青壁①。谁与放翁为伴？有天坛轻策②。　　铿然忽变赤龙飞，雷雨四山黑。谈笑做成丰岁，笑禅龛楖栗③。

【题解】

《放翁词》中有《好事近》词十二首，览其词意，大抵皆为同一时期所作，而且其中竟有五首言及仙道之事。这是其中的第十二首，借言仙游之事，抒写他神游华山时仍关心人民生活的情怀。上片写华山梦游。作者突发奇想：在一个秋高气爽的清晨，他竟手持天坛的龙头藤杖，飘然来到了华山的莲花峰顶，双脚踩在高入云天的悬崖峭壁之上。这时的他已经摆脱了尘世而又能俯视人间。下片进一步发挥神奇的想象，竟让他手中的龙头杖变成一条赤龙腾身飞起，顿时“雷雨四山黑”，为人间送去久旱后的及时雨。作者按着自己那造福人类的意志，只在从容谈笑之间就为人世间“做成”了五谷丰登的好年成，这时的他自豪地向那些手执栗木拐杖，久居神龛接受八方膜拜的尸位者们，送去鄙夷的一笑。本词设想每特，神思灵动，极富浪漫主义色彩，与李白《古风》（西岳莲花山）有异曲同工之妙。

【注释】

①蹑（niè）：踩，踏。　②策：策杖，即藤杖。　③禅龛（kān）：供奉佛像或神像的石室或柜子。楖栗（jìlì）：木名，即栗木，可做杖。此处用以代指杖。

范成大（1126—1193）

字致能，号石湖居士。吴郡（今江苏苏州）人。绍兴二十四年（1154）进士。孝宗朝，累官吏部尚书，拜参知政事。尝帅蜀，继帅广西，复帅金陵。为中兴四大诗人之一。有《石湖集》三十四卷、《石湖词》一卷。

秦楼月

楼阴缺，阑干影卧东厢月。东厢月，一天风露，杏花如雪。 隔烟催漏金虬咽[①]，罗帏暗淡灯花结。灯花结，片时春梦，江南天阔[②]。

【题解】

唐五代词多吟咏本题，随宫造格，缘题而赋。范成大此词也继承这一传统，即用《秦楼月》本事，写女子怀念远方的情人。词的开篇两句直射题意去写楼和月，既渲染了幽美静谧的环境，又暗示了倚栏杆思远之人孤寂落寞的心境。“东厢月”三字的重叠形成结构上的“过渡承转”。“一天”二句展示月色之下的另一番景象：雪白的杏花在风露中竞相开放。融和的春色更惹起了闺中人难耐的春愁。下片转写室内。那计时的漏器上吐水的龙，似乎也因春夜的漫长而不耐烦了，催促着漏器加快出水的速度。这一移情手法的巧妙运用，变无情为有情，起到了深挚婉曲的表情作用。接着又以传统民俗中象征吉祥之兆的“灯花结”来反衬女主人公“春愁”之深长。空自欢喜一阵之后，反而更增添了“送喜何曾有凭据”的懊恼。于是，最后只有求之于千里梦寻。然而，春梦何其短暂，而江南大地又何其广阔，所欢踪迹亦终难觅得。全词意象浑融一体，情致深婉曲折，描写亦细腻空灵，实为不可多得之婉约佳作。

【注释】

①漏：古代以滴水来计算时间的一种器具。金虬（qiú）：即铜制的龙，装置在漏器上的一种饰物，从龙头里往下吐水以计时。 ②“片时”二句：化用岑参《春梦》诗中“枕上片时春梦中，行尽江南数千里”句意。

眼 儿 媚

萍乡道中乍晴[1]，卧舆中困甚，小憩柳塘。

酣酣日脚紫烟浮，妍暖破轻裘。困人天色，醉人花气，午梦扶头[2]。 春慵恰似春塘水，一片縠纹愁[3]。溶溶泄泄，东风无力，欲皱还休。

【题解】

这是一首途中记感之作，用笔轻灵，发语淡婉，而又略见春思旅愁。上片描写久雨乍晴所带来的阳春气候，以及连日跋涉所造成的旅途劳顿，将序中的纪实文字演绎为形象可感的画面。首二句写景生动，记感真切。以“酣酣”形容和煦而又充裕的阳光，明媚而又艳丽的日色，是创意之辞。“紫烟”则准确地摹写了艳阳映照下呈现出的深紫色的祥瑞气象。而用“浮”字状写阳气初动，紫烟氤氲的态势，也十分贴切。“妍暖”句变换笔墨，展示既妍且暖的阳春气候所引起的生理反应：浑身燥热，急欲脱去冬装。其中一个“破”字有得常用奇，直意曲说之妙。“困人天色”三句进而揭示阳春气候所引起的心理反应，把较难用笔墨形容之“春困”表现得淋漓尽致。下片写春慵时一改赋法，转用比兴，尤为传神：一塘碧水，春波不兴。东风徐来，只能微荡涟漪，而无力搅起波澜。这种“欲皱还休”的中介状态恰似作者那虽然丰富，不免慵怠的春思和尽管哀婉，总是轻淡的旅愁。由这一共通点来设譬取喻，使抽象的情思形象化。沈际飞《草堂诗余别集》认为此词“字字软温，着其气息即醉”。就其格调、情韵而言，可谓搔着了痒处。

【注释】

①萍乡：县名，今属江西。范成大《骖鸾录》：“乾道癸巳岁闰正月二十六日，宿萍乡县，泊萍实驿。”乾道癸巳岁为宋孝宗乾道九年（1173）。是年，范成大赴广西任经略安抚使，途经萍乡时吟成此词。　②扶头：“扶头酒”的省称，指易醉之酒。姚合《答友人招游》诗：“赌棋招敌手，沽酒自扶头。”李清照《念奴娇》：“险韵诗成，扶头酒醒，别是闲滋味。”　③縠（hú）纹：皱纹。多用以比喻水的波纹。苏轼《临江仙》词：“夜阑风静縠纹平。”

南　柯　子[①]

怅望梅花驿[②]，凝情杜若洲。香云低处有高楼。可惜高楼，不近木兰舟[③]。　缄素双鱼远[④]，题红片叶秋[⑤]。欲凭江水寄离愁。江已东流，那肯更西流。

【题解】

本词抒写游子思妇的相思之情，是作者颇引以为自负的佳作之一。上片着笔于游子，以“怅望”发端，揭示他盼望伊人书信而不得的怅惘之情。接着借《九歌·湘君》句“采芳洲兮杜若，将以遗兮下女”，来表达他思念之情深。“香云”以下三句则是“凝情”的结果：他心驰神往，想到了伊人居住的烟云缭绕的高楼。作者巧妙地以云之低来衬托楼之高，楼高则楼中之人的孤独寂苦不言自明，感情十分凝重。下片落墨于思妇。过片两句以“鲤鱼传书”和“红叶题诗”两个典故，写思妇也在深深地思念着游子。结尾三句同样以迫切的主观愿望与无助的客观现实的对立，借用反诘语句表达她想方设法要向离人传情又无奈的痛苦之情。上下片两相对应，互诉衷肠，似直而曲，情韵悠长。

【注释】

①据杨长孺《石湖词跋》，此词作于范成大任四川制置使期间（1174—1176），且是“先生（指成大）之最得意者”。 ②梅花驿：南朝陆凯《赠范晔》诗：“折花逢驿使，寄与陇头人。江南无所有，聊赠一枝春。”此后，“梅花驿”就在诗词作品中常被作为客子憩息之所或远方的消息或书信的代称。 ③木兰舟：据《述异记》载，鲁班曾刻木兰树为舟，后常用作舟船的美称。 ④素：白色生绢，古代常用来写信，后即代称书信。双鱼：指装信的函，以刻有鱼形的两块木板，一盖一底，内装信件系紧邮寄。此处化用汉乐府《饮马长城窟行》“客从远方来，遗我双鲤鱼。呼儿烹鲤鱼，中有尺素书”诗意。 ⑤“题红”句：用唐代范摅的《云溪友议》卷十所记“红叶题诗”故事。

王质（1127—1189）

字景文，号雪山，郓州（今山东东平）人，寓居兴国军（今湖北阳新）。绍兴三十年（1160）进士，曾佐张浚、虞允文幕，入为枢密院编修官，出判荆南府，奉祠山居，不赴。有《雪山集》十六卷，《雪山词》一卷。

鹧 鸪 天

山 行

空响萧萧似见呼，溪昏树暗觉神孤。微茫山路才通足，行到山深路亦无。 寻草浅，拣林疏。虽疏无奈野藤粗。春衫不管藤抟碎，可惜教花著地铺。

【题解】

此词或当写于作者“奉祠山居”时期，词风有别于他的那些以豪健雄浑见称的作品，而表现为一种清新质朴、流畅明快的特色。全词述写山行过程中的艰难及所见所感，而以入耳的萧萧空响发端。明知为自然之声而曰“似见呼”，暗寓了作者有感于大自然的召唤而欣然神往之意。接写进入山林后的主体感受。“溪昏树暗”，则山深可知；山深则人迹罕至，故“觉神孤”。“微茫”两句，移步换形，写深山更深处的情形：在那似有似无、仅容一足的山路上继续往前走，终于无路可通。换头处两个三字句承上，写无路情况下艰难地探索前进的境况，并由“虽疏无奈野藤粗”一句暗转，宕开行程去写自己惜春的心态：哪怕春衫被勾碎，也在所不惜，只可惜无意间碰落了春花委顿于地，愧对一片大好春光。作者喜用口语入词，且又以山行的行踪为线索来构置全篇，因而，使全词显得平实无华，而读者自可领略那独行春山之中时空旷孤寂的情境。

杨万里（1127—1206）

字廷秀，号诚斋，吉州吉水（今属江西）人。绍兴二十四年（1154）进士。孝宗时历国子监博士、太常博士。淳熙十四年（1187），出知筠州。光宗即位，召为秘书监，又出为江东转运副使。绍熙中以宝谟阁学士致仕。诗与尤袤、范成大、陆游齐名，称中兴四大家。有《诚斋集》一百三十三卷，《诚斋乐府》一卷。

好 事 近

七月十三日夜登万花川谷望月作

月未到诚斋，先到万花川谷[1]。不是诚斋无月，隔一林修竹。　　如今才是十三夜，月色已如玉。未是秋光奇绝，看十五十六。

【题解】

杨万里的词恰如其诗，善用“活法”，心手自如，在极普通的题材中，写出全新的自我感受。这首歌咏月色的词就抛开了一般所谓烘云托月之法，而在有意无意间造成一种蓄势，化生为熟，又平中出奇。上片以谷、斋、竹陪衬月。“月未到诚斋”，似乎不无遗憾；“先到万花川谷”，则又令人欣喜；况且月照幽篁那疏淡的光影，又别具一番风韵。其间有蓄势，有延宕，使词姿态横生，情趣盎然。下片更以平中见奇之法，写出月色的姣好可爱。如果说上片是以物托月，那么下片则是以月自托。作者以“才是”“已”“未是”等词来关联下片各句，使明白晓畅的口语具有了灵动诱人的魅力。十三之夜，月色已是如此皎然如玉了，更何况十五十六那奇绝的月色呢？短短两句波澜再起，跌宕有致。同时又留下一片空白，笔墨未到之处，正是空灵透脱之境，余韵悠然，令人遐想不已。

【注释】

①万花川谷：作者花圃名。圃虽不大，而栽花甚多，故名。

昭 君 怨

咏荷上雨

午梦扁舟花底①，香满西湖烟水。急雨打篷声②，梦初惊。　　却是池荷跳雨，散了真珠还聚。聚作水银窝，泻清波。

【题解】

这首词上片写梦中泛舟西湖花底所见之景。小舟荡漾于荷花丛中，清香徐来，水雾迷蒙，词人正陶醉在西湖那不无神秘色彩的胜境之中。忽然，被一阵“急雨打篷声”惊醒。其中一个“惊”字使安谧恬静的气氛陡然一变，词境也在此暗作承转，以“梦初惊”束上，以“打篷声”逗下，而词人对美妙胜境的流连之意，对急雨惊梦的遗憾之情也已和盘托出。下片写梦醒后观赏雨打荷叶的妙境。以“却是”两字承上，呼应“打篷声”，使原先初醒的遗憾转而为眼下的惊喜，使梦境与实境连通一气。接着开始对“荷上雨”作正面咏写。荷叶上的雨珠迸跳不止，散而复聚，而荷叶则又随风摇曳，致使叶面上的雨珠不断滚动，向叶心汇聚，最后一股清泉泻入池中。“跳”“散”“聚”“泻”四个精炼的动词把雨打荷叶那“稍纵即逝”“转瞬即改”的景象传神地呈现在读者面前。构思之新奇、巧妙，描写之逼真、传神，无不给人以丰富的美感享受。这正是杨万里作词“活法”的特殊功用。

【注释】

①扁（piān）舟：小舟。 ②篷：船篷。

张孝祥（1132—1169）

字安国，号于湖居士，历阳乌江（今属安徽）人。绍兴二十四年（1154）举进士第一，上疏请表岳飞忠义，为之昭雪，为秦桧所忌。历中书舍人、建康留守、广西及荆湖北路安抚使。乾道五年（1169）自江陵请祠归，旋卒。其词骏发踔厉，风格近苏轼。有《于湖文集》四十卷，《于湖居士乐府》四卷。

六州歌头

长淮望断①，关塞莽然平②。征尘暗，霜风劲，悄边声。黯销凝③。追想当年事④，殆天数，非人力，洙泗上⑤，弦歌地⑥，亦膻腥⑦。隔水毡乡[8]，落日牛羊下，区脱纵横[9]。看名王宵猎[10]，骑火一川明，笳鼓悲鸣，遣人惊。　　念腰间箭，匣中剑，空埃蠹[11]，竟何成。时易失，心徒壮，岁将零[12]，渺神京[13]。干羽方怀远[14]，静烽燧，且休兵。冠盖使[15]，纷驰骛，若为情[16]。闻道中原遗老，常南望、翠葆霓旌[17]。使行人到此，忠愤气填膺，有泪如倾。

【题解】

此词写于作者入张浚幕府参赞军事期间。宋孝宗隆兴元年（1163），主战派张浚出师江淮，收复宿州。这是南渡三十余年来首次振奋人心的北伐。孝宗曾手书慰勉，但由于将领失和，致使符离战败。孝宗立即动摇，主和派借机排斥主战派，向金人求和。作为张浚北伐的有力赞助者，朝廷弃战求和，词人自然首当其冲地受到巨大打击，遂于酒宴上愤慨而作此词。词写临淮观感。上片说北望中原，举目有山河之异，数千年文化之邦沦为犬羊窟宅。入夜金兵火光照天，无异向南宋军民示威。下片说边疆上冠盖往来，使节不断，朝廷正以放弃收复失地为代价与敌人媾和。这是志士仁人最为痛心的两件大事。前者词人不愿再提，仅以“殆天数，非人力”二句含糊带过；后者却是眼前的突变，因而更感痛心。“干羽”几句虽不明斥，但实含讽刺。词以上片渲染膻腥、毡乡、牛羊、区脱、名王、宵猎、骑火、笳鼓等本属胡地的风光习俗，突出刻画中原沦为异域的印象。下片以壮志无成及中原父老南望王师的悲愤心情与冠盖驰骛的热闹场面相对比，并以边疆不寻常的平静反衬内心的愤懑不平，收到强烈的艺术效果。

【注释】

①长淮望断：绍兴和议后，宋金以淮河为界。此指淮河以北的中原地

区。 ②莽然：草木茂盛的样子。 ③黯销凝：悄然忧思伤神。 ④当年事：指靖康之变。 ⑤洙泗：二水名，流经曲阜，是孔子讲学的地方。 ⑥弦歌：弹琴唱歌，为孔门教学内容之一。 ⑦膻（shān）腥：牛羊的腥臊气。⑧毡：毡制帐篷。游牧民族以毡帐为居，故称其住地为毡乡。 ⑨区（ōu）脱：金人在边境所筑供瞭望用的土室。 ⑩名王：指金兵的将帅。宵猎：夜间打猎，以指夜间出营掳掠。 ⑪空埃蠹：指宝剑长期不用，徒然积满灰尘，剑鞘也为蛀蚀。 ⑫零：尽。 ⑬神京：指北宋故都汴京。 ⑭干羽方怀远：不用打仗而以礼乐感化外族归顺。此用以讽刺南宋统治集团放弃抗金而与敌媾和。干，盾牌。羽，雉羽。干羽是禹时文舞之具，传说禹曾以舞干羽使有苗降服。 ⑮冠盖使：指与金议和的南宋使者。 ⑯若为情：何以为情、难以为情。 ⑰翠葆：翠羽装饰的车盖。霓旌：云霓似的彩旗。

念 奴 娇

过 洞 庭

洞庭青草[1]，近中秋、更无一点风色。玉鉴琼田三万顷[2]，著我扁舟一叶[3]。素月分辉，明河共影，表里俱澄澈[4]。悠然心会，妙处难与君说。 应念岭表经年[5]，孤光自照，肝胆皆冰雪。短发萧骚襟袖冷[6]，稳泛沧溟空阔。尽挹西江[8]，细倾北斗[9]，万象为宾客[10]。扣舷独笑[11]，不知今夕何夕。

【题解】

此词为张孝祥在乾道二年（1166）自桂林北归途中过洞庭湖时所写。上片咏月。一叶扁舟荡漾于万顷碧波之上，更显得水天空阔。

月光湖光，上下交辉，整个空间一片光明澄澈，因而激起壮思逸兴。“尽挹西江”三句恰到好处地运用了夸张手法。对着中秋的湖光山色，他要以西来的长江水当酒，以天上的北斗作酒器慢斟细酌，让自然界的万物作为宾客一起举杯痛饮，而他自己则是主持这月下盛会的主人。想象浪漫，意境阔大，表现了心怀坦荡的豪迈气概。作者曾因反对议和被劾落职。这次在桂林“治有声绩，复以言者罢”（《宋史》本传）。此词无异对那些恶毒的谗言作了光明磊落的回答。全词在物我同化之境和超尘绝俗之想中有着哲理的感悟和升华，因而比一般的情景交融之作更为高远。张孝祥才气超逸，辞章过人。传说他常问别人，其诗文“视东坡何如。”自苏轼《水调歌头》（明月几时有）一词出，词坛作手无不感到难以为继。此词写洞庭中秋，月、湖、人三者都写得光景清绝，表里澄澈，词品、人品俱如冰雪晶莹，不染尘俗，足与苏轼的名作争胜，以致清王闿运《湘绮楼词选》以为它“飘飘有凌云之气，觉东坡《水调》犹有尘心。”

【注释】

①青草：湖名。在洞庭湖之南，二湖相连，总称洞庭湖。　②玉鉴：玉镜。琼田：玉田。此用以形容月光下的洞庭湖空明澄澈。　③著：安放，安置。　④表里：里里外外，这里指湖面上下。　⑤岭表：岭外，五岭以南，指今广东、广西一带。作者曾知静江（今广西桂林）府，兼广南西路经略安抚使。　⑥萧骚：犹萧疏，形容头发稀少。　⑦沧溟：大水弥漫的样子。⑧挹：舀。尽挹西江：把西江水舀来当酒。长江中上游在洞庭湖之西，所以称为西江。　⑨北斗：北斗星座由七星组成，形如酒斗。细倾北斗：以北斗为酒器慢慢倒出来喝。《九歌·东君》：“援北斗兮酌桂浆。”　⑩万象：宇宙间的自然万物。　⑪舷：船的边沿。

水调歌头

闻采石战胜

雪洗虏尘静，风约楚云留。何人为写悲壮，吹角古城楼？湖海平生豪气[1]，关塞如今风景，剪烛看吴钩[2]。剩喜然犀处[3]，骇浪与天浮。　忆当年，周与谢[4]，富春秋。小乔初嫁，香囊未解[5]，勋业故优游。赤壁矶头落照，淝水桥边衰草，渺渺唤人愁。我欲乘风去[6]，击楫誓中流[7]。

【题解】

采石之战是关系南宋政权安危存亡的重要战役，是一次振奋人心的大捷。消息传来，举国上下无不欢欣鼓舞，词人满怀激情地写下了这首词篇。词以壮辞快语发端，突兀奇警。作者对边疆的战斗生活心向往之，为滞身楚地后方不得参战深感遗憾。因而“何人”二句即借号角声以抒壮怀，进一步申述亟欲一试身手的强烈愿望。但无奈身被“楚云留”，因此只好一任想象驰骋沙场，去领略那“骇浪与天浮”的鏖战盛况。过片以一“忆”字宕开，引发历史的遐想，以周瑜、谢玄都在青壮之时建立奇勋来颂扬虞允文的勋业，并暗写自己亦追慕古人，意欲建功立业的雄心壮志。“赤壁”三句一转，以赤壁落照、淝水衰草暗示淮河以北广大地区尚待收复，又引发一段忧国愁绪与报国豪情。歇拍处连用二典，表示要“乘长风破万里浪”，直奔采石前线，做一个当代祖逖，击楫中流，扫清中原。全词情调激越，踔厉风发，豪放中见沉郁，刚健中含婀娜。其中可以看出苏轼词风的影子。

【注释】

①“湖海”句：《三国志》载许汜语：“陈元龙（登）湖海之士，豪气不除。”此言其平生即以陈登这豪气自负。 ②吴钩：古代兵器。相传吴王命国人制作，后泛称宝剑。杜甫《后出塞》诗：“少年别有赠，含笑看吴钩。” ③剩喜：即甚喜。剩，意即尽，甚。然犀处：指采石矶。《晋书·温峤传》载，温峤奉命平定苏竣之乱，“至牛渚矶（即采石矶），水深不可测，世云其下多怪物。峤遂毁犀角而照之，须臾见水族覆灭，奇形异状。” ④周与谢：三国的周瑜、东晋的谢玄，一个在三十四岁建立赤壁大战奇勋，一个在四十一岁取得淝水大捷。 ⑤“香囊”句：《晋书·谢玄传》：“玄少好佩紫罗香囊，（谢）安患之，而不欲伤其意，因戏赌取，即焚之于地，遂止。”此处用以形容风流儒雅之意。 ⑥乘风：《南史·宗悫传》载宗悫少时胸怀大志，曾向叔父表示：“愿乘长风破万里浪。” ⑦“击楫”句：《晋书·祖逖传》载，祖逖统兵北伐时，渡江至中流，击楫而发誓说：“祖逖不能清中原而复济者，有如大江！”

浣 溪 沙[1]

霜日明霄水蘸空，鸣鞘声里绣旗红[2]，澹烟衰草有无中。 万里中原烽火北，一尊浊酒戍楼东，酒阑挥泪向悲风。

【题解】

此词为孝宗乾道四年（1168）秋在荆州时所作。这年，张孝祥知荆南兼荆湖北路安抚使。在宋金对峙时期，荆州处于南宋的国防前线，词中通过登城观塞的感触，抒发他不忘中原失地的爱国情怀。上片写观塞，下阙抒悲感。首句从登城远眺之景写起。清秋时节，晴空万里，水天空阔，上下辉映，境界十分阔大。次句写视线移近后之景象：鞭声四起，军旗翻动。耳目所触，一片军戎气氛。然而，自隆兴和议以来，“将军不战空临边”（陆游《关山月》），不禁又悲愤难抑，于是借眼前“塞烟衰草”的萧瑟之景以烘托他那悲凉的意绪。由观塞自然联想到沦陷的中原，过片“万里”二句以工稳的对句，写出了万千感慨，无限悲酸。结句寓壮于悲，振起全篇，托现出一位志在复国而又报国无门的志士形象。全词意绪悲凉而又不乏雄健之气，体现了强烈的爱国情怀。

【注释】

①本词调名下，乾道本有题“荆州约马举先登城楼观塞”。 ②鞘（shāo）：鞭梢。鸣鞘声：用力挥动马鞭发出的声音。

西 江 月

题溧阳三塔寺①

问讯湖边春色，重来又是三年。东风吹我过湖船，杨柳丝丝拂面。　　世路如今已惯，此心到处悠然。寒光亭下水连天，飞起沙鸥一片。

【题解】

此词当为绍兴三十二年（1162）春，张孝祥自建康还宣城途经溧阳时所作。三年前，作者在临安兼权中书舍人，后被汪彻所劾罢职。不久知抚州（今江西临川），一年后又罢归。三年之内，两遭罢免，宦海浮沉，颇多感慨，遂着意于自然山水，从中寻求精神慰藉。词以深情的问候发端，视湖边春色为故友。“重来”句说明他之所以如此殷勤的原因。“东风”二句一方面交待词人前往三塔寺的行踪，另一方面又写出了东风吹送、柳丝拂面之盛情：风知人意为助帆力，柳解人情为拂征尘。人情物态，两相映衬，相融无间。照理过片应写入三塔寺后之情景，然而，出人意外地却又宕开一笔，以“世路”二句来刻画此时自己的心态。“已惯”说明曲折之多，“悠然”说明超脱后的感悟。“悠然”之前又着以“到处”，则自然界的山水风物皆已为我所有，包括寒光亭下那连天湖水，还有那水天之间的一片飞鸥。陶渊明“悠然见南山”，而词人此时则是天、水、人、鸟俱皆悠然。以景结情，蕴藉空灵，充分展示了词人恬淡超脱的心境。

【注释】

①厉鹗《绝妙好词笺》引《景定建康志》载此词，题作“题溧阳三塔寺”。证以南宋岳珂《玉楮集》有诗序称“三塔寒光亭，张于湖书词寺柱，吴毅夫命名后轩。”《于湖词》中别无涉及寒光亭者，当即此篇。别本或题“丹阳湖”，或题“洞庭”，皆仅就“湖”字立题，而与“寒光亭”未切。

王　炎（1138—1218）

字晦叔，号双溪，婺源（今属江西）人。乾道五年（1169）进士，尝佐张栻江陵幕，历任崇阳主簿、临湖知县、军器少监等职。有《双溪集》二十七卷，《双溪诗余》一卷。

南 柯 子

山冥云阴重①，天寒雨意浓。数枝幽艳湿啼红。莫为惜花惆怅，对东风。　蓑笠朝朝出，沟塍处处通②。人间辛苦是三农③。要得一犁水足，望年丰。

【题解】

以农家情事入词，这在两宋词坛上尚不多见，而多次担任地方官的王炎却将一般文人雅士的伤春惜花之情转化为对农家及农事的关心，实属难能可贵。本词起拍二句就鲜明地勾勒出春分前后江南雨季的自然风貌：山昏云密，阴雨绵绵，空气中带着浓重的水汽与寒意。在总写环境天气之后，作者收拢词笔，推出“数枝幽艳湿啼红”的特写。那雨中的春花，缀着点点水珠在风中摇曳，犹如少女含悲，珠泪莹莹，楚楚堪怜。“莫为”二句劝告文人雅士莫作惜花之叹，而应该对“当春乃发生”的“好雨”感到由衷的欣慰。下片宕开词笔，伸向田陇阡陌。在春耕时节，“朝朝”“处处”皆可看见农民们冒雨耕作的情景，可见他们对春雨的欣喜和劳作的辛勤。由此又不禁使词人深深喟叹：“人间辛苦是三农！”五谷丰登是他们一年最大的希望，而春天充足的雨水则是丰收的保证，他们哪还有闲情去伤春惜花呢！“惜花惆怅”与“水足”“望年丰”两种态度对比分明。全词语言平实无华，与朴素之情协调一致。有人以“语多直寻”评论它，实非知言。

【注释】

①冥：昏暗。 ②塍（chéng）：田间的土埂，即小路。 ③三农：指农事中三个最繁忙艰苦的阶段：春耕、夏耘、秋收。

辛弃疾（1140—1207）

字幼安，号稼轩，历城（今山东济南）人。二十二岁参加耿京抗金义军，为掌书记，次年率众南归。历任江阴签判，建康通判，江西提点刑狱，湖南、湖北转运使，湖南安抚使等职。后被劾落职，退居江西上饶。一度起为福建安抚使。六十四岁再起为浙东安抚使、镇江知府，不久罢归。六十八岁病逝。一生力主抗金北伐，多次呈献恢复方略。其词与苏轼齐名，多抒写报国雄心及壮志难酬之感慨，豪纵奔放，沉郁悲壮，在南宋爱国词中领袖一代。刘克庄《后村诗话》称其词“大声鞺鞳，小声铿鍧，横绝六合，扫空万古。其秾丽绵密处，亦不在小晏、秦郎之下。”今传《稼轩词》四卷本与《稼轩长短句》十二卷本两种，存词六百三十余首。

汉宫春

立春日

春已归来，看美人头上，袅袅春幡[1]。无端风雨，未肯收尽余寒。年时燕子[2]，料今宵、梦到西园[3]。浑未办、黄柑荐酒，更传青韭堆盘[4]。　却笑东风从此，便薰梅染柳，更没些闲。闲时又来镜里，转变朱颜。清愁不断，问何人、会解连环[5]。生怕见、花开花落[6]，朝来塞雁先还[7]。

【题解】

宋人所作节序词甚多，立春词则始于晏殊《木兰花》（东风昨夜回梁苑），用以迎春。辛弃疾这首《汉宫春》则感岁华而怀故国。或以为这是辛弃疾渡江后的第一首词，其创作风格于此初露端倪。立春日，冬寒未退而春气已动。词以美人头上袅袅春幡的节令风光，作为春已归来的信息。无迹有象，无象有思。起笔空灵飘逸，极富美感。杜甫《春日》诗云：“春日春盘细生菜，忽记两京梅发时。”“年时”以下，即假托燕梦重归而回忆往昔，将中州盛日“黄柑荐酒”“青韭堆盘”的立春风物，与丧乱之余再无心情打点过节的萧索客况相比，因而也就更怅恨不已了。下片由感时转入伤怀。当大地回春，万物复苏之时，使人又不禁有马齿徒增、华年易逝之感。“却笑”以下五句，由虚转实，以喜写悲，用笔亦从诙谐轻松变为质实深沉。由此引出无限哀愁：塞雁先还而人却不得回归。这种家国之愁恰如一串连环，环环相扣，亦难解开。全词卷舒开合，挥洒自如。以俊爽之气，抒故国之思，表现了他初期词的特色。

【注释】

①春幡（fān）：古时立春风俗，把彩绸剪成花、蝶等形状，为妇女插鬓，称为春幡，也叫幡胜、彩胜。 ②年时：旧时，昔日。此指去年。③西园：汉时长安西郊上林苑称西园。北宋汴京城西有琼林苑、金明池、宜春苑、玉津园，谓之四园，皆为皇帝游赏之所。 ④“浑未办”二句：宋时立春日饮黄柑酿成的酒，并以青韭作春盘尝新。浑：全。荐：进，献。 ⑤解连环：据《战国策·齐策》载秦昭王遣使齐国，请齐人解玉连环。齐人终不能解，后以锥撞之，环碎，曰：“解矣。”此以喻清愁如环，环环相连，愁不可解。 ⑥生怕：最怕，只怕。 ⑦塞雁：去年由塞北飞来的大雁。

水龙吟

登建康赏心亭[①]

楚天千里清秋，水随天去秋无际。遥岑远目，献愁供恨，玉簪螺髻[②]。落日楼头，断鸿声里，江南游子，把吴钩看了[③]，栏杆拍遍，无人会，登临意。　休说鲈鱼堪脍，尽西风、季鹰归未[4]？求田问舍，怕应羞见，刘郎才气[5]。可惜流年，忧愁风雨，树犹如此[6]！倩何人唤取[7]，红巾翠袖，揾英雄泪[8]。

【题解】

本词在辛弃疾早期词中向负盛名，或比之王粲《登楼赋》，认为“仲宣之赋，无此慷慨”。其主要特点是：一、此词起结俱为名句。起调揭响入云，笔力遒劲，不但境界阔大，气象雄伟，而且反映出作者视野之宽，胸次之高。眼底江山与心头抱负融合无间。结拍说英雄失志之余，欲请美人慰藉。豪气温情，一时并集；侠骨柔肠，刚柔相济。这正是词最需要的当行本色。二、“落日”三句，诗中有画。落日、断鸿与楼头游子置于寥廓江天的广漠背景，立体感强，突出了无边的孤独寂寞之感。三、此词旨在述志，以“无人会，登临意”绾合上下片，本意却始终未正面说出。上片“把吴钩看了”，喻以身许国；“栏杆拍遍”，表示内心抑塞不平，都用了侧笔。下片叠用三个典故，前二为宾，后一为主。“休说”六句，先用张翰事说登临非为思乡，次用许汜事亦非为求富贵，则都用了逆笔。“可惜”三句始借桓温语，表露爱国志士饱经忧患而蹉跎岁月的悲哀。辛词以豪放著称，但这首词气度恢宏而笔致委曲，一波三折，愈转愈深，寓刚于柔，益见沉郁，因而才有深沉的艺术力量。

【注释】

①赏心亭：位于建康（今南京）下水门城上，下临秦淮河，为登览胜地。 ②“献愁”二句：用倒装句，言望中远山增愁。玉簪、螺髻皆为摹写峰峦形状。 ③吴钩：古代兵器。相传吴王命国人制作，后泛称宝剑。杜甫《后出塞》诗：“少年别有赠，含笑看吴钩。” ④“休说”三句：《世说新语·识鉴篇》谓西晋张翰在洛阳为官，见秋风起，因思吴中家乡美味的莼羹、

鲈鱼脍，遂弃官南归。 ⑤刘郎：刘备。刘备曾批评名士许汜不能爱国忘家，只知求田问舍，广置私产。事见《三国志·陈登传》。 ⑥“可惜”二句：东晋桓温北征途中，见昔时种的柳皆已十围，慨然曰：“木犹如此，人何以堪。”事见《世说新语·言语篇》。 ⑦倩（qìng）：请。 ⑧揾（wèn）：揩拭。

水龙吟

甲辰岁寿韩南涧尚书[①]

渡江天马南来[②]，几人真是经纶手？长安父老[③]，新亭风景[④]，可怜依旧！夷甫诸人，神州沉陆，几曾回首[⑤]！算平戎万里，功名本是、真儒事，公知否？　况有文章山斗[⑥]，对桐阴、满庭清昼[⑦]。当年堕地，而今试看，风云奔走。绿野风烟[⑧]，平泉草木[⑨]，东山歌酒[⑩]。待他年，整顿乾坤事了，为先生寿。

【题解】

甲辰为宋孝宗淳熙十一年（1184），此时作者退居上饶已三年，原吏部尚书韩元吉罢官居上饶则五年，两人志尚相投，又居地相邻，故而常相唱和。本词为韩元吉祝寿，而以掷地有声的发问开端。从高宗南渡到孝宗淳熙十一年，偏安江左已近六十年，这期间到底几人可称经略天下、治理国家之才？在否定权臣的同时，又隐然有推许韩元吉之意。下接六句，连用了“长安父老”“新亭风景”“神州沉陆”三则典故，说明不能任用真正人才所造成的后果。希望韩元吉能担负起“平戎万里”的重任。过片后称颂韩氏有卓越的文才和清贵的家世；出生已自不凡，壮岁更露头角，而今应为恢复之计大显身手。以上虽属祝颂之辞，但写得意气风发，笔调轩朗。“绿野”三句将韩氏比作裴度、李德裕和谢安三个历史名人，眼下虽退居山野，但将来也同样会像他们一样承担起军国重任。最后表示，等到重新整顿山河之日，再为他举行隆重的祝寿庆典。全词一反故常，只借祝寿之题而去抒发“神州沉陆”之愤慨，运笔布局，峰峦起伏，颇具匠心。使事用典以比拟今人今事，更是妥帖。

【注释】

①韩南涧：名元吉，字无咎，原籍开封，移居江西上饶，所居之前有涧水，因自号南涧。曾任江东运判、吏部尚书，淳熙六年（1179）被劾，罢官家居。　②“渡江”句：《晋书·元帝纪》：“大安之际，童谣云：‘五马浮渡江，一马化为龙。’”又：“王室沦覆，帝与西阳、汝南、南顿、彭城五王获济，而帝竟登大位焉。”　③长安父老：《晋书·桓温传》：“温进至霸上，（苻）健以五千人深沟自固，居人皆安堵复业，持牛酒迎温于路者十八九，耆老感泣曰：‘不图今日复见官军！’”　④新亭风景：《世说新语·言语》载：东晋过江士人，常在新亭聚会，周顗在席间叹息：“风景不殊，正自有山河之异！”众皆相视流泪。　⑤“夷甫”三句：王衍，字夷甫，西晋宰相。他好清谈，不理政事。桓温北伐过淮泗，登楼船眺望中原，慨然说：“遂使中原陆沉，百年丘墟，王夷甫诸人不得不任其责！”　⑥文章山斗：《新唐书·韩愈传》：“自愈之殁，其言大行，学者仰之如泰山北斗云。”　⑦桐阴：韩元吉为北宋韩亿五世孙，著有《桐阴旧话》十卷，“记其家世旧事，以京师第门有桐木，故云。”（《直斋书录解题》卷七）　⑧绿野风烟：据《旧唐书·裴度传》，裴度曾在东都集贤里作别墅，号绿野堂，景物幽胜。　⑨平泉草木：《旧唐书·李德裕传》载：李德裕在东都也曾造有平泉庄，花木台榭，如入仙境。　⑩东山歌酒：《晋书·谢安传》载：“安虽受朝寄，然东山之志，始末不渝。”

菩 萨 蛮

书江西造口壁[①]

郁孤台下清江水[②]，中间多少行人泪。西北望长安，可怜无数山。　　青山遮不住，毕竟东流去。江晚正愁余，山深闻鹧鸪[③]。

【题解】

孝宗淳熙二、三年（1175—1176），辛弃疾提点江西刑狱，驻节赣州，书此词于造口壁。词中运用比兴手法，借眼前景道心上事，达到了意内而言外的极高境界。起拍用唐李勉故事。辛弃疾的时代，中原沦亡，举国南迁，比之唐代李勉时的情况要严重得多，辛弃疾登台的心情因而更为悲凉。因而，作者有意突出江水中流不尽的“行人泪”，用以追溯靖康之变以来国破家亡的民族痛史。北望中原，则已尽陷敌手。“可怜无数山”，寥寥五字，语极沉痛。沈际飞云：“无数山水，无数悲愤。”一个短句中包藏无限曲折。过片“青山”二句，承上片的“清江水”与“无数山”而来。江水东流，终难阻遏。以此比喻自己的望阙之心，恢复之志，亦百折不回，坚定不屈。语言铿锵，掷地有金石之声。结句“闻鹧鸪”，以声写愁，言外寄慨。传说鹧鸪常南飞而不北。辛弃疾是北人，志在北伐，但心虽北向而身独南行，闻鹧鸪啼鸣自然悲怆不已。上片以北望结，下片以南行终，这正是渺渺愁绪之症结所在。此词虽属短调，而容量极大，浩浩江水，莽莽关山，尽收笔底，尺幅千里，发噌吰（chēnghóng）之声，盖以大手笔作小词，才能写得如此苍莽悲壮。

【注释】

①造口：一名皂口，在今江西万安县西南，赣江由此流入鄱阳湖。　②郁孤台：在今江西赣州城西南，因“隆阜郁然，孤起平地数丈”得名。唐李勉为虔州刺史，登临北望，慨然曰：“余虽不及子牟，而心在魏阙一也。”改郁孤为望阙。（《方舆胜览》）　③闻鹧鸪：传说鹧鸪常南飞不北，北人闻之生愁。左思《吴都赋》：“鹧鸪南翥而中留。”白居易《山鹧鸪》诗：“啼到晓，惟能愁北人，南人惯闻如不闻。”

摸 鱼 儿

淳熙己亥，自湖北漕移湖南，同官王正之置酒小山亭，为赋[①]。

更能消几番风雨[②]？匆匆春又归去。惜春长怕花开早，何况落红无数。春且住。见说道、天涯芳草无归路[③]。怨春不语。算只有殷勤，画檐蛛网，尽日惹飞絮。　　长门事，准拟佳期又误。蛾眉曾有人妒[④]。千金纵买相如赋，脉脉此情谁诉？君莫舞。君不见、玉环飞燕皆尘土[⑤]！闲愁最苦。休去倚危栏，斜阳正在、烟柳断肠处。

【题解】

此词上片伤春，痛风雨之无情；下片咏怀，哀时局之可悯，虽自写“闲愁”，而寄托遥深，身世之感与爱国忧时之心，悠悠不尽，蕴藉其中，不能漠然无视。起句喷薄而出。说“更能消”者，其实风雨不作，春事亦尽。词中写惜春心事，万转千回，层层深入。先是怕花早开早谢，继则留“春且住”，终而“怨春不语”。惜春、留春、怨春，包含了一春的苦心。情之所钟，不能自已，可谓忠爱缠绵之至。下片借“长门事”说到蛾眉见妒的遭遇。而“准拟佳期又误”，也就是《离骚》中所说的“初既与余成言兮，后悔遁而有他”。词人南来，虽也受朝廷重视，但谗毁之言亦接踵而至。这次移官湖南，也与谗言不无关系。词中情辞愤切，指斥玉环、飞燕之辈，颇有锋芒。结拍斜阳、烟柳之句，隐指时局日危、寓意尤深。《鹤林玉露》卷四说孝宗“见此词，颇不悦”，当看出了其中讽及国事的内涵。伤春宫怨其表，忧国忧时其里。摧刚为柔，沉郁顿挫。回肠荡气，低回不已。

【注释】

①淳熙六年（1179），辛弃疾从湖北转运副使调任湖南，将从鄂州至潭州主持漕运。小山亭在湖北转运使官署内。 ②消：消受，禁得。 ③见说：听说。 ④“长门事”三句：传说汉武帝时陈皇后失宠，幽居长门宫，以千金请司马相如作《长门赋》以抒悲愁。准拟：约定。蛾眉：《离骚》“众女嫉余之蛾眉兮”。 ⑤玉环：杨贵妃小字玉环。飞燕：汉成帝宠爱的赵后，号飞燕。

丑 奴 儿

书博山道中壁[1]

少年不识愁滋味，爱上层楼。爱上层楼，为赋新词强说愁[2]。 而今识尽愁滋味，欲说还休[3]。欲说还休，却道天凉好个秋。

【题解】

辛弃疾被劾罢职退居上饶期间（1181—1192），常过博山，虽亦不乏喜人景色，却无心赏玩。眼看国事日非，自己有志报国却被迫闲居，满腹愁绪无处排遣，遂于博山道中壁上题下了此词。这首词以“少年”与“而今”对比，突出渲染一个“愁”字，并以此贯串全篇，表达了一种深刻的人生感受。上片说少年时登高望远，气壮如山，不识愁为何物。无愁说愁，是诗词中常见的文人习气。下片转入“而今”，转折有力，不仅显示时间的跨度，而且反映了不同的人生经历。在涉世既深又饱经忧患之余，进入“识尽愁滋味”的阶段。所谓“识尽”，一是愁多，二是愁深。这些多而且深的愁，有的不能说，有的不便说，而且“识尽”而说不尽，说之亦复何益？只能“却道天凉好个秋”了。比之少时的幼稚，这或许是老练成熟了。其实，“却道”也是一种“强说”，故意说得轻松洒脱，实际上也难以摆脱心头的沉重抑塞。周济说辛词“变温婉，成悲凉”。读此词者，当能辨之。

【注释】

①博山：在今江西广丰县西南三十余里，“南临溪流，远望如庐山之香炉峰”。（《大清一统志·江西广信府》） ②强说愁：无愁而勉强说愁。 ③欲说还休：李清照《凤凰台上忆吹箫》：“多少事，欲说还休。”

青玉案

元　夕①

东风夜放花千树。更吹落，星如雨②。宝马雕车香满路。凤箫声动，玉壶光转，一夜鱼龙舞③。　蛾儿雪柳黄金缕④，笑语盈盈暗香去。众里寻他千百度，蓦然回首⑤，那人却在，灯火阑珊处[6]。

【题解】

《诗经·郑风》有《出其东门》一篇，首章曰：“出其东门，有女如云。虽则如云，匪我思存。缟衣綦巾，聊乐我云。”在东门游春的众多少女中，独独赞赏后者一身素淡，格调高雅。辛弃疾这首《青玉案》与之类似，但精神境界更高。元夕灯市，犹如星海，吸引了满城仕女，衣香鬓影，喧阗不绝，这是一个由光、色、声组成的繁华热闹的世界。可是，就有人不慕繁华，独立于喧哗热闹之外的“灯火阑珊处”。这不是自伤幽独，而是显示了一种高洁的品性。在人们趋奉竞进之际，耐得冷落，耐得清淡，耐得寂寞。这是辛弃疾屡遭排斥后，借元夕所见以自述怀抱，托意甚高。进则轰轰烈烈，惊天动地；退则斯人独处，自甘淡泊，安于寂寞。这两者同是志士仁人的操守和襟抱，同样都是英雄本色。清彭孙遹《金粟词话》谓此词结尾为“秦、周之佳境也”。见仁见智，并行不悖，可两存之。

【注释】

①元夕：农历正月十五日为上元节，此夜称元夕，或称元宵。因有上灯的习俗，也称灯节。　②“东风”三句：描绘元夕彩灯、焰火之灿烂。宋人《武林旧事》载临安元夕盛况：“宫漏既深，始宣放焰火百余架，于是乐声四起，烛影纵横，而驾始还矣。”此言焰火乍放如东风吹开千树火花，落时又如东风吹洒满天星雨。一说“花树”“星雨”，指树上彩灯和空中彩球。　③“玉壶”二句：玉壶喻月之冰清玉洁。鱼、龙：指扎成鱼、龙（鸟兽）等形状的灯。　④蛾儿、雪柳：皆为妇女头饰。雪柳饰以金线，称为“捻金雪柳”。　⑤蓦然：突然。　⑥阑珊：灯火零落稀少。

西江月

遣 兴[①]

醉里且贪欢笑，要愁哪得功夫。近来始觉古人书，信着全无是处[②]。 昨夜松边醉倒，问松“我醉何如”？只疑松动要来扶，以手推松曰：“去！”[③]

【题解】

本词围绕一个“醉”字着笔，借醉以抒愁泄愤。“欢笑”惟在“醉里”，则醒时满怀皆愁可知。“近来”二句从人世阅历和自身经验得来。今日之人全不按圣贤之言行事，“今日事”与“古人书”处处不合，读书又有何用！以孟子的话作为印证，以古例今，十分巧妙。下片承开头醉里而来，满纸醉态醉语、醉眼蒙眬。松边醉倒犹自以为不醉，接着问松、疑松、推松，似乎都是潜意识在起作用。然而，神完气充，依然充满自信，倔强如昔。身倒而心不倒，平素雄风丝毫不减，一个简单的动作（推），一句简单的语言（去），仍有千钧之力。这首词看似近乎游戏笔墨，刻画醉后的神情心态，妙语解颐。但这种“醉中真”恰好显示出英雄本色，闲中着笔，别具风神。上下片结句且都用典，随意点化，毫不费力。“以手推松”，全然散文句法，打破陈规。最后一个“去”字，犹如独立的一字句，读时如闻叱咤之声，威严不可犯。

【注释】

①遣兴：遣发意兴之作。此类作品常寓感时伤世之意。此词即为读书与

人生世态而发。 ②“近来”两句：意出《孟子·尽心下》：“尽信书，不如无书。”孟子以为《尚书·武成》一篇纪事不可尽信。辛词借用，含意曲折。并非妄自菲薄古人，意在言今人全不按圣贤之言行事，是对现实不满的愤激之语。 ③“以手”句：《汉书·龚胜传》记龚胜不接受博士夏侯常的劝说，“以手推常曰：‘去！’”

西 江 月

夜行黄沙道中①

明月别枝惊鹊②，清风半夜鸣蝉。稻花香里说丰年，听取蛙声一片③。 七八个星天外，两三点雨山前。旧时茅店社林边，路转溪桥忽见④。

【题解】

这首词是作者闲居带湖期间所作，记其夜行于乡村小道中所见之景及其所感受到的情趣，实为一首别具风味的夏夜小唱。上片写景，其意在表现深夜之静，却以动景出之。皎洁之明月，微拂之清风，正面写出夏夜幽静；而惊起飞啼的乌鹊，振翅长鸣的夏蝉，还有那“稻花香里”的“蛙声一片”，却又融合成一曲优美的交响乐章，从而在这动态和声响中，使人愈加感到夜之静谧，获得了“蝉噪林愈静，鸟鸣山更幽”的艺术效果。上片所写，不独境界迷人，而且还洋溢着丰收在望的欢欣之情，尤其是“稻花”两句，作者以拟人化手法，把“蛙声一片”比拟作对丰年的盛情歌唱，则作者之喜悦亦在其中。下片时转景移。以天外疏星暗示时间推移，而以山前微雨逗起情绪变化：由安闲转为焦躁。结韵就急寻避雨之处而言。先推出“茅店”，再补以“忽见”，则惊喜之态亦跃然纸上。就全篇而言，前六句一路写景，最后才点出夜行之人。用以返照全词，则无一不在夜行人之眼中心中。先藏锋不露，最后龙睛一点，便通体皆活。

【注释】

①黄沙：即黄沙岭。《上饶县志》：“黄沙岭在县西四十四里乾元乡，高约十五丈。” ②“明月”句：皎洁的月光惊飞枝上的乌鹊。按：曹操《短歌行》：“月明星稀，乌鹊南飞。”苏轼《次周令韵送赴阙》：“月明惊鹊未安枝。”周邦彦《蝶恋花》：“月皎惊乌栖不定。”辛词此句与以上诗句景象仿佛。别枝：远枝。方干《寓居郝氏亭》：“蝉曳残声过别枝。”别枝：或解为“离别树枝”，句中意亦通，然与下句“半夜”失偶。 ③“稻花”两句：稻花飘香，蛙声一片，似在歌唱丰年。或谓“说丰年”者为农人，求实而迂，且欠韵味。 ④“旧时”两句：倒装。

永遇乐

京口北固亭怀古①

千古江山，英雄无觅，孙仲谋处②。舞榭歌台，风流总被，雨打风吹去。斜阳草树，寻常巷陌，人道寄奴曾住③。想当年、金戈铁马，气吞万里如虎④。 元嘉草草，封狼居胥，赢得仓皇北顾⑤。四十三年⑥，望中犹记，烽火扬州路。可堪回首，佛狸祠下⑦，一片神鸦社鼓。凭谁问：廉颇老矣，尚能饭否⑧？

【题解】

上片追念起于京口建立功业的孙权、刘裕。孙权坐镇江东，北向抗衡。刘裕北伐一战而复青州，再战而复关中。对此二人辛弃疾都深为仰慕。下片“元嘉草草”数句，针对韩侂胄（tuōzhòu）正在策划的北伐行动。冒险轻敌，必然招致失败，结果反让佛狸饮马长江，血食至今。次年韩侂胄伐金败绩，果为辛弃疾不幸而言中。词人时年六十六岁，篇末以廉颇自比，感叹弃置不用。这首词怀古抚今，以词论政，是其特色。词中提到几次南北战争，全是几万、几十万人的大战，都不过用了三四句，或正面铺张（金戈铁马），或反面衬托（仓皇北顾），或用亲身经历（烽火扬州路），或借前代遗迹（佛狸祠），境界全出而色彩各异，像一幕幕历史场景在我们面前轮转变换。全词情调回旋起伏。上片怀念孙刘，惋惜时光流逝，又赞美功业的不灭。下片回顾历史创伤和个人处境，热切的期待又转为无奈的悲愤。用典虽多，但“以浩气行之”“不嫌其堆垛”（陈廷焯语）。

【注释】

①京口：今江苏镇江。晋蔡谟筑楼北固山上，称北固亭。 ②孙仲谋：孙权，字仲谋。建安十三年（208）孙权迁都京口。“舞榭歌台”指孙权故宫。 ③寄奴：南朝宋武帝刘裕小字寄奴，生于京口，家境贫穷，故云“寻常巷陌”。 ④“想当年”三句：指义熙十二年（416），刘裕督军北伐后秦，收复洛阳、长安之事。 ⑤“元嘉”三句：元嘉二十七年（450），南朝宋文帝刘义隆命王玄谟北伐，为后魏击败。封：筑台祭天。汉霍去病追击匈奴至内蒙古西北之狼居胥山（今蒙古国之肯特山），封山而还。刘义隆尝听王玄谟谈论北伐，感到“使人有封狼居胥意”。“北顾涕交流”，则是他于兵败滑台后写的诗句。 ⑥“四十三年”：开禧元年（1205）辛弃疾出守京口，上距绍兴三十二年率众南归，前后四十三年。 ⑦佛狸（lí）祠：在今江苏六合瓜步山上。佛狸为北魏太武帝拓跋焘小字。元嘉二十七年，他追击宋军至长江北岸的瓜步。 ⑧“凭谁问”三句：廉颇为战国时赵国名将，被谗入魏。赵王有意起用，遣使问讯。廉颇一饭斗米，肉十斤，披甲上马，以示能战。使者返赵时谎

报说："与臣坐，顷之三遗矢（多次拉屎）矣。"赵王以为老，遂罢。

贺新郎

别茂嘉十二弟。鹈鴂、杜鹃实两种，见《离骚补注》[①]。

绿树听鹈鴂。更那堪、鹧鸪声住，杜鹃声切[②]。啼到春归无寻处，苦恨芳菲都歇[③]。算未抵、人间离别[④]。马上琵琶关塞黑，更长门翠辇辞金阙[⑤]。看燕燕，送归妾[⑥]。　将军百战身名裂。向河梁、回头万里，故人长绝[⑦]。易水萧萧西风冷，满座衣冠似雪。正壮士、悲歌未彻[⑧]。啼鸟还知如许恨，料不啼清泪长啼血[⑨]。谁共我，醉明月？

【题解】

此词约作于嘉泰三年（1203）左右，为送其族弟贬官赴桂林而作。词以啼鸟起兴，连举三种鸟声，以烘染环境气氛；更以花尽春归托意，暗寓家国之悲。鸟鸣的凄厉和芳菲都歇的意象叠印，使眼中之景，身处之境与特定的心情意绪相融合，在个人的身世之感以外，更加进了家国兴亡之慨。"算未抵"句由景入情，转到离别。以下连用四个历史故事曲意传情，前二事薄命女子，后二事失败英雄，都属生离死别，且事关家国命运。三鸟加四事，累如贯珠，层层翻进，构成一个整体的悲剧性境界，揭示了悲剧的时代氛围。接着以"啼鸟"句总绾上文，并遥应篇首，以鸟起，以鸟结，首尾回旋，鸟尚知恨，人何以堪！情境兼胜，沉郁苍凉之至。最后以深沉的问句收篇，集中体现了他那强烈的孤愤。此词隶事之多，文思之广，实属罕见，而能做到旋放旋收，章法井然，非大手笔难臻此境。

【注释】

①茂嘉：稼轩族弟，生平不详。据刘过《沁园春·送辛稼轩弟赴桂林官》词意，当为力主抗金而重忠义节气之士。《离骚补注》：宋人洪兴祖著，谓“子规、鹈鴂二物也”。 ②“绿树”三句：鹈鴂（tíjué）、杜鹃、鹧鸪三种鸟，啼声皆悲，故曰“更那堪”，即不忍闻其悲声。 ③“啼到”两句：鸟啼悲切，恨花尽春去。《广韵》称鹈鴂“春分鸣则众芳生，秋分鸣则众芳歇。” ④“算未抵”句：言啼鸟伤春虽苦，总抵不上人间离别之苦。按：以下叠用四件人间离别之事。 ⑤“马上”两句：此人间离别第一事，言昭君出塞和番。长门：汉武帝曾废陈皇后于长门宫，后泛指失意后妃所居之地。此借言昭君辞汉。翠辇（niǎn）：用翠羽装饰的宫车。金阙：宫殿。 ⑥“看燕燕”两句：此人间离别第二事，言庄姜送归妾。《诗经·邶风》有《燕燕》诗：“燕燕于飞，差池其羽，之子于归，远送于野。”据《左传·隐公三年、四年》：卫庄公妻庄姜无子，以庄公妾戴妫（guī）之子完为子。完即位未久，就在一次政变中被杀，戴妫遂被遣返。庄姜远送于野，作《燕燕》诗以别。 ⑦“将军”三句：此人间离别第三事，言李陵别苏武于河梁。《文选》载李陵《与苏武》诗：“携手上河梁，游子暮何之。”又，《汉书·苏武传》载李陵送别语：“异域之人，一别长绝。”河梁：桥。故人：指苏武。长绝：永别。 ⑧“易水”三句：此人间离别第四事，言荆轲离燕赴秦。易水：在今河北省易县。衣冠似雪：指为荆轲送行的太子丹及众宾客皆白衣素服。壮士：指荆轲。悲歌：即《易水歌》：“风萧萧兮易水寒，壮士一去兮不复还。”未彻：尚未唱完，意谓声犹在耳。 ⑨“啼鸟”两句：谓啼鸟如知人间别离之恨，当由啼泪进而啼血，益发悲哀。如许恨：这么多的离愁别恨。

贺新郎

赋琵琶

凤尾龙香拨[1]，自开元、《霓裳》曲罢，几番风月[2]？最苦浔阳江头客，画舸亭亭待发[3]。记出塞、黄云堆雪。马上离愁三万里，望昭阳宫殿孤鸿没。弦解语，恨难说[4]。　辽阳驿使音尘绝[5]，琐窗寒、轻拢慢捻，泪珠盈睫[6]。推手含情还却手，一抹《梁州》哀彻[7]。千古事、云飞烟灭。贺老定场无消息，想沉香亭北繁华歇[8]。弹到此，为呜咽[9]。

【题解】

这是一首题咏琵琶的咏物词，借与琵琶相关的历代故实而作生发，述说人生之种种不幸和千古史事的兴亡感慨。从凭吊盛唐之衰落到纪念唐明皇以抒发思乡怀土之情，首尾回环，构成全词完整的框架，中间则穿插贬谪、出塞、征戍等作为铺垫、烘染，使“千古事”的总体慨叹，内容更为充实，词境更为阔大，寄寓了词人强烈的时代感受。可见其总体构思并非如前人所说“殆如一团野草”（《艺衡馆词选》）。而是有线索可寻的。如在对唐王朝一代盛衰作一番凭吊之后，以“几番风月”一句反诘引发纵向的历史兴亡的感慨，其中自然也隐含了靖康之耻在内，体现了沉重而又悲怆之情。而在连用四典之后，接以“千古事、云飞烟灭”一句既是对上片“几番风月”的呼应，又是对千百年历史烟云的总束，而且由此还逗引出词人为之“呜咽”的沉痛现实。确实是“大气包举”，贯通古今，既沉郁，又激越，足可想见当年词人之风范。

【注释】

①“凤尾”句：琴槽似凤尾，琴拨以龙香柏木削就。此极言琵琶之精致名贵。《明皇杂录》载：“唐天宝中宦官白秀正使西蜀回，献双凤琵琶，以逻娑檀为槽，以龙香柏为拨，润若圭璧，有金缕红纹蹙成双凤。杨贵妃每自奏于梨园。” ②“自开元”两句：言自开元年间奏《霓裳》一曲以来，这琵琶经历了几多岁月磨蚀。此暗用白居易《长恨歌》“渔阳鼙鼓动地来，惊破《霓裳羽衣曲》”诗意，寓以兴亡之感。风月：风晨月夕，指岁月。 ③“最苦”两句：言浔阳江边，送客舟头，一曲琵琶最足以惹动谪人之离愁。此借用白居易《琵琶行》诗意。浔阳江：指长江在江西九江市北的一段。亭亭：形容画舸高挺秀丽。 ④“记出塞”五句：用王昭君出塞和亲事。参见前《贺新郎》（“绿树听鹈鴂”）注⑤。黄云堆雪：黄沙蔽天，白雪遍地。 ⑤“辽阳”句：言遥望辽阳方向，亲人音讯全无。辽阳驿使：辽阳（今辽宁省辽阳市）驿道中的信使。 ⑥“琐窗寒”两句：言寒窗下，思妇含泪独弹琵琶。琐窗：雕刻花饰的窗，代指女子居处。拢、撚（niǎn）：以手指叩弦、揉弦，皆为弹奏琵琶的指法。 ⑦“推手”两句：言思妇饱含深情，一曲《梁州》弹毕哀痛欲绝。推手、却手：亦皆琵琶指法。手指前弹曰“推手”，后拨曰“却手”。抹：亦琵琶指法之一，即顺手下抹。《梁州》：唐教坊曲调名，亦名《凉州》。 ⑧“千古”三句：千古往事如云飞烟灭，琵琶名师消息全无，想来沉香亭北百花争艳、歌舞繁喧的景象已经消歇。贺老：指开元、天宝间善弹琵琶的著名艺人贺怀智。定场：谓奏乐者技艺高超，使听众无声倾听，俗称能压住场子。元稹《连昌宫词》：“夜半月高弦索鸣，贺老琵琶定场屋。” ⑨“弹到此”两句：谓琵琶弹出千古哀怨之声，令人黯然泣泪。

贺 新 郎

邑中园亭，仆皆为赋此词。一日，独坐停云，水声山色，竞来相娱，意溪山欲援例者，遂作数语，庶几仿佛渊明思亲友之意云①。

甚矣吾衰矣②！怅平生、交游零落，只今余几？白发空垂三千丈③，一笑人间万事。问何物，能令公喜④？我见青山多妩媚⑤，料青山见我应如是。情与貌，略相似。　一尊搔首东窗里。想渊明、《停云》诗就，此时风味⑥。江左沉酣求名者，岂识浊醪妙理⑦。回首叫、云飞风起⑧。不恨古人吾不见，恨古人不见吾狂耳⑨。知我者，二三子⑩。

【题解】

这是一首述怀词，序中自述此作是仿效陶渊明《停云》诗，表达饮酒思友之意。实则抒发了他从福建再次罢官归来的孤寂烦闷之情。词的上片写交游零落，只得引山水为知音。劈首一声浩叹，用孔子半面之语，而老去不梦周公及其道难行之悲亦在其中。“交游零落”，点出思友题旨。“白发”则应“甚衰”，着一“空”字透露其有志难伸之悲，故而后句那“一笑”亦自含悲凉。接着以青山为知己，曲笔达意，反衬人世之无情，亦皆孤愤之辞。下片写世人已无知己，只能引古人为同调。词人在停云堂对酒赋词，以渊明风味自况，也是“情与貌，略相似”。只因仰慕渊明之高风亮节，故许其为真知酒之妙理者。与之相对，那些自命“清流”的江左群僚，酣醉之中也不忘求名。念及今事，词人不禁悲愤不已，遂有“回首叫、云飞风起”之狂态。结拍以孔子语作结，再次咏叹知音稀少之悲，呼应开头，首尾相合，浑然天成。

【注释】

①此罢居江西铅山瓢泉时所作。仆：作者谦称。此词：指《贺新郎》词调。停云：停云堂。援例：依照前例，指以词赋邑中园亭事。渊明思亲友：陶潜有《停云》诗四首，自谓“思亲友”之作。 ②“甚矣”句：《论语·述而》记孔子语：“甚矣吾衰矣，久矣吾不复梦见周公。” ③“白发”句：李白《秋浦歌》：“白发三千丈，缘愁似个长。” ④“问何物”句：《世说新语·宠礼篇》称王恂、郗超并有奇才，为大司马桓温所赏识，荆州时语谓此二人“能令公喜，能令公怒”。辛词借用此语。 ⑤妩媚：形容青山秀丽美好。按：此句借用唐太宗赞赏魏征语：“人言征举动疏慢，我但见其妩媚耳。”（《新唐书·魏征传》） ⑥“一尊”三句：化用陶潜《停云》诗：“静寄东轩，春醪独抚。良朋悠悠，搔首延伫。” ⑦“江左”两句：当年南朝那些纵酒放浪的名士清流，以酣酒而求名利，哪里真知酒中妙理。浊醪（láo）：浊酒。 ⑧云飞风起：暗用汉高祖刘邦《大风歌》诗句：“大风起兮云飞扬，威加海内兮归故乡，安得猛士兮守四方。” ⑨“不恨”两句：袭用南朝张融语：“不恨我不见古人，恨古人不见我。”（《南史·张融传》）狂：指愤世嫉俗的狂态。 ⑩“知我者”两句：真知我心者，二三子而已。二三子：借用孔子对其学生的称谓，指少数几位知心朋友。

祝英台近

晚春

宝钗分，桃叶渡，烟柳暗南浦[1]。怕上层楼，十日九风雨。断肠片片飞红，都无人管；更谁劝、流莺声住。　　鬓边觑。试把花卜归期，才簪又重数[2]。罗帐灯昏，哽咽梦中语：是他春带愁来，春归何处？却不解、带将愁去。

【题解】

伤春悲秋，离情别绪，本属唐宋词习见题材。时风所趋，常是即席命篇，或率意挥洒，既无从考其本事，也未必别有寄托。此词即代女子立言，写晚春闺怨。词以忆昔领起，忆当时烟柳水滨、分钗留别情景，以下折回伤春现实。“怕上层楼”句，上承“烟柳”而又引发以下四句写怕之因：怕见风风雨雨，怕见片片飞红，怕听声声啼莺。而着以“无人管”“更谁劝”，则是怨春至极的痴迷之语。春归人不归，自然引发下片闺中人的盼归之情。鬓边觑花上承伤春意绪而来；继而数瓣卜归，更“才簪又重数”。亟盼之情，婉曲深细；动作神态，亦活脱逼真。更为神妙的还在于，把盼归之情写到几乎山重水复之境时，忽又在时间推移上，引出一段“哽咽梦中语”，她不怨春去人不归，却怨春带将愁来，不带将愁去，无理情深，凄婉动人。沈谦《填词杂说》谓“稼轩词以激扬奋厉为工，至‘宝钗分，桃叶渡’一曲，昵押温柔，魂销意尽，才人伎俩，真不可测。”或以为此词有所寄托，谓上片喻国事日非，下片喻恢复无望。不妨但存一说。

【注释】

①“宝钗分”三句：古代女子有分钗赠别的风俗。杜牧《送人》诗：“明镜半边钗一股，此生何处不相逢。”据王明清《玉照新志》，南宋犹盛此风。桃叶渡：南京秦淮河与青溪合流处。《古乐府》注：“王献之爱妾名桃叶，尝渡此，献之作歌送之曰：‘桃叶复桃叶，渡江不用楫。但渡无所苦，我自迎接汝。’后以桃叶渡泛指与恋人分别处。南浦：江淹《别赋》：“送君南

浦，伤如之何！”后即以南浦泛指送别处所。 ②“鬓边”三句：谓思妇以数花瓣占卜行人归期。鬓边觑（qù）：对着镜子审视鬓边之花。簪（zān）：插戴。重数：再数一回，极言盼归心切。

清 平 乐

村 居

茅檐低小，溪上青青草。醉里吴音相媚好，白发谁家翁媪[1]？ 大儿锄豆溪东，中儿正织鸡笼。最喜小儿亡赖，溪头卧剥莲蓬[2]。

【题解】

此词为辛弃疾落职闲居带湖时所作。当时作者不为小朝廷所容，被迫家居，政治上失意的苦闷，在淳朴和谐的乡村生活里得到了一些安慰与排遣，因而创作出了一批格调清新优美的农村词。在此词中，作者并未直接介入情境之中，而是置身局外，静处闲看，摄取特具诗情画意的人物活动镜头，以轻笔淡墨描绘出一幅令人赏心悦目的农家风俗图。茅檐低小，容膝易安，清幽不俗；青草溪边，目涉成趣，生意盎然。耳际所闻，则是甜软的吴音，原来是白发翁媪在相语取悦，先声夺人，亦煞有情趣。大儿锄草，中儿织笼，各司其业。而“溪头卧剥莲蓬”的“小儿亡赖”形象，则是这一组人物群像中最为逼真传神的形象，那调皮的举动，天真的心思，实在逗人喜爱。以上种种，全由词人“醉里”耳闻目睹，信手写来，寓情于景，意趣横生。与其说作者醉于酒，倒不如说是醉于心。

【注释】

①“醉里”两句：作者醉里忽闻吴音悦耳，但见一对白发翁媪在互相逗乐。按：“醉里”，一说是翁媪醉里，似非。吴音：吴地口音，上饶旧属吴地，故称吴音。相媚好：相互取悦逗乐。翁媪（ǎo）：老翁老妇。 ②“大儿”四句：俞平伯先生《唐宋词选释》认为，此四句从汉乐府《相逢行》“大妇织绮罗，中妇织流黄，小妇无所为，挟瑟上高堂”化出，确实慧眼独具。但此类妙手偶得之佳句，仍应是作者深植于现实生活的根基中来。亡赖：原意无聊，此处引申为顽皮。是爱称，并无贬义。亡：音义同“无”。

南 乡 子

登京口北固亭有怀[1]

何处望神州？满眼风光北固楼[2]。千古兴亡多少事？悠悠，不尽长江滚滚流[3]。 年少万兜鍪[4]，坐断东南战未休[5]。天下英雄谁敌手？曹刘。生子当如孙仲谋[6]。

【题解】

此词与《永遇乐》“千古江山”同为怀古词，同样选取三国时期雄踞江东的孙权作为歌咏对象，对作者所处的也只占有东南半壁之南宋，有着鲜明的针对性。此词以简洁明快、巧设回答、巧用古语为其主要特色。词以三问三答，自相呼应。开头就以倒装句法突发一问：中原何在？沉郁悲怆，足可振聋发聩。紧接着又是一句：“千古兴亡多少事？”而答以长江不尽东流，发为历史往事、悠远难追的慨叹，思接千载，内涵深远。过片就地怀古，切入京口本事，只以平叙之笔，称赞孙权雄踞江东而争霸天下之伟业，以古喻今，激励世人奋力图强。然后发出第三问，并以此振起，借曹、刘以衬托孙权之英雄气概。此词在融化古语入词上几于浑化无迹。先是借杜诗以景结情；而后又将曹操两句话巧妙地安排在下片，自成一问一答，一气而下，对答如流，达到了出神入化的境地。

【注释】

①此词是作者嘉泰四年和开禧元年（1204—1205）知镇江府时所作。京口北固亭：参见《永遇乐》“千古江山”注①。 ②“何处”两句：此用倒装句法，意谓纵目环视，楼头山水风光无限，但中原故国何在？神州：指沦陷的北方。 ③“千古”三句：悠悠：迢迢不断貌。不尽长江滚滚流：杜甫《登高》：“无边落木萧萧下，不尽长江滚滚来。” ④年少：孙权十九岁即继承父兄基业，故言“年少”。兜鍪（dōumóu）：头盔，代指兵士。万兜鍪：犹言千军万马。 ⑤坐断：占据。 ⑥“天下”三句：《三国志·蜀先主传》载，曹操曾与刘备论天下英雄，说：“今天下英雄惟使君（指刘备）与操耳，本初（指袁绍）之徒不足数也。”生子当如孙仲谋：《三国志·孙权传》注引《吴历》云：曹操尝与孙权对垒，“见舟船、器仗、军伍整肃，喟然叹曰：‘生子当如孙仲谋，刘景升儿子（指刘琮）若豚犬（猪狗）耳。’”孙仲谋：孙权字仲谋。

鹧 鸪 天

代 人 赋[①]

陌上柔桑破嫩芽，东邻蚕种已生些。平冈细草鸣黄犊[②]，斜日寒林点暮鸦。 山远近，路横斜，青旗沽酒有人家[③]。城中桃李愁风雨，春在溪头荠菜花[4]。

【题解】

这是辛弃疾农村词系列中的名篇。词写乡村田野初春之景，清新疏淡，生机盎然，极富乡土气息。上片以生动细腻的笔触描绘了夕阳下一片恬静祥和的田家景象，那柔桑、嫩芽、细草、幼蚕、黄犊，都是那样充满生机活力，即使是那斜日、寒林、暮鸦也并不让人有萧瑟之感，反而更增浓烈的生活气息。过片继续写景，但境界拓宽，把笔触延伸至远方，去勾勒这一片浓浓春色的大背景，那远近连绵的群山，那纵横通达的小路，还有那风中飘拂的酒旗，无不展示着春的足迹。由此逼出歇拍两句城中桃李花与乡村野荠花的对比，并揭示题旨。就词人本意言，鄙薄城中桃李而绝爱乡间野花，这是词人脱俗不凡的审美情趣的反映。城中桃李妖艳香浓，似把春光占尽，但它们愁风畏雨，转眼即逝；荠菜花虽朴实无华，却生机无限。或以为结韵两句是对抗战力量的歌颂，对苟安求和思想的讽刺，此说未免有臆测之嫌。若言寓意，则厌弃官场之风雨无准，爱好田园之春意常在，庶几近之。

【注释】

①此词题为“代人赋”，实则为自我抒怀。 ②黄犊（dú）：小黄牛。 ③青旗：即酒招，也称青帘，是卖酒的标志。 ④荠菜：野菜的一种，嫩叶可吃，开白色花。

鹧 鸪 天

有客慨然谈功名，因追念少年时事，戏作[1]

壮岁旌旗拥万夫[2]，锦襜突骑渡江初[3]。燕兵夜娖银胡䩮[4]，汉箭朝飞金仆姑[5]。　　追往事，叹今吾，春风不染白髭须[6]。却将万字平戎策[7]，换得东家种树书[8]。

【题解】

宋高宗绍兴三十一年（1161），金主完颜亮大举南侵。稼轩时年二十二岁，慨然投笔，聚众起义，后归耿京，为掌书记。次年春，奉表归宋，于北返途中，闻叛将张安国杀耿投金，遂率轻骑五十余夜袭金营，捉叛将兼程南归，献俘朝廷，斩安国于市（事见《宋史·辛弃疾传》）。此即词题所云“少年时事”。词的上片便追忆这段富有传奇色彩的历史壮举。这是词人一生最为雄壮、最为难忘的一幕，故而形之于词也是豪情满怀，雄盖万夫。下片首二句抚今追昔，作一承转，“追往事”总上，“叹今吾”束下，一“追”一“叹”，包含了岁月虚度，壮志成空的无限烦恼与悲愤。“春风”句叹壮时不再，但走笔轻灵，情调不显低沉。最后以“平戎策”与“种树书”对举，在诙谐幽默中暗寓了不甘落寞的牢骚与悲愤。

【注释】

①此词作于庆元六年（1200），时稼轩罢居瓢泉。少年时事：指青年时聚众起义，后奉表南归一段豪壮经历。　②壮岁：少壮之时。锦襜（chān）：指锦衣。　③突骑（jì）：指精锐的突击骑兵。　④燕兵：此借指金兵。娖（chuò）：谨慎貌，小心翼翼的样子。银胡䩮（lù）：饰银的箭袋，多用皮革制成。既用以盛箭，也兼用于夜卧之枕，可测听远处声响，以作防备。　⑤金仆姑：箭名。　⑥“春风”句：此用欧阳修《圣无忧》：“春风不染髭须”词句。髭（zī）须：胡须。　⑦平戎策：指作者南归后所上之《美芹十论》《九议》等恢复策略。　⑧东家：东邻家。种树书：研究种植栽培技术的书籍。种、树，皆为动词。《史记·秦始皇本纪》谓始皇焚书“所不去者，

医药、卜筮、种树之书”。此以喻归隐。韩愈《送石洪》诗：“长把种树书，人云避世士。”

破 阵 子

为陈同甫赋壮词以寄[①]

醉里挑灯看剑，梦回吹角连营[②]。八百里分麾下炙[③]，五十弦翻塞外声[④]。沙场秋点兵[⑤]。 马作的卢飞快[⑥]，弓如霹雳弦惊[⑦]。了却君王天下事[⑧]，赢得生前身后名[⑨]。可怜白发生！

【题解】

这首著名的“壮词”，当作于辛、陈唱和《贺新郎》之后，至此，作者南归已届三十年，而他那一腔报国壮志仍无法实现。因此，本词题为“壮词”，实则含悲。起二句写醉里不忘收复大业，挑灯看剑，充溢英豪之气；酒醒梦回，耳际仍回响着连营号角，杀敌立功的渴望，急切而强烈。这里，由“醉”到“梦”，豪壮之中已含悲凉意味，为结句伏笔。中间数句打破上下分片的定格，总以一个梦境贯通。从火热的军营生活到雄壮的阅兵场面，从阵前激战到宏伟抱负，层次井然地抒写了一腔爱国热情。直到歇拍一句才突起逆折，回到现实，以一声浩叹遥应开头，吐出无限悲愤。作者以梦境来反衬现实，梦境是那样的雄豪壮烈，而现实却是如此的冷酷无情。两相对比，更强化了报国有志志难伸的悲哀。因此，梁启超曰：“无限感慨，哀同父，亦自哀也。”（《艺蘅馆词选》）

【注释】

①陈同甫：陈亮（1143—1194），字同父（甫），婺州永康人。南宋杰出思想家。喜谈兵、主抗战，与稼轩志同道合，交往甚密，词风相近。　②梦回：梦醒。吹角连营：一排排营房中传出接连不断的号角声。　③八百里：牛名。晋代王恺有牛名“八百里驳（同‘驳’，花牛）”。王济与王恺比射，以此牛为赌物。恺输，于是杀牛作炙（见《世说新语·汰侈篇》）。苏轼《约（李）公择饮，是日大风》诗：“要当啖（dàn，吃）公八百里，豪气一洗儒生酸。”麾（huī）下：部下。炙：烤肉。　④五十弦：指瑟，古瑟用五十弦。此泛指军中乐器。翻：演奏。塞外声：指雄浑悲壮的军乐。　⑤点兵：检阅军队。　⑥作：像。的卢：一种烈性快马。相传刘备在荆州遇危，所骑的卢马一跃三丈，因而脱险（见《三国志·蜀志·先主传》注引《世语》）。⑦霹雳：雷声。此喻射箭时的弓弦声。《南史·曹景宗传》说，曹在乡里，“与年少辈数十骑，拓弓弦作霹雳声，箭如饿鸱叫”。　⑧天下事：指恢复中原之大业。　⑨赢得：博得。

程　垓（生卒年不详）

字正伯，号书舟，眉山（今属四川）人。有《书舟词》一卷。

水龙吟

夜来风雨匆匆，故园定是花无几。愁多恨极，等闲孤负[①]，一年芳意。柳困花慵，杏青梅小，对人容易。算好春长在，好花长见，元只是，人憔悴[②]。　回首池南旧事堪重记[③]。如今但有，看花老眼，伤时清泪。不，恨星星、不怕逢花瘦，只愁怕老来风味。待繁红乱处，留云借月[4]，也须拚醉。

【题解】

这是一首触景怀人之作。上片写故园之思，下片写忆旧之情，而贯穿全词的则是词人自身的伤春迟暮之感。开篇以“夜来风雨”起兴，引出一段浓愁深怨。读此二句自然使人想起孟浩然“夜来风雨声，花落知多少”的诗句，但个中况味亦自有异，此间“风雨”非仅自然之物，更应是社会人生之风雨。“柳困”三句说眼下“花褪残红青杏小”（苏轼《蝶恋花》词句），春意已阑珊；“算好春长在”三句则又退一步说，即使春光长在，人也衰残不堪对春光了。词意直射下片“看花老眼”“老来风味”诸句，合成嗟老伤春主题。下片转向忆旧，那朦胧而凄恻的“池南旧事”已不堪回首，几多风雨，年华老去，如今只有洒下一掬伤时的清泪。最后表示为了不再“等闲孤负”，他要“留云借月”，延长一点美好春光，来它个一醉解千怨。全词笔调哀怨，风格婉丽，表达了深沉的嗟老伤时之悲。

【注释】

①孤负：即辜负。 ②“算好春长在”三句：陈廷焯《白雨斋词话》谓：“正伯词，余所赏者，惟《渔家傲》结处云：‘细拾残红书怨泣，流水急。不知那个传消息。’为有深婉之致。其次则《水龙吟》云：‘算好春长在，好花长见，元只是，人憔悴。’” ③池南旧事：苏轼《和王安石题西太一》诗：“从此归耕剑外，何人送我池南。”此借指故乡某一深情忆念之所。又，作者有《鹧鸪天》词：“新画阁，小书舟。”另有《望江南》自注：“家有拟舫名书舟。”则作者眉山老家曾筑有园圃池阁，或即指此池。 ④留云借月：此用朱敦儒《鹧鸪天》“曾批给雨支风敕，累奏留云借月章”成句入词。

陈 亮（1143—1194）

字同父（甫），婺州永康（今属浙江）人。乾道五年（1169），上《中兴五论》，不报；淳熙五年（1178），复伏阙上书，力主抗金。遭人嫉恨，三度入狱。绍熙四年（1193），中进士第一，授签书建康府判官厅公事，未至而卒。创“事功”之学，学者称龙川先生。有《龙川文集》三十卷，原有《长短句》四卷，已佚。今人辑《龙川词》一卷。

水调歌头

送章德茂大卿使虏[①]

不见南师久，漫说北群空[②]。当场只手[③]，毕竟还我万夫雄[④]。自笑堂堂汉使，得似洋洋河水[⑤]，依旧只流东！且复穹庐拜[⑥]，会向藁街逢[⑦]。　尧之都，舜之壤[⑧]，禹之封[⑨]。于中应有，一个半个耻臣戎。万里腥膻如许，千古英灵安在[⑩]？磅礴几时通[⑪]？胡运何须问，赫日自当中[⑫]。

【题解】

隆兴和议后，宋金约为叔侄之国。每年金主生辰宋还得卑辞厚币向“叔大金皇帝”祝寿。章森这次正是履行如此屈辱的使命。而且上一年，他奉使祝金正旦（正月初一），正值金世宗回黑龙江旧京巡视，通告南宋“正旦生辰使权止一年”。这使爱国志士们都深以为耻。此词为章森出使壮行，举国家的奇耻大辱以激之，张磅礴的民族之气以励之，希望他能以堂堂汉使的“万夫雄”气概，在屈辱的使命中维护民族尊严。开篇四句，固有对现实的感愤，而更多的则寄寓对章森的期许之意。一结“且复穹庐拜”二句则勉励他把这次出使当作一种以退为进的暂时的让步，坚信总有一天会将敌酋押至京城示众。用心可谓良苦。下片更寄希望于北方人民的奋起。三千年故国“于中应有，一个半个耻臣戎”，这实际上是号召沦陷区人民起来反抗敌寇的奴役。全词纯以气骨胜，其爱国热情郁结于胸，故能喷薄而出，吐气如虹。其中“尧之都”五句二十字作一长句，一气贯注。“自笑”三句、“万里”三句，都用反跌手法，或深心自问，欲扬故抑；或痛切呼号，犹如呼唤千古不灭的民族之魂。这种写法，能使人于沉痛中投袂而起，抑塞而又奋发，沉郁而又雄壮。这样，结尾二句张皇之辞就不是徒作虚语了。

【注释】

①章德茂：章森，字德茂，四川绵竹人。淳熙十二年（1185）十一月，奉诏出使金国，贺金世宗完颜雍诞辰（万春节）。因他这次出使假户部尚书衔，故称之为“大卿”。　②“漫说”句：意谓别以为中国没有人才。漫说：莫说，休说。北群空：传说伯乐善相马，他一过冀北，所有的良马全被挑选一空。此以良马喻良才。　③当场只手：当场大事，只手可了。指外交场合临事处置的卓异才能。　④“毕竟”句：我宋朝到底还拥有万夫之雄的人物，指章森。　⑤得似：岂得似，怎能似。　⑥穹庐：北方少数民族居住的圆形帐篷。此指金廷。　⑦藁（gǎo）街：西汉都城长安的街名，当时是外国使臣居住的地方。《汉书·陈汤传》载，陈汤出使西域，发兵斩郅支单于，奏请“悬头藁街蛮夷邸间，以示万里，明犯强汉者，虽远必诛”。　⑧壤：土地。⑨封：疆界。　⑩千古英灵：指尧、舜、禹以来的汉民族英雄。　⑪“磅礴”

句：意谓民族正气何时才能一无阻隔地通行天地之间，即何时才能实现祖国统一。　⑫“赫日”句：意谓国家统一的前途正如红日当空，无限光明。赫日：红日。

念　奴　娇

登多景楼①

危楼还望，叹此意，今古几人曾会？鬼设神施②，浑认作、天限南疆北界③。一水横陈，连岗三面，做出争雄势。六朝何事，只成门户私计④。　　因笑王谢诸人⑤，登高怀远，也学英雄涕。凭却江山，管不到、河洛腥膻无际⑥。正好长驱，不须反顾，寻取中流誓⑦。小儿破贼⑧，势成宁问强对⑨。

【题解】

以论为词，这是陈亮词的一大特色。叶适《书〈龙川集〉后》说陈亮“每一章就，辄自叹曰：‘平生经济之怀，略已陈矣。’”这种创作倾向，使其词比辛弃疾词更近于词论，而这首登临之作则堪称以论为词的典范，从中足以感知其拔乎流俗的“经济之怀”。淳熙十五年（1188），作者赴建康、京口一带考察山川形势。抵京口后，登多景楼凭眺长江天堑，不禁感慨万分。开篇三句即着力寄慨致叹。他深感长江沿岸地势不仅可以恃险固守，且具战略进攻意义，可借以北取中原。但自古至今竟无几人解会，怎不令人扼腕长叹？“鬼设神施”三句，既叹山川之雄奇，又对小朝廷划江为界，偏安一隅婉言寄讽。继而又以山川“做出争雄势”激发朝野北伐之雄心，更以六朝往事影射南宋朝廷不顾国计民生，只营一己私利，胆识过人，精警有力。过片“因笑王谢”三句，反用“新亭对泣”故事，嘲笑朝中权贵作忧国状之虚伪。“凭却”两句则是词人此番考察的结论：只有江山之险，而无争雄之志，不足以御敌。“正好”三句转为大声疾呼，期望抗金将士效法祖逖，击楫中流，义无反顾。最后拟谢安语气，表达必胜的坚强信念。全词议论风发，气势悍厉，纯以真情至性和睿智卓识运转而成，读来令人感奋。

【注释】

①多景楼：在今江苏镇江北固山上甘露寺内。 ②鬼设神施：喻江山形势之险，好似鬼神造就一般。 ③“浑认”句：人们都把长江看作划分南北的天然疆界。浑：全，都。 ④门户私计：指以长江为门户的自私打算。 ⑤王谢：王导、谢安，东晋豪门世族。 ⑥河洛：黄河、洛水，借指中原地区。 ⑦中流誓：据《晋书·祖逖传》载，祖逖率师渡江北伐。中流发誓，不复中原决不回。 ⑧小儿破贼：据《资治通鉴》卷一〇五载，谢安闻报淝水大捷，全无喜色，与客下棋不辍。客问，始答道：“小儿辈遂已破贼。” ⑨宁：岂，难道。强对：劲敌。

水龙吟

春恨

闹花深处层楼①，画帘半卷东风软。春归翠陌②，平莎茸嫩③，垂杨金浅④。迟日催花⑤，淡云阁雨⑥，轻寒轻暖。恨芳菲世界，游人未赏，都付与、莺和燕⑥。 寂寞凭高念远，向高楼、一声归雁。金钗斗草⑧，青丝勒马，风流云散。

罗绶分香[9]，翠绡封泪[10]，几多幽怨！正销魂，又是疏烟淡月，子规声断。

【题解】

徐釚《词苑丛谈》谓“陈同父开拓万古之心胸，推倒一世之豪杰，其《水龙吟》词，乃复幽秀”。所指正是此词。可见，作为一个词坛高手，陈亮笔下既有慷慨豪健的一面，也自有婉约绵丽的一面。本词借春日登楼之感，抒发对中原失地思念之情。起韵二句，先以繁闹之春花反衬“层楼”之幽静，又以半卷之帘幕、和软之东风来托现楼中人之感觉与心境。“春归”以下六个四字短句，采用铺陈手法描绘那柳嫩草青、花疏云淡的一派大好春光。接着，笔势陡转，去写“春恨”：“恨芳菲世界，游人未赏，都付与、莺和燕。”以此揭明题面。而当读至换头三句时，读者才恍然大悟，真正的题旨，真正的“恨”之因还在于“一声归雁”引发的“念远”之情。春来大雁北归，词人思绪亦随之飞向那春回大地的中原故土。由此返照上片，则所写皆为心中悬想之景；所言之恨则为中原不见之恨。接着“金钗”六句又以男女别情写故国之恨。赏心乐事已是烟消云散，如今所余只有无限幽怨。最后三句从“念远”回到现实。那烟月迷蒙，杜鹃悲啼的景色更增人之凄苦。此词以柔婉之笔，抒怨愤之情，在陈亮词中确实别具一格。

【注释】

①闹花：用宋祁“红杏枝头春意闹”句意。②翠陌：翠绿的田野。③平莎茸嫩：平铺的嫩草。④金浅：浅黄色。⑤迟日催花：春日渐长，催动百花竞放。⑥阁雨：收住微雨。阁，即“搁”。⑦“恨芳菲”三句：沈际飞《草堂诗余》谓莺燕是“能赏而不知者”，游人则是“欲赏而不得者”。刘熙载《艺概·词曲概》则评此三句：“言近旨远，直有宗留守（泽）

大呼‘渡河’之意。”抗金名将宗泽临终前仍大呼“渡河！渡河！”时刻想着北伐收复失地的夙愿。　⑧金钗斗草：拔下金钗作斗草之赌注。斗草，又称斗百草，宗懔《荆楚岁时记》：“竞采百药，谓百草以蠲除毒气，故世有斗草之戏。”　⑨罗绶分香：临别以香罗带相赠留念。　⑩翠绡封泪：翠巾裹着眼泪寄予对方，典出《丽情集》记灼灼事。

贺　新　郎

寄辛幼安，和见怀韵[①]

老去凭谁说？看几番、神奇臭腐[②]，夏裘冬葛[③]！父老长安今余几？后死无仇可雪。犹未燥、当时生发[④]！二十五弦多少恨[⑤]，算世间、那有平分月！胡妇弄，汉宫瑟[⑥]。　树犹如此堪重别！只使君、从来与我，话头多合。行矣置之无足问[⑦]，谁换妍皮痴骨[⑧]？但莫使伯牙弦绝[⑨]！九转丹砂牢拾取，管精金只是寻常铁[⑩]。龙共虎，应声裂[⑪]。

【题解】

这是辛、陈以《贺新郎》词调相与唱和的第一首。词开篇即突发一问，感叹壮志未酬而年已老大，除了一二知己，这浩茫心事竟无人可诉！由此引发以下的议论与感慨。“看几番”二句言世事之乖戾反常，借以讥刺南宋统治者在抗金大计上举棋不定，忽战忽和，屡经翻覆。“父老”三句更进一步指出朝廷数十年蜗居江南，不图恢复，造成了人们心理上的麻痹，从而丧失了民族自尊心与抗敌斗志。接着借锦瑟分破、月缺一半抒发了强烈的家国之恨。下片转入抒情。换头先借桓温语抒发自己老大无成而又知音难聚的深沉慨叹。以下在宽慰友人怀恋之情的同时，又表示不怕他人鄙视与误解，有一知己足矣！并借点铁成金的仙道之语，说明只要恒心不变、信念犹存，复国大业必有功成之日。最后，以“龙共虎、应声裂”这铿锵之声煞尾，表明必胜的信念。本词一个鲜明特色就是死事活用，旧典翻新，容量极大。

【注释】

①宋孝宗淳熙十五年（1188）岁末，陈亮冒着风雪严寒，跋涉数百里，从浙江永康赶到江西上饶探访辛弃疾。二人同游鹅湖，共饮瓢泉，“长歌互答，极论世事”（辛弃疾《祭陈同父文》），畅叙弥旬始别，后二人以《贺新郎》互为唱和酬答。此篇即陈亮和词之第一篇。　②神奇臭腐：《庄子·知北游》：“臭腐化为神奇，神奇复化为臭腐。”　③夏裘冬葛：语出《淮南子》：“夏日之裘，冬日之葛。”以喻世事乖戾反常。　④“后死”二句：意谓“靖康之变”时刚出生不久的婴孩，他们从胎毛未干时起就习惯于南北分立，不知何为国仇。　⑤二十五弦：据《史记·封禅书》载：“太帝使素女鼓五十弦瑟，悲，帝禁不止，故破其瑟为二十五弦。”此以喻宋金对峙，国家分裂成南北两半。　⑥“胡妇”两句：金人女子弹奏着宋国宫廷乐器。此以小见大，写故都沦亡之悲。　⑦“行矣”句：据辛词《贺新郎》题下小序记，辛、陈鹅湖之会分别后，辛曾追至鹭鸶林，因雪深路滑无法前行，才怅然而归。此句即针对此事而宽慰对方。　⑧妍皮痴骨：典出《晋书·慕容超载记》：超自以诸父在东，恐为姚氏所录，乃阳狂行乞。秦人贱之，惟姚绍见而异焉，劝兴拘以爵位，召见与语，超深自晦匿，兴大鄙之，谓绍曰：“谚云：‘妍皮不裹痴骨，’妄语耳。”原意喻人虽貌似聪隽，而实则胸无智略。此用以说明遭到误解和鄙视。　⑨伯牙弦绝：用钟子期和俞伯牙故事。此指知心朋友互勉互励。　⑩“九转”两句：历代相传的炼丹术中，有所谓经过九转炼成的丹砂可以点铁成金的说法。比喻只要坚定信念，救国大业必能成功。　⑪“龙共”二句：此借龙虎丹炼成而迸裂出鼎之状，用以表现胜利必将到来的美好愿望。

张　镃（1153—1206）

字功甫，号约斋，西秦（今陕西）人。宋名将张俊之曾孙。曾任司农寺主簿、司农少卿等职。坐事追两官送广德军居住。后又坐扇摇国本，除名，象州（今广西象州市）编管卒。有《南湖集》十卷，《南湖诗余》一卷。

满庭芳

促织儿[1]

月洗高梧，露漙幽草[2]，宝钗楼外秋深。土花沿翠[3]，萤火坠墙阴。静听寒声断续，微韵转、凄咽悲沉。争求侣[4]，殷勤劝织[5]，促破晓机心[6]。　儿时曾记得，呼灯灌穴，敛步随音。任满身花影，犹自追寻。携向花堂戏斗，亭台小，笼巧妆金[7]。今休说，从渠床下，凉夜听孤吟。

【题解】

这首题咏蟋蟀的咏物词，被周密评为“咏物之入神者，”而郑文焯则更以为此词“清隽幽美，实擅词家能事，有观止之叹。”此词之所以博得如此盛誉，其基本特点有二：其一，烘云托月，借声写形。词一开篇先以“月洗高梧”五句去描写蟋蟀生活的环境氛围，上有月光沐浴之高梧，下有露珠凝缀之幽草，更加之墙阴处苔藓片片，萤火点点，以此造成一种特殊氛围。“静听”二句，则转与在这氛围中蟋蟀那断断续续，“凄咽悲沉”的鸣声。两者融合为一，则蟋蟀那鲜活形象已得到成功的展现。其二，缘情而赋，喜忧各异。词之上片着重写“静听”所得“寒声断续”的印象、“凄咽悲沉”的感受，流露出词人伤时之感喟。过片八句却又转写儿时“捉”“斗”蟋蟀的无穷乐趣。最后三句逆转，反跌出现实中深秋夜半“听孤吟”之悲凉，这种忧而喜、喜而忧的起伏回旋，与景物描写得到了有机的结合。此外，词中对人物动作与神态的描写也极为细腻生动。如“呼灯灌穴”时的兴高采烈，“剑步随音”时的紧张神秘，“犹自追寻”时的专注执着，“画堂戏斗”时的怡然自得，都写得童趣十足，呼之欲出。

【注释】

①此词作于宋宁宗庆元二年（1196），作者与姜夔“会饮于张达可之堂，闻屋壁间蟋蟀有声”，作者邀姜夔同赋，遂成此篇（本事见姜夔《齐天乐》词小序） ②漙（tuán）：露多的样子。《诗·郑风·野有蔓草》：“野有蔓草，零露漙兮。”《毛传》：“漙，漙然盛多也。” ③土花沿翠：翠绿的苔藓顺着墙根铺展开去。土花，苔藓。 ④争求侣：这是作者闻声之想象，似乎蟋蟀在争相鸣唱着寻求伴侣的爱情之歌。 ⑤殷勤劝织：陆机《毛诗疏义》谓蟋蟀“幽州人谓之促织，督促之言也。里语曰：‘趣（同“促”）织鸣，懒妇惊。’” ⑥促破晓机心：蟋蟀的鸣声促使织妇纺织到天明。 ⑦笼巧妆金：姜夔《齐天乐》小序说南宋时蟋蟀身价之高，“好事者或以三二十万钱致一枚，镂象齿为楼观以贮之。”

刘　过（1154—1206）

字改之，自号龙洲道人，吉州太和（今江西泰和）人。屡试不第，流落江湖以终。曾上书朝廷，陈述恢复方略，但未被采纳。其词师法辛弃疾，风格豪放，颇多壮语，然狂逸之中时见俊致，足以自成一家。惟效辛体不免粗率之病。有《龙洲词》二卷。

唐　多　令

安远楼小集[①]，侑觞歌板之姬黄其姓者[②]，乞词于龙洲道人，为赋此《唐多令》。同柳阜之、刘去非、石民瞻、周嘉仲、陈孟参、孟容，时八月五日也。

芦叶满汀洲，寒沙带浅流。二十年、重过南楼。柳下系船犹未稳，能几日，又中秋。　黄鹤断矶头，故人今在否[③]？旧江山、浑是新愁[④]。欲买桂花同载酒，终不似，少年游。

【题解】

这是一首寄慨遥深的登临之作。起拍二句描绘登楼所见之衰飒秋景。“寒沙”“浅流”字面上即带有悲凉色彩；而以一个“满”字状写芦叶纷坠、遍地枯槁的景象，荒寒之意已隐含其中。这样，不待正面着笔，作者的触景伤情之状已宛然在目。“二十年、重过南楼”，语极本色，而意极深痛。二十年中，中原未复，国事日非，自己落魄江湖，报国无门，这使他在旧地重游之际不能不心事浩茫，怅触万端。“柳下”句不仅点出自己抵达武昌未久，而且，“系船犹未稳”，又可令人想见其生活的动荡飘泊。“能几日”二句，明记时令，暗寓流光易逝、晚景无多之叹。下片感慨益深。“黄鹤”二句抒写对当年同游的故人的深切怀念之情。怅问“故人今在否”，正暗示了各自蓬飘他乡、沦落不遇的景况。“旧江山”句为一篇警策，不言

“旧地”，而言“旧江山”，可知其“新愁”不仅是故人星散的感伤，更是一种故国陆沉的忧愤。结韵三句，承上片末句“又中秋”而来，再度烘染今昔悲欢之感。词于此戛然而止，韵味深长，宜乎沈际飞《草堂诗余》许其为“改之得意之笔”。

【注释】

①安远楼：又名南楼，在武昌黄鹤山上。 ②侑觞（yòushāng）：劝酒。 ③“黄鹤”二句：化用唐人崔颢“昔人已乘黄鹤去，此地空余黄鹤楼”句意。黄鹤山，一名黄鹄山。其西北有黄鹤矶，黄鹤楼建于其上。矶：临江的山崖。 ④浑是：全是。

沁 园 春

寄辛承旨。时承旨招，不赴[①]

斗酒彘肩[②]，风雨渡江，岂不快哉？被香山居士，约林和靖，与东坡老，驾勒吾回[③]。坡谓“西湖，正如西子，浓抹淡妆临镜台”[④]。二公者，皆掉头不顾，只管衔杯[⑤]。 白云“天竺去来，图画里峥嵘楼阁开。爱东西双涧，纵横水绕；两峰南北，高下云堆”[⑥]。逋曰“不然，暗香浮动，争似孤山先探梅”[⑦]。须晴去，访稼轩未晚，且此徘徊[⑧]。

【题解】

此词为辞辛弃疾招邀而作，词人有意模仿稼轩对话体，而又有所创新。不仅融写景、叙事、抒情、议论于一体，而且融古人诗句入对话之中，更有甚者，还起三位前代诗人而相与论辩。构思新奇，意趣横生。开篇三句，设想冒着风雨横渡钱塘奔赴绍兴以及到后大吃狂饮的情景，表示向往之至。“被香山居士”四句忽作逆折，说他被白居易、林逋、苏轼三人拉回，未能成行。接着，打破上下片分界，从“坡谓”以下，直到篇末，全由三人盛情邀客的争辩构成，纷纷拿出各自吟咏名胜的佳句以借代三处景点，请词人去游览。至于造访稼轩，且等天晴再去也未为晚。这种超越时空的大胆想象，纯以对话构筑全篇的构思方式，以及概括名句以为议论的行文特色，都充分体现了词人狂放不羁、俊逸洒脱的个性，同时也反映了他文思迅捷的才情。难怪稼轩“得之大喜，致馈数百千，竟邀之去，馆燕弥月”。（《岳珂《程史》）

【注释】

①这首词写于嘉泰三年（1203），时作者流寓杭州，辛弃疾则在绍兴任浙东安抚使，慕刘过诗名，特邀他前往绍兴共事。刘过因故不及行，便效稼轩体以答。　②斗酒彘肩：用《史记》所载樊哙勇闯鸿门宴，项羽赐与斗酒彘肩一事。此表示两人见面后豪吃痛饮的情景。　③驾勒吾回：勒转我的马缰，拉我回头。　④“坡谓”三句：用东坡题咏西湖的名篇《饮湖上初晴后雨》中“欲把西湖比西子，淡妆浓抹总相宜”两句。　⑤衔杯：即端着酒杯喝酒。　⑥“白云”六句：白居易题咏杭州的名句很多，如“楼殿参差倚夕阳”（《西湖晚归回望孤山寺赠诸客》），“湖上春来似画图”（《春题湖上》），“东涧水流西涧水，南山云起北山云”（《寄韬光禅师》）“白云”六句即化用以上诸诗，而以“爱”字贯穿，描绘天竺胜景。　⑦“逋曰”三句：化用林逋《山园小梅》“疏影横斜水清浅，暗香浮动月黄昏”。　⑧徘徊：即游览观光。

贺新郎

老去相如倦。向文君、说似而今，怎生消遣[①]？衣袂京尘曾染处，空有香红尚软[②]。料彼此、魂销肠断。一枕新凉眠客舍，听梧桐疏雨秋风颤。灯晕冷，记初见。　　楼低不放珠帘卷[③]。晚妆残，翠钿狼藉，泪痕凝脸。人道愁来须殢酒[④]，无奈愁深酒浅。但托意、焦琴纨扇[⑤]。莫鼓琵琶江上曲，怕荻花枫叶俱凄怨[⑥]。云万叠，寸心远。

【题解】

此词写贫士失职之悲。作者自跋云："壬子秋，予求牒四明，尝赋《贺新郎》与一老娼。至今天下与禁中皆歌之。"壬子为光宗绍熙三年（1192），当时刘过三十九岁，赴宁波参加举人牒试，又遭黜落。失意中邂逅一位徐娘半老的商女，因作此词相赠，以写共通的沦落之感。开篇三句即以斩绝之笔点出心意之黯然，并以此笼罩全篇。借用文君慧眼识相如故事，以形容穷途邂逅，充满酸辛与凄凉。"衣袂"二句逆插一笔帝京往事的回忆，其意不在叙冶游之乐，而在寄寓"京尘"混迹七年而一事无成之悲，故而才有"料彼此、魂销肠断"之语。接着以"一枕"四句转写眼前实境：两个沦落人就在这凄风苦雨的氛围中，相濡以沫，互慰落寞之情。过片"楼低"四句，以琐细之笔写"初见"情态；"人道"三句则又宕开，以"愁深酒浅"写其处境窘迫凄楚，无奈之下，只能托意"焦琴""纨扇"，以求自慰。词意几经旋折，层层深化。"莫鼓"两句更以《琵琶行》诗意以类比眼下境遇，使事用典，十分贴切，词境又深翻一层。最后，以"云万叠，寸心远”六字收结，使全篇于凄咽之中突然振起，奏出激昂的旋律。一个怀抱远大，不甘沉沦的志士形象由此塑造成功。不仅情景融会，而且意境深远。

【注释】

①消遣：排遣胸中的郁闷。 ②“衣袂”二句：刘过自孝宗淳熙十三年（1186）离家赴试到光宗绍熙三年（1192）已近七年，这期间他曾应试求仕，也曾伏阙上书，几年奔走，一事无成。京城的记忆只不过一身尘垢和衣袂上的残红而已。 ③不放：即不让。可见楼居之寒伧。 ④殢（tì）酒：沉溺于酒。 ⑤焦琴：《后汉书·蔡邕传》：“吴人有烧桐以炊者，邕闻火烈之声，知其为良木，因请而裁为琴，果有美音，其尾犹焦。”后即以“焦琴”或“焦尾琴”喻良材之被毁弃。纨扇：据《后汉书·外戚传》载，班婕妤失宠后，作《怨歌行》云：“新裂齐纨素，皎洁如霜雪。裁为合欢扇，团团似明月。出入君怀袖，动摇微风发。常恐秋节至，凉风夺炎热。弃捐箧笥中，恩情中道绝。” ⑥“莫鼓”二句：用白居易《琵琶行》诗意，以比况自己眼前的穷途邂逅。

姜 夔（1155？—1221？）

字尧章，号白石道人，饶州鄱阳（今江西波阳）人。一生飘泊江湖，依人作客，却绝不曳裾侯门，逢迎取合。他与辛弃疾、杨万里、范成大等为文字交，诗词皆卓然成家。词风清丽典雅，以冷香幽韵和瘦骨逸神独擅胜场。为清代浙派词人所尊奉。深谙音律，集中十七首自度曲，都旁缀音谱，是流传至今的惟一完整的宋代词乐资料。有《白石道人歌曲》六卷，别集一卷。

扬州慢

淳熙丙申至日①，余过维扬②，夜雪初霁，荠麦弥望③。入其城则四顾萧条，寒水自碧，暮色渐起，戍角悲吟④，予怀怆然，感慨今昔，因自度此曲。千岩老人以为有《黍离》之悲也⑤。

淮左名都⑥，竹西佳处⑦，解鞍少驻初程。过春风十里⑧，尽荠麦青青。自胡马窥江去后⑨，废池乔木⑩，犹厌言兵。渐黄昏，清角吹寒⑪，都在空城。　杜郎俊赏⑫，算而今，重到须惊。纵豆蔻词工⑬，青楼梦好⑭，难赋深情。二十四桥仍在⑮，波心荡，冷月无声。念桥边红药⑯，年年知为谁生！

【题解】

尽管姜夔布衣终生，但他并非不问时事的世外野老。对南宋朝廷的苟且偷安，不问恢复，他曾痛心疾首、深致慨叹。淳熙三年，他客游扬州，有感于这座历史名城战后的凋敝荒凉，自度此曲，以抒写黍离之悲。词的上片由“名都”“佳处”起笔，却以“空城”作结，其今昔盛衰之感昭然若揭。“过春风”二句，虚处传神，而城池荒芜，屋颓人稀的凄凉情景亦不言自明。这与杜甫《春望》“城春草木深”同一机杼。“胡马窥江”二句写金兵劫掠虽已成过去，而“废池乔木”犹以谈论战事为厌，可见当年战祸兵灾之惨烈。“犹厌言兵”四字，语淡而意浓，其中韵味反倒是某些浓至之语所不及的。“清角”二句，不仅益增凄寂，而且含义深曲：下有雪耻之心，而上无北伐之意，清冷的号角声只能徒然回响于空城之中。下片进一步从怀古中展开联想：杜牧的扬州诗历来脍炙人口，但如果他重临此地，必定再也吟不出深情缱绻的诗句，因为眼下只有一弯冷月、一泓寒水与他徜徉过的二十四桥相伴，桥边的芍药花虽然风姿依旧，却是无主自开，不免落寞。全词冷隽沉痛，尤其是“二十四桥”二句，愈工致，愈惨淡，可谓动魄惊心。萧德藻以为有“黍离之悲”，的确深中肯綮。

【注释】

①淳熙丙申：淳熙三年（1176）。至日：冬至。　②维扬：即扬州。　③荠麦：荠菜和麦子。弥望：满眼。　④戍角：军中号角。　⑤千岩老人：南宋诗人萧德藻，字东夫，自号千岩老人。姜夔曾跟他学诗，又是他的侄女婿。　⑥淮左：淮东。扬州是宋代淮南东路的首府。故称“淮左名都”。　⑦竹西佳处：杜牧《题扬州禅智寺》诗：“谁知竹西路，歌吹是扬州。”宋人于此筑竹西亭，此指扬州。　⑧春风十里：杜牧《赠别》诗：“春风十里扬州路，卷上珠帘总不如。”此借指扬州。　⑨胡马窥江：指1161年金主完颜亮南侵，攻破扬州，直抵长江边的瓜洲渡，至淳熙三年时已十六年。　⑩废池乔木：毁废的池台，残存的古树。二者皆为乱后余物，表明城中荒芜，人烟萧条。　⑪清角：凄清的号角声。　⑫杜郎：晚唐诗人杜牧。俊赏：俊逸清赏。　⑬豆蔻词工：杜牧《赠别》：“娉娉袅袅十三余，豆蔻梢头二月初。”豆蔻，形容少女美艳。　⑭青楼：妓院。青楼梦好：杜牧《遣怀》诗：“十年一觉扬州梦，赢得青楼薄幸名。”　⑮二十四桥：杜牧《寄扬州韩绰判官》诗：“二十四桥明月夜，玉人何处教吹箫。”二十四桥，有二说：一说唐时扬州城内有桥二十四座，皆为可纪之名胜（见沈括《梦溪笔谈·补笔谈》）。一说专指扬州西郊的吴家砖桥（一名红药桥）。“因古之二十四美人吹箫于此，故名。”（见《扬州画舫录》）　⑯红药：芍药花。

暗 香

辛亥之冬①，予载雪诣石湖②。止既月，授简索句，且征新声③。作此两曲，石湖把玩不已，使工妓隶习之④，音节谐婉，乃名之曰《暗香》《疏影》。

旧时月色，算几番照我，梅边吹笛。唤起玉人，不管清寒与攀摘⑤。何逊而今渐老⑥，都忘却春风词笔。但怪得、竹外疏花⑦，香冷入瑶席⑧。 江国⑨，正寂寂。叹寄与路遥⑩，夜雪初积。翠尊易泣⑪，红萼无言耿相忆⑫。长记曾携手处，千树压、西湖寒碧⑬。又片片、吹尽也，几时见得？

【题解】

此词与《疏影》皆应范成大之请而创制。首句从调名本意引出，“旧时月色”是指北宋承平时代林逋咏梅之际的月色，隐然有刘禹锡所谓“淮水东边旧时月”之意，开篇即含今昔兴亡之感。“算几番照我”四句便回顾少时赏梅韵事：月下玉人，笛里花香，那是何等情致，何等境界！“何逊而今”四句折回难堪之现实：尽管竹外疏花，暗香如故，而自己垂垂老矣，无复当年风韵与才情。更使作者悲伤的是，南北隔绝，寄情无由，顿生咫尺天涯之感。下片“江国”四句化用典故，抒写北地沦陷，音问难通的忧愤，从而不仅抒发了怀人之情，更寄寓了深沉的故国之思。“翠尊”二句传写梅花心事，特意标出“泣”“忆”二字，仍是眷眷不忘北地故国之意。最后四句落笔于西湖之梅花，既承题意和首句，切合林逋孤山之梅，又接上片所言少年情事，但昔盛今衰，盛时“压千树寒碧”，衰时“片片飞尽”，则又有慨于今，不胜怅然了。细绎全词，其中固然有身世浮沉之感，但更多的却是家国兴亡之慨。当然，由于艺术趣味以醇雅为归，他的这类作品大都寄托无痕，但在曲折深婉的唱叹中，我们仍可看出深深的时代印痕。

【注释】

①辛亥：宋光宗绍熙二年（1191）。　②载雪：即冒雪。诣：前往。石湖：范成大晚年退居苏州西南之石湖，自号石湖居士。　③征新声：征求新的词调。　④隶习：学习，练习。　⑤“唤起”二句：写过去与美人一同冒着清寒攀摘梅花的韵事。贺铸《浣溪沙》：“玉人和月摘梅花，东风寒似夜来些。”玉人：美人、佳人。与：共同。　⑥何逊：南朝梁代诗人，曾在扬州作《咏早梅》诗。这里以何逊自比，感叹年华老大，诗兴衰减。⑦竹外疏花：竹林外稀疏的梅花。苏轼《和秦太虚梅花诗》：“竹外一枝斜更好。”　⑧瑶席：座席的美称。　⑨江国：江乡。　⑩寄与路遥：路途遥远，难以寄赠。暗用南朝陆凯寄范晔诗：“折梅逢驿使，寄与陇头人。”　⑪翠尊：翠绿色的酒杯。此指酒。　⑫红萼：红花。此指红梅。　⑬“千树”句：写梅花盛开时节，千树红梅与一湖碧波相映成趣的景象。

疏　影

苔枝缀玉[①]，有翠禽小小，枝上同宿。客里相逢，篱角黄昏，无言自倚修竹[②]。昭君不惯胡沙远[③]，但暗忆、江南江北。想佩环、月夜归来[④]，化作此花幽独。　犹记深宫旧事[⑤]，那人正睡里[6]，飞近蛾绿[7]。莫似春风，不管盈盈[8]，早与安排金屋[9]。还教一片随波去，又却怨、玉龙哀曲[10]。等恁时、重觅幽香[11]，已入小窗横幅[12]。

【题解】

前词写梅香，此词写梅影，通篇章法亦用今昔对比。“苔枝”三句写翠禽的安适之态和玉梅的雅洁之美，而着力凸现梅禽相并之影，以喻“旧时”。“客里”三句，化用杜甫《佳人》诗意，将玉梅幻作佳人倚竹的凄清孤单之影，以喻“而今”。“昭君”二句，旧典新用，异想天外。宋时称梅花为返魂香，作者由此推想这清怨的梅花，乃是身陷异域的昭君“魂兮归来”所化，从而给这一典故赋予了新的时代内容，凝结着仍在北方流离沦落者的无限怨恨。而“但暗忆、江南江北”便直接托出了故国之思，连“北”字出韵也无所顾忌了。下片先用寿阳公主梅花妆事，又是有关宫廷的梅花故实。“莫似春风”五句，深怪春风太不顾惜梅花，任其飘零，而梅花则只能在一曲《梅花落》中永远倾诉着它的哀怨了。结尾两句说梅花落尽，只有在画里尚留有它的疏枝倩影，亦“画图省识春风面”之意。全篇随感引发，联类托想，用笔超妙空灵。两首咏物词，从梅香、梅影，写出梅魂、梅恨，且家国兴亡之感郁勃其中。因此，周济《介存斋论词杂著》称赞它们“寄意题外，包蕴无穷，可与稼轩伯仲”。后王沂孙作咏物词，多有寄托，即是专学姜夔这种作法。

【注释】

①苔枝缀玉：梅花像玉一般点缀在长满苔须的梅枝上。据范成大《梅谱》载，绍兴、吴兴一带的古梅“苔须垂于枝间，或长数寸，风至，绿丝飘飘可玩。” ②“无言”句：杜甫《佳人》诗：“天寒翠袖薄，日暮倚修竹。”此化用其意，把梅花比作孤独高洁的美人。 ③昭君：汉元帝时宫女，后奉

诏远嫁为匈奴单于妻。 ④佩环：女子饰物。此借指王昭君。杜甫《咏怀古迹》之三："画图省识春风面，环佩空归月夜魂。" ⑤深宫旧事：指寿阳公主梅花妆事。《太平御览·时序部》引《杂五行书》："宋武帝女寿阳公主人日卧于含章殿檐下，梅花落公主额上，成五出花，拂之不去，……宫女奇其异，竟效之。今梅花妆是也。" ⑥那人：指寿阳公主。 ⑦蛾绿：即黛眉。⑧盈盈：仪态美好的样子。《古诗》："盈盈楼上女。"此借指梅花。⑨安排金屋：据《汉武故事》载，汉武帝幼时曾对姑母说："若得阿娇作妇，当作金屋贮之也。"此用以表示惜花之意。 ⑩玉龙：笛名。林逋《霜天晓角》词："甚处玉龙三弄，声摇动，枝头月。"笛曲有《梅花落》，其声哀怨。"玉龙哀曲"，指此。 ⑪恁时：那时。 ⑫横幅：画幅。

点绛唇

丁未冬过吴松作①

燕雁无心②，太湖西畔随云去。数峰清苦。商略黄昏雨③。 第四桥边④，拟共天随住⑤。今何许。凭栏怀古。残柳参差舞。

【题解】

此词虽为小令短章，但其包孕之广，气象之大，实属罕见。词人几与自然同在，与古人尚友，在时间、空间双向上作深广之延伸，正可见其襟膺之洒落，胸怀之高远。上片写景，而自然之景与心中之境融会无痕。燕（yān）雁随云，是雨前景象，引发后句"黄昏雨"。但又何尝不是词人湖海飘零生涯的写照，何尝不是纯任天然之性情的明示？"数峰清苦，商略黄昏雨"，这是历来传诵不衰的名句，岁暮天寒，山容萧瑟，词人却着以"清苦"二字，运用通感手法而使山峰形象更其神似且饶有意味，显然已将作者自己凄凉之客思融入其中。“商略”二字，卓人月评为“诞妙”。雨意酣浓，垂垂欲下，数峰清苦，似有不甘而又无奈。这是江南烟雨之景，又是南宋国运风雨飘摇之写照。参读结处三句此意自明。换头两句正面点题，揭明之所以过吴松而作此词之本意。同样的性情、怀抱与遭际，使作者对陆龟蒙产生了深深的仰慕和心仪。结处三句感时伤世，以“残柳参差舞”五字了之，笔力无限。柳已残，故舞亦参差，但虽残而犹舞，苍凉之中实寓悲壮。上下片结句前呼后应，写出了“凭栏怀古”（亦即伤今）的一番深沉慨叹。全词将身世之感与家国之悲融成一体，且处处以景托情，以景结意，种种寄托尽在虚处，确实有“野云孤飞，去留无迹”之妙。

【注释】

①宋孝宗淳熙十四年（1187），白石自湖州往苏州谒范成大，道经吴松而作此词。吴松：又名松江、松陵、笠泽，即今江苏吴江。 ②燕（yān）雁：犹言北雁。燕，地名，指北地。 ③商略：犹言商量、筹划、酝酿。④第四桥：《苏州府志》：“甘泉桥一名第四桥，以泉品居第四也。” ⑤天随：唐陆龟蒙自号天随子，隐居松江甫里，有《甫里集》。

踏 莎 行

自沔东来，丁未元日至金陵，江上感梦而作①

燕燕轻盈，莺莺娇软②。分明又向华胥见③。夜长争得薄情知④？春初早被相思染。 别后书辞⑤，别时针线。离魂暗逐郎行远。淮南皓月冷千山，冥冥归去无人管⑥。

【题解】

念别伤离之作，或直抒情怀，痛快淋漓；或从对方落笔，委婉深至。此词紧扣“感梦”主题，以梦见情人起，以情人魂归结，意境浑成。中间五句则从对方落笔，情致缠绵。开头三句借“莺莺”“燕燕”以称意中人，已见其缠绵恩爱情状，又以“轻盈”“娇软”摹其体态声情，都可见出词人眷念之深沉。梦中相见而曰“分明”，则对方音容笑貌记忆犹新亦可见，与又过十年后“梦中未比丹青见”者有别。以下“夜长”五句，纯以梦中情人自述出之，深怨“薄情”郎太不怜惜自己深重的相思之苦。“别时针线”密缝，却仍是迟迟不归；“别后书辞”常寄又怎能排遣我深重的离愁？于是只能遣梦魂远随你到那天涯海角。末二句则写梦醒后作者想象情人梦魂归去的情景：月下千山，冷寂凄清，她就这样归去而无人照管。体现了作者深深的怜惜之情，负疚之感。此二句化用杜甫诸诗意境而做到浑融无迹，因而深受王国维激赏，谓“白石之词，予所最爱者，亦仅二语：‘淮南皓月冷千山，冥冥归去无人管。’”（《人间词话》删稿）

【注释】

①丁未：宋孝宗淳熙十四年（1187）。元日：阴历正月初一。 ②燕燕、莺莺：指所恋女子。轻盈：指体态；娇软：指声音。 ③华胥：谓梦中。《列子》载，黄帝曾昼寝而梦游于华胥氏之国，后常借华胥以指代梦。 ④薄情：少情、寡情。此为昵称。 ⑤书辞：书信翰墨。 ⑥“淮南”二句：融化杜诗《梦李白》“魂来枫林青，魂返关塞黑”、《咏怀古迹》“画图省识春风面，环佩空归月夜魂”句意。淮南：指安徽合肥，宋时属淮南路。

鹧 鸪 天

元夕有所梦[1]

肥水东流无尽期[2]，当初不合种相思[3]。梦中未比丹青见，暗里忽惊山鸟啼[4]。　　春未绿，鬓先丝，人间别久不成悲。谁教岁岁红莲夜[5]，两处沉吟各自知。

【题解】

在白石怀恋合肥情人诸词中，此首最为显豁。首句以肥水起兴，兴中含比。不仅交待了这段情缘的发生地，而且写出了此时词人沉思遥想之状。岁月悠悠，别恨悠悠，故而次句翻怨当初不该种下这段相思情缘。着一“种”字，意蕴丰富，不仅为切合相思树，赋予抽象的相思以形象感，而且还表达了树大根深，与时俱增的离恨。刻骨相思，遂致入梦，故三、四句点明题面“有所梦”而分写梦中与梦醒。只因岁月流逝，梦中所见伊人形象也已朦胧难辨，反不如丹青图画看得真切。平日总觉丹青不如真容，此时又觉梦中未比丹青，待到“忽惊山鸟啼”后，遂使这“未比丹青见”的朦胧形象也消失殆尽，因而更增怅恨。两句之中，三折其意，愈折愈深。换头两句“春未绿”，先给人以春满人间尚有时之希冀，而“鬓先丝”则又给人以老境无多、情怀非昨之悲哀。到了“人间别久不成悲”一句，则将多年的相思之苦、别离之恨高度浓缩，做出哲理性的表达。曰“不成悲”，恰恰是深重悲愁积压沉淀的集中体现，因而才有结拍“两处沉吟”的个中况味。而以“谁教”这样似问似慨语气出之，韵味更见深长。全词以清刚之笔写秾丽之情，别具一种清峭隽永之情韵。

【注释】

①姜夔青年时代在合肥曾有过一段情遇，后因某种原因不得已而分手。在长期飘泊生涯中，他写了一系列深切怀念对方的词篇。宋宁宗庆元三年（1197）元夕之夜，他做了一个重见往日情人的梦，梦醒后写下此词。此时离合肥初遇已有二十余年。　②肥水：亦作淝水，有东、西两支，此指东流经合肥入巢湖的一支。　③种相思：红豆名相思子，为相思树之果实，因树故曰种。　④“山鸟啼”句：谓梦中被啼鸟惊醒，时已从夜到晓。　⑤红莲：指花灯。欧阳修词有“纤手染香罗，剪红莲满城开遍”。

齐　天　乐

丙辰岁[1]，与张功父会饮张达可之堂[2]，闻屋壁间蟋蟀有声，功父约予同赋，以授歌者。功父先成，辞甚美。予徘徊茉莉花间，仰见秋月，顿起幽思，寻亦得此。蟋蟀，中都呼为促织[3]，善斗，好事者或以三二十万钱致一枚，镂象齿为楼观以贮之[4]。

庾郎先自吟愁赋[5]，凄凄更闻私语。露湿铜铺[6]，苔侵石井，都是曾听伊处。哀音似诉，正思妇无眠，起寻机杼[7]。曲曲屏山，夜凉独自甚情绪。　西窗又吹暗雨。为谁频断续，相和砧杵[8]。候馆迎秋[9]，离宫吊月[10]，别有伤心无数。豳诗漫与[11]，笑篱落呼灯[12]，世间儿女。写入琴丝，一声声更苦。

【题解】

序中明言，作者与张镃会饮闻蟋蟀之声，因而相约同赋，张词先成，即被郑文焯评为“清隽幽美”“有观止之叹”的《满庭芳·促织儿》。佳作在前，白石只有另辟蹊径，舍其形而咏其声。词以六种声音（吟声、私语声、机杼声、雨声、砧杵声、琴声）来衬托蟋蟀声，突出其哀愁色彩。开篇即从听蟋蟀者切入，以“生平最萧瑟”的庾信作为不得志的骚人代表，入笔便形成浓重的悲愁氛围。“露湿”三句拓宽空间，借以触发更其广泛的人事。先续写思妇念远而起织的机杼声，并由“夜凉”二字暗转，引发过片处窗外的“暗雨”声，又以“雨声”绾合上下片，使机杼声，砧杵声同处于秋风秋雨的萧索凄苦氛围之中，场景也就从室内向溪边转移。“候馆”三句，包举广阔，一切漂泊沦落者对秋月、听虫鸣时各自“别有伤心”之情尽在其中。在将悲情推向极致以后，笔锋陡转，以“豳诗漫与”一句转折，去写小儿女“篱落呼灯”的乐趣，“以无知儿女之乐，反衬出有心人之苦，最为入妙。”（陈廷焯《白雨斋词话》）

【注释】

①丙辰：宋宁宗庆元二年（1196）。 ②张功父：张镃，字功父。张达可：张镃旧字时可，与达可当为弟兄。 ③中都：指已沦陷的中原旧都汴京。李清照《永遇乐》（落日镕金）所说“中州盛日”的中州与此中都所指相同。 ④楼观：楼台，此指镂刻成楼台形状的笼子。 ⑤“庾郎”句：庾郎，指庾信，曾作《哀江南赋》《伤心赋》《愁赋》。《愁赋》今不传。 ⑥铜铺：铜制螺形铺首，安于门上以衔环。 ⑦机杼：织具。机以转轴，杼以持纬。 ⑧砧杵：捣衣石和捣衣棒。 ⑨候馆：客馆。《周礼·地官》“五十里有市，市有候馆。” ⑩离宫：行宫。古帝王出巡时暂住的宫殿。 ⑪豳诗漫与：《诗经·豳风·七月》写蟋蟀“七月在野，八月在宇，九月在户，十月蟋蟀入我床下。” ⑫“篱落呼灯”二句：写儿童夜间捉蟋蟀的活动。

念　奴　娇

余客武陵①，湖北宪治在焉⑦。古城野水，乔木参天。余与二三友日荡舟其间，薄荷花而饮③，意象幽闲，不类人境④。秋水且涸，荷叶出地寻丈⑤，因列坐其下，上不见日，清风徐来，绿云自动。间于疏处窥见游人画船，亦一乐也。朅来吴兴⑥，数得相羊荷花中⑦。又夜泛西湖，光景奇绝。故以此句写之。

闹红一舸，记来时、尝与鸳鸯为侣。三十六陂人未到⑧，水佩风裳无数⑨。翠叶吹凉，玉容销酒⑩，更洒菰蒲雨⑪。嫣然摇动，冷香飞上诗句⑫。　　日暮青盖亭亭，情人不见，争忍凌波去⑬。只恐舞衣寒易落，愁入西风南浦。高柳垂阴，老鱼吹浪，留我花间住。田田多少⑭，几回沙际归路。

【题解】

这首《念奴娇》词在摄取荷花神理的基础上，更将荷花加以人格化，亦花亦人，交融难分。词从荷花盛时写起，“闹红”二字从“红杏枝头春意闹”化出，极写花开盛况。以下便对“闹红”二字作多方面的渲染和摹写：在那人迹罕到的荷花世界里，水波荡漾，绿叶翻飞，对对鸳鸯也在此悠然戏水。境界清幽，确实“不类人境”。荷花仙子则玉脸泛红，嫣然微笑，吐出清冷的幽香。以人喻花，以花喻人，皆于空际传神，意在言外。尤其是“冷香飞上诗句”一句，想象独特，借用通感手段，把荷花那缕缕幽香转化为诗的灵感，竟使诗句亦熏染上了清幽的荷香。下片由盛到衰，写人花依依惜别情怀。“争忍凌波去”，已见一层惜别；“愁入西风南浦”，则更进一层；“留我花间住”，又是一层惜别。如果说上片是以动态之美传荷花之神理，那么，下片则是以人花的情感交流写花之深情了。此词虽不必言寄托也已美不胜收，若定说有何寄托，则词人对荷花的深情爱恋，正寄托着他对“出淤泥而不染”的高洁理想的追求。

【注释】

①武陵：今湖南常德，宋名郎州武陵郡。 ②湖北宪治在焉：宋荆南荆湖北路提点刑狱官署在武陵。 ③薄：迫近。 ④不类：不像。 ⑤寻：八尺。 ⑥揭（hé）来：即来到。揭，发语词，无义。 ⑦相羊：犹“徜徉”，徘徊，游览。 ⑧三十六陂：极言其多、广。陂：水塘。 ⑨水佩风裳：指荷花荷叶。李贺《苏小小歌》“风为裳，水为佩。” ⑩玉容销酒：形容粉红色的荷花，犹如美人玉脸酒晕渐消。 ⑪菰蒲：水草。 ⑫飞上诗句：被写入诗句中。 ⑬争忍凌波去：谓荷花怎忍像洛神那样凌波而去。争，怎。 ⑭田田：荷叶茂盛的样子。《古乐府》：“江南可采莲，莲叶何田田。”

淡 黄 柳

客居合肥城南赤阑桥之西，巷陌凄凉，与江左异①，惟柳色夹道，依依可怜②。因度此阕③，以纾客怀④。

空城晓角，吹入垂杨陌⑤。马上单衣寒恻恻。看尽鹅黄嫩绿，都是江南旧相识。 正岑寂⑥。明朝又寒食⑦。强携酒，小桥宅⑧。怕梨花落尽成秋色[9]。燕燕飞来，问春何在，惟有池塘自碧。

【题解】

张炎曾以“清空骚雅”推许此词，而清空则尤为显著。词的上片写景，景中寄慨，暗寓飘零之感；下片叙事，寓迟暮之悲，而弥漫全篇的则是战后芜城的岑寂荒凉氛围。首句“空城晓角”照应序中“巷陌凄凉”，与《扬州慢》“清角吹寒，都在空城”意境相仿，而更为空灵，以下“垂杨陌”“鹅黄嫩绿”则照应序中“柳色夹道，依依可怜”。由鹅黄到嫩绿柳色的变化，表明时序已从早春度入暮春；“看尽”二字则表明除柳色变换之外，一无可看，故而更增客怀之凄恻。过片“正岑寂”三字束上笼下，既是上片听觉、肤觉、视觉三方面感受的总结，又是以下寂寞之情的引发。只因“怕梨花落尽成秋色”，故“强携酒，小桥宅”。表明他本无意绪而勉强邀情人同游。着一“怕”字，语极委婉。在客怀凄恻的游子看来，无花即是秋了，寓有深沉的迟暮之悲。末三句借燕燕之一问，表现春尽无花之叹，又以“池塘自碧”一句景语作答，收束全篇，韵味悠然，而空寂之感也就更显深沉。

【注释】

①江左：谓长沙以东之地，即今江苏等处。 ②依依可怜：《诗经》：“昔我往矣，杨柳依依。”怜，爱。 ③度此阕：制曲曰度曲。乐终曰阕。 ④纾：解。 ⑤陌：市中街道。 ⑥岑寂：鲍照《舞鹤赋》：“去帝乡之岑寂。”注：“岑寂，犹高静也。” ⑦寒食：清明前二日。相传晋文公焚林求介之推，之推抱木而死。文公哀之，禁止这天用火。后世遂有寒食之俗。 ⑧小桥宅：大桥、小桥为东吴美女。桥，原为姓。见《三国志·吴志·周瑜传》。后来多省作“乔”。此词中“小桥宅”指合肥恋人之宅。以小

桥比恋人，其美可知。白石《解连环》词有“为大乔能拨春风，小乔妙移筝，雁啼秋水”句，有人推测，白石在合肥有情人为姊妹二人。 ⑨“怕梨花”句：李贺诗：“梨花落尽成秋苑。”

翠 楼 吟

淳熙丙午冬，武昌安远楼成[1]，与刘去非诸友落之[2]，度曲见志。予去武昌十年，故人有泊舟鹦鹉洲者，闻小姬歌此词[3]，问之，颇能道其事，还吴为予言之[4]。兴怀昔游，且伤今之离索也。

月冷龙沙[5]，尘清虎落[6]，今年汉酺初赐[7]。新翻胡部曲[8]，听毡幕[9]、元戎歌吹[10]。层楼高峙。看槛曲萦红，檐牙飞翠。人姝丽。粉香吹下，夜寒风细。 此地。宜有词仙，拥素云黄鹤[11]，与君游戏[12]。玉梯凝望久，叹芳草、萋萋千里[13]。天涯情味。仗酒祓清愁，花销英气。西山外。晚来还卷，一帘秋霁[14]。

【题解】

此词为庆贺安远楼落成而作，故开篇数句即就楼名“安远”二字展开，描绘了一番边境上“月冷”“尘清”的和平安定气氛。楼成之喜，又逢高宗八十大寿，犒赐内外诸军，一派升平气象。词人以静态的环境描绘与动态的人物摹写，生动地表现了文臣武将宴饮狂欢的景象。但在看似颂扬的笔墨背后，却隐含着中原未复而胡曲翻新的深深叹惋。下片由上面的景中含情转为直接的抒情言志，化用神话传说和前人诗意，以虚实相间的笔触抒写自己因仕进无路而漂泊四方、寄食他人的身世之慨。因而，空前盛会亦觉索然无味，反而顿生寂寞惆怅之感与乡关之念，只有靠流连杯酒与光景来消磨曾有过的英豪之气，排遣郁闷无端的闲愁了。最后三句稍作振起，化用唐代王勃《滕王阁序》中“朱帘暮卷西山雨”句，而又改“雨”为“霁”，则境界稍转疏朗。以景作结，寄寓了一种对理想生活的追求，对未来国事的期待。

【注释】

①安远楼：即武昌南楼。　②刘去非：生平事迹不详。　③小姬：歌妓。　④还吴：回到浙江吴兴。　⑤龙沙：指塞外沙漠之地。　⑥虎落：遮护城堡或营寨的竹篱，为防边而设。　⑦汉酺（pú）：《汉书·文帝纪》：“十六年九月，得玉杯，刻曰：‘人主延寿，令天下大酺。’出钱为醵，出食为酺。”《正义》曰：“天下欢乐，大饮酒也。”酺，聚会饮酒。　⑧胡部曲：北周、隋以来从西域传入的西北各民族的音乐。　⑨毡幕：北方少数民族用毡幕代屋，军队亦如此。即帐篷。　⑩元戎歌吹：反映军队生活的歌词乐曲。元戎，兵车。　⑪素云黄鹤：素云：即白云。黄鹤，《寰宇记》载：费文祎登仙，常乘黄鹤，憩于武昌城楼，故名黄鹤楼。　⑫与君游戏：意即与参加安远楼盛会诸人同乐。　⑬“叹芳草”句：化用崔颢《黄鹤楼》诗“芳草萋萋鹦鹉洲。”　⑭“西山外”三句：王勃《滕王阁序》有句云：“虹销雨霁，彩彻云衢。落霞与孤鹜齐飞，秋水共长天一色。”又云：“画栋朝飞南浦云，朱帘暮卷西山雨。”姜词三句隐括其意。

凄 凉 犯

合肥巷陌皆种柳，秋风夕起骚骚然。予客居阖户①，时闻马嘶。出城四顾，则荒烟野草，不胜凄黯，乃著此解[②]。琴有凄凉调，假以为名。凡曲言犯者，谓以宫犯商、商犯宫之类，如道调宫“上”字住，双调亦“上”字住，所住字同[③]，故道调曲中犯双调，或于双调曲中犯道调，其他准此。唐人乐书云：“犯有正、旁、偏、侧；宫犯宫为正，宫犯商为旁，宫犯角为偏，宫犯羽为侧。”此说非也。十二宫所住字不同，不容相犯。十二宫特可犯商、角、羽耳。予归行都[④]，以此曲示国工田正德[⑤]，使以哑觱栗角吹之[⑥]，其韵极美。亦曰《瑞鹤仙影》。

绿杨巷陌。秋风起、边城一片离索。马嘶渐远，人归甚处，戍楼吹角。情怀正恶。更衰草、寒烟淡薄。似当时、将军部曲[⑦]。迤逦度沙漠。　追念西湖上，小舫携歌，晚花行乐。旧游在否，想如今、翠凋红落。漫写羊裙[⑧]，等新雁、来时系著。怕匆匆、不肯寄与误后约。

【题解】

此词大约作于光宗绍熙元年（1190）。这时，淮河已成宋金边界，作为淮南重镇的合肥，屡遭兵燹，已是一片荒凉。多情善感的词人驻足于这“荒烟野草”的凄凉氛围中，感触遥深，“不胜凄黯”，写下了这首自度曲。上片即写边城的荒凉景象。先从听觉角度写边城之离索。作者把秋风中柳树的“骚骚”声，战马的嘶鸣声，以及空中回荡的号角声组合在一起，形成一种肃杀凄凉的气氛。在这样的氛围中，词人已是“情怀正恶”了，更何况眼中所见，又是这么一幅惨淡的图景“衰草寒烟淡薄”。歇拍两句作者又将听觉、视觉两方面的印象化为一个奇特的比喻：走在这座名城里，就像随将军出塞的部卒，行进在荒无人烟的沙漠上。这一妙喻，既丰富了悲慨的内涵，又拓宽了词境。换头入往日西湖冶游的回忆，而以“旧游在否”一问振起词意；问而不答，转写荷花之凋落；又由花到人，最后落到怀人上，怀人心切却又欲见无由，则更增情怀之恶。全词在精健峭拔的情调中，写出了彼时彼地的黍离之悲。

【注释】

①阖（hé）户：闭门。　②解：乐曲以一章为一解。词为配乐文学，故亦称解。　③住字：即杀声，指一个曲子的结尾之音。　④行都：指临安，今浙江杭州。　⑤田正德：南宋著名乐工，隶德寿宫，见周密《武林旧事》卷四。　⑥哑觱（bì）栗角：《中乐寻原》：“哑觱栗即今头管，其制：以竹为管，而无笳式之增音器，软芦为哨，长寸余，音圆而和，下于笛而高于箫。”　⑦部曲：行伍。《续汉书·百官志》云：将军领军，皆有部曲。大将军营五部，部有校尉一人。部下有曲，曲有军候一人。　⑧写羊裙：《南史·羊欣传》：欣年少而工书法，王献之深爱之。羊欣曾穿着新绢裙（古代男子也穿裙）昼寝，王献之在他的裙上挥笔题字而去。羊欣藏裙苦练，由此书法弥善。

程　珌 (1164—1242)

字怀古，自号洺水遗民。休宁（今属安徽）人。绍熙四年（1193）进士。历官翰林学士知制诰，进宝文阁学士，出知福州，兼福建路安抚使，封新安郡侯，以端明殿学士致仕。有《洺水集》二十六卷，《洺水词》一卷。

水调歌头

登甘露寺多景楼望淮有感

天地本无际，南北竟谁分。楼前多景，中原一恨杳难论。却似长江万里，忽有孤山两点①，点破水晶盆②。为借鞭霆力③，驱去附昆仑④。　望淮阴，兵冶处⑤，俨然存。看来天意，止欠士雅与刘琨⑥。三拊当时顽石⑦，唤醒隆中一老⑧，细与酌芳尊。孟夏正须雨，一洗北尘昏。

【题解】

这是一首感情饱满，气势豪迈的爱国词章，词人登上多景楼北望淮河，触发起国土破碎的一腔悲愤。起笔二句即望淮兴叹，一淮之隔竟把祖国大地分为南北两半。“竟谁分”这苍茫一问，锋芒直指最高统治者。三、四句以多景楼承接，并由眼前之“多景”引出了疮痍（chuāngyí）满目的中原，抒发满腔家国之恨。“却似”四句，用一比喻揭明金瓯（ōu）有缺，江山失却半壁。表示要用鞭挞雷霆的力量把长江中的金、焦二山赶走，也即驱除鞑虏，收复失地之意。下片仍以望淮发端。作者似乎望见了当年祖逖在淮阴冶铸兵器的故址。“看来”二句，怀古伤今：收复中原是人心所向（天意），只是缺少像祖逖、刘琨那样的民族英雄罢了。“三拊”三句欲唤醒诸葛亮与之商议北伐大计，充分表现了对统一大业的关切。结尾两句既点明时令，又以景结情；既表明了中原人民的渴望，又充满了必胜的信心。全词激昂慷慨，声情激越，给人以奋发的力量。

【注释】

①孤山两点：京口附近的长江中有金、焦二山。　②水晶盆：喻指长江。　③鞭霆：鞭挞雷霆。　④驱去附昆仑：因昆仑山周围万山攒聚，故作者想象那才是山的世界，要把金、焦二山赶回山的老家去。　⑤兵冶处：晋代祖逖（tì）北伐时，渡江扎营于淮阴，曾在那里冶铸兵器。　⑥士雅与刘琨：祖逖字士雅，与刘琨友善，素以恢复大业互相勉励，终于功成业就。　⑦拊：拍。顽石：即指甘露寺内之“恨石”。参见姜夔《永遇乐》“云隔迷楼”注②　⑧隆中一老：指诸葛亮。

戴复古（1167—？）

字式之，号石屏，天台（今属浙江）人。因仕途不通，一生清苦，浪游大半个南中国，最后隐居于故乡南塘石屏山下。以诗鸣于江湖间，亦工词。有《石屏集》十卷，《石屏长短句》一卷。

水调歌头

题李季允侍郎鄂州吞云楼[①]

轮奂半天上[②]，胜概压南楼。筹边独坐，岂欲登览快双眸。浪说胸吞云梦[③]，直把气吞残虏，西北望神州。百载一机会[④]，人事恨悠悠。　骑黄鹤[⑤]，赋鹦鹉[⑥]，谩风流。岳王祠畔[⑦]，杨柳烟锁古今愁。整顿乾坤手段，指授英雄方略，雅志若为酬[⑧]。杯酒不在手，双鬓恐惊秋。

【题解】

本词为登楼题咏之作，故上片从楼切入，引出楼之主人。开篇两句突兀而起，直写吞云楼之胜概：它那高耸入云的雄壮气势足以压倒古今驰名的南楼。三、四句突作逆转，以“岂欲”二字对登临游赏之雅兴作了否定，而突出其“筹边独坐”的忧国忧民形象。“浪说”三句，借司马相如《子虚赋》中乌有先生的夸夸之谈，而又更翻进一层：别说是“胸吞云梦”，登上此楼北望中原，简直有“气吞残虏”的气概。至此，词人已是激情高扬。然而，当他反观现实，却又怅恨不已。在宋兵连挫金兵锐气的大好形势下，朝廷却依然不敢北进，只为门户私计而错失良机，因此有“人事恨悠悠”之叹。由此转向下片“古今愁”的抒写。词人楼头送目，缅怀古人。由黄鹤楼而想到仙境理想幻灭之愁；由鹦鹉洲而想到汉代祢衡的“焉如”之叹；还有那岳王祠边如烟的杨柳，仿佛也在说着岳飞的遗恨。“整顿”二句是词人对李侍郎寄予的厚望，但“人事”难问，“雅志”难成，这今愁就显得更为深沉。此词不仅写楼之形，而且传人之神，充满壮怀激烈的豪情。

【注释】

①宋宁宗嘉定十四年（1221），金兵扰黄州、蕲州一带，南宋军队一再击败来犯之敌，民心振奋，造成了一种极为有利的抗金形势。这年李季允（名埴）出任沿江制置副使兼知鄂州（今武昌），修建下吞云楼。此时戴复古正逗留武昌，登高楼而览胜，写下此词。 ②轮奂：借用《礼记·檀弓》中称美宫室落成的话：“美哉轮焉，美哉奂焉。”此用以形容吞云楼之华美、壮观。 ③胸吞云梦：《子虚赋》中齐国的乌有先生对楚国使者子虚夸说齐地之广大：“吞若云梦者八九，于其胸中曾不蒂芥。” ④百载一机会：参见

注①。　⑤骑黄鹤：用唐崔颢《黄鹤楼》诗意，用以指求仙理想幻灭之愁。⑥赋鹦鹉：汉代文学家祢衡曾作《鹦鹉赋》，文采惊人，但却有“颐六翮之残毁，虽奋迅其焉如”之叹息。　⑦岳王祠：即岳王庙，各地为纪念民族英雄岳飞而建。　⑧若为：怎样，如何。

史达祖（1163—1220？）

字邦卿，号梅溪，汴（今河南开封）人。曾游幕于扬州及荆江、汉水一带。后为韩侂胄宥堂吏，颇有权势。开禧北伐失败后，韩侂胄被杀，达祖也遭黥刑。其词长于咏物，用笔细腻工巧。间亦抒写家国之恨及身世之感。有《梅溪词》一卷。

绮罗香

咏春雨

做冷欺花[①]，将烟困柳[②]，千里偷催春暮[③]。尽日冥迷，愁里欲飞还住。惊粉重、蝶宿西园，喜泥润、燕归南浦。最妨它、佳约风流，钿车不到杜陵路[④]。　沉沉江上望极[⑤]，还被春潮晚急，难寻官渡[⑥]。隐约遥峰，和泪谢娘眉妩[⑦]。临断岸、新绿生时，是落红、带愁流处。记当日、门掩梨花[⑧]，剪灯深夜语[⑨]。

【题解】

此词以白描手法摹写春雨连绵的景象，通篇并未明白标出“雨”字，却又无一句不与题意紧相关合。起笔“做冷欺花”三句便揭破题意，使用拟人手法，既写春雨之形，又传春雨之神。“尽日”二句正面表现春雨情态。“尽日”与上句中“千里”呼应，一从时间上写春雨绵延之久，一从空间上写春雨散布之广。接写蝶、燕一因“粉重”而惊，一因“泥润”而喜。从而展示了春雨所造成的物理现象和情感效应。“最妨它”二句归结到人事，暗示春雨不仅使物惊物喜，还使人怨人愁。于是自然过渡到下片怀人之情。换头三句写主人公因旱路被阻，情约难践，转而想改走水路，无奈春潮奔涌，渡口也已淹没。“隐约”二句虚实互幻，情景相生。在他看来，远山被雨之态恰如伊人含泪蹙眉之状。“临断岸”二句，收回笔墨，以雨中近景抒发伤春惜花之情。“记当日”二句推开一层，追忆当年情事，以昔日雨夜剪灯共语之乐，反衬今日雨夜独对孤灯之苦，申足怀人之情。全词从多种角度对春雨作了尽态极妍的摹写，“融情景于一家，会句意于两得”（《词品》引姜夔语），以工巧轻圆独标一格。

【注释】

①做冷欺花：意谓春雨添寒，有妨花开。 ②将烟困柳：春雨迷蒙，如烟雾般笼罩着柳树。 ③偷催春暮：意谓沉阴天气容易黄昏。 ④钿车：装饰豪华的车乘。杜陵：汉宣帝坟墓，在今西安市长安区。当时其附近为富贵人家聚居地。故用来借指繁华街道。此句意谓道路泥泞，车子无法驶往杜陵赴约。 ⑤“沉沉”句：极目远望，江上暮霭沉沉，莽无边际。 ⑥官渡：公用的渡船。 ⑦谢娘：唐代歌妓名。后世用来泛指歌女。妩：媚好。 ⑧门掩梨花：李重元《忆王孙》词：“雨打梨花深闭门。” ⑨剪灯深夜语：李商隐《夜雨寄北》：“何当共剪西窗烛，却话巴山夜雨时。”

双 双 燕

咏　燕

过春社了[①]，度帘幕中间[②]，去年尘冷[③]。差池欲住[④]，试入旧巢相并。还相雕梁藻井[⑤]，又软语商量不定。飘然快拂花梢，翠尾分开红影。　芳径，芹泥雨润[⑥]。爱贴地争飞，竞夸轻俊。红楼归晚[⑦]，看足柳昏花暝[⑧]。应自栖香正稳，便忘了、天涯芳信[⑨]。愁损翠黛双蛾[⑩]，日日画栏独凭。

【题解】

这也是一首不出题字而形神俱肖的咏物杰作，向为后人所推崇。开篇三句点明燕子归来的时间和地点。飞去经年，而今重回旧日栖息之地，不免猜想帘幕中的老巢已积满灰尘，冷落不堪。“差池欲住”二句，刻画燕子辨认旧巢时的翻飞迟疑之状。“还相”二句尤堪玩味，写双燕对似曾相识的雕梁藻井细加审视，用笔已见活脱；而“软语商量”更将双燕完全人格化。“飘然”二句一实一虚，既显示了燕子的轻盈、敏捷，又通过翠尾与红影的相互映衬，使其形象更趋鲜明。过片“芳径”四句写双燕衔泥筑巢的“轻俊”风姿。“红楼”二句运思更是出神入化，谓燕子占尽春光，令人艳羡。“应自栖香”二句妙笔一转，想象燕子只顾自己安睡，忘了给闺中人捎去她期盼已久的书信，从而由单纯咏燕过渡到人、燕兼咏。结尾二句以思妇愁眉不展、倚栏翘盼远方佳音的形象作结，丰富了情感内涵，强化了抒情效果。咏物至此，诚如王士祯《花草蒙拾》所誉，“巧极天工矣”。

【注释】

①春社：指立春后第五个戊日，是祭祀土神的日子。每逢春社日，古代女子可以暂时放下女工，外出游玩。 ②度：揣度、猜测。一说，飞度，穿过。 ③尘冷：指旧巢冷落，布满灰尘。 ④差（cī）池：形容燕子飞翔时羽翼参差不齐的样子。《诗经·邶风·燕燕》：“燕燕于飞，差池其羽。” ⑤相：细看。藻井：中国古代木结构建筑中的构件，呈穹庐顶状，一般位于大型建筑内部的梁架上，饰以雕刻花纹、彩画等。 ⑥芹泥：带有芹草的泥。燕子喜衔芹泥筑巢，杜甫《徐步》诗“芹泥随燕嘴”可证。 ⑦红楼：富贵人家的居所。此指燕子巢居之处。 ⑧柳昏花暝：春天黄昏时柳色荫翳、花影迷蒙的景色。 ⑨“便忘了”句：意谓燕子忘了传递从远方带来的书信。晏几道《蝶恋花》：“远信还因归燕误。” ⑩翠黛双蛾：女子翠黛色的双眉。

临 江 仙

愁与西风应有约，年年同赴清秋。旧游帘幕记扬州。一灯人著梦，双燕月当楼①。 罗带鸳鸯尘暗淡②，更须整顿风流③。天涯万一见温柔。瘦应缘此瘦，羞亦为郎羞④。

【题解】

这是一首秋夜怀人之作。上片因秋怀人，借梦寄意；下片则从对方落笔，纯作悬想。起调两句发语奇警，不言因秋生愁，却说西风与愁同约赴秋，无理而妙。以愁与西风之间无端的默契来表现“悲秋”的传统主题，格高意新。“旧游”三句，逆插一笔旧游扬州时的往事，补写今日生愁之因。同是一轮皓月，梦中所见是当日的燕子双栖之状，一觉醒来却仍是孤灯独对。因而，更增醒后之凄凉。下片由上面梦境进而转入悬想之幻境，借对方之闺思来写自己怀人之情深。“罗带”三句刻画对方的心理状态。罗带生尘，可见不用已久；如今“更须整顿”，为了万一重见。其间失望而又希望、希望以至渴望的心理活动极其复杂，皆由一条鸳鸯罗带得到深刻体现。结尾二句尤见缠绵情深。由罗带而感知“瘦”，由万一见而想到“羞”。一片痴情在此得到了艺术的再现。全词感情真挚，蕴藉深沉，深得婉约之致。

【注释】

①“一灯”二句：意谓梦中仿佛又见到了当年皓月当空，双燕同栖的情景，一旦梦醒却仍是孤灯相伴。或以为醒后见双燕，与“西风”“清秋”季节不合；且“一灯”已明言入夜，双燕也应“栖香正稳”了，何以得见？　②罗带鸳鸯：即鸳鸯绣带，一种绣有鸳鸯图案的合欢带。　③整顿：犹言修饰、装扮。　④“瘦应”二句：元稹《莺莺传》载莺莺诗云：“不为旁人羞不起，为郎憔悴却羞郎。”

三　株　媚[①]

烟光摇缥瓦[②]。望晴檐多风，柳花如洒。锦瑟横床，想泪痕尘影[③]，凤弦常下[④]。倦出犀帷[⑤]，频梦见、王孙骄马[⑥]。讳道相思，偷理绡裙，自惊腰衩[⑦]。　惆怅南楼遥夜，记翠箔张灯[⑧]，枕肩歌罢。又入铜驼[⑨]，遍旧家门巷，首询声价[⑩]。可惜东风，将恨与、闲花俱谢[⑪]。记取崔徽模样[⑫]，归来暗写。

【题解】

毛先舒论词："言欲层深，语欲浑成。"（《蒿庵论词》引）史达祖这首悼念亡妓的词就正体现了这一特点。词的起首三句写重访故妓时所见风急絮飞之景，暗寓凄恻之情。而后以一"想"字贯下，引发联想，写出伊人对作者的拳拳之心。"讳道"三句，一"讳"一"偷"，细腻深刻地揭示了女子的心理活动。过片"惆怅"三句词意又全由上片"锦瑟横床"生发而来，见锦瑟而思"琴瑟合好"，因而引起一番昔日爱情生活的回忆。"又入铜驼"五句笔锋逆转，写遍访旧家门巷情景及结果，与篇首取岭断云连之势。其中"可惜东风"二句，既有对闲花无主而沦落的同情，又有对东风无情摧残的怨恨。最后，借用典故表达了他那深切悼念之情，缠绵悱恻，不尽低回之致。全词通过种种回忆、联想等手法，前后勾连，回环吞吐，使上下片融为一体，竭尽层深之妙。情与景、人与物、初见与死别、昔欢与今悲，皆融于一体，更可见出此词气格之浑成。

【注释】

①此词当写于作者遭黥面流放、遇赦重回临安之后。按词中所写"王孙骄马"的富贵气象，初遇此妓应在词人任职中书省期间。在此之前他还是一个"一钱不直贫相逼"的穷书生。 ②缥瓦：即琉璃瓦。 ③泪痕尘影：她思念词人，回忆共处时的前尘影事，而泪流不止。 ④风弦常下：意谓知音不在，无心理琴，以至琴弦也常常除下。 ⑤犀帷：对闺帷的美称。 ⑥王孙骄马：指词人骑马赴会情景。 ⑦自惊腰衩：为自己腰围瘦损、裙腰宽松而惊讶。 ⑧翠箔张灯：点上翠箔装饰的华丽的灯。 ⑨铜驼：本指洛阳的一条繁华街道。此借指临安的街道。 ⑩声价：本指名声、身份和地位，这里指消息、下落。 ⑪闲花：本指野花，无主之花，后世喻指妓女。 ⑫崔徽：据《丽情集》载："蒲女崔徽与裴敬中善。敬中去，徽极怨抑，乃托人写真致意曰：'为妾谢敬中，崔徽一旦不及卷中人，徽且为郎死矣。'"

满 江 红

中秋夜潮

万水归阴，故潮信、盈虚因月。偏只到、凉秋半破[①]，斗成双绝[②]。有物指磨金镜净，何人挈攫银河决[③]？想子胥、今夜见嫦娥，沉冤雪[④]。 光直下，蛟龙穴；声直上，蟾蜍窟[⑤]。对望中天地，洞然如刷。激气已能驱粉黛，举杯便可吞吴越。待明朝、说似与儿曹，心应折[⑥]！

【题解】

史达祖被大部分人所接受的，是他那婉丽细密的词风，然而，这首咏中秋夜潮的《满江红》词却写得激昂慷慨，雄浑奔放。词起韵即以议论的笔调，概说了潮与月的关系：水属阴，而月为“太阴之精”，因此潮涨潮落与月紧密相关。“偏只到”二句合写潮月，以“凉秋半破”点题面之“中秋”；以“斗成双绝”惊叹那十五的满月和“连山喷雪”而来的江潮合成了天地壮观的“双绝”奇景。“有物”两句再作分写。词人以惊叹之语来盛赞造化之伟力，并由此联想到有关的神话传说，借言子胥忠愤抒发了词人对岳飞得到平反昭雪一事的感慨。换头四句，写月光直下海底，涛声直上月宫，境界壮阔，气势非凡，各自分写而又互为包容。接着“对望中天地，洞然如刷”二句又合而写之。上面是月光皎洁，下面是白浪喷雪，天地一片澄澈。面对此景，不由得激发起词人一腔豪情，要驱走胸中一切的儿女之情，而以扫清天下为己任。最后，以儿辈听后之“心折”来反托这情景之壮伟。全词紧扣月与潮，分合有致，章法井然；夸张的景物描写与强烈的主观抒情相结合，创造出雄伟壮阔的意境，体现了梅溪词沉郁顿挫中不失激昂慷慨的一面。

【注释】

①凉秋半破：秋天过了一半，即指中秋。 ②斗成双绝：合成双绝奇景。斗：拼合。 ③拏攫（nájué）：意即擎起，举起。 ④沉冤：伍子胥辅佐吴王夫差有大功，然而夫差轻信谗言，竟令子胥自刎，将其尸沉于江中。子胥死后，传说有人见他乘素车白马在潮头之中（见《太平广记》卷二九一）。 ⑤蟾蜍窟：即月宫。古代传说月中有蟾蜍精。 ⑥心折：江淹《别赋》：“使人意夺神骇，心折骨惊。”意为心惊。

蝶 恋 花

二月东风吹客袂。苏小门前[1]，杨柳如腰细。蝴蝶识人游冶地，旧曾来处花开未？ 几夜湖山生梦寐。评泊寻芳[2]，只怕春寒里。今岁清明逢上巳[3]，相思先到溅裙水。

【题解】

这是一首描写冶游情事之作，构思别致，情味隽永。词从作者重返临安都城的所见写起。“二月东风吹客袂”，交待了这次归来的时间是在早春二月，“吹客袂”三字生动地透露了他一路风尘仆仆，急于赶来“寻芳”的迫切心情。果然，他征尘未洗就迫不及待地来到“苏小门前”，眼前呈现的仍然是细柳如丝的初春景象。词人内心里充满了“不见伊人”的担忧，情急之下，便有了下面两句对蝴蝶的痴心一问："蝴蝶识人游冶地，旧曾来处花开未？"过片三句折回到过去，借助梦境抒写他意欲早日得见伊人，与之同游湖山、共赏花月的渴望，以及"只怕"天不作美"寻芳"不成的担忧。透过词人委婉的笔法，从更深一层看，则实际上是写其愿望成空、伊人未见的失望之情。无奈之下只好寄希望于"清明逢上巳"的佳节，在清明踏青、上巳戏水的场景中再寻伊人倩影。词人巧妙地利用"溅裙水以消灾厄"的传统习俗，让自己的相思之意以"溅裙水"的意象出之，含蓄蕴藉，收到了言有尽而意无穷的艺术效果。

【注释】

①苏小：即南齐名妓苏小小。白居易有诗云："若解钱塘寻小小，绿杨深处是苏家。""苏小门前"，泛指当时临安城的青楼妓馆。 ②评泊寻芳：意谓在万花丛中评论哪朵花最美，在游女如云的人群中评论哪位倩女最美。 ③上巳：阴历三月上旬的巳日，旧俗这天妇女要到水滨戏水，或溅裙（洗濯裙子）以消灾厄。

高观国（生卒年不详）

字宾王，山阴（今浙江绍兴）人。与史达祖友善，常相唱和，有《竹屋痴语》一卷。

少 年 游

草

春风吹碧，春云映绿，晓梦入芳裀[①]。软衬飞花，远随流水，一望隔香尘。　　萋萋多少江南恨，翻忆翠罗裙[2]。冷落闲门，凄迷古道，烟雨正愁人。

【题解】

“咏物虽小题，然极难作，贵有不粘、不脱之妙。”（吴衡照《莲子居词话》）这就是说，既不能只停留于物貌、物性上，又要处处顾及物貌、物性。高观国的这首咏草词，虽通篇未出现一个“草”字，但又句句不离草，将草的神韵融化于词句之中。上片铺叙草的色、形、意，于景中含情。起首三句以春风领起，以春云加以衬托，再以逗人晓梦的芳裀加以比拟，写出了草的形色，也写出了草的神韵。“软衬飞花，远随流水”，继续从旁衬托，写其柔软、绵远的特征，并由“远”字暗渡，引发下句“隔香尘”之感兴，隐含怀人念远之幽情。可谓用笔空灵。换头两句承上片怀人之意绪，见草思人，化用古人词意而能浑融无迹。最后转为正面抒情，写出那凄迷如烟的离愁，颇具幽情远韵。

【注释】

①裀：同“茵”。垫子或褥子，以喻伏草之软。　②“萋萋”二句：秦观《八六子》词“恨如芳草，萋萋刬尽还生”，牛希济《生查子》词“记得翠罗裙，处处怜芳草”，即为此二句所本。

岳　珂（1182—1242）

字肃之，号亦斋，又号倦翁、东儿，汤阴（今属河南）人。岳飞之孙。宁宗朝权发遣嘉兴军府，兼管内劝农事，官至户部侍郎淮东总领。有《玉楮集》八卷，《桯史》十五卷。《全宋词》录其词八首。

祝英台近

北 固 亭

淡烟横，层雾敛，胜概分雄占。月下鸣榔[1]，风急怒涛飐[2]。关河无限清愁，不堪临鉴[3]。正霜鬓，秋风尘染。　漫登览[4]，极目万里沙场，事业频看剑[5]，古往今来，南北限天堑[6]。倚楼谁弄新声，重城正掩。历历数、西州更点[7]。

【题解】

这首感慨忠愤的《祝英台近》，当作于岳珂任淮东总领之时。词人夜登北固亭，江天骋望，层雾渐散，天边尚余一缕轻烟，一轮秋月，耳边只闻“鸣榔”时起，狂涛阵阵。这正是词人敏感到的危机四伏动荡时局的形象描述。“关河无限清愁”致使词人“不堪临鉴”，一则怕满目河只能“献愁供恨”；二则怕秋江临鉴，映见自己功业无成，徒然“尘染霜鬓”。于是，词的意脉自然贯入下片。登高极目，唯见万里沙场，词人不禁“频看剑”，徒悲伤，感叹有志报国，无力回天。“古往今来，南北限天堑。”实际上这正是对南宋统治者妄想凭借“天堑”划江而治的苟且行为的斥责。曲笔达意，借此抒发了一腔忠愤之情。然而，知音恨少，除了远处“重城”中微茫的歌声外，四处一片死寂，连江北扬州一带的更点声也历历可闻。词人借此清幽、寂寥的环境衬托出内心里深沉的孤愤。以景结情，意境深邈，意蕴无穷。

【注释】

①鸣榔：渔人以木条敲打船帮，使鱼受惊而入网。　②飐（zhān）：风吹使颤动。　③临鉴：原义为照镜子。此处关合上下文，承上则可解为临水而鉴；联下则用原义。　④漫：空、徒然。　⑤“事业”句：由杜甫诗句“勋业频看镜”化出。　⑥“古往今来”二句：其表层含义并非作者本意，当为对划江为治，偏安一隅的统治者的指斥。　⑦西州更点：用贺方回《天门谣》：“风满槛，历历数西州更点”成句。西州，胡三省注《通鉴》谓：“扬州治所在台城西，故谓之西州。”

黄　机（生卒年不详）

字几仲，一说几叔，东阳（今属浙江）。尝仕宦州郡，与岳珂常相唱酬，有《竹斋诗余》一卷。

忆秦娥

秋萧索，梧桐落尽西风恶。西风恶，数声新雁，数声残角。　　离愁不管人飘泊，年年孤负黄花约。黄花约，几重庭院，几重帘幕。

【题解】

悲秋伤别，这在整个文学领域内已成了一个永恒的主题，而词为尤甚，虽千百人赋之，而自有千百种各异其趣之风情。此词即为游子悲秋怀人之作，也写出了作者特有的风情。首句三字，除了点明节令之外，更主要的还在于以“萧索”二字为上片写景定下了黯淡的基调。接着便写“萧索”之景：梧桐在西风中黄叶落尽，因而，游子对西风深致怨恨。着一“恶”字，而风之势，人之情俱出。又以“西风恶”的叠出，表明西风名恶不仅于此，它还有意地吹送“数声新雁，数声残角”，来刺痛游子那本已悲伤难耐的心。下片由外在秋景的描绘转入内在秋情的抒发。换头首标“离愁”二字，突如其来的表达方式，正说明了这“离愁”抑塞胸中之久，到了不吐不快的境地，更兼以“不管”这样的痴迷之语出之，则愈显得离愁之深重了。“年年孤负黄花约”一句补足一笔，说明离愁之因，并借“黄花约”的叠现，暗作承转，去设想那“几重庭院，几重帘幕”中的心上人又该是如何地孤寂愁苦！词就此打住，闺中情状以不言言之，更显含蓄空灵，余韵悠然。

刘克庄（1187—1269）

字潜夫，号后村居士，莆田（今属福建）人。以荫补官，后因《落梅》诗“讪谤”朝廷，罢职废置多年。后复起用，官至龙图阁学士。其诗属江湖派，宗尚晚唐。词则继承辛派豪放作风，而更趋散文化、议论化，见称于世者多为感愤时世之作。有《后村长短句》五卷。

满　江　红

夜雨凉甚，忽动从戎之兴

金甲雕戈，记当日、辕门初立[①]。磨盾鼻、一挥千纸[②]，龙蛇犹湿[③]。铁马晓嘶营壁冷[④]，楼船夜渡风涛急[⑤]。有谁怜、猿臂故将军[⑥]，无功级[7]。　　平戎策，从军什[8]。零落尽，慵收拾。把《茶经》《香传》[9]，时时温习。生怕客谈榆塞事[10]，且教儿诵《花间集》[11]。叹臣之壮也不如人[12]，今何及。

【题解】

此词重在抒发久遭废退、壮志消沮之恨。上片是对当年入李珏幕府那一段从军经历的回忆。词以“金甲雕戈”三句发端，写出军中的威武气象。“磨盾鼻”三句则展示了自己书生从戎，壮志与才情相互激射的极为得意的精神状态。“铁马”二句，融化陆游名句入词，则又为本词注入了壮阔的场面、亢爽的音调和肃杀的战斗气氛。“有谁怜”二句用李广故事，说明自己终于无功而归，为上片作结。绍定六年（1233），蒙古灭金，宋师北上谋复河南，而此时作者正因“江湖诗案”遭废退，虽有“从戎之兴”，终亦无由参战。下片抒写的就是壮士失意的寂寞与悲哀。无论是昔日的平戎方略、从军诗篇弃置不顾，还是焚香煮茗、消遣度日，或者是教儿诵读《花间集》，都是违心的不得已之举。正话反说，自伤沉沦，其间回荡着一股不平之气。最后化用烛之武语，于自谦之中仍透出自负之意。

【注释】

①“记当日”句：嘉定十年（1217），金兵南侵，激战后为宋军击退。翌年六月，宋下诏伐金时，刘克庄曾入江淮制置使李珏幕府掌文书，军书往来，文不属稿，援笔立就。辕门：军门。初立：开始任职。　②磨盾鼻：在盾鼻上磨墨。指在军中担任文书工作。韩翃《寄哥舒仆射》诗：“群公盾鼻好磨墨，走马为君飞羽书。”盾鼻，盾上的钮。　③龙蛇：形容笔势飞舞的样子。　④铁马：披甲战马。　⑤楼船：高大的战船。　⑥猿臂故将军：

指汉代名将李广。《史记·李将军列传》：“广为人长，猿臂，其善射亦天性也。”　⑦无功级：李广身历七十余战而不得封侯，故云。　⑧什：篇什。　⑨《茶经》：唐人陆羽嗜茶，著有《茶经》，评说茶叶品种及烹茶方法。《香传》：即《香谱》，记述香的种类及焚香方法、器具等内容。宋人颇多此类著述。　⑩榆塞：北方边塞。　⑪《花间集》：唐五代词集，五代蜀人赵崇祚编。集中多香艳之作。　⑫“叹臣”句：《左传·僖公三十年》载郑大夫烛之武语：“臣之壮也，犹不如人；今老矣，无能为也已。”

卜 算 子

片片蝶衣轻，点点猩红小。道是天公不惜花，百种千般巧。　朝见树头繁，暮见枝头少。道是天公果惜花，雨洗风吹了。

【题解】

词中有问答体，或上片问，下片答，或随问随答。此为常见的问答方式。此词上片提出一问，下片复提出一问，两次所问却是针锋相对，互不相容的，终于有问无答，显得非常别致。上下片提问方式相同，都用反证法。若把上下片分开来看，并非有问无答，答案乃包含在所问之中。上片问：如果说天公不爱惜花，那么花片如蝶翅舞动，花朵如猩红照眼，千姿百态，争奇斗艳，岂不都是天公之所作成？其答案自当承认“天公惜花”。但下片又问：如果天公果真惜花，那么无端风雨，断送春花，树头繁英，一夕顿尽，岂不都是天公之所摧残？其答案又当承认“天公不惜花”。而上下片合看，则两个答案竟是排他的、对立的、彼此否定的。正确答案在两者之外。此词虽有点游戏笔墨，但设问甚巧，所问并非无关宏旨的花草小事。作者就冥冥之中的“天公”与花事的关系发出质问，推而广之，世间万物也莫不可作此一问，无异于一篇以花事为题的具体而微的“天问”。其实，“万物兴歇皆自然”，这才是作者要说，而词里未作明说的答案。全词诙谐风趣，令人玩味有得。其作法或仿苏轼《泗州僧伽塔》诗。

贺 新 郎

送陈真州子华[1]

北望神州路[2]，试平章、这场公事[3]，怎生分付[4]？记得太行山百万[5]，曾入宗爷驾驭[6]。今把作、握蛇骑虎[7]。君去京东豪杰喜[8]，想投戈、下拜真吾父[9]。谈笑里，定齐鲁[10]。　两河萧瑟惟狐兔[11]。问当年、祖生去后[12]，有人来否？多少新亭挥泪客[13]，谁梦中原块土？算事业、须由人做。应笑书生心胆怯[14]，向车中，闭置如新妇[15]，空目送，塞鸿去[16]。

【题解】

理宗宝庆三年（1227）四月，陈韡任真州知州，刘克庄作此词为他送行，表达了渴望收复中原的迫切心情。起三句劈头便提出了北望中原而产生的问题，要与陈韡共同商讨、评论。由此而引起南宋初年太行山义军归顺宗泽，共同抗金的史事，突出他们的实力和声威。而“今把”句，则用《魏书·彭城王勰传》之典，批判了把义军看成长蛇难握、猛虎难骑而不敢纳用的昏愦无能的投降派。两种不同的态度、不同的形象，形成了鲜明强烈的对照，笔力遒健。“君去东京”四句，希望陈韡能够北上与义军取得联系，增强抗金力量，为恢复中原作出贡献。写得酣畅乐观，富于豪情。下片笔调转入跌宕，既满怀悲愤地讽刺了那些只知“新亭挥泪”，而把沦陷的中原置之脑后的达官显贵，又乐观地指出事在人为，勉励陈铧要充满信心。末二句写目送塞鸿情景，紧扣词题，呼应篇首，一气贯注而立意高远。

【注释】

①陈真州子华：陈铧，字子华，曾以仓部员外郎知真州（今江苏仪征）。真州在长江北岸，为当时抗金前线。　②神州：此指中原沦陷地区。　③平章：指评论。公事：抗金大事。　④怎生分付：怎样处理。⑤太行山百万：指活动在太行山一带的抗金义军。熊克《中兴小记》载：“自靖康以来，中原之民不从金者，于太行山相保聚。”　⑥宗爷：指宗泽。宗泽在建炎元年（1127）被任命为开封府兼东京留守，召集义军协助防守，屡败金兵，金人呼为“宗爷爷”，不敢进犯。　⑦握蛇骑虎：比喻处境艰危，左右为难。语见《北史·彭城王勰传》。　⑧京东：指汴京以东，包括现在河南东部、山东南部以及江苏北部地区。　⑨真吾父：唐时回纥入侵，郭子仪以数十骑见大酋说：“诸尹同艰难久矣，何忽亡忠谊而至是耶？”回纥兵下马拜道：“果吾父也。”子仪即召之共饮，并赠锦彩结欢，誓好如初。见《新唐书·郭子仪传》。　⑩齐鲁：春秋时国名，在今山东一带。　⑪两河：指河北东路和西路（今河北省大部及河南省的黄河以北地区）。　⑫祖生：指祖逖，东晋名将，曾率兵北伐，收复豫州地区。　⑬新亭挥泪客：东晋初年，一些南迁士大夫常登上南京新亭，远望北方失地，相对而泣。　⑭书生：作者自嘲。　⑮闭置如新妇：《梁书·曹景宗传》载曹景宗语“今来扬州作贵人，动转不得，路行开车幔，小人辄言不可。闭置车中，如三日新妇，遭此邑邑，使人无气，”喻胆怯如新妇。　⑯塞鸿：北去的鸿雁。

贺新郎

九　日[1]

湛湛长空黑，更那堪、斜风细雨，乱愁如织。老眼平生空四海，赖有高楼百尺。看浩荡、千崖秋色。白发书生神州泪[2]，尽凄凉、不向牛山滴[3]。追往事，去无迹。　少年自负凌云笔[4]。到而今、春华落尽，满怀萧瑟。常恨世人新意少，爱说南朝狂客。把破帽、年年拈出[5]。若对黄花孤负酒，怕黄花也笑人岑寂。鸿北去，日西匿[6]。

【题解】

此词起首三句很具特色。“湛湛长空”，境界阔大，而接一“黑”字，则又是以阔大之景衬托沉重之情；“斜风细雨”以状“乱愁”，则愁情之绵长无极可知。但紧接以“老眼平生”三句，词情迅速振起。“浩荡”二字妙在一语双关。作者以为，哪怕是“白发书生神州泪”，也比齐景公那贪生怕死的“牛山泪”悲壮得多。其间几次跌宕，极具波澜，有力地抒发了胸中感慨。过片承“白发书生”而作发挥。“少年”三句，今昔对比，喟叹不已。当年满怀豪情，才气纵横，而今却只有满怀家国之恨了。“常恨世人”一句为全篇警策，紧扣登高题意，愤慨于一般文士不顾家国多难只知效法名士风流，爱提孟嘉落帽之典。“若对”二句以痴醉之语写饮酒，意在聊宽萧瑟之怀。篇末以鸿远去、日西沉的广漠阴沉之景呼应开头，不失其雄健悲壮之格调。

【注释】

①九日：即农历九月初九重阳节。我国古代向有重阳节登高饮酒的传统风习。此词以“九日”为题，是登高抒怀之作。 ②神州泪：因感慨于神州陆沉而滴下的忧国之泪。 ③牛山：在山东临淄，春秋时，其地属齐国。《晏子春秋·内篇谏上》：“景公游于牛山，北临其国城而流涕曰：‘若何滂滂去此而死乎？’” ④凌云笔：杜甫诗：“庾信文章老更成，凌云健笔意纵横。”此处作者借以抒写自己的少年豪情与才气。 ⑤破帽：即孟嘉落帽之典。《晋书·孟嘉传》载：“九月九日，（桓）温宴龙山，僚佐毕集。时佐吏并著戎服。有风至，吹嘉帽堕落，嘉不之觉。” ⑥“鸿北”二句：江淹《恨赋》：“摇风忽起，白日西匿。陇雁少飞，代云寡色。”刘词本此。

玉 楼 春

戏呈林节推乡兄①

年年跃马长安市②，客舍似家家似寄③。青钱换酒日无何，红烛呼卢宵不寐④。 易挑锦妇机中字⑤，难得玉人心下事⑥。男儿西北有神州，莫滴水西桥畔泪！⑦

【题解】

这是一首对友人的规劝之作，以诙谐之笔致庄肃之意。词的上片着重描述林氏飞扬之意气、放荡之行为。“年年”二句高度概括了一个久客轻家的浪荡游子形象：他长期奔走于京都的大街小巷，长住青楼而乐不知返；不仅狎妓，且又纵酒赌博，在纵情游乐中打发空虚的岁月。作者对此深为痛惜，但写来却委婉有致，直到下片才和盘托出规谏本意。换头二句对举成文，提醒他妻子之情真实可靠，而妓女之心虚假难测，舍真情于不顾而喜假意之逢迎，岂不荒唐！结尾两句借用辛弃疾词意，热情地勉励林氏友人，做一个堂堂正正的热血男儿，立志为收复中原大业贡献一份力量；“有泪应浇赵州土”，不要再与妓女们缠绵不休、抛洒那种无聊的伤离恨别之泪了。作者对友人的一片赤诚可见。全篇辞谐而意庄，“旨正而语有致”（刘熙载《艺概·词曲概》），尤其是末二句，极具惊顽起懦作用，正如《白雨斋词话》所评：“足以使懦夫有立志。”

【注释】

①林节推：即一个姓林的任节度推官（安抚幕职）的同乡友人。 ②长安：此借汉唐故都以指南宋都城临安（今杭州）。 ③客舍：此借指酒楼妓馆。 ④“青钱”二句：杜甫《偪侧行赠毕四曜》诗：“速宜相就饮一斗，恰有三百青铜钱。”又晏几道《浣溪沙》词：“户外绿杨春系马，床前红烛夜呼卢。”刘词二句即本于此。 ⑤“易挑”句：用苏蕙织锦回文诗故事。《晋书·窦滔妻苏氏传》载：“滔，苻坚时为秦州刺史，被徙流沙。苏氏思之，织锦为回文旋图诗以赠滔，婉转循环以读之，词甚凄婉。” ⑥玉人：容色如玉的美人，指林氏所迷恋的妓女。 ⑦“男儿”二句：化用辛弃疾“我最怜君中宵舞，道男儿到死心如铁”及“贱子亲再拜：西北有神州”诸语意。

吴 潜（1196—1262）

字毅夫，号履斋，宣州宁国（今属安徽）人。宁宗嘉定十一年（1217）进士第一。曾任参知政事，拜右丞相兼枢密使。主张积极抗金，清除奸佞。但却因此受谗，被贬循州（今广东惠阳）而死。与姜夔、吴文英等皆有交往。有《履斋诗余》三卷。

鹊 桥 仙

扁舟昨泊，危亭孤啸，目断闲云千里。前山急雨过溪来，尽洗却、人间暑气。　暮鸦木末①，落凫天际②，都是一团秋意。痴儿騃女贺新凉，也不道、西风又起③。

【题解】

此词当作于词人晚年频繁遭贬的某次赴任途中，抒写其宦海浮沉的孤愤与落寞之情。篇首三句交待行踪，借泊舟与登亭的紧相连续，表现出迫不及待地要一登高台长舒怨气的心情。“目断”云云，既欲借“闲云千里”之景以拓展胸襟，同时又隐约透露了他虽被远贬千里之外，却仍然怀君念国的情怀。词人本欲为君除奸佞，结果反被贾似道之流所陷。这“人间暑气”并非“孤啸”所能驱除，故希望有一场急雨来浇掉这胸中块垒。天解人意，果有“前山急雨过溪来”，不仅夏末秋初的燥热一洗而空，甚至连那多年来的失意、愁苦、怨愤，似乎也“尽洗却”了。这使词人感到了一阵快意。下片转写雨后秋景，情调也转为消沉。眼前暮鸦高栖、鸿雁孤飞的情景又触发起心中“一团秋意”。作者以老迈之躯，却再遭贬，不免顿生萧瑟迟暮之感。于是，借“痴儿騃女”以作反衬，抒发了自己那难以开解的悲凉抑郁之情。

【注释】

①木末：树梢。　②落凫（fú）：远去的野鸭。　③：“痴儿”二句：

化用苏轼《洞仙歌》词："但屈指西风几时来，又不道流年，暗中偷换。"痴儿骏女：泛指单纯的年轻人。骏（ái），痴愚。

满 江 红

送李御带珙[1]

红玉阶前[2]，问何事、翩然引去[3]？湖海上、一汀鸥鹭[4]，半帆烟雨。报国无门空自怨，济时有策从谁吐。过垂虹、亭下系扁舟[5]，鲈堪煮。　拚一醉，留君住；歌一曲，送君路。遍江南江北，欲归何处？世事悠悠浑未了[6]，年光冉冉今如许[7]。试举头，一笑问青天，天无语。

【题解】

这首送别词，从送别地点看，当是作者在嘉熙元年（1237）任平江（今苏州）知府时所作。词中通过对友人志行的理解和同情，谴责朝廷的昏聩，表现了忧国忧民的深厚情意。词一起笔便提出了何以辞官的问题，但没有直接回答，先以三个短句去描述了一番友人在湖海烟波中以鸥鹭为伴的隐居生活。而后才以两句工整的对句点出问题的症结：得不到朝廷的理解和重视，济时有策而报国无门。然而国难当头，世事未了，任其漂泊退隐并非良策，"欲归何处？"其实这在那残破现实面前该是无疑而问，答案十分明确："欲归无处"！因此，换头处"留君住"与"送君路"的对举，实际上是作者既送之又留之的矛盾心理的曲折反映。最后以笑问青天而青天无语作结，饶有韵致，既含蓄又凝重。

【注释】

①李御带珙：李珙，字开伯，吴郡（今江苏苏州）人。生平不详。御带，武官名，真宗咸平元年，改称“带御器械”。 ②红玉阶：红色玉石砌成的台阶，此指宫殿朝堂。 ③翩然：飘然，形容动作轻快。 ④汀（tīng）：水边平地。 ⑤垂虹：指重虹桥，其上有亭，北宋庆历八年（1048），县尉王廷坚所建。见《吴郡志》。 ⑥浑：全，都。 ⑦冉冉：形容时间渐渐过去。

淮上女（生卒年不详）

不知名姓。南宋嘉定年间被金人掳掠北上。

减字木兰花

淮山隐隐，千里云峰千里恨。淮水悠悠，万顷烟波万顷愁。 山长水远，遮断行人东望眼。恨旧愁新，有泪无言对晚春。

【题解】

公元1220年前后，金人屡犯淮、泗一带，大肆杀掠，淮上女就是无数受害妇女之一，在诀别故乡之际，她于泗州壁间题下此词，表达了对故乡亲人的无限眷恋，对敌人的深刻仇恨。词的上阕融情入景，因景寄情。作者面对渐行渐远渐趋模糊的淮山，感到故乡的山也已泪眼蒙眬了，自己的恨与家山共阔；那悠悠东流的淮河，万顷烟波也流不尽苦命人绵长不尽的愁思。四句之中，一山一水，构成词中少见的隔句对。作者且善于运用移情手法，在朦胧暗淡的景物中植入了自己强烈的感情色彩。下阕着重叙事，在叙事中抒情。行踪西去，而她的心却要东归，即使关山阻隔遮断了视线，她也仍然不断回望。在此永别之际，旧恨新愁一齐涌上心头，但作为一个弱女子却又只能默默地面对暮春残景伤心落泪。此词极富民歌特色，山水、愁恨，回环往复，颇有一唱三叹之致。

吴文英（1200—1260）

字君特，号梦窗，晚号觉翁，四明（今浙江宁波）人。一生未第，游幕终老。长期旅居苏、杭等地，足迹未出江、浙二省。其词音律和谐，语言凝练，以秾挚密丽区别于姜夔的清空骚雅。因此，尽管张炎有“七宝楼台，眩人眼目，碎拆下来，不成片段”（《词源》）之讥，却颇为晚清词人所推崇。有《梦窗词集》存世。

八声甘州

灵岩陪庾幕诸公游[1]

渺空烟四远[2]，是何年、青天坠长星。幻苍崖云树[3]，名娃金屋[4]，残霸空城[5]。箭径酸风射眼[6]，腻水染花腥[7]。时靸双鸳响[8]，廊叶秋声[9]。　　宫里吴王沉醉，倩五湖倦客[10]，独钓醒醒。问苍天无语，华发奈山青[11]。水涵空[12]、阑干高处，送乱鸦斜日落渔汀[13]。连呼酒，上琴台去[14]，秋与云平[15]。

【题解】

这是一首笔致空灵而托意高远的怀古词。词由咏怀古迹入手来驰骋艺术想象。首二句极言灵岩山高峻雄阔，犹如天上长星坠地而成。接着以一“幻”字直贯而下。“箭径”二句写酸风射眼、流水涨腻，采香径里似乎仍泛着宫女们洗妆后的残脂剩粉，“腥”气扑鼻。“时靸”二句写身边的落叶声，一似宫娃着屐缓步而来。以上所写既有客观之实景，又有主观之幻觉。以幻为真，令人不由得被引入那由怀古而引发的幻境。这种笔法，既打破时空，把历史拉向眼前；又将实地之客观印象强化为主观感受，带有强烈的情绪色彩。下片写夫差、范蠡的一醉一醒，则由正面切入，相互对照，语多感慨。“问苍天”句以下笔锋一转，由“故国神游”跌回现实。结句“秋与云平”，既说秋高，又表示身临绝顶，眼界空阔，与篇首呼应，境界阔大，胸次超然。梦窗词深受李贺诗影响，不仅化用词句，而且学其超现实的幻觉手法，形成了一种奇谲、夸诞、冷隽的风格。

【注释】

①灵岩：山名，在今江苏省苏州市吴中区西，山上有吴王夫差所建馆娃宫、琴台、响屧廊、采香径（箭径）等残址遗迹。山顶有涵空阁，可以远眺烟波浩渺之太湖。庾幕：幕府僚属的美称。此指苏州仓台幕府。据夏承焘《唐宋词人年谱》，吴文英曾为仓台幕僚。 ②渺空烟四远：长空无云，四望无际。 ③幻：化作。 ④娃：美女。名娃：指西施。金屋：用汉武帝金屋藏娇的故事。《汉武故事》载汉武帝为胶东王时，曾对其姑母说：“若得阿娇，当作金屋贮之也。”此处借指吴王在灵岩山上为西施修建的馆娃宫。 ⑤残霸：指吴王夫差，他曾破越败齐，一度与晋争霸中原，后为越国所灭，霸业有始无终，故云。 ⑥箭径：即采香径。范成大《吴郡志》卷八：“采香径在香山之旁，小溪也。吴王种香于香山，使美人泛舟于溪以采香。今自灵岩望之，一水直如矢，故俗又名箭径。”酸风：冷风。李贺《金铜仙人辞汉歌》：“东

关酸风射眸子。” ⑦“腻水”句：意谓花朵也染上了脂粉水的香味。腻水：语出杜牧《阿房宫赋》：“渭流涨腻，弃脂水也。” ⑧靸（sǎ）：拖鞋。此用作动词。双鸳：鸳鸯履，指女鞋。 ⑨廊：指响屧（jī）廊。《吴郡志》卷八：“响屧廊在灵岩山寺。相传吴王令西施辈步屧（木底鞋），廊虚而响，故名。” ⑩倩：请。五湖倦客：指范蠡。赵晔《吴越春秋》卷十《勾践伐吴列传》载：范蠡辅助勾践灭吴后，“乘扁舟，出三江，入五湖，人莫知其所适。” ⑪“华发”句：山色青翠，无奈自己头发花白了。 ⑫水涵空：远水连空。苏轼《更漏子》词：“水涵空，山照市。” ⑬汀：沙洲。渔汀：水边捕鱼的地方。 ⑭琴台：在灵岩山顶，春秋时吴王游乐遗迹。 ⑮秋与云平：意谓秋色满天。

莺 啼 序

残寒正欺病酒，掩沉香绣户①。燕来晚、飞入西城，似说春事迟暮。画船载、清明过却，晴烟冉冉吴宫树②。念羁情游荡③，随风化为轻絮。 十载西湖，傍柳系马，趁娇尘软雾④。溯红渐、招入仙溪⑤，锦儿偷寄幽素⑥。倚银屏、春宽梦窄⑦；断红湿、歌纨金缕⑧。暝堤空，轻把斜阳，总还鸥鹭⑨。 幽兰旋老⑩，杜若还生⑪，水乡尚寄旅。别后访、六桥无信⑫，事往花委⑬，瘗玉埋香⑭，几番风雨。长波妒盼⑮，遥山羞黛⑯，渔灯分影春江宿。记当时、短楫桃根渡⑰。青楼仿佛⑱。临分败壁题诗⑲，泪墨惨淡尘土⑳。 危亭望极，草色天涯，叹鬓青半苎㉑。暗点检、离恨欢唾[22]，尚染鲛绡[23]，亸凤迷归[24]，破鸾慵舞[25]。殷勤待写，书中长恨，蓝霞辽海沉过雁，漫相思、弹入哀筝柱[26]。伤心千里江南，怨曲重招，断魂在否[27]？

【题解】

此词记叙作者旅居杭州期间的一段恋情，曲折回环，哀艳兼并。作者以情为文，以事为质；又化实为虚，空灵蕴藉，具有优美的境界，在章法安排上也颇费经营。首片为起兴，写伤春怀旧，引起对往事的回忆。伤春兼含伤别，伤怀兼含伤逝，从而带出下文。第二片为记叙正文，追忆十年前在西湖畔与一女子情合欢会的往事，最后还是梦醒人去，怅恨不已。第三片写重访。别后时光匆匆，景物全非，寻访故地而伊人已逝，睹物伤情之际又逆笔倒叙一段上片未写之欢情，使之开合动荡，断续有致，且与上片"春宽梦窄"相绾合。末片以悼亡为全调总结，极写相思之苦以及对逝去情人无限的哀悼。全词情经事纬，左抽右旋，既有主干，又有穿插，明脉暗络。回环相生，典型地体现了梦窗词"密丽"的特色。

【注释】

①沉香：沉香木。沉香绣户：雕花的沉香木窗户。 ②吴宫：泛指南宋宫苑。南宋都城临安旧属吴地。五代时吴越王建都于此，故云。 ③羁情：旅思离情。 ④趁：此指追逐。娇尘软雾：指所恋女子的车尘，此句意谓惊艳后追逐香车而去，欲通情愫。 ⑤"溯红"句：意谓沿着花溪逐渐走入仙境。暗用刘义庆《幽明录》载刘晨、阮肇入天台山遇仙女事。 ⑥锦儿：据洪遂《侍儿小名录》载，锦儿是钱塘妓女杨爱爱的侍婢。这里泛指侍婢。 ⑦银屏：闺房中镂银的屏风。春宽：喻欢情之长。梦窄：喻情缘之短。此句造语奇警，

为吴文英工于研意炼字的显例。其《三姝媚》词："但怪得当年，梦缘能（如此）短"，即与此"梦窄"意同。情长缘短，乍合旋离，觉来正如青楼一梦。⑧断红：形容断续的泪珠。 歌纨：歌唱时用的纨扇。金缕：金线绣成的舞衣。 ⑨"暝堤空"三句：意谓梦醒人去，斜阳空堤，仅余鸥鹭而已。 ⑩幽兰：即兰花。 ⑪杜若：香草名。 ⑫六桥：指西湖的堤桥，西湖外湖有映波、锁澜、望山、压堤、东浦、跨虹六桥，为苏轼所建。 ⑬花委：即花萎、花谢。 ⑭瘗玉埋香：此句中的"玉""香"及上句中的"花"都是借指恋人。瘗：埋葬。 ⑮长波妒盼：意谓水波也妒忌恋人的美目流盼。 ⑯黛：黛眉。 ⑰楫：划船的用具。桃根渡：泛指离别之处。晋代王献之与妾桃叶分别时作《桃叶歌》："桃叶复桃叶，渡江不用楫。但渡无所苦，我自迎接汝。"又"桃叶复桃叶，桃树连桃根。相怜两乐事，独使我殷勤。"相传桃根是桃叶的妹妹。 ⑱青楼仿佛：意谓恋人住过的青楼依稀如旧，暗示人亡楼空。 ⑲败壁题诗：周邦彦《绮寮怨》词："当时曾题败壁，蛛丝罩、淡墨苔晕青。" ⑳"泪墨"句：意谓那和泪磨墨写成的字已蒙上尘土，显得惨淡失色。 ㉑鬓青半苎：头发半白。白色的苎麻，比喻白发。 ㉒离恨欢唾：喻指过去的悲欢情事。 ㉓鲛绡：薄纱手帕。 ㉔亸（duǒ）：下垂的样子。此句意谓孤凤垂下双翅仿佛迷了归路。 ㉕鸾：指鸾镜。刘敬叔《异苑·卷三》："罽宾王国王买得一鸾，欲其鸣不可，致饰金繁，飨珍羞，对之愈戚，三年不鸣。夫人曰：'尝闻鸾见类则鸣，何不悬镜照之。'王从其言。鸾睹影悲鸣，冲霄一奋而绝。"故后世称镜为"鸾镜"。此处作者乃以"破鸾"及"亸凤"自喻，抒写失去恋人后的孤独、迷茫和痛苦。 ㉖哀筝：筝音调凄怨，故称哀筝。柱：用以系弦。 ㉗"伤心"三句：语本《楚辞·招魂》："目极千里兮伤春心，魂兮归来哀江南。"

齐天乐

与冯深居登禹陵[①]

三千年事残鸦外[②]，无言倦凭秋树。逝水移川，高陵变谷[③]，那识当时神禹[④]。幽云怪雨，翠蓱湿空梁，夜深飞去[⑤]。雁起青天，数行书似旧藏处[⑥]。　寂寥西窗久坐，故人悭会遇，同剪灯语[⑦]。积藓残碑[⑧]，零圭断璧，重拂人间尘土。霜红罢舞。漫山色青青，雾朝烟暮。岸锁春船，画旗喧赛鼓[⑨]。

【题解】

这是一首登临怀古词，作者与友人登上禹陵，怀古人之伟业，念今事之日非，抒发了无限沧桑之深慨。起句“三千年事残鸦外”，既启人三千年远古之遐思，又点出往事早已消逝在残鸦断影之外。而反观今事，圣贤不再，举目苍茫，何以托身？故继之以“无言倦凭秋树”。以下追怀夏禹改天换地的伟业、有关他的神奇传说以及他的藏书之所，写足了世变时移的深沉感慨。换头三句始转入写友人，将历史沧桑之感与一己今昔离合之悲融合为一，其间时空跳跃杂糅，互为映带关合，运意深远，用笔幽邃。末二句忽以明年旗鼓之盛的春景作结，在貌似闲散之笔中，暗寓了无限的盛衰更迭之感，含意深远不尽。

【注释】

①冯深居：冯去非，字可迁，号深居。理宗宝祐年间曾为宗学谕，因反

对权臣丁大令而免官。禹陵：在浙江绍兴市东南之会稽山。 ②三千年事：自南宋上溯至夏禹时约已三千四百年，故云。 ③“逝水移川”二句：河道迁移，高山变为深谷，言夏禹治水的丰功伟绩。《诗经·小雅·十月之交》：“高岸为谷，深谷为陵。” ④神禹：神圣的夏禹。《书·大禹谟》：“乃圣乃神。” ⑤“翠蓱（píng）”二句：《大明一统志·绍兴府志》：“梅梁，在禹庙。梁时修庙，忽风雨飘一梁至，乃梅梁也。”又《四明图经》：“禹庙之梁，张僧繇画龙其上，夜或风雨，飞入镜湖与龙斗。后人见梁上水淋漓而萍藻满焉，始骇异之，以铁链锁于柱。”翠蓱：即翠萍。词中“翠蓱”二句时间因果倒置言之，先“夜深飞去”，而后才见“翠蓱湿空梁”。 ⑥“数行书”句：《绍兴府志》载：“后匮山在府城东南一十五里，山形如匮。相传禹治水毕，藏书于此。” ⑦“寂寥”三句：李商隐《夜雨寄北》诗有“何当共剪西窗烛，却话巴山夜雨时。”吴词本此。悭（qiān）：吝啬。 ⑧残碑：指禹葬时下棺之丰碑今已残缺。 ⑨赛鼓：指祭祀夏禹时的锣鼓声。

唐多令

何处合成愁？离人心上秋①。纵芭蕉、不雨也飕飕②。都道晚凉天气好，有明月，怕登楼。　年事梦中休③，花空烟水流。燕辞归、客尚淹留④。垂柳不萦裙带住⑤，漫长是、系行舟⑥。

【题解】

这是一首惜别怀人之作。全词不用丽词辟典。语言舒畅明快，如开篇设为问答之词，分拆“愁”字而为“心上秋”，通俗易懂而又别具一番情趣。乃借鉴南朝民歌写法。清王士祯认为是“《子夜》变体”。此评甚当。以下借芭蕉不雨在风中也自飕飕有声，即使秋凉月明也怕登楼，表现客子漂泊、乡思离愁之苦。下片则直接抒发年事已休而客尚淹留的愁苦之情。全词清空疏快而不质实，在梦窗词中甚为难得。然而陈廷焯却因此词首二句类似于文字游戏，而讥其“几于油腔滑调”（《白雨斋词话》），这实际上是由其对民歌体的偏见所致，实不足以为梦窗病。

【注释】

①心上秋：心与秋叠合则成一“愁”字，借以表现离愁。　②飕（sōu）飕：指风声雨声。　③年事：往年的情事。　④“燕辞归”句：曹丕《燕歌行》诗：“群燕辞归鹄南翔，念君客游多思肠。慊慊思归恋故乡，君何淹留寄他方。”此隐括其诗意。客：作者自指。　⑤萦：绕。　⑥漫：空自，徒然。

贺　新　郎

陪履斋先生沧浪看梅①

乔木生云气，访中兴、英雄陈迹，暗追前事。战舰东风悭借便②，梦断神州故里。旋小筑、吴宫闲地。华表月明归夜鹤③，叹当时、花竹今如此。枝上露，溅清泪。　　遨头小簇行春队④，步苍苔、寻幽别墅，问梅开未？重唱梅边新度曲，催发寒梢冻蕊。此心与、东君同意⑤。后不如今今非昔，两无言、相对沧浪水。怀此恨，寄残醉。

【题解】

理宗嘉熙三年（1239）正月，作者陪南宋后期重臣吴潜到沧浪亭赏梅。作此词以述志。词一发端便以突兀雄奇之势高唱“乔木生云气”，突现出沧浪亭以参天古树护卫而雄居山巅的气势。而后点明这次访梅的目的，并非专为赏花，而是为了缅怀中兴英雄。以下七句便追怀韩世忠卓越的战绩与功亏一篑、为避奸佞洛害而被迫隐退的经历，并深致慨叹，表达悼念之情。以上怀古，下片转入伤今。先写这支游春赏梅队伍的活动，并表示“催发寒梅”的愿望是共同的。然后引出“后不如今今非昔”的悲慨。面对当前奸臣当道、国事日非局面，作者深表忧虑；曾居台辅，而今失意的吴潜也只能与作者一起“两无言、相对沧浪水。”词以感慨生哀，激越而又苍凉。

【注释】

①履斋：吴潜，字毅夫，号履斋，淳祐中曾为相，封庆国公。此时正出知平江（今苏州）府。吴文英曾为吴潜之幕客。沧浪：即沧浪亭，在今苏州市南。五代时此处曾为吴越广陵王钱元璙之池馆，后废为寺。北宋时为苏舜钦所得，筑亭其上并为命名。南宋时为韩世忠别墅。　②“战舰”句：用杜牧《赤壁》诗“东风不与周郎便，铜雀春深锁二乔”句意。高宗建炎四年（1130），韩世忠率八千士兵，驾海船在镇江截住金兵退路，并用大钩搭住敌船，取得了黄天荡大捷。但由于投降派的破坏阻挠，抗金事业最终未能完成。词中即指此事，　③“华表”句：用《搜神后记》所载丁令威得道化鹤归辽止于城门华表之事。慨叹久别家乡重归时所见人世变迁之大。　④遨头：指太守。《成都记》载，宋时成都正月至四月浣花，太守出游，士女纵观，称太守为“遨头”。此用以称吴潜。　⑤东君：原指司春之神，门客对主人亦可称“东君”，此借指吴潜。

风 入 松

听风听雨过清明，愁草瘗花铭[1]。楼前绿暗分携路[2]，一丝柳，一寸柔情。料峭春寒中酒[3]，交加晓梦啼莺[4]。　西园日日扫林亭，依旧赏新晴。黄蜂频扑秋千索，有当时纤手香凝。惆怅双鸳不到[5]，幽阶一夜苔生[6]。

【题解】

此词为清明怀人之作。词中所提到的西园在吴地，是词人与他的恋人寓居之处。上片追忆昔年伤春惜别的情景。起韵两句既点明季节，又渲染了凄凉的氛围。“楼前”二句写当年依依惜别的深情，“一丝柳、一寸柔情”句，笔触温柔、精细动人。“料峭”二句，更推进一层，极言愁怀难遣、伊人难觅之苦，但语意婉曲。“交加”句复寓难眠之愁于交加啼莺之中。下片转写今日一片痴绝之情。人去园空，作者却依然“日日扫林亭”，盼望恋人重新归来。“黄蜂”二句更入痴境，“见秋千而思纤手，因蜂扑而念香凝，纯是痴望神理”（陈洵《海绡说词》）。结韵写望而不见之惆怅心境，感情凝重温厚，而用“一夜苔生”来表达，更显得含蓄不尽。

【注释】

①瘗（yì）花铭：庾信写有《瘗花铭》。瘗，埋祭品、尸体、随葬品。浑言之即埋葬。铭，古代一种应用文体。　②分携路：分手之地。　③料峭：形容春时的微冷天气。　④交加：形容杂乱繁多。此句暗用唐金昌绪《春怨》“打起黄莺儿，莫教枝上啼，啼时惊妾梦，不得到辽西”诗意。　⑤双鸳：指

女子绣鞋。 ⑥幽阶一夜苔生：因恋人履迹久未到此，石阶上竟长出了青苔。南朝庾肩吾《咏长信宫中草》："全由履迹少，并欲上阶生。"此化用其意。

高 阳 台

丰乐楼分韵得"如"字①

修竹凝妆②，垂杨驻马，凭阑浅画成图。山色谁题？楼前有雁斜书。东风紧送斜阳下，弄旧寒、晚酒醒余。自消凝、能几花前，顿老相如？ 伤春不在高楼上，在灯前攲枕，雨外熏炉。怕杈游船③，临流可奈清臞④？飞红若到西湖底，搅翠澜、总是愁鱼。莫重来、吹尽香绵⑤，泪满平芜⑥。

【题解】

吴文英在杭州之时，南宋的国运已是岌岌可危，而西湖边仍是歌舞不断，游人繁盛，缙绅雅士们在"宏丽为湖山冠"（周密《武林旧事》）的丰乐楼上置酒高会，吴文英席间分韵得"如"字，触景伤怀，写下此词。篇中伤春之情由开头的浅淡逐渐变为浓郁，且愈演愈烈。其间在写景抒怀的紧要处，巧妙地设下三问，而每一问都使伤春念老之情得到强化。词人对"修竹凝妆，垂杨驻马"的如画之景只轻描一笔，便瞩目于山色，心情突转沉重，"山色谁题"，其实是说山色凄迷，谁解此意？接着以"斜阳""旧寒"又逼出第二问："能几花前"。人之将老，国之将亡，种种衰飒紧迫的感伤情绪，有此一问而全出。过片说"伤春不在高楼上"，而在灯前、雨外、泊舟之岸，然则伤春之情无往而不在了。最后以见飞红则“愁鱼”，落絮尽则“泪满平芜”，把愁情推向高潮。这岂止是词人一己身世之感，更多的还是家国之悲。

【注释】

①丰乐楼：在杭州涌金门外。周密《武林旧事》：“丰乐楼，旧为众乐亭，又改耸翠楼，政和（北宋徽宗年号）中改今名。”分韵：一种和诗、和词的方法，数人共赋一题，用抓阄或指定的方法分配各人当用韵字。②凝妆：盛妆，浓妆。王昌龄《闺怨》诗：“闺中少妇不知愁，春日凝妆上翠楼。” ③杈：或作“舣”，泊船靠岸。 ④清臞（qú）：即清癯，意为清瘦。 ⑤香绵：指柳絮。 ⑥平芜：平远的草地。

霜　叶　飞

重　　九

断烟离绪关心事，斜阳红隐霜树。半壶秋水荐黄花，香噀西风雨[①]。纵玉勒、轻飞迅羽[②]。凄凉谁吊荒台古[③]。记醉踏南屏[④]，彩扇咽寒蝉，倦梦不知蛮素[⑤]。　　聊对旧节传杯，尘笺蠹管，断阕经岁慵赋。小蟾斜影转东篱[⑥]，夜冷残蛩语。早白发、缘愁万缕[⑦]。惊飙从卷乌纱去[⑧]。漫细将、茱萸看[⑨]，但约明年，翠微高处。

【题解】

九九重阳为我国传统的登高佳节，亲友聚会，畅怀欢饮，乃人生一乐。然而，对于生离死别者则又最易触发怀亲悼旧之愁绪。梦窗此词就是重九登高怀念杭州亡妾之作。上片写作者面对断烟、残阳、霜树、秋水以及雨中黄菊等萧索物象，回忆起以往与爱妾醉游南屏山的往事时凄苦沉痛的心境。下片极言伊人逝去之后百无聊赖的情状，以至到了“断阕经岁慵赋”的地步，其中包含了无限伤逝的凄怆。“早白发”二句，意谓反正人亡身老，无一可珍，“缘愁万缕”而满头白发，一切尽随他去吧！体现了极度痛苦之下麻木的心态，非常真切动人。结句表达“现在如此，未来可知，极感怆却极闲冷”（陈洵《海绡说词》）的情感，深沉而又委折。

【注释】

①噀（xùn）：喷水。 ②玉勒：镶玉的马勒，此代指马。 ③荒台：彭城（今江苏苏州）戏马台，为项羽阅兵处，南朝宋武帝曾于重阳日大会宾僚赋诗于此。此处泛指古迹。 ④南屏：山名，“南屏晚钟”为西湖十景之一。山上有吴越王所建雷峰塔。 ⑤蛮素：白居易有姬名樊素，善歌；有妓名小蛮，善舞。白居易有诗赞道：“樱桃樊素口，杨柳小蛮腰。”此处借指爱妾。 ⑥小蟾：上弦月。 ⑦“早白发”句：李白《秋浦歌》：“白发三千丈，缘愁似个长。”此化用其意。 ⑧“惊飙”句：用孟嘉落帽事。《晋书·孟嘉传》载：“九月九日，（桓）温宴龙山，僚佐毕集。时佐吏并著戎服。有风至，吹嘉帽堕落，嘉不之觉。” ⑨“漫细将”句：化用杜甫《九日蓝田崔氏庄》诗：“明年此会知谁健，醉把茱萸仔细看”句意。茱萸（zhūyú）：植物名，生于川谷，其味香烈。旧俗九九重阳日佩之以袪邪避灾。

祝英台近

春日客龟溪游废园①

采幽香，巡古苑，竹冷翠微路。斗草溪根，沙印小莲步②。自怜两鬓清霜，一年寒食，又身在、云山深处。　尽闲度。因甚天也悭春③，轻阴便成雨。绿暗长亭，归梦趁飞絮。有情花影阑干，莺声门径，解留我、霎时凝伫。

【题解】

寒食清明紧相连，是游春的好时节，而作者独游龟溪之废园却触发了一番身世飘零之深慨。当他一边采着野花，一边漫步在幽竹掩映的山间小道时，似乎显得十分悠然自得。然而“斗草溪根”二句以后却笔锋陡转，少女们溪边斗草留下的足印，使他由别人的青春欢乐，联想到自己的两鬓清霜，佳节无欢，漂流失所，因而不胜悲慨。然而，历尽沧桑的词人却又“欲说还休”，不加细述。过片仍借游园抒慨。作者本欲借闲游以遣闲愁，偏偏天不会人意，居然“轻阴便成雨”，这更触动他的客思乡愁。“绿暗”句因见飞絮飘零而做起“归梦”，是以轻灵之笔写浓重的伤春思归之情。最后移情入景，谓“花影”“莺声”俱解人意，以作自我宽慰，在凄苦之辞中稍着一点温馨色彩。词中写景清丽，抒情婉曲，极富韵致。

【注释】

①龟溪：浙江德清县境内的一条小溪。据《德清县志》载：“龟溪，古

名孔愉泽，即余不溪之上流。昔孔愉见渔者得白龟于溪上，买而放之。”故名。 ②莲步：《南史·东昏侯记》：“凿金为莲花以贴地，令潘妃行其上，曰：‘此步步生莲花也。’”此指女子足迹。 ③悭（qiān）：吝啬。

祝英台近

除夜立春

剪红情，裁绿意[①]，花信上钗股[②]。残日东风，不放岁华去。有人添烛西窗[③]，不眠侵晓，笑声转、新年莺语[④]。 旧尊俎[⑤]。玉纤曾擘黄柑，柔香系幽素。归梦湖边，还迷镜中路。可怜千点吴霜[⑥]，寒消不尽，又相对、落梅如雨。

【题解】

“除夜立春”，佳节双逢，本应倍增欢情。然而，对于多情善感而又沧桑历遍的词人来说，新旧时序交替之际，又最易激发怀旧之情。本词上片给人以充满温馨欢乐之感。词人一开始就以婉丽的笔调来描绘佳节里剪戴彩幡的乐事，体现了他与情人“不眠侵晓”、笑语迎春的融融欢情。换头“旧尊俎”三字顿跌，折回眼前现实。原来前面所写皆为词人之幻觉，而眼前实境则是萧萧霜发独对簌簌落梅。虚实有别，欢哀各异，比照悬绝，不胜凄迷哀婉之至。中间几句则又插叙一段伊人往日脉脉柔情的正面回忆，见出上片所写并非毫无现实基础的幻设，而是往日旧情的折光反映。全词以幻觉、回忆、现实三组情境结构全篇，以欢乐场景凸现心底之孤凄感伤，对比鲜明，感人至深。

【注释】

①剪红情”二句：剪彩成红花绿叶，制成春幡戴在女子头上。参见辛弃疾《汉宫春》词中“袅袅春幡”条下注。 ②花信：即花信风，花期。此指春幡。 ③添烛西窗：李商隐《夜雨寄北》诗：“何当共剪西窗烛，却话巴山夜雨时。” ④新年莺语：杜甫《伤春》五首之二：“莺入新年语，花开满故枝。”此指伊人的娇声软语。又姜夔《踏莎行》：“燕燕轻盈，莺莺娇软。分明又向华胥见。” ⑤尊俎：此处偏指俎，即砧板。 ⑥吴霜：指白发。李贺《还自会稽歌》：“吴霜点归鬓，身与塘蒲晚。”

惜黄花慢

次吴江，小泊。夜饮僧窗惜别。邦人赵簿携小妓侑尊，连歌数阕，皆清真词。酒尽已四鼓，赋此词饯尹梅津[①]

送客吴皋。正试霜夜冷[②]，枫落长桥。望天不尽，背城渐杳，离亭黯黯，恨水迢迢[③]。翠香零落红衣老[④]，暮愁锁、残柳眉梢。念瘦腰。沈郎旧日[⑤]，曾系兰桡[⑥]。 仙人凤咽琼箫[⑦]，怅断魂送远，《九辩》难招[⑧]。醉鬟留盼[⑨]，小窗剪烛，歌云载恨，飞上银霄。素秋不解随船去，败红趁、一叶寒涛。梦翠翘[⑩]，怨鸿料过南谯[⑪]。

【题解】

这是一首为送别好友严焕而作的送别词。开篇之句以实叙领起，点明地点、时令，揭出送客主题。而后由实入虚，以景衬情。上片写吴江送别，下片写僧舍夜宴，上下片结尾皆以往日爱情生活和远方恋人情事作结，以情人分手与友人离别互为映衬，黯然消魂的离别情状愈加突出。全词所写幻多于真，隐多于显，虚多于实。但又两相结合，浑化无迹，顿挫转折，灵活动荡，颇具特色。

【注释】

①赵簿：名字不详。簿，主簿，职官名。尹梅津：名焕，字惟晓，山阴人。嘉定十年（1217）进士。曾为《梦窗词》作序。 ②试霜：秋霜初降。 ③恨水迢迢：此句化用欧阳修词《踏莎行》中“离愁渐远无穷，迢迢不断如春水”句意。 ④“翠香”句：李璟《摊破浣溪沙》词：“菡萏香销翠叶残，西风愁起绿波间。还与容光共憔悴，不堪看。”此化用其意。红衣：指荷花。 ⑤沈郎：《南史·沈约传》载沈约与徐勉书云：“老病百日数旬，革带常应移孔。”形容日渐消瘦，后一常用作典故，或称消瘦为“沈腰”。⑥兰桡（ráo）：船桨的美称，此指小船。 ⑦“仙人”句：用箫史、弄玉吹箫引凤之典，形容席间歌女唱腔清润，哀婉动人。 ⑧《九辩》：宋玉赋。宋玉为屈原弟子，为悯其忠而放逐，故作《九辩》以述其志。又楚辞《招魂》，旧题宋玉所作，王逸注云：“宋玉怜哀屈原忠而斥弃，愁懑山泽，魂魄散佚，厥命将落，故作《招魂》，欲以复其精神，延其年寿。”（《楚辞章句》） ⑨醉鬟：女子发髻称鬟，此指歌女饮酒微醉。 ⑩翠翘：一种青绿色的雌鸟，亦称“翠鸟”，此代指其情人。 ⑪南谯（qiáo）：南楼。谯，望楼，高楼。

陈人杰（？—1243）

号龟峰，又名经国，字刚父，长乐（今福建福州）人。弱冠随牒江东漕闱，不第，北历淮山，自齐安薄游巴陵，嘉熙四年（1240）回京师。有《龟峰词》一卷。词三十一首皆调寄《沁园春》。

沁　园　春

诗不穷人[1]，人道得诗，胜如得官[2]。有山川草木，纵横纸上；虫鱼鸟兽，飞动毫端[3]。水到渠成，风来帆速，廿四中书考不难[4]。惟诗也，是乾坤清气[5]，造物须悭[6]。　金张许史浑闲[7]，未必有功名久后看。算南朝将相，到今几姓；西湖名胜，只说孤山[8]。象笏堆床[9]，蝉冠满座[10]，无此新诗传世间。杜陵老，向年时也自，井冻衣寒[11]。

【题解】

这首《沁园春》词表达了作者对诗歌创作的基本看法。主要是发挥欧阳修在《梅圣俞诗集序》中提出的“诗穷而后工”的文学观念，但同时也抒发了自己在穷困潦倒中坚持创作的激情，并且以贬低权贵作为陪衬以表明自己的坚定态度。他列举了历代的达官显贵，如金、张、许、史之流，尽管享尽了荣华富贵，却不可能写出好诗来流传后世。字里行间，充满了作为诗人的自豪感。作者还举出了最为他所崇敬的诗圣杜甫，强调杜甫虽然“向年时也自，井冻衣寒”，但却留下了无比丰厚的精神财富。两相对比，更增强了作者诗歌创作的献身精神。词的基调昂扬乐观，气势磅礴。

【注释】

①诗不穷人：意谓诗歌创作不会使人陷入困境。 ②“人道”二句：唐代郑谷《静吟》诗“骚雅荒凉我未安，月和余香夜吟寒。相门相客应相笑，得句胜于得好官。”为此词所本。 ③“有山川”四句：欧阳修《梅圣俞诗集序》：“凡士之蕴其所有，而不得施于世者，多喜自放于山巅水涯之处……盖愈穷则愈工；然则非诗之能穷人，殆穷者而后工也。”此隐括其意。毫端：指笔尖。 ④廿四中书考：引《旧唐书·郭子仪传》：“校中书令，考二十有四，权倾天下。”考，吏部每年对官员进行考察，任满一周年为一考。二十四考，即二十四年。郭子仪一生身系国家安危者三十余年，其中为中书令之时间最长。 ⑤乾坤清气：指天地间的清明灵秀之气。 ⑥造物：指天。 ⑦金张许史：即金日磾、张世安、许伯、史高四人。汉宣帝时，金日磾和张世安皆受宠，官居高位。许伯，宣帝皇后之父；史高，宣帝母舅家之人。二位外戚也显赫一时。《汉书·盖宽饶传》：“上无许史之属，下无金张之托。”此泛指达官贵人。 ⑧“西湖”二句：西湖名胜甚多，而只说孤山，因为北宋著名诗人林逋在此隐居，植梅养鹤，时称“梅妻鹤子”。 ⑨象笏（hù）：象牙做的笏板，古代在朝大臣见皇帝时手中所捧。象笏堆床，意谓在朝当大官的人很多。 ⑩蝉冠满座：蝉冠，即貂蝉冠，以貂尾蝉文为饰，后用作显贵的通称。杜陵老：指杜甫，他曾自称“杜陵布衣”“少陵野老”。 ⑪井冻衣寒：杜甫《空囊》诗：“不爨井晨冻，无衣床夜寒。”

沁园春

予弱冠之年，随牒江东漕闱[1]，尝与友人暇日命酒层楼。不惟钟阜、石城之胜班班在目，而平淮如席，亦横陈尊俎间。既而北历淮山，自齐安溯江泛湖，薄游巴陵，又得登岳阳楼，以尽荆州之伟观。孙、刘虎视遗迹依然[2]；山川草木、差强人意。洎回京师，日诣丰乐楼以观西湖。因诵友人“东南妩媚，雌了男儿”之句[3]，叹息者久之。酒酣，大书东壁，以写胸中之勃郁[4]。时嘉熙庚子秋季下浣也[5]。

记上层楼，与岳阳楼，酾酒赋诗[6]。望长山远水，荆州形胜；夕阳枯木，六代兴衰。扶起仲谋，唤回玄德，笑杀景升豚犬儿[7]。归来也，对西湖叹息，是梦耶非？　　诸君傅粉涂脂[8]，问南北战争都不知。恨孤山霜重，梅调老叶；平堤雨急，柳泣残丝。玉垒腾烟[9]，珠淮飞浪[10]，万里腥风送鼓鼙。原夫辈[11]，算事今如此，安用毛锥[12]！

【题解】

此词小序甚为可观，不仅交代了写作的时间、地点，而且揭示了全词主旨。即所谓“写胸中之勃郁”，而此勃郁之情则又是由江淮、荆湖之形胜，孙、刘虎视之遗迹与西湖妩媚之景色对照中而来。词的上下片组织安排也与此相合。上片叙游历，借“六代兴衰”的议论，扬孙、刘之北向争雄，贬刘琮之屈辱降曹，且巧借曹操之语以讽刺南宋朝廷的软弱无能。过片以“傅粉涂脂”之形象比拟理宗君臣，又是对序中友人诗句“东南妩媚，雌了男儿”的有力呼应，并谴责他们对蒙宋战争不闻不问，只知醉生梦死。接着借景抒情，景中托意，揭示了风雨飘摇，满目衰残的危殆国运。最后，以“原夫辈”自拟，抒发了作为一介书生，请缨无路，报国无门的激愤之情。全词造语遒劲，挥洒自如，使当时的环境气氛与作者的激情得到了鲜明生动的体现。

【注释】

①牒江东漕闱：牒，即牒试，一种特为官员子弟而设的考试，由转运司主办。江东漕，江南东路转运司，治所在建康府（今江苏南京）。闱，亦称铨闱，即考场。 ②孙、刘虎视遗迹：荆州为孙权、刘备争雄中原的要冲之地，故云。 ③东南妩媚，雌了男儿：意谓杭州西湖的妩媚秀丽之景，使南宋君臣都变得女性化了，也即软弱无能了。 ④勃郁：旺盛浓烈的情绪。 ⑤下浣：唐代规定官吏每十天休息沐浴一次称为浣。后引申称每月上中下旬为上浣，中浣，下浣。 ⑥釃（shī）酒：斟酒。 ⑦“扶起”三句。见辛弃疾《南乡子》（何处望神州）词注⑤。 ⑧诸君：指南宋尤其是指理宗君臣。 ⑨玉垒：玉垒山，在四川灌县西。 ⑩珠淮：因淮水产贡珠而称珠淮。 ⑪原夫辈：泛指舞文弄墨的士人。 ⑫毛锥：即毛笔。《五代史·史弘肇传》：“安朝廷，定祸乱，直须长枪大剑，至如毛锥子，焉足用哉？”

文及翁（生卒年不详）

字时学，号本心，绵州（今四川省绵阳市）人，后移居吴兴。宝祐元年（1253）进士。历秘书少监，知袁州。德祐元年（1275），除签书枢密院事。元兵将至，弃官遁。《全宋词》录其词一首。

贺新郎

西 湖

一勺西湖水[1]。渡江来、百年歌舞[2]，百年酣醉。回首洛阳花石尽[3]，烟渺黍离之地[4]。更不复、新亭坠泪[5]。簇乐红妆摇画舫[6]，问中流、击楫谁人是[7]？千古恨，几时洗。 余生自负澄清志[8]。更有谁、磻溪未遇[9]，傅岩未起[10]。国事如今谁倚仗，衣带一江而已[11]。便都道、江神堪恃。借问孤山林处士[12]，但掉头、笑指梅花蕊[13]。天下事，可知矣。

【题解】

这首词是作者登进士第后，与新进士同游西湖时所作。词的起句即以夸张手法，极言西湖之小：就是这“一勺西湖水”竟成了南宋统治者偏安一隅的安乐窝，自渡江以来一百多年，沉湎酒色，酣饮狂舞，不思恢复。接着以“洛阳花石”与“黍离之地”，一盛一衰，两相对照，其讽刺意义十分显豁，令人想见朝中士大夫们已经麻木不仁，无人再为国事而作新亭之泣，更不用说击楫中流了。过片三句表明自己立志救国的决心和要求朝廷起用贤才的希望。词中愤怒地谴责了官僚士大夫们一味安逸享乐，幻想凭仗一衣带水的长江来阻止敌人南下的荒谬做法，并对朝廷之腐败表示了极端的愤慨。全词情调激昂慷慨，确实体现了一个新进士议论风发的风采。

【注释】

①一勺：极言其容量之小。勺：容量单位，十勺为一合。 ②百年：自南宋王朝建立以来，至理宗宝祐元年（1253）作者登第时已一百二十多年。 ③洛阳花石：宋时洛阳以花石著称，多奇花异石。此借指汴京。 ④黍离：见张元幹《贺新郎》词注③。 ⑤新亭：晋室南渡后，士大夫在建康新亭摆宴时，每北望而落泪。 ⑥簇：聚集。簇乐（yuè）：指急管繁弦。 ⑦中流、击楫：用晋代祖逖渡江北伐事。 ⑧澄清志：指恢复中原，澄清天下之志。 ⑨磻（pán）溪：在今陕西宝鸡市。相传吕尚（姜子牙）在此钓鱼，得遇周文王，后为辅佐大臣，灭了商朝。 ⑩傅岩：在今山西平陆县。相传傅说在此从事版筑，遇殷高宗后得重用，使天下大治。 ⑪衣带一江：形容长江不足为恃，极易渡过。 ⑫林处士：即林逋（和靖）。 ⑬花蕊：花心。

刘辰翁（1232—1297）

字会孟，号须溪，庐陵（今江西吉安）人，宋理宗景定三年（1162）举进士，因廷试对策触犯权臣贾似道，置于丙等。曾任濂溪书院山长。宋亡后隐居不仕。其词多抒发故国之思，山河之恸，不假雕琢而真挚感人，是南宋遗民词中寄情尤深，书愤尤切者。有《须溪词》。

柳梢青

春感

铁马蒙毡[1]，银花洒泪[2]，春入愁城。笛里番腔[3]，街头戏鼓，不是歌声。 那堪独对青灯。思故国，高台月明。辇下风光[4]，山中岁月，海上心情[5]。

【题解】

刘辰翁有元夕词十余首。宋亡后连续几年的元夕，他都有词志哀。此词上片所展示的便是宋亡后的元夕景象。江山易帜，风月全非，耳目所接竟是元蒙铁骑的横行，北地番腔的喧嚣。团栾（luán）月色，繁华灯市以及满城仕女，满城箫鼓，这些向来被咏叹不绝的元夕风光，竟为之黯然消失。词中以“铁马蒙毡”“笛里番腔”寓沧桑之变，以“银花洒泪”“不是歌声”抒亡国之痛，把星月交辉的元宵佳节，渲染得一片愁云惨雾。上片感时，下片述志。作者“独对青灯”无心赏月。“思故国，高台月明”，除了心怀故国，还含有“月是故乡明”之意。结韵三句互为对句，词曲中称为鼎足对。“辇下风光”，是追念临安故都的风月繁华；“山中岁月”，是表示穷老守节的坚定意志；“海上心情”，是关切崖山君臣的安危存亡。这种句式，既有凝聚力，又有表现力，集中映现了作者此时复杂而丰富的思想感情。

【注释】

①铁马蒙毡：指元兵战马身上蒙有御寒用的毛毡。 ②银花：指元宵夜的花灯。苏味道《正月十五夜》诗：“火树银花合，星桥铁索开。” ③番腔：指笛里吹出的蒙古族乐调。 ④辇下：帝辇之下，即指京城。 ⑤海上心情：临安沦陷后，陆秀夫、文天祥等先后拥立赵昰、赵昺在福建广东一带海上继续抗元，引起作者关切，故云。一说，乃用苏武囚于匈奴，于北海上仗节牧羊事，与前句“山中岁月”意同。亦可通。

永 遇 乐

余自乙亥上元诵李易安《永遇乐》①，为之涕下。今三年矣，每闻此词，辄不自堪。遂依其声②，又托之易安自喻。虽词情不及，而悲苦过之。

璧月初晴③，黛云远淡，春事谁主？禁苑娇寒④，湖堤倦暖，前度遽如许⑤！香尘暗陌⑥，华灯明昼，长是懒携手去。谁知道、断烟禁夜⑦，满城似愁风雨。　　宣和旧日⑧，临安南渡，芳景犹自如故⑨。缃帙流离⑩，风鬟三五⑪，能赋词最苦。江南无路，鄜州今夜⑫，此苦又谁知否？空相对、残釭无寐⑬，满村社鼓⑭。

【题解】

这也是一首元夕词，作于景炎三年（1278），比《柳梢青》词早一年。词借李清照之身世口吻，寄托自己的故国之思。上片叙事，用虚实相间笔法写出家国之恨。其中有些语句本之于易安词，以增强“自喻”的真实感，如“璧月”“禁苑”“香尘”诸句表现临安元夕的帝都风光，皆从实处落笔，逼近李作。但“春事”“前度”“满城”等句，则又由实转虚，感慨良深。其中既包含着“春事依旧，人事全非”之意，也隐隐寓有亡国之痛，藏而不露，意在言外。下片述情，也处处关合双方。“江南无路”是下片词眼，抒发了李清照未曾有过的流离于深山大泽间无路可走的悲哀。结尾三句更是刘辰翁于戊寅元夕流落山村独有的境界。“辞情不及”或为谦辞，“悲苦过之”

则为实情。

【注释】

①乙亥：宋恭帝德祐元年（1275）。上元：元宵节。 ②依其声：按李清照原作的声律。 ③璧月：圆月。璧：圆形的玉。 ④禁苑：皇帝的花园，禁人入游，故称禁苑。娇寒：嫩寒，微寒。 ⑤“前度”句：意谓再度来临安时，竟是局势骤变。 ⑥香尘暗陌：李白《古风》第二十四：“大车扬飞尘，亭午暗阡陌。” ⑦断烟：断绝了炊烟，暗示人烟稀少。禁夜：禁止夜行。 ⑧宣和：宋徽宗年号（1119—1125）。当时汴京以繁华著称。 ⑨“芳景”句：暗寓河山易主之意。《世说新语·言语篇》记周颉语：“风景不殊，正自有山河之异。” ⑩缃帙（xiāngzhì）流离：指李清照所藏书籍在战乱中散失之事。缃帙，浅黄色的书套，此指书籍。 ⑪“风鬟”句：见李清照《永遇乐》词注⑬。 ⑫“鄜（fū）州”句：杜甫《月夜》诗：“今夜鄜州月，闺中只独看。” ⑬残釭（gāng）：残灯。 ⑭社鼓：社日祭神的鼓声。

摸 鱼 儿

酒边留同年徐云屋

怎知他、春归何处？相逢且尽尊酒。少年袅袅天涯恨，长结西湖烟柳。休回首，但细雨断桥[①]，憔悴人归后。东风似旧。问前度桃花，刘郎能记，花复认郎否[②]？ 君且住，草草留君剪韭[③]。前宵正恁时候。深杯欲共歌声滑，翻湿春衫半袖。空眉皱。看白发尊前，已似人人有。临分把手，叹一笑论文[④]，清狂顾曲[⑤]，此会几时又？

【题解】

题中所言徐云屋（生平不详），是刘辰翁于景定三年（1262）举进士第时的同榜进士。当年相识，正值“西湖烟柳”的暮春时节。多年之后的又一个暮春，两位“同年”再次相逢于临安故都。而友人行色匆匆，正欲离去，作者为他饯行。人世沧桑，感慨系之。词在描述二人作为文朋诗友深挚交谊的同时，抒发了无限的今昔之慨与个人身世飘零之悲。全词语言朴实平易，但所表现的感情却回环曲折。意蕴深沉。词中凡三用问句，强化了感慨意味。尤其是“问前度桃花，刘郎能记，花复认郎否？”说尽了世加之沧桑，人事飘零，而出以一种诙谐轻松语调，举重若轻，读之令人倍感心酸。此词主要以感情之真挚，语意之凄凉取胜，这也是遗民词的共同特色。

【注释】

①断桥：原名宝祐桥，唐时称为断桥，又名段家桥，在杭州西湖之白堤上。“断桥残雪”为西湖十景之一。 ②“问前度”三句：刘禹锡《戏赠看花诸君子》诗：“玄都观里桃千树，尽是刘郎去后栽。”又《再游玄都观》诗：“种桃道士归何处？前度刘郎今又来。”此处翻用其意。 ③草草：随随便便。王安石《示长安君》诗：“草草杯盘供笑语，昏昏灯火话平生。”剪韭：杜甫《赠卫八处士》诗：“夜雨剪春韭，新炊间黄粱。” ④论文：杜甫《春日忆李白》诗：“何时一尊酒，重与细论文。” ⑤顾曲：《三国志·吴志·周瑜传》：“瑜少精意于音乐，虽三爵之后，其有阙误，瑜必知之，知之必顾。故时人谣曰：‘曲有误，周郎顾。’”此指在宴会上听乐。

宝 鼎 现

红妆春骑①，踏月影、竿旗穿市②。望不尽、楼台歌舞，习习香尘莲步底[3]。箫声断，约彩鸾归去[4]，未怕金吾呵醉[5]。甚辇路、喧阗且止，听得念奴歌起[6]。　　父老犹记宣和事，抱铜仙、清泪如水[7]。还转盼、沙河多丽。滉漾明光连邸第，帘影冻、散红光成绮[8]。月浸葡萄十里[9]，看往来、神仙才子，肯把菱花扑碎[10]？　　肠断竹马儿童[11]，空见说、三千乐指[12]。等多时春不归来，到春时欲睡。又说向、灯前拥髻[13]。暗滴鲛珠坠[14]。便当日、亲见霓裳，天上人间梦里[15]。

【题解】

“刘辰翁作《宝鼎现》词，时为大德元年，自题曰丁酉元夕，亦义熙旧人（指陶渊明）只书甲子之意。”（《历代诗余》引张孟浩语）这时距南宋亡国已有二十年，每至元宵佳节，词人总是禁不住伤今念昔，心情更感悲凉。然而全词写来却“炼金错采”，极为绚烂，以美丽繁华的景象，对照今日亡国之痛，更显韵味深长，哀婉不已。此词艺术上颇具特色，按词调三叠的结构布局，逐阕写三个时代的元夕景况，在下一阕换头处均作回忆，将上阕情事演为梦幻般的悬想，给人以每况愈下，不堪回首之感。第二阕是“父老”的追忆，第三阕是儿童凭父老闲谈而作的揣想，写来变化无端，不着痕迹。由于将回忆、感慨、痛苦交织在一起，“反反复复，字字悲咽”（张孟浩语），成功地刻画了当日遗民特有的心态。

【注释】

①红妆春骑：指盛妆出游的青年男女。沈佺期《夜游》咏元宵诗：“南陌青丝骑，东邻红粉妆。”　②竿旗穿市：用苏轼《上元夜》诗：“牙旗

夜穿市，铁马响春冰。” ③习习：尘土飞扬的样子。莲步：指美人足。④彩鸾：仙女，此指游女。林坤《诚斋杂记》载：“钟陵西山有游帷观，每至中秋，车马喧阗。十数里若闤闠，豪杰多召名姝善讴者，夜与丈夫间立。握臂连踏而唱，惟对答敏捷者胜。大和（唐文宗年号）末，有书生文箫往观，睹一姝（吴彩鸾）甚妙。……生意其神仙，植足不去，姝亦相眄。……乃与生下山归钟陵为夫妇。” ⑤“未怕”句：古代平日禁夜行，而元宵前后各一日弛禁。金吾：即执金吾，执行警察职务。呵醉：用汉将李广被霸陵尉呵责宿夜事。见《史记·李将军列传》。 ⑥念奴：唐代天宝中名倡。事见元稹《连昌宫词》自注。此处泛指著名歌女。甚：正。辇路：皇家车骑经行的道路，泛指京城大街。 ⑦“抱铜仙”句：魏明帝时诏宫车西取汉武帝时铸造的铜人，铜人临载竟潸然泪下。事见李贺《金铜仙人辞汉歌》序。刘词即用此事以寓北宋灭亡之痛。 ⑧“还转盼”三句：沙河塘在杭州南五里。为繁华地区。田汝成《西湖游览志余》：“沙河宋时居民甚盛，碧瓦红檐，歌管不绝。”又周密《武林旧事》记南宋杭州元夕云：“邸第好事者，……间设雅戏烟火，花边水际，灯烛灿然。”正为三句所写情景。 ⑨葡萄：形容碧绿的水色。李白《襄阳歌》：“遥看汉水鸭头绿，恰似葡萄初酦醅。” ⑩菱花扑碎：用乐昌公主事。见朱敦儒《临江仙》注③，袁去华《瑞鹤仙》注②。 ⑪竹马儿童：以竹竿当马骑嬉乐无忧的儿童。李白《长干行》：“郎骑竹马来，绕床弄青梅。” ⑫三千乐指：指三百人的大乐队。宋高宗绍兴年间恢复教坊，招待北使“旧例用乐工三百人。”苏轼《送江公著知吉州》诗：“红妆执乐三千指。” ⑬灯前拥髻：用《飞燕外传》伶玄自述其妾樊通德“顾视烛影，以手拥髻，凄然泣下，不胜其悲”语意。 ⑭鲛（jiāo）珠：指眼泪。鲛人泣珠事见《博物志》。 ⑮天上人间：李煜《浪淘沙令》：“流水落花春去也，天上人间。”此用其意。

周 密（1232—1298）

字公谨，号草窗，又有四水潜夫、弁阳老人等号。其先济南人，南渡后寓湖州。宋末尝为义乌令，宋亡不仕，著述甚多。有《草窗韵语》六卷，《蘋洲渔笛谱》二卷，编选《绝妙好词》七卷。《草窗词》二卷则为后人所辑。

高 阳 台

送陈君衡被召[1]

照野旌旗，朝天车马，平沙万里天低。宝带金章，尊前茸帽风欹[2]。秦关汴水经行地，想登临、都付新诗。纵英游、叠鼓清笳，骏马名姬。 酒酣应对燕山雪，正冰河月冻，晓陇云飞[3]。投老残年[4]，江南谁念方回[5]？东风渐绿西湖岸[6]，雁已还、人未南归。最关情、折尽梅花，难寄相思[7]。

【题解】

这首词是作者为送别友人陈允平（字君衡）应召而作，作者是一位有着强烈爱国感情的词人，宋亡后隐居不仕，陶宗仪《辍耕录》称他“独厉岁寒之操”。可以想见他对陈允平应召入元是极为不满的，但友人去意已决，又不能相强，于是作此词以曲笔寄意，以侧笔微讽。词的开篇写出当时“朝天”队伍之雄壮，其中陈允平也是“金章宝带”好不得意，大有独孤信日暮猎还，侧帽入城的潇洒风神。同时又以“秦关汴水经行地”加以提示，希望他别忘根本，用笔极为含蓄蕴藉。接着驰骋想象，写友人在中原大地上登山临水，吟诗作赋等风流旷达之状，但就是只字不提仕宦之事，体现了他希望友人不要屈事新朝的良苦用心。“投老残年”以下内涵极为复杂，既隐含着对友人的担心、不满和责备，又表达了一片真挚的友情，更体现了词人自己的身世之感与家国之痛。全词虚实结合，寓意丰厚而又婉转深沉。

【注释】

①陈君衡：名允平，号西麓，四明（今浙江宁波）人。德祐时，授沿海制置司参议官。宋亡后，曾应召至元大都，不仕而归。有词集《日湖渔唱》。词风和婉平正，少数作品表现了故国之思。　②茸帽风欹：《北史·周书·独孤信传》：“信在秦州，尝田猎，日暮，驰马入城，其帽微侧。诘旦，而吏民有戴帽者，咸慕信而侧焉。”茸帽，皮帽。欹（qī），侧。　③晓陇云飞：柳永《曲玉管》词：“陇首云飞，江边日晚。”　④投老：到老，临老。　⑤方回：北宋词人贺铸，字方回。黄庭坚曾赋诗赞云：“解道江南肠断句，只今惟有贺方回。”此处作者用以自拟。　⑥“东风”句：化用王安石“春风又绿江南岸”句意。　⑦“最关情”二句：盛弘之《荆州记》载：陆凯曾从江南将梅花寄到长安送给他的好友范晔，并赠诗说：“折梅逢驿使，寄与陇头人。江南无所有，聊赠一枝春。”此处化用其意以表怀念之情，更寓有对陈允平得官忘友，忘怀故国的担心。

曲　游　春

禁烟湖上薄游①，施中山赋词甚佳⑦，余因次其韵。

盖平时游舫，至午后则尽入里湖，抵暮始出断桥，小驻而归，非习于游者不知也。故中山亟击节余“闲却半湖春色”之句，谓能道人之所未云。

禁苑东风外[3]，飏暖丝晴絮，春思如织。燕约莺期，恼芳情偏在，翠深红隙。漠漠香尘隔，沸十里、乱丝丛笛。看画船，尽入西泠[4]，闲却半湖春色。　柳陌。新烟凝碧。映帘底宫眉，堤上游勒。轻暝笼寒，怕梨云梦冷，杏香愁幂[5]。歌管愁寒食，奈蝶怨，良宵岑寂。正满湖、碎月摇花，怎生去得！

【题解】

周密早年曾师事杨缵研习乐律，并在杨氏环碧园参加吟社，这一时期作品多优游湖山、流连光景之什。这首《曲游春》就是当时承平风光的产物。作为他前期的得意之作，在他后来所撰《武林旧事》的“西湖游幸”章中还特加称引。词中描绘了寒食佳节西湖上自午至夜，画船歌管的游春盛况，笔调清丽细腻且富有层次感。“看画船”二句极得时人称赏，以为“能道人之所未云”。其实此二句在词中也并非一枝独秀，前有“暖丝晴絮”“翠深红隙”等写景密丽的词句作铺垫，下片则有“梨云梦冷，杏香愁幂”二句善传梨杏娇姿媚态，更有结韵“满湖碎月摇花”那清幽的意境，前后辉映，使词作更显得姿态横生。

【注释】

①薄游：即游历。薄，发语词，无义。　②施中山：施岳，名仲山，吴人，精于音律。《全宋词》录其词六首，其中包括周密称为“甚佳”的《曲游

春》“清明湖上”词。　③禁苑：皇家园林。南宋都临安，西湖一带因称禁苑。　④西泠：西湖一桥名。　⑤幂（mì）：覆盖、罩。晁补之《洞仙歌》“青烟幂处，碧海飞金镜。”

一 萼 红

登蓬莱阁有感[1]

步深幽，正云黄天淡，雪意未全休。鉴曲寒沙[2]，茂林烟草，俯仰千古悠悠。岁华晚、飘零渐远，谁念我、同载五湖舟[3]？磴古松斜[4]，崖阴苔老[5]，一片清愁。　回首天涯归梦，几魂飞西浦，泪洒东州[6]。故国山川，故园心眼，还似王粲登楼[7]。最怜他、秦鬟妆镜[8]，好江山、何事此时游。为唤狂吟老监[9]，共赋消忧。

【题解】

宋恭帝德祐元年（1275），周密于南宋政权风雨飘摇之际，被起用为婺州义乌县令。次年，元军即攻陷临安。不久，婺州等地也相继沦陷。周密不得不离任北上。途经绍兴时，特意登蓬莱阁一掬吊古伤今之泪。此词即为当时志感之作。词人在一个烟云苍茫、雪意未休的寒冬季节登台，触目所见，尽是一派肃杀惨凄之象，因而本已阴霾密布的心里更感苦涩沉重。词人曾多少回萦念绍兴，谁知今日造访，竟已成异族肆虐之地，顿生故国不堪回首之悲。词中用笔开合动荡，出人意表，造语亦精妙绝伦，悲凉意绪充溢其中，“苍茫感慨，情见乎词”，因此陈廷焯谓此词“当为草窗集中压卷”（《白雨斋词话》）。

【注释】

①蓬莱阁：旧址在今浙江省绍兴市卧龙山下，五代时吴越王建。　②鉴曲：鉴湖边。据《新唐书·贺知章传》："有诏赐镜湖剡川一曲。"镜湖即鉴湖，在绍兴。　③五湖舟：见吴文英《八声甘州》词注⑩。　④磴：石级。　⑤崖阴：山角阴暗处。　⑥"几魂飞"二句：作者自注："阁在绍兴，西浦、东州皆其地。"几：几回，几度。　⑦王粲登楼：建安诗人王粲在荆州避乱期间，作《登楼赋》，抒发其怀乡之情与不遇之感。　⑧秦鬟：绍兴有秦望山，以秦始皇曾登之而得名。山形一似妇女鬟髻，故称秦鬟。妆镜：指鉴湖。因湖水清如妆镜，可照见山影，故云。　⑨狂吟老监：指唐代诗人贺知章。贺知章晚年隐鉴湖。他曾任秘书监，又自号"四明狂客"，故称。

玉 京 秋

长安独客[1]，又见西风、素月、丹枫，凄然其为秋也，因调夹钟羽一解。

烟水阔，高林弄残照，晚蜩凄切[2]。碧砧度韵，银床飘叶[3]。衣湿桐阴露冷，采凉花、时赋秋雪[4]。叹轻别，一襟幽事，砌蛩能说。　客思吟商还怯[5]，怨歌长、琼壶暗缺[6]。翠扇恩疏[7]，红衣香褪[8]，翻成消歇。玉骨西风，恨最恨、闲却新凉时节。楚箫咽[9]，谁倚西楼淡月[10]。

【题解】

客中逢秋，往往易使游子顿生凄凉萧瑟之感，迟暮之思、离别之恨皆为所发。周密此词当作于宋亡前客居临安之时。上片从秋容、秋声、秋色几个方面描绘了一幅高远而萧瑟的清秋图景，因景传情，传达出作者独客京华的凄凉与相思离别的幽怨心情。下片写其情人恩情断绝，美好往事亦已消歇的凄凉落寞之慨。其中“怨歌长、琼壶暗缺”句，既抒写了词人绵长的离愁别恨，又隐隐地传达出长期沉沦下僚、怀才不遇的喟叹。最后，以侧耳细听远处悲咽的箫声、举头凝望中天一轮朦胧淡月的形象收束全篇，境界凄寂，形象幽独。全词语言清丽精工，风格婉丽骚雅。

【注释】

①长安：此指南宋都城临安。　②晚蜩（tiáo）：柳永《雨霖铃》词：“寒蝉凄切，对长亭晚，骤雨初歇。”蜩，蝉。　③银床：井上辘轳架。庾肩吾《九日传宴》诗：“玉醴吹岩菊，银床落井桐。”　④凉花：指菊花、芦花等秋日开放的花。陆龟蒙《早秋》诗：“早藕擎霜节，凉花束紫梢。”　⑤吟商：即吟咏秋天。商，五音之一，《礼记·月令》：“孟秋之月其音商。”　⑥琼壶暗缺：据裴启《语林》载，王敦酒后常吟咏曹操“老骥伏枥，志在千里。烈士暮年，壮心不已”，并以铁如意敲击唾壶来打节拍，结果壶口尽缺。后即以敲壶尽缺表示感情激烈。　⑦翠扇恩疏：古人习用夏去秋来扇子收藏，比喻恩爱断绝。　⑧红衣香褪：古代女子有赠衣给情人以为表记的习俗。　⑨楚箫咽：李白《忆秦娥》词：“箫声咽，秦娥梦断秦楼月。”此化用其意。　⑩“谁倚”句：我久久地倚楼凝望那一轮淡月。谁：实即词人自指。

花　犯

赋　水　仙

楚江湄①，湘娥乍见②，无言洒清泪。淡然

春意。空独倚东风，芳思谁寄？凌波路冷秋无际[③]。香云随步起，谩记得、汉宫仙掌[④]，亭亭明月底。　　冰弦写怨更多情[⑤]，骚人恨，枉赋芳兰幽芷[⑥]。春思远，谁叹赏、国香风味[⑦]？相将共、岁寒伴侣[⑧]。小窗静，沉烟熏翠被。幽梦觉，涓涓清露，一枝灯影里。

【题解】

诗之咏物晚唐为多，词之咏物南宋末为多。大抵皆因无力以挽政治之衰微，借咏物以排遣愁思，寄托某种幽情。此词将水仙比作湘江女神，又似仙非仙，终不离花之特质。上片并未描摹水仙之色相，而是凝神观照，摆脱凡思，写出她不同凡花的清姿、高洁的流品、芳心难寄的幽怨、“香云随步起”的丰神以及月下亭亭玉立的逸韵，笔致十分轻灵雅秀。过片以湘灵鼓瑟故事代水仙抒恨、冷弦弹怨，遗憾屈原未能把她写进诗篇，又感叹世人未赏国香风味。因而，作者要特将她当作有清操厉节的岁寒之友相伴相依。篇末写作者在灯下赏花的别样情味，清逸之韵有余不尽。全词洗尽靡曼，命意清远，隐约表现了作者高蹈尘俗、遗世独立的精神品格。

【注释】

①湄：水滨。《诗经·秦风·蒹葭》：“所谓伊人，在水之湄。”②湘娥：即湘妃，传说为尧的女儿，舜的夫人。闻帝舜死于苍梧之野，投湘水以自尽，后成为湘水女神。此处比喻水仙。　③凌波：见贺铸《青玉案》注①。　④汉宫仙掌：用金铜仙人捧盘承露之典。　⑤冰弦写怨：用湘灵鼓瑟故事。《楚辞·远游》：“使湘灵鼓瑟兮，令海若舞冯夷。”刘禹锡《潇湘神》词：“斑竹枝，斑竹枝，泪痕点点寄相思。楚客欲听瑶瑟怨，潇湘深夜月

明时。” ⑥“骚人恨”二句：屈原《离骚》：“扈江离与辟芷兮，纫秋兰以为佩。” ⑦国香：《左传·宣公三年》：“以兰有国香，人服媚之如是。”后因称兰为国香，此处称水仙为国香。黄庭坚《次韵中玉水仙花》诗：“可惜国香天不管，随缘流落小民家。” ⑧岁寒伴侣：古人以松、竹、梅为岁寒三友，水仙凌寒着色，流品高洁，故称岁寒伴侣。

文天祥（1236—1283）

初名云孙，字天祥，后改字宋瑞，一字履善，自号文山，吉水（今江西吉安）人。宋理宗朝进士，历知瑞、赣等州。德祐元年（1275），元兵南下，他奉诏起兵勤王。南宋降元后，他组织义军转战于福建、江西、广东等地，终因寡不敌众，兵败被俘，囚于燕京三年余，坚贞不屈，从容就义。其后期诗词慷慨悲壮，表现出凌然不可侵犯的民族气节。有《文山先生全集》十七卷，《指南录》四卷，后录三卷，《文山乐府》一卷。

酹 江 月

和友驿中言别[①]

乾坤能大[②]，算蛟龙、原不是池中物[③]。风雨牢愁无着处[④]，那更寒蛩四壁[⑤]。横槊题诗[⑥]，登楼作赋[⑦]，万事空中雪。江流如此，方来还有英杰[⑧]。 堪笑一叶飘零，重来淮水，正凉风新发。镜里朱颜都变尽，只有丹心难灭。去去龙沙⑨，江山回首，一线青如发⑩，故人应念，杜鹃枝上残月⑪。

【题解】

这是一首风骨遒劲的唱和之作。上片言旧。“乾坤能大”四句，以蛟龙暂屈池中，终当飞腾为喻，表明自己虽遭囚禁而志向远大。“横槊题诗”三句，追念昔日转战东南的戎马生活，痛惜抗元战斗归于失败。凡此，不只是自抒胸襟，也是兼志同道合的友人而言，是对他们共有的铮铮斗志的激励及共有的漫漫征途的回顾。“江流如此”二句则寄希望于将来，对国家的复兴不抱悲观态度。下片言别。“镜里朱颜”二句，示此心此志至死不渝。“去去龙沙”三句，言人渐北去，心终南向。末二句说死后魂将化为杜鹃，当你听到月夜杜鹃的哀鸣，那便是我“魂兮归来”。生前战斗不息，死后仍眷怀故国，丹心不灭，这是何等赤诚的爱国热肠！其他遗民词悼南宋之亡，虽亦哀伤不已，但常心危词苦，情调低沉，而文天祥词中则国亡而正气犹存，身死而雄心不灭，确乎为辛、陆爱国词之嗣响，为宋词谱写了高唱入云的尾声。

【注释】

①友：指邓剡。邓剡，字中甫，与文天祥同乡，曾任厓山行朝礼部侍郎，被俘后同文天祥一起押解至金陵，并作词送文天祥继续北行。此词为文天祥的和作。　②能：这样，如许。　③蛟龙：喻豪杰。《三国志·周瑜传》：“刘备以枭雄之姿，而有关羽、张飞熊虎之将，恐蛟龙得云雨，终非池中物也。”　④牢愁：忧愁。　⑤那更：犹言况且，兼之，“那”字无义。⑥槊：长矛。元稹《唐故工部员外郎杜子美墓系铭》：“曹氏父子，鞍马间为文，往往横槊赋诗。”　⑦登楼作赋：用王粲作《登楼赋》事。　⑧方来：将来。　⑨龙沙：泛指塞外沙漠之地。　⑩“江山”二句：一作“向江山回首，

青山如发。”苏轼《澄迈驿通潮阁》诗：“杳杳天低鹘没处，青山一发是中原。” ⑪“杜鹃”句：唐代崔涂《春夕旅怀》诗：“蝴蝶梦中家万里，杜鹃枝上月三更。”

满 江 红

和王夫人《满江红》韵，以庶几后山《妾薄命》之意[①]

燕子楼中[②]，又挨过、几番秋色。相思处、青年如梦，乘鸾仙阙。肌玉暗消衣带缓，泪珠斜透花钿侧。最无端、蕉影上窗纱，青灯歇。　　曲池合，高台灭[③]。人间事，何堪说！向南阳阡上[④]，满襟清血。世态便如翻覆雨，妾身元是分明月。笑乐昌、一段好风流，菱花缺[⑤]。

【题解】

此词题中自称“以庶几后山《妾薄命》之意”。陈师道作《妾薄命》诗，自喻一生崇拜其师曾巩。文天祥借以说明自己对南宋忠贞不贰的情操。词人用唐代张愔尚书的爱姬关盼盼自比，忆念当年高中状元出仕宋廷的前尘梦影，恰似美人乘鸾上仙阙一般。而今幽囚燕京，香肌暗损，为了国家民族的尊严，忍受这青灯独守的凄苦。虽然宋王朝业已覆亡，而自己对祖国的忠贞不可移易。其中，“世态便如翻覆雨，妾身元是分明月”二句为全词关键。尽管沧桑巨变之后，多少人已弹冠新朝，但作者的精忠不贰，却如皓月经天，澄明可鉴。最后对那些像乐昌公主一样逞风流的新贵们报以蔑视的一笑。词人岸然劲节不可凌犯，而发语却又温婉平和。寓刚于柔，手法高妙。

【注释】

①王夫人：名清惠，南宋宫廷昭仪，宋亡时随恭帝等被俘北去，途经汴京夷山县时，题《满江红》一词于驿壁，抒写亡国之惨痛。文天祥被囚金陵时曾读到此词，因和之。后山：陈师道，号后山居士，曾作《妾薄命》诗以自喻，表示一生崇拜其师曾巩。 ②燕子楼：唐代白居易《燕子楼》诗序："徐州故张尚书有爱妓曰盼盼，善歌舞，雅多风态。……尚书既殁，归葬东洛。而彭城（即徐州）有张氏旧第，第中有小楼，名燕子。盼盼念旧爱而不嫁，居是楼十余年，幽独块然，于今尚在。"后以此典形容女子寡居独处，凄凉悲苦。 ③"曲池合"二句：用桓谭《新论》所载雍门周说孟尝君的话："千秋万岁后，高台既已倾，曲池又已平。"此用以比喻王朝的覆亡。 ④南阳阡：汉代原涉自署墓道为"南阳阡"。陈师道《妾薄命》诗有"相送南阳阡""有泪当彻泉"等句。 ⑤乐昌、菱花：用陈后主妹乐昌公主"破镜重圆"事。菱花：镜子。

邓　剡（生卒年不详）

字光荐，号中斋，庐陵（今江西吉安）人。景定三年（1262）进士。临安失陷后，流亡入闽。祥兴时（1278），任厓山行朝礼部侍郎。厓山兵败，投海殉国，为元兵救起俘获，归张宏范，使教其次子，后放还。有辑本《中斋词》一卷。

唐　多　令

雨过水明霞，潮回岸带沙[①]。叶声寒，

飞透窗纱。堪恨西风吹世换，更吹我，落天

涯。　　寂寞古豪华，乌衣日又斜。说兴亡、燕入谁家[2]？惟有南来无数雁，和明月，宿芦花。

【题解】

此词作于邓剡劫后余生、只身流落金陵之时。面对秋风中这座曾历经六朝递变的古城，词人吊古伤今，不禁触发起此时此地的流亡之苦和亡国之痛。词以荒凉空漠之景，暗寓孤寂惆怅之情。那秋风落叶的一叶叶、一声声，似乎都在敲打着词人滴血的心。因西风换季而兴起改朝换代的悲哀，由落叶随风而加深亡国飘泊的痛苦。凄情更兼苦景，个人生死与民族危亡连在一起，流亡的感受和亡国的体验交织胸中，哀痛更切，悲愤更深。过片借用刘禹锡《乌衣巷》诗意，以发历代兴亡之感慨。无论是李唐王朝，还是赵宋江山都已成为过去，豪华终归寂寞，衣冠难免凋零。故国自已不堪回首，而眼前凄寂破败之状更令人肠断。由此步步深入，深化了意境，加重了悲凉色调。最后以群雁依旧南飞之景作结，不胜凄凉哀婉之至。

【注释】

①“潮回”句：化用刘禹锡《石头城》诗中“潮打空城寂寞回”句意。　②“寂寞”四句：化用刘禹锡《乌衣巷》“旧时王谢堂前燕，飞入寻常百姓家”诗意。

汪元量（生卒年不详）

字大有，号水云，钱塘（今浙江杭州）人。度宗时以善琴供奉掖庭。宋亡，随三宫入燕，宋少帝迁吐鲁番后，以黄冠放回江南，往来于匡庐、彭蠡间，浪迹江湖以终。有《湖山类稿》五卷，《水云词》一卷。

水 龙 吟

淮河舟中夜闻宫人琴声

鼓鼙惊破霓裳①，海棠亭北多风雨。歌阑酒罢，玉啼金泣②，此行良苦。驼背模糊，马头匼匝③，朝朝暮暮。自都门燕别，龙艘锦缆，空载得、春归去。　目断东南半壁，恨长淮，已非吾土。受降城下④，草如霜白⑤，凄凉酸楚。粉阵红围⑥，夜深人静，谁宾谁主？对渔灯一点，羁愁一搦⑦，谱琴中语。

【题解】

这首词作于恭帝德祐二年（1276），作者随少帝和金太后一同被押解北去的途中。起韵二句借用白居易《长恨歌》“渔阳鼙鼓动地来，惊破霓裳羽衣曲”句意，以安史之乱喻南宋亡国之悲，笔意苍凉。以下便细写北行途中之苦况。“驼背”二句写沿岸监押的元军声势之盛，承上“此行良苦”一句而来，借元人志得意满之状以反衬南宋帝后之凄苦悲凉。“自都门宴别”数句则从不同侧面写“此行良苦”，而又以“载春归去”象征南宋之覆亡，着一“空”字，包含了无限的辛酸。换头“目断”二句，笔势宕开，言东南半壁及淮河两岸皆已非吾土，触景伤怀，哀痛不已。接着更联想到繁华帝都的临安，自受降之后也已“陵庙成焦土，宫墙没野蒿”（《杭州杂诗和林石田》），而眼下这“龙艘”所载的“粉阵红围”，如今不分贵贱都成了异族的“臣妾”，只能借琴声谱写那无尽的哀愁了。苍凉沉郁，哀婉凄绝。“亡国之音哀以思”，此言信然。

【注释】

①“鼓鼙”句：化用白居易《长恨歌》“渔阳鼙鼓动地来，惊破霓裳羽衣曲”句意。鼙（pí）：同“鞞”，军中小鼓。 ②玉啼金泣：金、玉以比贵人。 ③“驼背”二句：杜甫《送蔡希鲁都尉还陇右因寄高三十五书记》诗：“马头金匼匝，驼背锦模糊。”此用以形容押送的元军声势之大。匼匝（kēzā）：环绕四周。 ④受降城：汉武帝筑，在九原北塞外；唐代筑三受降城，皆在黄河以北。这里当指太皇太后谢道清奉表乞降之临安城。 ⑤草如霜白：唐李益《夜上受降城闻笛》诗：“受降城外月如霜。”此指自受降之后临安皇城已一片萧条、满目凄凉。 ⑥粉阵红围：指被掳的妇女身不由己。 ⑦一搦（nuò）：犹言一握、一把。

王沂孙（生卒年不详）

字圣与，又字咏道，有碧山、中仙、玉笥山人诸号，会稽（今浙江绍兴）人。元至元中，一度为庆元路学正。词多咏物，寄托遥深，哀婉动人。陈廷焯以为“咏物词至王碧山，可绝古今”（《白雨斋词话》）。有《花外集》（一名《碧山乐府》）一卷。

天　香

龙 涎 香[①]

孤峤蟠烟[②]，层涛蜕月，骊宫夜采铅水[③]。汛远槎风[④]，梦深薇露[⑤]，化作断魂心字[⑥]。红瓷候火[⑦]，还乍识，冰环玉指[⑧]。一缕萦帘翠影，依稀海天云气。　几回殢娇半醉[⑨]，剪春灯、夜寒花碎。更好故溪飞雪，小窗深闭。荀令如今顿老[⑩]，总忘却、尊前旧风味。漫惜余熏，空篝素被[⑪]。

【题解】

这是一首著名的咏物词，所咏为世间罕见而极为名贵的“龙涎香”，所指则是胡僧杨琏真伽盗发南宋诸帝后陵寝之事。据周密《癸辛杂识·别集上》记载，元初总管江南浮屠的胡僧杨琏真伽，曾盗发位于会稽的南宋诸帝后陵寝，“因理宗含珠有夜明，倒悬其尸树间，如此三日夜，竟失其首。”这就是词中所写“采铅水”之本事。全词把采集、制作龙涎香的情形写得十分神秘而又凄然神断，极富于神话般的悲剧色彩，引人入胜。词人借此寄托了宋陵被盗和厓山兵败的深沉悲哀，抒发了无限的亡国之痛，其中也织入了词人自己的身世感慨，全词格调沉郁悲怆，意味深长，辞采精丽而又凝练，情调幽咽而略显晦涩。

【注释】

①龙涎（xián）香：一种名贵的香料。《岭南杂记》载："龙涎香于香品中最贵重，出大食国西海之中，上有云气罩护，则下有龙蟠洋中，卧而吐涎，飘浮水面，为太阳所烁，凝结而坚，坚若浮石，用以和众香，能聚香烟。" ②峤（qiáo）：尖而高的山，此指海中礁石。蟠（pán）：盘曲而伏。 ③骊宫：骊（黑）龙的宫殿。铅水：泪水。李贺《金铜仙人辞汉歌》："忆君清泪如铅水。"此处借指龙涎。 ④汛：潮汛。槎（chá）：竹、木筏。张华《博物志》："旧说云天河与海通，近世有人居海渚者，年年八月有浮槎来去不失期，不赍粮乘槎而去，十余日，至天河。" ⑤薇露：蔷薇花制成的香水。《香谱》说制龙涎香时，须取龙涎与蔷薇水共同研和。 ⑥"化作"句：指龙涎被制成心字形盘香。杨慎《词品》："所谓心字香者，以香末篆成心字也。" ⑦红瓷候火：焙制龙涎香时须用文火，掌握好一定的火候，稍干带润，置入瓷盒窨之。 ⑧冰环玉指：把龙涎香制成指环形状。 ⑨殢（tì）娇：指缠着人撒娇。 ⑩荀令：东汉荀彧，字文若，为汉侍中，守尚书令，称荀令。李商隐《韩翃舍人即事》诗："桥南荀令过，十里送衣香。"习凿齿《襄阳记》："荀令君至人家，坐幕三日，香气不歇。"此处为作者自况。 ⑪空篝（gōu）：留有余香的空熏笼。篝，竹制的熏笼。

齐天乐

蝉

一襟余恨宫魂断[1]，年年翠阴庭树。乍咽凉柯，还移暗叶，重把离愁深诉。西窗过雨，怪瑶佩流空，玉筝调柱[2]。镜暗妆残[3]，为谁娇鬓尚如许[4]？ 铜仙铅泪似洗，叹移盘去远，难贮零露[5]。病翼惊秋，枯形阅世[6]，消得残阳几度？余音更苦，甚独抱清高，顿成凄楚。漫想熏风[7]，柳丝千万缕。

【题解】

这首咏蝉之作，以鸣蝉比拟南宋后妃，写她化蝉之后和人诉说国破人亡之愁恨。“镜暗妆残”二句，暗指宋帝后陵寝被盗发后，见孟后之髻一事。周密《癸辛杂识》记“一村翁于孟后陵得一髻，发长六尺余，其色绀碧。”过片由蝉餐风饮露，联想到国家覆亡，铜仙携盘远去，秋蝉更无所倚，何况她又“病翼惊秋，枯形阅世”，身世艰危，朝不虑夕。这里既是在写孟后化蝉，又是在写作者自己飘零无寄的感慨。结韵二句顿跌，以追忆当年盛时的欢乐，来反衬眼前“余音更苦”的凄楚境况，更增人世沧桑的故国之悲。全词咏蝉声声悲苦，字字凄恻，千回百折，诉尽了遗民共有的亡国之恨。

【注释】

①“一襟”句：马缟《中华古今注》：“昔齐后忿而死，尸变为蝉，登庭树嘒唳而鸣。王悔恨。故世名蝉为齐女焉。”此处因有宫魂之称。　②“怪瑶佩”二句：喻凄楚的蝉鸣声在秋空中远播。　③镜暗妆残：意谓长期未曾对镜梳妆，致使镜面蒙尘而暗淡无光。　④娇鬓：喻娇美之蝉翼。崔豹《古今注》载魏文帝宫人莫琼树“制蝉鬓，缥缈如蝉”。　⑤“铜仙”三句：用铜人托盘承露之典。汉武帝时，曾在建章殿前铸铜人，手托承露盘，称捧露仙人。　⑥枯形：孙楚《蝉赋》：“形如枯槁。”　⑦熏风：即南风。古《南风歌》：“南风之熏兮。”夏天是蝉生长之旺盛季节，此借指南宋盛世。苏轼《阮郎归》词：“绿槐高树咽新蝉，熏风初入弦。”

长亭怨慢

重过中庵故园

泛孤艇、东皋过遍[①]。尚记当日，绿阴门掩。屐齿莓苔[②]，酒痕罗袖事何限。欲寻前迹，空惆怅、成秋苑[③]。自约赏花人，别后总、风流云散[④]。　水远。怎知流水外，却是乱山尤远[⑤]。天涯梦短。想忘了、绮疏雕槛[⑥]。望不尽、冉冉斜阳，抚乔木、年华将晚[⑦]。但数点红英，犹识西园凄婉。

【题解】

本词抒写重访友人故园所触发的忆旧念远之情，笔墨淡远而感情浓烈。上片叙事，写词人泛舟重访友人故园，触景生情，回忆起以往与友人共度的美好时光，那无限的赏心乐事犹历历在目。然而，眼下却是人去庭空，旧游星散：昔日曾百花同赏，对花共赋的庭院，如今只见一片荒凉，不禁引起无限的今昔盛衰之悲慨。下片抒写离情。友人远在“乱山”之外，山长“梦短”，相见无由，因景寄情，语淡情浓。“天涯”二句对友人的忘怀故国稍加责备，而又略带体恤对方苦衷之意。结拍以花落园空、时过景移的凄婉情调结尾，回映篇首，神完意足，写尽了年华空晚的伤悼之情。

【注释】

①东皋：潘岳《秋兴赋》：“耕东皋之沃壤兮。”李善注：“水田曰

皋，东者，取其春意。”此泛指田野或高地。 ②屐齿：一种木制的鞋，底有两齿以防滑。 ③成秋苑：李贺《三月》诗：“曲水飘香去不归，梨花落尽成秋苑。” ④风流云散：各自分离远去。王粲《赠蔡子笃诗》：“风流云散，一别如雨。” ⑤“水远”三句：化用欧阳修《踏莎行》词中“离愁渐远渐无穷，迢迢不断如春水”“平芜尽处是春山，行人更在春山外”诸句词意。⑥绮疏：镂花的窗格。雕槛：雕花的栏杆。 ⑦抚乔木：王充《论衡》：“睹乔木，知故都。”江淹《别赋》：“视乔木兮故里，决北梁兮永辞。”

高 阳 台

和周草窗寄越中诸友韵①

残雪庭阴，轻寒帘影，霏霏玉管春葭②。小帖金泥③，不知春在谁家。相思一夜窗前梦④，奈个人、水隔天遮。但凄然、满树幽香，满地横斜⑤。　江南自是离愁苦，况游骢古道，归雁平沙。怎得银笺，殷勤与说年华。如今处处生芳草，纵凭高、不见天涯⑥。更消他，几度春风，几度飞花。

【题解】

王沂孙曾与周密等人递相酬唱。周密的湖州故宅毁于兵火之后，寄居临安，在“寄越中诸友”的原作中时而流露出国破家亡之哀感。王沂孙这首和作，也于哀婉含蓄的笔调中写出了亡国后春天来临却毫无知觉的遗民之痛以及深挚的思友之情。其中“但凄然”三句，以初春美景衬托梦醒不见故人的“凄然”之情，尤见深痛。过片直抒离愁。寄寓他乡，无以为家，已自愁苦；友人相思情深，却天各一方，相见无因，其苦更甚，又兼伤春惜花的迟暮之悲，这种种愁怀纠结于胸，令人无法排解，极尽低回掩抑之致。感时伤世之意，而出之以委婉缠绵之语，以有寄托入，而以无寄托出； 寄意深远而又深化无迹，愈见其浑厚沉着，感人至深。

【注释】

①周草窗：周密，字公瑾，号草窗，有词《高阳台》“寄越中诸友”给王沂孙等人，故和之。 ②玉管春葭：古代以合于十二律的箫管各一，分别实芦苇（葭）灰于孔中，封闭室内，蒙以罗縠因不同季节的气候变化，某一节气一到则相应之律管葭灰飞出，管通。杜甫《小至》诗“吹葭六管动飞灰”，即言冬至节气。此处则言立春已到。 ③小帖金泥：旧俗，立春日贴宜春帖子。或写“宜春”二字，或写诗句。金泥，即泥金，以金粉粘着于纸上。范成大《代儿童作立春贴门》诗：“剪彩宜春胜，泥春祝寿幡。” ④“相思”句：卢仝《有所思》：“相思一夜梅花发，忽到窗前疑是君。”此化用其意。 ⑤“但凄然”二句：化用林逋《山园小梅》：“疏影横斜水清浅，暗香浮动月黄昏”诗句。 ⑥“如今”二句：用《楚辞·招隐士》：“王孙游兮不归，春草生兮萋萋。”

眉妩

新月

渐新痕悬柳[①]，淡彩穿花[②]，依约破初暝[③]。便有团圆意[④]，深深拜[⑤]，相逢谁在香径？画眉未稳[⑥]，料素娥、犹带离恨。最堪爱、一曲银钩小[⑦]，宝帘挂秋冷。 千古盈亏休问，叹慢磨玉斧[8]，难补金镜[9]。太液池犹在[10]，凄凉处、何人重赋清景？故山夜永[11]，试待他、窥户端正[12]。看云外山河[13]，还老尽、桂花影[14]。

【题解】

碧山咏物词重在寄托，此篇可谓典型一例。此词上片句句切合纤纤新月。开篇三句“新痕”“淡彩”，一形一色，贴切传神。又以新月之“团圆意”引出拜新月、盼团圆之离人。以离人之眼观月，使新月亦染上离人之情。以“画眉未稳”比拟纤纤新月，已见体物之工；揣想月中嫦娥亦正颦眉伤离，更见运思之巧；又以“银钩”为喻，使之与“宝帘”相联系，则其发想之新奇更令人叹绝。下片别有所指，以月之盈亏寓托世之兴衰，情感深沉而又苍凉；以月缺难补，暗喻山河残破，难以复圆；再用宋太祖临池赏新月之事，烘托浓重的物是人非之感。最后，希望重见圆月和月中桂影，以寄托故国重光之梦想。这也是一个宋末遗民所能有的最为微弱的希望之光了。周济《宋四家词选》谓：“咏物最争托意，隶事处，以意贯串，浑化无痕，碧山胜场也。”

【注释】

①新痕：清辉初露的弯月。 ②淡彩：幽淡的月光。 ③依约：依稀、隐约。破初暝：划破了初夜时分的黑暗天幕。 ④团圆意：团圆的迹象。牛希济《生查子》：“新月曲如眉，未有团圆意。”此处反用其意。 ⑤拜：指拜新月。唐代有拜新月的习俗，宋代相沿。唐李端《拜新月》诗：“开帘见新月，即便下阶拜。” ⑥未稳：未妥，未完成。 ⑦银钩：银白色的帘钩，此喻指新月。 ⑧玉斧：指神话传说中的修月玉斧。见段成式《酉阳杂俎》卷

一“天咫”条。 ⑨金镜：喻月。李贺《七夕》诗：“天上分金镜，人间望玉钩。” ⑩太液池：汉唐宫中池名。此处借指宋朝的宫苑池沼。陈师道《后山诗话》载，宋太祖曾“夜幸后池，对新月置酒”。当直学士卢多逊作应制诗，中有“太液池边看月时，好风吹动万年枝”之句。 ⑪夜永：夜长。 ⑫窥户：月光照进窗户。端正：指圆月。 ⑬云外山河：遥远辽阔的河山，指中原沦陷区。 ⑭桂花影：月影。

徐君宝妻（生卒年不详）

君宝，宋末岳州（今湖南岳阳）人。其妻被元兵掳至临安，其主者数欲犯之，皆以计脱。最后，题《满庭芳》词一阕于壁，投大池死节。

满 庭 芳

汉上繁华，江南人物①，尚遗宣政风流②。绿窗朱户，十里烂银钩③。一旦刀兵齐举，旌旗拥、百万貔貅④。长驱入，歌台舞榭，风卷落花愁。 清平三百载⑤，典章人物⑥，扫地俱休。幸此身未北，犹客南州⑦。破鉴徐郎何在⑧？空惆怅、相见无由。从今后，梦魂千里，夜夜岳阳楼⑨。

【题解】

这是一曲离乱的悲歌。词人在痛悼南宋王朝覆亡的大背景上来抒写夫妻离散、自身被掳的悲剧，将祖国、个人双重悲剧融为一体，而且以哀国为主，哀己为次，充分体现了女词人那崇高的精神境界。词以回忆汉上、江南之文明起笔，写南宋文明惨遭蹂躏的悲剧，体现了国破家亡的无限悲慨。换头更将词境之时空拓展至两宋三百年之典章文物，慨叹其“扫地都休”，意蕴之深，包容之广，实属罕见。最后以“徐郎何在”的悬思和断魂千里直上岳阳楼之想象煞尾，与文天祥《金陵驿》诗中所写“从今别却江南路，化作啼鹃带血归”同具一种悲剧美的深广意境，意味着女词人那崇高的人格精神的升华。

【注释】

①“汉上”二句：概指南宋文明与人才荟萃。　②宣政：即宣和、政和，皆宋徽宗年号。风流：遗风流韵。　③烂银钩：烂，色彩炫丽。银钩，指帘钩，表示房屋之华美。　④貔貅（píxiū）：猛兽名，喻指凶猛南侵的元兵。　⑤三百载：北宋建国至南宋灭亡（960—1279），共三百多年。　⑥典章人物：此概指有宋一代的文化全体。　⑦南州：南方，此指杭州。　⑧破鉴徐郎：用陈末乐昌公主事以自况夫妻离散。见朱敦儒《临江仙》注②。　⑨岳阳楼：在湖南岳阳市岳阳楼区巴丘山下，此指作者故乡。

蒋　捷（生卒年不详）

字胜欲，号竹山，阳美（今江苏宜兴）人。宋度宗咸淳十年（1274）进士。宋亡不仕，抱节以终。其词多承苏、辛一路而兼有众长，与周密、王沂孙、张炎并称“宋末四大家”。有《竹山词》一卷。

虞 美 人

听 雨

少年听雨歌楼上，红烛昏罗帐。壮年听雨客舟中，江阔云低，断雁叫西风[①]。　　而今听雨僧庐下，鬓已星星也[②]。悲欢离合总无情，一任阶前点滴到天明。

【题解】

此词从“听雨”这一独特视角，表现了少年、壮年、晚年三个人生阶段的不同境遇，不同感受。借助时空的跳跃，依次推出三幅听雨画面，而将一生的悲欢歌哭融会其中。“少年听雨”画面，由“歌楼”“红烛”“罗帐”等绮艳意象交织而成，传达出春风骀荡的欢乐情怀，着力渲染了“不识愁滋味”的青春风华。“壮年听雨”的画面，以“客舟”为中心视点，而于四周点缀以“江阔”“云低”“断雁”“西风”等衰飒意象，映现出在风雨飘摇中颠沛流离的坎坷遭际和悲凉心境。“而今听雨”的画面，则刻意凸现僧庐之冷寂与鬓发之斑白，借以展示晚年历尽离乱后憔悴枯槁之身心。“悲欢”句是追抚一生经历得出的结论，蕴有无限怅触，不尽悲慨。末句虽似心如死水，波澜不惊，但这彻夜听雨本身，就表明他未能超脱，只不过表现为一种饱经忧患后的深沉罢了。三幅画面互为映照，艺术地概括了他由少到老的人生道路和情感历程，其中也分明有着时代的折光，从中可以看出一个时代由盛到衰，由衰到亡的嬗变轨迹，这也正是此词的深刻、独到之处。

【注释】

①断雁：失群的孤雁。　②星星：形容鬓发斑白。

梅　花　引

荆溪阻雪[1]

白鸥问我泊孤舟，是身留，是心留？心若留时，何事锁眉头？风拍小帘灯晕舞，对闲影，冷清清，忆旧游。　　旧游旧游今在否？花外楼，柳下舟。梦也梦也，梦不到，寒水空流。漠漠黄云，湿透木棉裘。都道无人愁似我，今夜雪，有梅花，似我愁。

【题解】

此词写词人回乡途中为雪所阻、泊舟荒野的愁苦怀旧之情。开头即以白鸥的一连串发问，凌空作势，以虚写实，抒发其身阻荒野雪地的无奈。以下，由舟内向舟外，依次描述寒冷凄清之境遇，用以突出一个“愁”字。结韵以雪中梅花似我愁，来体现天气之奇寒，境遇之孤寂，情景合一，情辞畅达，韵味悠然。全词语言流走自然，不论是白鸥的问语，还是下面的抒情写景，多用短句，且一韵到底，韵脚密集，使之节奏明快，音调清越。其间更辅之以重叠手法的运用，上下勾连，回环跌宕，使词愈显曲折有致，风姿绰约。

【注释】

①荆溪：水名，在今江苏宜兴市南，以近荆南山得名。上承永阳江，下注太湖，为游览胜地。

一 剪 梅

舟过吴江[1]

一片春愁待酒浇。江上舟摇，楼上帘招。秋娘渡与泰娘桥[2]，风又飘飘，雨又萧萧。　何日归家洗客袍？银字笙调[3]，心字香烧[4]。流光容易把人抛，红了樱桃，绿了芭蕉。

【题解】

此词写舟行漂泊途中倦游思归之情。开篇即揭示“春愁”，点明时序，而后接写愁之因及愁苦之况味。“舟摇”以喻动荡漂泊之感；“帘招”以明迫切需要借酒浇愁之情。词人又特地标出秋娘渡与泰娘桥两处地名，以暗示思家之心切。此皆以景托情、含蕴深婉之笔。一结两句更着以萧萧之风雨，使羁旅愁苦之状得到进一步的刻画。过片则以直接抒情的方式，悬想回家团聚之温馨甜美，用想象之乐反衬眼前现实之苦。但以“何日”之问出之，则又显见其归期难卜。故而顿生年华流逝，人生苦短之喟叹。结拍二句不仅色彩鲜明，用词工稳，而且隐隐地于自然物象色彩的变幻中流露出春光难再的迟暮之悲。全词在声韵、节奏上很见特色，既以逐句用韵之格加强音韵的悠扬之美，又以四组排比句式加强词的节奏铿锵之美，增强了作品的表现力与艺术感染力。

【注释】

①吴江：即流经江苏吴江市的吴淞江。　②秋娘渡、泰娘桥：在吴江

上，皆以唐代著名歌女名字命名。 ③银字笙：笙上镶有标示音色的银字，故名。 ④心字香：制成篆文“心”字状的香。

贺 新 郎

梦冷黄金屋[1]，叹秦筝、斜鸿阵里[2]，素弦尘扑。化作娇莺飞归去，犹认纱窗旧绿[3]。正过雨、荆桃如菽[4]。此恨难平君知否？似琼台、涌起弹棋局[5]。消瘦影、嫌明烛。 鸳楼碎泻东西玉[6]。问芳踪、何时再展？翠钗难卜。待把宫眉横云样，描上生绡画幅。怕不是新来妆束。彩扇红牙今都在，恨无人、解听开元曲[7]。空掩袖，倚寒竹[8]。

【题解】

此词借一美人形象的描述及作者对她刻骨铭心的思念，写出了一腔难平的亡国之痛。用笔婉曲幽深，多用隐喻象征手法，极尽吞吐之妙。上片写这位美人“化作娇莺飞归去”，但早已繁华梦冷，所见一片空寂凄凉，秦筝蒙尘，纱窗犹绿，抚今念昔，不胜感慨。又见飞雨过处，樱桃如豆，怀旧更兼伤春，一齐涌上心头。词中以“弹棋局”比喻难平的亡国恨，又以“消瘦影，嫌明烛”刻画她极度悲愤的心情，辞情幽曲，形象鲜明。词人着意追寻的这一美人，分明是他怀念的故国的幻化。下片抒写对她的深情思恋与后会无期的怅恨。词人写她依然旧时装束，以此表现爱国孤臣的拳拳忠心。更以无人解听盛时乐曲，抒发了物是人非、时无知音的深沉悲叹。最后以幽独佳人“掩袖倚寒竹”的形象，表现不与世俗同流的高洁情怀。全词兴寄深沉，极宛转迷离之致，词风呈现为密丽的特色。谭献以为“瑰丽处鲜妍自在，然词藻太密”（谭献评《词辨》），确为的评。

【注释】

①黄金屋：见姜夔《疏影》注⑨。此处借指南宋故宫。 ②斜鸿阵：古筝弦柱斜列如飞雁成行，故云。 ③纱窗旧绿：此化用元稹《连昌宫词》：“舞榭攲倾基尚在，文窗窈窕纱犹绿”句意。 ④荆桃如菽（shū）：周邦彦《大酺》词：“红糁铺地，门外荆桃如菽。”荆桃，即樱桃。菽，豆。此处意谓樱桃已长成豆大的果实，说明春意已残。 ⑤“此恨”二句：李商隐《无题》诗：“莫近弹棋局，中心最难平。”此用其意，比喻心中幽恨难平。琼台，玉石制成的弹棋局。弹棋，古代博戏。弹棋局中间突起，周围低平，故有此喻。 ⑥鸳楼：即鸳鸯楼，楼殿名。东西玉：酒器名。此处以宫中杯碎酒泻暗喻亡国。 ⑦开元曲：唐代开元盛世的歌曲，此以唐言宋。 ⑧“空掩袖”二句：化用杜甫《佳人》诗：“天寒翠袖薄，日暮倚修竹。”

张 炎（1248—1320？）

字叔夏，号玉田，又号乐笑翁，临安（今浙江杭州）人。他出身世家，早年以湖山清赏、诗酒笑傲为主要生活内容。宋亡后，流落以终。他精于词学，所撰《词源》为论述词律词法的专书。其词远眺清真，近宗白石，持律精严，风格婉丽，尤以咏物词擅名当时。亦有感怀身世之作。清代浙派论词，以其上配姜夔，合称姜、张。有《山中白云词》。

解 连 环

孤 雁

楚江空晚[1]，怅离群万里，恍然惊散[2]。自顾影、欲下寒塘，正沙净草枯，水平天远。写不成书[3]，只寄得、相思一点。料因循误了，残毡拥雪，故人心眼[4]。 谁怜旅愁荏苒[5]？漫长门夜悄[6]，锦筝弹怨[7]。想伴侣、犹宿芦花，也曾念春前，去程应转。暮雨相呼，怕蓦地、玉关重见[8]。未羞他、双燕归来，画帘半卷。

【题解】

此词咏孤雁，不但工于描摹，长于用事，而且兼寓家国身世之感。因此，历来为人传诵，以至词人也被称为“张孤雁”。上片以寥廓江天为背景，描摹孤雁离群惊散后顾影徘徊，栖止不定的情态，十分传神。其间又以风霜之余的秋景渲染环境气氛，江天萧瑟、四顾苍茫，更令人感到断鸿零雁的凄凉冷落。“写不成书”二句进一步突出其“孤”，巧妙地在遥空“一点”中注入“寄得相思”的深厚情意，并与“残毡拥雪，故人心眼”相连，托物传情，关合人事，尤见精彩。下片“想伴侣”数句呼应开头“离群惊散”，转写孤雁思归。最后以“双燕归来”作结，以之反衬孤雁。全词以孤雁离群始，以切念归群终，密相关联，收纵有致。

【注释】

①楚江：泛指南方的江流。 ②怳：失意的样子，一作“恍”。 ③写不成书：雁群飞行时，行列整齐如字，故称雁字。此乃孤雁，排不成字，也就“写不成书”，而只能代人传书（暗用《汉书·苏武传》载雁足传书事），故下句云“只寄得相思一点”。 ④“料因循”三句：意谓孤雁因循自误，使故人久困胡地，持节而盼。因循：拖延，耽误。残毡拥雪：《汉书·苏武传》：“天雨雪，武卧啮雪与毡毛并咽之。数日不死。” ⑤荏苒（rěnrǎn）：辗转，迁延。 ⑥长门：汉宫名，陈皇后被汉武帝弃置之处。见辛弃疾《摸鱼儿》词注⑤。 ⑦锦筝：古筝的美称。唐宋时教坊用筝皆十三弦。因音阶递升，弦柱斜列成雁行，故又称雁筝。 ⑧蓦地：忽然。玉关：玉门关。

高阳台

西湖春感

接叶巢莺①，平波卷絮，断桥斜日归船②。能几番游？看花又是明年。东风且伴蔷薇住，到蔷薇、春已堪怜。更凄然、万绿西泠③，一抹荒烟。　　当年燕子知何处④？但苔深韦曲⑤，草暗斜川⑥。见说新愁，如今也到鸥边⑦。无心再续笙歌梦，掩重门、浅醉闲眠。莫开帘，怕见飞花，怕听啼鹃⑧。

【题解】

此词是张炎的代表作，借歌咏西湖暮春景色以抒发亡国之哀痛。起调三句即揭破题面。“接叶巢莺”用杜甫诗句而省去“暗”字，但恰恰是这一“暗”字定下了暮春残景、遗民心境的基本色调。“断桥”云云，暗喻家园破碎之惨象；而那残山剩水间之“一抹荒烟”，亦使人“凄然”不堪相对。作者满怀凄怆之情询问燕子踪迹，却只见“苔深韦曲，草暗斜川”的凄迷晚景，从而寄寓了“国破山河在，城春草木深”的无穷感伤。“无心再续笙歌梦”以下则以人物的动态描写和内心独白式的心理刻画，抒写了江山易主后心如死灰的沉痛哀思。全词一气旋折，情调沉郁幽咽，语言清丽工致，因而被推为玉田词的压卷之作。

【注释】

①接叶巢莺：杜甫《陪郑广文游何将军山林》诗：“卑枝低结子，接叶暗巢莺。”此处化用其句意。 ②“断桥”句：断桥在孤山侧，西湖十景有断桥残雪。此句意谓：日落黄昏，断桥下游赏终日之画船依次归去。 ③西泠：西湖一桥名，在孤山下，为后湖与里湖之界。又名西陵、西林。 ④“当年”句：化用刘禹锡《乌衣巷》诗，“旧时王谢堂前燕，飞入寻常百姓家”句意。 ⑤韦曲：在长安城南，唐代名门望族韦氏世居于此，因名韦曲。 ⑥斜川：在江西省星子和都昌两县间的湖泊中。陶渊明有《游斜川》诗咏其美景。此借指隐沦贫士所居之处。 ⑦“见说”二句：意思是说连托迹烟波、忘机世外的鸥鸟，也不得不为新愁所苦，可见亡国之悲无可逃避。 ⑧“莫开帘”三句：飞花、啼鹃皆意味着春天已去，暗喻南宋之亡。

月 下 笛

孤游万竹山中①，闲门落叶，愁思黯然，因动黍离之感②。寓甬东积翠山舍③。

万里孤云，清游渐远，故人何处？寒窗梦里，犹记经行旧时路。连昌约略无多柳[④]，第一是难听夜雨。漫惊回凄悄，相看烛影，拥衾谁语？　　张绪归何暮[⑤]？半零落依依，断桥鸥鹭。天涯倦旅，此时心事良苦。只愁重洒西州泪[⑥]，问杜曲人家在否[⑦]？恐翠袖、正天寒，犹倚梅花那树[⑧]。

【题解】

此词系词人流寓甬东（今浙江定海）时所作。作者虽漫游浙东、浙西多年，但对故都临安的怀念不仅丝毫未减，相反愈来愈强烈。二十年中，他始终怀着深深的亡国隐痛飘零湖海，面对残山剩水，寄寓禾黍之悲，把家国之痛与身世之慨融入词章。此词写自己孤云无着之身世，写故交之零落、故宫之荒凉、故家之残破。无一不寄寓伤悼之情。其感情之沉痛，一如杜鹃啼血，夜猿叫月，令人凄绝。篇末二句赞扬隐居不仕、自持高节之故人，其实也正是自明心志。

【注释】

①万竹山：《赤城志》："万竹山在（浙江天台）县西南四十五里。绝顶曰新罗，九峰回环，道极险隘。岭上丛薄敷秀，平旷幽窈，自成一村。"　②黍离：见姜夔《扬州慢》注⑤。　③甬东：今浙江省舟山市定海区。戴表元《送张叔夏西游序》说张炎曾"东游山阴、四明、天台间。"大约寄寓甬东即在此时。　④连昌：唐别宫名，在河南宜阳，宫中多植柳树。元稹名篇《连昌宫词》极写连昌宫战乱后的荒废景象。此处借指南宋故宫。　⑤张绪：《艺文类聚·木部》载："齐刘悛之为益州刺史，献蜀柳数株，条甚长，状若丝缕，武帝植于太昌云和殿前，常嗟玩之，曰：'杨柳风流可爱似张绪。'"

按张绪，《南齐书》有传，少有文才，喜谈玄理，风姿清雅。此处作者自喻。　⑥西州泪：西州，古城名，在今南京市西。《晋书》载：谢安抚病入西州门。安死后，他的挚友羊昙行不由西州路，一次大醉，不觉至西州门，于是恸哭而去。此处借指重到故都临安，不胜其悲。　⑦杜曲：唐代长安城南的名胜地区，意同“韦曲”。时谚云：“城南韦、杜，去天尺五。”此处借指南宋故都临繁庶之地。　⑧“恐翠袖”二句：杜甫《佳人》诗：“天寒翠袖薄，日暮倚修竹。”此化用其意。

八声甘州

辛卯岁，沈尧道同余北归[①]，各处杭、越。逾岁，尧道来问寂寞，语笑数日，又复别去。赋此曲，并寄曾心传[②]。

记玉关、踏雪事清游，寒气脆貂裘。傍枯林古道，长河饮马，此意悠悠。短梦依然江表，老泪洒西州[③]。一字无题处，落叶都愁[④]。　　载取白云归去[⑤]，问谁留楚佩，弄影中洲[⑥]？折芦花赠远，零落一身秋。向寻常、野桥流水，待招来、不是旧沙鸥。空怀感，有斜阳处，却怕登楼[⑦]。

【题解】

本词作于词人四十五岁寓居绍兴之时，前此一年他曾与沈钦、曾遇同时被召入大都缮写金字《藏金》，不仕而归。此词抒写了北游归来的落寞忧伤、与友人的离别愁情以及深深的亡国隐痛。词以追叙前游起笔，以一“记”字直贯下面五句，一气呵成，雄健峭拔。其中“此意悠悠”句，暗含许多难言之苦衷。“短梦”二句折入眼前，表达凭吊故国山河的沉痛之情。“一字”二句翻用题红之事，极写内心悲愁之深，而又欲吐不能，以致“落叶都愁”，意更凄苦，辞更精警。换头改以疏宕之笔出之，用湘君、湘夫人故事比喻友人离去后的苦闷彷徨。折芦赠远，以示故友情深；沙鸥非旧，以叹故友星散，物是人非。煞尾处翻用古乐府“远望可以当归”之意。怀人自当登高远望，但举目皆非吾土，恐触目更伤故国之情，故而“却怕登楼”，感慨遥深。全词以疏宕之气行之，故流畅而不板滞，亦属玉田词中上乘之作。

【注释】

①沈尧道：沈钦，字尧道。　②心传：曾遇，字心传，又字子敬。元世祖二十七年辛卯（1290），张炎与曾、沈同时被召北上缮写金字《藏金》。　③西州：古城名，在今南京市西。《晋书》载：谢安抚病入西州门。安死后，他的挚友羊昙行不由西州路。一次大醉，不觉至西州门，于是恸哭而去。此处借指重到故都临安，不胜其悲。　④“一字”二句：翻用红叶题诗典故。据范摅《云溪友议》载：唐代诗人卢渥至长安应试，偶由御沟中拾得红叶一片，上有宫女题诗云：“流水何太急，深宫竟日闲。殷勤谢红叶，好去到人间。”后二人巧成婚配。　⑤“载取”句：表示隐居。南朝梁陶弘景《诏问山中何所有赋诗以答》“山中何所有，岭上多白云。只可自怡悦，不堪持赠君。”后以白云深处为隐士所居。　⑥“问谁留”二句：屈原《九歌·湘君》：“君不行兮夷犹，蹇谁留兮中洲？”“捐余玦兮江中，遗余佩兮澧浦。”此化用其意。　⑦“空怀感”三句：古乐府《悲歌》云：“悲歌可以当泣，远望可以当归。”因南宋江山已属他人之手，故曰“有斜阳处，却怕登楼”。

壶中天

夜渡古黄河，与沈尧道、曾子敬同赋

扬舲万里[1]，笑当年底事，中分南北。须信平生无梦到，却向而今游历。老柳关河，斜阳古道，风定波犹直[2]。野人惊问：泛槎何处狂客[3]？　迎面落叶萧萧，水流沙共远，都无行迹。衰草凄迷秋更绿，惟有闲鸥独立。浪挟天浮，山邀云去，银浦横空碧。扣舷歌断，海蟾飞上孤白[4]。

【题解】

此词作于被召北上途中。夜渡黄河，词人感慨万千，故而一起便气势非凡。“笑当年”二句，借追昔以抚今。当年宋金对峙，犹有半壁河山，而今却是寸土全无。词人以歌笑其表来具现痛哭其里，实为“无力回天”之哀叹。“须信”句于下句“却向”为反跌。在南北对峙时，连做梦也想不到会到此夜渡黄河，而今却向北游历来了，但这是怎样的一种“游历”啊！满怀凄凉以曲笔道出。接着“老柳”三句，以雄浑阔大之景向下片过渡。换头承上继续写景，景致依旧萧疏空阔，而嵌以“惟有闲鸥独立”一句，用以反衬人之身不由己及其艰难苦恨。最后化用张孝祥《念奴娇》词意收尾，虽不无寂寥况味，但亦不乏苍劲有力之气势。作为祖述周、姜词风的婉约词人，此词在玉田集中实属别调。

【注释】

①舲万里：化用《楚辞·涉江》“乘舲船予上沅兮”句意。　②风定波犹直：此句极写水流之峻急。直，犹言直泻而下。　③“野人”句：野人：原指朴野之人，此指黄河边上的土著居民。泛槎（chá）：旧说天河与海相通，张华《博物志》卷三：“年年八月有浮槎，去来不失期。”此以天河喻黄河。　④“扣舷”二句：张孝祥《念奴娇·过洞庭》：“尽吸西江，细斟北斗，万象为宾客。扣舷独啸，不知今夕何夕。”此处化用其意。海蟾：即月亮。古人以为月生于海中，又以为月中有蟾蜍居住，故云。孤白：孤寂苍白的光景。

清　平　乐

候蛩凄断[1]，人语西风岸。月落沙平江似练，望尽芦花无雁[2]。　　暗教愁损兰成[3]，可怜夜夜关情。只有一枝梧叶，不知多少秋声！

【题解】

这是一首基调沉郁、感慨苍凉的怀人抒情之作。下片“可怜夜夜关情”句原作“多情因为卿卿”，是赠友人陆行直及其家伎之词，后经修改，内涵扩大，境界也更为深远。上片四句写景，以“候蛩”“西风”、澄江及“芦花”等意象传达出深秋的消息，借萧瑟之景写索寞之怀。“望尽”句为上片结穴。谓之“无雁”，意即没有所盼之音讯，盼雁实即怀人。过片更以庾信自拟，在怀人愁思之中，又暗含了家国之痛，二者交融难分，遂使感情色彩转为幽凄缠绵。结韵以梧叶秋声加以渲染，更把词人这种思想感情推入极为深沉之境界。“梧叶”而限以“一枝”，则词人孤苦之状可见；“秋声”却“不知多少”，正见其愁绪如麻，已不堪重负。融情入景，怨怼无端，神余言外。而能以清空之笔写沦落之感、故园之思，更令人拍案叫绝，确实是“精警无匹”（陈廷焯《白雨斋词话》卷二）。

【注释】

①候蛩（qióng）：蛩，即蟋蟀。蟋蟀属于随节候出没的虫类，故称为候蛩。　②望尽芦花无雁：芦丛本为雁栖之所，作者《解连环·孤雁》就有“想伴侣、犹宿芦花”之句。此处盼雁，表达盼望远方音信而不得的怅惘之情。　③兰成：南北朝时的庾信，小字兰成，素善诗赋。

无名氏

九 张 机

（九首）①

一张机，采桑陌上试春衣。风晴日暖慵无力②。桃花枝上，啼莺言语，不肯放人归。

两张机，行人立马意迟迟。深心未忍轻分付③。回头一笑，花间归去，只恐被花知。

三张机，吴蚕已老燕雏飞④。东风宴罢长洲苑⑤。轻绡催趁⑥，馆娃宫女⑦，要换舞时衣。

四张机，咿哑声里暗颦眉⑧。回梭织朵垂莲子⑨。盘花易绾⑩，愁心难整，脉脉乱如丝。

五张机，横纹织就沈郎诗[11]。中心一句无人会。不言愁恨，不言憔悴，只恁寄相思[12]。

六张机，行行都是耍花儿[13]，花间更有双蝴蝶。停梭一晌，闲窗影里，独自看多时。

七张机，鸳鸯织就又迟疑。只恐被人轻裁剪。分飞两处，一场离恨，何计再相随[14]。

八张机，回纹知是阿谁诗[15]？织成一片凄凉意。行行读遍，厌厌无语[16]，不忍更寻思。

九张机，双花双叶又双枝。薄情自古多离别。从头到底，将心萦系，穿过一条丝。

【题解】

这是一组具有浓郁的民歌风味的抒情小词。其抒情内容，或以为“逐臣弃妇之词”，或以为“《子夜》怨歌”之匹，似皆无不可。仅就桑间陌上之想而言，也已是绝妙之作。词共九首，每首既可独立成章，又可组成一气贯注的有机整体。前三首从采桑、离别写到织锦；第四首以下则从不同的锦纹图案生发出无限的相思之情。整个组词形成一幅色彩绚丽、形象鲜明的生活长卷，作者借助于丰富多彩的艺术手法，抒写了各种不同场景中的春愁春恨、离情别绪。既有“风晴日暖慵无力”那春的陶醉，也有“回头一笑”那心的默契；既有“脉脉乱如丝”的爱的渴望，也有“中心一句无人会”的忧伤；甚至明知“薄情自古多离别”，还是痴情地“将心萦系，穿过一条丝”。从而成功地塑造了一位对爱情无比忠贞，对美满幸福生活执着追求的少女形象。陈廷焯以为“词至此，已臻绝顶，虽美成（周邦彦）、白石（姜夔），亦不能为”（《白雨斋词话》）。虽不免溢美太过，但也说明了这组词感人至深的艺术魅力。

【注释】

①南宋曾慥《乐府雅词》收录《九张机》共两组，此为第二组。在第一组前有小序云：“九张机者，才子之新调。”表明是文人仿民歌而创制的新声。 ②慵：困倦。 ③分付：表示，答应。 ④吴蚕已老：春蚕三眠已过，正在吐丝作茧。吴地（今江苏南部）是养蚕产丝的主要地区。 ⑤长洲苑：吴王夫差游猎的园囿。 ⑥催趁：催促早日把轻丝绡织成。 ⑦馆娃宫：吴王夫差为西施而建的行宫，在苏州灵岩山。 ⑧颦（pín）眉：皱眉。 ⑨垂莲子：此为双关语，以“莲”谐“怜”，意谓垂爱于你。 ⑩绾（wǎn）：盘结回绕。 ⑪沈郎：南朝著名诗人沈约，其《寄范安仁》诗有：“梦中不识路，何以慰相思”之句。 ⑫恁（nèn）：这么。 ⑬要花儿：意为有趣可爱的花儿，当时流行的口语。 ⑭何计：有什么办法。 ⑮阿谁：犹言谁，何人。 ⑯厌（yān）厌：同“恹恹”。形容心中烦闷、愁苦。

鱼游春水①

秦楼东风里②，燕子还来寻旧垒。余寒微透，红日薄罗绮，嫩笋才抽碧玉簪，细柳轻窣黄金蕊。莺啭上林，鱼游春水。 屈曲阑干遍倚，又是一番新桃李。佳人应念归期，梅妆淡洗③。凤箫声杳沉孤雁④，目断澄波无双鲤⑤。云山万重，寸心千里⑥。

【题解】

此词抒写游子思妇之情，而着力描写春日美景，在一片盎然春意的描述中寄寓了主人公深厚的柔情，渗透了对佳人的热烈思念。上片写景，因景寄情。其中无论是“寻旧垒”的双燕，还是曼声轻唱的黄莺，或是春水中的游鱼，都是游子特定心情下对春景的特定感受，是移情及物的结果。从触物生情角度言，则又是“寻旧垒”之燕、“游春水”之鱼触发了游子一片思乡怀亲之情。至于“碧玉簪”“黄金蕊”之形容笋尖与叶芽，也正是融入了词人对佳人形象的悬想。选景设喻可谓精当之极。换头二句转入正面抒情。“佳人”以下，从对方落笔，深翻一层，借佳人念我之设想，写我怀佳人之深情。结韵以“云山万重”与“寸心千里”相对，一景一情，关合双方，把一片思乡情、怀人意写得情思飞动，余韵悠扬。

【注释】

①吴曾《能改斋漫录》载：“政和中，一中贵人使越州回，得词于古碑阴，无名无谱，不知何人作也。录以进御，命大晟府撰腔，因词中声，赐名《鱼游春水》。”政和为宋徽宗年号，可见此词为徽宗以前南方的民间作品。 ②秦楼：借指词人所在之所。 ③梅妆：即梅花妆，用南朝宋武帝之女寿阳公主之典。见姜夔《疏影》注⑤。 ④凤箫声杳：用萧史与秦穆公女弄玉之事，见《列仙传》。此处以“凤箫声杳”借指男子远行他乡。沉孤雁：用《汉书·苏武传》雁足传书之事。此句意谓男子远行久无音信。 ⑤双鲤：古乐府《饮马长城窟行》：“客从远方来，遗我双鲤鱼。呼童烹鲤鱼，中有尺素书。”此借指书信。

水调歌头

建炎庚戌题吴江[1]

平生太湖上，短棹几经过。如今重到，何事愁与水云多。拟把匣中长剑，换取扁舟一叶，归去老渔蓑。银艾非吾事[②]，丘壑已蹉跎。 脍新鲈[③]，斟美酒，起悲歌。太平生长，岂谓今日识兵戈。欲泻三江雪浪，净洗胡尘千里，不用挽天河[④]。回首望霄汉，双泪堕清波。

【题解】

此词作于宋高宗建炎四年（1130），此时正值南宋统治者力主求和之际，而金兵却不断侵扰江南，统治者竟听之任之，不敢反抗。词中对这种卖国投降政策作了明显的斥责。上片用一“愁”字领起，以“长剑”换“扁舟”这样故作旷达舒展之辞，抒写内心壮志难酬之悲愤。“银艾”二句更显示了蔑视权贵、“泥涂轩冕”的高尚人格。过片三句承转无端，顿跌有力。“脍新鲈、斟美酒”，暗用张翰之典，看似归隐之志已定，而接以“起悲歌”句，陡然一转，又揭示了旷达外表下深沉之“悲”。“欲泻”句以下直抒复国壮志，再度发为请缨无路之悲歌。感情跌宕起伏，笔意纵横开阖，唱出了南渡初期志士仁人慷慨悲凉的心声。

【注释】

①据曾敏行《独醒杂志》载，宋高宗绍兴年间（1131—1162），无名氏题此词于吴江长桥。后传入宫中，高宗查访甚急，秦桧顺势别有用心地请降黄榜招之，但终未找到作者。 ②银艾：银是银印；艾是拴印的绶带，因用艾草染成绿色，故称艾。此借指官爵。 ③脍新鲈：见辛弃疾《水龙吟》注④。 ④“净洗”二句：杜甫《洗兵马》诗：“安得壮士挽天河，洗尽甲兵长不用。”此处反用其意。

李　白（701—762）

字太白，号青莲居士，蜀中绵州（今四川江油）人。唐代伟大诗人，有《李太白集》。案：宋本《李白集》皆不收词。五代吕鹏《遏云集》录李白词四首。宋初编定的《尊前集》录李白词十二首。南宋初句龙震辑《谪仙集》十卷，“集古今人词，以李白为首”，见《宋史·艺文志》。黄昇《唐宋诸贤绝妙词选》选唐词自李白始，且称其《菩萨蛮》《忆秦娥》二词为“百代词曲之祖”。《全唐诗》录李白词十四首。然上述诸词是否李白所作，后人颇置疑问。《菩萨蛮》《忆秦娥》二词，各种唐宋词选本多置于卷首，亦或信或疑，未有定论。

菩　萨　蛮

平林漠漠烟如织[①]，寒山一带伤心碧[②]。暝色入高楼[③]，有人楼上愁。　　玉梯空伫立[④]，宿鸟归飞急[⑤]。何处是归程，长亭连短亭[⑥]。

【题解】

此词全文始见于南宋邵博《邵氏闻见后录》。上片先远景后近景，用一“入”字，从全景式的平林远山拉到楼头思归的特写镜头，暮色中弥漫着漠漠离愁。下片由凝望转为凝思。宿鸟归飞而行人不返，结句“长亭连短亭”，则不但说明道路几千，归程遥远；同时也说明归期渺茫，相见无日。不露哀怨，语甚蕴藉。韩元吉《念奴娇》

词："尊前谁唱新词，平林真有恨，寒烟如织。"可见南宋初这首《菩萨蛮》犹传唱不绝。

【注释】

①平林：远望中的树林。漠漠：迷蒙貌。烟如织：暮色浓密。清李调元《雨村词话》卷一："词用'织'字最妙，始于太白词'平林漠漠烟如织'，孙光宪亦有词云'野棠如织'，晏殊亦有'心似织'句，此后遂千变万化矣。"　②伤心：极甚之辞，愁苦、欢快均可言伤心。此处极言寒山之青。　③暝色：暮色。　④伫立：久立。　⑤宿鸟：归鸟。　⑥长亭、短亭：官道上供人歇息之所。白居易《白氏六帖》卷三《馆驿门》引庾信赋称"十里一长亭，五里一短亭"。

忆秦娥

箫声咽[①]，秦娥梦断秦楼月。秦楼月。年年柳色，灞陵伤别[②]。　　乐游原上清秋节[③]。咸阳古道音尘绝[④]。音尘绝。西风残照，汉家陵阙[⑤]。

【题解】

古时秦地称美女曰娥。秦娥犹秦女。《忆秦娥》为双调，上下片各四仄韵，第三句必叠上三字，押韵多用入声。此词本意当与调名有关。写秦娥即长安女子的秋思。上片咏离情，下片咏秋望。其中情事与唐诗中常见的《从军行》《出塞》以及"白狼河北音书断，丹凤城南秋夜长"之类甚为接近。然下片境界雄浑阔大，蕴含着一种山河兴废之感，后人于此每多感发。《邵氏闻见后录》卷一九说："予尝秋日饯客咸阳宝钗楼上，汉诸陵在晚照中，有歌此词者，一坐凄然而罢。”王国维《人间词话》尤赏结句中的气象，认为“寥寥八字，遂关千古登临之口。”

【注释】

①箫声咽：秦穆公女弄玉嫁萧史，吹箫似凤声，招来凤凰。后来夫妻皆随凤凰飞去。见《列仙传》。咽，指箫声悲凉。　②灞陵：汉文帝墓，在长安东灞水边。附近为灞桥，唐人送客至此，折柳而别。　③乐游原：本汉乐游苑，在长安东南，为京城最高处，秋日长安士女于此登临聚会。　④咸阳：秦时咸阳城，汉唐改称渭城，在长安西北。咸阳古道，即王维《渭城曲》所谓“西出阳关”、远至安西的西域通道。　⑤汉家陵阙：汉代帝皇的陵墓。渭水北岸有长陵、安陵、阳陵、茂陵、平陵等五陵。

张志和（？—774）

字子同，婺州（今浙江金华）人。十六游太学，以明经擢第，献策肃宗，令待诏翰林，授左金吾卫录事参军，贬南浦尉，因亲丧不复仕，扁舟居江湖间，自谓烟波钓徒，号玄真子。大历八年（773）颜真卿为湖州刺史，志和浮家泛宅，往来苕、霅间，撰《渔歌子》五首。志和复善画山水，“自为《渔歌》便画之，甚有逸气”（张彦远《历代名画记》卷十）。

渔歌子

西塞山前白鹭飞①，桃花流水鳜鱼肥②。青箬笠③，绿蓑衣，斜风细雨不须归④。

【题解】

子是曲子的简称，《渔歌子》即《渔歌》。唐李德裕《玄真子渔歌记》录张志和《渔歌子》五首，分咏西塞山、钓台、霅溪、松江、青草湖。这里选的是第一首。词中是江乡二月桃花汛期、春江水涨、烟雨迷蒙的图景。雨中青山，江上渔舟，天空白鹭，两岸红桃，整个空间色彩明丽，充满动态，生气盎然。一叶渔舟并不是多余的闯入者，而是与环境气氛十分和谐协调，展示了一切顺其自然的生活本身的浓郁诗意，与《楚辞·渔父》内容情调完全不同。人们从中可感到作者的身心与优美的自然环境完全融合，以及由此而来的一片宁静和摆脱尘俗、任情而行的真正的精神自由。

【注释】

①西塞山：在湖北大冶县长江边。唐皮日休《西塞山泊渔家》：“西塞山前终日客，隔波相羡尽依依。”诗，宋初王周《西塞山》诗：“西塞名山立翠屏，浓岚横入半江青。”自注：“今谓之道士矶，即兴国军大冶县所隶也。”一说西塞山在湖州，不确。　②鳜鱼：今呼桂鱼，其味鲜美，是一种淡水鱼。　③箬笠：竹箬做的斗笠。　④不须归：张志和五首词末句第五字皆用“不”字，即“不须归”“不曾忧”“不叹穷”“不觉寒”“不用仙”。日本嵯峨天皇和词五首于此皆用“带”字，智子内亲王二首皆用“送”字，滋野贞主五首皆用“入”字，遵从原作，步武不失。

白居易（772—846）

字乐天，晚号香山居士、醉吟先生。原籍太原，迁居下邽（今陕西渭南）。贞元十六年进士，元和中历左拾遗、左赞善大夫。上书忤执政，贬江州司马。长庆、宝历间，出任杭州、苏州刺史。后以太子少傅分司洛阳，终刑部尚书。主张“文章合为时而著，歌诗合为事而作”。其词开中唐诗人依曲拍填词之风。有《白氏长庆集》七十卷，《尊前集》录白居易词二十六首。

忆 江 南

其 一

江南好，风景旧曾谙①。日出江花红似火，
春来江水绿如蓝②。能不忆江南。

其 二

江南忆，最忆是杭州。山寺月中寻桂子③，
郡亭枕上看潮头④。何日更重游。

其 三

江南忆，其次是吴宫⑤。吴酒一杯春竹叶⑥，
吴娃双舞醉芙蓉⑦。早晚复相逢⑧。

【题解】

调下作者自注：“此曲亦名《谢秋娘》，每首五句。”王国维《唐写本春秋后语背记跋》定为大和八、九年间所作。任二北《敦煌曲初探》第五章《杂考与臆说·时代》，系白居易、刘禹锡《忆江南》于大和八年。然大和八、九年，刘禹锡在苏州、汝州，开成三年

（838）以太子宾客分司东都，与白居易同居洛阳。朱金诚《白居易年谱》故据此定为开成三年作。词共三首，属联章，写怀念以往出守杭州、苏州的生活。第一首兼苏杭两地而言。在富于江南地方特征的画面上，突出渲染江花、江水红绿相映的明艳色泽。第二首写杭州，摄取了两个秋日胜景：天竺寺的中秋月和钱塘江的八月潮，一个清幽，一个壮美。说月中游寺，亭上观潮，似乎只点到题，未作文章，但作者已坠入无穷回味之中，读者亦不禁神往。第三首写苏州，也选择了两件事：吴酒味美可人与吴娃貌艳舞美，江南风光既明丽迷人，江南人物亦楚楚可爱。三词首尾各具，又前后照应，作者虽身在洛阳，其心早已神驰江南了。

【注释】

①旧曾谙：是回忆语气。长庆二年（822）七月，白居易自中书舍人除杭州刺史，五年，徙苏州，宝历二年（825），病免回洛阳，在苏、杭凡五年。其《咏怀》诗云："两地江山踏得遍，五年风月咏将成。"谙（ān），熟悉。　②蓝：植物名。其叶可制蓝色染料，即靛青。叶如蓼，又称蓼蓝。③山寺：指杭州灵隐寺、天竺寺。宋之问《灵隐寺》诗："桂子月中落，天香云外飘。"白居易《留题天竺灵隐两寺》诗："宿因桂花落。"自注："天竺尝有月中桂子落。"　④郡亭：指杭州郡衙内的虚白亭，位于凤凰山后。白居易《郡亭》诗："况看虚白亭，坐见海门山，潮来一凭栏，宾至一开筵。"海门山乃赫山与龛山，两山对峙，潮水出其间，故曰海门。　⑤吴宫：苏州为春秋时吴之故都。这里即指苏州。　⑥春竹叶：酒名。唐人名酒多带"春"字，如荥阳"土窟春"、富平"石冻春"、剑南"烧香春"，见李肇《国史补》卷下。　⑦吴娃：古时吴地方言称美女曰娃。醉芙蓉：状吴娃之美。白居易《长恨歌》诗："芙蓉如面柳如眉。"芙蓉，荷花。　⑧早晚：多时、何时。

长　相　思

汴水流[①]，泗水流[②]，流到瓜洲古渡头[③]。吴山点点愁[④]。　思悠悠，恨悠悠，恨到归时方始休。明月人倚楼。

【题解】

此词见黄昇《唐宋诸贤绝妙词选》卷一，写思妇的相思和别恨。唐时南北交通，主要依靠水运。汴水、泗水、瓜洲、吴山，就是从洛阳南下到达江南的舟行路线。词中的行人，就是在这条南行线上愈行愈远。思妇的相思和别恨也随汴水、泗水，流到瓜洲，流到江南。此词借水流寄情，含情绵邈，频用叠字韵，句句押韵，声调舒徐悠扬，又极尽行云流水之致。

【注释】

①汴水：水名。一名汴渠、汴河。唐时西通河洛，南达江淮。　②泗水：源今山东泗水，南流注入淮河，经大运河入长江。　③瓜洲：渡口名。在江苏邗江，与镇江隔江相望，是大运河与长江的交汇处。唐开元以来为南北水运要冲。渡头：渡口。　④吴山：泛指江南群山。

皇甫松（生卒年不详）

松一作嵩，字子奇，自称檀栾子，睦州新安（今浙江淳安）人，皇甫湜之子。身后，光化三年（900），韦庄奏请追赠李贺、赵光远、皇甫松等进士及第。《花间集》称之为“皇甫先辈”。著有《醉乡日月》三卷（今佚），为唐人饮酒令。《花间集》录其词十一首，《尊前集》录其词十首，王国维《唐五代二十一家词辑》辑为《槿栾子词》一卷。

梦 江 南

兰烬落①，屏上暗红蕉②。闲梦江南梅熟日③，
夜船吹笛雨萧萧④。人语驿边桥。

【题解】

《梦江南》即《忆江南》。皇甫松是江南人。一般人作词怀念江南之春，这首《梦江南》却专写江南之夜——富有江南特色的五月梅雨之夜，清代有人把它画成江南夜雨图。词中除写了夜船、驿桥这些水乡景物外，还写了令人勾起思念的船窗的笛声、篷背的雨声和驿桥依依话别的人语声。这些笛声、雨声和人声无不带有亲切的乡味。梦中人亦即心中人。笛声幽怨，多水乡情调；人语缠绵，是吴侬软语，因此这个江南之梦更使人依恋难舍了。厉鹗《论词绝句》云：“美人香草本《离骚》，俎豆青莲尚未遥。颇爱《花间》断肠句，‘夜船吹笛雨萧萧’。”

【注释】

①兰烬：蜡烛的余烬，结花如兰，故称。 ②红蕉：屏风上画的美人蕉。 ③梅熟日：江南五月间梅子黄熟时，常阴雨连绵，称“梅雨”。 ④萧萧：同“潇潇”，风雨交加声。

梦 江 南

楼上寝，残月下帘旌[①]。梦见秣陵惆怅事[②]，
桃花柳絮满江城。双髻坐吹笙[③]。

【题解】

“楼上”二句，是一境；“桃花”二句，又是一境。前者是入梦之境，后者是梦中之境。前后两境皆堪入画，都是非常优美的画境。但以“梦”字带出，自有今昔之感。梦中之境，在昔日本是充满温馨的情调。然而今日入梦，却又蒙上了凄清的色彩。王国维《檀栾子词跋》云：“黄叔旸称其《摘得新》二首，为有达观之见，余谓不若《忆江南》二阕，情味深长，在乐天（白居易）、梦得（刘禹锡）上也。”

【注释】

①帘旌：帘额，即帘上所绣缀软帘。 ②秣陵：金陵，今江苏南京。 ③双髻：少女的发式。这里代指少女。

温庭筠（812？—866）

原名岐，字飞卿，祖籍太原，寓居鄠县。开成、大中间，数举进士不第。大中十年（856），贬隋县尉，留襄阳为巡官，终国子监助教。才情绮丽，能走笔成万言。诗与李商隐齐名，号“温李”；又与段成式以骈文著称，三人皆排行十六，号“三十六体”。善鼓琴吹

笛，尤“能逐弦吹之音，为侧艳之词”，上播宫廷，流传饮席，传唱甚广。后蜀赵崇祚编《花间集》，首列温词六十六首，盖尊为“花间词”之鼻祖。黄昇《花庵词选》云：“温庭筠词极具流丽，宜为《花间集》之冠。”刘熙载《艺概·词曲概》云：“温飞卿词精妙绝人，然不出乎绮怨。”王国维辑为《金荃词》一卷。

菩　萨　蛮

小山重叠金明灭①，鬓云欲度香腮雪②。懒起画蛾眉③，弄妆梳洗迟。　照花前后镜，花面交相应④。新贴绣罗襦⑤，双双金鹧鸪⑥。

【题解】

《花间集》录温庭筠《菩萨蛮》十四首（约作于宣宗大中年间），大多景物精美，意境要眇，辞采艳丽，情调幽怨。这是第一首，词中的女子一夜候人不至，翌晨再作打扮，严妆以待。全词写的就是闺中理妆的过程。“小山”二句写宿妆已残，是睡余之态。三、四二句写晨起重新梳妆，曰“懒”曰“迟”，因对方失约而未免没精打采。下片则是整妆之后，五、六二句是簪花照镜，七、八二句是穿上新贴的绣衣。新妆后与上片慵懒之情顿别，容光焕发，明艳照人，但却掩盖不了其内心的孤单与寂寞。权德舆《玉台体十二首》其六云：“罗衣不忍著，羞见绣鸳鸯。”正可作为此词结句的潜台词，盖寓自伤不偶之叹。词中人物始终处于“无言”状态，全词宛如一组连续拉开的无声镜头，从神态、动作、眼饰、景物，层层暗示其内心的复杂感情，不用抒情笔法，而其无限心曲却可以由表及里、由形及神地一一感知，温丽芊绵，深婉不迫。

【注释】

①小山重叠：唐时女子画眉流行十种样式，称十种眉，其二为小山眉，又称远山眉。由于是宿妆，经过一夜辗转无眠，眉黛已狼藉，有深有浅，犹如山峰重叠。金明灭：唐时女子在额上涂黄色，叫作额黄，隔了一夜，额黄或浓或淡，故曰明灭。温庭筠《南歌子》“脸上金霞细”，亦以“金”状女子颜面。 ②“鬓云”句：犹言鬓丝散乱。度：动词，指鬓发飘动。唐时女子把发盘成髻，鬓盛如云。睡后发乱下垂，故曰“欲度”。雪：比喻脸面雪白。 ③蛾眉：形容女子眉毛细长如蚕蛾之触须。《诗·卫风·硕人》：“螓首蛾眉。” ④“照花”二句：指对镜簪花。因有两镜前后对照，故云“交相映”。 ⑤贴：熨帖。王建《田侍郎归镇》诗：“熨帖朝衣抛战袍。” ⑥金鹧鸪：用金线盘绣而成的鹧鸪鸟图案。双鹧鸪与鸳鸯同，取成双成对之义。

菩 萨 蛮

水精帘里颇黎枕①，暖香惹梦鸳鸯锦②。江上柳如烟，雁飞残月天。　　藕丝秋色浅③，人胜参差剪④。双鬓隔香红⑤，玉钗头上风。

【题解】

这首词惝恍迷离，颇多异说，但彼此并不乖违。上片昨宵远梦。“水精”二句极言洞房深闺的华贵温馨，个中人物则娇美可知。“梦”字为联结上下的关键。“江上”二句即转入梦镜，杨柳残月，雁行不已，气氛情调由此一变。前者居处幽深，暖香满室；后者江天旷远，夙夜行役。这个梦境把闺中少妇与远方行人连结起来，盖“梦魂已逐郎行远”矣。下片人日新妆，着笔于衣香鬓影“人胜”点出时令，也正是共惜芳时之节序怀人的时候。隋薛道衡《人日思归》诗：

“入春才七日，离家已二年。人归落雁后，思发在花前。”或谓此词上下片从此诗脱化而来，可以思悟。温庭筠此词也可以说是词中最早的节序词。末句与温庭筠《咏春幡》诗“玉钗风不定，香步独徘徊”、牛峤《菩萨蛮》词“玉钗风动春幡急”意境近似，不让李贺《咏怀》诗“弹琴看文君，春风吹鬓影”专美于前。

【注释】

①水精帘：即水晶帘，用珠串成的珠帘。颇黎枕：用碧玻璃做成的玉枕。两者皆极华贵。水精、颇黎，都是唐时从西域传入的名贵的玉石。②鸳鸯锦：绣有鸳鸯图案的锦被。 ③藕丝：纯白色的丝。秋色浅：喻衣色淡雅。 ④人胜：旧俗人日（正月初七）剪彩作人形，作为妇女首饰。 ⑤“双鬓”句：谓两鬓簪花。香红：花的代称。一说香红指人面。

菩 萨 蛮

玉楼明月长相忆①，柳丝袅娜春无力。门外草萋萋，送君闻马嘶②。 画罗金翡翠③，香烛销成泪④。花落子规啼⑤，绿窗残梦迷。

【题解】

上片言忆，下片言梦，无论是“长相忆”还是“残梦迷”，都反映了词中女子的月夜思念，低回欲绝。忆是清醒的，暮春时节，柳丝袅娜，门外马嘶，送君远行的场面，犹历历在目，不时在眼前显现。梦则是迷茫的，只有香烛泪和子规声，伴随着这个孤独的寻梦者，而一去不归、杳无音讯的情人，在梦里再也找不到，唤不回了。温庭筠还有一首《菩萨蛮》云：“相忆梦难成，背窗灯半明。”张惠言《词选》谓"'相忆梦难成'，正是'残梦迷'情事。"

【注释】

①玉楼：装饰华丽的高楼。 ②"门外"二句：江淹《别赋》"春草碧色，春水绿波，送君南浦，伤如之何。……棹容与而讵前，马寒鸣而不息。" ③"画罗"句：谓画有翡翠的帷帐。翡翠，鸟名。 ④"香烛"句：意犹杜牧《赠别》诗："蜡烛有心还惜别，替人垂泪到天明。" ⑤子规：即杜鹃。此处以其啼声悲切喻伤别之情。

更 漏 子

玉炉香，红蜡泪。偏照画堂秋思[1]。眉翠薄[2]，鬓云残[3]。夜长衾枕寒。 梧桐树，三更雨。不道离情正苦[4]。一叶叶，一声声。空阶滴到明。

【题解】

这首词在温庭筠《更漏子》六首中列于末章，乃咏秋夜之曲，也是写女子一夜无眠的无穷思念。上片点明"秋思"，下片点明"离情"，两者实为同义。但上片浓丽，下片则变为疏淡明快，集于一词，并不觉有所不合，反而感到相当和谐。"梧桐树"六句，与温词向来重暗示，多浓缩的句法不同，而是放笔纵行，接连六句直流而下，情酣意畅。《古今词统》卷五引徐士俊语云："'夜雨滴空阶'（梁何逊《临行与故游夜别》）五字不为少，'梧桐树'，此二十三字不为多。"陈廷焯《大雅集》卷一且以为"后半阕无一字不妙，沉郁不及上二章，而凄紧特绝。"李冰若《栩庄漫记》推飞卿此词为

“集中之冠”，认为“温词如此凄丽有情致不为设色而累者，寥寥可数也。”北宋都下妓聂胜琼《鹧鸪天》词下片云：“寻好梦，梦难成，况谁知我此时情。枕前泪共阶前雨，隔个窗儿滴到明。”全从温词化出，且加一“泪”字以见离情之苦，但语意过于说尽，反而不如温词之含浑。

【注释】

①偏：正、恰。　②眉翠：眉上画的翠黛色。薄：暗淡。　③鬟云残：鬟发散乱。　④不道：犹云不管或不顾。王昌龄《送姚司法归吴》诗“但公意远扁舟近，不道沧江百尺深”同此例。

梦江南

千万恨，恨极在天涯①。山月不知心里事，
水风空落眼前花。摇曳碧云斜。

【题解】

《梦江南》为《忆江南》的异名。这首词写女子的一腔心事，言简意赅，尺幅千里。“山月”一联，颇具摇曳之致。万千离恨，郁积难申，但眼前山月、水风、落花、碧云，所有一切，都是兴歇自然的自在之物，谁也不会给予关怀顾惜。同时谁也不会理解她的寄情与诉说，盖人自多情而物自无情，彼此本来不相关涉，因此愈觉孤寂凄苦，万千之恨也因而转极了。

【注释】

①天涯：指心中所思之人十分遥远。

梦 江 南

梳洗罢，独倚望江楼。过尽千帆皆不是，斜晖脉脉水悠悠[1]。肠断白蘋洲[2]。

【题解】

自谢朓《之宣城郡出新林浦向板桥》“天际识归舟，云中辨江树”的名句问世后，唐人以此意入诗者甚多。刘采春《罗唝曲》：“莫作商人妇，金钗当卜钱。朝朝江上望，错认几人船。”子兰《襄阳曲》为忆南游人，移家大堤住。千帆万帆来，尽过门前去。”罗邺《江帆》诗：“别离不独恨啼轮，渡口风帆发更频。何处青楼方凭槛，半江斜日认归人。”这首《梦江南》亦祖其意，但胜于并时诸家之作。有人以为此词末句“肠断白蘋洲”过于显露，不如删此五字更觉意味无穷，不无道理。但词中白蘋洲这个典故，与柳恽《江南曲》有关。《江南曲》结句云：“不道新知乐，但言行路远。”就是此词“肠断”二字的实际内涵。游子不返的原因不在于“行路远”，而是在他乡已有新的相知了。这怎能不使人肠断呢？唐赵征明《古离别》：“为别未几日，去日如三秋。犹疑望可见。日日上高楼。惟见分手处，白蘋满芳洲。”以白蘋洲为情人“分手”之处，以此读温词，亦别具胜韵。

【注释】

①脉脉：含情欲伸貌。 ②白蘋洲：长着白蘋洲的水边小洲。

韦 庄 (836? —910)

字端己，京兆杜陵（今陕西西安）人。乾宁元年（894）第进士，授校书郎，迁左补阙。乾宁四年，以两川宣谕使判官入蜀，西川节度使王建留为掌书记。天复七年（907），王建自立，国号大蜀。韦庄定制度号令，官至吏部侍郎同平章事，二年后，卒。有《浣花集》。《花间集》录其词四十八首，王国维辑为《浣花词》一卷。韦庄词情深语秀，能运密入疏，寓浓于淡，与温庭筠齐名，然温浓而韦淡，各极其妙。前人论韦庄词且有“初日芙蓉，晓风杨柳”之喻。

浣 溪 沙

夜夜相思更漏残[①]，伤心明月凭栏干，想君思我锦衾寒。　　咫尺画堂深似海[②]，忆来唯把旧书看[③]，几时携手入长安。

【题解】

这首词写相思之苦。“想君”句转向对方，想到对方也在今夜此刻思念自己，其中当然有悬想成分，但这是一种心心相印的心灵的感通，语虽淡而情弥深。后来姜夔《鹧鸪天》词说：“谁教岁岁红莲夜，两处沉吟各自知。”不用悬想，各自感知，则更是心灵间永久的默契了。“忆来”二句，是明知相见无缘，唯以旧书慰藉，但心中依然存有一线希望之光，惓惓不已。韦庄是京兆杜陵人，自中和二年（882）离开长安后，再也未能回家。“几时”一句，则把重逢与回乡两个愿望连结为一了。

【注释】

①“夜夜”句：谓每夜相思，直至天明。更漏残：犹云夜尽。 ②“咫尺”句：唐崔郊恋姑之婢，后鬻与连帅于頔，思慕不已，因寒食偶出相遇，崔遂赠诗云：“侯门一入深似海，从此萧郎是路人。” ③忆来：忆时。旧书：旧时书信。

菩 萨 蛮

红楼别夜堪惆怅，香灯半掩流苏帐①。残月出门时，美人和泪辞。 琵琶金翠羽②，弦上黄莺语③。劝我早归家，绿窗人似花。

【题解】

《花间集》录韦庄《菩萨蛮》五首，内容连贯，彼此声息相通，是同时所作的一组联章。张惠言《词选》定为蜀中所作。韦庄入蜀时已六十二岁，词意与之不合。据其末章，当作于洛阳，其时约为光启三年。此词是第一首，记离别之始。“香灯”句，是夜别光景，画面上一片温馨，使人流连。“残月”二句，不说我辞美人，而说“美人和泪辞”，化直为曲，突出美人泪眼莹莹的凄楚状态，是最令人消魂的时刻。下片补叙临别有美人所弹的一曲琵琶，其内容就是“劝我早归家，绿窗人似花”。唐五代词多琵琶曲，有《思归乐》《还乡曲》等多种。韦庄听到的就是这种曲调。“早归”二字是本篇主脑。“早归家”犹云“早归来”，“似花”之人就是“和泪辞”之人，叮嘱他早归来，不要辜负了青春年少。“绿窗”也与上片“红楼”“香灯”

相应复合，使上下片连成一气。姜夔《长亭怨慢》云：“韦郎去也，怎得玉环分付：第一是早早归来，怕红萼无人为主。”可为此词下片注脚。此词居于五章之首，等于在说思念的由起。俞平伯《读词偶得》谓此首“闲闲说出，正合开篇光景，其中淡处皆妙境也。”

【注释】

①流苏帐：用彩色丝线作为穗子的帷帐。　②金翠羽：嵌金点翠的捍拨，安置于琵琶槽上。　③“弦上”句：形容琵琶美妙的乐声，犹如春莺鸣啭。唐王仁裕《荆南席上咏胡琴妓二首》其一：“寒敲白玉声偏婉，暖逼黄莺语自娇。”

菩　萨　蛮

人人尽说江南好①，游人只合江南老②。春水碧于天，画船听雨眠。　　垆边人似月，皓腕凝霜雪③。未老莫还乡，还乡须断肠。

【题解】

这首词说别后，言不合离去而为之肠断。“只合江南老”，如同刘禹锡《曹纲》诗：“一听曹纲弹《薄媚》，人生不合出京城。”张祜《纵游淮南》诗：“人生只合扬州死，禅智山光好墓田。”说得斩绝，别无选择。此时已不须“劝我”而决然作断了。“春水”二句，一幅春江图画，雨丝风行，随波容与，诗情荡漾。许昂霄《词综偶评》谓“此景此情，生长雍冀（泛指北地）者，实未曾梦见。”皮日休诗有云：“汉水碧于天，南荆廓然天。”就缺乏这种神韵。“垆边”二句，是不同于红楼美人的酒家女，唐人诗中屡见。此词却不涉风情，以“月”和“霜雪”为喻，写出一种端庄的明丽丰腴之美。“须断肠”之“须”与上片“只合”相应，再次加强语气，实已追悔莫及矣。

【注释】

①江南：唐时江南包括江南东道和江南西道。 ②合：合应、合该。 ③“垆边”二句：谓酒家女。垆：酒店里用土砌成放酒瓮的地方。汉卓文君曾当垆卖酒。人似月，如月一样明丽照人。凝霜雪：指两腕明净洁白。

菩 萨 蛮

如今却忆江南乐①，当时年少春衫薄。骑马倚斜桥，满楼红袖招②。 翠屏金屈曲③，醉入花丛宿④。此度见花枝，白头誓不归。

【题解】

第二首言“江南好”，极写江南景色之丽与江南人物之美。这一首言江南乐，则专涉冶游，追叙艳遇。在吴声西曲与诸多唐人诗中，江南本为风流渊薮。“骑马倚斜桥，满楼红袖招”二句，风情如画，且有春风得意，风流自赏之意。起句“却忆”直贯六句，“此度”则与“如今”相接，因却忆而生悬想。“花丛宿”犹是泛说，“见花枝”则是意中人，情专于一。“白头誓不归”，意为至死不归，且为此立誓，较之前阕“只合江南老”，主观意念加强了，语气也愈发决绝，对当年的轻别怀着深深的悔恨。这五首词多次说到“老”字，其实作词时并非真的已老，“白头誓不归”，就是设想于未来之辞。

【注释】

①却忆：回忆、反想。李白《对酒忆贺监》诗：“金龟换酒处，却忆泪沾巾。”　②红袖：杜牧《南陵道中》诗：“正是客心孤迥处，谁家红袖凭江楼。”与本词所写相同，可参看。　③翠屏：嵌有翡翠的屏风。屈曲，指屏风上用以屈伸折叠的环纽。　④花丛：指游冶之地。

菩　萨　蛮

劝君今夜须沉醉，珍前莫话明朝事。珍重主人心，酒深情亦深。　　须愁春漏短①，莫诉金杯满②。遇酒且呵呵③，人生能几何。

【题解】

选韦庄《菩萨蛮》者，这一首每弃而不取。其实在“却忆江南乐”之后，必然有一种无可奈何的悲哀，“今夜须沉醉”“人生能几何”，就是此时极为自然而正常的心态。所谓“明朝事”，正包括上阕结尾所说“此度见花枝，白头誓不归”在内。但这些本是悬想，并无实现之可能，所以说“莫话”，不必再提了。“遇酒且呵呵”二句，是聊以排遣、暂为欢笑的口吻，看似十分浅俗，内心却是相当沉痛的。

【注释】

①春漏短：犹云春夜短。　②诉：辞酒曰诉。诉酒就是辞酒。　③呵呵：笑声。

菩 萨 蛮

洛阳城里春光好，洛阳才子他乡老[①]。柳暗魏王堤[②]，此时心转迷[③]。　　桃花春水渌[④]，水上鸳鸯浴。凝恨对残晖[⑤]，忆君君不知。

【题解】

这首词表明《菩萨蛮》五首作于洛阳。“洛阳才子”是韦庄自谓，韦庄多次在洛阳居住，洛阳可以说是他的第二故乡。又第二首开头两句叠用“江南”，此处首两句叠用“洛阳”，犹如歌谣，非常流畅。此词从洛阳之春想到从前的江南之春，“红楼别夜”以及“江南好”“江南乐”的一幕幕，重又在眼前展现，因而“心转迷”而“凝恨”不已了。“忆君君不知”一句，正是对首章“劝我早还家，绿窗人似花”遥致的回答，也是这五首词的主旨和总结。五首词就贯串着一个“忆”字，从而使江南的景色人物历历在目，耿耿不忘。韦庄生平详见夏承焘先生《韦端已年谱》，但有关韦庄早年的资料甚少，韦庄寓居越中、金陵，漫游江西及湖湘十余年，这五首词就留下了他的一些侧影。当时正值中原大乱，江南却依然承平故态，或许“劝君今夜须沉醉”一首，稍稍透露出一点乱世的气息。

【注释】

①洛阳才子：西汉贾谊是洛阳人，潘岳《西征赋》说“贾生（谊）洛阳之才”。这里是韦庄自指。　②魏王堤：唐时洛水流入城内，经尚善、旌善二坊之北，南益为池，为都城之胜，贞观中以赐魏王泰，故名。池上有堤，多植柳。白居易《魏王堤》诗：“何处未春先有思，柳条无力魏王堤。”　③心

转迷：心更迷。　④“桃花”句：据《礼记·月令》，二月桃花开时，春水渐盛，称为“桃花水”。渌，水清貌。　⑤凝恨：犹云积恨，即令所谓“发痴”“发怔”“出神”“失魂”。

女冠子

四月十七，正是去年今日。别君时。忍泪佯低面[①]，含羞半敛眉[②]。　不知魂已断，空有梦相随。除却天边月，没人知。

【题解】

女冠即女道士，子是曲子的简称。《花间集》中作《女冠子》者。不少咏调名本意。韦庄《女冠子》两首为联章，写双方同在一夜梦中相遇，已与调名无涉。这一首说女方，“忍泪”二句是别时情景，此后愈离愈远，则梦魂相随。“除却”二句犹如说“忆君君不知”，略带怨恨之意。而“四月十七”这个去年离别的日子，开头就特予标明，则可能还有重要意义。广明元年（880）韦庄在长安应举，值黄巢攻长安，身陷兵中，可能就是韦庄告别长安的日子，所以说得那么郑重。韦庄《出关》诗：“正是灞陵春酬绿，仲宣何事独辞家。”此后又有《长安旧里》诗：“满目墙垣春草深，伤时伤事更伤心。车轮马迹今何在，十二玉楼何处寻。”读此词时，皆可用作参考。

【注释】

①佯：假装。　②敛眉：皱眉。

女冠子

昨夜夜半，枕上分明梦见。语多时。依旧桃花面[①]，频低柳叶眉[②]。　　半羞还半喜，欲去又依依。觉来知是梦[③]，不胜悲。

【题解】

前一首说女方，这一首则说男方。梦中情景一一“分明”。“依旧”与“去年今日”相应，“半羞”二句，则宛然是第一首别君时的情状。“语多时”与“欲去又依依”则关合双方。唐五代的联章体形式多样，这两首犹如相隔千里的男女月下对唱。实际上彼此不通音讯，并非真的互诉梦境。两首词中，一方是实情，一方是虚拟，不能一概坐实。

【注释】

①“依旧”句：用崔护故事。　②柳叶眉：白居易《长恨歌》诗：“芙蓉如面柳如眉，对此如何不泪垂。”　③觉来：觉后。

思帝乡

春日游，杏花吹满头。陌上谁家年少，足风流[①]。妾拟将身嫁与，一生休[②]。纵被无情弃，不能羞[③]。

【题解】

唐五代文人笔下的恋情词，大都用比兴手法，隐约含蓄。这首词却直用赋体，写一个怀春少女对爱情的表白：敢于说出自己的爱，敢于以身相许，甚至不计后果，即使将来遭到遗弃也在所不惜。这种不顾一切的特别炽热的爱情，在春天、杏花、不相识的风流少年等外界环境的触发下突然爆发出来。最后以仅三字的誓言般的短语作结，尤显得干脆决绝，志不可夺。《皱水轩词筌》引贺裳语曰："小词以含蓄为佳，亦有作决绝语而妙者，如韦庄'陌上谁家年少（以下从略）'之类是也。牛峤'须作一生拚，尽君今日欢'，抑亦其次。柳耆卿'衣带渐宽终不悔，为伊消得人憔悴'，亦即韦意，而气加婉矣。"

【注释】

①足风流：犹云十分风流。　②一生休：这一辈子就算了。　③"纵被"二句：即使被无情的人遗弃，也不以为羞。

欧阳炯（896—971）

炯或作迥、回，皆误。益州华阳（今四川双流）人。仕前蜀为中书舍人，后蜀时累官至门下平章事，入宋授左散骑常侍。宋开宝四年卒，年七十六。《宋史》卷四七九谓其"性坦率，无检操，雅善长笛"，吴任臣《十国春秋》卷五六："欧阳炯善文章，尤工诗辞。"后蜀广政三年（940），赵崇祚编成《花间集》，收炯十七首，炯为此集作序，阐述《花间集》之编选宗旨，是最早的词集序。张宗橚《词林纪事》卷一称炯词"大抵婉约轻和，不欲强作愁思者也。"《尊前集》复录其词三十一首，王国维《唐五代二十一家词辑》辑为《欧阳平章词》一卷。

南 乡 子

画舸停桡[①]，槿花篱外竹横桥[②]。水上游人沙上女，回顾，笑指芭蕉林里住。

【题解】

李冰若《栩庄漫记》云："欧阳炯《南乡子》八首，多写炎方风物，不知其以何因缘而注意及此。炯蜀人，岂曾南游？然其词写物真切，朴而不俚，一洗绮罗香泽之态，而为写景纪俗之词，与李珣可谓笙馨同音者矣。"这一首描绘的是从船上眺望岸上的景象，章法颇似李白《陌上赠美人》诗："骏马骄行踏落花，垂鞭直拂五云车。美人一笑褰朱箔，遥指红楼是妾家。"但呈现在幅面上的，岸边的槿篱、竹桥和稍远的芭蕉林，都是岭南的风物。"笑指芭蕉林里住"的"沙上女"，又充满了天真活泼、纯朴大方的情趣。领略着这派独特的风土人情，从外地来的"水上游人"不禁深感新鲜而心旷神怡了。

【注释】

①画舸（gě）：彩色的大船。桡：船桨。 ②槿花篱：即木槿花。《玉篇》"槿，木槿，华朝生夕陨，可食。"又称槿篱。

南 乡 子

岸远沙平，日斜归路晚霞明。孔雀自怜金翠尾[①]，临水，认得行人惊不起[②]。

【题解】

这首词写晚霞下孔雀临水照影，雀屏全开，见了行人，也因本与人混得很熟，既不惊起，也不避开，悠闲自在。谭献评《词辨》卷一云：“‘认得行人惊不起’，顿挫语似直下。”将孔雀的神态栩栩如生地描绘出来。陈廷焯《云韶集》卷一云：“遣词用意，俱有别致。”

【注释】

①孔雀：鸟名。雄鸟颈部羽毛呈绿色，多带有金属光泽。尾羽延长成巨大尾屏，上具五色金翠钱纹，开屏如彩扇，尤为艳丽。 ②惊不起：“不惊起”的倒装。

南 乡 子

路入南中①，桄榔叶暗蓼花红②。两岸人家微雨后，收红豆③，树底纤纤抬素手④。

【题解】

汤显祖评《花间集》卷三称欧阳炯《南乡子》八首：“短词之难，难于起得不自然，结得不悠远。诸起句无一重复，而结语皆有余思，允称合作。”这八首词以观光者的身份和笔调，逐一写景纪俗，合起来犹如一篇风土志或一部风光片。此首“路入南中”，展现了南国少女雨后采摘红豆的画面，色彩明丽，富有情趣。陈廷焯《云韶集》卷一云：“好在‘收红豆’三字，触物生情，有如此者。”《古今词统》卷一引徐士俊曰：“致极清丽，入宋不可复得。”

【注释】

①南中：犹言南国，指岭南。 ②桄榔（guāngláng）：唐刘恂《岭表录异》卷中："桄榔树生广南山谷，枝叶并蕃茂，与枣、槟榔等树小异。然叶下有须，如粗马尾。广人采之，以织巾子。其须尤宜咸水浸渍，即粗胀而韧，故人以此比缚舶，不用钉钱。本性如竹，紫黑色，其文理而坚，工人解之，以制博弈局。其木刚，作犁锄，利如铁，中石更利，惟中蕉方致败耳。此树皮中有屑如面，可为饼食之。" ③红豆：产于岭南，秋日开花，其实成荚，子大略小于豌豆，色鲜红，故名红豆。 ④素手：犹言雪白的手。纤纤抬素手，即指少女。

孙光宪（？—968）

字孟文，自号葆光子，陵州贵平（今四川仁寿）人。唐末为陵州判官，后唐天成元年（926），为荆南高季兴掌书记，累官荆南节度副使，检校秘书少监兼御史大夫，宋建隆四年（963），劝高继冲归宋，授黄州刺史，乾德六年，宰相荐其为学士，未及召而卒。著作颇丰，今仅存《北梦琐言》二十卷。《花间集》录其词六十一首，《尊前集》录二十三首，数量之多，在"花间"词人中居首位。王国维《唐五代二十一家词辑》辑为《孙中丞词》一卷。陈廷焯《云韶集》卷一云："孟文词在五代最见气格，风致亦复不泛，出韦端己之上。"吴梅《词学通论·概论》"余谓孟文之沉郁处，可与李后主并美。"

浣溪沙

蓼岸风多桔柚香①，江边一望楚天长②，片帆

烟际闪孤光[3]。　　目送征鸿飞杳杳[4]，思随流水

去茫茫，兰红波碧忆潇湘[5]。

【题解】

唐五代词人对词调的运用，往往有所偏好。温庭筠作《菩萨蛮》词就有二十首（今存十四首），孙光宪《浣溪沙》词，《花间集》录九首，《尊前集》录十首，也有十九首之多。这首词写在荆南为人送行。全词通过一个“望”字，把江边红蓼桔柚的特写镜头拉向寂廓江天、天长水远的全景与远景，而别离之情弥漫于飞鸿杳杳，流水茫茫之中。“片帆烟际闪孤光”，则是这个全景与远景中渐行渐远，以至于无的一个焦点。陈廷焯《云韶集》评谓“‘片帆’七字，压遍古今词人”。“‘闪孤光’三字警绝，无一字不为炼，绝唱也”。王国维《人间词话·附录》亦称“片帆”一句，“尤有境界”，不让谢朓《之宣城郡出新林浦向板桥》“天际识归舟，云中辨江树”、李白《黄鹤楼送孟浩然之广陵》“孤帆远影碧空尽，惟见长江天际流”等佳句专美于前。“兰红碧波”四字，善于设色，唯“潇湘”足以当之。

【注释】

①蓼：红蓼，秋日开花，紫红色，多生水边，亦名泽蓼。桔柚（yòu）：两种果树，多生南方，其味香甜。　②楚天：泛指南方的天空。　③孤光：指帆影。　④杳杳：深远幽暗貌。　⑤兰红：即红兰，秋日开花。江淹《别赋》：“见红兰之受露，望青楸之离霜。”潇湘：二水名。在今湖南省境内，于零陵纳潇水入江，合称潇湘。

谒 金 门

留不得，留得也应无益。白纻春衫如雪色[①]。扬州初去日。　　轻别离，甘抛掷。江上满帆风疾。却羡彩鸳三十六[②]，孤鸾还一只[③]。

【题解】

这首词写离情。上片言对男子的一去不归，本有所觉。下片则未甘离异孤栖，因而重生怨恨。起笔“留不得，留得也应无益”和结句“却羡彩鸳三十六，孤鸾还一只”，都为词中本色语。宋石孝友《谒金门》的发端“归不去，归去又还春暮”，即用此词作法。陈廷焯《大雅集》卷一则谓：“却羡”二句，以彩鸳起兴，以孤鸾自况，倾吐目前的孤栖独宿，是“不遇之感，自叹语，亦是自负语”。而“白纻”二句，尤为传神，向称名句。一个玉树临风的美哉少年，去扬州的风月繁华之地，既是“留不得，留得也应无益”的主要原因，也是最后“孤鸾还一只”的根本原因。把意中人写得如此风度翩翩，容貌甚都，可见其倾心相慕的程度。爱之恨之，两种感情实在交结在一起，爱中带着泪，恨罢更感到爱。“甘抛掷”的“甘”字，就是明证。清周之琦《十六家词录附题》咏孙光宪词云：“一庭疏雨善言愁，《佣笔》《金台》耐薄游。最是相思忘不得，春衫如雪去扬州。”

【注释】

①白纻：白麻布，细而洁白，以纻麻织成。古乐府《白纻歌》：“质如轻云色如银，制以为衫馀作巾。”　②鸳：喻指情侣、美人。三十六：即三十六对。　③孤鸾：喻指失伴的人。徐陵《鸳鸯赋》：“山鸡映水那相得，

孤鸾舞镜不成双。”鸾，鸟名，常与凤为偶。

鹿虔扆（生卒年不详）

一作禄虔扆，初读书古祠，见画壁有周公辅成王图，期以此见志。天复（901—903）中，为永泰军节度使，后进检校太射，加太保，因称鹿太保。一说后蜀孟昶时为“五鬼”之一，不确。张宗橚《词林纪事》卷二引倪瓒云：“鹿公高节，偶尔寄情倚声，而曲折尽变，有无限感慨淋漓处。”李冰若《栩庄漫记》云：“鹿太保词不多见，其在《花间集》中（共六首），约有二种风格：一为沉痛苍凉之词；一为秀美疏朗之词。不惟人品之高，其词格亦高。由此可知虽处变乱之世，人格高尚者终有以自立。”

临　江　仙

金锁重门荒苑静[1]，绮窗愁对秋空[2]。翠华一去寂无踪[3]。玉楼歌吹，声断已随风[4]。　烟月不知人事改[5]，夜阑还照深宫[6]。藕花相向野塘中。暗伤亡国，清露泣香红[7]。

【题解】

鹿虔扆《临江仙》共二首，这是第一首。哀悼感愤，寄托深远，历来论词者都极为推许。许昂宵《词综偶评》：“曰‘不知’，曰‘暗伤’，无情有恨，各极其妙。”陈廷焯《云韶集》云：“深情苦调，有《黍离》《麦秀》之悲。”况周颐《餐樱庑词话》谓鹿虔扆

“孟蜀遗臣，坚持雅操”，此词“含思凄惋”，不减李煜《浪淘沙》“晚凉天净月华开。想得玉楼瑶殿影，空照秦淮”之句。俞陛云《五代词选释》：“周道黍离之感，唐宋以来，多见于诗歌，在词中，惟南唐后主，亡国失家，语最沉痛，虔扆词亦善感尔。诵‘露泣红香’句与‘独与铜人相对泣，凄凉残月下金盘’，其音皆哀以思也。”李冰若《栩庄漫记》：“太白诗（李白《苏台览古》）‘只今惟有西江月，曾照吴王宫里人’已开鹿词先路。此阕之妙，妙在以暗伤亡国托之藕花。无知之物，尚且泣露啼红，与上句‘烟月还照深宫’相衬，而愈觉其悲惋。其全词布置之密，感喟之深，实出后主（李煜《浪淘沙》）‘晚凉天净’一词之上，知音者当不河汉斯言。”

【注释】

①重门：宫门。《文选》谢朓《观潮雨》诗：“平明振衣坐，重门犹未开。”荒苑：指前蜀后主王衍所建宣华苑。欧阳修《新五代史·前蜀世家》谓王衍“起宣华苑，苑有重光、太清、延昌、会真之殿，清和、迎仙之宫，降真、蓬莱、丹霞之亭，飞鸾之阁，瑞兽之门，又作怡神亭，与诸狎客妇人日夜酣饮其中。” ②绮窗：指镂刻有精致的花格子的窗子。《古诗十九首》：“交疏结绮窗，阿阁三重阶。” ③“翠华”句：此句指唐庄宗同光三年（925）九月，发兵攻蜀，蜀主王衍面缚舆榇，出降于成都北五里升仙桥。四年（926）四月，王衍奉诏入洛阳，行至秦川驿，庄宗用伶人景进计，遣宦者向延嗣诛其族。详见欧阳修《新五代史·前蜀世家》。翠华：指天子仪仗中以翠羽为饰的旗帜或车盖。 ④“声断”句：是“随风声断”的倒装。 ⑤人事改：指前蜀亡国。 ⑥夜阑：夜深、夜尽。 ⑦香红：指藕花。

李 珣（生卒年不详）

字德润，其先为波斯人，居梓州（今四川三台）。李珣少小苦学，有诗名，以秀才预宾贡，事蜀主王衍，国亡不仕。所《琼瑶集》（已佚），《茅亭客话》称其“多感慨之音”。《鉴诫录》亦谓其“所吟诗句，往往动人”。《花间集》录李珣词三十七首，《尊前集》十八首（内一首与《花间》相复），王国维《唐五代二十一家词辑》辑为《琼瑶词》一卷。李冰若《栩庄漫记》云：“李德润词大抵清婉近端己，其写南越风物，尤极真切可爱，在《花间集》词人中，自当比肩和凝，而深秀处且似过之。”《历代词人考略》卷五引况周颐曰：“李秀才词，清疏之笔，下开北宋人词格。”

南 乡 子

相见处，晚晴天。刺桐花下越台前①。暗里
回眸深属意②。遗双翠③，骑象背人先过水④。

【题解】

这首词写恋情。陈廷焯《闲情集》卷一谓“情态可想”。首三句写相见的时间和地点，后四句言少女深爱对方，却不敢大胆表露，只是通过临去时的“回眸”留下一往深情；又佯遗首饰，“骑象背人”，渡水而去，暗示相约再见。俞陛云《五代词选释》称李珣《南乡子》十七首“萦以艳情”，此为一例。但这首词写少女的恋情较之《花间集》中的其他艳情之作，格调迥然有别，而且它通过少女的这种内心活动和求爱方式，更多地展示了岭南的风俗民情，令人感到赏心悦目。夏承焘先生《瞿髯论词绝句》云：“李家兄妹锦城中，小阕宫词并此工。传唤周（昉）韩（干）商画境，淡眉骑象上屏风。”是为的评。

【注释】

①刺桐：宋吴处厚《青箱杂记》卷六：“刺桐花深红，每一株数十蓓蕾，而叶颇大，类桐，故谓之刺桐。唯闽中有之。”越台：越王台，故址在今广州市越秀山上，汉时南越王赵佗所筑。 ②属意：犹言钟情。 ③遗双翠：丢下一双翠羽制作的首饰。 ④背人：背着人，犹言不让人知道而去。

敦煌曲子词

清光绪二十六年（1900），在甘肃敦煌鸣沙山藏经洞，发现了大批珍贵的手写的卷子，总数凡二万余卷。其中有不少沉埋已久的属于唐五代俗曲的曲子词。《云谣集杂曲子》一卷三十首，据任二北《敦煌曲初探》考证，其编集年代，或许有早于历来认为第一部词的总集《花间集》，其余则散见于各种写卷。现整理成集的已有：王重民《敦煌曲子词集》，收词一百六十四首；饶宗颐《敦煌曲》，收三百八十首；任二北初编《敦煌曲校录》，兼及《五更转》等俗曲佛曲，五百四十五首，之后又编定《敦煌歌辞总编》，扩大到凡入乐者一概采录，计一千三百余首。这些曲子词，除六首标明作者外，皆作者无考，概属无名氏的作品。它们的写作时间大致以晚唐五代直至宋初者为多。敦煌曲子词的内容甚为广泛，其题材往往超出文人所作的“诗客曲子词”之外，语言自然，风格或清新或质朴，甚至俚俗拙塞，词体也并非定型，呈现出多样化的状态，较多地保持着词的早期状态和民间状态。

凤归云

闺 怨

征夫数载，萍寄他邦[1]。去便无消息，累换星霜[2]。月下愁听砧杵[3]，拟塞雁行。孤眠鸾帐里[4]，枉劳魂梦[5]，夜夜飞飏。 想君薄行[6]，更不思量。谁为传书与，表妾衷肠。倚牖我言垂血泪，暗祝三光[7]。万般无那处[8]，一炉香尽，又更添香[9]。

【题解】

词见《云谣集杂曲子》、敦煌写卷斯一四四一、伯二八三八。《凤归云》凡四首，这是第一首，调下注曰“闺怨”，写征夫一去数载，音讯全无，思妇夜夜孤眠，空劳梦想。“想君薄行”，是又爱又恨之辞，所以接着说传书不成，则暗祝上天保佑了。

【注释】

①“萍寄”句：以浮萍寄迹水面比喻征夫行止无定。唐张乔《寄弟》诗：“故里行人战后疏，青崖萍寄白云居。” ②星霜：星一年一周转，霜每年因时而降，因以星霜喻年岁。张九龄《与弟游家园》诗：“星霜屡尔别，兰麝为谁幽。” ③砧杵（zhēnchǔ）：捣衣石与棒槌，喻捣练浣洗。古人每于秋夜捣练，制寒衣以寄远。白居易《八月三日夜作》诗：“月明砧杵动，夜夜捣秋凉。” ④鸾帐：绣有双鸾的帷帐。帐，原卷误作“帐”。 ⑤枉劳：

徒劳。枉，原卷误作“往”。敦煌写卷“往”“枉”常通用。 ⑥薄行：是说品行恶薄。《世说新语·文学》：“郭象者，为人薄行，有隽才。”则六朝已有此语。 ⑦“暗祝”句：用以排遣忧闷兼祷上苍保佑征人早日平安归来。三光，指日、月、星。汉班固《白虎通·封公侯》：“天有三光，日、月、星，地有三形，高、下、平。” ⑧无那：无奈，无可奈何。王昌龄《从军行》诗：“更吹羌笛关山月，无那金闺万里愁。” ⑨“一炉”二句：香尽添香，坐以待旦，意谓愁极无奈，彻夜不寐。

凤 归 云

闺 怨

绿窗独坐，修得君书①。征衣裁缝了，远寄边隅②。想得为君贪苦战，不惮崎岖③。终朝沙碛里④，止凭三尺⑤，勇战奸愚⑥。 岂知红脸⑦，泪滴如珠⑧。枉把金钗卜，卦卦皆虚⑨。魂梦天涯无暂歇，枕上长嘘。待公卿回故日⑩，容颜憔悴，彼此何如。

【题解】

此首与上首一样，也写闺怨。词中说丈夫边庭征战，无从得知归期，即使他日功成一归来，彼此也都垂垂老矣，言下不胜为自己的青春叹息。王国维《唐写本〈云谣集杂曲子〉跋》：“郭茂倩《乐府诗集·近代曲辞》中有滕潜《凤归云》二首，皆七言绝句，此则为长短句。此犹唐人乐府见于各家文集，《乐府诗集》者多近体诗，而同调之见于《花间》《尊前》者则多为长短句。盖诗家务尊其体，而乐家只倚其声，故不同也。《天仙子》唐人皇甫松所作者不叠，此则有二叠，《风归云》二首句法与用韵各自不同，然大体相似，可见唐人词律之宽。”王国维还有《题敦煌所出唐人杂书六绝句》，其一云：“虚声乐府擅缤纷，妙语新安迥出群。茂倩漫收双绝句，教坊原有《风归云》。”其意与上引跋文中说的相同。

【注释】

①修得：写成。君：指夫君、征夫。　②边隅：边庭、边疆。隅，原卷作“虞”，音近致误。　③“想得”二句：谓征夫不怕艰难，为国奋战。君：指君王、国君。惮：怕、畏惧。原卷误作“旦”，同音致误。《倾杯乐》：“一但娉得狂夫。”“一但”即“一旦”。　④终朝：整天。“终”原卷误作“中”。沙碛：沙漠。这里指沙场、战场。　⑤止：同“只”。三尺：指剑。《汉书·高祖本纪》：“吾以布衣三尺取天下。”颜师古注：“三尺，剑也。”　⑥奸愚：指顽敌。　⑦红脸：代指女子，这里是征妇自称。　⑧滴：原卷误作“的”，音同致误。　⑨“枉把”二句：因不知丈夫的归期，故以金钗卜问，然而卦卦失灵。枉：徒然。金钗：首饰。这里以金钗代占卜的金钱。刘采春《啰唝曲》：“莫作商人妇，金钗当卜钱。”　⑩公卿：功名之极。这里为想象之辞，指丈夫立功跻身公卿。故：与“顾”通用。回故，即是返回的思。

破　阵　子

其　一

风送征轩迢递[1]，参差千里余[2]。目断妆楼相忆苦，鱼雁百水鳞迹疏[3]。和愁封去书[4]。　春色可堪孤枕[5]，心憔梦断更初。早晚三边无事了⑥，香被重眠比目鱼⑦。双眉应自舒。

其　二

年少征夫堪恨，从军千里余⑧。为爱功名千里去，携剑弯弓沙碛边⑨。抛人如断弦⑩。　迢递可知闺阁⑪，吞声忍泪孤眠。春去春来庭树老，早晚王师归却还⑫。免教心怨天。

【题解】

《破阵子》，唐大型歌舞曲《破阵子》中的一段，子是曲子的简称。《云谣集杂曲子》录《破阵子》两首，同抄于一卷，从内容看，无疑为联章，都是征夫、思妇之辞。第一首征夫赴边，音讯全无，思妇寄书，祝愿丈夫战后平安归来，重新团聚。第二首思妇怨恨丈夫为了功名，弃家远征，但也祝愿王师奏捷，丈夫平安归来。“早晚三边无事了”“早晚王师归却还”，正前后呼应，同一口吻。

【注释】

①征轩：远行的车。唐岑参《题永乐韦少府壁》：“故人是邑尉，过客驻往轩。”　②参差：倾刻，很短的时间。　③“鱼雁”句：“迹”原误作“积”。“百水”费解，敦煌变文《韩朋赋》（见刘复《敦煌掇琐》）曰：“鱼鳖百水，不乐高堂，燕若群飞，不乐凤凰。”一本“百水”作“在水”。此词“百水”亦“在水”之误。全句以文当作“鱼鳞在水雁迹疏”，意为音讯断绝。　④书：书信。　⑤可堪：哪堪，不堪。　⑥早晚：犹云总有一天。三边：泛指边疆。　⑦“香被”句：指夫妻重新团聚。比目鱼：即鲽。《尔雅·释地》：“东方有比目鱼焉，不比不行，其名谓之鲽。常喻夫妻

形影不离。 ⑧“余”字失韵，也当作“从军年复年”。“千里余”乃涉上首首二句为“风送征轩迢递，参差千里余”致误。 ⑨沙碛：沙漠，犹云边地。 ⑩抛人：指抛却妻子。断弦：旧时夫丧妻曰“断弦”，言如琴瑟之断其弦也。 ⑪“迢递”句：承上谓你戍边千里之外，可知道为妻的心情？迢递，遥远貌。闺阁，这里代指妻子。王昌龄《变行路难》诗：“封侯取一战，岂复念闺阁。” ⑫王师：指守边的军队。却：即。

拜 新 月

荡子他州去①，已经新岁未还归。堪恨情如水，到处辄狂迷。不思家国，花下遥指祝神祇②。直至于今，抛妾独守空闺。 上有穹苍在③，三光也合遥知④。倚屏帏坐，泪流点滴⑤，金粟罗衣⑥。自嗟薄命，缘业至于斯⑦。乞求待见，誓不辜伊⑧。

【题解】

唐代妇女有拜新月的习俗，以为向新月诉说真情，可以得称心如意之事。唐人所作《拜新月》，多为五言仄韵绝句，这首为词体。全词通篇用第一人称的口吻，都是女子拜月时，向月诉说心事的话，这些本来都是内心郁积的隐秘的感情，在月光之下却尽情倾吐，和盘托出，毫不隐瞒。词中纯用口语，如丸走坂，如水倾注，真是“如怨如慕”，如泣如诉。最后二句，是对月的祷辞，“乞求待见面，誓不辜伊”，精诚之至，又皎如浴月。关于唐人拜新月的情形，吉中孚夫人张氏《拜新月》诗，有具体描绘：“拜新月，拜月出堂前。暗魄初笼桂，虚弓未引弦。拜月妆楼上，鸾镜始安始，蛾眉已相向。拜月不胜情。庭花风露清，月临人自老，人望月长明。东家阿母为拜月，一拜一悲声断绝。昔年拜月逞容辉，如今拜月双泪垂。回看众女拜新月，却忆红闺年少时。”

【注释】

①荡子：流荡不归的男子《古诗十九首》其二：“荡子行不归，空床难独守。” ②神祇：原作“神明”，失韵。从冒广生校改。神祇：神灵。 ③穹苍：苍穹，指天。 ④三光：见前《凤归云》（征夫数载）注⑦。这里主要指月。 ⑤滴：原误作“的”。 ⑥金粟：二字费解。饶宗颐《敦煌曲》据原卷作“粟”字，疑为“缕”字之误。“粟”“缕”一声之转。 ⑦缘业：佛家语。大乘《法华经·序品》：“诸世界中六道众生，生死所趣，善恶业缘，受报好丑，于此悉见。缘即因缘，业分善恶。在人生去、来、今三世中，有苦有乐，有善有恶，皆属因缘关系。因善业缘生善果，因恶业缘生恶果。”业往往偏指恶业，并引申为罪孽。这里的“缘业”便专指罪孽而言。意谓我今世的罪孽，缘往世的种因而来。故“自嗟薄命”。斯：原误作“思”。敦煌写卷常以“思”为“斯”，盖同音借用。 ⑧“乞求”二句：为拜月时祈祷的话。辜：辜负。伊：第二人称，犹云君、你。这里指当头的新月，意谓必然有所报答。

抛 球 乐

珠泪纷纷湿绮罗[①]。少年公子负恩多[②]。当初姊姊分明道，莫把真心过与他[③]。子细思量着[④]，淡薄知闻解好么[⑤]。

【题解】

词见《云谣集杂曲子》。《抛球乐》，唐教坊曲名，唐时用于饮席酒令，又歌又舞。这首词写当初真心相许，结果却遭“负恩”的情场曲折，结以自思自悟、自恨自悔，是沦落风尘的女子被欺骗后的幽怨和创痛，反映了封建社会妓女以色事人的悲剧。

【注释】

①纷纷：原卷作“芬芬”。 ②恩：原误作“思”。 ③过与：给、送、交给。敦煌写卷佚名变文：“娑婆国内且无贫，拾得金珠乱过与人。” ④子细：同“仔细”。 ⑤“淡薄”句：意谓薄情的朋友能懂得人的好心么。淡薄知闻，意同“相知不深的朋友”，指上文的“少年公子”。知闻：唐宋口语，朋友的意思。白居易《黄石岩下》诗：“教他远亲故，何处觅知闻。”

菩 萨 蛮

枕前发尽千般愿，要休且待青山烂[1]。水面上秤锤浮[2]，直待黄河彻底枯。 白日参辰现[3]，北斗回南面[4]。休即未能休，且待三更见日头[5]。

【题解】

词见敦煌写卷斯四三三二。林玫仪《由敦煌曲看词之起源》定此词录于贞元十八年（802）。词是向对方立誓，借六个无法实现的事为喻，表示不断绝彼此的私情。但这种“枕前”的誓言，究竟有多少真诚，是值得怀疑的。“枕前”发愿，居然可以如此熟练地发尽“千般愿”，未免过多过滥，显得近于随口而出，有口无心。立誓决不是愈多愈好。如果双方没有裂痕，就无须用这种方式来换取信任。海枯石烂，三更日出之类的誓言，早已成为一种随处可用的俗套，不断加以重复，不会使人感到其中有多少真诚的感情分量。热恋中的人，对听来入耳的甜言蜜语，往往容易轻信，但真正要分辨这些话中所含情感的轻重虚实，却是不容易的。词中这个立誓的人，最后是否实现了用“发尽千般愿”立的誓言，恐怕是没有人知道了。俞平伯《唐宋词选释》云：“虽发尽千般愿，却毕竟负了心，却是不曾说破。”

【注释】

①休：休弃、断绝。 ②锤：原作埴。秤锤：秤砣。 ③参辰：二星名，参星属参宿，居西方，辰星属心宿，居东方。彼此出没，互不相见。 ④北斗回南面：是北斗转南向之意。北斗，由天枢、天璇、天玑、天权、玉衡、开阳、摇光七星组成，排列为斗形，位于北天，故名。面，向。 ⑤三更见日头：犹言半夜出太阳。

浣　溪　沙

五两竿头风欲平①。张帆举棹觉船行②。柔橹不施停却棹，是船行。　　满眼风波多闪灼③。看山恰似走来迎。子细看山山不动④，是船行。

【题解】

词见敦煌写卷伯三一二八、斯二六〇七。这首词与梁元帝《早发龙巢》“不疑行舫动，唯看远树来”、苏轼《江行看山》“船上看山如走马，倏然过去数百群”所写的情景相同。这种动静的转化，固然是一种物理现象和心理错觉，但从创作角度看，却是从景到情，由情到景的转化过程的一个侧面表现。船夫眼中出现的青山“走来迎”，就是张帆启航、乘破浪时轻快欢愉的心情使然。在诗歌中，这种以动写静、化静为动的手法，十分常见，在词中却不常有。词中的这首船夫曲写得较早，值得看重。

【注释】

①五两竿头：原作“五里竿头”，或校作“五里滩头”。蒋礼鸿《（敦煌曲子词集）校议》：“‘五里’应作‘五量’，即五两，是船上候风的用具。”《文选》郭璞《江赋》：“觇五两之动静。”五两，亦称统綄（huán）。《淮南子注》：“綄，候风也。楚人谓之五两。”王维《送宇文太守赴宣城》诗：“何处寄相思，南风吹五两。” ②张帆：原作“长帆”。任二北《敦煌曲校录》校改。举棹：打桨。 ③闪灼：原误作“陕汋”“殎汋”。王重民《敦煌曲子词集》引阴鲁法校改为“闪灼”，即“闪烁”，波光明灭不定貌。林玫仪《敦煌曲子词斠证初编》谓“陕”乃“峡”字之讹，汋，泽也，“峡汋”正成义，可备一说。 ④子细：仔细。

捣 练 子

“孟姜女，杞梁妻[①]，一去燕山更不归[②]。”“造得寒衣无人送[③]，不免自家送寒衣。” “长城路，实难行，乳酪山下雪雰雰[④]。”“吃酒只为隔饭病[⑤]，愿身强健早还归。”

【题解】

见敦煌写卷伯三九一一、二八〇九及三三一九，题云“曲子捣练子”，凡两首。《捣练子》多为单片，此为双叠。另一首写离家的杞梁拜辞父母妻，上片与父母对话，下片为夫妇对话。这一首则是孟姜女拜辞公婆。上片“造得”二句，是告别公婆的话，下片“长城”二句，是公婆劝阻，“吃酒”二句，则决意而行，祝愿公婆年老强健，送罢寒衣，早日回来侍奉。张籍有《送衣曲》诗云：“织素缝衣独苦辛，远因回使寄征人。官家亦自寄衣去，贵从妾手著君身。高堂姑老无待子，不得自到边城里。殷勤为看初著时，征夫身上宜不宜。”反映了唐代征人与家人的情况，为认识这首词提供了背景和线索。

【注释】

①孟姜女：汉刘向《列女传》卷四记齐杞梁殖战死，其妻哭于长城下，十日而城崩。又唐人所编《琱玉集》记秦时有燕人杞良，娶孟超女仲姿为妻，因杞良遣筑长城为官吏击杀，仲姿哭于长城下，城即崩倒。梁亦作良。 ②燕山：山名。原卷“燕”误作“烟”。燕山，自河北蓟县蜿蜒而东，至海滨，延袤数百里。这里泛指北方边地。 ③造：制作。造得，犹言制成。寒衣：冬天所穿的衣服。 ④乳酪山：即祁连山，在今甘肃西部嘉峪关以南。《太平御览》卷五引《凉州记》：“祁连山，张掖、酒泉二界之上，东西二百里，南北百余里。山中冬温夏凉，宜牧牛。乳酪良好。夏泻酪，不用器物，刈草，著其上，不散。酥特好，酪一斛，得升馀酥。”故又名乳酪山。 ⑤“吃酒”句：未详其义。任二北《敦煌歌辞总编》卷三谓“隔饭病”即“宿食不消”之一种，饮酒能疗之，可备一说。

望 江 南

天上月，遥望似一团银。夜久更阑风渐紧①，与奴吹散月边云②。照见负心人③。

【题解】

书于罗振玉藏《春秋后语》卷子背后，有《菩萨蛮》《望江南》三首此首为其中之一。王国维《唐写本〈春秋后语〉背后记跋》谓

“此背记书于咸通间（唐懿宗年号860—874），已有此二调，虽别字声病满纸皆是，可见沙州一隅自大中（唐宣宗年号847—859）内，属后，又颇接近中原之文化也。”这首词写望月怀人，末以“照见负心人”，中间藏有多少曲折。语言十分单纯，心情复杂。说对方是“负心人”，并不是决绝的话，这一点，不可误解。

【注释】

①更阑：更残。即深夜。一夜凡五更。原误作“风阑”，王国维校改。 ②与奴：原作“以奴”，王国维校改。蒋礼鸿《〈敦煌曲子词集〉校议》：“敦煌写本里‘以’，和‘与’，常常通用，‘以奴’，就是‘与奴’。”云，原误作“银”，盖涉上文而误。 ③负：原误作“附”，王国维校改。

望 江 南

莫攀我，攀我太偏心。我是曲江临池柳[1]，者人折了那人攀[2]，恩爱一时间。

【题解】

词见敦煌写卷伯二八〇九、三九一一，写妓女的自白。妓女的话，总是虚情假意的多。可这首词却面对现实，十分冷静，不是曲意笼络，不是虚与委婉，更倒是说得实心实意。说这些话来拒绝别人，看似无情，实际上是一片真情，其中包含着多少辛酸。如果与前面所选的《菩萨蛮》（枕前发尽千般愿）相比，彼是外热内冷，热面冷心，此却是外冷内热，冷面热心。《花草粹编》卷五引杨湜《古今词话》二词云：“这痴騃，任恁泪涟涟。他是霸陵桥畔柳。千人攀了到君攀，刚甚别离难。”“落上露，莫把作珠穿。水性本是无定度。这边圆了那边圆，终是不心坚。”拿来和这首词比较，更可以看出虚情假意与真心实意之别。

【注释】

①曲江：在长安东南，唐时为京师名胜。康骈《剧谈录》卷下：“曲江池，本秦世陪洲，开元中疏凿，遂为胜境。其南有紫云楼，芙蓉苑。其西有杏园、慈恩寺。花卉环周，烟水明媚。都人玩游，盛于中和、上巳之节，彩幄翠帱，匝于堤岸，鲜车健马，比肩击毂……” ②者：同“这”。

鹊 踏 枝

叵耐灵鹊多瞒语①。送喜何曾有凭据②。几度飞来活捉取，锁上金笼休共语③。　比拟好心来送喜④。谁知锁我在金笼里。欲他征夫早归来⑤，腾身却放我向青云里。

【题解】

词见罗振玉《敦煌零拾》，注云：“此小曲三种，《鱼歌子》写小纸上，《长相思》及《雀踏枝》写《心经》纸背，伪字甚多，未敢臆改。姑仍其旧。”此《鹊踏枝》与又名《蝶恋花》之《鹊踏枝》不同。这首词写思妇与喜鹊的对话。上片说喜鹊报喜不准，把对丈夫不归来的怨恨，迁怒到鹊身上。“几度”二句，说得实在没有道理，但却符合思妇的心理，可谓“无理而妙”。下片喜鹊用了善意的嘲讽口吻，但思妇内心的真正愿望，却借喜鹊的话说出，果然是善解人意，懂得体贴的灵鹊。唐王建《祝鹊》诗云：“神鹊神鹊好言语，行人早回多利赂。我言庭中栽好树，与汝作巢当报汝。”说要在庭中栽树作巢，以答谢神鹊报喜的“好言语”，与本词正好相反相成，可以互为补充。词中有衬字，上下片用韵不同，而且不避重韵，平仄亦多不拘，这在敦煌民间词中较为常见。

【注释】

①“叵耐”句：指灵鹊报喜不真。灵鹊报喜之说最早见于《禽经》，旧题晋张华注云：“鹊噪则喜生”。旧题晋葛洪《西京杂记》卷三记陆贾对樊哙论“瑞应”也有“乾鹊噪而行人至”的说法。后世代代相传。叵：“不可”二字的合音。叵耐，不可耐。瞒语：谎话。瞒，原误作“满”。王重民《敦煌曲子词集》引孙楷第校作“谩”，任二北《敦煌曲校录》校作“瞒”。 ②凭据：义同凭准。无凭据，谓不可靠。王灼《七娘子》词：“花明雾暗非花雾，似春屏、短梦无凭据。 ③休共语：不要与它说话、不要理睬它。 ④比：唐人俗语，意谓本来。元稹《酬乐天武关南见微之题山石榴花》诗：“比因酬赠为花时，不为君行不复知。”比拟，犹言本来打算，亦可引申为正准备。⑤欲：任二北《敦煌曲校录》校作“愿”。

李 璟 (916—961)

字伯玉，初名景通，改名瑶，又改名过，后因避周讳去“玉”傍作“景”。南唐烈祖李昪长子，徐州（今属江苏）人。初在庐山读书。保大元年（943），嗣位称帝。保大三年后，出兵福建灭闽，但后遭败绩，九年，出兵灭楚。十三年，后周出兵攻南唐，至交泰元年（958），南唐战败，失淮南之地，下令去帝号，称国主，奉后周正朔。李璟在位十九年，卒年四十六，庙号元帝，又称中主。性儒懦，而多才艺，书法学羊欣，善八分书，诗歌出入风骚。清管效先编有《南唐中主文集》一卷，收文十七篇，其中部分为臣僚代作。其词传世者仅四首，宋时将此四词与李煜词合刻，曰《南唐二主词》。冯煦《宋六十一家词选·例言》云词至南唐，二主作于上，正中和于下，诣微造极，得未曾有。宋初诸家，靡不祖述二主，宪章正中，譬之欧、虞、褚、薛之书，皆出逸少。”

浣 溪 沙

手卷真珠上玉钩[①]，依前春恨锁重楼。风里落花谁是主，思悠悠。 青鸟不传云外信[②]，丁香空结雨中愁[③]。回首绿波三楚暮[④]，接天流。

【题解】

此调在原《浣溪沙》上下片末各增三言一句，韵全同，故又称《摊破浣溪沙》《南唐浣溪沙》，又名《山花子》。这首词从时空的交错中写幽闺春恨。“手卷真珠上玉钩”，一开帘就满怀春恨，高楼上的春恨还同往年一样，其来已久。“风里落花”言外见意，落花无主，随风飘荡，一无归宿，人的命运何尝不如此，因而愁心更为悠悠不已了。下片写远方行人音讯全无，愁恨愈发固不可解，只能对着广漠的天空寄托浩渺的怀思而已。“青鸟”二句，王世贞《艺苑卮言》激赏之，谓“非律诗俊语乎？然天成一段词也，著诗不得”。“思悠悠”“接天流”二个短语，是《摊破浣溪沙》的特有句式，既申足前意，又出于荡漾，较之七言句式的《浣溪沙》尤为余韵悠长。黄苏《蓼园词选》称此词“清和宛转，词旨秀颖。然以帝王为之，则非治世之音矣。”前二句说得恰当，后二句则欲于小词中就求帝王气度，持论就失之苛求了。

【注释】

①真珠：即珍珠帘。《漫叟诗话》云："李璟有曲云：'手卷真珠上玉钩。'或改为'珠帘'，非所谓知音者。"　②青鸟：信使。据《汉武故事》，青鸟是神话中为西王母传递书信的使者。云外：指遥远的地方。　③"丁香"句：丁香的花蕾叫丁香结，诗词中常用来比喻愁心。空：徒然的意思，表示无人理会。　④三楚：一作"三峡"，一作"春色"。秦汉时分西楚、东楚、南楚，合称三楚。《汉书·高帝纪》颜师古注引孟康曰："旧名江陵为南楚，吴为东楚，彭城为西楚。"这里泛指长江中下游一带。

浣　溪　沙

菡萏香销翠叶残①，西风愁起绿波间②。还与韶光共憔悴③，不堪看。　细雨梦回鸡塞远④，小楼吹彻玉笙寒⑤。多少泪珠无限恨，倚阑干。

【题解】

据胡仔《苕溪渔隐丛话》前集卷五引《雪浪斋日记》，王安石曾问黄庭坚：李后主小词"何处最好"？黄庭坚以"一江春水向东流"为对。王安石说："未若'细雨梦回鸡塞远，小楼吹彻玉笙寒'最好。"（王安石误此词为李煜作）此词亦抒写满怀愁恨，上片感秋，下片怀远，两者都郁积于心，遂致无穷怨恨、无限珠泪了。《草堂诗馀》正集卷一引沈际飞曰："'塞远''笙寒'二字，字字秋矣。少游'指冷玉笙寒，吹彻小梅春透'，翻入春词，不相上下。"《草堂诗馀评林》卷五引李廷机曰："布景生思，因思得句，可人处不在多言。"黄苏《蓼园词选》云："'细雨梦回'二句，意兴情幽，自是名句。"都从不同角度说明了这联名句的好处王国维《人间词话》又云："南唐中主'菡萏香销翠叶残，西风愁起绿波间'，大有众芳芜秽，美人迟暮之感，乃古今独赏其'细雨梦回鸡塞远，小楼吹彻玉笙寒'，故知解人正不易得。"

【注释】

①菡萏（hàndàn）：荷花的别名。 ②绿波：一作"碧波"。 ③还与：已与。韶光：美好的时光。一作"容光"。 ④鸡塞：即鸡鹿塞，亦称鸡禄山。《汉书·匈奴传》送单于出朔方鸡鹿塞。"颜师古注："在朔方窳浑县（今陕西横山）西北。"这里泛指边塞。鸡塞远，一作"清漏永"。 ⑤吹彻：吹尽到最后一遍。"彻"本为大曲最后一遍，故可释为曲终。玉笙寒：笙凡十三管，依次装置在一个圆匏里面，管底安放薄叶，吹之能够发声，寒是指笙簧潮湿，吹之不能应律。《香研居词麈》："吹多，则簧有水气，亦不应律，须以微火烘之。"陆龟蒙《赠远》诗："妾思冷如簧，时时望君暖。"这里似用陆诗意。

冯延巳（903—960）

又名延嗣，字正中，广陵（今江苏扬州）人。南唐中主李璟时，以藩邸旧臣致显，官至中书侍郎、左仆射、同平章事。延巳有辞学，多技艺，工诗。其论徐铉曰："凡人为文，皆事奇语，不尔则不足观。惟徐公率意而成，自造精极。诗冶衍遒丽，具元和风律，而无洪涩纤语之习。"可见其论诗蕲向。尤喜为乐府，"以清商自娱，为之歌诗以吟咩情性，飘飘乎才思何其清也。"词百余阕，见称于世。宋陈世修《阳春集序》谓其"思深辞丽，均律调新，真清奇飘逸之才也"。王国维《人间词话》云："冯正中词虽不失五代风格，而堂庑特大，开北宋一代风气。"

《阳春集》编于宋嘉祐三年（1058），其中互见于《花间集》、晏殊《珠玉词》、张先《张子野词》、欧阳修《欧阳文忠公近体乐府》者甚多。另元丰间有崔公度所藏名《阳春录》，已佚。四印斋本《阳春集》一卷，附有王鹏运所辑补遗七首。

鹊　踏　枝

萧索清秋珠泪坠。枕簟微凉，展转浑无寐[①]。残酒欲醒中夜起，月明如练天如水[②]。　阶下寒声啼络纬[③]。庭树金风[④]，悄悄重门闭[⑤]。可惜旧欢携手地，思量一夕成憔悴。

【题解】

这首词上、下片的结句，都是名句。词中笼罩着一种凄清孤独的气氛，使“思量一夕成憔悴”成了必然的、可信的结果。俞陛云《五代词选释》谓此词“写景句含宛转之情，言情句带凄凉之景，可谓情景两得。”

【注释】

①展转：翻身貌，形容愁思不寐，卧不安席。浑：全然。　②如练：像白绢一样洁白。　③络纬：虫名，即莎鸡。俗称络丝娘、纺织娘。李白《长相思》诗：“络纬秋啼金井阑，微霜凄凄簟色寒。”　④金风：秋风。《文选》张协《杂诗》之三：“金风扇素节，丹霞启阴期。”李善注：“西方为秋而主金，故秋风曰金风。”　⑤重门：层层设门。

采　桑　子

小堂深静无人到，满院春风。惆怅墙东，一树樱桃带雨红。　　愁心似醉兼如病，欲语还慵[①]。日暮疏钟，双燕归栖画阁中。

【题解】

冯延巳《采桑子》凡十三首。陈秋帆《阳春集笺》说，这十三首词“情采足媲《花间》，然玩其词旨，流丽中有沉着气象，实轶过之”。这是第五首，写闺中春愁。小堂昼静，春风满院，墙东樱桃，雨中火红，双燕归来，并栖画阁，但此中人却深感孤独，泛起了一阵青春期的感情涟漪，而且愁心如醉似病，眼前的美好春光反而都使她惆怅不已，怅触无端。这种涉及内心隐秘而微妙的复杂心情，是欲语未能的。词中常说“愁心可醉”，此词还进一步说愁心如病，则愁更深矣。盖醉尚易醒，病却难治，“欲语还慵”，至少就是病已三分的症状。

【注释】

①慵：懒。

清　平　乐

雨晴烟晚，绿水新池满。双燕飞来垂柳院，小阁画帘高卷。　　黄昏独倚朱阑，西南新月眉弯。砌下落花风起，罗衣特地春寒[①]。

【题解】

这首词上、下片分别由远及近，展现春夏之交小阁登眺的黄昏景象。上片写雨后新绿初涨，池塘水满，柳院燕归，画帘高卷，都是阁中闲眺所见。下片“黄昏独倚朱阑，西南新月眉弯”，天朗气清，一片纯净，情景堪画。最后写到入夜风起，砌下落花，寒意袭人，芳心微感，掀起了心底的阵阵微澜，令人自警。通篇俱以景物烘托人情，景中见人，写法很为高妙。或谓“花落春寒”句，“论词则秀韵珊珊，窥词意或有忧谗自惊之思”，则不免深文周纳，反而使这种珊珊秀韵遭到破坏了。

【注释】

①特地：特别。

谒金门

风乍起，吹皱一池春水①。闲引鸳鸯香径里，手挼红杏蕊②。　　斗鸭阑干独倚③，碧玉搔头斜坠④。终日望君君不至，举头闻鹊喜⑤。

【题解】

陈振孙《直斋书录解题》据《阳春录》，谓此词乃成幼文作，朱彝尊《词综》从之，不确。马令《南唐书·冯延巳传》载，李璟曾戏冯延巳曰：“‘吹皱一池春水’，干卿何事？”冯答曰：“未若陛下‘小楼吹砌玉笙寒’。”这与王安石论晏殊“为宰相而作小词，可乎”、柳永回答晏殊责问他为何作词时所云“只如相公亦作曲子”，意极相似，反映了词体在当时人们心目中的地位。这首词点缀风物，兴起感情。首句以春风骀荡、吹皱池水比喻女子感情上的涟漪，自然贴切，耐人寻味。“闲引”四句，写女子摘下红杏花蕊，抛入水中，引鸳鸯为戏，表示情有所属，与下片“终日望君”关合。下片写阑干独倚，云鬟不整，透露出孤独的心境，失望中忽闻喜鹊报喜，重聚有望，因而稍得宽慰，蜜意痴情，宛转如见。清龚自珍应顺天试未果，出都时作《金缕曲》述怀：“我又南行矣。笑今年、鸾飘凤泊，情怀何似。纵使文章惊海内，纸上苍生而已。似春水、干卿何事。暮雨忽来鸿雁杳，莽关山、一派秋声里。催客去，去如水。”全用冯语入词，却沉郁苍凉，情味顿别。

【注释】

①“风乍起”二句：陈霆《渚山堂词话》卷一：“晚秋曲寄《谒金门》，刘伯温（基）作也。首云：‘风嫋嫋。吹绿一庭秋草。’为语亦佳。然即‘风乍起。吹皱一池春水’格耳。以二言细较，刘公当退避一舍。”乍起：聚起。　②挼（ruó）：用手揉搓。手搓杏花，引逗鸳鸯，为倒装倒句法。　③斗鸭阑干：古人养鸭于栏，使斗以为游戏。　④碧玉搔头：即碧玉簪。斜坠：形容发髻蓬松，玉簪插不紧，并非真的掉下。　⑤“终日”二句：贺裳《皱水轩词筌》：“‘无凭谙鹊语，犹得暂心宽”，韩偓语也。冯延巳去偓不多时，其用语曰：‘终日望君君不至，举头闻鹊喜虽窃其意，而语加蕴藉。”沈际飞《草堂诗馀正集》卷一：“闻鹊报喜，须知喜中还有疑在。无非望泽希宠之心，而语自清隽。”

李　煜（937—978）

字重光，初名从嘉，号钟隐，又称莲峰居士。李璟第六子，因文献太子弘冀早卒（959），封为吴王，以尚书令知政事居东宫，二十五时（961）为南唐国主。在位十五年。开宝八年（975）宋将曹彬攻破金陵，李煜被执入汴，封违命侯，四十二岁被毒卒，史称后主。李煜美风仪，好读书，工诗词，为文有汉魏风，兼擅书画，知音律，其词尤为世所重。胡应麟《诗薮·杂编》卷四云："南唐中主、后主皆有文，后主一目重瞳子，乐府为宋人一代开山祖。盖温、韦虽藻丽，而气颇伤促，意不胜辞，至此君才是当行作家，清便宛转，词宗王、孟。"王国维《人间词话》云："词至李后主而眼界始大，感慨遂深，遂变伶工之词为士大夫之词。"有文集三十卷，《杂说》百篇，今佚。《全唐诗》录其诗十八首。南宋长沙书肆所刘《百家词》有《南唐二主词》一卷，又《尊前集》收李煜词十四首。王国维《唐五代二十一家词辑》辑为《南唐二主词》一卷、补遗一卷。今人王仲闻《南唐二主词校订》、詹安泰《李璟李煜词》，征引尤详。

相见欢[1]

林花谢了春红[2]，太匆匆。无奈朝来寒雨晚来风。　胭脂泪[3]，留人醉，几时重[4]？自是人生长恨水长东[5]！

【题解】

这首词写伤春伤别，沉哀入骨。上片言春归，春去春来，本是一种无关人事的自然现象，但在有情人眼中，则怪其来去为何如此匆匆，欲留不住。"匆匆"二字之前，著一"太"字，乃苦恨春短，不禁为之深长叹息。春去时且兼以无情风雨的横加摧残，在"朝来寒雨晚来风"之前，复出以"无奈"二字，则叹息之中又寓有无穷尽的愤慨。上片三句中的"谢""太""无奈"诸字，均非普通字眼，萦绕着作者百转千回的伤感情怀。下片进而言分别。分离时美人情重，暗暗垂泪。“留人醉”之“醉”，不是说酒醉，而是说悲凄之甚，心如迷醉。“几时重”，则极盼重逢，然而重逢的希望却极为渺茫。春无不归，人无长聚，人生中最美好的东西无不为时短暂，末句就伤春伤别转为深沉的人生思考，从自身的领悟中，肯定“人生长恨水长东”的新论。言浅意深，短语情长，故而在后世读者中往往引起心灵的震撼。

【注释】

①相见欢：唐教坊曲名，又名《乌夜啼》。　②谢：衰退。　③胭脂泪：美人的眼泪，指别泪，又“脂脂泪”，盖承首句“林花谢了春红”而来。杜甫《曲江对雨》诗：“林花著雨燕脂湿，水荇牵风翠带长。”用之于此，语意双关。　④重：重逢。　⑤自是：本是，本来。

捣　练　子①

深院静，小庭空。断续寒砧断续风②。无奈夜长人不寐，数声和月到帘栊③。

【题解】

俞陛云《五代词选释》云：“曲名《捣练子》，即以咏之，乃唐词本体。首二句言闻捣练之时，院静庭空，已写出幽悄之境。三句赋捣练。四、五句由闻砧者说到砧声之远递。通首赋捣练，而独夜怀人情味，摇漾于寒砧继续之中，可谓极此题之能事。杨升庵（慎）谓旧本以此曲为《鹧鸪天》之后半首，尚有上半首云：‘塘水初澄似玉容，所思还在别离中。谁知九月初三夜，露似珍珠月似弓。’案《鹧鸪天》调，唐人罕填之。况‘塘水’，四句，全于捣练无涉，升庵之说未确。”又王国维《南唐二主词》校勘记云：“‘可怜九月初三夜，露似珍珠月似弓，’此乐天《暮江吟》后二句，见《白氏长庆集》卷十九。后主不应全袭之。且《鹧鸪天》下半阕，平仄亦与《捣练子》不合，显系明人赝作（指杨慎所谓的上半首）。”

【注释】

①捣练子：唐教坊曲名，因此词有“深院静”“数声和月到帘栊”句，又名《深院月》。 ②断续寒砧：谓捣衣声断断续续。砧，砧石，用于捣衣。 ③帘栊：挂着竹帘的格子窗。

清 平 乐

别来春半，触目愁肠断。砌下落梅如雪乱①，拂了一身还满②。 雁来音信无凭，路遥归梦难成③。离恨恰如芳草，更行更远还生④。

【题解】

这首词写离愁。俞平伯《读词偶得》谓“砌下落花”二句，“善状花前痴立，怅怅何之，低徊几许之神，似画而实画不到，诗情而兼有画意者。”“‘路遥’句虚虚地说，似梦之不成，乃路远为之，何其微微欤。读之觉赵德麟《锦堂春》‘重门不锁相思梦，随意绕天涯’，便有伧夫气息。彼语岂不工巧，然而后主远矣。”“于愁则喻春水，于恨则喻春草，颇似重复，而‘恰似一江春水向东流’，以长句一气直下，‘更行更远还生’以短语一波三折，句法之变换，直与春水春草之姿态韵味融成一片，外体物情，内抒心象，岂独妙肖，谓之入神可也。”

【注释】

①砌下：阶下。落梅：指白梅花，开较迟，故春半还有落梅。 ②“拂了”句：当作四、二读，一句两折。 ③“路遥”句：俞平伯《唐宋词选释》：“梦的成否原不在乎路的远近，却说路远以致归梦难成，词婉而意悲。” ④“更行”句：二字一折，一句三折，更有不论怎样的意思，言不论怎样行得远，终是到处生长春草。

相 见 欢[1]

无言独上西楼，月如钩。寂寞梧桐深院锁清秋。 剪不断，理还乱，是离愁。别是一般滋味在心头。

【题解】

这是一首写离愁的词。诗词中写离愁别恨，往往借助于生动的艺术形象，化抽象为具体，或写愁之深，如李白《远别离》：“海水直下万里深，谁人不言此离苦。”或写愁之长，如李白《秋浦歌》：“白发三丈长，缘愁似个长。”或写愁之重，如李清照《武陵春》：“只恐双溪舴艋舟，载不动许多愁。”或写愁之多，如秦观《千秋岁》：“春去也，飞红万点愁如海。”这首词则写出愁之味：“别有一般滋味在心头。”这是一种独特而真切的感受，可谓味在咸酸之外，但根植于人们的内心，是心之深处所感到的滋味。因此不用诉诸人们的视觉，而直接诉诸人们的心灵，读后使人自然结合自身的体验而产生同感，在写法上有其深至之处。

【注释】

①《词谱》卷三于本调下注曰："南唐李煜词有'无言独上西楼，月如钩'句，更名《秋夜月》，又名《上西楼》，又名《西楼子》。"

浪　淘　沙①

往事只堪哀，对景难排②。秋风庭院藓侵阶③。一桁珠帘闲不卷④，终日谁来！　　金锁已沉埋⑤，壮气蒿莱⑥。晚凉天静月华开⑦。想得玉楼瑶殿影⑧，空照秦淮⑨。

【题解】

这首词作于入宋以后。据王铚《默记》卷上，李煜在汴京时，所居有老卒守门，太宗有旨，"不得与人接"，不准李煜见客，也不准有人造访，过的完全是囚徒般的生活。此词上片写囚居苦寂和在此境遇中无可排遣的悲哀，下片则思念故国，不胜"金锁沉埋"的亡国之痛。陈廷焯《云韶集》卷一云："起五字凄婉，却来得突兀，故妙。凄恻之词而笔力精健，古今词人谁不低首。"

【注释】

①浪淘沙：唐教坊曲名，刘禹锡、皇甫松等所作均七言绝句，从李煜开始改为长短句双调小令。《古今词统》题下注云："在汴京念秣陵作。"　②难排：难以排遣悲哀。　③藓侵阶：藓是生长在阴湿地方的一种隐花植物，本不应生在阶上，藓侵阶表示久无人迹来往，连阶上都长上了苔藓。　④一桁：通作"一行"，即一挂、一列。　⑤金锁：锁通"琐"，王逸《楚辞·离骚章句》："琐，门镂也，文如连琐。"金锁即雕锁在宫门上的金色连琐花纹，

这里作为南唐宫阙的代称。“金锁已沉埋”，指想象中殿宇荒凉，已为尘封土掩。一说金锁即铁锁，用三国时吴国以铁锁链横断长江，抵御敌军而归于失败的典故。俞陛云《五代词选》：“‘金锁’二句，有铁锁沉江，王气黯然之慨。” ⑥壮气：犹言“王气”。蒿莱：野草。壮气蒿莱，反用陈子昂《感遇》之三五“感时思报国，拔剑起蒿莱”之意。 ⑦天静：一作“天净”。月华：月光。 ⑧玉楼瑶殿：指金陵的南唐旧宫。 ⑨秦淮：河名，纵横金陵城。

浪 淘 沙

帘外雨潺潺[①]，春意阑珊[②]。罗衾不耐五更寒[③]。梦里不知身是客，一晌贪欢[④]。 独自莫凭阑，无限江山。别时容易见时难。流水落花春去也，天上人间。

【题解】

李煜归宋后被封为违命侯，实际上处于严密禁闭的囚居状态，“此中日夕只以眼泪洗面（王铚《默记》）”。这首词写雨声惊梦，晓寒袭人，梦里片时欢聚，醒后更倍感身居异地的冷落，想到家山万里，梦中人今世断难重见，往日的欢乐，如同落花流水，一去不复返；今昔相比，真有天上人间之别了。虽言伤春伤别，实却寄托着作者于囚居之中抚今追昔的亡国之思。王国维《人间词话》云：“词至李后主而眼界始大，感慨遂深，遂变伶工之词而为士大夫之词。周介存置诸温韦之下，可谓颠倒黑白矣。‘自是人生长恨水长东’‘流水落花春去也，天上人间’，《金荃》《浣花》能有此气象耶？”

【注释】

①潺潺：雨声。　②阑珊：衰残、将尽。　③罗衾：被子。不耐：受不了。　④一晌：一会儿。贪欢：指梦中相会。

虞　美　人

春花秋月何时了①，往事知多少②？小楼昨夜又东风③，故国不堪回首月明中。　雕阑玉砌应犹在④，只是朱颜改⑤。问君能有几多愁，恰似一江春水向东流。

【题解】

王铚《默记》卷上载，一日太宗准原南唐旧臣徐铉见李煜，两人“相持大哭”，李煜“忽长吁叹曰：‘当时悔杀了潘佑、李平。’铉既去，乃有旨再对，询后主何言。铉不敢隐，遂有秦王赐牵机药之事。牵机药者，服之前即数十回，头足相就如牵机状也。又后主在赐第，因七夕命故妓作乐，声闻于外，太宗闻之大怒；又传‘小楼昨夜又东风’及‘一江春水向东流’之句，并坐之，遂被祸云。”据此，这首词似为李煜绝笔。首句中的“春花秋月”，人多以为美好，却怨问其“何时了”；小楼东风带来了春的信息，却反而引起“不堪回首”之念，因为它们都触动了往事，引起伤感，用以描写一个失去了欢乐的人的心情，是真切而深刻的，也正是作为一个阶下囚的心理的写照。“一江春水向东流”是以水喻愁的名句，含蓄地显示出愁思的沛然莫御，长流不断，无穷无尽。词境亦极深邃。夏承焘先生《瞿髯论词绝句》论李煜云：“泪泉洗面枉生才，再世重瞳遇可哀。唤起温韦看境界，风花挥秋春江来。”

【注释】

①了：了结，完结。 ②知多少：犹言记得很多。 ③又东风：春天又来临了。 ④雕阑玉砌：指远在金陵的南唐故都。 ⑤朱颜改：指所怀念的人已衰老。

徐昌图（生卒年不详）

莆田（今属福建）人。唐末诗人徐寅曾孙，与兄昌嗣并有才名。初仕闽、南唐。江南平，清源节度使陈洪进命昌图等奉表归宋，为国子博士，累迁殿中丞。《尊前集》录其词三首。

临 江 仙

饮散离亭西去①，浮生长恨飘蓬②。回头烟柳渐重重。淡云孤雁远，寒日暮天红。 今夜画船何处，潮平淮月朦胧。酒醒人静奈愁浓。残灯孤枕梦，轻浪五更风③。

【题解】

这首词写羁旅行役的愁苦。上片写别时情景，下片设想别后境况。俞陛云《五代词选释》云："写江行夜泊之景，'暮天'二句，晚霞如绮，远雁一绳。'轻浪'二句，风起深宵，微波拍舵，淰淰有声，状水窗风景宛然，千载后犹想见客中情味也。"过片"今夜画船何处，潮平淮月朦胧"，悬揣别后旅途的冷寞悲凉，柳永《雨霖铃》"今宵酒醒何处，杨柳岸、晓风残月"、秦观《柳梢青》"行人一棹天涯，酒醒处、残阳乱鸦”，与此同一境界，前后有承。

【注释】

①离亭：路旁的饯别之亭。宋之问《送沙门弘景道俊委庄还荆州应制》诗：“就日离亭近，弥天别路长。”　②浮生：人生、一生。飘蓬：喻飘泊无定的生活。刘孝绰《答何记室》诗：“游子倦飘蓬，瞻途杳无穷。”　③五更风：黎明前夕的寒风。

吴　激（1085？—1142）

字彦高，自号东山，建州（今福建建瓯）人。吴栻之子，米芾之婿。靖康末，使金被留，任翰林侍制。金熙宗皇统二年（1142）出知深州（今属河北），到官之日卒。元好问《中州集》卷一谓其工诗，能文，字画得米芾笔意，并推其乐府“自当为国（金）朝第一手”。有《吴彦高词》一卷，久佚。赵万里辑本《东山乐府》，存词十首。

人　月　圆

宴北人张侍御家有感

南朝千古伤心事，犹唱后庭花①。旧时王谢，堂前燕子，飞向谁家②？　恍然一梦，仙肌胜雪③，宫髻堆鸦④。江州司马，青衫泪湿，同是天涯④。

【题解】

据金刘祁《归潜志》卷八，吴激仕金后，一日会饮于燕山张侍御家，席间歌妓本是宋宗室女（《容斋题跋》卷二《跋吴激小词》谓是宣和殿小宫女），诸人感叹，皆作乐章。宇文虚中作《念奴娇》，有“干戈浩荡，事随天翻地覆”之语。吴激继作《人月圆》，宇文虚中览之大惊。此后凡是请他作词就批云：吴郎近以乐府名天下，可往求之。吴激此词虽多用前人诗句，然剪裁点缀，皆若天成，被称为“奇作”。刘祁父云：“诗不宜用前人语，若夫乐章，则剪裁古人语亦无害，但要能使用尔。如彦高《人月圆》，半是古人句，其思致含蓄甚远，不露圭角，不犹胜于宇文自作者哉。”厉鹗《论词绝句》（其八）“若向词家论风雅，锦袍翻是让吴儿”，即指吴激此词。

【注释】

①“南朝”二句：杜牧《泊秦淮》诗：“商女不知亡国恨，隔江犹唱后庭花。”南朝：西晋灭亡后建都于建康（今南京）的东晋、宋、齐、梁、陈，统称南朝，当日金称宋亦旧南朝，此处双关。后庭花：乐曲《玉树后庭花》的简称，南朝陈后主就在耽于这类艳曲中亡国的。　②“旧时”三句：刘禹锡《乌衣巷》诗：“旧时王谢堂前燕，飞入寻常百姓家。”王导、谢安历任东晋宰相，权倾一时。刘诗悼前代兴亡，这里飞向谁家则谓沦入异域。　③肌胜雪：言肌肤洁白。　④堆鸦：指秀发高卷、乌黑，堆积如鸦。　⑤“江州”三句：唐元和十一年（816），白居易被贬为江州司马，一夕送客浔阳江边，闻商妇船上琵琶声，邀其弹奏，作《琵琶行》诗，诗中有“同是天涯沦落人，相逢何必曾相识。”“座中泣下谁最多，江州司马青衫湿。”但吴激与白居易不同，不但沦落天涯，而且沦落异国，所以益增其悲。

党怀英 (1134—1211)

字世杰，号竹溪，原籍冯翊（今陕西大荔），先人官于泰安军，遂为奉符（今山东泰安）人。少与辛弃疾同师刘瞻。金世宗大定十年（1170）进士，章宗时累擢至翰林学士承旨，卒谥文献。著有《竹溪集》，不传，词见《中州乐府》，仅五首。《中州乐府》谓其“文似欧阳，不为奇险语。诗如陶、谢，奄有魏晋风”。

鹧鸪天

云步凌波小凤钩，年年星汉踏清秋[1]。只缘巧极稀相见，底用人间乞巧楼[2]？　　天外事，两悠悠。不应也作可怜愁！开帘放入窥窗月，且尽新凉睡美休[3]。

【题解】

传说织女心灵手巧，织得一手好云锦。后嫁与牛郎，恩爱幸福，不再织锦。天帝大怒，将她召回，只准她与牛郎在七月七日相会一次。这个日子遂成民间女儿向织女乞巧祈福的一个节日，也为汉魏以来的诗和宋词常咏不衰的题材，所咏大率盛赞牛郎织女的不渝的爱情，或同情其良宵苦短的缠绵的相思，至秦观《鹊桥仙》（金风玉露一相逢）一词出，尽翻前人旧意。党怀英这首七夕词又出新警之思。上片揭示造成这一爱情悲剧的原因，在于织女的灵巧多才，所以人间儿女不必向她乞巧，下片规劝人们不必为天上的“凌波”之人担忧，更不必作虚幻的祈求和祝愿，还是转向人间，“且尽新凉睡美休”，趁凉爽的天气，睡个好觉。于七夕词中，别开生面。

【注释】

①“云步”二句：七月七日织女渡银河与牛郎会面的情状。云步凌波：凌虚而行如踏水波，飘然欲仙的姿态。凤钩：形容织女的纤足。年年：指一年一度的七月七日夜。星汉：指星河，即银河、天河。 ②底用：何须，哪那里用得到？乞巧楼：指民俗每年七月七日夜的乞巧活动。孟元老《东京梦华录》卷八《七夕》：“贵家多结彩楼于庭，谓之乞巧楼，铺陈磨喝乐、花、瓜、酒、炙、笔、砚、针、线，或儿童裁诗，女郎呈巧，焚香列拜，谓之乞巧。妇女望月穿针，或以小蜘蛛安合子内，次日看之，若网圆正，谓之‘得巧’。”并以为得巧者爱情幸福，生活美满。 ③休：语助词，每用于句末，意为“罢了”“算了”。李清照《玉楼春》词：“要来小酌便来休，未必明朝风不起。”

元好问（1190—1257）

字裕之，号遗山，太原秀容（今山西忻县）人。少从郝天挺学，淹贯经传百家。金宣宗兴定五年（1221）进士，历官至行尚书省左司员外郎。金亡不仕，筑“野史亭”，以故国文献自任。采金源君臣遗言往行，裒辑纪录至百余万言。又编《中州集》，附《中州乐府》，金人诗词多赖是以传。其所自作，则诗文有《遗山集》，词有《遗山乐府》。诗多慷慨悲凉之作，有如实录，人以“诗史”目之。古文绳尺严密，众体兼备。其词，元人郝经《祭遗山先生文》以为“情致之幽婉，足以配稼轩。”

水调歌头

赋三门津①

黄河九天上，人鬼瞰重关②。长风怒卷高浪，飞洒日光寒。峻似吕梁千仞，壮似钱塘八月，直下洗尘寰③。万象入横溃④，依旧一峰闲⑤。　仰危巢，双鹄过，杳难攀⑥。人间此险何用，万古秘神奸⑦。不用燃犀下照⑧，未必佽飞强射⑨，有力障狂澜⑩。唤取骑鲸客⑪，挝鼓过银山⑫。

【题解】

这首词上片写三门津“万象入横溃”的险峻雄壮，想落天外，气势汪洋恣纵，下片抒“有力障狂澜”的奇情壮志，又兴会激荡，气概豪迈非凡。上下呼应回合，情景相映成趣，读之令人亢奋不已。况周颐《蕙风词话》卷三云：“遗山之词，亦浑雅，亦博大。有骨干，有气象。以比坡公（苏轼），得其厚矣，而雄不逮焉者。豪而后能雄，遗山所处不能豪，尤不忍豪。牟端明《金缕曲》云：‘扑面胡尘浑未扫，强欢讴、还肯轩昂否？’知此，可与论遗山矣。设遗山虽坎坷，犹得与坡公同，则其词之所造，容或尚不止此。其《水调歌头·赋三门津》‘黄河九天上’云云，何尝不奇崛排奡。坡公之所不可及者，尤能于此等处不露筋骨耳。《水调歌头》当是遗山少作。晚岁鼎镬余生，栖迟零落，兴会何能飙举。”

【注释】

①三门津：即三门峡。在今河南三门峡市东北黄河上。黄河流经此处峡谷。被水中石岛分成三股急流，南曰鬼门，中曰神门，北曰人门。《陕州志》："惟人门修广可行舟。鬼门尤险，舟筏入者罕得脱。"今因修水库，三门之险已不复存。 ②"黄河"二句：谓三门津之险。九天上：极言峡上黄河来势之高。九天，高天。人鬼：人门与鬼门，代指三门峡。重关："层层关塞。此句为"重关瞰人鬼"之倒装。 ③"峻似"二句：借吕梁山和钱塘潮形容三门的峻和壮。"吕梁：吕梁山，在今山西省西部，东北、西南走向，北接恒山、南至禹门口。《列子·黄帝》："孔子观于吕梁，悬水三十仞，流沫三十里，鼋鼍鱼鳖之所不能游也。"钱塘八月：指杭州钱塘江入海口在仲秋时壮阔的潮水。尘寰：人世间。 ④万象：万物。横溃：横溢泛滥的黄河之水。此句谓万物被急流所冲决吞没。 ⑤一峰：指三门峡中屹立中流的砥柱山，现已炸毁。 ⑥"仰危巢"三句：反用苏轼《后赤壁赋》"攀栖鹘之危巢"句意，言其高远。危巢：悬崖高处的鸟巢。危，高。鹄（hú）：天鹅。杳（yǎo）：此指高远。 ⑦"万古"句：谓三门津险要如有神鬼控制，奥秘不可测。秘：秘藏。神奸：神物鬼怪。 ⑧燃犀下照：相传晋人温峤至牛渚矶（今安徽当涂长江边），点燃犀牛角以照江水，见到了水底奇形怪状之物。见《晋书·温峤传》。 ⑨佽（cì）飞：春秋时楚国勇士，亦作佽非，曾入江刺杀蛟龙。西汉时以其为职官名，掌管弋射鸟兽，取其勇武之意。 ⑩有力障狂澜：韩愈《进学解》："障百川而东之，回狂澜于既倒。"障，阻挡。 ⑪骑鲸客：指豪勇之士。 ⑫挝（zhuā）鼓：击鼓。银山：喻指洪涛巨浪。

临 江 仙

自洛阳往孟津道中作①

今古北邙山下路，黄尘老尽英雄②。人生长

恨水长东[3]。幽怀谁共语，远目送归鸿。　盖世功名将底用[4]。从前错怨天公。浩歌一曲酒千钟[5]。男儿行处是，未要论穷通[6]。

【题解】

元好问怀抱匡世救时之志，但当时金源在蒙古的侵逼下，日见腐朽，贞祐二年（1214）蒙古兵大举南侵，忻州沦陷，死十万余人，其兄元好古也遇难。贞祐四年，奉母举家离乡，南迁河南福昌。兴定二年（1218），移居登封；又于兴定五年第三次赴京应举，虽登第却未能授官，失意还家。这首词就作于此年回登封途中。词以浩叹古今英雄皆尘土的悲剧命运起，以穷通得失置之度外结，正是对国势日蹙、功业难就时的心境的写照。所以越说“盖世功名将底用”，越是“浩歌一曲酒千钟”的诗酒放任，越见其内心的幽怨悲抑。陈廷焯《词则》称此词“壮浪语正自沉郁”，可谓一语中的。

【注释】

①孟津：黄河渡口名，一名盟津，在今河南孟津县东，洛阳市东北。　②“今古”二句：北邙山，即邙山，古称郏山，在洛阳北，黄河南，为崤山支脉，王公贵胄多葬于此，亦为兵家要地。元好问另有《北邙》诗云：“贤愚同一尽，感叹增悲歔。”“焉知原上冢，不有当年吾。”写面对北邙山引起的富贵浮云，人生难久的悲叹，可与此二句参看。　③“人生”句：用李煜《乌夜啼》词中成句。　④将底用：犹言将何用。底，何。　⑤钟：一种圆壶形的盛酒器。千钟，形容酒量之大。　⑥穷通：困顿与发迹。

段克己（1196—1254）

字复之，号遁庵，绛州稷山（今属山西）人。金末尝举进士，入元不仕，与弟成己避地龙门山（在今山西河津西黄河边），时人目为“儒林标榜”。段氏兄弟幼有才名，赵秉文称之为“二妙”，书“双飞”二字名其里。故后人汇编二人诗词为《二妙集》。其词集单行者名《遁斋乐府》。况周颐《蕙风词话》卷三谓其词“清劲能树骨”。

西 江 月

久雨新霁，秋气益清，与二三子登高赋之

人与寒林共瘦，山和老眼俱青[①]。琤然一叶不须惊[②]。叶本无心入听。　　气爽云天改色，潦收烟水无声[③]。夕阳洲外片霞明。涵泳一江秋影。

【题解】

这首词登高望秋，观林而叹“瘦”，望山则生“青”，人生虽如处木叶脱落、枝柯扶疏的萧条之秋，但却清癯硬朗，青眼自然，形象脱俗。“琤然”二句，意同作者《仲坚见和复用韵以答》诗：“道在山林胜，心闲岁月迁。”听落叶而不惊，处寒秋而不悲，泰然自若。最后以“涵泳一江秋影”收拾登高望秋的感受，在由静卧的江水、清空的水烟、明净的晚霞连同清寒的山林组成的无限秋韵中，浑然融化了阔大的胸襟和洒脱的气度，意境顿觉高远。段克己在金元之际，谢绝仕进，隐于龙门，自比陶潜，身世微寒而守节蹈厉。这首秋词，正是其人格和情怀的具体写照。

【注释】

①“山和老眼”句：用阮籍典故。刘孝标注《世说新语·简傲》引《晋百官名》：“嵇喜字公穆，历扬州刺史，康兄也。阮籍遭丧，往吊之。籍能为青白眼，见凡俗之士，以白眼对之。及喜往，籍不哭，见其白眼，喜不怿而退。康闻之，乃赍酒挟琴而造之，遂相与善。”后遂以“青眼”表示喜爱人或事物。黄庭坚《送王郎》诗：“骨肉十年眼终青。”这里谓寒山喜爱人，人喜爱寒山。　②“琤然”句：反用“一叶惊秋”意。琤然：形容秋天树叶落地如玉相击而有声。　③潦（lǎo）：雨后地面上的积水。

陈　孚（1240—1303）

字刚中，号笏斋，台州临海（今属浙江）人。至元二十二年（1285），以布衣上《大一统赋》，署上蔡书院山长，后历官翰林国史院编修、翰林待制、台州路总管府治中，任上多有善政。性任侠，为诗尚意气，不事雕斫。著有《观光稿》《交州稿》《玉堂稿》。

太　常　引

端阳日当母诞不得归[1]

短衣孤剑客乾坤[2]，奈无策、报亲恩。三载

隔晨昏③。更疏雨、寒灯断魂。　赤城霞外④，
西风鹤发，犹想倚柴门⑤。蒲醑漫盈尊⑥。倩谁
写、青衫泪痕⑦？

【题解】

陈孚同题《太常引》共二首，约作于至元二十九年（1292）扈从世祖巡视上都时。二词均写客居思母，诚挚感人。这是第二首。“赤城”三句，一如浦起龙评杜甫《月夜》诗所云：“心已神驰到彼，诗从对面飞来。”思绪遥驰故乡，以想象中鹤发老母于西风劲吹之日倚门望子归来，写自己对母亲的思念，尤为令人动容。“至今读之，如见青衫泪痕也”（蒋一葵《尧山堂外记》）；“读之天性油然”（沈雄《柳塘词话》），不让孟郊《游子吟》专美于前。

【注释】

①至元二十九年（1292），陈孚曾随从元世祖至上都（故址在今内蒙古闪电河北）巡视。此年所写《出建德门赴上都分院》诗中有“三年去乡井”之句，与词中“三载隔晨昏”语意相契，可证词也作于当年端阳日。端阳日：端午节。　②短衣：即短后衣，古代剑客的装束。此指旅途所穿的衣装。　③晨昏：《礼记》规定，人子昏定而晨省。此指侍奉母亲。　④赤城：山名，在浙江天台县北。孙绰《天台赋》有“赤城霞起而建标”句，此代指家乡。　⑤“西风”二句：指母亲盼望儿子归来。鹤发：白发。倚柴门《战国策》载，贾母谓子曰：“汝朝出而晚来，则吾倚门而望。”　⑥蒲醑：即菖蒲酒，古人在端午节时把菖蒲浸在酒中，传说饮之可以避邪。　⑦青衫泪痕：形容居官在外的愁怀。语出白居易《琵琶行》诗：“座中泣下谁最多，江州司马青衫湿。”

刘　壎（1240—1319）

字起潜，江西南丰（今江西南丰）人。元武宗至大四年（1311）为南剑州学官，后为延平（今福建南平市）教授，年八十卒。著有《隐居通议》《水云稿》《英华录》。

菩　萨　蛮

和詹天游[①]

故园青草依然绿[②]，故宫废址空乔木[③]。狐兔入岩城[④]，悠悠万感生。　　胡笳吹汉月[⑤]，北语南人说[⑥]。红紫闹东风[⑦]，湖山一梦中。

【题解】

这首小令作于元蒙攻陷南宋都城临安以后，写亡国后的“悠悠万感”。况周颐《蕙风词话》卷三评此词“仅四十许字，而黍离麦秀之感，流溢行间。所谓满心而发，颇似包举一长调于小令中，与天游《齐天乐·赠童瓮天兵后归杭》阕，各极慷慨低回之致。”

【注释】

①詹天游：詹正，字可大，号天游，郢（今湖北钟祥）人。生约与刘壎同时。入元后官至翰林学士。著有《天游词》，其词亦多故国之思。　②故园：指南宋都城临安（今杭州市）。　③乔木：高而大的树木。　④“狐

兔”句：本指故园荒凉，野兽公然出没于城中，这里借指元兵盘踞，恣意横行。岩城：高城，也指都城临安。　⑤“胡笳”句：意谓汉族地区，夜空中响起了元蒙人的胡笳声。胡笳：古代北方少数民族的一种乐器，三孔，翘头，长二尺余。　⑥“北语”句：邓剡于宋亡后作《鹧鸪词》有“南音渐少北语多，肉飞不起可奈何”之句，又郑天祐《遂昌杂录》载郑思肖“自宋亡，矢不与北人接，于友朋坐间，见语音异者（指说北方语），辄引起”。可与此参看。　⑦“红紫”句：语意双关，既指春日花朵姹紫嫣红，争妍斗丽，也暗喻新贵们红袍紫绶，竞名逐利。红紫：原指各种花色。韩愈《晚春》诗：“道边草木红，红紫相低昂。”闹：喧闹、旺盛。

张　埜（生卒年不详）

字埜夫，邯郸（今属河北）人。元世祖至元前后在世，曾官翰林学士。著有《古山乐府》。词风清劲明爽，有苏辛意味。

水　龙　吟

酹辛稼轩墓，在分水岭下[①]

岭头一片青山，可能埋得凌云气[②]？遐方异域，当年滴尽，英雄清泪[③]。星斗撑肠，云烟盈纸，纵横游戏[④]。漫人间留得，阳春白雪[⑤]，千载下，无人继。　　不见戟门华第[⑥]。见萧萧竹枯松悴[⑦]。问谁料理，带湖烟景[⑧]，瓢泉风味[⑨]？万里中原，不堪回首，人生如寄。且临风高唱，逍遥旧曲，为先生酹。

【题解】

辛弃疾在南宋词坛上异军突起，不可一世，并在南宋政坛上居一方之重，是集政治、军事才干与文学才华于一身的杰出的历史人物，又是“报国欲死无战场”、饮恨以终的悲剧性的人物。这首凭吊之词，以无限崇敬之心、深沉感慨之情，将辛弃疾的凌云气概、英雄悲泪、纵横词篇以及故居风物，熔铸笔底，大气包举，既抉出了辛弃疾的英灵精魂与辛词心迹，又深得辛词的笔意与神髓，堪称辛弃疾的异代知音。

【注释】

①酹：以酒洒地而祭奠。辛稼轩：见本书辛弃疾小传。分水岭：又称大关，在江西铅山县东南，临福建崇安县界。　②可能：推论之辞，犹云何至、难道。凌云气：叱咤风云的气概。《史记·司马相如传》：“飘飘有凌云之气，似游天地之间意。”这里指辛弃疾抗金复国的壮志豪气。　③“遐方”三句：意谓辛弃疾恢复中原的理想无法实现。遐方异域：远方成了异国。辛弃疾生于金人统治下的北方，起义南归后，中原仍为金人所占。英雄清泪：辛弃疾复国的壮志难酬，常痛心疾首，悲泪沾衣，其词也多次写到痛心落泪，如《水龙吟·登建康赏心亭》：“倩何人、唤取红巾翠袖，揾英雄泪。”《木兰花慢·席上送张仲固帅兴元》：“追亡事、今不见，但山川满目泪沾衣。”　④“星斗”三句：评赞辛弃疾将一腔悲愤之情倾诸笔下，成为纵横驰骋的挥洒词篇。星斗：形容辞章灿烂。杜牧《华清宫》诗：“雷霆驰号令，星斗焕文章。”撑肠：形容文思满肚。苏轼《试院煎茶》诗：“不用撑肠拄腹文字五千卷，但愿一瓯常及睡足日高时。”　⑤阳春白雪：宋玉《对楚王问》客有歌于郢中者，……其为阳春白雪，国中属而和者不过数十人。”这里指其词高妙。　⑥戟门华第：形容辛弃疾当时府第的气派。戟门，唐代制度，官、

阶、勋都是三品的官员，可以在门外立戟。 ⑦萧萧竹枯松悴：形容辛弃疾墓地景象凄凉。悴，枯萎。 ⑧带湖：位于上饶城北龙卫亭与茶山之间，背倚灵山。 ⑨瓢泉：距铅山旧城二十余里瓜山下，辛弃疾得而名之。辛弃疾于四十二岁卜居带湖，五十七岁徙居瓢泉。

卢　挚（1242？—1314？）

字处道，一字莘老。号疏斋，又号嵩翁。先世涿郡（今河北涿州）人，后迁居河南。元世祖至元五年（1268）进士，累官集贤学士、翰林学士、翰林承旨。诗与刘因齐名，世称“刘卢”，文与姚燧齐名，世称“姚卢”，尤擅散曲，风格妩媚，词俊逸清朗，富有情致。著有《疏斋集》，今佚。赵万里《校辑宋金元人词》辑为《疏斋词》十四首，周泳先《唐宋金元词钩沉》补辑一首，唐圭璋《全金元词》又据《永乐大典》增补四首，共存词二十二首。

清　平　乐

行郡歙城寒食日伤逝有作①

年时寒食，直到清明日。草草杯盘聊自适②，不管家徒四壁③。　今年寒食无家，东风恨满天涯。早是海棠睡去④，莫教醉了梨花⑤。

【题解】

这是一首悼亡词。上片言昔，下片言今。“草草”句，化用王安石《示长安君》诗“草草杯盘供语笑，昏昏灯火话平生”句意，往昔虽然家徒四壁，生活清贫，但与亡妇共悲欢，夫妻情笃，以反衬今日的伤情。结拍二句以海棠喻逝者，以梨花拟素魂，并在“早是”“莫教”的折叠之间，写清明祭奠之心，飘游“无家”之情，又悲哀深惋之致。

【注释】

①歙城：今安徽歙县。卢挚曾任江东道提刑按察副使，元时皖南属江东道，沿宋时江南东路之建置，其行郡在歙城。寒食日：在冬至后一百零五天，即在清明前一日或二日，此日不举火，只吃冷食，故云。伤逝：即悼亡。 ②草草杯盘：胡乱简单地弄些酒菜，指生活十分俭朴。 ③家徒四壁：《汉书·司马相如传》：“家徒四壁立。”空无所有，家境清贫，后亦用以指家计、生计。黄庭坚《寄黄复几》诗：“持家但有四立壁，治病不蕲三折肱。” ④海棠：二月开花，开时色深红，后转粉淡色而凋谢。此化用苏轼《海棠》诗：“只恐夜深花睡去，故烧高烛照红妆。” ⑤梨花：色白，望之如雪。春二、三月间开花。温庭筠《鄠杜郊居》有：“寂寞游人寒食后，夜来风雨送梨花”句。

虞 集（1272—1348）

字伯生，号道园，又号邵庵，临川崇仁（今属江西）人，宋丞相虞允文五世孙。元成宗大德初年至京，授大都路儒学教授，累官翰林直学士、奎章阁侍书学士。纂修《经世大典》，参与制定朝廷典策。著有《道园学古录》。诗与杨载、范梈、揭傒斯齐名，号元诗四大家。陈廷焯《云韶集》卷十一云：”道园诗宗少陵，为一代之冠。词不多，然即此寥寥数篇，而风骨峻嶒，自足雄跨一时。”《彊村丛书》辑为《道园乐府》一卷，三十首，《全金元词》据《花草粹编》增补一首。

风入松

寄柯敬仲[①]

画堂红袖倚清酣，华发不胜簪[②]。几回晚直金銮殿[③]，东风软、花里停骖[④]。书诏许传宫烛[⑤]，轻罗初试朝衫[⑥]。　御沟冰泮水挼蓝[⑦]。飞燕又呢喃[⑧]。重重帘幕寒犹在，凭谁寄、银字泥缄[⑨]。为报先生归也，杏花春雨江南。

【题解】

陶宗仪《辍耕录》卷十四云："吾乡柯敬仲先生九思，际遇文宗，起为奎章阁鉴书博士，以避言路居吴下。时虞邵庵先生在馆阁，赋《风入松》长短句寄博士（词从略），词翰兼美，一时争相传刻，而此曲遂遍满海内矣。"据《元史·文宗纪》、宗典《柯九思年谱》，文宗曾特设奎章阁学士院，以翰林直学士虞集兼侍学士，用柯九思为鉴书博士，但柯、虞二人均因此遭人嫉恨。至顺三年（1332），柯忧谗畏讥，请补外官，权臣又从中作梗，遂落职，流寓于吴（今苏州）。次年三月，虞集即作此词遥寄相思之情，亦寄寓了逃避言路的心理。瞿佑《归田诗话》云："虞邵庵在翰林，有诗云：'屏风围坐鬓毵毵，银烛烧残照暮酣。京国多年情尽改，忽听春雨忆江南。'又作《风入松》词云云，盖即诗意也，但繁简不同尔。曾见机坊以词织成帕，为时所贵重如此。张仲举（翥）词云：'但留意、江南杏花春雨，和泪在罗帕。’即指此也。”虞集作此词的当年八月，就谢病辞，退归江南临川了。陈廷焯《云韶集》卷十一谓此词“写柯在禁中数语，已极工雅。好句天然。神韵在唐宋间。”

【注释】

①柯敬仲：柯九思（1290—1343），字敬仲，号丹丘，台州（今浙江台州市）人。博学善画，工诗，精于金石之学。虞集与他情趣相投，结为忘年交。　②“华发”句：白发稀少，不能插住簪子。不胜：承担不起。　③晚直：即夜间值班。直，同“值”。金銮殿：皇帝宝殿，学士待诏在此。《文献通考·学士院》：“故事，学士掌内廷书诏，故学士院常在金銮殿侧，……前朝因金銮坡以为门名，与翰林院相接。故为学士者，称金銮以美之。”　④停骖：把车停住。骖，用三匹马驾一车。　⑤传宫烛：传呼宫人秉烛为其照明。这里用金莲烛送学士归院故事。见《唐书·令狐楚传》等。　⑥“轻罗”句：谓文宗赐给轻罗朝衫。柯九思《退直赠月》诗亦云：“西华门外玉骢骄，新赐衣退晚朝。”朝衫：即朝服。　⑦御沟：流经皇宫内的河流或排水沟。冰泮：冰融化，指春天。挼：摩挲，摩擦。　⑧呢喃：燕子的叫声。　⑨银字泥缄：指书信。银字，谓字如银钩。泥缄，即泥封。古代书信封以黏土，上盖印章，故云。

李齐贤（1287—1387）

字仲思，号益斋，高丽（今朝鲜）人，曾任西海道安廉使。二十八岁起，多次奉使入元，广游大江南北，与元代学士姚燧和赵孟頫等人交往，在朝官至右政丞、鸡林府院君，谥文忠。著有《益斋乱稿》《栎翁稗说》。《彊村丛书》辑为《益斋长短句》五十四首。况周颐《蕙风词话》卷三谓益斋词“写景极工”“不愧名家”。

太常引

暮行

栖鸦去尽远山青。看暝色、入林坰[①]。灯火小于萤。人不见、苔扉半扃[②]。 照鞍凉月，满衣白露，系马睡寒厅。今夜候明星[③]。又何处、长亭短亭。

【题解】

宿鸟归林，大地浸入暝色之中，独行其间，已见孤寂，何况又是人迹罕至的荒野，只有眼前门庭长满青苔的驿站透出一缕“小于萤”的微弱灯光。投宿荒驿，尽管是凉月白雪，寒意袭人，但多少可以缓解长日跋涉之累，无奈明日还有漫长的旅程，故须时时察看天色而断难熟睡了，则不仅见出其孤寂冷寞，疲惫愁苦的情态也尽溢于笔端。李齐贤喜爱旅游，其词也善状行旅途中的见闻和感受。这首词写暮行投宿，平平道来，自然真切，又细致入微，尤为出色。

【注释】

①林坰（jiōng）：林外荒野。 ②“灯火”二句：况周颐《蕙风词话》卷三云：“置之两宋名家词中，亦庶几无愧色。”萤：萤火虫，时闪微光。小于萤：指灯光比萤火还要微弱。苔扉：长满青苔的院门。扃（jiōng）：关闭。半扃：半掩着门。 ③明星：指启明星。

张翥（1287—1368）

字仲举，世称蜕庵先生，晋宁（今属云南）人。早年居杭州，受业于理学家李存，又从仇远学诗法。至元初，召为国子助教，不久退居淮东。会修宋、辽、金三史，起为翰林国史院编修官，累迁翰林学士承旨。著有《蜕庵集》《蜕岩词》。张德瀛《词徵》卷六云："《蜕岩词》无自制腔，其词腴于根而盎于华，直接宋人，步武于元之一代，诚足以度越诸子，可谓海之明珠，鸟之凤凰也。"陈廷焯《白雨斋词话》卷三云："元词日就衰靡，愈趋愈下。张仲举规模南宋，为一代正声。高者在草窗、西麓之间，而真气稍逊。"

多丽

西湖泛舟夕归，施成大席上，以"晚山青"为起句，各赋一词

晚山青。一川云树冥冥[①]。正参差、烟凝紫翠，斜阳画出南屏[②]。馆娃归、吴台游鹿[③]；铜仙去、汉苑飞萤[④]。怀古情多，凭高望极，且将尊酒慰飘零。自湖上、爱梅仙远，鹤梦几时醒[⑤]。空留得、六桥疏柳[⑥]，孤屿危亭[⑦]。　待苏堤、歌声散尽[⑧]，更须携妓西泠[⑨]。藕花深、雨凉翡翠；菰蒲软、风弄蜻蜓[⑩]。澄碧生秋，闹红驻景[⑪]，采菱新唱最堪听。见一片、水天无际，渔火两三

星[12]。多情月，为人留照，未过前汀。

【题解】

这首词写游览杭州西湖的观感。开篇四句刻画泛舟夕归时“烟凝紫翠”的暮山景色，引出“馆娃”以下九句的怀古抚今的情思。下片以“待”字领起，转出新的景致，最后以隐隐渔火、多情明月，点缀湖中夜景，遥应开篇。

【注释】

①冥冥：阴暗的样子。 ②南屏：山名，正对西湖苏堤。山麓有净慈寺。每寺钟初动，山谷皆应，逾时乃息。所谓南屏晚钟，列为“西湖十景”之一。 ③“馆娃”句：指吴国灭亡，繁华已逝。馆娃：即西施。越王勾践为了灭吴，将西施送给吴王夫差，吴王在姑苏灵岩上为她建了一座宫馆。 ④“铜仙”句：指汉亡。铜仙：汉武帝于神明台上作承露盘，立铜人掌接甘露，以为饮之可以延年。魏明帝时，下诏迁承露铜人于洛阳。 ⑤“自湖上”二句：谓林逋早已逝去，鹤梦几时醒来。林逋生前隐居西湖孤山，一生爱梅爱鹤，人称“梅妻鹤子”。 ⑥六桥：西湖苏堤上的六座桥，其名为：映波、锁澜、望山、压堤、东浦、跨虹。 ⑦孤屿：指孤山。 ⑧苏堤：在西湖，苏轼浚疏西湖时筑。 ⑨西泠：桥名，在孤山西唤渡处。周密《武林旧事·湖山胜概》“西陵桥一名西林桥，又名西泠桥，又名西村。” ⑩菰蒲：植物名，生于陂泽。菰叶如蒲苇，蒲即蒲草。 ⑪闹红：指荷花。姜夔《念奴娇》词，“闹红一舸，记来时、常与鸳鸯为伴。” ⑫渔火两三星：夜间渔船灯火，远看只有两三点，如天上星星在闪烁。

倪 瓒（1301—1374）

字元镇，自号云林居士，无锡（今江苏无锡市）人。先世为吴中豪富。至正初（1341），乃散家财，扁舟往来于太湖与泖湖之间。张士诚多次延请他为官，均避而不就。入明后，黄冠野服，混藉编氓以终。倪瓒所居清闷阁，多藏书画秘籍。工画，史称逸品，董其昌《容台别集》将其画与吴镇、黄公望、王蒙并称为“元四大家”。其诗文不屑苦吟，而神思散朗，品格高远，词亦同一机杼。著有《清闷阁集》，词有《清闷阁遗稿词》一卷，存词仅十七首。

人 月 圆

伤心莫问前朝事，重上越王台①。鹧鸪啼处，东风草绿，残照花开。　怅然孤啸②，青山故国，乔木苍苔。当时明月，依依素影③，何处飞来？

【题解】

许昂霄《词综偶评》云：“此词前段全用窦巩《南游感兴》诗（“伤心欲问南朝事，惟见江流去不回。日暮东风春草绿，鹧鸪飞上越王台”）语，后段则用刘禹锡《石头城》诗（“淮水西边旧时月，夜深还过女墙来”）语意。”但如同己出，自成高境。况周颐《蕙风词话续编》卷一云：这首《人月圆》词与李煜《浪淘沙》“晚凉天净月华开。想得玉楼瑶殿影，空照秦淮”，“同一不堪回首”。陈廷焯

《云韶集》卷十一云："元镇品极清高，词如其人。此种笔墨，悲壮风流，独有千古。情景兼到，神味无穷，虽令白石（姜夔）执笔，亦不过是。"又《白雨斋词话》卷三云："南宋诸巨手为之，亦无以过。词岂以时代限耶？"

【注释】

①越王台：台名。越王勾践登高眺望之处，故址在今浙江绍兴市西。 ②啸：魏晋文人常以登高而啸抒发胸臆，表达对当时社会的不满和超然世外的追求。 ③依依：隐约。素影：皎洁的月影。

刘 基（1311—1375）

字伯温，浙江青田人。元末进士，曾任江西高安县丞、江浙儒学副提举、浙都行省参事，后弃官归隐。朱元璋起兵反元，聘至金陵，恩礼有加，遂襄赞军务，佐定天下，任御史中丞兼太史令，为明代开国功臣之一。明初各种典章制度多由其主持制定，封诚意伯。晚年被胡惟庸谮毁，郁愤而终，年谥文诚。著有《诚意伯文集》《写情集》。陈霆《渚山堂词话》卷一云："《写情集》，皆词曲也。惜其大阕颇窒滞，惟小令数首，觉有风味。"赵尊岳《惜阴堂丛书》录为《诚意伯词》一卷。

临 江 仙

予在江西时，与李爟以庄善。以庄尝赋诗，有曰："泪如霜后叶，摵摵下庭柯。"郑君希道深爱赏之。今郑君已卒，以庄与予别亦二十年，梦中相见道旧好，觉而忆其人，不知今存与亡。因记其诗，属为词，以写其悲。

街鼓无声更漏咽[①]，不知残夜如何。玉绳历落耿银河[②]。鹊惊穿暗树，露坠滴寒莎[③]。　梦里相逢还共说，五湖烟水渔蓑[④]。镜中绿发渐无多[⑤]。泪如霜后叶，摵摵下庭柯[⑥]。

【题解】

上片夜景，下片人事。“梦里”二句，在梦中与李爟相逢于烟水缥缈的湖边，身披蓑衣，执竿垂钓，逍遥闲适，情趣盎然，以反衬身处宦海的不自在。用友人诗句作结，与全篇气氛和谐一致，既寄托了“不知今存与亡”的怀念友人的凄迷情思，又将自悲“镜中绿发渐无多”的年华衰老的心情，写得格外深沉。

【注释】

①街鼓：即更鼓。古时设置在街衢要道口，以作警夜或报时之用。更漏：漏是计时器，夜晚以漏传更，故云。　②玉绳：星名，在玉衡星以北，共两颗。历落：参差不齐。耿：明亮。　③莎：莎草，又名香附子，多年生草本植物。　④五湖：太湖。相传春秋时，范蠡助越王灭吴后，泛五湖，不知所终。这里泛指湖泊。　⑤绿发：黑发。绿发渐无多，喻年华衰老。　⑥摵（sè）摵：同“瑟瑟”，象声词，指落叶声。庭柯：庭中的树。柯，树干。

高　启（1336—1374）

字季迪，号青丘子，长洲（今江苏苏州）人。元末一度为张士诚幕僚，明洪武二年（1369），应诏纂修《元史》，授翰林编修，次年七月，擢户部侍郎，旋即辞官归田。洪武六年（1373），牵累于魏观之案，次年腰斩于金陵。高启与杨基、张羽、徐贲称“吴中四杰”，诗为明代巨擘。著有《扣舷词》后并入《高青丘集》。王国维《人间词话删稿》云：“有明一代，乐府道衰，《写情》《扣舷》，尚有宋、元遗响。”

江 城 子

芙蓉裙衩最宜秋[1]。柳边头，自撑舟。一道眼波，斜共晚波流。蓦地逢人回首笑，不识恨，却知羞。　夕阳犹在水西楼。漫归休，欲相留。教唱弯弯[2]，月子照湖舟。不怕鸳鸯惊起了，怕江上，有人愁。

【题解】

“芙蓉裙衩最宜秋”，秋色、芙蓉、女子三者浑然一体，既堪入画，又树立了芳华高洁、超俗脱尘的“不识恨，却知羞”的少女美的风范，下片以虚拟的手法烘托其美感效应，也十分动人。

【注释】

①芙蓉：莲花。这里指裙衩上绣芙蓉图案，象征其品质高洁。　②教唱弯弯：犹言唱一曲“月儿弯弯照湖舟”。弯弯，指月亮。

文徵明 (1470—1559)

字徵仲，号衡山居士，长洲（今江苏苏州）人。正德末、嘉靖初，以岁贡生荐试吏部，授翰林院待诏，三年即辞归。以书画名世，工行草，尤精小楷；擅山水，亦善花卉人物，从学者甚众，遂成“吴门画派”，后人将其与沈周、唐寅、仇英合称为“明四家”。诗文词均精粹，唯为画名所掩。著有《甫田集》。

满江红

拂拭残碑，敕飞字、依稀堪读①。慨当初，倚飞何重，后来何酷②！岂是功成身合死，可怜事去言难赎③。最无端、堪恨又堪悲，风波狱④。　　岂不念，封疆蹙⑤！岂不惜，徽钦辱⑥？念徽钦既返，此身何属⑦？千载休谈南渡错，当时自怕中原复。笑区区、一桧亦何能⑧，逢其欲⑨。

【题解】

对于岳飞惨遭冤杀之事，人多集恨于秦桧。秦桧固足堪恨，高宗赵构之罪更难逃脱。《宋史·岳飞传论》便指出：“高宗忍自弃其中原，故忍杀飞。”这首词则以新近出土的刻有高宗手敕岳飞之字的残碑发端，进一步抉开了高宗杀害岳飞的心迹，独具只眼。文徵明另有《题宋高宗敕岳忠武书》云：“后仅署日月，而不纪年，按此当在忠武（岳飞赠封之号）讨兀术获胜时所降者，故文内犹寓嘉励之意。嗟乎！倘高宗始终不为桧贼所惑，三字之狱不成，将见妖氛荡扫，何难奏凯于旦夕哉！”（见《壮陶阁书画录》卷五）也为高宗“手敕”而发。由此可知，作者是在掌握了关于岳飞被害的直接的历史依据后，发而为词的。不过，词与跋文相比，文语气舒缓，有《春秋》笔意，责兼君臣，重心在秦桧；词却“笑区区、一桧亦何能，逢其欲”，矛头直指宋高宗的肺腑，议论风生而感情沛然，读之更令人感慨无限。

【注释】

①“拂拭”三句：徐釚《词苑丛谈》卷八引《词统》曰：“夏侯桥沈润卿掘地，得宋高宗赐岳侯手敕刻石。文徵明待诏题《满江红》词云。”“残碑”所指即此。敕：皇帝亲手写的诏书。绍兴三年（1133），高宗赵构曾手书“精忠岳飞”四字以赐岳飞。依稀：隐约可见。 ②“慨当初”三句：赵构称帝后，北有金兵压境，南有群盗骚乱。岳飞率师，破李成、平刘豫、斩杨幺，扫平了闽粤赣等地的内患，深为高宗倚重，故赐“精忠”以褒奖，事见《宋史·岳飞传》。绍兴十年（1140），岳飞在朱仙镇（今河南开封市南）力破金兵，以图收复中原。然高宗于一天之内令秦桧连发十二道金牌，召还岳飞。次年张罗诬陷入狱，将岳飞杀害。 ③“岂是”二句：意谓岳飞大功告成就该死了吗？事过情迁，即便为岳飞说尽了好话，也枉然了。合死：该死。难赎：难以挽回损失。 ④风波狱：岳飞入狱后，大理评事皆言飞无罪。韩世忠质言问秦桧，秦桧谓岳飞之罪，“其事体莫须有”。韩世忠曰：“‘莫须有’三字何以服天下？”然高宗一意孤行，将岳飞处死。莫须有，或许有。风波狱因此亦称“三字狱”。风波，大理寺亭名，为岳飞遇害处。 ⑤封疆蹙：指国土减少。蹙，缩。 ⑥徽钦：宋徽宗赵佶、宋钦宗赵桓，是高宗赵构的父兄，靖康二年（1127）被金兵掳去。 ⑦此身何属：意谓如果徽、钦二帝回来，自己就不能安居帝位。 ⑧区区：小小、不足道。一桧：一个秦桧。 ⑨逢其欲：迎合高宗的愿望。

夏　言（1482—1548）

字公瑾，江西贵溪人。正德十二年（1517）进士。累迁吏部尚书，参预机务，位居首辅，后为严嵩所诬，陷害至死。工诗词，其词尤为世所重。邹祇谟《远志斋词衷》引《虞山诗选》曰：“夏贵溪喜为长短之句，诗余小令，草稿未削，已传播都下，互相传唱……求如前代所谓曲子相公，亦不可得。”王国维《人间词话删稿》卷一云：“有明一代，乐府道衰。《写情》《扣舷》，尚有宋元遗响。仁、宣以后，兹事几绝。独文愍（夏言）以魁硕之才，起而振之。豪壮典丽，与于湖、剑南为近。”著有《桂洲集》《桂洲近体乐府》（亦名《赐闲堂词》）等。

浣溪沙

春　暮

庭院沉沉白日斜。绿阴满地又飞花。瞢腾春梦绕天涯[①]。　帘幕受风低乳燕[②]，池塘过雨急鸣蛙。酒醒明月照窗纱。

【题解】

这首词写暮春初夏之景。“帘幕受风低乳燕，池塘过雨急鸣蛙”二句，尤为警策。乳燕展翅，但因无力穿风而不能高飞，池塘青蛙在一阵骤雨后，发出阵阵共鸣，正是春深夏浅时的特有景象，也生动地传达了春去夏来的信息的感受，与谢灵运《登池上楼》诗“池塘生春草，园柳变鸣禽”异曲同工。

【注释】

①瞢腾：睡梦迷糊的状态。晁冲之《如梦令》词：“墙外辘轳金井，惊梦瞢腾初省。”　②受风低乳燕：语本杜甫《伤春》诗：“轻燕受风斜。”

徐　灿（生卒年不详）

字深明，又字明霞，号湘蘋，又号紫箸，江南长洲（今江苏）人。徐子懋次女，嫁陈子遴（1605—1666）为继室。陈子遴，明崇祯十年（1637）进士，官中允，入清累官至弘文院大学士，后坐事免死流徙辽东，灿随夫谪迁塞外。历十二年，始扶夫榇南归。能诗工词，兼精书画。陈维崧《妇人集》云：“徐湘蘋才锋遒丽，生平著小词绝佳，盖南宋以来，闺房之秀，一人而已。”周铭《林下词选》云其词“得北宋风格，绝去纤佻之习；其冠冕处，即李易安亦当避席。”著有《拙政园诗集》《拙政园诗馀》。

踏莎行

初　春

芳草才芽，梨花未雨[①]。春魂已作天涯絮。晶帘宛转为谁垂[②]？金衣飞上樱桃树[③]。　故国茫茫，扁舟何许？夕阳一片江流去。碧云犹叠旧山河，月痕休到深深处[④]。

【题解】

明亡后，陈子遴出仕新朝，徐灿随夫北上，有《满江红·将至京寄素庵》云："满眼河山旧恨，茫茫何处藏舟壑？"又《永遇乐·舟中有感》云："无恙桃花，依然燕子，春景多别……逝水残阳，龙归剑杳，多少英雄泪"满怀易代之悲。这首词即作于这次渡江北上舟中。开篇"芳草"二句，初春景象，"春魂"句，则为主观感受，虽时值初春，但由于沧桑巨变，一片春魂已经成为暮色飞絮，飘荡无主了。以下晶帘垂空，金衣樱桃，夕阳江流，碧云遮蔽，月痕深隐，又无一不触动着心头的旧恨新愁。陈廷焯《白雨斋词话》卷五谓"碧云"二句，"既超逸，又和雅，笔意在五代北宋之意。"

【注释】

①梨花未雨：化用白居易《长恨歌》诗"梨花一枝带春雨"句意，谓梨花未开放。 ②晶帘：水晶帘。 ③金衣：指黄莺鸟。《开元天宝遗事》："明皇每禁苑中见黄莺，常呼之为金衣公子。" ④"碧云"二句：意犹辛弃疾《念奴娇》词："旧恨春江流不断，新恨云山千叠。"月痕：月光，

陈子龙（1608—1647）

字人中，一字卧子，号大樽，松江华亭（今上海松江）人。明崇祯十年（1637）进士，选绍兴府推官，擢兵科给事中，未及赴任而明亡，乃事南明福王朱由崧于南京，为马士英、阮大铖等权奸所嫉，乞归。旋受鲁王部院职，结太湖义师，欲图谋举事，不幸事泄，被俘，押解途中，投水殉国。陈子龙早年与夏允彝齐名，为"几社"领袖，文宗两汉，诗振"七子"宗唐之风，词尊晚唐五代，为"云间派"领

袖。《明词综》卷六引王士桢曰：“大樽诸词，神韵天然，风味不尽，如瑶台仙子独立却扇时。而《湘真》一刻，晚年所作，寄意更绵邈凄恻。”著有《陈忠裕公全集》。词集有《湘真阁》《江篱槛》均佚。王昶编《陈忠裕公全集》所收《诗余》一卷，为陈子龙弟子王沄辑的部分词作。

浣溪沙

五更

半枕清寒泪暗流，愁时如梦梦时愁，角声初到小红楼①。　风动残灯摇绣幕，花笼微月淡帘钩②，陡然旧恨上心头。

【题解】

这首词写五更梦醒后的情怀。“愁时如梦梦时愁”，是说无时无刻不愁，不只如此，醒后耳闻远处传来的军营的号角声，目睹黎明前夕窗外月下的花丛，又“陡然旧恨上心头”，新愁又与往日的伤心恨事相交织，更折磨人心。这种旧恨新愁，显然不属于闺阁范围，而是身际沧桑巨变中的时代感。所以，其缠绵婉丽虽如唐五代的花间词，内容则迥然相异。

【注释】

①角：即号角，军中乐器名，用以警昏晓，振士气。　②花笼微月：花枝笼罩着淡淡的月色。

山　花　子

春　恨

杨柳凄迷晓雾中，杏花零落五更钟。寂寂景阳宫外月①，照残红。　　蝶化彩衣金缕尽，虫衔画粉玉楼空②。惟有无情双燕子，舞东风。

【题解】

题曰“春恨”，实为亡国之恨。以已逝之春、已残之景喻大明故国，哀伤之极，亦恨之极。陈廷焯说这首词“凄丽近南唐二主，词意亦哀以思矣”（《白雨斋词话》卷三），又云“惟有”二句与《江城子》“凭燕子，骂东风”，“同一用笔用意之妙”（《云韶集》卷一三），深中肯綮。陈子龙主张作词应“境由情生，辞随意启，天机偶发，元音自成”（《幽兰草·题词》），此词寓意深远，哀感无穷，纯情自然，格调高浑，正是在这种主张下的一个成功的创作实例。

【注释】

①景阳宫：南朝宫殿名。《南齐书·皇后传》：“置钟于景阳楼上，宫人闻钟声早起妆饰。”　②“蝶化”二句：喻繁华消歇，殿宇颓残。蝶化彩衣：《罗浮山志》：“山有蝴蝶洞，在云峰岩下，古木丛生，四时出彩蝶，世传葛仙遗衣所化”。金缕：金色的丝线。虫衔画粉：指楼宇画栋为虫所蛀蚀。

江 城 子

病起春尽

一帘病枕五更钟，晓云空，卷残红。无情春色，去矣几时逢？添我千行清泪也，留不住，苦匆匆。　　楚宫吴苑草茸茸[①]，恋芳丛，绕游蜂。料得来年，相见画屏中。人自伤心花自笑，凭燕子[②]，骂东风。

【题解】

病起晨望，满目风卷残红，即便是滴尽千行清泪，苦苦求留春光，也无奈春色无情，匆匆归去，给晨望的病者心头重重地划上一道伤痕，增添了难以药疗的心病。预料来年与春光相逢于楚宫画屏之中，是一种热望，也是自我抚疗，然而一想到将依然是“留不住，苦匆匆”，不免伤痛十分。“人自伤心花自笑，凭燕子，骂东风”，正透露出这种心病难疗的苦闷与哀怨。所以陈廷焯《白雨斋词话》卷三说此词与前首《山花子》一样“绵邈凄恻”，同一意趣。

【注释】

①楚宫吴苑：泛指旧时宫苑。茸茸：柔密丛生貌。　②凭：任凭，任由。

吴伟业（1609—1672）

字骏公，号梅村，江南太仓（今属江苏）人。明崇祯四年（1631）进士，官至南京国子监司业，甲申后，福王授少詹事。清顺治十年（1653）被迫出仕，累官国子监祭酒，乞病辞归。因屈节事清，每悔恨于心。临终遗命以僧服殓，题“诗人吴梅村之墓”。著有《梅村集》《梅村家藏稿》等。工诗，号“梅村体”，与钱谦益、龚鼎孳合称“江左三大家”。亦工词，有《梅村诗馀》二卷。陈廷焯《白雨斋词话》卷三云：“吴梅村词，虽非专长，然其高处，有令人不可捉摸者，此亦身世之感使然。”又云：“梅村高者，有与老坡（苏轼）神似处。”

临江仙

过嘉定感怀侯研德[1]

苦竹编篱茅覆瓦[2]，海田久废重耕[3]。相逢还说廿年兵。寒潮冲战骨[4]，野火起空城。　　门户凋残宾客在[5]，凄凉诗酒侯生。西风又起不胜情。一篇《思旧赋》[6]，故国与浮名。

【题解】

这首词作于明亡后不久。吴伟业词早年属香艳一路，以富赡的才华写缱绻的情爱是其当行本色。但经历了沧桑巨变后，词风骤变，在清初词苑风气的嬗变中，成了启其端倪的一家，这首小令以平淡的语言，写战争留下的满目疮痍、触目惊心的近世时事，以及在追怀亡友中凄凉沉痛的情调，就很有代表性。

【注释】

①嘉定：今属上海市。侯研德：名泓，后改名涵，字中德，嘉定人。德行高尚，以布衣终，乡党私谥为贞宪先生。著有《掌亭集》。 ②苦竹：竹的一种，杆矮小，节长于他竹，多野生，四月中出笋，味苦不中食。苦竹编篱：经过战火，竹木无存，只能用丛杂野生的苦竹来编排篱笆。茅覆瓦：意谓屋顶被毁坏，无瓦修复，权以茅草替之。 ③海田：海边的田。嘉定地处东海之滨，濒海的田地盐碱成分很高，久废重耕，调理困难。 ④战骨：在战争中死去的人的尸骨。 ⑤门户凋残：指侯研德家园。宾客：作者自谓。 ⑥《思旧赋》：晋向秀过山阳嵇康旧居，作《思旧赋》怀念亡友嵇康和吕安，文中有“栋宇存而弗毁兮，形神逝其焉如”之句，意即旧居虽存，而人已永逝。这里取其意。

贺新郎

病中有感

万事催华发[①]。论龚生、天年竟夭[②]，高名难没。吾病难将医药治，耿耿胸中热血。待洒向、西风残月。剖却心肝今置地，问华佗解我肠千结[③]？追往恨，倍凄咽。　故人慷慨多奇节[④]。为当年、沉吟不断，草间偷活[⑤]。艾灸眉头瓜喷鼻[⑥]，今日须难决绝。早患苦、重来千叠。脱屣妻孥非易事⑦，竟一钱不值何须说⑧。人间事，几完缺⑨。

【题解】

陈廷焯《白雨斋词话》卷三云："此梅村绝笔也。悲慨万端，自怨自艾。千载下读其词，思其人，非其志，固与牧斋不同，亦与芝麓辈有别。"称此词为绝笔，盖袭尤侗《艮斋杂说》。其实此词为谈迁《北游录》所载。谈迁卒于顺治十三年（1656），《北游录》是他于顺治十年至十三年旅京期间的见闻录，据此"绝笔"之说难以成立。词固非"临终绝笔"，但在顺治十年陷入"一身事二姓"之境起，吴伟业就宣判了自己已是"不值一钱"的"草间偷活"者，这也是另一种意义的"临终"。再观其真正的绝笔《临终》诗："胸中恶气久漫漫，触事难平任结蟠。块垒怎消医怎识，惟将痛苦付汍澜。"与此词的思想一脉相通，只是在自愧自责中，词的情思更怫郁，更感人罢了。故题中之"病"字，语意双关，而更侧重于心病。心病无形，即使华佗转世，也难识难治。词的上片与古代完人龚胜相对照，下片又与"慷慨多奇节"的故人相对照，深化了"高名难没"与"草间偷活"者的反差，也突出了心病之重。

【注释】

①华发：斑白的头发。 ②龚生：龚胜，西汉人，官中大夫。《汉书·龚胜传》载：王莽篡政，遣使拜胜为讲学祭酒，胜称疾不应征，后对门人"吾受汉家厚恩亡以报，今年老矣，旦暮入地，谊岂以一身事二姓，下见故主哉？"遂绝食而死，年七十九岁。有老父来吊，哭甚哀，既而曰："嗟乎！薰以香自烧，膏以明自销，龚生竟夭天年，非吾徒也。"夭：犹尽。 ③华佗：三国时名医。肠千结：喻不治之症，此指心病。 ④故人：朋友、旧友，指明亡时抗清慷慨死节的陈子龙、杨文骢、夏允彝等， ⑤"为当年"二句：

谓明亡后自己苟且偷生，未能以身殉国。沉吟：犹豫不决、游移不定。草间：相对于朝廷。朝廷倾圮，草间苟活。 ⑥“艾灸”句：中医传统治病方法的一种。燃艾叶于针灸穴位，可止头痛等病；瓜蒂味苦寒，嗅之喷鼻，以通关，可解热毒上壅。《隋书·麦铁杖传》载，辽东战役中，麦铁杖请为先锋，对医生说：“大丈夫性命自有所在，岂能艾炷灸頞，瓜蒂喷鼻，治黄不差，而卧死儿女手中乎？”意谓大丈夫应该死得其所。这里反用其意，说自己身卧病床，只能以艾炷、瓜蒂治病，终将“卧死儿女手中”。 ⑦“脱屣”句：《史记·孝武纪》：“天子曰：‘嗟乎！吾诚得如黄帝，吾视去妻子如脱蹝耳’。”蹝：同“屣”，鞋子。这里说自己不忍心抛弃妻儿，故应召身事异姓。其《与子曝疏》云：“吾以草茅诸生，蒙先朝巍科拔擢，世运既更，分宜不仕，而牵恋骨肉，逡巡失身，此吾万古惭愧，无面目以见烈皇帝及伯祥诸君子，而为后世懦者所笑也。”可参看。 ⑧一钱不值：《史记·魏其武安侯列传》“（灌）夫乃骂临汝侯（灌贤）曰：生平毁程不识不直一钱。” ⑨完缺：完，指“慷慨多奇节”的人，是完人。缺，缺损，指名节有亏、晚节不终的人，此作者自谓。

龚鼎孳（1615—1673）

字孝升，号芝麓，安徽合肥人，明崇祯七年（1634）进士，官兵科给事中。李自成进京，留任直指使。清以原官起用，屡起屡仆，官至礼部尚书。诗与钱谦益、吴伟业并称“江左三大家”。词为清初京苑词盟宗主。词集初刻为《香严斋词》一卷，附词话一卷，后收入《定山堂全集》者，为《定山堂诗余》四卷。彭孙遹称其长调“芊绵温丽，无美不臻，直夺宋人之席。”

贺 新 郎

和曹实庵舍人赠柳叟敬亭[1]

鹤发开元叟[2]。也来看、荆高市上[3]，卖浆屠狗[4]。万里风霜吹短褐[5]，游戏侯门趋走[6]。卿与我、周旋良久。绿鬓旧颜今改尽[7]，叹婆娑、人似桓公柳[8]。空击碎，唾壶口[9]。 江东折戟沉沙后[10]。过青溪[11]，笛床烟月[12]，泪珠盈斗。老矣耐烦如许事，且坐旗亭呼酒[13]。判残腊、销磨红友[14]。花压城南韦杜曲[15]，问球场、马弰还能否。斜日处，一回首。

【题解】

柳敬亭是明清之际著名的说书艺人，有“谈天口”之誉。性格傲岸，游戏侯门，康熙十年（1672），再至京师，公卿争相邀致，曹贞吉作二词以赠，曹尔堪、陈维崧、汪懋麟、龚鼎孳相继和作。龚鼎孳历仕两朝，经历巨变，在新朝的京城接待来自旧国故都的老友，其感情是复杂而深沉的。词中突出柳敬亭是个嵚崎磊落的侠义人物，历尽风霜而风貌如昔。在相对欷歔之后，对秦淮旧梦不胜缱绻，但实在难以唤起昔日豪情了。

【注释】

①实庵：曹贞吉的号，贞吉生平，见本书小传。柳敬亭：泰州人，本姓曹，漂泊江湖，为人说书。晚明时，客左良玉幕，人称“柳将军”。清初，与故明遗民颇多交往，事详黄宗羲《柳敬亭传》。 ②开元：唐玄宗李隆基

年号。开元（713—741）为盛世。这里喻指柳敬亭是经历前朝盛衰的老人。鹤发：白发。 ③荆高：荆轲与高渐离。《史记·刺客列传》，荆轲、高渐离日饮于燕市，酒酣，高渐离击筑，荆轲和而歌，乐而后泣，旁若无人。 ④卖浆屠狗：藏于社会下层的侠义之士。战国时公子无忌的门客藏于卖浆（一种味酸的酒）家，荆轲、高渐离结交的就有以屠狗为业者。 ⑤短褐：古时贫贱者所服粗质短衣衫。 ⑥侯门：柳敬亭先后游左良玉及松江提督马逢知幕。⑦绿鬓：年轻时的黑发。 ⑧婆娑：形容柳枝纷披。桓公柳：晋时桓温自江陵北伐，行经金城，见少时所种柳皆已十围，慨然曰："木犹如此，人何以堪！"这里喻人凋残衰老。 ⑨"空击碎"二句：晋时王敦酒后辄咏："老骥伏枥，志在千里。烈士暮年，壮心不已。"以如意打唾壶，壶口尽缺。唾壶：承唾之壶。 ⑩江东：指南明王朝。杜牧《赤壁》诗："折戟沉沙铁未销，自将磨洗认前朝。"这里指南明覆亡。 ⑪青溪：在南京，自钟山西南流入秦淮河，曲折十余里，亦名九曲青溪。这里指南明故都南京。 ⑫笛床烟月：指笛步，在青溪桥右。晋王徽之邀桓伊于此吹笛。桓伊踞胡床作三调。明末，笛步为南都歌妓聚居之所。 ⑬旗亭：酒店，亭上挂酒旗，故云。 ⑭残腊：腊月之末。红友：江苏宜兴出产的一种名酒。 ⑮城南韦杜曲：唐时长安城南有杜曲、韦曲，为显贵所居，时有"城南韦杜，去天尺五"之谣。曲，坊曲，这里指北京城郊。

王夫之（1619—1692）

字而农，号薑斋，湖南衡阳人，崇祯年间中举。清兵南下时，于衡山组织义军，予以阻击。战败，退往肇庆（今属广东），为南明桂王朝行人司行人，南明覆灭后，隐匿转移于湘西地区，后归居衡阳石船山，筑土室曰砚生居，闭门读书，潜心研究，人称船山先生。谭嗣同认为“五百年来，其通天人之故者，船山一人而已”。对天文、历法、数学、地理均有研究，尤精于哲学、史学和文学。其哲学思想总结中国传统的朴素唯物主义而有所发展，史学长于见识，文学则诗文词曲兼擅，并主张文学创作应“即景会心”，要有真挚的感情，反对“齐梁绮语”和“泥古过高，而菲薄方今”。平生著述多达百余种，清初列为禁书，至道光、同治年间，始传于世，湘乡曾氏汇刊为《船山遗书》，附有词集《鼓棹初集》《鼓棹二集》及《潇湘怨词》。朱孝臧《望江南·杂题我朝诸名家词集后》题船山词云：“苍梧恨，竹泪已平沉。万古湘灵闻乐地，云山韶濩入凄音。字字楚骚心。”

更 漏 子

本 意

斜月横，疏星炯[①]。不道秋宵真永[②]。声缓缓，滴泠泠[③]，双眸未易扃[④]。　霜叶坠，幽虫絮[⑤]，薄酒何曾得醉？天下事，少年心，分明点点深。

【题解】

《花间集》中，《更漏子》一调咏入夜深宵的闺阁儿女情事。这首词题曰“本意”，也写秋宵由于漏壶滴水，辗转反侧，难以入睡，虽得前人婉曲跌宕之妙，但已非本意。“天下事，少年心，分明点点深”，在淅淅泠泠，点点滴滴的漏声下，重温的是少年怀抱，系念的是眼前国事，时空极为宽广，意境也极深邃，于婉曲之中见刚劲之气。

【注释】

①炯：明亮。 ②不道：不料。永：长。 ③“声缓缓”二句：状计时器漏壶滴水的声音。泠泠：清脆的水声。陆机《文赋》：“文徽徽以溢目，声泠泠而盈乐。” ④“双眸”句：两眼未易闭合，谓失眠。扃：关闭、合上。 ⑤幽虫絮：角落里的秋虫鸣声不断，犹如叨叨絮语。

张煌言（1620—1664）

字玄著，号苍水，浙江鄞县（今浙江宁波）人，明崇祯时中举。南明弘光元年（1645），于邑中起兵抗清，官至权兵部尚书。永历十三年（1659），与郑成功联师北伐，遂克南京外围二十余县，威震江南，后兵败退居悬岙岛（今浙江象山南）。康熙三年（1664），被俘不屈而死。诗文词皆慷慨激昂，孤杯忠愤。有《张苍水集》，存词六首。

柳梢青

锦样河山，何人坏了，雨瘴烟峦。故苑莺花，旧家燕子，一例阑珊[①]。　此身付与天顽[②]。休更问、秦关汉关。白发镜中，青萍匣里[③]，和泪相看。

【题解】

上片感慨时事，指斥明王朝昏庸无能，致使国势衰败，山河破碎，其千秋罪名，咎不容辞。下片转写自身，表明身为明臣，死为明魂的决心。通篇抒忠愤之情，悲壮高亮，激扬蹈厉，令人须眉皆张。

【注释】

①“旧家燕子”二句：化用刘禹锡《乌衣巷》“旧时王谢堂前燕，飞入寻常百姓家”句意。一例：无例外。阑珊：凋零衰落。②天顽：顽强，矢志不变。谓自己不迎合潮流，意即不肯向清兵投降。③青萍：古代宝剑名。《抱朴子·博喻》：“青萍、豪曹，剡锋之精绝也。”

陈维崧（1625—1682）

字其年，号迦陵，宜兴（今属江苏）人，明末四公子陈贞慧之子，幼有神童之誉。诸生。康熙十八年（1679），荐试博学鸿词科，以一等第十名授翰林院检讨，参修《明史》，越三年，卒于官。品性真率诚挚，交游遍南北。诗文造诣皆深，骈文称大家，尤以词雄称一世，为清初阳羡词派领袖。一生作词一千六百余首之多，为古今词家所未有。陈廷焯《白雨斋词话》卷三云：“国初词家，断以迦陵为巨擘。”“迦陵词沉雄俊爽，论其气魄，古今无敌手，若能加以浑厚沉郁，便可突过苏（轼）、辛（弃疾），独步千古。”著有《湖海楼全集》。《湖海楼词》单行，另有《迦陵词》《乌丝词》《陈检讨词钞》等名目，又尝与朱彝尊合刊《朱陈词》。

点　绛　唇

夜宿临洺驿[①]

晴髻离离[②]，太行山势如蝌蚪[③]。稗花盈亩[④]，一寸霜皮厚⑤。 赵魏燕韩⑥，历历堪回首⑦。
悲风吼，临洺驿口，黄叶中原走⑧。

【题解】

康熙七年（1668），陈维崧结束了“京师弹铗”的生涯，取道去河南商丘其四弟陈宗石入赘的侯方域家。农历十月间，途经临洺投宿时，写了这首词。词设想奇特，笔力雄健，太行山势和北方草地风光写得既苍莽雄浑，又质感毕现，月色下荒凉芜野的景感在“一寸厚”中给人以沉重感，“霜皮”的寒意也即沦肌夹体而入。陈廷焯《白雨斋词话》卷三云：“其年诸短调，波澜壮宽，气象万千，是何神勇。如《点绛唇》云云。”

【注释】

①临洺驿：在河北永年县西，为古时冀、晋、豫重要通道，设驿站甚早。 ②晴髻：晴空中山峰如女子发髻。辛弃疾《水龙吟·登建康赏心亭》：“遥岑远目，献愁供恨，玉簪螺髻。”离离：排列状，形容月夜晴空下远处如女子发髻的峰影密集清晰。 ③太行山：河北、山西交界处南北走向的山脉，由临洺西望即见。蝌蚪：蛙类的幼体，游弋水中，动势不定。 ④稗花：南方稻田或沼泽中杂草。北方则多旱稗，俗称光头稗，无芒，这里的“花”，当作视觉形象解之。 ⑤“一寸”句：谓大片稗花在月光下变成白色如霜的草皮。 ⑥赵魏燕韩：战国时四个诸侯国，在今山西、河南、河北等地。 ⑦历历：往事分明。 ⑧黄叶：崔华有佳句云：“丹枫江冷人初去，黄叶声多酒不辞。”

南 乡 子

邢州道上作[1]

秋色冷并刀[2]，一派酸风卷怒涛[3]。并马三河年少客[4]，粗豪，皂栎林中醉射雕[5]。 残酒忆荆高[6]，燕赵悲歌事未消[7]。忆昨车声寒易水[8]，今朝，慷慨还过豫让桥[9]。

【题解】

这首词与前首《点绛唇》同作于自京往河南商丘途中，为怀古之作。词从邢州道上雄浑的自然风貌和“三河年少”粗豪的射雕行动切入，在自然、人事与历史的密合之中，写出燕赵自古多慷慨悲歌之士。上片叙自然与人事，刚劲有力，豪气淋漓，下片叙荆轲、高渐离、豫让为国报仇的行动，不加评论，而意气轩昂，“自令读者怦怦心动”（陈廷焯《词则·放歌集》卷四）。陈维崧身经改朝易代的国家巨变，继承家教，具有强烈的民族意识。这首词在对燕赵壮士的怀念中，就隐约曲折地泄露了内心深处的这种意识。

【注释】

①邢州：今河北邢台市。 ②并（bīng）刀：并，山西太原古称并州。并州以产锋利的剪刀而闻名。杜甫《戏题画山水图歌》诗：“焉得并州快剪刀，剪取吴淞半江水。” ③酸风：令人酸目的冷风。李贺《金铜仙人辞汉歌》诗：“东关酸风射眸子。” ④三河：王应麟《小学绀珠》：“三河：河南、河北、河东。”《史记·货殖列传》以河东、河内、河南为三河。邢州在

河北，故云。 ⑤“皂枥”句：化用杜甫《北游》“呼鹰皂枥林，逐兽云雪冈”诗意。皂枥：柞树。 ⑥荆高：荆轲与高渐离。见龚鼎孳《贺新郎·和曹实庵舍人赠柳叟敬亭》注③。 ⑦燕赵悲歌：《汉书·地理志》：“赵、中山地薄人众，丈夫相聚游戏，悲歌慷慨。”韩愈《送董邵南序》：“燕赵古称多感慨悲歌之士。” ⑧车声寒易水：《史记·刺客列传》，荆轲前往刺秦王，燕太子丹与高渐离送至易水，饯行，高渐离击筑，荆轲慷慨悲歌，“风萧萧兮易水寒，壮士一去兮不复还。” ⑨豫让：春秋末刺客。《史记·刺客列传》：豫让为晋国智伯家臣，智伯为赵襄子所杀，豫让欲为智伯报仇，漆身变容，以谋行刺。一日，赵襄子出行，豫让伏于桥下。当赵襄子至桥上，坐马受惊，豫让为赵襄子所执，后伏剑自杀。豫让桥，在山西太原市西南二十四公里赤桥村。

虞 美 人

无 聊

无聊笑撚花枝说，处处鹃啼血[①]。好花须映好楼台，休傍秦关蜀栈战场开[②]。 倚楼极目添愁绪，更对东风语。好风休簸战旗红，早送鲥鱼如雪过江东[③]。

【题解】

这首词作于康熙十三年（1674），时值“三藩”战乱，两湖告急，陕、甘、川各省原系吴三桂部属之提镇大员纷纷倒戈反清，清政府采取大规模军事行动，人民复陷水火之中。对此，陈维崧深感厌恶和愤怼。题曰“无聊”，正是用冷嘲语表现厌恶和愤怼之情。词的上下片组成对偶复叠形态，反复咏叹好花休傍战场，好风休簸战旗，厌战反战之意昭然可见。

【注释】

①“无聊”二句：前句花枝是美的象征，后句杜鹃是泣血凄苦的化身。而杜鹃又为花名，故词人同名联类地展开联想，联想中的“处处鹃啼血”一经“说”出，那个“笑撚的“笑”影陡然淡化隐去，而哀苦之情油然而起。撚：用手指搓物。这里指用手指轻拈略带转动。鹃啼血：鹃即杜鹃，传说杜鹃鸟啼鸣时有血水流出。白居易《琵琶行》诗有“其间旦暮闻何物，杜鹃啼血猿哀鸣”之句。 ②“好花”二句：以极美好的景象，反衬极混乱的局面；以极和平的生活，反衬极残酷的现实。秦关：指陕西一带的关隘。如大散关、潼关等。蜀栈，指汉中到四川的栈道。 ③“好风”二句：与“好花”二句意同。好风：即前句东风，东风乃春风。簸：上下动摇，这里作吹拂讲。簸战旗：即指战争。江东：古时江东概念屡有变易。此指长江芜湖段以东地域。鲥鱼：每年春三四月间，由江海交汇处溯江洄游，密集于江阴一线以下。其鳞细密银白，故游动时有“雪白”之感。

醉 落 魄

咏 鹰

寒山几堵①，风低削碎中原路②。秋空一碧无今古③。醉袒貂裘，略记寻呼处④。　男儿身手和谁赌⑤？老来猛气还轩举⑥。人间多少闲狐兔⑦？月黑沙黄⑧，此际偏思汝⑨。

【题解】

陈维崧喜欢写鹰，往往以鹰自比。如《赠吴默岩先生》诗：“我生偪侧不称意，角鹰失势鸣饥肠。”《地震行》诗：“欲归未归不称意，攫翅学作饥鹰呼。”这首词又借鹰抒怀。词题曰“咏鹰”，却不正面描绘其形，而是总摄其神，句句切题，却不粘皮着骨，笔触空灵。画面生动，措辞激烈，表现了作者疾恶如仇的性情和气概。陈廷焯《白雨斋词话》卷三谓此词“声色俱厉，较杜陵（杜甫）‘安得尔辈开其群，驱出六合枭鸾分’之句，更为激烈”。可谓一语中的。

【注释】

①堵：本指墙壁，这里用以说山。几堵：犹言几座，暗示山势壁立千仞。 ②“风低”句：意谓雄鹰掠地迅飞而过，双翅拍击，扇起一阵挟带沙土的劲风。 ③无今古：无古无今，从来如此。 ④“醉袒”二句：乘醉跨马，袒开貂裘，一声胡哨，召鹰寻猎的情景，如今还依稀记得。袒：袒露。古人行猎，往往栖鹰于臂，袒开貂袍，臂便露出。 ⑤赌：比试，较量。 ⑥轩举：飞举，意气飞扬。 ⑦闲狐兔：以鹰所要猎击的动物，暗指奸猾贪残的各种各样的衣冠禽兽、邪恶势力。闲，有不务正业、不干好事之意。 ⑧月黑沙黄：黑夜荒野，是狐兔猖獗的时地。这里用来暗喻社会政治黑暗险恶的环境。 ⑨汝：指鹰。

贺 新 郎

秋夜呈芝麓先生①

掷帽悲歌发。正倚幌、孤秋独眺，凤城双阙②。一片玉河桥下水，宛转玲珑如雪③。其上有、秦时明月④。我在京华沦落久，恨吴盐、只点离人发[5]。家何在？在天末[6]。 凭高对景心俱折。关情处、燕昭乐毅[7]，一时人物。白雁横天如箭叫[8]，叫尽古今豪杰。都只被、江山磨灭。明到无终山下去，拓弓弦、渴饮黄麞血[9]。《长杨赋》[10]，竟何益？

【题解】

用此调呈送龚鼎孳共二首，这是第一首，作于康熙十年（1671）旅京时。鼎孳接读这二首词后，随即用原韵作《贺新郎·和其年秋夜旅怀韵》二首以酬，其中有云："只有穷交堪对酒，况是江东人杰。"又云："羁官薄游俱失意。""江东人杰"包括了陈维崧，"失意"也就是这曲"掷帽悲歌"的主旋律。上片于秋夜月色悲歌饥驱四方的沦落潦倒，下片随横天白雁长啸被江山破灭的豪杰心声，激荡奔突，张扬勃发。通篇驰骋古今，扣弦陶泻抑郁，直吐苦情，击缶而发哀痛，具有令人惊悸的震撼力。

【注释】

①芝麓先生：见本书龚鼎孳小传。 ②凤城：帝都，这里指北京。双阙：指帝宫。 ③"一片"二句：玉河，在北京城西，源出玉泉山，流经大内出都城东，故亦称御河。在秋故月光的映照下，玉河水显得格外清澈明亮，故云"如雪"。 ④"其上有"句：用唐王昌龄《出塞》"秦时明月汉时关，万里长征人未还"诗意，注入怀古之情。 ⑤"恨吴盐"句：唐肃宗时，盐铁铸钱使第五琦改变盐法，所煮盐以洁白著名。后称两淮生产的盐为吴盐。周邦彦《少年游》有"并刀如水，吴盐如雪"句。这里用以指沦落京华多年，抑郁不得志，一腔愁恨已化为点点白发。 ⑥天末：犹言天边。 ⑦燕昭乐毅：战国时的著名人物。燕昭，即燕昭王，曾招贤纳士，师事郭隗，而天下之士争相

奔从，乐毅自魏至燕，与燕人同甘共苦，燕国日益富强。后以乐毅为上将军。与秦、楚、赵、韩、魏合力攻齐，攻下了齐国都城临淄。燕昭王死后，惠王继位，齐将田单等大破燕军，尽复故土。见《史记·燕召公世家》。 ⑧白雁：白色的雁。彭乘《续墨客挥犀》卷七："北方有白雁似雁而小，色白，秋深则来。白雁至则霜降。"横天：满天。 ⑨"明到"二句：化用《汉书·王莽传》："饥食虏肉，渴饮其血。"写雄心豪气。无终山：一名翁同山，在河北蓟县北。麞（zhāng）：即"獐"。 ⑩《长杨赋》：长杨为汉行宫名，在今陕西周至县东，因宫中有杨树数亩而得名。扬雄曾随从汉成帝羽猎。其时农民因帝王游猎而不得收获，扬雄便作《长杨赋》以讽。

朱彝尊（1629—1709）

字锡鬯，号竹垞，晚号小长芦钓师，别署金风亭长，浙江秀水（今嘉兴）人，明大学士朱国祚曾孙。顺治二年（1645）清兵入浙，一度参与抗清。康熙十七年（1678）五十岁时，以布衣应博学鸿词召，授翰林院检讨。中经被劾罢官，六十四岁（1692）时告归故里，著述以终。室名曝书亭，有《曝书亭集》八十卷，博通经史，擅长诗词。诗与王士祯齐名，称为"南朱北王"。词与陈维崧、纳兰性德并称"词家三绝"，况周颐还推为清初词人之冠。绵延百余年的浙西词派，就是由朱彝尊开创的。词集有《眉匠词》一卷，《静志居琴趣》一卷、《江湖载酒集》三卷，《茶烟阁体物词》二卷、《蕃锦集》一卷。他论词主张小令宜师五代北宋，慢词宜师南宋，尤其推尊姜夔、张炎一派的清空醇雅。他选辑唐宋金元明词为《词综》二十六卷（汪森增补十卷），即以此为指归，在当时起了起衰振弊的作用。

桂　殿　秋

思往事，渡江干[①]。青蛾低映越山看[②]。共眠一舸听秋雨，小簟轻衾各自寒[③]。

【题解】

这首词写夜雨渡江二人同舟时的一段恋情，双方彼此思慕，辗转难眠，而不能倾心相与，互诉衷曲，尽管一路同行，但只能把这种初相暗恋的感情深深压在心底，与姜夔《鹧鸪天》“谁教岁岁红莲夜，两处沉吟各自知”，词境相似。或谓结联本诸李商隐《代赠二首》（其二）：“芭蕉不展丁香结，同向东风各自愁。”

【注释】

①渡江干：指渡钱塘江至浙东。干，岸、江边。　②青蛾：形容女子眉黛。越山：钱塘江对岸的山。“青蛾”与“越山”两相映照，时时在看青山，实则时时在看她。③“共眠”二句：恋人近在咫尺，心许神接，却如远隔天涯，犹如“隔花阴，人远天涯近”（王实甫《西厢记》）。舸：小船。簟：竹席。衾：被褥。

消　　息

度雁门关[①]

千里重关，凭谁踏遍，雁衔芦处[②]。乱水滹沱，层霄冰雪，鸟道连勾注[③]。画角吹愁[④]，黄沙拂面，犹有行人来去。问长途、斜阳瘦马，又穿入，离亭树[⑤]。　　猿臂将军，鸦儿节度[⑥]，说尽英雄难据。窃国真王，论功醉尉[⑦]，世事都如许。有限春风，无多山店，酹酒徒成虚语[⑧]。垂杨老，东风不管[⑨]，雨丝烟絮。

【题解】

雁门关山岩峭拔，形势雄胜，为历代戍守重地。康熙三年（1664），朱彝尊北上大同，次年二月，随同山西按察副使曹溶西出雁门关，秋，再度雁门至太原。此词作于初度雁门关时。上片突出关势雄峻和陈迹荒凉，两者并存共容，展现了千年古关在迭经战乱之余的特有风貌。下片怀古抚今，怆然感叹"世事都如许"的人世沧桑，在客程寂寞，旅况萧条中，告别雁门关。陈廷焯《云韶集》云"淋淋漓漓，以吊古之情写旅人眼中之景，只'有限''无多'四字，有多少感慨。"

【注释】

①雁门关：在山西代县北部雁门山上，为长城要口之一。两山夹峙，形势雄壮，古时重兵戍守，为征战之地。　②"千里"三句：极言雁门山的险峻高危，人迹罕至。重关：险关。凭谁踏遍：犹云无人踏遍。《代州志》谓，雁门山岭高峻，飞鸟不度，"唯有一缺，雁往来向此中过，号雁门。山中多鹰。雁至此皆相待，两两随行，衔芦一枝，鹰惧芦，不敢捉。"又《古今注》谓，归雁"每至还河北，体肥不能高飞，恐为虞人（猎者）所获，尝衔芦长数寸，以防矰缴焉"。　③"乱水"三句：言雁门山上有重霄冰雪，下有滹沱乱注。滹沱：河名。源自山西繁县，流经雁门东南。勾注：山名，即雁门山。　④画角：军中的号角。　⑤离亭：路旁驿站，供行人休息。　⑥"猿臂"二句：

指西汉名将李广和晚唐藩镇李克用。李广长臂如猿，伸展自如，天性善射，曾为雁门、代郡、云中等地太守，皆以战功闻名。李克用少骁勇，军中号“李鸦儿”。中和元年（881），任代州刺史、雁门以北行营节度使，故戏称曰“鸦儿节度”。 ⑦“窃国”二句：《庄子·胠箧》有“彼窃钩者诛，窃国者为诸侯”句；《史记·淮阴侯列传》记韩信平齐后，求为假王。刘邦说：“大丈夫定诸侯，即为真王耳，何以假为！”遂封韩信为齐王。这里用上述两个典故，合成“窃国真王”，用于褒贬李克用。乾宁二年（895），李克用以讨李茂贞为名，进兵直至长安渭桥，唐昭宗因而出奔南山。此后李克用破王长渝，入邠州，唐昭宗遂封李克用为晋王。李克用死后葬雁门。论功：指李克用论功请赏，封为晋王。醉尉，谓李广遭遇。光元六年（前129），李广以卫尉为将军，出雁门，击匈奴，因罪贬为庶人，居蓝田山时，以夜行遭到霸陵醉尉的呵责，见《史记·李将军列传》。 ⑧酹酒：以酒洒地而祭。 ⑨东风不管：语本吴文英《诉衷情》词：“东风不管，燕子初来，一夜春寒。”

解 佩 令

自题词集

十年磨剑，五陵结客，把平生、涕泪都飘尽①。老去填词，一半是、空中传恨②。几曾围、燕钗蝉鬓③。 不师秦七④，不师黄九⑤，倚新声、玉田差近⑥。落拓江湖，且分付、歌筵红粉⑦。料封侯、白头无分。

【题解】

康熙十一年（1672），《江湖载酒集》刻成，有曹尔堪、叶舒崇序，词集取名本于杜牧《遣怀》诗“落魄江湖载酒行”。此词为自题词集之作，自述作词经历和词风蕲向。丁绍仪《听秋声馆词话》卷三：“太史（竹垞）于南北宋词，兼收并采，蔚为一代词宗，顾仅以玉田自拟耳。”吴衡照《莲子居词话》卷二引项鸿祚曰：“竹诧自云‘倚新声，玉田差近’，其实玉田词疏，竹垞谨厚；玉田词淡，竹垞精微，殊不相类。窃谓小长芦撮有南宋人之胜，而其圆转浏亮，应得力于乐笑翁（张炎之号）。”

【注释】

①“十年”三句：语本贾岛《剑客》诗：“十年磨一剑，霜刃未曾试。”五陵：见前李白《忆秦娥》注⑤。结客：少年时结交的气节豪杰之士。 ②空中传恨：《冷斋夜话》记法云师谓黄庭坚曰：“诗多作无害，艳歌小词可罢之。”黄庭坚曰：“空中语耳，非杀非偷，终不坐此坠恶道”。这里用以指词集中若干言情之作，本差无故实，无非是空中语耳，但这句话不过用以自解，而且只限于“老去填词”。 ③燕钗蝉鬓：代指女子。燕钗，妇女头饰，蝉鬓，女子发式，望之缥缈如蝉翼。 ④秦七：宋秦观排行第七。 ⑤黄九：宋黄庭坚排行第九。 ⑥倚新声：指倚曲填词。玉田：张炎的号。朱彝尊《词综·发凡》：“填词最雅无过石帚（姜夔）。”又《水调歌头·送纽玉樵宰项城》：“吾最爱姜（夔）史（达祖）。”此处则仅举张炎，但朱彝尊实非专宗张炎一家。 ⑦“且分付”句：付与席间歌女歌唱侑酒。

卜 算 子

残梦绕屏山①，小篆消香雾②。镇日帘栊一片垂③，燕语人无语。 庭草已含烟，门柳将飘絮。听遍梨花昨夜风，今夜黄昏雨。

【题解】

这首词写闺情。上片室内昼静，下片室外景凄，不着情语而凄苦的思慕之情自现。“燕语”一句，尤为警策。厉鹗《论词绝句十二首》（其十）云：“寂寞湖山尔许时，近来传唱六家词。偶然‘燕语人无语’，心折小长芦钓师。”陈廷焯《云韶集》卷十五评云：“字字幽秀，风雨送春，有心人何以为情？”

【注释】

①屏山：屏风。 ②小篆：即篆香。苏轼《宿临安净土寺》：“闭门群动息，香篆起烟缕。” ③镇日：长日、整日。

屈大均（1630—1696）

初名绍隆，字翁山，又字介子，自号入泉翁，广东番禺人。明末诸生。南明，桂王永历二年（1648），在广州随陈邦彦起义军，抗击清兵。永历四年（1650）清兵再陷广州时，入海云寺削发为僧，名今种，字一灵。康熙元年（1662），又蓄发还俗，遂历游东北、东南、西北等地，联络志士，密谋恢复，但均无结果。屈大均早年即以诗名，与梁佩兰、陈恭尹合称“岭南三大家”。其《六莹堂诗集序》自谓作诗“颠倒日月，鼓舞风雷，奔五岳而走四渎，使天才万句皆听命于吾笔端”，慷慨雄奇。词亦豪健悲壮，多故国情思。朱孝臧《彊村语业》卷三题其词集云：“湘真老，断代殿朱明。不信明珠生海峤，江南哀怨总难平，愁绝庾兰成。”著有《九歌草堂集》《广东新语》《成仁录》等多种，词集有《道援堂词》（亦名《骚屑》）。

长亭怨

与李天生冬夜宿雁门关作[①]

记烧烛、雁门高处。积雪封城，冻云迷路。添尽香煤[②]，紫貂相拥夜深语[③]。苦寒如许！难和尔[④]，凄凉句。一片望乡愁，饮不醉、垆头驼乳。 无处。问长城旧主，但见武灵遗墓[⑤]。沙飞似箭，乱穿向、草中狐兔。那能使、口北关南[⑥]，更重作、并州门户[⑦]？且莫吊沙场，收拾秦弓归去[⑧]。

【题解】

康熙五年（1666）秋，屈大均自陕西至山西代州（今代县），寄居于清雁平兵备道副使陈上年家中，因李因笃的撮合，娶故明榆林都督王壮猷之女为妻。这首词即作于此时。同时另有《客雁门》诗云：“三年作客傍滹沱，听尽哀笳出塞歌。白发不惊明镜满，秋霜只怨雁门多。”凄凉哀怨，诗词相同，但不徒“三年作客”的“一片望乡愁”。此时，屈大均复明之志尚未消歇，上片与李因笃夜寒饮乳，下片相与谈论，体现的是故国之情，携“秦弓归去”，则显然又为誓死矢志、百折不挠的悲凉之意；写“紫貂相拥”的塞上苦寒，“沙飞似箭”的大漠风云以及“口北关南”的议论，也气势纵横，雄豪而有风神，与其情志相表里。叶恭绰《广箧中词》卷一评云：“纵横排荡，稼轩神髓。”

【注释】

①李天生：名因笃（1631—1692），字子德，陕西富平人。康熙十八年（1679）举鸿博，授检讨。雁门关：长城要隘之一，位于山西代县北雁门山上。　②香煤：煤炭。古代女子用以画眉，故云。　③紫貂：指紫貂皮毛所制的裘衣。貂，兽名，皮毛珍贵。　④难和尔：和，唱和。尔，你。　⑤武灵遗墓：战国时赵国第一代王赵雍之墓。雍号武灵王。墓在代州灵丘县。相传这段城是他始建的。　⑥口北关南：指张家口以北、雁门关以南。　⑦并州：即今山西太原地域。　⑧秦弓：北方的利器。《九歌·国殇》："带长剑兮挟秦弓。"归去：指南归。

夏完淳（1631—1647）

原名复，字存古，号小隐，别号灵胥，华亭（今上海松江）人。才情早熟，年甫十二，即已"博览群书，为文千言立就，如风发泉涌；谈军国事，凿凿奇中"（王弘《夏孝子传》）。十五岁时，便随父夏允彝和师陈子龙起兵抗清，鲁王朱以海遥授予中书舍人职。后被清廷捕获，坚贞不屈，从容就义。死时年仅十六岁。著有《玉樊堂集》等，存词四十一首，今人黄白坚有《夏完淳集笺校》十卷，录词一卷。《柳塘词话》云："夏存古《玉樊堂词》，向得之曹顾庵五集中，见其词致慷慨淋漓，不须易水悲歌；一时凄感，闻者不能无怀。"

一 剪 梅

咏 柳

无限伤心夕照中。故国凄凉，剩粉馀红。金沟御水日西东[①]。昨岁陈宫[②]，今岁隋宫[③]。　　往事思量一晌空[④]。飞絮无情，依旧烟笼。长条短叶翠濛濛。才过西风，又过东风。

【题解】

韦庄《台城》诗云："无情最是台城柳，依旧烟笼十里堤。"这首词咏柳，也寄托了词人哀伤家国沦亡的一片深情苦恨。上下片叠句的运用，似断而续，绵悠深长，余意曲包。

【注释】

①金沟：御沟、御河。上有金鳌玉蝀桥，故云。　②陈宫：陈朝宫殿。③隋宫：隋朝宫殿。隋炀帝曾筑长堤植万柳。　④一晌：一刹那、一会儿。

吴兆骞（1631—1684）

字汉槎，江苏吴江人。少有隽才，名闻遐迩，与陈维崧、彭师度号称"江左三凤"。顺治十四年（1657），以丁酉科场案被仇人诬告，流放宁古塔（今黑龙江省宁安市），身陷绝域二十三年。康熙二十年（1681），经顾贞观、纳兰性德、徐乾学、徐元文等人合力营救，遂得遁例放归，为大学士明珠子揆叙授读，旋南归省母，未半年北行，病卒。工诗，自称其师为吴伟业，传伟业法乳。亦能词，多写塞外风光及乡思情绪，凄怨中有悲壮。有《秋笳集》。

念 奴 娇

家信至有感

牧羝沙碛[1]。待风鬟、唤作雨工行雨[2]。不是垂虹亭子上[3]，休盼绿杨烟缕。白苇烧残，黄榆吹落，也算相思树[4]。空题裂帛[5]，迢迢南北无路。　消受水驿山程，灯昏被冷，梦里偏叨絮[6]。儿女心肠英雄泪，抵死偏萦离绪。锦字闺中[7]，琼枝海上[8]，辛苦随穷戍[9]。柴车冰雪[10]，七香金犊何处[11]。

【题解】

吴兆骞于顺治十六年（1659）达到戍地宁古塔后，师友及亲人常在他怀念之中。李兴盛《吴兆骞年谱》谓十八年（1661）二月初一，有家书一封，此词题云“家信至有感”，当作于此年，上片以“牧羝沙碛”“白苇烧残”“黄榆吹落”的绝塞荒凉之景与家乡垂虹亭、绿杨丝相对照，危苦凄怨、抑塞磊落之情溢见纸端。下片通过怀人梦、闺中书以及柴车与金犊的对比，将“儿女心肠英雄泪”和盘托出。全词用典纯熟自然，词意宛转曲折，所谓“心中幽约怨悱，不能直言，必低回要眇以出之，而后可感动人”（沈祥龙《论词随笔》），正可评此词。

【注释】

①牧羝（dī）沙碛：化用苏武牧羊故事。《汉书·苏武传》，苏武出使匈奴，被扣留，誓不投降。匈奴“乃徙武北海上无人处，使牧羝（公羊），羝乳乃得归”。公羊不能产子，匈奴故设此语以绝苏生还之念。沙碛，沙漠。 ②“待风鬟”句：用唐传奇小说中柳毅遇牧羊龙女的故事。柳毅应举下第，归途中遇一妇人“牧羊于野，风鬟雨鬓”，问之，知是龙女，又问她牧羊何用，龙女答曰：“非羊也，雨工也。”时龙女为泾阳龙君所贬谪。于是柳毅为龙女传书于其父洞庭君，终于解救了龙女的困厄，见《太平广记》卷四一九引《异闻集》。这里也有期待放归之意。 ③垂虹亭：在吴江。宋庆历八年，王廷坚在江苏吴江建利往桥，桥有亭曰垂虹，见《吴郡图经续志》。 ④相思树：即红豆。又名相思子，传说古时有人客死在外，其妻哭于树下，化为红豆。 ⑤裂帛：割裂丝帛作书信。 ⑥叨絮：说话不停、不断。 ⑦锦字：前秦苏惠，字若兰，因其夫窦滔被徙流沙，织锦为回文旋图诗以赠，极其凄婉，见《晋书·窦滔妻苏氏传》。后世以妻寄夫的书信为锦字。 ⑧琼枝：相传昆仑流沙滨，有琼树，大三百围，高万仞，其花食之长生。后人假托李陵《别苏武》诗有“思得琼树枝，以解长渴饥”之句。苏武居北海牧羝，宁古塔亦北方极远穷边之地，近鱼皮岛，故亦称之为海上。 ⑨穷戍：穷荒戍所。随穷戍，谓家信及寄诗，常随着我在戍地。 ⑩柴车：粗陋的车。冰雪：《研堂见闻杂记》：“宁古塔在辽东极北，……其地重冰积雪，非复世界。” ⑪七香金犊：华丽之车。曹操《与太尉杨彪书》：“今赠足下画轮四望通幰七香车一乘。”韦庄《延兴门外作》诗：“芳草五陵道，美人金犊车。”古人用牛拉车。金犊，指毛色金黄之牛，俗称黄牛。这句谓闺人所乘华丽之车，不知在何处。

王士祯（1634—1711）

原名士正（避雍正讳改），字贻上，号阮亭，又号渔洋山人，新城（今山东桓台）人。顺治十五年（1658）进士，初授扬州府推官，调内累官至刑部尚书，谥文简。王士祯为清初诗坛宗师，倡“神韵说”，领袖一代。擅长各体，尤工七绝。词为前期所作，调离扬州后，即绝口不言词。著有《带经堂集》《衍波词》。唐允甲《衍波词序》云：“极哀艳之深情，穷倩盼之逸趣。其旖旎而秾丽者，则璟、煜、清照之遗也；具芊绵而俊爽者，则淮海、屯田之匹也。”

浣 溪 沙

红桥同箨庵、茶树、伯玑、其年、秋崖赋[①]

北廓青溪一带流[②]，红桥风物眼中秋。绿杨城郭是扬州。　　西望雷塘何处是[③]？香魂零落使人愁，淡烟芳草旧迷楼[④]。

【题解】

康熙元年（1662），王士祯与袁于令诸人同游扬州红桥时，作《浣溪沙》二阕，这是第一首。扬州是座历史名城，有不少佳丽的自然风光和令人感慨的历史风物。这首小令摄取了清远平淡的北廓清流、红桥杨柳和如梦似雾的雷塘香魂、淡烟迷楼，就很能体现这座名城的个性和神韵，对盛衰兴替、悲欢哀乐的历史的愁叹，又极淡雅，故谭献《箧中词》卷一评曰："名贵"。朱孝臧《彊村语业》卷三云："见说绿杨城郭畔，游人争唱冶春词，把笔尽凄迷。"指的就是此词。

【注释】

①红桥：在扬州城西北二里处，朱红桥栏，故名。王士祯《红桥游记》云："出镇淮门，循小秦淮折而北，陂岸起伏多态，竹木蓊郁，清流映带。人家多因水为园，亭榭溪塘，幽窈而明瑟，颇尽四时之美。拏小舟，循河西北行，林木尽处，有桥，宛然如垂虹下饮于涧，又如丽人靓妆袪服，流照明镜中，所谓红桥也，游人登平山堂，率至法海寺，舍舟而陆，径必出红桥下。桥四面皆人家荷塘，六七月间，菡萏作花，香闻数里，青帘白舫，络绎如织，良谓胜游矣。予数往来北郭，必过红桥，顾而乐之。登桥四望，忽复徘徊感叹。当哀乐之交乘于中，往往不能自喻其故。王谢冶城之语，景晏牛山之悲，今之视昔，亦有然耶？壬寅季夏之望，与箨庵、茶村、伯玑诸子偶然漾舟，酒阑兴极，援笔成小词二章，诸子倚而和之。箨庵继成一章，予亦属和。嗟呼！丝竹陶写，何必中年？山水清音，自成佳话。予与诸子聚散不恒，良会易遘，而红桥之名，或反因诸子而得传于后世，增怀古凭吊者之徘徊感叹，如予今日，未可知也。"箨庵：袁于令之号，江苏吴江人，著名的戏曲家。茶村：杜濬（1611—1687），字于皇，号茶村，湖北黄冈人。明亡后，流寓江南，诗法杜甫，有《变雅堂集》。伯玑：陈允衡之字，江西建昌人，有《古人几部》《国雅初集》。其年，即陈维崧，见本书小传。秋崖：朱克生（1613—1679）之号，江苏宝应人，有《秋崖诗文赋钞》等。 ②北廓：城北。外城称廓。③雷塘：扬州西北地名，曾改葬隋炀帝杨广于此，汉唐时称雷陂，至宋代已湮废。 ④迷楼：在扬州西北观音山上。炀帝晚年，沉迷女色，浙人项升为造迷楼，所筑幽房曲室，以贮美女。

曹贞吉（1634—1698）

字升六，号实庵，山东安丘人。康熙三年（1664）进士，官至礼部郎中，以疾辞归。早年以诗名都下，系“金台十子”之一，后以词著称于世。著有《珂雪词》，辑入《四库全书》，陈廷焯《白雨斋词话》卷三云：“珂雪词在国初诸老中，最为大雅，才力不逮朱（彝尊）陈（维崧），而取径较正。国初不乏词家，《四库》独收珂雪，良有以也。”

百 字 令

咏 史

田光老矣[1]，笑燕丹宾客、都无人物。马角乌头千载恨，匕首匣中如雪[2]。落日苍凉，羽声慷慨，壮士冲冠发[3]。咄哉孺子，武阳色怒而白[4]。　试问击筑渐离，此时安在，何不同车发？负剑祖龙惊掣袖，六尺屏风堪越[5]。贯日长虹，绕身铜柱，天意留秦劫[6]。萧萧易水，至今犹为呜咽。

【题解】

张山来《珂雪词评》谓曹贞吉“才具闳博，学殖渊邃，举平生所诵习子史百家古文奇书，含咀酝酿而出之。”这首词就是含咀史事，臧否人物的力作之一。全词以刺秦王的历史事件为线索，贯穿了五位历史人物。对田光尤其是荆轲视死如归、义无反顾的刺秦壮举，深致敬意，对高渐离未能与荆轲同车而行，却置怀疑并致惋惜，对燕丹的冒险行为，表示理解和同情，而对秦舞阳的怯懦无能，深表愤慨和遗恨。有史有论，有声有色，爱憎分明，且语多奇气，意能创新，格极雄浑，是咏史词中不可多得的佳作。

【注释】

①田光：战国时燕人。为人多智谋而深沉。秦灭韩、赵，燕太子丹恐惧，谋刺杀秦王政。大傅鞠武因荐光。光辞年老，转荐荆轲。因命轲过太子，欲自杀以激柯，遂自刎。见《史记·刺客列传》。 ②“马角”二句：相传燕太子丹质于秦，受到非礼的待遇。燕丹求归，秦王“乌头白，马生角，乃许耳。”后燕丹逃归，设法以报秦怨；在得到荆轲刺秦的许诺后，不惜以百金购得徐夫人的匕首，“使工以药淬之，以试人，血濡缕，人无不立死者”。见《史记·刺客列传》。 ③“落日”三句：荆轲前往秦国行刺，宾客皆白衣冠送至易水之上，歌“风萧萧兮易水寒，壮士一去兮不复还”。高渐离为之击筑（筑为乐器），“复为羽声慷慨，士皆瞋目，发尽上指冠”。见《史记·刺客列传》。 ④“咄哉”二句：武阳：即秦舞阳。这里化用《史记正义》所引《燕丹子》“舞阳骨勇之人，怒而面白。光所知荆轲，神勇之人，怒而色不变。”《史记·刺客列传》：“何太子之遣！往而不返者，竖子也！”“荆轲奉樊於期头函，而秦舞阳奉地图匣，以次进。至陛，秦舞阳色变震恐。” ⑤“负剑”二句：祖龙：指秦始皇。负剑：指将剑移到肩上，言剑柄太长，一时拨不出鞘，故“左右乃曰：‘王负剑！’负剑，遂拔以刺荆轲”。见《史记·刺客列传》。六尺：应为“八尺”之误。《史记正义》引《燕丹子》：“（荆轲）左手揕其胸，秦皇曰：‘今日之事，从子计耳。乞听瑟而死。’召姬人鼓琴，琴声曰：‘罗縠单衣，可裂而绝；八尺屏风，可超而

越，超屏走之。’” ⑥“贯日”三句：谓刺秦王之事不成，是上天要降浩劫于人间。《史记·鲁仲连邹阳列传》载，荆轲入秦时，曾出现过“白虹贯日”的天象。绕身铜柱：指“荆轲逐秦王，秦王环柱而走”之事。

顾贞观（1637—1714）

字华峰，号梁汾，江苏无锡人，晚明东林党领袖顾宪成曾孙。顺治中与同里严绳孙等结“云门社”。康熙初入京，以诗受知于大学士魏裔介，考选秘书院典籍，康熙十年（1671）落职归里。十五年（1676）复进京，馆明珠家，与纳兰性德为挚友。纳兰性德卒，还里中著述三十年以终。著有《弹指词》。陈廷焯《白雨斋词话》云：“顾华峰词，全以情胜，是高人一著处。至其用笔，亦甚圆朗，然不悟沉郁之妙，终非上乘。”

青玉案

天然一帧荆关画①，谁打稿②、斜阳下？历历水残山剩也③！乱鸦千点，落鸿孤咽，中有渔樵话。　　登临我亦悲秋者④，向蔓草平原泪盈把。自古有情终不化。青娥冢上，东风野火，烧出鸳鸯瓦⑤。

【题解】

这是一首登临凭吊词，作于去湖北楚黄官署探其姊顾贞立时，约在顺治末、康熙初。上片写登临所见，景色苍茫，下片写登临所感，心语沉重。“历历水残山剩也”，是所见的伤心处，“自古有情终不化”，是所感的集焦点。偌好河山历经战火，变得残破一片，惨不忍睹，所以别有怀抱的“悲秋者”百感交集而“情终不化”了。明亡时，顾贞观的祖父与淳、父枢均殉节，叔柄死于乙酉起义，康熙初，他虽然入京夤缘魏裔介“沾微禄”，之后又作宾明珠家，但全系为生死骨肉交吴兆骞事奔突斡旋，并没有愧对父祖。因此，词中这份由凭吊引起的深沉悲伤的情思，并不觉得突然，而是十分自然真实。词的结尾用青娥冢、鸳鸯瓦烘托内心化不了的情思，显得更凄厉，也使全词平添了一份凄艳之美。

【注释】

①帧：画一幅，称一帧。荆关：荆浩、关仝，唐末五代画家，工山水。 ②谁打稿：犹言这幅画出于谁的手笔。打稿，起草诗文称打稿，这里指绘画。 ③历历：分明。水残山剩：意谓山河破碎。杜甫《陪郑广文游何将军山林》诗有“剩水沧江破，残山碣石开”句。 ④悲秋者：伤心的人。语出《楚辞·九辨》“悲者秋之为气也”。 ⑤“青娥”三句：化用白居易《赋得古原草送别》“野火烧不尽，春风吹又生”与温庭筠《懊恼曲》“野土千年怨不平，至今烧出鸳鸯瓦”诗句，为怨情不化的意象。青娥冢：相传大漠多白草，唯昭君墓独青。鸳鸯瓦：由两片俯一仰的瓦合成者称鸳鸯瓦。

金 缕 曲

寄吴汉槎宁古塔，以词代书。丙辰冬寓京师千佛寺冰雪中作①

其　一

季子平安否[2]？便归来、平生万事，那堪回首？行路悠悠谁慰藉[3]？母老家贫子幼。记不起、从前杯酒。魑魅搏人应见惯[4]，总输他、覆雨翻云手[5]。冰与雪，周旋久[6]。　泪痕莫滴牛衣透[7]。数天涯、依然骨肉[8]，几家能够[9]？比似红颜多命薄，更不如今还有。只绝塞、苦寒难受[10]。廿载包胥承一诺，盼乌头、马角终相救[11]。置此札，君怀袖[12]。

其　二

我亦飘零久。十年来、深恩负尽，死生师友。宿昔齐名非忝窃[13]，试看杜陵消瘦[14]。曾不减、夜郎僝僽[15]。薄命长辞知己别[16]，问人生、到此凄凉否？千万恨，为君剖。　兄生辛未吾丁丑[17]。共些时、冰霜摧折，早衰蒲柳[18]。词赋从今须少作，留取心魂相守[19]。但愿得、河清人寿[20]。归日急翻行戍稿[21]，把空名、料理传身后。言不尽，观顿首。

二词容若见之[22]，为泣下数行，曰：河梁生别之诗[23]，山阳死友之传[24]，得此而三。此事三千六百日中，弟当以身任之，不俟兄再嘱也。余曰：人寿几何？请以五载为期。恳之太傅[25]，亦蒙见许，而汉槎果以辛酉入关矣[26]。附书志感，兼志痛云。

【题解】

吴兆骞于顺治十四年（1657）科场案横遭冤屈后，被谪绝塞二十余年。顾贞观与吴交谊笃厚，情同手足，康熙十五年（1676），在京求援于纳兰性德，以助吴兆骞生还，未获即许，遂作此《金缕曲》词相寄。词后“附书”，为后来补写，可视作这两首词的组成部分。第一首写吴兆骞被冤流放、远处绝塞的艰苦和自己以身相救的承诺，第二首追叙与吴兆骞的生死交情，倾吐两人的凄凉身世，并深致安慰。语语发自真情，感人肺腑。前首以“季子平安否”开篇，后首以“言不尽，观顿首”作结，合起来又成完整的书信体，为词苑创格。谢章铤《赌棋山庄词话》卷七云：“浓挚交情，艰难身世，苍茫离情，愈转愈深，一字一泪。……后来效此体者极多，然平铺直叙，率觉嚼蜡，由无深情真气为之干，而漫云‘以词代书’也。”陈廷焯《白雨斋词话》卷三云：“只如家常说话，而痛快淋漓，宛转反复；两人心迹，一一如见。……二词纯以性情结撰而成，悲之深，慰之至，丁宁告诫，无一字不从肺腑流出，可以泣鬼神矣！”

【注释】

①吴汉槎：见本书吴兆骞小传。宁古塔：地名。满语谓“六”为“宁古”、“个”为“塔”，宁古塔即六个之意，相传清皇族远祖兄弟六人曾居于此，旧址在今黑龙江省宁安市西海林河南岸。顺治十六年（1659），巴海镇守此地，统辖黑龙江地区。康熙元年（1662），改为宁古塔将军。康熙五年（1666），迁建新城，即今宁安市。丙辰：康熙十五年（1676）。千佛寺：北京戒坛寺有千佛阁，故名。这组《金缕曲》词是康熙十五年十二月托苗焦冥所

寄，并于词后附一短柬云：塞外恐未必有词谱，望我汉槎之暇，按调为之，便中寄我。万里唱酬，真词场佳话也。”见《秋笳韵语》卷上。又据李兴盛《吴兆骞年谱》，吴兆骞收到词与短札在次年三月。 ②季子：春秋吴季札称延陵季子，兆骞吴姓，且又行四，故以之指代称之。 ③悠悠：遥远、漫长。慰藉：安慰依靠。 ④魑魅（chīmèi）搏人：这里指吴兆骞于顺治十四年（1657）科场案中，为鬼蜮小人陷害。搏，此处有袭击、偷袭之意。据吴兆骞之子吴桭臣《秋笳集跋》等，大抵可知当年诬陷吴兆骞者为“慎交社”中同人，嫉恨所致。 ⑤覆雨翻云手：杜甫《贫交行》诗：“翻手作云覆手雨，纷纷轻薄何须数。”比喻反复无常，诡谲难测。 ⑥“冰与雪”二句：指被陷结局，以收束上片。 ⑦牛衣：粗乱之麻所编织的衣服。 ⑧“数天涯”句：吴兆骞妻葛采真于康熙二年（1663）到宁古塔随戍，在塞外十余年，生一子四女。故云。 ⑨几家能够：宽慰语。意为更有惨于你的，与下句“更不如今还有”相承。丁酉科场案以及二年后“通海案”遭祸人数既多，际遭惨酷。 ⑩“只绝塞”句：吴兆骞《与计甫草书》：“塞外苦寒，四时冰雪。陶陶孟夏，犹著敝裘。身是南人，何能堪此。每当穹庐夜起，服匿晨持，鸣镝呼风，哀笳带雪，萧条一望，泣下沾衣。”可与此参看。 ⑪“廿载”二句：为以身营救吴兆骞的誓言。包胥：申包胥，春秋时楚大夫，与伍员（子胥）交好。伍员为报父仇，决意灭楚，包胥则表示“我必存之”。后楚危，申包胥誓践诺言，泣请秦援，以诚感动秦哀公，出师救楚。这里以“包胥”表示自己信守相救的诺言。乌头马角：乌头白，马生角。本指不可能实现的事情，此处表示决心，虽难为，仍誓言之，百折不挠。 ⑫“置此札”二句：意为置此信物，必践所诺，从精神上支撑吴兆骞。 ⑬“宿昔”句：言往昔与吴兆骞始交。顾、吴早年齐名，始结识于顺治十一年（1654）。忝窃：凑合、虚假。 ⑭杜陵消瘦：杜甫自称杜陵。消瘦，李白曾戏赠杜甫诗说杜甫“别来太生瘦”。这里作者自指，与下句相对应，谓两人交谊如李杜。 ⑮夜郎僝僽：李白曾从事永王李璘，后永王谋乱兵败，李白被流放夜郎。僝僽，烦恼、折磨。这里指吴兆骞。 ⑯薄命长辞：指作者自己悼亡之事。《弹指词》中《金缕曲·悼亡》词，编次在这两首词后。知己别：指与吴兆骞远隔长别。⑰辛未：明崇祯四年（1631）。丁丑：明崇祯十年（1637）。 ⑱“共些时”二句：谓你我在不同时空里共受折磨，都早衰之甚。些，表示不定的量词。共些时：意谓这些年来。蒲柳：出自《世说新语·言语》“蒲柳之姿，望秋而落”之语，蒲柳即水杨，摇落最早。 ⑲“词赋”二句：劝勉珍摄语，意谓不要多伤神。吴兆骞早工词赋。 ⑳河清人寿：祝祈语。黄河清，是祥瑞，喻指生还。 ㉑行戍稿：指写在戍地的诗文词赋。今传吴兆骞《秋笳集》八卷，取名即与行戍边地，长闻悲笳的心境相关， ㉒容若：著名词人纳兰性德的字，事见纳兰性德小传。 ㉓“河梁”句：汉李陵《与苏武诗》：“携手上河梁，游子暮何之。徘徊蹊路侧，悢悢不能辞。”这里借指顾贞观《金缕曲》两词。 ㉔山阳死友：向秀《思旧赋》：“经山阳之旧居，……践二子之遗迹兮。”李善注：“《汉书》，河内郡有山阳县。”“二子”，谓吕安、嵇康也。”死友，谓交情至死不变，可以托死的朋友。这里指顾贞观与吴兆骞。 ㉕太傅：指纳兰明珠，性德之父。袁枚《随园诗话》记顾贞观求救吴兆骞时，“太傅方宴客，手巨觥谓曰：‘若饮满，为救汉槎。’华峰素不饮，至是一吸而尽。太傅笑曰：‘余直戏耳。即不饮，余岂不救汉槎耶？虽然，何其壮也！’” ㉖辛酉：康熙二十年（1681）。辛酉入关：事详吴兆骞小传。

纳兰性德（1654—1685）

初名成德，字容若，号楞伽山人，满洲正黄旗人，太傅明珠之子。康熙十五年（1676）进士，选授三等侍卫，寻晋为一等。善射骑，好读书，爱宾客，与吴兆骞、顾贞观、陈维崧等汉族名士交游契厚。于词推尊南唐后主李煜，曾云："花间之词，如古玉器，贵重而不适用；宋词适用而少贵重。李后主兼有其美，更饶烟水迷离之致"（《渌水亭杂识》）。其气质、才性亦近于李煜，故历来称之为"得南唐二主之遗"（陈维崧语）、"南唐李重光后身也"（周之琦语）。词风清新俊逸，蕴藉自然，颇多感伤情调，哀感顽艳，别有怀抱。况周颐《蕙风词话》云：纳兰"天分绝高，适元明词敝，甚欲推尊斯道，一洗雕虫篆刻之讥。独惜享年不永，力量未充，未能胜起衰之任。其所为词，纯任性灵，纤尘不染，甘受和，白受采，进于沉著浑至何难矣。"著有《通志堂集》，后附《通志堂词》。词先有《侧帽》一集，后增补为《饮水词》，清季许增汇集诸家刊本为《纳兰词》。

浣溪沙

谁念西风独自凉，萧萧黄叶闭疏窗[①]。沉思往事立残阳。　被酒莫惊春睡重[②]，赌书消得泼茶香[③]，当时只道是寻常。

【题解】

这首词为悼念亡妻卢氏而作。纳兰元配卢氏，乃两广总督卢兴祖之女，于康熙十三年（1674）成婚，与纳兰伉俪情笃，然婚后第三年，死于难产。叶舒崇《卢氏墓志》谓纳兰"抗情尘表，则视浮云，抚操闺中，则志存流水，于其殁也，悼亡之吟不少，知己之恨尤多。"《饮水词》中，追思亡妻、忆念旧情者，达四十余首之多，足见纳兰与卢氏深具琴瑟音通的心谊。此词上片是丧偶后的凄婉孤单的心境，下片是往日与伊共处的温馨清雅的情事。结句化用黄东甫《眼儿媚》“当时不道春无价，幽梦费重寻”句，写追忆后的心情。往昔诗书共赏，茶酒共与，为寻常生活琐事，然伊人既逝，一切皆如尘梦；虽历历在目，却已不可追挽。语气虽轻淡，而情味则极酸苦，使全词平添了无限落寞惘然之感，但其意已超越了悼亡的范畴。在生活中，当时以为寻常的事，事后追忆起来，才觉得它是值得珍视！不是人皆有之的通感吗?

【注释】

①疏窗：刻镂空疏的窗棂。《古诗》：“交疏结绮窗，阿阁三重阶。” ②被酒：醉酒。 ③“赌书”句：以宋赵明诚、李清照夫妻生活的情事自喻。李清照《金石录后序》：“余性偶强记，每饭罢，坐归来堂烹茶，指堆积书史，言某事在某书某卷第几页第几行，以中否角胜负，为饮茶先后。中，即举杯大笑，至茶倾覆怀中，反不得饮而起。”此言“泼茶”即“茶倾覆怀中”之意。消：消受。

金 缕 曲

亡妇忌日有感[①]

此恨何时已[②]。滴空阶、寒更雨歇[③]，葬花天气[④]。三载悠悠魂梦杳[⑤]，是梦久应醒矣。料也觉、人间无味。不及夜台尘土隔[⑥]，冷清清、一片埋愁地[⑦]。钗钿约[⑧]，竟抛弃。 重泉若有双鱼寄[⑨]。好知他、年来苦乐，与谁相倚？我自中宵成转侧，忍听湘弦重理[⑩]。待结个、他生知己。还怕两人俱薄命，再缘悭、剩月零风里[⑪]。

清泪尽，纸灰起⑫。

【题解】

康熙十九年（1680）五月三十日，是纳兰之妻卢氏逝去三周年的忌日。此词就是在这个忌日祭奠时悼亡之吟。实际上，卢氏卒后不久，纳兰已续娶了，但对亡妻依然魂牵梦萦，痴情裹缠，与北宋苏轼相似。苏轼在元配王氏亡去的第十年，苦心驱笔，唱出了“十年生死两茫茫”的悼亡曲《江城子》，而纳兰此吟的重心却落在“料也觉人间无味”和“待结个他生知己”上。三年的苦苦思念，切望在梦中与亡妻重逢，然而三载魂杳，连梦也不能企及。于是久梦初醒，代妻解释一去不复返的原因：人间无味，不及夜台，故宁肯抛开死生不弃的钗钿之约！其实是说生不如死，死者明智，生者迷失。所以启起了下阕的一片心祭语，热切企盼“他生知己”。但因不知夜台九泉之下的情状，又惶恐“他生”之缘仍将命薄无福。词情至此，哀痛之极，又深刻之极，构成了有别于历来悼亡词的独特意境，也昭示了纳兰独特的内心世界。

【注释】

①忌日：指卢氏亡故三周年祭日。 ②“此恨”句：李之仪《卜算子》词：“此水几时休，此恨何时已。” ③寒更：卢氏忌日是农历五月三十日，此时天气应甚暖，曰“寒”，则系作者长夜哀悼时的凄凉心境的表现。 ④葬花天气：五月三十日，值夏至前之初夏，为绿肥红瘦之时节，落花与人之“摇落”相似，故云。 ⑤悠悠：漫长。杳：一去无音讯、无影踪。 ⑥夜台：指墓穴。 ⑦埋愁地：用仲长统《述志》诗“寄愁天上、埋忧地下”意。⑧钗钿约：生死约。金钗与装置钗饰的钿盒，象征生死盟合，故云。钿，珠宝镶嵌的金盒。 ⑨重泉：即黄泉、九泉、地下阴府。双鱼：指书信。古代传说有鱼腹藏信能远寄的故事。汉代乐府诗有“遗我双鲤鱼”“中有尺素书”

之句。 ⑩湘弦重理：古时悼亡每用“湘弦”故事。传说帝舜的二个妃子死于湘江，而湘灵鼓瑟。这里“重理”有二义：一是当年共托之琴。顾贞观有和纳兰《采桑子》云：“分明抹丽开时候，琴静东厢。”知卢氏在日，夫妇常于东厢理琴，理琴即弹琴；二是人间再也没有此般琴瑟和谐可续，不忍重理再续，悼亡世称“断弦”，故重理有“续”之意。是为纳兰心誓之语。 ⑪悭：吝啬，缺憾。从上苍命运安排言是吝啬，从你我福分讲是没福再团圆的缺憾。剩月：残月。零风：萧瑟之风。此句谓双方都可能成为孤魂飘荡于凄风苦月之夜。 ⑫纸灰：坟前祭奠所烧纸钱之灰。

金缕曲

赠梁汾[1]

德也狂生耳[2]。偶然间、缁尘京国[3]，乌衣门第[4]。有酒惟浇赵州土[5]，谁会成生此意[6]。不信道、遂成知己[7]。青眼高歌俱未老[8]，向尊前、拭尽英雄泪。君不见，月如水。 共君此夜须沉醉。且由他、蛾眉谣诼[9]，古今同忌。身世悠悠何足问，冷笑置之而已。寻思起、从头翻悔。一日心期千劫在[10]，后身缘、恐结他生里[11]。然诺重[12]，君须记。

【题解】

清初，满汉之防甚严，成见甚深，作为满族贵公子的纳兰性德，却与不少汉族名士相结交。徐乾学《通议大夫一等侍卫进士纳兰君墓志铭》云：“君所交游，皆一时俊异，于世所称落落难合者，若无锡严绳孙、顾贞观、秦松龄、宜兴陈维崧、慈溪姜宸英，尤所契厚。吴江吴兆骞，久徙绝域，君闻其才名，赎而还之。坎坷失职之士，走京师，生馆死殡，于赀财无所计惜。”这首词作于康熙十五年（1676），就是与顾贞观道义订交之作。上片服膺战国时赵国贤公子平原君赵胜的为人，也是一幅自画像。下片倾吐缔交信言，一片侠胆义肠，与“落落难合者”相交游的行实相表里。纳兰词以小令最佳，曾有清词冠冕之誉，但其长调也不乏动人之处。这首慢词便以肝胆相见，真情奇采，情辞兼备，超迈有神。徐釚《词苑丛谈》云：“词旨嵚崎磊落，不啻坡老（苏轼）、稼轩（辛弃疾），都下竞相传写。”

【注释】

①梁汾：顾贞观号梁汾。 ②“德也”句：纳兰性德自谓。 ③缁尘京国：谓在京城奔走供职，衣裳为风尘染黑。陆机《为顾彦先赠妇》诗：“京洛多风尘，素衣化为缁。”缁，黑色。 ④乌衣门第：这里用以指自己出生于贵族之家。乌衣，巷名，在南京，晋贵族王导、谢安居此，其子弟皆乌衣，故名。 ⑤“有酒”句：意同李贺《浩歌》诗：“买丝绣作平原君，有酒惟浇赵州土。”赵国自古多慷慨之士，平原君赵胜又为贤公子，《史记》称他“喜宾客，宾客盖至者数千人”，有名的毛遂，便出其门下。故纳兰性德亦向往之。 ⑥“谁会”句：以平原君自居。成生：性德自指。性德原名成德，后因避讳改性德。 ⑦不信道：表示惊怪之意。遂成知己：谓与顾贞观遂成知己朋友。 ⑥“青眼”句：晋阮籍能为青白眼，见俗士，以白眼对之，嵇康赍酒挟琴来访，籍大悦，乃见青眼，见《晋书·阮籍传》。此句亦翻用杜甫《短歌行赠王郎司直》诗“青眼高歌望吾子，眼中之人吾老矣”语意。 ⑨蛾眉谣诼：谓遭人妒忌。《离骚》：“众女嫉余之蛾眉兮，谣琢谓余以善淫。” ⑩“一日”句：谓一日心期相许，成为知己，其情谊虽经历千劫，仍然存在。千劫：即千万年。劫，佛经言天地之一成一坏为一劫。此谓时期长久。 ⑪“后身缘”句：到来生还要成为知己朋友。后身缘：即身后因缘，亦佛家语。

⑫然诺重：重然诺。犹言答允了的话，不再食言。

长 相 思

山一程，水一程，身向榆关那畔行[1]。夜深千帐灯。　风一更，雪一更，聒碎乡心梦不成。故园无此声。

【题解】

据《康熙起居注》，清圣祖玄烨于康熙二十一年（1682）二月，自京出山海关，至辽东巡视，三月初四，至盛京（今沈阳市）。此词即作于这次御驾亲卫途中。词写深苦的“乡心”，实则是对扈从侍卫生涯的厌弃。这颗“乡心”就是在“一程”又“一程”的跋山涉水中，不断延伸，又在“一更”又”一更”的风声雪声的交织中，不断加深。上片“夜深千帐灯”，是驻营夜宿。千军万帐，灯火通明，景观壮伟，但却是思乡失眠，心烦意乱的写照。下片“故园无此声”，则又因难入乡梦转而怨怼眼前瀚海的阵阵刺骨的风雪声了，看似无理，则反见出愈显幽苦的心境。

【注释】

①榆关：亦作渝关，即山海关。在今河北秦皇岛市。

如 梦 令

万帐穹庐人醉[1]，星影摇摇欲坠。归梦隔狼河[2]，又被河声搅碎。还睡，还睡，解道醒来无味。

【题解】

这首词与前《长相思》同作于扈从辽东途中。首两句夜宿。王国维《人间词话》云“‘明月照积雪’‘大江流日夜’‘中天悬明月’‘长河落日圆’，此种境界，可谓千古壮观。求之于词，惟纳兰容若塞上之作如《长相思》之‘夜深千帐灯’、《如梦令》之‘万帐穹庐人醉，星影摇摇欲坠’差近之。”在千军万帐中，酣歌豪饮，看似一种英雄豪气，实却是乡思愁情的流露，埋头于杯盏之中，是为了圆一个归家的梦。然在归梦中，白狼河挡住了去路，拍岸的河水又将归梦搅碎打断，身不能回家，连归梦也不能圆了。尽管如此，还是强迫自己再睡。“解道醒来无味”，则醒来的滋味比归梦被打断的懊恼更难受。

【注释】

①穹庐：毡帐。《史记·匈奴列传》：“匈奴父子乃同穹庐而卧。”万帐穹庐，指扈从出巡的军队夜宿的帐幕。 ②狼河：白狼河，即今大凌河，在辽宁朝阳市南，流入渤海湾。

厉 鹗（1692—1752）

字太鸿，又字雄飞，号樊榭，又号花隐。浙江钱塘（今杭州）人。康熙五十九年（1720）举人，乾隆元年（1736）被荐举博学鸿词，未取。后无意仕进，潜心著述。著有《樊榭山房集》二十卷、《湖船录》一卷、《南宋画院》八卷、《宋诗纪事》一百卷、《南宋杂事诗》一卷，又与查为仁合作《绝妙好词笺》。熟于辽史、两宋朝章典故，并诗词兼工。词宗南宋姜夔、张炎，窈曲幽深，娴雅修洁，每成高境，是继朱彝尊以后的浙西词派的重要作家。陈廷焯《白雨斋词话》云：“厉樊榭词，幽香冷艳，如万花谷中，杂以芳兰，在国朝词人中，可谓超然独绝者矣。”

忆 旧 游

辛丑九月既望[1]，风日清霁，唤艇自西堰桥[7]，沿秦亭[3]、法华[4]，湾洄以达于河渚[5]。时秋芦作花，远近缟目。回望诸峰，苍然如出晴雪之上。庵以“秋雪”名[6]，不虚也。乃假僧榻，偃仰终日，唯闻棹声掠波往来，使人绝去世俗营竞所在。向晚宿西溪田舍[7]，以长短句纪之。

溯溪流云去，树约风来，山翦秋眉[8]。一片寻秋意，是凉花载雪[9]，人在芦碕[10]。楚天旧愁多少[11]，飘作鬓边丝[12]。正浦溆茫茫[13]，闲随野色，行到禅扉[14]。　　忘机[15]。悄无语，坐雁底焚香，蛬外弦诗[16]。又送萧萧响[17]，尽平沙霜信，吹上僧衣。凭高一声弹指，天地入斜晖[18]。已隔断尘喧，门前弄月渔艇归。

【题解】

这首词于康熙六十年（1721）秋游西溪时作。西溪的芦花为杭州秋日胜景之一，因芦花而名的“秋雪庵”，又是秋芦盛开时骚人墨客的雅会之所。厉鹗这次泛舟西溪，驻足秋雪庵，就是特地为了观赏芦花而来。词就是以寻秋起，以感秋结，洋溢着一片特为浓重的萧瑟秋意。这片秋意隐透在最能体现楚天秋色的芦花背后，在秋芦秋空组成的凉秋境域和气氛中传出，显得格外幽远清空，尤其是“又送萧萧响”五句，都是象外之象，无迹可寻，意境甚高，谭献《箧中词》评曰：“白石却步。”这种超乎一般感觉之上，物外求之的秋意，与词人发自内心的秋感，已经混然一气，茫然莫辨了。

【注释】

①辛丑：康熙六十年（1721）。既望：农历十五日为望，十六日为既望。　②西堰桥：在杭州西北。　③秦亭：山名。法华山一支脉。《杭州府志》：“相传祖龙（秦始皇）驻马于此。又云：秦少游筑亭其上。”　④法华：山名。《西湖梵隐志》：“西湖北山一支，其阳为竺国灵鹫，其阴为法华。”　⑤河渚：在杭州西溪。《钱塘县志》：“本名南漳湖，又名蒹葭深处。……沙屿萦回，秋深荻花如雪。”　⑥秋雪：庵名，明陈继儒题。厉鹗《秋雪庵》诗自注：“庵在水中，四面皆芦，深秋花时，弥望如雪，故云。”　⑦西溪：在杭州西湖西北、武林山西。旧志谓全长三十六里，“群山回绕，曲水湾环，沙溆芦汀，重重间隔。”　⑧“溯溪流云去”三句：写一路溪行所见。“溪流云去”本指云影照水，伴舟而行，“树约风来”本指秋风拂野，疏林作响，“山翦秋眉”本指远山明净，如眉初画，但用“流”“约”“翦”三个动词，赋予了“溪”“树”“山”以主体意识，显示出特定的灵动之势，强化了清幽野色的审美情趣。　⑨凉花：指芦花。凉花载雪，指秋凉时芦花如雪，如载一层雪。　⑩芦碕：长遍芦荻的河堤溪岸。⑪楚天：杭州一带，战国时代属楚，故云。　⑫“飘作”句：鬓丝谓白发。案康熙六十年厉鹗正三十岁。这里的“鬓边丝”非指自己的双鬓已白，而是说置身于一片秋雪之中，芦花不但飘散空际，而且还点染上了自己的鬓影，写出了“人在芦碕”中的情绪感染和景物气氛。　⑬浦溆：水滨。　⑭禅扉：佛寺之门，指秋雪庵。　⑮忘机：忘掉巧诈之心，与人无争，即词序所云：“绝去世俗营竞所在。”　⑯蛬：同“蛩”，蟋蟀的别名。弦：弦歌，作动词用。

⑰萧萧响：指西溪的芦苇，发出萧萧之声。 ⑱“凭高”二句：《吕氏春秋》：“二十瞬为一弹指。”又《大方广佛华严经》有“弹指出声，其门即开”语，此处兼用其意，切合“禅扉”环境气氛。弹指：顷刻间。斜晖：夕阳落照。

百 字 令

月夜过七里滩，光景奇绝。歌此调，几令众山皆响[①]。

秋光今夜，向桐江、为写当年高躅[②]。风露皆非人世有，自坐船头吹竹[③]。万籁生山[④]，一星在水[⑤]，鹤梦重续[⑥]。拏音遥去[⑦]，西岩渔父初宿。 心忆汐社沉埋[⑧]，清狂不见[⑨]，使我形容独。寂寂冷萤三四点，穿过前湾茅屋。林净藏烟，峰危限月，帆影摇空绿[⑩]。随风飘荡，白云还卧深谷[⑪]。

【题解】

康熙六十年（1721）秋，厉鹗从杭州乘舟前往永康，途经七里滩时，写了这首词。词的上片说今夜桐江月色，正照着当年严光高隐的遗踪。舟过钓台，船头吹笛，寄情一曲，与冥冥中的东汉高士有着心灵的交契。星月在天，秋声满山，小楫横江，风露浩然，恍如进入了若仙若幻的梦境。远岸传来了渔家归棹之声，才打破了月夜的沉静与诗人的遐想。钓台有东西二台。东台相传为严光垂钓之处，西台则是南宋遗民谢翱恸哭文天祥殉国之地。下片“心忆汐社”就是追怀不忘故宋、歌哭钓台的谢翱诸人。从心怀严光到心忆汐社，心情有所变化。“寂寂”二句的幽冷笔调，就含有伤悼“汐社沉埋”的意味，为全词恬静清旷的气氛平添了一层波澜。最后以深山白云，悠悠世外，不落尘缘之境结束全词，既与开端的“当年高躅”前后呼应，又表明作者告别七里滩之际犹恋恋不已。气格奇高，清寒绝俗，创造了一个孤峭幽深、倏然而远的词中高境。

【注释】

①七里滩：又名七里泷、七里濑，为富春江上游段，起自建德境，止于桐庐严子陵钓台。是浙江最佳山水地之一。　②桐江：七里滩所在段富春江的别称。高躅：高人足迹，指东汉严光（子陵）。光少与汉光武帝刘秀同学，秀即帝位，遣使聘严光，三遣三返，坚拒。后至京，光武授以谏议大夫，不受而归，耕钓于桐江之滨。　③吹竹：竹指笙、箫、笛、管之类。　④万籁：各种声响。籁，天籁，自然界的声响，此处即指各类大自然声响。　⑤一星：兼暗喻严光。《后汉书·严光传》载，光与刘秀共床，一足压刘秀腹，“明日太史奏客星犯御座甚急”，故后人每以“客星”，喻指严光。　⑥鹤梦：喻高人隐逸清高的精神境界。唐卢纶诗有“鹤梦不离云”句。　⑦拏音：船桨拨打水的声响，语出《庄子·渔父》。苏轼诗有“苇间闻拏音”句。　⑧汐社：南宋遗民谢翱在钓台之南度地为“文冢”，又把他与友朋诗酒聚会之所，称为“汐社”。汐是晚潮，潮汐有信。取名“汐社”，即表示“期晚而信”，不变心志。　⑨清狂：谢翱哭西台，与阮籍哭穷途，都属“清狂”之类。谢翱《登西台恸哭记》：“呜呼！阮步兵死，空山无哭声且千年矣。”　⑩空绿：出自《西洲曲》“卷帘天自高，海水摇空绿”。此处指一江澄碧、两岸叠翠的七里滩之景象。　⑪白云：是严光所代表的山林岩穴隐逸高风的象征。

张惠言（1761—1802）

原名一鸣，字皋文，号茗柯，江苏武进人。嘉庆四年（1799）进士，改庶吉士，授翰林院编修。是著名的经学家，专治《周易》《仪礼》，著有《周易虞氏义》《仪礼图》等。又工古文，与恽敬齐名，为阳湖派宗师之一。亦以词学名家，是常州词派的开山祖。嘉庆二年（1797），与弟张琦合辑《词选》，选唐宋词四十四家一百十六首，示人以准则，并以经学见解论词，强调比兴寄托、意内言外之旨，上接《风》《骚》，推崇以温庭筠为极致的唐五代北宋深美闳约的词风。清词至此，体格一变，其影响直至清后期。惟其于前人词索隐过甚，动辄勾稽所谓微言大义，开主观附会之风，要是一弊。有《茗柯文集》《茗柯词》。

水调歌头

春日赋示杨生子掞

东风无一事，妆出万重花。闲来阅遍花影，惟有月钩斜。我有江南铁笛[①]，要倚一枝香雪[②]，吹彻玉城霞[③]。清影渺难即，飞絮满天涯。　飘然去，吾与汝，泛云槎[④]。东皇一笑相语[⑤]：芳意在谁家？难道春花开落，又是春风来去，便了却韶华[⑥]。花外春来路，芳草不曾遮。

【题解】

张惠言《水调歌头·春日赋示杨生子掞》共五首，作于嘉庆元年（1769）。这是第一首。上片花团锦簇，点明盛春。“我有”三句，写通常的惜春赏春之情，却不落俗套。下片共泛云槎，访问春神，在春神的一番笑语中，含有自遣之意，也颇具情致，题曰“赋示杨生子谈”，显为词课，属示范之作，但词笔娴熟，意境旷远优美。谭献《箧中词》卷三曰：“胸襟学问，酝酿喷薄而出，赋手文心，开倚声家未有之境。”可谓的评。陈廷焯《白雨斋词话》卷四云：“既沉郁，又疏快，最是高境。陈（维崧）、朱（彝尊）虽工词，究曾到此地步否？”又云：“热肠郁思，……自《风》《骚》变出。”则推誉过当，也未免深文周纳之嫌。

【注释】

①铁笛：朱熹《铁笛亭诗序》：“侍郎胡明仲，尝与武夷山隐者刘君兼道游，刘善吹铁笛，有穿云裂石之声，故胡公诗有‘更烦横铁笛，吹与众仙听’之句。” ②香雪：指花。温庭筠《春江花月夜歌》有“万枝破鼻团香雪”之句。 ③玉城霞：犹言万重春花仿佛构成了万顷仙境。玉城，周密《癸辛杂识》引《异闻录》曰：“开元中，明皇与申天师、洪都客夜游月中，见所谓广寒清虚之府，下视玉城，嵯峨若万顷琉璃田。” ④云槎：云中的仙舟。槎，编竹木代舟。 ⑤东皇：司春之神。《尚书纬》：“春为东皇，又为青帝。” ⑥韶华：盛春之景，亦指人的青春时期。

浣 溪 沙

山气清人远梦甦[①]，海天摇白转空虚，马蹄不碍岭云孤。 杨柳官桥通碧水[②]，桃花小市卖黄鱼，东风未起早阴初。

【题解】

这首早行词，犹如一幅清远的风物画，线条简劲，色彩明快。“杨柳官桥通碧水，桃花小市卖黄鱼”，红与绿相应，冷与暖相间，尤为清新悦目，与王士稹《真州杂诗》“好是日斜风定后，半江红树卖鲈鱼。江干都是钓人居，柳陌菱塘一带疏”同一意趣。张惠言论词强调比兴寄托，以见“微言大义”，但《茗柯词》中不纯以此胜，此词便极自然率直，略无滞相。

【注释】

①甦（sū）：同“苏”，苏醒， ②官桥：官府修建的桥。

邓廷桢（1776—1846）

字维周，号嶰筠，江苏江宁人。嘉庆六年（1801）进士，改庶吉士，授翰林院编修。道光十五年（1835）任两广总督。十九年（1839）力助林则徐禁鸦片，六次挫英舰入侵。旋调闽浙总督。二十一年（1841）与林则徐同被谪戍伊犁，两年后召还，卒于陕西巡抚任上，著有《青嶰堂文集》《双砚斋词》等。宋翔凤序其词集云：“于音律殆由夙授，分刌节度，有顾曲风，而于古人之词，靡不博综。其自制词则雍容和谐，……虽所存无多，而所托甚远。”

酷 相 思

寄怀少穆①

百五佳期过也未②？但笳吹、催千骑。看珠澥盈盈分两地③。君住也，缘何意？侬去也④，缘何意？　　召缓征和医并至⑤。眼下病、肩头事。怕愁重如春担不起。侬去也，心应碎。君住也，心应碎。

【题解】

这首词寄怀林则徐，作于道光二十年（1840）春闽浙总督任上。去年，邓廷桢于林则徐在广州同心协力，禁焚鸦片，初获胜利，然于当年十二月，忽降旨调邓北行。临行时，邓廷桢作《换巢鸾凤》词，对自己被调任比作“新妇无端置车帷”，而“情怀应恼”，怅惘无限。此词“缘何意”二问，则更是心事浩茫。作者深感道光帝起初征召自己和林则徐，本是为医鸦片“国病”，而今却是“肩头事，怕愁重如春担不起”，阻碍重重，有志难伸，不禁忧心忡忡。谭献《箧中词续》评曰：“三事大夫，忧生念乱‘敦我’之叹，其气已馁。”所谓“气已馁”，不是作者气怯，而是指使人“心应碎”的时世，故其《复堂日记》又说：“似新亭之泪，可以觇世变也。”

【注释】

①少穆：林则徐（1785—1850），字少穆，福建侯官人。鸦片战争中，任两广总督，痛击来犯的英军。　②百五佳期：即寒食节，冬至后一百五日，

清明前二天。　③珠澥：珠海。珠江别称珠海。盈盈：水清貌。《古诗十九首》有“盈盈一水间，脉脉不得语”句。　④侬：我。　⑤“召缓”句：缓、和：均系春秋战国时的良医。缓，全称郑丘缓，原晋臣，见《左传·成公十年》。和，为秦国医士，见《左传·昭公元年》。此谓道光帝召用主张禁止鸦片的大臣林则徐、邓廷桢等，要他们出谋划策，对付英国，医治鸦片给中国人带来的祸害。

周　济（1781—1839）

字保绪，号未斋，又号止庵，别号介存居士，江苏荆溪（今宜兴）人。嘉庆十年（1805）进士，曾官淮安府教授。后隐居南京春水园，潜心著述。通经世之学和史学，著有《晋略》八十卷，也以词与词论名世，是张惠言之后常州词派的又一重要作家和理论家。所论强调“词非寄托不入，专寄托不出”，崇尚雅正，标榜周邦彦、辛弃疾、吴文英、王沂孙四家。辑《宋四家词选》《词辨》，附《介存斋论词杂著》，独具手眼，为世所重。自作为词，谭献《箧中词》评为“精密纯正，与茗柯（张惠言）把臂入林”。有《介存斋诗》，词有《止庵词》《味隽斋词》《存审轩词》等不同名目版本。

渡　江　云

杨　花

春风真解事[①]，等闲吹遍，无数短长亭[②]。

一星星是恨[③]，直送春归，替了落花声。凭阑极目，荡春波、万种春情。应笑人、春粮几许，便要数征程[4]。　冥冥。车轮落日，散绮余霞[5]，渐都迷幻景，问收向、红窗画箧[6]，可算飘零？相逢只有浮云好，奈蓬莱东指，弱水盈盈[7]。休更惜，秋风吹老莼羹[8]。

【题解】

上片写杨花飘零，但杨花怀恨扮演了收拾春天的角色后，“应笑人、春粮几许，便要数征程”，随风万里，高举远游，与人相比，杨花因此感到自豪，与杨花相比，人似乎觉得可笑，则将杨花的飘零由不得已之恨事想象为一件随心所欲的乐事了。下片写杨花归宿，归向红窗画箧，以博取世人的赏爱。与浮云一起驻足东瀛蓬莱，以羽化登仙？都不失为美好的去处，也都具有吸引力。何弃何从，似难自决。最后词人为之指点迷津，“休更惜，秋风吹老莼羹”，及时归隐，才是最理想的归宿！北宋以来，咏杨花的词极多，又大抵怜惜其飘零遭遇。这首词却别开生面，于“怨断之中，豪宕不减”（谭献《箧中词》评语），创造了一个崭新的杨花形象，要在词人寄托了自我的胸襟和理想。

【注释】

①解事：懂事，晓明事理。　②短长亭：短亭长亭，古代路边设立的官亭，专供行人歇脚。　③一星星：一点点。　④“应笑人”二句：《庄子·逍遥游》：“适百里者宿舂粮，适千里者三月聚粮。”此取其意，谓杨花随风而行，飘荡万里，不必做任何准备，而人打算出门就要舂粮做准备。舂（chōng）：捣米。　⑤散绮余霞：谢朓《晚登三山还望京邑》诗：“余霞散成绮，澄江净如练。”　⑥红窗：代指闺阁。画箧（qiè）：绘画工具。这句

谓杨花被美人藏于画箧，写入丹青。　⑦“奈蓬莱”二句：传说海上有三神山，蓬莱即其一，蓬莱山环绕着盈盈弱水，连鸿毛都飞不起来。弱水：本指浅水，这里指弥漫于空中的雾水。盈盈：充积貌。　⑧“休更惜”二句：意谓及时命驾归隐，不要让秋风转眼间取代了春风而吹老了莼菜。莼羹：以莼菜做的佳肴。相传晋吴人张翰在洛阳因见西风起，思家乡莼菜，遂弃官而归。见《世说新语·识鉴》。

蝶恋花

柳絮年年三月暮。断送莺花，十里湖边路。万转千回无落处。随侬只恁低低去[①]。　满眼颓垣欹病树[②]。纵有余英，不直封姨妒[③]。烟里黄沙遮不住。河流日夜东南注。

【题解】

这首词咏杨花，又与前首《渡江云》不尽相同。开篇“柳絮年年三月暮”，含有唐刘希夷《代悲白头吟》“年年岁岁花相似，岁岁年年人不同”之感，结以“烟里黄沙遮不住。河流日夜东南注”，将飘转无定的杨花推向了宽广宏大的时空背景，溶入了滔滔东流的黄河水，则在通过杨花这一微小轻飘的生灵，感叹老病交侵、生命无几的人生的同时，又蕴含了对整个社会时局的浩叹。故谭献《箧中词》卷三谓此词“浑灏”，也典型地体现了“重”“大”“拙”的特色。

【注释】

①“随侬”句：此句谓柳絮随风，只能这样低低地飘去。侬：他，这里指风。只恁（nèn）：只好这样。　②颓垣：破墙、坏墙。欹：歪斜。欹病树：谓病树斜倚在残破的墙上。　③不直：同“不值”。封姨：风神。郑还古《博异记》载，崔元徽夜遇数美人，其中有封家十八姨，一女曰：诸女伴皆住

苑中，每被恶风所挠，常求十八姨相庇，处士每岁旦作一幡，图日月五星，则免矣。崔许之，其日立幡，东风刮地，折木飞花，而苑中花不动。崔方悟众花之精，封家姨乃风神也。

龚自珍（1792—1841）

一名巩祚，字尔玉，后字璱人，号定盦，又署羽琌山民，浙江仁和（今杭州市）人。道光九年（1829）进士，官至礼部主事。通经学、小学和史地学。经学主公羊学派，讲究经世致用；在政治上要求改革。又通佛学，崇尚天台宗。沈曾植《书龚定盦文集后》谓“定盦之才，数百年所仅有也”。谭献《复堂日记》谓其“词绵丽飞扬，意欲合周（邦彦）辛（弃疾）而一之，奇作也”。著有《定盦全集》，其中自定词集凡五种，题名《无著词选》《怀人馆词选》《影事词选》《小奢摩词选》《庚子雅词》各一卷。

湘　月

壬申夏，泛舟西湖，述怀有赋。时予别杭州盖十年矣[①]。

天风吹我，堕湖山一角，果然清丽。曾是东华生小客[②]，回首苍茫无际。屠狗功名，雕龙文卷，岂是平生意[③]？乡亲苏小[④]，定应笑我非计。　才见一抹斜阳，半堤香草[⑤]，顿惹清愁起。罗袜音尘何处觅[⑥]？渺渺予怀孤寄[⑦]。怨去吹箫，狂来说剑[⑧]，两样消魂味。两般春梦，橹声荡入云水。

【题解】

嘉庆十七年（1812），龚自珍由副榜考充武英殿校录。三月，侍其父自京出任徽州知府。四月，随母至苏州外祖父段玉裁家探亲，与表妹段美贞结为伉俪，婚后同返杭州。泛湖时，作此词抒怀。词以游湖写入，并由对过去的忆恋和眼前实景的观照，将思绪推向广袤的空间和身世际遇，不禁怅然若失；再观“一抹斜阳，半堤香草”，又顿生清愁，哀柔缠绵的箫心与排奡激荡的剑气交并而至。游湖的感情历程抑扬跌宕，时而哀怨，时而轩昂，极尽沉郁顿挫之妙。十年以后，龚自珍为此词作记云：“是词出，歙洪子骏题词序曰：‘龚瑟人近词有云：‘怨去吹箫，狂来说剑’。二语是难兼得，未曾有也。’”又云：“吴山人文徵为作《箫心剑态图》。”

【注释】

①壬申：嘉庆十七年（1812），作者年二十一。据郭延礼《龚自珍年谱》，龚自珍于嘉庆八年（1803）七月自杭州赴京。嘉庆八年至十七年，首尾恰十年。 ②东华：北京清宫东门名东华门。这里代称京都。生小客：龚自珍六岁时随母首次至京，十岁时随母返杭，故云。 ③“屠狗”三句：时龚自珍乡试还未中试，此年春离京时仅由副榜贡生考充武英殿校录。故有此叹。屠狗，藏于社会下层的侠义之士，见前龚鼎孳《贺新郎》（鹤发开元叟）注③。雕龙文卷：《史记·孟子荀卿列传》：“雕龙奭。”裴骃《集解》引刘向《别录》：“驺奭修（驺）衍之文饰，若雕镂龙文，故曰雕龙。”此即李贺《南园》诗“寻章摘句老雕虫”之意，指充武英殿校录事。 ④乡亲苏小：清袁枚有闲章曰：“钱塘苏小是乡亲。”龚自珍即承此意。苏小：南齐时钱塘名妓苏小小。钱塘：即杭州。 ⑤半堤香草：半堤指西湖白堤。白居易《钱塘湖春行》诗有“浅草才能没马蹄”“绿杨阴里白沙堤”诸句。 ⑥罗袜音尘：语本

曹植《洛神赋》："凌波微步，罗袜生尘。" ⑦渺渺予怀：苏轼《前赤壁赋》："渺渺兮予怀，望美人兮天一方。" ⑧"怨去"二句：箫，象征柔怨之情与文才；剑，象征雄壮之志与武略。箫与剑，在龚自珍诗词中，常对举出现。如《又忏心一首》诗："来何汹涌须挥剑，去尚缠绵可付箫。"《己亥杂诗》："少年击剑更吹箫，剑气箫心一例消。"

金 缕 曲

癸酉秋，出都述怀有赋[①]

我又南行矣！笑今年、鸾飘凤泊，情怀何似？纵使文章惊海内[②]，纸上苍生而已[③]。似春水、干卿何事[④]，暮雨忽来鸿雁杳，莽关山、一派秋声里。催客去，去如水。　年年心绪从头理。也何聊、看潮走马，广陵吴市？愿得黄金三百万，交尽美人名士，更结尽、燕邯侠子[⑤]。来岁长安春事早，劝杏花、断莫相思死。木叶怨，罢论起[⑥]。

【题解】

龚自珍于嘉庆十八年（1813）应顺天试未果，出都时作此词述怀。上片将漂泊的个人身世与事业成为纸上苍生的心绪，化入莽莽关山的一派深秋暮雨之中，下片的黄金、美人、名士和侠客，是幻想，也是希望的寄托，其中有兼济天下的豪情壮志，也有离经叛道式的悲慨激愤，透露了一代启蒙思想家的内心世界。这首词把失意与希望、奋厉与悲愤、心境与环境交织在一起，沉郁苍凉，又不失潇洒豪脱。

【注释】

①癸酉：嘉庆十八年（1813）。 ②“纵使”句：化用杜甫《有客》诗：“岂有文章惊海内，漫劳车马驻江干。” ③苍生：百姓、民众。《晋书·谢安传》：“中丞高崧戏之曰：‘卿屡违朝旨，高卧东山，诸人每相与言，安石（谢安字）不肯出，将如苍生何？苍生今亦将如卿何？’”纸上苍生，反用谢安典故，谓不能经世济民。 ④“似春水”句：马令《南唐书·冯延巳传》：“元宗（南唐中主李璟）尝戏延巳曰：‘“吹皱一池春水”，干卿何事？’” ⑤燕邯：犹言燕、赵。燕、赵多侠士。邯，赵国国都。 ⑥“木叶怨”二句下：作者自注：“店壁上有‘一骑南飞’四字，为《满江红》起句，成如干首，名之曰‘木叶词’，一时和者甚众，故及之。”

鹊 踏 枝

过人家废园作

漠漠春芜春不住[①]。藤刺牵衣，碍却行人路。偏是无情偏解舞。濛濛扑面皆飞絮[②]。 绣院深沉谁是主？一朵孤花，墙角明如许。莫怨无人来折取[③]，花开不合阳春暮。

【题解】

这首词是嘉庆二十年（1815）在徽州时作。龚自珍时怀大志，欲革时弊，但在晚清燕巢危幕的衰世之中，理想难以实现，也不被人所理解。词以暮春里的人家废园为背景，写生不逢境、开不逢时、无所赏识的墙角“孤花”，正是其生不逢世、不合时宜、志向才能无法施行的苦闷心境的写照。

【注释】

①漠漠春芜：茫茫一片春草。 ②濛濛”句：晏殊《踏莎行》词有“春风不解禁杨花，濛濛乱扑行人面”句。 ③“莫怨”句：化用唐杜秋娘《金缕衣》“花开堪折直须折，莫待无花空折枝”诗意。

项鸿祚（1798—1835）

原名继章，又改名廷纪，字莲生，浙江钱塘（今杭州）人。道光十二年（1832）举人，应进士不第。著有《忆云词》。其《忆云词》甲稿自序云：“生幼有愁癖，故其情艳而苦，其感于物也郁而深。”又丙稿自序云：“不为无益之事，何以遣有涯之生。”谭献《箧中词》卷五以为可与纳兰性德、蒋春霖于“三百年中，分鼎三足”，不免推誉太过。

清平乐

池上纳凉

水天清话①，院静人消夏。蜡炬风摇帘不下②，竹影半墙如画。　醉来扶上桃笙③，熟罗扇子凉轻④。一霎荷塘过雨，明朝便是秋声。

【题解】

夏夜纳凉，是一件悠闲自得的事，况且仰卧凉榻，手执纨扇，背后是竹影婆娑的墙壁，前面是一池芳香的碧荷，一幅天然图画，境界幽谧静美，还带有一份飘逸之感。但在一霎清凉的风雨过后，却敏锐地感到瑟瑟秋声即将来临，心也随之泛起了一阵莫可名状的哀愁。由此观之，项鸿柞自谓“有愁癖”“感于物也郁而深”，并非虚语。

【注释】

①水天清话：李商隐有《水天闲话旧事》诗题。这里取用其语。 ②蜡炬：蜡烛。 ③桃笙：左思《吴都赋》刘逵注：“桃笙，桃枝簟也。吴人谓簟为笙。”簟，即凉席。 ④熟罗：罗，轻软而有疏孔的丝织品。织罗的丝有练与不练二种，练者称熟罗，不练者称生罗。

湘　　月

壬午九月[1]，避喧于南山之甘露院[2]，就泉分茗，移枕看山，相羊浃旬[3]，尘念都净。出院不百步，越小岭，即虎跑也[4]。尝月夜独游，清寒特甚，赋《念奴娇》鬲指声一阕记之[5]。

绳河一雁[6]，带微云淡月，吹堕秋影。风约疏钟，似唤我、同醉寺桥烟景。黄叶声多，红尘梦断，中有檀栾径[7]。空明积水，诗愁浩荡千顷。　　乘兴欲叩禅关[8]，残云几点，飐寒星不定[9]。清夜湖山，肯付与、词客闲来消领？跨鹤天高，盟鸥缘浅[10]，心似塘蒲冷。朔风狂啸，满林宿鸟都醒。

【题解】

这首词作于道光二年（1822），写避喧于杭州南山甘露院时的一次月下独游。上片寺内，下片寺外。寺内外的景象一半是实写，一半是想象，运笔虚灵，但情思不薄。“诗愁浩荡千顷”，就是这次独游的感受。这浩荡的“诗愁”，在孤峭幽深，又倏然而远，清寒入骨的空间变换中层层传出，富有盘旋跌宕之势。最后以“朔风狂啸，满林宿鸟都醒”的强劲动势作结，凄紧的愁味变得更加浓烈了。谭献《箧中词》说：“莲生，古之伤心人也。荡气回肠，一波三折。”此词就很有代表性。

【注释】

①壬午：道光二年（1822），这一年，项鸿祚二十四岁。 ②甘露院：杭州南山的小僧寺。 ③相羊：同“徜徉”，徘徊。浃旬：一旬，即十天。 ④虎跑：在杭州西湖南隅的大慈山下。传说唐元和十四年（819）高僧寰中居此，苦于无水。一日，有二虎跑地作穴，泉水涌出，故名虎跑。其泉甘冽醇厚，有天下第三泉之称。 ⑤《念奴娇》鬲指声：姜夔自度曲，即《湘月》。鬲指声，音乐中的过腔。 ⑥绳河：即天河。 ⑦檀栾径：竹径。檀栾，秀美貌，多喻竹。 ⑧禅关：僧寺的大门。 ⑨飐：风吹物动。这里形容夜星闪闪。 ⑩“盟鸥”句：黄庭坚《登快阁》诗“此心吾与白鸥盟”。取《列子》海上之人好鸥鸟的故事。

顾　春（1799—1877）

字子春，号太清，本姓西林觉罗氏，鄂尔泰曾孙女，镶蓝旗人。幼经变故，为荣恪郡王绵亿府上一顾姓包衣（奴仆）所收养，遂姓顾氏，后嫁乾隆玄孙贝勒奕绘（1799—1838）为侧室。丰才美貌，工词翰，为世所重。有诗集《天游阁集》五卷、词集《东海渔歌》四卷。

早 春 怨

春 夜

杨柳风斜。黄昏人静，睡稳栖鸦。短烛烧残，长更坐尽，小篆添些[1]。　红楼不闭窗纱。被一缕、春痕暗遮[2]。淡淡轻烟，溶溶院落，月在梨花[3]。

【题解】

这首词写春夜景象。上片从户外人静鸦睡写到室内篆香袅袅，一片幽静，下片写院中月光投洒洁白的梨花，一片纯净，与室中“小篆添些”的馨香融和一气。通篇以景物烘托人情，景中见人，写法很为高妙。

【注释】

①小篆：即小篆香，盘屈如篆文，故名。亦可指香烟上袅似小篆，苏轼《宿净士寺》诗：“闭门群动息，香篆起烟缕。”些：一点儿、少许。　②春痕：春的气息，春意影痕。　③“淡淡”三句：晏殊《无题》诗：“梨花院落溶溶月，柳絮池塘淡淡风。”溶溶：形容月光如水。

蒋春霖（1818—1868）

字鹿潭，江苏江阴人。少时侍父荆门州任所，登黄鹤楼赋诗，一时有“乳虎”之目，然屡不得志于闱试。咸丰二年（1852）权知富安场盐课大使，七年（1857）以母逝弃官，挈家居东台，后猝死于吴江垂虹桥舟中。著有《水云楼词》二卷、补遗一卷。谭献《箧中词》卷五云：“《水云楼词》，固清商变徵之声，而流别甚正，家数颇大，与成容若（纳兰性德）、项莲生（廷纪），二百年中，分鼎三足。”王国维《人间词话删稿》云：“然《水云楼词》小令颇有境界，长调唯存气格。《忆云词》精实有余，超越不足，皆不足与容若比。然视皋文（张惠言）、止庵（周济）辈，则倜乎远矣！”

木兰花慢

江行晚过北固山[①]

泊秦淮雨霁，又灯火、送归船。正树拥云昏，星垂野阔，暝色浮天[②]。芦边。夜潮骤起，晕波心、月影荡江圆[③]。梦醒谁歌楚些[④]？泠泠霜激哀弦[⑤]。　　婵娟[⑥]。不语对愁眠[⑦]。往事恨难捐[⑧]。看莽莽南徐[⑨]，苍苍北固，如此山川。钩连。更无铁锁[⑩]，任排空、樯橹自回旋。寂寞鱼龙睡稳[⑪]，伤心付与秋烟。

【题解】

蒋春霖另有《浪淘沙》（叠砌苔深）一阕，谭献《箧中词》卷五引郑湛侯曰："此词本事，盖感兵事之连结，人才之情窳而作。""兵事之连结"，即指咸丰、同治年间太平军于长江中下游勇击清军事。这首词也缘此而发，同样站在腐败的清廷的立场上，悲叹"如此山川""伤心付与秋烟"，但较《浪淘沙》，其感慨尤为沉郁顿挫。谭献评曰："子山（庾信）、子美（杜甫），把臂入林"（同上）。陈廷焯《词则·大雅集》卷六云："'圆'字警绝，不减'平沙（长河）落日圆，也。'看莽莽南徐'以下，淋漓大笔。"

【注释】

①北固山：在今江苏镇江市北，濒临大江，形势险要，梁武帝萧衍曾誉之为"天下第一江山"。当年太平军于此击败清军后攻陷南京的。 ②"正树拥"三句：写夜景。杜甫《返照》诗："归云拥树失山村。"又《旅夜书怀》诗："星垂平野阔，月涌大江流。"暝色：夜色。暝色浮天，谓水天相接。 ③晕：月亮周围的灰白色光带。 ④楚些（suò）：《楚辞·招魂》句尾皆有"些"字，后因以"楚些"泛指《楚辞》或楚地乐调。 ⑤泠泠：清凉、凄清。 ⑥婵娟：指月亮。 ⑦对愁眠：张继《枫桥夜泊》诗："江枫渔火对愁眠。"这里谓月亮与作者相对两无言。 ⑧捐：消除、抛弃。 ⑨南徐：今镇江市的古称。 ⑩"钩连"二句：江面上无铁锁钩连，意为江防松弛。《晋书·王濬传》："吴人于江险碛要害之地并以铁锁横截之。 ⑪"寂寞"句：杜甫《秋兴八首》（其四）："鱼龙寂寞秋江冷，故国平居有所思。"

柳梢青

芳草闲门。清明过了，酒滞香尘①。白楝花

开[2]，海棠花落，容易黄昏。 东风阵阵斜曛[3]。任倚遍、红阑未温。一片春愁，渐吹渐起，恰似春云。

【题解】

这首写春愁。前人言愁之多，常借物象作譬。杜甫《自京赴奉先县咏怀五百字》诗："忧端齐终南，澒洞不可掇。"李煜《虞美人》词"问君能有几多愁，恰似一江春水向东流。"此词以东风渐吹渐起的春云喻愁之浓重深广，机杼同而构思新，读来仍觉醰醰有味。

【注释】

①滞：滞留。香尘：春天里芬芳的气息。 ②白楝：楝树暮春开花，色白。楝花风是谷雨节最后的花信风。 ③曛：夕阳的余辉。

庄 棫（1830—1879）

一名忠棫，字希祖，号中白，又号蒿庵，江苏丹徒人。少时以输饷得部主事，后家道中落，客游京师，不遇。曾国藩延至淮南书局勘定群书。有《蒿隐遗稿》《蒿庵词》（一名《中白词》）。吴梅《词学通论》第九章云："中白与谭复堂（献）并称。其词穷极高妙，为道、咸间一作手。"

蝶 恋 花

绿树阴阴晴昼午[1]。过了残春，红萼谁为主[2]？

宛转花幡勤拥护[3]，帘前错唤金鹦鹉。　　回首行云迷洞户[4]。不道今朝，还比前朝苦。百草千花羞看取[5]，相思只有侬和汝[6]。

【题解】

庄棫《蝶恋花》一组共四首，这是第三首。陈廷焯《白雨斋词话》卷六云："蒿庵《蝶恋花》四章，所谓托志帷房，眷怀身世者。"并谓此首"词殊怨慕。次章盖言所谋有可成之机，此则伤所遇之卒不合也。故下云：'回首行云迷洞户。不道今朝，还比前朝苦。'悲怨已极。结云：'百草千花羞看取，相思只有侬和汝。'怨慕之深，却又深信而不疑。想其中或有谗人间之，故无怨当局之语。然非深于《风》《骚》者，不能如此忠厚。"纯以"寄托"说释之，不免穿凿。陈匪石《旧时月色斋词谭》云："填小令而欲避《花间》途径者，尚有二派：其一，取语淡意远之致，以古乐府之神行之，庄蒿庵《蝶恋花》四阕此其选也。"

【注释】

①绿树阴阴：晏殊《踏莎行》词有"高台树色阴阴见"句。　②红萼谁为主：姜夔《长亭怨慢》词："第一是早早归来，怕红萼无人为主。"　③花幡勤拥护：见前周济《蝶恋花》（柳絮年年三月暮）注③。　④"回首"句：欧阳修《蝶恋花》词："几日行云何处去？"贺铸《浣溪沙》词："笑捻粉香归洞户。"洞户：互相通达之户。　⑤百草千花：欧阳修《蝶恋花》词："百草千花寒食路，香车系在谁家树。"　⑥侬：我。汝：你。

谭 献（1832—1901）

初名廷献，字涤生，更字仲修，号复堂，浙江仁和（今杭州）人。同治六年（1867）举人。历知歙县、全椒、合肥等县。归隐后，锐意著述，于词学用力尤深。曾评点周济《词辨》，又选清人词为《箧中词》六卷、续三卷。其论词文字散见于《箧中词》及《复堂日记》中，其中“作者之用心未必然，而读者之用心何必不然”，最为著名。自著《复堂词》三卷。叶恭绰《广箧中词》卷二云：“仲修先生承常州派之绪，力尊词体，上溯《风》《骚》，词之门庭，缘是益广，遂开三十年之风尚，论清词者，当在不祧之列。”

渡 江 云

大观亭同阳湖赵敬甫、江夏郑赞侯

大江流日夜，空亭浪卷，千里起悲心①。问花花不语②，几度轻寒，恁处好登临？春幡颤袅③，怜旧时、人面难寻④。浑不似、故山颜色，莺燕共沉吟。　　销沉。六朝裙屐，百战旌旗，付渔樵高枕⑤。何处有、藏鸦细柳，系马平林⑥？钓矶我亦垂纶手⑦，看断云、飞过荒浔。天未暮，帘前只是阴阴。

【题解】

大观亭在安徽怀宁县西正观门外的长江边。登亭远望，上游有武昌、九江，下游有安庆、铜陵，都是历代兵家必争之地。咸丰、同治年间，太平军在这一带大战清军。谭献游大观亭在同治年间（1862—1874），同游者赵熙文（字敬甫），又曾于咸丰五年（1855）入清军江南大营幕，在营多年，对当时战争甚是了解。所以，登临送目，更加深了时衰世变的感慨。词的发端，突兀而起，就笼罩了特为浓烈的悲凉之气。这种令人“起悲心”的气氛，则是在“我亦垂纶手”，理想远大，不甘消沉的心志与雨横风狂，鸦难藏身，马无系处的时世的冲突中，交织而成的。全词远眺滚滚长江，吊古怀今，寄托了深沉的家国身世之感。刘熙载《艺概·词概》将寄托之词分为“寄深于浅，寄厚于轻，寄劲于婉，寄直于曲，寄实于虚，寄正于馀”等多种。叶恭绰《广箧中词》认为此词属于“曲而有直体”一类。

【注释】

①“大江”三句：化用谢朓《夜发新林至京邑赠西府同僚》诗意：“大江流日夜，客心悲未央。” ②“问花”句：欧阳修《蝶恋花》词：“雨横风狂三月暮，门掩黄昏，无计留春住。泪眼问花花不语，乱红飞过秋千去。”这里截取其中的成句，下配“几度轻寒”，巧妙含蓄地寄寓了对时世的哀伤。 ③春幡：春天里的小旗。 ④人面难寻：用唐崔护“人面桃花”的故事。 ⑤“六朝”三句：意谓长江两岸，自三国六朝以来，出现过不少风流人物，但无论是装饰华美的裙屐少年，还是鏖战江上的雄兵猛将，而今都已成渔人樵夫的高卧之处。 ⑥“何处有”二句：谓鸦难藏身，马无系处。细柳：地名，在今陕西咸阳市西南。汉代名将周亚夫屯军于此，军令严明，事见《史记·绛侯周勃世家》。后因以“细柳”或“细柳营”称纪律严明的军队。平林：本指平原上的树林。李白《菩萨蛮》词：“平林漠漠烟如织，寒山一带伤心碧。”据此，“藏鸦细柳，系马平林”，是互文见义。 ⑦垂纶手：用周太

公望（姜太公）垂钓渭滨的故事，表示抱负远大。

王鹏运（1848—1904）

字幼遐，自号半塘，晚号鹜翁，原籍浙江山阴（今绍兴），其先人官游落籍广西，遂为临桂（今桂林）人。同治九年（1870）举人。历官内阁中书、侍读学士、江西道监察御史、礼科给事中。值谏垣十年，直声遍朝野。光绪二十八年（1902）南归，主讲扬州仪董学堂。殚精于词，被誉为“清季四大词人”之首。又曾汇刻自《花间集》以迄宋、元诸家词为《四印斋所刻词》，校刊精审，开词家校刊学之先河。自作词有《袖墨》《虫秋》《味梨》《鹜翁》《庚子秋词》等集，晚年删定为《半塘定稿》二卷、《剩稿》一卷，叶恭绰《广箧中词》卷二云：“幼遐先生于词学独探本源，兼穷蕴奥，转移风会，领袖时流，吾常戏为桂派先河，非过论也。……清季能为东坡（苏轼）、片玉（周邦彦）、碧山（王沂孙）之词者，吾于先生无间焉。”

念 奴 娇

登旸台山绝顶望明陵[①]

登临纵目，对川原绣错[②]，如接襟袖。指点十三陵树影，天寿低迷如阜[③]。一霎沧桑，四山风雨，王气销沉久[④]。涛生金粟[⑤]，老松疑作龙吼。　惟有沙草微茫，白狼终古[⑥]，滚滚边墙走[7]。野老也知人世换[8]，尚说山灵呵守[9]。平楚苍凉[10]，乱云合沓[11]，欲酹无多酒[12]。出山回望，夕阳犹恋高岫[13]。

【题解】

这首词凭吊明十三陵，作于光绪十九年（1893）。“一霎沧桑”“王气销沉”，言明代兴亡，人世变化之速；“沙草微茫，白狼终古”，则言自然风景，永恒不变。野老虽早知现在是清代江山，但仍然坚信十三陵有山神呵守，这一执着也反衬了风景不殊而“人世换”的悲凉。朱孝臧《半塘定稿序》谓王鹏运“天性和易，而多忧戚”“故郁伊无聊之慨，一于词陶写之。”写这首词的第二年，便爆发了中日甲午战争。所以词中凭吊，不乏对现实的忧戚，蕴含着深沉的思想内容。

【注释】

①旸台山：在北京西郊，山麓有大觉寺，为游览胜地。明陵：即十三陵。在今北京西北约五十公里天寿山下的小盆地上，埋葬着明朝自成祖朱棣至思宗朱由检十三个皇帝。　②川原绣错：旸台山花团锦簇，是探春胜地。黄濬《花随人圣庵摭忆》：“国中花时讨春最胜之地，以旧都旸台山杏花为最。连塍漫谷，三四十万株，亘可二十余里。”又作诗云：“青山如浪绣堆成。”又云：“瑶台真倾城，绣谷更旁侍。”　③天寿：山名。十三陵所在地。据说明永乐五年（1407），成祖朱棣命礼部、工部和术士为徐皇后择吉地下葬。术士廖均卿以为昌平县北的黄土山有“吉壤”，可做“万年寿城”。于是，朱棣将黄土山改名天寿山。此后便成了明朝帝后的陵寝之地。阜：土山、丘陵。④王气销沉：象征帝王运数的祥瑞之气销亡。　⑤金粟：山名。唐玄宗泰陵，在陕西省蒲城县东北的金粟山。山因有碎石如金粟得名。玄宗见金粟山冈有龙盘虎踞之势，遂选定为陵墓之地。这里代指天寿山。　⑥白狼：十三陵北面有

白河、白河堡，西有狼山。 ⑦边墙：长城的城墙。 ⑧野老：乡野之间的老人。 ⑨山灵：山神。呵守：呵止和守护。 ⑩平楚：丛木。 ⑪合沓：重叠。 ⑫酹：用酒洒地以示祭奠。 ⑬岫：峰峦。

满 江 红

送安晓峰侍御谪戍军台①

荷到长戈②，已御尽、九关魑魅③。尚记得、悲歌请剑，更阑相视④。惨淡烽烟边塞月，蹉跎冰雪孤臣泪⑤。算名成、终竟负初心⑥，如何是。 天难问⑦，忧无已。真御史、奇男子。只我怀抑塞⑧，愧君欲死。宠辱自关天下计，荣枯休论人间世。愿无忘、珍惜百年身，君行矣。

【题解】

在光绪二十年（1894）中日甲午战争期间，清廷主战大臣以光绪帝和瑾、珍二妃为支柱，与以慈禧太后和李鸿章为首的投降派展开了激烈的斗争，结果主战人士纷遭打击。十月，瑾妃和珍妃降为贵人，其兄志锐远放乌里雅苏台（今蒙古人民共和国扎布汗省会布哈郎特）；十一月，安维峻因上疏痛斥李鸿章不思抗战，并有微词讽慈禧，被革职发往张家口军台。志锐临行时，王鹏运与盛昱、沈曾植、文廷式四人分别作《八声甘州》词相送。况周颐《蕙风词话续编》卷一云：“伯愚（志锐）此行虽之官，犹迁谪也。”“此等词略同杜陵（甫）诗史，关系当时朝局，非寻常投赠之作可同日语。”此词为送安维峻而作，尤见抑塞磊落之怀。而且王、安二人是御史同事，曾同劾李鸿章。“尚记得、悲歌请剑，更阑相视”，就是二人同为“真御史，奇男子”的相知和契合。所以这首赠别之词更不同于寻常。

【注释】

①安晓峰：安维峻（？—1926），字晓峰，甘肃秦安人。光绪六年（1880）进士，改庶吉士，授编修，十九年（1893）转福建道监察御史。中日甲午战争期间，上疏光绪，痛斥李鸿章不思抗战，丧权辱国。疏中又有“皇太后既归政我皇上矣，若犹遇事牵制，将何以上对祖宗，下对臣民乎”诸语。慈禧太后览奏，勃然大怒，立即将其革职，谪发张家口军台。一时震动朝野。事见《清史稿》本传、冯煦《蒿庵随笔》卷四。侍御：清代称御史为侍御。军台：清代西北两路传达军报和官署文书的机构。 ②荷到：扛起。长戈：长矛。 ③“已御尽”句：已将朝中奸小御之门外。御：抵御。九关：犹言天门九重，指朝廷。《楚辞·招魂》“虎豹九关，啄害下人些。”魑魅：林野中的妖魔。此指朝中奸小。 ④“尚记得”二句：光绪十九年七月，王鹏运任江西道监察御史，与安维峻同事，曾联名弹劾李鸿章。请剑：典出《汉书·朱云传》：成帝时，槐里令朱云上书，请借尚方宝剑，斩安昌侯张禹。成帝大怒，欲诛朱云。朱云攀住殿槛不放，槛折。后世以“请剑”形容敢以直言切谏。更阑相视，谓与安维峻志同道合，深夜共商谏草情事。 ⑤蹉跎：虚度岁月。 ⑥“算名成”句：虽然成就了个人直谏的好名声，但原来要除掉权奸，挽救国运的愿望没有实现，因此觉得辜负了初衷。 ⑦天难问：汉王逸注《楚辞·天问》：“天高不可问。”这里以“天”指代天子、朝廷。 ⑧抑塞：心情压抑、苦闷。

浪 淘 沙

自题《庚子秋词》后

华发对山青①，客梦零星。岁寒濡呴慰劳生②。
断尽愁肠谁会得？哀雁声声③。　心事共疏檠④。
歌断谁听？墨痕和泪渍清冰⑤。留得悲秋残影在⑧，
分付旗亭⑦。

【题解】

光绪二十六年即庚子年（1900）七月二十日，英、美、德、法、俄、日、意、奥八国联军攻占北京，慈禧挟光绪西逃。王鹏运与朱孝臧、刘福姚三人“痛世运之凌夷”，在北京宣武门外教场头条胡同寓宅，“发愤叫呼，相对太息，既不得他住，乃约为词课”（朱孝臧《半塘定稿序》），成《庚子秋词》二卷，并作此词为题序。《庚子秋词》的内容或指责那拉氏，非难光绪，或谴责入侵者，描写山河破碎，长歌当哭，悲凉哀怨。这首《浪淘沙》，交代当时相约填词的心境和环境气氛，总结其动机和作品价值，言近旨远，语短情长，尤为感人。

【注释】

①华发：白发。吴文英《八声甘州·灵岩陪庾幕诸公游》词：“问苍波无语，华发奈青山。”　②濡呴：吐沫以相济，比喻人同处困境而互相帮助。濡，湿润。呴，吐出。劳生：辛劳的生活。　③哀雁声声：指八国联军侵略时流离失所的难民。　④疏檠：雕花灯架，代指灯。　⑤渍：沉浸。　⑥悲秋：

宋玉《九辩》："悲哉！秋之为气。" ⑦旗亭：酒店。唐薛用弱《集异记》载有歌妓于旗亭唱王昌龄、高适、王之焕三人诗歌的故事。这一句谓《庚子秋词》可以交给酒店里的歌者去传唱。

郑文焯（1856—1918）

字俊臣，一字叔问，号小波，又号大鹤山人、冷红词客，奉天铁岭（今属辽宁）人。隶汉军正黄旗藉。光绪元年（1875）举人，官内阁中书。十四年（1898）后，旅食苏州，为巡抚幕客四十余年。精音律，工词，兼擅书画。俞樾《瘦碧词序》云："论其身世，微类玉田（张炎），其人与词，则雅近清真（周邦彦）、白石（姜夔）。""君词体洁旨远，句妍韵美。"有《绝妙好词校释》《词源斠律》，批校《花间集》《东坡乐府》《乐章集》《清真集》《梦窗词》《白石道人歌曲》等，自作词有《冷红词》《比竹余音》《苕雅馀集》《瘦碧词》，晚年删定为《樵风乐府》。

月 下 笛

戊戌八月十三日，宿王御史宅，夜雨，闻邻笛感音而作，和石帚[①]。

月满层楼[②]，秋声变了[③]，乱山飞雨。哀鸿怨语[④]，自书空、背人去[⑤]。危阑不为伤高倚[⑥]，但肠断、衰杨几缕[⑦]。怪玉梯雾冷，瑶台霜悄，错认仙路[⑧]。 延伫[⑨]。销魂处。早漏泄幽盟，隔帘鹦鹉[10]。残花过影，镜中情事如许。西风一夜惊庭绿。问天上、人间见否？漏谯断[11]，又梦闻孤管[12]，暗向谁度？

【题解】

这首词作于“戊戌六君子”遇难的当天，记录了一场政变惨剧。词在“秋声变了”的一阵愕然惊悸之后，对这场惨剧中的生者与死者、君与臣、正与逆各个侧面的人事作了铺叙，在铺叙这些人事中，盘旋着难解的哀愁与愤慨、忧虑与谴责、怅惘与伤苦。以事遣情，以情叙事，撼人心魂，深得向秀《思旧赋》闻邻笛而思亡友的神理。

【注释】

①戊戌：光绪二十四年（1898）。此年八月十三日，刘光第、谭嗣同、杨锐、林旭、杨深秀、康广仁“六君子”被杀。王御史：王鹏运。邻笛：暗用向秀《思旧赋》闻邻笛而思亡友嵇康、吕安被害的故事。石帚：指姜夔。姜夔字白石，姜石帚为另一人，清人每误为一，夏承焘先生《石帚非白石辨》已辨证。　②层楼：指京城。《水经注》云：“昆仑之山三级”，上一级名“层楼，一名天庭，是谓太帝之居”。　③秋声变了：喻指事变突起。　④哀鸿：失群之鸿雁。这里比喻丧悼遇难者的人，包括作者自己。　⑤书空：《世说新语·黜免》：“殷中军（浩）被废，在信安，终日恒书空作字，扬州吏民寻义逐之，窃视唯作‘咄咄怪事’四字而已。”后每用以表示悲愤之极，无以言语。　⑥危阑：高处栏杆。　⑦“但肠断”句：以几缕衰杨喻伤怀“六君子”的心绪。　⑧“怪玉梯”三句：喻指光绪帝被囚禁的地方。玉梯：仙梯。曹唐《游仙》诗：“羽客争升碧玉梯。”瑶台：传说，仙人所居处。　⑨延伫：心绪不宁地徘徊。　⑩“早漏泄”二句：指“六君子”被袁世凯出卖。谭嗣同曾密访统率新建陆军的袁世凯，请他在阅兵时击杀后党直隶总督荣禄，救光绪帝出险，并有派兵包围颐和园之议。八月初五，袁世凯却向荣禄告密。荣禄即日

入见慈禧太后。初六日，太后从颐和园赶回紫禁城，囚禁光绪于瀛台，自己临朝训政。十三日，便屠杀“六君子”。 ⑪漏漶：漏，古代计时器名滴漏或漏壶；谯，谯楼，城门上的望楼，亦即鼓楼。断：报更声歇。 ⑫管：笛。闻孤管：即题中“闻邻笛”。

谒金门

行不得，黦地衰杨愁折①。霜裂马声寒特特②，雁飞关月黑③。 目断浮云西北④，不忍思君颜色。昨日主人今日客⑤，青山非故国。

【题解】

这首词是庚子年（1900）八国联军入寇时，在苏州怀念京城作，同调凡三首，这里是第一首。赵椿年《书大鹤山人〈谒金门〉词后》云：“樵风自戊戌后出都，旋卜筑吴门。庚子秋，彊村、半塘、伯崇诸君留滞都下，围城中相约填词遣日，日限一阕。脱稿后，彊村即分笺抄示夏孙桐闰枝，收入《刻烛零音》，后刊为《庚子秋词》一卷，顾无樵风和章。吟读斯阕，每阕均有‘不忍思君颜色’‘问君踪迹’‘问君消息’之句，沉郁悲凉，如《伊州》之曲，殆即此时乱中问讯之作。”

【注释】

①黦（yuè）：黄黑色。这里作动词用，指秋风秋雨中柳条上长出黑斑。 ②特特：马蹄声。温庭筠《常林欢歌》诗：“马声特特荆门道，总教三径卧蓬蒿。” ③“雁飞”句：卢纶《塞下曲》诗：“月黑雁飞高，单于夜遁逃。”温庭筠《菩萨蛮》词：“雁飞残月天。” ③目断：望尽。浮云西北：

《古诗十九首》："西北有高楼，上与浮云齐。"西北：指八国联军攻占京师，慈禧挟光绪帝逃亡西安。 ⑤"昨日"句：谓八国联军未侵占北京时，清帝光绪为主人，现在却反主为客。

文廷式（1856—1904）

字道希，号云阁，一作芸阁，又号罗香山人、纯常子，江西萍乡人。光绪十六年（1890）进士，授翰林院编修，官至侍读学士。戊戌（1898）变法前，劾李鸿章畏葸懦怯，丧心误国；支持康有为发起强学会，思变图强；赞助光绪亲政，请罢慈禧生日庆典，被慈禧革职。光绪二十六年（1900）春，避祸东走日本，归国后，卒于故里。学问渊博，尤长于史部。词于浙、常二派之外独树一帜。《评云起轩词钞》谓其词"意气飙发，笔力横恣，诚可上拟苏、辛，俯视龙洲（刘过）。其令词秾丽婉约，则又直入《花间》之室。盖其风骨道上，并世罕睹……"平生著述宏富，有《纯常子枝语》二十余种，词集有《云起轩词钞》。今人赵铁寒编有《文芸阁先生全集》。

蝶恋花

九十韶光如梦里[①]。寸寸关河，寸寸销魂地。落日野田黄蝶起，古槐丛荻摇深翠[②]。 惆怅玉箫催别意。蕙些兰骚[③]，未是伤心事。重叠泪痕缄锦字[④]，人生只有情难死。

【题解】

这首词作于光绪十二年（1886）四月二十八日。作者《南旋日记》说：这一天出都城，“早起发行李，巳刻开车。到志仲鲁（钧）家稍坐。剃头，吃饭，下棋。长乐初（善）都统出谈，谓余何以急行，自言身衰发白，恐不再见，颇凄然也。午尽，伯愚（锐）回，知仲鲁留饭，颇可喜。知今日朝考题亦太泄漏矣。……出东便门，得词一首：‘九十韶光如梦里……’。”前一年，文廷式客长善幕府，与长善及其嗣子志锐、侄志钧情谊甚笃。这次因事南还，临行时与他们依依话别，又不料长善如此凄然，益增离情别绪，乃作此词赠别。词从离情写入，但不为之所限。“寸寸”二句，便旋将愁苦的离情引向整个关河，“落日”二句，寄慨于凄迷苍茫的空间，忧患衰颓的家国现状的意识，愈趋深广；因此，个人虽有类“蕙些兰骚”的际遇，但未足以成为伤心事。这种胸怀家国命运的情志，又以充满哀怨清艳的情爱意象“玉箫”“锦字”出之，化刚为柔，刚柔互济，愈见百转回叠，绵绵无已。结以“人生只有情难死”，既寓永难磨灭的朋友之情，关合赠别，又言超越生死的忠爱家国之情，强化了心志。

【注释】

①九十韶光：春天。春季凡九十天。 ②深翠：深绿色。 ③蕙些兰骚：《离骚》及楚辞其他篇章，经常写到兰、蕙之类的香草，以喻行芳德美的君子；写薋、菉之类的恶草，盈室满朝，使君子受到排挤，不得重用。文廷式本年出都前，由于考卷为人所抑，会试不第，壮志尚难一伸，亦属怀才不遇之列。但在文廷式看来，尽管如此，相对于家国的命运来说，算不了什么，故下句云“未是伤心事”。些（suò）：古代楚地人常用的语气词。骚：指《离骚》。 ④锦字：指书信。

水 龙 吟

落花飞絮茫茫，古来多少愁人意。游丝窗隙，惊飙树底[①]，暗移人世。一梦醒来，起看明镜，二毛生矣[②]。有葡萄美酒，芙蓉宝剑[③]，都未称，平生意。　我是长安倦客[④]，二十年、软红尘里[⑤]。无言独对，青灯一点，神游天际。海水浮空，空中阁楼，万重苍翠。待骖鸾归去[⑥]，层霄回首，又西风起[⑦]。

【题解】

惊叹“落花飞絮”“暗移人世”，时序如梭，光阴如箭，是因为平生雄心大志尚未实现，厌倦“软红尘里”的仕途，则是因为现实难以使之施展抱负。悲愤之余，向往“空中阁楼，万重苍翠”的美好壮丽的幻想境界，以求解脱，但“层霄回首，又西风起”，高空回首，令人牵挂的颓败不振的现实世界，又不忍离去，与屈原《离骚》“陟陞皇之赫戏兮，忽临睨夫旧乡。仆夫悲余马怀兮，蜷局顾而不行”同一心境。全词在壮志与悲愤、超脱与执着的交织中，摅写自我人格和爱国情怀，骨采奇壮，神气飞扬。王瀣手批《云起轩词钞》评曰：“思涩笔超，后片字字奇幻，使人神寒。”叶恭绰《广箧中词》卷一云：“胸襟兴象，超越凡庸。”

【注释】

①惊飙：急风。　②二毛：人老后头发黑白相间。《左传·僖公二十二年》：“君子不重伤，不禽二毛。”　③芙蓉宝剑：春秋越人薛烛善于鉴别

宝剑，越王勾践取宝剑使相之，薛手振拂扬，其华捽如芙蓉始出，见《越绝书·第十一卷·越绝外传记宝剑第十三》。这里与上句“葡萄美酒”，指拥有名贵的地位，享受珍奇美好的物质享受。 ④长安：指京都。 ⑤软红尘：指京都繁华。苏轼《次韵蒋颖叔、钱穆父从驾景灵宫》诗：“软红犹恋属车尘。”自注：“前辈戏语，有西湖风光，不及东华（汴京）软红香土。” ⑥骖鸾：指骑凤成仙而去。刘向《列女传》载，秦穆公时萧史善吹箫，娶穆公之女弄玉，日教之作凤鸣，引来凤凰，二人即随凤飞去。 ⑦西风：秋风。西风起，则万木摇落，此喻国家时局的衰败。

朱孝臧（1857—1931）

原名祖谋，字古微，一字藿生，号沤尹，又号彊村。浙江归安（今湖州市）人。光绪九年（1883）进士，选庶吉士，授翰林院编修，官至礼部侍郎。三十年（1904）出任广东学政、与总督龃龉，遂引疾去，归寓苏州。辛亥革命后，寓居上海，以遗老终。朱孝臧始以诗名，及官京师，结识王鹏运，弃而专攻词。初宗吴文英，幽秀深涩，后取法苏轼，多苍老沉着，晚年所作，多遗民思想。叶恭绰《广箧中词》云：“彊村翁词，集清季词学之大成。”著有《彊村语业》。又校刻唐宋金元词集一百七十三种为《彊村丛书》，自立义例，校雠精审，为词学者所宗。另辑有《湖州词徵》《国朝湖州词录》《沧海遗音集》等。

乌 夜 啼

同瞻园登戒坛千佛阁①

春云深宿虚坛，磬初残②。步绕松阴③，双引出朱栏④。　　吹不断，黄一线，是桑干⑤。又是夕阳无语下苍山。

【题解】

上片游戒坛寺，春云松阴，寺磬余声，景幽心闲，下片登临遥望，苍茫高远，千里之势，尽在尺幅之中。陆游《过灵石三峰》诗云：“奇峰迎马骇衰翁，蜀岭吴山一扫空。拔地青苍九千仞，劳渠蟠屈小诗中。”此词写望中所见，则大气包举，且举重若轻，于平淡轻点之中见奇雄苍劲。

【注释】

①瞻园：张仲炘字慕京，号瞻园，湖北江夏人。光绪三年（1877）进士，官至通政司参议，著有《瞻园词》。戒坛：寺名。在北京西郊门头沟区马鞍山，依山势高低而建。千佛阁：建筑宏伟，登高可俯视浑河，今已拆除。　②磬：僧院乐器。　③松阴：戒坛寺内多古松，著名者如抱塔松、卧龙松、活动松、自在松、九龙松等。　④双引：两人携手同行。　⑤桑干：河名。源出山西马邑县桑干山，流经河北西部及北京郊外，下注永定河。因水浊而浑，又称浑河。

鹧 鸪 天

九日，丰宜门外过裴村别业①

野水斜桥又一时，愁心空诉故鸥知。凄迷南郭垂鞭过②，清苦西峰侧帽窥③。　新雪涕④，旧弦诗⑤。愔愔门馆蝶来稀⑥。红萸白菊浑无恙，只是风前有所思⑦。

【题解】

光绪二十四年（1898）八月十三日，刘光第、谭嗣同等“戊戌六君子”被害。这首词作于当年九月九日重阳节。刘光第受重刑之后，其门馆冷落，交亲罕至，连粉蝶也很少前来光顾。在这种悸怖的时局氛围中，朱孝臧却心怀崇仰之情，过而“窥”之，吊祭故友，“垂鞭”不忍快骑而去。面对亡友旧物，留下的仅仅是对往昔秉烛夜语、相对弦歌而咏的回忆，相约遍插茱萸，把盏对饮的情事，不再重现。所以，南郭凄迷，西峰清苦，难禁辛酸悲慨之泪了。

【注释】

①丰宜门：北京南门。裴村：刘光第，字裴村，四川富顺人，光绪九年（1883）进士，授刑部主事。“戊戌六君子”之一。别业：别墅。　②南郭：南门外。垂鞭：垂着马鞭。　③西峰：北京西山。侧帽：歪斜着帽子。典出《北史·独孤信传》：“信在秦州，尝因猎，日暮，驰马入城，其帽微侧。诘旦而吏人有戴帽者，咸慕信而侧帽焉。”这里有敬仰、仰慕意。　④雪涕：拭泪。　⑤弦诗：歌吟诗句。　⑥愔（yīn）愔：静寂。　⑦“红萸”二句：物

在人亡意。古代重九日有插茱萸、饮菊花酒的风习。萸：乔木名。

况周颐（1859—1926）

原名周仪，字夔笙，一作葵孙，号蕙风，又号玉梅词人，广西临枝（今桂林）人。光绪五年（1879）举人，官内阁中书。曾入张之洞、端方幕府，晚居上海，以遗老终。性嗜倚声，以此为专业，致力五十年，曾与王鹏运、朱孝臧切磋词艺。有词集九种，合刊为《第一生修梅花馆词》后删定为《蕙风词》。王国维《人间词话》云："蕙风词小令似叔原（晏几道），长调亦在清真（周邦彦）、梅溪（史达祖）间，而沉痛过之。彊村（朱孝臧）虽富丽精工，犹逊其真挚。"有《蕙风词话》，标举"重、大、拙""三字之旨，最为著名。

苏武慢

寒夜闻角[①]

愁入云遥，寒禁霜重，红烛泪深人倦[②]。情高转仰，思往难回，凄咽不成清变[③]。风际断时，迢递天涯，但闻更点。枉教人回首，少年丝竹，玉容歌管[④]。　凭作出、百绪凄凉，凄凉惟有，花冷月闲庭院。珠帘绣幕，可有人听？听也可曾肠断？除却塞鸿，遮莫城乌，替人惊惯[⑤]。料南枝明日[⑥]，应减红香一半[⑦]。

【题解】

况周颐《水龙吟》题序云："己丑秋夜赋角声《苏武慢》一阕，为半塘所击赏。""己丑"是光绪十五年（1889），为感时之作。上片极力渲染"凄咽"之音，是为了衬托下片的"可有人听？听也可曾肠断？"表现了愁者自愁，乐者自乐，"珠帘绣幕"中人麻木不仁处于危急之际无动于衷。叶恭绰《广箧中词》云："'珠帘绣幕'三句，乃夔翁所最意之笔。"赵尊岳《蕙风词史》云："自谓'当时笔力千钧，百炼刚化为绕指柔，极词家明转之说，与早岁所作又不相侔矣'。盖早岁《落花词》有云：'拥衾不听雨，算作一宵晴。'为硬转法也。"王国维《人间词话》云："境似清真（周邦彦），集中他作，不能过之。"

【注释】

①角：古代吹奏乐器，多用于军中。 ②红烛泪深：谓夜深烛泪堆残。杜牧《赠别》诗："蜡烛有心还惜别，替人垂泪到天明。" ③"凄咽"句：变：变声，古时七音之一称"变徵变宫"，夏侯湛《夜听笳赋》："放《鹍鸡》之弄音，散《白雪》之清变。"这里反用其意，谓角声凄抑梗塞，吹奏不出像笳声的清变之音。 ④玉容：指美人。 ⑤"除却"三句：温庭筠《更漏子》词："惊雁起，起城乌。画屏金鹧。"塞鸿：边塞的鸿雁。遮莫：俗语，义同尽教。杜甫《书堂饮既夜复邀李尚书下马月下赋绝句》"久判野鹤如霜发，遮莫邻鸡下五更。" ⑥南枝：《白孔六帖》："大庾岭上梅，南枝落，北枝开。" ⑦红香：有类红梅的秋花。

减字浣溪沙

听歌有感

惜起残红泪满衣[1]，它生莫作有情痴，人生无地着相思。　花若再开非故树，云能暂驻亦哀丝[2]，不成消遣只成悲。

【题解】

况周颐《蕙风词话》卷一云："吾听风雨，吾览江山，常觉风雨江山外有万不得已者在。此万不得已者，即词心也。而能以吾言写吾心，即吾词也。此万不得已者，由吾心酝酿而出，即吾词之真也。"这首小令写听歌后的感受，可谓至情，写情则又以笔重思刻出之，结以"不成消遣只成悲"，虽始终没有明言歌声的内容，但作为人生体验中的某种"万不得已"的"情痴"之感，表现得还是极为真挚，特为浓重的。

【注释】

①残红：落花。　②云能暂驻：谓歌声使行云停止了飘动。典出《列子·汤问》："薛谭学讴于秦青，未穷青之枝，自谓尽之，遂辞归，秦青弗止。饯于效衢，抚节悲歌，声振林木，响遏行云。"哀丝：同"哀思"，丝与思谐音。

王国维（1877—1927）

字静安，亦作静庵，号观堂，又号永观，浙江海宁人。早年以诸生留学日本，光绪二十九年（1903）起，任通州、苏州师范学堂教习，三十二年（1906）赴京，旋任学部所属图书局编译名词馆协修。辛亥（1911）冬，避居日本。1916年回国，1923年充溥仪南行书房行走。后任清华大学研究院教授，不久，自沉于颐和园昆明湖。王国维为一代学术大师，精通经、史、音韵、甲骨诸学，成就卓著，早期治词曲小说之学，亦俱有新见。曾撰《人间词话》，提倡“境界”说，主张“自然”，其词能践其说。樊志厚序其词集云：“君自作为词，则诚往复幽咽，动摇人心。快而能沉，直而能曲，不屑于言词之末，而名句间出，殆往往度越前人。至其言近而旨远，意决而辞婉，自永叔以后，殆未有工如君者也。”辛亥后，不复作词。生平著作共六十二种，收入《海宁王静安先生遗书》者凡四十二种。其《人间词》甲、乙稿，初刊于光绪三十二年及次年，后朱孝臧删定为《观堂长短句》。

蝶恋花

昨夜梦中多少恨。细马香车[①]，两两行相近。对面似怜人瘦损，众中不惜搴帷问[②]。　陌上轻雷听渐隐[③]。梦里难从，觉后那堪讯[④]。蜡泪窗前堆一寸[⑤]，人间只有相思分。

【题解】

王国维致力填词，主要在光绪三十年（1904）至三十三年（1907）间。这首词是三十二年（1906）辞家初至北京的忆内之作。上片梦中凄境，下片梦觉情怀，低回委婉，一往情深。樊志厚《人间词甲乙稿序》评曰：“意深于欧（阳修）。”

【注释】

①细马香车：分指男女双方。男骑细马，女乘香车。细马：小马。香车：染香的车。 ②不惜：不顾。搴（qiān）：撩起，揭起。 ③轻雷：喻车声。 ④“梦里”二句：意同晏几道《蝶恋花》词：“睡里消魂无说处，觉来惆怅消魂误。” ⑤“蜡泪”一句：即杜牧《赠别》诗“蜡烛有心还惜别，替人垂泪到天明”之意。

蝶 恋 花

百尺朱楼临大道。楼外轻雷，不问昏和晓。独倚阑干人窈窕，闲中数尽行人小。 一霎车尘生树杪。陌上楼头，都向尘中老。薄晚西风吹雨到，明朝又是伤流潦①。

【题解】

路上的行者不问昏晓地艰难跋涉，楼上的居者悠闲地数着一个个驰车而过的行人，这不是一时一地、一人一事的离情别绪，而是象征着普泛化的人类生活的舞台。在这个舞台上，无论是疲惫的行者，抑或是悠闲的居者，都难免“向尘中老”的结局，难逃风吹雨打，与尘埃一道被冲刷掉的悲剧命运。而且今天的人如此，明朝的人也不例外，一幕接一幕，一轮接一轮，循环往复，运行不断。王国维这种对人的命运的伤感，显然是人生是苦海的悲观哲学在心中醇化的产物。词中所创造的，不是“无我之境”，而是澎湃着浓烈的愁苦情绪的“有我之境”。

【注释】

①“明朝”句：周邦彦《大酺》词：“行人归意速，最先念、流潦妨车毂。”流潦：地面积水。这里兼有流水无情，冲刷一切，与上句好景不长，青春难驻相承接。